SFV

ALEXANDER
SOLSCHENIZYN

Der erste Kreis der Hölle

ROMAN

S. FISCHER VERLAG

Aus dem Russischen übersetzt von Elisabeth Mahler (Kapitel 1 bis 53) und Nonna Nielsen-Stokkeby (Kapitel 54 bis 83)

Satz und Druck: Hanseatische Druckanstalt GmbH, Hamburg
Einband: Ladstetter GmbH, Hamburg-Wandsbek
Printed in Germany 1970
ISBN 3 10 072701 0

INHALT

1

Wer sind Sie denn?

Die durchbrochenen Zeiger der Uhr zeigten die Zeit: fünf nach vier. Das Zwielicht des scheidenden Dezembertages ließ die Bronze der Uhr auf dem Regal dunkel erscheinen.

Die unverhüllten doppelten Scheiben des hohen, am Fußboden beginnenden Fensters blickten hinunter auf das hastige Getriebe der Straße und auf die Hausburschen, die den frisch gefallenen, aber unter den Stiefeln der Fußgänger matschig-schwer gewordenen, bräunlich-schmutzigen Schnee wegräumten.

Der Staatsrat zweiten Grades Innokentij Wolodin sah das alles und sah es auch wieder nicht. Er lehnte am Fensterkreuz und pfiff leise und langgezogen vor sich hin. Mit den Fingerspitzen blätterte er die bunten, glänzenden Seiten einer ausländischen Illustrierten um. Er nahm ihren Inhalt nicht wahr.

Der Staatsrat zweiten Grades – das entspricht dem Rang eines Oberstleutnants der Armee im Diplomatischen Dienst – war hochgewachsen und schlank, hatte keine Uniform an, sondern einen Anzug aus Kunstfaser. So konnte man Innokentij Wolodin eher für einen wohlhabenden jungen Müßiggänger halten als für einen verantwortlichen Angestellten im Außenministerium.

Es war Zeit, im Arbeitszimmer das Licht anzumachen – was er aber nicht tat – oder nach Hause zu fahren – was er aber gleichfalls nicht wollte.

Fünf Uhr, das bedeutete für ihn nicht das Ende des Arbeitstages, sondern nur das seines kleineren Teils. Jetzt werden alle heimfahren – essen, schlafen; aber um zehn Uhr werden erneut tausend und aber tausend Fenster der fünfundvierzig Allunions- und der zwanzig Republik-Ministerien erleuchtet sein. Nur ein einziger Mensch schläft nachts hinter den dicken Mauern nicht – und er hatte das ganze diensttuende Moskau daran gewöhnt, mit ihm bis drei oder vier Uhr nachts zu wachen. Alle sechzig Minister kannten die nächtliche Angewohnheit des Machthabers und hielten sich bereit wie Schüler, die darauf warten, aufgerufen zu werden. Um vom Schlaf nicht übermannt zu werden, rufen sie ihre Stellvertreter, die Stellvertreter ziehen die Abteilungsleiter hinzu, die Männer der Informationsabteilungen blättern in ihren Ablagen, Bürovorsteher jagen durch die Korridore, Stenotypistinnen zerbrechen ihre Bleistifte.

Und selbst heute, am Vorabend des westlichen Weihnachtsfestes – während alle Botschaften schon zwei Tage ganz still und ausgestorben sind und niemand anruft, weil man sich schon unter dem Weihnachtsbaum versammelt –, wird in diesen Ministerien nachts gearbeitet werden. Einige spielen Schach, andere erzählen sich Geschichten oder schlafen auf Sofas – aber man arbeitet.
Die sensiblen Finger Wolodins blätterten schnell das Journal durch, aber in seinem Innern stieg Angst auf, hielt an, ließ nach und schwand.
Wie gut erinnerte sich Innokentij aus seiner Kindheit an Doktor Dobroumow! Damals war er noch kein solcher Star; man schickte ihn noch nicht mit Delegationen ins Ausland, bezeichnete ihn anscheinend noch nicht als Gelehrten, sondern nannte ihn, der einfach seine Hausbesuche machte, ›Doktor‹. Mama war häufig krank und wünschte immer, daß man nur ihn riefe. Sie vertraute ihm. Kaum daß er eingetreten war und in der Diele seine Sealmütze abgenommen hatte, verbreitete sich in der ganzen Wohnung seine Ausstrahlung: Gutmütigkeit, Ruhe, Vertrauen. Es kam nie vor, daß er weniger als eine halbe Stunde am Bett eines Kranken saß. Sorgfältig mußten alle Beschwerden erforscht werden, dann wurde – beinahe mit Vergnügen – der Kranke untersucht und die Behandlung sorgfältig erklärt. Niemals ging er an dem kleinen Jungen vorüber, ohne eine Frage an ihn zu richten; er blieb stehen und hörte sich wie bei einem Erwachsenen die Antwort an, als würde er ernstlich etwas Vernünftiges erwarten. Der Doktor war damals schon leicht ergraut – wie wird wohl heute sein Kopf aussehen?
Innokentij schleuderte die Illustrierte plötzlich beiseite und begann nervös durch das Zimmer zu gehen.
Sollte er anrufen oder nicht?
Wenn es irgendein anderer, ihm nicht bekannter Professor der Medizin gewesen wäre, hätte Innokentij wohl nie daran gedacht, ihn zu warnen. Aber ausgerechnet Dobroumow ...!
Gibt es eine Möglichkeit zu erfahren, wer aus einer öffentlichen Telefonzelle gesprochen hat? Man muß schnell aufhängen und fortgehen. Kann man durch das Telefon eine Stimme identifizieren? Dafür gab es bisher keine Verfahren.
Er ging zum Schreibtisch. In der Dämmerung hob sich das oberste Blatt seiner Instruktionen für seinen neuen Posten ab; er las es nicht ... Noch vor Beginn des neuen Jahres mußte er wegfliegen, am Mittwoch oder Donnerstag.
Logischer war es abzuwarten. Vernünftiger – abzuwarten.
Zum Teufel damit! Über seine Schultern lief ein Schütteln; sie waren keine Last gewöhnt. Es wäre besser gewesen, wenn er nie etwas davon erfahren, nie davon gehört oder gewußt hätte.

Er nahm die Instruktion und die anderen Papiere von seinem Schreibtisch und schloß alles in den Safe.
Warum konnte man eigentlich gegen das sein, was Dobroumow versprochen hatte? Das ist die Großzügigkeit eines talentierten Menschen. Das Talent weiß von seinem Überfluß, ihm macht es nichts aus zu teilen.
Aber seine Unruhe wuchs mehr und mehr. Innokentij lehnte sich gegen den Safe, ließ den Kopf sinken und schloß die Augen.
Und plötzlich, als wollte er den letzten Augenblick vergessen, schloß Innokentij die Tür und gab am Ende des Korridors beim Diensthabenden den Schlüssel ab, ohne nach dem Auto in der Garage verlangt, ohne das Tintenfaß geschlossen zu haben. Er zog seinen Zivilmantel an und rannte beinahe die Treppe hinab, vorbei an den ständig dort postierten Goldbetreßten und -bestickten, und lief hinaus in den etwas feuchten, sich senkenden Tag.
Die schnelle Bewegung tat ihm wohl. Seine leichten französischen Halbstiefel tauchten im schmutzigen Schneematsch unter.
Innokentij durchschritt den Innenhof des Ministeriums, vorbei an Worowskijs Denkmal. Plötzlich zuckte er zusammen und riß die Augen auf. Ein neuer Gedanke kam ihm beim Anblick des neuen Bolschaja-Lubjanka-Gefängnisses in der Furkassowskij-Straße. Dieser grau-schwarze neunstöckige Monstrum war ein Schlachtschiff, und die achtzehn Pilaster ragten wie Geschütztürme von Steuerbord des Schiffes heraus. Der zerbrechliche kleine Kahn Innokentijs wurde von ihm fast angesogen, über den kleinen Platz hinweg, unter den Bug des schweren, schnellen Schiffes.
Um sich zu retten, wich er aus, nach rechts, zur Kusnezkij-Brücke. Dort stand ein Taxi fahrbereit am Bürgersteig. Innokentij stieg ein und befahl, die Kusnezkij-Brücke hinunterzufahren, dann hieß er es nach links abbiegen: Sie glitten unter den ersten, soeben angezündeten Laternen der Petrowka dahin.
Er zögerte noch, von wo aus er anrufen sollte, ohne daß andere Leute mit dem Rand ihrer Münze gegen die Scheibe der Zelle klopfen würden. Aber ein einzelnes, stilles Telefonhäuschen suchen — das ist noch auffälliger. Ist es nicht besser, irgendwo im Gewühl unterzutauchen? Nur müßte man eine Zelle finden, die einigermaßen schalldicht ist. Er glaubte außerdem, daß es dumm wäre, umherzuirren und sich einem Chauffeur als Zeugen auszuliefern. Er wühlte in seiner Tasche und suchte nach einem Fünfzehnkopekenstück.
Doch das alles dachte er nur nebenbei. In den folgenden Minuten beruhigte sich Innokentij plötzlich: Er fühlte ganz deutlich, daß er sich nicht anders entscheiden könne. Gefährlich oder nicht, wenn er es aber nicht tat ...
Wenn wir immer nur vorsichtig sind — sind wir dann noch Menschen?

An der Ampel am Ochotnyj-Rjad fanden seine Finger plötzlich zwei Fünfzehnkopekenstücke und zogen sie hervor – ein gutes Omen!
Sie fuhren an der Universität vorbei – Innokentij zeigte nach rechts. Sie fuhren zum Arbat hinauf, Innokentij hielt dem Fahrer zwei Scheine hin, verzichtete auf das Wechselgeld und ging über den Platz. Dabei bemühte er sich, seinen erregten Schritt zu mäßigen.
Vor ihm lag der Arbat, in das Licht von Reklamen und Straßenlaternen getaucht. Vor dem Kino standen die Menschen Schlange für ›Die Liebe einer Tänzerin‹. Der grau-blaue Dunst ließ das rote ›M‹ über der Metro-Station fast verschwinden. Eine zigeunerhafte Frau verkaufte blaßgelbe Mimosenzweige.
Man mußte versuchen, das Ganze so schnell wie möglich zu tun, so kurz wie möglich zu sprechen – und dann den Hörer wieder aufzulegen. Das würde die Gefahr verringern.
Innokentij schritt mit dem Gang eines zielbewußten Menschen. Ein vorübereilendes Mädchen schaute ihn an.
Kurze Zeit später dasselbe.
Von den mit Holz verkleideten Telefonzellen war eine frei, aber Innokentij ging an ihr vorüber in das Gebäude hinein.
Hier gab es vier weitere, in die Wand eingelassene Telefonzellen, die aber alle besetzt waren. Ganz links legte ein einfach aussehender Mann, der etwas angetrunken war, gerade auf. Als er das sah, ging Innokentij schnell auf die Zelle zu, schlüpfte hinein, schloß mit einer Hand die dick-verglaste Tür und hielt sie zu, während er mit der anderen zitternd die Münze einwarf, ohne den Lederhandschuh ausgezogen zu haben. Dann wählte er die Nummer.
Nach einigen Freizeichen wurde der Hörer abgenommen.
»Ja, bitte?« – eine Frauenstimme, dienstlich und etwas gereizt.
»Sagen Sie, ist dort die Wohnung von Professor Dobroumow?«
Er bemühte sich, seine Stimme zu verstellen.
»Ja.«
»Seien Sie doch so freundlich und rufen Sie den Professor.«
»Wer ist denn dort?« Die Stimme der Dame klang satt und faul; wahrscheinlich saß sie auf einem Sofa; sie hatte es keineswegs eilig.
»Hören Sie ... Sie kennen mich nicht ... das ist auch nicht so wichtig. Für mich ist es aber sehr wichtig. Rufen Sie doch bitte den Professor!«
Es folgten viele überflüssige Worte. Verdammte Höflichkeit!
»Aber der Professor kann nicht kommen und mit jedem Unbekannten sprechen«, bedauerte die Dame. Sie sprach so, als wollte sie auflegen.
Hinter den Spiegelglasscheiben, in geringer Entfernung von den Telefonzellen, hasteten die Menschen vorüber, ging einer am anderen vorbei. Innokentij registrierte, daß vor seiner Zelle jemand wartete.

»Wer sind Sie denn? Warum können Sie nicht antworten?«
»Ich meine es gut mit Ihnen! Ich habe eine wichtige Nachricht für den Professor!«
»Und? Was wollen Sie ihm sagen? Warum scheuen Sie sich, Ihren Namen zu nennen?«
In diesem Moment fühlte er, daß es für ihn Zeit sei, aufzulegen. So dumme Frauen gehörten verboten.
»Und wer sind Sie denn? Sind Sie seine Frau?«
»Warum sollte ich Ihnen das sagen?« empörte sich die Dame.
»Antworten Sie mir zuerst!«
Jetzt sollte er die Gabel herunterdrücken! Wenn es nur nicht um den Professor ginge ... Innokentij kochte schon vor Wut und war unfähig, seine Stimme weiter zu verstellen, gereizt und eindringlich schrie er:
»Hören Sie! Hören Sie ganz genau zu! Ich muß ihn vor einer Gefahr warnen!«
»Vor einer Gefahr?« Die Stimme der Frau senkte sich. Sie brach ab. Aber sie ging nicht den Mann holen, keineswegs. »Desto weniger kann ich ihn rufen! Vielleicht lügen Sie! Wie können Sie beweisen, daß Sie die Wahrheit sagen?«
Innokentij stand wie auf glühenden Kohlen, der schwarze Hörer mit der Stahlkette schmolz ihm fast in der Hand.
»Hören Sie! Hören Sie zu!« rief er, schon ganz verzweifelt. »Als der Professor auf seiner Dienstreise in Paris war, versprach er, seinen französischen Kollegen etwas zu geben. Eine Art Medikament. Fremden! Verstehen Sie! So etwas darf man nicht machen! Den Ausländern darf nichts gegeben werden! Das ist eine Provoka ...«
Im Hörer knackte es dumpf; Totenstille, kein Geräusch war zu hören, kein Amtszeichen. – Jemand hatte die Verbindung unterbrochen.

2

Die Idee Dantes

Neue!«
»Neue sind angekommen!«
»Woher, Genossen?«
»Woher seid ihr, Freunde?«
»Und was habt ihr da auf der Brust, auf der Mütze – was für Flecken?«
»Das waren unsere Nummern. Auf dem Rücken und auf den Knien hatten wir sie auch noch. Als man uns aus dem Lager abtransportierte, hat man sie abgetrennt.«

»Was sind das: ›Nummern‹?!«
»Meine Herren, gestatten Sie, in was für einer Zeit leben wir? Nummern an Menschen? Lew Grigorjitsch, gestatten Sie mir bitte, Sie zu fragen, ist das – fortschrittlich?«
»Valentulja, lassen Sie sich deshalb nicht abhalten, zum Abendessen zu gehen.«
»Ich kann nicht zu Abend essen, wenn irgendwo Menschen mit einer Nummer auf der Stirn herumlaufen!«
»Denkt an die Offenbarung des Johannes, an die Apokalypse!«
»Freunde! In der zweiten Dezemberhälfte geben sie neun Päckchen ›Belomor‹-Zigaretten aus. Das sind gute Aussichten.«
»›Belomor-Jawa‹ oder ›Belomor-Dukat‹?«
»Halb und halb.«
»Diese Schweinehunde wollen uns mit ›Dukat‹ abspeisen. Ich werde mich beim Minister beschweren, ich schwöre es.«
»Was habt ihr für komische Kombinationen an?« fragte der Ankömmling, der zuerst gesprochen hatte. »Warum seht ihr alle aus wie Fallschirmspringer?«
»Die haben sie uns neulich verpaßt. Früher gaben sie wollene Kleidung aus, Drapmäntel.«
»Schau, Neue!«
»Sie haben Neue gebracht.«
»Eh! Ihr tut, als ob ihr noch nie lebende Gefangene gesehen hättet. Den ganzen Korridor haben sie versperrt.«
»Ja! Wen sehe ich denn da! Dof-Dnjeprowskij?! Ja, wo waren Sie denn, Dof? Fünfundvierzig habe ich Sie in ganz Wien gesucht!«
»Aber zerlumpt sind sie, unrasiert! Aus welchem Lager kommt ihr, Freunde?«
»Aus verschiedenen. Aus dem Retschlag ...«
»... Dubrowlag ...«
»Ich sitze schon neun Jahre, aber diese Namen habe ich noch nicht gehört ...«
»Sind auch neue, *Sonderlager*. Man hat sie erst im letzten Jahr (1948) geschaffen. Stalin hat da eine Direktive über die Befestigung des Hinterlandes erlassen ...«
»Welches Hinterlands?«
»Gerade am Eingang des Wiener Praters haben sie mich aufgelesen und – auf ging's in den ›Schwarzen Raben‹[1] und ab.«
»Wart ein bißchen, Mitjenka, laß uns die Neuen anhören ...«
»Nein, laß uns spazierengehen – spazierengehen! Komm doch mit 'raus

[1] Polizeiwagen, ›Grüne Minna‹ (Anm. d. Übers.)

an die frische Luft! Sogar an Erdbebentagen sollen wir 'rausgehen. Lies dir die Tagesordnung noch einmal durch. Die Neuen befragt Lew, darum brauchst du dir keine Sorgen zu machen. Die zweite Schicht zum Abendessen!«

»Osorlag, Luglag, Steplag, Pestschanlag ... Man könnte denken, im MWD[1] säße ein verkappter Poet von Puschkins Format, der sich nicht mit Versen und Gedichten abplagt, sondern den Lagern poetische Namen verleiht.«

»Ha-ha-ha! Das ist zum Lachen, meine Herren, das ist zum Lachen; in was für einer Zeit leben wir eigentlich?«

»Sei still, Valentulja!«

»Entschuldigen Sie, wie heißen Sie?«

»Lew Grigorjitsch!«

»Sind Sie auch Ingenieur?«

»Nein, nicht Ingenieur, Philologe.«

»Philologe, seit wann gibt es hier auch Philologen?«

»Fragen Sie lieber, was es hier *nicht* gibt. Wir haben hier Mathematiker, Physiker, Chemiker, Radiotechniker, Telefoningenieure, Künstler, Übersetzer, Buchbinder, Architekten, Konstrukteure, aus Versehen haben sie uns sogar einen Geologen hierhergebracht.«

»Und was macht der?«

»Nichts Schlechtes, arbeitet jetzt im Fotolabor.«

»Lew! Du bezeichnest dich als Materialisten, stopfst aber die Menschen mit geistiger Nahrung! Hört, Freunde! Wenn man euch in den Speisesaal führt, werdet ihr auf dem letzten Tisch, beim Fenster dreizehn, Teller für euch finden. Schlagt euch den Bauch voll, aber platzt nicht!«

»Danke, aber warum beraubt ihr euch selbst?«

»So ist es nicht. Wer ißt heute noch Salzhering und Hirsebrei? Die Zeiten sind doch vorbei!«

»Was sagten Sie? Das ist vorbei? Hirsebrei — vorbei? Ich habe schon seit fünf Jahren keinen Hirsebrei mehr gesehen!«

»Sicher meinen Sie nicht Hirsebrei, sondern Magara[2].«

»Ja, sind Sie übergeschnappt — Magara? Die sollten nur mal versuchen, uns Magara zu geben; in die Fresse würden wir sie ihnen schmeißen!«

»Und was bekommt man jetzt in den Durchgangslagern zu essen?«

»Im Tscheljabinsk-Durchgangslager ...«

»Im alten oder im neuen?«

»Oh, Sie wissen ja Bescheid; ich meine das neue.«

»Wie ist es denn jetzt dort? Spart man immer noch wie früher die Was-

[1] *Ministerstwo Wnutrennych Djel* — Innenministerium (Anm. d. Übers.)
[2] Brei aus Grassamen (Anm. d. Übers.)

serklosetts ein, und müssen die Gefangenen immer noch Kübel benutzen und sie von der zweiten Etage hinuntertragen?«

»Genau wie früher.«

»Sie sagten: ›Scharaschka‹. Was bedeutet ›Scharaschka‹?«

»Und wieviel Brot kriegt man hier?«

»Wer hat noch nicht zu Abend gegessen? Die zweite Schicht!«

»Weißbrot – vierhundert Gramm, Schwarzbrot steht auf den Tischen.«

»Entschuldigen Sie, *auf den Tischen?«*

»Nun ja, auf den Tischen aufgeschnitten, du kannst davon nehmen oder auch nicht. Wie du willst.«

»Ja, für diese Butter und diese Packung ›Belomor‹ schuften wir zwölf, vierzehn Stunden am Tag.«

»Ihr werdet daran nicht gerade zugrunde gehen. Wenn ihr am Tisch sitzt, dann ist das ja keine Schwerarbeit. Wer die Hacke schwingt, der arbeitet wirklich. Der Teufel soll's holen, da sitzt du nun in diesem Lager wie in einem Sumpf. Vom Leben abgeschnitten. Haben Sie gehört, meine Herren? Man sagt, sie hätten alle Gauner beseitigt und selbst in Krasnaja Presnja würden sich keine mehr herumtreiben.«

»Für Professoren gibt es vierzig Gramm Butter, für Ingenieure zwanzig. Jeder nach seinen Fähigkeiten, jedem nach den Möglichkeiten.«

»Sie haben also im Dnjeprostroj gearbeitet?«

»Ja, ich habe bei Winter gearbeitet. Und ich sitze auch wegen dieses Dnjeproges.«

»Was heißt das?«

»Ja, sehen Sie, ich habe es an die Deutschen verkauft.«

»Dnjeproges? Man hat es doch in die Luft gejagt!«

»Nun ja, gesprengt hat man es, aber ich habe ihnen die Trümmer verkauft.«

»Teufel nochmal, hier scheint ein freier Wind zu wehen! Durchgangslager! Stolypin-Waggons[1]! Lager! Betrieb! Ach, könnte man jetzt nach Sowjetskaja Gawanj!«

»Und wieder zurück, Valentulja, wieder zurück!«

»Ja, natürlich, schneller wieder zurück! Wissen Sie, Lew Grigorjitsch, von diesen vielen Eindrücken, von diesem Wechsel der Verhältnisse ist mir schon ganz schwindlig. Zweiundfünfzig Jahre bin ich jetzt auf der Welt, habe schwerste Krankheiten überstanden, schöne Frauen geheiratet, Söhne bekommen, akademische Ehrungen erhalten. Aber noch nie in meinem Leben war ich so wahnsinnig glücklich wie heute! Wo bin ich nur! Man wird mich morgen *nicht* ins kalte Wasser jagen! Vierzig

[1] Benannt nach Pjotr Arkadjewitsch Stolypin (1862–1911), russischer Staatsmann von 1906–1911 Ministerpräsident und Innenminister (Anm. d. Übers.)

Gramm Butter! Schwarzbrot – *auf dem Tisch!* Man darf Bücher lesen! Man kann sich sogar rasieren! Die Aufseher werden die Gefangenen *nicht* schlagen! Was für ein großer Tag! Ich bin auf dem Gipfel meines Lebens! Vielleicht sterbe ich! Oder träume ich vielleicht? Ich komme mir vor, als wäre ich – im Paradies!«

»Nein, mein Hochverehrtester, Sie sind nach wie vor in der Hölle, man hat sie aber in ihren besten und vornehmsten Kreis aufgenommen – in den ersten Kreis. Sie fragten, was Scharaschka heißt? Wenn Sie so wollen, so stammt das von Dante. Verstehen Sie? – Dante zerfleischte sich über der Frage, wo er die antiken Helden unterbringen sollte. Die Pflicht eines Christenmenschen war es, diese Heiden in die Hölle zu werfen. Aber das Gewissen eines schöpferischen Menschen konnte sich nicht damit abfinden, daß diese Erleuchteten – kluge Männer – mit einfachen Sündern in einen Topf geworfen und zu körperlichen Qualen verurteilt würden. Und Dante ersann für sie einen besonderen Platz in der Hölle. Gestatten Sie ... es steht im vierten Gesang und lautet ungefähr so:

›Ein hohes Schloß taucht vor mir auf ...‹

Beachten Sie, wie alt diese Gewölbe hier sind!

›... Von dicken Mauern siebenfach umgeben ...
durch sieben Tore der Weg wandte sich ...‹

Sie kamen im ›Schwarzen Raben‹ hierhergefahren, deshalb sahen Sie die Tore nicht ...

›– dort waren Menschen mit bedeutender Stirne,
nicht mit gehetztem, sondern ruhigem Blick ...
Sie sahen weder fröhlich aus noch streng ...
Und ich nahm wahr, daß eine große,
sehr hochverehrte, auserwählte Menge
sich dorthin vor der Welt zurückgezogen hatte ...
Sag mir, wer sind sie; welches Vorrecht
hebt sie aus allen übrigen hervor?‹«

»Ach, ach, Lew Grigorjitsch, Sie sind zu sehr Poet. Ich kann es den Kameraden viel besser erklären, was Scharaschka heißt. Man muß nur die Leitartikel in den Zeitungen lesen: ›Es ist bewiesen, daß der hohe Wollertrag bei Schafen vom Futter und von der Pflege abhängt.‹«

3

Ein protestantisches Weihnachtsfest

Als Weihnachtsbaum benutzten sie einen kleinen Kiefernzweig, den sie in den Spalt eines Schemels gesteckt hatten. Eine Kette mit bunten, schwachleuchtenden Lämpchen war zweifach herumgeschlungen; ihre milchigen, plastiküberzogenen Drähte endeten an einer auf dem Fußboden stehenden Batterie.

Der Schemel stand zwischen den zweistöckigen Betten in der Zimmerecke. Eine der oberen Matratzen schirmte die ganze Ecke und das kleine Bäumchen gegen die Helligkeit der Deckenbeleuchtung ab.

Fünf Männer in derben, blauen Fallschirmspringerkombinationen standen mit geneigten Köpfen um die Tanne herum und hörten einem sechsten zu, dem sonnenverbrannten, schmalköpfigen Max Richtmann, der ein protestantisches Weihnachtsgebet verlas.

In dem großen Zimmer, das durch zweistöckige, an den Pfosten zusammengeschweißte Betten ganz verstellt war, befand sich niemand außer ihnen: Nach dem Abendessen und dem einstündigen Spaziergang waren alle zur Nachtarbeit fortgegangen.

Max beendete das Gebet, und die sechs setzten sich. Fünf von ihnen waren erfüllt von der bittersüßen Erinnerung an zu Haus, an ihr wohlgeordnetes, liebes Deutschland, unter dessen Ziegeldächern dieses höchste Fest des Jahres so gemütvoll und licht war. Aber der sechste unter ihnen – ein grobschlächtiger Kerl mit vollem schwarzen Bart, der an einen Propheten aus der Bibel erinnerte – war Jude und Kommunist.

Sein Schicksal verflocht Lew Rubin mit Deutschland sowohl im Frieden wie auch im Krieg.

Im Frieden war er Philologe, Germanist gewesen, hatte ein einwandfreies, vollkommenes Hochdeutsch gesprochen und sich bei Bedarf mittel-, alt- oder neuhochdeutscher Rede bedient. An alle Deutschen, deren Namen irgendwann einmal gedruckt erschienen waren, erinnerte er sich mühelos, so als wären sie persönliche Bekannte von ihm. Von den kleinen Städtchen am Rhein erzählte er, als hätte er oftmals ihre sauberen, schattigen Winkel durchstreift.

Aber er war nur in Preußen gewesen und auch das nur an der Front.

Er war russischer Major gewesen in der ›Abteilung zur Zersetzung der Wehrkraft des Kriegsgegners‹. In den Kriegsgefangenenlagern hatte er die Deutschen herausgefischt, die sich bereit erklärten, ihm zu helfen. Er nahm sie von dort weg und brachte sie gut in einer besonderen Schule unter. Einige hatte er hinter die Front des Gegners geschickt mit TNT[1], falschen Reichsmarkscheinen und Soldbüchern. Sie konnten Brücken in die Luft jagen, nach Hause fahren, solange man sie nicht schnappte. Mit anderen sprach er über Goethe und Schiller, überlegte den Text für Flugblätter und überredete von Lautsprecherwagen aus die kämpfenden Brüder, die Waffen gegen Hitler zu wenden. Mit drei anderen ging er hinter die feindlichen Linien, eroberte durch seine Wortgewalt feindliche Stellungen und sparte auf diese Weise russische Bataillone.

Doch es war unmöglich, die Deutschen zu überzeugen, ohne einer von ihnen zu werden, ohne daß man ihr Freund wurde und auch nicht ohne daß man sie von dem Tag an, an dem Deutschland besiegt war – bedauerte. Dafür war Rubin ins Gefängnis gekommen: Die Feinde in seiner eigenen Regierung klagten ihn an, daß er nach dem Vormarsch im Januar fünfundvierzig gegen die Losung ›Blut für Blut und Tod für Tod‹ agitiert habe.

So war es auch, er bestritt es nicht. Nur war alles viel komplizierter, als man es in der Zeitung beschreiben konnte oder als es in der Anklageschrift niedergelegt war.

Neben den Schemel, auf dem der Kiefernzweig erstrahlte, hatten sie zwei Nachttischschränkchen gestellt, die so eine Art Tisch bildeten. Sie bewirteten sich gegenseitig mit Konserven aus dem ›Gastronom‹. Die Scharaschka-Häftlinge konnten von ihren eigenen Konten in den Geschäften der Hauptstadt einkaufen lassen, außerdem hatten sie kalten Kaffee und selbstgebackenen Kuchen.

Es entspann sich ein ernstes Gespräch. Max lenkte es mehr auf friedliche Themen: auf alte Volksbräuche, stimmungsvolle Weihnachtsgeschichten. Ein junger Mann mit Brille, ein Physikstudent aus Wien, der sein Studium nicht hatte beenden können, sprach mit komisch anmutendem österreichischem Akzent. Gustav, ein junger Bursche aus der Hitler-Jugend, den man eine Woche nach Beendigung des Krieges gefangengenommen hatte, saß dabei, pausbäckig, mit rosa Ohren, wie sie kleine Ferkel haben, und starrte mit weit aufgerissenen Augen auf den Weihnachtsbaum; er wagte kaum, am Gespräch der älteren teilzunehmen.

Trotz aller Bemühungen nahm die Unterhaltung eine andere Wendung. Jemand erinnerte an *den* Weihnachtsabend, vierundvierzig, der nun fünf Jahre zurücklag, an die Ardennenoffensive, auf die alle Deutschen stolz waren, weil, wie in der Antike, die Besiegten die Sieger verfolgten. Sie erinnerten sich auch daran, daß an jenem Weihnachtsabend ganz Deutschland Goebbels zugehört hatte.

1 Trinitrotoluol (Sprengstoff) (Anm. d. Übers.)

Rubin, der mit seiner Hand die Enden seines struppigen schwarzen Bartes zauste, bestätigte es. Er erinnerte sich an diese Rede. Sie hatte ihr Ziel erreicht. Goebbels hatte mit soviel seelischem Anteil gesprochen, als wollte er alles auf sich nehmen, alle Schuld und Last, unter denen Deutschland später zusammenbrach. Wahrscheinlich hatte er sein Ende vorausgeahnt.

SS-Obersturmbannführer Reinhold Simmel, dessen langer Körper kaum Platz fand zwischen dem Nachttisch und dem doppelstöckigen Bett, schätzte Rubins höfliche Art ganz und gar nicht. Der Gedanke, daß dieser Jude es überhaupt wagte, über Goebbels zu urteilen, war ihm unerträglich. Er hätte sich niemals dazu herabgelassen, mit ihm an einem Tisch zu sitzen, wenn er es hätte ausschlagen können, den Weihnachtsabend mit seinen Landsleuten zu verbringen. Aber die übrigen Deutschen wollten unbedingt Rubin dabeihaben. Für die kleine deutsche Landsmannschaft, die es in den goldenen Käfig der Scharaschka im Herzen des für sie kalten und wilden Landes verschlagen hatte, war der einzige ihnen nahestehende und verständliche Mensch dieser Major der feindlichen Armee, der während des ganzes Krieges Zwietracht und Zerfall unter sie gesät hatte. Nur er konnte ihnen die Sitten und Gebräuche der Einwohner dieses Landes erklären, ihnen raten, wie sie sich hier verhalten sollten, und ihnen aus dem Russischen die neuesten internationalen Nachrichten übersetzen.

Weil er Rubin soviel wie möglich zu ärgern versuchte, sagte Simmel, daß es im Reich viele hundert ausgezeichneter Redner gegeben habe; es sei interessant zu wissen, warum die Bolschewisten vorher zensierte Texte bevorzugten und diese lieber in den Zeitungen läsen.

Dieser Vorwurf traf um so mehr, als er gerechtfertigt war. Doch es war nicht möglich, dem Feind und Mörder zu erklären, daß das eine historische Entwicklung war. Besonders Simmel gegenüber empfand Rubin eine starke Abneigung. Eben erinnerte er sich daran, wie Simmel nach mehrjähriger Haft im Butyrka-Gefängnis hier in der Scharaschka angekommen war – in einer knirschenden Lederjacke, an deren Ärmeln man noch die abgetrennten Litzen der allgemeinen SS – des schlimmsten Zweiges der SS – erkennen konnte. Nicht einmal das Gefängnis hatte den Ausdruck unbarmherziger Grausamkeit auf seinem Gesicht mildern können. Das Brandmal des Henkers war ihm aufgedrückt. Gerade wegen Simmel war es Rubin unangenehm gewesen, heute zu kommen. Aber die übrigen Männer hatten ihn sehr herzlich gebeten, und sie hätten ihm leid getan, da sie hier doch allein und verlassen waren, und es war ihm unmöglich gewesen, ihnen durch seine Absage diesen festlichen Abend zu verderben.

Rubin unterdrückte seine Wut und zitierte die Übersetzung eines Rates,

den Puschkin einmal jemandem gegeben hatte: »Gewisse Menschen sollten nicht mehr zu beurteilen suchen als die Spitzen ihrer Stiefel.«
Max war beunruhigt und suchte den drohenden Zusammenstoß abzuwenden. Er war es auch, der, unter Rubins Anleitung, Puschkin langsam entziffern konnte. Aber warum nahm Reinhold denn keine Sahne zu seiner Torte? Und wo war denn Lew an jenem Weihnachtsabend gewesen?
Reinhold nahm Sahne. Lew erinnerte sich, daß er damals am Narew-Brückenkopf gewesen war, bei Roshan in seinem Unterstand.
Und wie diese fünf Deutschen heute an ihr am Boden liegendes geteiltes Deutschland dachten und es in ihrer Phantasie mit den schönsten bunten Farben ausstatteten, so erinnerte sich Rubin zuerst an den Narew-Brükkenkopf und dann an die feuchten Wälder rund um den Ilmensee.
Die bunten Lämpchen spiegelten sich in den warm gewordenen Gesichtern der Menschen wider.
Auch heute fragten sie Rubin nach den neuesten Nachrichten. Doch es war ihm lästig, ihnen einen Überblick über die Ereignisse des Dezember zu geben. Er konnte es sich doch nicht erlauben, ein unparteiischer Informator zu sein, der Hoffnung, diese Menschen umzuerziehen, zu entsagen.
Er konnte sie aber auch nicht davon überzeugen, daß sich die Wahrheit des Sozialismus in unserem differenzierten Jahrhundert manchmal auf Wegen bewährt, die auf den ersten Blick eben diese Wahrheit zu entstellen scheinen. Und daraus folgte, daß er für sie, wie auch für die Geschichte – wie er es unbewußt auch für sich selbst tat – nur diese Ereignisse auswählte, die die feste Linie, den Kurs bestätigten, und jene Ereignisse wegließ, die diesen Kurs außer acht ließen.
Aber gerade im Dezember hatte sich außer den sowjetisch-chinesischen Verhandlungen, die sich so lange hingezogen hatten, und außer dem siebzigsten Geburtstag des ›Führers der Völker‹ überhaupt nichts Positives ereignet. Den Deutschen jedoch von dem Prozeß gegen Trajtscho Kostoff zu erzählen, der so deutlich die ganze gerichtliche Inszenierung hatte erkennen lassen, bei dem man den Korrespondenten erst mit ziemlicher Verspätung das falsche Geständnis des Angeklagten vorgelegt hatte, das Kostoff angeblich in der Todeszelle niedergeschrieben haben sollte, wäre beschämend gewesen und konnte niemals erzieherischen Zwecken dienen.
So verbreitete sich Rubin heute vor allem über den historischen Weltsieg der chinesischen Kommunisten. Max hörte Rubin zu und nickte bestätigend mit dem Kopf. Seine braunen, olivenförmig geschnittenen Augen blickten unschuldig. Er hing sehr an Rubin, aber seit der Berlin-Blockade hatte ihn etwas veranlaßt, ihm nicht mehr ganz zu glauben. Und Rubin

wußte nicht, daß Max, obwohl er dabei seinen Kopf aufs Spiel setzte, im Kurzwellenlaboratorium, in dem er arbeitete, von Zeit zu Zeit einen kleinen Empfänger zusammenbaute, hörte und wieder auseinanderlegte. So hatte er schon aus Köln und im deutschen Programm der BBC nicht nur von Kostoff gehört, daß er vor Gericht diese lügenhaften Selbstbeschuldigungen zurückgewiesen hatte, die sie ihm bei den Verhören abgenötigt hatten, sondern auch über die Pläne des Atlantikpaktes und die Wirtschaftsneuigkeiten aus Westdeutschland. All dies hatte er natürlich an die anderen Deutschen weitergegeben.
Aber alle nickten Rubin bestätigend zu.
Im übrigen war es für Rubin schon lange Zeit zu gehen – denn ihn hatte man ja nicht von der heutigen Abendarbeit befreit. Rubin lobte die Torte (der Wiener Student nahm dankend das Kompliment entgegen). Soweit es die Höflichkeit verlangte, forderten die Gastgeber ihn auf, zu bleiben. Dann ließen sie ihn gehen. Und danach sangen die Deutschen mit gedämpfter Stimme Weihnachtslieder.
Rubin trat auf den Korridor hinaus, mit einem mongolisch-finnischen Wörterbuch und einem englischen Buch von Hemingway in der Hand.
Der Korridor war groß und der Fußboden mit rohen rauhfaserigen Brettern provisorisch belegt, fensterlos, Tag und Nacht elektrisch beleuchtet – es war derselbe, auf dem Rubin eine Stunde vorher in der lebhaften Essenspause mit anderen Neugierigen sich für die aus anderen Lagern herbeigekommenen neuen Gefangenen interessiert hatte. Von diesem Korridor aus führten eine Tür in das Treppenhaus des innen liegenden Gefängnisses und einige Türen in Zimmerzellen. Es waren Zimmer, weil an ihren Türen keine Riegel waren, Zellen, weil in die Türfüllungen Gucklöcher eingeschnitten waren, verglaste Fenster. Dieser Fensterchen bedienten sich die hiesigen Aufseher niemals, aber nach den Vorschriften mußte es sie in richtigen Gefängnissen geben, und in den Papieren war die Scharaschka als ›Spezial-Gefängnis‹ aufgeführt.
Durch ein solches Guckloch konnte man jetzt in einem Zimmer eine gleiche Weihnachtsfeier der Letten sehen; auch sie hatten um Arbeitsbefreiung an diesem Feiertag gebeten.
Die übrigen Gefangenen arbeiteten, und Rubin befürchtete, daß man ihn aufgreifen könnte, zu Major Schikin schicken würde und er dort eine Erklärung schreiben müsse.
An beiden Enden des Korridors befanden sich große Doppeltüren, die die ganze Breite einnahmen: eine von diesen Türen war holzverkleidet und führte unter einem Halbbogen in den Raum, der über dem Altar der ehemaligen Hauskapelle lag und jetzt auch als Zimmerzelle diente. Die andere Tür war abgeschlossen und von oben bis unten mit einem schmie-

deeisernen Gitter versperrt; von den Gefangenen wurde sie ›Zarentor‹ genannt.
Rubin ging auf diese Eisentür zu und klopfte an das Fensterchen. Hinter der Scheibe erschien das aufmerksam-unbewegliche Gesicht des Aufsehers.
Leise wurde ein Schlüssel umgedreht. Zum Glück war der Aufseher gleichgültig.
Rubin trat auf die Paradetreppe des alten Gebäudes hinaus, deren Treppenfluchten auseinander- und wieder zusammengingen, er durchschritt den marmornen Treppenabsatz, ging vorbei an zwei alten Laternen, die mit schmückendem Eisengitter versehen waren, aber nicht mehr brannten. Über dieses zweite Stockwerk kam er in den Laboratoriumskorridor. Hier klopfte er an eine Tür, die die Aufschrift trug: »*Akustisches Laboratorium*«.

4

Boogie-Woogie

Das Akustische Labor war in einem hohen, geräumigen Zimmer mit mehreren Fenstern untergebracht; der Raum war unordentlich; auf Holzregalen und kleinen Tischen aus hellglänzendem Aluminium, Montage-Werkbänken, neu furnierten Schränken aus Moskauer Fabriken und gemütlichen, erbeuteten Schreibtischen standen dicht an dicht physikalische Geräte.
Große Lampen mit Milchglas-Birnen verbreiteten im ganzen Raum ein angenehm helles Licht.
In einer Ecke des Raumes stand eine schalldichte Akustik-Zelle, die nicht bis zur Decke hinaufreichte. Sie sah irgendwie provisorisch aus: von außen mit einfachem Sackleinen bespannt, unter das man Stroh gestopft hatte; die Tür – nicht ganz einen Meter hoch – war innen so hohl wie die Gewichte eines Zirkusclowns. Jetzt stand sie offen; der innen befestigte Wollvorhang hing über dem oberen Rand der Tür, um Luft einzulassen. Neben der Zelle glänzte eine Reihe von kupfernen Stöpseln auf der schwarz lackierten Fläche der Hauptschalttafel. Gleich daneben saß mit dem Rücken zur Zelle, die Schultern in ein Tuch aus Ziegenwolle gehüllt, an einem großen Schreibtisch ein zierliches junges Mädchen mit strengem Gesicht. Alle übrigen Menschen im Raum, es waren ungefähr zehn, waren Männer, alle hatten sie die gleiche blaue Kombination an. Im Schein der Deckenbeleuchtung und leicht verstell-

barer, zusätzlicher Tischbeleuchtungen arbeiteten sie geschäftig, gingen im Raum herum, klopften, löteten, saßen an den Werkbänken und Schreibtischen. Aus drei Ecken des Zimmers tönte aus drei Radios, die selbstgebastelt waren und eigentlich kein Gehäuse hatten, aber mit Aluminium-Abfällen provisorisch abgedichtet waren, der miteinander im Wettstreit liegende Rhythmus von Jazz, Klaviermusik und Volksliedern aus dem Osten.

Rubin ging langsam durch das Laboratorium auf seinen Schreibtisch zu, immer noch mit dem mongolisch-finnischen Wörterbuch und dem Hemingway in der locker herunterhängenden Hand. Weiße Gebäckkrümel waren in seinem gelockten schwarzen Bart hängengeblieben.

Obwohl alle an die Gefangenen ausgegebenen Kombinationen den gleichen Schnitt hatten, wurden sie doch sehr verschieden getragen. Bei Rubin war ein Knopf abgerissen, der Gürtel hing lose herum, über seinem Bauch bildete der Stoff viele Falten. Ein junger Mann dagegen mit fliegenden kastanienfarbenen Haaren, der ihm gerade den Weg versperrte, trug die gleiche Kombination auf stutzerhafte Art, der blaue Stoffgürtel war mit Schnallen fest in der schmalen Taille zusammengezogen, und auf der Brust, im Ausschnitt der Kombination, war ein blaues Seidenhemd zu sehen, das allerdings vom häufigen Waschen schon ganz ausgeblichen war und von einem hellen Halstuch zusammengehalten wurde. Dieser junge Mann versperrte den seitlichen Durchgang, auf den Rubin zuschritt, in seiner ganzen Breite. Mit seiner rechten Hand schwenkte er einen brennenden Lötkolben; das linke Bein hatte er auf einen Stuhl gestellt, seinen Ellbogen auf das Knie gestützt, und so studierte er angestrengt das Radioprogramm der auf dem Tisch aufgeschlagenen Zeitschrift – ›Wireless-Engineer‹ –, wobei er gleichzeitig sang:

»Boogie-Woogie, Boogie-Woogie,
Samba! Samba!
Boogie-Woogie, Boogie-Woogie,
Samba! Samba!«

Rubin konnte nicht vorbei und wartete eine Minute mit unverkennbar sanftem Gesichtsausdruck. Der junge Mann tat, als hätte er ihn nicht bemerkt.

»Valentulja«, so rief ihn Rubin an, »könnten Sie Ihren Hinterfuß nicht etwas zur Seite nehmen?«

Valentulja wendete nicht einmal den Kopf von dem Programm und antwortete in energisch abgehackten Sätzen:

»Lew Grigorjitsch! Verschwinden Sie! Scheren Sie sich fort! Warum kommen Sie abends hierher? Was haben Sie hier zu suchen?« Jetzt richtete er seine erstaunt blickenden hellen jungen Augen auf Rubin. »Was zum

Teufel brauchen wir hier einen Philologen! Ha-ha-ha!« Er sagte es sehr prononciert. »Sie sind doch kein Ingenieur!! Blödsinn!«
Rubin zog seine fleischigen Lippen zu einem schmollenden Kindermund zusammen, riß seine Augen unglaublich weit auf und sagte:
»Mein lieber Junge! Unter den Ingenieuren gibt es auch sehr verschiedene Typen. Einige handeln sogar erfolgreich mit Sodawasser.«
»Ich nicht! Ich bin ein erstklassiger Ingenieur! Merken Sie sich das, Sie ... Bürschchen!«
Valentulja sprach das scharf betont aus, in die Haut seines Gesichtes hatten sich noch keine Spuren des Lebens eingeprägt, seine Bewegungen waren jünglingshaft — man konnte ihm kaum glauben, daß er schon vor dem Krieg sein Studium abgeschlossen hatte, in deutsche Gefangenschaft geraten, in Europa gewesen war und nun schon das fünfte Jahr in seinem eigenen Land im Gefängnis saß.
Rubin seufzte:
»Ohne amtlich bestätigte Papiere aus Belgien ist es der Regierung unmöglich ...«
»Was denn für Papiere?!«
Valentulja zog seine feinen Brauen in die Höhe. »Ha-ha-ha! Ihr seid einfach abgestumpft! Nun, bedenken Sie — ich liebe Frauen einfach bis an den Rand des Wahnsinns!«
Das strenge kleine junge Mädchen konnte ein Lächeln nicht unterdrücken.
Ein anderer Gefangener, der neben dem Fenster stand, wohin Rubin nun endlich gelangt war, warf seine Arbeit schließlich hin und hörte Valentin mit einer aufmunternden Miene zu.
»Aber anscheinend doch wohl nur in der Theorie«, antwortete Rubin, indem er gelangweilt kaute.
»Und ich liebe es wahnsinnig, Geld auszugeben!«
»Aber Sie haben gewöhnlich keines!«
»Nun, wie kann ich dann ein schlechter Ingenieur sein?! Denken Sie: Um Frauen zu lieben und immer wieder andere — muß man viel Geld haben. Um viel Geld zu haben — muß man viel verdienen. Um viel zu verdienen, muß man als Ingenieur sein Spezialgebiet blendend beherrschen. Und das ist unmöglich, wenn man von ihm nicht wirklich begeistert ist. Ha-ha! Jetzt werden Sie blaß!«
Offene, herausfordernde Anklage gegen Rubin war auf Valentuljas länglichem Gesicht zu erkennen.
»Ha-ha!« rief jener Gefangene am Fenster, dessen Schreibtisch dem des jungen Mädchens gegenüberstand.
»Sieh, Lewka, wie ich Valentins Stimme eingefangen habe! Sie hat etwas Glockengleiches! Das schreibe ich auch hin, ja? Solch eine Stimme kann

man an jedem beliebigen Telefon erkennen. Störungen fallen dabei gar nicht ins Gewicht.«

Nun entfaltete er ein großes kariertes Blatt, auf dem Spalten mit Namen und eine Arbeitsklassifizierung in der Art zu sehen waren, wie man Holz klassifiziert.

»Ach, was für ein Unsinn!« wehrte Valentulja mit einer Handbewegung ab und ergriff den Lötkolben. Das verbrannte Kolophonium verbreitete einen unangenehmen Geruch.

Der Durchgang war nun frei geworden, und Rubin beugte sich auf dem Weg zu seinem Sessel auch über das Blatt mit den Klassifizierungen der Stimmen.

Schweigend betrachteten sie es beide.

»Wir sind wirklich weitergekommen, Glebka«, sagte Rubin. »Zusammen verwendet mit dem *Spektograph* haben wir jetzt eine gute Ausrüstung. Sehr bald werden wir beide nun herausfinden, was die Telefonstimme ausmacht.« Er fuhr hoch: »Was ist das im Radio?«

Der Jazz war lauter im Zimmer zu hören, aber trotzdem vernahm man vom Fensterbrett her aus einem selbstgebastelten Radio rauschende Klaviermusik. In ihr tauchte immer wieder dieselbe Melodie auf, entschwand gleich wieder, tauchte wieder auf und verschwand wieder.

Gleb antwortete:

»Das ist ein Wunder. Das ist die d-Moll-Sonate von Beethoven. Aus irgendeinem Grund hat man über sie . . . horch, horch.«

Beide beugten sich über das Radio, aber der Jazz störte sehr.

»Valentulja«, sagte Gleb, »laß uns das hören. Sei ein wenig großzügig!«

»Ich war schon großzügig«, antwortete Valentin bissig, »ich habe euch ein Radio zusammengebastelt. Jetzt werde ich euch die Spule ablöten, und ihr werdet sie nie wiederfinden.«

Das junge Mädchen hob seine strengen Brauen und mischte sich ein:

»Valentin Martynytsch! Es ist wirklich unmöglich, auf einmal drei Radios zu hören. Machen Sie Ihres aus, man bittet Sie darum.«

(Valentins Radio brachte gerade einen Slowfox, der dem Mädchen sehr gefiel.)

»Serafima Witaljewna! Das ist ja ungeheuerlich!« Er ging auf einen leeren Stuhl zu, ergriff ihn an der Lehne und gestikulierte, als stünde er auf einer Tribüne: »Wie kann einem normalen gesunden Menschen dieser harte, stimulierende Jazz nicht gefallen? Aber Sie sind durch den schädlichen Einfluß von all dem alten Kram verdorben! Haben Sie denn wirklich nie den ›Blauen Tango‹ getanzt? Haben Sie denn nie die Estraden-Revue von Arkadij Rajkin gesehen? Dann kennen Sie auch das Beste nicht, was die Menschheit hervorgebracht hat. Noch schlimmer – Sie sind ja auch nicht in Europa gewesen. Woher sollen Sie dann gelernt haben, wie man lebt? ... Ich rate Ihnen sehr, sehr eindringlich: Sie müssen sich in irgend jemand verlieben!« So predigte er über die Stuhllehne hinweg und bemerkte dabei nicht den bitteren Zug um den Mund des jungen Mädchens. »In irgend jemanden, *ça dépend de vous!* Das Glitzern der Lichter in der Nacht! Das Rascheln von Kleidern.«

»Ja, er hat wieder einen Schub«, sagte Rubin aufgeregt. »Da hilft nichts, wir müssen Gewalt anwenden.«

Und hinter Valentins Rücken machte er selbst den Jazz aus.

Gekränkt drehte sich Valentin um.

»Lew Grigorjitsch! Wer hat Ihnen das erlaubt?«

Er schaute finster drein. Befreit strömte nun die Melodie der siebzehnten Sonate in aller Reinheit dahin, wetteiferte jetzt nur noch mit dem groben Gesang, der aus dem dritten Radio in der Ecke kam.

Rubins Anspannung hatte nachgelassen, sein Gesicht, umrahmt von dem Bart mit Gebäckkrümeln, hatte nachgiebige dunkle Augen.

»Ingenieur Prjantschikow, sorgen Sie sich noch um den Atlantik-Pakt? Ihr Testament haben Sie aber doch geschrieben? Wem haben Sie Ihre Hausschuhe vermacht?«

Prjantschikows Gesicht nahm plötzlich einen ernsten Ausdruck an. Er sah Rubin fest in die Augen und fragte leise:

»Hören Sie, zum Teufel, was soll das? Sie machen mich wütend. Selbst im Gefängnis sollte ein Mensch doch frei sein können?«

Ein Monteur rief ihn, niedergeschlagen ging er weg.

Rubin ließ sich lautlos in seinem Sessel nieder, Rücken an Rücken mit Gleb, und schickte sich an, der Musik zu lauschen, aber die besänftigende Melodie brach plötzlich ab wie eine Rede, die mitten im Satz verstummt, das war der einfache, unpathetische Schluß der siebzehnten Sonate.

Rubin stieß eine Reihe von Flüchen aus, die aber nur Gleb allein verständlich waren.

»Buchstabiere es, ich verstehe es nicht«, sagte Gleb, immer noch mit dem Rücken ihm zugewandt.

»Ich sage immer, ich habe nie Glück gehabt«, antwortete Rubin heiser.

Auch er drehte sich nicht herum. »Jetzt habe ich die Sonate verpaßt ... Ich habe sie nie gehört.«

»Weil du verstört bist, wie oft habe ich dir das schon erklärt«, sagte der Freund. Vor kurzem erst war er so aufgeregt gewesen, als er Prjantschikows Stimme identifiziert hatte, und nun zögerte er schon wieder und war traurig. »Aber die Sonate ist sehr, sehr schön. Warum hat sie nicht, wie die anderen, einen Namen? – ›Die Schimmernde‹, wäre das nicht ein guter Name? Alles schimmert in ihr, das Schlechte und das Gute. Das Traurige und das Fröhliche, wie im Leben. Und – sie hat kein Ende wie das Leben. So sollte sie heißen, die *›ut in vita‹*-Sonate. Aber wo bist du gewesen?«

»Bei den Deutschen. Weihnachtsabend.« Rubin lächelte hämisch.
Sie unterhielten sich miteinander, ohne daß sie sich sahen, mit Schultern und Nacken ganz dicht beieinander.
»Kleiner.« Gleb dachte nach. »Mir gefällt es, wie du dich ihnen gegenüber verhältst. Stundenlang gibst du Max Russischunterricht. Und doch hättest du auch Grund, sie zu hassen.«
»Zu hassen? Nein. Aber meine frühere Liebe zu ihnen hat natürlich etwas nachgelassen. Selbst dieser parteilose weiche Max. Ist nicht auch er irgendwie mitverantwortlich für die Mörder? Er hat sie doch nicht gehindert?«
»Nun. Das ist genauso wie jetzt bei dir und mir. Wir hindern weder Abakumow noch Schischkin-Myschkin.«
»Hör, Glebka, bin ich letzten Endes nicht mehr Russe als Jude, bin ich nicht mehr Weltbürger als Russe?«
»Das hast du schön gesagt. Weltbürger! Das klingt unblutig, sauber.«
»Das heißt: Kosmopolit. Sie haben uns zu Recht eingesperrt.«
»Natürlich, zu Recht. Obwohl du dem Obersten Gericht immer das Gegenteil beweist.«
Der Sprecher im Radio auf der Fensterbank kündete an, daß in einer halben Minute ›Der tägliche Bericht des Produktionswettbewerbs‹ gesendet würde.
In dieser halben Minute führte Gleb Nershin betont langsam seine Hand zum Radio, er gestattete dem Sprecher nicht, seine heisere Stimme noch einmal ertönen zu lassen, und schaltete ab. Sein müdes Gesicht war grau.
Prjantschikow aber war schon wieder von einem neuen Problem in Anspruch genommen. Er berechnete, welche Verstärkerserien benützt werden müßten; sorglos-laut sang er:

»Boogie-Woogie, Boogie-Woogie,
Samba, Samba!«

5

Ein friedliches Leben

Nershin war so alt wie Prjantschikow, sah aber älter aus. Sein etwas in die Stirn hereinfallendes dunkelblondes Haar war dicht und noch nicht grau; aber sein längliches Gesicht war schon von vielen tiefen Falten durchzogen; er besaß ganze Faltenkränze an den Augen, am Mund und lange Furchen auf der Stirn. Seine empfindliche Gesichtshaut, der frische Luft fehlte, wirkte leicht welk. Besonders die Sparsamkeit seiner Bewegungen ließ ihn älter erscheinen, jene vernünftige Sparsamkeit, mit der die Natur die im Lager schwindenden Kräfte der Gefangenen schützt. Natürlich wäre diese Ökonomie in den freien Lebensbedingungen der Scharaschka nicht notwendig gewesen, es gab ja Fleisch, und man hatte auch nur wenig körperliche Arbeit zu verrichten; Nershin aber bemühte sich, da er die Dauer seiner Gefängnishaft kannte, diese Bedächtigkeit der Bewegungen auszubauen und sich für immer zu eigen zu machen.

Auf Nershins Tisch häuften sich ganze Barrikaden von Büchern und Schnellheftern, und sogar auf dem in der Mitte verbleibenden Arbeitsplatz lagen Mappen, mit Schreibmaschine beschriebene Blätter, Bücher, ausländische und russische Zeitschriften; alles lag aufgeschlagen herum. Jeder unvoreingenommene Mensch, der hier herangetreten wäre, hätte darin den erstarrenden Sturm eines forschenden Geistes erblickt.

Im übrigen war das alles Vorspiegelung falscher Tatsachen: Nershin baute jeden Abend diese Dinge auf, für den Fall, daß zufällig einer seiner Vorgesetzten käme. In Wirklichkeit sah er all die vor ihm liegenden Dinge nicht. Er zog den hellen Seidenvorhang zurück und schaute durch das Fenster in die Dunkelheit. Ganz hinten in der tiefen nächtlichen Weite sah man die Lichter von Moskau; über der Stadt – hinter einem Hügel verborgen – ruhte ein blasses, diffuses Licht wie eine Säule – das blasse, diffuse Licht, das den Himmel dunkelbraun erscheinen ließ.

Nershins Spezialstuhl mit federnder Lehne, der angenehm jeder Bewegung des Rückens nachgab, und sein Spezialtisch mit herablaßbaren Rouleaus an beiden Seiten, wie er in der Sowjetunion nicht hergestellt wird, der angenehme Platz am Südfenster, all das hätte einen Menschen, der mit der Geschichte der Mawrino-Scharaschka vertraut war, in Nershin einen ihrer Begründer erkennen lassen.

Die Mawrino-Scharaschka hatte ihren Namen von dem Dorf Mawrino erhalten, das einstmals an dieser Stelle gewesen war, nun aber schon lange zum Stadtbezirk Moskau gehörte. Die Scharaschka war ungefähr vor drei Jahren an einem Juliabend gegründet worden. Aus Lagern hatte man fünfzehn Gefangene in das alte, bei Moskau gelegene, herrschaftliche Gutsgebäude gebracht, das dafür extra mit Stacheldraht umzäunt worden war. An diese Zeiten damals, die nun in der Scharaschka ›Krylow[1]-Zeiten‹ genannt wurden, erinnerte man sich als an eine idyllische Ära. Damals konnte man abends frei in der *Zone* spazierengehen, im taunassen Gras liegen, das entgegen einem Erlaß nicht geschnitten war

[1] Iwan Andrejewitsch Krylow (1768–1844), russischer Fabeldichter (Anm. d. Übers.)

(Gras mußte bis zu den Wurzeln abgeschnitten werden, damit Gefangene sich nicht an den Stacheldraht heranrobben konnten) und entweder die ewigen Sterne beobachten oder den vergänglichen, schwitzenden MWD-Obmann Shwakun, wie er während seines Nachtdienstes Balken stahl, die für die Reparatur des Gebäudes bestimmt waren, und sie unter dem Stacheldraht hindurchrollte, um zu Hause Brennholz zu haben.
Damals wußte die Scharaschka noch nicht, was sie wissenschaftlich erforschen sollte. Man war mit dem Auspacken vieler Kisten beschäftigt, die von zwei Güterzügen gebracht worden waren. Sie versorgte sich mit bequemen Stühlen und Tischen; sie sortierte veraltete und als Bruch angekommene Apparaturen für Telefone, Ultrakurzwellen und Akustik aus; man merkte, daß die Deutschen die besten Apparaturen und neuesten Dokumentationen schnell weggenommen oder vernichtet hatten, während der MWD-Hauptmann, der zur Demontage der Fabrikanlage geschickt worden war und viel von Möbeln, aber nichts von Radios und der deutschen Sprache verstand, bei Berlin Garnituren für seine Moskauer Wohnung und die seiner Vorgesetzten aussuchte.
Seither war das Gras längst geschnitten, die Türen öffneten sich für Spaziergänger nur noch auf Läuten, die Scharaschka unterstand nicht mehr Berija, sondern Abakumow und hatte den Auftrag bekommen, sich mit geheimer Telefonie zu beschäftigen. Der Auftrag sollte in einem Jahr erledigt werden, aber dann zog er sich über zwei hin, wurde erweitert, wurde verwickelt. Immer und immer wieder tauchten neue, damit zusammenhängende Probleme auf, wie das der Stimmidentifikation, an dem Rubin und Nershin arbeiten und herausfinden sollten, worin die Einmaligkeit der menschlichen Stimme besteht. Anscheinend hatte sich niemand vor ihnen damit beschäftigt. Jedenfalls fanden sie keine derartige Arbeit. Dafür hatte man ihnen ein halbes Jahr Zeit gegeben, dann noch ein halbes Jahr, aber sie hatten keine großen Fortschritte gemacht, und nun drängte die Zeit.
Angesichts dieses unangenehmen Zeitdruckes während ihrer Arbeit beklagte sich Rubin über die Schulter hinweg:
»Irgendwie habe ich heute absolut keine Lust zum Arbeiten . . .«
»Das ist erstaunlich«, knurrte Nershin. »Es scheint, du warst nur vier Jahre im Krieg, sitzt du nicht auch schon fünf ganze Jahre? Und du bist müde? Sieh zu, daß du zur Krim abkommandiert wirst.«
Sie schwiegen.
»Bist du mit deinen eigenen Dingen beschäftigt?« fragte Rubin leise.
»Hm.«
»Aber wer wird sich mit den Stimmen beschäftigen?«
»Ich rechne natürlich mit dir, das versteht sich.«
»Wie sich das trifft! Und ich rechne mit dir.«

»Du hast kein Gewissen. Wieviel Literatur hast du dir unter dem Vorwand dieser Arbeit schon aus der Lenin-Bücherei geben lassen? Die Reden berühmter Advokaten. Kohns Memoiren. Stanislawskijs ›Die Arbeit eines Schauspielers an sich selbst‹. Und zuletzt hast du jedes Schamgefühl verloren, als du die Untersuchung über die Prinzessin Turandot angefordert hast. Welcher andere Gefangene in einem GULAG[1] kann sich schon mit einer derartigen Auswahl von Büchern brüsten?«

Rubin zog seine dicken Lippen zu einem Schmollmund zusammen, wodurch sein Gesicht einen dümmlich-lächerlichen Ausdruck bekam:

»Seltsam, seltsam! All diese Bücher und selbst das über die Prinzessin Turandot, mit wem habe ich sie denn in der Arbeitszeit zusammen gelesen? War es nicht mit dir?«

»Mit mir. Ich sollte arbeiten. Ich würde heute konzentriert arbeiten. Doch zwei Dinge reißen mich jetzt aus meinen Arbeitstrott heraus. Erstens quält mich der Gedanke an Parkettfußböden.«

»An welche Parkettfußböden?«

»An der Kaluga-Pforte, in dem halbrunden Haus des MWD, das mit dem Turm. Neunzehnhundertfünfundvierzig wurde es von den Insassen unseres Lagers gebaut, und ich arbeitete damals als Parkettleger-Lehrling. Heute erfahre ich, daß Roitman nun in diesem Haus lebt. Und seitdem quält mich einfach das Gewissen des Herstellers oder, wenn du so willst, die Prestigefrage: knarren meine Böden dort, oder knarren sie nicht? Wenn sie knarren, bedeutet es, daß das eine Pfuscharbeit war? Und ich bin nicht in der Lage, es zu beheben!«

»Ja, das kann zu einem Alpdruck werden.«

»Und nun zum zweiten: ist es denn nötig, am Samstagabend zu arbeiten, wenn du weißt, daß der Sonntag nur für die freien Mitarbeiter ein Feiertag ist?«

Rubin seufzte:

»Und sogar jetzt schon zerstreuen sich die freien Mitarbeiter in den Vergnügungslokalen. Nun, das ist natürlich ein ziemlich fauler Trick.«

»Aber ob sie die richtigen Vergnügungslokale auswählen? Ob sie mehr Vergnügen am Leben haben als wir – das ist noch die Frage.«

Wie alle Gefangenen waren sie gewöhnt, immer leise zu reden, so leise, daß selbst Serafima Witaljewna, die Nershin gegenübersaß, sie nicht hörte. Nun drehten sie sich halb im Kreis herum und wendeten dem übrigen Zimmer die Rücken zu, die Gesichter aber dem Fenster, den Lichtern in der verbotenen Zone, dem Wachtturm, den man in der Dunkelheit nur ahnen konnte, den einzelnen Lichtern der entfernter liegen-

[1] Abk. f. *Glawnoje uprawljenije isprawitelnotrudowych lagerej* -- (Hauptverwaltung der) Arbeits- und Erziehungslager (Anm. d. Übers.)

den Gewächshäuser und der kaum sichtbaren weißlichen Lichtsäule von Moskau.

Obwohl Nershin Mathematiker war, hatte er auch gute Kenntnisse in den Sprachwissenschaften. Und seitdem der Klang der russischen Sprache zum Projekt des wissenschaftlichen Forschungsinstitutes Mawrino gemacht worden war, hatte sich Nershin fest mit dem einzigen hier vorhandenen Philologen, mit Rubin, zusammengeschlossen. Schon in der ersten Minute ihrer Bekanntschaft hatten sie beide entdeckt, daß sie Frontsoldaten gewesen waren, daß sie beide an der Nordwestfront und in Weißrußland gewesen waren, daß sie beide eine beträchtliche Ordensammlung hatten, daß sie beide im gleichen Monat und von derselben SMERSCH[1]-Einheit an der Front verhaftet worden waren, und beide nach ein und demselben allgemein anwendbaren Absatz 10[2]. Und beide hatten zehn Jahre bekommen. (Tatsächlich hatten alle denselben Urteilsspruch erhalten.) Im Lebensalter unterschieden sie sich um sechs Jahre und in der militärischen Laufbahn um einen Rang, denn Nershin war Hauptmann gewesen. Außerdem hatte es den Anschein, daß Nershin vor dem Krieg sogar einige Vorlesungen des Dozenten Rubin gehört hatte.

Sie schauten hinaus in die Finsternis.

Rubin sagte traurig:

»Trotzdem bist du geistig verbogen. Das beunruhigt mich.«

»Aber ich strebe nicht danach, die Dinge zu verstehen: Es gibt viel Vernünftiges auf der Welt, aber – wenig Gutes.«

»Hier ist ein gutes Buch für dich, lies es.«

»Hemingway? Handelt das wieder von armen, aufgestachelten Stieren?«

»Nein.«

»Dann wohl von gejagten Löwen?«

1 SMERSCH, *Smertj schpionam* – Tod den Spionen; Spezialabteilung der Spionageabwehr (Anm. d. Übers.)

2 Gemeint ist der Artikel 58 über ›gegenrevolutionäre Verbrechen‹, der 1927 in das russische Strafgesetzbuch eingefügt, 1934 verschärft wurde und bis 1959 galt. Aufgrund dieses gefürchteten Artikels 58 geschahen die Massenverhaftungen während der stalinistischen Säuberungsaktionen und die Verurteilungen zu schwersten Kriminalstrafen: Erschießung, Gefängnis, jahrzehntelange Fristen in Straf- und Arbeitslagern. Die Absätze 10 und 2 lauten:
Artikel 58, Absatz 10: »Propaganda oder Agitation, die zu Sturz, Unterhöhlung oder Schwächung der Sowjetherrschaft oder zu Begehung einzelner gegenrevolutionärer Verbrechen auffordern, sowie Verbreitung, Herstellung oder Aufbewahrung von Schriften gleichen Inhalts ziehen nach sich Freiheitsentziehung nicht unter sechs Monaten.
Werden die gleichen Handlungen bei Massenaufruhr, unter Ausnutzung religiöser und nationaler Vorurteile der Massen, während des Krieges oder an Orten, über die der Kriegszustand verhängt ist, begangen, so ziehen sie nach sich die in Artikel 58.2 dieses Gesetzbuches bezeichneten Maßnahmen des

»Nein, auch das nicht!«
»Hör! Ich kann schon nicht aus Menschen klug werden, warum soll ich mich dann mit Stieren beschäftigen?«
»Du mußt es lesen!«
»Ich *muß gar nichts,* denk daran! Für all meine Schulden habe ich, wie Spiridon sagt, schon bezahlt.«
»Armer Mensch! Das hier ist eines der besten Bilder des zwanzigsten Jahrhunderts!«
»Und es enthüllt mir wirklich das, was ich verstehen muß? Und er kennt die Menschen wirklich, auch wie sie irren?«
»Er ist ein kluger, guter, grenzenlos ehrenwerter Schriftsteller, Soldat, Jäger, Fischer, Trinker und Liebhaber der Frauen, der ruhig und aufrichtig alle Lüge durchschaut und das Einfache fordert; er ist sehr menschlich, genial und naiv ...«
»Nun hör schon auf«, lachte Nershin. »Du verstopfst einem ja die Ohren mit deinem Gerede. Dreißig Jahre habe ich jetzt ohne Hemingway gelebt, und ich werde auch noch weiterhin ohne ihn leben. So hast du mir Čapek aufgehängt, dann Fallada. Sie haben mein Leben zerrissen. Ich möchte mich *beschränken!* Laß mich wenigstens einen Weg finden ...«
Und er wandte sich wieder seinem Tisch zu.
Rubin seufzte. Wie vorher verspürte er keinerlei Lust zur Arbeit.
Er begann, die Karte von China zu betrachten, die vor ihm an dem Regal auf seinem Schreibtisch lehnte. Er hatte sie einmal aus einer Zeitung ausgeschnitten und auf einen Karton aufgezogen. Während des ganzen vergangenen Jahres hatte Rubin mit einem roten Bleistift den Vormarsch der kommunistischen Streitkräfte eingezeichnet, und jetzt, nach dem vollständigen Sieg, hatte er die Karte vor sich stehenlassen, damit er in

sozialen Schutzes.« Artikel 58, Absatz 2: »Bewaffneter Aufstand oder Eindringen von bewaffneten Banden in das Sowjetgebiet in gegenrevolutionärer Absicht, Ergreifung der zentralen oder örtlichen Gewalt in der gleichen und insbesondere der Absicht, von der Union der SSR und der einzelnen Unionsrepubliken irgendeinen ihrer Gebietsteile gewaltsam abzutrennen oder die von der Union der SSR mit ausländischen Staaten abgeschlossenen Verträge aufzuheben, ziehen nach sich die schwerste Maßnahme des sozialen Schutzes: Erschießung oder Erklärung zum Feind der Werktätigen, verbunden mit Vermögenskonfiskation, Aberkennung der Staatsangehörigkeit der Unionsrepublik und damit der Staatsangehörigkeit der Union der SSR und dauernder Verweisung aus dem Gebiet der Union der SSR; bei Vorliegen mildernder Umstände ist Herabsetzung bis zu Freiheitsentziehung nicht unter drei Jahren, verbunden mit völliger oder teilweiser Vermögenskonfiskation, zulässig.« (Anm. d. Übers.)
(Der Abdruck dieser Artikel wurde uns vom Friedrich Middelhauve Verlag, Köln, gestattet. Dieser Gesetzestext ist in dem Band ›*Artikel 58. Aufzeichnungen des Häftlings Schalanow*‹ enthalten.)

Augenblicken der Depression und der Müdigkeit sich an den Markierungen wieder aufrichten konnte. Aber heute war Rubin von einer tiefen Niedergeschlagenheit heimgesucht, und nicht einmal die rote Masse des siegreichen China vermochte sie zu überwinden.

Und Nershin schrieb, indem er immer wieder gedankenvoll an dem spitzen Ende seines Plastikfederhalters lutschte, in kleinster Schrift, so als wäre es nicht mit einer Feder, sondern mit der Spitze einer Nadel geschrieben, auf ein winzig kleines Blättchen, das er unter dem ganzen dienstlichen Tarnkram hervorgezogen hatte:

»Ich erinnere mich, bei Marx gibt es eine Stelle (ich muß sie finden!), wo er schreibt, daß möglicherweise das siegreiche Proletariat ohne Enteignung des wohlhabenden Bauernstandes auskommen könnte. Das bedeutet, daß er irgendwelche ökonomischen Möglichkeiten gesehen hat, das ganze Bauerntum in das neue soziale System einzuschließen. Stalin suchte 1929 natürlich nicht diese Wege. Aber suchte er überhaupt jemals etwas Lohnendes, etwas Vernünftiges? Warum sollte ein Fleischer lernen, Therapeut zu werden?«

Das große Zimmer des Akustischen Labors lag in seinem alltäglichen normalen Frieden. Der kleine Motor des Elektroschlossers summte. Befehle waren zu hören: »Einschalten!« »Ausschalten!« Das Radio sendete irgendeinen normalen, sentimentalen Kram. Irgend jemand verlangte laut nach einer Röhre »6 K 7«.

Serafima Witaljewna nutzte den kurzen Augenblick, in dem sie von niemandem beobachtet wurde, und blickte aufmerksam auf Nershin, der weiterhin in winzig kleiner Schrift etwas auf ein Fetzchen Papier kritzelte.

Der Major vom Sicherheitsdienst, Schikin, hatte sie beauftragt, diesen Gefangenen zu beobachten.

6

Das Herz einer Frau

Diese kleine Person, bei der es einem schwerfiel, sie nicht Simotschka zu nennen, Serafima Witaljewna, die eine Batistbluse trug und sich in einen warmen Schal eingemummt hatte, war Leutnant des MGB[1].

[1] *Ministerstwo Gossudarstwennoj Besopasnosti* – Ministerium für Staatssicherheit (Anm. d. Übers.)

Alle freien Mitarbeiter in diesem Institut waren Offiziere des MGB.
Die freien Mitarbeiter hatten, entsprechend der Konstitution Stalins, viele verschiedene Rechte; vor allem das Recht auf Arbeit. Allerdings war dieses Recht auf acht Stunden Arbeit am Tag beschränkt und darauf, daß ihre Arbeit keinen schöpferischen Wert hatte, sondern der Beaufsichtigung der Gefangenen diente. Die Häftlinge allerdings, aller anderen Rechte beraubt, hatten dafür ein größeres Recht auf Arbeit – zwölf Stunden am Tag. Diese unterschiedliche Arbeitszeit brachte es mit sich, daß die freien Mitarbeiter der Reihe nach verschiedene Arbeitszeiten in den Labors übernehmen mußten, damit die Gefangenen jederzeit, sowohl bei der Arbeit, als auch während der Essenspause – von sechs Uhr abends bis elf Uhr nachts – beaufsichtigt waren.
Heute war Simotschka an der Reihe. Im Akustischen Labor war dieses kleine, an ein Vögelchen erinnernde junge Mädchen die einzige Befehlshabende und die einzige Vertreterin der Behörde. Ihren Richtlinien entsprechend, mußte sie dafür sorgen, daß die Gefangenen arbeiteten und nicht faulenzten, daß sie den Arbeitsplatz nicht dazu benützten, um Waffen oder Minen herzustellen, und daß sie, indem sie die vielen Radio-Einzelteile gebrauchten, nicht eine zweiseitige Kurzwellenverbindung mit dem Weißen Haus herstellten. Zehn Minuten vor elf mußte sie von ihnen alles Geheimmaterial abgeliefert bekommen, es in den großen Safe schließen und die Tür des Labors versiegeln.
Es war noch kein halbes Jahr vergangen, seit Simotschka, nachdem sie ihre Studien an der Hochschule für das Nachrichtenwesen beendet hatte, aufgrund ihres kristallklaren Fragebogens an dieses besonders geheime wissenschaftliche Forschungsinstitut befohlen worden war, das aus Sicherheitsgründen mit einer Nummer versehen war und von den Häftlingen in ihrer derben Umgangssprache Scharaschka genannt wurde. Die dort angenommenen freien Mitarbeiter wurden sofort zu Offizieren befördert und im Vergleich zu gewöhnlichen Ingenieuren weitaus besser bezahlt. Sie bekamen Zulagen sowohl für ihren Rang als auch für ihre Uniform; man forderte von ihnen aber im Grunde nur Ergebenheit und Wachsamkeit.
Daß man keine Spezialkenntnisse verlangte, war gut für Simotschka: Nicht nur sie allein, sondern auch viele ihrer Freundinnen hatten die Hochschule ohne Kenntnisse verlassen. Die jungen Mädchen waren aus anderen Schulen gekommen und waren kaum beschlagen in Mathematik und Physik. In den oberen Klassen erfuhren sie dann, daß der Direktor auf Konferenzen die Lehrer rügte, wenn sie die Note ›2[1]‹ erteilten, und auch der sein Diplom erhalten würde, der gar nicht lernte. Und

[1] In der Sowjetunion ist 5 die beste, 1 die schlechteste Note (Anm. d. Übers.)

im Institut dann, wenn sie Zeit fanden und arbeiten wollten, versuchten sie sich durch diese Mathematik und Radiotechnik wie durch einen unverständlichen, undurchdringlichen Nadelwald durchzuschlagen.
Doch meistens war dazu gar keine Zeit. Jeden Herbst wurden die Studenten für einen Monat oder länger in Kolchosen gebracht, um bei der Kartoffelernte zu helfen; die Folge war, daß sie das übrige Jahr dann acht bis zehn Stunden täglich Vorlesungen hören mußten und keine Zeit verblieb, das Gehörte zu verarbeiten. Montag war abends immer politischer Unterricht; außerdem mußten sie noch irgendeine Versammlung in der Woche besuchen; und noch eine der Allgemeinheit zugute kommende Arbeit übernehmen, Wandzeitungen herausgeben, Patenschaftskonzerte geben; auch zu Hause war es nötig zu helfen; man mußte auch einkaufen, waschen und die Kleidung instand halten. Und wie war es mit Kino, Theater und Club? Wenn man während der Studienzeit schon nicht spazierengeht, sich nicht vergnügt – wann sollte man es dann tun?
Für die Examen schrieben Simotschka und ihre Freundinnen eine Unmenge von Spickzetteln und verbargen sie unterm Kleid; während des Examens zogen sie den entsprechenden Zettel heraus und gaben ihn, nachdem sie ihn glattgestrichen hatten, als ihr Arbeitsblatt ab.
Den Prüfenden wäre es natürlich ein leichtes gewesen, mit zusätzlichen Fragen die unzureichenden Kenntnisse ihrer Studenten zu beweisen – doch auch sie waren überbeansprucht mit Sitzungen, Versammlungen, verschiedenen Arten von Plänen und Rechenschaftsberichten gegenüber dem Dekanat, dem Rektorat, und es fiel ihnen sehr schwer, eine Prüfung zum zweiten Mal abzunehmen – und überdies wurden sie noch wegen eines Versagens gerügt, so als hätten sie in der Produktion versagt, dabei stützte man sich auf den bekannten Satz, es gäbe keine schlechten Schüler, sondern nur schlechte Lehrer. Aus diesem Grunde bemühten sich die Prüfer, die Gefragten nicht zu verwirren, sondern im Gegenteil, ihnen zu helfen, das Examen so gut und so schnell wie möglich hinter sich und sie zu bringen.
Während ihres letzten Kurses wurde Simotschka und ihren Freundinnen zu ihrer großen Bestürzung klar, daß sie ihr Spezialgebiet in keiner Weise liebten und es ihnen sogar lästig wurde; doch nun war es zu spät. Und Simotschka zitterte bei dem Gedanken, daß sie den Beruf wirklich ausüben mußte.
Dann kam sie nach Mawrino. Sie war beruhigt, daß man ihr keinerlei selbständige Forschungsaufgaben übertrug. Aber sogar einem anderen Menschen, nicht so schmächtig und zart wie sie, wäre es bange gewesen, die verbotene Zone dieses völlig abgeschiedenen, vor den Toren Moskaus gelegenen Schlosses zu durchschreiten, wo eine Spezialwache und ein

Aufsichtskommando auf besonders gefährliche Staatsverbrecher aufpaßten.
Die Instruktionen erteilte man allen gemeinsam — zehn Absolventen der Hochschule für das Nachrichtenwesen. Man machte ihnen klar, daß der Ort, wohin sie geraten seien, schlimmer sei als ein Kriegsschauplatz, sie seien in eine Schlangengrube gefallen, in der ihnen durch eine unbedachte Bewegung der Untergang drohen würde. Man erzählte ihnen, daß sie hier mit dem Abschaum der Menschheit zusammenträfen, mit Leuten, die es nicht verdienten, die russische Sprache zu sprechen, sie aber leider sprächen. Man warnte sie davor, daß diese Leute dadurch besonders gefährlich seien, daß sie nicht offen ihre Wolfszähne zeigten, sondern immer eine trügerische Maske der Liebenswürdigkeit und der guten Erziehung zur Schau trügen, und wenn man sie nach ihren Verbrechen fragen würde — was unbedingt verboten war —, so versuchten sie, sich durch eine listig ersonnene Lüge als unschuldige Opfer hinzustellen. Man wies darauf hin, daß auch sie als Komsomolzen ihren Haß nicht über diese Schlangen ausgießen, sondern ihrerseits nach außen hin Liebenswürdigkeit zeigen sollten, sich aber weder in nicht zur Sache gehörende Gespräche mit ihnen einlassen noch von ihnen Aufträge für draußen entgegennehmen dürften. Man erwarte von ihnen, beim ersten Verstoß, dem Verdacht auf einen Verstoß oder der Möglichkeit eines Verdachtes auf einen Verstoß gegen diese Anordnungen unverzüglich zur Berichterstattung zum Sicherheitsoffizier, Major Schikin, zu gehen.
Major Schikin — ein dunkler kleiner, aufgeblasener Mann mit gräulichem Bürstenhaarschnitt, großem Kopf und kleinen Füßen, die in Knabenschuhen steckten, verlieh bei dieser Gelegenheit folgendem Gedanken Ausdruck: Ihm selbst und anderen erfahrenen Leuten sei das schlangenhafte Innere dieser Verbrecher offenkundig; es sei jedoch möglich, daß sich einige durch ihr Herz verführen lassen könnten, gegen diese Verordnungen zu verstoßen, z. B. indem sie einem Gefangenen ein Buch aus der freien Bibliothek besorgen würden. Er sagte nicht, einen Brief aufgeben, da es klar war, daß jeder Brief, auch wenn er an irgendeine Maria Iwanowna gerichtet würde, doch für ein ausländisches Spionagezentrum bestimmt wäre.
Major Schikin bat die jungen Mädchen eindringlich, wenn sie das Versagen einer Freundin bemerkt hätten, ihr in diesem Fall den Kameradschaftsdienst zu erweisen, das heißt: Major Schikin über den Vorfall sofort zu berichten.
Am Ende seiner Unterweisung verheimlichte der Major nicht, daß eine Verbindung mit den Gefangenen nach dem Strafgesetz verfolgt werde, das Strafgesetz aber, wie bekannt, sehr dehnbar sei, und sogar Strafen von fünfundzwanzig Jahren Zwangsarbeit zulasse.

Unmöglich war es, sich diese lichtlose Zukunft vorzustellen, ohne zu erbeben. Einigen Mädchen stiegen sogar Tränen in die Augen. Aber das Mißtrauen war unter sie gesät. Und als sie die Instruktionsstunde verließen, sprachen sie miteinander nicht über das soeben Gehörte, sondern über nebensächliche Dinge.

Im Gefolge von Ingenieur-Major Roitman betrat Simotschka das Akustische Labor, und im ersten Moment wollte sie sogar die Augen schnell zumachen, wie bei einem abgrundtiefen Fall; alles in ihr war abgestorben.

Seit dieser Zeit war ein halbes Jahr vergangen — und irgend etwas Seltsames war mit Simotschka geschehen. Nein, ihre Überzeugung von den schwarzen Ränken des Imperialismus war nicht ins Wanken gekommen. Und ebenso fiel es ihr noch leicht, anzunehmen, daß die Häftlinge, die in allen übrigen Zimmern arbeiteten, bluttriefende Verbrecher seien. Doch jeden Tag, wenn sie mit dem Dutzend Gefangener des Akustischen Labors zusammenkam, bemühte sie sich vergeblich, in diesen Leuten, die finster-gleichmütig der Freiheit, ihrem eigenen Schicksal, ihrer Frist von zehn und fünfundzwanzig Jahren gegenüber, in den Wissenschaftlern, Ingenieuren und Monteuren, die sich täglich nur um ihre Arbeit sorgten, um diese fremde Arbeit, deren sie nicht bedurften, die ihnen weder den geringsten geldlichen Verdienst noch großen Ruhm einbrachte, solche berüchtigten, internationalen Banditen zu erblicken, die im Kino so leicht als Verbrecher erkannt und so geschickt von der Gegenspionage abgefangen werden.

Simotschka hatte vor ihnen keine Angst. Sie konnte in sich auch keinen Haß ihnen gegenüber entdecken. Diese Leute konnten in ihr nur bedingungslose Achtung hervorrufen — durch ihre vielfältigen Kenntnisse, ihre Standhaftigkeit, mit der sie ihr Leid ertrugen. Und obwohl ihre Pflicht es laut forderte, obwohl ihre Liebe zum Vaterland sie dazu aufrief, dem Sicherheitsoffizier kritisierend von allen Vergehen und Handlungen der Gefangenen zu berichten, begann dies Simotschka, aus ihr selbst unklaren Gründen, überflüssig und unmöglich zu erscheinen.

Besonders unmöglich war ihr dies in Bezug auf ihren nächsten Nachbarn und Mitarbeiter, Gleb Nershin, der ihr, nur durch die beiden Tische getrennt und sein Gesicht dem ihren zugewandt, gegenübersaß.

Die ganze letzte Zeit hatte sie eng mit ihm zusammengearbeitet; sie war ihm zur Durchführung von Artikulationsversuchen zugeteilt worden. In der Mawrino-Scharaschka war es ständig nötig, den Grad der Hörbarkeit einer Stimme über verschiedene Telefonleitungen zu bewerten. So vollendet die bisher fertiggestellten Instrumente auch waren, so hatte man doch noch keines erfunden, das mit einem Zeiger diesen Grad der Hörbarkeit anzeigen konnte.

Nershin befaßte sich mit der mathematischen Programmierung dieser

Versuche. Sie hatten Erfolg und Nershin schrieb sogar eine dreibändige Monographie über diese Methode. Wenn sich vor ihm und Simotschka zuviel Arbeit auf einmal anhäufte, so legte er sorgfältig fest, welche Arbeiten aufschiebbar und welche nicht aufschiebbar waren; all das bestimmte er mit großer Sicherheit. Dabei wurde sein Gesicht jung und Simotschka, die den Krieg vom Kino her kannte, sah in solchen Minuten Nershin in ihrer Phantasie in der Uniform eines Hauptmanns im Rauch der Explosionen, mit fliegenden dunkelblonden Haaren, wie er seiner Batterie zuruft: »Feuer!«

Aber Nershin war nur deshalb so flink, um sich, nach der Arbeit, von der ganzen Betriebsamkeit zu befreien. Einmal sagte er zu Simotschka: »Ich handle, weil ich das Handeln hasse.«

»Aber was lieben Sie denn?« fragte sie schüchtern.

»Nachzudenken«, antwortete er. Und tatsächlich, nachdem er den ganzen Wust von Arbeit erledigt hatte, saß er stundenlang, in nahezu unveränderter Haltung, die Haut seines Gesichtes wurde grau, faltig, alt. Wo war seine Bestimmtheit geblieben? Er wurde langsam und handelte unentschlossen. Lange dachte er nach, schrieb dabei ab und zu einige Sätze auf diese kleinen Papierfetzchen, die Simotschka auch heute schon auf seinem Tisch unter dem ganzen Wust technischer Nachschlagewerke und Artikel deutlich gesehen hatte. Ihr war es auch nicht entgangen, daß er sie irgendwo links in seinen Schreibtisch hineinsteckte, aber nicht in die Schublade. Simotschka brannte vor Neugier und wollte wissen, was er schreibe und für wen. Ohne es zu wissen, wurde Nershin für sie ein Gegenstand der Sympathie und Bewunderung.

Das Leben einer Frau war für Simotschka bis zu dieser Zeit ziemlich unglücklich verlaufen. Sie war nicht schön: ihr Gesicht wurde durch eine zu lange Nase verunstaltet, ihre Haare waren nicht sehr dicht, wuchsen schlecht und waren an ihrem Hinterkopf in einem mageren Knoten zusammengefaßt. Simotschka war nicht nur klein, was eine Frau eher schöner macht, sondern übertrieben klein, und ihre Figur glich mehr der eines Mädchens aus der siebten Klasse als der einer erwachsenen Frau. Dazu war sie noch streng, zu keinem Spaß oder nutzlosen Spiel aufgelegt – das zog natürlich junge Männer nicht gerade an. So hatte sie mit ihren fünfundzwanzig Jahren noch niemals jemanden gehabt, der ihr den Hof gemacht, niemanden, der sie einmal umarmt oder geküßt hätte.

Doch vor kurzem, vor einem Monat, hatte irgend etwas mit dem Mikrophon in der Zelle nicht geklappt, und Nershin hatte Sima gerufen, damit sie ihm helfe. Mit dem Schraubenzieher in der Hand eilte sie hinzu; in der schalldichten schwülen Enge der Zelle, wo zwei Menschen kaum Platz nebeneinander hatten, beugte sie sich zum Mikrophon, das auch Nershin schon betrachtete, und dabei berührte sie mit ihrer Wange, ohne daß sie es selbst gewahr wurde, die Nershins. Sie nahm die Berührung wahr und wäre beinahe vor Entsetzen gestorben – was wird jetzt geschehen? Es wäre nötig gewesen, abzurücken, sie starrte aber weiter gedankenlos das Mikrophon an. Es wurde die längste und aufregendste Minute ihres Lebens, ihre Wangen glühten, sie waren zusammen, und er blieb ruhig! Dann ergriff er plötzlich ihren Kopf und küßte sie auf die Lippen. Simotschkas ganzer Körper schmolz gleichsam in einem Gefühl freudiger Schwäche. Sie sagte in diesem Augenblick nichts vom Komsomol, nichts von der Heimat, sondern nur:

»Die Tür ist nicht zu!«

Der dünne blaue Vorhang trennte sie, sachte hin und her schwingend, von den hin und her laufenden, sich unterhaltenden Menschen, die ihn jederzeit hätten beiseite ziehen können. Der Gefangene Nershin riskierte dadurch nichts, außer zehn Tagen Karzer – das Mädchen riskierte eine Eintragung in ihre Personalakte, die Karriere, möglicherweise sogar die Freiheit, doch sie hatte keine Kraft, sich seinen Armen zu entreißen, ihren Kopf zurückzuwerfen.

Das erste Mal in ihrem Leben hatte ein Mann sie geküßt.

So zersprang die schlangenklug geschmiedete Eisenkette an der Stelle, wo man das Herz einer Frau als Glied mit eingeschmiedet hatte.

7

Dürft ich zum Augenblicke sagen . . .

»Wessen Glatze ist da hinter mir?«

»Mein liebes Kind, ich bin in lyrischer Stimmung. Laß uns ein bißchen miteinander raufen.«

»Laß mich, ich bin beschäftigt.«

»Nun, meinetwegen. Beschäftigt! . . . Glebka, ich bin ganz durcheinander. Da saß ich bei der improvisierten deutschen Weihnachtsfeier, sagte irgend etwas von meinem Unterstand am Brückenkopf nördlich von Pultusk, und nun – die Front! – Die Front ist vor mir wieder auferstanden! Und so lebendig, nahezu verführerisch . . . Hör, auch an den Krieg kann man sich als an etwas Gutes erinnern. Nicht wahr?«

»So weit darf man sich selbst gegenüber nicht nachgeben. In der Tao-Ethik heißt es: ›Die Waffen sind Instrumente des Unglücks, aber nicht des Edelmuts. Der Weise siegt ungern.‹«

»Was höre ich da? Von den Skeptikern bist du nun zu den Taoisten übergewechselt?«

»Das ist noch nicht entschieden.«

»Zuerst erinnerte ich mich an meine besten Fritze[1]. Wie sie und ich gemeinsam den Text für die Flugblätter verfaßten, die Unterschriften unter die Bilder: Da war die Mutter, wie sie ihre Kinder umarmt, dann die blondlockige weinende Margarete, das war überhaupt die Krone unserer Flugblätter, mit ein paar Versen darunter.«

»Ich erinnere mich daran, ich erwischte auch eines.«

»Und wie wir gemeinsam im Lautsprecherwagen an ruhigen Abenden an die vorderste Front fuhren . . .«

». . . und zwischen rührenden Tangos die kämpfenden Brüder beredeten, die Waffen gegen Hitler zu wenden. Wir krochen aus den Unterständen heraus und hörten ebenfalls mit Vergnügen zu. Aber eure Aufrufe waren ziemlich naiv.«

»Was sagst du da? Wir haben doch Graudenz und Elbing ohne einen einzigen Schuß genommen.«

»Ja, das war fünfundvierzig!«

»Steter Tropfen höhlt den Stein! . . . Habe ich dir nicht von Milka erzählt? Sie war Studentin im Institut für Fremdsprachen gewesen, hatte es einundvierzig absolviert, und man hatte sie sofort als Übersetzerin zu unserer Abteilung geschickt. Sie hatte eine kleine Stupsnase und bewegte sich sehr hastig.«

»War das die, mit der du gemeinsam gegangen bist, um die Kapitulationserklärung der Festung entgegenzunehmen?«

»Ja, ja, das war ein erstaunlich eitles junges Mädchen. Sie liebte es ungemein, wenn man sie für ihre Arbeit lobte und wenn man sie für Orden vorschlug – wenn man sie aber tadelte – Gott bewahre! Erinnerst du dich an den Wald an der Nordwestfront, jenseits der Slowatj, wenn man von Rachlizy nach Nowo-Swinuchowo ging, südlich von Podzepotsch?

»Dort gibt es viele Wälder. Am jenseitigen Ufer der Redja oder auf dem diesseitigen Ufer?«

»Auf dem diesseitigen.«

»Ja, dann weiß ich.«

»Hier in diesem Wald sind wir zusammen einen ganzen Tag umhergestreift. Es war Frühling. Nicht Frühling: März! Mit den wasserdichten Stiefeln bist du durch das glucksende Wasser gewatet, dann über Wiesen geschlendert, und dein Kopf hat unter der Pelzmütze geschwitzt; und, weißt du, dieser uralte Duft des neuen Erwachens. Wir schweiften umher, als wären wir zum ersten Mal verliebt, als wären wir frisch vermählt. Woher kommt das eigentlich, wenn du eine Frau hast, eine für dich neue Frau, daß du dann mit ihr alles noch einmal von Anfang an

[1] Russischer Spottname für die Deutschen (Anm. d. Übers.)

erlebst, wie ein Jüngling zum ersten Mal und ... hm? ... Der endlose Wald! Selten kam Rauch aus einem Unterstand, eine Batterie Sechsundsiebziger auf einer Lichtung. Wir umgingen sie. So wanderten wir bis zum Abend umher, es wurde feucht, der Himmel überzog sich mit einem leichten Rot. Den ganzen Tag hatte sie mich hingehalten. Aber am Abend ... wir fanden einen leeren Unterstand ...«

»Über der Erde?«

»Ja, du erinnerst dich gut. Damals wurden viele solcher Unterstände gebaut, sie glichen dem Unterschlupf wilder Tiere.«

»Dort war die Erde aber doch feucht.«

»Nun ja. Im Innern waren Tannennadeln aufgeschüttet, der Geruch von harzigem Holz, der Rauch vom offenen Feuer – Ofen war keiner da, man mußte sich am offenen Feuer wärmen. Aber im Dach war ein kleines Loch. Kein Licht natürlich ... Solange das Holz brannte – die Schatten auf den Holzscheiten ... Glebka! Das ist Leben, ja?«

»Ich habe festgestellt: wenn in den Gefängniserzählungen eine Frau vorkommt, so hoffen alle Zuhörer, und ich gehöre zu ihnen, unbedingt, daß sie am Ende der Erzählung *kein* Mädchen mehr ist. Das ist für Gefangene die Hauptsache an einer Geschichte. Hier ist ein Streben nach ausgleichender Gerechtigkeit, findest du nicht auch? Dem Blinden muß von den Sehenden bestätigt werden, daß der Himmel immer noch blau, das Gras noch grün ist. Ein Häftling muß glauben, daß es theoretisch in der Welt noch lebende liebenswerte Frauen gibt und sie sich Glücklichen hingeben. Sieh, an welchen Abend du dich erinnerst: Mit der Geliebten, wenn auch im rauchigen Unterstand, aber man schoß nicht! Krieg! Und deine Frau hat an diesem Abend ihre Zuckerabschnitte in klebrige, zerdrückte, mit Papier vermischte scheußliche Bonbons eingelöst und gerechnet, wie sie für die Töchter dreißig Tage lang reichen könnten! ... In der Butyrka, Zelle dreiundsiebzig ...«

» ... im zweiten Stock, im engen Korridor.«

»Genau! – Der junge Moskauer Historiker, Professor Raswodowskij, er hatte eben erst geheiratet und war natürlich nicht an der Front gewesen, bewies klug, leidenschaftlich und überzeugend mit sozialen, historischen und ethischen Argumenten, daß es im Krieg auch Gutes gibt. In der Zelle waren junge Leute, die eben erst von der Front kamen, in allen Armeen gekämpft hatten – sie hätten diesen Professor beinahe zerfleischt. Sie gerieten in Wut – an dem verdammten Krieg gibt es nichts, aber auch nichts Gutes! Ich hörte zu, schwieg. Raswodowskij hatte starke Argumente, minutenlang schien es mir, er hätte recht, und auch ich hatte vereinzelte gute Erinnerungen an den Krieg, aber ich wagte nicht, mich auf einen Streit mit den Soldaten einzulassen: das, worin ich dem Professor zustimmen wollte, war eben auch das, was mich, den Artilleristen des Oberkommandos der Reserve, vom Infanteristen unterschied. Lew, versteh, du warst an der Front – außer bei der Einnahme dieser Städte – ein vollkommener *Einfaltspinsel.* Wenn du einmal keine Schlachtordnung gehabt hättest, von der du nicht abweichen konntest, hätte es dich den Kopf gekostet. Jetzt versinkt alles Schlechte in unserem lügenhaften Gedächtnis . . .«

»Ja, ich sage aber nicht . . .«

». . . und das Angenehme taucht auf. Wenn ich mich an diesen gräßlichen Tag erinnere, als die Bomben der Stukas mich bei Orel beinahe in Stücke gerissen hätten, so kann ich dabei in mir wenig Angenehmes verspüren. Nein, Lewka, das einzig Gute am Krieg ist, daß er vorbei ist!«

»Ja, ich sage ja nicht, daß er gut sei, sondern daß man sich an Gutes aus dem Krieg erinnert.«

»So wird man sich eines Tages auch an das Lager als an etwas Gutes erinnern. Auch an die Durchgangslager.«

»An die Durchgangslager? Gorkij? Kirow? Nein, nein.«

»Das kommt daher, weil dir dort die Verwaltung den Koffer abgenommen hat und du nicht objektiv sein willst. Aber einige haben auch dort vorzüglich gelebt, als Kontroll- oder Badepersonal, und sie lebten sogar mit Frauen zusammen, so werden sie auch allen erzählen, daß es keinen besseren Platz gegeben habe als die Verschickungsgefängnisse. Überhaupt dieser Begriff *Glück* – er ist eine Hypothese, eine Erfindung.«

»Die Etymologie selbst hat dem Wort die Vergänglichkeit und Irrealität des Begriffes aufgeprägt. Das Wort *Glück* kommt im Russischen von ›diese Stunde‹, das heißt: ›dieser Augenblick‹.«

»Nein, Magister, entschuldigen Sie. Lesen Sie einmal Wladimir Dahl. Das russische Wort ›Glück‹ setzt sich zusammen aus den Worten ›Teil‹ und ›von‹, das heißt ›Teil von‹, was bedeuten soll, wem welcher Teil, welcher Anteil am Glück zugefallen ist, wer welchen Teil dem Leben entrissen hat. Die Etymologie gibt uns eine sehr tiefgründige Anschauung vom Glück.«

»Einen Moment! Auch meine Erklärung stammt von Dahl!«

»Das wundert mich. Meine auch.«

»Das muß man in mehreren Sprachen untersuchen. Ich werde es aufschreiben!«

»Irrer!«

»Das ist egal! Laß mich, ich beschäftige mich gerne mit den vergleichenden Sprachwissenschaften!«

»Alles kommt von dem Wort *Hand*? Wie Marr sagt? Ja?«

»Du, scher dich zum Teufel, hör zu. Hast du den zweiten Teil des ›Faust‹ gelesen?«

»Frag lieber, ob ich den ersten gelesen habe. Alle sagen, er sei großartig, aber niemand liest ihn. Oder sie kennen ihn nur durch Gounod.«
»Nein, der erste Teil ist überhaupt nicht schwer verständlich!

›Von Sonn' und Welten weiß ich nichts zu sagen;
Ich sehe nur, wie sich die Menschen plagen.‹«

»Das leuchtet mir ein!«
»Oder:

›Was man nicht weiß, das eben brauchte man,
und was man weiß, kann man nicht brauchen.‹«

»Großartig!«
»Aber der zweite Teil ist wirklich sehr schwer verständlich, reich an tiefen Gedanken. Du weißt nichts über den Vertrag zwischen Faust und Mephistopheles. Dann allein erhält Mephistopheles Fausts Seele, wenn er ausruft: ›Zum Augenblicke dürft' ich sagen: Verweile doch, du bist so schön!‹ Aber alles, was Mephistopheles Faust bietet, die Rückkehr der Jugend, Margaretes Liebe, den leicht errungenen Sieg über die Rivalen, unendlichen Reichtum, die Aufdeckung der Geheimnisse des Lebens – nichts kann Fausts Brust den ersehnten Ausspruch entlocken. Viele Jahre vergingen so. Mephistopheles ist müde geworden, diesem unersättlichen Wesen nachzujagen, er sieht, daß nichts den Menschen glücklich machen kann, und möchte von diesem fruchtlosen Einfall ablassen. Der zum zweiten Mal alt gewordene, erblindete Faust befiehlt Mephistopheles, Tausende von Arbeitern herbeizurufen, damit sie Kanäle für die Trockenlegung der Sümpfe grüben. In seinem, zum zweiten Mal gealterten Hirn, das dem zynischen Mephistopheles umwölkt und töricht erscheint, leuchtet eine großartige Idee auf, die Menschheit zu beglücken. Auf ein Zeichen Mephistos erscheinen die Diener der Hölle, die Lemuren, und beginnen Fausts Grab auszuheben. Mephistopheles möchte ihn los sein, schon ohne Hoffnung auf seine Seele. Faust hört das Geräusch der vielen, vielen Spaten. Was ist das? fragt er. Mephistopheles spottet auch jetzt noch. Er entwirft vor Faust ein erlogenes Bild und sagt, daß man die Sümpfe trockenlege. Unsere Kritik liebt es, diese Szene sozialoptimistisch zu deuten: nämlich, daß Faust, als er das Gefühl hat, der Menschheit Nutzen zu bringen, eine höhere Freude empfindet und ausruft:

›Zum Augenblicke dürft' ich sagen:
Verweile doch, du bist so schön!‹

Wenn man das aber genauer durchdenkt, so müssen wir uns fragen, ob Goethe nicht hier über das menschliche Glücksempfinden gespottet hat? Denn letzten Endes bringt es keinen Nutzen, keiner Menschheit irgendeinen Nutzen. Faust spricht den langersehnten, erlösenden Satz, einen Schritt vom Grab entfernt, betrogen und vielleicht auch schon geistig umnachtet; die Lemuren stoßen ihn in die Grube hinab. Was ist das: eine Hymne auf das Glück oder ein Spottvers auf das Glück?«

»Ach, Lewotschka, so liebe ich dich, so wie du jetzt bist, wie du vom Herzen her urteilst, mit Verstand sprichst und die Dinge an sich nicht schmähst.«

»Du alter Pyrrhus-Epigone! Ich wußte ja doch, daß ich dir damit ein Vergnügen bereiten würde. Hör weiter. In einer meiner letzten Vorlesungen vor dem Krieg sprach ich über diese Stelle im ›Faust‹. Das war eine teuflisch-kühne Vorlesung! Ich entwickelte die elegische Idee, daß es kein Glück gebe, daß es entweder unerreichbar oder illusorisch sei. Plötzlich übergab man mir eine Notiz. Der Zettel, auf dem sie stand, war aus einem Millimeterheft herausgerissen: ›Aber ich liebe. *Ich bin glücklich!* Was sagen Sie dazu?‹«

»Und was hast du gesagt?«

»Was kann man darauf sagen?«

8

Das fünfte Jahr im Joch

Sie waren so versunken in ihr Gespräch, daß sie den Laborlärm überhaupt nicht hörten und ebensowenig die aufdringliche Radiomusik aus der anderen Ecke. Mit seinem Drehstuhl kehrte sich Nershin wieder um, so daß er mit dem Rücken zum Labor saß. Rubin, der vorher seine Arme in die Seite gestützt hatte, kreuzte sie jetzt auf der Sessellehne und legte seinen Bart über seine Hände.

Nershin sprach voller Inbrunst, so wie man lang ausgereifte Gedanken anderen mitteilt:

»Wenn ich früher – in der Freiheit – in Büchern las, was kluge Menschen über den Sinn des Lebens oder darüber, was das Glück sei, dachten, so verstand ich diese Stellen schlecht. Ich gestand ihnen zu: kluge Menschen sind zum Denken verpflichtet, aber was ist der Sinn des Lebens. Wir leben und darin liegt der Sinn. Das Glück? Wenn es uns sehr, sehr gut geht, so ist dies Glück. Das weiß jeder. Manchmal denke ich, das Gefängnis sei doch nicht das Schlechteste; immerhin gibt es mir Gelegenheit nachzudenken. Um die Natur des Glücks zu verstehen, erlaube mir, zuerst die Natur der Sattheit aufzuzeigen. Denk an die Lubjanka oder die Gegenspionage. Denk an die dünne, wässerige Hafer-

oder Gerstengrütze ohne ein einziges Tröpfchen Fett! Kannst du sagen, daß du sie *ißt*, daß du sie trinkst oder verspeist? Mit heiligem Zittern wirst du ihrer teilhaftig, du empfängst sie wie das Abendmahl. Wie die Yogis das Prana empfangen. Du ißt sie langsam, du ißt sie mit der Spitze des hölzernen Löffels, du ißt sie ganz versunken in den Prozeß des Essens, in das Denken über das Essen, und der Fraß verteilt sich in deinem ganzen Leib wie Nektar, du erzitterst von der Süßigkeit, die sich dir in diesen zerkochten Körnchen und der trüben Nässe auftut, in der sie herumschwimmen. So lebst du sechs Monate, vielleicht zwölf, und hast im Grunde *nichts* gegessen. – Kannst du damit das grobe Verschlingen von Koteletts vergleichen?«

Rubin konnte und wollte nicht so lange zuhören. Jedes Gespräch verstand er so (und meistens ergab es sich auch so), daß er es war, der an die Freunde die geistige Ausbeute verteilte, die Früchte seiner geistig-seelischen Empfänglichkeit. Auch jetzt versuchte er, seinen Freund zu unterbrechen, aber Nershin packte Rubins Kombination, schüttelte ihn und ließ ihn nicht zu Wort kommen:

»So haben wir an uns selbst und an dem Unglück unserer Kameraden die Natur der Sattheit erkannt. Die Sattheit hängt nicht im geringsten davon ab, *wieviel* wir essen, sondern davon, *wie* wir essen. So ist es auch mit dem Glück, so ist es mit dem Glück, Lewuschka, es hängt überhaupt nicht von dem Umfang der äußeren Segnungen ab, die wir dem Leben entrissen haben, es hängt nur von unserer Beziehung zu ihnen ab! Darüber heißt es in der taoistischen Ethik: ›Wer es versteht, sich zufrieden zu geben, der wird immer zufrieden sein.‹«

Rubin lachte auf: »Du bist ein Eklektiker. Überall reißt du bunte Federn heraus und schmückst dich damit.«

Nershin fuchtelte mit seinen Händen herum und schüttelte energisch den Kopf. Seine Haare fielen ihm in die Stirn herab. Die Diskussion interessierte ihn immer mehr, und er sah aus wie ein achtzehnjähriger Jüngling.

»Du irrst, Lewka, *so* ist das überhaupt nicht! Meine Schlüsse ziehe ich nicht aus den Philosophien, die ich studiert habe, sondern aus Lebensgeschichten, die mir in den Gefängnissen erzählt wurden. Wenn ich dann *meine* Schlüsse in eine klare Form bringen muß, warum soll ich Amerika noch einmal entdecken? Auf dem Stern der Philosophie ist alles Land schon längst entdeckt. Ich blättere die Bücher der alten Weisen durch und finde dort meine neuesten Gedanken. Unterbrich mich nicht! Ich möchte ein Beispiel anführen: Wenn in einem Lager, und um so mehr hier in der Scharaschka, ein solches Wunder vorkäme, wie es die Einführung eines ruhigen, arbeitsfreien Sonntags wäre, so würde an diesem Tag die Seele auftauen und vom Alltag abrücken, und wenn sich auch nichts an der äußeren Situation zum Besseren hin ändern würde, so würde aber doch das Joch des Gefängnisses mich entlassen, ich hätte vielleicht ein Gespräch nach meinem Herzen oder könnte ein paar Sachen lesen — und schon würde ich auf dem Kamm einer Welle reiten. Vom wirklichen Leben habe ich viele Jahre nichts gehabt, doch ich habe es nicht vergessen. Ich bin schwerelos und immateriell. Ich liege dort ganz oben auf meiner Matratze, betrachte die niedere Decke, sie ist kahl, schlecht verputzt — und ich fahre auf, so hat mich das tiefe Glück des Seins erfaßt. Ich schlafe ein, hinweggetragen von den Flügeln wahrer Seligkeit. Kein Präsident, kein Premierminister kann so zufrieden über einen verflossenen Sonntag einschlafen.«

Rubin grinste gutmütig, dabei zeigte er seine Zähne. In diesem Grinsen lagen sowohl eine gewisse Zustimmung als auch eine gewisse Nachsicht dem jüngeren Freund gegenüber, der sich, wie er meinte, irrte.

»Und was sagen darüber die großen Bücher der Weda[1]?« fragte er, indem er seinen Mund verzog.

»Die Bücher der Weda — ich weiß es nicht«, entgegnete Nershin ernst. »Aber die Bücher der Sankhya[1] sagen: ›Für die Wissenden gehört das menschliche Glück zu den Leiden.‹«

»Schön hast du nachgewinselt«, knurrte Rubin in seinen Bart. »Hast du das von Mitja[2]?«

»Vielleicht. Idealismus? Metaphysik? Ja? Warum klebst du nicht weiter Schildchen auf? Alter Zottelbart! Hör zu! Das Glück immerwährender Siege, das Glück triumphal erfüllter Wünsche, das Glück des Erfolges und vollständiger Sättigung, das ist seelisch-geistiger Tod, das ist eine Art nicht endenwollender moralischer Qual! Nicht die Philosophen der Wedanta oder der Sankhya, sondern ich, ich persönlich, Gleb Nershin, der sich das fünfte Jahr im Joch befindet, erklomm diese Entwicklungsstufe, wo man schon beginnt, das Schlechte auch als Gutes anzusehen, und *ich* bin der Meinung, daß die Menschen selbst nicht wissen, was sie erstreben. Sie suchen im leeren Raum herum nach einer Handvoll irdi-

[1] Der Brahmanismus entwickelte sich aufgrund der Upanischaden-Texte in sechs Richtungen. Alle erstreben die Befreiung der Seele aus dem Kreislauf der Seelenwanderung durch die Vereinigung mit der Weltseele (Brahman). 1. *Sankhya*: Erlösung durch Trennung der Seele vom Stoff in einen Zustand ewiger Bewußtlosigkeit. 2. *Yoga*: Erlösung durch Abwendung von der Außenwelt mittels Versenkung. Anerkennung eines persönlichen Gottes. 3. *Wedanta*: Erlösung durch Erkenntnis, daß die Seele die einzige Wirklichkeit im falschen Schein der Welt ist. 4. *Mimasma*: Erlösung der Seele durch Einhaltung kultischer Vorschriften. 5. und 6. *Waischeschika* und *Njaja*: Erlösung durch wahre Erkenntnis der atomischen Welt. (Reihenfolge in der zeitlichen Entwicklung) (Anm. d. Übers.)

[2] Iwan Bunin: ›Mitjas Liebe‹, Erzählungen, 1925.

scher Güter und sterben, ohne ihren eigenen seelischen Reichtum erkannt zu haben.«
Rubin lachte. Er lachte oft bei Streitgesprächen, wenn er die Ansichten seines Gegners vollkommen ablehnte.
»Paß auf! Aus dir spricht die Unreife jugendlichen Denkens. Deine eigene Erfahrung ziehst du der kollektiven Erfahrung der Menschheit vor. Du bist vom Gestank der Gefängnislatrinen vergiftet, und durch diese Dämpfe hindurch willst du die Welt erkennen. Nur weil wir selbst Schiffbruch erlitten haben, weil unser eigener Lebensweg ruiniert ist, sollte sich die Menschheit ändern? Warum sollte man deswegen seine Überzeugung ändern?«
»Und du brüstest dich wegen deiner festen Überzeugung?«
»Ja! ›Hier stehe ich, ich kann nicht anders.‹«
»Starrkopf! Auch das ist eine Weltanschauung! Anstatt hier im Gefängnis zu lernen, das wahre Leben in sich aufzunehmen.«
»Was für ein Leben? Die vergiftete Galle der Gescheiterten?«
»Du machst absichtlich deine Augen zu, schließt die Ohren, nimmst eine Pose ein. Und darin siehst du dann deine Intelligenz. Darin, daß du dich einer Entwicklung versperrst — ist das vernünftig?«
»In der Objektivität liegt Verstand.«
»Du! Du — objektiv?«
»Absolut!« sagte Rubin würdevoll.
»Ich sah in meinem Leben keinen Menschen, der geistig gefangener ist als du!«
»Streck deinen Kopf aus deinem Erdloch heraus! Sieh die Dinge in ihrem historischen Zusammenhang! Es ist unangenehm, sich selbst zu zitieren, das weiß ich, aber: ›Das Leben einer Motte währt nur einen Augenblick, eine Eiche blüht hundert Jahre!‹ Gesetzmäßigkeit — verstehst du, was dieses Wort heißt? Unausweichliche, unbedingte Gesetzmäßigkeit. Alles geht seinen ganz fest vorgeschriebenen Weg. Da gibt es kein Herumschnüffeln mehr, keine Suche nach einer verfaulten Skepsis!«
»Denke nicht, Lewka, daß ich es mir leicht mache. Der Skeptizismus ist für mich so etwas wie eine Scheune am Wegrand, die mir Unterschlupf gewährt, bis das Unwetter vergangen ist. Aber der Skeptizismus stellt eine Form der Befreiung des dogmatischen Geistes dar, und hierin liegt sein Wert.«
»Des dogmatischen Geistes? Du Dummkopf! Wie könnte ich ein Dogmatiker sein?« Rubins große warme Augen blickten vorwurfsvoll. »Ich bin genau wie du ein Gefangener der Verhaftungswelle von fünfundvierzig. Und vier Jahre Front stecken mir noch mit einem Granatsplitter in der Seite, und fünf Jahre Gefängnis beugen meinen Nacken. So sehe

ich die Dinge genauso gut wie du. Nur, was sein muß, muß sein: Ohne ein gut ausgebautes Strafvollzugssystem kann ein Staat nicht existieren.«
»Das kann ich nicht hören! Das lasse ich nicht gelten!«
»Ja, ja. Aus ist es plötzlich mit der Skepsis, Flöten und Schalmeien werden angestimmt. Was für einen Sextus Empiricus hat man hier ausgegraben! Warum ärgerst du dich so? Kann vielleicht so aus dir ein ordentlicher Skeptiker werden? Dem Skeptiker ist auferlegt, *sich des Urteils zu enthalten*, er hat Gleichmut zu bewahren.«
»Ja, du hast recht.« Gleb faßte sich verzweifelt an den Kopf. »Ich träume davon, zurückhaltend zu sein, ich entwickle in mir nur ... erhabene Gedanken, aber die Umstände sind stärker als ich, mir wird schwindlig, ich fletsche die Zähne, ich entrüste mich.«
»Erhabene Gedanken! Aber du bist bereit, mir an die Kehle zu springen, weil es in Dsheskasgan nicht genug Trinkwasser gibt.«
»Dich sollte man dorthin schicken, du Hund! Von uns allen bist du der einzige, der meint, daß Stalin recht hat, daß seine Methoden unumgänglich nötig seien, gesetzmäßig. Man sollte dich nach Dsheskasgan schicken, um zu sehen, was du dort für ein Lied anstimmen würdest.«
»Hör, hör!« Jetzt war es Rubin, der Nershin mit aller Kraft an seiner Kombination packte: »Er ist der größte Mensch! Du wirst das niemals verstehen. Er ist der Robespierre und der Napoleon unserer Revolution. Er ist klug. Er ist tatsächlich klug. Er sieht schon von ganz fern das, was unser kurzsichtiger Blick nicht zu erfassen vermag.«
»Mein lieber Bruder, glaub das nicht, vertraue lieber deinem halbblinden Auge!« fiel ihm Nershin ins Wort. »Schon als Junge nahm ich nach Lenins Büchern die seinen in die Hand – ich konnte sie nicht lesen. Nach einem knappen, brillanten, klaren Stil hatte ich plötzlich so einen Grießbrei auf dem Teller. Jeder Gedanke wird bei ihm grob, dumm, und er merkt selbst nicht, wie er dabei das Wichtigste aus den Augen läßt.«
»Und das alles ging dir schon auf, als du noch ein Junge warst?«
»Ich war damals in der letzten Klasse. Du glaubst das nicht? Auch der Untersuchungsrichter hat das nicht geglaubt. Diese Schulmeisterei, mit der er alles behandelt, reizt einen bis zur Weißglut. Er ist ernstlich davon überzeugt, daß er gescheiter ist als jeder andere Russe.«
»Aber das ist er auch!«
»Und daß er uns dadurch glücklich macht, daß wir ihn bewundern dürfen.«
Hinweggetragen von ihrem Disput ließen die Freunde es an Wachsamkeit fehlen, und ihre Ausrufe waren schon für Simotschka hörbar, die Nershin schon lange mit großem Mißfallen angesehen hatte. Sie war verletzt, daß der Abend, an dem sie Dienst hatte, verging, ohne daß er Zeit fand, sich ihr zuzuwenden.

»Du hast einen Sehfehler! Einen Sehfehler eben deshalb, weil du dich nicht mit deinen eigenen Angelegenheiten beschäftigst. Du bist Mathematiker und hast weder in Geschichte noch in Philosophie fundierte Kenntnisse. Wieso kannst du dich dann erdreisten, ein solches Urteil zu fällen?«

»Hör, jetzt reicht es mit diesen Märchen, daß die klug sind, die das Neutrino entdeckt und Sirius-Beta gewogen haben, ohne beide gesehen zu haben, die so infantil sind, unfähig, sich in den drei Dimensionen des menschlichen Daseins einzurichten. Was bleibt uns Mathematikern und Technikern zu tun übrig, wenn ihr als Historiker aufhört, euch mit der Geschichte zu befassen? Ich sehe doch, an wen man die Preise verteilt und wer die akademischen Prämien bekommt. Sie schreiben keine Geschichte, sondern lecken mit der Zunge immer an einer wohlbekannten Stelle. Das bedeutet, daß wir als technische Intelligenz uns mit der Geschichte befassen müssen.«

»O je, o je, wie entsetzlich!«

»Und außerdem greifen wir alles von der technischen Seite auf, auch mit mathematischen Methoden – das ist nicht schlecht. Die Geschichte wird darunter in keiner Weise leiden.«

Auf dem unbesetzten Schreibtisch des technischen Leiters des Akustischen Labors, Major Roitman, läutete das Haustelefon. Simotschka erhob sich und ging an den Apparat.

»Auch der Untersuchungsrichter glaubte nicht, daß mein Studium des Diamat[1] der Ausgangspunkt für meine spätere Verhaftung nach Artikel 58, Absatz 10 bildete. Das richtige Leben habe ich niemals gekannt, ich war ein Bücherwurm, leider. Aber ich verglich und verglich immer wieder diese zwei Stile, diese zwei Federn, diese zwei Arten der Argumentation, und in den Texten ...«

»Gleb Wikentjitsch!«

»... fielen mir Abweichungen auf, Entstellungen, Vergröberungen – ja, und jetzt bin ich hier!«

»Gleb Wikentjitsch!«

»Ja?« Nershin wurde bewußt, daß er gemeint war, und er riß sich von Rubin los.

»Haben Sie nicht gehört? Das Telefon hat geklingelt!« Simotschka wendete sich zum dritten Mal an ihn, sehr streng, die Augenbrauen hochgezogen, so stand sie hinter ihrem Tisch, die Arme gekreuzt und den braunen Wollschal eng um ihre Schultern gezogen: »Anton Nikolajewitsch befiehlt Sie in sein Büro.«

»Ja – ja?« Von Nershins Gesicht schwand das Feuer des Wortstreites, die

[1] Dialektischer Materialismus (Anm. d. Übers.)

Falten kehrten zurück. »Gut, danke schön, Serafima Witaljewna. Lewka, du hörst – Anton. Warum wohl?«
In das Büro des Institutsleiters um zehn Uhr nachts am Sonnabend gerufen zu werden, das war ein außergewöhnliches Ereignis. Obwohl Simotschka sich bemühte, offiziell-gleichgültig auszusehen, verriet ihr Blick, wie Nershin erkannte, doch große Besorgnis. Und es war, als hätte es keine langsam sich entwickelnde Erbitterung gegeben. Rubin sah den Freund besorgt an. Wenn seine Augen nicht von Leidenschaft entstellt waren, hatten sie einen nahezu weiblichen, sanften Ausdruck.
»Ich liebe es überhaupt nicht, wenn sich die Oberen für uns interessieren«, sagte er. »Baue keinen Hof in der Nähe des fürstlichen Palastes.«
»Aber wir, so scheint es, bauen ja auch nicht. Unsere Aufgaben sind zweitrangig: Stimmen ...«
»Und jetzt rückt uns Anton auf den Pelz. Für Stanislawskijs Erinnerungen und die Reden berühmter Advokaten wird man uns in den Hintern treten«, lachte Rubin. »Oder vielleicht ist es auch wegen der Artikulation der Semjorka[1]?«
»Die Resultate sind ja schon unterschrieben, da hilft nichts. In jedem Fall, wenn ich nicht zurückkomme ...«
»Dummheit!«
»Dummheit? So ist das Leben ... Verbrenne das, du weißt wo.« Mit Krachen klinkte er die Rollvorhänge der Schreibtischschubladen zu, übergab Rubin leise die Schlüssel und ging, ohne zu eilen, fort, so wie ein Gefangener geht, der das fünfte Jahr im Joch ist, der niemals Eile in sich spürt, weil er weiß, daß er von der Zukunft nichts Gutes erwarten kann.

9

›Die Rosenkreuzer‹

Über die mit rotem Teppich belegte Treppe, die zu dieser späten Stunde menschenleer war, unter dem Schatten der Messingleuchter hindurch, über sich die hohe Stuckdecke, stieg Nershin zum dritten Stock hinauf, versuchte, seinem Gang eine gewisse Sorglosigkeit zu verleihen, passierte den Tisch des freien Diensttuenden am Stadttelefon und klopfte an die Tür des Institutsleiters, des Ingenieurs und Obersten des Staatssicherheitsdienstes, Anton Nikolajewitsch Jakonow.

[1] Von semj (dt.: sieben) abgeleitetes Substantiv, hier das Labor Nr. 7 bzw. seine Belegschaft (Anm. d. Übers.)

Das Büro war hoch und breit, mit Teppichen ausgelegt, mit Sesseln und Sofas ausgestattet; in der Mitte leuchtete grell-blau ein Tischtuch auf dem langen Konferenztisch; in der entfernten Ecke waren die braunen, geschwungenen Formen von Jakonows Schreibtisch und Sessel zu sehen. In dieser Pracht war Nershin erst wenige Male gewesen und dann meistens auf Konferenzen.

Ingenieur-Oberst Jakonow war über fünfzig, stand aber noch in der Blüte seiner Jahre, war von auffallendem Wuchs, hatte sein Gesicht vielleicht sogar nach dem Rasieren leicht überpudert, trug einen goldenen Zwicker, neigte etwas zur Wohlbeleibtheit, wie sie einem Fürsten Obolenskij oder Dolgorukij angestanden hätte, besaß eine majestätisch-sichere Art, sich zu bewegen, und stach von allen Würdenträgern seines Ministeriums ab.

Großartig lud er ein:

»Nehmen Sie Platz, Gleb Wikentjitsch!« Er lehnte sich etwas in seinem übergroßen Sessel zurück und spielte mit einem dicken bunten Bleistift auf der braunen Tischplatte.

Die Anrede mit Vor- und Vatersnamen bewies Wohlwollen und Höflichkeit; dem Ingenieur-Obersten bereitete sie keine Mühe, denn unter dem Glas lag eine Liste, die alle Gefangenen mit ihren Vor- und Vatersnamen aufführte (wer das nicht wußte, den versetzte Jakonows Gedächtnis in großes Erstaunen). Nershin verbeugte sich schweigend, ohne strammzustehen, hielt jedoch die Hände still und setzte sich erwartungsvoll an den eleganten, lackierten kleinen Tisch.

Jakonows Stimme rollte perlend. Immer wieder überraschte es, daß dieser Herr nicht die ausgesuchte Angewohnheit hatte, das ›r‹ schnarrend auszusprechen:

»Wissen Sie, Gleb Wikentjitsch, vor einer halben Stunde hatte ich Anlaß, mich Ihrer zu erinnern, und ich fragte mich, wieso Sie eigentlich in das Akustische Labor zu ... Roitman verschlagen worden sind.«

Jakonow sprach diesen Familiennamen mit offensichtlicher Nachlässigkeit aus und fügte dem Familiennamen nicht den Rang des Majors hinzu. Die Beziehungen zwischen dem Institutsleiter und seinem ersten Stellvertreter waren so schlecht, daß er es nicht mehr für nötig erachtete, dies zu verbergen.

Nershin wurde nervös. Das Gespräch, so fühlte er, drohte eine unangenehme Wendung zu nehmen. Auf den weder dünnen noch dicken Lippen von Jakonows großem Mund hatte sich schon einige Tage vorher die gleiche nachlässige Ironie gezeigt; damals hatte er zu ihm gesagt, daß er, Nershin, wohl, was die Artikulationsresultate anbeträfe, objektiv sei, sich aber gegenüber der Semjorka nicht wie gegenüber einem teueren Toten verhalte, sondern wie gegenüber dem Leichnam eines unbekannten Trinkers, den man zufällig unter dem Zaun von Mawrino gefunden hätte. Die Semjorka war das Hauptpferd, auf das Jakonow setzte, aber ihre Leistungen waren schlecht.

»Ich schätze Ihre Verdienste auf dem Gebiet der Artikulation natürlich sehr hoch ein ...« – er machte sich über ihn lustig – »... Ich bedauere außerordentlich, daß Ihre originelle Monographie nur in einer kleinen geheimen Auflage gedruckt wurde, die Sie Ihres Ruhmes und der Möglichkeit beraubte, eine Art russischer George Fletcher zu werden ...« – er verspottete ihn – »... Jedoch will ich von Ihrer Tätigkeit etwas mehr, wie die Angelsachsen sagen, den ›Profit‹ haben. Sie wissen ja wohl, daß ich bei all meiner Hochachtung vor den abstrakten Wissenschaften ein Mensch der Tat bin.«

Der Ingenieur-Oberst Jakonow befand sich schon in einer hohen Stellung, stand jedoch dem Führer der Völker nicht so nahe, als daß er sich den Luxus gestatten konnte, seinen Geist nicht zu verbergen und eine persönliche Meinung zu haben:

»Nun, und so will ich Sie nun offen fragen – was machen Sie im Moment dort im Akustischen Labor?«

Eine erbarmungslosere Frage hätte man sich nicht ausdenken können. Jakonow hatte nur nicht die Zeit, nach allem zu sehen, sonst hätte er die Antwort selbst gewußt: »Welcher Teufel hat Sie nur dazu gebracht, sich mit einem solchen Papageiengeplapper wie ›Stier‹, ›mir‹ – zu befassen? Sie – einen Mathematiker? Einen Akademiker? Sehen Sie sich um!«

Nershin schaute sich um und erhob sich kurz: sie waren im Büro nicht zu zweit, sondern zu dritt. Vom Diwan erhob sich ein bescheidener Mensch in schwarzer bürgerlicher Kleidung und ging auf Nershin zu. Runde helle Brillengläser blitzten vor seinen Augen auf. Im verschwenderischen Strahl der Deckenbeleuchtung erkannte Nershin Pjotr Trofimowitsch Werenjow, der vor dem Krieg Dozent an seiner Universität gewesen war. Einer im Gefängnis angenommenen Verhaltensweise folgend, schwieg Nershin aber und zeigte auch keinerlei innere Bewegung, da er annahm, daß vor ihm ein Gefangener stünde, den er durch vorschnelles Erkennen in Gefahr brächte. Werenjow lächelte, machte gleichzeitig aber auch einen bestürzten Eindruck. Jakonows Stimme rollte beruhigend. »Fürwahr, in der Sekte der Mathematiker herrscht eine beneidenswerte Zurückhaltung. Schon mein ganzes Leben erschienen mir die Mathematiker wie eine Art Rosenkreuzer. Ich bedauerte immer, daß es mir versagt blieb, ihrer Sakramente teilhaftig zu werden. Genieren Sie sich nicht. Schütteln Sie sich nur die Hände und setzen Sie sich zwanglos hin. Ich lasse Sie eine halbe Stunde allein: Sie können teuere Erinnerungen austauschen, und Professor Werenjow kann Sie über die vor uns liegenden Aufgaben informieren.«

Jakonow erhob aus dem übergroßen Sessel seinen schweren Körper, dessen Wirkung noch durch silber-blaue Schulterstücke gesteigert wurde, und ging mit verhältnismäßig leichten Schritten dem Ausgang zu. Als Werenjow und Nershin sich die Hände schüttelten, waren sie schon allein.

Dieser blasse Mensch mit den funkelnden Brillengläsern erschien dem Gefangenen Nershin wie ein Gespenst, das ohne Erlaubnis aus einer vergessenen Welt zurückgekehrt ist. Zwischen dieser Welt und heute lagen die Wälder rings um den Ilmensee, die Hügel und Schluchten von Orel, der Sand und die Sümpfe Weißrußlands, die fetten polnischen Bauernhöfe, die Dachziegel der deutschen Kleinstädte. In diese Zeitspanne von neun Jahren, die sie nicht mehr zusammengewesen waren, hatten sich scharf die grell-nackten Boxen und Zellen der Bolschaja Lubjanka eingeprägt. Die grauen stinkenden Verschickungslager. Stickige Abteile von ›Stolypin-Waggons‹. Der schneidende Wind der Steppe, der über hungrige, frierende Gefangene hinwegpfiff. All das machte es unmöglich, das gleiche Gefühl wieder aufleben zu lassen, das man früher empfunden hatte, als man die Funktionen einer unabhängigen Variablen auf die glänzende Fläche der Linoleumwandtafel geschrieben hatte.

Beide zündeten sich eine Zigarette an und setzten sich hin, der kleine lackierte Tisch trennte sie voneinander.

Werenjow traf nicht zum erstenmal einen seiner Studenten von der Moskauer Universität oder der Universität von R., wohin man ihn vor dem Krieg geschickt hatte, um in den Rivalitätskampf der Theoretiker einzugreifen und die *härtere* Linie durchzusetzen. Doch auch für ihn war an der heutigen Begegnung etwas ungewöhnlich: die Isoliertheit des bei Moskau gelegenen Objektes, das vom Dunst mehrfacher Geheimhaltung umgeben war, umzäunt von vielen Stacheldrähten; die eigenartige blaue Kombination anstelle normaler Kleidung.

Sonderbarerweise stellte der jüngere von beiden – seine Falten am Mund traten dabei scharf hervor –, der Mann ohne akademischen Grad und Erfolg, Fragen, und der ältere beantwortete sie schüchtern, so als würde er sich seiner ereignislosen Gelehrtenbiographie schämen. Evakuierung, Rückkehr, drei Jahre Arbeit bei K., Doktorarbeit über mathematische Topologie ... Nershins Zerstreutheit war schon unhöflich; er fragte nicht einmal nach dem Thema der Dissertation in dieser trockenen Wissenschaft, aus der er sich einstmals selbst ein Objekt ausgewählt hatte. Plötzlich bedauerte er Werenjow. Regelmäßige Mengen, unregelmäßige Mengen, unbekannte Mengen ... Topologie! Die Stratosphäre menschlichen Geistes! Im vierundzwanzigsten Jahrhundert mag sie vielleicht jemandem nützlich sein, aber jetzt ... aber heute ...

»Von Sonn' und Welten weiß ich nichts zu sagen;
Ich sehe nur, wie sich die Menschen plagen.«

Aber wie war er denn hierhergekommen? Warum war er von der Universität weggegangen? Man hatte ihn geschickt; sich zu weigern, war unmöglich gewesen? Doch, es wäre möglich gewesen, aber ... Aber hier gibt es doppelte Bezahlung. Kinder? ... Vier ...

Aus irgendeinem Grund gingen sie nun die Studenten von Nershins Jahrgang durch, die ihr Examen in den ersten Tagen des Krieges abgelegt hatten. Die begabtesten waren von Granaten getroffen, erschlagen worden. Solche Menschen kriechen immer nach vorne, ohne auf sich selbst zu achten. Die, von denen man nichts erwarten konnte, beendeten entweder die Aspirantur[1] oder waren irgendwo als Assistenten angestellt. Und was war mit unser aller Stolz, mit Dimitrij Dimitritsch Gorjainow-Schachowskoj, dem kleinen Alten, der durch sein hohes Alter schon unordentlich geworden war, der sein schwarzes Samtjackett mit Kreide verschmiert, der den Tafellappen anstelle seines Schnupftuches in seine Hosentasche gesteckt hatte? Eine lebende Anekdote, die viele ›Professoren‹-Anekdoten-Gestalten in sich vereinigte, die Seele der Kaiserlichen Universität Warschau, für den es, als er neunzehnhundertfünfzehn in das kommerziell eingestellte R. kam, war, als hätte es ihn auf einen Friedhof verschlagen. Nach einem halben Jahrhundert wissenschaftlicher Tätigkeit, kamen Glückwunschtelegramme aus Milwaukee, Kapstadt, Yokohama. Und dann wurde er im Zuge einer Reinigungsaktion der Belegschaft, auf Beschluß einer Kommission hin, *fortgejagt.* Er fuhr nach Moskau und kam mit einem Zettel Kalinins[2] an: »Laßt die Finger von diesem Alten!« (Man sagte damals, Kalinins Vater wäre Leibeigener bei dem Vater des Professors gewesen.) Und sie ließen ihn in Ruhe. Sie ließen ihn so sehr in Ruhe, daß es schon schrecklich zu werden begann: Er schrieb eine naturwissenschaftliche Abhandlung über den mathematischen Beweis der Existenz Gottes. In den öffentlichen Vorlesungen über seinen Liebling Newton tönte er unter seinem gelben Bart hervor: »Man schickte mir eine Notiz zu: ›Marx schrieb, daß Newton ein Materialist sei, Sie sagen aber, er sei ein Idealist. Ich antworte darauf: Marx hat nicht recht. Newton glaubte an Gott, wie alle großen Gelehrten an ihn glauben.‹«

Grauenhaft war es, seine Vorlesungen mitzuschreiben. Stenographen gerieten in Verzweiflung. Da er so schwache Beine hatte, saß er direkt

1 Zeit zwischen Staatsexamen und Promotion zum Magister (der etwa unserem Doktor entspricht) (Anm. d. Übers.)

2 Michail Iwanowitsch Kalinin (1875—1946), sowjetischer Politiker, seit 1919 Staatsoberhaupt (Anm. d. Übers.)

bei der Tafel, das Gesicht ihr, dem Auditorium den Rücken zugewandt, mit der rechten Hand schrieb er, mit der linken wischte er hinterher das Geschriebene wieder aus; und die ganze Zeit über murmelte er ununterbrochen vor sich hin. Seine Ideen während der Vorlesung zu verstehen, war vollkommen ausgeschlossen. Als es aber Nershin gelang, sich mit einem Kameraden zusammenzutun, sich die Arbeit zu teilen, mitzuschreiben und am Abend die Notate auszuarbeiten, wurden sie, als sie das Niedergeschriebene lasen, innerlich wie vom Anblick eines funkelnden nächtlichen Sternenhimmels ergriffen.

Was ist aus ihm geworden?

Beim Bombardement von R. wurde der Alte verwundet und halbtot nach Kirgisien abtransportiert. Später kehrte er zurück, anscheinend hatte man aber an der Universität keinen Platz mehr für ihn. Er arbeitet jetzt im Pädagogischen Institut ... Bedeutet dies, daß er noch lebt? Er lebt. Erstaunlich. Die Zeit vergeht und vergeht auch wieder nicht ...

Aber warum ... *saß* Nerhin?

Nershin lachte laut auf.

»Nun, warum?«

»Für meine *Denkweise*, Pjotr Trofimowitsch. In Japan gibt es ein Gesetz, nach dem es möglich ist, einen Menschen wegen der Art seiner nicht ausgesprochenen Gedanken zu verurteilen.«

»In Japan! Aber bei uns gibt es doch kein solches Gesetz?«

»Doch, bei uns gibt es eins, das ist *Artikel 58, Absatz 10.*«

Die Hauptsache, warum Jakonow Nershin mit Werenjow zusammengebracht hatte, bekam Nershin nur zur Hälfte zu hören. Werenjow war hierhergeschickt worden, um die Arbeit an den Geheimchiffren zu intensivieren und zu systematisieren. Dazu brauchte man Mathematiker, viele Mathematiker, und Werenjow war glücklich, unter ihnen seinen ehemaligen Studenten zu finden, der schon früher zu den besten Hoffnungen Anlaß gegeben hatte.

Zerstreut stellte Nershin genaue Fragen. Pjotr Trofimowitsch, der sich mehr und mehr für die Mathematik ereiferte, begann, die Aufgabe zu erläutern. Er trug vor, welche Untersuchungen angestellt werden müßten, welche Formeln man noch einmal überarbeiten müsse. Nershin aber dachte an jene mit kleiner Schrift bedeckten Zettelchen, die er in aller Ruhe hatte schreiben können, hinter seinem Kulissenaufbau, unter den wachsam-liebevollen Blicken Simotschkas, unter Rubins gutmütigem Murmeln. Diese kleinen Zettel waren die ersten Früchte seiner dreißig Lebensjahre.

Natürlich wäre es beneidenswerter gewesen, die Reife im eigenen Fachgebiet zu erreichen. Warum, so könnte man fragen, mußte er seinen Kopf in diesen Rachen stecken, aus dem sich selbst die Historiker in ver-

gangene ungefährliche Zeiten geflüchtet hatten? Was trieb ihn dazu, diesen aufgeblasenen, finsteren Riesen zu enträtseln, dessen Augenzwinkern genügen würde, um Nershins Kopf rollen zu lassen? Man sagt – was brauchst du mehr als die anderen? Mehr als die anderen – was brauchst du?
Sollte er sich also in die Fangarme der Kryptographie begeben? Vierzehn Stunden am Tag, ohne Pausen, werden die Wahrscheinlichkeitstheorie, die Zahlentheorie, die Fehlertheorie seinen Kopf total beherrschen – ein totes Gehirn. Eine trockene Seele. Was bleibt dann noch fürs Nachdenken? Was bleibt dann noch, um das Leben erkennen zu lernen?
Dafür – die Scharaschka. Dafür kein Lager. Fleisch zum Mittagessen. Butter am Abend. Keine zerschnittenen, rauhen Hände. Keine erfrorenen Finger. Du fällst nicht halbtot wie ein gefühlloser Baumstamm auf die Bretter, mit schmutzigen Holzsandalen an den Füßen, sondern du legst dich mit Vergnügen ins Bett unter die weiße Bettdecke.
Wofür das ganze Leben leben? Leben, um zu leben? Leben, um das Wohlergehen des Körpers zu erhalten? Liebes Wohlergehen! Warum dich, wenn es außer dir nichts gibt? Von der Vernunft her gesehen mußte man sagen: Ja ich bin einverstanden, Bürger Vorgesetzter! Vom Herzen her: Hebe dich hinweg von mir, o Satan!
»Pjotr Trofimowitsch! Wissen Sie ... wie man Stiefel näht?«
»Was haben Sie gesagt?«
»Ich sage: Stiefel zu nähen, können Sie mich wohl nicht lehren? Ich muß lernen, Stiefel zu nähen.«
»Ich, entschuldigen Sie, ich verstehe nicht.«
»Pjotr Trofimowitsch! Sie leben in einer Kapsel! Ich muß doch die Frist absitzen, in die weite Taiga fahren, in die ewige Verbannung. Auf Handarbeit verstehe ich mich nicht – wie soll ich da überleben? Dort gibt es wilde Bären. Dort benötigt man auch in den nächsten drei geologischen Zeitaltern nicht die Euler-Funktionen.«
»Was sagen Sie, Nershin?! Wenn die Arbeit Erfolg bringt, wird man Sie als Kryptographen vorzeitig entlassen, den Vermerk ›Vorbestraft‹ aus Ihren Papieren streichen, Ihnen eine Wohnung in Moskau geben.«
»Die Vorstrafe streichen!« rief Nershin böse aus, seine Augen wurden ganz eng. »Wie kommen Sie auf den Gedanken, daß ich dieses Geschenk annehmen möchte: Du hast gut gearbeitet, deshalb werden wir dich freilassen? Wir verzeihen dir! Nein, Pjotr Trofimowitsch!« Mit seinem großen Zeigefinger klopfte er dabei auf die lackierte Oberfläche des kleinen Tisches: »Nein, nicht so! Sie sollen zuerst zugeben, daß es unmöglich ist, jemanden wegen seiner Denkweise ins Gefängnis zu stecken – und dann werden *wir* sehen – ob wir verzeihen!«
Die Tür ging auf. Herein kam mit gefährlichem Flackern in den

Augen der Würdenträger mit dem goldenen Zwicker auf der fleischigen Nase.
»Nun, wie ist es, ihr Rosenkreuzer? Seid ihr übereingekommen?«
Nershin erhob sich nicht, blickte Jakonow fest in die Augen und antwortete: »Es hängt von Ihnen ab, Anton Nikolajitsch, aber ich betrachte meine Aufgabe im Akustischen Laboratorium nicht als beendet.«
Jakonow stand schon hinter seinem Tisch, stützte die Gelenke seiner weichen Klauen auf das Glas. Nur die ihn kannten, konnten merken, daß er zornig war, als er sagte:
»Mathematik! Und Artikulation ... Sie tauschten Götterspeise gegen ein Linsengericht. Gehen Sie!« Mit der zweifarbigen Spitze eines dicken Bleistiftes schrieb er in das auf dem Schreibtisch liegende Notizbuch: »Nerhin – *umschreiben.*«

10

Das verwunschene Schloss

Schon viele Jahre – während des Krieges und später – hatte Jakonow den sicheren Posten des Chef-Ingenieurs der Abteilung für Spezialtechnik inne. Mit Würde trug er die silbernen Achselstücke mit blauen Litzen und die drei großen Sterne des Ingenieur-Obersten, die ihm seine Kenntnisse eingebracht hatten. Sein Posten als Leiter machte es ihm möglich, sich von Arbeit fast ganz frei zu halten; von Zeit zu Zeit mußte er einen wissenschaftlichen Bericht vor hochgestellten Zuhörern halten, ab und zu klug und anschaulich mit einem Ingenieur über ein fertiggestelltes Modell sprechen und im übrigen dafür Sorge tragen, daß sein Ruf, ein Experte zu sein, erhalten blieb; er war für nichts verantwortlich und erhielt dafür im Monat mehrere tausend Rubel. Sein Posten brachte es mit sich, daß Jakonow mit seiner Beredsamkeit an der Wiege aller technischen Einfälle der Abteilung stand; er entfernte sich von ihnen in den schwierigen Zeiten des Wachstums und Reifens; von neuem beehrte er dann entweder die Trümmer ihrer schwarzen Särge oder die strahlende Krönung der Helden mit seiner Gegenwart.
Anton Nikolajewitsch war nicht so jung und so selbstgefällig, daß er dem trügerischen Glanz der goldenen Sterne nachgejagt wäre oder danach gestrebt hätte, Stalinpreisträger zu werden, oder daß er sich nach jeder Aufgabe gedrängt hätte, die vom Ministerium oder gar von Stalin selbst gestellt wurde. Anton Nikolajewitsch war erfahren und alt genug, um dieses Amalgam von Aufregungen, Aufstieg und Fall zu umgehen.

Solchen Ansichten folgend, lebte er bis zum Januar 1948 recht angenehm dahin. In diesem Januar gab irgend jemand dem Vater der westlichen und östlichen Völker die Idee ein, ein besonderes, nur für ihn bestimmtes, geheimes Telefon-System zu erfinden — das so sein sollte, daß niemand jemals seine Telefongespräche verstehen oder abfangen könnte. Mit seinem erlauchten Finger, dessen Nagel gelb vom Nikotin war, suchte der Vater der Völker auf der Karte das Objekt Mawrino heraus, das sich bis dahin mit der Erfindung transportabler Polizei-Funkgeräte beschäftigt hatte. Die historischen Worte, die dabei gesagt wurden, lauteten:
»Wozu brauche ich diese Funkgeräte? Um Diebe zu fangen? Wen stören sie?«
Und er setzte eine Frist — bis zum ersten Januar 1949. Dann dachte er nach und sagte:
»Nun gut, bis zum ersten Mai.«
Die Aufgabe war überaus verantwortlich und einmalig mit ihrer beschränkten Frist. Im Ministerium überdachte man die Angelegenheit und beschloß, Jakonow für die Aufgabe in Mawrino heranzuziehen. Vergeblich versuchte Jakonow zu beweisen, daß er mit Arbeit überlastet sei und die neue Aufgabe nicht auch noch mit übernehmen könne. Der Sektionschef Foma Gurjanowitsch Oskolupow sah mit seinen katzengrünen Augen Jakonow an. Jakonow erinnerte sich an den Flecken in seinem Personalbogen (er hatte sechs Jahre im Gefängnis gesessen), und Jakonow schwieg.
Seit dieser Zeit, es waren nun bald zwei Jahre, war das Büro des Chef-Ingenieurs der Abteilung im Ministerium unbesetzt. Der Chef-Ingenieur verbrachte Tag und Nacht in dem vor den Toren Moskaus gelegenen Gebäude, das ein sechseckiger Turm auf der Kuppel eines ehemaligen Altars krönte.
Zuerst war es sogar angenehm gewesen, die Leitung zu haben: mit einer müden Geste die Tür seines Dienst-›Pobjeda‹ zuzuschlagen, sich in ihm sanft einwiegen zu lassen, wenn er nach Mawrino zurückfuhr, die salutierende Wache an den mit Stacheldraht umwickelten Toren zu passieren, und im Frühling, wenn alles jung und zartgrün war, mit einem großen Gefolge von Hauptleuten und Majoren unter den hundertjährigen Eichen des Waldes von Mawrino zu spazieren. Seine vorgesetzte Dienststelle hatte bisher von Jakonow noch nichts weiter gefordert als nur Pläne, Pläne, Pläne und gesellschaftliche Verpflichtungen. Dafür hatte sich über dem Institut von Mawrino das Füllhorn des Überflusses entleert: importierte und in der Sowjetunion hergestellte Radioeinzelteile, Apparaturen, Möbel; eine technische Bibliothek mit dreißigtausend Neuerscheinungen; gefangene Spezialisten, die aus verschiedenen Lagern herausgezogen worden waren; die besten Sicherheitsoffiziere und Ar-

chivare, die bei einer geheimen Angelegenheit immer Hahn im Korb sind; und zum Schluß eine besonders scharfe Wachmannschaft. Es erwies sich als notwendig, das alte Gebäude zu reparieren, neue für den *Stab* des Spezialgefängnisses und für die mechanischen Versuchswerkstätten zu schaffen.

Als die Linden gelb blühten und ihren Duft verströmten, konnte man im Schatten der Baumriesen das kummervolle Reden der ratlosen deutschen Kriegsgefangenen in ihren zerschlissenen Tarnanzügen hören. Diese faulen Faschisten hatten im vierten Jahr ihrer Nachkriegsgefangenschaft überhaupt keine Lust zu arbeiten. Einem russischen Auge war es unmöglich, dabei zuzusehen, wie sie von einem Auto Backsteine abluden: langsam, vorsichtig, so, als wäre er aus Kristall, reichten sie jeden Backstein einzeln von einer Hand zur anderen, bis er auf den Stapel abgelegt war. Während die Heizkörper unter den Fenstern angebracht, die schadhaften Fußböden erneuert wurden, strolchten die Deutschen durch die streng geheimen Zimmer und lasen mürrisch bald deutsche, bald englische Aufschriften auf den Apparaten – jeder deutsche Schuljunge hätte erraten können, welche Art von Labor das war! All das hatte der Gefangene Rubin in einem Bericht an den Ingenieur-Obersten geschrieben, was auch völlig der Wahrheit entsprach; dieser Bericht war für die Sicherheitsoffiziere Schikin und Myschin (in der Gefangenensprache Schischkin-Myschkin) sehr unangenehm, aber was konnte man jetzt machen? Sollte man höheren Orts über die eigene Nachlässigkeit Bericht erstatten? Dazu war es jetzt ohnehin zu spät; denn die Kriegsgefangenen hatte man schon in die Heimat abtransportiert, und wer nach Westdeutschland fuhr, der konnte, wenn es von Interesse war, jedem beliebigen die Lage des ganzen Instituts und der einzelnen Laboratorien genau erklären. Darum hatte Major Schikin, ohne Rubins Bericht weitergegeben zu haben, darauf bestanden, daß hier in diesem Institut kein Zimmer über die Geheimnisse eines anderen mehr wissen dürfe als über die Marktplatzneuigkeiten der Insel Madagaskar. Wenn nun Offiziere anderer Abteilungen desselben Ministeriums den Ingenieur-Obersten in dienstlichen Angelegenheiten aufsuchen wollten, so war es ihnen nicht erlaubt, die Adresse seines Instituts anzugeben, sondern er mußte, um die Geheimhaltung zu wahren, in die Lubjanka fahren, um sich dort mit ihnen zu unterhalten.

Die Deutschen hatte man fortgeschickt, für Reparatur und Aufbau als ihren Ersatz ebensolche Gefangenen hierhertransportiert, wie sie auch in der Scharaschka waren, nur daß sie in schmutzigen, zerrissenen Kleidern steckten und kein Weißbrot erhalten hatten. Nun ertönten, ob es nötig war oder nicht, kräftige Lager-Flüche, die die Häftlinge der Scharaschka daran erinnerten, woher sie kamen, und sie an ihr unabwendbares

Schicksal denken ließen; die Backsteine wurden vom Lastwagen wie von einem Sturm heruntergeblasen, so daß kaum einer heil blieb, sondern es nur noch Hälften waren; mit dem Ruf »Eins-zwei hoch!« stürzten sie auf den Wagenkasten einen Sperrholzdeckel, damit es leichter war, sie zu bewachen. Sie selbst umarmten dabei fröhlich die sich unter ihnen befindenden, fluchenden Mädchen; alle wurden sie in den Kasten eingesperrt und so durch Moskaus Straßen gefahren — in das Lager, für die Nacht.

So schufen in diesem Zauberschloß, das von der Hauptstadt und ihren unwissenden Einwohnern durch eine verwunschene Feuerzone abgetrennt war, diese Lemuren in ihren dunklen gesteppten Jacken unglaubliche Veränderungen: Wasserleitung, Kanalisation, Zentralheizung und Blumenbeete.

Inzwischen wuchs das begünstigte Unternehmen und wurde erweitert. Ein Forschungsinstitut, das sich schon mit einer gleichen Arbeit beschäftigt hatte, wurde mit seiner ganzen Belegschaft dem Mawrino-Institut einverleibt. Dieses Institut kam angefahren mit all seinen Tischen, Stühlen, Schränken, Schnellheftern, Apparaten, die nicht um Jahre, sondern nur um Monate veraltet waren, mit seinem Leiter, Ingenieur-Major Roitman, der Jakonows Vertreter wurde. Der Leiter des neuangekommenen Instituts, sein Inspirator und Protektor, Oberst Jakow Iwanowitsch Mamurin, Chef der Abteilung für spezielle Nachrichtentechnik, einer der hervorragendsten Männer der Nation, war vorher unter tragischen Umständen verschwunden.

Einst hatte der Führer der ganzen fortschrittlichen Menschheit mit der Provinz Jenan gesprochen und war über das Quietschen und die Störgeräusche in der Telefonleitung sehr aufgebracht. Er rief Berija an und sagte auf georgisch zu ihm:

»Lawrentij! Welcher Dummkopf ist bei dir der Verantwortliche für die Nachrichtenverbindung? Beseitige ihn!«

Also *beseitigten* sie ihn — das heißt, sie setzten ihn in die Lubjanka. Sie hatten ihn beseitigt, wußten freilich nicht, was sie fürderhin mit ihm tun sollten. Es gab keine sonst üblichen weiteren Befehle — ob man ihn verurteilen und welche Gnadenfrist er erhalten sollte. Wäre dieser Mensch unbekannt gewesen, so hätte man ihm ›ein Viertel und fünf aufgebrummt‹, das heißt fünfundzwanzig Jahre Haft und weitere fünf Jahre Entzug aller Rechte, und man würde ihn nach Norilsk geschickt haben. Doch eingedenk der Wahrheit ›heute du und morgen ich‹, standen die ehemaligen Kollegen Mamurin bei; nachdem sie sich davon überzeugt hatten, daß Stalin ihn vergessen hatte — schickten sie ihn ohne Verhandlung und ohne Frist in das bei Moskau gelegene Landhaus. So brachte man an einem Sommerabend des Jahres achtundvierzig in die Mawrino-

Scharaschka einen neuen Gefangenen. Alles war ungewöhnlich an dieser Ankunft: Sie brachten ihn nicht im ›Schwarzen Raben‹, sondern in einem Personenauto; er wurde vom Chef der Abteilung für Gefängniswesen selbst begleitet; und letzten Endes wurde ihm seine erste Mahlzeit unter einem Mulltuch im Büro des Chefs des Spezialgefängnisses serviert.

Man hörte (Gefangene dürfen nichts hören, aber sie hören immer alles), man hörte, wie der Neuangekommene sagte, daß er ›keine Wurst möchte‹, der Chef der Abteilung für Gefängniswesen überredete ihn ›doch zu essen‹. Ein Häftling, der wegen eines Pulvers zum Arzt ging, hatte das durch eine Trennwand hindurch erlauscht. Nachdem sie diese aufregenden Neuigkeiten debattiert hatte, kam die Urbevölkerung der Scharaschka zu dem Schluß, daß der Neue trotz allem ein Gefangener sei, und schlief zufrieden ein.

Wo der Neue in jener Nacht schlief, war nicht zu klären. Jedoch stieß am frühen Morgen bei der breiten Marmortreppe (die später von den Gefangenen nicht mehr benutzt werden durfte), ein rauhbeiniger Häftling, der schieläugige Schlosser, beinahe Kopf gegen Kopf mit dem Neuen zusammen.

»Nun, Brüderchen ...« – er stieß ihn vor die Brust – »... woher? Warum haben sie dich verknackt? Setz dich, komm, wir rauchen eine zusammen.«

Der Neue fuhr aber in offensichtlichem Entsetzen zurück. Sein zitronengelbes Gesicht verzog sich. Der Schlosser starrte in die weißlichen Augen, auf den sich lichtenden Schädel und sagte voller Zorn:

»Ach, du Schlange aus dem Einmachglas! Du bist nicht besser als wir, nachdem du eine Nacht mit uns eingesperrt gewesen bist, wirst du bestimmt mit uns sprechen.«

Aber ›die Schlange im Einmachglas‹ sperrte man nicht in das allgemeine Gefängnis. Im Laboratoriumskorridor, in der dritten Etage, fand man für ihn ein kleines Zimmerchen, die ehemalige Dunkelkammer der Fotografen; dort hinein stellte man Bett, Tisch, Schrank, eine Zimmerpflanze, eine elektrische Kochplatte; man riß den Karton, der das kleine Fensterchen bedeckt hatte, ab, es ging nicht einmal hinaus in Gottes Licht, sondern auf den Absatz der Hintertreppe; die Treppe selbst lag nach Norden, so daß auch tagsüber kaum Licht in die Zelle des privilegierten Gefangenen schimmerte. Selbstverständlich hätte man die Gitter vor dem Fenster auch abnehmen können, aber die Gefängnisleitung entschied sich nach langem Hin und Her doch dafür, sie zu belassen.

In dieser Zeit taufte man den Neuangekommenen ›Eiserne Maske‹. Lange Zeit kannte niemand seinen Namen. Niemand konnte auch mit ihm sprechen: sie sahen ihn durchs Fenster, wie er in seiner Einsamkeit dasaß, den Kopf hängen ließ, oder wie er als bleicher Schatten unter den

Linden spazierte zu Zeiten, in denen es den anderen Gefangenen nicht erlaubt war, draußen zu sein. ›Eiserne Maske‹ war so gelb und so abgemagert, wie es ein Gefangener gewöhnlich nach einer gut zweijährigen Untersuchungshaft ist; seine unbegreifliche Weigerung, Wurst zu essen, widersprach allerdings dieser Version.
Viel später, als ›Eiserne Maske‹ schon begonnen hatte, in der Semjorka zu arbeiten, erfuhren die Gefangenen von den freien Angestellten, daß er derselbe Oberst Mamurin war, der in der Abteilung für spezielle Nachrichtentechnik verboten hatte, durch den Korridor zu gehen und dabei die Hacken auf den Fußboden zu setzen; man durfte nur auf Zehenspitzen gehen, sonst stürzte er durch das Vorzimmer und schrie:
»An wessen Büro trampelst du vorbei, du Flegel? Wie heißt du?«
Viel später wurde einem auch erst klar, daß Mamurin aus moralischen Gründen litt. Die Welt der Freien hatte ihn zurückgestoßen, und er selbst verschmähte es, sich der Welt der Gefangenen anzuschließen. Zuerst las er in seiner Einsamkeit die ganze Zeit Bücher – unsterbliche Werke wie Panfjorows ›Der Kampf um den Frieden‹, Babajewskijs ›Ritter des goldenen Sterns‹, er las Sobolew, Nikulin, dann die Gedichte Prokofjews, Gribatschows – ach! – mit ihm ging eine an Wunder grenzende Verwandlung vor sich: er begann selbst, Gedichte zu schreiben! Es ist bekannt, daß Unglück und seelische Leiden Poeten hervorbringen, und Mamurins Qualen waren noch größer als die jedes anderen Gefangenen. So saß er nun das zweite Jahr im Gefängnis, ohne Untersuchungsverfahren, ohne Verhandlung, und wie früher lebte er nur nach den letzten Parteidirektiven, und wie früher vergötterte er den Weisen Lehrer. So vertraute Mamurin Rubin an, daß nicht das Gefängnisessen schrecklich sei (ihm bereitete man im übrigen das Essen extra), auch nicht die Trennung von der Familie (man brachte ihn einmal im Monat heimlich in die eigene Wohnung, wo er übernachten durfte), nicht die primitiven Lebensbedürfnisse – bitter war es, des Vertrauens Jossif Wissarionowitschs verlustig gegangen zu sein, schmerzhaft, sich nicht mehr als Oberst zu fühlen, sondern degradiert und in Ungnade gefallen zu sein. Deshalb war es für ihn und für Rubin weitaus schwerer, die Haft zu ertragen, als für das sie umgebende prinzipienlose Gesindel.
Rubin war Kommunist. Aber nachdem er die Offenbarungen seines vermeintlichen orthodoxen Gleichgesinnten gehört und seine Gedichte gelesen hatte, wandte sich Rubin von ihm ab, begann Mamurin zu meiden, er versteckte sich sogar vor ihm; er zog es trotz allem vor, seine Zeit mit den Leuten zu verbringen, die, wenn sie auch ungerechterweise über ihn herfielen, doch mit ihm das gleiche Schicksal teilten.
Mamurin hingegen wurde nur noch von einer Begierde angetrieben, die unstillbar war wie Zahnschmerz: er wollte sich durch Arbeit rechtferti-

gen. Aber o weh — all seine Bekanntschaft mit der Nachrichtenvermittlung begann und endete für ihn, einen ehemaligen hohen Beamten auf diesem Gebiet, damit, daß er einen Telefonhörer in der Hand hielt. Er konnte also nicht arbeiten, sondern mußte Anweisungen geben. Wenn es sich dabei aber dann um die Leitung einer schon als verloren geltenden Sache handelte, so konnte ihm das auch nicht mehr die Zuneigung des besten Freundes der Nachrichtenverbindungsmänner zurückerobern. Es war nötig, ein vielversprechendes Projekt zu leiten.
In dieser Zeit schälten sich im Mawrino-Institut zwei solcher vielversprechenden Projekte heraus: Wokoder, eine Art künstlicher Sprechapparat, und die Semjorka, d. h. Labor Nummer 7.
Aus irgendeinem tiefliegenden, der Vernunft nicht zugänglichen Grund können Menschen vom ersten Moment an miteinander umgehen oder nicht. Jakonow und sein Stellvertreter Roitman konnten es nicht. Von Monat zu Monat wurden sie einander unerträglicher, da sie aber von einer stärkeren Hand als der ihren vor den gleichen Karren gespannt worden waren, konnten sie nicht ausbrechen; so zogen sie — freilich in verschiedene Richtungen. Als man daranging, das Problem der geheimen Telefonie durch zwei parallel laufende Versuchsreihen zu lösen, begann Roitman, jeden, der nur greifbar war, in das Akustische Labor zu ziehen, um dort das System des Wokoder auszuarbeiten. Daraufhin graste Jakonow alles übrige ab; die geschicktesten Ingenieure und die besten importierten Apparate zog er in der Semjorka zusammen. Schwache Versuche anderer Arbeitsgruppen, das Problem zu lösen, erstickten in dem ungleichen Kampf. Mamurin wählte für sich die Semjorka aus; das geschah aus zwiefachem Grund: er wollte seinem ehemaligen Untergebenen Roitman nicht unterstellt sein, außerdem hielt man es im Ministerium auch für angebracht, daß über die Schultern des vielleicht schon vom Gift befallenen Jakonow, der nicht in der Partei war, ein feurig-wachsames Auge blicke.
Von diesem Tage an konnte Jakonow nachts im Institut sein oder auch nicht — der degradierte MWD-Oberst saß, nachdem er den Homer und Gribatschow in sich zurückgedrängt hatte, versunken, mit brennenden weißen Augen und scheußlich eingefallenen mageren Wangen, Speise und Schlaf verweigernd, schuftend bis zwei Uhr nachts im Labor und brachte so die Semjorka auf einen Fünfzehn-Stunden-Arbeitstag. Solch ein befriedigendes Pensum konnte in der Semjorka nur erreicht werden, weil Mamurin nicht durch freiwillige Angestellte beaufsichtigt werden mußte und darum kein besonderer Nachtdienst erforderlich war.
Dorthin, in die Semjorka, war Jakonow gegangen, als er Werenjow und Nershin in seinem Büro allein gelassen hatte.

11

Die Semjorka

Wie einfache Soldaten, obwohl niemand sie in die Pläne des Generals einweiht, immer erkennen, ob sie an die Hauptlinie des Vormarsches oder an eine Flanke geraten sind – so wurden sich auch die dreihundert Gefangenen der Mawrino-Scharaschka zunehmend bewußt, daß die Semjorka der entscheidende vorgerückte Teil war.

Jeder im Institut kannte den richtigen Namen – ›Labor für Sprachzerstückelung‹ –, aber alle taten so, als hätten sie ihn nie gehört. Für ›Zerstückelung‹ wurde im Russischen das Wort *›klippirowanije‹* benutzt, das vom englischen *›to clip‹* abgeleitet war und soviel bedeutete wie ›zerschneiden, zerstückeln, zerhacken‹. Nicht nur alle Ingenieure und Übersetzer des Instituts, sondern auch die Monteure, Dreher, Fräser, vielleicht sogar der schwerhörige Schreiner, wußten, daß diese Anlage nach amerikanischen Mustern gebaut wurde, es war jedoch besser, man gab vor, alles wäre Eigenproduktion; deshalb wurden die amerikanischen Radiozeitschriften mit den Schemata und theoretischen Artikeln über das Klippieren, die man in New York gekauft hatte, hier numeriert, verschnürt, für geheim erklärt und versiegelt und vor amerikanischen Spionen in Safes gesichert.

Die freie menschliche Rede zerstückeln, dämpfen, ihre Amplituden verdichten, sie elektronisch trennen und wieder zusammenfügen – das war ein Mißbrauch der Ingenieurstätigkeit –, ebensogut hätte irgend jemand verlangen können, Nowyj Afon oder Gursuf in winzig-kleine Kuben zu zertrümmern, diese untereinander zu mischen, dann in Milliarden Streichholzschächtelchen zu füllen und mit dem Flugzeug nach Nertschinsk zu transportieren, um sie dort auszusortieren und die Subtropen, das Geräusch der Wellen an der Küste, die südliche Luft und das Mondlicht wieder so zusammenzubauen, daß die Rekonstruktion vom Original nicht zu unterscheiden wäre.

Genau das sollte mit Hilfe kleiner Pakete von Elektroimpulsen an der Sprache vorgenommen werden, und zwar so, daß sie, wieder zusammengefügt, nicht nur verständlich wäre, nein, Stalin sollte auch an der Stimme erkennen können, mit wem er sprach.

In den Scharaschkas, diesen verhältnismäßig angenehmen Einrichtungen, wohin, wie es schien, das Zähneknirschen des in Lagern üblichen Kampfes um die Selbsterhaltung nicht drang, versicherte die Lagerleitung schon seit längerem glaubwürdig: Falls sie ihre Arbeit erfolgreich beendeten, würden die unmittelbar daran beteiligten Gefangenen alles bekommen — Freiheit, einen makellosen Paß, eine Wohnung in Moskau; die übrigen jedoch würden nichts erhalten — weder eine Verminderung ihrer Haftstrafe, nicht einmal um einen Tag, noch hundert Gramm Wodka, um auf das Wohl der Siegreichen trinken zu können. Das eine oder das andere; ein Drittes gab es nicht.

Deshalb strebten die Gefangenen danach, in die Semjorka zu kommen. Je mehr sie sich jene besondere Lager-Zähigkeit zu eigen gemacht hatten, die, wie es schien, einen Gefangenen befähigte, sich mit den Nägeln an der vertikalen Oberfläche eines Spiegels festzuklammern, desto mehr strebten sie die Arbeit in der Semjorka an — sie hofften, von dort aus in die Freiheit *hinausspringen* zu können.

So war auch der brutale Ingenieur Markuschew hierhergeraten, dessen mit Pickeln übersätes Gesicht die Bereitschaft ausdrückte, für die Ideen des Ingenieur-Obersten Jakonow zu sterben. Von seiner Art gab es hier noch mehrere.

Der scharfsinnige Jakonow wählte für die Semjorka aber auch solche Leute aus, die sich nicht danach gedrängt hatten. Dazu gehörte der Ingenieur Amantaj Bulatow, ein Kasaner Tatare mit einer großen Hornbrille; er war aufrichtig, lachte ohrenbetäubend und war wegen Kriegsgefangenschaft und Verbindung mit dem Volksfeind Mussa Dshalil zu zehn Jahren verurteilt worden.[1]

Weiter gehörte auch Andrej Andrejewitsch Potapow dazu, ein Spezialist für Ultrahochspannung und den Bau von Elektrokraftwerken. Durch das Versehen eines unwissenden Beamten, der in einem GULAG die Kartothek verwaltet hatte, war er in die Mawrino-Scharaschka gekommen. Als richtiger Ingenieur und unermüdlicher Arbeiter, fand Potapow in Mawrino sehr schnell einen passenden Platz und war bei besonders genauen und schwierigen Radiovermessungen unersetzlich.

Dann war hier noch der Ingenieur Chorobrow, ein fanatischer Radio-Fachmann. Schon zu Beginn, als sie noch eine ganz gewöhnliche Gruppe waren, hatte man ihn in die Semjorka abkommandiert. In der letzten Zeit gefiel ihm die Semjorka nicht mehr, er machte ihr rasendes Tempo nicht mit — und er war auch Mamurin lästig geworden. Und zum Schluß, ›um Menschen und Pferde erschauern zu lassen‹, war von Salechard, dem berühmten Bauprojekt Nummer 501, aus einer Brigade für verschärfte Zwangsarbeit der finstere Gefangene und geniale Ingenieur Alexander Bobynin hierher, in Mawrinos Semjorka, geschickt und sofort mit der Leitung des Projekts betraut worden. Er war dem Rachen des Todes entronnen und im Erfolgsfall der erste Anwärter auf eine Entlassung. Deshalb

[1] Alle Kriegsgefangenen wurden als Verräter angesehen und nach der Rückkehr aus der Gefangenschaft zu einer Lagerhaft verurteilt (Anm. d. Übers.)

arbeitete er wirklich und saß schon immer kurz nach Mitternacht an seinem Platz. Aber er trug eine solch verächtlich-würdevolle Miene zur Schau, daß Mamurin ihn fürchtete und ihm als einzigem gegenüber nicht wagte, eine Bemerkung zu machen.

Die Semjorka war in dem Raum untergebracht, der einen Stock höher genau über dem Akustischen Labor lag. Gemeinsam war beiden Räumen, daß in ihnen viele Geräte herumstanden und sie mit den verschiedensten Möbeln ausgestattet waren, nur gab es in der Semjorka keine Akustikzelle in der Ecke.

Jakonow kam mehrmals am Tage in die Semjorka, deshalb war sein Erscheinen dort nichts Außergewöhnliches, nicht zu vergleichen mit dem Auftauchen eines hohen Vorgesetzten. Nur Markuschew und andere Dienstfertige taten sich hervor; sobald Jakonow eintrat, fingen sie an, freudiger und schneller herumzuklopfen, Potapow stellte noch einen Frequenzmesser an einen freien Platz auf das mit vielen Instrumenten gefüllte hohe Regal, das ihn vom übrigen Labor trennte. Seine Arbeit verrichtete er immer gleichmäßig, ohne Hast, mit der Welt hatte er sozusagen abgeschlossen, alle Schuld beglichen. Jetzt verfertigte er in friedlicher Stimmung ein Zigarettenetui aus durchsichtigem, bunten Plastikmaterial, das er am nächsten Morgen verschenken wollte.

Mamurin erhob sich und ging Jakonow entgegen, begrüßte ihn wie einen Gleichgestellten. Er trug nicht die blaue Kombination der einfachen Gefangenen, sondern einen teuren Wollanzug, doch auch dieser ließ sein ausgemergeltes Gesicht und seine knochige Gestalt nicht angenehmer erscheinen.

Das, was sich jetzt auf der zitronengelben Stirn und den blutleeren Lippen, die einem Toten zu gehören schienen, abzeichnete, wurde von Jakonow richtig gedeutet – es war der unbedingte Ausdruck einer Freude:

»Anton Nikolajewitsch! Wir haben nun auf jeden sechzehnten Impuls umgebaut – und es ist weitaus besser geworden. Hier, hören Sie, ich lese.«

›Lesen‹ und ›hören‹, das war die übliche Qualitätsprobe einer Telefonleitung: mehrmals täglich wurde diese Leitung verändert – es wurden Bestandteile hinzugefügt, weggenommen oder umgewechselt. Es war aber sehr umständlich, jedesmal einen neuen Text für die Artikulationsprobe zu entwerfen, der konstruktive Geist der Ingenieure war darauf nicht eingerichtet; ebenso konnte man auch keinen Vorteil darin erblikken, unerfreuliche Zahlen durch ein System zu erhalten, das früher einmal objektiv gewesen war, das aber jetzt Roitmans Günstling Nershin an sich gerissen hatte.

Mamurin, gewöhnt, sich nur einer Idee unterzuordnen und nichts zu fragen oder zu erklären, ging in die andere Ecke des Zimmers, drehte sich dort um, preßte den Telefonhörer an seine Wange und begann, aus der Zeitung vorzulesen; Jakonow ging zum Regal, setzte sich den Kopfhörer auf, der an das andere Ende der Leitung angeschlossen war, und lauschte. In dem Kopfhörer ging etwas Furchtbares vor sich: der Ton wurde durch Krachen, Knistern und Kreischen auseinandergerissen. Aber Jakonow verhielt sich wie eine Mutter, die auch ihr mißgebildetes Kind liebt. Er riß den Kopfhörer nicht von seinen leidenden Ohren, im Gegenteil, er hörte nur noch intensiver hin und sagte, daß diese gräßlichen Geräusche doch besser klängen als die weit gräßlicheren, die er vor dem Essen gehört hatte. Mamurins Vortrag stimmte in keiner Weise mit einer normalen Umgangssprache überein, sondern war ein abgemessenes, absichtlich deutliches Lesen. Überdies verlas er einen Artikel über die Unverschämtheit jugoslawischer Grenzsoldaten und über die Ausschreitungen Rankovićs, des jugoslawischen Henkers, der das friedliebende Land in eine einzige Folterkammer verwandelt hatte; deshalb konnte Jakonow das, was er nicht gehört hatte, leicht erraten; er begriff, daß es erraten war, vergaß es aber sogleich wieder, und so gelang es ihm, mehr und mehr daran zu glauben, daß die Hörqualität seit dem Essen zugenommen habe.

Auch wollte er noch etwas mit Bobynin reden. Dieser schwerfällige, breitschultrige Mann, der seinen Schopf demonstrativ ganz kurzgeschnitten hatte, obwohl in der Scharaschka jede Frisur erlaubt war, saß nicht weit entfernt. Als Jakonow in das Labor eingetreten war, hatte er sich nicht einmal umgewandt, er saß über das lange Band des Fotooszillogramms gebeugt und maß irgend etwas mit den spitzen Enden des Meßapparates.

Dieser Bobynin war ein kleiner Käfer im Weltall, ein nichtiger Häftling, ein Angehöriger des untersten Standes. Jakonow war ein Würdenträger.

Und Jakonow konnte sich doch nicht überwinden, Bobynin von seiner Arbeit abzulenken, so sehr er es auch wollte!

Man kann ein Empire State Building bauen, die preußische Armee drillen, die Staatshierarchie über den Thron des Höchsten emporheben, unmöglich aber ist es, die eigenartige geistige Überheblichkeit gewisser Leute zu überwinden.

Es gibt Soldaten, die von den Vorgesetzten allein schon wegen ihres Mundwerks gefürchtet werden. Es gibt ungelernte Arbeiter, vor denen die Vorarbeiter Angst empfinden. Es gibt Untersuchungsgefangene, die ihre Untersuchungsrichter zittern machen.

Und Bobynin wußte das alles und verhielt sich absichtlich so seinem Vorgesetzten gegenüber. Jedesmal, wenn er mit ihm sprach, ertappte

sich Jakonow bei dem feigen Wunsch, diesem Gefangenen gefällig zu sein, ihn nicht zu erzürnen; er ärgerte sich über dieses Gefühl, merkte aber, daß es allen anderen im Gespräch mit Bobynin ebenso erging.
Jakonow nahm den Kopfhörer ab und unterbrach Mamurin:
»Besser, Jakow Iwanytsch, entschieden besser! Man sollte es einmal Rubin hören lassen, er hat gute Ohren.«
Irgend jemand hatte einmal, als er mit einer Äußerung Rubins sehr zufrieden gewesen war, gesagt, daß er besonders gute Ohren habe. Ohne darüber nachzudenken, hatte man es übernommen und glaubte nun daran. Rubin war zufällig in die Scharaschka gekommen und hielt sich hier durch Übersetzungen. Sein linkes Ohr war wie bei allen anderen Menschen, aber das rechte hatte durch eine Verletzung, die er an der Nordwestfront erlitten hatte, ziemlich viel von seiner Hörfähigkeit eingebüßt; das mußte er nun nach der Lobpreisung natürlich geheimhalten. Durch seinen Ruf, ›gute Ohren zu haben‹, hielt er sich in der Scharaschka sehr gut, und er befestigte seine Stellung hier noch durch ein dreibändiges Werk: ›Die russische Sprache in audio-systematischer und elektro-akustischer Sicht‹.
Man rief Rubin im Akustischen Labor an. Während sie auf ihn warteten, versuchten sie es nun schon zum zehnten Mal. Mit hochgezogenen Brauen und angespannten Augen hielt Markuschew den Hörer einen Augenblick in der Hand und erklärte entschieden, daß es besser sei, daß es viel besser sei — die Idee, auf sechzehn Impulse umzubauen, stammte von ihm, und schon während des Umbaues hatte er gewußt, daß es besser werden würde. Dyrssin lächelte widerwillig, gleichsam entschuldigend und nickte mit dem Kopf. Bulatow rief durch das ganze Laboratorium, es sei nötig, sich mit den Code-Experten abzustimmen und alles auf zweiunddreißig Impulse umzustellen. Zwei diensteifrige Elektromonteure, die den Kopfhörer auseinandergezerrt hatten, hörten gleichzeitig, jeder mit einem Ohr, und bestätigten mit überschäumender Freude, daß es viel verständlicher geworden sei.
Bobynin hob nicht einmal den Kopf und fuhr fort, das Oszillogramm auszumessen.
Der schwarze Zeiger der großen elektrischen Wanduhr bewegte sich langsam auf halb elf zu. In Kürze mußte in allen Laboratorien, außer in der Semjorka die Arbeit beendet, mußten die Geheimpapiere in den Safe gesperrt werden, die Häftlinge schlafen gehen und die freien Mitarbeiter zur Haltestelle eilen, da so spät nur noch wenige Busse fuhren.
Im hinteren Teil des Laboratoriums, den Blicken der Obrigkeit verborgen, ging Ilja Terentjewitsch Chorobrow schweren Schrittes hinter das Bücherregal zu Potapow. Chorobrow stammte aus Wjatka, einem kleinen Nest in der Nähe von Kaj, von wo aus sich das unendlich scheinen-

de, in sich geschlossene Reich des GULAG, größer als Frankreich, über Sümpfe und Wälder hinweg tausend Kilometer weit ausdehnte. Er sah und verstand mehr als viele andere, aber die Notwendigkeit, fortwährend seine Gedanken zu verbergen, das eigene Gefühl für Wahrheit und Gerechtigkeit dauernd zu unterdrücken, hatte seine Gestalt gebeugt, seinem Gesicht einen unangenehmen Ausdruck verliehen und tiefe Falten um den Mund eingegraben. Zum Schluß hatte er bei den ersten Nachkriegswahlen sich nicht mehr zurückgehalten und auf seinen Wahlzettel grobe bäurische Flüche, sogar gegen den Genialsten der Genialen geschrieben. In dieser Zeit hatten noch nicht einmal die Arbeitskräfte ausgereicht, die Hütten wieder aufzubauen und die Felder zu bestellen. Einen ganzen Monat hindurch überprüften einige junge Geheimpolizisten die Handschrift jedes Wählers aus diesem Bezirk – und Chorobrow wurde abgeholt. Ins Lager ging er mit dem naiv-freudigen Gefühl, sich dort alles von der Seele reden zu können. Aber so war das nicht in einem gewöhnlichen Lager! – Spitzel denunzierten ihn immer wieder bei den Vorgesetzten, und wieder mußte er schweigen.

Jetzt erforderte es Klugheit, sich hier in die allgemeine Arbeit der Semjorka einzuordnen, um sich, wenn auch nicht die Freiheit, so doch ein einigermaßen angenehmes Leben zu sichern. Aber die Übelkeit, die Ungerechtigkeit – sogar wenn sie nicht ihn selbst betraf – hatten ihn den Punkt erreichen lassen, an dem das Leben unerträglich wird.

Er trat hinter Potapows Regal, beugte sich über seinen Tisch und schlug ihm leise vor:

»Andrejitsch! Es ist Zeit zu gehen. Samstag.«

Potapow hatte soeben an das durchsichtige rote Zigarettenetui einen blaß-rosa Schnepper angebracht. Er neigte seinen Kopf zur Seite, freute sich an seinem Werk und fragte:

»Na, Terentjitsch, geht das so? Was meinst du zur Farbe?«

Nachdem er weder eine Zustimmung noch den Ausdruck einer Mißbilligung zu hören bekommen hatte, sah Potapow Chorobrow über seine einfache Metallbrille hinweg an, so wie Großmütter schauen, und sagte:

»Warum den Drachen reizen? Die Zeit arbeitet für uns. Anton wird gleich gehen und als *näch-ste* hauen wir ab.«

Er hatte die Angewohnheit, ein wichtiges Wort innerhalb des Satzes in Silben aufzuteilen und seine Bedeutung durch eine besondere Mimik zu unterstreichen.

In der Zwischenzeit war Rubin im Labor eingetroffen. Gerade jetzt – es war schon kurz vor elf Uhr und die Arbeitszeit gleich vorüber – hatte Rubin, der ohnehin schon den ganzen Tag lyrischer Stimmung war, schnell in das Gefängnis gehen wollen, um dort seinen Hemingway weiterzulesen. Trotzdem gelang es ihm, für die verbesserte Leitung der

Semjorka großes Interesse zu mimen; er bestand darauf, daß Markuschew lese, da dessen hohe Stimme einen Grundton von hundertsechzig Hertz habe, der schlechter durch die Leitung ginge (mit dieser Begründung hatte er einstmals seinen Ruf als Spezialist begründet). Nachdem er den Kopfhörer aufgesetzt hatte, befahl Rubin Markuschew, bald lauter, bald leiser zu lesen oder den Satz zu wiederholen: »Die fetten Karpfen schlüpften unter das Deck«, oder: »Er erinnerte sich, sprang, siegte« – Sätze, die Rubin für die Prüfung der einzelnen Lautverbindungen ausgedacht hatte und die in der ganzen Scharaschka bekannt waren. Zum Schluß gab er sein Urteil ab: eine Tendenz zum besseren Verständnis hin sei erkennbar, die Vokale seien bemerkenswert gut zu hören, etwas schlechter die Dentalia, beunruhigt sei er noch über das ›sch‹, und überhaupt unverständlich seien die für die slawischen Sprachen charakteristischen Konsonantenverbindungen ›wst‹, daran müsse man noch arbeiten.

Zugleich schwoll der Chor der Stimmen an, man freute sich über das Urteil, denn es bedeutete ja, daß man die Leitung verbessert hatte. Bobynin blickte vom Oszillogramm auf und sagte spöttisch mit seinem vollen Baß:

»Dummheiten! Einen Schritt vor, zwei zurück. Es hat keinen Zweck, aufs Geratewohl in der Gegend herumzusondieren, man muß nach einer Methode suchen.«

Alle schwiegen hilflos unter seinem hart-unerbittlichen Blick.

Hinter dem Regal klebte Potapow mit einer Birnenessenz den rosa Schnepper an das Zigarettenetui. Drei Jahre hatte Potapow in deutschen Gefangenenlagern gesessen und hauptsächlich dank seiner übermenschlichen Fähigkeit überlebt, wundervolle Feuerzeuge, Zigarettenetuis und Zigarettenspitzen aus Abfällen herzustellen, ohne dabei über ein Werkzeug zu verfügen.

Niemandem eilte es, seinen Arbeitsplatz zu verlassen. Und dabei war heute doch der Vorabend eines gestohlenen Sonntags!

Chorobrow erhob sich. Er legte sein Geheimmaterial auf Potapows Tisch, damit es in den Schrank geschlossen werde, kam dann festen Schrittes hinter dem Gestell hervor und wandte sich gemächlich dem Ausgang zu, wobei er die anderen umging, die alle um den Klipper herumstanden.

Ganz blaß sah Mamurin ihm nach und rief:

»Ilja Terentjitsch! Und *Sie*, warum hören Sie nicht auch? Überhaupt – wohin gehen Sie?«

Chorobrow, der es nicht eilig hatte, drehte sich um, lächelte gezwungen und entgegnete zerstreut:

»Ich wollte vermeiden, darüber laut zu reden. Aber wenn Sie darauf bestehen: In diesem Moment gehe ich auf die Toilette oder, wenn Sie wollen, auf den Lokus. Wenn dort alles zufriedenstellend erledigt ist, gehe ich ins Gefängnis und lege mich schlafen.« In die eingetretene Stille hinein lachte Bobynin, dessen Lachen sonst kaum je zu hören war, lautwiderhallend los.

Die Stimmung unter den Leuten glich der bei einer Meuterei auf einem Kriegsschiff! Sie waren schon bereit, Chorobrow zu erschlagen, Mamurin machte einen Schritt auf ihn zu und fragte kreischend:

»Was ist das – schlafen? Alle arbeiten und Sie schlafen?«

Chorobrow hatte schon den Türgriff in der Hand, an der Grenze seiner Selbstbeherrschung angelangt, antwortete er:

»Ja, so ist es – einfach *schlafen!* Ich habe meine zwölf Stunden abgearbeitet, wozu ich nach der Verfassung verpflichtet bin – und das genügt!« Schon war er dabei zu explodieren, irgend etwas nicht mehr Gutzumachendes hinzuzufügen, da wurde die Tür aufgerissen – und der Diensthabende des Instituts erschien:

»Anton Nikolajitsch! Man verlangt Sie dringend am Stadttelefon.«

Jakonow erhob sich schnell und ging an Chorobrow vorbei.

Nun löschte auch Potapow seine Tischlampe, legte seine und Chorobrows Geheimmaterialien auf Bulatows Tisch und hinkte gemessenen Schrittes, harmlos auf den Ausgang zu. Er stützte sich hauptsächlich auf sein rechtes Bein; schon vor dem Krieg hatte er einen Motorradunfall gehabt.

Jakonow wurde vom Stellvertretenden Minister Sewastjanow angerufen. Um zwölf Uhr sollte er im Ministerium sein.

War das ein Leben!

Jakonow kehrte in sein Arbeitszimmer zu Werenjow und Nershin zurück, entließ Nershin und bat Werenjow, ihn in seinem Auto zu begleiten; er zog sich an und hatte schon die Handschuhe an, als er noch einmal zu seinem Tisch zurückkehrte; unter die Bemerkung »Nershin – umschreiben« schrieb er: »und – Chorobrow«.

12

Man hätte lügen sollen!

Als Nershin endlich bewußt geworden war, daß sich das Vorgefallene nicht wiedergutmachen ließ, und er in das Akustische Labor zurückkehrte – war Rubin fort. Alle anderen traf er noch an. Valentulja – er stand im Durchgang und mühte sich mit einem Brett ab, das mit vielen Radioröhren bespickt war – richtete seine lebhaften Augen auf ihn.

»Immer mit der Ruhe, Kleiner!« Er hielt Nershin seine Handfläche entgegen und stoppte ihn wie ein Auto. »Warum glüht es in der dritten Schaltstufe nicht? Wissen Sie das?« Und er erinnerte sich: »Ach, ja! Und warum hat man Sie herausgerufen? *Qu'est-ce que c'est passé?*«

»Seien Sie kein Flegel, Valentajn!« Nershin wich finster aus. Gegenüber diesem Priester seiner Wissenschaft wollte er nicht eingestehen, daß er sie verleugnet, daß er sich soeben von der Mathematik losgesagt hatte.

»Wenn Sie Unannehmlichkeiten haben«, riet Valentin, »so kann ich Ihnen nur raten: stellen Sie Tanzmusik ein. Haben Sie das gelesen ...? Wie dieser ... nun ja, mit einer Zigarette zwischen den Zähnen ... er selbst benützt den Spaten nicht und ruft den anderen zu ... so:

›Meine Miliz
schützt mich!
In der verbotenen Zone
wie gut ist das!‹

Ja wirklich, was bleibt uns eigentlich?«

Prjantschikow hörte schon nicht mehr hin, er war bereits wieder von einer neuen Idee gepackt und gab das Kommando:

»Wadjka, stell den Oszillographen ein!«

Als Nershin zu seinem Tisch ging, bemerkte er, daß Simotschka sehr aufgeregt war. Unverhüllt sah sie auf Gleb, und ihre dünnen Brauen zogen sich zusammen.

»Wo ist denn der *Bart*, Serafima Witaljewna?«

»Anton Nikolajewitsch hat ihn ebenfalls gerufen, zur Semjorka«, antwortete laut Simotschka. Sie ging zum Stromregler und sagte noch lauter, so daß es alle hören konnten:

»Gleb Wikentitsch! Sie überprüfen jetzt, wie ich die neue Tabelle lese. Es ist noch eine halbe Stunde Zeit.«

Simotschka war einer der für die Artikulation bestimmten Sprecher. Es war wichtig, daß bei allen Sprechern die Deutlichkeit ihres Lesens einer gewissen Norm entsprach.

»Wie soll ich Sie denn überprüfen in diesem Lärm?«

»Nun ... wir gehen in die Zelle.« Bedeutungsvoll sah sie Nershin an, nahm die mit Tusche auf Zeichenpapier geschriebenen Tabellen und ging in die Akustikzelle.

Nershin folgte ihr. Zuerst schloß er hinter sich die knapp einen Meter breite Tür mit einem Riegel zu, zwängte sich dann durch die zweite kleinere Tür und verschloß sie, ließ das Rouleau herunter — und Sima hängte sich an seinen Hals, stellte sich auf die Zehenspitzen und küßte ihn auf den Mund.

Er hob das Mädchen auf seinen Arm – es war hier so eng, daß die Spitzen ihrer Schuhe an die Wand stießen –, ließ sich auf den einzigen vorhandenen Stuhl vor dem Mikrophon nieder und setzte sie auf seine Knie.
»Warum hat Anton Sie gerufen? Was ist Schlimmes passiert?«
»Der Verstärker ist doch noch nicht angeschlossen? Nicht, daß wir hier sprechen und sie hören uns über den Lautsprecher ...«
»Was ist Schlimmes passiert?«
»Warum meinst du was Schlimmes?«
»Ich habe es sofort gefühlt, als man Sie rief. Und ich habe es Ihnen angesehen.«
»Wie oft soll ich dir noch sagen, daß du mich duzen sollst?«
»Wenn mir das aber so schwerfällt?«
»Aber ich will es so.«
»Was ist Schlimmes passiert?«
Die Wärme ihres leichten Körpers übertrug sich auf seine Knie, und sie teilte sich ihm auch über ihre dicht an ihn gepreßten Wangen mit. Wie ungewöhnlich war das für einen Gefangenen. Wie viele Jahre hatte er keine solche Nähe mehr verspürt.
Simotschka war unwahrscheinlich leicht: ihre Knochen schienen mit Luft gefüllt zu sein, es kam ihm vor, als wäre sie selbst aus Wachs – sie war gewichtlos wie ein Vogel, der nur durch seine Federn einen gewissen Umfang erhält.
»Ja, meine kleine Wachtel ... Wahrscheinlich werde ich ... in Kürze wegkommen.«
Sie entwand sich seinen Armen, das Tuch fiel ihr dabei von den Schultern, sie drückte ihre kleinen Handflächen gegen seine Schläfen:
»Wo-hin?«
»Was *wohin*? Wir sind der Abschaum. Wir verschwinden dahin, woher wir aufgetaucht sind – in das Lager.«
»Mein Liebes! Warum ...?«
In den aufgerissenen Augen dieses nicht gerade schönen Mädchens, dessen Liebe er so unerwartet gewonnen hatte, gewahrte Nershin mit einem Mal größte Bestürzung. Sein Schicksal bekümmerte sie mehr als ihn selbst.
»Es wäre auch möglich gewesen hierzubleiben«, sagte er unfroh. »Aber in einem anderen Laboratorium. Wir wären so und so nicht zusammen.«
Mit ihrem ganzen kleinen Körper drückte sie sich fest an ihn, küßte ihn, fragte ihn, ob er sie liebe.
Diese vergangenen Wochen, nach dem ersten Kuß – warum hatte er Simotschka verschont, warum hatte er an den trügerischen Schein eines zukünftigen Glückes für sie geglaubt? Schwerlich wird sich für sie ein

Freier finden, aber irgend jemand wird sie trotzdem nehmen, im Vorbeigehen. Das Mädchen kommt selbst zu ihm, und erschreckend treibt es sie beide... Warum es sich und ihr versagen? Bevor man wieder in ein Lager untertaucht, wo so etwas für viele Jahre nicht mehr möglich sein wird.

Gleb sagte aufgeregt:

»Es tut mir leid, daß ich fort muß... so... ich würde gerne den Gedanken mitnehmen, daß... daß du... daß du... ich würde dich gerne zurücklassen... mit einem Kind.«

Sie versuchte, ihr verlegenes Gesicht zu verbergen und sich seinen Händen zu widersetzen, die erneut ihren Kopf zurückzubiegen versuchten.

»Mein Wachtelkind... nun versteck dich nicht... heb dein Köpfchen... warum sagst du nichts? Und du, willst du?«

Sie hob den Kopf und sagte aus der Tiefe heraus:

»Ich werde auf Sie *warten!* Sie haben noch *fünf?* Ich werde fünf Jahre auf Sie warten! Und Sie, wenn Sie frei sind – werden Sie dann zu mir kommen?«

Das hatte er nicht gesagt. Sie verdrehte die Sache so, als hätte er keine Frau. Sie wollte unbedingt heiraten, die kleine Langnase!

Glebs Frau wohnte irgendwo in Moskau. Irgendwo in Moskau, aber es war völlig gleich, ob dort oder auf dem Mars.

Und außer Simotschka auf seinen Knien und der Frau auf dem Mars gab es da noch die kleinen im Schreibtisch verborgenen Notizen – seine Ansichten, die ihn soviel Mühe gekostet hatten; seine ersten eigenen Gedanken über die Zeit nach Lenin, seine ersten Aufzeichnungen, seine besten Gedanken.

Bei seinem Abtransport würde ihr Schicksal das Feuer sein.

Jetzt müßte man lügen! Lügen, versprechen, was immer versprochen wird. Dann, wenn er abführe, könnte er unbesorgt seine Notizen bei Simotschka lassen.

Aber auch wenn er das erwog, vermochte er nicht, vor diesen Augen zu lügen, die so hoffnungsvoll auf ihn gerichtet waren.

Er wich ihnen aus, küßte Simotschka auf die kleinen eckigen Schultern, die seine Hände von der Bluse befreit hatten.

»Du hast mich einmal gefragt, was ich da immer schreibe«, sagte er verquält.

»Ja, was? Was schreibst du?« Simotschka fragte begierig, neugierig.

Hätte sie ihn nicht unterbrochen, ihn nicht so drängend gefragt – hätte er ihr jetzt vermutlich irgend etwas gesagt. Aber sie hatte mit einer solchen Ungeduld gefragt, daß er aufhorchte. So viele Jahre hatte er in einer Welt gelebt, in der überall unsichtbare Fußangeln, Zündschnüre für Zeitexplosionen ausgelegt waren.

Hier diese vertrauensvollen liebenden Augen – es war möglich, daß sie für den Sicherheitsoffizier arbeiteten.
Wie hatte es angefangen? Das erste Mal hatte nicht er sie – sie hatte ihn mit der Wange berührt. Das konnte berechnet sein!
»Etwas Historisches«, antwortete er. »Allgemein-Historisches aus der Zeit Peters des Großen ... Aber mir liegt sehr viel daran. Wenn mich Anton hinauswirft – werde ich nicht mehr schreiben können. Und wohin mit alldem, wenn ich fortkomme?«
Voller Mißtrauen schaute er ihr tief in die Augen.
Simotschka lachte ruhig: »Wie: wohin? Du wirst es mir geben. Ich werde es aufheben. Schreib nur, mein Lieber.« Und nun konnte sie das fragen, was ihr so sehr auf dem Herzen lag: »Sag mir, deine Frau – ist sie sehr hübsch?«
Das Feldtelefon, das die Zelle mit dem Laboratorium verband, läutete. Sima nahm den Hörer, drückte die Sprechklappe, so daß sie am anderen Ende der Leitung zu hören war, nahm den Hörer aber nicht an den Mund, sondern begann, errötet in ihrer durcheinandergebrachten Kleidung, mit leidenschaftsloser gemessener Stimme die Artikulationstafel zu lesen:
»... djer ... fskop ... schtap ... Ja, ich höre ... was, Valentin Martynytsch? Eine Dual-Diode-Triode? ... 6G7 ist nicht da, aber ich glaube, wir haben eine 6G2 ... Ich lese eben noch die Tafel zu Ende und komme ... schan ... drut ...«
Sie schloß die Sprechklappe und rieb ihren Kopf an Glebs Kopf: »Ich muß gehen, sonst fällt es auf. Lassen Sie mich jetzt, bitte, ich flehe Sie an ...«
Doch ihre Stimme klang nicht entschieden.
Er umschlang sie noch enger und drückte ihren ganzen Körper fest an den seinen:
»Du gehst nirgendwohin! ... Ich möchte ... ich ...«
»Denken Sie daran, man wartet auf mich. Ich muß das Laboratorium abschließen!«
»Jetzt! Hier!« forderte er.
Und er küßte sie.
»Wann?«
Unterwürfig sah sie ihn an:
»Am Montag. Ich habe dann wieder Dienst, für Lira. Warten Sie auf mich in der Essenspause, wir werden dann eine ganze Stunde für uns haben ... wenn nicht dieser blöde Valentulja kommt, um zu arbeiten ...«
Bis Gleb die eine Türe aufschloß und die andere öffnete, hatte Simotschka ihre Bluse schon zugeknöpft und sich frisiert. Sie ging als erste durch die Tür, unnahbar, kühl.

13

Das blaue Licht

Eines Tages werde ich meinen Stiefel in diese blaue Lampe schleudern, damit sie mich nicht mehr ärgert.«

»Du wirst sie nicht treffen.«

»Fünf Meter – was werde ich da nicht treffen? Wetten wir um das Kompott von morgen?«

»Zieh deine Schuhe aus und stell dich auf das unterste Bett, dann ist es noch ein Meter mehr.«

»Nun ja, sechs Meter also. Dieses Otterngezücht, was denken sie sich nicht alles aus – nur, um uns Gefangene zu ärgern. Die ganze Nacht über drückt es auf die Augen.«

»Das blaue Licht?«

»Was sonst?! Das Licht übt einen Druck aus. Lebedew hat das entdeckt. Aristipp Iwanytsch, schlafen Sie schon? Würden Sie mir vielleicht die Freundlichkeit erweisen und mir einen meiner Schuhe heraufreichen?«

»Den Stiefel, Wjatscheslaw Petrowitsch, kann ich Ihnen gerne geben, aber erst sagen Sie mir bitte, warum gefällt Ihnen das blaue Licht nicht?«

»Vielleicht weil es eine geringe Wellenlänge hat und daher mehr Quanten. Die Quanten drücken auf die Augen.«

»Es gibt ein weiches Licht, und mich persönlich erinnert es an die blaue Ikonenlampe in meiner Kindheit, die Mama immer für die Nacht anzündete.«

»Mama! – Und dies in blauen Achselstücken! Hier haben wir es, bitteschön, ich frage Sie, ob es wohl möglich ist, den Leuten eine wirkliche Demokratie zu bescheren? Ich habe bisher bemerkt: ganz gleich in welcher Zelle es um welche kleinlichen Fragen ging – um Geschirrspülen, um Bodenkehren –, immer tauchen zumindest Anflüge aller möglichen Widersprüche auf. Freiheit würde die Menschen umbringen. O weh, nur der Knüppel kann ihnen die Wahrheit zeigen.«

»Aber was denn, die Ikonenlampe wäre hier doch angebracht. Dies war doch früher der Altar.«

»Nicht der Altar, sondern das Gewölbe über dem Altar. Den Zwischenboden hat man erst später eingezogen.«

»Dmitrij Alexandrytsch! Was machen Sie! Im Dezember öffnen Sie das Fenster! In dieser Jahreszeit muß man es schließen.«

»Meine Herren! Gerade der Sauerstoff macht auch Gefangene unsterblich! Im Zimmer befinden sich vierundzwanzig Menschen, draußen auf dem Hof ist weder Frost noch Wind. Ich mach's auf und klemme einen Band Ilja Ehrenburg dazwischen.«

»Aber doch anderthalbfach! Hier in den oberen Betten ist es stickig.«

»Ehrenburg, wie meinen Sie das? Der Breite nach?«

»Nein, meine Herren, selbstverständlich der Höhe nach, er steht hier sehr gut im Rahmen.«

»Jetzt werde ich gleich verrückt! Wo ist meine lange wattierte Jacke?«

»All diese Frischluftfanatiker würde ich nach Oj-Mjakon schicken zur *Erdarbeit.* Bei sechzig Grad unter Null würden sie zwölf Stündchen arbeiten, und dann in jeden Ziegenstall kriechen, nur um es warm zu haben.«

»Im Prinzip habe ich nichts gegen Sauerstoff, nur, warum ist er immer so kalt? Ich bin für angewärmten Sauerstoff.«

»Zum Teufel! Warum ist es im Zimmer dunkel? Warum haben sie so früh das weiße Licht gelöscht?«

»Valentulja, Sie freier Mensch! Sie würden ja sonst noch bis eins umherwandern! Welches Licht brauchen Sie um Mitternacht?«

»Sie sind ein — Geck!«

»In der blauen Kombination
brauche ich von mir ein Modebild.
Im Gefängnis —
— wie wundervoll!«

»Habt ihr wieder geraucht? Warum raucht ihr alle? Pfui, was für ein Gestank . . . Und die Teekanne ist auch kalt.«

»Wo ist Lew?«

»Was, ist er nicht in seinem Bett?«

»Bücher liegen da eine ganze Menge, aber er selbst ist nicht da.«

»Das bedeutet, er ist auf dem Klo.«

»Warum?«

»Dort haben sie eine weiße Birne eingeschraubt, und die Wand ist von der Küche her warm. Sicherlich liest er dort. Ich geh mich waschen. Soll ich ihm etwas ausrichten?«

»Ja, ja, so war es. Sie machte für mich ein Bett auf dem Boden, und sie selbst legte sich ins Bett. Ja, ja, das war ein saftiges Weibsstück. So eine saftige . . .«

»Freunde, ich bitte euch, sprecht über etwas anderes, nicht über Frauen. In der Scharaschka, wo es auch Fleisch gibt, ist das ein gemeingefährliches Gespräch.«

»Und überhaupt, meine Herren, macht jetzt Schluß! Die Glocke hat geläutet!«

»Das war doch nicht die Glocke. Meiner Meinung nach ist da irgendwo noch Musik.«

»Ich möchte jetzt schlafen. Einschlafen, Schluß.«

»Ich war im Krieg, in Afrika, bei Rommel. – Was dort schlecht war? Große Hitze und kein Wasser.«

»Im Eismeer gibt es eine Insel, die Machotkina heißt. Machotkin selbst, Polarforscher, sitzt wegen antisowjetischer Agitation.«

»Michail Kusmitsch, warum wühlen Sie dauernd herum?«

»Na, hören Sie, von einer Seite zur anderen werde ich mich wohl noch drehen dürfen.«

»Das dürfen Sie schon, aber denken Sie daran, daß jede kleine Bewegung sich nach hier unten verstärkt überträgt.«

»Sie, Iwan Iwanytsch, waren noch in keinem Lager? Dort, in einem Bett für vier, wenn sich da einer umdreht, schaukeln drei herum. Und unter ihnen hat einer sein Bett mit bunten Lappen zugehängt und bringt eine Frau mit – und er fängt auch an, sich zu bewegen. Und das nicht schlecht, das reinste Erdbeben! Und das macht alles nichts, die Leute schlafen trotzdem.«

»Grigorij Borissytsch, wann sind Sie eigentlich das erstemal in eine Scharaschka gekommen?«

»Ich gedenke, dort eine Pentode und einen kleinen Rheostat aufzustellen.«

»Er war ein selbständiger, akkurater Mensch. Für die Nacht zog er die Schuhe aus, stellte sie nicht auf den Boden, sondern legte sie unter seinen Kopf. In solch einer Zeit läßt man nichts auf dem Boden.«

»Ich war in Auschwitz. In Auschwitz war das gräßlich: vom Bahnhof führte man einen in das Krematorium – und die Musik spielte dazu.«

»Der Fischfang dort war bemerkenswert, das war das eine, und das andere – die Jagd. Im Herbst, wenn man eine Stunde ausgehen durfte, war man sofort von Fasanen umringt. Im Schilf waren Wildschweine, auf dem Feld Hasen.«

»All diese Scharaschkas hat man seit neunzehnhunderteinunddreißig eingeführt, als man die Prom-Partei[1] verurteilte und sich entschloß auszuprobieren, wie sich inhaftierte Ingenieure bei der Gefängnisarbeit machen. Der leitende Ingenieur der ersten Scharaschka war Leonid Konstantinowitsch Ramsin; der Versuch fiel zufriedenstellend aus. In der Freiheit ist es unmöglich, innerhalb einer Konstruktionsgruppe zwei große Ingenieure oder zwei große Gelehrte zusammenarbeiten zu lassen: sie kämpfen um einen Namen, um Ruhm, um den Stalinpreis, und einer wird auf jeden Fall den anderen hinausekeln. So gleichen in der

[1] Industriepartei (Anm. d. Übers.)

Freiheit alle Konstruktionsbüros einem farblosen Kreis, rund um einen helleuchtenden Kopf. Und wie ist es in einer Scharaschka? Weder Ruhm noch Geld bedrohen irgend jemanden, Nikolaj Nikolajitsch bekommt ein Glas voll saurer Sahne und Pjotr Petrowitsch auch ein Glas voll saurer Sahne. Ein Dutzend akademischer Bären leben friedlich in einer Bärenhöhle zusammen, weil sie nirgendwo sonst hinkönnen. Man spielt Schach, man raucht gelangweilt. Vielleicht erfinden sie irgend etwas, laß sie nur machen! So ist schon viel erfunden worden! Und darauf beruht die Grundidee der Scharaschka.«

»Freunde! Eine Neuigkeit!! Sie haben Bobynin irgendwohin gefahren.«

»Valjka, jaule nicht herum, ich werde dich mit dem Kissen ersticken.«

»Wohin, Valentulja?«

»Wie haben sie ihn geholt?«

»Der Unterleutnant kam und sagte, er solle Mantel und Mütze anziehen.«

»Mit Sachen?«

»Ohne.«

»Bestimmt mußte er zu einer oberen Dienststelle.«

»Zu Foma?«

»Foma würde selbst kommen. Ich glaube, du mußt höher greifen!«

»Der Tee ist kalt, welche Gemeinheit!«

»Valentulja, Sie klopfen beim Umrühren mit Ihrem Löffel immer so an das Glas, das geht mir auf die Nerven!«

»Nur ruhig, wie soll ich denn den Zucker auflösen?«

»Lautlos.«

»Lautlos geht nur eine Weltkatastrophe vor sich, weil sich der Schall im Weltraum nicht fortpflanzt. Wenn hinter unseren Rücken ein neuer Stern explodieren würde, würden wir es nicht einmal hören. Rusjka, deine Bettdecke fällt ja herunter. Was hängst du so über der Kante? Du schläfst nicht? Ist dir bekannt, daß unsere Sonne ein neuer Stern ist und es unserer Erde bestimmt ist, in allernächster Zeit unterzugehen?«

»Daran möchte ich nicht glauben. Ich bin jung und möchte leben.«

»Ha, ha, ha, wie primitiv! ... Das ist kalter Kaffee ... *C'est le mot!* Er möchte leben!«

»Valjka, wohin haben sie Bobynin gebracht?«

»Woher soll ich das wissen?«

»Vielleicht – zu Stalin.«

»Und wenn sie das mit dir machen würden, Valentulja, wenn sie dich zu Stalin brächten?«

»Mich? Ha, ha! Mein Lieber! Ich würde ihn über alle Mißstände aufklären!«

»Nun, über welche zum Beispiel?«

»Ja, alle, alle, alle, *par excellence* – warum leben wir ohne Frauen? Das vermindert unsere schöpferischen Fähigkeiten.«
»Prjantschik! Halt jetzt die Klappe! Alle schlafen schon längst – worüber regst du dich eigentlich auf?«
»Wenn ich aber nicht schlafen mag?«
»Freunde, drückt eure Kippen aus, wenn ihr raucht – der Leutnant kommt.«
»Was will der blöde Hund? – Nicht stolpern, Genosse Leutnantchen, sonst schlagen Sie sich Ihre lange Nase an.«
»Prjantschikow!«
»Ja?«
»Wo sind Sie? Schlafen Sie schon?«
»Ich schlafe schon.«
»Ziehen Sie sich an, ziehen Sie Mantel und Mütze an.«
»Sachen mitnehmen?«
»Nein, ein Auto wartet, schnell.«
»Das heißt – ich fahre mit Bobynin?«
»Der ist schon weg, ist mit einem anderen Wagen gefahren.«
»Was für ein Auto ist das, Leutnant, ein ›Schwarzer Rabe‹?«
»Schneller, schneller. Ein ›Pobjeda‹.«
»Und wer läßt mich holen?«
»Nun, Prjantschikow, was soll ich Ihnen alles noch erklären?! Ich weiß es selbst nicht.«
»Valjka! Sag dort alles!«
»Sprich über Besuche! Daß diese Achtundfünfziger nur einmal im Jahr Besuch bekommen dürfen.«
»Sprich von den Spaziergängen!«
»Über Briefe!«
»Über die Kleidung!«
»Rotfront, Kinder! Ha-ha! Adieu!«
»Genosse Leutnant! Wo ist eigentlich Prjantschikow?«
»Schnell, schnell, Genosse Major! Hier ist er!«
»Alles, Valjka, verklickere ihnen alles, halt nichts zurück!«
»Was ist nur heute mitten in der Nacht los?«
»Was ist passiert?«
»Das war noch niemals so.«
»Vielleicht ist Krieg ausgebrochen? Führen Sie sie ab zum Erschießen?«
»Du Idiot! Wer würde uns dann einzeln abführen? Wenn Krieg ausbricht, beseitigen sie uns alle zusammen, oder sie tun Pestbazillen in unsere Kascha ...
»Nun, gut, schlafen wir, Brüder! Morgen werden wir es erfahren.«
»So war es ... vierzig, als Berija Boris Petrowitsch Stetschkin aus der

Scharaschka rufen ließ — er kam niemals mit leeren Händen zurück: entweder wurde die Gefängnisleitung abgelöst oder der Ausgang verlängert ... Stetschkin konnte dieses bestechliche System nicht ertragen, diese verschiedenen Essenskategorien: daß man den Akademikern saure Sahne und Eier gibt, Professoren vierzig Gramm Butter, und den Arbeitspferden zwanzig ... Er war ein guter Mensch, dieser Boris Petrowitsch, Gott hab ihn selig!«

»Ist er tot?«

»Nein, er ist freigelassen worden. Er hat sich befreit ... Er wurde Stalinpreisträger.«

14

Mädchen! Mädchen!

Dann ließ sich die gemessene, müde Stimme Adamsons vernehmen, der seine zweite Haftfrist absaß und schon während seiner ersten Frist in Scharaschkas gewesen war. Überall erzählte man flüsternd die schon begonnenen Geschichten zu Ende. Irgend jemand schnarchte laut und von Zeit zu Zeit explosionsartig.

Die matte blaue Lampe über der vierflügeligen Tür, in deren Bogen über dem Ausgang sie angebracht war, beleuchtete ein Dutzend zweistöckiger aneinandergeschweißter Betten, die fächerförmig in dem großen Halbkreis des Raumes standen. Dieses Zimmer war sicher einmalig in Moskau; es hatte einen Durchmesser von zwölf guten Männerschritten, eine weit ausladende hohe Kuppel, die in einen sechseckigen Turm überging, und im Halbkreis fünf wohlgeformte, oben abgerundete Fenster. Die Fenster waren verbarrikadiert, hatten aber keine Gitter. Tagsüber sah man durch sie auf der anderen Seite der Chaussee einen unermeßlich großen, waldähnlichen Park, an Sommerabenden konnte man hier den zu Herzen gehenden Gesang der männerlosen Mädchen des Moskauer Vororts hören.

Nershin, im oberen Bett am mittleren Fenster, schlief nicht und versuchte es auch gar nicht. Unter ihm schlief Ingenieur Potapow schon längst den friedlichen Schlaf des arbeitenden Menschen. Auf den benachbarten Betten lagen, links jenseits des Ganges, der rundgesichtige Vakuumspezialist ›Semelja‹, der sich unbekümmert im Schlaf herumwarf — Prjantschikows Bett unter ihm war leer —; rechts im Bett gleich neben ihm warf sich Rusjka Doronin schlaflos hin und her, er war einer der jüngsten Scharaschka-Häftlinge.

Jetzt, nachdem er von dem Gespräch in Jakonows Büro etwas Abstand hatte, sah Nershin alles deutlicher: Die Absage an die kryptographische Gruppe war kein dienstliches Ereignis, sondern ein Wendepunkt in seinem Leben. Sie mußte Folgen zeitigen — und möglicherweise schon sehr bald, er würde irgendwohin nach Sibirien oder in die Arktis verschickt werden. Verschickt zum Tode oder zum Sieg über den Tod.

Er wollte auch noch über den Bruch in seinem Leben nachdenken. Was hatte er während der dreijährigen Verschnaufpause in der Scharaschka erreicht? Hatte er seinen Charakter so festigen können, daß er jetzt dem erneuten Wurf in den Abgrund des Lagers gewachsen war?

Und es kam noch hinzu, daß Gleb morgen einunddreißig Jahre wurde. (Selbstverständlich hatte er seine Freunde mit keiner Andeutung an dieses Datum erinnert.) War dies die Mitte des Lebens? Das Ende? Oder der Anfang?

Seine Gedanken gingen durcheinander. Der Ausblick auf die Ewigkeit besserte nichts. Eine Schwäche überkam ihn: Es war doch noch nicht zu spät, um alles wiederherzustellen, um sich der Kryptographie anzuschließen. Ihm kam noch die Kränkung zu Bewußtsein, die man ihm zugefügt hatte, indem man nun schon elf Monate immer und immer wieder das Wiedersehen mit seiner Frau hinausgeschoben hatte — ob man es ihm jetzt, vor seinem Abtransport, wohl noch genehmigen würde?

Schließlich meldete sich doch der geschickte, wendige Mensch, den er notgedrungenermaßen schon früh in sich herausgebildet hatte, als er, noch ein Junge, während des ersten Fünfjahresplanes in den Schlangen vor den Brotgeschäften anstand. Dieses zähe innere Selbst verstand sehr wohl, welche Durchsuchungen ihn erwarteten — bei der Entlassung aus Mawrino, beim Empfang in der Butyrka, in Krasnaja Presnja, er wußte, wie man zerbrochene Bleistiftminen in der wattierten Jacke versteckte, wie man die Spezialkleidung aus der Scharaschka mit herausbekam (für den arbeitenden Sträfling war jeder eigene Pelz ein Wertstück), wie man beweist, daß der Aluminium-Teelöffel, den er schon die ganze Zeit über bei sich hatte, sein Eigentum und nicht in der Scharaschka gestohlen war, obwohl es dort beinahe gleiche Löffel gab.

Am liebsten wäre er schon jetzt bei dem blauen Licht aufgestanden und hätte mit den Vorbereitungen, dem Einpacken und Verstecken begonnen.

Nun änderte Rusjka Doronin plötzlich seine Lage: Er drehte sich auf den Bauch, vergrub selbst seine Schultern noch unter dem Kissen, dabei zog er die Bettdecke über den Kopf, seine Füße lagen bloß; dann wälzte er sich wieder auf den Rücken, warf die Bettdecke beiseite, dabei kamen das weiße Überschlaglaken und das dunkler schimmernde Bettuch zum Vorschein (bei jedem Bad wurde eines der beiden Bettücher gewechselt, aber jetzt, im Dezember, hatte das Spezialgefängnis die Seifenzuteilung

weit überschritten, und das Baden war hinausgeschoben worden). Plötzlich setzte er sich in seinem Bett auf, ließ sich mitsamt seinem Kissen nach hinten gegen die eiserne Rückenlehne fallen und holte dort, aus der Ecke seiner Matratze, einen kleinen Band Theodor Mommsen ›Römische Geschichte‹ hervor. Als er bemerkte, daß Nershin in das blaue Licht starrte und nicht schlief, bat er ihn heiser, leise flüsternd:
»Gleb! Hast du eine Zigarette? Gib mir eine!«
Für gewöhnlich rauchte Rusjka nicht. Nershin langte nach seiner Kombination, die an der Bettrückwand hing, und zog zwei Zigaretten aus der Tasche; sie begannen zu rauchen.
Rusjka rauchte ganz konzentriert, er drehte sich dabei nicht einmal zu Nershin hin. Sein Mienenspiel wechselte häufig, bald erschien er naivjungenhaft, bald wie ein gewitzter Betrüger — unter dem Wust seiner hellen Haare wirkte er sogar jetzt, bei dem totenähnlichen blauen Licht sehr anziehend.
»Hier!« Nershin reichte ihm eine leere Packung ›Belomor‹ anstelle eines Aschenbechers.
Sie streiften die Asche ab.
Rusjka war seit Sommer in der Scharaschka. Schon vom ersten Augenblick an hatte er Nershin sehr gut gefallen und in ihm den Wunsch hervorgerufen, ihn zu beschützen.
Es erwies sich aber, daß Rusjka, obwohl er erst dreiundzwanzig Jahre alt war (als *Frist* hatte man ihm fünfundzwanzig Jahre gegeben), in keiner Weise eines Schutzes oder einer Begünstigung bedurfte: Sein Charakter, seine Weltanschauung hatten sich in seinem kurzen, aber sehr stürmischen Leben trotz der Vielfalt der Ereignisse und Eindrücke fest herausgebildet — nicht so sehr durch zwei Wochen Studium an der Moskauer Universität und zwei Wochen an der Leningrader Universität, als durch zwei Jahre, die er mit falschem Paß lebte, weil er auf der Allunions-Suchliste stand (Gleb hatte dies ganz im Vertrauen erfahren), und jetzt durch zwei Jahre Haft. Blitzschnell, sozusagen im Vorübergehen, hatte er sich die wölfischen Gesetze des GULAG zu eigen gemacht, war immer wachsam, nur wenigen gegenüber offen und erweckte bei allen einen kindlich-aufgeschlossenen Eindruck. Noch war er voller Energie und versuchte in geringer Zeit viel zu tun; auch Lesen war eine dieser Beschäftigungen.
Gleb, unzufrieden wegen seiner ungeordneten, kleinlichen Gedanken, verspürte keinerlei Neigung zu schlafen und nahm dies noch weniger von Rusjka an; in der tiefen Stille des Zimmers fragte er flüsternd:
»Du, was ist mit deiner Theorie der Zyklizität der Ereignisse?«
Erst vor kurzem hatten sie diese Theorie erörtert, und Rusjka hatte sich darangemacht, ihre Bestätigung bei Mommsen zu finden.

Rusjka wandte sich nach dem Flüstern um, sah Gleb verständnislos an. Sein Gesicht, besonders seine Stirn, verzog sich und drückte die Anstrengung aus, die Frage zu begreifen.
»Ich sage, wie steht's mit deiner Theorie der Zyklizität der Ereignisse?«
Rusjka seufzte tief auf, und mit dem Ausatmen wichen von seinem Gesicht diese Anspannung und der Gedanke, der ihn während des Rauchens beunruhigt hatte. Er ließ den Kopf hängen, stützte sich auf einen Ellbogen, warf den erloschenen Zigarettenrest in die bereitstehende leere Zigarettenpackung und sagte:
»Alles ekelt mich an. Auch die Bücher. Auch die Theorie.«
Und wieder schwiegen beide. Nershin wollte sich schon auf die andere Seite drehen, als Rusjka plötzlich auflachte und zu flüstern begann, sich immer mehr ereifernd und überstürzend:
»In der Geschichte ist es immer dasselbe, so daß es einem widerstrebt, sie zu lesen. Je edelmütiger und ehrenwerter ein Mensch ist, desto roher verfahren seine Mitbürger mit ihm. Der römische Konsul Spurius Cassius wollte an das Volk Land verteilen, und das Volk verurteilte ihn zum Tode. Spurius Maelius wollte das hungrige Volk mit Brot füttern – er wurde hingerichtet, als hätte er nach dem Kaiserthron gestrebt. Der Feldherr Marcus Manlius, derselbe, der von dem Gackern der legendären Gänse erwachte und das Capitol rettete – er wurde hingerichtet wie ein Staatsverräter! Ja?« Er lachte auf. »Den großen Hannibal, ohne den wir von Karthago gar nichts wüßten, vertrieben die nichtswürdigen Karthager, beschlagnahmten sein Eigentum und zerstörten sein Haus! Alles war schon da ... Damals schon warfen sie Gnaeus Naevius in den Brunnen, damit er aufhöre, seine mutigen freiheitlichen Stücke zu schreiben. Schon die Ätolier verkündeten eine verlogene Amnestie, um die Emigranten zu verlocken, in die Heimat zurückzukehren und sie zu töten. Schon in Rom trat die Wahrheit, die später wieder vergessen wurde, zutage – daß es unökonomisch ist, Sklaven hungern zu lassen, daß es nötig ist, sie zu füttern. Die ganze Geschichte ist eine einzige Pestbeule. Da gibt es keine Wahrheit, da gibt es keinen Irrtum! Man kann sich nirgendwohin *wenden*. Man kann nirgendwohin gehen!«
Das fahle blaue Licht ließ das ungläubige Zucken auf den Lippen – auf diesen so jungen Lippen – besonders rührend erscheinen.
Diese Gedanken waren zum Teil von Nershin selbst in Rusjka vorbereitet worden, aber jetzt, aus Rusjkas Mund, riefen sie den Wunsch nach Widerrede hervor. Unter seinen älteren Kameraden hatte es sich Gleb zur Gewohnheit gemacht, die Dinge herunterzureißen, aber einem viel jüngeren Mitgefangenen gegenüber fühlte er Verantwortung.
»Ich möchte dich warnen, Rostislaw«, erwiderte Nershin sehr leise. Er beugte sich dabei fast bis zum Ohr seines Nachbarn hinunter. »So scharf-

sinnig und erbarmungslos die Systeme des Skeptizismus oder des Agnostizismus, des Pessimismus auch sind – verstehe richtig, sie verdammen durch ihr Sein den Menschen zur Willenlosigkeit. Sie können also keine Richtschnur für menschliche Verhaltensweisen sein – weil wir Menschen nicht *stillstehen* können, und das bedeutet, daß wir Systemen nicht abschwören mögen, die irgend etwas bestätigen, die uns irgendwohin rufen.«

»Auch wenn es in den Sumpf wäre? Nur um sich mühsam durchzuschleppen?« erwiderte Rusjka boshaft.

»Wenn es so wäre ... der Teufel weiß es ...« Gleb zögerte.

»Du weißt, ich selbst erachte den Skeptizismus für die Menschheit als sehr nötig. Sie braucht ihn, um steinerne Stirnen zu zerschlagen, um die fanatischen Stimmen zu ersticken. Aber der Skeptizismus kann nicht zu einem festen Boden unter den Füßen der Menschen werden. Doch brauchen wir nicht trotz allem einen festen Boden?«

»Gib mir noch eine Zigarette!« bat Rostislaw. Nervös begann er zu rauchen. »Hör mal, wie gut, daß das MGB[1] mein Studium verhinderte«, flüsterte er etwas klarer und lauter. »Nun, ich hätte die Universität beendet und vielleicht sogar die Aspirantur, was für eine Idiotie wäre das gewesen. Ich wäre ein durchschnittlicher Gelehrter geworden, hätte vielleicht ein aufgeblasenes Buch geschrieben, vielleicht von einem achthundertunddritten Standpunkt die fünf Nowgoroder Verwaltungsbezirke betrachtet oder Cäsars Krieg gegen die Helvetier. Wieviel Kulturen gibt es auf der Welt! Sprachen! Länder! Und in jedem Land soviel kluge Leute und noch viel mehr kluge Bücher – welcher Dummkopf wird dies alles lesen? Wie hast du einmal gesagt? – ›Was sich mit viel Mühe große Gelehrte ausdachten, erscheint anderen, noch größeren Gelehrten als illusorisch.‹ War das nicht so?«

»Da haben wir's!« sagte Nershin vorwurfsvoll. »Du verlierst jeden Halt und jedes Ziel. Man kann und muß zweifeln. Aber ist es nicht auch nötig, irgend etwas zu lieben?«

»Ja, ja, lieben!« Feierlich-heiser flüsternd übertrumpfte ihn Rusjka. »Lieben! Aber nicht die Geschichte, nicht die Theorie, sondern Mädchen!« Er beugte sich über das Bett zu Nershin hin und ergriff ihn am Ellbogen. »Aber *was* haben sie uns weggenommen? Sag es mir! Das Recht, in Versammlungen zu gehen? Staatsanleihen zu unterzeichnen? Das einzige, mit dem uns das Ungeheuer wirklich zu schaden vermochte, das war, uns die Frauen wegzunehmen! Und er hat es getan. Auf fünfundzwanzig Jahre hinaus! Der Hund!! Wer hat eine Ahnung ...« – er

[1] *Ministerstwo Gossudarstwennoj Besopasnosti* – Ministerium für Staatssicherheit (Anm. d. Übers.)

schlug sich mit der Faust auf die Brust – ». . . was eine Frau für einen Gefangenen bedeutet?«
»Du . . . du, jetzt werd mir nicht verrückt!« Nershin versuchte abzuwehren, doch unvermutet fühlte er sich bei dem Gedanken an Simotschka und ihr Versprechen für Montag abend von einer heißen Welle erfaßt . . . »Denk an etwas anderes! Dein Gehirn wird ganz umnebelt. Ein Freudscher Komplex oder Simplex, wie zum Teufel heißt es dort gleich wieder? Allgemein: Sublimation! Wende deine Energie auf anderen Gebieten an! Beschäftige dich mit der Philosophie – du brauchst dann weder Brot noch Wasser noch die Zärtlichkeit einer Frau.«
(Aber am Montag! . . . Das, was gutbürgerlich verheiratete Menschen in keiner Weise schätzen, wird im gequälten Gefangenen zu brennender Pein!)
»Mein Gehirn ist *schon* verdunkelt! Ich werde bis zum Morgen nicht einschlafen! Mädchen! Jeder braucht ein Mädchen! Daß man sie in den Armen erzittern fühlt! Daß man . . . ach ja, was noch!« Rusjka fiel die noch brennende Zigarette auf die Bettdecke, doch er bemerkte es nicht und wälzte sich herum, warf sich auf den Bauch und zog seine Bettdecke über den Kopf, seine Füße lagen unbedeckt.
Nershin bemühte sich, schnell die Zigarette zu ergreifen und auszudrücken, sie war schon zwischen ihre Betten nach unten, auf Potapow gerollt. Ja! Ja! Jetzt muß er nicht einmal mehr zwei volle Tage warten, und Simotschka . . . Er stellte sich in allen Einzelheiten vor, wie es übermorgen werden würde – erbebend riß er sich von dem beinahe schon erschreckend süßen Gedanken los, der seinen Verstand verschleierte; er beugte sich zu Rusjka vor:
»Rusjka! Wie ist das – mit dir? Hast du irgend jemanden?«
»Ja! Ja!« flüsterte Rostislaw gequält; er lag auf dem Rücken und hielt sein Kissen im Arm. Er atmete in das Kissen hinein, und die vom Kissen reflektierte Wärme und die ganze Hitze seiner Jugend, die so übelfruchtlos im Gefängnis dahinwelkte, versetzten seinen jungen, eingeschlossenen Körper in ein Fieber, er suchte nach einer Entlastung und wußte von keiner. Er sagte ›Ja‹, und er wollte auch glauben, daß er ein Mädchen hätte, aber das war alles unerreichbar – es hatte weder einen Kuß, noch nicht einmal eine Umarmung gegeben, ein Mädchen hatte ihn heute abend nur voller Mitgefühl und voller Begeisterung angesehen und ihm zugehört, wie er von sich erzählte, und in diesem Blick des Mädchens hatte sich Rusjka zum erstenmal als Helden und seine eigene Lebensgeschichte als ungewöhnlich gesehen. Nichts war noch zwischen ihnen vorgefallen. Und trotzdem war in ihm etwas vorgegangen, weswegen er sagen konnte, daß er ein Mädchen – *habe.*
»Aber wer ist sie? Sag es mir!« forschte Gleb.

Rostislaw lüftete etwas die Bettdecke und antwortete aus der Dunkelheit heraus.
»Ts-s-s . . . Klara . . .«
»Klara?? Die Tochter des Staatsanwalts?!«

15

Die Lügner-Troika

Der Chef der Abteilung 01 beendete seinen Bericht bei Minister Abakumow.

Abakumow, groß, mit nach hinten gekämmten schwarzen Haaren und den Achselstücken eines Generalkommissars zweiten Ranges, stützte sich siegessicher mit den Ellbogen auf seinen riesigen Schreibtisch. Er war kräftig, aber nicht dick und spielte sogar Tennis, da er den Wert einer guten Figur kannte. Sein intelligenter Blick hatte die Beweglichkeit des Mißtrauens und der schnellen Auffassungsgabe. Wo es nötig war, verbesserte er den Abteilungsleiter, der sich beeilte, Notizen zu machen.

Abakumows Arbeitszimmer war ein Mittelding zwischen einem Saal und einem Zimmer. Es hatte einen Marmorkamin, ein Überbleibsel alter Zeiten, der allerdings nicht mehr funktionierte. Die eine Wand schmückte ein Spiegel von gewaltigen Ausmaßen. Von der hohen stuckverzierten Decke hing schwer ein Lüster herab. Faune und Nymphen jagten einander auf den Deckengemälden. Abakumow hatte alle alten Farben belassen, nur das Grün war überstrichen worden, weil ihm diese Farbe mißfiel. Die großen Fenster, die auf einen Platz hinausgingen, und die Balkontür wurden niemals geöffnet. Verschiedene Uhren tickten monoton: eine Standuhr mit einem auffallend schönen Gehäuse, eine Kaminuhr mit einer Figurine und einem Schlagwerk; an der Wand hing außerdem noch eine elektrische Uhr, wie man sie auf Bahnhöfen sieht. Alle Uhren zeigten verschiedene Zeiten, aber Abakumow irrte sich nie, denn er trug zwei goldene Uhren: eine am behaarten Handgelenk und eine in der Tasche.

In diesem Gebäude wuchsen die Arbeitszimmer mit dem Dienstgrad ihrer Besitzer. Es wuchsen die Schreibtische. Es wuchsen die Konferenztische unter den samtenen Tischtüchern. Doch eifersüchtiger als alles andere wuchsen die Porträts des Größten Generalissimus. Sogar in den Arbeitszimmern der einfachen Untersuchungsrichter war er überlebensgroß abgebildet, in Abakumows Arbeitszimmer war der Genialste Stratege aller Zeiten und Völker von einem realistischen Künstler fünf Meter groß auf die Leinwand gebannt worden, in seiner ganzen Gestalt von den Stiefeln bis zur Marschallsmütze, im Glanz aller Orden (auch derer, die er niemals trug), die er größtenteils sich selbst verliehen, zum Teil aber auch von anderen Königen und Präsidenten bekommen hatte; nur die jugoslawischen Orden waren auf dem Rock sorgfältig übermalt.

Gerade als wäre er sich der Unzulänglichkeit dieses fünf Meter großen Porträts bewußt und als verspürte er die Notwendigkeit, jede Minute durch den Blick des Größten Freundes der Gegenspionage neu entflammt zu werden – auch dann, wenn er seine Augen nicht vom Schreibtisch erhob –, hatte Abakumow auf seinem Schreibtisch noch ein Bild Stalins stehen.

An einer anderen Wand machte sich das quadratische Porträt eines süßlich aussehenden Menschen mit Zwicker breit, Abakumows unmittelbaren Vorgesetzten – Berija. Als der Leiter der Abteilung 01 gegangen war, erschienen in der Eingangstür der Reihe nach der Stellvertretende Minister Sewastjanow, der Leiter der Technischen Spezialabteilung, Generalmajor Oskolupow, und der Chefingenieur derselben Abteilung, Ingenieur-Oberst Jakonow. Der Reihe nach, einer hinter dem anderen, gingen sie über das Muster des Teppichs, beachteten dabei sorgfältig die Rangordnung und erwiesen dem Besitzer des Arbeitszimmers besondere Hochachtung; so gingen sie, ohne von dem Mittelstreifen des Teppichs abzuweichen, im Gänsemarsch, einer genau in den Fußstapfen des anderen; allein Sewastjanows Schritte konnte man vernehmen.

Sewastjanow, ein hagerer alter Mann mit kurzgeschnittenem silbergrauen Haar, war in der besonderen Lage, unter zehn Stellvertretenden Ministern der einzige Zivilist zu sein. Er leitete weder eine operative Gruppe noch eine Untersuchungs-Dienststelle – seinem Befehl unterstanden die Nachrichtenverbindung und andere Präzisionstechnik. Auf Versammlungen und bei an ihn ergangenen Befehlen litt er darum weniger unter dem Zorn des Ministers. Er gebärdete sich in diesem Arbeitszimmer nicht so gezwungen wie die anderen und setzte sich in den dick gepolsterten Ledersessel, der vor dem Tisch stand.

Als Sewastjanow Platz genommen hatte, war Oskolupow der erste in der Reihe. Jakonow stand ganz dicht hinter ihm, so als wollte er seine körperliche Fülle verbergen.

Abakumow sah nun auf den vor ihm stehenden Oskolupow, dem er in seinem Leben bis jetzt nicht öfter als dreimal begegnet war – und irgend etwas an diesem Menschen berührte ihn sympathisch. Oskolupow neigte etwas zur Fülle, sein Hals quoll aus dem Uniformkragen heraus, und das Kinn, das jetzt knechtisch eingezogen war, hing leicht herab.

Sein hölzernes Gesicht war das einfache, ehrliche Gesicht des Ausführenden, und nicht das überspannte eines Intellektuellen, der sich viele eigene Gedanken macht.

Abakumow kniff die Augen zu, schaute über Oskolupows Schultern hinweg auf Jakonow und fragte:

»Du – wer bist du?«

»Ich?« Oskolupow beugte sich vor. Er war gekränkt, daß man ihn nicht erkannte.

»Ich?« Jakonow trat etwas zur Seite. Er bemühte sich, seinen vorstehenden weichen Bauch, der trotz all seiner Anstrengungen stetig zunahm, so weit wie möglich einzuziehen – und als er sich vorstellte, ließen seine großen blauen Augen nicht den geringsten Gedanken erkennen.

»Du! Du!« schnaubte der Minister nachdrücklich. »Das heißt also, das Mawrino-Objekt ist deins? Also gut, setzt euch.«

Sie setzten sich.

Der Minister nahm ein rotes Plexiglas-Papiermesser, kratzte sich damit hinter dem Ohr und sagte:

»So ist es, so ... Wie lange haltet ihr mich schon zum Narren? Zwei Jahre? Aber nach Plan hattet ihr nur fünfzehn Monate! Wann werden die zwei Apparate fertig sein?« Und drohend fügte er hinzu: »Lügt nicht! Ich liebe keine Lügen!«

Gerade auf diese Frage waren die drei hochgestellten Lügner gefaßt gewesen, nachdem sie gemerkt hatten, daß sie zu dritt herbestellt worden waren. Wie vorher verabredet, begann Oskolupow. Gerade als würde er sich nach vorn losreißen, aus seinen zurückgebogenen Schultern heraus, sah er dem allmächtigen Minister mit begeistertem Blick in die Augen und sagte:

»Genosse Minister! ... Genosse Generaloberst! Erlauben Sie mir, Ihnen zu versichern, daß der Abteilungsstab keine Mühe scheut ...«

Abakumows Gesicht verriet großes Erstaunen:

»Was? – Sind wir vielleicht auf einer Versammlung? Was nützen mir eure Anstrengungen? Die kann ich mir sonstwohin tun! Ich frage euch: bis zu welchem Termin?« Er nahm seinen Federhalter mit der goldenen Feder und deutete auf seinen Wochenkalender.

Wie verabredet, trat nun Jakonow vor und beteuerte mit dem ihm eigenen Tonfall und leiser Stimme, daß er hier nicht als Verwaltungsmann, sondern als Spezialist spreche:

»Genosse Minister! Bei einem Frequenzbereich bis zweitausendvierhundert Hertz, bei einem mittleren Übertragungsniveau von Null Komma neun ...«

»Hertz, Hertz! Null Komma irgendwas Hertz – das ist es, was bei euch

rauskommt! Auf den Mist mit eurem Null. Gebt mir die Apparate – zwei! *Vollständige!* Wann? Ja?« Sein Blick heftete sich an alle drei.
Jetzt trat Sewastjanow langsam hervor, mit einer Hand strich er sich über den silbergrauen Bürstenkopf.
»Bitte lassen Sie uns wissen, was Sie im Sinn haben, Viktor Semjonowitsch. Zweiweggespräche ohne absolute Chiffrierung ...«
»Willst du mich zum Idioten abstempeln? Was heißt das – ohne Chiffrierung?« Der Minister sah ihn scharf an.
Vor fünfzehn Jahren, als Abakumow noch kein Minister war, als weder er noch die anderen sich dies auch nur hätten vorstellen können, als er ein NKWD[1]-Kurier war, ein schlanker, gesunder junger Bursche mit langen Armen und Beinen – damals hatte ihm seine vierklassige Grundschulbildung vollkommen gereicht. Und dann, in den Jahren, als die Untersuchungskader erweitert und erneuert wurden, stellte sich heraus, daß Abakumow sich sehr gut darauf verstand, Nachforschungen zu treiben – mit seinen langen Armen schlug er dabei gewandt und übel den Leuten mitten ins Gesicht – so begann seine große Karriere, und nach sieben Jahren wurde er der Chef der Gegenspionage SMERSCH, und jetzt war er Minister. Nicht ein einziges Mal während seines langen Aufstieges hatte er bei sich einen Mangel an Bildung bemerkt. Er orientierte sich immer ausreichend, so daß ihn auch in dieser hohen Stellung niemand an der Nase herumführen konnte.
Jetzt wurde Abakumow zornig, erhob seine geballte Faust über den Tisch – in diesem Moment öffnete sich die hohe Tür, und ohne anzuklopfen trat Michail Dmitrijewitsch Rjumin ein – ein kleiner, rundlicher Cherub mit angenehm rosa Wangen; das ganze Ministerium nannte ihn *Mitjenka,* doch meist nur hinter seinem Rücken.
Er ging lautlos wie ein Kater. Er trat näher, musterte mit seinen unschuldig-hellen Augen die hier Sitzenden und reichte Sewastjanow die Hand (dieser stand auf), dann trat er an die Stirnseite von Abakumows Tisch, verneigte sich, streichelte mit seinen kleinen, runden Handflächen sachte die Tischkante und schnurrte nachdenklich:
»Hör, Viktor Semjonitsch, wenn wir uns mit solchen Aufgaben beschäftigen, so ist es möglich, sie Sewastjanow zu übertragen. Warum sollen wir sie umsonst füttern? Können sie denn wirklich nicht eine Stimme auf dem Tonband erkennen? Dann schmeiß sie raus!« Und er lächelte so süßlich, als würde er ein kleines Mädchen mit Schokolade füttern. Freundlich blickte er auf alle drei Vertreter der Abteilungen.

1 *Narodnyj Kommissariat Wnutrennych Djel* – Volkskommissariat für Innere Angelegenheiten, Bezeichnung für die Geheimpolizei der Jahre 1934 bis 1946 (Anm. d. Übers.)

Viele Jahre hatte Rjumin als völlig unbekannter Mensch verbracht – als Buchhalter einer Konsumgenossenschaft in der Provinz Archangelsk. Rotwangig und plump, mit einem schmallippigen Mund, der einen gekränkten Eindruck machte, hatte er damals, soviel er konnte, den ihm unterstellten Buchhaltern mit boshaften Bemerkungen die Hölle heiß gemacht, ständig Kandiszucker gelutscht, mit dem er auch den Spediteur versorgte, mit Kutschern herablassend und akkurat verhandelt und rechtzeitig die Akten auf den Tisch des Vorsitzenden gelegt.
Während des Krieges hatte man ihn zur Marine geholt und ihn zum Untersuchungsbeamten der Spezialabteilung gemacht. Die Arbeit hatte ihm sehr gut gefallen, und schon sehr bald rollte er eine Sache gegen einen völlig unschuldigen Korrespondenten der Nordflotte auf. Er tat dies aber in einer so groben und unverschämten Weise, daß die Staatsanwaltschaft, die sich für gewöhnlich nicht in die Arbeit ihrer Angestellten einmischte, Abakumow davon berichtete. Der kleine SMERSCH-*Spürhund der Nordflotte* wurde zu Abakumow zum Rapport bestellt. Ängstlich hatte er das Arbeitszimmer betreten, weil er befürchtete, seinen Kopf zu verlieren. Die Tür hatte sich hinter ihm geschlossen. Als sie sich nach einer Stunde wieder öffnete, kam ein selbstbewußter Rjumin heraus, der zum obersten Untersuchungsrichter für Sonderangelegenheiten im Zentralapparat des SMERSCH ernannt worden war. Von da an stieg sein Stern unaufhaltsam.
»Auch ohnedies werde ich sie davonjagen, Michail Dmitritsch, glaub' mir. Ich werde sie so davonjagen, daß sie ihre Knochen einzeln zusammenlesen können!« antwortete Abakumow und sah alle drei drohend an.
Die drei senkten schuldbewußt die Blicke.
»Ich verstehe aber auch nicht, was du willst. Wie ist es denn möglich, am Telefon einen unbekannten Menschen zu identifizieren?«
»Ich gebe ihnen ein Tonband, auf dem das Gespräch aufgenommen ist. Sie mögen es ablaufen lassen, sie mögen vergleichen.«
»Nun ja, und du – hast du jemanden verhaftet?«
»Wie denn?« Rjumin lächelte süßlich. »Wir haben vier Mann in der Nähe der Metro-Station ›Arbat‹ festgenommen.«
Doch ein Schatten verdunkelte sein Gesicht. Für sich dachte er, daß die Festnahme zu spät erfolgt war. Da sie aber nun einmal gefangengenommen waren, erschien es nicht ratsam, sie wieder freizulassen. Möglicherweise mußte man einem von ihnen diese Sache anhängen, damit sie nicht unaufgeklärt blieb. In Rjumins einschmeichelnde Stimme mischte sich ein knarrend-aufreizender Ton:
»Wenn du willst, nehme ich sofort das halbe Außenministerium auf Band. Doch das können wir uns sparen. Wir brauchen nur fünf bis sie-

ben auszuwählen, die im Ministerium sind und davon gewußt haben konnten.«

»Dann setze sie doch alle fest, die Hunde, warum sollen wir uns noch lange den Kopf zerbrechen?« empörte sich Abakumow. »Sieben Menschen! Wir sind ein großes Land, man wird sie nicht vermissen!«

»Das ist unmöglich, Viktor Semjonitsch«, wandte Rjumin wohlüberlegt ein. »Das ist ein Ministerium und keine Nährmittelfabrik, so verlieren wir jede Spur. Die ausländischen Botschaften werden davon erfahren, es wird Ärger geben. In diesem Fall müssen wir genau herausfinden, wer es war. Und das so schnell wie möglich.«

»Hm-hm ...« Abakumow dachte nach. »Ein Band mit dem anderen vergleichen ... Eines Tages wird man sich auch diese Technik zu eigen machen müssen. Sewastjanow, wird das möglich sein?«

»Ja, Viktor Semjonitsch, aber ich verstehe nicht, worum es geht.«

»Was gibt es hier zu verstehen? Hier gibt es überhaupt nichts zu verstehen. Irgend so ein Subjekt, so ein Schwein, wahrscheinlich ein Diplomat, denn ein anderer hätte davon nichts wissen können, hat heute abend einen Professor angerufen, seinen Nachnamen weiß ich nicht mehr ...«

»Dobroumow!« warf Rjumin ein.

»Ja, Dobroumow. Ein Arzt. Nun, kurz gesagt, er ist soeben aus Frankreich zurückgekehrt – irgend jemand hatte ihn dort hingeschickt, und als er dort war, hat dieser blöde Hund versprochen, ihnen eines seiner neuen Präparate zu schicken – dieses Subjekt wollte sozusagen Erfahrungen austauschen. Und hat dabei natürlich die Priorität russischer Forschung völlig vergessen! Für uns wäre es nötig gewesen, daß er dieses Präparat fortgeschickt hätte – wir hätten ihn auf frischer Tat ertappt und eine große politische Affäre daraus gemacht, über Speichelleckerei bei fremden Mächten. Aber irgend so ein schmutziges Schwein hat den Professor angerufen, damit er das Präparat nicht fortschickt. So oder so werden wir den Professor verhaften und ihm eine Sache anhängen, aber so leicht ist das jetzt nicht mehr. Nun, wie steht's? Bring heraus, wer es war, und du wirst groß dastehen!«

Sewastjanow sah an Oskolupow vorbei auf Jakonow. Jakonow begegnete seinem Blick und zog seine Brauen leicht in die Höhe. Damit wollte er sagen, diese Sache sei neu, es gäbe aber keine Methode und keine Erfahrung, die Sorgen würden ohnehin schon reichen – es lohne nicht, sich dieser Sache anzunehmen. Sewastjanow war intelligent genug, um sowohl dieses Brauenhochziehen als auch die ganze Situation zu verstehen. Er war bereit, eine klare Frage abzubiegen.

Aber Foma Gurjanowitsch Oskolupow machte sich seine eigenen Gedanken über seine Arbeit. Auf keinen Fall wollte er als Abteilungschef ein Dummkopf sein. Seitdem ihm dieser Posten übertragen worden war, erfüllte ihn ein Selbstwertgefühl, und er war vollkommen davon überzeugt, mit allen Problemen fertig werden und sie besser als die anderen lösen zu können – sonst hätte man ihn ja nicht auf diesen Platz gestellt. Und obwohl er seinerzeit nicht einmal die siebenklassige Schule absolviert hatte, konnte er jetzt doch auf keinen Fall zugeben, daß irgendeiner seiner Untergebenen mehr von der Sache verstehe als er – höchstens von Einzelheiten, von Schemata, wo man direkt Hand anlegen mußte. Vor kurzem war er in einem erstklassigen Sanatorium gewesen, als Bürger, ohne Uniform, und er hatte sich dort als Professor für Elektronik ausgegeben. Dort hatte er die Bekanntschaft eines sehr namhaften Schriftstellers gemacht; dieser ließ Foma Gurjanowitsch nicht aus den Augen, schrieb alles in ein Buch und sagte, daß er ihn als das Muster des modernen Gelehrten darstellen werde. Nach diesem Sanatoriumsaufenthalt fühlte sich Foma endgültig als Gelehrter.

Auch jetzt begriff er das Problem auf Anhieb und reagierte sofort:

»Genosse Minister! Das können wir!«

Sewastjanow sah erstaunt auf:

»Wo? In welchem Laboratorium?«

»Im Telefonlabor, in Mawrino. Sie haben doch gesagt, es war ein Telefongespräch? Nun ja!«

»Aber Mawrino ist mit einer wesentlich wichtigeren Aufgabe betraut.«

»Das macht nichts! Wir werden Leute dafür finden! Wir haben dreihundert Leute dort – wie sollen wir sie da nicht finden?«

Und er richtete einen Blick voller Bereitschaft auf den Minister.

Abakumow war kein Mensch, der nun lachte – auf seinem Gesicht zeigte sich wieder eine gewisse Sympathie für den General. Genauso war er, Abakumow, auch gewesen, als er im Aufstieg begriffen war – rückhaltlos bereit, jeden auf Befehl in Stücke zu zerschlagen. Immer sind einem diese jüngeren sympathisch, die einem selbst gleichen.

»Ausgezeichnet, mein Lieber!« lobte er ihn. »So muß man denken! Zuerst an die Interessen des Staates und erst dann an alles übrige. Stimmt's?«

»Genau so ist es, Genosse Minister! Genau so, Genosse Generaloberst!«

Rjumin schien weder im geringsten erstaunt zu sein noch die selbstlose Hingabe des Generalmajors zu schätzen. Zerstreut sah er Sewastjanow an und sagte:

»Dann komme ich also am Vormittag zu Ihnen.«

Er wechselte noch einen Blick mit Abakumow und ging, verließ lautlos das Zimmer.

Der Minister bohrte mit seinem Finger in den Zähnen, wo noch vom Mittagessen ein Stückchen Fleisch hängengeblieben war.

»Nun, also wann? Immer habt ihr mich hingehalten – bis zum ersten August, bis zum Oktoberfeiertag, bis Neujahr, und jetzt?«
Er richtete seinen Blick auf Jakonow und zwang ihn zu antworten.
Jakonow schien irgendwie durch die Stellung seines Halses irritiert zu sein. Er dehnte ihn etwas nach rechts, dann etwas nach links, richtete seine kühlen blauen Augen auf den Minister und senkte den Blick.
Jakonow wußte, daß er außerordentlich begabt war. Jakonow wußte, daß auch noch begabtere Leute als er, deren Gehirn mit nichts anderem als der Arbeit beschäftigt war, und dies vierzehn Stunden täglich, ohne einen einzigen freien Tag im Jahr, über dieser verfluchten Anlage saßen. Und ausländische Wissenschaftler, die über ihre Erfindungen in leicht zugänglichen Zeitschriften berichteten, arbeiteten auch an der Ausarbeitung dieser Anlage. Jakonow wußte aber auch von den Tausenden von Schwierigkeiten, die zum Teil schon überwunden waren, und von denen, die erst noch auftauchen würden, durch die sich seine Ingenieure, wie Schwimmer im Meer, erst noch den Weg suchen mußten. Ja, in sechs Tagen würde die letzte der letzten Fristen ablaufen, die sie sich von diesem Stück Fleisch in Uniform erbeten hatten. Man hatte unmögliche Fristen erbitten und bestimmen müssen, weil die Koryphäe der Wissenschaften diese Arbeit, für die man zehn Jahre gebraucht hätte, in einem Jahr erledigt haben wollte.
In Sewastjanows Arbeitszimmer hatten sie verabredet, einen weiteren Aufschub von zehn Tagen zu erbitten. Für den zehnten Januar wollten sie zwei Telefonanlagen versprechen. Darauf hatte der Stellvertretende Minister bestanden. So wollte es Oskolupow. Ihr Plan war, irgendeine unfertige, aber wenigstens mit neuer Farbe versehene Sache hinzustellen. Und bis alles ausprobiert und auf die absolute Chiffrierungsmöglichkeit hin geprüft sein würde, hätte man noch einmal Zeit gewonnen und könnte eine weitere Frist für Fertigstellung und Vervollständigung bekommen.
Aber Jakonow wußte, daß tote Dinge sich nicht nach den von Menschen gesetzten Fristen richten, daß auch bis zum zehnten Januar aus den Apparaten keine menschliche Rede, sondern nur unverständlicher Mischmasch herauskommen würde. Es würde nicht zu umgehen sein, daß mit Jakonow dasselbe geschähe wie mit Mamurin: Stalin wird Berija rufen. »Welcher Dummkopf hat diese Maschine hergestellt? *Beseitige* ihn!« Und im besten Fall würde Jakonow dann auch zu einer ›Eisernen Maske‹ werden, und vielleicht wieder zum einfachen Häftling.
Unter dem Blick des Ministers befiel Jakonow eine erbärmliche Angst, die sich wie eine feste, nicht zu sprengende Kette um seinen Hals legte, und so, wie der Mensch unbewußt Luft in seine Lungen aufnimmt, sagte er mit heiserer Stimme:
»Einen Monat noch! Noch einen Monat! Bis zum ersten Februar!«

Bittend, beinah hündisch, blickte er dabei Abakumow an.
Begabte Menschen sind manchmal anderen gegenüber ungerecht. Abakumow war klüger, als Jakonow dachte; aber lange außer Übung, war sein Verstand inzwischen nicht mehr geschult: Seine ganze Karriere hatte sich so gestaltet, daß er vom Nachdenken nur Verlust erlitt, von dienstlichem Eifer aber Gewinn davontrug. So war Abakumow darauf bedacht, seinen Kopf so wenig wie möglich anzustrengen.
Im Grunde seiner Seele konnte er wohl verstehen, daß weder sechs Tage noch ein Monat zu helfen vermochten, wo schon zwei Jahre vergangen waren. Doch in seinen Augen war diese Lügner-Troika schuldig — Sewastjanow, Oskolupow und Jakonow waren selbst schuld. Wenn es so schwierig war — warum hatten sie dann vor dreiundzwanzig Monaten diese Aufgabe übernommen, warum hatten sie dann der Frist von einem Jahr zugestimmt? Warum hatten sie nicht drei gefordert? (Er hatte schon vergessen, daß er sie auch damals schon erbarmungslos angetrieben hatte.) Hätten sie sich damals Abakumow gegenüber behauptet — so hätte sich Abakumow Stalin gegenüber behauptet, man hätte zwei Jahre herausgeschlagen und die Sache dann über ein drittes Jahr hingezogen.
Doch ihre Furcht, durch jahrelange Unterordnung herangewachsen, war so groß, daß bei keinem von ihnen, weder damals noch heute, der Mut ausreichte, sich den Vorgesetzten gegenüber zu behaupten.
Abakumow selbst aber verfolgte auch Stalin gegenüber die bekannte Praxis der Rettung, er hatte bei allem immer noch einige rettende Monate in Reserve. So war es auch jetzt: Jossif Wissarionowitsch war versprochen worden, daß am ersten *März* ein Apparat vor ihm stehen werde. So konnte er ihnen, wenn alles schiefging, noch einen Monat geben — wenn es wirklich bei einem Monat blieb.
Wieder nahm Abakumow seinen Füllfederhalter und fragte geradezu:
»Was für einen *Monat* meint ihr? Einen wirklichen Monat oder lügt ihr wieder?«
»Genau einen Monat! Einen Monat genau!« Erfreut über die glückliche Wendung, strahlte Oskolupow, als würde er direkt von hier, vom Arbeitszimmer aus nach Mawrino fahren wollen, um sich dort selbst mit einem Lötkolben ans Werk zu machen.
Und dann schrieb Abakumow mit seinem Füllfederhalter schnörkelnd in den Tischkalender:
»Also, zu Lenins Todestag am einundzwanzigsten Januar. Dann erhaltet ihr alle einen Stalinpreis. Sewastjanow — wird es fertig sein?«
»Ja! Es wird fertig sein!«
»Oskolupow! Ich werde Ihnen den Kopf herunterreißen! Wird es fertig sein?«

»Ja, Genosse Generalkommissar, ja, alles, was noch zu tun blieb ...«
»Und – du? Weißt du, was du aufs Spiel setzt? – Weißt du es? Wird es fertig sein?«
Jakonow nahm all seinen Mut zusammen und bestand darauf:
»Einen Monat! Bis zum ersten Februar.«
»Aber, wenn es zum ersten nicht fertig sein wird? Oberst, bedenke was du sagst! Du lügst!«
Natürlich log Jakonow. Und natürlich hätte er um zwei Monate Zeit bitten sollen. Doch es war schon zu spät.
»Genosse Generalkommissar, es wird fertig sein«, antwortete er traurig.
»Nun, denkt daran, ich habe euch zu keiner Zusage gezwungen! Ich verzeihe alles – einen Betrug verzeihe ich aber nicht. Geht!«
Erleichtert, in derselben Reihenfolge, einer hinter dem anderen, gingen sie – vor Stalins fünf Meter hohem Blick senkten sie die Augen.
Doch sie hatten sich zu früh gefreut. Sie wußten nicht, daß der Minister ihnen eine Falle gestellt hatte.
Kaum daß man sie hinausgeführt hatte, wurde eine andere Person angemeldet:
»Ingenieur Prjantschikow!«

16

Was kochendes Wasser für den Tee betrifft

In dieser Nacht war auf Abakumows Befehl zuerst, über Sewastjanow, Jakonow gerufen worden, und dann hatte man im Abstand von fünfzehn Minuten zwei Geheimbotschaften nach Mawrino telefoniert: Der Gefangene Bobynin wurde ins Ministerium gerufen, dann der Gefangene Prjantschikow. Bobynin und Prjantschikow wurden getrennt, in zwei Autos, transportiert und zum Warten in verschiedene Zimmer gesetzt, so daß sie keine Absprachen treffen konnten.
Aber Prjantschikow wäre ohnehin zu Absprachen nicht geeignet gewesen – wegen seiner unwahrscheinlichen Aufrichtigkeit, die viele nüchterne Söhne des Jahrhunderts als seelische Abnormität ansahen. In der Scharaschka sagten sie dazu: »Valentulja hat eine Phasenverschiebung.«
Heute wäre er weniger denn je zu einer Absprache oder irgendeiner bösen Absicht in der Lage gewesen. Sein ganzes Inneres war aufgerührt durch die hellen Lichter von Moskau, die hinter den Scheiben des ›Pobjeda‹ geblinkt und geblitzt hatten. Nachdem sie die Dunkelheit der sich an die Mawrino-Zone anschließenden Vorstadtbezirke verlassen hatten,

war diese Fahrt auf den breiten, helleuchtenden Straßen, durch das fröhliche Getriebe des Bahnhofsplatzes und dann an den neonerleuchteten Schaufenstern vorbei um so überwältigender. Prjantschikow vergaß dabei vollkommen den Chauffeur und seine beiden zivilen Begleitpersonen – ihm war, als ob er nicht Luft, sondern eine Flamme in seine Lunge aufnahm und wieder ausstieß. Er konnte sich nicht vom Feuer losreißen. Nicht einmal am Tag hatten sie ihn bisher durch Moskau gefahren, aber in der ganzen Geschichte der Scharaschka war es noch nicht dagewesen, daß ein Gefangener Moskau bei Nacht erblickte!

Vor dem Sretenka-Tor mußte das Auto anhalten – eine Menge strömte aus dem Kino – und dann noch einmal bei einer Ampel.

Millionen von Gefangenen kam es so vor, als ginge das Leben in der Freiheit draußen ohne sie nicht mehr weiter, als gäbe es keine Männer, als würden einsame Frauen sich Asche auf den Kopf streuen, da sie niemanden hatten, mit dem sie etwas teilen konnten, niemanden, der ihrer Liebe bedurfte. Hier vor Prjantschikow tummelte sich nun aber eine satte, begeisterte Großstadt-Menge, huschten Hüte vorbei, Schleier, Silberfüchse – und das Parfum der vorübergehenden Frauen traf Valentins zitternde Sinne auch durch den Frost hindurch, durch das stabile Auto, wie Schläge, Schläge und nochmals Schläge. Er hörte Lachen, Gesprächsfetzen, abgebrochene Sätze, – am liebsten hätte Valentin seinen Kopf durch die unzerbrechliche Plastikscheibe gestoßen und diesen Frauen zugerufen, daß er jung sei, daß er leide und daß er für nichts und wieder nichts eingesperrt sei. Nach der klösterlichen Abgeschlossenheit der Scharaschka war dies für ihn wie eine Zauberei, ein kleines Stück dieses *eleganten Lebens*, das er nie hatte leben können, zuerst nicht wegen der studentischen Armut, dann nicht wegen der Gefangenschaft und jetzt nicht, weil er im Gefängnis saß.

Später, im Wartezimmer, nahm Prjantschikow die dort herumstehenden Stühle und Tische gar nicht richtig wahr: Die Gefühle und Eindrücke, die ihn überwältigt hatten, ließen ihn nicht mehr los.

Irgendein junger, geschniegelter Oberstleutnant befahl Prjantschikow, ihm zu folgen. Mit seinem zarten Hals, den dünnen Handgelenken, schmalschultrig, dünnbeinig, sah Prjantschikow niemals so wenig eindrucksvoll aus wie in dem Augenblick, als er dieses große saalartige Arbeitszimmer betrat, an dessen Schwelle der ihn begleitende Offizier umkehrte.

Prjantschikow vermutete weder, daß das ein Arbeitszimmer (so groß war es) noch daß der Träger der goldenen Achselstücke am Ende des Saales sein Eigentümer sei. Auch den fünf Meter großen Stalin hinter seinem Rücken bemerkte er nicht. Er sah immer noch Moskau und die Frauen, die an ihm vorübereilten. Valentin war wie betrunken. Er konnte sich kaum vorstellen, warum er hier in diesem Saal war, was das für ein Saal war. Noch lächerlicher war es, sich vorzustellen, daß ein halbrundes Zimmer von einer blauen Lampe beleuchtet wurde, obwohl der Krieg nun schon fünf Jahre vorüber war, und daß dort noch ein zur Hälfte ausgetrunkenes Glas Tee stand.

Seine Füße schritten über den großen Teppich. Der Teppich war weich, wollig, am liebsten hätte Prjantschikow sich darauf herumgewälzt. An der rechten Seite des Saales waren große Fenster, an der linken hing ein Spiegel, der bis zum Fußboden herabreichte.

Der freie Mensch kennt nicht den Wert der Dinge! Für einen Gefangenen, der einen billigen Spiegel benutzt, kleiner als eine Handfläche, und der selbst diesen nicht immer hat, ist es ein Feiertag, sich in einem großen Spiegel zu erblicken.

Gleichsam magnetisch angezogen, blieb Prjantschikow vor dem Spiegel stehen. Er trat ganz nahe an ihn heran und betrachtete mit Wohlgefallen sein frisches, reines Gesicht, zupfte an seinem Halstuch und dem Kragen seines blauen Hemdes. Dann trat er langsam zurück, ließ sein Spiegelbild aber nicht aus den Augen, betrachtete sich von vorn, dann, nach einer dreiviertel Wendung, von der Seite. Nachdem er kurz so verharrt hatte, machte er eine halb tänzerische Bewegung, trat wieder auf den Spiegel zu und betrachtete sich aus größter Nähe. Nachdem er sich, trotz der blauen Kombination, im ganzen für wohlgestaltet und elegant befunden hatte, was ihn ungemein beglückte, schritt er weiter in den Raum, nicht weil eine geschäftliche Besprechung ihn erwartete (das hatte Prjantschikow vollkommen vergessen), sondern weil er beabsichtigte, den Raum näher in Augenschein zu nehmen.

Und der Mensch, der in der Hälfte der Welt jeden beliebigen Menschen ins Gefängnis werfen lassen konnte, der allmächtige Minister, vor dem Generäle und Marschälle erblaßten, betrachtete jetzt diesen schmächtigen blauen Häftling mit Neugier. Abakumow hatte zwar Millionen Menschen inhaftiert und verurteilt, aber schon lange keinen Menschen mehr aus der Nähe gesehen.

Mit dem Schritt eines Stutzers, der spazierenschlendert, näherte sich Prjantschikow dem Minister und sah ihn fragend an, so als wäre er überrascht, ihn hier zu treffen.

»Sie sind Ingenieur ...« – Abakumow wühlte in seinen Papieren – »... Prjantschikow?«

»Ja«, erwiderte Valentin zerstreut. »Ja.«

»Sie sind der leitende Ingenieur der Gruppe ...« – er sah wieder auf seine Notiz – »... für die künstliche Sprechanlage?«

»Einer künstlichen Sprechanlage?« wehrte Prjantschikow ab. »Was für ein Unsinn! Niemand bei uns nennt das so. So wurde er nur im Kampf

mit der Kriecherei von den anderen benannt. Wir nennen ihn *Wokoder. Voice coder. Kodifizierte Stimme.*«
»Aber Sie sind doch der leitende Ingenieur?«
»Im ganzen, ja. Warum?« fragte Prjantschikow mit erhöhter Aufmerksamkeit.
»Setzen Sie sich!«
Prjantschikow setzte sich bereitwillig und zog dabei, ganz wie es sich gehört, die gebügelten Hosenbeine hoch.
»Ich möchte Sie bitten, völlig offen zu sprechen, Sie brauchen in keiner Weise Repressalien von seiten Ihres unmittelbaren Vorgesetzten zu fürchten. Wann wird der Wokoder fertig sein? Ehrlich! Wird er in einem Monat fertig sein? Oder kann es sein, daß dazu *zwei* Monate nötig sind? Sagen Sie es, fürchten Sie nichts.«
»Der Wokoder? Fertig?? Ha-ha-ha-ha!« Prjantschikow brach in ein helles, jugendliches Lachen aus, wie es vorher in diesen Räumen noch nie gehört worden war, er ließ sich in den weichen Ledersessel zurückfallen und warf seine Hände in die Höhe. »Was sagen Sie da??! Was?! Das kann nur bedeuten, daß Sie nicht wissen, was ein Wokoder ist. Ich werde es Ihnen erklären!«
Er schnellte aus dem gefederten Sessel und stürzte zu Abakumows Schreibtisch.
»Haben Sie ein Stück Papier? Ach ja, da ist eins!« Er riß ein Blatt aus einem unbenutzten Notizblock, der auf dem Tisch des Ministers lag, griff nach dem fleischfarbenen Federhalter des Ministers und machte sich schnell daran, krakelig den Verlauf von Sinuskurven zu zeichnen.
Abakumow war nicht entsetzt. – In der Stimme und in allen Bewegungen dieses seltsamen Ingenieurs lagen soviel kindliche Aufrichtigkeit und Unmittelbarkeit, daß er diesen Überfall ertrug und Prjantschikow neugierig betrachtete, ohne ihm zuzuhören.
»Ich muß Ihnen dazu sagen, daß die menschliche Stimme aus vielen Harmonien besteht.« Prjantschikow verschluckte sich beinahe, so sehr drängte ihn der Wunsch, alles so schnell wie möglich zu sagen. »Und die Idee des Wokoder ist nun die künstliche Reproduktion der menschlichen Stimme ... Zum Teufel! Wie können Sie nur mit einem solch widerwärtigen Ding schreiben? ... Die Reproduktion durch Summierung, wenn auch nicht aller, so aber doch der hauptsächlichen Harmonien, von denen jeder Impuls durch einen extra Sender übertragen werden kann. Nun, mit Descartes' gleichwinkligen Koordinaten sind Sie natürlich vertraut, die kennt ja jeder Schüler, aber wie steht es mit den Fourierschen Reihen, kennen Sie die?«
»Warten Sie!« Abakumow besann sich. »Sagen Sie mir nur eines: *Wann* wird er fertig sein? *Fertig* – wann?«

»Fertig? Hm-m ... Darüber habe ich noch nicht nachgedacht.« In Prjantschikow waren nun schon die starken Eindrücke der nächtlichen Hauptstadt von den Gedanken an seine geliebte Arbeit abgelöst worden, und erneut fiel es ihm sehr schwer innezuhalten. »Hier ist noch etwas Interessantes: Die Aufgabe wird erleichtert, wenn wir die Schattierung einer Stimme vergröbern. Dann wird die Zahl der entstehenden ...«

»Nun, bis zu welchem Datum? Bis wann? Bis zum ersten März? Bis zum ersten April?«

»Oje, was sagen Sie! April? ... Ohne Kryptographen werden wir nun in ungefähr vier oder fünf Monaten fertig sein, aber nicht früher. Und wissen Sie was die Chiffrierung und Dechiffrierung der Impulse bedeutet? Das verschlechtert doch noch die Qualität! Lassen Sie uns da nicht herumrätseln!« redete er auf Abakumow ein und zupfte ihn dabei am Ärmel.

»Ich werde Ihnen jetzt alles erklären. Sie werden verstehen und zustimmen, daß man im Interesse der Sache nichts übereilen darf!«

Aber Abakumow, den Blick immer noch starr auf die sich berührenden Wellenlinien der Skizze geheftet, hatte schon den Klingelknopf am Tisch gefunden. Der geschniegelte Oberstleutnant von vorhin kam herein und forderte Prjantschikow auf zu gehen. Prjantschikow gehorchte erstaunt, sein Mund war halb offen. Besonders betrübte ihn, daß er seine Gedanken nicht vollständig hatte darlegen können. Dann, schon im Hinausgehen, versuchte er noch zu erfahren, mit wem er soeben gesprochen hatte. Als er fast schon an der Tür war, erinnerte er sich, daß die Kameraden ihn gebeten hatten, sich zu beklagen, irgend etwas zu erreichen ... Kurzentschlossen drehte er sich um und kam zurück:

»Ja! Hören Sie! Ich vergaß ganz, Ihnen ...«

Aber der Oberstleutnant trat ihm in den Weg und drängte ihn zur Tür, der Mann hinter dem Tisch hörte nicht zu — und in diesem kurzen, ungeschickten Augenblick waren alle Ungesetzlichkeiten, alle Mißstände des Gefängnisses aus Prjantschikows Gedächtnis wie weggeblasen, es war nur noch voller Radiodiagramme, und er erinnerte sich nur noch an eine Sache und rief:

»Hören Sie, was kochendes Wasser für den Tee betrifft! Wenn man spät am Abend von der Arbeit zurückkommt, ist kein kochendes Wasser da! Man kann keinen Tee trinken!«

»Was das kochende Wasser für Tee betrifft?« fragte dieser Natschaljnik, dieser General. »Das geht in Ordnung. Wir werden uns darum kümmern.«

17

Siwka - Burka

In der gleichen blauen Kombination kam Bobynin herein; er war groß, grob gebaut und hatte seine roten Haare nach Sträflingsart geschoren. Er interessierte sich so wenig für die Einrichtung des Büros, als käme er hundertmal am Tag in diesen Raum, er durchschritt ihn, ohne anzuhalten, und setzte sich hin, ohne zu grüßen. Er setzte sich in einen der bequemen Sessel, der nicht weit vom Tisch des Ministers entfernt stand, und putzte seine Nase umständlich mit dem nicht gerade weißen Taschentuch, das er während des letzten Bades selbst gewaschen hatte.

Abakumow, der von Prjantschikows Rede etwas verwirrt war, aber den sorglosen Jüngling nicht ernst genommen hatte, stellte befriedigt fest, daß Bobynin ehrfurchtgebietender aussah. Und er schrie nicht: »Aufstehen!«, sondern nahm an, daß Bobynin sich in den Rängen nicht auskannte und, wegen der vielen Vorzimmer, gar nicht wußte, wo er hingeraten war. So fragte er ihn beinahe friedfertig:

»Und warum setzen Sie sich ohne Erlaubnis?«

Bobynin würdigte den Minister kaum eines Blickes, säuberte weiterhin seine Nase mit dem Taschentuch und antwortete ohne Umschweife:

»Ach, sehen Sie, da gibt es so ein chinesisches Sprichwort: ›Stehen ist besser als gehen, sitzen besser als stehen, aber am besten von allen ist sich niederlegen.‹«

»Aber können Sie sich vielleicht denken, wer ich wohl sein mag?«

Bequem legte Bobynin seine Ellbogen auf die Armlehnen des von ihm auserwählten Sessels, sah Abakumow an und schlug träge vor:

»Nun, wer wohl? Irgend jemand so in der Art von Marschall Göring?«

«Wie *wer*???«

»Marschall Göring. Einmal hat er die Flugzeugfabrik bei Halle besucht, in der ich arbeiten mußte. Da gingen die dortigen Generäle nur noch auf Zehenspitzen, aber ich drehte mich nicht einmal nach ihm um. Er guckte und guckte, und dann ging er weiter.«

Über Abakumows Gesicht ging eine Bewegung, die entfernt an ein Lächeln erinnerte, aber gleich darauf blickten seine Augen wieder drohend auf den unerhört dreisten Gefangenen. Angespannt kniff er die Augen zu und fragte:

»Was sind Sie für einer? Sehen Sie keinen Unterschied zwischen uns?«

»Zwischen *Ihnen*? Oder zwischen *uns*?« Bobynins Stimme tönte metallisch. »Zwischen *uns* sehe ich ihn sehr deutlich: Sie brauchen mich, aber ich brauche Sie — nicht!«

Abakumow hatte auch eine Stimme, die wie Donner rollen konnte, und er wußte sie sehr wohl zu gebrauchen, um andere Menschen einzuschüchtern. Doch jetzt fühlte er, daß es nutzlos und unwürdig wäre, zu schreien. Er sah ein, daß dieser Gefangene *schwierig* war.
So warnte er nur:
»Hören Sie, Sie sind ein Gefangener. Wenn ich sanft mit Ihnen umgehe, ist das kein Grund für Sie, die Beherrschung zu verlieren ...«
»Wenn Sie grob zu mir wären, würde ich gar nicht mit Ihnen sprechen, Bürger Minister. Schreien Sie Ihre Obersten und Generäle an, die *haben* zuviel vom Leben, die hängen zu sehr daran.«
»Wenn nötig, werden wir Sie zwingen.«
»Sie irren sich, Bürger Minister!« Bobynins kräftige Augen leuchteten zornerfüllt auf. »Ich habe nichts, denken Sie daran – *überhaupt nichts*! Meine Frau und mein Kind sind für Sie unerreichbar – eine Bombe hat sie erschlagen ... Meine Eltern sind auch schon tot. Mein Eigentum hier auf Erden ist mein Taschentuch; meine Kombination und die Unterwäsche, ohne Knöpfe ...« – er entblößte seine Brust und zeigte sie – »... sind Staatseigentum. Die Freiheit habt ihr mir schon lange weggenommen, sie mir zurückzugeben, steht nicht in euren Kräften, weil ihr selbst nicht frei seid. Ich bin zweiundvierzig Jahre alt, ihr habt mir fünfundzwanzig Jahre aufgebrummt, bei der Zwangsarbeit bin ich schon gewesen, mit einer Nummer herumgelaufen, in Handschellen, von Polizeihunden bewacht und in einer Brigade für verschärfte Zwangsarbeit – womit können Sie mir noch drohen? Was können Sie mir noch wegnehmen? Die Ingenieurarbeit? Damit verliert ihr mehr. So, und jetzt werde ich rauchen.«
Abakumow öffnete eine Spezialschachtel ›Trojka‹ und hielt sie Bobynin hin:
»Hier, nehmen Sie diese.«
»Danke schön. Ich bleibe bei meiner Marke. Bei denen muß ich husten.« Und er entnahm dem selbstgemachten Zigarettenetui eine ›Belomor‹. »Überhaupt, verstehen Sie und geben Sie es dort *oben an die weiter, die es nötig haben,* daß sie nur so lange mächtig sind, wie sie den Menschen *nicht alles* weggenommen haben. Denn ein Mensch, dem sie *alles* weggenommen haben, ist außerhalb ihres Machtbereiches, er ist wieder frei.«
Bobynin schwieg nun und genoß seine Zigarette. Es gefiel ihm, den Minister zu ärgern und sich in solch einem bequemen Sessel breitzumachen. Er bedauerte nur, daß er um der Wirkung willen die Luxuszigaretten abgelehnt hatte.
Der Minister sah in seine Papiere.
»Ingenieur Bobynin! Sie sind der leitende Ingenieur der ›Sprachzertrümmerung‹?«
»Ja.«

»Ich bitte Sie, sagen Sie mir ganz genau: wann wird sie gebrauchsfertig sein?«
Bobynin zog seine dichten dunklen Brauen hoch.
»Was sind das für Neuigkeiten? Haben Sie keinen Höhergestellten gefunden, der Ihnen darauf antwortet?«
»Ich möchte das gerade von Ihnen wissen. Wird sie im Februar fertig?«
»Februar? Sie spaßen? Wenn Sie die Antwort für Berichte brauchen, dann, mit großer Eile und viel Mühe, nun, dann vielleicht in einem halben Jährchen. Aber was die absolute Chiffrierung angeht, da kann ich noch gar nichts sagen. Vielleicht in einem Jahr.«
Abakumow war wie betäubt. Er dachte an das bös-ungeduldige Zittern von Stalins Bart – und es wurde ihm angst und bange, als er sich der Versprechen erinnerte, die er, indem er Sewastjanow zitierte, gegeben hatte. Alles versank um ihn herum; es ging ihm wie einem Menschen, der gekommen ist, um von einem Schnupfen kuriert zu werden, und erfahren muß, daß er Kehlkopfkrebs hat.
Der Minister stützte den Kopf in beide Hände und sagte mit gepreßter Stimme:
»Bobynin! Ich bitte Sie, bedenken Sie Ihre Worte. Wenn es möglich ist, die Sache schneller zu machen, so sagen Sie mir: was muß getan werden?«
»Schneller? Dabei würde nichts herauskommen.«
»Woran liegt das? Was für Gründe gibt es dafür? Wer ist schuld? Sagen Sie mir das, fürchten Sie sich nicht! Nennen Sie mir die Schuldigen, gleichgültig, welche Achselstücke sie auch tragen mögen: ich werde sie ihnen herunterreißen!«
Bobynin warf seinen Kopf nach hinten und starrte auf die Decke, wo die Nymphen der Versicherungsgesellschaft ›Rossija‹ ihr neckisches Spiel trieben.
»Das ergibt zweieinhalb bis drei Jahre!« brauste der Minister auf. »Und wir haben euch eine Frist von *einem* Jahr gegeben!«
Bobynin explodierte. »Was heißt das, *eine Frist gegeben*? Was für eine Vorstellung haben Sie von der Wissenschaft: ›Siwka-Burka, sprechendes Pferd, schaffe mir bis zum Morgen ein Schloß!‹ – und bis zum Morgen ist ein Schloß da? Und was ist, wenn das Problem falsch gestellt wurde? Wenn sich neue Probleme abzeichnen? Gegebene Frist! Und Sie denken nicht daran, daß man außer einem Befehl auch noch ruhige, satte, freie Menschen braucht? Ohne diese Atmosphäre des Mißtrauens. Wissen Sie, wir haben eine kleine Drehbank an einen anderen Platz gestellt, und gleich danach oder erst später – ich erinnere mich nicht genau – brach die Platte entzwei. Der Teufel weiß warum! Aber sie wieder zusammenzuschweißen kostet dreißig Rubel. Ja, und diese Werkbank ist hundert-

fünfzig Jahre alt, ohne Motor, hat eine Rolle unter einem offenen Riemenantrieb. – Wegen dieses Vorfalls verhört der Sicherheitsmajor Schikin nun schon zwei Wochen lang alle Leute, befragt sie, sucht, wem er eine zweite Haft wegen Sabotage anhängen kann. Das ist der Sicherheitsoffizier bei der Arbeit, ein Schmarotzer, und im Gefängnis ist noch ein anderer Sicherheitsoffizier, auch ein Schmarotzer, der nur die Nerven der Menschen mit Protokollen und Problemen strapaziert. Wofür, zum Teufel, braucht ihr die Arbeit solcher Sicherheitsoffiziere?! Alle sagen dir, wir arbeiten an einer geheimen Telefonverbindung für Stalin, Stalin selbst würde drängen. Und sogar bei einem solchen Unternehmen wie diesem könnt ihr uns nicht einmal das technische Rüstzeug zusichern – bald brauchen wir Kondensatoren, die wir nicht haben, oder andere Röhren als die vorhandenen, oder wir haben nicht genug elektronische Oszillographen. So eine Armut! Eine Schande! ›Wer ist schuld?‹ Und habt ihr an die Leute gedacht? Sie arbeiten zwölf Stunden am Tag, manche sogar sechzehn – und ihr füttert nur die leitenden Ingenieure mit Fleisch, und die übrigen mit Knochen!... Warum erlaubt ihr den Achtundfünfzigern kein Wiedersehen mit den Angehörigen? Wir sollten das einmal im Monat haben, bekommen es aber nur einmal im Jahr. Ob das die Moral hebt? Vielleicht habt ihr nicht genug ›Schwarze Raben‹, in denen ihr die Gefangenen transportieren könnt? Oder nicht genug Geld, um die Wachmannschaften für die Ausgangstage zu bezahlen? Das *Regime!* Das Re-gime verursacht euch Kopfschmerzen, das Regime wird euch in Kürze um euren Verstand bringen. Früher konnte man sonntags den ganzen Tag spazierengehen – jetzt ist es verboten. Warum? Damit mehr gearbeitet wird? Ihr schmiert den Dreck mit saurer Sahne zu? Davon, daß keine frische Luft eingeatmet werden darf, wird nichts schneller gehen. Was soll man da sagen! Warum haben Sie mich in der Nacht gerufen? Ist am Tag nicht genug Zeit? Ich muß morgen arbeiten. Ich brauche meinen Schlaf.«

Bobynin richtete sich auf, er war zornig, groß.

Abakumow atmete schwer, gegen das Tischende gepreßt.

Es war fünfundzwanzig Minuten nach eins. In einer Stunde, um halb drei, sollte Abakumow mit dem Bericht bei Stalin auf der Datscha in Kunzewo sein.

Wenn dieser Ingenieur recht hatte, wie konnte er sich dann aus der Verlegenheit ziehen?

Stalin verzeiht nicht...

Als er Bobynin entließ, erinnerte er sich an die Lügner-Troika der Technischen Spezialabteilung. Ohnmächtiger Zorn flammte in seinen Augen auf.

Und er ließ sie noch einmal rufen.

18

Der Jubilar

Das Zimmer war klein, niedrig. Es hatte keine Fenster, aber zwei Türen. Auch ohne Klappfenster war die Luft hier frisch und angenehm – ein Sonder-Ingenieur war für ihre Zirkulation und chemische Reinheit verantwortlich.

Viel Platz nahm eine niedrige dunkle Ottomane mit blumengemusterten Kissen ein.

Über ihr an der Wand brannte eine Lampe mit zwei Birnen, über die sich blaßrosa Glasschirme stülpten. Auf der Ottomane lag der Mensch, dessen Abbild so oft zu sehen war, als Statue in Stein gehauen, in Öl gemalt, in Wasserfarben, in Pastellfarben, in Tusche, mit Kohle oder Kreide gezeichnet, aus gestampftem Backstein, aus Geröll am Wegesrand zusammengestapelt, aus Eisen gegossen, aus Weizenkörnern und Sojabohnen gelegt, aus Knochen geschnitzt, aus Gras gewachsen, in Teppiche eingewebt, aus Flugzeugen gebildet, auf Filmstreifen gebannt, so oft, wie keines Menschen Abbild zuvor während der drei Milliarden Jahre, die die Erdkruste existierte.

Er lag hier ganz einfach, die Beine in den weichen kaukasischen Stiefeln, die dicken Socken glichen, etwas angehoben. Er trug eine Feldbluse mit vier großen Brust- und Seitentaschen; sie war alt, viel getragen, eine von diesen grauen, schwarzen und weißen Tarnfeldblusen, die er seit dem Bürgerkrieg zu tragen pflegte und erst nach Stalingrad mit der Marschallsuniform vertauscht hatte.

Der Name dieses Menschen füllte die Zeitungen auf der ganzen Erde, ihn murmelten Tausende von Radiosprechern in Hunderten von Sprachen, ihn schrien Redner am Anfang und am Ende ihrer Ansprachen, ihn sangen zarte, junge Pionierstimmen, ihn verkündeten die Erzpriester. Der Name dieses Menschen erstarrte auf den sterbenden Lippen von Kriegsgefangenen, auf dem angeschwollenen Zahnfleisch von Häftlingen. Sein Name wurde vielen Städten und Plätzen verliehen, Straßen und Alleen, Schulen, Sanatorien, Berggipfeln, Schiffahrtskanälen, Werken, Schächten, Sowchosen, Kolchosen, Schlachtschiffen, Eisbrechern, Fischerbooten, Schuhmachergenossenschaften, Kinderkrippen – und eine Gruppe Moskauer Journalisten hatte sogar vorgeschlagen, die Wolga und den Mond nach ihm zu benennen.

Aber er war nur ein kleiner alter Mann mit einem ausgetrockneten Doppelkinn (auf den Porträts wurde es nie abgebildet), mit einem Mund, der nach türkischem Blatt-Tabak roch, mit fettigen Fingern, die ihre Spuren auf den Büchern hinterließen. Ihm war es gestern und heute nicht gut gewesen. In der warmen Luft hatte er ein wenig am Rücken und den Schultern gefroren. Deshalb hatte er sich mit einem braunen Kamelhaarschal zugedeckt.

Er hatte es nicht eilig, irgendwohin zu gehen, und blätterte mit Vergnügen in einem kleinen Büchlein mit braunem, festem Umschlag. Gerne betrachtete er die Fotografien und las stellenweise den Text, den er schon fast auswendig konnte, und blätterte dann weiter. Das kleine Büchlein war besonders angenehm, weil man es ohne große Mühe in der Manteltasche unterbringen, weil es einen durchs ganze Leben überallhin begleiten konnte. Es hatte zweihundertfünfzig Seiten, war aber in ungewöhnlich großer und fetter Schrift gedruckt, so daß auch Menschen, die nur schlecht lesen und schreiben konnten, und alte Leute, es ohne große Mühe zu entziffern vermochten. Auf seinem Einband war in Gold zu lesen: »Jossif Wissarionowitsch Stalin. Eine kurze Biographie.«

Die einfachen, ehrlichen Worte dieses Buches wirkten beruhigend und verfehlten nie ihre Wirkung auf das menschliche Herz. Das strategische Genie. Seine kluge Vorsehungsgabe. Sein starker Wille. Sein eiserner Wille. Seit neunzehnhundertachtzehn war er der tatsächliche Vertreter Lenins (ja, ja, das war richtig ...). Der Feldherr der Revolution erzwang an der Front einen Weg, bezwang die Verwirrung. Die Stalinschen Angaben lagen Frunses Operationsplan zugrunde ... (In der Tat. In der Tat.) Das ist unser Glück, daß uns in den schwierigen Jahren des Vaterländischen Krieges ein weiser und erfahrener Führer voranging – der Große Stalin (ja, das Volk hatte Glück gehabt ...) Alle kennen die durchschlagende Kraft der Stalinschen Logik, die kristallene Klarheit seines Verstandes ... (Ohne falsche Bescheidenheit – das entsprach alles der Wahrheit.) Seine Liebe zum Volk. Sein Zartgefühl, das er anderen Menschen entgegenbrachte. Sein Abscheu vor übertriebenem Aufsehen. Seine erstaunliche Bescheidenheit. (Bescheidenheit – das ist wohl wahr.) Sehr gut. Und man sagt, es würde sich gut verkaufen. Diese, die zweite Auflage war in fünf Millionen Exemplaren erschienen. Wenig – für solch ein Land. Vielleicht würde die dritte Auflage dann in zehn oder zwanzig Millionen Exemplaren erscheinen. Das Büchlein sollte direkt in Fabriken, Schulen und Kolchosen verkauft werden.

Er fühlte eine Übelkeit in sich aufsteigen. Er legte das Buch beiseite, nahm von dem runden kleinen Tisch eine geschälte Feige und biß hinein. Wenn er an ihr sog, würde die Übelkeit nachlassen und im Mund ein angenehmer Nachgeschmack mit einer Spur von Jod verbleiben.

Er hatte bemerkt, daß es mit seiner Gesundheit von Monat zu Monat bergab ging, fürchtete aber, sich dies einzugestehen. Sein Gedächtnis ließ nach. Er wurde von Übelkeit geplagt. Obwohl er keine bestimmten

Schmerzen hatte, verbannte ihn doch stundenlange unerträgliche Schwäche auf seine Ottomane. Aber auch der Schlaf besserte nichts: Er erwachte so müde und kraftlos, mit demselben Druck im Kopf, wie er sich hingelegt hatte, und verspürte auch kein Bedürfnis, sich zu bewegen.

Für kaukasische Begriffe war man mit siebzig Jahren noch ein Dshigit[1]! – Man war noch auf den Bergen, auf dem Pferderücken, auf einer Frau. Und er war so gesund gewesen! So gesund! Er mußte doch noch neunzig werden! Was war nur geschehen? Im letzten Jahr hatte Stalin eine große Freude des Lebens – sich an einer schmackhaften Mahlzeit zu ergötzen – nicht mehr empfinden können. Der Saft der Apfelsinen zog seine Zunge zusammen, Kaviar blieb in seinen Zähnen stecken, und sogar die scharfen Speisen, die ihm verboten waren, aß er betrübt, gleichgültig. Auch beim Weinprobieren hatte er nicht die frühere scharfe Unterscheidungsfähigkeit, ein Zuviel verursachte ihm dumpfe Kopfschmerzen. Der Gedanke an Frauen begann ihm zu widerstreben.

Nachdem er sich vorgenommen hatte, neunzig Jahre alt zu werden, dachte Stalin mit Grauen daran, daß für ihn selbst diese Jahre keine Freude werden würden, daß er sich nur weitere zwanzig Jahre um der Menschheit willen würde abquälen müssen.

Ein Arzt warnte ihn ... (Es hatte den Anschein, als habe man ihn nach seiner Diagnose erschossen.) In den Händen der berühmtesten Moskauer Ärzte zitterten die Stethoskope. Sie verschrieben ihm keinerlei Spritzen (er selbst hatte sie abgesetzt), aber Hochfrequenz-Therapie und ›mehr Früchte‹. Erzähle einem Kaukasier etwas von Früchten!

Er biß noch einmal ab, seine Augen verengten sich.

Vor drei Tagen hatte man seinen glorreichen siebzigsten Geburtstag verkündet. Man feierte ihn so: Am zwanzigsten abends wurde Trajtscho Kostoff zu Tode geprügelt. Erst als seine Augen sich hündisch verglasten, konnte man mit der wirklichen Feier beginnen. Am einundzwanzigsten fand im Bolschoj Theater eine große Feierlichkeit statt, Mao Tsetung, Dolores Ibarruri und andere Genossen hielten Reden. Dann gab es ein großes Bankett, und danach ein kleines. Man trank alte Weine aus spanischen Kellern. Er mußte mit Vorsicht trinken, die ganze Zeit über nach List und Tücke in den rot angelaufenen Gesichtern suchen. Danach tranken Lawrentij und er allein Kachetinskoje und sangen georgische Lieder. Für den zweiundzwanzigsten war ein großer diplomatischer Empfang angesetzt. Am dreiundzwanzigsten sah er sich selbst im zweiten Teil des Filmes ›Die Schlacht um Stalingrad‹ von Wirta und in ›Unvergeßliches Neunzehnhundertneunzehn‹ von Wischnewskij.

Obwohl sie ihn ermüdeten, gefielen ihm diese Werke sehr (beiden einen

[1] Kaukasisch: Kunstreiter (Anm. d. Übers.)

Stalinpreis!). Jetzt stellte sich immer wahrheitsgemäßer die Rolle heraus, die er nicht nur im Großen Vaterländischen Krieg, sondern auch im Bürgerkrieg gespielt hatte. Es war ersichtlich, welch ein großer Mensch er schon damals gewesen war. Er erinnerte sich selbst daran, wie oft er den zu vertrauensseligen und übereiligen Lenin ernsthaft gewarnt und verbessert hatte. Und Wischnewskij legte ihm sehr schön diese Worte in den Mund: »Jeder Arbeitende hat das Recht, seine Gedanken zu äußern! – Eines Tages werden wir diesen Artikel in die Verfassung einführen.« Was bedeutet das? Es bedeutet: Als man Petrograd noch gegen Judenitsch verteidigte, dachte Stalin schon an die zukünftige demokratische Verfassung. Man nannte es dann die Diktatur des Proletariats, doch das machte nichts – es war wahr, zugkräftig!

Und bei Wirta war diese nächtliche Szene mit dem Freund sehr schön. Obwohl Stalin wegen der ständigen Unaufrichtigkeit und Tücke der Menschen nie auf die Dauer so einen ergebenen großen Freund gehabt hatte (ja, während seines ganzen Lebens hatte er sogar niemals einen solchen Freund besessen; alles hatte sich so gefügt, daß er ihn niemals hatte!) – aber wie gerne hätte er solch einen aufrichtigen, selbstlosen Freund gehabt, dem er laut das hätte erzählen können, was er selbst in den langen Nächten dachte.

Doch das macht nichts. Dafür liebt das einfache Volk seinen Führer, versteht und liebt ihn, jawohl. Das kann man auch aus den Zeitungen sehen, und im Kino und an der Geschenkausstellung. Sein Geburtstag war zum Volksfeiertag geworden, das war ein angenehmes Bewußtsein. Wieviel Glückwünsche waren angekommen! – Von Instituten, Organisationen, Fabriken, einzelnen Bürgern! Die ›Prawda‹ hatte um die Erlaubnis gebeten, sie abdrucken zu dürfen, nicht alle auf einmal, sondern jeden Tag zwei Spalten. Nun, das wird sich über einige Jahre hinziehen, doch das ist egal, das ist nicht schlecht.

Und die Geschenke hatte man in den zehn Sälen des Revolutionsmuseums nicht unterbringen können. Um sich nicht gegenseitig zu stören, durften die Moskauer sie tagsüber betrachten; Stalin fuhr nachts hin, um sich alles anzusehen. Die Arbeiten von Tausenden und Tausenden von Meistern, die besten Geschenke des Landes standen, lagen und hingen vor ihm; aber auch hier machte sich nun dieselbe Teilnahmslosigkeit bemerkbar, dasselbe Nachlassen der Interessen. Was sollte er mit all diesen Geschenken? Sehr schnell wurde es ihm langweilig. Außerdem überkam ihn im Museum die Erinnerung an irgend etwas Unangenehmes, aber wie so oft in letzter Zeit, führte sein Nachdenken zu keiner Klarheit, er konnte es nicht fassen, und so blieb ihm nur das Gefühl von etwas Unangenehmem zurück. Stalin durchschritt drei Säle, wählte nichts aus, blieb an dem großen Fernsehapparat stehen, in dessen

Gehäuse eingraviert war: ›Dem Großen Stalin von den Tschekisten‹ (es war der größte sowjetische Fernsehapparat, der nur in einem Exemplar in Mawrino hergestellt worden war) – er wandte sich ab und ging.
So verging der denkwürdige Feiertag – aber die Fülle des Festes fehlte. Irgend etwas war nach dem Besuch im Museum in seinem Inneren zurückgeblieben, was ihn ärgerte und in ihm brannte. Aber Stalin konnte nicht herausfinden, was es war.
Das Volk liebte ihn, ja, so war es. Aber das Volk selbst war mit vielen Mängeln behaftet. Wie konnte man sie beseitigen? Und wieviel schneller könnte man den Kommunismus aufbauen, wenn nicht ... wenn nicht die seelenlosen Bürokraten wären. Wenn nicht die Würdenträger wären, die sich soviel herausnehmen. Wenn es nicht diese Schwäche gäbe, in der Organisations-Aufklärungsarbeit der Massen. Nicht die Eigenwilligkeit in der Parteierziehung. Nicht das verlangsamte Tempo des Aufbaus. Nicht die Verzögerungen in der Produktion. Nicht die Auslieferung minderwertiger Produkte. Nicht die schlechte Währung. Nicht die Gleichgültigkeit gegenüber der Einführung neuer Technik. Nicht die Abneigung der Jugend, in entlegenen Gebieten zu arbeiten. Nicht den Verlust von Getreide auf dem Feld. Nicht die Unterschlagung und Verschwendung der Buchhalter. Nicht der Diebstahl überall. Nicht die Betrügereien der Sowchosen. Nicht die Sabotage der Gefangenen. Nicht den Liberalismus der Miliz. Nicht den Mißbrauch des Wohnungsfonds. Nicht die unverschämten Spekulanten. Nicht die gierigen Hauswirtinnen. Nicht die verwöhnten Kinder. Nicht die Schwätzer in der Trambahn. Nicht das Herumkritisieren der Literaten. Nicht die Verdrehungen im Filmgewerbe.
Nein, im Volk gab es noch viel zu viele Mängel.
Und – einundvierzig – warum waren sie zurückgewichen? Dem Volk war doch befohlen worden, bis zum Tode auszuhalten – aber warum hielten sie nicht aus? Aber wer denn war damals zurückgewichen, wenn nicht das Volk?
Als er sich nun das Jahr einundvierzig ins Gedächtnis zurückrief, umging Stalin die Erinnerung an seine eigene Schwäche nicht – an seine eilige und unnötige Abfahrt aus Moskau im Oktober. Das war natürlich in keiner Weise eine Flucht gewesen. Als er wegfuhr, ließ Stalin die Verantwortlichen dort zurück und gab ihnen den strikten Befehl, die Hauptstadt bis zum letzten Blutstropfen zu verteidigen. Doch das Unglück lag darin, daß selbst diese Genossen Angst bekamen – es wurde nötig, daß er wieder zurückkehrte und die Verteidigung selbst übernahm.
Danach befahl er, jeden ins Gefängnis zu werfen, der sich an die Panik vom sechzehnten Oktober erinnerte. Aber er bestrafte sich auch selbst – befahl sich zur Abnahme der November-Parade. Dieser Augenblick seines Lebens war dem gleichgekommen, als er während seiner Verschik-

kung in Turuchansk in ein Eisloch gefallen war: Eis und Verzweiflung, doch aus ihnen wuchsen ihm Kräfte. Es war kein Spaß, eine Kriegsparade abzuhalten, währenddessen der Feind vor den Mauern stand!
Doch wie konnte es leicht sein, der Größte der Größten zu sein?
Geschwächt durch das Liegen, gab sich Stalin unfreiwillig solch niederdrückenden Gedankengängen hin. In diesem Moment konzentrierte er sich auf gar nichts. Er schloß die Augen, lag da – und unzusammenhängende Erinnerungen aus seinem langen, langen Leben gingen ihm durch den Kopf. Doch aus irgendeinem Grunde erinnerte er sich an nichts Gutes, sondern an alles Schlechte, Kränkende. Wenn er an seinen Geburtsort Gori dachte, so nicht an die grünen, abwechslungsreichen kleinen Hügel, nicht an die Flüsse Medshuda und Liachwa, wie sie sich dahinschlängelten, sondern an das Widerwärtige, weswegen er später nicht einmal mehr für eine Stunde in seine Heimatstadt zurückgekehrt war. Als er sich an das Jahr siebzehn erinnerte, so daran, wie Lenin angekommen war und mit seinen eigenwilligen Thesen alles über den Haufen stieß, was vor seiner Ankunft gewesen war, und wie er Stalin auslachte, als er ihm vorschlug, eine legale Partei sich entwickeln zu lassen und mit der Provisorischen Regierung in Ruhe und Frieden zu leben. Nicht nur einmal hatten sie über ihn gelacht. Aber warum hatten sie dann alles Schwere und Undankbare auf ihn abgewälzt? (Sie lachten über ihn, aber warum hatten sie am sechsten Juli aus dem Kschessinskij-Palais in die Peter-Pauls-Feste keinen anderen, sondern gerade ihn geschickt – als es nötig war, die Matrosen davon zu überzeugen, daß sie die Festung ohne Kampf Kerenskij übergeben und selbst nach Kronstadt gehen sollten? Weil die Matrosen Grischka Sinowjew gesteinigt hätten. Weil man einen gebraucht hatte, der es verstand, mit dem russischen Volk zu reden ...) Er erinnerte sich an das Jahr zwanzig – damals war es auch so gewesen, als Tuchatschewskij seine Lippen verzogen hatte und losbrüllte, daß sie wegen Stalin Warschau nicht bekommen hätten. Er schrie so lange, dieser Säugling ...
So hatte er das ganze Leben kein rechtes Glück gehabt. Kein richtiges Glück, das ganze Leben über. Immer hatte es jemanden gestört. Und wenn man den einen beseitigt hatte – dann störte schon der nächste.
Er hörte ein viermaliges leichtes Klopfen an der Tür – nicht so sehr ein Klopfen, eher ein leichtes Streichen, so als würde sich ein Hund an der Tür reiben.
Stalin drehte sich herum und löste neben der Couch den Griff eines Zuges, die Schutzvorrichtung sprang auf, und die Tür öffnete sich einen Spalt breit. Sie war von keinem Vorhang verdeckt (Stalin mochte keine Bettvorhänge, Falten, er mochte alles nicht, worin man sich verbergen konnte), und als sich die nackte Tür wirklich so weit öffnete, daß ein

Hund hätte hindurchschlüpfen können, wurde, wenn auch nicht unten, doch im oberen Teil der Tür ein Kopf sichtbar, der, obwohl noch jung, schon kahl war, der Kopf Poskrebyschews mit seinem stets ehrlich-ergebenen, zu allem bereiten Gesichtsausdruck.

Voller Besorgnis über den Zustand seines Herrn sah er ihn an, wie er dalag, halb mit einem Kamelhaarschal bedeckt. Aber er fragte ihn nicht nach seiner Gesundheit (man nahm an, daß die Gesundheit ausgezeichnet sei), sondern sagte leise:

»Jo Sarjonytsch! Sie haben heute zu halb drei Abakumow hierherbestellt. Werden Sie ihn empfangen? Oder nicht?«

Jossif Wissarionowitsch knöpfte die Klappe seiner Brusttasche auf und zog eine an einer Kette hängende Uhr heraus (wie alle altmodischen Menschen konnte er Armbanduhren nicht leiden).

Es war noch nicht einmal zwei Uhr nachts.

Er hatte keine Lust aufzustehen, um sich umzuziehen und in das Büro zu gehen. Doch niemandem gegenüber durfte man eine Schwäche zeigen: Sobald man die Zügel locker ließ, fühlten sie es sofort.

»Nun, wir werden sehen«, antwortete Stalin müde; er blinzelte. »Ich weiß nicht.«

»Nun, er soll kommen. Er kann warten!« sagte Poskrebyschew und nickte dreimal kräftig mit dem Kopf. (Dadurch, daß er seine jungenhaften Züge hervorhob, festigte er sehr seine Stellung hier.) Dann erstarrte er wieder und betrachtete aufmerksam seinen Herrn: »Haben Sie noch Befehle, Jo Sarjonytsch«?

Stalin sah traurig auf dieses Wesen, das leider auch nicht sein Freund sein konnte, weil es zu tief unter ihm stand.

»Gehen Sie ruhig unterdessen, Sascha«, sagte er unter seinem Bart hervor.

Poskrebyschew nickte noch einmal, zog dann seinen Kopf zurück und schloß die Tür fest hinter sich.

Jossif Wissarionowitsch befestigte wieder das Sicherheitsschloß, wickelte den Schal um sich und drehte sich auf die andere Seite.

Plötzlich sah er auf dem kleinen Tischchen, das noch niedriger war als die Ottomane, die billige Ausgabe eines Büchleins mit schwarz-rotem Umschlag.

Und plötzlich erinnerte er sich, was es war, das seine Brust eng machte, in ihr brannte, was ihm seinen Festtag verdorben hatte, wer ihn heute störte und nicht beseitigt war – Tito! Tito!

Wie? Wie konnte es möglich sein, daß man sich in dieser Skorpionseele so getäuscht hatte? Wie groß waren die Jahre sechsunddreißig/siebenunddreißig! Wieviel Köpfe von Ungläubigen waren damals gerollt! Und Tito hatten sie entkommen lassen.

Stöhnend nahm Stalin die Beine von der Ottomane, richtete sich auf und faßte sich in sein leicht rötliches, schon ergrauendes, sich lichtendes Haar. Nichts verminderte seinen Ärger. Wie der Sagenheld hatte Stalin während seines ganzen Lebens die stets nachwachsenden Köpfe der Hydra abgeschlagen. Einen ganzen Elbrus von Feinden hatte er während seines Lebens beseitigt. Aber über einen kleinen Erdhaufen stolperte er.

Jossif stolperte über Jossif ...

Der noch irgendwo lebende Kerenskij störte Stalin überhaupt nicht. Nikolaus II. oder Koltschak hätten getrost aus ihren Gräbern auferstehen können – gegen sie hatte Stalin nichts Persönliches: Sie waren offene Feinde, sie hatten sich nicht aus der Verlegenheit herausgezogen, indem sie irgendeinen eigenen, neuen, besseren Sozialismus angeboten hatten.

Der beste Sozialismus! ... *Ein anderer* als Stalins Sozialismus! Die Rotznase! Wer konnte schon einen Sozialismus *ohne* Stalin aufbauen?!

Es lag nicht daran, daß Tito irgendeinen Erfolg haben konnte – es konnte nichts dabei herauskommen! – Wie ein alter Kurpfuscher, der schon zahllose Mägen aufgeschnitten, unzählige Gliedmaßen in rauchigen Hütten, auf Holzbalken am Wegesrand abgeschnitten hatte, auf einen Medizinalpraktikanten im weißen Kittel blickt – so blickte Stalin auf Tito.

Aber Lenins ›Gesammelte Werke‹ waren schon dreimal abgeändert worden, die der Begründer zweimal. Längst schliefen schon alle, die gestänkert hatten, die in den alten Anmerkungen erwähnt waren, die den Sozialismus *anders* hatten aufbauen wollen. Und jetzt, da nicht einmal mehr im Rauschen der Taiga Kritik und Zweifel zu vernehmen waren – kommt Tito mit seinem buchstabengelehrten Kardelj hervorgekrochen und sagt, es sei nötig, etwas anders zu machen, *nicht so* wie bisher!

Stalin bemerkte, daß sein Herz schneller klopfte, sein Blick sich trübte, alle seine Glieder von Zuckungen befallen waren.

Er änderte seinen Atemrhythmus, strich sich mit der Hand über das Gesicht, den Bart. Man konnte doch unmöglich nachgeben. Tito nahm ihm so die letzte Ruhe, den letzten Appetit, den letzten Schlaf.

Als seine Augen wieder klar geworden waren, sah er wieder das schwarzrote kleine Buch. Das Büchlein war nicht schuld. Mit Vergnügen langte Stalin nach ihm, schüttelte sich das Kissen zurecht und legte sich für einige Minuten noch einmal halb hin.

Das Büchlein war ein Exemplar der in zehn europäischen Sprachen herausgekommenen, mehrere Millionen umfassenden Ausgabe von ›Tito – der Marschall der Verräter‹ von Reynaud de Jouvenelle (gut, daß der Autor ein gleichsam außerhalb des Kampfes stehender, objektiver Franzose war, der noch dazu einen adligen Namen besaß). Stalin hatte dieses

Buch vor einigen Tagen genau durchgelesen, wollte sich aber, wie es ihm mit allen angenehmen Büchern ging, nicht von ihm trennen. Wie vielen Millionen von Menschen öffnen sich jetzt die Augen über diesen eitlen egoistischen, grausamen, verräterischen, liederlichen, heuchlerischen, gemeinen Tyrannen! Diesen schamlosen Verräter! Diesen hoffnungslosen Dummkopf! Sogar Kommunisten im Westen waren durch ihn irre geworden. Der alte Dummkopf André Marty mußte, da er Tito in Schutz genommen hatte, aus der Kommunistischen Partei ausgeschlossen werden.

Er durchblätterte das Buch. Ja, hier war es! Tito konnte nicht als Held gefeiert werden: Zweimal wollte er sich aus Feigheit den Deutschen ergeben, aber der Stabschef Arso Jowanović *zwang* ihn, Oberkommandierender zu bleiben! Und Petrićević! Umgebracht nur deshalb, weil er Stalin liebte. Edler Petrićević! Irgend jemand erschlägt immer die besten Leute, und die schlechten bleiben dann für Stalin übrig, damit er sie erledige.

Alles stand hier, alles — auch, daß Tito anscheinend ein britischer Spion war, und wie er sich über seine Unterhosen mit der königlichen Krone stolz freute, und wie physisch unangenehm er war, gleich Göring, wie er all seine Finger mit Brillanten besteckt hatte, seine Brust mit Orden und Medaillen bepflanzte (welch erbärmliche Prahlerei eines Menschen, dem jegliches Feldherrentalent abging!).

Dies war ein objektives, grundlegendes Buch. Ob Tito nicht auch sexuell minderwertig war, darüber hätte man auch schreiben müssen.

»An der Spitze der Kommunistischen Partei Jugoslawiens stehen Mörder und Spione.« »Tito konnte nur deshalb die Führung übernehmen, weil Bela Kun und Trajtscho Kostoff ihn unterstützten.«

Kostoff!! — Wie traf Stalin dieser Name! Wut stieg in ihm auf, heftig stieß er mit seinem Schuh in Trajtschos Schnauze, in die ›blutige Fresse‹ — Stalins graue Augenlider zitterten vor dem befriedigten Gefühl der Gerechtigkeit.

Dieser verfluchte Kostoff! Dieser dreckige Hund!

Erstaunlich, wie einem nun hinterher, wenn man alles betrachtete, die Ränke dieser minderwertigen Subjekte klarwurden! Wie hatten sie sich verkleidet! Wenigstens Bela Kun hatte man siebenunddreißig erwischt, aber Kostoff hatte erst vor zehn Tagen ein Sozialistisches Gericht blamiert. Wieviel erfolgreiche Prozesse hatte Stalin durchgeführt, wie viele Feinde hatte er gezwungen, sich selbst zu beschmutzen und jede Gemeinheit zu bekennen — und bei Kostoffs Prozeß gab es so ein Versagen! So eine Blamage vor der ganzen Welt! Was für eine gemeine Gewandtheit! Die erfahrenen Untersuchungsrichter zu betrügen, vor ihnen auf die Knie zu fallen! — Und dann bei der öffentlichen Sitzung dies alles abzustreiten! Vor den ausländischen Korrespondenten! Wo bleibt da der Anstand, die Ehrenhaftigkeit? Wo das Parteigewissen? Wo die proletarische Solidarität. Nun gut, stirb, aber stirb so, daß du uns allen nützt!

Stalin stieß das Büchlein beiseite. Nein, er konnte hier nicht so liegen. Der Kampf rief.

Das sorglose Land kann schlafen, aber sein Vater kann nicht schlafen!

Er stand auf, richtete sich auf, doch es gelang ihm nicht ganz. Er öffnete die Tür (und verschloß sie wieder hinter sich). Es war die andere Tür, nicht die, an der Poskrebyschew geklopft hatte. Er ging mit seinen warmen weichen Schuhen durch den niedrigen, engen, geschwungenen kleinen Korridor, der auch fensterlos war, vorbei an einer Luke, vorbei an den Gucklöchern, durch die man in die Empfangshalle sehen konnte. So kam er in sein Schlafzimmer, das niedrig, klein, ohne Fenster und künstlich belüftet war. Unter der Eichentäfelung der Schlafzimmerwand waren Panzerplatten angebracht, an der Außenseite Steine.

Mit einem kleinen Schlüsselchen, das er an seinem Gürtel trug, öffnete Stalin das Schlößchen auf dem Metalldeckel einer Karaffe, goß sich ein Glas seines geliebten anregenden Likörs ein, trank es aus und verschloß die Karaffe wieder.

Er trat zum Spiegel. Klar, unbestechlich streng blickten seine Augen, denen nicht einmal Premierminister standhielten. Er sah streng, einfach, soldatisch aus.

Er läutete nach seiner georgischen Ordonnanz – zum Umkleiden.

Sogar solch einem nahestehenden Menschen erschien er als Gestalt der Weltgeschichte.

Sein eiserner Wille ... sein unbeugsamer Wille ...

19

Die Sprache ist ein Produktionsinstrument

Stalin konnte nachts am besten arbeiten. Mit dem heraufkommenden Tag entwickelte sich langsam sein kritischer Geist. Mit diesem klugen Morgenverstand setzte er Leute ab, kürzte die Ausgaben, verfügte er, zwei oder drei Ministerposten in einem zusammenzufassen. Mit seinem scharfen und doch geschmeidigen Nachtverstand aber dachte er sich aus, wie Ministerien aufgespalten, aufgeteilt, wie neue gegründet werden könnten, er unterzeichnete neue Kostenanschläge, bestätigte neue Kandidaten in ihren Pflichten.

Die besten Gedanken kamen ihm zwischen Mitternacht und vier Uhr morgens: wie alte Anleihen gegen neue einzutauschen seien, damit die Gewinnanteile nicht gezahlt werden mußten, er dachte darüber nach, wie hoch man die Strafen für Arbeitsversäumnis ansetzen, wie man den Arbeitstag und die Arbeitswoche verlängern und wie man Arbeiter und Angestellte für immer an ihren Arbeitsplätzen festhalten könnte; an den Erlaß über Zwangsarbeit und Galgen; die Auflösung der Dritten Internationale; die Verbannung der Volksverräter nach Sibirien.
Die Deportation ganzer Nationalitäten war sowohl ein wichtiger theoretischer Beitrag als auch ein gewagtes Experiment gewesen, aber es war nichts anderes übriggeblieben. Sein ganzes Leben über war er in der Partei der unbestrittene Fachmann für Nationalitätenfragen gewesen.
Zudem gab es noch viele andere bemerkenswerte Erlasse. Fand er in dem ausgeklügelten System doch noch eine schwache Stelle — so reifte in seinem Kopf nach und nach ein neuer, wichtiger Erlaß. Alles war von ihm für immer festgelegt, jede Veränderung vereitelt, jeder Ausweg versperrt, die zweihundert Millionen Sowjetbürger kannten ihren Platz — nur die Kolchosjugend führte ein eigenwilliges Dasein. Im allgemeinen standen aber die Dinge sehr gut auf den Kolchosen. Davon hatte sich Stalin überzeugt, als er den Film ›Die Kuban-Kosaken‹ gesehen und den Roman ›Der Ritter vom Goldenen Stern‹ gelesen hatte. Die Autoren waren auf den Kolchosen gewesen, hatten alles gesehen und das Gesehene wiedergegeben, und was sie wiedergaben, war offensichtlich gut. Außerdem sprach Stalin selbst mit Kolchos-Mitgliedern auf den Sitzungen der Präsidien.
Aber als scharfsinniger, selbstkritischer Staatsmann zwang sich Stalin, tiefer als diese Schriftsteller zu sehen. Irgendein Gebiets-Parteisekretär (wahrscheinlich hatte man ihn danach erschossen) hatte ihm gesagt, daß es auch eine Schattenseite gebe. Auf den Kolchosen würden die alten Männer und Frauen, die seit 1930 eingetragen waren, begeistert arbeiten, aber die Jugendlichen (natürlich nicht alle — nur einzelne, verantwortungslose) versuchten, kaum hätten sie die Schule beendet, auf betrügerische Weise einen Paß zu erhalten und in die Stadt abzuwandern. Stalin hörte zu — und arbeitete in Gedanken an Verbesserungen.
Bildung! Was für eine Verwirrung war durch diese allgemeine siebenklassige, allgemeine zehnklassige Schule entstanden, auch die Kinder der Köche gingen jetzt zur Oberschule. Hier hatte Lenin Verwirrung gestiftet, nur war es zu früh, das offen zu sagen. Jede Köchin sollte in der Lage sein, den Staat zu regieren! Wie er sich das wohl konkret vorgestellt hatte? Sollte eine Köchin dann beispielsweise am Freitag nicht kochen, sondern zur Sitzung des Kreis-Exekutiv-Komitees gehen? Eine Köchin ist eine Köchin und gehört in die Küche. Aber Menschen zu re-

gieren – das erfordert ein hohes Können, dazu bedarf es besonderer Kader, eigens ausgewählter Kader, langjährig geprüfter, in sich gefestigter Kader. Und diese Kader können nur von einer Hand, von der erprobten Hand des Führers geleitet werden.

Eine Verordnung für die Kollektivwirtschaften sollte garantieren, daß das Land stets Kolchoseigentum bleiben werde, und jeder sollte vom Tag der Geburt an automatisch der Kolchose seines Dorfes angehören. Es war vorgesehen, dies in Form eines Ehrenrechtes festzulegen. Und nur das Bezirks-Exekutivkomitee sollte die Leute aus den Kolchosen entlassen können. Sofort mußte eine Agitationskampagne beginnen; eine Artikelserie in den Zeitungen: ›Die jungen Erben der Kolchosspeicher‹ oder ›Ein bedeutender Schritt zum Neuaufbau des Dorfes‹, ja, die Schriftsteller werden schon herausfinden, wie man das ausdrückt.

Aber doch scheint es so, daß einer der Rechten (solche ›Rechte‹ gab es überhaupt nicht, Stalin hatte die ›rechte Gruppe‹ selbst erfunden, um seine Gegner besser mit einemmal zerschlagen zu können) – einer von ihnen also hatte vorausgesagt, daß solch ein Problem auftauchen werde.

Aus irgendeinem Grunde geschah es immer wieder, daß die liquidierten Gegner doch recht behielten. Unbewußt ließ sich Stalin von ihrer feindseligen Denkart beeindrucken und lieh ihren von jenseits des Grabes kommenden Stimmen aufmerksam sein Ohr.

Aber obwohl dieser Erlaß dringend war und in seinem Kopf noch andere Erlasse heranreiften, die gleichfalls nicht aufgeschoben werden durften, fühlte sich Stalin jetzt, als er sein Arbeitszimmer betrat, zu etwas Erhabenem hingezogen.

Er stand an der Schwelle des achten Lebensjahrzehnts, durfte das große Werk nicht weiter hinausschieben.

Schon schien es, als sei alles für die Unsterblichkeit getan ...

Aber Stalin fühlte sich von seinen Zeitgenossen, obwohl sie ihn den Weisesten der Weisen nannten, noch nicht nach Verdienst bewundert. Ihre Begeisterung wirkte oberflächlich, so als würden sie die Größe seines Genies nicht erkennen.

In letzter Zeit hatte ein Gedanke an ihm genagt: er wollte noch eine wissenschaftliche Tat vollbringen, noch einer anderen Wissenschaft als der Philosophie und der Geschichte seinen untilgbaren Beitrag schenken. Natürlich hätte er mühelos in der Biologie etwas leisten können – aber dort hatte er die Arbeit Lyssenko anvertraut, diesem ehrenwerten, energischen Mann aus dem Volk. Ja, und außerdem zog ihn die Mathematik oder sogar die Physik weit mehr an. Er konnte nicht ohne ein Gefühl des Neides in der ›Dialektik der Natur‹ die Erörterungen über Null oder minus eins im Quadrat lesen.

Aber, soviel er auch in den Oberstufen-Lehrbüchern der Algebra von

Kisseljow und der Physik von Sokolow blätterte, auch sie konnten ihm zu keiner Inspiration verhelfen.
Auf einen glücklichen Einfall, wie er ihn jetzt vergeblich erhoffte, war er neulich, wenn auch auf einem ganz anderen Gebiet, der Sprachwissenschaft, durch den Zwischenfall mit dem Tifliser Professor Tschikobawa gekommen. Tschikobawa hatte sich erkühnt, eine offensichtlich antimarxistische Irrlehre auszuarbeiten, wonach die Sprache nicht zum Überbau gehören sollte. Es gäbe nur eine Sprache an sich, keine Sprache der Klassen – der Bourgeoisie oder des Proletariats, sondern nur eine Nationalsprache. Und Tschikobawa hatte es sogar gewagt, öffentlich seinen namhaften Kollegen Marr[1] anzugreifen. Da sowohl Marr als auch Tschikobawa Georgier waren, erschien augenblicklich eine Entgegnung in der Tifliser Universitätszeitung, von der ein graues, ungebundenes Exemplar mit den charakteristischen georgischen Buchstaben nun vor Stalin lag. Einige Linguisten, Marr-Schüler, überhäuften den Schamlos-Kühnen darin mit Beschuldigungen, nach denen Tschikobawa nur noch übrigbleiben konnte, auf das nächtliche Klopfen des MGB zu warten. Schon waren Vermutungen laut geworden, daß Tschikobawa ein Agent des amerikanischen Imperialismus sei.
Und nichts hätte Tschikobawa gerettet, wenn nicht Stalin zum Telefonhörer gegriffen und Gnade geübt hätte. Er ließ den Professor am Leben und beschloß, dessen einfache, provinzielle Gedanken selbst auf unsterbliche Weise zu erläutern, sie genial weiterzuentwickeln. Natürlich wäre es eindrucksvoller gewesen, die konterrevolutionäre Relativitätstheorie oder die Theorie der Wellenmechanik zu widerlegen, aber wegen der Staatsgeschäfte hatte Stalin dazu einfach keine Zeit. Die Sprachwissenschaft aber stand der Grammatik sehr nahe, und die wiederum sah Stalin wegen ihrer Schwierigkeit immer in naher Verwandtschaft zur Mathematik.
Und so konnte er klar und eindrucksvoll formulieren (er hatte sich schon hingesetzt und zu schreiben begonnen): »Welche Sprache sowjetischer Nationen wir auch nehmen mögen – die russische, ukrainische, weißrussische, usbekische, kasachische, georgische, armenische, estnische, lettische, litauische, moldauische, tatarische, aserbaidschanische, baschkirische, turkmenische ...« (zum Teufel, mit den Jahren begann ihm das Aufzählen immer schwerer zu fallen. Aber war es denn nötig? Je besser es dem Leser in den Kopf ging, desto weniger hatte er Lust zu widersprechen) »... jedem ist klar, daß ...« Nun, und jetzt muß etwas folgen, das jedem klar ist. Aber was ist klar? Nichts ist klar ... Man sagt, es ist sieben Werst bis zum Himmel, und überall bis dorthin ist Wald.

[1] Nikolaj Jakowlewitsch Marr (1864–1954), sowjetischer Linguist (Anm. d. Übers.)

Die ökonomische Struktur ist die Grundlage, die gesellschaftlichen Erscheinungen sind der Überbau. Etwas Drittes gibt es nicht. Aber die Lebenserfahrung hatte Stalin gelehrt, daß man ohne ein Drittes nicht auskam. Neutrale Länder zum Beispiel – die gibt es doch wohl (natürlich keine neutralen Menschen)? Aber hättest du in den zwanziger Jahren öffentlich gesagt: »Wer nicht mit uns ist, der ist noch nicht gegen uns!« – sie hätten dich von der Tribüne gejagt und aus der *Partei*. So geht es aus ... Das ist Dialektik.

So auch jetzt. Über Tschikobawas Artikel hatte Stalin selbst nachgedacht. Es war ihm ein ganz neuer Gedanke in den Sinn gekommen: Wenn die Sprache der Überbau ist, warum ändert sie sich dann nicht mit jeder Epoche? Wenn sie *nicht* der Überbau ist, was ist sie dann? Die Basis? Die Produktionsweise?

Eigentlich verhält es sich so: die Produktionsweise ergibt sich aus dem Zusammenwirken von Produktivkräften und Produktionsverhältnissen. Die Sprache ein Verhältnis zu nennen – das ist beim besten Willen nicht möglich. Also ist die Sprache eine Produktivkraft? Aber Produktivkräfte sind: Produktionsinstrumente, Produktionsmittel und Menschen. Doch obwohl die Menschen eine Sprache sprechen, kann man Sprache und Menschen nicht gleichsetzen. Der Teufel mag es wissen, das ist eine Art Sackgasse. Ehrenvoller als alles andere wäre es, in der Sprache ein Produktionsinstrument zu sehen, nun, wie Werkbänke, wie Eisenbahnschienen, wie die Post. Schließlich ist sie ja auch ein Verbindungsmittel. Wenn man aber so geradezu diese These aufstellt und die Sprache zum Produktionsinstrument erklärt, wird alles zu kichern beginnen. (Natürlich nicht bei uns.)

Ach, es gab niemanden, mit dem er sich hätte beraten können: auf der Welt war er der einzige, wirkliche Philosoph. Wenn doch noch so ein Mensch wie Kant leben würde oder Spinoza, er durfte ruhig ein Bourgeois sein ... Ob er Berija anrufen sollte? Aber der hatte ja überhaupt keine Ahnung von solchen Problemen.

Nun, man könnte auch – vorsichtiger – sagen: »In dieser Beziehung unterscheidet sich die Sprache grundlegend vom Überbau, unterscheidet sich jedoch nicht von einem Produktionsinstrument, sagen wir von Maschinen, die sich Klassen gegenüber ebenso gleichgültig verhalten wie die Sprache.«

»Gleichgültig Klassen gegenüber!« Früher hätte man das auch nicht sagen können ...

Er setzte einen Punkt, legte seine Hände ins Genick, gähnte und streckte sich. Er hatte noch nicht sehr viel nachgedacht, war aber bereits müde.

Stalin stand auf und ging durch sein geliebtes, kleines Nacht-Arbeitszimmer. Er trat an das winzige Fenster, in das anstelle von normalem

Glas zwei gelbe Panzerglasscheiben eingezogen waren, zwischen denen sich eine Luftschicht unter hohem Druck befand. Draußen lag der kleine, abgezäunte Garten, den niemand außer dem Gärtner betreten durfte, der morgens unter Aufsicht der Wachmannschaft kam.
Hinter den Schutzscheiben war es neblig. Weder die Erde noch das All waren zu sehen.
Im übrigen war das halbe Universum in Stalins Brust, es war wohlgestaltet und klar. Nur die zweite Hälfte, jene ganz objektive Realität, verkrampfte sich unterirdisch im Nebel. Aber hier, im befestigten, bewachten, verteidigten nächtlichen Arbeitszimmer, fürchtete Stalin diese zweite Hälfte nicht – er fühlte sich mächtig genug, sie nach seinem Willen zu gestalten. Nur wenn er selbst in diese objektive Wirklichkeit hinein mußte – wenn er zum Beispiel zu einem großen Bankett in die Säulenhalle gehen, den schreckenerregenden Zwischenraum vom Auto zur Tür durchmessen, die Treppe selbst hinaufsteigen, dann das zu große Foyer passieren und an beiden Seiten die begeisterten, ehrerbietigen, aber trotzdem zu zahlreichen Gäste sehen mußte – dann fühlte er sich unwohl, völlig ungeschützt – ausgeliefert; er wußte dann nicht einmal, was er mit seinen Händen anfangen sollte, die schon lange zu keiner wirklichen Verteidigung mehr taugten. Er faltete sie auf seinem Bauch und lächelte. Alle dachten, der Allmächtige lächle voller Güte und Gewogenheit auf sie herab, dabei war er nur verlegen ...
Er selbst hatte den *Raum* die Voraussetzung für die Existenz der Materie genannt. Nachdem er sich aber zum Beherrscher eines Sechstels der Erde gemacht hatte, begann er, ihn zu fürchten. In seinem Nacht-Arbeitszimmer fühlte er sich deshalb so wohl, weil es *nicht geräumig* war.
Stalin ließ das kleine Stahlrouleau herunter und kehrte langsam zum Tisch zurück. Sogar für ihn, die ›Große Koryphäe‹, war es zum Arbeiten spät. Aber er schluckte eine Pille und setzte sich wieder hin.
Niemals im Leben hatte er Glück gehabt. Immer nur Arbeit und Mühe. Aber die Nachkommenden werden es zu schätzen wissen.
Wie kam es, daß in der Sprachwissenschaft ein Araktschejewsches[1] Regime herrschte? Niemand wagte, ein Wort gegen Marx zu sagen. Komische Menschen! Furchtsame Menschen! Du lehrst sie, du lehrst sie Demokratie, du kaust ihnen etwas vor, legst es ihnen in den Mund – aber sie schlucken es nicht!
Alles muß man selbst machen, auch jetzt – alles selbst ...
Und von sich selbst begeistert schrieb er einige Sätze nieder: »Der Überbau hierfür beruht auch auf der Grundlage, daß ...«

[1] Araktschejew (1769–1834), Günstling Zar Alexanders I., Anhänger der Leibeigenschaft. (Anm. d. Übers.)

»Die Sprache ist dafür geschaffen, daß ...«
Er beugte sein bräunlich-graues, blatternarbiges Gesicht mit der großen, hervorstehenden Nase dicht über das Blatt Papier und bemerkte nicht, wie der Geist der mittelalterlichen Theologie über seine Schulter sah und lächelte.
Dieser Lafargue, auch so ein Theoretiker! – Er spricht von einer »unerwarteten Sprach-Revolution zwischen 1789 und 1794«.
Was war das schon für eine Revolution! Es war die französische Sprache – und es blieb die französische Sprache.
»Überhaupt muß zur Belehrung der Genossen, die für Explosionen schwärmen, gesagt werden, daß das Gesetz des Übergangs von der alten Qualität zur neuen Qualität durch eine Explosion nicht nur für die Geschichte der Sprachentwicklung unzutreffend ist, sondern auch selten auf andere soziale Erscheinungen angewendet werden kann.«
›Selten‹ ...? Nein, es ist noch nicht angebracht, so zu sprechen. Stalin strich ›selten‹ aus und schrieb: »nicht immer«. Welches Beispiel gibt es dafür?
»Wir sind von der bürgerlichen individuell-bäuerlichen Organisation (ein neuer Ausdruck! Und welch schöner Ausdruck!) übergegangen zur sozialistisch-kollektivwirtschaftlichen.« Und nachdem er, wie alle Menschen, einen Punkt gesetzt hatte, dachte er nach und fügte hinzu: »Organisation«. Das war sein bevorzugter Stil, noch ein zusätzlicher Hammerschlag auf den schon eingehauenen Nagel. Die Wiederholung aller Wörter machte, so meinte er, jeden beliebigen Satz noch weitaus verständlicher. Die begeisterte Feder schrieb weiter:
»Und das gelang, weil es eine Revolution *von oben* war, weil der Umsturz durch die Initiative der vorhandenen Macht herbeigeführt wurde.«
Stalin blickte finster. Halt, das war nicht gut. Das heißt ja, daß die Initiative für die Kollektivierung nicht von den Kolchos-Mitgliedern ausgegangen war ...!
An der Tür war ein leises, sachtes Streichen zu hören. Stalin drückte auf den Einlaßknopf. In der Tür erschien der Kopf Saschkas, mit dem Clownsgesicht – geschlagen und damit zufrieden.
»Jo Sarjonytsch!« Beinahe flüsternd fragte er: »Soll ich Abakumow nach Hause schicken, oder soll er noch warten?«
Ja, Abakumow. Von seiner Begeisterung hinweggetragen, hatte Stalin ihn ganz vergessen.
Er gähnte. Er war schon müde. Das Feuer der Forschung, das kurz in ihm gebrannt hatte, war erloschen, die letzten Sätze waren ihm nicht gelungen.
»Nun gut. Ruf ihn!«
Aus seiner Schreibtischschublade holte er wieder eine Karaffe mit Me-

talldeckel hervor, öffnete sie mit dem Schlüsselchen, das er am Gürtel trug, und trank ein Glas. Immer, immer mußte er sein wie ein Bergadler.

20

Geben Sie uns die Todesstrafe zurück, Jossif Wissarionowitsch!

Kaum einer hätte in seinen geheimsten Gedanken gewagt, ihn ›Saschka‹ zu nennen, geschweige denn, ihn mit diesem Namen anzureden; man sagte Alexander Nikolajewitsch. ›Poskrebyschew hat geläutet‹ bedeutete: *Er* hat geläutet. ›Poskrebyschew hat angeordnet‹ hieß: *Er* hat angeordnet. Alexander Nikolajewitsch Poskrebyschew leitete schon seit mehr als fünfzehn Jahren das Persönliche Sekretariat Stalins. Eine lange Zeit, und jeden, der ihn nicht näher kannte, mochte es erstaunen, daß Poskrebyschews Kopf noch auf seinen Schultern saß. Das Geheimnis war einfach. Dieser Veterinär aus Pensa besaß die Seele eines Offiziersburschen – und gerade das festigte seine Stellung. Sogar als man ihn zum Generalleutnant machte, zum Mitglied des Zentralkomitees und zum Chef der Spezialabteilung für die Bespitzelung der ZK-Mitglieder, erachtete er sich vor seinem Herrn immer noch als ein Nichts. Geschmeichelt kichernd stieß er mit ihm auf das Wohl seines Heimatdorfes Sopliki an. Niemals konnte der instinktsichere Stalin bei Poskrebyschew Zweifel oder Widerstände wittern. Sein Nachname, der soviel bedeutete wie ›aus zusammengekratztem Teig gebackenes Brot‹, rechtfertigte sich: Es schien, als hätte man für Poskrebyschew, als er gebacken werden sollte, nicht genug Geist und Charakter zusammenkratzen können.

Wenn er sich aber mit Jüngeren befaßte, schlüpfte der schon kahl werdende, scheinbar so schlichte Höfling in eine außerordentlich bedeutsame Rolle. Zu unter ihm Stehenden sprach er am Telefon mit einer kaum vernehmbaren Stimme: Man mußte gleichsam in den Hörer hineinkriechen, um ihn zu verstehen. Manchmal konnte man mit ihm über Kleinigkeiten scherzen, aber niemand wagte, die Stimme zaghaft zu erheben, um ihn zu fragen, *wie es denn heute dort stünde. (Wie es stand,* konnte nicht einmal Stalins Tochter erfahren. Wenn sie anrief, antwortete man ihr nur: »Man bewegt sich« oder »Man bewegt sich nicht« – je nachdem, ob Schritte zu hören waren oder nicht.)

Heute sagte Poskrebyschew zu Abakumow:

»Jossif Wissarionowitsch arbeitet. Es kann sein, daß er nicht empfängt.« Und befahl zu warten.
Er nahm Abakumow die Aktenmappe ab, führte ihn in ein Empfangszimmer und ging.
So konnte sich Abakumow auch nicht entschließen, nach dem zu fragen, was ihn am meisten interessierte: wie es heute um die Laune des Hausherrn bestellt sei. Mit heftig pochendem Herzen blieb er allein im Empfangszimmer zurück.
Die Furcht, in der dieser große, mächtige, entschlossene Mann jedesmal erstarrte, wenn er zum Empfang bei Stalin ging, war keineswegs geringer als jene, die bedrohte Bürger in der Zeit der großen Säuberung befallen hatte, wenn sie nachts auf ihrer Treppe Schritte hörten. Vor Schrecken erstarrten seine Ohren zuerst zu Eis, um gleich danach feuerrot zu werden – und jedesmal fürchtete Abakumow, daß seine beständig brennenden Ohren Verdacht erregen könnten. Denn für Stalin war jede Kleinigkeit verdächtig. Er schätzte es zum Beispiel nicht, wenn man vor seinen Augen in den Innentaschen herumsuchte. Deshalb hatte Abakumow alle drei Füllfederhalter, die er zur Niederschrift bereit hatte, aus den Innentaschen in die aufgesetzten Brusttaschen gesteckt.
Alle Anweisungen für die Staatssicherheit gingen täglich über Berija; von ihm empfing Abakumow die meisten Befehle. Aber einmal im Monat wollte der Alleinherrscher selbst den Mann in Person vor sich sehen, dem er den Schutz des von ihm geleiteten Regimes anvertraut hatte.
Diese einstündigen Empfänge waren eine harte Abrechnung über die ganze Macht, über die ganze Gewalt Abakumows. Er lebte und vergnügte sich von Empfang zu Empfang. Wenn aber sein Berichts-Termin wieder herangerückt war, erstarrte alles in ihm, seine Ohren wurden zu Eis, er gab seine Mappe ab und wußte nicht, ob er sie zurückerhalten würde, er beugte seinen Stiernacken vor dem Arbeitszimmer und wußte nicht, ob er ihn nach einer Stunde wieder straffen würde.
Stalin war schreckenerregend, weil ein einmal ihm gegenüber begangener Fehler der einzige Fehler im Leben mit Zeitzünder war, und diesen Zeitzünder konnte man nicht mehr unterbrechen. Stalin war beängstigend, weil er keine Rechtfertigung anhörte, er beschuldigte einen auch nicht – nur seine gelben Tigeraugen flackerten ungut, und seine Lider verengten sich – und so fällte er im Innern das Urteil, ohne daß der Verurteilte davon wußte: Er ging friedlich davon; man holte ihn in der Nacht und erschoß ihn im Morgengrauen.
Schlimmer als alles war das Schweigen und dieses Verengen der Augenlider ...! Wenn Stalin dir irgend etwas Schweres oder Spitzes entgegenschleuderte, mit dem Stiefel auf deine Zehen stampfte, dich anspuckte oder dir die brennende Asche seiner Pfeife ins Gesicht blies – das war

kein endgültiger Zorn, das ging vorüber! Wenn er grob war, schimpfte und dabei die vulgärsten Ausdrücke gebrauchte, so freute sich Abakumow. Das bedeutete, daß der Hausherr noch hoffte, seinen Minister bessern zu können, und daß er weiterhin mit ihm arbeiten wollte.
Jetzt natürlich begriff Abakumow, daß er in seinem Eifer zu weit hinaufgeklettert war. Weiter unten wäre es ungefährlicher gewesen: Mit den entfernter Stehenden sprach Stalin gutmütig, verständnisvoll. Aber einen Rückzug aus der Reihe der Nahestehenden gab es nicht.
Es blieb also nur — auf den Tod zu warten. Auf den eigenen. Oder ...
Und alles hatte sich so unglücklich, unabwendbar gefügt, daß Abakumow jedesmal, wenn er vor Stalin stand, fürchtete, nun sei etwas Gewisses ans Licht gekommen.
Schon oftmals vorher hatte er gezittert, es sei entdeckt worden, wie er sich damals in Deutschland bereichert hatte ...
Gegen Ende des Krieges war Abakumow Chef des Allunions-SMERSCH. Ihm unterstand die Spionageabwehr aller kämpfenden Frontabschnitte und Armeen. Dies war die kurze Zeit der unkontrollierten Bereicherung. Um Deutschland den letzten Tiefschlag zu versetzen, hatte Stalin Hitlers Methode kopiert: von der Front durften Pakete ins Hinterland geschickt werden. Stalin ging dabei von seiner Kenntnis der Soldatenseele aus, davon, wie er selbst fühlen würde, wenn er Soldat wäre: Für die Ehre der Heimat zu kämpfen — das war gut, für Stalin — noch besser, aber um sein Leben in dieser gräßlichen Zeit einzusetzen — am Ende des Krieges, war es da nicht das beste, den Kampfgeist durch einen materiellen Antrieb zu steigern, nämlich durch das Recht, etwas nach Hause zu schicken? Der Soldat: fünf Kilogramm Trophäen im Monat; der Offizier: zehn, der General: zwanzig? (Diese Verteilung war gerecht, denn der Soldat durfte beim Vormarsch nicht durch einen schweren Tornister behindert werden, der General aber hatte immer ein Auto.) Doch in einer unvergleichlich angenehmeren Lage befand sich die Spionageabwehr SMERSCH. Keine feindliche Granate erreichte sie, kein Flugzeug des Gegners bombardierte sie. Sie lebte immer in Frontnähe, aber weit weg vom Feuer und den Kontrollen des Finanzministeriums unerreichbar. Ihre Offiziere waren in eine Wolke des Geheimnisses eingehüllt. Niemand wagte zu überprüfen, was sie in einem Waggon versiegelten, was sie aus einer beschlagnahmten Wohnung, vor der sie die eigenen Posten aufgestellt hatten, wegschleppten. Lastwagen, Züge und Flugzeuge beförderten den Reichtum der SMERSCH-Offiziere. Wenn sie keine Dummköpfe waren, konnte ein Leutnant Tausende, ein Oberst Hunderttausende, Abakumow aber Millionen einheimsen.
Natürlich konnte er sich nicht vorstellen, daß dieses Gold ihn, sollte er von seinem Ministerposten entfernt werden, in irgendeiner Weise ret-

ten würde, selbst dann nicht, wenn es sicher auf einer Schweizer Bank ruhte. Es war klar, daß einen enthaupteten Minister auch ein Schatz nicht mehr rettet. Es überstieg jedoch Abakumows Kräfte, zusehen zu müssen, wie seine Untergebenen sich bereicherten, und selbst nichts zu nehmen. Und immer wieder schickte er Spezialkommandos auf die Suche. Selbst zwei Koffer voller Hosenträger konnte er nicht stehenlassen. Er raubte gleichsam im Rausch.

Doch dieser Nibelungenschatz brachte Abakumow keinen freien Reichtum, sondern wurde zur Quelle seiner beständigen Angst vor der Entlarvung. Kein Mitwisser hätte gewagt, den allmächtigen Minister anzuzeigen, aber jeder x-beliebige Zufall konnte alles an den Tag bringen, konnte ihn den Kopf kosten. Die Beute war unnütz – wenn es nur jetzt nicht endeckt würde! . . .

Er war um halb drei Uhr gekommen, aber jetzt um drei Uhr zehn ging er mit dem großen, sauberen Notizbuch in den Händen im Empfangszimmer umher und schmachtete, er empfand durch die Angst eine innere Schwäche; und seine Ohren brannten. Am glücklichsten wäre er gewesen, wenn Stalin weiterarbeiten, ihn heute überhaupt nicht empfangen würde: Abakumow fürchtete sich davor, über das geheime Telefonsystem berichten zu müssen. Er wußte nicht, wie er sich jetzt herauslügen sollte. Aber die schwere Tür öffnete sich – halb. In dem Spalt erschien leise, beinahe auf Zehenspitzen, Poskrebyschew und winkte lautlos. Abakumow setzte sich in Bewegung. Er versuchte dabei mit seinen groben großen Füßen so leicht wie möglich aufzutreten. Er drängte seinen Fettwanst durch die folgende, ebenfalls nur halb geöffnete Tür, öffnete sie nicht weiter, hielt die blankpolierte Bronzeklinke in der Hand, damit sie nicht aufspringe. An der Schwelle sagte er: »Guten Abend, Jossif Wissarionowitsch! Gestatten Sie?«

Es war ein Fehler gewesen, daß er sich nicht rechtzeitig geräuspert hatte; nun klang seine Stimme heiser, nicht untertänig genug.

Stalin saß in seinem Kittel mit den Goldknöpfen, einigen Ordensspangen, aber ohne Achselstücke am Schreibtisch. Er schrieb noch den Satz zu Ende und hob erst danach seinen Kopf, eulengleich – unheilverkündend musterte er Abakumow.

Er sagte nichts.

Ein sehr schlechtes Zeichen! – Er sagte kein Wort . . . Er begann von neuem zu schreiben.

Abakumow schloß die Tür hinter sich, wagte aber nicht, ohne einladendes Nicken oder eine auffordernde Geste weiterzugehen. Er blieb stehen, ließ die langen Arme herabhängen und beugte sich leicht nach vorn, ein ehrerbietiges Begrüßungslächeln auf den fleischigen Lippen – aber seine Ohren standen in Flammen.

Abakumow kannte beide Arbeitszimmer des Führers – das offizielle Tages- und dieses kleine Nacht-Arbeitszimmer.
Im großen Tages-Arbeitszimmer in der oberen Etage war es sonnig; dort gab es normale Fenster. In vielen Bücherschränken reihte sich eine ganze Armee menschlicher Gedanken und Kultur, eingefangen in bunte Umschläge. An den hohen, mächtigen Wänden hingen die vom Führer geliebten Bilder, Bilder, auf denen er selbst zu sehen war – bald in der Winteruniform des Generalissimus, bald in der Sommeruniform eines Marschalls. Dort standen Sofas, Sessel, viele Stühle – für den Empfang ausländischer Delegationen, für Konferenzen. Das war auch der Raum, in dem Stalin immer fotografiert wurde. Hier, im Nacht-Arbeitszimmer, dem Erdboden nahe, gab es weder Bilder noch Verzierungen, und die Fenster waren klein. An den niedrigen, mit Buchenholz verkleideten Wänden standen vier niedrige kleine Schränke und, etwas von der Wand abgerückt, der Schreibtisch. Außerdem gehörten noch ein Radioapparat, ein Plattenspieler und daneben ein niedriges Gestell mit Platten zur Ausstattung des Raumes. Stalin liebte es, nachts die Grammophon-Aufzeichnungen seiner Reden abzuhören.
Abakumow verbeugte sich bittend und wartete.
Aber Stalin schrieb. Er schrieb mit solchem Nachdruck, so konzentriert, als würde alles, was seiner Feder entfloß, sofort Geschichte werden. Die Schreibtischlampe leuchtete nur die Papiere aus, die verkleidete Deckenleuchte gab trübes Licht. Stalin schrieb mit Unterbrechungen, hin und wieder beugte er sich zurück, lehnte sich bald zur Seite, bald nach vorn, dann wieder schaute er mißmutig auf Abakumow, als höre er etwas, doch kein Laut war im Zimmer vernehmbar.
Woher kam nur diese gebieterische Art, diese Gewichtigkeit jeder kleinsten Bewegung? Ob nicht schon der junge Koba – wie Stalin im Kaukasus genannt worden war – seine Finger, seine Hände genauso bewegt, seine Brauen hochgezogen und ebenso geblickt hatte wie jetzt? Doch damals hatte es niemanden erschreckt, niemand hatte in diesen Bewegungen einen fürchterlichen Sinn gesehen. Erst nachdem sich die durchlöcherten Hinterköpfe zu einem Berg getürmt hatten, fingen die Menschen an, aus diesen kleinen Bewegungen des Führers einen Hinweis, eine Warnung, eine Drohung oder einen Befehl herauszulesen. Und nachdem er das bemerkt hatte, begann Stalin, sich selbst zu beobachten, und sah in seinen eigenen Gesten und Blicken diese ihnen anscheinend innewohnende drohende Bedeutung – und dann arbeitete er sie bewußt aus, wodurch sie noch deutlicher wurden und noch entschiedener auf die Umgebung wirkten.
Schließlich blickte Stalin sehr streng auf Abakumow und bedeutete ihm mit dem Mundstück seiner Pfeife, wohin er sich zu setzen hätte.

Abakumow straffte sich erfreut, ging leichten Schrittes und ließ sich nieder – aber nicht auf die ganze, sondern, obwohl es ihm nicht bequem war, nur auf einen Teil der Sitzfläche, damit er besser wieder aufstehen konnte.
»Nun?« fragte Stalin und blickte dabei in seine Papiere.
Der Augenblick war gekommen! Nun mußte man die Initiative an sich reißen! Abakumow hustete und beeilte sich, mit klarer, fast begeisterter Stimme zu sprechen. (Später verfluchte er seine redselige Bereitwilligkeit, ärgerte er sich über die unmäßigen Versprechen, die er Stalin gegeben hatte – aber so war es eigentlich immer: Je ungnädiger er den Allmächtigen antraf, desto rückhaltloser war Abakumow in seinen Versicherungen, und das verwickelte ihn in immer neue und neue Beteuerungen.)
Ein immer wiederkehrendes Beiwerk der nächtlichen Berichte Abakumows (das Stalin jedesmal fesselte), war die Nachricht von der Aufdekkung irgendeiner sehr wichtigen, weitverzweigten feindlichen Gruppe. Ohne diese unschädlich gemachte Gruppe (jedesmal war es eine neue) erschien Abakumow zu keinem Rapport. Für heute hatte er den Fall einer Gruppe in der Frunse-Militär-Akademie vorbereitet und verbrachte viel Zeit damit, die Einzelheiten zu schildern.
Aber jetzt erzählte er erst einmal von den Erfolgen (er wußte selbst nicht, ob es sich um Dichtung oder Wahrheit handelte), die bei der Vorbereitung eines Attentats auf Tito erzielt worden waren. Eine Bombe mit Zeitzünder werde auf Titos Jacht gebracht werden, bevor diese nach der Insel Brioni auslaufe.
Stalin hob den Kopf, schob seine kalte Pfeife in den Mund und sog zwei- oder dreimal an ihr. Sonst bewegte er sich nicht, zeigte überhaupt keinerlei Interesse; aber Abakumow drang trotzdem weiter in seinen Chef ein, denn er spürte, daß er auf der richtigen Fährte war.
»Ja – und Ranković?« fragte Stalin.
Ja, ja! Man werde den Augenblick so wählen, daß auch Ranković, Kardelj und Mosche Pijade – die ganze Clique also – mit in die Luft flögen. Nach den Berechnungen sollte sich das alles nicht später als in diesem Frühjahr ereignen. (Die Explosion würde allerdings auch die ganze Besatzung der Jacht töten, aber der Minister erwähnte diese Kleinigkeit nicht, und der beste Freund der Seeleute fragte ihn auch nicht danach.)
Aber woran dachte er wohl, während er an seiner erloschenen Pfeife zog und ausdruckslos über seine vorspringende Knebelnase hinweg den Minister ansah ...? Sicherlich nicht daran, daß die von ihm geleitete Partei einst den individuellen Terror abgelehnt hatte. Und auch nicht daran, daß er es gewesen war, der sich nicht gescheut hatte, zum Terror überzu-

gehen. Als er an der Pfeife sog und diesen rotwangigen, gutgenährten jungen Mann mit den brennenden Ohren betrachtete, dachte Stalin an das, was ihn immer beim Anblick seiner auserwählten, begeisterten, zu allem bereiten Untergebenen beschäftigte.
Sein erster Gedanke bei solchen Gelegenheiten war immer: Wieweit konnte man diesem Menschen noch trauen? Und der zweite: Ist es nicht schon an der Zeit, diesen Menschen zu opfern?
Stalin wußte sehr wohl, daß sich Abakumow 1945 bereichert hatte. Aber mit der Bestrafung eilte es ihm nicht. Es gefiel ihm, daß Abakumow diese Schwäche hatte. Gewinnsüchtige Leute sind leichter zu durchschauen. Außerdem kann man sie leichter lenken. Vor keinen anderen hatte sich Stalin zeit seines Lebens so sehr gehütet wie vor Leuten, die dem Reichtum abhold waren, vor Leuten von Bucharins Art. Er verstand die Motive ihrer Handlungsweise nicht, und es schwindelte ihm, wenn er sich vorzustellen versuchte, was sie im Schilde führen mochten. Aber auch diesem durchschaubaren Abakumow konnte man nicht trauen. Das Mißtrauen anderen Menschen gegenüber war ein hervorstechender Charakterzug Jossif Dshugaschwilis. Das Mißtrauen Menschen gegenüber war seine Weltanschauung.
Er hatte nicht einmal seiner Mutter vertraut. Und er hatte auch nicht auf Gott vertraut, vor dem er während elf Jugendjahren seinen Nakken über Steinböden gebeugt hatte. Danach mißtraute er auch seinen Parteigenossen, besonders denjenigen, die schön redeten. Er hatte den mit ihm Verbannten nicht getraut. Er glaubte nicht, daß die Bauern ohne Zwang und Kontrolle säen und ernten würden. Er zweifelte daran, daß die Arbeiter ohne Normen arbeiten würden. Er fürchtete, daß die Intelligenz nicht produktiv arbeitete, ohne zugleich Sabotage zu treiben. Er hielt es für undenkbar, daß die Soldaten und Generäle ohne Strafregimenter und Sperrlinien kämpfen würden. Er traute seinen Nächsten nicht. Weder seiner Frau noch seinen Geliebten. Auch nicht seinen Kindern. Und immer hatte es sich erwiesen, wie recht er damit hatte! Er hatte in seinem ganzen, von Mißtrauen erfüllten Leben nur einem einzigen Menschen getraut. Vor der ganzen Welt war dieser Mensch sowohl in Freundschaft wie in Feindschaft so entschieden gewesen, er hatte eine scharfe Wendung gemacht, hatte versichert, kein Gegner mehr zu sein, und Stalin die Hand zur Freundschaft entgegengestreckt.
Und Stalin hatte ihm vertraut!
Dieser Mensch war Adolf Hitler gewesen.
Mit Beifall und Schadenfreude hatte Stalin verfolgt, wie Hitler Polen, Frankreich, Belgien unterwarf, wie seine Flugzeuge Englands Himmel verdunkelten. Molotow kam aus Berlin in hellem Aufruhr zurück. Spione meldeten, Hitler verschiebe Truppen nach dem Osten. Hess floh nach

England. Churchill warnte Stalin vor einem Überfall. Alle Dohlen auf Weißrußlands Ästen krächzten, alle galizischen Pappeln rauschten von Krieg. Alle Marktweiber im eigenen Land prophezeiten den Krieg von Tag zu Tag. Stalin allein blieb ruhig und unbesorgt.
Er vertraute Hitler!
Um ein Haar hätte ihn dieser Glaube den Kopf gekostet. Um so entschiedener war er nun in seinem Mißtrauen gegenüber allen! Auf dieses beklemmende Mißtrauen hätte Abakumow mit bitteren Worten antworten können, aber er wagte nicht, sie auszusprechen. Es war nicht nötig gewesen, mit Holzpferdchen zu spielen – diesen Tölpel von Petro Popivod herbeizurufen und mit ihm Zeitungsartikel gegen Tito zu besprechen. Und er hätte auch diese famosen Burschen, die Abakumow schicken wollte, um den Bären zu erlegen, nicht aufgrund ihres Fragebogens ablehnen müssen, er hätte sie kennenlernen, ihnen vertrauen sollen. Jetzt natürlich mochte der Teufel wissen, was aus dem Anschlag würde. Abakumow selbst ärgerte diese Schwerfälligkeit.
Aber er kannte seinen Chef! Man mußte mit Teilkräften für ihn arbeiten – mit mehr als der Hälfte der Kräfte, aber nie mit voller Kraft. Stalin duldete keine offensichtliche Nichtausführung. Eine allzu erfolgreiche Ausführung seiner Anordnungen haßte er jedoch: In ihr erblickte er einen Anschlag auf seine Einzigartigkeit. Niemand außer ihm konnte etwas ganz genau wissen und verstehen oder richtig machen! Und obwohl er sich in seinem ministeriellen Joch anstrengte, zog Abakumow – und nicht er allein! – nur mit halber Kraft an.
Wie König Midas durch seine Berührung alles in Gold verwandelte, so verwandelte Stalin durch seine Berührung alles in Mittelmäßigkeit.
Aber heute erschien es Abakumow, während er in seinem Vortrag fortfuhr, als heitere sich Stalins Gesicht auf. Und nachdem er alle Einzelheiten der Explosion ausgemalt hatte, berichtete der Minister so schnell wie möglich über die Frunse-Akademie und dann weiter und immer weiter über die theologische Akademie, dabei umging er die verfluchte Sache mit dem geheimen Telefonsystem und bemühte sich, nicht einmal auf das Tischtelefon zu sehen, um den Führer nicht daran zu erinnern.
Aber Stalin erinnerte sich! Gerade in diesem Moment erinnerte er sich an etwas. – Und es konnte gerade das geheime Telefonsystem sein! Er legte seine Stirn in tiefe Falten, schielte auf die Knorpel seiner großen Nase, richtete seinen durchdringenden Blick starr auf Abakumow (der Minister verlieh seinem Gesicht einen möglichst offenen, ehrlich-aufrichtigen Ausdruck) – und er erinnerte sich nicht! Der eben noch greifbar nahe Gedanke war ihm offensichtlich entglitten. Die Falten auf seiner grauen Stirn verschwanden wieder.

Stalin seufzte, stopfte seine Pfeife und begann zu rauchen.
»Ach ja!« Beim ersten Zug erinnerte er sich, wenn auch nicht an die Hauptsache, so doch an etwas anderes.
»Gomulka – ist er verhaftet?«
In Polen war Gomulka kürzlich aller Posten enthoben worden und rollte unaufhaltsam dem Abgrund entgegen.
»Er ist verhaftet!« erwiderte Abakumow erleichtert, beinahe wäre er dabei vom Stuhl hochgeschnellt. (Man hatte Stalin auch schon darüber berichtet.) Einen Menschen zu verhaften war die einfachste seiner Dienstpflichten.
Durch einen Knopfdruck verstärkte Stalin das Deckenlicht. Die Wandlampen leuchteten auf, und es wurde sehr hell. Stalin erhob sich hinter seinem Tisch und begann, seine Pfeife rauchend, im Zimmer umherzugehen. Abakumow begriff, daß sein Bericht beendet war und jetzt die Anweisungen diktiert würden. Er öffnete seinen großen Notizblock auf den Knien, ergriff seinen Füllfederhalter und war bereit. (Der Führer liebte es, wenn man seine Worte notierte.)
Aber Stalin ging zum Radio, um den Plattenspieler herum und zurück, sog an seiner Pfeife und sagte kein Wort, so als hätte er Abakumow völlig vergessen. Sein graues, blatternarbiges Gesicht verzog sich im schmerzhaften Bemühen, sich zu erinnern. Als er seitlich an Abakumow vorbeiging, sah der Minister, daß sich die Schultern des Führers schon krümmten, wodurch er kleiner erschien, sehr klein. Und Abakumow dachte für sich (gewöhnlich verbot er sich hier solche Gedanken, damit sie nicht von irgendwelchen Geräten an den Wänden abgelesen werden könnten) – er dachte sich, daß das Väterchen wohl keine zehn Jahre mehr zu leben habe, daß es sterben werde. Abakumow wünschte sehr, daß das möglichst bald geschähe. Es schien, daß dann für alle Nahestehenden ein leichtes, freies Leben beginnen würde.
Aber Stalin war ganz von dem neuerlichen Versagen seines Gedächtnisses in Anspruch genommen – sein Kopf verweigerte ihm den Dienst! Als er vom Schlafzimmer hierher gegangen war, hatte er an etwas gedacht, wonach man Abakumow unbedingt fragen mußte – und jetzt hatte er es vergessen. Hilflos wie er war, wußte er nicht, welche Haut er in Falten legen, welchen Teil des Gehirns er anspannen müßte, um sich zu erinnern.
Und plötzlich warf er den Kopf zurück, sah auf die gegenüberliegende Wand – und erinnerte sich! – Aber nicht an das, was so wichtig war – sondern an etwas anderes, woran er sich vor zwei Tagen im Revolutionsmuseum nicht hatte erinnern wollen, was ihm so unangenehm erschienen war ...
Es war 1937. Zum zwanzigsten Jahrestag der Revolution, als sich seiner

Meinung nach so viel in der Ideologie geändert hatte, entschloß er sich, selbst die Ausstellung im Museum zu besuchen, um zu sehen, ob man sich nicht irre. Und in einem Saal – es war derselbe, in dem heute der große Fernsehapparat stand – sah er plötzlich von der Schwelle aus auf der gegenüberliegenden Wand die großen Porträts von Sheljabow und der Perowskaja[1]. Ihre Gesichter waren offen, furchtlos, ihre Blicke ungezähmt; so riefen sie jedem Eintretenden entgegen: »Erschlagt den Tyrannen!« Von den Blicken der Narodowoljzy wie von zwei Schüssen direkt in die Kehle getroffen, wich Stalin zurück, er begann zu röcheln, zu husten und deutete mit dem vom Husten erschütterten Finger auf die Bilder. Man entfernte sie sofort.

Und aus dem Kschessinskij-Palais in Leningrad wurden damals die ersten Reliquien der Revolution entfernt – die Überreste der Kutsche Alexanders II.[2] Von diesem Tag an ließ Stalin an verschiedenen Orten Schlupfwinkel und Wohnungen für sich bauen. Er mochte nicht mehr in der Stadt, von ihrem dichten Getriebe umgeben, leben und zog in diese Vorstadtvilla, in dieses niedrige Nacht-Arbeitszimmer neben dem Dienstraum seiner Leibwache.

Je mehr Menschen er umbringen ließ, desto mehr fürchtete er sich vor einem Anschlag auf sein Leben. Sein Gehirn ersann kostspielige Verbesserungen im Wachsystem; die Wachmannschaften wurden künftig erst eine Stunde, bevor sie ihre Posten beziehen mußten, von ihrem Auftrag unterrichtet, und jede Wache bestand aus Soldaten, die aus verschiedenen, voneinander entfernt liegenden Kasernen kamen. Wenn sie Posten bezogen, sahen sie sich zum erstenmal – für vierundzwanzig Stunden. So konnten sie keine Verschwörung anzetteln. Um seine Datscha ließ er sich ein mausefallenähnliches Labyrinth mit drei Umzäunungen bauen, wobei keine Tür einer anderen direkt gegenüberlag. Da er mehrere Schlafzimmer hatte einrichten lassen, befahl er erst kurz vor dem Schlafengehen, welches Bett an diesem Tag herzurichten sei.

Und all diese Schlauheiten erschienen ihm nicht als Feigheit, sondern nur als vernünftige Maßnahmen. Denn seine Persönlichkeit war für die Geschichte der Menschheit unersetzlich. Aber es konnte doch sein, daß die anderen das nicht begriffen. Und damit er nicht als einziger auffiele, hatte er für alle *kleinen* Führer in der Hauptstadt und in den Bezirken die gleichen Maßnahmen angeordnet: Er hatte ihnen verboten, ohne

[1] Führende Narodowoljzy, d. h. Mitglieder der 1879 gegründeten Partei ›*Narodnaja Wolja*‹ (russ. ›Volkswille‹), die einen revolutionären Agrarsozialismus vertrat (Anm. d. Übers.)

[2] Alexander II. wurde am 13. März 1881 bei der Heimfahrt von einer Parade in Petersburg durch ein Bombenattentat der Narodowoljzy getötet (Anm. d. Übers.)

Bewachung auf die Toilette zu gehen, er hatte ihnen befohlen, stets eines von drei hintereinanderfahrenden Autos zu benutzen, die vollkommen gleich aussahen und nicht voneinander zu unterscheiden waren . . .

Jetzt, unter dem Eindruck der starken Erinnerung an die Porträts der Narodowljzy, blieb er in der Mitte des Zimmers stehen, wandte sich Abakumow zu und sagte, wobei er leicht mit der Pfeife winkte: »Und was unternehmen Sie für die Sicherheit der Parteikader?«

Und plötzlich blickte er unheilverkündend, plötzlich feindselig, den Kopf zur Seite gebogen.

Mit dem aufgeschlagenen, unbenutzten Notizblock in der Hand richtete sich Abakumow auf und sah den Führer an (aber er stand nicht auf, denn er wußte, daß Stalin es nicht liebte, wenn sich seine Gesprächspartner bewegten) — und bereitwillig, mit aller ihm zur Verfügung stehenden Beflissenheit begann er darüber zu sprechen, worüber er jetzt nicht hatte sprechen wollen. Diese ständige Präsenz beim Empfang war die Hauptsache. Jede Verlegenheit galt Stalin als Beweis schlechter Absichten.

»Jossif Wissarionowitsch!« Abakumows Stimme zitterte beleidigt. »Wozu sind wir denn eigentlich da, wir — *Organe,* unser ganzes Ministerium, wenn nicht dazu, daß Sie, Jossif Wissarionowitsch, ruhig arbeiten, denken und das Land lenken können!«

Stalin hatte von der ›Sicherheit der Parteikader‹ gesprochen, aber er erwartete nur eine Antwort, die ihn betraf, Abakumow wußte das!

»Es vergeht kein Tag, an dem ich keine Kontrollen durchführe, keine Verhaftungen vornehme, keine Nachforschungen anstelle . . .!«

Bei alledem blickte Stalin aufmerksam, in der Pose einer Krähe, der man den Hals herumgedreht hat.

»Hör mal«, fragte er nachdenklich, »wie ist das? Gibt es immer noch Fälle von Terror? Hat das nicht aufgehört?«

Abakumow seufzte bitter.

»Wir wären glücklich, Jossif Wissarionowitsch, wenn wir Ihnen sagen könnten, daß es keine Fälle von Terror mehr gäbe. Aber es gibt sie noch. Wir decken sie sogar in irgendwelchen stinkenden Küchen, sogar auf dem Marktplatz auf.«

Stalin kniff ein Auge zu, das andere blickte voller Befriedigung.

»Das ist gut«, nickte er. »Das bedeutet — ihr arbeitet.«

»Aber, Jossif Wissarionowitsch . . .« — Abakumow konnte es trotz allem nicht mehr ertragen, vor seinem stehenden Führer zu sitzen, er stand auf, drückte aber die Knie nicht ganz durch — ». . . keinen dieser Fälle lassen wir bis zum Stadium der direkten Vorbereitung heranreifen, wir schlagen schon beim Plan zu! Bei der Absicht! Mit Artikel neunzehn der Verfassung!«

»Gut, gut.« Mit einer besänftigenden Geste forderte Stalin Abakumow auf, sich wieder zu setzen. (So ein ausgeweidetes Tier würde sich noch über ihn erheben!) »Das heißt, du glaubst – daß es noch Unzufriedene im Volk gibt?«
Abakumow seufzte erneut. Bedauernd antwortete er:
»Ja, Jossif Wissarionowitsch. Es gibt noch einige Prozent . . .«
Gut wäre es gewesen zu sagen, daß es keine mehr gäbe! Aber wozu wäre dann sein Ministerium noch da?
»Du sprichst die Wahrheit«, sagte Stalin herzlich. »Das bedeutet, du kannst für die Staatssicherheit arbeiten. Aber man sagt mir, daß es keine Unzufriedenen mehr gebe, daß alle, die bei den Wahlen ihr ›Ja‹ abgeben, zufrieden seien. Wie ist das?« Stalin lachte auf. »Politische Blindheit! Der Feind hat sich verkrochen, man stimmt mit ›Ja‹ und ist nicht zufrieden! Ob es fünf Prozent sind? Oder vielleicht – acht . . .?«
Diesen Scharfblick, diese Fähigkeit zur Selbstkritik, diese Nichtanfälligkeit für Weihrauch schätzte Stalin an sich ganz besonders!
»Ja, Jossif Wissarionowitsch«, bestätigte Abakumow überzeugt. »Genauso ist es, fünf Prozent. Oder sieben.«
Stalin setzte seinen Gang durch das Arbeitszimmer fort, er ging um den Schreibtisch herum.
»Das ist meine Unzulänglichkeit, Jossif Wissarionowitsch.« Abakumow trat tapfer hervor, seine Ohren waren ganz kühl. »Ich kann mich selbst nicht darüber beruhigen.«
Stalin klopfte mit seiner Pfeife leicht auf den Aschenbecher: »Und – wie ist die Stimmung der Jugend?«
Eine Frage kam nach der anderen, schneidend scharf, und an jeder konnte man sich verletzen. Sagst du ›gut‹ – so ist das politische Blindheit. Sagst du ›schlecht‹ – so glaubst du nicht an unsere Zukunft.
Abakumow gestikulierte lebhaft mit den Händen, sagte aber noch nichts. Stalin erwartete keine Antwort, er klopfte wieder mit seiner Pfeife und sagte mit Nachdruck:
»Wir müssen uns mehr um die Jugend kümmern. Den Fehlern der Jugend gegenüber müssen wir *besonders* unerbittlich sein!«
Abakumow besann sich und begann zu schreiben.
Stalin war von seinem eigenen Gedanken hingerissen, seine Augen brannten mit einem tigerhaften Glanz. Er stopfte wieder seine Pfeife, zündete sie an und begann von neuem, jetzt wesentlich frischer, im Zimmer umherzugehen:
»Wir müssen die Stimmung der Studenten noch schärfer beobachten! Wir müssen nicht nur einzelne ausrotten – sondern ganze Gruppen! Und wir müssen das volle Strafmaß anwenden, das uns das Gesetz einräumt – fünfundzwanzig Jahre, und nicht nur zehn! Zehn – das ist eine

Schule, aber kein Gefängnis! Schülern kann man zehn geben. Aber wem schon der Bart wächst – fünfundzwanzig! Sie sind jung! Sie werden es überleben!«

Abakumow schrieb schnell. Die ersten kleinen Zahnräder des großen Getriebes begannen sich zu drehen.

»Und es muß Schluß gemacht werden mit den sanatoriumsartigen Zuständen in den politischen Gefängnissen! Ich habe von Berija gehört: Die politischen Häftlinge dürfen Lebensmittelpakete empfangen? – Das hört jetzt auf! Wir werden es verbieten!«

Mit Schmerz in der Stimme rief Abakumow aus, indem er weiterschrieb: »Das war unser Fehler, Jossif Wissarionowitsch, verzeihen Sie!«

(Ja, da hatte er wirklich einen Bock geschossen! Das hätte er selbst wissen müssen!)

Stalin stellte sich breitbeinig vor Abakumow hin:

»Wie oft muß ich euch das noch erklären?! Ihr müßt endlich einmal verstehen ...«

Er sprach ohne Zorn. Die wieder sanft gewordenen Augen drückten Vertrauen zu Abakumow aus, Verständnis für seine, Abakumows, Bereitwilligkeit zu lernen. Abakumow konnte sich nicht erinnern, daß Stalin jemals so schlicht und wohlwollend mit ihm gesprochen hatte. Das Gefühl der Angst wich vollkommen, sein Gehirn arbeitete wie das Gehirn eines gewöhnlichen Menschen unter gewöhnlichen Umständen. Und das dienstliche Problem, das ihn schon lange bedrückt und ihm wie ein Knochen im Halse gesteckt hatte, fand einen Ausweg. Abakumows Gesicht belebte sich. Er sagte:

»Wir verstehen, Jossif Wissarionowitsch! Wir ...« – er sprach für das ganze Ministerium – »... verstehen: Der Klassenkampf wird sich zuspitzen! Um so besser werden Sie, Jossif Wissarionowitsch, sich dann in unsere Lage versetzen können – wie uns in der Arbeit durch die Abschaffung der Todesstrafe die Hände gebunden sind! Seit zweieinhalb Jahren stoßen wir uns doch die Köpfe an dieser Mauer: Wir können die Fälle derer, die erschossen werden sollen, auf dem Papier nicht erledigen. Das bedeutet, die Urteile müssen in zwei Ausfertigungen geschrieben werden. Und dann kann auch die Bezahlung der *Vollstrecker* nicht direkt über die Bücher geführt werden, die ganze Abrechnung kommt durcheinander. Und dann – in den Lagern – gibt es auch nichts Abschreckendes mehr. Wie nötig brauchen wir die Todesstrafe! Jossif Wissarionowitsch, *geben Sie uns die Todesstrafe zurück!«* bat Abakumow von ganzem Herzen, er legte dabei seine Hand auf die Brust und sah dem Führer hoffnungsvoll ins dunkelhäutige Gesicht.

Und es schien so, als lächelte Stalin ein klein wenig. Sein struppiger Bart bewegte sich sanft.

»Ich weiß«, sagte er leise, sich erinnernd. »Ich habe schon daran gedacht.«
Erstaunlich! Er wußte immer alles. Und er hatte immer schon über alles nachgedacht. – Schon bevor man ihn darum bat. Wie eine fliegende Gottheit nahm er alle menschlichen Gedanken vorweg.
»Bald werde ich euch die Todesstrafe zurückgeben«, sagte er nachdenklich, dabei sah er versonnen vor sich hin, als würde er Jahre voraussehen. »Das wird ein gutes Erziehungsmittel werden.«
Wie hätte er an diese Maßnahme noch nicht denken können! Mehr als sie alle litt er seit zwei Jahren darunter, daß er dem Impuls nachgegeben hatte, vor dem Westen zu prahlen, er hatte sich selbst verraten – er hatte darauf vertraut, daß die Menschen nicht bis ins letzte hinein verdorben seien.
Während seines ganzen Lebens war das einer seiner charakteristischen Züge als Staatsmann und Feldherr gewesen: Weder Degradierung noch öffentliche Verfolgung, noch Irrenhaus, noch lebenslängliches Gefängnis, noch Verbannung erschienen ihm als ausreichendes Strafmittel für den Menschen, den er als gefährlich erkannt hatte. *Der Tod allein* war eine sichere, vollkommene Abrechnung. Und wenn er die Augen zukniff, so lautete das Urteil, das in ihnen aufleuchtete, immer einzig und allein: *Tod.*
Ein geringeres Strafmaß gab es auf seiner Skala nicht ... Aus der weiten hellen Ferne, in die Stalin soeben geblickt hatte, riß er seinen Blick los und richtete ihn auf Abakumow, seine Augen kniffen sich dabei plötzlich heimtückisch zusammen:
»Und du – fürchtest du nicht, daß du vielleicht der erste sein könntest, den wir erschießen werden?«
Dieses ›erschießen werden‹ sprach er kaum aus, er ließ dabei seine Stimme ganz sinken, wie zu einem weichen Ende, zu etwas, was man noch selbst erraten müsse.
Aber über Abakumow brach es herein wie ein unerwarteter Frost: Der Vertrauteste und Geliebteste stand fast in Reichweite vor ihm und studierte aufmerksam die Mimik seines Ministers – wie er diesen Spaß wohl aufnähme.
Abakumow wagte weder sitzen zu bleiben noch aufzustehen, er erhob sich etwas auf die angespannten Beine, vor Anstrengung zitterten seine Knie!
»Jossif Wissarionowitsch! ... Wenn ich es verdiene ... Wenn es nötig ist ...«
Stalin blickte klug, durchdringend. Im stillen beschäftigte er sich mit seinem obligatorischen zweiten Gedanken, den er über jeden ihm Nahestehenden hatte – ob nicht schon die Zeit gekommen sei, ihn zu beseitigen? Schon längst war er diesem alten Schlüssel zur Popularität

auf die Spur gekommen: zuerst die Henker aufzuhetzen und sich dann zu gegebener Zeit von ihrem übermäßigen Eifer zu distanzieren. Viele Male hatte er das schon praktiziert, und immer mit großem Erfolg. Und unabwendbar würde auch jener Moment kommen, in dem es nötig sein würde, Abakumow in dieselbe Grube zu stoßen.

»Richtig!« Mit einem wohlwollenden Lächeln, als wollte er ihn für seine gute Auffassungsgabe loben, sagte Stalin: »Wenn du es verdienst. Dann werden wir dich erschießen.«

Er fuhr mit seiner Hand durch die Luft, bedeutete Abakumow sich zu setzen, sich doch zu setzen.

Stalin sann eine Weile nach, dann begann er so warmherzig zu sprechen, wie es der Minister für Staatssicherheit noch niemals von ihm gehört hatte:

»In Kürze werden Sie viel Arbeit haben, Abakumow... Wir werden noch einmal die gleichen Maßnahmen wie siebenunddreißig durchführen. Vor einem großen Krieg ist eine große Reinigung nötig.«

»Aber Jossif Wissarionowitsch!« wagte Abakumow einzuwenden. »Verhaften wir nicht auch jetzt?«

»Das kann man kaum verhaften nennen!« wehrte Stalin mit gutmütigem Lächeln ab. »Jetzt werden wir erst mit Verhaftungen beginnen – du wirst es sehen! Und im Krieg werden wir vorrücken – wir werden dann dort noch mehr verhaften! Straffe die Organisation! Festige die Organisation! Die Stäbe, Bezahlung – ich werde dir niemals etwas abschlagen!«

Dann entließ er ihn in Frieden:

»So, du kannst gehen.«

Abakumow wußte nicht, ob er durch das Empfangszimmer ging oder flog, um bei Poskrebyschew seine Mappe zu holen. Er konnte nicht nur einen weiteren vollen Monat leben – nein, war nicht überdies in seiner Beziehung zum Chef eine neue Ära angebrochen?

Ihm war gedroht worden, daß man ihn erschießen werde – aber doch nur im Spaß.

21

Das Alter

Von seinen erhabenen Gedanken erregt, ging der Unsterbliche mit großen Schritten durch sein Nacht-Arbeitszimmer. Eine innere Musik stieg in ihm auf, ein riesiges fiktives Orchester spielte für ihn Marschmusik.

Unzufriedene? Also gut, Unzufriedene. Immer gab es welche, und immer wird es welche geben.
Aber nachdem er die Weltgeschichte für sich durchgegangen war, wußte Stalin, daß die Menschen mit der Zeit alles Schlechte vergeben, ja, es sogar vergessen und sich hernach daran als an etwas Gutes erinnern werden. Ganze Völker gleichen der Königin Anne, der Witwe aus Shakespeares ›Richard III.‹ – ihr Zorn hält nicht lange vor, der Wille ist nicht stark, das Gedächtnis schwach –, und sie werden sich immer gern dem Sieger hingeben.
Deshalb war es auch nötig, neunzig Jahre alt zu werden; denn der Kampf war nicht zu Ende, das Gebäude nicht fertiggebaut, die Zeit war unzuverlässig – und es gab niemanden, der ihn hätte ersetzen können.
Ein letzter Weltkrieg mußte geführt und gewonnen werden. Wie Zieselmäuse mußten die westlichen Sozialdemokraten und alle noch nicht Besiegten in der ganzen Welt ausgerottet werden. Dann war natürlich die Arbeitsproduktivität anzuheben, waren verschiedene wirtschaftliche Probleme zu lösen. Nur er kannte den Weg, der die Menschheit zum Glück führte, und nur er wußte, daß man sie mit der Schnauze in dieses Glück hineinstoßen mußte, wie ein blindes Hündchen in die Milch: da, trink!
Und dann ...?
Da gab es einen jungen Mann – Bonaparte. Er fürchtete sich nicht vor dem Gekläff der Jakobiner, erklärte sich zum Imperator – und so war das.
An dem Wort ›Imperator‹ ist nichts Schlechtes, es bedeutet – Befehlshaber, Chef.
Wie das klingen würde – Imperator des Planeten! Imperator der Erde!
Das widersprach in keiner Hinsicht dem Weltkommunismus.
Er ging und ging, und das Orchester spielte.
Und dann würde man vielleicht ein Mittel finden, eine Arznei, um wenigstens ihn für immer am Leben zu erhalten ...? Nein, es wird ihnen nicht rechtzeitig gelingen. Wie kann er nur die Menschheit im Stich lassen? Und wem sie überlassen? Sie werden Verwirrung stiften, Fehler machen.
Nun ja. Er wird sich noch Denkmäler errichten, noch mehr, noch größere (die Technik wird sich bis dahin noch entwickeln). Das wird Propaganda durch Monumente genannt. Auf dem Gipfel des Kasbek wird er sich ein Denkmal errichten lassen und ein anderes auf dem Elbrus – so, daß der Kopf immer über die Wolken ragt. Und dann war es gleichgültig, er mochte sterben – der Größte aller Großen, dem in der Weltgeschichte keiner gleichkam.
Plötzlich hielt er inne.
Ja, aber ... – noch höher? Natürlich gab es niemanden, der ihm gleich-

kam; aber wenn du dann oben über den Wolken den Blick höher emporhebst – und dort...? Er setzte seinen Gang durchs Zimmer fort, nun aber langsamer.

Diese eine unklare Frage schlich sich von Zeit zu Zeit an Stalin heran.

Das heißt, es gab nichts Unklares. Längst war bewiesen, was nötig war; und was störte – war widerlegt worden. Es war bewiesen worden, daß keine Materie zugrunde geht und keine entsteht. Es war bewiesen worden, daß das Universum keine Grenzen hat. Es war bewiesen worden, daß Leben leicht im warmen Ozean entsteht. Es war bewiesen worden, daß es unmöglich ist, zu beweisen, daß Christus gelebt hat. Es war bewiesen worden, daß alle Heilungen, Erscheinungen, Prophezeiungen und Gedankenübertragungen Ammenmärchen sind.

Aber das Gewebe unserer Seele, das, was wir lieben und woran wir gewöhnt sind, entsteht in unserer Jugend – und nicht später. Die Erinnerungen an die Kindheit, die uns niemals verlassen, waren in Jossif während der letzten Zeit wieder stark aufgelebt.

Bis zu seinem neunzehnten Lebensjahr war er mit dem Alten und Neuen Testament, den Heiligenleben und der Kirchengeschichte aufgewachsen. Er hatte bei der Liturgie ministriert, war Chorsänger gewesen, und wie sehr hatte er es geliebt, Strokins ›Dir ist jetzt vergeben‹ zu singen! Er konnte es auch jetzt noch singen, ohne einen einzigen falschen Ton. Wie viele Male hatte er sich in den elf Jahren Schule und Seminar den Ikonen genähert und in ihre geheimnisvollen Augen gesehen.

Sogar in seiner Jubiläumsbiographie wollte er dieses Foto sehen: Der Absolvent der Klosterschule Dshugaschwili im grauen Leibrock des Geistlichen mit rundem hochgeschlossenen Kragen; das matte, wie vom Beten erschöpfte, mädchenhafte Oval seines Gesichts; lange Haare, die, zum Priesterdienst vorbereitet, stark mit Lampenöl beschmiert und bis zu den Ohren herabgekämmt waren; und nur die Augen und die angestrengten Brauen verrieten, daß aus diesem Novizen vielleicht eines Tages ein Metropolit werden würde.

Der Kircheninspektor Abakadse, der Dshugaschwili aus dem Seminar hinausgeworfen hatte, war auf Stalins Befehl unbehelligt geblieben. Möge der Alte sein Leben in Frieden beschließen.

Und als er am 3. Juli 1944 vor den Mikrophonen stand und sich seine ausgetrocknete Kehle zusammenschnürte vor Furcht und tränenerfülltem Mitleid mit sich selbst (denn es gibt kein Herz, das vollkommen unfähig zu Mitleid ist), war es kein Zufall, daß seinen Lippen die Anrede ›Brüder und Schwestern‹ entschlüpfte. Weder Lenin noch irgendein anderer Führer hätten sich jemals in dieser Weise versprochen.

Seine Lippen hatten das ausgesprochen, woran sie sich in der Jugend gewöhnt hatten.

Ja, in jenen Julitagen hatte er wahrscheinlich im stillen für sich gebetet, wie andere Atheisten sich unfreiwillig bekreuzigten, wenn direkt auf sie die Bomben niederfielen.
Es war sehr gut, daß die Kirche in den letzten Jahren ihn in ihren Gebeten zum von Gott auserwählten Führer ausrief. Dafür unterhielt er auch auf Staatskosten das Kloster in Sagorsk. Keinen Premierminister einer Großmacht begrüßte Stalin so wie seinen fügsamen, gebrechlichen Patriarchen: Er ging ihm bis zur äußeren Tür entgegen und geleitete ihn an seinem Arm zum Tisch. Und er hatte schon darüber nachgedacht, ob nicht irgendwo vor den Toren der Stadt ein kleines Landgut zu finden sei, das er dem Patriarchen zum Geschenk machen könnte. So wie man früher zum Heil der Seele Geschenke gemacht hatte.
Überhaupt bemerkte Stalin bei sich eine seltsame Neigung nicht nur zur Orthodoxie, sondern auch zu anderen Elementen und Worten, die zur Alten Welt gehörten – zu jener Welt, aus der er selbst gekommen war und die er seit nun schon vierzig Jahren von Amts wegen zerstörte. In den dreißiger Jahren hatte er allein aus politischen Gründen das vergessene, während fünfzehn Jahren nicht gebrauchte und beinahe schändlich erscheinende Wort *Heimat* wieder eingeführt. Aber später war es für ihn selbst eine wahre Wohltat geworden, ›Rußland‹, ›Heimat‹ zu sagen. Das russische Volk war ihm sehr lieb geworden – dieses Volk, das ihn nie betrogen hatte, das so viele Jahre, wie es nötig gewesen war, gehungert hatte, das sogar ruhig in den Krieg gezogen war, sogar in die Lager, allen Schwierigkeiten entgegen, und doch nicht rebelliert hatte. Und nach dem Sieg hatte Stalin in voller Aufrichtigkeit den klaren Geist, den standhaften Charakter und die Ausdauer des russischen Volkes gerühmt.
Mit den Jahren hatte er sich immer mehr gewünscht, daß man ihn selbst auch als Russen anerkenne.
Irgendwie empfand er sogar das Spiel mit den Worten angenehm, die an die Welt der Vergangenheit erinnerten: Er wollte keine ›Schulleiter‹, sondern Direktoren; keinen ›Kommandostab‹, sondern ein Offizierskorps; kein ›Allrussisches Zentral-Exekutiv-Komitee‹, sondern den Obersten Sowjet (Oberster – ein sehr schönes Wort); und Offiziere sollten Burschen haben; und die Gymnasiastinnen sollten getrennt von den Gymnasiasten unterrichtet werden, Pelerinen tragen und für den Unterricht bezahlen; und die Sowjetmenschen sollten sich wie die ganze Christenheit am Sonntag erholen, nicht an irgendwelchen unpersönlichen numerierten Tagen; es sollte sogar – wie unter dem Zaren – nur die gesetzlich anerkannte Ehe gelten – obwohl ihm das seinerzeit große Schwierigkeiten gemacht hatte; Engels mochte in der Grabestiefe darüber denken, was er wollte.
Hier, in seinem Nacht-Arbeitszimmer, hatte er auch das erste Mal vor

dem Spiegel die alten russischen Schulterstücke auf seinen Kittel gehalten und dabei große Befriedigung empfunden.
Besah man es recht, so haftete auch der Krone als höchstem Merkmal der Auszeichnung nichts Beschämendes an. Schließlich war es eine zuverlässige, widerstandsfähige Welt gewesen; sie hatte dreihundert Jahre überdauert, und warum sollte man sich das Beste von ihr nicht aneignen? Und obwohl die Abtretung von Port Arthur ihn, den ins Irkutsker Gouvernement Verbannten und von dort Geflohenen, seinerzeit nur hatte freuen können – so log er doch nicht, als er nach dem Vertrag mit Japan sagte, daß der Verlust Port Arthurs vierzig Jahre lang wie ein dunkler Flecken auf seiner Selbstliebe und der anderer alter Russen gelegen hätte. Ja, ja, die alten Russen! Manchmal dachte Stalin, daß es vielleicht doch kein Zufall war, daß er sich selbst zum Haupt dieses Landes gemacht und dessen Herz gewonnen hatte – gerade er und nicht jene berühmten Schreihälse und spitzbärtigen Talmudisten – ohne Sippe, ohne Wurzeln, ohne etwas Positives.
Hier waren sie alle, hier auf den Regalen – die Ertränkten, Erschossenen, die in den Lagern zu Dünger Zerriebenen, die Vergifteten, Verbrannten, die bei Autounfällen Verunglückten und die, die ihrem Leben selbst ein Ende gesetzt hatten. Die Verhafteten, Verbannten, Verdächtigen – jetzt waren sie alle hier! Jede Nacht reden sie aus ihren Büchern, schütteln ihre kleinen Bärte, ringen ihre Hände, bespucken ihn, schreien ihm von den Regalen aus zu: »Wir haben dich gewarnt.« – »Du hättest es anders machen müssen!« – Die Flöhe der anderen zu suchen, dazu bedarf es keines Geistes. Deshalb hatte sie Stalin auch hier gesammelt, daß er boshafter sein konnte, nachts, wenn er die Entscheidungen fällte.
Das unsichtbare innere Orchester, dessen Takte seinen Gang bestimmt hatten, brach auseinander und verstummte. In seinen Beinen fühlte er einen ziehenden Schmerz, beinahe verlor er die Gewalt über sie. Vom Rückgrat her versagten ihm die Beine manchmal den Dienst.
Der Beherrscher der halben Welt im Rock des Generalissimus, die nach hinten fliehende Stirn gefurcht, schob sich an den Regalen entlang, hielt sich mit den krummen Fingern an ihnen fest und erkämpfte sich einen Weg mitten durch seine Feinde.
Als er am letzten Regal kehrtmachte, fiel sein Blick auf das Telefon auf seinem Schreibtisch.
Etwas, das ihm den ganzen Abend über entschlüpft war, glitt nun durch sein Gedächtnis wie das Schwanzende einer Schlange.
Etwas hatte er Abakumow fragen wollen... Ob Gomulka verhaftet war...?
Ja, jetzt hatte er es! Mit schleppenden Schritten arbeitete er sich zum

Schreibtisch vor, nahm seinen Füllfederhalter und schrieb auf den Kalender: »Geheimes Telefonsystem.«

Sie hatten ihm berichtet, daß sie über die besten Kräfte, eine vollkommene Ausrüstung verfügten, daß es an Begeisterung nicht fehle, daß es bindende Ablieferungstermine gebe – warum waren sie nicht fertig?!

Abakumow, dieser unverschämte Kerl – hier saß er, dieser Hund, eine ganze Stunde hatte er hier gesessen – und kein Wort davon gesagt!

So sind sie alle, diese Würdenträger – jeder bemüht sich, seinen Führer zu betrügen! Wie kann man ihnen da noch vertrauen? Wie ist es da möglich, nachts nicht zu arbeiten?

Er schwankte, setzte sich aber nicht in seinen Sessel, sondern auf einen kleinen Stuhl neben dem Tisch. Sein Kopf schien sich an der linken Schläfe zu verengen und alles nach einer Seite zu ziehen. Die Kette seiner Gedanken wurde schwächer und fiel auseinander. Sein trüber Blick umfing das Zimmer; er konnte nicht mehr unterscheiden, ob die Wände nah oder weit weg waren.

Das war ein verfluchtes Alter. Ein Alter ohne Freunde. Ein Alter ohne Liebe. Ein Alter ohne Glauben. Ein Alter ohne Bedürfnisse.

Sogar seine Tochter, die er sehr liebte, brauchte er nicht mehr, sie durfte ihn nur an Feiertagen besuchen.

Dieses lähmende Gefühl des nachlassenden Gedächtnisses, der dahinschwindenden Geisteskraft – der Einsamkeit zog drohend vor ihm auf, machte ihn hilflos, erschreckte ihn. Der Tod hatte in ihm schon sein Nest gebaut – aber er wollte es nicht glauben!

22

Der Abgrund ruft zurück

Als der Ingenieur-Oberst Jakonow das Ministerium durch den offiziellen Seitenausgang an der Dsershinskij-Straße verließ und um den schwarzmarmornen Gebäudevorsprung unter den Pfeilern der Furkassowskij-Brücke herumging, erkannte er seinen eigenen ›Pobjeda‹ nicht sofort und war schon im Begriff, den eines anderen zu öffnen und sich hineinzusetzen.

Während der ganzen Nacht hatte dichter Nebel geherrscht. Gegen Abend hatte es geschneit. Der Schnee war sofort wieder getaut. Nur der Nebel war geblieben. Jetzt, gegen Morgen, drückte er gegen die Erde, und das Schmelzwasser überzog sich mit einer dünnen Eisschicht. Der Frost nahm zu.

Obwohl es schon auf fünf Uhr zuging, war der Himmel noch schwarz, einige Laternen warfen ihr Licht in die Dunkelheit. Ein Student im ersten Semester ging vorbei (die ganze Nacht hatte er mit seinem Mädchen in einem Torbogen gestanden), und neidvoll sah er den in sein Auto steigenden Jakonow. Er seufzte auf und fragte sich, ob er wohl je ein Auto besitzen würde. Nicht nur, daß er sein Mädchen noch niemals in einem Personenauto ausgefahren hatte, auch er war nur ein einziges Mal auf der Ladefläche eines Lastwagens zum Ernteeinsatz in eine Kolchose gefahren.

Aber er wußte nicht, wen er da beneidete.

Der Chauffeur fragte:

»Nach Hause?«

Gedankenlos hielt Jakonow seine Taschenuhr in der Hand, er sah nicht, welche Zeit sie anzeigte.

»Nach Hause?« fragte der Chauffeur.

Jakonow blickte ihn wild an.

»Was? Nein.«

»Nach Mawrino?« sagte der Chauffeur erstaunt. Obwohl er Filzstiefel und einen Halbpelz trug, war er vom langen Warten ganz durchgefroren und wollte schlafen.

»Nein«, antwortete der Ingenieur-Oberst und legte dabei seine Hand aufs Herz.

Der Chauffeur drehte sich um und betrachtete das Gesicht seines Chefs, das der trübe, durch das nebelbeschlagene Autofenster dringende Schein einer Straßenlaterne beleuchtete.

Das war nicht sein Chef. Die ruhigen, weichen, bisweilen hochmütig zusammengepreßten Lippen Jakonows zitterten hilflos.

Und immer noch hielt er seine Uhr in der Hand und begriff nicht.

Obwohl der Chauffeur seit Mitternacht gewartet und sich über den Obersten geärgert hatte – er hatte laute Verwünschungen in seinen Schafspelzkragen gemurmelt und sich an alle Übeltaten Jakonows aus den letzten zwei Jahren erinnert –, fragte er jetzt doch nicht weiter und fuhr einfach los. Allmählich legte sich seine Wut.

Es war schon so spät, daß es schon wieder früh war. Hin und wieder kam ihnen ein einzelnes Auto auf den ausgestorbenen Straßen der Hauptstadt entgegen. Keine Milizsoldaten waren unterwegs, keine Menschen, die anderen die Kleidung vom Leibe stehlen, und keine, denen sie gestohlen werden konnte. Bald würden die ersten Trolleybusse fahren.

Öfter als sonst blickte der Chauffeur zurück auf den Obersten: Trotz allem mußte er jetzt entscheiden, wohin gefahren werden sollte. Er war schon zum Mjasnizkij-Tor gefahren, zum Sretenskij- und Roshdestwenskij-Boulevard, zum Trubnaja-Platz und auf die Neglinnaja eingebogen. Aber so konnte er nicht bis zum Morgen umherfahren!

Jakonow starrte vollkommen unbeweglich und gedankenlos vor sich hin ins Leere.

Er wohnte in der Bolschaja Serpuchowka. Der Chauffeur hoffte, daß der Anblick der seinem Hause benachbarten Wohnblocks dem Ingenieur-Obersten nahelegen würde, nach Hause zu gehen, und entschied sich daher, über den Fluß nach Samoskworetschje zu fahren. Er fuhr den Ochotnyj Rjad entlang, bog vom Manegeplatz in den nüchternen, menschenleeren Roten Platz ein.

Die Mauerzinnen und die Spitzen der Tannen an der Mauer waren von Reif überzogen. Der Asphalt war schlüpfrig und grau. Es hatte den Anschein, als wollte der Nebel unter den Rädern des Autos und unter dem Asphalt verschwinden.

Sie fuhren im Abstand von zweihundert Metern an der Mauer, den Zinnen, den Wachtposten vorbei, an der Mauer, hinter der der größte Mensch auf der Welt nun wohl seine einsame Nacht beendete. Aber sie fuhren und dachten nicht einmal an ihn. Schon als sie an der Wassilij Blashennyj-Kathedrale vorbeigefahren und nach links in die Moskwa-Uferstraße eingebogen waren, hatte der Chauffeur abgebremst und erneut gefragt:

»Vielleicht doch nach Hause, Genosse Oberst?« Dieser hätte gerade jetzt unbedingt nach Hause gemußt. Die Nächte, die er in letzter Zeit dort verbracht hatte, waren an den Fingern einer Hand abzuzählen. Aber wie einen Hund, der fortläuft, um in der Einsamkeit zu sterben, so drängte es Jakonow in dieser Nacht fort von seiner Familie. Er schürzte die Rockschöße seines Ledermantels, stieg aus dem ›Pobjeda‹ und sagte zum Fahrer:

»Du, Brüderchen, geh jetzt schlafen, ich komme allein heim.«

Manchmal nannte er den Chauffeur *Brüderchen*. Aber in seiner Stimme lag eine solch abgrundtiefe Traurigkeit, als würde er für immer Lebewohl sagen. Bis zu der Uferbefestigung reichte die dichte, wabernde Nebeldecke, die sich über die Moskwa gebreitet hatte.

Ohne seinen Mantel zugeknöpft zu haben, die kaukasische Pelzmütze schief auf dem Kopf, ging Jakonow, leicht schlitternd, am Kai entlang. Der Chauffeur wollte ihn noch anrufen, neben ihm herfahren, doch dann dachte er, daß solch hochgestellte Persönlichkeiten doch wohl kaum ins Wasser gehen würden, kehrte um und fuhr davon.

Und Jakonow ging eine ganze Strecke die Uferstraße entlang, ohne daß er an eine Kreuzung gekommen wäre, einen endlosen Holzzaun zu seiner Linken, rechts den Fluß. Er ging auf dem Asphalt, mitten auf der Straße, und starrte vor sich hin in die entfernten Lichter der Straßenlaternen. Nach einer Weile empfand er bei diesem Begräbnisgang in völ-

liger Einsamkeit ein einfaches und lange nicht mehr verspürtes Gefühl der Zufriedenheit.
Nachdem man sie zum zweitenmal in das Ministerium gerufen hatte, hatte sich etwas ereignet, das nicht mehr gutzumachen war: Es war, als ob das Universum einstürzte. Abakumow raste wie ein wildes Tier. Er trat sie, jagte sie durch das Arbeitszimmer, verfluchte sie, spuckte sie an – wobei er sie kaum verfehlte –, und dann hatte er die Faust erhoben und mit der vollen Absicht, Schmerz zu bereiten, Jakonow auf seine weiche, weiße Nase geschlagen, aus der sofort Blut floß. Abakumow hatte beschlossen, Sewastjanow zum Leutnant zu degradieren und ihn in die Wälder jenseits des Polarkreises zu schicken, Oskolupow jeglichen militärischen Rang abzusprechen und ihn ins Butyrka-Gefängnis zu werfen, wo er 1925 seine Karriere begonnen hatte, aber Jakonow wollte er ›wegen Betruges und wiederholter Sabotage‹ inhaftieren und in der bekannten blauen Kombination in die Semjorka zu Bobynin schicken, damit er mit seinen eigenen Händen an der Sprachzertrümmerung arbeite. Dann beruhigte sich sein Atem, und er gab ihnen eine letzte Frist – den 21. Januar, Lenins Todestag.
Das große, geschmacklose Arbeitszimmer verschwamm vor Jakonows Augen und begann zu tanzen. Mit einem Tuch versuchte er, sich die Nase zu trocknen. Hilflos stand er vor Abakumow und dachte an die, mit denen er von vierundzwanzig Stunden nur eine einzige verbrachte, um derentwillen er sich aber während der übrigen Stunden seines Wachseins hindurchschlängelte, abkämpfte und andere tyrannisierte: an seine beiden acht und neun Jahre alten Kinder und seine Frau Warjuscha, die er um so mehr liebte, als er sie erst sehr spät geheiratet hatte – er war bereits sechsunddreißig Jahre alt gewesen, als er von dort entlassen wurde, wohin ihn jetzt die eiserne Faust des Ministers zurückstoßen wollte.
Danach hatte Sewastjanow Oskolupow und Jakonow zu sich gerufen und ihnen gedroht, daß er sie beide hinter Gitter setzen, sich selbst aber nicht zum Polar-Leutnant machen lassen werde. Und dann hatte Oskolupow Jakonow zu sich befohlen und ihm frank und frei eröffnet, daß er von nun an für alle Zeit die Gefängnisvergangenheit Jakonows mit seiner schädlichen Tätigkeit in der Gegenwart in Verbindung bringen werde ...
Jakonow kam zur hohen Betonbrücke, die über die Moskwa führte. Er betrat sie nicht, ging auch nicht um sie herum, sondern lief unter ihr hindurch, durch einen Tunnel, in dem ein Milizsoldat patrouillierte. Der Soldat verfolgte den betrunkenen Menschen mit Zwicker und der Mütze eines Obersten mit einem langen, mißtrauischen Blick.
Hier mündete die Jausa in die Moskwa. Jakonow überschritt die kleine

Brücke, die über den Fluß führte – es schien ihm immer noch gleichgültig zu sein, wo er war.

Ja, da war ein tödliches Spiel eingefädelt worden, und man konnte das Ende schon absehen. Jakonow wußte es, er spürte sich schon zu der irrwitzigen, alle Kräfte übersteigenden Hast angetrieben, die die Menschen durch erfundene, unmögliche, alles verzerrende Fristen peitscht. Dieser Druck – immer mehr wollte man herauspressen, schneller, noch schneller, immer schneller, die Norm, die Übernorm, Norm hoch drei, Ehrenschicht, Wettbewerb, vorzeitige Erfüllung, noch vorzeitigere Erfüllung! Dort, wo man so arbeiten mußte, blieben die Häuser nicht stehen, die Brücken hielten nicht, die Konstruktionen fielen auseinander, die Ernte verfaulte, oder die Saat ging gar nicht erst auf. Bis es offenbar wurde, daß es unmöglich ist, vom Menschen Übermenschliches zu fordern – blieb für den, der in diesen Strudel hineingeraten war, anscheinend nichts anderes übrig, als krank zu werden, sich im Getriebe von Zahnrädern zu verletzen, in einen Unfall verwickelt zu werden, sich dann in ein Hospital oder ein Sanatorium zu legen und abzuwarten.

Bis jetzt war es Jakonow noch immer gelungen, sich von solchen Aufträgen, die durch Eile zum Scheitern verurteilt waren, zurückzuziehen und andere, weniger eilige zu übernehmen, oder Projekte, die sich noch im Anfangsstadium befanden.

Dieses Mal aber fühlte er, daß er nicht mehr entkommen konnte. Es war unmöglich, die Sprachzertrümmerung in so kurzer Zeit zu bewerkstelligen. Unmöglich war es, irgendwo anders hin überzuwechseln. Und krank werden – dazu war es auch schon zu spät. Er stand an der Uferbrüstung und blickte in die Tiefe. Nebel lag über der Eisfläche, verbarg sie aber nicht – und direkt unter Jakonow war ein Loch im Eis sichtbar, ein schwarzer, winterfauler Flecken.

Der schwarze Abgrund der Vergangenheit – das Gefängnis – tat sich erneut vor ihm auf und rief ihn zurück. Die sechs Jahre, die er dort verbracht hatte, waren für Jakonow ein faules Loch, eine Pestbeule, eine Schmach, der größte Mißerfolg seines Lebens. Er saß 1932 dort, als junger Radio-Ingenieur, der schon zweimal ins Ausland abkommandiert worden war (deswegen hatte man ihn auch eingesperrt). Und damals war er einer der ersten Gefangenen, aus denen, nach Dantes Idee, eine der ersten Scharaschkas gebildet wurde.

Wie sehr wünschte er, seine Gefängnis-Vergangenheit zu vergessen! Und daß auch die anderen sie vergäßen! Und daß auch das Schicksal sie vergäße! Wie sehr mied er diejenigen, die ihn an diese unglückselige Zeit erinnerten, die ihn als Gefangenen kannten!

Mit einem Ruck trat er vom Geländer zurück, überquerte die Uferstraße und kletterte eine steile Böschung hinan. Ein festgetrampelter Pfad, der stellenweise mit Eis bedeckt, aber trotzdem nicht sehr glatt war, führte an einem langen Bauzaun entlang.

Nur die Zentralkartothek des MGB wußte, daß sich unter mancher MGB-Uniform ein früherer Häftling verbarg.

Außer Jakonow waren noch zwei ehemalige Gefangene im Mawrino-Institut gewesen.

Sorgfältig war ihnen Jakonow aus dem Wege gegangen, hatte er jedes nichtdienstliche Gespräch mit ihnen vermieden und sich niemals allein mit ihnen in seinem Büro aufgehalten – so daß keine dummen Gedanken aufkommen konnten.

Einer von ihnen war Knjashezkij gewesen, ein siebzigjähriger Chemieprofessor, ehemals Lieblingsstudent Mendelejews. Nachdem er seine zehn Jahre abgesessen hatte, erinnerte man sich wieder seiner wissenschaftlichen Verdienste und schickte ihn als freien Mitarbeiter nach Mawrino, wo er drei Jahre hindurch nach dem Krieg arbeitete, bis auch ihn die pfeifende Peitsche des Beschlusses über die Befestigung des Hinterlandes zur Strecke brachte. Am hellen Tag wurde er telefonisch in das Ministerium gerufen. Von dort kehrte er nicht mehr zurück. Jakonow erinnerte sich, wie Knjashezkij die mit rotem Teppich bedeckte Treppe des Institutes hinuntergegangen war, seinen silbernen Kopf geschüttelt hatte, weil er nicht verstand, warum man ihn auf *eine halbe Stunde* bestellt hatte, und wie hinter seinem Rücken auf dem oberen Treppenabsatz der Sicherheits-Offizier Schikin mit seinem Taschenmesserchen schon die Fotografie des Professors von der Anschlagtafel des Instituts entfernte.

Der zweite war Altynow gewesen, kein bekannter Wissenschaftler, sondern ein einfacher Geschäftsmann. Nach seiner ersten Haft war er verschlossen, argwöhnisch, ein vorsichtig-mißtrauisches Mitglied des Gefangenenstammes. Als der Beschluß über die Befestigung des Hinterlandes seine ersten Auswirkungen in der Hauptstadt zeigte, simulierte Altynow ein Herzleiden und legte sich in eine Spezialklinik. Er simulierte so vollkommen und so lange Zeit, daß jetzt schon die Doktoren keine Hoffnung mehr hegten, ihn retten zu können, und die Freunde aufgehört hatten zu tuscheln, weil sie verstanden, daß ein entkräftetes Herz so viele Jahre außerordentlicher Belastung einfach nicht ausgehalten hatte.

So wurde auch Jakonow, der schon vor einem Jahr als ehemaliger Gefangener verurteilt worden war, jetzt als Saboteur doppelt hart verurteilt.

Der Abgrund rief seine Kinder zurück.

Jakonow kletterte auf dem schmalen Fußpfad über den unbebauten Platz nach oben, ohne wahrzunehmen, wohin er ging, ohne die Steigung zu bemerken. Schließlich kam er außer Atem und mußte stehenbleiben.

Seine Beine waren müde geworden, wegen der Unebenheit des Weges schmerzten die Knöchel.
Und hier von dieser Erhebung aus, die er erklommen hatte, sah er nun um sich, er nahm nun wieder wahr, was seine Augen erblickten, und versuchte sich zu orientieren.
Seitdem Jakonow vor einer Stunde aus dem Auto gestiegen war, hatte sich der Himmel, ohne daß er es bemerkte, langsam aufgehellt, die Nacht war kalt geworden. Weißer Rauhreif hatte alles verzaubert – die Ziegelreste, die unter seinen Füßen auf dem Boden verstreut lagen, den Schutt, zerbrochenes Glas, eine alte windschiefe Bretterbude neben ihm, den nun zu seinen Füßen liegenden Zaun, der den großen Platz, auf dem gebaut werden sollte, umgab.
Auf dieser kleinen Anhöhe, die einer so seltsamen Verwüstung anheimgegeben war, nicht weit vom Zentrum der Metropole entfernt, führten weiße Stufen nach oben, ungefähr sieben, endeten dann, um, wie es schien, von neuem zu beginnen.
Beim Anblick dieser weißen Stufen auf dem Hügel tauchte eine dumpfe Erinnerung in Jakonow auf. Erstaunt ging er die Stufen hinauf, dann über aufgeschüttete Schlacke hinweg und wieder über Stufen. Sie führten ihn zu einem in der Dunkelheit schlecht erkennbaren Gebäude – einem Gebäude von seltsamer Form, das zerstört und doch gleichzeitig heil zu sein schien.
Waren diese Ruinen Folgen eines Bombenangriffs? Doch solche Spuren hatte man in Moskau nicht belassen. Welche zerstörerische Kraft war hier wohl am Werk? Ein kleiner steinerner Absatz trennte die eine Treppengruppe von der darauffolgenden. Hier lagen große Steinbrocken auf den Stufen und versperrten den Weg; die Treppe selbst, die zum Gebäude hinaufführte, erinnerte in der Anordnung an einen Kirchenaufgang. Sie führte zu einer großen Eisentür, die fest verschlossen und vor der kniehoch Schutt aufgeworfen worden war.
Ja, ja! Die Erinnerung klärte sich und peitschte Jakonow. Er blickte um sich. Der durch die Laternenreihen gekennzeichnete Fluß lag tief unten, in einem seltsam bekannten Bogen verschwand er unter der Brücke und wand sich weiter, dem Kreml entgegen.
Aber der Glockenturm? Er ist nicht da. Oder diese Steinmassen dort – sind sie der Glockenturm? Jakonows Augen brannten. Sein Gesicht verdüsterte sich.
Behutsam setzte er sich auf die Steinbrocken, die den Säulengang verschütteten.
Vor zweiundzwanzig Jahren hatte er an derselben Stelle mit einem Mädchen gestanden, das Agnija geheißen hatte.

23

Die Kirche Johannes des Täufers

Er sagte laut vor sich hin ›Agnija‹, und wie ein sanfter Wind umwehten seinen Körper völlig andere, lange vergessene Gefühle – ihm wurde wohl zumute.

Damals war er sechsundzwanzig Jahre, sie einundzwanzig. Sie war nicht von dieser Welt. Zu ihrem Unglück war sie überaus zart und über jenes Maß hinaus empfindsam, das einem Menschen zu leben erlaubt. Ihre Augenbrauen und Nasenflügel erzitterten manchmal im Gespräch derartig, daß man das Gefühl hatte, sie werde gleich davonfliegen. Niemand hatte jemals zu Jakonow so ernst gesprochen, ihm solche Vorwürfe wegen scheinbar vollkommen normaler Handlungsweisen gemacht – zu seinem Erstaunen erblickte sie in ihnen niedrige Handlungsweisen, Gemeinheit. Und je mehr Fehler sie an Anton entdeckte, desto stärker fühlte er sich ihr verbunden; das war eigenartig.

Wenn man mit ihr stritt, mußte man sehr vorsichtig sein. Sie war so zart, daß das Besteigen eines Berges, schnelles Laufen und sogar ein lebhaftes Gespräch sie ermüdeten. Es war leicht, sie zu kränken.

Trotzdem fand sie die Kraft, ganze Tage lang allein im Wald umherzuwandern. Entgegen jeder Vorstellung, die man über ein Stadtmädchen im Wald hat, nahm sie niemals Bücher mit: die hätten sie nur gestört, hätten sie vom Wald abgelenkt. Sie streifte umher, setzte sich hin, wollte in die Geheimnisse des Waldes eindringen. Als Anton mit ihr zusammen ging, war er erstaunt, was sie alles wahrnahm: bald – warum der Stamm einer Birke zur Erde geneigt war, bald – wie sich die Farbe des Waldgrases im Abendlicht verändert. Er bemerkte nichts dergleichen – Wald war Wald, die Luft gut, alles grün. Sogar Turgenjews Naturbeschreibungen ließ sie nicht gelten: Sie verletzten sie durch ihre Oberflächlichkeit. ›Waldbächlein‹ – so nannte sie Jakonow im Sommer siebenundzwanzig, den sie in benachbarten Vorstadtvillen verbrachten. Sie gingen zusammen fort und kehrten gemeinsam zurück, und in den Augen aller galten sie als Braut und Bräutigam.

Doch in Wirklichkeit war davon keine Rede. Agnija war weder schön noch häßlich. Der Ausdruck ihres Gesichtes wechselte häufig: Bald lächelte sie gewinnend – lieblich, bald machte sie ein verzagtes, abstoßend langes Gesicht. Sie war etwas mehr als mittelgroß, aber schmal, zart, und ihr Gang war so leicht, als würde sie die Erde nicht berühren. Anton war damals schon ziemlich erfahren, und obwohl er bei Frauen sonst eine gewisse Fülle schätzte, zog ihn bei Agnija etwas anderes an,

nicht der Körper – und weil er sich sehr zu ihr hingezogen fühlte, meinte er, daß sie ihm auch als Frau gefiele, daß sie aufblühen würde.
Jedoch obwohl sie mit Anton voller Vergnügen die langen Sommertage teilte, mit ihm viele Werst in die grüne Tiefe des Waldes ging, Seite an Seite auf den mit Gras bedeckten Lichtungen lag, ertrug sie es nur widerwillig, wenn er sie unterfaßte; dann fragte sie: »Wozu das?« und versuchte sich zu befreien. Aber nicht aus Scham: Sie ging sogar Arm in Arm mit ihm in die Villensiedlung zurück, gab seinem Geltungsbedürfnis nach.
Nachdem er entschieden hatte, daß er sie liebe, erklärte sich Anton ihr – er fiel auf einer Waldlichtung vor ihr auf die Knie. Agnija überkam eine tiefe Trostlosigkeit. »Wie traurig«, sagte sie. »Ich glaube, ich muß dich sehr enttäuschen. Ich kann dir nichts darauf antworten. Ich empfinde nichts. Deshalb möchte ich nicht einmal mehr leben. Du bist klug und wunderbar, und ich sollte mich nur freuen – aber ich möchte nicht leben ...«
So hatte sie gesprochen – trotzdem wartete sie aber begierig jeden Morgen, ob nicht auf seinem Gesicht, in seiner Beziehung zu ihr eine Veränderung zu bemerken sei.
Sie hatte so gesprochen, aber auch anders: »In Moskau gibt es viele Mädchen. Im Herbst wirst du eine kennenlernen, die sehr schön ist, und du wirst mich nicht mehr lieben.«
Sie ließ es zu, daß er sie umarmte und sogar küßte, aber ihre Lippen und Hände waren dabei wie leblos.
»Wie schwer das ist!« sagte sie leiderfüllt. »Ich glaubte, die Liebe käme über einen wie ein feuriger Engel. Und jetzt ist das so, du liebst mich, und ich werde niemals einem Menschen begegnen, der besser ist als du – aber ich bin nicht glücklich darüber, ich will nicht leben.«
In ihr war etwas Kindliches, das sie zurückhielt. Sie fürchtete sich vor den Geheimnissen, die einen Mann und eine Frau in der Ehe aneinander binden, und mit ersterbender Stimme fragte sie ihn: »Ohne das ist es wohl unmöglich?« – »Aber das ist doch gar nicht die Hauptsache!« antwortete ihr Anton voller Begeisterung. »Das ist nur die Ergänzung unserer geistig-seelischen Beziehung!« Und damals bewegten sich zum erstenmal ihre Lippen leicht beim Kuß, und sie sagte: »Ich danke dir. Ich glaube, ich beginne, dich zu lieben. Ich will mich ganz fest darum bemühen.« Im selben Herbst gingen sie eines Abends über den Taganka-Platz und Agnija sagte mit ihrer leisen hölzernen Stimme, die im Stadtlärm so schwer zu verstehen war:
»Möchtest du, daß ich dir einen der schönsten Plätze Moskaus zeige?«
Sie führte ihn zur Mauer einer kleinen, weiß und rot bemalten Backsteinkirche, deren Chor einer winkligen unbekannten Seitenstraße

zugewandt war. Jenseits der Mauer führte nur ein schmaler Pfad rings um die Kirche, für Kreuzprozessionen, so daß Priester und Diakon nebeneinandergehen konnten. Durch die vergitterten Fenster sah man den friedlichen Schimmer der Altarkerzen und der farbigen Ikonenlampen. In einer Ecke an der Mauer stand eine große alte Eiche; sie war höher als die Kirche, ihre schon gelben Blätter übersäten die Kuppel und die kleine Seitenstraße. Die Kirche erschien dadurch noch kleiner.

»Das ist die Kirche Johannes des Täufers«, sagte Agnija.

»Aber das ist doch nicht der schönste Platz Moskaus, sondern eine Kirche.«

»So warte doch!«

Sie führte ihn durch die Torpfeiler. Auf den Steinplatten des Hofes lagen gelbe und orangenfarbene Eichenblätter. Noch fast im Schatten der Eiche stand ein kleiner, alter, zeltförmiger Glockenturm. Er und ein an die Kirche angebautes Häuschen, das sich auch noch in der Umfriedung befand, verdeckten die schon niedrig am Himmel stehende, untergehende Sonne. In der geöffneten, doppelflügligen Eisentür des nach Norden gelegenen Vorplatzes verbeugte sich eine arme alte Frau und bekreuzigte sich bei dem wundervoll hellen Klang der Abendvesper.

»Diese Kirche ist berühmt wegen ihrer außerordentlichen Schönheit und ihres Prunks ...«, flüsterte Agnija ganz leise, dabei war sie mit ihren Schultern den seinen ganz nahe.

»Aus welchem Jahrhundert ist sie?«

»Warum mußt du das Jahrhundert wissen? Ist das denn nötig? Ist sie nicht wundervoll?«

»Natürlich, wundervoll, aber nicht ...«

»Sieh doch!« Agnija befreite sich von seinem Arm, faßte Antons Handgelenk und zog ihn weiter zur Säulenhalle des Haupteingangs. Sie traten aus dem Schatten heraus in die Flut der untergehenden Sonne und setzten sich auf die niedrige Steinbrüstung, dorthin, wo die Steinmauer aufhörte und der Durchbruch des Tores begann.

Anton holte tief Luft. Es war, als hätten sie sich mit einemmal aus der Enge der Stadt befreit und wären aus ihr in eine steile Höhe mit weitem offenen Blick in die Ferne aufgestiegen. Die Säulenhalle des Haupteingangs ging über in eine Brüstung und dann in eine lange Treppe aus weißem Stein, die mit vielen Stufen, ab und zu von einem Absatz unterbrochen, den Abhang des Hügels hinab bis zu den Ufern der Moskwa führte. Der Fluß brannte in der untergehenden Sonne. Links lag das Samoskworetschje, der von den Fensterscheiben zurückgeworfene gelbe Glanz blendete, ganz vorne bliesen die Kamine des Moskwa-Elektrizitätswerks ihren Rauch in den Abendhimmel, ihnen beinah zu Füßen mündete die von hellem Glanz überflutete Jausa in die Moskwa, rechts von ihr das Erziehungsheim, dahinter erhoben sich die scharfen Umrisse des Kreml, und noch weiter hinten flammten in der Sonne die fünf rotgoldenen Kuppeln der Spasskij-Kathedrale.

Und in all diesem goldenen Glanz saß Agnija, die in ihren gelben Schal gehüllt auch golden erschien, und sah in die Sonne.

»Ja! Das ist – Moskau!« sagte Anton ergriffen.

»Wie gut haben es die alten Russen verstanden, schöne Plätze für ihre Kirchen und Klöster auszusuchen!« sagte Agnija, dabei brach ihr die Stimme.

»Ich bin einmal die Wolga und die Oka hinuntergefahren. Überall haben sie dort gebaut – an den schönsten Plätzen.«

»Ja, das ist Moskau!« wiederholte Anton.

»Aber es *verschwindet*, Anton«, flüsterte Agnija. »Moskau verschwindet!«

»Wohin verschwindet es? Das ist doch Einbildung.«

»Sie werden diese Kirche abreißen, Anton«, sagte Agnija.

»Woher weißt du, daß sie sie abreißen werden?« Er wurde ärgerlich. »Dieses Kunstdenkmal, sie werden es stehenlassen.« Er betrachtete den winzigen, zeltförmigen Glockenturm, durch dessen Einschnitte die Eichenzweige zu den Glocken hineinsahen.

»Sie werden es abreißen!« prophezeite Agnija überzeugt, dabei saß sie immer noch unbeweglich im gelben Licht, im gelben Schal.

In der Familie war Agnija nicht zum Glauben an Gott erzogen worden, im Gegenteil: In den Jahren, als es noch Pflicht war, die Kirche zu besuchen, blieben ihre Mutter und Großmutter zu Hause, sie beachteten die Fastenzeiten nicht, gingen nicht zur Kommunion, lachten laut über die Priester und verhöhnten überall die Religion, die sich so schön an die Sklaverei der Leibeigenschaft gewöhnt hatte. Agnijas Großmutter, Mutter und Tante hatten ihr eigenes festes Bekenntnis: immer auf der Seite derer zu sein, die von der Obrigkeit unterdrückt, verhaftet, gejagt und verfolgt wurden. Es schien, daß ihre Großmutter allen Anhängern der ›Narodnaja Wolja‹ bekannt war, weil sie ihnen Zuflucht gewährt und überall, wo sie nur konnte, geholfen hatte. Ihre Töchter hatten das von ihr übernommen und beherbergten flüchtige Sozialrevolutionäre und Sozialdemokraten. Und die kleine Agnija wurde immer geschützt gelegt, hinter das Häschen, damit man nicht über sie fiele, hinter das Pferd, daß man sie nicht mit der Peitsche träfe. Aber sie wurde groß – und unerwartet für die Alten kehrte sich all das in ihr um, so daß sie für die Kirche war, weil sie *verfolgt* werden könnte.

Ob sie von selbst dazu kam, an Gott zu glauben, oder sich zum Glauben gezwungen hatte, auf jeden Fall bestand sie darauf, daß es *jetzt* niedrig und schlecht wäre, die Kirche allein zu lassen, und zum Entsetzen von

Mutter und Großmutter begann sie, die Gottesdienste zu besuchen und Gefallen an ihnen zu finden.

»Was meinst du damit, ›sie verfolgen sie‹?« fragte Anton erstaunt. »Niemand hindert sie daran, ihre Glocken zu läuten, ihr Kommunionbrot zu backen, ihre Prozessionen zu machen — aber bitteschön, in der Stadtverwaltung und in der Schule haben sie nichts verloren.«

»Natürlich werden sie verfolgt«, wandte Agnija ein, wie immer leise, kaum hörbar. »Wenn sie über die Kirche sprechen und schreiben, was sie wollen, und ihr nicht erlauben, sich zu verteidigen, wenn sie geheiligte Geräte konfiszieren, Priester verbannen — ist das vielleicht keine Verfolgung?«

»Wo hast du gesehen, daß man Priester verbannt?!«

»Das siehst du natürlich nicht auf den Straßen.«

»Und selbst wenn sie sie verfolgen«, wandte Anton ein, »so verfolgen sie sie zehn Jahre lang, und die Kirche verfolgte wie lange? Seit zehn Jahrhunderten!«

»Ich habe damals nicht gelebt.« Agnija schüttelte ihre schmalen Schultern. »Ich lebe heute ... Ich sehe, was während meines Lebens geschieht.«

»Aber man muß die Geschichte kennen! Unkenntnis ist keine Rechtfertigung! Hast du niemals darüber nachgedacht, wie unsere Kirche die zweihundertfünfzig Jahre des tatarischen Jochs überlebt hat?«

»Das heißt doch, daß der Glaube tief war?« Sie fragte es fast. »Das heißt, die Orthodoxie war geistig stärker als der Islam ...?« Sie fragte es ohne eine Spur von Behauptung in der Stimme.

Anton lächelte herablassend:

»Du Phantastin! War unser Land in seiner Seele denn jemals christlich? Glaubst du wirklich, daß das Volk den Unterdrückern tausend Jahre Stöhnen vergeben hat und die liebte, die es haßten? Unsere Kirche hielt stand, weil nach dem Einfall der Tataren der Metropolit Kyrill sogleich als erster Russe zum Khan ging, um sich zu verbeugen und von ihm eine Schutzurkunde für die Geistlichkeit zu erwirken. Das war es, das tatarische Schwert, wodurch der russische Klerus sein Land, seine Sklaven und den Gottesdienst beschützte! Und wenn du willst, so hatte der Metropolit Kyrill recht, er war ein Realpolitiker. So muß man es machen. Nur so kann man einen Sieg davontragen.«

Wenn man Agnija sehr zusetzte, so diskutierte sie nicht. Mit einer Art neuer Verständnislosigkeit sah sie ihren Bräutigam an.

»Auf diesem Grund sind all die herrlichen Kirchen an glücklich ausgewählten Plätzen gebaut!« wetterte Anton. »Und auf verbrannten Schismatikern! Und auf zu Tode geprügelten Sektierern! Da hast du jemanden gefunden, den du bedauern kannst.«

Er setzte sich neben sie auf die sonnenwarme Steinbrüstung.
»Und überhaupt, du bist den Bolschewiken gegenüber ungerecht. Du hast dir nicht die Mühe gemacht, ihre grundlegenden Bücher zu lesen. Die Weltkultur behandeln sie deshalb sehr liebevoll, weil sie keine Willkür eines Menschen gegenüber anderen war, sondern die Herrschaft des Verstandes. Und die Hauptsache – sie sind für Gleichheit! Stell dir vor: überall, vollkommene absolute Gleichheit. Keiner wird mehr ein Vorrecht vor dem anderen haben, keiner einen Vorteil weder im Einkommen noch im sozialen Status. Gibt es vielleicht etwas Hinreißenderes als solch eine Gesellschaft? Ist sie nicht Opfer wert?«
(Neben der Anziehungskraft der Gesellschaft war es Antons Herkunft, die es ihm ratsam erscheinen ließ, so schnell und geschickt wie möglich *sich anzuschließen*, ehe es zu spät war.)
»Aber mit deiner Geisteshaltung versperrst du dir nur den Weg in die Universität. Und bedeutet dein Protest überhaupt viel? Was kannst du tun?«
»Was kann eine Frau überhaupt tun?« Ihre dünnen Zöpfchen (niemand trug in diesen Jahren noch Zöpfe, alle hatten sie abgeschnitten, aber sie trug sie, aus Protest, obwohl sie ihr nicht standen), ihre Zöpfchen flogen herum, der eine auf den Rücken, der andere auf die Brust. »Eine Frau taugt zu nichts, als dazu, den Mann von großen Taten abzuhalten. Auch solche wie Natascha Rostowa. Ich kann sie nicht ausstehen.«
»Warum?« fragte Anton erstaunt.
»Weil sie Pierre davon abgehalten hat, sich den Dekabristen anzuschließen!« Ihre schwache Stimme brach wieder.
Sie bestand aus solchen unerwarteten Reaktionen. Ihr durchsichtiger gelber Schal war über die Schultern herabgeglitten, ließ die Ellbogen nur noch halb frei und glich so zarten, goldenen Flügeln.
Mit seinen beiden Händen bedeckte Anton vorsichtig ihre Ellbogen, als hätte er Angst, sie zu zerbrechen.
»Und du? Hättest du ihn gehen lassen?«
»Ja«, sagte sie schlicht.
Im übrigen sah er keine großen Heldentaten vor sich, zu denen sie ihn hätte ziehen lassen müssen. Sein Leben war voller Aktivität, die Arbeit interessant, und sein Weg führte geradlinig weiter und nach oben. Vom Ufer herauf kamen späte Pilger, sie gingen an ihnen vorbei und bekreuzigten sich an der offenen Kirchentür. Als sie die Umfriedung betraten, nahmen die Männer die Mützen ab. Es waren weniger Männer als Frauen; sie waren nicht mehr jung.
»Fürchtest du nicht, daß man dich bei der Kirche sieht?« fragte Agnija ohne Spott, aber es klang trotzdem spöttisch.
Damals begannen wirklich schon die Jahre, in denen es gefährlich war,

von irgendwelchen Kollegen bei einer Kirche gesehen zu werden. Und Anton fühlte sich hier zu sehr allen Blicken ausgeliefert.
»Nimm dich in acht, Agnija.« Er geriet in Zorn und sprach eindringlich zu ihr. »Das Neue muß man rechtzeitig begreifen und unterscheiden; wer nicht unterscheidet, bleibt hoffnungslos zurück. Du fühltest dich zur Kirche hingezogen, weil man hier deinem Wunsch, vor dem Leben zu fliehen, entgegenkommt. Du mußt endlich aufwachen, dich zwingen, für etwas Interesse zu haben, und wenn es nur für den äußeren Ablauf des Lebens ist.«
Agnija ließ ihren Kopf sinken. Willenlos hing ihre Hand mit Antons goldenem Ring herab. Das Gesicht des Mädchens erschien knochig und sehr mager.
»Ja, ja«, bestätigte sie mit gesenkter Stimme. »Manchmal bin ich mir darüber vollkommen im klaren, daß es für mich sehr schwer ist zu leben, daß ich überhaupt nicht leben will. Solche wie ich – sind auf der Welt überflüssig ...«
In ihm zerbrach etwas. Sie tat alles, um ihn *nicht* anzuziehen! Das Bedürfnis, mutig sein Versprechen zu erfüllen – Agnija zu heiraten –, hatte nachgelassen. Neugierig betrachtete sie ihn, ohne dabei zu lächeln. Sie ist häßlich, dachte Anton.
»Wirklich, auf dich warten Ruhm, Erfolg, dauerhafter Reichtum«, sagte sie traurig. »Aber ob du *glücklich* sein wirst, Anton? Nimm auch du dich in acht. Wenn wir uns für den *Ablauf* des Lebens interessiert haben, verlieren wir ... wir verlieren ... Nun, wie soll ich dir das sagen ...« Mit den Fingerspitzen suchte sie nach Worten. Die Qual des Suchens äußerte sich auf ihrem angespannten Gesicht in einem schmerzlichen Lächeln. »Hier, die Glocke hat geläutet, die Klänge des Gesangs sind davongeflogen – und sie werden nicht zurückkehren, aber in ihnen ist die ganze Musik. Verstehst du?«
Sie überredete ihn, mit ihr in die Kirche einzutreten. Ein Rundgang lief unter massiven Bogen mit eingesetzten Fenstern, die in altrussischem Stil vergittert waren, rings um das Innere der Kirche herum. Ein niedriger, weit auseinandergespannter Bogen führte unter das Mittelschiff.
Durch das Kuppelfenster drang das Licht der untergehenden Sonne und überflutete mit seinem goldenen, verspielten Schein von oben herab die Ikonostase und das Mosaikbild des Erlösers.
Nur wenige Betende knieten hier. Agnija steckte eine dünne kleine Kerze auf den großen Messingständer, bekreuzigte sich flüchtig, stand ernst da, die Hände auf der Brust gefaltet, und sah gedankenvoll vor sich hin. Das verfließende Licht der untergehenden Sonne und der orangefarbene Schein der Kerzen gaben ihren Wangen Leben und Wärme zurück.

Es war zwei Tage vor Mariä Geburt. Ihr zu Ehren wurde eine lange, über alle Maßen wohllautende Litanei gebetet. In melodiösen Kaskaden rollten Schilderung und Lobpreisung der Jungfrau Maria herab – und zum erstenmal begriff Jakonow die Ekstase und Poesie dieses Gebetes. Sie war nicht von einem seelenlosen Buchstabengelehrten geschrieben worden, sondern von einem großen unbekannten Poeten, einem Gefangenen des Klosters; er war nicht bewegt von der kurzen männlichen Begierde nach einem weiblichen Körper, sondern von dem höheren Entzücken, das eine Frau in uns erwecken kann...

Jakonow erwachte. Er saß auf einem Haufen spitzer Steinbrocken auf der Säulenhalle der Kirche Johannes des Täufers und sein Ledermantel wurde schmutzig. Ja, gedankenlos hatten sie den zeltartigen kleinen Glockenturm zerstört und die zum Fluß hinabreichende Treppe umgestürzt. Es erschien völlig unglaublich, daß dieses Trümmerfeld unter dem grauen Dezembermorgen dieselben Quadratmeter Moskauer Bodens waren, auf denen er an jenem sonnendurchfluteten Abend gestanden hatte. Aber der weite Rundblick vom Hügel aus war noch derselbe, auch der Fluß zog noch in denselben Windungen dahin, von den Laternen zu beiden Seiten begleitet...

Kurz danach war er ins Ausland abkommandiert worden. Und als er zurückgekehrt war, trug man ihm auf, einen Zeitungsartikel zu schreiben – das heißt, man legte ihm den Artikel nahezu zur Unterschrift vor – über den Verfall des Westens, seiner Gesellschaft, Moral, Kultur, über die bedauernswürdige Lage der dortigen Intelligenz, und daß sich die Wissenschaft in diesem Klima nicht entwickeln könne. Es war nicht völlige Wahrheit, aber auch keine vollkommene Lüge. Es waren Fakten, aber es gab außer ihnen auch noch anderes. Ein Schwanken Jakonows hätte möglicherweise Verdacht erweckt, seinen Ruf befleckt. Und wem konnte eigentlich solch ein Artikel schaden? Er wurde gedruckt.
Mit der Post schickte ihm Agnija den Ring zurück, mit einem Fädchen hatte sie einen Zettel daran befestigt: »Dem Metropoliten Kyrill.«
Und er fühlte sich erleichtert...

Er stand auf, reckte sich zu einem vergitterten Fensterchen der Galerie empor und blickte in das Innere. Ein Geruch nach feuchten Backsteinen, Kälte und Fäulnis schlug ihm von dort entgegen. Schwer ließ sich erkennen, wie es da drinnen aussah – Haufen zerschlagener Steine und Schutt.
Jakonow trat vom Fenster zurück, er fühlte, wie sich sein Herzschlag verlangsamte, und lehnte sich an den Pfosten neben der verrosteten Eisen-

tür, die schon so viele Jahre nicht mehr geöffnet worden war. Mit eisiger Schwere legte sich wieder Abakumows Drohung auf ihn.

Jakonow befand sich auf dem Gipfel sichtbarer Macht. Er war in den hohen Rängen eines mächtigen Ministeriums. Er war klug, begabt – und er war als klug und begabt bekannt. Zu Hause wartete eine liebende Frau auf ihn. Die Kinder schliefen in ihren kleinen Betten. Er hatte eine außerordentlich schöne Wohnung in einem alten Moskauer Gebäude mit hohen Räumen und einem Balkon. Sein monatliches Gehalt belief sich auf mehrere tausend Rubel. Ein Dienst-›Pobjeda‹ wartete darauf, telefonisch von ihm bestellt zu werden. Aber er stand da, die Arme fielen auf den toten Stein herab, und wollte nicht mehr leben. So hoffnungslos sah es in seiner Seele aus, daß er nicht einmal mehr die Kraft aufbrachte, Hand oder Fuß zu bewegen.

Es wurde hell.

Festliche Reinheit war in der frostigen Luft. Flauschiger Reif hatte den mächtigen Stamm der gefällten Eiche besetzt, die Gesimse der noch unzerstörten Kirche, das Gitterwerk ihrer Fenster, die Drähte, die zum Nachbarhäuschen führten, und die Spitzen des runden Zaunes unten, der die Baustelle des künftigen Wolkenkratzers abgrenzte.

24

Holzsägen

Es wurde Tag.

Der milde, hoheitsvolle Reif bedeckte die Pfähle der *Zone und Vorzone*, den in zwanzig Reihen gewickelten, in tausend winzigen Sternen gekrümmten Stacheldraht, das schräg abfallende Dach des Wachtturms und das nicht gemähte Steppengras auf dem unbebauten Platz jenseits der Umzäunung.

Dmitrij Sologdin sah mit weit offenen Augen auf dieses Wunder und ergötzte sich daran. Er stand bei einem Sägebock, um Brennholz zu machen. Über der blauen Kombination trug er das im Lager übliche Arbeitswams, sein Kopf aber und sein von ersten Silberfäden durchzogenes Haar waren unbedeckt. Er war ein nichtiger, rechtloser Sklave. Er *saß* schon zwölf Jahre, aber wegen einer zweiten Lagerfrist war für ihn das Ende der Haft nicht abzusehen. Die Jugend seiner Frau welkte in fruchtlosem Warten dahin. Um nicht in ihrem jetzigen Arbeitsplatz gekündigt zu werden, wie es ihr schon an vielen Arbeitsstellen ergangen war, hatte sie gelogen und gesagt, daß sie keinen Mann mehr habe, und den Briefwechsel mit ihm abgebrochen. Seinen einzigen Sohn hatte Sologdin noch nie gesehen: Als er verhaftet wurde, war seine Frau schwanger gewesen. Sologdin hatte die Wälder von Tscherdynsk, die Minen von Workuta, eine halbjährige und eine ganzjährige Untersuchungshaft – mit Schlaflosigkeit und Schwinden der Körperkräfte – hinter sich. Schon lange waren sein Name und seine Zukunft in den Schmutz getreten. Sein Eigentum waren ein paar gebrauchte wattierte Hosen, die jetzt in der Kleiderkammer für schlechtere Zeiten aufbewahrt wurden. Im Monat erhielt er dreißig Rubel, und die nicht in bar. Frische Luft durfte er nur in bestimmten, von der Gefängnisverwaltung festgesetzten Stunden einatmen.

In seiner Seele war eine unverletzliche Ruhe. Seine Augen leuchteten wie die eines Jünglings. Seine bloße Brust war dem Frost ausgesetzt und hob sich von der Fülle des Daseins.

Seine Muskeln, in der Untersuchungshaft zu trockenen Strängen verdorrt, waren wieder angeschwollen, hatten zugenommen und forderten Bewegung. Das war der Grund, weshalb er aus freien Stücken und ohne jegliche Vergütung jeden Morgen hinausging, um für die Gefängnisküche Holz zu sägen und zu spalten.

Jedoch waren Beil und Säge als Waffen unheimlich in den Händen eines Gefangenen und wurden ihm deshalb nicht einfach ausgehändigt. Die Gefängnisleitung wurde dafür bezahlt, daß sie in jeder unschuldigen Handlung eines Gefangenen eine Hinterlist witterte, außerdem urteilten die Aufseher möglicherweise nach sich selbst und konnten daher nicht glauben, daß ein Mensch aus freiem Willen und ohne Bezahlung arbeiten wollte. Deshalb geriet Sologdin in den schweren Verdacht, seine Flucht oder gar einen bewaffneten Aufstand vorbereiten zu wollen. Eine Verordnung wurde erlassen: Fünf Schritte von dem arbeitenden Sologdin sollte ein Aufseher aufgestellt werden, der jede Bewegung des Häftlings zu beobachten hatte, gleichzeitig aber für den Schwung der Axt unerreichbar war. Es fanden sich Leute für diesen gefährlichen Dienst, und selbst dieses Verhältnis – ein Wachmann für einen Arbeitenden – erschien einer Gefängnisleitung nicht verschwenderisch, die in den guten GULAG-Sitten gründlich unterwiesen worden war. Aber Sologdin war hartnäckig (um so mehr verstärkte sich der Verdacht): Er erklärte nachdrücklich, daß er mit einer *persönlichen Wache* neben sich nicht arbeiten werde. Für einige Zeit wurde das Holzspalten überhaupt eingestellt (die Gefangenen konnten von der Gefängnisleitung nicht gezwungen werden; dies war kein Lager – die Häftlinge waren für geistige Arbeit da und unterstanden nicht der Verwaltung der Gefängnisleitung). Das Grundübel war, daß die planende Instanz und die Buchhaltung die Notwendigkeit dieser Arbeit für die Küche nicht vorgesehen hatten. Die freien Küchenhilfen, die für die Gefangenen das Essen zubereiteten, waren auch nicht bereit, Holz zu spalten, weil es dafür keine zusätzliche Bezahlung gab. Man versuchte, die Wachleute in ihren Erholungspausen von ihrem Dominospiel im Wachraum zu dieser Arbeit zu schicken. Die Wachmannschaften waren alles junge Burschen, die wegen ihrer guten Gesundheit ausgewählt worden waren. Nun erschien es jedoch, als hätten sie während der Dienstjahre im Wachkorps das Arbeiten verlernt – bald begann ihr Rücken zu schmerzen, ja, und das Dominospiel war ihnen lieber. Niemals spalteten sie soviel Holz wie gebraucht wurde. Der Gefängnisleiter mußte nachgeben: Sologdin und anderen Gefangenen, die sich dazu bereit fanden (das waren vor allem Nershin und Rubin), wurde es erlaubt, ohne zusätzliche Beaufsichtigung Holz zu sägen und zu spalten. Übrigens waren sie vom Wachtturm aus genau zu sehen, und obendrein wurde dem diensthabenden Offizier aufgetragen, sie von einem Winkel aus unauffällig zu beobachten.

In der schwindenden Dunkelheit, in der sich das Licht der verblassenden Laternen mit dem Tageslicht vermischte, tauchte aus einer Ecke der runde Kopf des Hofarbeiters Spiridon auf, erkennbar an der Pelzmütze mit den langen Ohrenklappen, die nur an ihn ausgegeben worden war. Dieser Hofarbeiter war ebenfalls ein Gefangener, unterstand aber der Instituts-Kommandantur und nicht dem Gefängnis. Und nur um Streit zu vermeiden, war er dazu bestimmt worden, die Säge und die Äxte des Gefängnisses zu schärfen. Als er näher kam, sah Sologdin, daß er die Säge in der Hand trug, die Sologdin nicht an ihrem Platz vorgefunden hatte.

Vom Wecken bis zum ›Licht aus‹ ging Spiridon Jegorow jederzeit ohne Begleitung, aber von Maschinengewehren bewacht, über den Hof. Die Gefängnisleitung hatte sich deshalb zu diesem kühnen Schritt entschlossen, weil Spiridon auf einem Auge vollkommen blind war und das andere auch nur noch zwei Zehntel seiner Sehkraft besaß. Obwohl das Statut für die Scharaschka drei Hofarbeiter vorsah – denn die Anlage umfaßte mehrere miteinander verbundene Höfe, eine Fläche von insgesamt etwa zwei Hektar –, arbeitete Spiridon, der von dieser Bestimmung übrigens nichts wußte, für die nicht vorhandenen zwei anderen mit und fuhr nicht schlecht dabei. Hauptsache, er konnte sich den Bauch tüchtig vollschlagen. Nicht weniger als eineinhalb Kilogramm Schwarzbrot aß er am Tag, denn das war hier nicht rationiert, und die jungen Leute traten ihm auch oft ihre Kascha ab. Hier erholte sich Spiridon offensichtlich vom Sewural-Lager[1] – von drei Wintern Holzspalten und drei Wintern Holzflößen –, wo er viele tausend Stämme ins Trockene gebracht hatte.

[1] Lager im nördlichen Ural (Anm. d. Übers.)

»Nun, Spiridon!« rief Sologdin ungeduldig.
»Was ist?«
Spiridons Gesicht mit dem grauen Bart, den graurötlichen Brauen und der roten Gesichtshaut war sehr beweglich, oft trug er einen Ausdruck der Bereitwilligkeit zur Schau, wenn er antwortete; so auch jetzt. Sologdin wußte nicht, daß Spiridons allzu große Bereitwilligkeit Spott bedeutete.
»Was heißt ›was ist‹? Die Säge geht nicht.«
»Warum sollte sie nicht gehen?« fragte Spiridon erstaunt. »Jedesmal, den ganzen Winter hindurch, beklagen Sie sich. Kommen Sie, lassen Sie uns probieren!« Und er gab ihm den einen Griff in die Hand.
Sie begannen zu sägen. Die Säge sprang zweimal heraus, an eine andere Stelle, gerade als wollte sie nicht, dann griff sie an, und es ging.
»Sie halten sie zu krampfhaft fest«, tadelte Spiridon sanft. »Sie müssen den Griff mit zwei Fingern umfassen, wie eine Feder, und sie dort ansetzen, wo sie will, sachte ... So ... jetzt geht's! ... Und wenn Sie sie zu sich hinziehen, zerren Sie nicht an ihr ...«
Beide fühlten sich einander klar überlegen: Sologdin, weil er sich in der theoretischen Mechanik auskannte, in der Festigkeits- und anderen wissenschaftlichen Lehren; Spiridon, weil ihm alle Dinge gehorchten. Sologdin verbarg seine Herablassung dem Pförtner gegenüber nicht, Spiridon aber ließ den Ingenieur nicht merken, was er von dessen Sägekünsten hielt. Selbst als sie sich zur Hälfte durch einen dicken Klotz gearbeitet hatten, klemmte die Säge kein bißchen, sondern ging tönend hin und her und schnaubte gelbliche Späne auf die Kombinationshosen der beiden Männer.
Sologdin lachte:
»Du wirkst Wunder, Spiridon! Du hast mich betrogen. Du hast gestern die Säge geschärft und geschränkt.«
Spiridon sprach gemütlich zum Takt der Säge:
»Sie frißt selbst, sie frißt, sie beißt das Holz in kleine Stücke, schluckt sie nicht selbst hinunter, gibt sie anderen ...«
Er half mit der Hand nach und brach den noch nicht ganz durchgesägten Klotz ab.
»Gar nichts habe ich geschärft.« Er zeigte dem Ingenieur das Sägeblatt. »Schauen Sie sich die Zähne an, sie sind dieselben wie gestern.«
Sologdin besah die Zähne der Säge – tatsächlich: keine frischen Feilspuren. Aber irgend etwas mußte der Gauner damit gemacht haben.
»Komm, Spiridon, noch ein Klötzchen.«
»Ne-in.« Er langte sich mit der Hand an den Rücken. »Ich bin zum Sterben müde. Alles, was mein Großvater, mein Urgroßvater nicht fertiggemacht hatten, das haben sie mir immer zugeschoben. Ihre Freunde werden Ihnen helfen.«

Aber die Freunde kamen nicht.
Es war schon ganz hell geworden. Ein feierlicher rauhreifiger Morgen war angebrochen. Der Reif überzog das ganze Land, sogar die Abflußrohre; mit aschgrauen Spitzen hatte er die Kronen der fern im äußeren Vorhof stehenden Linden geschmückt.
»Wie bist du denn in die Scharaschka geraten, hm, Spiridon?« fragte Sologdin und sah den Pförtner dabei genau an.
Man mußte etwas tun. Während der vielen Jahre im Lager war Sologdin nur mit gebildeten Menschen umgegangen, er meinte, daß ungebildete ihm nichts Wertvolles vermitteln könnten.
»Ja«, schmatzte Spiridon. »Hier kratzten sie solche Wissenschaftler wie Sie zusammen, und ich geriet unter dasselbe Krummholz. In meiner Personalkarte steht, daß ich Glasbläser bin. Gut, ich war wirklich einmal ein Glasbläser – ein Meisterglasbläser in unserer Fabrik bei Brjansk. Das ist schon lange her. Jetzt habe ich keine Augen mehr, und für diese Arbeit hier brauchen sie geschickte Glasbläser, solche wie Iwan. Bei uns gab es im ganzen Werk keinen solchen. Aber trotzdem schrieben sie es in die Karte. Dann haben sie gesehen, was ich für einer bin – und sie wollten mich zurückschicken. Dank dem Kommandanten haben sie mich dann als Hofarbeiter genommen.«
Um die Ecke herum, von der Seite des Vorhofes und des einzeln stehenden einstöckigen Gebäudes des Gefängnisstabes kam Nershin. Seine Kombination war nicht zugeknöpft, die Jacke hatte er nachlässig über die Schultern geworfen, ein aus dem Gefängnis stammendes und deshalb fast quadratisch kurzes Handtuch hing ihm um den Hals.
»Guten Morgen, Freunde«, grüßte er abgehackt, dabei zog er sich noch im Gehen aus, warf seine Kombination beiseite und zog sein Unterhemd über den Kopf.
»Gleb, bist du verrückt geworden, wo siehst du Schnee?« fragte Sologdin und sah ihn von der Seite an.
»Hier«, entgegnete Nershin, dabei erklomm er das Kellerdach. Dort lag eine flaumige unberührte Schicht, es konnte Schnee oder auch Reif sein. Er nahm einige Hände voll und begann energisch seine Brust, den Rükken und die Seiten damit abzureiben. Den ganzen Winter über hatte er sich bis zur Gürtellinie mit Schnee abgerieben, obwohl die Aufseher, wenn sie neben ihm standen, ihn daran hinderten.
»Sieh, du löst dich in Dampf auf«, sagte Spiridon und schüttelte dabei seinen Kopf.
»Noch kein Brief, Spiridon Danilytsch?« fragte Nershin.
»Natürlich, doch!«
»Warum hast du ihn mir nicht mitgebracht, damit ich ihn dir vorlesen kann? Ist alles in Ordnung?«

»Ja, aber ich kann ihn nicht bekommen. Die Schlange hat ihn.«
»Myschin? Gibt er ihn nicht aus?« Nershin hörte auf, sich abzureiben.
»Er hatte meinen Namen auf die Liste gesetzt, aber der Kommandant verlangte, daß der Dachboden in Ordnung gebracht würde. Während ich das tat – hat die Schlange schon die Ausgabe geschlossen. Jetzt muß ich bis Montag warten.
»Ach, diese Schweine!« Nershin seufzte und fletschte dabei die Zähne.
»Um die Priester zu verurteilen, dazu gibt es den Teufel.« Spiridon zuckte die Achseln, sah auf Sologdin, den er nur wenig kannte. »Na ja, ich mach jetzt meine Runde.«
In seiner Pelzmütze mit den komischen Klappen, die wie die Ohren eines Hofhundes an seinem Kopf herabhingen, machte sich Spiridon in Richtung des Wachraums davon, wohin er als einziger Häftling gehen durfte.
»Und das Beil? Spiridon! Wo ist das Beil?« rief Sologdin ihm nach.
»Der diensthabende Offizier wird es bringen«, sagte Spiridon und verschwand.
»Nun ja«, sagte Nershin und rieb sich dabei mit dem karierten Lappen kräftig Brust und Rücken, »ich habe Anton nicht gerade erfreut. Er sagte, mich interessiere die Semjorka nicht mehr als ›der Leichnam eines Betrunkenen hinter dem Zaun von Mawrino‹. Gestern abend schlug er mir vor, zur Kryptographie-Gruppe überzuwechseln, aber ich habe abgelehnt.«
Sologdin hob den Kopf und lachte ironisch. Beim Lachen leuchteten zwischen seinem hellbraunen, leicht angegrauten, sorgfältig frisierten Schnurrbart und dem Backenbart perlenhelle, längliche, kräftige, noch nicht zerfallene, aber durch äußere Gewalteinwirkung lückenhaft gewordene Zähne.
»Du benimmst dich nicht wie ein *Rechner*, sondern wie ein *Barde*.« Nershin war darüber nicht verwundert. Das war eine der bekannten Absonderlichkeiten Sologdins: in der ›Sprache äußerster Klarheit‹ zu sprechen, die keine *Vogelwörter*, das heißt Fremdwörter, enthielt. Ob er nur spielte oder selbst an diesen Einfall glaubte, konnte man nicht wissen; jedenfalls behalf er sich mit großer Sorgfalt, manchmal findig, manchmal plump, er bemühte sich sogar, die ihm nötigsten Wörter wie ›Ingenieur‹ oder ›Metall‹ zu umgehen. Sogar in dienstlichen Gesprächen und mit den Vorgesetzten bemühte er sich, diese Linie durchzuhalten, und zwang die anderen manchmal abzuwarten, bis er sich ein Wort ausgedacht hatte.
Das wäre unmöglich gewesen, wenn Sologdin bestrebt gewesen wäre, sich emporzuarbeiten, eine wichtigere Arbeit zu bekommen, in eine höhere Essenskategorie eingestuft zu werden. Das Gegenteil war der Fall:

Sologdin wollte unter keinen Umständen die Aufmerksamkeit der Vorgesetzten auf sich lenken, und er verschmähte ihre Gunst.
So war er in der Scharaschka unter allen Gefangenen zu einem von allen anerkannten, unverbesserlichen und erklärten Kauz geworden.
Er hatte noch viele andere Eigenarten: Zum Beispiel bestand er, der sein Bett am Fenster hatte, den ganzen Winter über darauf, daß das Fenster selbst bei Frost offen bleiben müsse; dann diese allmorgendliche, völlig unnötige Holzhackerei, für die er auch Nershin und Rubin gewonnen hatte; eine seiner Hauptmarotten aber war die, auf jede Frage irgendeine abseitige, völlig irrwitzige Antwort zu geben – etwa: die Prostitution sei ein moralischer Segen, oder: im Duell mit Puschkin hätte Dantes recht gehabt –, und dann diese Behauptung mit Feuereifer, wenn auch gelegentlich erfolglos, zu verteidigen. Dabei blitzten seine blauen Augen jungenhaft, und beim Lachen zeigte er seine jugendlichen, nach seiner Lagerdystrophie aber nur noch in spärlicher Zahl vorhandenen Zähne. Manchmal war es unmöglich, ihn zu verstehen und zu wissen, ob er das alles ernst meinte oder sich lustig machte. Wenn man ihm Absurdität vorwarf, rief er lachend aus: »Sie leben langweilig, meine Herren! Unmöglich können alle dieselben Ansichten und dieselben Vorstellungen haben. Was wird dann? Streitgespräche erlöschen, es wird nicht mehr nötig sein, Meinungen auszutauschen. Eine hündische Langeweile!«
Selbst die Anrede ›Herren‹ statt ›Kameraden‹ gebrauchte er scheinbar deshalb, weil er schon zwölf Jahre nicht mehr in Freiheit gelebt hatte und sich nicht daran erinnerte, wie es *dort* draußen war. Nershin, immer noch halb nackt, trocknete sich mit dem Handtuchfetzen fertig ab.
»Ja«, sagte er unfroh, »unglücklicherweise bemerke ich, daß Lew recht hat, wenn er sagt, daß ich nicht zum Skeptiker tauge. Ich möchte mich in die Ereignisse – hineinstürzen.«
Er zog das zu kleine Unterhemd an und schlüpfte mit den Armen in die Kombination.
Sologdin lehnte am Sägebock und hatte seine Arme dekorativ über der Brust gekreuzt:
»Das ist gut, mein Freund. Dein *vermehrter Zweifel* . . .« – in der Sprache anscheinender Klarheit hieß das: ›der Skeptizismus‹ – ». . . muß doch einmal zutage treten. Du bist doch kein Junge mehr . . .« – er war fünf Jahre jünger als Sologdin – ». . . und mußt dir ernstlich darüber klarwerden, wo du stehst, die Wechselbeziehungen zwischen dem Guten und dem Bösen im menschlichen Leben begreifen. Nirgendwo kannst du das besser tun als hier im Gefängnis.«
Sologdins Worte klangen erhaben, aber Nershin verspürte keine Neigung, auf die großen, uralten Fragen von Gut und Böse einzugehen. Das

durchnäßte, kurze, waffelgemusterte Handtuch hängte er sich wie einen Schal um den Hals, drückte die alte, sich zerfransende Frontoffiziersmütze auf den Kopf, zog die wattierte Jacke an und seufzte:
»Wir wissen nur, daß wir nichts wissen.«
Sokrates' Schüler nahm die Säge und reichte Sologdin den anderen Griff.
Ihnen war kalt geworden, und nun machten sie sich voll Eifer an das Sägen. Die Säge spuckte die zu braunem Pulver gewordene Rinde aus. Sie glitt nicht so willig wie bei Spiridon, aber trotzdem leicht. Die Freunde hatten viele Morgen zusammen gesägt, und die Sache ging bei ihnen ohne gegenseitige Vorwürfe ab. Sie sägten mit jenem besonderen Eifer und Genuß, den freiwillige Arbeit bereitet.
Ehe sie den vierten Klotz in Angriff nahmen, knurrte Sologdin, dessen Gesicht ganz rot angelaufen war:
»Unmöglich, das knorrige Ding durchzukriegen.«
Und nach dem vierten Klotz brummte Nershin:
»Ja, das Aas ist krüpplig.«
Mit jedem Geräusch der Säge fielen lockere, bald weiße, bald gelbliche Sägespäne auf die Hosen und Stiefel der Holzarbeiter. Die rhythmische Arbeit beruhigte sie und brachte sie auf andere Gedanken.
Nershin war heute morgen schlecht gelaunt erwacht, jetzt dachte er daran, daß das Lager ihn nur während des ersten Jahres hatte taub machen können, daß er jetzt einen ganz anderen Rhythmus habe, daß er nicht zu den *Einfaltspinseln* gehöre, daß er sich nicht vor der *allgemeinen Arbeit* fürchten werde – sondern langsam, mit dem Wissen um die menschlichen Tiefen in der mit Kalk oder Öl verschmierten wattierten Jacke zur morgendlichen Arbeitsverteilung gehen und stur alle zwölf Stunden des Arbeitstages aushalten werde – und das fünf Jahre lang, die ihm noch von der Frist zugeteilt waren. Fünf Jahre – das sind keine zehn. Fünf Jahre kann man überleben.
Und dann dachte er noch über Sologdin nach, daß er es war, der ihm etwas von seiner gelassenen Lebensanschauung mitgeteilt hatte; daß gerade Sologdin ihn gelehrt hatte, das Gefängnis nicht nur als Fluch, sondern auch als Segen anzusehen.
In solche Gedanken war er versponnen, er hing ihnen im Takt der Säge nach. Und er hätte sich nicht vorstellen können, daß sein Partner, der die Säge nach seiner Seite hin zog, in diesem Moment das Gefängnis als einen reinen Fluch betrachtete, dem man irgendwann unbedingt entrinnen müsse. Sologdin dachte jetzt an seinen großen Erfolg, den er in aller Heimlichkeit während der letzten Monate und besonders der letzten Woche in seiner Ingenieursarbeit errungen hatte und der ihm die Freiheit versprach; er dachte an die Beurteilung seiner Arbeit, die er nach

dem Frühstück hören sollte, und zweifelte schon im voraus nicht daran, daß sie gut ausfallen werde. Sologdin war jetzt unbändig stolz auf sein Gehirn; von so vielen Jahren Untersuchungshaft erschöpft, durch den Hunger in den Lagern viele Jahre nur unzureichend mit Phosphor versorgt — war er doch mit den ihm gestellten Aufgaben fertig geworden! Wie oft bei Männern in den Vierzigern bedeutete das eine Zunahme der Lebenskräfte! Besonders, wenn sie ihren Energieüberfluß nicht auf das Kinderzeugen richten, sondern ihn in einer Art mysteriösen Weise in starke, schöpferische Gedanken umwandeln.

Er dachte daran, daß Nershin bestimmt bald von der Scharaschka abkommandiert würde, nachdem er so unbesonnen mit Anton gesprochen hatte.

Unterdessen sägten und sägten sie. Ihre Körper waren heiß geworden, ihre Gesichter flammten vor Hitze. Ihre wattierten Jacken hatten sie schon auf die Balken geworfen, viel Feuerholz hatte sich schon neben dem Sägebock aufgetürmt — aber sie hatten immer noch kein Beil.

»Reicht das nicht?« fragte Nershin. »Das ist mehr, als wir spalten können.«

»Machen wir erst mal Pause«, stimmte Sologdin zu und stellte die Säge beiseite, das Blatt bog sich dabei und gab einen hellen Ton von sich.

Beide nahmen die Mütze vom Kopf. Das dichte Haar Nershins und das spärliche Haar Sologdins dampften. Sie atmeten tief. Es war, als würde die Luft in die muffigsten Winkelchen ihres Innern eindringen.

»Aber wenn man dich jetzt in das Lager fortschickt«, fragte Sologdin, »was wird dann mit deiner Arbeit über die gewesenen Zeiten?« (Das bedeutete: über die Historie.)

»Ja was? Auch hier werde ich nicht gerade verwöhnt. Eine einzige Zeile aufzubewahren, das bedroht mich hier wie dort mit Kasematte. Auch hier kann ich in keine öffentliche Bibliothek gehen, und in Archive wird man mich bestimmt zeit meines Lebens nicht hineinlassen. Wenn du unschuldiges, sauberes Papier meinst — ich werde in der Taiga bestimmt Birken- und Kiefernrinde finden. Und meinen Vorteil kann mir kein Spion nehmen: Das Unglück, das ich selbst erfahren und das ich andere durchleben gesehen habe, ob es mir nicht vielleicht eine Vermutung über die Geschichte nahelegen kann, ja? Was denkst du?«

»Aus-ge-zeich-net!!« rief Sologdin und atmete dabei tief aus. »In seiner ursprünglichen Sphäre, in der sich ein Gedanke entwickelt . . .«

»›Sphäre‹ ist ein Vogelwort«, erinnerte Nershin.

»Ich bekenne mich schuldig«, sagte Sologdin. »Du siehst, wie wenig erfinderisch ich bin. In jenem ursprünglichen Gedanken-*Kreis* . . .« — er hob Kopf und Hand — ». . . bestimmt der anfängliche starke Gedanke den Fortschritt jeder Sache! Und wie ein lebender Baum trägt er nur Früchte, wenn er sich natürlich entwickeln kann. Bücher und fremde Meinungen sind wie eine Schere, die den Lebensfaden des Gedankens durchschneidet. Zuerst muß man selbst den Gedanken finden! – Und dann kann man ihn mit dem, was in Büchern geschrieben steht, vergleichen.«

»Du bist sehr gereift. Du bist sehr gereift, ich habe das einfach nicht erwartet.«

Es war kalt geworden. Sologdin nahm die Mütze vom Sägebock und setzte sie auf. Auch Nershin setzte seine Mütze auf. Er war geschmeichelt, versuchte aber zu verhindern, daß die Schmeichelei von ihm Besitz ergriff.

Doch Sologdin schwieg nicht still:

»Jetzt, Gleb, da deine Abreise möglicherweise ganz unvermutet schnell eintreten kann, möchte ich mich beeilen, dir einige meiner Regeln mitzuteilen. Sie können dir nützlich sein. Du weißt, mich stören mein Stammeln und mein schwacher Verstand ...«

Oh, das war echt Sologdin! Bevor er mit einem Gedanken glänzte, setzte er sich einleitend erst selbst herab.

»Dein schwaches Gedächtnis«, eilte ihm Nershin zur Hilfe. »Und überhaupt, du bist ja ›ein Gefäß voller Fehler‹ ...«

»Ja, ja, genau.« Sologdin zeigte beim Lachen seine länglich-abgerundeten weißen Zähne. »So ist es, ich kannte meine Unvollkommenheit und arbeitete für mich in den vielen Jahren meiner Gefängnishaft diese Regeln aus, die wie ein eiserner Reifen meinen Willen zusammenfassen. Diese Regeln sind wie ein *allgemeiner Überblick über die Einstellung zur Arbeit.«* – ›Methodik‹ übersetzte Nershin aus der Sprache der äußersten Klarheit in die Sprache anscheinender Klarheit. – »Das sind die Wege zur Gründung einer Arbeitseinheit: der Einheitlichkeit des Zieles, des Ausführenden und seiner Arbeit.«

Sie zogen die wattierten Jacken an.

An der zunehmenden Helligkeit des Morgens konnten sie ablesen, daß sie bald die Holzarbeit unterbrechen und zum Morgenappell gehen mußten. In der Ferne gegenüber der Hauptverwaltung der Scharaschka konnten sie unter den zauberhaften weißen Mawrino-Linden die Gefangenen beim Morgenspaziergang sehen. Zwischen den teils aufrechten, teils gebeugten Männern ragte die Gestalt des fünfzigjährigen Künstlers Kondraschow-Iwanow hervor. Sie sahen auch Lew Rubin, der verschlafen hatte und nun versuchte, zum ›Holzplatz‹ durchzukommen. Aber der Aufseher ließ ihn nicht passieren: Es war zu spät.

»Sieh, da ist Lew mit seinem struppeligen Bart.«

Sie lachten.

»Wenn du willst, so werde ich dir jeden Morgen einige meiner Leitsätze vermitteln.«

»Natürlich, Mitjenka! Fang an.«
Nershin ließ sich auf dem Holzhaufen nieder, Sologdin fand einen unbequemen Platz auf dem Sägebock.
»Nun, zum Beispiel: Wie soll man sich Schwierigkeiten gegenüber verhalten?«
»Nicht verzagen?«
»Das ist zu wenig.«
An Nershin vorbei sah Sologdin auf die Sperrzone, auf die feinen dichten Unkrautbüschel, die ganz mit Reif überzogen und von einem nahezu unglaubhaften rosigen Morgenschimmer überflutet waren: Die Sonne schien unschlüssig, ob sie sich zeigen sollte oder nicht. Sologdins gesammeltes, mageres Gesicht, mit dem hellen gekräuselten Backenbart und dem kurzen hellen Schnurrbart hatte etwas Altrussisches und erinnerte an das Antlitz Alexander Newskijs.
»Wie sich Schwierigkeiten gegenüber verhalten?« verkündete er. »In dem Königreich unbekannter Schwierigkeiten muß gleichsam ein *verborgener Schatz* gesehen werden! Gewöhnlich ist es so: Je schwieriger, desto nützlicher. Es ist nicht so wertvoll, wenn die Schwierigkeiten in deinem Kampf mit dir selbst auftauchen. Aber wenn die Schwierigkeiten von wachsenden äußeren Widerständen ausgehen — so *ist das wunderbar!!«* — Der rosige Schein der Morgendämmerung huschte über das mutig-entschlossene Gesicht Alexander Newskijs, wie ein Widerschein der Schwierigkeiten, die in ihrer Herrlichkeit der Sonne zu gleichen schienen.
»Der lohnendste Weg der Erforschung ist: ›Der größte äußere Widerstand bei geringstem inneren Widerstand.‹ Fehlschläge müssen als Aufforderung für weitere unerläßliche Kraftanstrengungen und Willenssammlung angesehen werden. Wenn die angewandten Kraftanstrengungen aber schon erheblich gewesen sind — um so erfreulicher sind dann die Fehlschläge! Das bedeutet, daß unser Brecheisen auf die eiserne Schatzkiste gestoßen ist! Die Überwindung der erhöhten Schwierigkeiten ist um so wertvoller, als an den Mißerfolgen *der Mensch, der die Aufgabe erfüllt,* entsprechend den Schwierigkeiten, denen er begegnet ist, wächst!«
»Gut! Das ist stark!« rief Nershin vom Holzstoß her.
Die Schatten der Morgendämmerung waren über die Sträucher gehuscht und nun von festen grauen Wolken vertrieben worden.
Als würde er seine Augen von Tafeln aufheben, von denen er abläse, so blickte Sologdin nun zerstreut auf Nershin herab.
»Nun vernimm die Regel über die letzte Teilstrecke! Der Bereich der letzten Teilstrecke! — In der Sprache der äußersten Klarheit ist sofort verständlich, was das heißen soll. Die Arbeit ist schon nahezu beendet,

das Ziel schon fast erreicht, alles erscheint erfüllt, und die Schwierigkeiten scheinen überwunden zu sein, aber die Sache ist noch nicht ganz gut. Letzte Feinheiten sind noch nötig, vielleicht auch noch mehr Nachforschungen. In diesem Augenblick der Müdigkeit und der Selbstzufriedenheit ist es besonders verlockend, die Arbeit so zu belassen, ohne daß sie die letzte Vollendung erreicht hat. Die Arbeit auf dem Gebiet der letzten Teilstrecke ist sehr, sehr schwierig, aber auch besonders wertvoll, weil sie mit vollkommensten Mitteln durchgeführt wird! Die Regel über die letzte Teilstrecke besteht auch darin, daß man von dieser Arbeit nicht abläßt! Daß man sie auch nicht hinausschiebt, weil dann die Gliederung der Gedanken des ausführenden Menschen das Gebiet der letzten Teilstrecke verläßt! Auch darf man nicht die Zeit, die man darauf verwandte, bedauern, man weiß ja, daß das Ziel niemals die schnellste Beendigung, sondern der höchste Grad der Vollendung ist!«

»Gut, gut!« flüsterte Nershin.

Mit völlig anderer Stimme, grob-spöttisch, sagte Sologdin:

»Was war mit Ihnen, Unterleutnant? Das sieht Ihnen ja gar nicht ähnlich. Warum haben Sie das Beil zurückgehalten? Jetzt reicht die Zeit nicht mehr zum Spalten.«

Der mondgesichtige Unterleutnant Nadelaschin war noch vor kurzem Hauptfeldwebel gewesen. Nachdem er in den Offiziersrang erhoben worden war, hatten die Gefangenen der Scharaschka, die ihn gern mochten, ihn den ›Kleinen‹ getauft.

Er war mit winzig kleinen Schritten und lächerlich keuchend herangeeilt, gab das Beil, lächelte schuldbewußt und antwortete lebhaft:

»Nein, ich bitte Sie sehr, Sologdin, spalten Sie Holz! In der Küche ist nichts mehr, um das Mittagessen zu bereiten. Sie können sich nicht vorstellen, wieviel Arbeit ich auch ohne Sie habe!«

»Wa-as?« lachte Nershin. »*Arbeit*? Unterleutnant, Sie *arbeiten*? Wo denn?«

Der Unterleutnant wandte Nershin sein Mondgesicht zu. Er legte die Stirn in Falten und zitierte aus dem Gedächtnis:

»›Arbeit ist Überwindung eines Widerstandes‹. Beim schnellen Laufen überwinde ich den Widerstand der Luft, das bedeutet, daß auch ich arbeite.« Er wollte ungerührt bleiben, aber sein Gesicht wurde von einem Lächeln erhellt, als Sologdin und Nershin in der leichten Frostluft freundschaftlich loslachten.

»Spaltet Holz, ich bitte euch sehr!«

Er machte kehrt und trippelte zum Stabsgebäude des Spezialgefängnisses, wo soeben in diesem Moment die schneidige Gestalt seines Vorgesetzten, Oberstleutnant Klimentjew, im Offiziersmantel auftauchte.

»Gleb«, sagte Sologdin voller Staunen. »Täusche ich mich? Klimentia-

dis?« (Es war das Jahr, in dem die Zeitungen so viel über die griechischen Gefangenen schrieben, die aus ihren Zellen an alle Parlamente und die Vereinten Nationen telegraphierten und von ihrer Not berichteten. In der Scharaschka, wo die Gefangenen nicht einmal immer ihren Frauen und nicht einmal immer Postkarten schreiben durften, von Appellen an ausländische Parlamente ganz zu schweigen, hatten die Gefangenen die Angewohnheit übernommen, die Familiennamen der Gefängnisvorgesetzten ins Griechische zu übertragen — Myschinopoulos, Klimentiadis, Schischkinidis). »Warum ist Klimentiadis am Sonntag hier?«
»Du weißt es wohl nicht? Sechs fahren zum Wiedersehen.«
Nershin erinnerte sich wieder daran, und sein Herz, das während des morgendlichen Holzspaltens leichter geworden war, wurde erneut von großem Kummer heimgesucht. Nahezu ein Jahr war seit dem letzten Wiedersehen vergangen, acht Monate, seitdem er ein Gesuch eingereicht hatte — sie hatten es ihm weder abgeschlagen noch bewilligt. Unter anderem lag es wohl daran, daß er — um seine Frau, die in der Universitätsaspirantur stand, nicht zu behindern — nicht die Adresse des Studentenwohnheimes, sondern nur ›postlagernd‹ angegeben hatte — und im Gefängnis wurde es nicht gerne gesehen, wenn Briefe postlagernd verschickt wurden. Dank seines ausgeglichenen Innenlebens war Nershin von Neidgefühlen frei: Weder bessere Bezahlung noch das Essen der anderen, verdienteren Gefangenen konnten seine Ruhe stören. Aber die Ungerechtigkeit, daß mancher jeden zweiten Monat Wiedersehen feiern durfte, während seine sehr empfindliche, zerbrechliche Frau seufzte und unter den abweisenden Gefängnismauern umherlief — diese Ungerechtigkeit quälte ihn.
Dazu war heute noch sein Geburtstag.
»Sie fahren? Ja-a . . .« Mit der gleichen Bitterkeit beneidete auch Sologdin diese Menschen.
»Die Spitzel fahren jeden Monat. Und ich darf meine Ninotschka jetzt nie sehen.«
(Sologdin gebrauchte niemals den Ausdruck ›bis zum Ende der Frist‹, weil er erfahren hatte, daß möglicherweise eine Frist kein Ende hat.)
Er sah, wie Klimentjew, der bei Nadelaschin gestanden hatte, in das Stabsgebäude ging.
Plötzlich sagte er schnell:
»Gleb! Deine Frau kennt doch meine. Wenn du zum Wiedersehen fährst, versuche Nadja zu bitten, daß sie Ninotschka sucht und ihr drei Sätze von mir übermittelt . . .« — er schaute gen Himmel — ». . . ›Er liebt sie! Er glaubt an sie! Er hofft!‹ — Sie haben mir das Wiedersehen abgeschlagen, was ist mit dir?« Aufgebracht richtete sich Nershin einen Klotz zurecht.
»Sieh da!«

Nershin blickte auf. Der Leutnant ging auf sie zu und winkte ihm schon von ferne mit dem Finger. Nershin ließ das Beil fallen, warf die angelehnte Säge mit einem kurzen Laut auf die Erde und lief wie ein Junge auf den Leutnant zu. Sologdin beobachtete, wie der Leutnant Nershin in das Stabsgebäude befahl, dann stellte er einen Klotz aufrecht vor sich hin und hieb mit einer solchen Erbitterung auf ihn ein, daß das Beil ihn ganz auseinanderspaltete und überdies noch in den Erdboden hineinfuhr.
Im übrigen war das Beil Staatseigentum.

25

Die Arbeit des ›Kleinen‹

Als er bestimmte Arbeiten aus dem Lehrbuch der Physik anführte, log der Unterleutnant Nadelaschin nicht. Obwohl er nur zwölf Stunden innerhalb von zwei ganzen Tagen arbeiten mußte, war seine Arbeit mühsam, sie zwang ihn, fortwährend von Etage zu Etage zu eilen; zudem war sie im höchsten Grade verantwortungsvoll.
Besonders beschwerlich war sein Dienst in der vergangenen Nacht gewesen. Kaum hatte er ihn um neun Uhr abends angetreten, nachgezählt, ob alle Gefangenen – es waren zweihunderteinundachtzig – da waren, die Nachtschicht auf den Weg geschickt und die Posten aufgestellt (auf dem Treppenplatz, auf dem Korridor des Stabsgebäudes und die Patrouille unter den Fenstern des Spezial-Gefängnisses), als er auch schon von der Verteilung von Essen und Betten an die neuangekommenen Gefangenen durch einen Befehl des Sicherheitsoffiziers Major Myschin abberufen wurde. Nadelaschin war ein außerordentlicher Mensch, nicht nur unter den Gefangenenwärtern (oder – wie man sie jetzt nannte – unter den Gefängnisarbeitern), sondern überhaupt unter seinen Landsleuten, in dem Land, wo jeder zweite die Lager oder die ›Frontakademie des Fluchens‹ durchlaufen hatte, wo unanständiges Fluchen – selbst in Gegenwart von Kindern – nicht nur bei Betrunkenen üblich war (übrigens fluchten auch die Kinder bei ihren Spielen), nein, wo man auch fluchte, wenn man einen Vorstadtautobus bestieg, ja, manchmal sogar in ernsthaften Gesprächen (besonders während der Untersuchungsverfahren). Nadelaschin aber verstand sich nicht auf das Fluchen und gebrauchte nicht einmal Wörter wie ›Teufel‹ oder ›Arschloch‹. Die einzige Verwünschung, die er gelegentlich, aber auch dann selten vernehmlich gebrauchte, lautete: ›Der Stier soll dich stoßen!‹ So war es auch jetzt gewesen, er hatte in

sich hineingemurmelt: »Der Stier soll dich stoßen!« – und war zum Major geeilt.
Der Sicherheitsoffizier Myschin, den Bobynin völlig zu Unrecht einen Parasiten genannt hatte – er war ein krankhaft dicker Mann mit einem violetten Gesicht –, machte an diesem Samstagabend wegen der ungewöhnlichen Umstände Überstunden. Er beauftragte Nadelaschin:

– festzustellen, ob die Weihnachtsfeiern der Deutschen und Letten schon begonnen hätten;
– die Namen all derer zu notieren, die dort angetroffen wurden;
– persönlich und auch durch die regulären Wachen, die alle zehn Minuten zu schicken seien, nachzuprüfen, ob bei dieser Gelegenheit Wein getrunken werde, ob die Häftlinge zur Fluchtvorbereitung unterirdische Gänge grüben, worüber man spreche und, das Wichtigste, ob man anti-sowjetische Propaganda treibe;
– nach Möglichkeit Abweichungen von der Gefängnisordnung aufzuspüren und daraufhin diese abscheulichen religiösen Gelage abzubrechen.

Es war nicht gesagt worden – abzubrechen, sondern ›nach Möglichkeit abzubrechen‹. Den Weihnachtsabend friedlich zu feiern, war nicht unbedingt eine verbotene Handlung, aber das Herz des Genossen Myschin empörte sich dagegen.
Der Unterleutnant Nadelaschin mit seinem Wintermondgesicht gab dem Major zu bedenken, daß weder er und erst recht nicht seine Aufseher Deutsch oder Lettisch verstünden (sie konnten nicht einmal alle Russisch).
Myschin erinnerte sich daran, daß er selbst während der vier Jahre, die er als Kommissar in der Wachkompanie eines Lagers deutscher Kriegsgefangener gedient hatte, nur drei Worte gelernt hatte: ›Halt‹, ›Zurück!‹ und ›Weg!‹ – und milderte die Schärfe seiner Anordnung.
Nachdem Nadelaschin den Befehl entgegengenommen und ungeschickt salutiert hatte (von Zeit zu Zeit wurde er einem Paradedrill unterzogen), verließ er das Zimmer, um die Neuangekommenen unterzubringen; auch dafür hatte er von dem Sicherheitsoffizier eine Liste bekommen: wem er welches Zimmer und welches Bett anweisen sollte. Myschin maß einer geplant-zentralen Verteilung der Plätze in den Gefängniswohnräumen große Bedeutung bei, er hatte dort gleichmäßig seine Spitzel verteilt. Er wußte, daß die freimütigsten Gespräche nicht im hastigen Getriebe des Arbeitstages geführt wurden, sondern vor dem Einschlafen, daß die finstersten und galligsten Bemerkungen am Morgen fielen, und deshalb erschien es ihm besonders wertvoll, die Leute in den Schlafräumen zu beobachten.
Danach ging Nadelaschin wie vorgeschrieben in jedes Zimmer, in dem man Weihnachten feierte – er gab vor, die Wattzahl der dort einge-

schraubten Birnen zu kontrollieren. Die Wachen schickte er der Reihe nach.

Alle Feiernden wurden auf eine Liste geschrieben.

Dann rief ihn Major Myschin erneut zu sich. Nadelaschin gab ihm die kleine Liste. Myschin interessierte vor allem, daß Rubin bei den Deutschen gewesen war.

Er trug dieses Faktum in seinen Ordner ein.

Unterdessen war es an der Zeit, die Wachen zu wechseln, gleichzeitig mußte Nadelaschin einen Streit zwischen zwei Aufsehern schlichten; es ging darum, wer von beiden das letzte Mal länger hatte Dienst tun müssen.

Außerdem mußte das Nachtsignal gegeben werden; kurz danach hatte er sich mit Prjantschikow über das kochende Wasser zu streiten, der Rundgang durch alle Zimmer mußte unternommen, das weiße Licht aus- und das blaue eingeschaltet werden. Dann rief ihn wieder Major Myschin, der immer noch nicht nach Hause gegangen war (er hatte zu Hause eine kranke Frau und keine Lust, sich den ganzen Abend ihre Klagen anzuhören). Major Myschin saß im Sessel und fragte Nadelaschin, der vor ihm stand, mit wem, nach seiner Beobachtung, Rubin gewöhnlich spazierengehe und ob er in der letzten Woche nicht gelegentlich provokativ über die Gefängnisverwaltung gesprochen oder im Namen der anderen irgendwelche Forderungen gestellt habe.

Nadelaschin nahm unter seinen Kollegen, den Offizieren und den Vorgesetzten der Wachmannschaft, einen besonderen Platz ein. Oft und ausgiebig hatte man ihn beschimpft. Seine angeborene Güte hatte ihn lange bei der Ausübung seines Wachdienstes behindert. Hätte er sich aber nicht angepaßt, wäre er schon lange von hier fortgetrieben oder sogar verurteilt worden. Seiner Natur folgend, war Nadelaschin niemals grob zu den Gefangenen, sondern begegnete ihnen mit einem aufrichtig gutmütigen Lachen. Wo und wann immer man nur nachsichtig sein konnte, war er nachsichtig. Deswegen mochten ihn die Gefangenen, sie beklagten sich niemals über ihn, machten ihm keine Vorwürfe und nahmen sich vor ihm nicht einmal bei ihren Gesprächen in acht. Er sah und hörte gut und verstand sich auch auf das Schreiben. Um sein Gedächtnis zu unterstützen, vermerkte er alles in einem kleinen Notizbüchlein — und diese Notizen brachte er seinen Vorgesetzten zu Ohren. Damit verbarg er seine anderen Nachlässigkeiten im Dienst.

So war es auch jetzt, er zog sein Büchlein hervor und berichtete dem Major, daß die Gefangenen am siebzehnten Dezember nach dem Mittagsspaziergang zusammen durch den untersten Korridor gegangen seien und er, Nadelaschin, ihnen gefolgt sei. Die Gefangenen hätten gebrummt, daß morgen Sonntag sei, man aber von den Vorgesetzten keinen freien Tag bekomme; Rubin habe zu ihnen gesagt: »Wann werdet ihr endlich begreifen, daß ihr von diesem Gesindel kein Mitleid zu erwarten habt?«

»Hat er gesagt: ›Dieses Gesindel‹?« fragte Myschin mit violett anlaufendem Gesicht.

»Ja, das hat er gesagt«, bestätigte der mondgesichtige Nadelaschin gutmütig lächelnd.

Myschin öffnete nochmals den Hefter und machte einen Eintrag, dann befahl er Nadelaschin, ihn weiterhin genau zu informieren.

Major Myschin haßte Rubin und sammelte belastendes Material gegen ihn. Als er in Mawrino seinen Dienst angetreten und erfahren hatte, Rubin, ein früherer Kommunist, rühme sich überall, daß er trotz seiner Haft in seinem Herzen immer noch Kommunist sei, hatte Myschin ihn zu sich bestellt, um mit ihm über das Leben im allgemeinen und über *eine gemeinsame Arbeit* im besonderen zu sprechen. Es ließ sich jedoch keine Übereinkunft erzielen. Myschin stellte Rubin die Fragen genau in der Art und Weise, wie es in den Instruktionsstunden empfohlen worden war:

— Wenn Sie ein Sowjetmensch sind, so werden Sie uns helfen;
— wenn Sie uns nicht helfen, so sind Sie auch kein Sowjetmensch;
— wenn Sie kein Sowjetmensch sind, so sind Sie antisowjetisch eingestellt und verdienen eine neue *Frist*.

Rubin aber fragte: »Womit müssen die Anzeigen geschrieben werden, mit Tinte oder mit Bleistift?« — »Besser mit Tinte«, riet Myschin. Und Rubin: »Ich habe meine Hingabe an die Sowjetmacht schon mit Blut bewiesen, mit Tinte brauche ich sie nicht mehr zu bekunden.«

Mit diesem einen Satz hatte Rubin dem Major seine ganze Unaufrichtigkeit und Falschheit zu erkennen gegeben.

Und noch einmal hatte ihn Myschin zu sich gerufen. In diesem Gespräch hatte Rubin offensichtlich gelogen und sich herausgeredet; er hatte gesagt, die Tatsache, daß sie ihn eingesperrt hätten, bedeute, daß sie ihm politisch nicht trauten, und solange das der Fall sei, könne er unmöglich mit dem Sicherheitsoffizier *zusammenarbeiten.*

Seit dieser Zeit stand er bei Myschin in Ungnade, und der Major sammelte alles, was Rubin belasten konnte.

Das Gespräch zwischen dem Major und dem Unterleutnant war noch nicht beendet, als plötzlich ein Personenwagen des Ministeriums für Staatssicherheit vorfuhr, um Bobynin zu holen. Myschin nutzte dieses für seine Karriere so außerordentlich glückliche Zusammentreffen der Umstände; kaum daß er in seine Jacke hineingeschlüpft war, stand er auch schon neben dem Auto und fragte den darin sitzenden Offizier, ob er sich nicht etwas aufwärmen wolle. Dabei lenkte er dessen Aufmerk-

samkeit auf den Umstand, daß er hier nachts Dienst tue; er hetzte Nadelaschin mit unnötigen Aufträgen herum und fragte vorsichtshalber Bobynin, ob er auch warm gekleidet sei. (Bobynin hatte absichtlich für diesen Weg statt des schönen Mantels, den man an ihn ausgegeben hatte, die zerrissene wattierte Lagerjacke angezogen.)
Sofort nach Bobynins Abfahrt rief man nach Prjantschikow. Um so weniger konnte der Major jetzt nach Hause gehen! Um zu verschleiern, daß er unbedingt wissen wollte, wen sie noch rufen und wann die Abberufenen zurückkehren würden, beschäftigte sich der Major damit, zu kontrollieren, wie die abgelösten Wachleute ihre Zeit verbrachten (sie spielten Domino), er begann, sie in Parteigeschichte zu prüfen, denn er trug die Verantwortung für ihre politische Bildung. Obwohl auch diese Zeit als Dienst galt, pflegten die Wachen nach der Ablösung meistens zu schlafen. Jetzt aber hatten sie gerade angefangen, Schafskopf zu spielen, und so antworteten sie auf die Fragen des Majors mit verständlicher Unlust. Ihre Antworten waren kläglich: Nicht genug, daß diese Männer keine Ahnung davon hatten, warum es nach dem zweiten Kongreß richtig war, sich zu trennen und sich nach dem vierten wieder zu vereinigen, sie hielten sogar Plechanow für jenen zaristischen Minister, der für die Erschießung der Petersburger Arbeiter am 9. Januar 1905 verantwortlich war. Für all das kritisierte Myschin Nadelaschin: diesen treffe die Schuld an der moralischen Zersetzung seiner Wachmannschaft.
In diesem Augenblick kehrten Bobynin und Prjantschikow gemeinsam in einem Auto zurück und gingen, ohne auch nur ein Wort an den Major zu richten, zu Bett. Enttäuscht und noch stärker beunruhigt fuhr er Major mit demselben Auto fort, um nicht zu Fuß gehen zu müssen: Autobusse verkehrten zu dieser späten Stunde längst nicht mehr. Die dienstfreien Soldaten fluchten hinter ihm her und wollten schon zu Bett gehen – nur Nadelaschin wollte noch etwas vor sich hindösen –, als das Telefon läutete. Das Gespräch wurde aus der Wachstube der Posten, die für die Wachttürme rings um das Mawrino-Institut verantwortlich waren, geführt. Bei dichter werdendem Nebel habe man deutlich jemanden gesehen, der sich hinter dem Heuschober versteckt und dann versucht habe, zum Stacheldraht vorzurobben. Auf Anruf sei er dann erschrocken in die Tiefe des Hofs hinein davongelaufen.
Der Wachkommandant teilte mit, daß er sofort seinen Regimentsstab benachrichtigen und einen Bericht über dieses außergewöhnliche Vorkommnis schreiben werde; unterdessen werde er den diensthabenden Offizier des Spezialgefängnisses bitten, im Hof eine Treibjagd zu veranstalten. Obwohl Nadelaschin fest davon überzeugt war, daß die Wache sich getäuscht hatte und alle Gefangenen sicher in ihren Zellen mit den neuen Eisentüren und den alten dicken Mauern säßen, forderte doch die

Tatsache, daß der Wachkommandant einen Bericht schreiben wollte, von ihm energisches Handeln und ebenfalls einen Bericht. Deshalb schreckte er die dösenden Wachen mit der Alarmglocke auf und ließ sie mit ihren Taschenlampen den in dichtem Nebel liegenden Hof absuchen. Danach ging er noch einmal durch alle Zellen. Er vermied es, das weiße Licht anzuknipsen – um keine unnötigen Klagen zu veranlassen –, sah aber beim blauen Licht nicht genug und stieß sich deshalb das Knie hart an einer Bettkante. Er leuchtete den Kopf jedes Gefangenen mit einer Taschenlampe an und zählte sie dabei, bis er auf die Zahl 281 gekommen war. Dann ging er in sein Büro und schrieb in seiner runden, klaren Handschrift, die ein Abbild seines klaren, lauteren Wesens war, an den Leiter des Spezialgefängnisses, Oberstleutnant Klimentjew, einen Bericht über das Vorgefallene.

Unterdessen war es Morgen geworden, Zeit, die Küche zu kontrollieren, das Essen zu kosten und dann zum Wecken blasen zu lassen.

So war der Nachtdienst des Unterleutnants Nadelaschin vergangen, und er hatte guten Grund, zu Nershin zu sagen, auch er bekomme sein Brot nicht umsonst. Nadelaschin war schon gut über die dreißig hinaus, wirkte aber, weil er keinen Bartwuchs hatte, wesentlich jünger.

Nadelaschins Vater und Großvater waren Schneider gewesen, keine Modeschneider, sondern geschickte Schneider für kleine Leute, die sich nicht geweigert hatten, Kleidungsstücke zu wenden, alte Kleider umzuändern oder auszubessern, wenn nötig sogar so schnell, daß der Kunde darauf warten konnte. Der Junge sollte auch Schneider werden. Von Kind an gefiel ihm diese gesellige, weiche Arbeit; er bereitete sich darauf vor, sah zu und half. Aber dann endete die Phase der ›Neuen Ökonomischen Politik‹ (1921–28): Man legte Nadelaschins Vater den turnusmäßigen Jahressteuerbescheid vor – er zahlte. Zwei Tage später brachte man ihm einen neuen Jahressteuerbescheid – er zahlte wieder. Ohne sich dessen zu schämen, stellte man ihm noch einen dritten Jahressteuerbescheid zu, auf dem die Summe verdreifacht worden war. Der Vater zerriß das Schreiben, nahm sein Firmenschild ab und trat in ein Artel[1] ein. Kurz darauf holten sie den Sohn zum Militär. Von da aus kam er zu den MWD-Einheiten und wurde später Aufseher.

Er hatte sich im Dienst nicht gerade sehr hervorgetan. Während seiner vierzehn Dienstjahre hatten ihn andere Aufseher um drei oder vier Dienstgrade überflügelt. Manche waren jetzt schon Hauptleute; er aber hatte erst vor einem Monat mit Müh und Not seinen ersten Stern be-

[1] Eine Genossenschaft von Handwerkern, Soldaten, Arbeitern, die ihre Mahlzeiten gemeinsam einnehmen, oft auch eine gemeinschaftliche Kasse haben und meist zusammen wohnen (Anm. d. Übers.)

kommen. Nadelaschin verstand viel mehr, als es den Anschein hatte. So erkannte er zum Beispiel, daß diese aller Menschenrechte beraubten Häftlinge ihm eigentlich oft überlegen waren. Da Nadelaschin, wie sehr viele Menschen, die anderen nach sich selbst beurteilte, konnte er sich außerdem die Gefangenen nicht als so blutige Verbrecher vorstellen, wie sie ihm während seines politischen Unterrichts dargestellt worden waren.

Genauer als an die Definition der Arbeit aus seinem Abend-Physikkurs konnte er sich noch an jede Biegung der fünf Gefängniskorridore in der Bolschaja Lubjanka und an jeden der hundertzehn Häftlinge erinnern. In der Lubjanka galt die Bestimmung, daß die Posten alle zwei Stunden turnusmäßig untereinander ausgetauscht wurden; wer zuvor am einen Ende des Korridors Aufsicht hatte, kam dann ans andere Ende. Das war eine neue Vorsichtsmaßnahme, durch die verhindert werden sollte, daß sich die Aufseher mit den Gefangenen einließen und möglicherweise von ihnen überredet oder bestochen werden könnten; im übrigen wurden sie recht gut bezahlt. Jeder Wachmann war verpflichtet, mindestens alle drei Minuten einmal durch die Gucklöcher in die Zellen zu sehen. Nadelaschin war der Meinung, daß er aufgrund seines ausgezeichneten Personengedächtnisses wohl jeden, den er von 1935 bis 1947 bewacht hatte, wiedererkennen würde, gleich, ob es sich um bekannte Militärs oder um einfache Frontoffiziere wie Nershin handelte. Er glaubte, daß er jeden von ihnen auch jetzt auf der Straße in jeder beliebigen Kleidung wiedererkennen würde. Nur konnte man ihnen auf der Straße nicht begegnen, denn aus *jener* Welt gab es keine Rückkehr in *diese* Welt. Nur hier in Mawrino hatte er schon einige seiner damaligen Häftlinge wiedergetroffen, natürlich, ohne ihnen anzudeuten, daß er sie wiedererkannt hatte. Er erinnerte sich an sie, wie sie, in den einen Quadratmeter großen Boxen von starken Lampen schlaflos gehalten, allmählich erstarrten, wie sie ihre 400-Gramm-Ration nasses Brot mit einem Faden durchschnitten; wie sie sich in schöne, alte Bücher vergruben, von denen es in der Gefangenenbibliothek genug gab; wie sie zum Waschen einer nach dem anderen heraustraten; wie sie mit ihren Händen auf dem Rücken zum Verhör geführt wurden; wie sie in der letzten halben Stunde vor dem Schlafen immer munterere Gespräche führten; und wie sie dalagen, in den Winternächten, bei hellem Licht, mit den Händen, die sie in Handtücher gewickelt hatten, über der Decke, weil jeder, der die Hände unter die Decke gesteckt hatte, aufgeweckt und gezwungen werden mußte, sie herauszunehmen.

Mehr als alles andere liebte es Nadelaschin, den Disputen und Gesprächen all dieser weißbärtigen Akademiker, Priester, alten Bolschewiken, Generäle und fremden Gaukler zu lauschen. Schon aus dienstlichen Gründen

mußte er zuhören, aber er hörte gern zu — für sich. Nadelaschin hätte zu gern eine Erzählung ohne Unterbrechung von Anfang bis zum Ende gehört; wie jemand früher gelebt hatte, und warum er verhaftet worden war. Aber sein Dienst ließ das nie zu. Es erstaunte ihn, daß diese Leute während der schreckenerfüllten Monate, in denen ihr Leben zerbrochen vor ihnen lag und die Entscheidung über ihr weiteres Schicksal fiel, den Mut hatten, nicht über ihre Leiden zu sprechen, sondern über alles andere, was ihnen in den Sinn kam: über italienische Künstler, das Verhalten der Bienen, über die Wolfsjagd oder darüber, wie ein gewisser Le Corbusier seine Häuser für irgend jemanden anderen als für sie baute. Einmal hatte Nadelaschin ein Gespräch gehört, das ihn ganz besonders interessiert hatte. Er hatte damals als Begleitung von zwei auf der Rückseite eingeschlossenen Gefangenen im Fond eines ›Schwarzen Raben‹ gesessen. Sie wurden von der Bolschaja Lubjanka in die Suchanow-Datscha überführt, die wohl ›Datscha‹ genannt wurde, aber ein übelbeleumdetes bei Moskau gelegenes Gefängnis war, von dem aus viele direkt ins Grab oder ins Irrenhaus, nur wenige aber zurück in die Lubjanka kamen.
Nadelaschin selbst hatte nie dort gearbeitet, aber er wußte, daß man den Gefangenen in der Suchanow-Datscha das Essen mit raffinierter Quälerei verabreichte: Sie bekamen nicht, wie sonst überall, grobe, schwere Speisen, sondern man servierte ihnen leichte, duftende Sanatoriumskost. Die Qual bestand in den Portionen: Man brachte den Häftlingen einen winzigen Napf Bouillon, ein winziges Kotelett, zwei Scheiben Bratkartoffeln. Das sättigte sie nicht, sondern erinnerte sie nur an das, was sie verloren hatten. Außerdem war das gesundheitsschädlicher als ein Topf mit wässriger Suppe und trug bei vielen dazu bei, daß sie wahnsinnig wurden.
Zufällig waren die beiden Häftlinge im ›Schwarzen Raben‹ nicht getrennt worden, sondern saßen zusammen. Wegen des Motorlärms hatte Nadelaschin zuerst nicht hören können, worüber sie sprachen. Dann setzte der Motor plötzlich aus, der Fahrer ging irgendwohin, und der begleitende Offizier saß auf dem Rücksitz. Nadelaschin hörte die leise Unterhaltung der beiden Gefangenen durch das Gitter der Zwischenwand. Sie verdammten die Regierung und den Zaren, aber nicht die heutige Regierung, und auch nicht Stalin, sondern Peter den Großen. Nadelaschin überlegte, was er ihnen getan hätte, daß sie kein gutes Haar an ihm ließen. Einer schimpfte unter anderem auf ihn, weil er die russische Volkskleidung verstümmelt und abgeschafft und dadurch das Volk seiner Individualität beraubt habe. Er zählte dann genau, mit besonderer Sachkenntnis auf, welche Kleidungsstücke das gewesen seien, wie sie ausgesehen hätten, wann sie getragen worden seien, und ver-

sicherte, daß es auch heute noch nicht zu spät sei, einzelne dieser Kleidungsstücke wieder hervorzuholen. Sie könnten gut und gerne zusammen mit der jetzigen Kleidung getragen werden. Auf diese Weise würde Paris nicht blind kopiert werden. Der andere Häftling hatte gespottet – Nadelaschin wunderte sich, daß sie noch spotten konnten – daß dafür zwei Menschen nötig seien: ein genialer Schneider, der sich darauf verstünde, so etwas anzufertigen, und ein modischer Tenor, der diese Kleidung trüge und sich darin fotografieren ließe. Danach würde ganz Rußland diese Mode schnellstens übernehmen.

Dieses Gespräch hatte Nadelaschin deshalb besonders interessiert, weil das Schneiderhandwerk seine heimliche Leidenschaft geblieben war. Nach seinem Dienst in den höllisch überheizten Korridoren beruhigte ihn das Rascheln des Stoffs, ein sanfter Faltenwurf, die Gutartigkeit dieser Arbeit.

Er nähte Kleider für seine Kinder, seine Frau und für sich, verbarg aber diese Tätigkeit vor den Kameraden. Es war eines Soldaten nicht würdig zu nähen.

26

Die Arbeit des Oberstleutnants

Die Haare des Oberstleutnants Klimentjew waren pechschwarz; glänzend schwarz lagen sie, wie aus Eisen gegossen, glatt auf seinem Kopf, von einem Scheitel geteilt; sein Bart schien pomadisiert zu sein. Er hatte keinen Bauch und hielt sich mit seinen fünfundvierzig Jahren wie ein sehniger junger Soldat. Außerdem lächelte er niemals im Dienst, was den ohnehin finsteren Ausdruck seines Gesichts verstärkte.

Ungeachtet des Sonntags war er heute früher als sonst gekommen. Er durchschritt den Hof, auf dem die Gefangenen gerade ihren Morgenspaziergang machten, und nahm dabei mit halbem Ohr alle an seine Adresse gerichteten Ungehörigkeiten wahr. Er ließ sich aber nicht herab, mischte sich nicht ein, sondern betrat das Stabsgebäude des Gefängnisses und befahl noch im Gehen Nadelaschin, den Gefangenen Nershin zu rufen und selbst auch bei ihm zu erscheinen. Als er den Hof überquerte, hatte der Oberstleutnant bemerkt, daß einzelne Gefangene, die seinen Weg kreuzten, schneller gingen, andere ihren Schritt verlangsamten oder eine schnelle Kehrtwendung machten, nur damit sie nicht mit ihm zusammenträfen und in die Verlegenheit kämen, ihn noch einmal grüßen zu müssen. Klimentjew nahm das kühl auf und fühlte sich nicht gekränkt. Er wußte, daß dies nur zum Teil auf seine Stellung zurückzuführen war, sondern vor allem auf ein Schamgefühl den Kameraden gegenüber, vor denen man dann vielleicht als zu diensteifrig erscheinen könnte. Nahezu jeder dieser Gefangenen verhielt sich freundlich, wenn er allein zu ihm in das Büro gerufen wurde, manche sogar schmeichlerisch. Es gab hinter den Gittern verschiedene Leute, und sie waren auch verschieden viel wert, das wußte Klimentjew schon lange. Er achtete ihr Recht, stolz zu sein, und bestand selbst unerbittlich auf seinem Recht, streng zu sein. In seinem Herzen war er Soldat, und deshalb dachte er nicht daran, im Gefängnis irgendeine lächerliche Disziplin einzuführen, sondern hielt auf vernünftige Militärdisziplin.

Er schloß sein Arbeitszimmer auf. Das Büro war heiß, von einem unangenehm muffigen Geruch erfüllt, der von den Heizkörpern ausging. Der Oberstleutnant öffnete das Klappfenster, legte seinen Mantel ab, setzte sich in seinem Uniformrock hinter den Schreibtisch und betrachtete dessen leere Platte. Auf dem Samstagsblatt seines Tischkalenders stand: »Tannenbaum?«

Von diesem etwas kärglichen Büro aus, das nur mit einem Schreibtisch, einem Stahlschrank, sechs Stühlen, einem Telefon und einem Summer ausgestattet war, dirigierte Oberstleutnant Klimentjew ohne irgendein sichtbares Machtinstrument den Verlauf von zweihunderteinundachtzig Leben und den Dienst von fünfzig Wachleuten.

Weder der Umstand, daß er am Sonntag hatte kommen müssen – dafür bekam er einen freien Werktag –, noch daß es eine halbe Stunde früher als sonst war, kostete Klimentjew seine übliche Kaltblütigkeit und Ausgewogenheit.

Der Unterleutnant Nadelaschin stand angsterfüllt vor ihm. Auf seinen Wangen zeichneten sich zwei runde, rote Flecken ab. Er fürchtete den Oberstleutnant sehr, obwohl dieser keines seiner vielfachen Vergehen mit einem Eintrag in seinen Personalbogen geahndet hatte. Vergeblich versuchte Nadelaschin, eine vorschriftsmäßige Haltung einzunehmen.

Er berichtete, daß sein Nachtdienst unter Einhaltung aller Vorschriften verlaufen sei, und weiter, daß sich zwei ungewöhnliche Vorfälle ereignet hätten: über den einen habe er einen Bericht abgefaßt (er legte den Bericht vor Klimentjew auf die Schreibtischecke, er glitt herunter und fiel unter einen Stuhl. Nadelaschin bückte sich danach und legte ihn wieder auf den Tisch). Zweitens seien die Gefangenen Bobynin und Prjantschikow in das Ministerium für Staatssicherheit gerufen worden.

Der Oberstleutnant zog die Brauen hoch und fragte genauer nach Vorladung und Rückkehr der Gefangenen. Die Neuigkeit war natürlich unangenehm und sogar beunruhigend. Kommandant dieses Gefängnisses hier zu sein, hieß, sich ständig auf einem Vulkan, sich ständig unter den

Augen des Ministeriums zu befinden. Das hier war nicht irgendein entfernt in den Wäldern liegendes Lager, wo der Kommandant sich einen Harem und einen Hofnarren halten und wie ein Feudalherr selbst Urteil sprechen konnte. Hier hieß es, genau die Buchstaben des Gesetzes zu beachten, auf dem Seil der Instruktionen zu tanzen und nicht einen einzigen Tropfen persönlichen Zorns oder Mitleids einfließen zu lassen. Aber das entsprach an sich auch Klimentjews Art. Er glaubte nicht, daß Bobynin oder Prjantschikow irgend etwas Unrechtmäßiges in seinen Handlungen gefunden hatten, worüber sie sich heute nacht hätten beklagen können. Seine lange Erfahrung im Dienst hatte ihm gezeigt, daß er Verleumdungen seitens der Gefangenen nicht zu befürchten brauchte. Weitaus gefährlicher waren in dieser Beziehung die Kollegen.

Schnell überflog er Nadelaschins Rapport und bemerkte sogleich, daß alles unsinnig aufgebläht worden war. Er hielt Nadelaschin auch deshalb in seiner Umgebung, weil er lesen und schreiben konnte und Verstand hatte.

Aber wie viele Fehler hatte er doch auch! Der Oberstleutnant tadelte ihn. Er erinnerte ihn an alle einzelnen Verstöße, die er sich im Verlauf seines letzten Dienstes hatte zuschulden kommen lassen: die Gefangenen waren zwei Minuten zu spät zur Arbeit geschickt worden; viele Betten in den Zellen waren schlecht gemacht, und Nadelaschin hatte die geforderte Härte vermissen lassen, als er die betreffenden Gefangenen von der Arbeit zurückrief, um sie ihre Betten nochmals machen zu lassen. All das war ihm aber doch schon früher gesagt worden. Wenn man ihm solche Dinge sagte, war es, als würde man gegen eine Wand sprechen. Und wie war es heute beim Morgenspaziergang gewesen? Der junge Doronin hatte unbeweglich am äußeren Rand des Spazierhofes gestanden und auf die Zone und das dahinter, in Richtung auf die Gewächshäuser liegende Gebiet geblickt, ein zerklüftetes Gelände mit einem kleinen Abgrund, sehr für eine Flucht geeignet. Doronin war wegen Dokumentenfälschung zu fünfundzwanzig Jahren verurteilt worden und hatte zwei Jahre auf der Allunions-Suchliste gestanden! Niemand von der Wachmannschaft hatte Doronin jedoch aufgefordert, im Kreis weiterzugehen. Und dann – wo war Gerassimowitsch hinspaziert? Er hatte sich von allen abgesondert und war unter den großen Linden hindurch, in Richtung auf die Mechanikerwerkstatt gegangen. Gerassimowitsch war auf Grund einer Verurteilung nach Artikel 58, Absatz 1a, in Verbindung mit Artikel 19[1] hierhergekommen. Er hatte nicht zugegeben, daß er während der ersten Kriegstage mit der Absicht nach Leningrad gefahren war, dort auf die Deutschen zu warten. Einen Gegenbeweis hatte

[1] Artikel 19 stellt beabsichtigten Hochverrat unter Strafe (Anm. d. Übers.)

er aber auch nicht erbringen können. Nadelaschin war sich nicht bewußt, daß man die Gefangenen ständig im Auge behalten müsse, sowohl unmittelbar als auch anhand ihrer Personalakte. Und überhaupt, wie sah Nadelaschin denn aus! Seine Feldbluse war nicht heruntergezogen – Nadelaschin zog sie herunter. Der Stern an seiner Mütze war verrutscht – Nadelaschin rückte ihn zurecht. Er salutiert wie ein altes Weib. Braucht man sich da zu wundern, daß die Gefangenen, wenn Nadelaschin Dienst hat, ihre Betten nicht richtig machten? Heute machen sie die Betten schlecht, und morgen revoltieren sie und weigern sich, zur Arbeit zu gehen.

Dann erteilte der Oberstleutnant neue Befehle: Die Aufseher, die dazu bestimmt waren, die Gefangenen zu ihren Treffen mit den Angehörigen zu begleiten, sollten sich in Zimmer Nr. 3 versammeln, um Instruktionen zu erhalten. Der Gefangene Nershin solle unterdessen im Korridor stehen. Dann wurde Nadelaschin entlassen.

Niedergeschlagen ging er. Wenn seine Vorgesetzten ihn tadelten, nahm er sich jedesmal ihre Vorwürfe sehr zu Herzen und faßte den Vorsatz, diese Vergehen nicht zu wiederholen. Dann aber kam der Dienst, er traf wieder auf den Willen von Dutzenden von Arrestanten, alle zerrten in verschiedene Richtungen, jeder wollte ein kleines bißchen Freiheit, und Nadelaschin konnte ihnen dieses kleine Stückchen nicht versagen. Er hoffte nur immer, daß es nicht entdeckt würde.

Klimentjew nahm seinen Federhalter und strich das Wort ›Tannenbaum?‹ auf dem Kalender aus. Die Entscheidung darüber war gestern gefallen.

Noch nie hatte es in Spezialgefängnissen Tannenbäume gegeben, an solch ein Wunder konnte sich Klimentjew nicht erinnern. Gefangene aber, und dazu noch solche, die bei ihren Kameraden einiges Ansehen besaßen, hatten wiederholt darum gebeten, in diesem Jahr einen Tannenbaum zu bekommen. Und Klimentjew hatte angefangen, darüber nachzudenken – warum eigentlich man ihnen den Wunsch abschlagen sollte. Klar war, daß von einer Tanne nichts Schlechtes ausgehen werde, kein Brand ausbräche – hier sind ja alle Professoren für Elektrizität. Sehr wichtig war der Abend des neuen Jahres, wenn alle freien Mitarbeiter aus dem Institut nach Hause fuhren, um sich zu amüsieren, dann mußte auch hier etwas geschehen. Ihm war bekannt, daß die Vorabende von Feiertagen für Gefangene die schwersten Abende waren, jemand konnte zu einer Verzweiflungstat oder zu einer unbesonnenen Handlung getrieben werden. So hatte er gestern bei der Gefängnisverwaltung angerufen, der er direkt unterstellt war, und mit ihr über den Tannenbaum gesprochen. In den Instruktionen stand, daß Musikinstrumente verboten seien, aber von Tannenbäumen stand nirgendwo etwas. Die

Gefängnisverwaltung gab keine Einwilligung, sprach aber auch kein Verbot aus. Ein langer und makelloser Dienst verlieh Klimentjews Handlungen Sicherheit und Überzeugungskraft. Und schon am Abend, auf der Rolltreppe der Metro, auf dem Nachhauseweg, hatte Klimentjew entschieden – nun gut, also, sie sollen ihren Tannenbaum haben!

Als er dann in die Metro einstieg, dachte er über sich selbst nach, daß er doch eigentlich ein intelligenter, tüchtiger Mensch und kein Schreibtischhengst sei, ja sogar ein guter Mensch. Die Gefangenen werden dies aber nie zu schätzen wissen und nie erfahren, wer ihnen keinen Tannenbaum genehmigen wollte und wer ihnen einen genehmigte.

Irgendwie war Klimentjew mit der von ihm getroffenen Entscheidung sehr zufrieden, und so drängelte er sich nicht schnell mit den anderen Moskauern in das Innere des Wagens, sondern stieg als letzter ein, kurz bevor sich die automatische Tür schloß. Er versuchte auch nicht, einen Platz zu bekommen, sondern hielt sich an dem Nickelgriff fest und betrachtete sein männliches, unklar in der spiegelnden Scheibe aufleuchtendes Bild, hinter dem sich die Schwärze des Tunnels und die endlosen Kabelröhren hinzogen. Dann fiel sein Blick auf eine junge Frau, die in seiner Nähe saß. Sie war sorgfältig, aber nicht aufwendig gekleidet: Sie trug einen imitierten Persianermantel mit dazugehöriger Mütze. Auf ihren Knien lag eine prall gefüllte Aktenmappe. Klimentjew betrachtete sie und dachte, daß sie eigentlich ein ansprechendes Gesicht habe, aber für eine junge Frau ungewöhnlich müde und teilnahmslos aussehe.

Gerade in diesem Augenblick sah die junge Frau zu ihm hin, und ihre Blicke begegneten sich für einen Moment, so wie sich eben Blicke zufällig begegnen. Plötzlich stutzte sie. Ihre Augen spiegelten eine jäh aufkommende Unsicherheit wider. Klimentjew, der durch seinen Beruf ein gutes Gedächtnis für Gesichter hatte, erkannte mit einemmal diese Frau. Es gelang ihm nicht, sein Erkennen zu verbergen. Sie bemerkte sein Schwanken und sah ihre Vermutung offensichtlich bestätigt. Es war die Frau des Gefangenen Nershin. Klimentjew hatte sie bei ihrem Besuch im Taganka-Gefängnis gesehen.

Sie blickte finster, wandte den Blick ab und sah dann Klimentjew wieder an. Er sah schon wieder in den Tunnel hinaus, nahm aber aus seinem Augenwinkel heraus wahr, daß sie ihn anblickte. In diesem Moment stand sie entschlossen auf und trat auf ihn zu, so daß er gezwungen war, sich ihr zuzuwenden.

Sie war entschlossen aufgestanden, jetzt aber, als sie stand, war alle Entschlossenheit von ihr gewichen. Sie hatte die Unabhängigkeit einer selbständigen Frau, die in der Metro fuhr, verloren, und es schien, als wollte sie mit ihrer schweren Mappe dem Oberstleutnant den Platz räumen. Auf ihr lastete das unselige Geschick aller Frauen politischer Gefangener, das heißt aller Frauen von *Volksfeinden:* Ganz gleich, an wen sie sich wandten, wohin sie gingen – wo immer ihre eheliche Verbindung bekannt war, schien es, als würden sie eine nicht abzuschüttelnde Schmach hinter sich herziehen. In den Augen aller teilten sie gleichsam die schwere Bürde der Schuld mit dem ›Verbrecher‹, dem sie sich einstmals anvertraut hatten. Und die Frauen begannen allmählich, sich wirklich dessen schuldig zu fühlen, was ihre Männer, die sich schon geduldig daran gewöhnt hatten, als *Volksfeinde* angesehen zu werden, nicht als Schuld anerkannten.

Die Frau trat so nahe an ihn heran, daß sie das Rattern des Zuges übertönen konnte, und fragte ihn:

»Genosse Oberstleutnant! Bitte entschuldigen Sie vielmals! Sie sind doch... der Vorgesetzte meines Mannes, nicht wahr? Oder irre ich mich?«

Vor Klimentjew hatten in den vielen Jahren seiner Tätigkeit als Gefängnisoffizier alle Arten von Frauen gestanden, und er sah nichts Ungewöhnliches in ihrem unterwürfigen, schüchternen Auftreten. Aber jetzt, hier in der Metro, vor den Augen aller, erschien ihm die zaghaft bittende Gebärde dieser Frau sehr unschicklich.

»Warum sind Sie aufgestanden? Setzen Sie sich doch«, sagte er verwirrt und versuchte, sie beim Ärmel zu fassen und sie zum Hinsetzen zu bewegen.

»Nein, nein, das macht nichts!« lehnte die Frau ab und sah den Oberstleutnant fest, nahezu fanatisch an. »Sagen Sie, warum habe ich ein ganzes Jahr kein Wie... kann ich ihn nicht sehen? Wann? – So sprechen Sie doch!«

Ihr Zusammentreffen war ein ebenso ungewöhnlicher Zufall wie das Wiederauffinden der sprichwörtlichen Stecknadel im Heuhaufen. Vor einer Woche war von der Gefängnisverwaltung des MGB unter anderem die schriftliche Erlaubnis für den Gefangenen Nershin gekommen, seine Frau am Sonntag, dem 25. Dezember 1949, im Lefortowo-Gefängnis wiederzusehen. Allerdings mit der Bemerkung, daß es verboten sei, der Frau mit der Adresse ›postlagernd‹, wie es der Gefangene erbeten hatte, zu schreiben.

Nershin war damals gerufen und nach der wirklichen Adresse seiner Frau gefragt worden. Er hatte gemurmelt, er wisse sie nicht. Klimentjew, der nach den Gefängnisstatuten angewiesen war, niemals den Gefangenen gegenüber offen die Wahrheit zu sagen, war davon überzeugt, daß auch sie nie die Wahrheit sprächen. Nershin kannte natürlich die Adresse seiner Frau, wollte sie aber nicht preisgeben. Es war klar, warum er das nicht wollte; aus dem gleichen Grunde, aus dem die Gefängnisverwaltung verboten hatte, daß die Benachrichtigung ›postlagernd‹ erfolgte:

Die Wiedersehensmitteilung wurde auf einer offenen Postkarte gemacht. Dort stand: »Es wird Ihnen erlaubt, Ihrem Mann in dem ... Gefängnis zu besuchen.« Es genügte nicht, daß die Adresse der Frau auf dem MGB registriert wurde – das Ministerium tat alles, damit so wenig Frauen wie möglich diese Postkarten erhielten, daß aber die Nachbarn davon erfuhren, so daß diese Frauen isoliert wurden und daß sich über sie eine gesunde öffentliche Meinung bildete. Gerade das fürchteten die Frauen. Nershins Frau hatte sich einen anderen Nachnamen zugelegt. Offensichtlich verbarg sie sich vor dem MGB. Und so hatte Klimentjew damals Nershin gesagt, das bedeute, daß es kein Wiedersehen geben werde, und hatte keine Benachrichtigung abgeschickt.

Aber jetzt hatte sich diese Frau unter der schweigsamen Aufmerksamkeit der um sie Herumstehenden so demütig von ihrem Platz erhoben und stand nun vor ihm.

»Es darf nicht ›postlagernd‹ geschrieben werden«, sagte er so leise, daß nur gerade sie es trotz des Ratterns hören konnte, »Sie müssen eine Adresse angeben.«

»Aber ich fahre von hier fort!« Das Gesicht der Frau wurde lebhaft. »Ich fahre sehr bald fort, ich habe keine ständige Adresse«, log sie offensichtlich.

Klimentjews Absicht war, bei der nächsten Station auszusteigen, und wenn sie ihm folgen würde, könnte er ihr in der nahezu menschenleeren Stationshalle erklären, daß solche inoffiziellen Gespräche nicht erlaubt seien.

Die Frau des Volksfeindes hatte anscheinend ihre eigene, unauslöschliche Schuld vergessen! Sie sah dem Oberstleutnant mit einem trockenen, brennenden, bittenden, unangemessenen Blick in die Augen. Klimentjew war über diesen Blick erstaunt; er fragte sich, was sie wohl mit solcher Hartnäckigkeit und solcher Hoffnungslosigkeit an diesen Menschen binde, den sie auf Jahre hinaus nicht sehen werde und der ihr ihr ganzes Leben verderbe.

»Ich brauche es unbedingt, unbedingt!« versicherte sie mit weit aufgerissenen Augen, die in Klimentjews Gesicht ein Zögern wahrgenommen hatten.

Klimentjew erinnerte sich an das Papier, das im Safe des Spezialgefängnisses ruhte.

Es versetzte denjenigen, die sich weigerten, ihre Adresse anzugeben, einen neuen Schlag; es hieß: Erweiterung des Erlasses über die Befestigung des Hinterlandes! Myschin hatte vorgeschlagen, es den Gefangenen am Montag bekanntzugeben. Wenn diese Frau ihre Adresse nicht angab und wenn sie ihren Mann nicht morgen sah, so würde sie ihn auch in Zukunft nicht sehen. Wenn er ihr jetzt davon erzählen würde, obwohl diese Mitteilung noch nicht amtlich gemeldet, im Buch nicht registriert worden war, so könnte sie wie zufällig zum Lefortowo-Gefängnis kommen.

Der Zug verringerte seine Geschwindigkeit.

All diese Gedanken jagten durch Klimentjews Kopf. Er wußte, daß die Hauptfeinde der Gefangenen die Gefangenen selbst sind. Er wußte, daß der Hauptfeind jeder Frau diese Frau selbst ist. – Die Menschen können nicht schweigen, selbst dann nicht, wenn es um ihre eigene Rettung geht. – In seiner Laufbahn war es schon vorgekommen, daß er irgend jemandem etwas Unerlaubtes gestattet hatte; und davon hätte niemand etwas erfahren – wenn nicht diejenigen, denen diese Nachsicht zugute gekommen war, es ausgeplaudert hätten.

Er durfte es sich nicht erlauben, jetzt Milde walten zu lassen.

Als jedoch das Fahrgeräusch des Zuges allmählich nachließ, weil er sich der Station näherte, und man schon den bunten Marmor des Bahnsteigs sah, sagte Klimentjew zu der Frau:

»Sie haben die Erlaubnis bekommen, ihn zu treffen. Kommen Sie morgen um zehn Uhr . . .«

Er sagte nicht ›ins Lefortowo-Gefängnis‹, denn schon drängten die Fahrgäste zur Tür und standen dicht bei ihnen. ». . . den Lefortowo-Wall – kennen Sie, nicht wahr?«

»Ja, ja«, nickte die Frau glücklich.

Und ihre eben noch trockenen Augen waren plötzlich von Tränen erfüllt.

Um den Tränen der Dankbarkeit und anderem Unsinn aus dem Wege zu gehen, trat Klimentjew auf den Bahnsteig hinaus, um in den nächsten Zug umzusteigen.

Er war erstaunt und ärgerlich über sich, daß er das gesagt hatte.

Der Oberstleutnant ließ Nershin auf dem Flur des Stabsgebäudes des Gefängnisses warten, weil Nershin zur Aufsässigkeit neigte und immer herauszufinden versuchte, was gesetzmäßig war.

Die Rechnung des Oberstleutnants ging auf: Nachdem Nershin lange genug im Korridor gewartet hatte, ließ er nicht nur jede Hoffnung auf eine Besuchsgenehmigung fahren, sondern erwartete, da er sich schon an alles Schlechte gewöhnt hatte, sogar noch ein neues Unheil.

Um so überraschter war er, daß er in einer Stunde zum Wiedersehen fahren sollte. Der hohen Gefangenenethik entsprechend, die sie untereinander für sich selbst aufgestellt hatten, durfte man keinesfalls Freude oder Befriedigung zeigen, sondern mußte gleichgültig fragen, wann man bereit sein sollte, und dann abtreten. Der Umschwung war aber so stark, die Freude so übergroß, daß sich Nershin nicht zurückhalten konnte, er ging auf den Oberstleutnant zu und dankte ihm herzlich.

Das Gesicht des Oberstleutnants blieb unbewegt.
Dann ging er sogleich, um den Wachleuten, die für die Besuchs-Begleitung bestimmt waren, Instruktionen zu erteilen.
Die Instruktionen lauteten: sich stets an die Wichtigkeit und die strenge Geheimhaltung ihrer Aufträge zu erinnern; deutlich die Verstocktheit der heute zum Wiedersehen fahrenden Staatsverbrecher vor Augen zu haben; zu wissen, daß ihr einziger Wunsch darin bestehe, das heutige Wiedersehen auszunützen, um die Staatsgeheimnisse, von denen sie wüßten, über ihre Frauen an die Vereinigten Staaten von Amerika weiterzuleiten. Die Wachleute hatten nicht einmal eine ungefähre Vorstellung darüber, was innerhalb der Laboratoriumsmauern ausgearbeitet wurde, und es war ein leichtes, ihnen die schreckliche Vorstellung einzuimpfen, daß ein Stückchen Papier, das von Mawrino herauskäme, das ganze Land verderben würde. Dann folgte eine Aufzählung der hauptsächlichen Versteckmöglichkeiten in der Kleidung und dem Schuhwerk sowie der Verfahren, sie aufzudecken. Im übrigen wurde die Bekleidung erst eine Stunde vor dem Wiedersehen ausgegeben; und das waren dann Spezialkleider, nur zur Schau.
Durch Frage und Antwort wurde dann geprüft, wieweit diese Anweisungen über die Durchsuchung verstanden worden waren, zum Schluß wurden verschiedene Beispiele dafür angeführt, welche Wendung die Gespräche der sich Wiedersehenden nehmen könnten, wie man sie mithört und alle anderen als persönlich-familiäre Themen abbricht.
Der Oberstleutnant Klimentjew kannte die Verfügungen und liebte Zucht und Ordnung.

27

Der bestürzte Roboter

Nershin eilte so schnell in den gemeinsamen Schlafraum des Gefängnisses, daß er beinahe den Unterleutnant Nadelaschin in der Dunkelheit des Korridors über den Haufen gerannt hätte. Unter seiner wattierten Jacke hatte er immer noch das kleine karierte Handtuch um den Hals hängen.
Einer erstaunlichen Eigenschaft des Menschen entsprechend, hatte sich in Nershin binnen kürzester Zeit ein gewaltiger Umschwung vollzogen. Noch vor fünf Minuten, als er auf dem Korridor gestanden und darauf gewartet hatte, hereingerufen zu werden, war ihm sein ganzes dreißigjähriges Leben als sinnlose, bedrückende Kette von Mißerfolgen erschie-

nen, von der er sich nicht zu befreien vermochte. Als seine größten Mißerfolge erschienen ihm die Tatsachen, daß er so früh in den Krieg gezogen war, kurz danach geheiratet hatte, dann verhaftet und auf viele Jahre hinaus von seiner Frau getrennt worden war. Die Liebe zwischen seiner Frau und ihm erschien ihm deutlich verhängnisvoll, dazu bestimmt, niedergetrampelt zu werden.

Nun aber war ihm für heute mittag ein Wiedersehen in Aussicht gestellt worden – und er sah sein dreißigjähriges Leben im Licht einer neuen Sonne: ein Leben gleich einer gespannten Bogensehne; ein Leben, sinnvoll in großen und kleinen Dingen; ein Leben, das von einem kühnen Erfolg zum anderen hinführte, in dem die Einberufung in den Krieg, die Verhaftung und die viele Jahre lang dauernde Trennung von der Frau, die unerwartetsten Stufen zum Ziel darstellten. Von außen sah es unglücklich aus, Gleb war im stillen aber über dieses Unglück glücklich. Er trank es wie Brunnenwasser. Hier lernte er jene Leute und Ereignisse kennen, von denen er sonst nirgendwo etwas gehört hätte, besonders nicht in der ruhigen satten Geborgenheit des häuslichen Herdes. Von Jugend an hatte sich Gleb mehr als vor allem anderen davor gefürchtet, im Schlamm des täglichen Lebens zu versinken. Wie hieß doch das Sprichwort:

›Es ist nicht das Meer, in dem man ertrinkt, sondern die Pfütze.‹

Er würde zu seiner Frau zurückkehren! Nach allem war das Band, das ihre Seelen zusammenhielt, unlösbar! Wiedersehen! Und das an seinem Geburtstag! Sogar nach dem gestrigen Gespräch mit Anton! In Zukunft wird es keine Wiedersehen mehr geben, aber heute war es wichtiger denn je! Gedanken jagten wie feurige Pfeile durch sein Gehirn: das durfte er nicht vergessen! Darüber mußte er sprechen! Und darüber! Und außerdem noch darüber!

Er rannte in den halbrunden Raum, in dem die Arrestanten lärmend hin- und hergingen, einige kehrten gerade vom Frühstück zurück, die anderen gingen sich erst waschen, Valentulja saß nur mit seiner Unterwäsche bekleidet da, hatte die Bettdecke zurückgeworfen, fuchtelte mit seinen Händen hin und her und lachte. Er erzählte von seinem nächtlichen Gespräch mit dem Beamten, der sich dann später als der Minister selber entpuppte. Nershin wollte Valentulja zuhören. Aber es war jener ungewöhnliche Moment im Leben, in dem gleichsam von innen her krachend die Stangen eines Käfigs zerbrechen, ein Moment, in dem es scheint, daß hundert Jahre zu wenig sind, um alle Dinge richtig zu tun. Aber es war nicht nötig, das Frühstück zu versäumen: Im Leben des Gefangenen gibt es wenige so große Ereignisse wie das Frühstück. Außerdem kam Valentins Erzählung zu ihrem so wenig ruhmreichen Ende: Das Zimmer sprach sein Urteil über ihn, daß er deswegen, weil er Abakumow nicht von den wirklichen Nöten der Arrestanten erzählt hatte, *nichts wert* und *gering zu achten* sei. Jetzt riß er sich winselnd los, aber fünf freiwillige Henker zogen ihm die Unterhosen herunter und trieben ihn unter allgemeinem Gegröle, Gekreisch und Gelächter im Zimmer herum, schlugen dabei mit Riemen auf ihn ein und gossen mit Löffeln kochendheißen Tee über ihn.

Auf dem unteren Bett neben dem Durchgang zum Hauptfenster, unter Nershins und gegenüber von Valentuljas leerem Bett, trank Andrej Andrejewitsch Potapow seinen Morgentee. Er verfolgte das allgemeine Spiel und lachte dabei so, daß ihm Tränen in die Augen stiegen, die er unter seiner Brille abwischte. Schon vor dem Wecken hatte Potapow seine Bettdecke zu einem scharfkantigen, rechtwinkligen Rechteck geformt. Das Brot, das er zum Tee aß, hatte er mit einer ganz dünnen Schicht Butter bestrichen: Er kaufte nichts im Gefängnisladen, sondern schickte das ganze verdiente Geld seiner ›Alten‹. (Für Scharaschka-Verhältnisse wurde er gut bezahlt, mit hundertfünfzig Rubeln im Monat – einem Drittel dessen, was eine freie Reinemachefrau bekam –, weil er ein unersetzbarer Spezialist und bei der Obrigkeit gut angeschrieben war.)

Noch im Gehen zog Nershin seine wattierte Jacke aus, schleuderte sie nach oben auf sein noch ungemachtes Bett und grüßte Potapow. Er wartete aber nicht seinen Gegengruß ab und eilte davon, um zu frühstücken.

Potapow war jener Ingenieuer, der bei der Untersuchung zugegeben, im Protokoll unterschrieben und vor Gericht bestätigt hatte, daß er das bereits gesprengte Wasserkraftwerk Dnjeproges zu einem Spottpreis an die Deutschen verkauft habe – Dnjeproges, das Schmuckstück des Stalinschen Fünfjahresplanes! Für dieses unvorstellbare, beispiellose Verbrechen war Potapow dank der Gutmütigkeit eines humanen Tribunals mit nicht mehr als zehn Jahren Haft und fünf Jahren Verlust aller Rechte bestraft worden. In der Gefangenensprache sagte man dazu: *zehn und fünf über die Hörner.*

Niemand, der den jungen Potapow gekannt hatte, und noch viel weniger er selbst, hätten sich damals träumen lasssen, daß er als Vierzigjähriger *wegen Politik* ins Gefängnis kommen würde. Potapows Freunde hatten ihn zu Recht einen Roboter genannt. Potapows Leben hatte nur aus Arbeit bestanden. Drei Feiertage hintereinander waren ihm schon zuviel gewesen, und er hatte während seines ganzen Lebens nur ein einziges Mal Urlaub genommen: als er geheiratet hatte. In den übrigen Jahren fand sich niemand, der ihn hätte ersetzen können, und so verzichtete er gern auf seinen Urlaub. Wenn Brot, Gemüse oder Zucker knapp waren, bemerkte er dieses äußere Ereignis kaum: Er bohrte noch ein weiteres Loch in seinen Gürtel, schnallte ihn enger und fuhr fort, sich mit dem einzigen zu beschäftigen, das für ihn in der Welt interessant war – mit Hochfrequenz-Übertragungen. Allen Ernstes hatte er von allen übrigen Leuten, die sich nicht mit Hochfrequenz-Übertragungen beschäftigten, eine sehr unklare Vorstellung. Und solche, die überhaupt nichts mit ihren Händen schufen, sondern nur mit ihren Zungen arbeiteten, betrachtete Potapow gar nicht als Menschen. Im Dnjeprostroj hatte er alle Elektroberechnungen ausgeführt, hatte im Dnjeprostroj geheiratet und sein eigenes Leben und das seiner Frau auf den alles verzehrenden Scheiterhaufen dieser Jahre geworfen.

Einundvierzig bauten sie schon ein anderes Kraftwerk. Potapow wurde vom Militärdienst befreit. Aber als er erfahren hatte, daß Dnjeproges, das Werk seiner Jugend, in die Luft gesprengt worden war, sagte er zu seiner Frau:

»Katja! Ich muß doch *gehen.*«

Und sie hatte geantwortet:

»Ja, Andrjuscha, *geh!*«

Und Potapow ging, mit einer Brille von minus drei Dioptrien, mit enggeschnalltem Gürtel, mit faltig-runzliger Feldbluse und, obwohl er den Kragenspiegel eines Offiziers hatte, mit leerer Pistolentasche. Im zweiten Jahr des wohlvorbereiteten Krieges reichten die Waffen nicht einmal mehr für die Offiziere. Bei Kastornaja, im Rauch des brennenden Roggens, geriet er in der Julihitze in Gefangenschaft. Er floh, wurde aber, ehe er die eigene Linie erreicht hatte, zum zweiten Mal gefangengenommen. Er floh wieder, aber über dem freien Feld ließ man einen Fallschirmspringer auf ihn herab. So geriet er zum dritten Mal in Gefangenschaft. Aber alle drei Male hatte er keine Waffen in den Händen gehabt.

Er durchlief die kannibalischen Lager von Nowgorod-Wolynsk und Tschenstochau, wo man Baumrinde, Gras und die gestorbenen Kameraden aß. Aus diesem Lager nahmen ihn die Deutschen plötzlich heraus und brachten ihn nach Berlin. Dort fragte ihn ein ›höflicher, aber verworfener Mensch‹, der ausgezeichnet Russisch sprach, ob er wohl dieser Ingenieur Potapow vom Dnjeprostroj sei. Ob er, um das zu beweisen, zum Beispiel das Schaltschema des dortigen Generators aufzeichnen könnte?

Dieses Schema war früher einmal veröffentlicht worden, so zögerte Potapow nicht und zeichnete es auf. Er erzählte das selbst bei der Untersuchung, obwohl er nicht dazu gezwungen worden war. In seinen Akten wurde das ›Verrat des Geheimnisses von Dnjeproges‹ genannt.

Das Weitere jedoch war in der Anklage gegen ihn nicht enthalten gewesen: Der unbekannte Russe war zufrieden, Potapow identifiziert zu haben, und schlug ihm vor, eine freiwillige Erklärung zu unterschreiben,

daß er bereit sei, Dnjeproges zu rekonstruieren – sofort würde er dann aus dem Lager entlassen werden, Lebensmittelkarten und Geld bekommen und die geliebte Arbeit zurückerhalten.
Als man ihn dieses verlockende Angebot gemacht hatte, zogen dem Roboter schwere Gedanken durch den Kopf, und er legte seine Stirn in viele Falten. Er schlug sich nicht auf die Brust, ließ keine stolzen Worte ertönen, er beabsichtigte nicht, zum unsterblichen Helden der Sowjetunion zu werden – in seinem südrussischen Dialekt sagte er schlicht:
»Sie wissen doch, ich habe einen Eid unterschrieben. Wenn ich das hier jetzt unterschreibe, so widerspricht sich das dann irgendwie. Verstehen Sie?«
Und so zog Potapow weich und untheatralisch den Tod einem Leben voll Wohlergehen vor.
»Gut, ich respektiere ihre Überzeugung«, antwortete der unbekannte Russe und schickte Potapow in das kannibalische Lager zurück.
Dafür hatte ihn dann der Sowjetische Gerichtshof zu zehn Jahren verurteilt.
Ingenieur Markuschew dagegen hatte solch eine Erklärung unterschrieben und für die Deutschen gearbeitet – ihm hatte das Gericht auch zehn Jahre gegeben.
Das war Stalins Handschrift! – Diese herrliche Gleichstellung von Freunden und Feinden, mit der er in der ganzen Menschheitsgeschichte einzig dastand!
Der Gerichtshof bestrafte Potapow auch nicht dafür, daß er fünfundvierzig, auf einem sowjetischen Panzer sitzend, als Fallschirmspringer in Berlin einmarschiert war, mit seiner gebrochenen und wieder zusammengebundenen Brille, ein Maschinengewehr in der Hand.
So war Potapow glimpflich davongekommen, er hatte nur ›zehn und fünf über die Hörner‹ bekommen.

Nershin kam vom Frühstück zurück, warf seine Schuhe von sich und kletterte nach oben, wobei er Potapow und sich selbst zum Schaukeln brachte. Ihm stand seine tägliche akrobatische Übung bevor: das Bett zu machen, ohne es zu zerknüllen, obwohl er gleichzeitig auf ihm stand. Doch als er sein Kissen beiseite rückte, leuchtete ihm ein Zigarettenetui aus dunkelrotem, durchsichtigem Plastikmaterial entgegen. Es enthielt zwölf ›Belomor-Kanal‹-Zigaretten und war mit einem kleinen Streifen Papier umwickelt, auf dem in Kunstschrift stand:

»So schlug er zehn Jahre tot,
verlor dabei die schönste Blüte des Lebens.«

Ein Irrtum war ausgeschlossen. In der Scharaschka verstand sich allein

Potapow darauf, solche Meisterstücke anzufertigen, und er war auch der einzige, der sich noch vom Gymnasium her an Zitate aus ›Eugen Onegin‹ erinnerte.
»Andrejitsch!« sagte Gleb und beugte sich mit dem Kopf über die Bettkante nach unten.
Potapow hatte aufgehört, Tee zu trinken, hatte die Zeitung entfaltet und las, legte sich dabei aber nicht zurück, um sein Bett nicht in Unordnung zu bringen.
»Ja, was ist?« knurrte er.
»Das ist doch Ihre Arbeit?«
»Ich weiß nicht. Haben Sie das gefunden?« Er bemühte sich, nicht zu lachen.
»Andrej-itsch!« sagte Nershin gedehnt. »Das ist doch ein Tagtraum!«
Die listig gutmütigen Falten vertieften und vermehrten sich auf Potapows Gesicht. Er rückte die Brille zurecht und antwortete:
»Als ich in der Lubjanka mit dem Fürsten Esterhazy zu zweit in einer Zelle saß — ich trug, Sie erinnern sich, den Kübel an geraden Kalendertagen hinaus, er an ungeraden; ich lehrte ihn nach der ›Gefängnisordnung‹ an der Wand Russisch —, schenkte ich ihm zu seinem Geburtstag drei Knöpfe aus Brot. Seine waren alle rundweg abgeschnitten worden. Er sagte damals, daß er nie, auch nicht von den Habsburgern jemals ein so zeitgemäßes Geschenk erhalten hätte.«
Potapows Stimme war in der ›Stimmklassifizierung‹ als ›dumpf und knisternd‹ bestimmt worden.
Immer noch mit seinem Kopf über die Bettkante gebeugt, sah Nershin warm das grob gemeißelte Gesicht Potapows an. Mit seiner Brille schien er nicht älter zu sein, als er wirklich war, nämlich fünfundvierzig Jahre, und sah sogar energisch aus. Wenn er sie aber abnahm, wurden zwei tiefe dunkle Augenhöhlen freigelegt, die einem Toten zu gehören schienen.
»Das ist mir aber peinlich, Andrejitsch. Ich kann Ihnen niemals etwas Gleichartiges schenken, ich habe keine solchen Hände ... Wie haben Sie sich an meinen Geburtstag erinnert?«
»Nun, nun«, antwortete Potapow. »Was sind uns sonst schon für bemerkenswerte Daten in unserem Leben geblieben?«
Beide seufzten auf.
»Wollen Sie Tee?« schlug Potapow vor. »Ich habe einen besonderen Aufguß.«
»Nein, Andrejitsch, ich brauche keinen Tee, ich fahre zum Wiedersehen.«
»Ausgezeichnet!« freute sich Potapow. »Mit der Alten?«
»Ja — ja!«
»Das kommt ja äußerst gelegen. Genieren Sie sich nicht, Valentulja, einem so die Ohren vollzubrüllen?«

»Und was für ein Recht hat ein Mensch, sich über einen anderen lustig zu machen?«
»Was steht in der Zeitung, Andrejitsch?« fragte Nershin.
Potapow blinzelte südrussisch-schlau und sah Nershin an:

»Die Märchen der britannischen Muse
beunruhigen den Schlaf der Jungfrau.«

Es war nun schon über drei Jahre her, seit Nershin und Potapow sich in der dumpfen, unruhigen überfüllten Zelle der Butyrka, die selbst im Juli noch halbdunkel war, zum ersten Mal begegnet waren. Damals, im zweiten Nachkriegssommer, trafen viele bunte Schicksale und verschiedene Lebenswege aufeinander. In die Zelle kamen Neuankömmlinge aus Europa. Es waren kräftige russische Gefangene, die die deutsche Gefangenschaft mit der Haft in heimischen Gefängnissen vertauscht hatten. Es kamen ausgekochte Lagerinsassen, die aus den Höhlen der GULAGs in die Oasen der Scharaschkas überwechselten. Durch das schwarze Loch war Nershin in die Zelle hineingestoßen worden und kroch unter die Pritschen. (Die Pritschen waren so niedrig, daß man nicht auf den Knien unter sie kriechen konnte, sondern nur auf dem Bauch.) Hier auf dem schmutzigen Asphaltboden – er hatte sich noch nicht an die Dunkelheit gewöhnt –, hatte er in frohem Ton gefragt:
»Freunde, wer ist der letzte?«
Und eine dumpfe, knisternde Stimme hatte geantwortet:
»Ich, ich! Er kommt hinter mich.«
Von diesem Tag an bewegten sie sich in dem Maß, wie aus der Zelle Leute abtransportiert wurden, unter den Pritschen ›von dem Kübel zum Fenster‹, und in der dritten Woche ging es zurück ›vom Fenster zum Kübel‹, jetzt aber auf den Pritschen. Und auf den Holzpritschen rückten sie nun erneut zum Fenster vor. So schweißte sich ihre Freundschaft zusammen, ungeachtet des Unterschiedes in Erziehung, Lebenslauf und Geschmack.
Damals, beim monatelangen Nachdenken nach der Verhandlung, gestand Potapow Nershin ein, daß er sich von Natur aus niemals für Politik interessiert haben würde, wenn die Politik nicht selbst zu ihm gekommen wäre und ihn aus seiner Bahn gerissen hätte.
Dort, unter den Pritschen der Butyrka, begann der Roboter zum erstenmal zu zweifeln, was, wie allgemein bekannt ist, dem Wesen eines Roboters widerspricht. Nicht, daß er bereut hätte, das Brot der Deutschen abgelehnt zu haben; er bedauerte auch nicht die drei Jahre, die er hungernd in den Todeslagern zugebracht hatte. Nach wie vor erachtete er es für unzulässig, daß Fremde sich ein Urteil über die inneren Mißstände der Sowjetunion anmaßten. Aber der Funke des Zweifels war in ihn hineingefallen und fing

an zu glimmen. Irgendwie konnte er es nicht verstehen, daß Menschen, die das Dnjeproges gebaut hatten, für nichts und wieder nichts eingesperrt wurden.

28

Wie man Socken stopft

Fünf Minuten vor neun wurden die Räume des Spezialgefängnisses kontrolliert. Dieses Unternehmen, das in den Lagern ganze Stunden in Anspruch nimmt, während derer die Gefangenen, im Frost wartend, von einem Platz zum anderen getrieben, bald einzeln, bald zu fünft, bald zu zehnt, bald nach Brigaden durchgezählt werden, ging hier in der Scharaschka schnell und schmerzlos vor sich: Die Gefangenen tranken an ihren Nachttischchen Tee, zwei diensthabende Offiziere, der abzulösende und der ablösende, gingen von Zimmer zu Zimmer, die Gefangenen standen auf (einige standen auch nicht auf), der neue Diensthabende zählte die Häupter, es folgten Bekanntmachungen und die unwillige Entgegennahme von Beschwerden. Heute trat Oberleutnant Schusterman seinen Dienst im Gefängnis an. Er war hoch gewachsen, schwarzhaarig und wenn auch nicht mürrisch, so zeigte er doch niemals irgendeine menschliche Regung, so wie es sich für das Wachpersonal mit fortgeschrittener Ausbildung gehörte. Zusammen mit Nadelaschin war er von der Lubjanka nach Mawrino geschickt worden, um hier die Gefängnisdisziplin zu verschärfen. Einige Gefangene der Scharaschka kannten beide schon von der Lubjanka her: Als Hauptfeldwebel waren sie beide eine Zeitlang ›Begleitpersonal‹ gewesen, das heißt, sie nahmen die Gefangenen, die mit dem Gesicht zur Wand standen, in Empfang, führten sie über die berüchtigten abgenutzten Stufen zum Treppenabsatz zwischen dem dritten und vierten Stockwerk. Dort war die Mauer durchbrochen, ein Gang führte vom Gefängnis zum Verhörtrakt. In einem Dritteljahrhundert waren alle Gefangenen des Zentralgefängnisses durch diesen Gang geführt worden: Kadetten, Sozialrevolutionäre, Anarchisten, Monarchisten, Oktobristen, Menschewiken, Bolschewiken, Sawinkow, Jakubowitsch, Kutepow, Ramsin, Schuljgin, Bucharin, Rykow, Tuchatschewskij, Professor Pletnew, das Akademiemitglied Wawilow, Feldmarschall Paulus, General Krasnow, weltbekannte Gelehrte und ebenso Dichter, die kaum je aus ihrem Elfenbeinturm herausgekrochen waren; erst die Verbrecher selbst, dann ihre Frauen, dann ihre Töchter. Die Gefangenen wurden zu demselben bekannten Tisch geführt, wo sie sich in ein dickes Buch der *registrierten Schicksale* einzutragen hatten. Eine Metallplatte mit einem zeilenbreiten Spalt deckte dieses Buch ab, so daß der Häftling nur das lesen konnte, was er selbst geschrieben hatte. Dann wurde er die Treppe hinaufgeführt, an deren beiden Seiten große Netze wie für Trapezartisten ausgespannt waren, damit kein Arrestant hier in den Tod springen konnte. Es folgten die langen, langen Korridore des Ministeriums. Dort war es schwül vom elektrischen Licht und kalt von den Sternen der Oberstleutnant-Achselstücke.

Aber wie tief die Angeklagten und Befragten damals auch in dem Abgrund der ersten Verzweiflung untergetaucht waren, sie spürten doch rasch den Unterschied zwischen den beiden Männern: Schusterman (seinen Familiennamen kannten sie damals natürlich nicht) sah grimmig drohend unter seinen dichten buschigen Brauen hervor, wie mit Klauen packte er den Gefangenen am Ellbogen und zog ihn mit grober Kraft, schnaubend die Treppe hinauf. Der mondgesichtige Nadelaschin — er erinnerte etwas an einen Skopzen[1] — lief immer in einem gewissen Abstand neben dem Gefangenen her, berührte ihn nicht, sprach freundlich und sagte ihm, wohin er sich wenden sollte. — Deshalb trug Schusterman, der jünger war, nun schon drei Sterne auf den Schulterstücken.

Nadelaschin verkündete: Diejenigen, die zum Wiedersehen gingen, sollten um zehn Uhr im Stabsgebäude sein. Die Frage, ob es heute eine Kinoveranstaltung geben werde, beantwortete er mit Nein. Ein leichtes, unzufriedenes Gemurmel breitete sich aus. Aus einer Ecke war Chorobrow zu hören: »Und wenn, dann bringt nur ja keinen solchen Scheißdreck wie die ›Kuban-Kosaken‹ an.«

Schusterman drehte sich abrupt herum und schnitt Chorobrow das Wort ab, dadurch kam er aber aus dem Konzept und mußte noch einmal von vorn abzählen. Leise sagte einer — es war nicht auszumachen, wer — in die Stille hinein: »Alles wird in die Personalakte eingetragen werden.«

Chorobrow zuckte mit der Oberlippe und antwortete: »Zur Hölle mit ihnen, meinetwegen können sie das eintragen. In meiner Personalakte steht ohnehin schon so viel, daß kein Platz mehr ist.«

Der Ingenieuer Adamson mit der quadratischen großen Brille, der neben ihm auf seinem Bett saß, fragte: »Unterleutnant! Wir haben um eine Tanne gebeten. Werden wir eine Tanne bekommen?«

»Ja, Sie werden einen Tannenbaum bekommen!« antwortete der Unterleutnant, sichtlich zufrieden, daß er etwas Angenehmes mitteilen konnte. »Hier, in dem halbrunden Raum wird man sie aufstellen.«

1 *Skopzen* — russische mystische Sekte des 18. Jahrhunderts, die Selbstverstümmelung übte (Anm. d. Übers.)

»Dürfen wir auch Schmuck basteln?« schrie fröhlich Rusjka von seinem oberen Bett herunter. Er saß da, aufrecht, im Schneidersitz, hatte einen Spiegel gegen das Kissen gestellt und band sein Halstuch. In fünf Minuten würde er Klara treffen. Durch das Fenster hatte er gesehen, wie sie die Wachttürme passiert hatte und über den Hof gegangen war.
»Das werden wir noch fragen, Instruktionen darüber gibt es nicht.«
»Was für Instruktionen braucht ihr da?«
»Was ist denn schon ein Tannenbaum ohne Schmuck? Ha-ha-ha!«
»Freunde, wir werden Schmuck machen!«
»Ruhe, meine Herren! Und *wie steht es mit dem kochenden Wasser für Tee?«*
»Hat es der Minister sichergestellt?«
Im Zimmer breitete sich ein fröhlicher Lärm aus, es wurde über den in Aussicht gestellten Tannenbaum diskutiert. Die diensthabenden Offiziere waren schon im Begriff zu gehen, als ihnen Chorobrow, den Lärm übertönend, in seinem harten Wjatka-Dialekt nachrief:
»Dabei können Sie dort vorschlagen, daß man uns den Tannenbaum bis zum orthodoxen Weihnachtsfest läßt! Ein Tannenbaum gehört zu Weihnachten und nicht zum Neuen Jahr!«
Die Diensthabenden taten, als hätten sie nichts gehört, und gingen davon.
Alle redeten fast gleichzeitig los. Irgend etwas hatte Chorobrow den Diensthabenden zu sagen vergessen, und jetzt schwieg er und sagte es im stillen sehr ernergisch irgendeinem Unsichtbaren. Dabei bewegte er heftig sein Gesicht. Niemals hatte er Weihnachten oder Ostern gefeiert Aber im Gefängnis begann er diese Feste schon allein aus Widerspruchsgeist heraus zu beachten. Wenigstens bedeuteten diese Feiertage hier weder verstärkte Durchsuchung noch verschärftes Regime. Adamson trank seinen Tee zu Ende, wischte seine beschlagenen Brillengläser im großen Plastikgestell und sagte zu Chorobrow:
»Ilja Terentjitsch! Du vergißt das zweite Gebot für Gefangene: *›Vergaloppier dich nicht!‹«*
Chorobrow sah Adamson streng an: »Das ist ein altes Gebot, aus der Zeit von eurer *Verhaftungswelle.* Ihr wart alle friedlich, man hat euch alle erfrieren lassen.«
Gerade dieser Vorwurf war ungerechtfertigt. Diejenigen, die mit Adamson verhaftet worden waren, hatten die Streiks in Workuta angezettelt. Aber alle hatten das gleiche Ende gefunden, das war egal. Das konnte man aber jetzt Chorobrow nicht erklären. Und das Gebot war während der nachfolgenden Verhaftungswellen ausgedacht worden.
»Wenn du randalierst, werden sie dich fortschicken ...« – Adamson zuckte nur mit den Schultern – »... in irgendein Gefangenenlager.«

»Ja, ja, Grigorij Borissytsch, das ist es, was ich erreichen werde! Straflager, das ist Straflager, zur Hölle mit Ihnen. Aber wenigstens komme ich dann in fröhliche Gesellschaft. Vielleicht gibt es dort auch keine Denunzianten.«
Rubin, der sich immer verspätete, hatte noch nicht einmal seinen Tee ausgetrunken, er stand mit seinem zerzausten Bart neben dem Doppelbett von Potapow und Nershin und rief freundschaftlich in die zweite Etage hinauf:
»Ich gratuliere dir, mein junger Montaigne, mein Unverstandener ...«
»Ich bin ganz gerührt, Lewtschik, aber warum...« Nershin richtete sich auf seinen Knien auf und hielt in den Händen eine Schreibmappe. Die Schreibmappe war eine typische Gefangenenarbeit, daß heißt, ganz besonders sorgfältig gearbeitet, denn für die Gefangenen gab es ja keine Ablenkung. Rotem Kaliko waren Schließen, Knöpfe und wunderhübsche kleine Taschen aufgesetzt, die ausgezeichnetes, erbeutetes Papier enthielten. Das alles war selbstverständlich während der Dienstzeit angefertigt worden.
»Sie lassen dich in der Scharaschka ja praktisch nichts anderes schreiben außer Denunziationen ...«
»Ich wünsche dir ...« – die großen dicken Lippen Rubins zogen sich zu einem lächerlichen Rund zusammen – »... daß dein skeptisch-eklektisches Gehirn von dem Licht der Wahrheit durchflutet werde.«
»Ach, was ist denn schon die Wahrheit? Weiß denn überhaupt einer, was die Wahrheit eigentlich ist?« Gleb seufzte. Die innere Vorbereitung auf das Wiedersehen hatte sein Gesicht jung gemacht, jetzt aber war es wieder eingefallen, von aschgrauen Runzeln durchzogen. Seine hellbraunen Haare hingen ihm auf die Schläfen.
Auf dem benachbarten oberen Bett, über Prjantschikow, las ein kahlköpfiger, wohlbeleibter Ingenieur mittleren Alters in den letzten freien Sekunden noch rasch die Zeitung, die er von Potapow bekommen hatte. Während er das breit auseinandergefaltete Blatt in einiger Entfernung von den Augen hielt, verfinsterte sich bald sein Blick, bald bewegten sich seine Lippen.
Plötzlich schrillte im Korridor die elektrische Glocke. Verdrossen legte er die Zeitung so zusammen, wie es sich gerade traf und riß dabei die Ecken ein:
»Verdammt nochmal, was soll das alles, sie haben sich auf die Weltherrschaft verlegt, auf die Weltherrschaft ...«
Er sah sich um, wohin er am besten die Zeitung werfen könnte.
Der mächtige Dwojetjossow, der auf der anderen Seite des Zimmers seine großen, plumpen Beine von der Bettkante herunterbaumeln ließ, fragte mit seiner Baßstimme:

»Und du, Semelja, dürstest du nicht nach Weltherrschaft? Strebst du sie nicht an?«
»Ich — ich?« wunderte sich Semelja — er hatte die Frage offenbar ernst genommen. »Nei-ein!« Er lächelte breit. »Was zum Teufel soll ich mit ihr? Ich will sie nicht.«
Krächzend kletterte er herunter.
»Nun, laßt uns gehen!« entschied Dwojetjossow, und der Dickwanst sprang mit einem Krach auf den Boden.
Die Glocke läutete noch immer. Sie rief zur Sonntagsarbeit. Sie zeigte an, daß der Appell beendet und das ›Zarentor‹ zur Institutstreppe geöffnet sei, durch das die Gefangenen jetzt eilig hineindrängten.
Die meisten Arrestanten waren schon gegangen. Doronin war der erste gewesen. Sologdin, der das Fenster während des Aufstehens und des Teetrinkens geschlossen hatte, öffnete es jetzt wieder, schob einen Band Ehrenburg in den Spalt und eilte auf den Korridor, um Professor Tschelnow hereinzulocken, wenn er aus der Professorenzelle käme. Rubin hatte es wie immer überhaupt nicht eilig, mit allem fertig zu werden. Er stellte die Reste des Frühstücks in sein Nachtkästchen, wo irgend etwas verschüttet war, und arbeitete an seinem hügeligen aufgedeckten Bett. Doch er mühte sich vergeblich ab, es so glatt zu bekommen, daß man ihm später nicht befehlen könnte, es noch einmal zu machen.
Nershin legte seine Maskerade an. Früher, es war schon lange her, hatten die Scharaschka-Gefangenen täglich gute Kleider und Mäntel getragen und waren mit denselben Kleidern auch zum Wiedersehen gefahren. Jetzt hatte sich das alles geändert. Um den Wachen die Sache zu erleichtern, hatte man die Gefangenen in blaue Kombinationen gesteckt, damit die Posten auf den Wachttürmen klar die Gefangenen von den freien Mitarbeitern unterscheiden konnten und wußten, ob geschossen werden mußte oder nicht. Die Gefängnisleitung bestand darauf, daß sich die Häftlinge zum Wiedersehen umkleideten, und gab ihnen von irgend jemandem bereits getragene Kleider und Hemden, möglicherweise handelte es sich um beschlagnahmte, aus privaten Kleiderschränken stammende Sachen. Einigen gefiel es, sich gut gekleidet zu sehen, wenn es auch nur für wenige Stunden war, andere hätten sich gern gegen diese abscheuliche Kostümierung mit den Kleidern Verstorbener gesträubt. Eines aber stand fest: Ein Wiedersehen in Kombinationen wurde entschieden abgelehnt. Die Angehörigen sollten nichts Schlechtes über das Gefängnis denken. Auf ein Wiedersehen mit den Angehörigen verzichten — niemandes Herz war dazu unbeugsam genug. Deshalb zogen sich alle um.
Das halbrunde Zimmer war nun beinahe leer. Es blieben zwölf Paar Betten, doppelstöckig, die aneinandergeschweißt und in Krankenhausmanier gemacht waren, das heißt, das obere Decklaken war zurück-

geschlagen, damit es schneller allen Staub und Schmutz aufnehme – so dachten wenigstens die Gefangenen. Diese Art des Bettenmachens konnte nur im Büro und nur von einem Männerhirn ersonnen worden sein. Nicht einmal die Frau des Erfinders hätte sie wohl je zu Hause angewandt. Aber wie auch immer – die Dienstanweisung der Sanitätsabteilung des Gefängnisses forderte es so.

Im Zimmer war eine angenehme, hier so seltene Stille eingetreten, die keiner stören wollte. Vier Menschen waren zurückgeblieben: Nershin, der schon umgekleidet war, Chorobrow, Adamson und der kahlköpfige Konstrukteur.

Der Konstrukteur gehörte zu jenen schüchternen Gefangenen, die, auch wenn sie schon jahrelang im Gefängnis sitzen, sich doch nicht die übliche Gefangenen-Unverfrorenheit zu eigen machen. Er hätte es nie gewagt, grundlos der Sonntagsarbeit fernzubleiben. Heute fühlte er sich aber nicht wohl und hatte vom Gefängnisarzt einen arbeitsfreien Tag verschrieben bekommen; so hatte er nun auf seinem Bett eine Unzahl zerrissener Socken, Wolle und ein aus Karton selbst verfertigtes Stopfei ausgebreitet; er legte seine Stirn angestrengt in Falten und überlegte, wo er mit dem Stopfen beginnen sollte. Grigorij Borissowitsch Adamson, der schon, ›wie das Gesetz es befahl‹, eine Frist von zehn Jahren hinter sich hatte (nicht eingerechnet waren dabei sechs Jahre Verschickung vorher) und mit der Welle der ›Wiederholer‹ zu einer zweiten Frist von zehn Jahren verurteilt worden war, verweigerte nicht direkt die Sonntagsarbeit, tat aber sein möglichstes, sie zu vermeiden. Früher, in seiner Komsomolzeit, hätte man ihn nicht einmal an den Ohren von den Sonntagsarbeitern wegzerren können. Diejenigen, die damals am Sonntag arbeiteten, taten es aus Begeisterung, um die Wirtschaft anzukurbeln; sie dachten: Ein, zwei Jahre noch, und alles wird großartig sein, dann werden überall Gärten erblühen. – Jetzt war Adamson hier einer der wenigen, die diese schrecklichen vollen zehn Jahre abgesessen und überlebt hatten und wußten, daß sie weder ein Mythos noch ein Fieberwahn des Gerichtshofes oder ein amüsantes Abenteuer bis zur ersten allgemeinen Amnestie sind – wie die Neuankömmlinge glaubten –, sondern daß es volle zehn oder fünfzehn verlorene Jahre eines menschlichen Lebens waren. Schon lange hatte er gelernt, möglichst mit jeder Muskelbewegung zu geizen, jede Minute des Ausruhens wahrzunehmen. Und er wußte, was am Sonntag am besten war – unbeweglich im Bett zu liegen, bis auf die Unterwäsche ausgezogen.

Jetzt nahm er das Buch, das Sologdin in das Fenster eingeklemmt hatte, schloß das Fenster, zog langsam seine Kombination aus, schlüpfte unter die Bettdecke, deckte sich zu, säuberte seine Brille mit einem Spezialwildlederläppchen, steckte sich ein Stück Kandiszucker in den Mund, schüttelte sein Kissen auf und zog unter seiner Matratze irgendein kleines, aber dickes Buch hervor, das vorsichtshalber eingeschlagen war. Schon allein sein Anblick bereitete Annehmlichkeit.

Chorobrow dagegen quälte sich. Unfrohen Gedanken hingegeben, lag er angezogen auf seinem gemachten Bett, hatte die Füße auf das Bettgeländer gelegt. Es gehörte zu seinem Wesen, daß er krankhaft und lange an Dingen litt, die andere mit einem leichten Achselzucken abschüttelten. Jeden Samstag wurden nach dem bekannten Prinzip der völligen Freiwilligkeit alle Gefangenen, ohne sie überhaupt danach zu fragen, in eine Liste eingeschrieben, die besagte, daß sie aus freiem Willen am Sonntag arbeiten wollten; und diese Meldung wurde an das Gefängnis weitergegeben. Wenn diese Liste wirklich freiwillig gewesen wäre, hätte sich Chorobrow immer eingeschrieben und wäre gern an den Feiertagen an seinen Arbeitsplatz gegangen. Aber weil diese Liste eine offene Verhöhnung darstellte, mußte Chorobrow im geschlossenen Gefängnis liegen und nahezu verrückt werden.

Ein Lagergefangener konnte nur davon phantasieren, sonntags im geschlossenen, warmen Raum zu liegen, aber einem Scharaschka-Häftling schmerzte das Kreuz nicht.

Es gab hier absolut nichts zu tun. Er hatte alle Zeitungen, die es hier gab, schon gestern gelesen. Auf dem kleinen Tischchen in der Nähe seines Bettes lag ein Stapel mit aufgeschlagenen und geschlossenen Büchern aus der Bibliothek des Spezialgefängnisses. Eines davon war eine Sammlung journalistischer Aufsätze bekannter Schriftsteller. Chorobrow schlug einen Artikel ›Alexej-Non-Tolstoj‹ auf, wie man Alexej N. Tolstoj in der Scharaschka spöttisch nannte. Hier las er unter dem Datum vom Juni 1941: »Die deutschen Soldaten, angetrieben durch Terror und Wahnsinn, rannten an der Grenze gegen eine Mauer von Eisen und Feuer.« Sofort legte er das Buch beiseite. In den wohlausgerüsteten Villen der Umgebung Moskaus, in denen schon vor dem Krieg elektrische Kühlschränke standen, prahlten diese Geistesbeherrscher mit allwissenden Prophezeiungen, obwohl sie nur Radio hörten und nur ihre Blumenbeete sahen. Ein Kolchosnik, nur halbwegs des Lesens und Schreibens kundig, wußte vom ›Leben‹ mehr als sie.

Die übrigen Bücher waren schöngeistiger Natur, aber es widerstrebte Chorobrow, sie zu lesen. Eines davon war der Erfolgsroman ›Fern von Moskau‹, den man jetzt draußen in der Freiheit las. Nachdem Chorobrow etwas darin gelesen hatte, wurde ihm übel. Dieses Buch war eine Fleischpastete ohne Fleisch, ein Windei, der Balg eines toten Tieres: Es handelte von einem Bauprojekt, das von Gefangenen ausgeführt wurde, aus Lagern – aber nirgends waren sie als Lager benannt; und es wurde auch nicht gesagt, daß es Gefangene waren, daß man ihnen Gefangenen-Rationen gab und sie in Strafzellen sperrte. Man hatte aus ihnen gut angezogene, tadellos beschuhte und begeisterte Komsomolzen gemacht. Aber der erfahrene Leser fühlte sofort, daß der Autor selbst davon wußte, daß er diese Dinge gesehen hatte, die Wahrheit berührte, daß er vielleicht sogar ein Sicherheits-Offizier in einem Lager war, aber mit kalt-gläsernen Augen log.

Das zweite Buch war ein ›ausgewähltes Werk‹ des bekannten Schriftstellers Galachow, dessen Stern den literarischen Kulminationspunkt erreicht hatte. Da er sich von dem Namen Galachow etwas erhofft hatte, hatte Chorobrow dieses Buch gelesen, aber er fühlte sich bald zum Narren gehalten, genauso wie bei der ›freiwilligen‹ Meldung zur Sonntagsarbeit. Wenn Galachow es auch ganz gut verstand, über Liebe zu schreiben, so war er doch offenbar in einer Art geistiger Lähmung erstarrt, in jene sich immer weiter verbreitende Manier abgeglitten, so zu schreiben, als seien die Leser keine normalen Menschen, sondern Dummköpfe, die das Leben nicht kennen und sich darum mit irgendeinem läppischen Kindergeplapper zufrieden geben.

Das, was das Herz eines Menschen wirklich zerriß und schmerzhaft zusammenzog, vermißte man in diesen Büchern. Wenn nicht der Krieg begonnen hätte, wäre solchen Schriftstellern nur übriggeblieben, sich unter die Lobredner zu mischen. Der Krieg hatte ihnen den Zugang zu einfachen allgemeinverständlichen menschlichen Gefühlen eröffnet. Aber auch hier erfanden sie irgendwelche undenkbaren Konflikte und taten so, als ginge es um existentielle, eines Hamlet würdige Probleme. Zum Beispiel gab es da einen Komsomolzen, der im Hinterland zu Dutzenden Munitionszüge des Feindes in die Luft sprengte, aber keinen guten Stand in einer erstklassigen Parteiorganisation hatte und sich Tag und Nacht mit der Frage quälte, ob er ein gutes Komsomol-Mitglied sein könne, wenn er seinen Beitrag nicht bezahlte.

Noch ein anderes Buch lag auf dem Nachttischchen – ›Amerikanische Erzählungen‹ von fortschrittlichen Schriftstellern. Bei diesen Erzählungen konnte Chorobrow keinen Vergleich mit dem Leben anstellen, aber die Auswahl versetzte ihn in Erstaunen: In jeder Erzählung war immer eine Abscheulichkeit über Amerika enthalten. Diese giftige Auswahl fügte sich zu einem so schreckenerregenden Bild, daß es einen nur noch verwundern konnte, daß nicht alle Amerikaner davonliefen oder sich aufhängten.

Nichts gab es zu lesen!

Chorobrow wollte nun rauchen. Er zog eine Zigarette heraus und begann, sie in der Hand zu kneten. In der vollkommenen Stille des Zimmers war zu hören, wie die prall gefüllte Hülse unter seinen Fingern raschelte. Er wollte hier rauchen, wollte nicht hinausgehen, nicht seine

Füße von dem Bettgeländer nehmen. Gefangene, die rauchen, wissen, daß das wahre Vergnügen nur in einer Zigarette besteht, die liegend geraucht wird, auf dem kleinen Bettstreifen, in der eigenen Koje – einer in Ruhe gerauchten Zigarette, bei der man den Blick auf die Decke richtet, wo Bilder der nicht wiederkehrenden Vergangenheit und der unerreichbaren Zukunft vorübereilen.

Der kahlköpfige Konstrukteur aber rauchte nicht und liebte auch keinen Rauch; Adamson hing, obwohl er selbst Raucher war, der allgemein verbreiteten Meinung an, daß im Raum reine Luft herrschen müsse. Da Chorobrow das Prinzip vertrat, daß die Freiheit mit der Achtung der Rechte der anderen beginne, schwang er seufzend die Beine über die Bettkante und sprang auf den Boden. Dabei sah er, daß Adamson ein dickes Buch in den Händen hatte, und erkannte auch sofort, daß dieses Buch nicht aus der Gefängnis-Bibliothek stammen konnte, also von draußen hereingebracht worden sein mußte; um ein schlechtes Buch von draußen bat man nicht.

Chorobrow jedoch verlor seine Selbstbeherrschung nicht und fragte nicht wie ein Freier: ›Was liest du da?‹ oder ›Woher hast du das?‹ – denn der Konstrukteur oder Nershin hätten Adamsons Antwort hören können. Er trat ganz nahe an Adamson heran und fragte leise:

»Grigorij Borissytsch. Laß die Titelseite sehen!«

»Hier!« erlaubte Adamson unwillig.

Chorobrow öffnete das Deckblatt und las zu seinem Erstaunen: ›Der Graf von Monte Christo.‹

Er pfiff nur.

»Borissytsch«, sagte er einschmeichelnd, »kommt vielleicht schon jemand nach dir? Oder könnte ich vielleicht ...?«

Adamson nahm seine Brille ab und dachte nach.

»Mal schauen. Kannst du mir heute die Haare schneiden?«

Die Gefangenen mochten den Stachanow-Friseur nicht, der immer kam. Ihre selbsternannten Meister aber schnitten mit Messern genau nach Wunsch und ganz langsam, weil sie eine lange Frist vor sich hatten.

»Und von wem bekommen wir eine Schere?«

»Ich werde sie von Sjablik bekommen.«

»Nun gut.«

»In Ordnung. Dieses Kapitel geht bis Seite hundertachtundzwanzig, ich bin bald soweit.« Nachdem er bemerkt hatte, daß Adamson jetzt auf Seite hundertzehn war, ging Chorobrow in ganz anderer, froher Laune zum Rauchen auf den Korridor hinaus.

In Erwartung des bevorstehenden Treffens verstärkte sich in Gleb das Gefühl großer Festtagsfreude. Sicherlich war Nadja irgendwo in der Studentensiedlung an der Stromynka in dieser letzten Stunde vor dem Wiedersehen auch aufgeregt. Beim Treffen aber fliegen die Gedanken auseinander, du vergißt, was du sagen wolltest. Jetzt mußte man alles auf einen Zettel schreiben, auswendig lernen, den Zettel wieder vernichten, denn Papier durfte man nicht mitnehmen, und dann mußte man sich nur erinnern: Es waren acht Punkte, acht – du willst sagen, daß du womöglich bald wegkommst, daß die Frist nicht endet mit dem Ende der Frist – es wird noch eine Verschickung geben; und dann das ...

Er eilte in die Kleiderkammer und bügelte sein *Chemisette*. Das Chemisette war eine Erfindung Rusjka Doronins, die alle übernommen hatten. Es war ein Stück weißen Stoffs – ein Leinentuch war in zweiunddreißig Stücke gerissen worden, der Kleiderkammerverwalter wußte natürlich nichts davon –, an das ein weißer Kragen angenäht worden war. Dieser Lappen reichte natürlich nur, um im Halsausschnitt der Kombination das Unterhemd an der Stelle zu verdecken, wo schwarz gestempelt stand ›MGB-Spezialgefängnis Nr. ...‹. Dann waren noch zwei Bändchen angenäht worden, die man auf dem Rücken miteinander verknüpfte. Das Chemisette trug zu dem von allen gewünschten Anschein eines gepflegten Äußeren bei. Es war gut zu waschen, diente treulich werktags wie sonntags, und wenn man es trug, mußte man sich nicht vor den freien Instituts-Mitarbeitern schämen.

Auf der Treppe bemühte sich dann Nershin vergeblich, seinen abgetragenen Schuhen mit der ausgetrockneten, verklumpten Schuhcreme eines Kameraden ein wenig Glanz zu verleihen. Zum Wiedersehen gab die Gefängnisleitung keine Schuhe aus, weil die Füße ja unter dem Tisch und somit dem Besucher unsichtbar blieben.

Als er ins Zimmer zurückkam, um sich zu rasieren (Rasiermesser waren erlaubt, sogar scharfe, das war eine Laune der Instruktionen), war Chorobrow schon in sein Buch vertieft. Der Konstrukteur hatte mit seinem großen Stopfunternehmen nicht nur sein Bett in Beschlag genommen, sondern auch noch einen Teil des Fußbodens, dort schnitt er zu, legte Stücke unter und merkte mit dem Bleistift an. Adamson drehte seinen Kopf etwas vom Buch weg auf die Seite, blinzelte aus seinem Kissen und erteilte den Rat:

»Stopfen ist nur dann effektiv, wenn es gewissenhaft ausgeführt wird. Gott bewahre uns vor einem formalistischen Verhalten. Eilen Sie nicht! Machen Sie schön Stich nach Stich und gehen Sie kreuzweise zweimal über jede Stelle! Es ist ein weitverbreiteter Fehler, schlechte Fäden am Rand des Loches nicht zu entfernen. Sparen Sie nicht, verschonen Sie keine schlechten Stellen! Schneiden Sie das Loch rund! Haben Sie jemals den Namen Berkalow gehört?«

»Was? Berkalow? Nein.«

»Wie ist das nur möglich? Berkalow war ein alter Artillerie-Ingenieur,

der Erfinder dieser BO-3-Kanone – eine wunderbare Kanone, mit einer irrsinnigen Anfangsgeschwindigkeit. Dieser Berkalow also saß auch an einem Sonntag und auch in einer Scharaschka und stopfte seine Socken. Das Radio lief. ›Generalleutnant Berkalow wird der Stalinpreis Erster Klasse verliehen.‹ Vor seiner Gefangennahme war er Generalmajor gewesen. Ja, und was tat er? Er fuhr fort, seine Socken zu stopfen, und danach begann er, auf der elektrischen Kochplatte Pfannkuchen zu backen. Ein Aufseher kam herein, schrie ihn an, nahm die verbotene Kochplatte fort und verfaßte für den Gefängnisvorstand einen Bericht, damit Berkalow drei Tage Karzer bekäme. Und dann kam der Gefängnisvorstand selbst wie ein Junge hereingestürzt: ›Berkalow! *Mit Sachen!* In den Kreml! Kalinin ruft!‹
Das sind russische Schicksale ...«

29

Aufschwung zur Decke

Der in vielen Scharaschkas bekannte ›Alte‹, Professor der Mathematik, Tschelnow, der in die Rubrik ›Nationalität‹ nicht ›Russisch‹ sondern *Häftling* geschrieben hatte und 1950 schon volle achtzehn Jahre gefangen war, hatte mit seiner Bleistiftspitze schon bei vielen technischen Erfindungen geholfen, angefangen vom Durchlauferhitzer bis zum Düsenantrieb, und dabei in manche seine Seele hineingelegt.

Im übrigen versicherte Professor Tschelnow, daß der Ausdruck ›seine Seele hineinlegen‹ mit größter Vorsicht zu gebrauchen sei, weil mit Bestimmtheit nur der Gefangene eine unsterbliche Seele habe, sie dem Freien aber oft wegen des Gehetztseins seines Lebens abgesprochen werden müsse. Beim freundschaftlichen Gefangenengespräch über einer Schüssel kalter Wassersuppe oder bei einem Glas dampfender Schokolade, verbarg Tschelnow nicht, daß er diese Idee von Pierre Besuchow[1] übernommen hatte. Bekanntlich hatte Pierre, als ein französischer Soldat ihn die Straße nicht überqueren lassen wollte, laut aufgelacht: »Ha-ha! Der Soldat will mich nicht hinüberlassen. Wen – mich? Meine unsterbliche Seele will er nicht hinüberlassen!«

In der Mawrino-Scharaschka war Professor Tschelnow der einzige Häftling, der keine Kombination tragen mußte (mit dieser Frage hatte man Abakumow selbst belästigt). Diese Freiheit gründete sich hauptsächlich

[1] Gestalt aus ›Krieg und Frieden‹ von Leo N. Tolstoj (Anm. d. Übers.)

darauf, daß Tschelnow kein ständiger Gefangener der Mawrino-Scharaschka war; als ehemaliges korrespondierendes Mitglied der Akademie der Wissenschaften und einstiger Direktor des Mathematischen Instituts stand er zu Berijas besonderer Verfügung und wurde regelmäßig dann in jene Scharaschka geschickt, wo im Moment das brennendste mathematische Problem aufgetaucht war. Nachdem er es mit einigen grundlegenden Strichen gelöst und die Rechenmethode erläutert hatte, wurde er weitergereicht.

Von seiner Freiheit, sich die Kleidung nach Belieben auszusuchen, machte Professor Tschelnow anderen Gebrauch als gewöhnliche eitle Menschen. Er trug einen billigen Anzug, Jackett und Hose paßten in der Farbe nicht einmal zueinander. Seine Füße steckten in Filzstiefeln; die ihm verbliebenen, spärlichen grauen Haare bedeckte er mit einer besonders gestrickten Wollmütze, die eben sowohl eine Skimütze wie das Käppchen eines Mädchens sein konnte; eine weitere Besonderheit war das zweimal um Schultern und Rücken geschlungene auffallende Woll-Plaid, das auch etwas an einen warmen Frauenschal erinnerte.

Doch verstand Tschelnow Plaid und Mütze so zu tragen, daß er nicht als lächerliche Figur, sondern als eine höchst eindrucksvolle Persönlichkeit erschien. Das längliche Oval seines Gesichtes, das scharfe Profil, die überzeugende Art, mit der Gefängnisverwaltung zu verhandeln, diese kaum als blau zu bezeichnende Farbe seiner blassen Augen, wie man sie nur bei abstrakten Denkern findet – all dies bewirkte, daß Tschelnow ein wenig an Descartes oder an einen Mathematiker der Renaissance erinnerte.

Tschelnow war in die Mawrino-Scharaschka geschickt worden, um die mathematischen Grundlagen der totalen Chiffriermaschine auszuarbeiten, eines Gerätes, dessen mechanische Drehungen das Ein- und Umschalten vieler Relais ermöglichen sollten, damit die Impulse der entstellten Sprache so vermischt würden, daß selbst hundert Menschen, die hundert entsprechende Geräte angestellt hätten, nicht in der Lage wären, ein Gespräch, das über diese Leitung ginge, zu dechiffrieren.

Im Konstruktionsbüro bemühte man sich seinerseits um die konstruktive Lösung des gleichen Chriffrierens. Alle Konstrukteure dort außer Sologdin beschäftigten sich damit.

Sofort als Sologdin von Inta in die Scharaschka gekommen war und sich dort umgesehen hatte, erklärte er allen, daß der lang anhaltende Hunger sein Gedächtnis geschädigt habe, seine ja schon von Geburt an beschränkten Fähigkeiten seien abgestumpft, und er könne daher nur Hilfsarbeiten verrichten. Er konnte dieses kühne Spiel wagen, weil er in Inta nicht zur allgemeinen Arbeit eingeteilt gewesen war, sondern einen guten Ingenieurposten gehabt hatte und sich somit vor einer Rückkehr nicht fürchten mußte.

Sie schickten ihn jedoch nicht zurück, was sie wohl gut hätten tun können, sondern behielten ihn auf Probe. Auf diese Weise war Sologdin dem Hauptstrom der Arbeit, wo Druck, Eile, Nervosität herrschten, in ein stilles Seitenbett ausgewichen. Dort gab es keine Ehrung für ihn, aber auch keinen Tadel, die Obrigkeit kontrollierte ihn nur nachlässig, er hatte ausreichend freie Zeit und begann, unbeaufsichtigt, im stillen an den Abenden an seiner Vorstellung einer Konstruktion der totalen Chiffriermaschine zu arbeiten.

Er meinte, daß die größten Ideen nur von einem einzelnen, erleuchteten Geist stammen können.

Und tatsächlich hatte er im letzten halben Jahr eine Lösung gefunden, auf die zwölf Ingenieure, die eigens auf dieses Problem angesetzt waren, aber ständig angetrieben und gestoßen wurden, nicht gekommen waren. Vor zwei Tagen hatte Sologdin seine Arbeit Professor Tschelnow zur Durchsicht übergeben — inoffiziell. Jetzt stieg er mit dem Professor die Treppe hinauf und faßte ihn dabei in der Menge der Gefangenen ehrerbietig unter den Arm. Er erwartete das Urteil über seine Arbeit.

Aber Tschelnow vermischte niemals Arbeit und Erholung.

Auf diesem kurzen Weg, den sie über Korridore und Treppen zurücklegten, verlor er kein Wort der Beurteilung, auf die Sologdin so brennend wartete, sondern erzählte lächelnd von seinem Morgenspaziergang mit Lew Rubin. Nachdem es Rubin nicht gelungen war, zum Holzplatz durchzudringen, hatte er Tschelnow sein Gedicht biblischen Inhalts vorgetragen. Im Rhythmus des Gedichts gab es noch ein, zwei Brüche, aber originelle Reime, und überhaupt war das Gedicht seiner Meinung nach nicht schlecht. Diese Ballade berichtete davon, daß Moses die Juden vierzig Jahre lang unter großen Entbehrungen, Durst, Hunger, durch die Wüste geführt hatte; wie das Volk zu phantasieren und aufsässig zu werden begann, obwohl nicht es, sondern Moses recht hatte, der wußte, daß sie das Gelobte Land eines Tages doch erreichen würden. Zweifellos hatte Rubin sehr um dieses Gedicht gelitten und besondere Gedanken hineingelegt.

Was Tschelnow geantwortet habe?

Tschelnow hatte Rubins Aufmerksamkeit auf die Geographie des Moses-Zuges verwiesen: Vom Nil bis Jerusalem hatten die Juden nicht mehr als vierhundert Kilometer zu überwinden, das heißt, selbst wenn sie samstags ausruhten, konnten sie diese Strecke gut in drei Wochen zurücklegen. Liegt deshalb nicht der Schluß nahe, daß Moses die übrigen vierzig Jahre nicht *führte,* sondern in der Arabischen Wüste *herumführte?* — Daher die Übertreibung ...

Vom freien Diensthabenden des Instituts erhielt Professor Tschelnow vor Jakonows Tür den Schlüssel zu seinem Zimmer. Solch ein Vertrauen wurde außer ihm nur der ›Eisernen Maske‹ entgegengebracht – und sonst keinem Gefangenen. Kein Gefangener hatte das Recht, eine Sekunde ohne Aufsicht durch einen ›Freien‹ an seinem Arbeitsplatz zu bleiben, weil man befürchten mußte, daß der Gefangene bestimmt diese unbeaufsichtigte Sekunde benutzen würde, um mit Hilfe eines Bleistifts den Eisenschrank mit den Geheimdokumenten aufzubrechen, sie mit einem Hosenknopf zu fotografieren, eine Atombombe zur Explosion zu bringen und auf den Mond zu fliegen.

Tschelnow aber arbeitete in einem Zimmer, das ›Gehirntrust‹ genannt wurde. Darin standen nur ein Schrank und zwei Holzstühle. Deshalb entschied man sich (selbstverständlich natürlich im Einvernehmen mit dem Ministerium), Professor Tschelnow einen eigenen Schlüssel zu geben. Seit dieser Zeit war sein Zimmer für den Sicherheitsoffizier des Instituts, Major Schikin, der Gegenstand ständiger Aufregungen. Wenn man die Häftlinge mit doppelt gesicherten Türen im Gefängnis eingesperrt hatte, kam dieser hochbezahlte Genosse mit seinem nicht genormten Arbeitstag höchstpersönlich in das Zimmer des Professors, klopfte die Wände ab, sprang auf den Dielen herum, blickte in den staubigen Zwischenraum von Wand und Schrank und schüttelte finster den Kopf, denn er wußte, daß aus solch einer Freiheit nichts Gutes kommen konnte.

Aber der Schlüssel – das war noch nicht alles. Nach vier bis fünf Türen befand sich im zweiten Stockwerk auf dem Gang ein Kontrollpunkt der streng geheimen Abteilung. Der Kontrollposten war ein kleiner Tisch mit einem Stuhl, auf dem eine Putzfrau saß, aber keine gewöhnliche Frau, die Böden wischt und kochendes Wasser für den Tee zubereitet – dafür waren andere da –, sondern eine Putzfrau für besondere Verwendung: Sie mußte die Passierscheine der Leute kontrollieren, die in die besonders geheime Abteilung gingen. Passierscheine, die von der Hauptdruckerei des Ministeriums gedruckt waren, gab es in drei verschiedenen Ausfertigungen: als ständige, wöchentliche und einmalige. Major Schikin hatte dieses Muster ausgearbeitet; von ihm stammte auch die Idee, den blinden Flur zu einer besonders geheimen Abteilung zu machen.

Die Arbeit des Kontrollpostens war nicht leicht: Selten kamen Leute, es war aber sowohl durch die hier aushängende Gefängnisordnung wie auch durch mehrmalige mündliche Hinweise des Genossen Major Schikin strikt verboten, Socken zu stricken. So kämpften die Putzfrauen – zwei wechselten sich innerhalb von vierundzwanzig Stunden ab – im Verlauf ihres Dienstes tapfer mit dem Schlaf. Selbst dem Oberstleutnant Jakonow war dieser Kontrollpunkt unangenehm, weil er ihn den ganzen Tag über aus seiner Arbeit herausriß: Er mußte die Passierscheine unterschreiben.

Nichtsdestoweniger existierte dieser Posten. Um die Bezahlung dieser

Frauen zu decken, hielt man anstelle von drei Hofarbeitern, die im Etat ausgewiesen wurden, nur einen, nämlich Spiridon.

Obwohl Tschelnow die jetzt auf dem Posten sitzende Frau bestens kannte – sie ließ diesen grauen Alten jeden Morgen passieren –, sagte sie, von oben herab:

»Passierschein!«

Und Tschelnow zeigte seinen Passierpaß, und Sologdin zeigte seinen Passierschein.

Nachdem sie den Kontrollpunkt durchschritten hatten, kamen sie an zwei Türen vorbei. Die erste war eine mit Brettern vernagelte und kalkbeschmierte Glastür, hinter der sich das Atelier des Festungskünstlers Kondraschow-Iwanow befand, die andere führte in das private Zimmer der ›Eisernen Maske‹. Dann hatten sie Tschelnows Tür erreicht. Dieser schloß auf.

Es war ein gemütliches kleines Zimmer mit einem Fenster, das auf den Spazierhof der Gefangenen und den Hain der hundertjährigen Linden, die das Schicksal nicht ausgespart hatte – sie waren einbezogen worden in die Feuerzone –, hinausging. Ihre majestätischen Kronen waren ganz mit Reif bedeckt.

Ein trüb-weißer Himmel hing über dem Land.

Links von den Linden, jenseits der Zone, sah man ein mit der Zeit grau gewordenes, jetzt aber schon ins Weißliche übergehendes, zweistöckiges altes Holzhaus mit einem schiffsförmigen Strohdach. In ihm hatte der frühere Gutsbesitzer gewohnt, bevor das Steinhaus gebaut worden war. Weiter im Hintergrund erschienen die Dächer des kleinen Dörfchens Mawrino, dann breiteten sich Felder aus. Ganz im Hintergrund sah man die Eisenbahnlinie. In das trübe Weiß das Morgens stieg die deutlich erkennbare grell-silberne Rauchfahne einer Lokomotive auf, die Eisenbahnwagen waren kaum zu sehen. Aber Sologdin interessierte der sich ihm hier darbietende Ausblick nicht sehr. Obwohl er dazu aufgefordert war, setzte er sich nicht. Geschmeidig und im Gefühl, feste junge Beine zu besitzen, lehnte er sich mit der Schulter gegen das Fensterkreuz. Seine Augen saugten sich dabei an seinen Papierrollen fest, die auf Tschelnows Schreibtisch lagen.

Tschelnow saß in einem harten Armstuhl mit gerader, hoher Rückenlehne. Er zog den Schal zurecht, der um seine Schultern lag, schlug eine dicht beschriebene Seite seines Notizblockes auf, nahm einen langen spitzen, speerförmigen Bleistift zur Hand und schaute streng auf Sologdin. Und mit einem Mal war der spaßhafte Gesprächston, der noch kurz vorher zwischen ihnen geherrscht hatte, wie weggewischt.

Es war, als würden sich große Flügel auf das kleine Zimmer herabsenken und in ihm schlagen. Tschelnow sprach nicht länger als zwei Minu-

ten, jedoch so gedrängt, daß es fast unmöglich war, während seiner Ausführungen Atem zu schöpfen.
Tschelnow hatte mehr getan, als Sologdin erbeten hatte. Er hatte die theoretische Anzahl der Konstruktionsmöglichkeiten von Sologdins Plan überschlagen und ihre theoretische Wahrscheinlichkeit abgeschätzt. Die Konstruktion versprach ein Resultat, das nicht sehr weit unter dem geforderten lag, wenigstens bis es gelingen würde, zu rein elektronischen Anlagen überzugehen. Es war jedoch noch unumgänglich, herauszufinden, wie man die Anlage gegen schwache Energie-Impulse unempfindlich machen konnte; außerdem mußte die Wirkung der größten Trägheitsmomente im Mechanismus genau abgeschätzt werden, damit ein ausreichendes Schwingungsmoment gewährleistet wäre.
»Und dann ...« – Tschelnow strahlte Sologdin an und zwinkerte mit seinen Augen – »... dann vergessen Sie nicht: Ihre Chiffrierung gründet sich auf das chaotische Prinzip. Das ist gut. Aber das Chaos, ist es erst einmal bestimmt – ist auch schon ein System. Besser wäre es, die Lösung darin zu suchen, daß sich das Chaos chaotisch vermischt.«
Der Professor wurde nachdenklich, faltete das Blatt einmal zusammen und schwieg.
Sologdin senkte die Augenlider; wie von grellem Licht geblendet, stand er da und sah nichts ...
Schon bei den ersten Worten des Professors hatte er eine warme Welle in sich aufsteigen fühlen. Jetzt aber lehnte er mit einer Schulter an dem Fensterkreuz, gleichsam um sich nicht vor Jubel zur Decke emporzuschwingen ...
Was hatte er eigentlich vor der Verhaftung getan? War er ein richtiger Ingenieur gewesen? – Oder ein Jüngelchen, das sich mehr für sein Äußeres als für alles andere interessiert und das dann eines Tages von einem Feind aus Eifersucht fünf Jahre Haft bekommen hatte.
Und dann kamen die Butyrka, Presnja, Sewurallag, Iwdeljlag, Kargopoljlag ... Und dann hatte es im Lager ein eigenes Untersuchungsgefängnis gegeben, eine Felshöhle.
Und der Lagersicherheitsoffizier, Oberleutnant Kamyschan, der sich elf Monate lang bemühte, ihm eine neue Frist, weitere zehn Jahre aufzuladen. Bei der Verurteilung zu einer zweiten Lagerfrist kümmerte sich Kamyschan nicht um die von der Verwaltung zugeteilten Quoten, er ließ keinen los, dessen Frist ihm nicht ausreichend erschien, hielt auch diejenigen bis zum Ende des Krieges fest, die nur aufgrund der ›Besonderen Anordnung‹ im Lager waren. Er zerbrach sich nicht groß den Kopf über der Suche nach Beschuldigungen. Irgend jemand sagte einem anderen, daß man aus der Eremitage ein Bild nach dem Westen verkauft hätte, und schon erhielten beide zehn Jahre.

Außerdem war da auch noch eine Frau mit im Spiel – eine Krankenschwester, auch eine Gefangene, derentwegen Kamyschan, ein rotwangiger, wohlgebauter Herzensbrecher, auf Sologdin eifersüchtig war, und nicht einmal ohne Grund. Auch heute erinnerte sich Sologdin noch mit einem angenehmen Körpergefühl an sie, und er bedauerte es eigentlich nicht, daß er ihretwegen noch eine weitere Frist erhalten hatte.
Kamyschan liebte es zu schlagen, mit einem Stock über die Lippen, daß die Zähne blutend herausfielen. Wenn er zu Pferd ins Lager kam (er saß ausgezeichnet im Sattel), war das der Tag, an dem mit dem Peitschengriff geschlagen wurde.
Es war Krieg. Sogar draußen in der Freiheit waren die Lebensmittel rationiert. Und wie war es im Lager? Nichts. Und in der Felshöhle?
Nichts hatte Sologdin unterschrieben, das hatte er bei der ersten Untersuchung gelernt. Aber er erhielt weitere zehn Jahre. Von der Verhandlung brachten sie ihn direkt in das Revier. Er lag im Sterben. Weder Brot noch Brei noch Wassersuppe nahm sein Körper mehr auf, er war zum Tode verdammt.
Als sie ihn auf die Tragbahre gelegt hatten, um ihn in das Leichenhaus zu bringen, wo man seinen Kopf vor der Beerdigung mit einem Holzhammer aufschlagen wollte, da – hatte er sich bewegt ...
Von dort fort! – Fort von dort! – Oh, neue Lebenskräfte! – Nach einem Jahr Haft, Jahren der Arbeit, nach den ruhigen Baracken für Ingenieure und Techniker – wohin hatte es ihn verschlagen? Wie war das gekommen? Zu wem sprach dieser Descartes in seiner Mädchenmütze solche schmeichelhaften Worte?
Tschelnow faltete das Blatt mit seinen Notizen vierfach zusammen, dann achtfach.
»Wie Sie sehen, ist noch allerhand zu tun«, sagte er. »Aber diese Konstruktion wird unter allen vorgelegten die beste sein. Sie wird Ihnen die Freiheit verschaffen. Und die Strafe wird aus Ihrem Personalbogen gestrichen werden.«
Tschelnow lächelte sanft, es war ein spitzes und gleichzeitig zartes Lächeln, das ganz seinem Gesicht entsprach.
Ihm selbst, der schon in vielen Scharaschkas zu verschiedenen Zeiten weitaus mehr getan hatte als hier Sologdin, ihm lächelte keine Freiheit, kein Erlaß der Strafe, obwohl sie niemals richtig ausgesprochen worden war. Einmal hatte er den Weisen Vater als verabscheuungswürdige Giftnatter bezeichnet – und jetzt saß er achtzehn Jahre ohne Urteil, ohne Frist, ohne Hoffnung.
Sologdin öffnete seine leuchtendblauen Augen, richtete sich straff empor und sagte etwas theatralisch:
»Wladimir Erastowitsch! Sie geben mir Halt und Vertrauen! Ich finde

keine Worte, Ihnen für alles zu danken. Ich stehe tief in Ihrer Schuld!«
Um seine Lippen aber spielte bereits ein zerstreutes Lächeln.
Tschelnow gab Sologdin seine Rolle zurück und erinnerte sich noch an etwas:
»Jedoch, ich bin Ihnen gegenüber schuldig geworden. Sie baten mich darum, Anton Nikolajewitsch Ihre Skizze nicht sehen zu lassen. Es geschah aber, daß er in meiner Abwesenheit in das Zimmer kam, und nach seiner Gewohnheit alles ansah, das Papier entrollte und – selbstverständlich, mit einemmal begriff, um was es sich hier handelt. Es war nicht möglich, Ihr Inkognito zu wahren ...«
Von Sologdins Gesicht schwand das Lächeln, er blickte finster drein.
»Ist das so wichtig für Sie?« Auf Tschelnows Gesicht malte sich Erstaunen. »Aber warum eigentlich? Einen Tag früher oder später ...«
Sologdin selbst war auch ganz betreten. Er schlug die Augen nieder. Ob es nicht doch die rechte Zeit war, um jetzt Anton die Skizze zu bringen?
»Wie ich Ihnen schon gesagt habe, Wladimir Erastowitsch ... finden Sie nicht, daß da auch noch eine gewisse moralische Unklarheit besteht? ... Das ist doch – keine Brücke, kein Kran, keine Werkbank. Es ist doch wenig Industrielles dabei, viel, was aus Stalins Umgebung kommt. Wenn ich mir den *Auftraggeber* vorstelle, der den Hörer unserer Anlage aufnehmen wird ... nun ja, im allgemeinen, ich habe das ja doch nur gemacht – um meine eigenen Kräfte zu erproben. Für mich selbst.«
Er blickte geradeaus.
Für sich selbst.
Diese Art der Arbeit war Tschelnow wohlbekannt. Das war überhaupt die höchste Art der Forschung.
»Aber ... unter den gegebenen Umständen ... ist das nicht ein zu großer Luxus für Sie?«
Tschelnow blickte mit blaßblauen ruhigen Augen.
Sologdin lächelte.
»Verzeihen Sie«, verbesserte er sich. »Das habe ich nur so gesagt, ich habe laut gedacht. Ich danke Ihnen, ich danke Ihnen sehr!«
Respektvoll griff er nach der schwachen zarten Hand Tschelnows und ging mit seiner Rolle unter dem Arm aus dem Zimmer.
Er war als freier Bewerber in dieses Zimmer eingetreten.
Und jetzt verließ er es schon als belasteter Sieger. Nun war er nicht mehr selbst der Herr seiner Zeit, seiner Absichten und seiner Arbeit.
Tschelnow aber lehnte sich nicht in seinen Sessel zurück; er schloß seine Augen und saß lange Zeit so da, aufrecht, mit seinem zarten schmalen Gesicht unter der gestrickten Wollmütze.

30

Strafpunkte

Mit demselben inneren Frohlocken stieß Sologdin unverhältnismäßig heftig die Tür des Konstruktionsbüros auf und trat ein. Aber anstatt der erwarteten vielen Leute und des lärmenden Stimmengewirrs sah er in diesem großen Raum nur die füllige Gestalt einer Frau am Fenster.

»Sie sind allein, Larissa Nikolajewna?« wunderte sich Sologdin und ging dabei schnellen Schritts durch das Zimmer.

Larissa Nikolajewna Jemina, eine Frau von dreißig Jahren, war Zeichnerin. Sie wandte sich vom Fenster ab, wo ihr Zeichentisch stand, und lächelte über ihre Schulter hinweg dem heranschreitenden Sologdin zu.

»Dmitrij Alexandrowitsch? Und ich dachte schon, ich müßte mich hier den lieben langen Tag allein langweilen.«

Ihre Worte klangen nicht wie sonst. Sologdin merkte auf, mit seinem Blick umfing er für einen kurzen Augenblick ihre volle Figur im giftiggrünen Wollkostüm – einem gestrickten Rock und einer gestrickten Jacke. Festen Schrittes ging er auf seinen Tisch zu, ohne der Jemina zu antworten, und noch ehe er sich setzte, machte er einen Strich auf ein rosa Blatt Papier, das vor ihm lag. Danach – er stand nahezu mit dem Rücken zu der Frau – befestigte er eine Zeichnung, die er mitgebracht hatte, auf der verstellbaren geneigten Platte seines Zeichentisches.

Das Konstruktionsbüro war ein weiter heller Raum im zweiten Stockwerk mit drei großen Fenstern, die nach Süden gingen. Außer mehreren normalen Schreibtischen standen hier ungefähr zehn solcher Zeichentische, die bald nahezu vertikal festgestellt waren, bald geneigt oder ganz horizontal. Sologdins Zeichentisch stand neben dem hintersten Fenster, dort, wo auch die Jemina saß. Dieser Zeichentisch war senkrecht festgestellt und so gedreht, daß Sologdin ganz gegen die beobachtenden Blicke der Obrigkeit und der in den Raum eintretenden Personen abgeschirmt war, aber trotzdem das volle Tageslicht auf die befestigten Zeichnungen fiel. Endlich fragte Sologdin trocken:

»Warum ist niemand hier?«

»Das wollte ich von Ihnen erfahren«, war die singende Antwort.

Mit einer schnellen Bewegung drehte er nur gerade seinen Kopf zu ihr und sagte mit mokantem Lächeln:

»Von mir können Sie nur erfahren, wo die vier restlichen Gefangenen sind, die Gefangenen, die in diesem Zimmer arbeiten. Einer fuhr zum Wiedersehen, Hugo Leonardowitsch feiert das lettische Weihnachtsfest, ich bin hier, und Iwan Iwanowitsch hat um Erlaubnis gebeten, seine zerrissenen Socken stopfen zu dürfen, die im Verlauf des vergangenen Jahres die Zahl zwanzig erreicht haben. Ich meinerseits würde dafür gerne wissen, wo die sechzehn ›Freien‹ sind, das heißt, die Genossen, die bedeutend mehr Verantwortung haben als wir.«

Er saß mit dem Profil zu der Jemina, und sie konnte sehr gut sein herablassendes Lächeln erkennen, das zwischen dem kleinen akkuraten Schnurrbart und dem tadellosen französischen Backenbart spielte. Vergnügt betrachtete sie ihn.

»Wie? Sie wissen wohl nicht, was unser Major gestern abend mit Anton Nikolajewitsch besprochen hat – und daß heute das Konstruktionsbüro frei hat? Ich aber habe Dienst, wie Sie sehen . . .«

»Frei?« murmelte Sologdin finster. »Warum?«

»Was heißt warum? Es ist Sonntag.«

»Seit wann haben wir einen Sonntag? – Seit wann plötzlich frei?«

»Der Major sagte, daß wir jetzt im Moment keine dringende Arbeit hätten.« Mit einem scharfen Ruck wandte sich Sologdin der Jemina zu.

»*Wir* haben keine dringende Arbeit?« schrie er nahezu zornig. »Gut, gut! Wir haben keine dringende Arbeit!« – Zeichen des Unmuts waren auf Sologdins Lippen zu erkennen. »Und wie würden Sie es finden, wenn ich es fertigbrächte, daß Sie, *alle sechzehn*, ab morgen hier sitzen würden und Tag und Nacht kopieren müßten? Wollen Sie das?«

Dieses ›alle sechzehn‹ schrie er mit Schadenfreude.

Ungeachtet der nahen Aussicht, Tag und Nacht kopieren zu müssen, bewahrte die Jemina ihre Ruhe, die ihrer friedlich-vollen Schönheit so wohl anstand. Heute hatte sie nicht einmal das Pauspapier aufgenommen, das ihren leicht geneigten Arbeitstisch bedeckte. Gemütlich lehnte sie über ihm. Die enganliegenden Ärmel der gestrickten Jacke unterstrichen die Fülle ihrer Brüste. Kaum merklich schaukelte sie hin und her und blickte dabei Sologdin mit freundlichen Augen an:

»Gott bewahre uns! Zu so etwas Schlechtem sind Sie fähig?«

Sologdin blickte kalt und fragte:

»Warum sagen Sie ›Gott‹? Ich denke, Sie sind die Frau eines Tschekisten?«

»Was hat das zu sagen?« verwunderte sich die Jemina. »Wir backen an Ostern auch Osterkuchen, warum nicht?«

»Osterkuchen?!«

»Ja!«

Sologdin blickte auf die sitzende Jemina herab. Das Grün ihres gestrickten Kostüms war grell, aufdringlich. Sowohl Rock wie Jacke lagen eng an und zeichneten bereitwillig ihren Körper ab. Ihre Jacke war auf der Brust aufgeknöpft, und der Kragen einer weißen Batistbluse war sichtbar.

Sologdin machte einen Strich auf das rosa Papier und fragte feindselig: »Sie sagten aber doch, daß Ihr Mann Oberstleutnant beim MWD ist?«
»Ja, so ist es! ... Aber meine Mutter und ich, wir sind doch Frauen!« Die Jemina lächelte entwaffnend. Ihre dicken hellen Zöpfe hatte sie zu einer majestätischen Krone um den Kopf geschlungen. Sie lächelte — und ähnelte so wirklich einer Bauersfrau, aber einer von der Schauspielerin Rimma Zesarskaja dargestellten Bauersfrau.
Sologdin antwortete nicht, er setzte sich seitlich zu seinem Tisch, um die Jemina nicht zu sehen, und blickte angestrengt auf seine Zeichnung.
Sologdin war noch ganz erfüllt von Professor Tschelnows Lob. Er genoß seine Freude und wollte diese Gemütslage nicht gestört wissen. Die Unempfindlichkeit seines geistigen Sprosses gegen schwache Energie-Impulse und die ausreichende Stärke der Schwingungsmomente erachtete Sologdin intuitiv als Probleme, die gelöst werden konnten, obwohl dazu alles noch einmal durchzurechnen sein würde. Aber Tschelnows letzte Bemerkung über das Chaos bestürzte ihn. Sie deutete nicht auf einen Fehler der Arbeit hin, sondern darauf, wie weit sie noch von der Ideallösung entfernt war. Gleichzeitig empfand er dunkel, daß in seiner Arbeit noch irgendwo unvollendete ›letzte Teilstrecken‹ waren, die er selbst noch nicht aufgespürt und eingefangen hatte. Wichtig war jetzt, in der sich glückhaft bietenden sonntäglichen Ruhe, genau zu bestimmen, worin das bestand, und sich an die Vollendung der Arbeit zu machen. Erst danach würde es möglich sein, seine Arbeit vor Anton auszubreiten und mit ihr die Betonwände zu durchbrechen. Deshalb bemühte er sich jetzt mit aller Kraft, sich jedem Gedanken an die Jemina zu verschließen und sich nur in diesen Gedankenkreis zu versenken, den Professor Tschelnow ihm aufgezeigt hatte. Die Jemina hatte schon seit einem halben Jahr ihren Platz neben dem seinen. Noch nie hatte sich bisher ergeben, daß sie eine halbe Stunde miteinander sprechen konnten, und niemals waren sie, so wie heute, allein gewesen. Manchmal scherzte Sologdin mit ihr, wenn er sich nach seinem Plan fünf Minuten Erholung gönnte. Dienstlich gesehen war sie seine Zeichnerin, was die gesellschaftliche Stellung anbetraf — eine Dame der höheren Schicht, denn er war ja nur ein ausgebildeter Sklave; er erheiterte sich an Larissa Nikolajewna, aber störend war es, ständig ihren blühenden mächtigen Körper vor sich zu sehen.
Sologdin sah auf die Zeichnung, aber die Jemina, die immer noch leicht auf den Ellbogen hin- und herschaukelte, sah ihn an, und plötzlich fragte sie ihn:
»Dmitrij Alexandrowitsch! Und Ihnen? Wer stopft Ihnen die Socken?«
Sologdin zog seine Brauen hoch.
»Die Socken?« Er sah noch auf die Zeichnung.
»Iwan Iwanowitsch trägt Socken, weil er ein Neuling ist, weil er noch

keine drei Jahre sitzt. Socken, das ist ein saures Aufstoßen des sogenannten ...« – er räusperte sich, weil er gezwungen war, ein *Vogelwort* zu gebrauchen – »... Kapitalismus. Ich trage einfach keine Socken.«
Er machte einen Strich auf der weißen Liste.
»Aber dann ... was tragen Sie denn?«
»Sie überschreiten die Grenzen der Schicklichkeit, Larissa Nikolajewna.«
Er konnte nicht umhin zu lächeln. »Ich trage die Zierde unserer russischen Ausrüstung – Fußlappen!«
Er sprach dieses Wort genußvoll aus.
»Aber die ... werden doch auch von Soldaten getragen?«
»Außer Soldaten gibt es noch zwei Sorten von Menschen, die sie tragen: Gefangene und Kolchosarbeiter.«
»Aber dann ist es doch auch nötig, sie ... zu waschen, zu stopfen ...«
»Sie irren sich! Wer stopft heute schon Fußlappen! Man trägt sie nur ein Jahr, ohne sie zu waschen, und dann wirft man sie weg und erhält vom Staat neue.«
»Wirklich? Im Ernst?« Die Jemina blickte nahezu erschreckt.
Sologdin lachte sorglos und laut auf.
»Jedenfalls gibt es Leute, die dieser Ansicht sind. Ja, und von welchen Kröten sollte ich Socken kaufen? Sie hier, als Zeichnerin und makellose Angestellte des MGB – wieviel verdienen Sie im Monat?«
»Fünfhundert.«
»So – oo!« rief Sologdin feierlich. »Fünfhundert, ein halbes tausend! Ach, ein *Schöpfer* ...« – in der ›Sprache der äußersten Klarheit‹ hieß so der Ingenieur – »... bekommt dreißig lumpige Rubel im Monat. Würden Sie sie verschwenden? An Socken?«
Sologdins Augen blitzten fröhlich auf. Das bezog sich in keiner Weise auf die Jemina, sie errötete aber.
Larissa Nikolajewnas Mann war, kurz gesagt, ein unbeholfener, fauler Kerl. Seine Familie war für ihn schon lange zum weichen Ruhekissen geworden und er für seine Frau ein zur Wohnung gehörender Gegenstand. Wenn er von der Arbeit nach Hause kam, verzehrte er mit großem Genuß ein ausgiebiges Mahl, danach schlief er. Schließlich, wenn es überhaupt dazu kam, las er Zeitungen und bastelte an seinem Radio herum; seine alten Radios verkaufte er immer und kaufte sich die neuesten Modelle. Nur Fußball erweckte in ihm Begeisterung und sogar Leidenschaft. Als Tschekist sympathisierte er mit ›Dynamo‹, dem Sportclub des MWD. Im ganzen gesehen, war er so stumpf, so eintönig, daß er in Larissa nicht einmal das geringste Interesse für sich erwecken konnte. Ja, und die anderen Männer, die sie kannte, erzählten beständig von ihren Verdiensten für das Vaterland, spielten Karten, tranken, bis sie voll waren, wenn sie einem nicht lästig wurden und herumtätschelten.

Sologdin dagegen, mit seinen leichten Bewegungen, seinem schnellen Verstand, seiner treffenden Rede, dem unerwarteten Übergang von Strenge zu Spaß, gefiel ihr ohne jegliche Anstrengung seinerseits und – verschmähte diesen Erfolg.
Jetzt wandte er sich wieder der Zeichnung zu. Larissa Nikolajewna konnte sich von seinem Anblick nicht losreißen und sah immer noch sein Gesicht an, wieder und wieder seinen Lippenbart, den Backenbart und die vollen Lippen. Sie wollte so gerne von seinem Bart leicht gestochen oder gerieben werden.
»Dmitrij Alexandrowitsch!« Wieder unterbrach sie das Schweigen. »Störe ich Sie sehr?«
»Ja, ein wenig ...«, antwortete Sologdin. Die ›letzte Teilstrecke‹ erforderte ungeteilte, konzentrierte Gedanken. Die Nachbarin aber störte. Er wandte sich von seiner Zeichnung ab, seinem Tisch, und damit auch der Jemina, zu, und begann, unwichtige Papiere zu sortieren.
Man konnte das leise Ticken ihrer Armbanduhr hören.
Auf dem Korridor ging eine Gruppe von Menschen vorüber, die gedämpft miteinander sprachen. Aus der Tür der benachbarten Semjorka hörte man Mamurin flüstern: »Nun, ist dort bald ein Transformator?« und den erzürnten Aufschrei Markuschews: »Es war nicht nötig, ihnen einen zu geben, Jakow Iwanytsch!«
Larissa Nikolajewna legte ihre Hände vor sich auf den Tisch, faltete sie, legte ihr Kinn darauf und betrachtete so von unten nach oben gleichsam mit erschöpftem Blick Sologdin.
Sologdin las.
»Jeden Tag, jede Stunde«, flüsterte sie nahezu ehrfurchtsvoll, »sind Sie im Gefängnis und so beschäftigt! ... Sie sind ein ungewöhnlicher Mensch, Dmitrij Alexandrowitsch!«
Offensichtlich konnte Sologdin auch nicht lesen, deshalb hob er plötzlich seinen Kopf.
»Ja, im Gefängnis, Larissa Nikolajewna. Seit meinem fünfundzwanzigsten Lebensjahr sitze ich. Man sagt, daß ich mit zweiundvierzig herauskomme. Aber daran glaube ich nicht. Bestimmt wird die Zeit verlängert. Den besten Teil meines Lebens verbringe ich in Lagern, die ganze Blüte meiner Kräfte. Von den äußeren Umständen darf man sich aber nicht unterkriegen lassen, das ist erniedrigend.«
»Alles geht bei Ihnen nach System!«
»Fünf Lagerjahre habe ich mit Wassersuppe verbracht, ich arbeitete geistig ohne Zucker und ohne Phosphor. Das zwang mich zur strengsten Ordnung. In der Freiheit oder im Gefängnis – was ist da der Unterschied? – Ein Mann muß sich zu einem unbeugsamen Willen erziehen, der der Vernunft gehorcht.«

Mit ihrem sehr gepflegten Zeigefinger, der einen runden, himbeerrot lackierten Nagel hatte, versuchte die Jemina ziellos und ohne Erfolg, eine umgebogene Ecke des Zeichenpapiers zu glätten. Sie neigte ihren Kopf beinahe ganz auf die gekreuzten Hände hinunter, so daß sie ihm die pralle Krone ihrer mächtigen Zöpfe zuwandte, und sagte nachdenklich:
»Ich bin vor Ihnen sehr schuldig, Dmitrij Alexandrowitsch ...«
»Warum denn?«
»Einmal, als ich neben Ihrem Tisch stand und meine Augen herumgehen ließ, sah ich, daß Sie einen Brief schreiben ... so, wie das zu sein pflegt, Sie wissen es ja, so ganz zufällig ... und ein anderes Mal ...«
»... haben Sie wieder, so ganz zufällig, um sich geguckt?«
»Und ich sah, daß Sie wieder einen Brief schrieben, und es war, als wäre es derselbe ...«
»Ach, Sie haben sogar gesehen, daß es derselbe war?! Und noch ein drittes Mal? War das so?«
»Ja ...«
»So ... Larissa Nikolajewna, wenn das weiterhin so sein wird, bin ich gezwungen, auf Ihre Dienste als Zeichnerin zu verzichten. Das wäre schade, denn Sie zeichnen nicht schlecht.«
»Aber das ist schon lange her! Seither haben Sie nicht mehr geschrieben.«
»Sie haben es damals doch wohl unverzüglich Major Schikinidi berichtet?«
»Warum – Schikinidi?«
»Nun, Schikin. Haben Sie es gemeldet?«
»Wie können Sie so etwas denken!«
»Da gibt es gar nichts zu denken. Hat Major Schikinidi Sie nicht angehalten, meine Handlungen, Worte und sogar Gedanken auszuspionieren?« Sologdin nahm den Bleistift und machte einen Strich auf dem weißen Papier. »Hat er es nicht gesagt? Seien Sie ehrlich!«
»Ja ... er hat es befohlen ...«
»Und wieviel Anzeigen haben Sie schon geschrieben?«
»Dmitrij Alexandrowitsch! Bin ich zu so etwas fähig? Und noch dazu, wenn es *Sie* betrifft? Ich habe im Gegenteil die besten Beurteilungen geschrieben!«
»Hm ... gut, ich glaube es. Doch meine Warnung bleibt bestehen. Offensichtlich ist das hier ein nicht krimineller Fall rein weiblicher Neugierde. Ich will sie befriedigen. Es war im September. Nicht drei, sondern fünf Tage hintereinander habe ich einen Brief an meine Frau geschrieben.«
»Das ist es, was ich fragen wollte! Sie haben eine Frau? Sie wartet auf Sie? Sie schreiben ihr solch lange Briefe?«
»Ich habe eine Frau«, antwortete Sologdin langsam, nachdenklich, »aber

es ist so, als hätte ich keine. Ich kann ihr jetzt nicht einmal mehr Briefe schreiben. Als ich ihr schrieb, waren es keine langen Briefe, aber ich habe lange an ihnen geschliffen. Briefe zu schreiben ist eine Kunst, Larissa Nikolajewna, eine sehr hohe Kunst. Wir schreiben Briefe oft viel zu nachlässig, und dann wundern wir uns, wenn wir nahestehende Menschen verlieren. Meine Frau hat mich schon viele Jahre nicht mehr gesehen, hat meine Hand nicht mehr auf sich ruhen gefühlt. Briefe, das ist das einzige Band, mit dem ich sie nun schon zwölf Jahre halte.«
Die Jemina drehte sich scharf herum. Mit dem Ellbogen robbte sie sich an die Kante von Sologdins Tisch heran und stützte sich auf, so daß ihr gerötetes Gesicht zwischen ihren Handflächen lag.
»Sie sind davon überzeugt, daß Sie sie halten? Ja – *warum*, Dmitrij Alexandrowitsch, *warum*? Zwölf Jahre sind vergangen, und es bleiben noch fünf. Das sind siebzehn. Sie stehlen ihr ihre Jugend! Warum? Lassen Sie sie leben!«
Sologdins Stimme erklang feierlich:
»Unter den Frauen, Larissa Nikolajewna, gibt es eine ganz besondere Sorte. Das sind die Freundinnen der Wikinger, diese hellgesichtigen Isolden mit den diamantenen Seelen. Sie lebten immer in sündigem Wohlstand, und Sie können sie nicht kennen ...«
»Lassen Sie sie leben!« wiederholte Larissa Nikolajewna. »Und leben Sie selbst nach Möglichkeit währenddessen auch!«
Unmöglich war es, in ihr jene hoheitsvolle *Grande Dame* zu erkennen, als die sie die Korridore und Treppen der Scharaschka durchschritt. Sie saß da, auf Sologdins Tisch gelehnt, und atmete hörbar. Ihr erhitztes Gesicht hatte einen nahezu bäuerlichen Ausdruck.
Sologdin sah zur Seite und machte einen Strich auf dem rosa Blatt.
»Dmitrij Alexandrowitsch! Und was ist das? Ich frage mich schon viele Wochen, was für Striche Sie da machen? Und dann, nach einigen Tagen, streichen Sie sie wieder durch. Was bedeutet das?«
»Ich befürchte, daß Sie wieder einen Hang zur Neugierde zeigen.« Er nahm das weiße Blatt in die Hand. »Hier: ich mache jedesmal einen Strich, wenn ich ohne äußerste Notwendigkeit ein der russischen Sprache fremdes Wort gebrauche. Die Summe dieser Striche ist das Ausmaß meiner Unvollkommenheit. Hier für das Wort ›Kapitalismus‹, das ich nicht sofort durch das Wort ›Geldanhäufung‹ und für das Wort ›Spionieren‹, das ich im Eifer des Gefechtes nicht durch das Wort ›Aufpassen‹ ersetzte, habe ich mir zwei Striche gemacht.«
»Und auf dem rosa Blatt?« fügte sie hinzu.
»Haben Sie bemerkt, daß ich auch auf dem rosa Blatt Striche mache?«
»Und das öfter als auf dem weißen. Ist das auch – ein Zeichen Ihrer Unvollkommenheit?«

»Ja«, sagte Sologdin zögernd. »Auf dem rosa Blatt mache ich mir *Fehlstriche,* bei Ihnen sind das *Strafpunkte,* und danach bestrafe ich mich selbst nach ihrer Anzahl.«

»Strafpunkte – wofür?« fragte sie leise.

»Warum wollen Sie das wissen?«

»Warum?« fragte Larissa noch leiser.

»Haben Sie bemerkt, *wann* ich sie mache?«

Im Zimmer war kein Laut zu hören, Larissa hauchte:

»Ja.«

Sologdin errötete und gestand unwillig:

»Auf dem rosa Blatt mache ich immer dann einen Strich, wenn ich Ihre Nähe nicht aushalte, wenn ich ... Sie begehre!«

Larissas Wangen, Ohren und ihr Hals überzogen sich mit einem tiefen Rot. Sie bewegte sich nicht von dem Rand seines Tisches weg und sah ihm kühn in die Augen.

Sologdin war aufgeregt:

»Und jetzt mache ich *drei,* sehen Sie, es wird schwer sein, sie wieder abzuarbeiten! Einen dafür, daß mir herausfordernde und feuchte Augen gefallen. Einen zweiten, weil Ihre Bluse nicht zugeknöpft ist und ich, wenn Sie sich nach vorn lehnen, tief in Ihren Ausschnitt sehe! Den dritten, weil ich Ihren Hals küssen möchte!«

»Nun, dann küssen Sie ihn doch«, sagte sie verführerisch.

»Sie sind wahnsinnig! Gehen Sie auf den Korridor hinaus! Befreien Sie mich von sich!«

Sie stieß sich von Sologdins Tisch ab und stand ganz plötzlich auf. Ihr Stuhl fiel mit einem lauten Krach zu Boden.

Er wandte sich dem Zeichentisch zu.

Die Besessenheit, mit der er heute beim Holzspalten auf dem Hof zu kämpfen gehabt hatte, quälte ihn.

Er sah auf die Zeichnung, verstand aber nichts.

Und plötzlich fühlte er auf seiner Schulter eine feste Brust.

»Larissa!« sagte er streng und wandte ihr seinen Kopf zu. Bei dieser Wendung geschah es, daß sich ihre Stirnen berührten.

»Was ...?« fragte sie ihn, ihr Atem traf dabei sein Gesicht.

»Laß mich ... ich ... ich schließe lieber die Tür ab«, sagte er.

Sie entzog sich ihm nicht und antwortete:

»Ja, tu das!«

31

Das Lautdiagramm

Niemand mochte sonntags arbeiten, auch nicht die freien Mitarbeiter. Sie kamen unlustig zur Arbeit, ohne das an Werktagen übliche Gedränge in den Bussen, und überlegten, wie sie die Zeit bis sechs Uhr abends am besten hinbringen könnten.

Aber dieser Sonntag heute war bewegter als jeder Werktag. Gegen neun Uhr morgens fuhren am Haupttor drei lange, stromlinienförmige Personenwagen vor. Sie fuhren durch das Tor auf den von Schnee gereinigten Kieswegen zum Paradeeingang des Instituts, vorbei an dem rothaarigen Hofarbeiter Spiridon, der, einen Besen in der Hand, die Autos mißtrauisch betrachtete. Hohe Offiziere mit glänzenden Goldschulterstücken stiegen aus allen drei Autos und warteten nicht darauf, abgeholt zu werden, sondern gingen unverzüglich in den zweiten Stock zu Jakonows Büro. Sie hatten es so eilig, daß es fast unmöglich war, ihnen mit den Augen zu folgen. In einigen Laboratorien verbreitete sich sofort das Gerücht, Minister Abakumow sei selbst gekommen und mit ihm acht Generäle. In den anderen Labors verhielt man sich weiterhin ruhig, da man dort nichts von dem aufsteigenden Gewitter wußte.

Die Wahrheit lag in der Mitte – der Stellvertretende Minister Sewastjanow war mit vier Generälen eingetroffen.

Etwas bisher noch nie Dagewesenes war vorgefallen – Ingenieur-Oberst Jakonow hatte seinen Dienst nicht angetreten. Der aufgeschreckte diensthabende Offizier (er hatte schnell die Tischschublade geschlossen, in der er ein Buch zur heimlichen Lektüre verwahrte) rief in Jakonows Wohnung an und berichtete dann dem Stellvertretenden Minister, Oberst Jakonow liege mit einem Herzanfall zu Hause, werde sich aber sofort ankleiden und kommen. Unterdessen rückte Jakonows Stellvertreter, Major Roitman, ein schlanker Mann mit in der Taille enganliegender Uniform, seinen schlecht sitzenden Schulterriemen zurecht, verhakte seinen Fuß in dem Teppichläufer (er war sehr kurzsichtig) und eilte aus dem Akustiklabor, um vor der Obrigkeit zu erscheinen. Er beeilte sich nicht nur, weil es die Vorschrift verlangte, sondern auch, um die Interessen der Institutsopposition, deren Haupt er war, zu wahren: Jakonow versuchte immer, ihn von den Unterhandlungen mit hohen Vorgesetzten fernzuhalten. Da Roitman schon über die Einzelheiten von Prjantschikows nächtlicher Vorladung Bescheid wußte, war er bemüht, einen Vorteil für sich herauszuschlagen und die hohe Kommission davon zu überzeugen, daß es um den Wokoder nicht so hoffnungslos bestellt sei, wie beispielsweise um den Klipper. Obwohl erst dreißig Jahre alt, war Roitman schon Stalinpreisträger und warf, ohne Furcht dabei zu empfinden, sein Laboratorium in die Unbill dieses Wirbelwindes, die der Zusammenhang mit den allerhöchsten Interessen mit sich brachte.

Zehn Offiziere der Kommission hörten zu, was er sagte. Zwei von ihnen verstanden etwas von der technischen Seite des Projekts, die übrigen nahmen nur eine würdevolle Haltung ein. Nun kam auch, von Oskolupow herbeigerufen, der gelbgesichtige, vor Furcht stammelnde Mamurin an und beeilte sich, kaum hatte Roitman die Vorzüge des Wokoder gepriesen, seinerseits für den Klipper einzutreten, der ja schon *nahezu* fertig sei und bald zur Auslieferung bereitstehe. Kurz darauf traf Jakonow ein – hohläugig, mit eingefallenen Wangen, die Farbe seines Gesichts ging von weiß schon zu blau über –, er ließ sich sofort auf einen Stuhl an der Wand nieder. Das Gespräch verstummte, wurde verworren, und bald wußte niemand mehr, wie man diesen verfahrenen Karren aus dem Dreck herausziehen könnte.

Unglücklicherweise hatte es sich so gefügt, daß das Herz und Gewissen des Instituts – der Sicherheitsoffizier, Genosse Schikin, und der Parteiorganisator, Genosse Stepanow, gerade an diesem Sonntag sich entschlossen hatten, einer natürlichen Schwäche nachzugeben, nicht zum Dienst zu erscheinen und dem Kollektiv nicht vorzustehen, das sie werktags immer leiteten. Ihre Tat war um so verzeihlicher, als bekanntlich bei tadellos geplanter Massenaufklärungs- und Organisationsarbeit die weitere Teilnahme am Arbeitsprozeß für die Leiter selbst nicht mehr nötig ist. Aufregung und das Bewußtsein unerwarteter Verantwortlichkeit hatten von dem Diensthabenden des Instituts Besitz ergriffen. Er nahm das Risiko auf sich, die Telefone im Stich zu lassen, und eilte durch die Laboratorien, teilte den Leitern flüsternd die Ankunft der außergewöhnlichen Gäste mit. Da er sehr aufgeregt war und schnell zu seinen Telefonen zurückkehren wollte, maß er der Tatsache, daß die Tür des Konstruktionsbüros verschlossen war, keine besondere Bedeutung bei. Er rannte auch nicht in das Vakuumlabor, wo heute als einzige freie Mitarbeiterin Klara Makarygina Dienst hatte.

Die Laborleiter ihrerseits gaben die Nachricht nicht laut weiter – weil es unmöglich gewesen wäre, unverhohlen um ein arbeitsames Gebaren zu bitten, da Vorgesetzte angekommen seien; sie eilten aber von Tisch zu Tisch und warnten verschämt flüsternd jeden einzelnen. So saß das ganze Institut und wartete auf die Vorgesetzten. Von ihnen aber blieb ein Teil, nachdem sie miteinander beratschlagt hatten, in Jakonows Arbeitszimmer, ein anderer Teil ging in die Semjorka, und nur Sewastjanow selbst und Major Roitman stiegen zum Akustischen Labor hinab: Um sich von dieser zusätzlichen neuen Sorge zu befreien, hatte Jakonow auf

das Akustische Labor als geeigneter Grundlage für die Erfüllung von Rjumins Auftrag hingewiesen.
»Was denken Sie, wie man diesen Menschen entdecken kann?« fragte Sewastjanow Roitman unterwegs.
Roitman hatte nichts *denken* können, weil er erst fünf Minuten vorher von dem Auftrag erfahren hatte: Für ihn hatte in der vergangenen Nacht Oskolupow *gedacht*, als er unbedenklich diese Arbeit übernommen hatte. Aber schon nach fünf Minuten gelang es Roitman, sich irgend etwas auszudenken.
»Sehen Sie«, sagte er und nannte dabei den Stellvertretenden Minister mit Vor- und Vatersnamen und ohne alle Unterwürfigkeit, »wir haben ein Gerät für *sichtbare Rede*, bekannt als WIR[1] — das die sogenannten *Lautdiagramme* aufzeichnet, und es gibt einen Menschen, der diese Lautdiagramme lesen kann, ein gewisser Rubin.«
»Ein Gefangener?«
»Ja. Ein Dozent der Philologie. In letzter Zeit habe ich ihn dazu eingesetzt, in den Lautdiagrammen die individuelle Besonderheit der Sprache aufzuspüren. Und ich hoffe, daß wir, nachdem von dem Telefongespräch ein Lautdiagramm angefertigt worden ist und wir es mit den Lautdiagrammen der verdächtigen Personen verglichen haben ...«
»Hm ... wegen dieses Philologen werden wir noch Abakumows Zustimmung einholen müssen.« Sewastjanow wiegte bedächtig seinen Kopf.
»Wegen der Geheimhaltung?«
»Ja.«
Obwohl alle im Akustischen Labor von der Ankunft der Kommission erfahren hatten, vermochten sie doch nicht, ihre Trägheit zu überwinden. So gingen sie zu Scheinmanövern über, wühlten faul in Kisten mit Radioröhren, sahen Schemata in den Journalen nach, lehnten gähnend am Fenster. Die freien Mitarbeiterinnen standen beisammen und klatschten flüsternd. Roitmans Hilfsknecht trieb sie auseinander. Simotschka war zu ihrem Glück nicht bei der Arbeit — für ihren zusätzlichen Arbeitstag hatte sie heute frei, und so blieb ihr der Schmerz erspart, Nershin zu sehen, wie er für das Wiedersehen mit seiner Frau verkleidet dasaß, seiner Frau, die mehr Rechte auf ihn hatte als Simotschka.
Nershin fühlte sich wie ein überreich Beschenkter; schon zum drittenmal kam er in das Akustische Labor, ohne hier etwas zu tun zu haben, nur aus der Nervosität des Wartens heraus, weil sich der ›Schwarze Rabe‹ verspätet hatte. Er setzte sich nicht auf seinen Stuhl, sondern auf das Fensterbrett, sog mit Genuß den Rauch seiner ›Belomor‹-Zigarette ein und

[1] *Widimaja retschj* (russ.) — sichtbare Rede (Anm. d. Übers.)

lauschte Rubin. Dieser hatte in Professor Tschelnow keinen würdigen Zuhörer für seine Ballade über Moses gefunden, und so las er sie nun leise, mit viel Wärme Gleb vor. Rubin war kein Poet, in der Reimfindung, in der Ausarbeitung der Rhythmen hatte er kein Glück, aber manchmal gelangen ihm doch auch stimmungsvolle und kluge Verse. Rubin hätte von Gleb jetzt sehr gern ein Lob für seine Mosesballade gehört.
Rubin konnte ohne Freunde nicht existieren. Er erstickte gleichsam ohne sie. Einsamkeit war für ihn so unerträglich, daß er sogar seine Gedanken, noch ehe sie ausreifen konnten, eilends ausstreute. Das ganze Leben hindurch war er reich an Freunden gewesen. Aber im Gefängnis hatte es sich eigenartigerweise so gefügt, daß seine Freunde nicht dieselben Ansichten wie er vertraten; diejenigen aber, die wie er dachten, waren nicht seine Freunde.
So war es also; niemand im Akustischen Labor beschäftigte sich mit der Arbeit – ausgenommen der allzeit tätige und sich unverändert seines Lebens freuende Prjantschikow, der schon die Erinnerung an das nächtliche Moskau und seine üble Fahrt verdrängt hatte. Er dachte bereits wieder an eine neue Verbesserung der Schemata und sang dabei:

»Bendsi-bendsi-bendsi-ba-ar
bendsi-bendsi-bendsi-ba-ar.«

Und nun traten Sewastjanow und Roitman ein. Roitman erläuterte:
»In diesen Lautdiagrammen wird die Rede nach drei Aspekten ausgemessen: nach ihrer Frequenz – quer über das Band; nach der Zeit – längs zum Band; nach ihrer Amplitude – durch die Dichte der Aufzeichnung. Dadurch wird jeder Laut so unwiederholbar aufgezeichnet, so einmalig, daß es ein leichtes ist, ihn zu erkennen, und daß man vom Band alles Gesagte ablesen kann. Hier ...« – er führte Sewastjanow in die Mitte des Labors – »... ist das Gerät, der sogenannte WIR, wir haben ihn in unserem Labor konstruiert ...« – Roitman selbst hatte schon vergessen, wie weit sie dabei vorhandene Modelle kopiert hatten – »... und hier ...« – behutsam bedeutete er dem Stellvertretenden Minister, sich dem Fenster zuzuwenden – »... ist der Kandidat der Philologie, Rubin, der einzige Mensch in der Sowjetunion, der die sichtbare Rede lesen kann.« Rubin stand auf und verbeugte sich schweigend.
Schon als Roitman in der Tür das Wort Lautdiagramm ausgesprochen hatte, waren Rubin und Nershin aufgefahren: Ihre Arbeit, über die sich bis jetzt die meisten lustig gemacht hatten, wurde nun plötzlich hochoffiziell. In diesen fünfundvierzig Sekunden, während derer Roitman Sewastjanow zu Rubin hinführte, hatten Rubin und Nershin mit der nur Gefangenen eigenen Schärfe der Auffassung und Schnelligkeit der Entschlüsse schon begriffen, daß jetzt eine Probe stattfinden werde, wie

Rubin Lautdiagramme las, und daß nur einer der ›sanktionierten‹ Sprecher einen Satz in das Mikrophon sprechen durfte. Als einziger von ihnen war in diesem Zimmer aber nur Nershin anwesend. Und sie wußten auch, daß sich Rubin, obwohl er in der Tat Lautdiagramme lesen konnte, nun bei diesem Examen irren könnte. Aber man durfte sich nicht irren – das hätte bedeutet aus der Scharaschka in die Unterwelt des Lagers zurückgeworfen zu werden.

Doch über all das verloren sie kein Wort, sie verstanden einander mit einem einzigen Blick.

Und Rubin flüsterte:

»Wenn du liest, so sag deinen Satz: ›Lautdiagramme erlauben tauben Menschen am Telefon zu sprechen‹.«

Und Nershin flüsterte zurück: »Wenn *er* einen Satz sagt, so geh nach den Lauten, versuch sie abzulesen. Wenn ich mir über die Haare streiche, so triffst du richtig, wenn ich meine Krawatte richte, so irrst du.«

Und dann stand Rubin auf und verbeugte sich schweigend.

Roitman sprach weiter in seiner entschuldigenden, zurückhaltenden Art, die man, wenn man der Rede gelauscht und mit dem Rücken zum Redner gestanden hätte, nur einem intelligenten Menschen zugeschrieben hätte.

»Nun, hier ist also Lew Grigorjitsch, und er wird uns jetzt sein Können vorführen. Irgend jemand von den Sprechern . . . nun, sagen wir Gleb Wikentjitsch . . . wird in der Akustikzelle in das Mikrophon einen Satz sprechen, der WIR wird ihn aufzeichnen, und Lew Grigorjitsch versucht dann, ihn zu entziffern.«

Nur einen Schritt vom Stellvertretenden Minister entfernt, stand Nershin und richtete seinen dreisten Lagerblick auf ihn:

»Einen Satz – denken Sie einen aus?« fragte er streng.

»Nein, nein«, antwortete Sewastjanow in munterem Ton und wandte seine Augen ab. »Sie werden sich selbst einen ausdenken.«

Nershin fügte sich, nahm ein Blatt Papier, dachte einen Augenblick nach, und dann schrieb er etwas nieder und gab in der im Labor eingetretenen Stille Sewastjanow das Blatt so, daß niemand lesen konnte, was darauf stand, selbst Roitman nicht:

»Swukowidy rasreschajut gluchim goworitj po telefonu.«[1]

»Ist das tatsächlich so?« fragte Sewastjanow erstaunt.

»Ja.«

»Lesen Sie, bitte.«

Der WIR begann zu summen. Nershin ging in die Zelle (ach, wie er-

[1] Lautdiagramme erlauben tauben Menschen, am Telefon zu sprechen (Anm. d. Übers.)

niedrigend war es jetzt, diese schmachvolle Verkleidung zu tragen! Immer dieses unzureichende Material in den Kleiderkammern!) und schloß sich dort schalldicht ein. Der Mechanismus begann zu dröhnen, und ein zwei Meter langes nasses Band, das mit einer Vielzahl von Tintenstreifen und Ölflecken bedeckt war, wurde vor Rubin auf den Tisch gelegt.

Das ganze Labor unterbrach die Arbeit und verfolgte aufmerksam das Geschehen. Roitman war merklich aufgeregt. Nershin kam aus der Zelle und sah von weitem teilnahmslos auf Rubin. Alle standen um ihn herum, nur Rubin allein saß, seine blanke Glatze schimmerte. Er trug der Ungeduld der beobachtenden Personen Rechnung und machte aus seiner priesterlichen Allwissenheit kein Geheimnis, sondern zeichnete mit einem Kopierstift, der wie immer schlecht gespitzt war, Marken auf das nasse Band.

»Sie sehen hier, manche Laute können ohne die geringste Schwierigkeit entziffert werden, zum Beispiel die betonten Vokale und Sonorlaute. Im zweiten Wort kommt das ›r‹ offensichtlich zweimal vor. Im ersten Wort ist der betonte Laut ein ›i‹, und vor ihm ist ein weiches ›w‹ — hier könnte auch kein hartes ›w‹ stehen. Vorher steht der Formant ›a‹, aber man muß bedenken, daß vor der ersten betonten Silbe auch das ›o‹ wie ›a‹ ausgesprochen wird. Dagegen behält ›u‹ immer seine Aussprache bei, selbst wenn es von der Betonung entfernt ist. Es hat hier den für ihn charakteristischen Streifen mit wenig Frequenz. Der dritte Laut des ersten Wortes ist auf jeden Fall ›u‹. Danach folgt ein explosiver Zungenlaut, aller Wahrscheinlichkeit nach ›k‹, und so haben wir: ›ukowi‹ oder ›ukawi‹. Und hier ein hartes ›w‹, es unterscheidet sich deutlich von dem weichen, denn es hat im Band nicht mehr als zweitausenddreihundert Hertz. ›Wukowy‹ — und dann folgt eine tönende harte, kleine Explosion, am Ende dann ein zurückweichender Vokal, das kann man für ›dy‹ nehmen. So haben wir ›wukowidi‹. Es bleibt noch, den ersten Laut zu entziffern, er ist verwischt, aber ich möchte annehmen, es sei ein ›s‹. So wäre das erste Wort — ›swukowidy‹. Und nun weiter. Wie ich schon sagte, sind im zweiten Wort zwei ›r‹ enthalten, und dann die übliche Verb-Endung ›ajet‹. Hier liegt aber die Mehrzahl vor, das heißt ›ajut‹. Offensichtlich heißt es ›rasryschajut‹, oder ›rasreschajut‹ ... wir werden es gleich genau bestimmen, einen Augenblick ... Antonina Valerjanowna, können Sie mir bitte die Lupe reichen? Darf ich sie mir für eine Minute ausleihen?«

Die Lupe war ganz und gar unnötig, weil der WIR die Zeichen weit ausladend schrieb; Rubin hatte sie sich — um mit Lagerausdrücken zu reden — *zur Schau* ausgebeten, und Nershin lachte innerlich herzhaft los, zerstreut strich er sich dabei über die ohnedies glatten Haare. Rubin schielte heimlich nach ihm und nahm die Lupe. Die allgemeine Spannung war

angewachsen, und das um so mehr, als niemand wußte, ob Rubin wirklich entzifferte. Sewastjanow flüsterte aufgeregt:
»Das ist erstaunlich ... wirklich erstaunlich ...«
Niemand bemerkte, wie Oberleutnant Schusterman auf Zehenspitzen ins Zimmer kam. Er hatte nicht das Recht, es zu betreten, deshalb blieb er in einiger Entfernung stehen. Er gab Nershin ein Zeichen, schnell zu kommen; Schusterman jedoch ging nicht mit ihm hinaus, sondern versuchte, Rubin mit den Augen herauszurufen. Er wollte ihn zwingen, sein Bett noch einmal zu machen, so wie es vorgeschrieben war. Schusterman rief Rubin nicht zum erstenmal deswegen heraus.
In der Zwischenzeit hatte Rubin das Wort ›gluchim‹ (den tauben Menschen) entziffert und war nun am vierten. Roitman strahlte, nicht nur des Triumphs wegen – er freute sich auch aufrichtig über jeden Erfolg bei der Arbeit.
Und jetzt hob Rubin zufällig den Blick und bemerkte den nichts Gutes verheißenden Schusterman. Er verstand, warum Schusterman hier war. Und er gab einen schadenfrohen Antwortblick zurück, der soviel heißen wollte wie: ›Mach es doch selbst noch einmal‹.
»Die beiden letzten Worte heißen ›am Telefon‹, diese Verbindung kommt bei uns so oft vor, daß ich an sie gewöhnt bin, sie auf einen Blick erkenne. Nun, und das ist alles.«
»Erstaunlich!« wiederholte Sewastjanow. »Wie war Ihr Name gleich wieder, der Vor- und Vatersname?«
»Lew Grigorjitsch«.
»Und so können Sie auch die individuellen Besonderheiten einer Stimme auf einem Lautdiagramm erkennen?«
»Wir nennen das *die individuelle Redeharmonie.* Ja! Das ist im Moment der Gegenstand unserer Forschungen.«
»Sehr gelungen! Es scheint, daß Sie eine interessante Aufgabe zu lösen haben.«
Und Schusterman schlich auf Zehenspitzen davon.

32

Küssen ist verboten

Der ›Schwarze Rabe‹, der die Gefangenen zum Wiedersehen fahren sollte, hatte einen Motorschaden, und so gab es einen Aufenthalt, bis die Aufseher herumtelefoniert und geklärt hatten, wie alles vor sich gehen sollte. Gegen elf Uhr, nachdem er aus dem Akustischen Labor herausgerufen worden war, kam Nershin zur Leibesvisitation. Die sechs anderen, die auch zum Wiedersehen fuhren, waren schon dort. Die einen klopfte man soeben ab, andere waren schon durchsucht worden und warteten in verschiedenen Körperhaltungen – sie lehnten nachlässig an einem großen Tisch oder durchmaßen den Raum hinter der Durchsuchungszone. In diesem abgeteilten Streifen stand Oberstleutnant Klimentjew an der Wand – alles an ihm glänzte, er stand aufrecht, geschmeidig, aufgeputzt wie zu einer Parade. Seinem schwarzen glatten Bart und den schwarzen Haaren entströmte ein starker Duft nach Eau de Cologne.

Er hatte die Hände auf dem Rücken gefaltet und stand so scheinbar völlig unbeteiligt da, tatsächlich aber verpflichtete seine Anwesenheit die Wachen, alle gewissenhaft zu durchsuchen.

In der Durchsuchungszone wurde Nershin von den ausgestreckten Armen eines der übelstbeleumundeten Spürhunde der Wache in Empfang genommen – Krasnogubenjkij. Er fragte sofort:

»Was ist in den Taschen?«

Nershin hatte sich längst schon jene dienstfertige Geschäftigkeit abgewöhnt, die neuangekommene Gefangene dem Wachpersonal und der Begleitmannschaft gegenüber an den Tag legen. Er machte sich nicht einmal die Mühe zu antworten und beeilte sich auch nicht, die Taschen dieses für ihn ungewohnten Wollanzuges umzudrehen. Seinem Blick auf Krasnogubenjkij gab er einen verschlagenen Ausdruck und hob seine Arme etwas seitlich hoch, um so die Durchsuchung der Taschen zu gestatten. Nach fünf Jahren Gefängnis und nach vielen solchen Vorbereitungen und Durchsuchungen ging es Nershin nicht mehr wie einem Neuen, der eine grobe Gewalttat darin sähe, daß schmutzige Finger über dem wunden Herzen herumfummeln. Seine zunehmend heitere Gemütslage konnte durch nichts getrübt werden, was seinem Körper angetan wurde.

Krasnogubenjkij öffnete das Zigarettenetui, das Potapow ihm gerade geschenkt hatte, sah sorgfältig alle Mundstücke der Zigaretten nach, ob nichts in ihnen verborgen sei, kramte in der Schachtel alle Streichhölzer durch, ob nichts unter ihnen liege, überprüfte den Saum des Taschentuchs, ob nichts hineingesteckt sei, etwas anderes war in den Taschen nicht zu finden. Dann schob er seine Hände zwischen das Unterhemd und das aufgeknöpfte Jackett, klopfte Nershins ganzen Körper ab, tastete, ob sich nichts unter dem Hemd oder zwischen dem Hemd und dem Chemisette befinde. Dann ließ er sich auf seine Fersen nieder und beklopfte fest mit seinen beiden Händen von oben nach unten Nershins Beine, eines nach dem anderen. Als Krasnogubenjkij sich gesetzt hatte, konnte Nershin sehr gut den nervös auf- und abgehenden Kupferstecher und Formgeber sehen, und er erriet, warum er sich so aufregte: Im Gefängnis hatte der Graveur in sich die Fähigkeit entdeckt, Novellen zu schreiben. Und er schrieb welche über die deutsche Gefangenschaft, über Begegnungen im Gefängnis, über Gerichtsverhandlungen. Eine oder zwei dieser Novellen hatte er durch seine Frau in die Freiheit hinausbringen können. Aber wem konnte man sie dort zeigen? Dort wie hier mußten sie verborgen bleiben. Und niemals wird es möglich sein, ein kleines Blättchen beschriebenes Papier mit sich hinauszunehmen. Aber ein Alter, ein Freund der Familie, hatte eine Novelle von ihm gelesen und durch die Frau dem Autor bestellen lassen, daß man sogar bei Tschechow selten auf solche Vollendung und meisterliche Ausdruckskraft stieße. Dieses Lob ermutigte den Graveur außerordentlich.

So hatte er auch zum heutigen Wiedersehen die Niederschrift einer, wie er glaubte, großartigen Novelle mitgenommen. Aber als er vor Krasnogubenjkij stand, verließ ihn der Mut, er drehte sich um und verschluckte das Kügelchen Pauspapier, auf das er mit mikroskopisch kleiner Handschrift die Novelle geschrieben hatte. Und jetzt ärgerte er sich, daß er die Novelle gegessen hatte. – Vielleicht hätte er sie doch durchschmuggeln können?

Krasnogubenjkij sagte zu Nershin:

»Ziehen Sie die Stiefel aus.«

Nershin stellte einen Fuß auf einen Hocker, schnürte seinen Stiefel auf und schleuderte ihn mit einer Bewegung, gerade als würde er ausschlagen, vom Fuß. Dabei beachtete er nicht einmal, wohin der Stiefel flog. Ein großes Loch in der Socke wurde sichtbar. Krasnogubenjkij nahm den Stiefel auf, tastete dessen Inneres ab, bog die Sohle um. Mit dem gleichen unbewegten Gesicht, so, als würde er das jeden Tag machen, schleuderte Nershin den zweiten Stiefel von sich, eine zweite, sehr zerrissene Socke wurde sichtbar. Da die Socken große Löcher hatten, vermutete Krasnogubenjkij nicht, daß in ihnen irgend etwas verborgen sei, und er verlangte nicht, sie auszuziehen.

Nershin zog die Schuhe wieder an, Krasnogubenjkij begann, eine Zigarette zu rauchen.

Klimentjew war zusammengefahren, als Nershin seinen Stiefel vom Fuß geschleudert hatte. Das war doch eine absichtliche Beleidigung seiner Wachleute. Wenn man nicht für das Aufsichtspersonal einträte, würden die Gefangenen dem Verwaltungspersonal auf dem Kopf herumtanzen. Klimentjew bedauerte wieder einmal, daß er soviel Güte gezeigt hatte, und war nahe daran, einen Grund zu finden, um für diesen unverschämten Menschen, der sich seiner Lage als Verbrecher nicht schämte, sondern sich eher an ihr berauschte, das Wiedersehen zu streichen, es zu verhindern.

»Achtung!« sagte er streng. Die sieben Gefangenen und die sieben Wachhabenden wandten sich ihm zu. »Ist die Ordnung bekannt? Den Verwandten darf nichts gegeben werden. Von den Verwandten darf nichts angenommen werden. Alles geht nur über mich. Die Gespräche betreffen nicht: die Arbeit, die Arbeitsbedingungen, die Lebensbedingungen, die Tagesordnung, die Lage des Objekts. Es dürfen keine Familiennamen genannt werden. Von sich ist nur erlaubt zu sagen, daß alles gut ist und daß man nichts braucht.«

»Worüber sollen wir dann reden?« schrie irgendeiner. »Über die Politik?«

Klimentjew würdigte diese Frage keiner Antwort; sie war zu albern.

»Über unsere Schuld«, riet finster irgendeiner der Arrestanten.

»Über unsere Reue.«

»Über die Anklage wird nicht gesprochen, sie ist geheim«, sagte Klimentjew ungerührt. »Fragen Sie nach der Familie, nach den Kindern. Und weiter: Eine neue Verfügung verbietet von heute an Händedrücken und Küssen beim Wiedersehen.«

Nershin, der gegenüber der Leibesvisitation, gegenüber den vielen Anweisungen, von denen er wußte, wie sie zu umgehen sind, völlig gleichgültig geblieben war, fühlte bei dem Verbot, sich zu küssen, eine dunkle Welle in seinen Augen aufsteigen.

»Einmal im Jahr sehen wir uns ...« schrie er heiser Klimentjew zu, und Klimentjew wandte sich mit freudigem Ausdruck ihm zu, wartete, was Nershin nun weiter sagen würde.

Nershin hörte Klimentjew schon aufbrüllen: ›Ihr Wiedersehen ist gestrichen!!‹

Und er verstummte.

Sein Wiedersehen war erst in letzter Stunde bestimmt worden, irgendwie schien es nicht ganz rechtmäßig zu sein, und es würde bestimmt keine große Mühe kosten, es zu streichen ...

Immer gab es so einen Gedanken, der diejenigen, die die Wahrheit herausbrüllen oder für die Gerechtigkeit eintreten könnten, von ihrer Äußerung zurückhielt.

Als alter Gefangener mußte Nershin Herr über seinen Zorn werden.

Da er nun auf keinen Widerstand stieß, fuhr Klimentjew leidenschaftslos und klar fort:

»Im Falle eines Kusses, eines Händedrucks oder sonst einer Verletzung der Anweisungen wird das Wiedersehen augenblicklich abgebrochen.«

»Aber meine Frau weiß das doch nicht! Sie wird mich küssen!« erwiderte der Graveur heftig.

»Auch die Verwandten werden unterrichtet sein«, sagte Klimentjew.

»So eine Verordnung hat es noch nie gegeben!«

»Aber jetzt gibt es sie.«
Dummköpfe! Und dumm von ihnen, ihre Empörung zu zeigen – und so zu tun, als habe er diese Verfügung ausgedacht, die er doch nur bekannt zu geben hatte!
»Wie lange wird das Wiedersehen dauern?«
»Und wenn meine Mutter kommt – wird man die Mutter zulassen?«
»Das Wiedersehen dauert dreißig Minuten. Es werden nur diejenigen hereingelassen, die eine Erlaubnis besitzen.«
»Und meine fünfjährige Tochter?«
»Kinder bis zu fünfzehn Jahren dürfen mit den Erwachsenen kommen.«
»Und mit sechzehn Jahren?«
»Läßt man nicht herein. Gibt es noch Fragen? Also los, einsteigen! Zum Ausgang!«
O Wunder! Sie fuhrern nicht im ›Schwarzen Raben‹, wie die letzten Male, sondern in einem kleineren blauen Stadtautobus.
Der Bus stand vor der Tür des Stabsgebäudes. Drei neue Aufseher, die bürgerlich verkleidet waren, mit weichen Hüten, die Hände in den Taschen – darin steckten Pistolen –, stiegen als erste in den Bus und besetzten drei Ecken. Zwei von ihnen sahen wie ehemalige Boxer oder Gangster aus. Sie hatten sehr schöne Mäntel an.
Der morgendliche Tau war verschwunden. Die Kälte hielt an.
Die sieben Gefangenen kletterten durch die Vordertür in den Bus und verteilten sich.
Dann stiegen noch vier Wachleute in Uniform ein.
Der Fahrer schlug die Tür zu und gab Gas.
Oberstleutnant Klimentjew setzte sich in einen Personenwagen.

33

Phonoskopie

Mittags war Jakonow selbst in der samtenen Stille und polierten Gemütlichkeit seines Arbeitszimmers nicht anzutreffen – er war in der Semjorka mit der ›Vermählung‹ des Klippers und des Wokoders beschäftigt. Die Idee, beide Geräte zu vereinigen, war heute Morgen dem ehrgeizigen Ingenieur Markuschew gekommen und von vielen begrüßt worden, obwohl jeder dabei seine eigenen Absichten hatte. Nur Bobynin, Prjantschikow und Roitman waren dagegen gewesen, doch auf sie hatte man nicht gehört.
Im Arbeitszimmer saßen aber Sewastjanow, der bereits mit Abakumow

telefoniert hatte, General Bulbanjuk, der Mawrino-Leutnant Smolossidow und der Gefangene Rubin.
Leutnant Smolossidow war ein schwerfälliger Mann. Selbst, wenn man glaubte, daß jede Kreatur einen guten Kern besitze, wäre es schwierig gewesen, Smolossidows Güte in seinem eisenharten, starren Gesicht, in dem Ausdruck seiner griesgrämig zusammengepreßten dicken Lippen zu entdecken. Sein Rang im Labor war gering – er galt kaum mehr als ein Radiotechniker, erhielt nicht mehr als die letzte Angestellte – weniger als zweitausend Rubel im Monat. Weitere tausend stahl er sich zusammen, indem er seltene Radioteile aus dem Institut entwendete und auf dem Schwarzen Markt verkaufte. Und allen war klar, daß Smolossidows Stellung und Einkommen sich nicht darauf beschränkten.
Die freien Mitarbeiter der Scharaschka fürchteten ihn, sogar seine Freunde, die mit ihm Volleyball spielten. Sein Gesicht war unheimlich, niemals konnte man darin auch nur einen Abglanz von Aufrichtigkeit erkennen. Beängstigend war das besondere Vertrauen, das die vorgesetzten Dienststellen ihm entgegenbrachten. Wo lebte er? Hatte er überhaupt ein Zuhause? Eine Familie? Niemals war er bei seinen Mitarbeitern zu Gast, mit keinem von ihnen teilte er seine Mußestunden außerhalb der Institutsmauern. Niemand wußte etwas über sein Vorleben; ausgenommen waren dabei seine drei Kriegsorden, die er auf der Brust trug, und eine einstmals unvorsichtig geäußerte Bemerkung, daß während des Krieges irgendein bekannter Marschall kein einziges Wort ausgesprochen habe, das er, Smolossidow, nicht gehört hätte. Als man ihn fragte, wie das möglich gewesen sei, hatte er geantwortet, er sei der persönliche Funker dieses Marschalls gewesen.
Und kaum war die Frage aufgetaucht, wem von den freien Mitarbeitern die Wartung des Tonbandgerätes mit dem von der streng geheimen Verwaltung geschickten Band anvertraut werden könne, empfahl General Bulbanjuk, der von dort hergekommen war, auch schon Smolossidow.
Jetzt hatte Smolossidow das Tonbandgerät auf den kleinen lackierten Tisch gestellt, und General Bulbanjuk, dessen Kopf wie eine übermäßig ausgewachsene Kartoffel aussah, aus der nur Nase und Ohren hervortraten, sagte:
»Sie sind Gefangener, Rubin. Aber früher waren Sie Kommunist, und es ist denkbar, daß Sie es einmal wieder sein werden.«
»Ich bin auch jetzt Kommunist!« hätte Rubin am liebsten ausgerufen, aber es war erniedrigend, Bulbanjuk das zu beweisen.
»Unsere Organe sind zu dem Schluß gekommen, daß man Ihnen Vertrauen entgegenbringen könnte. Von diesem Tonbandgerät werden Sie jetzt ein Staatsgeheimnis erfahren. Wir hoffen, daß Sie in der Lage sind,

diesen Schädling herauszufinden, der sich den Verrätern des Vaterlandes zum Helfer gemacht hat. Diese Verräter wollen wichtige wissenschaftliche Entdeckungen unbeschadet ins Ausland gelangen lassen. Es versteht sich von selbst, daß bei dem geringsten Versuch der Weitergabe . . .«

»Das ist klar«, unterbrach ihn Rubin, der jetzt mehr als alles fürchtete, daß man ihn nicht mit dem Tonband arbeiten ließe. Er hatte schon lange jede Hoffnung auf persönlichen Erfolg aufgegeben, und für ihn war das Leben der Menschheit gleichsam zu seinem Familienleben geworden. Dieses Tonband, das er noch nicht abgehört hatte, ging ihn persönlich an.

Smolossidow drückte den Abhörknopf.

Rubins Blick saugte sich an dem bunten Gehäuse fest, das die Mechanik umgab, gerade als verberge sich dahinter das Gesicht seines intimsten Feindes. Als Rubin so angestrengt schaute, zog sich sein Gesicht zusammen und bekundete Unnachsichtigkeit. Unmöglich, einen Menschen mit solcher Miene um Schonung für Verbrecher zu bitten.

In der Stille des Arbeitszimmers ertönte, von leichten Störgeräuschen begleitet, der Dialog eines erregten, gehetzten Unbekannten mit einer ungeschickten altmodischen Dame.

Mit jedem Satz milderte sich der grausame Ausdruck auf Rubins Gesicht, wich sichtlicher Betroffenheit. O Gott, das war ganz und gar nicht das, was er erwartet hatte, dieser Unsinn war eine Art . . .

Das Band war abgelaufen.

Alle erwarteten von Rubin irgendeine Äußerung, aber er wußte nicht, was er sagen sollte.

Er brauchte noch ein wenig Zeit; sie sollten ihn nicht so von allen Seiten anstarren! Er zündete sich eine Zigarette an und bat:

»So. Noch einmal.«

Smolossidow drückte den Rücklaufknopf.

Rubin sah gespannt auf diese dunklen Hände mit den bläulichen Fingern: Wenn Smolossidow sich jetzt irren würde! Wenn er statt des Abhörknopfes den Aufnahmeknopf drücken würde! Alles wäre dann gelöscht, spurlos ausgelöscht! Und er, Rubin, müßte dann nichts entscheiden.

Er rauchte und zerdrückte dabei das hohle Mundstück zwischen seinen Zähnen.

Alle schwiegen.

Nein, Smolossidow irrte sich nicht! Drückte genau auf den Knopf, auf den er drücken mußte.

Und wieder war die nervöse und beinahe verzweifelte Stimme des jungen Menschen zu vernehmen, wieder brüllte oder brummte die unzufriedene Dame. Und man mußte sich vorstellen und einbilden, daß das ein Verbrecher war. Aber Rubin bedrückte diese Dame, die er direkt vor sich sah, mit ihren üppigen, gefärbten Haaren, die vielleicht sogar echt waren.

Er verbarg das Gesicht in den Händen. Der größte Unsinn bei allem war, daß kein vernünftiger Mensch mit unverdorbener Denkart irgendeine medizinische Entdeckung als Staatsgeheimnis betrachten konnte. Denn jede Medizin, die einen Patienten nach seiner Nationalität fragte, war keine Medizin. Und dieser Mensch, der sich entschlossen hatte, in der beobachteten Wohnung anzurufen (es konnte auch sein, daß er sich der Gefährlichkeit dieses Unternehmens nicht bewußt war), dieser kühne Mann war Rubin sympathisch, erschien ihm als ein wirklicher Mensch.

Aber *objektiv* gesehen – objektiv trat dieser Mensch, der nur das Gute wollte, in der Tat gegen die positiven Kräfte der Geschichte auf. Die Priorität der Wissenschaft war nun einmal als wichtig und nötig für die Stellung unseres Staates anerkannt worden – das bedeutete, daß der, der sie unterminierte, objektiv betrachtet, dem Fortschritt im Wege stand und beseitigt werden mußte.

Auch die Unterhaltung selbst war nicht so einfach. Diese erschreckende Wiederholung des Wortes ›Ausländer‹ ›irgend etwas übergeben‹. Es ging vielleicht gar nicht um ein Präparat. Das ›Präparat‹ war möglicherweise eine Chiffre. Die Geschichte kannte solche Fälle. Wie waren die baltischen Matrosen zum bewaffneten Aufstand aufgerufen worden? »Schickt uns Befehle!« Und das hatte bedeutet – schickt uns Schiffe und Landetruppen . . .

Das Band war abgelaufen. Rubin hob sein Gesicht aus den Handflächen, sah auf den mürrischen Smolossidow, auf den unsinnig hochmütigen Bulbanjuk. Sie widerten ihn an, er wollte sie nicht sehen. Aber hier, auf dieser kleinen Kreuzung der Geschichte stellten sie objektiv die positiven Kräfte dar.

Und man mußte sich über die eigenen Gefühle erheben!

Ebensolche Metzger, allerdings aus der Armee-Politabteilung, hatten Rubin in das Gefängnis gestoßen, weil sie sein Talent und seine Aufrichtigkeit nicht zu ertragen vermochten. Ebensolche Metzger, aus der Generalstaatsanwaltschaft der Armee, hatten vier Jahre lang Dutzende seiner schriftlichen Unschuldsbeteuerungen in den Papierkorb geworfen. Aber es war nötig, über dem eigenen, unglückseligen Schicksal zu stehen!

Und obwohl *diese hier* es verdient hätten, hier, in diesem Zimmer, mit einer Infanteriegranate in die Luft gejagt zu werden – war es nötig, ihnen dienstbar zu sein, und damit dem eigenen Land, seiner fortschrittlichen Idee, seiner Flagge.

Rubin streifte die Asche ab und drückte die Zigarette im Aschenbecher aus. Er versuchte, Sewastjanow anzusehen; der sah wenigstens anständig aus. Rubin sagte:
»Nun, wir werden es versuchen.« Er zog scharf Luft ein und seufzte: »Aber wenn Sie niemanden in Verdacht haben, ist es unmöglich, den Mann zu finden. Man kann nicht die Stimmen aller Bewohner Moskaus aufnehmen. Mit wem soll ich vergleichen?«
Bulbanjuk beruhigte ihn:
»Wir haben sofort neben der Telefonzelle vier Menschen festgenommen. Wahrscheinlich war's aber keiner von ihnen. Und vom Ministerium haben wir hier diese fünf. Ich habe kurz ihre Namen notiert, ohne Rang, ohne Angabe der Stellung, die sie bekleiden, damit Sie sich nicht scheuen, jemanden zu beschuldigen.«
Er zog ein kleines Blättchen aus dem Notizbuch. Darauf stand:

1. Petrow
2. Sjagowityj
3. Wolodin
4. Schtschewronok
5. Sawarsin

Rubin las die Namen und wollte den Zettel an sich nehmen.
»Nein, nein!« wandte Sewastjanow lebhaft ein. »Die Notiz muß bei Smolossidow bleiben.«
Rubin gab den Zettel an Smolossidow. Diese Vorsichtsmaßnahme kränkte ihn nicht, er konnte allenfalls darüber lächeln. Als hätten sich diese fünf Familiennamen nicht sofort in sein Gedächtnis eingegraben: Petrow! – Sjagowityj! – Wolodin! – Schtschewronok! – Sawarsin! Seine ausführlichen linguistischen Studien hatten bewirkt, daß für ihn sogleich wie im Flug der Ursprung dieser Namen klar war: ›Sjagowitij‹ – einer, der weit springt, ›Schtschewronok‹ – die Lerche.
»Ich bitte Sie«, sagte er trocken, »von diesen fünf die Telefongespräche aufzunehmen.«
»Morgen haben Sie sie.«
Rubin dachte kurz nach.
»Noch etwas: Vermerken Sie bei jedem das ungefähre Alter.« Er deutete mit dem Kopf zum Magnetophon. »Ich werde das Band ständig benötigen, und zwar schon heute.«
»Leutnant Smolossidow wird es haben. Sie bekommen mit ihm gemeinsam ein Extra-Zimmer in der besonders geheimen Abteilung zugewiesen.«
»Es wird bereits geräumt«, sagte Smolossidow.
Seine Diensterfahrung hatte Rubin gelehrt, das gefährliche Wort ›wann‹ zu meiden, damit ihm nicht dieselbe Frage gestellt würde. Er wußte, daß

für diese Arbeit ein bis zwei Wochen nötig wären, wenn er aber die Vorgesetzten fragen würde: ›Bis wann?‹, so würden sie sagen: ›Morgen früh‹. Er fragte:

»Mit wem noch kann ich über diese Arbeit sprechen?«

Sewastjanow blickte zu Bulbanjuk hinüber und antwortete:

»Nur noch mit Major Roitman, mit Foma Gurjanowitsch. Und mit dem Minister selbst.«

Bulbanjuk fragte:

»Haben Sie meine Warnung verstanden? Oder soll ich sie wiederholen?«

Ohne Erlaubnis stand Rubin auf, kniff seine Augen zusammen und sah auf den General wie auf etwas ganz Kleines, schwer Erkennbares.

»Ich muß mir die Sache noch überlegen«, sagte er und sah dabei niemanden genau an.

Keiner widersprach.

In Gedanken versunken ging Rubin aus dem Arbeitszimmer, vorbei an dem diensthabenden Offizier des Instituts, er bemerkte niemanden, stieg die mit einem roten Läufer belegte Treppe hinab.

Nötig wäre es noch, Gleb in diese neue Gruppe hineinzuziehen. Wie kann man arbeiten, wenn man sich mit niemandem beraten kann? Die Aufgabe wird sehr schwierig zu lösen sein. Die Arbeit an den Stimmen hatte soeben erst bei ihnen begonnen. Die erste Klassifizierung. Die ersten Termini.

Der Kitzel wissenschaftlicher Forschung regte sich in ihm.

Das war nun wirklich eine neue Wissenschaft: Verbrecher nach ihrem ›Stimmabdruck‹ aufzufinden.

Bis jetzt hatte man sie immer nach Fingerabdrücken gefunden. Man nannte das: Daktyloskopie, Überwachung der Finger. Jahrhunderte hatten das entwickelt.

Aber die neue Wissenschaft konnte Stimm-Überwachung genannt werden (Sologdin hätte sie so genannt), *Phonoskopie.* Und sie mußte in wenigen Tagen begründet werden.

Petrow. Sjagowityj. Wolodin. Schtschewronok. Sawarsin.

34

Die stumme Glocke

Zurückgelehnt in einen weichgepolsterten Fenstersitz genoß Nershin das Schaukeln des fahrenden Busses. Neben ihm saß Illarion Pawlowitsch Gerassimowitsch, ein Physiker, Spezialist für Optik, ein schmalschultriger kleiner Mann mit ausgesprochen intellektuellem Gesicht, er trug einen Zwicker und ähnelte einem Spion auf einem Plakat.

»Ich glaube immer, daß ich mich an alles gewöhnt habe«, sagte Nershin leise zu ihm. »Ich kann ziemlich gut im Schnee sitzen, mit nacktem Rükken, ich kann es ertragen, mit vierundzwanzig anderen Menschen in ein Stolypin-Coupé hineingepfercht zu sein, es macht mir nichts aus, wenn das Begleitpersonal die Koffer aufbricht – nichts dergleichen bereitet mir Kummer oder bringt mich aus der Fassung. Aber durch mein Herz zieht sich noch eine lebendige Saite. Eine noch nicht gestorbene Saite – die Liebe zu meiner Frau. Ich kann es nicht ertragen, wenn man ihr etwas antut. Einmal im Jahr sehen wir uns für eine halbe Stunde, und dann ist Küssen verboten. Sie *spucken* bei diesem Wiedersehen auf unsere Seele.«

Gerassimowitsch zog seine dünnen Brauen hoch. Sie hatten immer einen betrübten Ausdruck, selbst dann, wenn er über physikalischen Schemata saß.

»In der Tat«, antwortete er, »gibt es nur einen Weg, um unverwundbar zu werden: *alle* Bindungen in sich abzutöten und *allen* Wünschen zu entsagen.«

Gerassimowitsch war erst einige Monate in der Mawrino-Scharaschka, und Nershin war es noch nicht gelungen, sich näher mit ihm bekannt zu machen. Aber Gerassimowitsch gefiel ihm instinktiv.

Weiter sprachen sie nichts, sondern versanken in Schweigen. Die Fahrt zu einem Wiedersehen ist in dem Leben eines Gefangenen ein zu großes Ereignis. Er braucht die Zeit, um die vergessene, die liebevolle Seite seiner Seele wiederzuerwecken, die wie in einer Gruft verschlossen lag. Erinnerungen steigen in ihm auf, die ihm während eines normalen Werktages nicht einfallen. Er sammelt Gefühle und Gedanken des ganzen Jahres, vieler Jahre, um sie in diesen kurzen Minuten des Zusammenseins dem nahestehenden Menschen mitzuteilen.

Vor der Wache hielt der Autobus an. Der Wachsergeant stieg auf das Trittbrett, zwängte sich durch die Tür und zählte zweimal mit den Augen die hinausfahrenden Gefangenen durch. Schon zuvor hatte der Oberaufseher auf der Wache für sieben Menschen die Ausfahrt eingetragen. Dann kroch er unter das Auto und prüfte nach, ob sich keiner an den Federn festgekrallt hatte – selbst ein körperloser Dämon hätte sich hier nicht länger als eine Minute festhalten können –, und ging dann zurück zum Wachhaus. Nun öffnete sich das erste Tor, dann das zweite. Der Autobus durchfuhr die Bannmeile, fröhlich sausten seine Reifen über die gefrorene Straße, vorbei an dem Hain.

Der besonderen Geheimhaltung dieses Objektes verdankten die Mawrino-Gefangenen diese Fahrten zum Wiedersehen: Die Verwandten, die sie trafen, sollten nicht wissen, wo ihre lebenden Leichname lebten, ob sie hundert Kilometer herbeigefahren würden oder aus dem Kreml kämen, ob sie vom Flugplatz hertransportiert würden oder von einem anderen Stern. Sie sollten nur satte, gutgekleidete Menschen mit weißen Händen sehen, die die frühere Beredsamkeit verloren hatten und traurig lächelnd versicherten, daß sie alles hätten und nichts brauchten.

Diese Wiedersehen hatten etwas von den Szenen auf griechischen Grabstelen an sich, wo der Tote und die Lebenden abgebildet sind, die ihm das Denkmal errichtet haben. Aber auf dem Relief trennt immer eine kleine Linie diese Welt von jener. Die Lebenden blicken freundlich auf den Toten, der Tote aber blickt in den Hades, weder froh noch traurig, aber durchdringend, mit einem wissenden Blick.

Nershin drehte sich so, daß er von dem Hügel zu sehen vermochte, was er sonst kaum je sehen konnte: das Gebäude, in dem sie lebten und arbeiteten, das dunkle Backsteingebäude mit der kugelförmigen, dunkel-rostigen Kuppel über ihrem Zimmer und noch weiter oben der sechseckige Turm. Von der Südfront, wo das Akustische Labor, die Semjorka, das Konstruktionsbüro und Jakonows Arbeitszimmer lagen, sah man die gleichmäßigen Reihen der nicht zu öffnenden Fenster. Sie sahen einförmig-leidenschaftslos aus; und die Vorstadtbewohner und Moskauer, die sonntags in den Wald fuhren, konnten sich wohl kaum vorstellen, wieviel hervorragende Leben, abgewürgte Impulse, aufsteigende Leidenschaften und Staatsgeheimnisse in diesem einzigartigen alten Gebäude versammelt, zusammengepreßt, verflochten und bis zur Rotglut aufgeheizt waren. Und auch in seinem Inneren war dieses Gebäude von Geheimnis durchdrungen. Ein Zimmer wußte nichts vom anderen. Ein Nachbar nichts vom anderen. Und die Sicherheitsoffiziere wußten nichts von den Frauen, von den zweiundzwanzig unbesonnenen, unvernünftigen Frauen, die hier als freie Mitarbeiterinnen tätig waren und daher Zutritt zu diesem rauhen Gebäude hatten. Genausowenig wußte eine Frau von der anderen, und nur der Himmel allein hätte es wissen können oder, später, die Geschichte, daß alle zweiundzwanzig, trotz des über ihnen hängenden Schwertes und des beständigen Vorbetens der Verordnungen, hier eine geheime Verbundenheit gefunden hatten, einen Menschen lieb-

ten und im verborgenen küßten oder sich eines Gefangenen erbarmten und Verbindung mit seiner Familie hergestellt hatten.
Gleb öffnete das dunkelrote Zigarettenetui und begann zu rauchen. Er rauchte mit dem besonderen Genuß, den eine Zigarette bereitet, die in einem ungewöhnlichen Moment des Lebens angezündet wird.
Und obwohl der Gedanke an Nadja jetzt über allem stand, alles andere in den Hintergrund drängte, genoß sein Körper das Ungewöhnliche einer Fahrt, wollte nur fahren, fahren und fahren ... er wollte, daß die Zeit stehenbliebe, der Autobus weiterführe, weiter und weiter führe, weiter und weiter, auf dieser verschneiten Straße mit den schwarzen Reifenspuren, vorbei an diesem Park, der weiß von Reif war, der die Zweige dicht überzogen hatte, vorbei an hier und da auftauchenden Kindern, deren Gespräche Nershin, soviel er sich erinnern konnte, seit Beginn des Krieges nicht mehr gehört hatte. Soldaten und Gefangene hören niemals Kinderstimmen.
Nadja und Gleb hatten nur ein einziges Jahr zusammengelebt. In diesem Jahr rannten sie beständig mit einer Aktenmappe unter dem Arm umher. Beide studierten das fünfte Jahr, schrieben Klausuren und legten staatliche Examen ab.
Dann kam plötzlich der Krieg.
Und andere hatten jetzt lächerlich kurzbeinige kleine Kinder, die draußen herumliefen.
Und sie hatten keine ...
Ein kleiner Junge wollte gerade über die Straße laufen. Der Chauffeur wich scharf aus. Der Junge erschrak, blieb stehen und verdeckte mit seiner Hand, die in einem blauwollenen Fausthandschuh steckte, das rot gewordene Gesichtchen.
Nershin hatte jahrelang nicht an Kinder gedacht, plötzlich wurde ihm klar, daß Stalin Nadja und ihn der Kinder beraubt hatte. Sogar wenn die Frist ein Ende finden und sie dann wieder zusammen sein würden, wäre seine Frau sechsunddreißig oder vierzig Jahre. Und dann ist es zu spät für ein Kind ...
Dutzende buntgekleideter Kinder fuhren auf einem Teich Schlittschuh.
Der Bus bog verschiedene Male ab und holperte über Kopfsteinpflaster.
Gefängnisbeschreibungen sind immer Anhäufungen von Schrecken. Aber ist es nicht noch furchtbarer, wenn kein Grauen herrscht? Wenn das Schreckliche die graue Eintönigkeit der Jahre ist. Liegt es nicht darin, daß *du* vergißt, daß das einzige Leben, das dir auf dieser Erde gegeben ist, hier zerbricht? Und wenn die Gedanken damit beschäftigt sind, wie du vom Gefängnistablett nicht ein Mittelstück, sondern das Endstück des Brotlaibes bekommen kannst, wie du im wöchentlichen Bad keine zerrissene und keine zu kleine Wäsche erhältst.

Das muß man alles selbst durchleben. Man kann es sich nicht ausdenken. Um zu schreiben:
»Ich sitze hinter Gittern, in feuchter Gefängnisdunkelheit«
oder:
»Öffnet mir die Gefängnistore, gebt mir ein schwarzäugiges Mädchen« – dazu muß man nicht im Gefängnis sitzen, das kann man sich vorstellen; aber das ist primitiv. Nur die keine Unterbrechung kennenden, endlosen *Jahre* entwickeln die echten Gedanken eines Gefangenen.
Nadja schreibt in einem Brief: »*Wenn Du zurückkommst . . .*«, und darin liegt das Erschreckende, daß es keine *Rückkehr* geben wird. *Rückkehr* ist unmöglich. Nach vierzehn Jahren Front und Gefängnis ist keine einzige Zelle in deinem Körper dieselbe geblieben, die sie war. Es kann nur *Neues* geben. Es wird ein neuer unbekannter Mensch kommen, der den Namen des früheren trägt, und *sie* wird erkennen, daß von ihrem ersten und einzigen Mann, auf den sie vierzehn Jahre gewartet hat, nichts übriggeblieben ist – diesen Menschen gibt es nicht mehr, er ist wie weggeblasen – Molekül für Molekül.
Gut, wenn ihr in deinem zweiten Leben einander wieder lieben werdet.
Aber wenn nicht . . .?
Nun flogen schon die Straßen der Außenbezirke Moskaus an den Fenstern vorbei. Wenn man in Mawrino am nächtlichen Himmel den Schein der Lichter von Moskau wahrnahm, so schien es, als würde ganz Moskau glänzen, blenden. Aber hier standen nun einstöckige und zweistöckige, längst reparaturbedürftige Häuser dicht aneinander, ihr Putz blätterte ab, Holzzäune hingen schief. Seit dem Krieg war hier nichts mehr getan worden. Man hatte Material und Kräfte für anderes gebraucht, für solche Reparaturen fehlte die Energie. Und wie war es wohl zwischen Rjasan und Rusajewka, wie sahen dort die Dächer, die Häuser aus?
Der Autobus fuhr über den weiten, bevölkerten Bahnhofsplatz. Wieder Straßenbahnen, Trolleybusse, Autobusse, Menschen. Die Miliz trug neue, kräftig rot-violette Uniformen, die Nershin noch nie gesehen hatte.
. . . unbegreiflich, wie Nadja so viele Jahre auf ihn warten konnte. Da ging sie zwischen diesen eifrigen, von irgend etwas gehetzten Menschen, die Blicke von Männern trafen sie – und niemals kam ihr Herz ins Wanken? Gleb stellte sich vor, was sein würde, wenn Nadja im Gefängnis und er in Freiheit wäre. Er würde es wahrscheinlich nicht einmal ein Jahr aushalten. Niemals vorher hatte er sich gedacht, daß seine schwache Gefährtin solch eine eiserne Entschlossenheit besäße. Lange hatte er an ihr gezweifelt, aber jetzt fühlte er, daß für Nadja das Warten wohl doch nicht so schwer wäre.
Als er noch im Verschickungslager Krasnaja Presnja war und nach

einem halben Jahr Untersuchungshaft das erste Mal einen Brief schreiben durfte – mit einem kleinen Bleistiftstummel auf einen Fetzen Einwickelpapier, das er dreieckig zusammengefaltet hatte, ohne Marke –, hatte Gleb an Nadja geschrieben:

»Mein Liebes! Du hast während des Krieges vier Jahre auf mich gewartet – sei nicht zornig, daß Du umsonst gewartet hast: Es werden jetzt zehn weitere Jahre sein. Mein ganzes Leben über werde ich an unser kurzes Glück denken. Aber Du bist von diesem Tag an frei. Dein Leben muß nicht auch noch verderben. Heirate!«

Und aus diesem Brief hatte Nadja nur eines herausgelesen:

»Das bedeutet, daß du mich nicht mehr liebst! Wie kannst du mich für einen anderen Mann freigeben?«

Die Frauen . . .! Und wie war es an der Front, am Dnjepr-Brückenkopf? Sie hatte sich zu ihm durchgeschlagen mit einer gefälschten Armeefahrkarte in einer für sie viel zu großen Männerfeldbluse; so hatte sie Verhöre und Durchsuchungen über sich ergehen lassen. So war sie zu ihm gekommen, um bei ihrem Mann, wenn irgend möglich, bis zum Ende des Krieges zu bleiben – wenn er sterben sollte, mit ihm zu sterben, wenn er überleben sollte, mit ihm weiterzuleben.

Noch kurz vorher war der Brückenkopf heiß umkämpft gewesen, jetzt waren die Kämpfe in einen ruhigen Stellungskrieg übergegangen. Es wuchs wieder Gras. Und sie entrissen ihrem gestohlenen Glück noch einige kurze Tage.

Aber die Armee erwachte wieder, ging zum Angriff über, und Nadja mußte nach Hause fahren – wieder in der viel zu großen Männerfeldbluse, mit demselben gefälschten Armeefahrschein. In einem Eineinhalbtonner fuhr sie durch eine ungeschützte Waldschneise; von der Pritsche aus hatte sie ihm lange, lange noch zugewinkt . . .

In unordentlichen Schlangen standen viele Menschen an den Haltestellen. Wenn sich ein Trolleybus näherte, blieben einige in der Reihe stehen, andere drängten sich, mit ihren Ellbogen Platz machend, nach vorn. Am Sadowaja-Ring hielt der blaue, verführerisch halbleere Bus an einer Ampel, er war schon an der Haltestelle vorübergefahren. Aber ein eiliger Moskauer schwang sich auf das Trittbrett, klammerte sich am Griff fest, klopfte gegen die Tür und schrie:

»Zum Koteljnitscheskij-Kai? Zum Koteljnitscheskij . . .?!«

»Nichts da! Nichts!« wehrte ein Aufseher mit der Hand ab.

»Doch, dorthin geht es! Kommen Sie, mein Herr, wir fahren dorthin!« schrie Iwan, der Glasbläser, und lachte laut. Iwan war kein politischer Gefangener und durfte jeden Monat zum Wiedersehen fahren.

Auch die anderen Gefangenen lachten. Der Mann begriff einfach nicht, was das für ein Bus war und warum er nicht mitfahren konnte. Aber er war daran gewöhnt, daß oft etwas unmöglich war, und deshalb sprang er ab. Ein halbes Dutzend herbeigeeilter Fahrgäste, die hinter ihm standen, wichen zurück.

Der blaue Autobus bog nach links auf den Sadowaja-Ring ab. Das bedeutete, sie fuhren nicht wie gewöhnlich zur Butyrka. Vielleicht ging es zum Taganka-Gefängnis? ...

Niemals hätte sich Nershin von seiner Frau trennen lassen. Er hätte ein ungestörtes Leben inmitten von Integralen und Differentialgleichungen geführt, wenn er nicht in Rußland geboren worden wäre oder nicht in jenen Jahren, oder wenn er nicht *er* gewesen wäre.

Er erinnerte sich an eine Szene in ›Dreiundneunzig‹ von Victor Hugo. Lantenac sitzt auf einer Düne. Er sieht gleichzeitig mehrere Glockentürme, deren Glocken alle in Bewegung sind, sie läuten Sturm, aber der Orkan trägt den Klang davon. Es ist still.

In der gleichen Weise hatte Nershin seit seiner Jugend mit einem seltenen Hörvermögen diesen stummen Alarm vernommen – alle Laute, die von Leben zeugten, Stöhnen, Aufschreie, verzweifelte Rufe, Klage- und Jammerschreie von Sterbenden –, der von einem beständig anhaltenden Wind davongetragen wurde, so daß sie den normalen menschlichen Ohren nicht vernehmbar waren. Gleb wuchs heran, ohne ein einziges Buch von Mayne Reid[1] zu lesen, aber schon mit zwölf Jahren blätterte er eifrig in der ›Iswestija‹, in die er seinen Kopf vergrub und den Prozeß gegen die Ingenieure las, denen Sabotage vorgeworfen wurde. Dieser Prozeß erschien dem Jungen sofort fragwürdig. Gleb wußte nicht warum, er konnte es nicht verstandesmäßig begründen, aber er fühlte deutlich, daß das alles Lüge war, Lüge, Lüge! Im Bekanntenkreis seiner Eltern gab es Ingenieure; er konnte sich nicht vorstellen, daß diese Menschen nicht aufbauten, sondern schadeten.

Mit dreizehn oder vierzehn, wenn er seine Schulaufgaben gemacht hatte, rannte Gleb nicht auf die Straße, sondern saß da und las Zeitungen. Er wußte die Namen der führenden Köpfe der Partei, ihre Stellungen, kannte die Feldherren der Roten Armee, die sowjetischen Botschafter in jedem Land und die ausländischen in Moskau. Er las alle Reden, die auf Versammlungen gehalten wurden, las die Erinnerungen alter Bolschewiken und deren Darstellungen der Parteigeschichte – von ihr gab es viele unterschiedliche Versionen. Schon in der vierten Klasse lehrte man sie die Grundlagen der Politökonomie, und vom fünften Schuljahr an hatten sie nahezu jeden Tag Gesellschaftskunde. Man gab ihm Herzens ›Erinnerungen‹ zu lesen, er aber blätterte wieder und wieder in Lenins Schriften.

[1] Englischer Romanschriftsteller (1818–1883) (Anm. d. Übers.)

War es nun, weil seine Ohren jung waren oder weil er mehr las, als in den Zeitungen stand – er hörte auf jeden Fall ganz deutlich die falschen Töne, in den unmäßigen, sich überbietenden Verherrlichungen eines einzigen Menschen, immer desselben einzigen. Wenn dieser alles war, was waren dann die anderen – nichts? Schon aus Protest konnte sich Gleb nicht für ihn begeistern.

Gleb war in der neunten Klasse, als er sich an einem Dezembermorgen zu einem Zeitungsschaukasten durchdrängte und las, daß Kirow ermordet worden war. Und sofort war ihm klar, daß kein anderer als Stalin Kirow ermordet haben konnte. Keinem anderen hätte Kirows Tod Vorteile gebracht! Das Gefühl quälender Einsamkeit ergriff ihn – die Erwachsenen, die sich mit ihm drängten, erkannten diese einfache Wahrheit nicht!

Und dann begannen die alten Bolschewiken, die die Revolution gemacht hatten und die in ihr die einzige Erfüllung ihres Lebens sahen, zu Dutzenden und zu Hunderten ins Nichts hinein zu verschwinden: Die einen warteten nicht auf ihre Verhaftung, sondern vergifteten sich in ihren Stadtwohnungen; andere erhängten sich in ihren Vorstadtvillen; aber die meisten ließen sich verhaften, erschienen vor Gericht und beschuldigten sich selbst in unerklärlicher Weise, verfluchten sich mit einem Wortschwall und bekannten, daß sie im Dienst aller nur möglichen fremden Spionagedienste stünden. Dies alles war so übertrieben, so grob, so maßlos – daß nur Elefantenohren die Lüge nicht hören konnten!

Hörten die Menschen denn wirklich nicht ...? Die russischen Schriftsteller, die sich rühmten, die Erben Puschkins und Tolstojs zu sein, lobten den Tyrannen in widerlich-süßer Weise. Und die russischen Komponisten, die im Konservatorium an der Herzen-Straße ausgebildet worden waren, drängten sich zu seinen Füßen, um liebedienerische Lobeshymnen anzustimmen.

Während seiner ganzen Jugend tönte für Gleb Nershin das unhörbare Sturmgeläut! Und eine unwiderrufliche Entscheidung schlug in ihm Wurzeln: er wollte lernen und begreifen! Lernen und begreifen!

In den Jahren, in denen es passender gewesen wäre, nach Mädchen zu seufzen, ging Gleb abends durch die Straßen seiner Heimatstadt und träumte davon, wie er sich eines Tages zurechtfinden und vielleicht sogar auch einmal hinter diese Mauern kommen werde, wo jene Menschen einmütig vor ihrem Tode die Selbstverleumdung auf sich nahmen. Vielleicht konnte man das in diesen Mauern verstehen!

Damals wußte er weder, wie jenes Hauptgefängnis hieß, noch daß sich unsere Wünsche erfüllen müssen, wenn sie wirkliche, große Wünsche sind.

Die Jahre vergingen. Alles in Gleb Nershins Leben wurde Wirklichkeit und erfüllte sich, auch wenn nicht alles leicht und angenehm war. Er wurde verhaftet und genau dorthin gebracht, und er traf jene Menschen, die überlebt hatten; sie waren über seine Mutmaßungen nicht erstaunt und wußten noch hundertmal mehr zu erzählen.

Alles war Wirklichkeit geworden und hatte sich erfüllt, aber dafür waren Nershin weder die Wissenschaft, noch die Zeit, noch das Leben, noch seine Frau geblieben ... Eine große Leidenschaft, die einmal unser Inneres ergriffen hat, verdrängt daraus grausam alles übrige. Für zwei Leidenschaften ist in uns kein Platz ...

Der Autobus ratterte über die Jausa-Brücke und fuhr dann durch endlosgekrümmte, wenig freundlich erscheinende Straßen.

Nershin befreite sich aus seinen Gedanken:

»So fahren wir also auch nicht ins Taganka-Gefängnis? Wohin denn dann? Ich erinnere mich an kein anderes.«

Gerassimowitsch riß sich auch von solchen unfrohen Gedanken los und antwortete:

»Das hier ist der Lefortowo-Wall. Wir fahren in das Lefortowo-Gefängnis.«

Vor dem Bus öffneten sich Tore. Das Fahrzeug fuhr in einen Hof, es hielt vor einem zweistöckigen Gebäude, das dem hohen Gefängnis vorgeschoben war. In der Tür des Gebäudes stand schon Oberstleutnant Klimentjew, ohne Mantel und Hut – er sah jung aus.

Es war in der Tat nicht sehr kalt. Unter dem dichtbewölkten Himmel dehnte sich endlose winterliche Trübe aus.

Auf ein Zeichen des Oberstleutnants stiegen die Wachleute aus dem Bus, stellten sich in einer Reihe auf (nur zwei waren noch im Inneren des Wagens sitzen geblieben, ihre Hände an den Pistolen in ihren Taschen) – dann kamen die Gefangenen an die Reihe. Es blieb ihnen keine Zeit, das Haupthaus des Gefängnisses in Augenschein zu nehmen; hinter dem Oberstleutnant betraten sie das Gebäude.

Dort führte man sie sogleich in einen langen, schmalen Korridor, in dem sie sieben sperrangelweit offenstehende Türen sahen. Klimentjew ging voraus und traf entschlossen seine Anordnungen, wie in einer Schlacht:

»Gerassimowitsch – hier hinein. Lukaschenko – hier! Nershin – in das dritte ...!«

Zu gleicher Zeit betraten die Gefangenen die ihnen angewiesenen Zimmer.

In der gleichen Weise teilte Klimentjew jedem der sieben einen Aufseher zu. Auf Nershin traf der verkleidete Gangster.

All diese Zimmer waren Untersuchungsbüros, und die Fenster, die ohnehin wenig Licht hereinließen, waren dicht vergittert. Der Armstuhl und

der Schreibtisch des Untersuchungsrichters standen beim Fenster. Für den Angeklagten gab es einen kleinen Tisch und einen Hocker.
Den Armstuhl des Untersuchungsrichters stellte Nershin für seine Frau bereit, näher zur Tür hin, für sich nahm er den ungemütlichen kleinen Hocker, dessen Sitzfläche gespalten war und der zusammenzubrechen drohte. Auf einem ähnlichen Hocker, an genauso einem ärmlichen Tischchen, hatte er früher sechs Monate lang beim Verhör gesessen.
Die Tür blieb offen. Nershin hörte, wie seine Frau den Korridor entlangging, hörte das leichte Geklapper ihrer Absätze, und dann vernahm er ihre liebe Stimme:
»Hier hinein?«
Und sie kam.

35

Betrüge mich!

Als der unter Beschuß liegende Lastwagen, der Nadja von der Front wegbrachte, im Sand steckenblieb, hatte Gleb in der offenen Waldschneise gestanden. Sie verschlang ihn allmählich und wurde immer länger und dunkler. Wer hätte ihnen damals sagen können, daß ihre Trennung nicht mit dem Krieg zu Ende gehen sollte, sondern – wenn man so will – begonnen hatte.
Es ist immer schwer, darauf zu warten, daß der Mann aus dem Krieg zurückkehrt. Aber am schwersten sind die letzten Monate vor Kriegsende: Granatsplitter und Kugeln fragen nicht danach, wie lang ein Mensch schon gekämpft hat.
Und dann kamen keine Briefe mehr von Gleb.
Nadja lief dem Postboten entgegen. Sie schrieb ihrem Mann, seinen Freunden, seinen Vorgesetzten – alle schwiegen, wie Verschwörer.
Im Frühling fünfundvierzig gab es keinen Abend, an dem nicht Artillerie-Salutschüsse am Himmel zerbarsten; eine Stadt nach der anderen wurde eingenommen – Königsberg, Breslau, Frankfurt, Berlin, Prag.
Aber Briefe kamen keine. Ihre Hoffnung schwand. Sie hatte keinen Mut, irgend etwas zu unternehmen. Aber sie durfte nicht an sich selbst verzweifeln: Wenn er lebt und zurückkommt, wird er ihr vorwerfen, daß sie die Zeit vertan habe! – Sie arbeitete sich tagsüber müde, bereitete sich auf die Aspirantur in Chemie vor, studierte Sprachen und den Dialektischen Materialismus – und weinte nachts.

Ja, und dann zahlte man Nadja zum erstenmal nicht das Offiziersgehalt ihres Mannes aus.
Das mußte bedeuten: Er war tot.
Und jetzt war gerade der vierjährige Krieg zu Ende.
Vor Freude wie von Sinnen liefen die Leute durch die Straßen. Irgend jemand feuerte Pistolenschüsse in die Luft ab. Und alle Lautsprecher der Sowjetunion ließen die Marschmusik des Sieges über das verwundete, ausgehungerte Land hinweg ertönen.
Sie hatten ihr nicht gesagt, daß er gefallen wäre. Sie sagten, er wäre ohne Nachricht verschwunden.
Und das menschliche Herz, das sich niemals mit Ausweglosigkeit zufriedengeben mag, dachte sich Märchen aus — vielleicht hatte man ihm eine geheime Mission anvertraut? Vielleicht hat er einen Sonderauftrag erhalten? Eine Generation, die mit Mißtrauen und Geheimnissen aufgewachsen ist, vermutet Geheimnisse auch dort, wo es keine gibt.
Es war ein heißer südlicher Sommer, aber die Sonne schien nicht für Nadja.
Sie fuhr fort, Chemie, Sprachen und den dialektischen Materialismus zu studieren; sie fürchtete, sein Mißfallen zu erregen, wenn er zurückkäme.
So vergingen vier Nachkriegsmonate. Es wurde Zeit, sich mit dem Tod des geliebten Mannes abzufinden. Und dann ein dreieckiger, zerrissener Fetzen von Krasnaja Presnja: *»Mein Liebstes! Es werden jetzt zehn weitere Jahre sein!«*
Alle, die ihr nahestanden, konnten sie nicht verstehen: sie hatte erfahren, daß ihr Mann im Gefängnis war, und für sie war alles leichter geworden, sie freute sich. Sie wußte, daß sie doch nicht allein auf der Welt war! Welch ein Glück, daß es nicht fünfzehn oder fünfundzwanzig Jahre waren! Nur aus dem Grab kommt man nicht zurück, Strafarbeit aber geht einmal zu Ende!
Jetzt, als sie wußte, daß es nicht der Tod war, nicht dieser schreckliche innere Verrat, sondern nur eine Schlinge um den Hals, nur schwere Last auf den Schultern — strömten Nadja neue Kräfte zu. Er war in Moskau, das bedeutete, man mußte nach Moskau fahren und ihn retten! In ihrer Vorstellung bedeutete schon ihm nahe sein — ihn retten können.
Aber wie konnte man nach Moskau kommen? Unseren Nachfahren wird es unvorstellbar sein, was damals Reisen bedeutete. Besonders eine *Reise nach Moskau.* Vor allem mußte man, wie in den dreißiger Jahren, beweisen können, warum man nicht dort bleiben konnte, wo man war, daß irgendeine dringende dienstliche Notwendigkeit bestand, die Bahn mit diesem Personentransport zu belasten. Danach wurde eine Fahrerlaubnis ausgeschrieben, mit der man das Recht erhielt, eine Woche in

einer Schlange auf dem Bahnhof zu stehen, auf dem verspuckten Boden zu schlafen oder aber durch die Hintertür der Kasse einen Beamten zu schmieren.

Nadja gelang es, zur normalerweise unerreichbaren Aspirantur in Moskau zugelassen zu werden. Und nachdem sie das Zweifache des normalen Preises für die Fahrkarte bezahlt hatte, kam sie im Flugzeug nach Moskau; ihre Aktenmappe mit Lehrbüchern auf den Knien und Filzstiefel für ihren Mann, wenn er in die Taiga kam.

Das war jener ersehnte Höhepunkt des Lebens, wo uns die guten Kräfte helfen und uns alles gelingt. Die angesehenste Aspirantur des Landes nahm das unbekannte Provinzmädchen auf, das keinen Namen hatte, kein Geld, keine Beziehungen, keinen Telefonanschluß ...

Und dies alles schien leichter als die Genehmigung für ein Wiedersehen im Durchgangslager von Krasnaja Presnja zu bekommen! Wiedersehen wurden nicht gestattet. Es gab überhaupt kein Wiedersehen: Alle Kanäle, Zu- wie Ableitungen, des GULAG waren überlastet – aus dem Westen war ein alle Erwartungen übersteigender Strom von Gefangenen eingetroffen.

Als Nadja aber am Wachhaus stand, das in aller Eile notdürftig aus Brettern zusammengezimmert worden war, und auf eine Antwort auf ihre ergebnislosen Anträge wartete, gewahrte sie, wie aus den rohen Holztoren des Gefängnisses eine Kolonne Gefangener zur Arbeit an einer Anlegestelle am Moskwa-Ufer herausgeführt wurde. Eine glückliche Eingebung sagte Nadja: Dort ist Gleb!

Zweihundert Mann wurden herausgeführt. Alle waren in jenem Übergangsstadium, in dem die Menschen sich langsam von ihrer ›freien‹ Kleidung trennen müssen, um sie mit der grauschwarzen, zerfetzten Gefängniskluft zu vertauschen. Jeder hatte noch irgend etwas, das ihn an früher erinnerte: eine Feldmütze, die noch nicht für Brot weggegeben oder vom Gefängnisgesindel abgenommen worden war, ein seidenes Hemd, das am Rücken zerriß. Alle hatten kahlgeschorene Köpfe, die sie irgendwie gegen die sommerliche Sonne schützten, alle waren unrasiert, alle schmal, manche bis zur Entkräftung abgemagert.

Nadja mußte nicht lange suchen – sie fühlte sofort, wo er war, und sah ihn auch: Er hatte den Kragen seiner wollenen Feldbluse aufgeknöpft. An den Aufschlägen befanden sich noch die roten Streifen des Artilleristen, auf der Brust hatten seine Kriegsauszeichnungen sichtbare Spuren hinterlassen. Die Hände hielt er auf dem Rücken wie alle. Er sah nicht auf die sonnenbeschienene Weite der Hügel, die einen Gefangenen hätte begeistern können, er sah auch nicht zur Seite, wo Frauen mit Paketen standen. Im Durchgangslager erhielten sie keine Briefe, und so wußte er auch nicht, daß Nadja in Moskau war. Er war ebenso gelb, ebenso aus-

gemergelt wie seine Kameraden, aber er strahlte beifällig und hörte begeistert seinem Nachbarn zu – einem graubärtigen stattlichen Alten.
Nadja lief neben der Kolonne her und rief den Namen ihres Mannes – aber er hörte sie nicht, wegen der Gespräche und des lauten Bellens der Wachhunde. Sie lief, ganz außer Atem, um wieder und wieder sein Gesicht von der Seite sehen zu können. Er tat ihr so leid, weil er Monate hindurch in dunklen, stickigen Zellen verfaulen mußte! Was für ein Glück war es, ihn hier zu sehen, neben sich! Welch Glück war es, daß er nicht zerbrochen war! Welche Kränkung, daß er überhaupt nicht trauerte, daß er seine Frau vergessen hatte! Und zum erstenmal verspürte sie einen schneidenden Schmerz um sich selbst: Er hatte sie beraubt; nicht er, sondern *sie* war das Opfer!
Aber all das währte nur einen kleinen Augenblick! Die Begleitmannschaft schrie sie an, die furchterregenden, auf den Mann abgerichteten Hunde mit ihren blutunterlaufenen roten Augen zerrten an ihren Leinen, sprangen auf und bellten. Sie trieben Nadja weg. Die Kolonne verschwand in einer engen Senke, was Nadja die Möglichkeit nahm, neben ihr weiterzugehen. Die letzten Begleitmannschaften, die einen großen Abstand zur Kolonne wahrten, betraten das verbotene Gelände. Hinter ihnen hergehend, konnte Nadja die Kolonne nicht noch einmal einholen. Sie war den Hügel hinabgezogen und wieder hinter einem engmaschigen Zaun verschwunden.
Abends und nachts, wenn die Bewohner von Krasnaja Presnja es nicht sehen konnten, fuhren Züge mit Viehwagen ins Lager. Begleitmannschaften gingen umher, schwenkten Laternen, Hunde bellten laut, einzelne abgerissene Aufschreie waren zu hören; mit Flüchen und Schlägen wurden Gefangene verladen – vierzig Menschen in einen Wagen – Tausende wurden so abtransportiert in die Lager an der Petschora, die Lager von Inta, Workuta, Sowjetskaja Gawanj, Norilsk, Irkutsk, Tschita, Krasnojarsk, Nowosibirsk, nach Mittelasien, Karaganda, Dsheskasgan, Pribalchasch, an den Irtysch, nach Tobolsk, in den Ural, nach Saratow, Wjatka, Wologda, Perm, Soljwytschegodsk, Rybinsk, Potjma, Suchobeswodninsk und in viele andere, kleine namenlose Lager. In kleineren Gruppen, zu hundert oder zweihundert, wurden sie bei Tag auf Lastautos an Orte nahe bei Moskau gebracht, so nach Serebjannyj Bor, Nowyj Jerusalim, Perschino, Chowrino, Beskutnikowo, Chimki, Dmitrow, Solnetschnogorsk, und dann, nachts, nach Moskau selbst, wo sie hinter festen Holzzäunen und dichtem Stacheldraht die großartige, moderne Hauptstadt aufzubauen hatten ...
Das Schicksal gewährte Nadja eine unerwartete, aber verdiente Belohnung: Gleb wurde nicht in die Arktis abtransportiert, sondern *nur* an eine andere Stelle, in Moskau selbst, in ein kleines Lager, das für

die Befehlshaber des MWD ein halbrundes Haus an der Kaluga-Pforte baute.
Als Nadja, fast gefühllos, zum ersten Wiedersehen dorthin kam, war es ihr, als bedeute das schon halb die Freiheit für ihn.
Die große Kaluga-Straße entlang fuhren Limousinen, ab und zu auch ein Diplomatenwagen; Autobusse und Trolleybusse hielten am Gitter beim Neskutschnyj-Garten an, wo die Wache des Lagers war. Sie glich dem Zugang zu einer Baustelle; in dem hohen Steingebäude liefen Leute in schmutziger, zerschlissener Kleidung herum — Bauarbeiter sehen eben so aus, und niemand von den Vorübergehenden oder Herbeigefahrenen vermutete, daß hier Gefangene arbeiteten. Und die es errieten — schwiegen.
Es war die Zeit des billigen Geldes und des teuren Brotes. Nadja aß sich nicht satt, verkaufte Sachen und brachte ihrem Mann Pakete. Die Pakete wurden immer angenommen. Selten nur gab es ein Wiedersehen, denn Gleb erfüllte seine Arbeitsnorm nicht.
In den karg bemessenen Zeiten des Wiedersehens war es unmöglich, ihn wiederzuerkennen. Wie bei allen hochmütigen Menschen, bewirkte das Unglück auch bei ihm Gutes. Er war weicher geworden, küßte die Hände seiner Frau und beobachtete den Glanz in ihren Augen. Er war schon nicht mehr im Gefängnis. Das Lagerleben, das in seiner Grausamkeit Dinge hervorbringt, die dem Kannibalismus ähneln, hatte ihn gebeugt. Er hatte sich aber bewußt auf jene Grenze zubewegt, hinter der man kein Selbstmitleid mehr empfindet, und mit ehrlich empfundener Hartnäckigkeit wiederholte er:
»Mein Liebes! Du weißt nicht, was du auf dich nimmst. Du wirst auf mich ein Jahr warten, vielleicht sogar drei, vielleicht fünf — und je näher das Ende kommen wird, um so schwieriger wird das Warten sein. Die letzten Jahre werden die unerträglichsten werden. Wir haben keine Kinder. Laß deine Jugend nicht verderben — laß ab von mir! Heirate!«
Nadja wiegte traurig den Kopf:
»Du suchst einen Vorwand, um dich von mir zu befreien?«
Die Gefangenen wohnten in dem Haus, das sie bauten, in seinem noch nicht fertigen Teil. Die Frauen, die Pakete brachten, sahen, wenn sie aus dem Trolleybus ausstiegen, über dem Zaun zwei oder drei Fenster des Männerschlafraumes und die Männer, die sich am Fenster drängten. Hin und wieder zeigten sich mit den Männern Lagerfrauenzimmer. Solch eine hängte sich einmal mit ihrem *Lagermann* zum Fenster hinaus und schrie dessen Frau über den Zaun hinweg zu:
»Dein Herumschlendern reicht jetzt, du Dirne! Gib das letzte Paket ab und scher dich davon! Wenn ich dich noch einmal an der Wache sehe, schlag ich dir die Fresse ein!«
Die ersten Nachkriegswahlen für den Obersten Sowjet standen bevor.

In Moskau bereitete man sich eifrig darauf vor. Die *Achtundfünfziger* wollte man anscheinend nicht in Moskau behalten, obwohl sie gute Arbeiter waren. Aber es könnte Verwirrung geben. Die Wachsamkeit war abgestumpft. Um alle einzuschüchtern, mußte man wohl einige abtransportieren. Durch das Lager liefen Gerüchte über den drohenden Abtransport nach Norden. Die Gefangenen, die Kartoffeln hatten, buken sie für die Reise.

Um sich die Wähler zu erhalten, verbot man vor den Wahlen in den Moskauer Lagern alle Wiedersehen. Nadja schickte Gleb ein Handtuch, in dem sie ein Zettelchen verborgen hatte:

»Mein Geliebter! Wieviel Jahre auch vergehen mögen und wie viele Stürme sich über unseren Häuptern entladen mögen . . .« – Nadja liebte es, sich großartig auszudrücken – . . . *»Dein Mädchen wird Dir treu sein, solange es lebt. Man sagt, daß alle Gefangenen Eurer Art weggeschickt werden. Du wirst weit wegkommen, viele lange Jahre werden wir uns nicht sehen, wird es keinen verbotenen, heimlichen Blick durch den Stacheldraht geben. Wenn irgend etwas Dein ausweglos-trübes Leben erleichtern, die Bürde, die auf Deiner Seele lastet, vermindern kann – was es auch sein möge, ich versichere Dir, ich erlaube es Dir, mein Lieber, ich bestehe sogar darauf – betrüge mich, verschließe Deinen Blick nicht vor anderen Frauen. Wenn Du nur Deine Frische behältst! Ich fürchte nichts, Du wirst auf jeden Fall zu mir zurückkehren, ja?«*

36

Das ist leicht gesagt – in die Taiga

Obwohl sie noch kein Zehntel von Moskau kannte, wußte Nadja sehr gut über die Lage der Moskauer Gefängnisse Bescheid. Eine traurige Geographie. Die Gefängnisse schienen in der Hauptstadt gleichmäßig, nach einem wohldurchdachten Plan, verteilt zu sein, so daß es von jedem Punkt Moskaus aus nicht weit zu einem Gefängnis war. Durch Paketablieferungen, Ermittlungen und Wiedersehen hatte Nadja nach und nach gelernt, die große Allunions-Lubjanka von der kleinen Gebiets-Lubjanka zu unterscheiden, und sie hatte dabei erfahren, daß es bei jedem Bahnhof eine sogenannte ›KPS‹[1] ein Untersuchungsgefängnis gibt. Mehr als einmal war sie schon im Butyrka-Gefängnis und im

1 *Kamera predwaritjeljnowo sakljutschenija* (russ.) – Zelle für vorläufige Untersuchungshaft (Anm. d. Übers.)

Taganka-Gefängnis gewesen, und sie wußte, welche Straßenbahnen, obwohl es auf ihren Fahrschildern nicht geschrieben stand, zum Lefortowo-Gefängnis oder nach Krasnaja Presnja fahren. Sie selbst wohnte neben dem Matrosskaja Tischina-Gefängnis, das 1917 zerstört, dann renoviert und teilweise wiederaufgebaut worden war.
Seitdem Gleb aus einem weit entfernten Lager wieder nach Moskau gekommen war, diesmal nicht in ein Lager, sondern in eine erstaunliche Einrichtung – in ein Spezialgefängnis, wo man sie ausgezeichnet ernährte und sie mit wissenschaftlicher Arbeit beschäftigte –, hatte Nadja ihren Mann von Zeit zu Zeit wiedersehen können. Aber es schien einen Befehl zu geben, die Frauen nicht wissen zu lassen, wo ihre Männer sich aufhielten – und bei den seltenen Wiedersehen wurden sie in immer andere Gefängnisse Moskaus gefahren.
Die fröhlichsten Wiedersehen gab es in der Taganka. Das Gefängnis war nicht für politische Häftlinge, sondern hauptsächlich für Diebe eingerichtet. Die Ordnung dort war lasch. Die Treffen fanden im Klubraum der Wachmannschaft statt, wo die Gefängniswärter der Muse mittels eines Akkordeons zu huldigen pflegten. Die Gefangenen wurden in einem offenen Bus durch die menschenleere Kamenschtschikow-Straße hierhergebracht. Die Frauen erwarteten sie bereits auf dem Bürgersteig, und schon vor dem offiziellen Beginn des Wiedersehens konnte jeder seine Frau in die Arme nehmen, neben ihr stehen, sprechen, was den Instruktionen nach verboten war, und man konnte sich sogar schnell etwas zustecken. Das ganze Wiedersehen verlief ungezwungen, man saß nebeneinander. Nur ein einziger Aufseher überwachte die Gespräche von vier Paaren.
Auch die Butyrka war ein weniger strenges, verhältnismäßig fröhliches Gefängnis, obwohl sie den Frauen so erschreckend erschien. Gefangene, die von der Lubjanka in die Butyrka kamen, freuten sich über die aufgelockerte Gefängnisdisziplin dort: In den Zellen gab es kein Blendlicht, auf den Korridoren konnte man entlanggehen, ohne die Hände auf dem Rücken zu halten, in den Zellen durfte man mit normaler Lautstärke sprechen, durch das Guckloch sehen, tagsüber auf den Pritschen liegen und sogar, wenn man Lust dazu hatte, unter ihnen schlafen. Angenehm in der Butyrka war außerdem noch, daß man die Hände nachts unter seinen Mantel stecken durfte und einem die Brille nicht heruntergerissen wurde. In den Zellen waren Streichhölzer erlaubt, außerdem wurde nicht aus jeder Zigarette der Tabak herausgeschüttelt. Geschenktes Brot zerschnitten sie dort nur in vier Teile und nicht in kleine Stückchen.
Doch die Frauen verstanden nichts von all diesen Vergünstigungen. Sie sahen nur die vier Mann hohe Festungsmauer, die sich weit die Nowoslobodskaja-Straße entlang ausdehnte. Sie sahen zwischen mächtigen

Betonpfeilern die eisernen, ungewöhnlichen Tore, die sich langsam bewegten, sich mechanisch gesteuert für die ›Schwarzen Raben‹ öffneten und hinter ihnen wieder schlossen. Wenn die Frauen zum Besuch eingelassen wurden, führte man sie durch viele zwei Meter dicke Mauern und an den hohen Mauern entlang, die den gefürchteten Pugatschow-Turm umgeben. Die gewöhnlichen Gefangenen durften ihre Angehörigen durch zwei Gitter sehen, zwischen denen ein Aufseher auf und ab ging, der nun selbst wie in einem Käfig gefangen schien. Die Gefangenen, die einem höheren Kreis angehörten, wie zum Beispiel die Scharaschka-Gefangenen, durften ihre Besucher über einen großen Tisch hinweg sprechen, unter dem ein dichtes Gitter verhinderte, daß man sich mit den Beinen berührte oder Zeichen gab. Am Kopf des Tisches saß, starr wie eine Statue, ein Aufseher, der die Gespräche verfolgte. Das Bedrückendste aber in der Butyrka war, daß die Männer dann aus der Tiefe des Gefängnisses aufzutauchen schienen, für eine Stunde aus diesen feuchten dicken Mauern wie Gespenster auftauchten, ihr Gesicht zu einem Lächeln verzogen und versicherten, daß sie gut lebten, nichts brauchten, um dann wieder in diesen Mauern zu verschwinden.
Das Wiedersehen fand heute zum erstenmal im Lefortowo-Gefängnis statt.
Der Wachmann drückte einen Stempel auf Nadjas Einlaßkarte und zeigte auf ein einstöckiges, langgestrecktes Gebäude.
In einem kahlen Zimmer, mit zwei langen Bänken und nackten Tischen warteten schon mehrere Frauen. Auf dem Tisch standen geflochtene Körbe und Segeltuchtaschen, die offensichtlich mit Lebensmitteln gefüllt waren. Und obwohl die Scharaschka-Gefangenen satt waren und Nadja in einem Säckchen leichtes Gebäck mitgebracht hatte, war es für sie bedrückend, daß sie ihren Mann, wenn sie ihn nur einmal im Jahr sah, mit nichts Schmackhaftem verwöhnen konnte. Dieses Gebäck hatte sie heute morgen, als alle im Wohnheim noch schliefen, aus erspartem weißen Mehl, Zucker und ersparter Butter gebacken. Sie hatte kein Konfekt oder Gebäck kaufen können, ohnehin hatte sie nur noch wenig Geld, und das mußte bis zum nächsten Zahltag reichen. Mit dem Wiedersehen fiel der Geburtstag ihres Mannes zusammen – aber sie hatte nichts, was sie ihm hätte schenken können! Sie hätte ihm gern ein gutes Buch überreicht, aber nach dem letzten Besuch war dies unmöglich geworden: Wie durch ein Wunder hatte Nadja damals einen Gedichtband von Jessenin erhalten. Es war genau der gleiche, den Nershin im Krieg bei sich gehabt und den man ihm bei der Gefangennahme abgenommen hatte. Nadja spielte darauf an und schrieb auf die erste Seite:

»So wird alles Verlorene zu Dir zurückkehren.«

Aber Oberstleutnant Klimentjew riß vor ihren Augen das Blatt mit der Widmung heraus und gab es ihr zurück. Er sagte, daß nichts Geschriebenes gegeben werden dürfte, Geschriebenes müsse durch die Zensur gehen.

Als Gleb das erfahren hatte, sagte er ärgerlich: »Bring mir keine Bücher mehr.«

Um den Tisch saßen vier Frauen, darunter eine junge mit einem dreijährigen Töchterchen. Nadja kannte keine von ihnen. Sie grüßte, die anderen gaben den Gruß zurück und fuhren fort, sich zu unterhalten.

An der anderen Wand, auf einer kleinen Bank, saß eine einzelne Frau von ungefähr fünfunddreißig oder vierzig Jahren, in einem alten Pelz, mit einem grauen Kopftuch, dessen Flausch schon ganz abgetragen war, so daß überall das blanke abgeschabte Gewebe heraussah. Die Beine hatte sie übereinander geschlagen und die Hände gefaltet. Sie sah angespannt auf den Boden vor sich. Ihre ganze Haltung drückte den entschiedenen Wunsch aus, nicht gestört, von niemandem angesprochen zu werden. Sie hatte nichts dabei, was nach einem Paket aussah.

Die kleine Gesellschaft war bereit, Nadja aufzunehmen, doch Nadja wollte nicht zu ihnen gehen – sie wollte ihre besondere Stimmung dieses Morgens auskosten. Sie ging zu der abseits sitzenden Frau und fragte sie:

»Sie gestatten?«

Die Frau hob die Augen. Sie waren ganz farblos. Sie schien überhaupt nicht zu verstehen, was Nadja fragte. Sie sah auf Nadja und an ihr vorbei.

Nadja setzte sich hin, zog ihren Kragen aus Karakulimitation fest um sich und verfiel gleichfalls in Schweigen.

Sie wollte jetzt von nichts anderem hören, an nichts anderes denken als nur an Gleb, an das bevorstehende Gespräch, an das, was für immer in den Nebel der Vergangenheit und den Nebel der Zukunft entschwunden war, was nicht er war und nicht sie – sondern er und sie zusammen und was man gewöhnlich mit dem abgegriffenen Wort ›Liebe‹ bezeichnet.

Es gelang ihr aber nicht, sich zu verschließen und die Gespräche am Tisch nicht mit anzuhören. Dort erzählten sie, was ihre Männer zu essen bekämen, was am Morgen, am Abend, wie oft sie im Gefängnis frische Wäsche erhielten. Woher wußten sie das nur alles? Ob sie wohl diese goldenen Minuten des Wiedersehens damit vergeudeten? Sie zählten auf, was sie in ihren Paketen hätten, wieviel Gramm oder Kilogramm. Aus all dem sprach diese zähe weibliche Sorge, die eine Familie zu einer Familie macht und die Menschenrasse erhält. Nadja dachte nicht so, sie dachte daran: wie beleidigend es sei, wie alltäglich, wie kläglich, große Augenblicke in Trivialität zu verwandeln! War diesen Frauen niemals der Gedanke in den Kopf gekommen, wer es denn gewagt hatte, ihre

Männer einzusperren? Ihre Männer brauchten doch auch nicht hinter Gittern zu sitzen und diese Gefängniskost zu essen!

Sie mußten lange warten. Das Wiedersehen war für zehn Uhr angesetzt worden, aber jetzt, um elf Uhr, war noch immer niemand erschienen.

Später als die anderen kam die siebente Frau atemlos angekeucht, auch sie war schon grau. Nadja kannte sie von einem der vorangegangenen Treffen – das war die Frau eines Graveurs – seine dritte und gleichzeitig erste Frau. Sie erzählte sehr gern ihre Geschichte: sie hatte ihren Mann immer vergöttert und in ihm ein großes Talent erblickt. Er aber hatte gesagt, daß er mit ihr wegen ihrer psychischen Komplexe unzufrieden sei, hatte sie und das Kind verlassen und war zu einer anderen Frau gegangen. Mit dieser, einer Rothaarigen, hatte er drei Jahre zusammengelebt, dann mußte er in den Krieg. Gleich zu Anfang geriet er in Gefangenschaft, kam nach Deutschland, wo er sich ziemlich frei bewegen konnte und vermutlich auch mehrere Abenteuer erlebt hatte. Als er aus der Gefangenschaft zurückgekommen war, nahmen sie ihn an der Grenze sofort gefangen und verurteilten ihn zu zehn Jahren Haft. Aus dem Butyrka-Gefängnis schrieb er jener Rothaarigen, daß er einsitzen müsse und bat sie um Pakete. Die Rote aber sagte: »Besser, er hätte mich betrogen als das Vaterland! Ich hätte ihm dann leichter vergeben können.« Danach ließ er ihr gegenüber nichts mehr von sich hören und wandte sich wieder an die erste Frau. Sie brachte ihm Pakete und kam zu den Wiedersehen. Jetzt bat er um Verzeihung und schwor ihr ewige Liebe.

Nadja erinnerte sich, daß die Frau des Graveurs bei dieser Erzählung mit Bitterkeit in der Stimme gesagt hatte: wenn die Männer im Gefängnis säßen, wäre es das beste, sie zu betrügen, dann würden sie ihre Frauen nach der Entlassung um so mehr schätzen. Sonst glaubten sie – niemand hätte ihre Frauen die ganze Zeit über begehrt, niemand wollte sie haben.

Die Neuangekommene gab dem Gespräch am Tisch eine andere Wendung. Sie erzählte von ihren Schwierigkeiten mit dem Rechtsanwalt in der Juristischen Beratungsstelle auf der Nikolskaja-Straße. Lange hatte sich diese Auskunft als ›Musterbetrieb‹ bezeichnet. Die Juristen dort nahmen ihren Klienten viele Tausende ab, besuchten sehr eifrig die Moskauer Lokale und ließen die Angelegenheiten ihrer Klienten unerledigt liegen. Schließlich überschritten sie das Maß des Erträglichen. Alle wurden verhaftet und bekamen zehn Jahre. Das Schild ›Musterbetrieb‹ wurde abmontiert. Aber dann zogen in die nun nicht mehr musterhafte Beratungsstelle neue Advokaten ein. Auch sie begannen, viele Tausende von ihren Klienten zu nehmen und deren Angelegenheiten wieder zu vernachlässigen. Die unvermeidliche Höhe der Gebühren begründeten die scheinbar aufrichtig betrübten Juristen damit, daß sie sich in das Honorar mit anderen teilen müßten, daß sie es also nicht nur für sich nähmen. Die Wahrhaftigkeit ihrer Aussage ließ sich nicht überprüfen, es konnte auch sein, daß sie mit niemandem teilten. Oft aber wiesen sie darauf hin, daß sie teilten, daß die Angelegenheiten durch viele Hände gingen. Die hilflosen Frauen standen vor der Betonwand des Gesetzes wie vor der vier Mann hohen Mauer der Butyrka – sie hatten keine Flügel, um sie zu überfliegen, und so blieb ihnen nur übrig, sich vor jeder sich ihnen öffnenden Tür zu beugen. Der Gang der Gerichtsverfahren hinter der Mauer erschien ihnen wie die verborgenen Bewegungen einer mächtigen Maschine – die, trotz der offensichtlichen Schuld des Beklagten und trotz des Gegensatzes zwischen den Anklägern und denen, die im Gefängnis saßen, manchmal wie in der Lotterie, durch ein wahres Wunder einen glücklichen Gewinn bescherte. Und so bezahlten die Frauen die Advokaten nicht für den Gewinn, sondern für den *Traum vom Gewinn.*

Die Frau des Graveurs glaubte unverbrüchlich an einen letzten Erfolg. Ihren Worten war zu entnehmen, daß sie vierzigtausend Rubel zusammengekratzt hatte, teils durch Zimmervermietung, teils durch Spenden der Verwandten. Und dieses ganze Geld hatte sie den Advokaten gegeben; sie hatte schon vier Advokaten konsultiert, drei Gnadengesuche eingereicht und fünf Beschwerden. Sie beobachtete den Erfolg all dieser Beschwerden, an vielen Stellen hatte man ihr schon eine wohlwollende Durchsicht versprochen. Sie kannte alle diensttuenden Staatsanwälte der drei Haupt-Staatsanwaltschaften mit Nachnamen und hatte schon die Atmosphäre der Sprechzimmer im Obersten Gerichtshof und im Obersten Sowjet geatmet. Wie viele vertrauensselige Menschen und besonders Frauen überschätzte sie die Bedeutung jeder aufmunternden Bemerkung, jedes nur halbwegs freundlichen Blickes.

»Sie müssen schreiben! Sie müssen an alle Stellen schreiben!« wiederholte sie energisch und versuchte so, auch die anderen Frauen zu ermuntern, ihren Weg einzuschlagen. »Unsere Männer leiden. Die Freiheit kommt nicht von selbst. Man muß schreiben!«

Diese Erzählung lenkte Nadja von ihrer Stimmung ab und belastete ihr Gewissen. Wenn man der begeisterten Rede der alternden Frau des Graveurs zuhörte, so konnte man nicht umhin zu glauben, daß sie alle anderen weit hinter sich gelassen und überlistet hatte, daß sie bestimmt ihren Mann aus dem Gefängnis herausbekäme. Und so kamen Vorwürfe: und ich? Warum kann ich das nicht? Warum habe ich mich nicht als eine ebenso treue Freundin erwiesen? Nadja war mit ihrer Angelegenheit nur ein einziges Mal in der ›musterhaften‹ Beratungsstelle gewesen, hatte mit Hilfe eines Juristen nur ein einziges Bittgesuch aufgesetzt und nur zweieinhalbtausend Rubel bezahlt. Offensichtlich war das zu wenig. Er war gekränkt gewesen und hatte nichts unternommen.

»Ja«, sagte sie leise, eigentlich nur zu sich, »haben wir alles unternommen? Haben wir ein reines Gewissen?«

Die Frauen am Tisch hörten sie nicht. Aber ihre Nachbarin drehte plötzlich scharf den Kopf herum, gerade als hätte Nadja sie gemeint oder sie gar beleidigt.

»Aber was kann man denn machen?« antwortete sie feindselig. »Das sind doch alles nur Phantastereien! Einen *Achtundfünfziger* behalten sie für immer! Ein Achtundfünfziger, das ist kein Verbrecher, sondern ein *Feind*! Einen Achtundfünfziger kann man auch nicht mit einer Million freikaufen!«

Ihr Gesicht legte sich in viele Falten. In ihrer Stimme lag reines, ungemildertes Leiden.

Nadjas Herz öffnete sich für diese alte Frau. Mit einem Ton, der die Stärke ihrer Worte entschuldigte, antwortete sie:

»Ich wollte sagen, daß wir nicht alles getan haben, was wir hätten tun können ... Die Frauen der Dekabristen[1] haben sich vor nichts gescheut, ließen alles im Stich und folgten ohne Bedauern ihren Männern nach ... Wenn wir keine Befreiung für sie erwirken können – können wir nicht vielleicht an ihrer Stelle in die Verbannung gehen? Wenn sie ihn irgendwohin in die Taiga schicken würden, in die Arktis, wo die Sonne niemals scheint, ich wäre bereit, mit ihm zu gehen, alles im Stich zu lassen ...«

Die Frau mit dem strengen Nonnengesicht, mit dem abgetragenen grauen Kopftuch sah mit Erstaunen und Achtung auf Nadja:

»Haben Sie noch die Kraft, in die Taiga zu gehen? Wie glücklich sind Sie! Ich habe keine Kraft mehr. Ich glaube, wenn irgendein wohltätiger Alter damit einverstanden wäre, mich zur Frau zu nehmen – ich würde es tun.«

Nadja zitterte:

»Und Sie könnten ihn lassen! Hinter Gittern ...?«

Die Frau faßte Nadja beim Ärmel:

»Meine Liebe! Im neunzehnten Jahrhundert war es leicht zu lieben! Sie meinen, die Frauen der Dekabristen hätten eine Heldentat vollbracht? Wurden sie auf Personalabteilungen gerufen, um Fragebogen auszu-

[1] Von russ. ›*dekabr*‹ – Dezember. Dekabristen – Teilnehmer des Dezemberaufstandes 1825 in Petersburg, der hauptsächlich von Geheimbünden der jungen Garde vorbereitet worden war und sich gegen das zaristische Regime gewandt hatte. Sein Ziel war eine Verfassung. Der Aufstand wurde rasch niedergeschlagen, die Anführer z. T. hingerichtet oder nach Sibirien verschickt. Die Dekabristen wurden zum Symbol der Freiheitskämpfer gegen den Zarismus (Anm. d. Übers.)

füllen? Mußten sie vielleicht ihre Ehe geheimhalten, gerade, als wäre sie eine Seuche? – Damit man sie nicht von ihrem Arbeitsplatz davonjagte, damit man ihnen nicht die letzten fünfhundert Rubel im Monat strich? Hat man sie in ihren Wohnungen boykottiert? Hat man im Hof Wasser über sie gegossen, sie angezischt, daß sie Volksfeinde seien? Haben ihnen die eigene Mutter und Schwestern geraten, doch vernünftig zu sein und sich scheiden lassen? O nein, im Gegenteil! Der Beifall der höchsten Gesellschaftskreise begleitete sie. Sie lieferten den Poeten Stoff für Legenden über ihre Heldentaten. Wenn sie in ihren eigenen wertvollen Wagen nach Sibirien fuhren, verloren sie damit nicht gleichzeitig das Recht, in Moskau zu leben – ihre letzten erbärmlichen neun Quadratmeter Wohnraum; sie mußten keine solchen Kleinigkeiten im voraus bedenken wie ein nicht mehr einwandfreies Arbeitsbuch, eine Vorratskammer, Kasserollen, schwarzes Brot und so weiter! Das ist leicht gesagt – in die Taiga! Sie warten bestimmt noch nicht lange!«

Ihre Stimme drohte zu brechen. Bei den leidenschaftlichen Vergleichen ihrer Nachbarin waren Nadja Tränen in die Augen gestiegen.

»Bald sind es fünf Jahre, daß mein Mann im Gefängnis ist«, rechtfertigte sie sich. »Und an der Front . . .«

»Das zählt nicht!« warf die Frau lebhaft ein. »An der Front, das ist nicht dasselbe! Da ist es leicht zu warten! Da warten alle. Da kann man offen sprechen, Briefe lesen! Aber wenn man wartet und es verbergen muß? Ja??«

Und sie hielt inne. Sie sah, daß es nicht nötig war, Nadja das klarzumachen.

Nun war es schon halb zwölf. Endlich kam Oberstleutnant Klimentjew herein und mit ihm ein dicker, übel aussehender Hauptfeldwebel. Der Hauptfeldwebel begann, die Pakete entgegenzunehmen, öffnete alle Fabrikverpackungen von Plätzchen und brach jeden selbstgemachten Kuchen auseinander. Er brach auch Nadjas Gebäck entzwei und sah nach, ob nicht eine Nachricht, Geld oder Gift mit eingebacken wären. Klimentjew sammelte die Besuchserlaubnis aller sieben Frauen ein und schrieb ihre Namen in ein großes Buch, dann richtete er sich militärisch auf und erklärte deutlich:

»Achtung! Ist allen die Ordnung bekannt? Das Wiedersehen dauert dreißig Minuten. Den Gefangenen darf nichts übergeben werden. Von den Gefangenen darf nichts angenommen werden. Es ist verboten, die Häftlinge nach der Arbeit, ihrem Leben und der Tagesordnung zu fragen. Verletzungen dieser Regel werden gerichtlich geahndet. Und weiter: vom heutigen Wiedersehen ab ist es verboten, sich die Hände zu drücken und sich zu küssen. Bei Zuwiderhandlungen wird das Wiedersehen augenblicklich abgebrochen.«

Die ruhig gewordenen Frauen schwiegen.
»Gerassimowitsch Natalja Pawlowna!« rief Klimentjew die erste auf. Nadjas Nachbarin stand auf und ging, hart mit ihren Vorkriegsfilzstiefeln auftretend, auf den Korridor hinaus.

37

Das Wiedersehen

Obwohl Nadja, während sie gewartet hatte, weinen mußte, war ihr nun, als sie endlich eintrat, wie an einem Feiertag zumute. Als sie in der Tür erschien, war Gleb schon aufgestanden, um ihr entgegenzugehen, und er lächelte. Dieses Lächeln währte nur einen Augenblick, aber sie verspürte ein plötzliches Glück: Er war ihr nahe geblieben! Er hatte sich ihr gegenüber nicht verändert!
Jener Mensch mit dem Stiernacken, im weichen grauen Anzug, der an einen Gangster im Ruhestand erinnerte, näherte sich dem kleinen Tisch und teilte durch seine Gegenwart den engen Raum wie mit einer Scheidewand; er verhinderte, daß sie sich berührten.
»Lassen Sie mich doch wenigstens ihre Hand nehmen!« sagte Nershin empört.
»Das ist nicht erlaubt«, antwortete der Aufseher und öffnete dabei seine Kiefer nur so weit, wie es unbedingt notwendig war, um die Worte hindurchzulassen.
Nadja lächelte verloren und gab ihrem Mann ein Zeichen, doch keinen Streit zu beginnen. Sie setzte sich auf den für sie bereitgestellten Armstuhl, aus dessen Überzug an vielen Stellen Seegras herausquoll. In demselben Sessel hatten schon viele Generationen von Untersuchungsrichtern gesessen, die Hunderte von Leuten ins Grab geschickt hatten und ihnen alsbald dorthin nachgefolgt waren.
»Ja, so, ich gratuliere dir!« sagte sie und bemühte sich dabei, fröhlich zu lachen.
»Dankeschön.«
»So ein Zufall – daß es gerade heute ist!«
»Die Sterne . . .«
Sie hatten sich schon wieder daran gewöhnt, miteinander zu sprechen.
Nadja bemühte sich, die Blicke des Aufsehers und seine beeinträchtigende Gegenwart außer acht zu lassen. Gleb versuchte, sich so hinzusetzen, daß ihn der wacklige Schemel nicht klemmte.
Der kleine Tisch des Angeklagten stand zwischen Mann und Frau.

»Ich habe dir eine Kleinigkeit zum Knabbern mitgebracht, etwas Gebäck, so wie es Mama macht. Verzeih, daß es nicht mehr ist.«
»Dummerchen, das ist doch nicht nötig! Wir haben alles.«
»Aber doch keine Plätzchen, nicht wahr? Und du hast gesagt, ich sollte keine Bücher bringen ... Du liest Jessenin?«
Nershins Gesicht verdunkelte sich. Vor etwas mehr als einem Monat war er bei Schikin wegen Jessenin angezeigt worden. Der hatte ihm das Buch abgenommen und gesagt, Jessenin sei verboten.
»Ja.«
Wenn nur eine halbe Stunde zur Verfügung steht, ist es nicht möglich, sich auf Einzelheiten einzulassen!
Obwohl es im Zimmer keineswegs heiß war – genauer: es war überhaupt nicht geheizt –, knöpfte Nadja ihren Pelz auf und schlug ihn zurück. Sie wollte ihrem Mann ihren erst in diesem Jahr neu erworbenen Pelz zeigen, den er anscheinend gar nicht bemerkt hatte, außerdem auch noch ihre neue Bluse. Die orangene Farbe der Bluse sollte ihr Gesicht etwas beleben, das vermutlich bei dem trüben, gelbbräunlichen Licht recht fad aussah.
Mit einem bangen Blick umfing Nershin seine Frau – ihr Gesicht, den Hals, ihren Ausschnitt. Unter diesem Blick richtete sich Nadja auf – er war das Wichtigste beim Wiedersehen. Sie machte eine Geste, als wolle sie aufstehen, um sich ihm zu nähern.
»Du hast eine neue Bluse. Zeig sie mir!«
»Und der Pelz?« Ihr Gesicht verzog sich traurig.
»Was für ein Pelz?«
»Der Pelz ist auch neu.«
»Ja, das stimmt«, erinnerte sich Gleb endlich. »Der Pelz ist auch neu!« Er betrachtete die schwarzen Locken des Mantels, wußte aber nicht einmal, daß das ein Karakul war, daß es echte und künstliche gab. Er war der letzte Mensch, der einen Pelz, der fünfhundert Rubel kostete, von einem für fünftausend hätte unterscheiden können.
Sie warf den Pelz nun halb ab. Er sah ihren Hals, der noch immer mädchenhaft schlank war, ihre schmalen Schultern, die er so gern gedrückt hatte, wenn er sie umarmte, und dann unter den zarten Falten der Bluse ihre Brust, die in diesen Jahren ganz leicht eingefallen war. Ihm war kurz der vorwurfsvolle Gedanke gekommen, daß sie nun neue Kleider habe, neue Bekanntschaften – aber beim Anblick ihrer leicht eingefallenen Brust wandelte er sich in bedauerndes Mitgefühl um, er dachte, daß die Räder des grauen Gefängniswagens auch ihr Leben zermalmt hätten.
»Du bist etwas mager«, sagte er voller Mitgefühl. »Du mußt mehr essen. Kannst du nicht besser essen?«

»Bin ich häßlich?« fragte ihr Blick.
»Du bist so wundervoll, wie du immer warst!« antwortete der Blick ihres Mannes.
Obwohl der Oberstleutnant solche Worte nicht verboten hatte, war es unmöglich, sie in Gegenwart eines Fremden auszusprechen.
»Ich esse«, log sie. »Aber das Leben ist so unruhig, so anstrengend.«
»Warum, erzähl!«
»Nein, zuerst du.«
»Ich — was?« lächelte Gleb. »Von mir gibt es nichts zu erzählen.«
»Ja, sieh . . .« begann sie zögernd.
Der Aufseher stand einen halben Meter vom Tisch entfernt, fleischig wie eine Bulldogge, sah er von oben nach unten auf die beiden sich hier begegnenden Menschen mit jener Aufmerksamkeit und Verachtung, mit der Steinlöwen an Eingängen auf Besucher herabsehen.
Man mußte einen für ihn unverständlichen Ton finden, eine geflügelte Rede mit Andeutungen. Ihre geistige Überlegenheit, die ihnen hier besonders deutlich wurde, mußte ihnen diesen Ton diktieren.
»Und der Anzug — gehört er dir?« fragte sie ihn.
Nershins Gesichtsausdruck verfinsterte sich, er schüttelte komisch den Kopf.
»Woher sollte es meiner sein! Das sind alles Potemkinsche Dörfer. Nur für drei Stunden. Laß dich von der Sphinx nicht stören!«
»Das kann ich nicht«, sagte sie kindlich bedauernd und verzog dabei ihren Mund kokett, sie war überzeugt, daß sie ihrem Mann noch gefiel.
»Wir haben uns daran gewöhnt, in alldem die humoristische Seite zu sehen.«
Nadja dachte an das Gespräch mit der Frau Gerassimowitschs und seufzte.
»Wir aber — nicht.«
Nershin versuchte, mit seinen Knien die Knie seiner Frau zu berühren, aber unter dem Tisch war gerade in dieser Höhe eine Barriere angebracht, damit der Angeklagte seine Beine nicht ausstrecken konnte. Der kleine Tisch machte einen Satz. Gleb stützte nun seine Ellbogen auf den Tisch, beugte sich nahe zu seiner Frau und sagte enttäuscht:
»Auch hier, wie überall, immer Hindernisse.«
»Bist du die meine?« fragte sein Blick.
»Ja, dieselbe, die du geliebt hast. Ich bin nicht schlechter geworden, vertraue mir!« gaben ihre grauen glänzenden Augen zurück.
»Und wie ist es mit den Hindernissen bei der Arbeit? Erzähl es mir doch! Du gehörst nicht mehr zu den Aspiranten?«
»Nein.«
»So hast du dann wohl die Dissertation hinter dir?«

»Das auch nicht.«
»Wie ist das möglich?«
»Das ist so ...« und sie begann ganz schnell zu sprechen, denn sie hatte mit Erschrecken wahrgenommen, daß schon viel von ihrer Zeit vergangen war. »Niemand bringt die Dissertation in drei Jahren hinter sich. Sie schieben alles hinaus, setzen weitere Fristen. Zum Beispiel hat eine Aspirantin zwei Jahre an ihrer Dissertation geschrieben ›Probleme der Gemeinschaftsverpflegung‹, und dann haben sie ihr das Thema abgeändert ...«
(Ach, warum das jetzt sagen? Das ist überhaupt nicht wichtig!)
»... meine Dissertation ist fertig und schon gedruckt, aber sie halten sie zurück, wünschen noch verschiedene Änderungen ...«
(›Der Kampf gegen die Kriecherei‹ – aber kannst du das hier erklären?)
»... und dann sind noch die Fotokopien, Fotografien ... und wie es eingebunden werden soll, weiß ich noch nicht. Es gibt viel Scherereien ...«
»Aber sie zahlen dir dein Stipendium?«
»Nein.«
»Und wovon lebst du?!«
»Von dem, was ich verdiene.«
»Das heißt, du arbeitest? Wo?«
»Dort, in der Universität.«
»Was?«
»Das ist nur vorübergehend, eine Scheinarbeit. Verstehst du? Und überhaupt, überall hat man nur ungeschriebene Rechte ... auch im Wohnheim, vogelfrei. Wirklich ...«
Sie schielte auf den Aufseher. Sie war dabei zu sagen, daß sie eigentlich von der Miliz schon lange von der Liste für Stromynka hätte gestrichen werden müssen und daß sie nur durch einen reinen Zufall die Genehmigung für ein weiteres halbes Jahr erhalten hatte. Das konnte jeden Tag herauskommen! Um so unmöglicher war es, dies hier, in Gegenwart eines MWD-Sergeanten, zu sagen.
»... ich habe das heutige Wiedersehen ja auch nur erreicht ... das kam so ...«
(Aber das kann man in einer halben Stunde nicht erzählen!)
»Wart ein wenig damit. Ich möchte erst noch fragen, diese Schwierigkeiten, hängen sie *mit mir* zusammen, ja?«
»Sie sind sehr hart, du Lieber. Sie geben mir ... Sie wollen mir ein Sonderthema geben ... ich werde versuchen, es nicht anzunehmen.«
»Was ist das – ein *Sonderthema*?«
Sie seufzte hilflos auf und schielte zu dem Aufseher hinüber. Sein Gesicht verriet Wachsamkeit, es war, als wollte er plötzlich aufbellen oder

sie in den Kopf beißen; er hielt sein Gesicht weniger als einen Meter von dem ihren entfernt.
Nadja hob hilflos ihre Hände. Sie hätte ihm erklären müssen, daß es in der Universität kaum mehr ein Thema gab, das nicht geheim war. Geheime Arbeit, das bedeutete neue, noch ausführlichere Fragen über den Mann, über die Verwandten des Mannes und über die Verwandten dieser Verwandten. Wenn man dann schrieb: »Mein Mann ist nach Artikel 58 verurteilt«, so durfte man nicht mehr in der Universität arbeiten und vor allen Dingen keine Dissertation vorlegen. Wenn man log – »Mein Mann ist vermißt, ich habe keine Nachricht von ihm«, so mußte man trotzdem seinen Familiennamen angeben, und das bedeutete eine Überprüfung in der Kartothek des MWD und Verurteilung wegen falscher Angabe. Dann gab es noch eine dritte Möglichkeit, aber unter Glebs aufmerksamem Blick war es unmöglich, sie zu nennen; Nadja begann lebhaft zu erzählen:
»Du weißt, ich gehöre einer Musikgruppe der Universität an. Ich muß in Konzerten spielen. Neulich habe ich in der Säulenhalle gespielt, es war am selben Abend, als auch Jakow Sak ...«
Gleb lächelte und wiegte seinen Kopf, gerade, als wollte er es nicht glauben.
»... eigentlich war es eine Gewerkschaftsveranstaltung, es kam ganz zufällig – nun, aber trotzdem, ... weißt du, und dann gab es ein großes Gelächter – ich hatte mein bestes Kleid angezogen, sie ließen es nicht zu und sagten, ich könnte so nicht auftreten. Sie riefen beim Theater an und borgten ein anderes, es war wundervoll, es ging bis zu den Knöcheln.«
»Und als du fertig warst – haben sie es dir wieder abgenommen?«
»Hm. Und überhaupt die Mädchen schimpfen auf mich, daß ich mich soviel mit der Musik abgebe. Ich sage ihnen aber: Es ist besser, ich beschäftige mich mit irgend *etwas* als mit irgend*einem* ...«
Nershin warf einen Blick voller Dankbarkeit und Unruhe auf seine Frau.
»Wart ein wenig, wie war das mit dem Sonderthema?«
Nadja schlug die Augen nieder.
»Ich wollte dir noch etwas sagen ... nur sollst du dir das nicht zu sehr zu Herzen nehmen – nicht wahr? – Du hast einmal darauf bestanden, daß wir ... uns scheiden lassen ...« Die letzten Worte sagte sie ganz leise.
(Das war die dritte Möglichkeit gewesen – die, die allein den Weg ins Leben freigab! –, sie würde dann natürlich nicht ›geschieden‹ schreiben, weil man auch dann noch nach dem Familiennamen des ehemaligen Mannes fragen würde, nach seiner jetzigen Adresse, nach den Eltern des

ehemaligen Mannes und auch nach ihren Geburtsjahren, ihrem Beruf und ihrer Adresse – sondern sie würde dann schreiben: ›unverheiratet‹.)

Ja, früher hatte er darauf bestanden ... aber jetzt zitterte er plötzlich. Und erst jetzt bemerkte er, daß der Ehering, den sie immer getragen hatte, nicht an ihrem Finger steckte.

»Ja, natürlich«, versicherte er fest.

»Dann wärst du also nicht dagegen ... wenn ich ... das machen müßte ...?« Angestrengt hob sie den Kopf. Ihre Augen waren weit. In ihrem Ausdruck lag die Bitte um Verzeihung und Verständnis. »Das ist nur *zum Schein*«, fügte sie nur mit ihrem Atem hinzu, mit tonloser Stimme.

»Mein Kleines. Das wäre schon längst nötig gewesen!« fügte Gleb anscheinend fest überzeugt hinzu, obwohl er innerlich weder überzeugt noch fest war; er wollte nach dem Wiedersehen all das Geschehene überdenken.

»Es ist auch möglich, daß es nicht sein muß!« sagte sie bittend. Sie zog ihren Pelz wieder über die Schultern, und in diesem Augenblick sah sie müde aus, sorgenbeladen. »Ich wollte das mit dir nur für alle Fälle besprochen haben. Vielleicht ist es zu umgehen.«

»Nein, warum denn, du hast recht, Kleines«, wiederholte Gleb gleichsam automatisch und richtete seine Gedanken nun auf das, was er als Hauptpunkt auf dem Zettel für sich niedergeschrieben hatte und was er eben nun sagen mußte: »Mein Liebes, es ist wichtig, daß du dir über eines im klaren bist: Mach dir keine zu großen Hoffnungen, was das Ende meiner Frist betrifft!«

Nershin war schon vollkommen sowohl auf eine zweite Frist wie auf eine unbefristete Gefängnishaft vorbereitet, schon zu viele seiner Kameraden waren dazu verurteilt worden. Was man im Brief nicht schreiben konnte, das mußte jetzt sofort noch gesagt werden.

Ein Ausdruck von Furcht erschien auf Nadjas Gesicht.

»Eine Frist ist eine Abhängigkeit«, erklärte Gleb hart und schnell, er gab dabei den Worten falsche Betonungen, damit es dem Aufseher nicht gelänge, ihren Sinn zu erfassen. »Eine Frist kann sich spiralenförmig wiederholen. Die Geschichte ist reich an Beispielen dafür. Und auch wenn sie durch ein Wunder ein Ende fände, so muß man nicht denken, daß wir zusammen in unsere Heimatstadt zurückkehren können, zu unserem früheren Leben. Überhaupt, du mußt eines verstehen und es nicht wieder vergessen: Es werden keine Fahrkarten verkauft, die uns die Rückkehr in das Land der Vergangenheit ermöglichen. Und hier, ich bedauere zum Beispiel mehr als alles andere, daß ich kein Schuster bin. Wie nötig wäre man dann in einer kleinen Siedlung in der Taiga, vielleicht bei Krasnajorsk oder am Oberlauf der Angara! Nur so muß man sich für ein solches Leben vorbereiten. Was braucht man dort die Euler-Funktionen ...!«

Das Ziel war erreicht: Der pensionierte Gangster rührte sich nicht, er blinzelte nur Nershins Gedanken nach.

Aber Gleb vergaß – nein, er vergaß nicht, er *verstand* nicht (wie sie alle es nicht verstanden), daß Menschen, die daran gewöhnt sind, über die warme braune Erde zu gehen, nicht mit einemmal einen Eisberg bezwingen können, daß dies unmöglich ist. Er verstand nicht, daß seine Frau auch jetzt noch fortfuhr wie am Anfang, deutlich, methodisch, die Tage und Wochen seiner Frist zu zählen. Für ihn war seine Frist eine helle, kalte Endlosigkeit, für sie aber blieben noch zweihundertvierundsechzig Wochen, einundsechzig Monate, etwas mehr als fünf Jahre – das war schon weit weniger als die Zeit, die er bereits von ihr fort war –, seitdem er damals in den Krieg gezogen und nicht wieder zurückgekehrt war.

Als Gleb so sprach, verwandelte sich die Furcht auf Nadjas Gesicht in Schrecken.

»Nein, nein!« schrie sie auf. »Red nicht so, mein Lieber!« Sie hatte ganz den Aufseher vergessen und schämte sich nicht mehr ihrer Gefühle! »Nimm mir nicht die Hoffnung! Das möchte ich nicht glauben! Das kann ich nicht glauben! Das darf einfach nicht sein! ... Oder glaubst du wirklich, daß ich dich im Stich lassen werde?!«

Ihre Oberlippe zitterte, ihr Gesicht verzerrte sich, ihre Augen bekundeten nur noch Ergebenheit, nur Ergebenheit.

»Ich glaube dir, ich glaube dir, Nadjuschenka!« sagte Gleb mit veränderter Stimme. »Ich habe das auch so verstanden.«

Sie schwieg und sank in den Stuhl zurück.

In der geöffneten Tür des Zimmers erschien der schneidige schwarze Oberstleutnant, blickte scharf auf die drei Menschen, die hier zusammen waren, und rief leise den Aufseher hinaus.

Der ehemalige Gangster stand auf und ging zum Oberstleutnant, er war unwillig, so, als hätte man ihn von einer leckeren Nachspeise weggerufen. Dort, vier Schritte von Nadjas Rücken entfernt, wechselten sie einige Worte miteinander, und Gleb nützte diese kurze Zeit und fragte Nadja schnell und leise:

»Kennst du Sologdins Frau?«

An solche plötzlichen Wendungen des Gesprächs gewöhnt, antwortete Nadja schnell:

»Ja.«

»Und du weißt, wo sie wohnt?«

»Ja.«

»Sie geben ihm kein Wiedersehen, sag ihr: Er . . .«
Der Gangster kehrte zurück.
». . . liebt sie! Glaubt an sie! Hofft!« sagte Gleb deutlich.
»Er liebt sie, glaubt an sie und hofft«, wiederholte Nadja traurig. Aufmerksam betrachtete sie ihren Mann. Sie hatte ihn jahrelang studiert, aber jetzt sah sie ihn auf unbestimmte Weise in einem neuen Licht.
»Dir steht das«, sagte sie traurig.
»Was steht mir?«
»Alles, hier. Alles. Hier zu sein«, sagte sie und verbarg den Sinn der Worte hinter verschiedenen Schattierungen ihrer Stimme, damit der Aufseher es nicht verstünde.
Aber Nershins neue Aura brachte ihn ihr nicht näher.
Auch sie mußte nach dem Wiedersehen alles, was sie hier neu erfahren hatte, noch einmal überdenken und analysieren. Sie wußte nicht, was aus all dem noch entstehen würde, aber mit vorauseilendem Herzen suchte sie in ihm jetzt Schwäche, Müdigkeit, Krankheit, Hilfsbedürftigkeit — all das, wofür eine Frau den Rest ihres Lebens hinzugeben vermag, vielleicht noch weitere zehn Jahre warten oder zu ihm in die Taiga fahren könnte.
Aber er lächelte! Er lächelte so selbstvertrauend wie damals in Krasnaja Presnja! Er war sich immer selbst genug gewesen, er hatte niemals irgendeines Mitgefühls bedurft. Selbst auf dem kleinen Hocker schien er bequem zu sitzen, und er sah mit Vergnügen um sich, als sammle er neues Material für seine Ausführungen. Er sah gesund aus, seine Augen leuchteten. Brauchte er überhaupt die Hingabe einer Frau?
Aber Nadja dachte all dies nicht zu Ende.
Und Gleb vermutete nicht, welche Gedanken ihr gekommen waren.
»Schluß!« rief Klimentjew zur Tür hinein.
»Schon?« wunderte sich Nadja.
Gleb runzelte die Stirn und versuchte angestrengt, sich zu erinnern, was auf seiner Liste, die er für das Wiedersehen auswendig gelernt hatte, noch besonders Wichtiges gestanden hatte, was er hatte sagen wollen.
»Ja! Wundere dich nicht, wenn sie mich fortschicken, weit fort, wenn du vielleicht überhaupt keine Briefe mehr bekommst.«
»Ist das möglich? Wohin?« schrie Nadja auf.
Solch eine Neuigkeit — und er sagte es erst jetzt!
»Gott weiß wohin«, sagte er und hob dabei bedeutungsvoll die Schultern.
»Du glaubst jetzt doch wohl nicht plötzlich an Gott??!«
Sie hatten über nichts wirklich gesprochen!
Gleb lächelte:
»Pascal, Newton, Einstein . . .«

»Es wurde gesagt, daß keine Familiennamen genannt werden dürfen!« bellte der Aufseher.
»Schluß, Schluß!«
Mann und Frau erhoben sich gleichzeitig, und jetzt, da keine Gefahr mehr bestand, daß sie das Wiedersehen abbrechen würden, umarmte Gleb Nadja über den kleinen Tisch hinweg, küßte sie auf ihre Wangen und saugte sich an ihren weichen Lippen fest, die er schon ganz vergessen hatte. Er konnte nicht darauf hoffen, in einem Jahr noch in Moskau zu sein und sie wieder zu küssen. Seine Stimme begann vor Zärtlichkeit zu zittern:
»Mach alles so, wie es für dich das beste ist. Ich aber . . .«
Er sprach nicht zu Ende.
Sie sahen einander fest in die Augen.
»Nun, was ist? Was soll das? Das Wiedersehen ist zu Ende!« kläffte der Aufseher und zog Nershin an den Schultern davon.
Nershin riß sich los.
»Ja, los, geh, brich es ab, du Verfluchter!« murmelte Nershin kaum hörbar.
Nadja drehte sich mit dem Gesicht zur Tür, hob die Hand und winkte ihrem Mann noch einmal kurz zu.
Dann verschwand sie hinter der Tür.

38

Ein anderes Wiedersehen

Gerassimowitsch und seine Frau küßten sich.
Gerassimowitsch war klein, nicht größer als seine Frau.
Als Aufseher hatten sie einen friedlichen, einfachen Burschen zugeteilt bekommen. Es war ihm gleichgültig, daß sie sich küßten; ja, es war ihm sogar unangenehm, daß er sie bei ihrem Wiedersehen stören sollte. Er hätte sich zur Wand umgedreht und so die ganze Sprechzeit abgewartet, wenn es da nicht etwas gegeben hätte: Oberstleutnant Klimentjew hatte befohlen, die Türen aller sieben Untersuchungszimmer offen zu lassen, damit er selbst vom Korridor aus die Aufseher überwachen könnte.
Auch dem Oberstleutnant selbst war es im Grunde gleichgültig, ob die Wiedersehenden sich küßten. Er wußte, daß dadurch nicht das geringste Staatsgeheimnis verraten werden würde. Aber er mußte vor seinen eigenen Aufsehern und vor seinen eigenen Gefangenen Angst haben — unter ihnen gab es Spitzel, und sie hätten Klimentjew dann etwas anhängen können.

Gerassimowitsch und seine Frau küßten sich.
Aber diese Küsse waren nicht die gleichen leidenschaftlichen, die sie früher, in ihrer Jugend, ausgetauscht hatten. Diese Küsse, der Obrigkeit und dem Schicksal abgestohlen, waren Küsse ohne Farbe, ohne Geschmack, ohne Duft — blasse Küsse, wie man sie mit einem Toten, der uns im Traum erscheint, austauschen mag.
Sie setzten sich; der Angeklagten-Tisch, dessen Platte sich leicht wellte, trennte sie voneinander.
Dieser rohe kleine Tisch hatte eine bewegtere, reichere Geschichte, als ein Menschenleben sie haben kann. Seit vielen Jahren hatten sich verhaftete Männer oder Frauen an ihn gesetzt, die geschluchzt hatten, vor Schreck ohnmächtig geworden waren, die gegen das schreckliche Schlafverbot ankämpften, stolze, zornige Worte ausstießen oder niederträchtige Aussagen gegen die nächsten Verwandten unterschrieben. Gewöhnlich gab man ihnen weder einen Bleistift noch eine Feder — außer in seltenen Fällen, wenn sie eine schriftliche Aussage machten. Aber auch die geschriebenen Aussagen hinterließen auf der gewellten Oberfläche des Tisches ihre traurigen Spuren — seltsam gewellte oder eckige Figuren und Schnörkel, die unbewußt gezeichnet werden und in geheimer Weise den verborgenen Windungen unserer Seele entsprechen.
Gerassimowitsch sah seine Frau an.
Sein erster Gedanke war, wie reizlos sie doch geworden war: Unter ihren Augen zeigten sich tiefe Ringe, an Augen und Mund viele Falten, die Gesichtshaut war welk. Anscheinend pflegte sich Natascha überhaupt nicht. Ihr Pelz stammte aus der Zeit vor dem Krieg, es wäre schon lange nötig gewesen, ihn zu wenden, der Pelzkragen war abgeschabt und flach geworden, und das Tuch stammte aus längst vergangenen Zeiten. Er glaubte sich zu erinnern, daß sie es gemeinsam in Komsomolsk am Amur auf Kleiderkarten gekauft hatten. In Leningrad hatte sie es auch schon getragen, wenn sie an die Newa ging, um Wasser zu holen.
Aber Gerassimowitsch verdrängte diesen niederträchtigen Gedanken, daß seine Frau häßlich sei, den Gedanken, der in dem Innersten seines Seins aufgetaucht war. Vor ihm stand die Frau, die einzige auf der Welt, die ein Teil seiner selbst geworden war. Vor ihm stand die Frau, mit der alles verflochten war, woran er sich erinnerte. Welches liebenswürdige frische junge Mädchen mit einer ihm fremden, unverständlichen Seele, mit kurzen, völlig anderen Erinnerungen hätte diese Frau in den Schatten stellen können?
Natascha war noch keine achtzehn Jahre alt gewesen, als sie sich das erste Mal in einem Haus in der Srednaja Podjatscheskaja, in der Nähe der Ljwinyj-Brücke, am Silvesterabend neunzehnhundertdreißig begegnet waren. In sechs Tagen lag das zwanzig Jahre zurück.

Natascha war erst neunzehn Jahre alt gewesen, als sie ihn das erste Mal verhaftet hatten. Wegen Sabotage ...

Der Anfang von Illarion Pawlowitschs Ingenieurtätigkeit fiel gerade in jene Zeit, als das Wort ›Ingenieur‹ nahezu das gleiche bedeutete wie ›Feind‹ und es ein leichtes war, einen Ingenieur als Saboteur zu verdächtigen. Gerassimowitsch hatte schon damals, als er gerade die Universität absolviert hatte, wegen seiner Kurzsichtigkeit einen Zwicker getragen, der ihn dem intelligenten Spion auf den Plakaten ähnlich machte. Vor allem pflegte er sich, ob es nun nötig war oder nicht, in seiner Jugend zu verbeugen und mit sehr weicher Stimme zu sagen: »Entschuldigen Sie bitte.« Auf den Versammlungen aber enthielt er sich völlig der Stimme und saß still wie ein Mäuschen da. Er verstand selbst nicht, wodurch er die Leute gereizt hatte ...

Wie sehr man auch darauf aus war, ihm eine *Sache* anzuhängen, es gelang nur mit größter Mühe, für ihn eine Strafe von drei Jahren zu begründen. Am Amur ließ man ihn sofort ohne Bewachung. Seine damalige Braut kam zu ihm und wurde seine Frau.

Kaum eine Nacht verging damals, ohne daß Mann und Frau von Leningrad geträumt hätten. Und so entschlossen sie sich, dorthin zurückzukehren; das war fünfunddreißig. Aber gerade in dieser Zeit setzte ein gewaltiger Gegenstrom ein ...

Natalja Pawlowna beobachtete ihren Mann aufmerksam. Es hatte eine Zeit gegeben, in der sie auf seinem Gesicht einen Wandel bemerkt hatte, die Lippen hatten sich verhärtet, der Blick hinter dem Zwicker war kalt, beinahe grausam-zornig geworden. Illarion hatte aufgehört, sich zu verbeugen und »entschuldigen Sie« zu sagen. Immer wieder wurde ihm seine Vergangenheit vorgeworfen; bald setzte man ihn auf die Straße, bald übertrug man ihm eine Arbeit, die weit unter seinem Niveau lag. Sie zogen von Ort zu Ort, sie litten Not, verloren eine Tochter, einen Sohn. Und dann entschlossen sie sich, alles zu riskieren und nach Leningrad zurückzukehren. Das war im Juni einundvierzig ...

Dort war es noch schwieriger, sich ein erträgliches Leben einzurichten. Der Personalbogen hing über dem Mann wie ein Schwert. Doch selbst als er seinen Laborplatz verlor und niedere, anstrengendere Arbeit verrichten mußte, wurde er nicht schwach. Im Gegenteil, aus diesem Leben erwuchsen ihm neue Kräfte. Er hielt es durch, im Herbst Schützengräben auszuheben. Und mit dem ersten Schnee wurde er Totengräber.

Dieser traurige Beruf war in der besetzten Stadt besonders nötig und gewinnbringend. Um den Verstorbenen eine letzte Ehre zu erweisen, gaben die Hinterbliebenen ihre letzten Krümelchen Brot.

Es war unmöglich, dieses Brot ohne Scham zu essen. Doch Illarion wußte sich zu rechtfertigen: sie hatten wenig Mitleid mit uns – wir werden auch kein Mitleid mit ihnen haben!

Das Paar überlebte. Gegen Ende der Blockade wurde Illarion wegen *beabsichtigten Hochverrats* verhaftet. Damals wurden viele in Leningrad wegen *beabsichtigten Hochverrats* abgeholt, denn in einer unbesetzten Stadt konnte man die Menschen schwerlich des direkten Verrats beschuldigen.

Natalja Pawlowna betrachtete aufmerksam ihren Mann. Wie seltsam, man sah ihm die Spuren der schweren Jahre nicht an. Zurückhaltend blickten seine Augen durch den glänzenden Zwicker. Seine Wangen waren nicht eingefallen, er hatte keine Falten, sein Anzug war teuer, das Halstuch sorgsam gebunden.

Man konnte denken, daß nicht er, sondern sie im Gefängnis säße.

Und ihr erster, unschöner Gedanke war, daß er im Gefängnis herrlich lebe, natürlich wußte er nichts von den Verfolgungen, konnte sich mit seiner Wissenschaft beschäftigen und dachte überhaupt nicht an die Leiden seiner Frau.

Doch diesen üblen Gedanken unterdrückte sie sogleich.

Mit schwacher Stimme fragte sie:

»Nun, wie geht es dir dort?«

Als ob sie zwölf Monate auf dieses Wiedersehen gewartet, dreihundertsechzig Nächte im frostigen Witwenbett an ihren Mann gedacht hätte, um zu fragen:

»Nun, wie geht es dir dort?«

Und Gerassimowitsch, dessen Leben immer eingeengt und bedrängt gewesen und dem es versagt geblieben war, seine geistigen Kräfte und sein Können zu entfalten, der sein Leben als Sträfling in der Taiga und der Wüste verbracht, in einsamen Untersuchungszellen geschmachtet hatte, dem es aber jetzt in der abgeschlossenen Mawrino-Scharaschka besser ging, antwortete:

»Es geht ...«

Sie hatten nur eine halbe Stunde zur Verfügung. Unaufhaltbar enteilten die Sekunden der kostbaren Zeit. Dutzend Fragen, Wünsche, Klagen drängten – aber Natalja Pawlowna fragte:

»Wann hast du von dem Wiedersehen erfahren?«

»Vorgestern. Und du?«

»Am Dienstag ... jetzt fragte mich der Oberstleutnant, ob ich deine Schwester sei.«

»Weil wir denselben Vatersnamen haben?«

»Ja.«

Als sie noch Brautleute waren, am Amur, hatte man sie auch immer für Bruder und Schwester gehalten. Es war jene glückliche äußere und innere

Übereinstimmung, die Mann und Frau zu mehr als nur zu einem Paar machen.
Illarion Pawlowitsch fragte:
»Wie ist es bei der Arbeit?«
»Warum fragst du?« Sie horchte auf.
»Weißt du etwas?«
»Was?«
Er wußte etwas, aber er wußte nicht, ob es das war, was sie wußte. Er wußte, daß allgemein draußen die Frauen der Gefangenen Repressalien ausgesetzt waren.
Aber woher hätte er wissen können, daß man ihr am letzten Mittwoch wegen der Verbindung mit ihm die Arbeit gekündigt hatte? In den drei Tagen vor dem Wiedersehen hatte sie sich noch nicht nach einer neuen Arbeit umgetan. Sie erhoffte sich von dem Treffen ein Wunder, ein Licht, das ihr Leben erleuchte, ihr einen Weg zeige.
Aber wie konnte er ihr einen nützlichen Rat erteilen, er, der für so viele Jahre im Gefängnis saß und vom bürgerlichen Leben keine Ahnung hatte?
Aber sie mußte sich entscheiden, ob sie sich von ihm trennen sollte oder nicht...
In diesem kleinen, grauen, ungeheizten Raum, in den nur wenig trübes Licht durch die vergitterten Fenster einfiel, ging die knappe Zeit des Wiedersehens dahin, und die Hoffnung auf ein Wunder schwand.
Und Natalja Pawlowna begriff, daß sie in dieser erbärmlichen halben Stunde ihrem Mann nichts von ihrer Einsamkeit und von ihren Leiden erzählen konnte, daß er auf einem eigenen Gleis fuhr, sein eigenes, eingerichtetes Leben führte. Er würde doch nichts verstehen, und es war viel besser, ihn gar nicht damit zu belasten.
Der Aufseher ging zur Wand und prüfte den Verputz.
»Erzähl mir, erzähl von dir«, sagte Illarion Pawlowitsch und faßte seine Frau über den Tisch hinweg bei der Hand. In seinen Augen leuchtete die gleiche Zärtlichkeit, die er immer, selbst in den grausamsten Monaten der Blockade, für sie empfunden hatte.
»Larik! Ist keine Verkürzung deiner Frist abzusehen?«
Sie dachte an Verkürzungen, wie sie im Lager am Amur gewährt worden waren: Für einen zusätzlich abgeleisteten Arbeitstag wurden zwei Hafttage abgezogen, und so verkürzte sich die Frist.
Illarion wiegte seinen Kopf:
»Woher soll es Verkürzungen geben?! Das machen sie hier nicht, das weißt du doch. Hier muß man irgend etwas ganz Großes erfinden, nun, und dann lassen sie dich vorzeitig frei. Aber die Schwierigkeit liegt darin, daß man das Gelingen der Erfindungen hier...« – er schielte auf den

halb abgewandten Wachsoldaten – ». . . eigentlich überhaupt nicht wünschen kann . . .«

Er konnte sich nicht klarer ausdrücken!

Er nahm die Hände seiner Frau und strich zärtlich liebkosend mit seinen Wangen über sie.

Im winterlichen Leningrad hatte er sich nicht gescheut, von denen eine Scheibe Brot für ein Begräbnis zu nehmen, die morgen selber ein Begräbnis brauchten.

Und jetzt hier – er konnte nicht . . .

»Ist es traurig für dich, allein? Sehr traurig, nicht wahr?« fragte er seine Frau zärtlich und streichelte ihr immer noch die Wange.

Traurig . . . mit Schrecken wurde ihr klar, daß das Wiedersehen dahinging, bald abgebrochen werden würde und sie dann, nicht reicher als vorher, auf den Lefortowo-Wall hinaustreten würde, auf die freudlosen Straßen – allein, allein, allein . . .

Ziellos jede Sache und jeder Tag. Nichts Süßes, nichts Scharfes, nichts Bitteres – ein Leben wie graue Watte.

»Nataletschka!« Er strich ihr über die Hand. »Wenn du zählst, wieviel von zwei Fristen schon vergangen ist, so ist jetzt doch nur noch wenig übrig. – Nur noch drei Jahre, nur drei . . .«

»Nur drei?!« unterbrach sie ihn unwillig; sie fühlte, daß ihre Stimme zu zittern begann, daß sie sich nicht mehr beherrschen konnte. »Nur drei?! Für dich ist das *nur!* Für dich geht es auf die Befreiung zu – ›die Eigenschaft des Bedürfnislosen‹! Du lebst unter Freunden! Du beschäftigst dich mit deiner geliebten Arbeit! Dich schubst man nicht herum! Ich bin rausgeschmissen worden! Ich habe nichts mehr, wovon ich leben kann! Niemand nimmt mich! Ich kann nicht mehr! Ich habe keine Kräfte mehr! Ich werde keinen Monat mehr leben! Keinen Monat! Für mich ist es besser zu sterben! Die Nachbarn schikanieren mich, wo sie nur können. Meine Truhe haben sie rausgeschmissen, mein Regal von der Wand gerissen – sie wissen, daß ich mich nicht beschweren kann . . . daß es ein leichtes ist, mich aus Moskau wegzuschicken! Ich gehe nicht mehr zu den Schwestern, nicht mehr zu Tante Shenja. Sie verspotten mich und sagen, daß niemand auf der Welt so blöd sei wie ich. Sie raten mir, mich von dir scheiden zu lassen und wieder zu heiraten. Wann wird das ein Ende haben? Sieh, was ich geworden bin! Ich bin jetzt siebenunddreißig! In drei Jahren werde ich eine alte Frau sein! Ich gehe nach Hause – und ich esse nichts, ich räume das Zimmer nicht auf, mir ist alles zuwider, ich falle auf das Sofa und liege dort, ohne Kraft. Larik, mein Liebster, tu irgend etwas, daß sie dich früher freilassen! Du bist ein genialer Kopf! Erfinde ihnen irgend etwas! Rette mich! Rette mich!«

Sie hatte das gar nicht sagen wollen. Ihr Herz war gebrochen! Von

Schluchzern geschüttelt küßte sie die Hand ihres Mannes. Sie sank auf die gewellte Holztischplatte hinab, die schon so viele Tränen gesehen hatte. »Nun, nun, beruhigen Sie sich, Bürgerin«, sagte der Aufseher schuldbewußt und schielte dabei auf die geöffnete Tür.

Gerassimowitschs Gesicht verzog sich, es bekam einen steinernen Ausdruck, seine Augen funkelten hinter dem Zwicker.

Das Schluchzen war auch auf dem Korridor zu hören. Der Oberstleutnant trat drohend in die Tür und sah unwillig nach der über dem Tisch zusammengesunkenen Frau. Er schloß die Tür.

Nach den Instruktionen waren Tränen nicht ausdrücklich verboten, aber unangebracht waren sie auf jeden Fall.

39

Die Jungen

Das ist ein ganz einfacher Trick: Du löst Chlorkalk auf und trägst ihn mit einem kleinen Pinselchen auf den Paß auf... man muß nur wissen, wieviel Minuten er darauf bleiben muß, und dann löscht man ihn ab.«

»Ja; und dann?«

»Wenn es trocken ist, sieht man nichts mehr. Du hast einen sauberen neuen Paß, setzt dich hin und kritzelst mit Tusche einen anderen Namen ein – vielleicht Siridow oder Petruschin, geboren im Dorf Kriuscha.«

»Und Sie sind nicht einmal damit hereingefallen?«

»Damit? Klara Petrowna... Oder vielleicht... erlauben Sie mir diese Kühnheit?... darf ich Sie, wenn es niemand hört, einfach Klara nennen?«

»Ja...«

»Ja, Klara, so war es. Das erste Mal haben sie mich gefangen, weil ich noch ein wehrloser und unschuldiger Knabe war. Aber das zweite Mal – o nein! Ich habe auf der Allunions-Suchliste gestanden, von Ende fünfundvierzig bis Ende siebenundvierzig – das bedeutete, daß ich nicht nur einen Paß fälschen, sondern mir auch ein Arbeitsbuch, Lebensmittelkarten und die Kauferlaubnis für ein Geschäft anfertigen mußte! Außerdem besaß ich überzählige Brotkarten, ich verkaufte sie und lebte davon.«

»Aber das alles... ist sehr schlecht.«

»Wer sagt, daß es gut ist? *Sie* haben mich dazu gezwungen, ich habe mir das nicht ausgedacht.«

»Aber Sie hätten doch *einfach* arbeiten können!«

»›*Einfach*‹ verdient man nicht viel. Mit rechtschaffener Arbeit verdient man keine Steinpaläste, wissen Sie das? Und womit hätte ich arbeiten sollen? Sie hatten mir eine Spezialausbildung verwehrt ... Sie erwischten mich nicht, aber ich machte Fehler. In einer Paßabteilung in der Krim saß ein Mädchen ... Sie müssen nicht denken, daß ich irgend etwas mit ihr hatte ... sie hatte nur Mitgefühl und wies mich auf ein Geheimnis hin, nämlich, daß in meinem Paß gewisse Buchstabenfolgen für den, der eingeweiht war, erkennen ließen, daß ich im besetzten Gebiet gewesen war.«

»Aber Sie waren doch gar nicht dort!«

»Nein, ich war nicht dort, aber der Paß war ja auch nicht meiner! Deshalb mußte ich mir einen neuen kaufen.«

»Wo?«

»Klara! Sie haben in Taschkent gelebt und waren im Tesikow-Basar und fragen mich – wo! Ich wollte mir auch noch einen Roten-Banner-Orden kaufen, aber er kostete zweitausend Rubel, und ich hatte nur achtzehnhundert. Sie bestanden darauf – zweitausend und nicht weniger.«

»Aber wozu denn einen Orden?«

»Wozu einen Orden? Einfach so, ich wollte prahlen, daß ich an der Front gewesen sei. Wenn ich so einen kühlen Kopf gehabt hätte, wie Sie ihn haben ...«

»Woraus schließen Sie, daß ich einen kühlen Kopf habe?«

»Einen kalten und nüchternen Kopf und so einen ... intelligenten Blick.«

»Nun, nun ...!«

»In der Tat. Ich habe das ganze Leben davon geträumt, ein Mädchen mit kühlem Verstand zu treffen.«

»Warum?«

»Weil ich selbst so töricht bin; sie sollte mich von Dummheiten abhalten.«

»Bitte, erzählen Sie weiter.«

»Wo war ich stehengeblieben? ... Ach ja! Als ich aus der Lubjanka herauskam, drehte sich alles um mich herum vor Glück. Aber irgendwo in meinem Inneren schien ein kleiner Wächter zu sitzen, der fragte: Wieso dieses Wunder? Wie ist das möglich? Sie lassen doch niemanden frei; das hatte man mir in der Zelle erklärt: ob schuldig oder unschuldig – zehn Jahre und fünf auf die Hörner – und ab ins Lager.«

»Was bedeutet – ›auf die Hörner‹?«

»Nun, fünf Jahre Maulkorb.«

»Was bedeutet – ›Maulkorb‹?«

»Mein Gott, wie ungebildet Sie sind. Und dabei sind Sie die Tochter eines Staatsanwaltes. Wieso interessieren Sie sich nicht für das, womit sich Ihr Papa beschäftigt? ›Maulkorb‹ bedeutet, daß man nicht beißen kann. Verlust aller bürgerlichen Rechte. Man darf dann nicht wählen und kann nicht gewählt werden.«

»Warten Sie einen Moment, es kommt jemand . . .«

»Wo? Keine Angst, das ist Semelja. Bitte, setzen Sie sich wieder hin. Gehen Sie nicht fort. Öffnen Sie den Hefter, so, sehen Sie . . . Damals begriff ich mit einemmal, daß sie mich freigelassen hatten, damit ich ihnen Spuren liefere. Mit welchen Kumpeln ich mich träfe, und ob ich wieder zu den Amerikanern auf die Datscha führe; das war ja kein Leben. Ich habe sie an der Nase herumgeführt! Ich ging nach Hause zu Mama, und nachts verschwand ich – ich fuhr zu einem Kameraden, demjenigen, der mich in alle Fälscherkünste eingeweiht hat. Zwei Jahre stand Rostislaw Doronin auf der Allunions-Suchliste. Und ich war unter fremdem Namen in Mittelasien, am Issyk-Kulj, auf der Krim, in der Moldau, in Armenien, im Fernen Osten . . . dann übermannte mich die Sehnsucht nach Mama. Aber ich konnte zu Hause nicht auftauchen, das war unmöglich! Ich fuhr nach Sagorsk, trat in eine Fabrik als Handlanger ein, Hilfsarbeiter, und Mama kam sonntags zu mir. Ich arbeitete dort einige Wochen – und dann verschlief ich und kam zu spät zur Arbeit. Gericht. Ich wurde verurteilt!«

»Alles wurde entdeckt?!«

»Nichts wurde entdeckt! Unter dem falschen Namen saß ich drei Monate, war in einer Arbeitskolonie, und weiterhin hieß es auf der Allunions-Suchliste: Rostislaw Doronin! Blaue Augen, gerade Nase, braunes, üppiges Haar, auf der linken Schulter ein Muttermal. Wieviel Kopeken hat sie die Suche gekostet! Ich verbüßte meine drei Monate und erhielt dann vom Bürger Natschaljnik meinen Paß – und dann verschwand ich in den Kaukasus!«

»Sie sind dann immer noch umhergereist?«

»Hm! Warum nicht?«

»Und wie kam es dann trotzdem . . .«

»Wie sie mich erwischt haben? Ich wollte studieren!«

»Sehen Sie, das bedeutet, daß Sie sich danach sehnten, ein ehrliches Leben zu führen. Studieren, das ist nötig, das ist wichtig. Es ist ideal.«

»Ich fürchte, Klara, daß es nicht immer ideal ist. Im Gefängnis und in den Lagern habe ich darüber nachgedacht. Und wenn ein Professor dauernd darauf bedacht sein muß, daß er sein Gehalt und seinen Posten nicht verliert, ob du dann etwas Vernünftiges von ihm lernst? In der klassischen Philologie? Sie haben doch in der Technischen Fakultät studiert?«

»Ich habe auch Altphilologie studiert.«
»Aber Sie haben dann dort aufgehört? Erzählen Sie mir das später. Ja, so war es, ich brauchte ein Abgangszeugnis von der zehnten Klasse, es war nicht schwer, eines zu kaufen – aber diese Sorglosigkeit, die uns zu Fall bringt! Ich dachte: Welcher Dummkopf wird mich noch suchen, mich unbedeutenden kleinen Kerl. Sie haben mich sicher schon längst vergessen. Ich nahm mein eigenes altes Zeugnis, das auf meinen Namen lautete, und ging zur Universität, nach Leningrad in die Geographische Fakultät.«
»Aber in Moskau haben Sie doch Geschichte studiert?«
»Das Umherschweifen hat in mir die Neigung zur Geographie geweckt. Das ist verteufelt interessant! Man fährt herum und sieht: Berge, Täler, die Taiga und die Subtropen! Und immer wieder völlig andere Menschen! Nun, und dann? Ich ging nur eine Woche zur Universität, dann haben sie mich dort geschnappt! Und nun gab es fünfundzwanzig Jahre. Ich wurde in die Tundra geschickt, dort war ich noch nie gewesen – um praktische Kenntnisse in Geographie zu sammeln!«
»Und Sie erzählen lachend von all diesen Dingen?«
»Warum sollte ich weinen! Klara, um über alles zu weinen, reichten die Tränen nicht. Und – ich bin nicht der einzige. Sie schickten mich nach Workuta – dort gab es schon viele junge Burschen wie mich! Dort wird Kohle gefördert! Ganz Workuta steht und fällt mit den Gefangenen! Der ganze Norden! Und wissen Sie, das ist die Erfüllung von Thomas Mores Traum.«
»Wessen Traum? ... Ich schäme mich, daß ich so vieles nicht weiß.«
»Thomas More, der Knabe, der ›Utopia‹ geschrieben hat. Er hat vorausgesehen, daß es in der Gesellschaft viele niedrige und besonders schwere Arbeiten geben wird, die niemand ausführen will. Und wem sollte man sie übertragen? Er dachte nach und sah voraus: Vermutlich wird es auch in der sozialistischen Gesellschaft viele Menschen geben, die gegen die Ordnung verstoßen. Und dann wird man diese zu den niedrigen und besonders schweren Arbeiten heranziehen. So sind die Lager von Thomas More erdacht worden, sie sind die Verwirklichung eines sehr alten Gedankens ...«
»Ich weiß nicht, was ich denken soll. In unserer Zeit – so zu leben: Pässe fälschen, die Wohnorte wechseln, wie ein Segel auf dem Meer umhergetrieben werden ... niemals im Leben habe ich irgendwo Menschen wie Sie gesehen.«
»Klara, ich bin auch nicht so! Die Umstände können aus uns Teufel machen! Sie wissen doch, das Sein prägt das Bewußtsein! Ich war auch ein ruhiger Junge, der seiner Mutter folgte und Dobroljubows Buch ›Ein Lichtstrahl im dunklen Reich‹ las. Wenn mir ein Milizionär mit dem

Finger drohte, fiel mir das Herz in die Hose. In all das wachsen wir hinein, ohne es zu bemerken. – Aber was blieb mir übrig? Sollte ich warten wie ein Karnickel, bis man mich zum zweitenmal holte?«

»Ich weiß nicht, was Sie hätten tun sollen, aber so leben?! ... Ich stelle mir vor, daß das sehr mühsam ist: immerzu so außerhalb der Gesellschaft zu stehen! So wie ein überflüssiger gejagter Mensch ...«

»Nun ja, manchmal ist es beschwerlich. Aber manchmal ist es das auch ganz und gar nicht. Wenn du so durch den Tesikow-Basar gehst und dich umsiehst ... da verkaufen sie neue Orden und Blanko-Bescheinigungen – und wo arbeitet dieser bestechliche Mensch wohl? In irgendeiner Organisation. Was meinen Sie? ... Ich sage Ihnen, Klara, es ist so: Ich selbst bin nur für ein ehrliches Leben, aber das für alle, verstehen Sie? – Für alle, alle!«

»Aber wenn alle es von den anderen erwarten, dann wird es niemals beginnen. Jeder muß ...«

»Jeder muß, aber es macht nicht jeder. Hören Sie, Klara, ich sage Ihnen das ganz einfach. Wogegen richtete sich die Revolution? Gegen die *Privilegien.* Was war den russischen Menschen zuwider? Die Privilegien. Die einen hatten nur Arbeitskleider, die anderen trugen Zobel, die einen gingen zu Fuß, die anderen fuhren in Karossen. Die einen mußten dem Pfeifen der Fabriksirene gehorchen, die anderen stopften sich in den Restaurants den Wanst voll. Ist es nicht so?«

»Natürlich.«

»Richtig. Aber warum entsagen die Menschen jetzt nicht den Privilegien, sondern erstreben sie? Was ist über mich zu sagen? Einen unbedeutenden, jungen Burschen? Beginnt es wirklich mit mir? Ich beobachte die Älteren, sehe, was *sie* tun. Ich betrachte sie sehr genau. Ich habe in einem kleinen Städtchen in Kasachstan gelebt. Was sah ich dort? Die Frauen der örtlichen Parteibonzen – waren die jemals in den Läden? Nein, niemals! Mich selbst haben sie in das erste Sekretariat des Gebietskomitees geschickt, mit einer Kiste Makkaroni. Einer ganzen Kiste, fabrikverpackt. Man konnte erraten, daß es nicht nur diese Kiste war und nicht nur an diesem Tag ...«

»Ja, das ist scheußlich! Das hat mich auch schon immer angewidert. Glauben Sie mir das?«

»Natürlich glaube ich Ihnen das. Warum sollte ich einem lebenden Menschen nicht mehr glauben als einem Buch, das in einer Million Exemplaren erschienen ist ... und hier sind dann diese Privilegien. – Sie greifen unter den Menschen um sich wie eine Seuche. Wenn einer in einem anderen unzugänglichen Vorzugsgeschäft kaufen darf, wird er das natürlich tun. Wenn einer in einer bestimmten Klinik behandelt werden darf, so wird er natürlich dorthin gehen. Und wenn einer einen Reiseschein für einen bestimmten Ort bekommt, wo er mit Honig gesalbt wird, so wird er sich natürlich diesen Reiseschein holen.«

»Ja, so ist es! Es ist scheußlich!«

»Wenn einer sich durch einen Zaun abschirmen kann, so wird er es tun. O dieser Hundesohn, als er ein Junge war, kletterte er auch über den Zaun des Kaufmanns und stahl Äpfel, und das war dann recht! Und jetzt umgibt er sich mit einem Zaun von doppelter Mannshöhe, einem ganz dichten, damit keiner hindurchsehen kann, weil ihm das unangenehm wäre! Und er denkt, daß er wieder recht hat!«

»Rostislaw Wadimytsch ...«

»Zum Teufel mit dem Wadimytsch! Nur – Rusja.«

»Es fällt mir schwer, Sie so zu nennen ...«

»Nun, dann stehe ich auf und gehe fort. Hier, man läutet zum Essen. Ich bin für alle Rusja und für Sie – ganz besonders ... Ich möchte es nicht anders.«

»Nun, gut ... Rusja ... ich bin auch nicht ganz dumm. Ich habe viel nachgedacht. Dagegen muß man – ankämpfen! Aber natürlich nicht auf Ihre Art.«

»Ja, ich habe ja auch noch nicht gekämpft. Ich habe nur nachgedacht. Wenn Gleichheit, dann für alle, und wenn nicht – dann weg damit ... ach, entschuldigen Sie bitte ... ach, entschuldigen Sie, ich wollte nicht ... aber wir sehen von Kindheit an alles so: In der Schule spricht man große Worte, aber dann kann man keinen Schritt gehen, ohne gestoßen zu werden, man kann nirgends hingehen, ohne auf die Finger geschlagen zu werden – und so werden wir durchtrieben – *Frechheit ist der zweite Weg zum Glück!*«

»Nein! Nein! So nicht! In unserer Gesellschaft ist vieles gerecht. Sie schießen über das Ziel hinaus! So geht es nicht! Sie sahen viel, das stimmt, Sie haben viel erlebt, aber ›Frechheit ist der zweite Weg zum Glück‹, das kann keine Weltanschauung sein! So geht es nicht!«

»Man hat zum Essen geläutet, hast du es nicht gehört?«

»Ja, Semelja, geh nur, ich komme gleich ... Klara! Was ich Ihnen sage, das habe ich gut durchdacht, ernsthaft! Ich wäre von ganzer Seele glücklich, wenn ich anders leben könnte! Wenn ich einen Freund hätte ... mit kühlem Kopf, eine Freundin ... wenn wir das alles zusammen überlegen könnten. Ein ordentliches Leben aufbauen. Ich weiß nicht, ob ich Ihnen alles sagen kann ...«

»Doch.«

»Wie überzeugend Sie das sagen! Im allgemeinen ist das unmöglich ... Schon wegen Ihrer Herkunft. Sie stammen aus einer ganz anderen Gesellschaftsschicht ...«

»Mein Leben war nicht leicht, glauben Sie das nicht ... ich kann das verstehen.«
»Gestern und heute haben Sie mich so freundlich angesehen, daß ich Ihnen wirklich alles sagen möchte, was ich einem nahestehenden Menschen – überhaupt, ist das doch alles nur äußerlich, daß ich – nun, ich bin ein Gefangener, für fünfundzwanzig Jahre verurteilt. Ich ... ach, wenn ich Ihnen erzählen würde, auf welcher Klinge ich jetzt balanciere! Ein normaler Mensch würde an einem Herzschlag sterben. Aber davon später ... Klara! Ich möchte Ihnen sagen, daß in mir vulkanartige Energievorräte lagern! Fünfundzwanzig Jahre, das ist Unsinn, es gelänge mir mühelos, auszureißen! Schon heute morgen habe ich darüber nachgedacht, wie ich aus diesem Mawrino herauskommen würde. Von diesem Tag an, wenn meine Braut – oh, wenn ich nur eine hätte – mir sagen würde: Rusja, fliehe! Ich warte auf dich! – Ich schwöre Ihnen, ich würde in drei Monaten davon sein, einen Paß haben, und alles würde mir gelingen, ich würde mich nicht erwischen lassen. Ich würde sie nach Tschita mitnehmen, nach Odessa, nach Welikij Ustjug! Und wir würden ein neues, ehrliches, vernünftiges und freies Leben beginnen!«
»In der Tat, ein schönes Leben!«
»Wissen Sie, wie bei Anton Tschechow die Helden immer sagen: in zwanzig Jahren, in dreißig Jahren! In zweihundert Jahren! Tagsüber in einer Ziegelei arbeiten und abends müde nach Hause kommen! Wovon Sie träumen! ... Nein, ich lache nicht über so etwas! Ich meine es ganz ernst! Ich meine es vollständig ernst, ich möchte studieren, ich möchte arbeiten! Nur nicht allein! Klara! Sehen Sie, wie still es ist, alle sind gegangen. Wollen Sie – nach Welikij Ustjug? Das ist ein Denkmal der alten Zeit. Ich war noch nie dort.«
»Was für ein erstaunlicher Mensch Sie sind!«
»Ich suchte sie an der Universität in Leningrad, aber ich wußte nicht, wo ich sie finden sollte.«
»Wen ...?«
»Klarotschka! Frauenhände vermögen aus mir noch etwas Gutes zu formen – einen großen Abenteurer, einen genialen Kartenspieler oder einen erstklassigen Spezialisten für etruskische Vasen, für kosmische Strahlen. Was auch immer Sie wollen – ich werde es tun!«
»Werden Sie sich ein Diplom anfertigen?«
»Nein, ich werde es wirklich machen! Was Sie befehlen – das werde ich tun. Nur *Sie* brauche ich! Ich brauche Ihren Kopf, den Sie so langsam herumwenden, wenn Sie ins Labor eintreten ...«

40

Eine Frau scheuert die Treppe

Generalmajor Pjotr Afanasjewitsch Makarygin, Gelehrter der Jurisprudenz, arbeitete schon lange als Staatsanwalt für *Spezialverfahren,* das heißt, Verfahren, deren Inhalt nicht geeignet war, in der Öffentlichkeit bekanntzuwerden, und die deshalb heimlich abgewickelt wurden. Wenn er auch kein berühmter Staatsanwalt war, so war er doch auch kein mittelmäßiger; rücksichtslos erfüllte er seine Pflicht.

Er hatte drei Töchter, alle drei von der ersten Frau, seiner Gefährtin während des Bürgerkrieges, die bei Klaras Geburt gestorben war. Die Töchter wurden von einer Stiefmutter erzogen, die das sehr gut verstand und überhaupt so gut wie eine echte Mutter zu ihnen war.

Die Töchter hießen Dinera, Dotnara und Klara. Dinera bedeutete Kind der neuen Ära, Dotnara Tochter des arbeitenden Volkes, und Klara hieß einfach Klara, die Bedeutung dieses Namens war keinem in der Familie bekannt.

Die Töchter waren im Abstand von jeweils zwei Jahren geboren worden. Dotnara, die zweite, hatte 1940 die zehnte Klasse beendet. Im Frühjahr 1941 heiratete sie – einen Monat früher als Dinera. Sie war damals ein geschmeidiges junges Mädchen mit hellblonden, bis auf die Schulter herabfallenden Locken und liebte es, wenn ihr Verlobter sie in das ›Metropol‹ führte, wo man zwischen den kleinen Tischen tanzte. Der Vater war sehr aufgebracht, daß sie so früh heiratete, aber er mußte sich damit abfinden. In der Tat, der Schwiegersohn konnte sich sehen lassen: Er hatte die höhere Diplomatenschule absolviert, war ein brillanter junger Mann mit guten Beziehungen, Sohn eines bekannten Vaters, der im Bürgerkrieg gefallen war. Der Schwiegersohn hieß Innokentij Wolodin.

Dinera, die älteste, machte es sich auf dem Diwan bequem, während die Mutter in die Schule fuhr, um für sie eine Vier[1] in Mathematik zu erwirken, und las sich durch die ganze Weltliteratur, von Homer bis zu Claude Farrère. Nach der Schule trat sie, allerdings ohne daß der Vater sich für sie einsetzte, in die Schauspielabteilung des Kinematographischen Instituts ein. Vom zweiten Kurs weg heiratete sie einen ziemlich bekannten Regisseur. Als Evakuierte übersiedelten sie nach Alma-Ata, wo sie die Heldin seines Filmes verkörperte. Danach trennte sie sich wegen schöpferischer Meinungsverschiedenheiten von ihm. Sie heiratete wieder, diesmal einen General des Kriegskommissariats, der ebenfalls schon

[1] siehe Anm. S. 35

einmal verheiratet gewesen war. Mit ihm ging sie an die Front, zur Dritten Staffel, der besten Kriegszone, die außer Reichweite der feindlichen Geschosse lag, gleichzeitig aber auch von den Beschwerlichkeiten des Hinterlandes unbehelligt blieb. Dort lernte sie einen Schriftsteller kennen, der gerade viel von sich reden machte, den Kriegsberichterstatter Galachow. Mit ihm fuhr sie umher und sammelte für die Zeitung Material über Heldentaten. Den General überließ sie wieder seiner früheren Frau und ging mit dem Schriftsteller nach Moskau. Von dieser Zeit an hatte er viel Erfolg. Dinera unterhielt einen literarischen Salon und stand in dem Ruf, eine der klügsten Frauen Moskaus zu sein. Es gab sogar ein auf sie gemünztes Epigramm:

»Gern schweige ich in Ihrer Gegenwart,
weil Sie mich nicht zu Worte kommen lassen.«

So war Klara schon seit acht Jahren als einzige noch im Haus.

Von Klara sagte man nicht, daß sie hübsch sei, und das Wort ›schön‹ wurde selten auf sie angewandt. Sie hatte aber ein klares, offenes Gesicht, das – besonders in der Mundpartie – vielleicht ein wenig männlich wirkte. Diese gewisse Härte drückte sich auch in ihren gesetzten Handbewegungen aus. Sie lachte selten. Sie liebte es nicht, viel zu sprechen, sondern zog es vor zuzuhören.

Klara hatte soeben die neunte Klasse beendet, als alle einschneidenden Ereignisse zusammentrafen: die Heirat beider Schwestern, der Beginn des Krieges, die Evakuierung nach Taschkent – der Vater schickte sie und die Stiefmutter schon am 25. Juli dorthin – und die Abreise des Vaters in die Armee als Divisions-Staatsanwalt.

Drei Jahre lebten sie in Taschkent im Hause eines alten Freundes des Vaters, dem Stellvertreter eines der damaligen Haupt-Staatsanwälte. Ihre ruhige Wohnung lag im ersten Stock neben dem Bezirks-Offiziersklub. Die Fenster waren sorgfältig mit dicken Vorhängen verhüllt. Weder die südliche Hitze noch der Kummer der Stadt konnten sie durchdringen. Viele Männer wurden aus Taschkent in die Armee eingezogen, aber zehnmal soviel kamen auch hierher. Und obwohl jeder von diesen ein überzeugendes Dokument vorzeigte, daß sein Platz hier und nicht an der Front sei, hatte Klara doch das Gefühl, in Taschkent von einem schmutzigen Strom umspült zu werden. Unerbittlich war das Gesetz des Krieges: Obwohl die Menschen nicht freiwillig an die Front gingen, fanden doch immer die besten und feurigsten ihren Weg dorthin; nach der gleichen Regel fielen die meisten von ihnen. Die Krone der Menschheit, der Heros selbst, war 5300 Kilometer entfernt, und Klara lebte hier, inmitten uninteressanter zweitklassiger Existenzen.

In Taschkent absolvierte Klara die zehnte Klasse. Man stritt hin und

her, was sie nun beginnen sollte. Nichts zog sie besonders an, sie ließ für nichts eine besondere Begabung erkennen. Dinera entschied für sie; mit allen Mitteln bestand sie darauf – sie schrieb Briefe und kam selbst von der Front her angereist –, daß Klara Literatur studieren sollte.
Sie tat es auch, obwohl sie von der Schule her wußte, daß diese Literatur sehr langweilig ist: Gorkij ist ja ganz gut, aber irgendwie uninteressant; nichts gegen Majakowskij, wenn er auch etwas schwerfällig ist; Saltykow-Schtschedrin ist sehr fortschrittlich, aber wenn man ihn liest, muß man zu oft gähnen; Turgenjew war durch seine adeligen Ideale eingeengt; Gontscharow mit dem Aufkommen des russischen Kapitalismus verbunden; Lew Tolstoj begünstigte die patriarchalisch aufgebaute Bauernschaft – ihre Lehrerin hatte geraten, seine Romane nicht zu lesen, weil sie sehr lang seien und nur das Bild der klaren kritischen Aufsätze über ihn vertuschen würden; dann gab es da noch eine ganze Reihe von Schriftstellern, die kein Mensch kannte: Stepnjak-Krawtschinsk, Dostojewskij und Suchowo-Kobylin. Nicht einmal die Titel ihrer Werke verdienten es, im Gedächtnis behalten zu werden. Über all diesen erstrahlte nur Puschkin wie die Sonne.
In der Schule beschäftigte man sich intensiv mit der Literatur, allerdings nur von dem Gesichtspunkt aus, was diese Schriftsteller, ihre sowjetischen Nachfolger und die Autoren der Brudervölker ausdrücken wollten, welche Positionen sie innehatten und welche sozialen Aufgaben sie erfüllten. Und bis zuletzt blieb es Klara und ihren Freundinnen unklar, wieso man überhaupt diesen Menschen solche Aufmerksamkeit schenkte: Sie waren nicht die klügsten. Journalisten und Kritiker, vor allem aber die Parteiführer waren viel klüger als sie. Sie hatten viele Fehler gemacht, sich in Widersprüche verstrickt, die sogar ein Schüler aufspüren konnte. Sie waren unter fremden Einfluß geraten. Und doch mußte man über sie Aufsätze schreiben und wegen jedes falsch verstandenen Buchstabens oder falsch verstandenen Kommas zittern. Diese Vampire der jungen Seele konnten kein anderes Gefühl als Haß gegen sich hervorrufen.
Für Dinera war die Literatur aber etwas ganz anderes, etwas fein Empfundenes, Fröhliches. Dinera versicherte, daß die Literatur im Institut auch so wäre. Aber Klara erschien sie auch im Institut nicht heiterer als in der Schule. In den Vorlesungen ging es um kleine und große altslawische Buchstaben, religiöse Dichtungen, verschiedene mythologische und vergleichend-historische Schulen. All das war, als würde man mit den Fingern über eine Wasseroberfläche fahren. Und in den Zirkeln sprach man über Louis Aragon, über Howard Fast und wieder über Gorkij, diesmal in Verbindung mit seinem Einfluß auf die usbekische Literatur. Klara saß in den Vorlesungen und Zirkeln und erwartete, daß man ihr

irgend etwas sehr Wesentliches über das Leben sagen würde, zum Beispiel über Taschkent als Etappe im Krieg.

Der Bruder einer Klassenkameradin wurde von einer Straßenpatrouille erstochen, als er gemeinsam mit seinem Freund versuchte, von einem fahrenden Wagen eine Kiste Brot zu stehlen. Einmal warf Klara im Institutskorridor den Rest ihres Butterbrots in den Abfall. Sofort, ohne es vor den anderen tarnen zu können, kam ein Student, der mit ihr diesen Kurs über Aragon besuchte, herbeigestürzt, wühlte das Butterbrot aus dem Müll und steckte es in seine Tasche ... Eine Studentin nahm Klara als Beraterin zu einem Einkauf auf den berühmten Tesikow-Basar mit, den größten Trödelmarkt Mittelasiens und vielleicht sogar der gesamten Sowjetunion. Zwei ganze Stadtviertel waren von dichtem Volksgedränge erfüllt. Es gab besonders viele Krüppel aus dem Krieg – sie hinkten auf Krücken, winkten mit ihren Armstümpfen, krochen beinlos auf kleinen Brettern herum, sie verkauften, sagten wahr, bettelten, forderten. Und Klara gab ihnen. Es brach ihr das Herz. Später wurde die Menge noch dichter. Es war unmöglich, sich mit den Schultern durch die unverschämten Schieber und Schieberinnen hindurchzuzwängen. Und niemanden erstaunte es, allen war es verständlich, und alle anerkannten die unwahrscheinlich hohen Preise, die in keinem Verhältnis zu ihrem Einkommen standen. Die Läden in der Stadt waren leer, hier aber konnte man alles kaufen, alles zum Essen, alles zum Anziehen, an Ober- und Unterkleidung, einfach alles – vom amerikanischen Kaugummi bis zu Pistolen oder Lehrbüchern der schwarzen und weißen Magie.

Über dieses Leben sprach man im Institut nicht, man wußte nicht einmal davon. Sie lernten dort eine Literatur, die sich mit allem, was es auf der Welt gab, beschäftigte, außer mit dem, was man um sich herum mit den eigenen Augen wahrnehmen konnte.

Besorgt erkannte Klara, daß sie, wenn sie nach vier, fünf Jahren hier fertig wäre, selbst in die Schule gehen müßte, um dort den Mädchen verhaßte Aufsatzthemen zu stellen und in den Aufsätzen pedantisch nach Kommata und Buchstaben zu suchen – Klara begann, mehr und mehr Tennis zu spielen – es gab sehr schöne Tennisplätze.

So verbrachte sie den langen, warmen Herbst. Mitten im Winter kam das Unheil – sie wurde krank.

Sie war dann sehr lange krank. Ein ganzes Jahr. Sie lag in einer Klinik, dann zu Hause, wieder in der Klinik und wieder zu Hause. Sie wurde Professoren vorgestellt, bekam intravenöse und intramuskuläre Injektionen, ganze Liter physiologischer Kochsalzlösung; man nahm Analysen vor und zeigte sie wieder irgend jemandem.

In dieser Zeit tauchten ihr Zweifel am Leben auf, dann Zweifel an ihrer künftigen körperlichen Gesundheit. In der Dunkelheit der langen schlaflosen Nächte, bei einsamen trüben Spaziergängen in den Krankenhauskorridoren, als Krankenhausgerüche für sie unerträglich wurden – was blieb Klara da anderes übrig als zu denken? Jetzt fühlte sie immer stärker eine gewisse Neigung und sogar die Fähigkeit zu einem bedeutenden, komplizierten Leben, mit dem verglichen das Institut ihr als eine erbärmliche Bagatelle erschien.

In die Literaturfakultät konnte sie nicht zurückkehren. Als sie genesen war, stand die Front schon in Weißrußland. Die Evakuierten fuhren nach Hause, und auch sie kehrten zurück nach Moskau.

Es war seltsam. Die zum Teil erschreckend klaren Gedanken über das Leben, die sie während ihrer Krankheit gehabt hatte, begannen sich jetzt, im Licht, im Lärm und der Unruhe zu verstreuen, flossen auseinander. Und sogar die einfache Frage, welches Institut sie besuchen sollte, konnte Klara nicht entscheiden. Sie suchte nach irgendeinem Platz, wo man weniger redete, aber mehr tat, das bedeutete – in der Technik. Natürlich sollte und wollte sie nicht mit schweren, schmutzigen Maschinen umgehen müssen. So trat sie in die Hochschule für das Nachrichtenwesen ein.

Da ihr niemand half, beging sie einen neuen Fehler. Aber den gestand sie niemandem ein, sie hatte sich fest entschlossen, das Studium zu Ende zu führen und zu arbeiten, wo immer man sie hinstellen würde. Außerdem war sie unter den Kursteilnehmern nicht die einzige, die zufällig dorthin geraten war. Es war die Zeit, als jeder der höheren Bildung nachjagte. Wer nicht in die Hochschule für Flugzeugbau kam, brachte seine Papiere zum Veterinärinstitut; wer im Chemisch-Technologischen Institut ausschied, wurde Paläontologe.

Nach dem Krieg hatte Klaras Vater viel Arbeit in Europa. Er wurde erst im Herbst entlassen und erhielt sofort eine Fünf-Zimmer-Wohnung im neuen MWD-Haus an der Kaluga-Pforte. An einem der ersten Tage nach seiner Rückkehr nahm er seine Frau und seine Tochter mit, um die Wohnung zu begutachten.

Das Auto fuhr sie den letzten Eisenzaun des Neskutschnyj-Gartens entlang und hielt an, ohne die Brücke, die über die Ringstraße führte, zu überqueren. Es war kurz vor Mittag, an einem warmen Oktobertag, später Altweibersommer. Mutter und Tochter trugen raschelnde Kleider unter leichten Mänteln. Der Vater hatte einen halbaufgeknöpften Generalsmantel an; man konnte, wenn man wollte, seine vielen Orden und Medaillen sehen.

An der Kaluga-Pforte wurde ein halbrundes Haus mit zwei Flügeln gebaut: der eine ging auf die Bolschaja-Kalushskaja-Straße hinaus, der andere auf die Ringstraße. Jeder Flügel hatte acht Stockwerke, außerdem war noch ein sechzehnstöckiger Turm mit einem Sonnendach und der

Statue einer Kolchos-Bäuerin von zwölf Metern Höhe vorgesehen. Das Haus war noch verschalt, auf der zur Straße und zum Platz hin liegenden Seite waren noch nicht einmal die Mauern fertig. Jedoch, gedrängt durch die Ungeduld der vorgesetzten Dienststelle, hatte sich das Baubüro sehr beeilt, die zweite zum Ring hin gelegene Wohneinheit dem Auftraggeber zu übergeben; das war eine Treppe mit den anliegenden Wohnungen.

Die Baustelle umgab, wie es immer an belebten Straßen zu sein pflegt, ein dichter Bretterzaun. Über dem Zaun waren noch mehrere Reihen Stacheldraht angebracht und, für die Passanten kaum wahrnehmbar, hier und da ein scheußlicher Wachtturm. Die Menschen, die in dieser Straße lebten, hatten sich daran gewöhnt, und es fiel ihnen nicht mehr auf.

Die Familie des Staatsanwaltes passierte die Schranke und ging um das Haus herum. Dort waren der Stacheldraht schon entfernt und die fertige Wohneinheit aus der Zone herausgenommen worden. Unten, am Haupteingang, trafen sie auf einen freundlichen Bauleiter. Auch ein Soldat stand dort; Klara schenkte ihm keine Aufmerksamkeit. Alles war schon fertiggestellt: die Farbe der Geländer getrocknet, die Türgriffe poliert, die Wohnungsnummer angebracht, die Fensterscheiben eingesetzt. Nur die Treppe wurde noch von einer schmutzig gekleideten Frau in gebückter Haltung gescheuert.

»He! Weg da!« rief der Bauleiter grob – die Frau hörte auf zu putzen, trat zur Seite und gab den Weg auf der anderen Hälfte der Stufe frei. Dabei wandte sie ihren Blick nicht von dem Eimer, in dem ein schmutziger Lappen schwamm.

Der Staatsanwalt stieg vorüber.

Der Bauleiter stieg vorüber.

Ein rauschendes, faltenreiches, duftendes Kleid streifte beinahe das Gesicht der Scheuerfrau. Die Frau des Staatsanwaltes stieg vorüber.

Und die Frau, ob sie nun dieses Rascheln oder diesen Geruch nicht mochte – blieb tiefgebückt, hob nur etwas den Kopf, um zu sehen, wie viele von diesen Leuten nun noch kämen.

Ein brennender, durchdringender Blick ließ Klara zu Asche werden. Bespritzt von schmutzig-trübem Wasser, war das ihr zugewandte Gesicht das ausdrucksvolle Gesicht eines intelligenten Menschen.

Sie verspürte in sich nicht nur die Scham, die man immer empfindet, wenn man an einer Frau vorübergeht, die den Fußboden scheuert – sondern vor dieser in Lumpen gehüllten Scheuerfrau mit der zerschlissenen wattierten Jacke fühlte Klara in sich eine gleichsam höhere Scham und Furcht aufsteigen. Sie erstarrte, öffnete ihr Täschchen und wollte es leeren, dieser Frau alles geben – aber sie wagte es nicht.

»Nun, gehen Sie doch!« sagte die Frau böse.
Klara schürzte ihr modisches Kleid und hob den bortenbesetzten Saum ihres Mantels, drängte sich sehr nahe am Geländer entlang und flüchtete feige nach oben.
In der Wohnung wurden keine Böden geputzt – dort lag Parkett.
Die Wohnung gefiel. Klaras Mutter erteilte dem Bauleiter noch Anweisungen für die Fertigstellung und war besonders unzufrieden, daß das Parkett in einem Zimmer quietschte. Der Vorarbeiter prüfte zwei, drei Bretter mit dem Fuß und versprach, das Quietschen beheben zu lassen.
»Und wer macht das hier alles? Wer baut?« fragte Klara hart.
Der Bauleiter lächelte und schwieg. Der Vater antwortete:
»Gefangene, wer denn sonst!«
Als sie das Haus verließen, war die Frau nicht mehr da.
Auch der Soldat war verschwunden.
Nach einigen Tagen zogen sie ein.
Seitdem waren nun vier Jahre vergangen, aber Klara konnte jene Frau nicht vergessen. Sie fuhr fast immer mit dem Lift, und wenn es doch einmal vorkam, daß sie zu Fuß ging, drückte sie sich an jener Stelle auf der Treppe immer eng an das Geländer, gerade als fürchte sie, die Putzfrau zu streifen. Dies war unverständlich, aber in gewissem Sinne unvermeidbar.
Nach seiner Rückkehr hatte der Vater in Klara nicht das Mädchen wiedererkennen können, das er vier Jahre vorher zurückgelassen hatte. Schon früher hielt er seine beiden älteren Töchter für wenn auch gewiß erfolgreiche, so doch hohle Geschöpfe, in Klara aber hatte er eine Nachdenklichkeit und Ernsthaftigkeit erkannt, die ihn erschreckte. Jetzt schien sie völlig verdorben zu sein. Irgendwo hatte sie verschiedene schädliche Geschichten aufgepickt, die sie mit Vorliebe bei Tisch wiedergab. Das Aufregendste waren nicht die Geschichten selbst, sondern daß Klara diese *untypischen* Fälle verallgemeinerte! Nach einer dieser Erzählungen schlug der alte Staatsanwalt kräftig auf den Tisch und erhob sich, ohne die Mahlzeit beendet zu haben.
Klara hatte niemanden, dem sie sich hätte mitteilen können! Jahr um Jahr lebte sie mit immer größeren und schwererwiegenden Fragen.
Und einmal, als sie mit ihrem Schwager die Treppe hinunterging, konnte sie sich nicht länger zurückhalten und zog ihn an seinem Ärmel an der Stelle zur Seite, wo die unsichtbare Frau zu umgehen war. Innokentij bemerkte das und fragte, warum sie das tue. Klara zögerte, sie befürchtete, er werde sie für verrückt halten. Und dann erzählte sie doch.
Obwohl er immer wie ein Geck und Stutzer wirkte, hörte Innokentij aufmerksam zu. Er lachte nicht. Er ergriff ihre Hände, schaute ihr in die Augen und sagte:

»Kleine Klara! So beginnt man zu denken!«
Klara fürchtete, dieser glückhafte Augenblick der Offenheit möchte zu schnell vorübergehen, und so blieb sie auf dieser Stufe stehen. Sie legte ihre mit Netzhandschuhen bekleideten Hände auf Innokentijs Schultern und überhäufte ihn mit Fragen – mit allen Fragen, die sich seit langem in ihr angesammelt hatten.
Innokentij beeilte sich nicht, zu antworten. Er unterließ seine übliche Spötterei, die ihn für gewöhnlich unerreichbar machte, und sah seine Schwägerin an. Er sah sie lange an, plötzlich sagte er:
»Und ich habe an dich auch eine Frage, Klarotschka. Warum warst du vor dem Krieg noch so klein? Ich stelle mir vor, wie herrlich es wäre, mit dir zu leben!«
Klara errötete, stampfte mit dem Fuß auf und nahm die Hände von seinen Schultern.
Sie stiegen weiter die Treppe hinab.
Aber sie zwang Innokentij, alle ihre Fragen zu beantworten.
Dieses Gespräch hatte im vergangenen Sommer stattgefunden, etwa zur selben Zeit, als Klara mit leichter Hand ihren Fragebogen ausfüllte. Sie war eine Bürgerin, die aus einer glänzenden, verbrecherfreien, gut beleumundeten Familie stammte. Die Fragebogen wurden alle gutgeheißen, und sie trat über die Schwelle des Wachhauses des Geheimen Institutes Mawrino.

41

Die Spürhunde des Weltimperialismus

Mit ihren Freundinnen, die mit ihr die Hochschule für das Nachrichtenwesen absolviert hatten, empfing Klara die schreckerregenden Instruktionen des dunkelgesichtigen Major Schikin.
Er sagte ihr, daß sie mitten unter den bedeutendsten Spionen – *den Spürhunden des Weltimperialismus* – arbeiten werde.
Klara wurde dem Vakuum-Labor zugeteilt, das unzählige elektronische Röhren für die übrigen Labors herstellte. Die Röhren wurden zuerst in der benachbarten kleinen Glasbläserei geblasen. Danach wurde ihnen im eigentlichen Vakuumlabor, einem großen, halbdunklen, nach Norden gelegenen Zimmer, mit drei pfeifenden Vakuumpumpen die Luft entzogen. Die Pumpen, die Schränken glichen, verstellten das ganze Zimmer und heizten es zugleich. Auch tagsüber mußte man hier bei elektrischem Licht arbeiten. Der Fußboden bestand aus Steinplatten. So hörte man ein ständiges Geräusch von Schritten und Stühlerücken. An jeder Pumpe

arbeitete der zuständige Vakuumspezialist, ein Gefangener. An zwei bis drei Plätzen saßen hinter Schreibtischen noch andere Gefangene. Freie Mitarbeiter waren hier nur ein Mädchen, Tamara, und der Chef des Labors, ein Hauptmann.

Ihrem Chef wurde Klara in Jakonows Büro vorgestellt. Er war ein ziemlich wohlbeleibter, nicht mehr junger Jude, der einen recht gelassenen Eindruck machte. Er versuchte nicht, Klara noch mehr einzuschüchtern, sondern winkte ihr, ihm zu folgen, und fragte auf der Treppe:

»Sie verstehen natürlich nichts und können nichts? Ich meine – Spezialkenntnisse haben Sie keine?«

Klara antwortete sehr unklar. Zu aller Angst, die von ihr Besitz ergriffen hatte, mußte jetzt auch noch offenbar werden, daß sie keine Kenntnisse hatte; man würde sie auslachen.

Wie zu Raubtieren in den Käfig, so trat sie in das Labor ein, wo diese Ungeheuer in ihren blauen Kombinationen saßen.

Drei Vakuumspezialisten umschlichen wirklich wie eingesperrte Raubtiere ihre Pumpen; sie arbeiteten an einem eiligen Auftrag und hatten deshalb zwei ganze Nächte nicht schlafen dürfen. Aber der mittlere von ihnen, ein bärtiger Glatzkopf von ungefähr vierzig Jahren, stand auf, verzog sein Gesicht zu einem Lachen und sagte:

»A-ah! Nachschub!«

Und alle Furcht wich mit einem Schlag von Klara. So viel gewinnende Einfachheit lag in diesem Ausruf, daß es Klara nur mit Anstrengung gelang, sich zu beherrschen und nicht zurückzulächeln.

Der jüngste Vakuumspezialist, der die kleinste Pumpe bediente, hielt auch inne. Er war noch ein richtiger Jüngling mit fröhlichem, beinahe schelmischem Gesicht und großen unschuldigen Augen, die Klara überrascht ansahen.

Der älteste Vakuumspezialist, Dwojetjossow, dessen mächtige Pumpe in der Tiefe des Zimmers ein besonders lautes Geräusch von sich gab, war ein langer, ungeschickt wirkender Mann, der zwar sehr dürr war, aber einen herabhängenden Bauch hatte. Verächtlich sah er Klara aus einiger Entfernung an und ging hinter den Schrank, gleichsam, um keine solche Abscheulichkeit sehen zu müssen.

Später erfuhr Klara, daß er sich allen Freien gegenüber so verhielt. Wenn die Vorgesetzten das Zimmer betraten, schaltete er seine Pumpe besonders laut, damit sie das Geräusch überschreien mußten. Auf sein Äußeres verwandte er offensichtlich keinerlei Sorgfalt. Oft hatte er nur noch einen einzigen Knopf an seiner Hose, der an einem langen Faden hing, oder er hatte ein Loch in seiner Kombination. Häufig begann er auch, sich in Anwesenheit der Mädchen unter seiner Kombination zu kratzen. Er liebte es zu sagen:

»Ich bin hier zu Hause, in meiner Heimat! Warum soll man sich in seinem eigenen Vaterland Hemmungen auferlegen?«
Den mittleren Vakuumspezialisten nannten die Gefangenen, auch die jungen, einfach *Semelja*[1], und das kränkte ihn nicht. Er gehörte zu den Menschen, die die Psychologen als ›sonnige Naturen‹ bezeichnen. In den darauffolgenden Wochen beobachtete Klara ihn und bemerkte, daß er Verlorenem nicht nachtrauerte, ganz gleich, ob es sich um einen Bleistift oder um ein ganzes verdorbenes Leben handelte. Er ärgerte sich über nichts und niemanden. Ebensowenig fürchtete er sich vor irgendwem. Er war ein sehr guter Ingenieur, nur eigentlich Flugzeugmotor-Spezialist. Nach Mawrino war er durch einen Irrtum gekommen, hatte sich aber hier ›festgewurzelt‹ und war nicht darauf aus, an einen anderen Ort versetzt zu werden; mit Recht meinte er, daß es *dort* kaum besser sein würde.
Abends, wenn die Pumpen schwiegen, liebte es Semelja, in die Stille zu lauschen oder irgend etwas zu erzählen:
»So war es, für ein Fünfkopekenstück konntest du frühstücken. Überhaupt, du konntest kaufen, was du wolltest. Wo du gingst und standest, steckten sie dir irgend etwas zu«, lächelte er breit. »Keiner hat Schund verkauft, man hätte ihm ins Gesicht gespuckt. Stiefel gab es, Stiefel! Zehn Jahre konnte man sie ohne Reparatur tragen und mit Reparatur fünfzehn. Das Oberleder war nicht, wie heute, geschnitten, sondern es ging um den ganzen Fuß. Und dann gab es noch diese ... wie nannte man sie nur? ... sie waren rot, verziert ... das waren keine Stiefel, das war eine zweite Seele!« Er zerschmolz in einem Lächeln, so als wäre plötzlich die Sonne gekommen. »Oder, zum Beispiel auf den Bahnhöfen ... du konntest eine Minute vor Abfahrt kommen, eine Fahrkarte kaufen, dich reinsetzen, immer gab es freie Wagen. Es fuhren viele Wagen, man sparte nicht ... es war *einfach* zu leben, sehr einfach ...«
Der alte Vakuumspezialist kam mit seinem schaukelnden, mächtigen Bauch, die Hände in den Taschen, zu diesen Erzählungen aus seiner dunklen Ecke hervor, wo sein Schreibtisch, sorgsam gegen den Einblick der Obrigkeit geschützt, stand. Er stellte sich in der Mitte des Zimmers auf, sagte von der Seite her mit leeren Augen – seine Brille war auf die Nase herabgerutscht –:
»Wovon erzählst du da, Semelja? Erinnerungen?«
»Ja, ich erinnere mich an etwas«, entschuldigte sich Semelja mit einem Lächeln.
»Umsonst.« Dwojetjossow schüttelte den Kopf. »Vergiß! Laß uns weiterpumpen! Pumpen!«

[1] Von *semlja* (russ.) – das Land, die Erde (Anm. d. Übers.)

Er stand noch eine Zeitlang so und sah einfältig über die Brille hinweg. Dann verzog er sich schlurfend in seine Ecke.
Klaras Aufgaben waren nicht schwierig: Sie mußte vor allen Dingen, sich mit Tamara dabei abwechselnd, an einem Tag morgens kommen und bis sechs Uhr abends da sein, den anderen Tag nach dem Mittagessen kommen und bis elf Uhr nachts bleiben. Der Hauptmann arbeitete immer morgens, weil es möglich war, daß ihn die Leitung tagsüber rief; abends kam er niemals; er war nicht darauf aus, im Dienst voranzukommen. Die Hauptaufgabe der Mädchen war das Dejourieren, das heißt die Bewachung der Gefangenen. Außerdem hatte ihnen der Hauptmann ›*zur Weiterentwicklung*‹ kleine Aufgaben übertragen, die nicht dringend waren. Tamara und Klara sahen sich nur zwei Stunden am Tag. Tamara arbeitete hier schon mehr als ein Jahr und ging mit den Gefangenen ziemlich barsch um. Klara bemerkte aber auch, daß sie einem von ihnen Bücher brachte und diese heimlich mit ihm austauschte. Außerdem besuchte Tamara auch noch einen englischen Sprachkurs, wo die freien Mitarbeiter Schüler, die Gefangenen Lehrer waren (natürlich ohne dafür eine Bezahlung zu erhalten, denn schon im Lehrendürfen lag der Gewinn). Tamara zerstreute sehr schnell Klaras Angst, daß die Leute hier irgend etwas Furchtbares anzetteln könnten.
Endlich sprach Klara selbst auch mit einem der Gefangenen. Allerdings war das kein Staatsverbrecher, sondern ein Nichtpolitischer, von denen es in Mawrino sehr wenige gab. Es war Iwan, der Glasbläser, zu seinem Unglück ein Meister auf seinem Gebiet. Seine alte Schwiegermutter hatte von ihm gesagt, daß er ein großartiger Arbeiter sei, aber ein noch besserer Trinker. Er hatte viel verdient und in der Trunkenheit seine Frau geschlagen und die Nachbarn bedroht. Doch all das machte nichts, solange sich sein Weg nicht mit dem des MGB kreuzte. Irgendein hoher Genosse ohne Rangabzeichen rief ihn zu sich und bot ihm einen Arbeitsplatz mit einem Lohn von dreitausend Rubel an. Iwan arbeitete an einer anderen Stelle, wo man ihm wohl weniger bezahlte, er aber im Akkord mehr verdiente. Vergessend, mit wem er es zu tun hatte, forderte er viertausend im Monat. Der Genosse legte zweihundert zu, Iwan blieb hartnäckig. Sie schickten ihn fort. Am nächsten Zahltag betrank er sich und begann, auf dem Hof herumzulärmen. Die Miliz, die sonst nie herbeigerufen worden war, kam sofort und führte Iwan ab. Am anderen Tag war die Verhandlung, man verurteilte ihn zu einem Jahr. Nach der Verhandlung führte man ihn zu dem betreffenden Genossen, der erklärte, daß Iwan an der für ihn bestimmten Stelle arbeiten werde, nur jetzt ohne Bezahlung. Wenn ihm die Verhältnisse nicht paßten, könne er ja in der Arktis Kohle fördern.
Jetzt saß Iwan und blies seltsam geformte, immer wieder neue Leucht-

stoffröhren. Seine Frist von einem Jahr lief ab, aber der Strafeintrag blieb, und um nicht aus Moskau fortgeschickt zu werden, bat er seine Vorgesetzten inständig, ihn doch als freien Mitarbeiter auf diesem Arbeitsplatz zu lassen, auch wenn er dort nur 1500 Rubel verdiente.

Obwohl niemanden in der Scharaschka diese so simple Geschichte mit dem guten Ende interessierte – in der Scharaschka waren Leute, die fünfzig volle Tage in der Todeskammer gesessen hatten, und Leute, die den Papst oder Albert Einstein persönlich kannten –, erschütterte sie Klara sehr. Es war so, wie Iwan sagte: »*Was* sie wollen, tun sie auch.«

Und plötzlich kam ihr der Verdacht auf, daß unter diesen Leuten in der blauen Kombination auch völlig unschuldige sein könnten. Aber wenn dem so wäre – hatte dann ihr Vater nicht auch schon irgendwann einmal einen unschuldigen Menschen verurteilt?

Kurz danach ging sie mit einem Verehrer, Aljoscha Lanskij, ins Malyj-Theater.

Es wurde Gorkijs ›Wassa Shelesnowa‹ gegeben. Das Stück bedrückte sie. Das Theater war schlecht besucht, kaum zur Hälfte besetzt. Offensichtlich entmutigte das die Schauspieler. Sie gingen gelangweilt auf die Szene, so wie Angestellte in ihr Institut, und freuten sich, wenn sie wieder abtreten konnten. Vor solch einem leeren Saal war es nahezu schändlich zu spielen: Mimik und Spiel wirkten lächerlich, der Aufmerksamkeit eines erwachsenen Menschen nicht würdig. Das verdarb sogar das Spiel der erstaunlich natürlichen Paschennaja. Man meinte, jeden Moment könnte einer der Zuschauer in die Stille des Saales hinein leise wie in einem Zimmer sagen: »Nun, meine Lieben, laßt es gut sein, das Faxenmachen reicht jetzt!« Und das Spiel wäre erledigt. Die Erniedrigung der Schauspieler teilte sich auch dem Publikum mit. Allen vermittelte sich das Gefühl, an einem peinlichen Unternehmen teilzuhaben, und kaum wagte einer, den anderen anzublicken. Deshalb ging es auch in den Pausen sehr ruhig zu, ebenso wie während des ganzen Spiels. Die Paare sprachen flüsternd miteinander und gingen leise durch das Foyer.

Klara und Aljoscha promenierten in der ersten Pause auch ein wenig, Aljoscha verbreitete sich über Gorkij und das Theater. Er rügte das offensichtlich stümperhafte Spiel des Volksschauspielers Sharow und, mehr als das, die allgemeine Routine im Kultusministerium, die das Vertrauen der sowjetischen Zuschauer zu *unserem* realistischen Theater untergrabe.

Aljoscha hatte ein gleichmäßiges, ovales Gesicht, das nicht blaß war, weil er Zeit fand, Sport zu treiben. Seine Augen waren ruhig und klug, da er im Lauf seiner siebenundzwanzig Lebensjahre viele Bücher gelesen hatte. Er war Kandidat der Philologie und Mitglied des Sowjetischen Schriftstellerverbandes, ein bekannter Kritiker, der Galachows Gunst und

Schutz genoß. Alexej schrieb weniger selbst, als daß er andere verriß. In der zweiten Pause bat ihn Klara, in der Loge zu bleiben. In den benachbarten Logen und unter ihnen im Parterre war niemand.
»Ich kann weder Ostrowskij noch Gorkij mehr sehen«, sagte sie. »Ich habe es satt, daß immer die Macht des Kapitals enthüllt und familiäre Unterdrückung aufgedeckt wird oder daß ein Alter eine Junge heiratet, ich habe genug von diesem Kampf mit Gespenstern. Fünfzig, ja schon hundert Jahre sind vergangen, und wir locken sie immer wieder auf die Szene, enthüllen immer wieder, was es schon lange nicht mehr gibt. Aber darüber, wie es jetzt ist, gibt es keine Stücke.«
»Über was zum Beispiel?« Lanskij sah lächelnd und neugierig auf Klara. Er hatte sich in ihr nicht getäuscht. Dieses Mädchen faszinierte nicht durch seine äußere Erscheinung, aber man langweilte sich nicht mit ihm. »Über was?«
Klara bemühte sich, nicht sehr viel von einem Staatsgeheimnis zu verraten und das Geheimnis ihres Mitgefühls mit diesen Menschen nicht preiszugeben. Sie erzählte ihm, daß sie mit Gefangenen zusammenarbeite, die ihr als Spürhunde des Imperialismus hingestellt worden seien. Aber bei näherer Bekanntschaft zeige sich, wie verschieden sie seien. Jetzt quäle sie eine Frage, vielleicht könne Aljoscha sie beantworten: ob darunter wohl auch Unschuldige sein könnten? Lanskij hörte aufmerksam zu und antwortete ruhig: »Natürlich sind auch Unschuldige unter ihnen. Das läßt sich in keinem Strafsystem vermeiden.«
»Aber dann, Aljoscha! Dann ist es ja so — daß sie machen, was sie wollen! Das ist grauenhaft!«
Zärtlich-vorsichtig legte Lanskij seine Hand auf Klaras zur Faust geballte Hand, die auf dem roten Samt der Brüstung lag. »Nein«, sagte er weich, aber bestimmt, »›was sie wollen, das machen sie auch‹, so ist es nicht. Wer ›macht‹ das? Wer ›will‹ das? Die Geschichte. Ihnen und mir erscheint das manchmal grauenhaft, aber, Klara, es ist Zeit, sich daran zu gewöhnen, daß es ein Gesetz der großen Zahlen gibt. Je größer das Material ist, auf dem basierend sich ein geschichtliches Ereignis entwickelt, desto größer ist natürlich auch die Wahrscheinlichkeit einzelner Teilfehler, sei es auf dem Gebiet der Rechtsprechung, der Taktik, der Ideologie oder der Wirtschaft. Wir erfassen den Prozeß nur in seinen entscheidenden Grundzügen, die Hauptsache ist, davon überzeugt zu sein, daß dieser Prozeß unumgänglich und nötig ist. Ja, manchmal leidet irgend jemand. Aber immer so, wie er es verdient. Und die an der Front Gefallenen? Und die Menschen, die völlig sinnlos beim Erdbeben von Aschchabad[1] umgekommen sind? Die

[1] Aschchabad, die Hauptstadt der Sowjetrepublik Turkmenistan, wurde 1948 fast völlig durch ein Erdbeben zerstört (Anm. d. Übers.)

Opfer des Straßenverkehrs? Der Straßenverkehr nimmt zu, also müssen auch seine Opfer steigen. Die Weisheit des Lebens liegt darin, daß man es mit seiner Entwicklung akzeptiert, mit den Opfern, die die jeweilige Entwicklungsstufe notwendig erfordert.«
Entrüstet schüttelte Klara den Kopf:
»Die Entwicklungsstufen!« sagte sie empört, leise, denn es hatte schon zum zweitenmal geläutet, und die Zuschauer kamen zurück in den Saal. »Das Material! An Ihnen sollte das Gesetz der großen Zahlen ausprobiert werden! Ihnen geht alles sehr glatt, und Sie sagen alles so schön, aber sehen Sie denn nicht, daß nicht alles so ist, wie Sie es schreiben?«
»Sie wollen sagen, wir sind Heuchler?« Lanskij wurde aufmerksam. Er diskutierte gern.
»Nein, das sage ich nicht.« Es läutete zum drittenmal. Die Lichter erloschen. Mit dem den Frauen eigentümlichen Bestreben, das letzte Wort haben zu wollen, sagte sie schnell, flüsterte ihm beinahe ins Ohr: »Sie sind ehrlich, aber, um Ihr Weltbild nicht zu zerstören, vermeiden Sie es, mit Menschen zusammenzukommen, die anders denken als Sie. Sie sammeln Gedanken aus Gesprächen mit anderen, aus Büchern, aus Schriften anderer. Wenn man einen physikalischen Begriff dafür anführen wollte, so wäre das Resonanz.« Sie beeilte sich, zu einem Ende zu kommen, denn der Vorhang hob sich bereits. »Sie fangen mit kleinen Überzeugungen an, aber sie fallen zusammen. Und einer schaukelt den anderen hoch, bis zu einem Ausmaß . . .«
Sie schwieg und bedauerte ihren unverständlichen Eifer.
Sie hatte sich und auch Lanskij den ganzen dritten Akt verdorben.
Und gerade im dritten Akt rettete die Rojek in der Rolle der kleinen Tochter Wassas durch ihr vorzügliches Spiel die ganze Vorstellung. Auch die Paschennaja entfaltete hier ihr ganzes großartiges Talent.

Klara wußte selbst nicht, daß sie sich nicht für irgendeinen unschuldigen Menschen interessierte, der vielleicht seit langer Zeit jenseits des Polarkreises schmachtete, sondern nur für diesen jüngsten Vakuumspezialisten mit den blauen Augen, mit dem dunkelgoldenen Schimmer auf den Wangen, der ungeachtet seiner dreiundzwanzig Jahre noch fast ein Knabe war. Seit ihrer ersten Begegnung war die Begeisterung für Klara aus seinen Augen nicht mehr gewichen. Seine Begeisterung war zu offensichtlich, freudeerfüllt, niemals hatte sie dergleichen bei ihren Moskauer Verehrern erlebt. Klara verstand nicht, daß das einfach daran lag, daß ihre Verehrer in der Freiheit unter anderen Frauen lebten, schönere als Klara sahen und sich ihrer Sympathien bewußt waren, Rostislaw aber aus dem Lager kam, wo er zwei Jahre lang nicht einmal die Schritte eines Mädchens vernommen hatte; deshalb erschien ihm Klara, wie vorher Tamara, als ein unfaßbares Wunder.

Aber diese Begeisterung beherrschte den jungen Mann nicht vollkommen. In der Abgeschlossenheit der Scharaschka, die fast nur von elektrischem Licht erhellt wurde, lebte dieser Jüngling im Halbdunkel des Labors beinahe jede Nacht sein eigenes, volles, schnell enteilendes Leben: Vor der Institutsleitung verborgen, bastelte er irgend etwas. Bald lernte er heimlich in den Dienststunden Englisch, bald rief er seine Freunde in den anderen Labors an und eilte auf den Korridor, um sich dort mit ihnen zu treffen. Immer bewegte er sich ruckartig. In jedem Moment erschien er von irgend etwas besonders stark angezogen zu werden, so daß ihm in dieser Minute für anderes kein Raum blieb. Und die Begeisterung für Klara war eine dieser ihn stürmisch interessierenden Beschäftigungen.

Dabei vergaß er nicht, auf sein Äußeres zu achten. Unter seiner Kombination trug er ein buntes Halstuch, und immer sah man irgend etwas tadellos Weißes hervorschimmern. Klara wußte nicht, daß das ein Chemisette, Rostislaws eigene Erfindung, war, das Zweiunddreißigstel eines staatseigenen Bettuchs.

Die jungen Leute, mit denen Klara draußen zusammenkam, hatten in ihrer dienstlichen Laufbahn schon eine gewisse Stufe erklommen, sie waren gut gekleidet, bewegten sich und sprachen bewußt so, daß sie sich unter keinen Umständen um irgendeine Chance brachten. Bei Rostislaw fühlte sich Klara jünger geworden, hatte sie auf einmal wieder Lust, Unsinn zu machen. Mit wachsender Sympathie beobachtete sie ihn verstohlen. Sie konnte wirklich nicht glauben, daß gerade er und der gutmütige Semelja solche Spürhunde des Imperialismus seien, vor denen Major Schikin gewarnt hatte. Gerade von Rostislaw wollte sie zu gerne wissen, für welches Vergehen er bestraft worden war, wie lange er sitzen mußte. (Daß er nicht verheiratet war, war klar). Sie beschloß aber, ihn nicht selbst zu fragen, da sie dachte, daß solche Fragen für einen Menschen sehr schwer sein müßten, ihn an die unwiederbringliche Vergangenheit erinnern würden, die er sicherlich gern in sich auslöschen würde, um besser zu werden.

Seitdem waren zwei Monate vergangen. Klara hatte sich an alle gewöhnt, die meisten sprachen in ihrer Gegenwart ungehindert über allerlei undienstliche Kleinigkeiten. Rostislaw paßte die Zeit ab, wenn sie Abenddienst hatte und während des Essens für die Gefangenen allein im Labor zurückblieb. Er kam jetzt immer zu dieser Zeit ins Labor, bald um liegengebliebene Sachen zu holen, bald um in der Stille zu arbeiten.

In diesen Abendstunden vergaß Klara völlig die Warnungen des Sicherheitsoffiziers.

Gestern abend hatte jenes ungestüme Gespräch wie wildes, drängendes Wasser die kläglichen Barrieren der Konvention hinweggeschwemmt. Dieser Jüngling hatte keine abscheuliche Vergangenheit, die er abschütteln mußte. Grundlos verdarb seine Jugend. Er hatte einen unstillbaren Durst, zu lernen und alles zu erforschen.

Er hatte mit seiner Mutter in einem kleinen Dorf in der Nähe Moskaus gewohnt. Als er gerade die zehnte Klasse beendet hatte, mieteten amerikanische Botschaftsangehörige in ihrem Dorf eine Villa. Rusjka und zwei seiner Kameraden begingen die Unvorsichtigkeit – Neugierde war natürlich auch dabei – und gingen zweimal mit den Amerikanern angeln. Scheinbar ging alles gut. Rusjka trat in die Moskauer Universität ein, aber im September verhafteten sie ihn – heimlich, so daß seine Mutter nicht wußte, wo er geblieben war. Rusjka erklärte Klara, daß sie immer versuchten, einen Menschen auf diese Weise gefangenzunehmen, so daß er nicht mehr verbergen kann, was er bei sich trägt und daß keiner eine kurze Botschaft oder einen Wink erhält. Sie brachten ihn in die Lubjanka. Klara hatte auch den Namen dieses Gefängnisses zum erstenmal hier in Mawrino gehört. Es folgte die Verhandlung. Rusjka sollte ihnen erzählen, welchen Auftrag er vom amerikanischen Geheimdienst erhalten habe und in welcher geheimen Wohnung er die Informationen übermitteln sollte. Wie er selbst sagte, war er damals noch ein Kalb, konnte das alles einfach nicht verstehen und begann zu weinen. Plötzlich geschah ein Wunder: Sie ließen Rusjka laufen, von diesem Ort, von dem sonst keiner im Guten entkam.

Das war 1945.

Hier hatte er gestern seine Erzählung abgebrochen.

Die ganze Nacht über hatte Klara bewegt darüber nachgedacht. Heute am Tag ließ sie die letzten Vorsichtsmaßnahmen fallen, überschritt sogar die Grenzen des Anstandes und setzte sich offen neben Rostislaw an seine leise summende kleine Pumpe – und das Gespräch nahm seinen Fortgang.

Bis zur Mittagspause waren sie schon richtig herzliche Freunde, wie Kinder, die abwechselnd in einen großen Apfel beißen. Es erschien ihnen unverständlich, daß sie so viele Monate nicht miteinander gesprochen hatten. Sie waren kaum fähig, alle Gedanken auszutauschen, von denen sie erfüllt waren, die sich in ihnen angehäuft hatten. In der Ungeduld, sprechen zu wollen, unterbrach er sie; er berührte ihre Hände, und sie sah darin nichts Schlechtes. Und als alle zur Pause gegangen waren, bekam plötzlich die Berührung ihrer Schultern und Hände eine andere Bedeutung. Dicht vor sich sah Klara die sie anstarrenden klaren blauen Augen.

Mit überschnappender Stimme sagte Rostislaw:

»Klara! Wer weiß, wann wir wieder so zusammensitzen werden. Für mich ist das ein Wunder. Ich glaube an Sie! Ich verehre Sie. Ich bin be-

reit zu sterben, jetzt, hier, sofort!« Er hatte ihre Hand ergriffen und streichelte sie zärtlich. »Klara! Es ist möglich, daß ich mein ganzes Leben im Gefängnis zubringen werde. Machen Sie mich glücklich, daß ich mich in jeder Einsamkeit an dieser Minute in Erinnerung erwärmen kann! – Lassen Sie mich ein einziges Mal – Sie küssen!!«
Klara fühlte sich wie eine Göttin, die auf die Erde zu einem Gefangenen herabgeschwebt war. Das war kein gewöhnlicher Kuß. Rostislaw preßte sie eng an sich und drückte mit zerstörerischer Kraft einen Kuß auf ihre Lippen, den Kuß eines zur Enthaltsamkeit gezwungenen, gequälten Gefangenen. Und sie erwiderte ihn.
Er wollte sie noch einmal küssen, aber Klara entwand sich seinen Armen, lehnte sich zurück, ihr war schwindlig, sie war erschüttert.
»Gehen Sie . . .« bat sie ihn.
Rostislaw stand auf, er stand vor ihr, er wankte.
»Für jetzt, gehen Sie!« forderte Klara.
Er zögerte. Dann tat er, was ihm geheißen worden war. Von der Schwelle aus sah er bedauernd, um Verzeihung bittend, auf Klara – dann verließ er den Raum.
Bald darauf kamen alle aus der Mittagspause zurück.
Klara wagte nicht, Rusjka oder irgend jemand anderen anzusehen. In ihr brannte etwas, keine Scham, sondern Glück, wenn auch kein ruhiges Glück.
Aus den Gesprächen entnahm sie, daß die Gefangenen einen Tannenbaum bekommen sollten.
Unbeweglich saß sie so drei Stunden lang und bewegte nur die Finger: Aus verschiedenen Plastikdrähten knüpfte sie einen kleinen Korb, einen Schmuck für den Weihnachtsbaum.
Der Glasbläser Iwan aber, der vom Wiedersehen zurückgekommen war, blies zwei komisch aussehende Glasteufelchen, die anscheinend kleine Gewehre hatten, und wob aus Glasdrähten einen Käfig, in den er an Silberfäden einen leise tönenden Glasmond hängte.

42

Die Burg des heiligen Grals

Den halben Tag über lastete ein trüber Himmel auf Moskau. Es war nicht kalt. Vor dem Mittagessen, als die sieben Gefangenen auf dem Spazierhof der Scharaschka den blauen Autobus verließen, fielen die ersten ungestümen Schneeflocken.
So eine kleine Schneeflocke, ein richtiges sechszackiges Sternchen, fiel auf

den Ärmel von Nershins altem, rostig-braunen Soldatenmantel. Er blieb in der Mitte des Hofes stehen und sog tief die Luft ein.
Oberleutnant Schusterman tauchte auf und wies Nershin darauf hin, daß jetzt keine Spazierzeit sei und er in das Gebäude gehen müsse.
Das war traurig. Nershin wollte und konnte einfach niemandem vom Wiedersehen erzählen, sich keinem mitteilen, keines Menschen Anteilnahme ertragen. Nichts sprechen. Nichts hören. Er wollte allein sein und langsam, langsam alle Eindrücke des Wiedersehens, wie er sie von dort in seinem Inneren zurückgebracht hatte, in sich vertiefen, solange sie noch nicht auseinanderfielen, nicht zu Erinnerung geworden wären.
Aber gerade zum Alleinsein war in der Scharaschka, wie in jedem anderen Lager, keine Gelegenheit. Nershin betrat das Gebäude durch den eigens für die Gefangenen bestimmten Eingang. Eine Holztreppe führte hinunter auf einen Kellerkorridor. Er blieb stehen und dachte nach – wohin sollte er gehen?
Dann kam ihm ein Gedanke.
Er lief zum dunklen hinteren Treppenaufgang, der kaum je benutzt wurde, vorbei an dort abgestellten Gerümpelhaufen, zerbrochenen Stühlen, hinauf zum blinden Treppenabsatz des zweiten Stockwerks.
Dieser kleine Platz war dem Gefangenen-Künstler Kondraschow-Iwanow als Atelier zugeteilt worden. Zur eigentlichen Arbeit der Scharaschka hatte er keinerlei Beziehung. Er wurde dort sozusagen als Hofkünstler gehalten: Die Vorzimmer und Säle der Abteilung waren geräumig; ihre Wände bedurften eines Bilderschmucks. Weniger geräumig, dafür zahlreicher, waren die Privatwohnungen des Stellvertretenden Ministers, Foma Gurjanowitsch, und anderer, ihm nahestehender Mitarbeiter. Noch dringender war es, alle diese Wohnungen mit großen, schönen Bildern zu verzieren – kostenlosen.
Kondraschow-Iwanow befriedigte diese kulturellen Forderungen wahrhaftig schlecht: Er malte zahlreiche Bilder, sie kosteten nichts, aber sie waren leider auch nicht schön.
Die Auftraggeber, die herbeikamen und die Galerie besichtigten, versuchten vergeblich, ihm klarzumachen, wie man malen müßte, mit welchen Farben, und dann nahmen sie mit einem Seufzen doch, was sie vorfanden. Im übrigen gewannen die Bilder, später, wenn sie in goldene Rahmen gefaßt waren.
Nershin stieg hinauf, vorbei an dem schon beendeten Werk für das Vorzimmer der Abteilung – ›A. S. Popow zeigt dem Admiral Makarow den ersten Radiotelegraphen‹; dann betrat er den letzten Treppenabsatz und sah noch an dem Wandabschnitt unter der Decke das zwei Meter hohe Bild ›Die verstümmelte Eiche‹. Es war wohl fertig, aber keiner der Auftraggeber wollte es haben.

Es zeigte eine einzeln stehende Eiche, die durch geheime Kraft auf einer nackten Felsklippe wuchs. Nur ein gefährlicher Pfad wand sich an einem Abgrund vorbei, dort hinauf. Die Eiche schien wie ein Wanderer hinaufgeklettert zu sein. Welch stürmische Winde bliesen hier! Wie hatten sie diese Eiche gebeugt! Hinter dem Baum und über der ganzen Landschaft hing, wie immer, so auch jetzt ein ewig drohender Himmel. Dieser Himmel konnte keine Sonne kennen. Verunstaltet durch den ständigen Kampf mit den ewig hier tobenden Winden, die ihn aus dem Fels rissen, gab dieser knorrige, zähe Baum mit seinen kralligen Wurzeln und den abgebrochenen, gebogenen Zweigen den Kampf nicht auf, sondern klammerte sich an seinem verdammten Ort über dem Abgrund fest.
An den Wänden des Treppenaufganges hingen weitere kleine Gemälde. Andere standen auf dem Treppenabsatz auf Staffeleien herum. Licht fiel durch zwei Fenster ein, das eine ging nach Norden, das andere nach Westen. Hier, über diesem Treppenabsatz, befand sich das vergitterte und mit einem rosa Vorhang verhängte kleine Fenster der ›Eisernen Maske‹, es bekam kein direktes Licht.
Sonst gab es hier nichts, nicht einmal einen Stuhl. Den ersetzte ein Holzklotz.
Obwohl das Treppenhaus nahezu ungeheizt war und eine kalte Feuchtigkeit in ihm stand, lag Kondraschow-Iwanows Jacke auf dem Fußboden. Er selbst stand unbeweglich, hochgewachsen, aufrecht da, so als wäre es nicht ungemütlich kalt. Seine Hände und Füße ragten komisch aus seiner zu kleinen Kombination heraus. Eine große Brille, die sein Gesicht größer und ernster erscheinen ließ, saß fest auf seiner Nase und den Ohren. Sein Blick war starr auf einen Punkt gerichtet. Pinsel und Palette hielt er in seinen weit zur Seite ausgestreckten Händen.
Er hörte schleichende Schritte und sah auf.
Ihre Blicke trafen sich, aber noch hing jeder weiterhin seinen eigenen Gedanken nach.
Der Künstler war über den Besucher nicht erfreut. Er brauchte jetzt Einsamkeit und Schweigen. Andererseits war er aber auch glücklich, Nershin zu sehen. Ohne im geringsten zu heucheln, rief er mit der maßlosen Begeisterung, die ihm eigen war, aus:
»Gleb Wikentjitsch??! Bitte, treten Sie näher!«
Mit Pinsel und Palette in den Händen machte er eine einladende Bewegung.
Herzensgüte ist für den Künstler eine zweischneidige Eigenschaft. Sie nährt seine Phantasie, zerstört aber seine Arbeitsordnung. Verlegen hielt Nershin auf der vorletzten Treppenstufe inne. Er sagte nahezu flüsternd, so als fürchte er, einen Dritten aufzuwecken:

»Nein, nein, Ippolit Michailytsch! Ich bin gekommen, um, wenn es möglich ist ... hier ... zu schweigen ...«
»Aber ja! Ja, selbstverständlich!« Der Künstler nickte leise, anscheinend hatte er an den Augen seines Besuchers erkannt oder sich vielleicht daran erinnert, daß Nershin vom Wiedersehen kam. Er trat zurück, so als wollte er sich verbeugen, und wies mit dem Pinsel und der Palette auf den kleinen Holzblock. Nershin raffte die langen Schwänze seines Mantels, die er im Lager vor dem Abschneiden bewahrt hatte, und ließ sich auf dem Holzklotz nieder. Er lehnte sich gegen die Sprossen des Geländers und hätte so gern geraucht! – Aber er rauchte nicht.
Der Künstler richtete sein Augenmerk weiterhin auf den gleichen Punkt des Bildes.
Sie schwiegen ...
In Nershin schmerzte angenehm zart das erwachte Gefühl.
Noch einmal wollte er jetzt seine Finger an jenen Stellen berühren, mit denen sie beim Wiedersehen auf den Händen, dem Hals, den Haaren seiner Frau gelegen hatten ...
Jahrelang lebst du ohne das, wofür der Mensch auf der Welt ist.
Geblieben sind dir der Verstand – so du einen hast –. Die Überzeugungen – so sie in dir herangereift sind –. Und vor allem deine Bereitschaft zu Opfer und Sorge für das Allgemeinwohl. Du scheinst ein Bürger von Athen zu sein, ein menschliches Ideal.
Aber ohne Kern.
Und allein die Liebe der Frau, die dir entzogen wurde, wiegt mehr als die ganze übrige Welt.
Und die einfachen Worte:
»Liebst du mich?«
»Ja, ich liebe dich. Und du mich?«
begleitet von Blicken und dem Zittern der Lippen, erfüllen die Seele mit stillem festlichen Dank.
Er bedauerte, daß er nicht entschlossen seine Frau schon am Beginn des Wiedersehens geküßt hatte. Jetzt konnte er diesen Kuß nicht mehr bekommen.
Die Lippen seiner Frau waren nicht so gewesen wie früher, sondern entwöhnt, schwach. Und wie müde sie gewesen war! Wie gehetzt hatte sie über die Scheidung gesprochen.
Eine Scheidung vor dem Gesetz? Was war das? Ohne Bedauern dachte Gleb daran, daß dieses Amtspapier zerrissen würde.
Aber er, der vom Leben schon so viele harte Schläge erlitten hatte, er wußte schon, daß Dinge und Ereignisse ihre eigene unerbittliche Logik besitzen. Nicht im Traum denken die Leute, daß ihre alltäglichen Handlungen oft irgendwelche, ihren Absichten vollkommen entgegengesetzte

Folgen zeitigen. So war es auch bei Nadja. Scheidung, um den Verfolgungen zu entgehen. Und erst einmal *geschieden*, wird sie es selbst nicht merken, wenn sie wieder heiratet.
Irgendwie hatte ihr letztes Winken mit der Hand ohne Ring sein Herz zusammengepreßt, eine Vorahnung sagte ihm, daß man so für immer Abschied nimmt ...

Lange hatte Nershin so gesessen, schweigend, jetzt kam er wieder zur Besinnung. Es wurde ihm bewußt, daß der Überfluß an Freude nach dem Wiedersehen durch gedrängte, nüchtern-traurige Überlegungen geschwunden war. Seine Gedanken hatten ihre Balance wiedergefunden, und er war dabei, wieder in seinen gewohnten Gefangenenpelz zu schlüpfen.
»Dir steht das hier« — hatte sie gesagt.
›Das‹ heißt: das Gefängnis.
Und darin lag eine Wahrheit. Manchmal war es ihm um die hier verbrachten fünf Jahre gar nicht leid. Sie waren in ihrer Art etwas Besonderes geworden.
Wo konnte man Menschen besser kennenlernen als hier?
Und wo konnte man besser über sich selbst nachdenken?
Von wieviel jugendlicher Unbeständigkeit, von wieviel Verirrungen hatte ihn der eisern vorgezeigte, einzig begehbare Pfad des Gefängnisses bewahrt?
Wie Spiridon sagte: »Der eigene Wille ist ein Schatz, aber Teufel bewachen ihn.«
Und hier der Maler, dieser Träumer, der für die Spötteleien des Jahrhunderts unempfänglich ist — ob und wieviel er dadurch verlor, daß er im Gefängnis saß? Nun, es war ihm nicht möglich, mit einem Kistchen Farben über Hügel und Wälder zu streifen. Ausstellungen? Er war nicht in der Lage, sie selbst zu inszenieren, fünfzig Jahre lang hatte er kein einziges Bild in einem schönen Saal ausgestellt. Geld für Bilder? Er hatte auch dort keins bekommen. Freundlich gesinnte Betrachter? Hier hatte er mehr als dort. Eine Werkstatt? Selbst solch einen kalten Treppenabsatz hatte er draußen nicht gehabt. Ein enges längliches Zimmer, das einem Korridor glich, war dort draußen Wohnung und Werkstatt in einem gewesen. Um sich in der Arbeit entfalten zu können, hatte er einen Stuhl auf den anderen gestellt und die Matratze zusammengerollt. Besucher hatten gefragt: »Ziehen Sie um?« Sie hatten nur einen einzigen Tisch besessen; und wenn er auf ihm ein Stilleben aufgebaut hatte, so mußten seine Frau und er solange beim Essen die Teller auf die Stühle stellen.
Während des Krieges hatte er kein Öl für Farben gehabt. Er nahm Son-

nenblumenöl von seiner Zuteilung und malte damit. Um Lebensmittelkarten zu bekommen, mußte er arbeiten. Man schickte ihn zu einer Chemischen Abteilung, dort sollte er Porträts von Frauen malen, die sich im Kampf und in der politischen Ausbildung hervorgetan hatten. Zehn solcher Porträts waren ihm aufgetragen worden, aber von diesen zehn zu Porträtierenden wählte er eine aus und quälte sie mit langen Sitzungen. Weil er sie nicht so gemalt hatte, wie sie es wollten, nahm man ihm dieses Porträt nicht ab, das er ›Moskau im Jahre 1941‹ genannt hatte.

Das Jahr 1941 war in diesem Porträt wirklich eingefangen. Es zeigte ein Mädchen im Schutzanzug. Ihre nicht roten, sondern kupfernkastanienfarbenen üppigen Haare wehten wild nach allen Seiten unter der Feldmütze hervor, gaben ihrem Kopf einen bewegten Umriß. Der Kopf war nach hinten geworfen. Wahnsinnige Augen sahen vor sich irgend etwas Entsetzliches, Unvergeßliches und waren voll Tränen des Zorns. Ihr Körper war nicht mädchenhaft entspannt! Ihre Hände umfaßten kampfbereit die Riemen der Gasmaske. Der schwarzgraue Gasanzug brach in harte, silberne Falten und leuchtete wie eine mittelalterliche Ritterrüstung. Grausamkeit und Edelmut vereinigten sich auf dem Gesicht dieser entschlossenen Komsomolzin aus Kaluga, die ganz und gar nicht hübsch war, in der Kondraschow-Iwanow aber die Jungfrau von Orléans sah!

Dieses Bild schien dem berühmten Gemälde ›Wir werden nicht vergessen! Wir werden nicht verzeihen!‹ sehr nahezustehen – aber trotzdem erschreckten solche Bilder, sie wurden nicht gekauft, sie wurden nicht ein einziges Mal irgendwo ausgestellt, und die Madonna des Zorns und der Rache stand jahrelang in seinem kleinen Zimmer, zur Wand gekehrt, und so hatte sie auch noch am Tag seiner Verhaftung dagestanden.

Es ereignete sich, daß ein Schriftsteller, der weder anerkannt noch gedruckt war, einen Roman geschrieben hatte und ungefähr zwanzig seiner Freunde bei sich versammelte, um ihnen daraus vorzulesen. Es war ein literarischer Donnerstag im Stile des neunzehnten Jahrhunderts ... Dieser Roman kam allen Zuhörern teuer zu stehen, sie bekamen fünfundzwanzig Jahre Arbeits- und Erziehungslager. Ein Zuhörer bei der Lesung des aufrührerischen Romans war auch Kondraschow-Iwanow gewesen, der Urenkel jenes Kondraschow, der wegen Teilnahme am Dekabristenaufstand zu zwanzig Jahren verurteilt worden war und von dem man sich die rührende Geschichte erzählte, daß seine französische Gouvernante, die ihn liebte, ihm in die Verschickung nachgereist kam.

Natürlich kam Kondraschow-Iwanow nicht in ein Lager, aber gleich, nachdem er das Urteil des Sondergerichts unterschrieben hatte, war er nach Mawrino gebracht worden, und man hatte ihm aufgetragen, Bilder zu malen, jeden Monat eins; Foma Gurjanowitsch hatte diese Norm für ihn festgelegt. In den zwölf Monaten des vergangenen Jahres hatte Kondraschow die Bilder gemalt, die jetzt hier herumhingen, und andere, die ihm schon abgenommen worden waren. So war es. Er hatte fünfzig Jahre auf dem Buckel, und vor sich jetzt fünfundzwanzig. Er lebte nicht, sondern schwebte durch dieses stille Gefängnisjahr, denn er wußte ja nicht, ob ihm noch ein zweites dieser Art zufallen werde. Er bemerkte weder, womit sie ihn fütterten, noch womit sie ihn bekleideten, es fiel ihm auch nicht auf, wenn sie ihn mit den anderen zusammen zählten.

Er malte mehrere Bilder auf einmal, wandte sich mehrere Male von der Leinwand ab, um dann erneut zu ihr zurückzukehren. An keinem seiner Bilder arbeitete er so lange, daß sich das Gefühl der Vollkommenheit hätte einstellen können. Er wußte nicht einmal, ob es einen solchen Vollendungsgrad überhaupt gab. Er ließ von ihnen ab, wenn sie seinen Augen gleichgültig geworden waren. Er ließ ab, wenn weitere Pinselstriche sichtlich nichts verbesserten und ihm klar wurde, daß er die Bilder nur noch verderben, nicht mehr veredeln würde.

Er hörte auf, an ihnen zu arbeiten, drehte sie zur Wand, verhüllte sie. Er machte sich von den Bildern los, gewann Abstand, und wenn er sie dann von neuem sah, wenn er sie unentgeltlich und für immer weggab, damit sie unter prahlerischem Prunk hingen, erfüllte ihn das Gefühl eines Abschiedstriumphes. Mochte keiner sie mehr betrachten, immerhin, er hatte sie gemalt! ...

Schon wieder ganz aufmerksam, begann Nershin das letzte Bild Kondraschows zu betrachten. Es war in den Maßen eines ägyptischen Vierecks, vier zu fünf, gehalten und hieß ›Herbstlicher Bach‹ oder, wie es sein Schöpfer nannte, ›Largo in d-Moll‹.

Ein kalter Bach nahm den größten Teil der Bildfläche ein. Wohin er floß, konnte man kaum erkennen: Er floß überhaupt nicht, seine Oberfläche überzog sich mit Eis. An seichteren Stellen konnte man einen bräunlichen Schatten erraten; das war der Widerschein gefallener Blätter, die den Grund bedeckten. Das linke Ufer erhob sich zu einem Vorgebirge, das rechte trat in einem Bogen zurück. Der erste Schnee lag fleckig auf beiden Uferstreifen; wo er weggetaut war, kam gelb-braunes Gras zum Vorschein. Zwei Weidensträucher wuchsen am Ufer, zart-dunstig, feucht von dem Schnee, den sie mit ihren feinen Verästelungen zurückgehalten hatten und der jetzt taute. Aber das war nicht die Hauptsache, sondern – im Hintergrund standen in einem dichten Wald olivschwarze Tannen, in der ersten Reihe loderte eine einzige, sich empörende purpurfarbene Birke auf. Gegen ihr zärtliches Feuer hob sich die nadelige Wache noch drohender und dichter ab und reckte ihre scharfen Spitzen gen Himmel. Der Himmel war hoffnungslos scheckig zerfetzt, und in dieser Finsternis ging eine erstickte Sonne unter, die nicht einmal mehr die Kraft hatte,

mit einem geraden Strahl durchzubrechen. Aber auch das war nicht die Hauptsache, sondern das kaltgewordene Wasser des sich kaum bewegenden Baches. Es war abgestanden, hatte Tiefe. Der Bach war bleierndurchsichtig, sehr kalt. Er hatte und hielt ein Gleichgewicht zwischen Herbst und Winter. Und da war noch irgendein anderes Gleichgewicht.
In dieses Bild nun hatte sich der Künstler versenkt.
Es gab ein hohes Gesetz der Schöpferkraft, das Kondraschow lange genug kannte. Er versuchte, ihm nicht zu gehorchen, und mußte sich ihm von neuem hilflos unterwerfen. Dieses Gesetz lautete, daß alles, was er früher geschaffen hatte, kein Gewicht besaß, nicht in Rechnung gestellt, dem Künstler nicht als Verdienst angerechnet werden durfte. Nur diese einzige Leinwand, die er hier und jetzt gerade bemalte, war der Mittelpunkt seiner Lebenserfahrung, der Höhepunkt seiner Fähigkeiten und seines Verstandes, der erste Prüfstein seines Talents.
Und so oft versagte er!
Jedes der vorherigen Bilder mißlang, wenn es gerade versprach zu gelingen, aber die frühere Verzweiflung war vergessen, jetzt galt nur dieses einzige – es war das erste, das ihm zu seiner künstlerischen Eigenständigkeit verhelfen sollte! Gelang es nicht, so war dieses ganze Leben umsonst, und er hatte kein, aber auch gar kein Talent!
Und hier nun dieses Wasser – es war abgestanden, kalt, tief, ohne Bewegung – aber das war alles nichts, wenn es nicht die höhere Synthese der Natur vermittelte. Diese Synthese war Verständnis, Beruhigung, Harmonie aller Dinge. In sich selbst, in seinen großen Gefühlen konnte Kondraschow diese Synthese nie finden, aber er wußte von ihr und beugte sich vor ihr, so wie sie ihm in der Natur erschien. Diese höhere Beruhigung, ob dieses gemalte Wasser sie nicht wiedergab? Er sehnte sich danach, es zu wissen, und verzweifelte gleichzeitig – gab das Wasser sie wieder oder nicht?
»Sie können das, Ippolit Michailytsch.« Nershin drehte sich langsam herum. »Ich glaube, ich beginne, mit Ihnen übereinzustimmen: Alle diese Plätze sind Rußland.«
»Nicht der Kaukasus?« Kondraschow-Iwanow machte eine jähe Wendung. Seine Brille bewegte sich nicht, sie war wie angeschweißt.
Diese Frage, obwohl entfernt und nicht die dringendste, war für ihn nicht ohne Wichtigkeit. Viele gingen ohne Verständnis von Kondraschows Landschaften fort: Sie erschienen ihnen nicht als typisch russisch, sondern kaukasisch, sie wären zu majestätisch, zu erhaben.
»Solche Plätze mag es wohl in Rußland geben«, stimmte Nershin ganz überzeugt zu. Er erhob sich vom Holzklotz und ging herum, betrachtete das Bild ›Der Morgen eines ungewöhnlichen Tages‹ und andere Landschaften.

»Nun, natürlich –! Nun, natürlich!« Der Künstler geriet in Feuer. »Es *kann* nicht nur in Rußland sein, sondern es *ist* in Rußland! Ich würde Sie gerne einmal in Moskaus Umgebung umherführen, wenn es ohne Begleitung ginge! Aber diese Plätze können *nicht* im Kaukasus sein. Wissen Sie, das Publikum ist von Levitan[1] verdorben! Nach Levitan sind wir daran gewöhnt, unsere russische Natur als ärmlich, erbärmlich, kümmerlich-bescheiden anzusehen, aber wenn unsere Heimat so wäre, woher sollten wir dann Menschen haben, die sich selbst verbrennen? Woher die aufständischen Strelitzen?[2] Peter den Großen? Die Dekabristen? Die Narodowoljzy?

»Sheljabow! Lenin!« bestätigte Nershin begeistert. »In der Tat, so ist es!« Aber es war nicht nötig, Kondraschow kräftig zu unterstützen, er ereiferte sich selbst sehr schnell. Er drehte seinen Kopf herum und schleuderte Blitze durch seine Brillengläser:

»Unsere russische Heimat triumphiert auch! Sie empört sich! Und sie empfängt nicht gehorsam den tatarischen Huf!!«

»Ja, ja«, nickte Nershin. »Und dann diese verkrüppelte Eiche – was zum Teufel hat sie Kaukasisches an sich ...? Wenn selbst hier im aufgeklärtesten Eckchen des GULAG jeder von uns ...?« Er gestikulierte ungeduldig. »Und – im Lager? Dort fordern sie für zweihundert Gramm Schwarzbrot nicht nur seelische Gleichgestimmtheit, sondern auch noch das letzte Restchen Gewissen.«

Kondraschow-Iwanow richtete sich hoch auf, in seiner ganzen ungewöhnlichen Länge.

»Niemals! Niemals!« Er sah hinauf und vor sich und glich Egmont, wie er zur Urteilsvollstreckung geführt wird. »Kein Lager darf die seelische Größe des Menschen brechen!«

Nershin lachte böse, nüchtern:

»Mag sein, es darf nicht – aber es bricht sie! Sie waren noch in keinem Lager, urteilen Sie nicht! Sie wissen nicht, wie sie uns dort zerbrechen. Die Menschen kommen dort hinein, und wenn sie herauskommen – wenn sie überhaupt herauskommen –, sind sie nicht mehr zu erkennen. Die Lebensumstände bestimmen unser Bewußtsein, das ist eine bekannte Tatsache.«

»Nein!« Kondraschow-Iwanow streckte seine langen Arme aus, gleichsam als wäre er jetzt bereit, gegen die ganze Welt anzutreten. »Nein! Nein! Nein! Das wäre schändlich! Wofür sollte man dann leben? Und warum – antworten Sie mir – halten sich Menschen, die einander lieben,

[1] Russischer Landschaftsmaler des 19. Jahrhunderts (Anm. d. Übers.)

[2] Strelitzen ursprünglich Schützentruppe, geschaffen von Iwan IV. (1533 bis 1584), später im 17. Jahrhundert Leibwache des Zaren (Anm. d. Übers.)

auch dann die Treue, wenn sie getrennt sind? Die Umstände fordern doch, daß sie einander betrügen! Und warum sind dann Menschen verschieden, die genau den gleichen Umständen ausgesetzt sind, sich vielleicht im selben Lager befinden?«

Nershin war fest davon überzeugt, daß seine Lebenserfahrung den phantastischen Vorstellungen dieses alterslosen Idealisten überlegen sei. Aber man konnte nicht umhin, seine Einwände zu bewundern:

»Von Geburt an liegt im Menschen eine gewisse Wesenheit! Das ist sozusagen der Kern des Menschen, sein Ich! Und es ist noch nicht bekannt, wer wen formt: das Leben den Menschen oder die geistige Kraft des Menschen das Leben! Denn ...« – Kondraschow senkte plötzlich die Stimme und neigte sich zu Nershin, der wieder auf dem Holzklotz saß –, »... weil er etwas hat, mit dem er sich vergleichen kann. Etwas, zu dem er aufblicken kann. Weil er in sich ein Bild der Vollkommenheit trägt, das in seltenen Augenblicken plötzlich aus ihm hervortritt. Vor sein geistiges Auge.«

Kondraschow beugte sich ganz dicht zu Nershin hinunter und fragte mit einem vielversprechenden Blitzen der Brillengläser:

»Soll ich Ihnen etwas zeigen?«

So endeten immer die Streitgespräche mit den Künstlern! Sie besitzen ihre eigene Logik.

»Ja, natürlich!«

Kondraschow richtete sich nicht ganz auf und schlich in eine entfernte Ecke, dort holte er eine kleine Leinwand hervor, die auf einem Spannrahmen aufgenagelt war. Er brachte sie herbei und hielt die graue Rückseite Nershin zugewandt.

»Sie wissen etwas über Parzival?« fragte er dumpf.

»Das hat irgend etwas mit Lohengrin zu tun.«

»Er ist Lohengrins Vater. Der Bewahrer des heiligen Grals.«

»Da gibt es doch eine Oper von Wagner, nicht wahr?«

»Diesen Augenblick, den ich hier darstelle, findet man weder bei Wagner noch bei Wolfram von Eschenbach. Aber es ist der Moment, den ich mir besonders lebhaft vorstelle. Diesen Augenblick kann jeder Mensch erleben, wenn er unerwartet das Bild der Vollkommenheit erblickt ...«

Kondraschow schloß die Augen, schürzte die Lippen und biß auf sie. Er bereitete sich selbst vor.

Nershin war erstaunt, daß er jetzt so ein kleines Bild sehen sollte.

Der Künstler schlug die Augen auf.

»Das – ist nur eine Skizze. Die Skizze meines Lebenswerkes. Aber wahrscheinlich werde ich es niemals malen. Es stellt den Augenblick dar, als Parzival unvermutet die Burg erblickt! Die Burg des heiligen Grals!«

Und er machte sich daran, die Skizze vor Nershin auf die Staffelei zu stellen. Er selbst blickte unverwandt nur auf diese Studie. Dann verdeckte er mit seiner Hand seine Augen, gerade, als ob das von ihr ausgehende Licht ihn blendete. Er trat zurück, um bessere Sicht zu haben, wankte auf die erste Treppenstufe und wäre beinahe hinuntergestürzt.

Das Bild war doppelt so hoch wie breit, es zeigte einen keilförmigen Spalt zwischen zwei steil abfallenden Felsklippen. Beide Felsen, rechts und links, waren von dichtem Urwald bestanden, von dem nur die äußersten Bäume auf dem Bild noch zu sehen waren. Kriechende Farnkräuter, dichte, feindselige, mißgestaltete Sträucher krallten sich an die äußeren Ränder und sogar an die steil abfallenden Felswände. Links oben trat ein Schimmel aus dem Wald heraus, er trug einen Reiter, der mit einem helmartigen Kopfputz und einem ärmellosen Mantel angetan war. Das Pferd scheute nicht vor dem Abgrund zurück, es hob gerade den Huf zum letzten Schritt vor der Tiefe, bereit, auf Geheiß des Reiters zurückzuweichen oder ihn hinüberzutragen, wenn es die Kräfte erlaubten. Der Reiter gewahrte nicht den Abgrund, der sich vor seinem Pferd auftat. Verwundert, von Sinnen, blickte er dorthin, wo in der Ferne über die ganze Himmelsfläche hinweg ein orange-goldenes Leuchten ausgegossen war, das wohl von der Sonne ausgehen mochte, vielleicht aber auch von etwas, das noch reiner war als die Sonne, dem Blick des Betrachters aber durch eine davor aufragende Burg verdeckt blieb. Nicht deutlich sichtbar, fast aus Wolken gewebt, etwas verschwommen, unbestimmt, aber trotzdem in allen Einzelheiten der überirdischen Vollkommenheit angedeutet, stand über dem sich nach oben stufenweise verjüngenden Berg auf der rechten Bildseite ein leuchtender Schein – die fliederfarbene Burg des heiligen Grals.

43

Der Doppelagent

Von dem rosaohrigen Dickwanst Gustav abgesehen war Doronin der jüngste Häftling in der Scharaschka. Sein Gesicht hatte noch immer nicht alle Jünglingspickel verloren. Seine freie Art, seine Verwegenheit und Schnelligkeit hatten ihm die Zuneigung aller eingetragen. In den wenigen Minuten, in denen die Gefängnisleitung das Volleyball-Spiel erlaubte, gab sich Rostislaw selbstlos dem Spiel hin; wenn die Spieler, die am Netz standen, den Ball durchließen, warf er sich von der hinteren Linie aus in einer ›Schwalbe‹ auf den Ball, schlug ihn ab und fiel auf die Erde, Knie und Ellenbogen waren aufgeschürft. Sein ungewöhnlicher Spitzname — Rusjka[1] gefiel. Er paßte sehr gut, weil sich zwei Monate nach der Ankunft sein im Lager geschorener Kopf allmählich wieder mit rötlichen Locken bedeckt hatte.

Man hatte ihn aus dem Lager von Workuta hergebracht, weil in seinem GULAG-Personalbogen als Berufsangabe Fräser stand. Als sich herausstellte, daß diese Berufsangabe gefälscht war, wurde er bald durch einen richtigen Fräser ersetzt. Vor der Rückführung ins Lager wurde er von Dwojetjossow gerettet, der ihn die Handhabung der kleinsten Vakuumpumpe lehrte. Rusjka lernte sehr schnell. Für ihn war die Scharaschka ein Erholungsheim, in dem er bleiben wollte. In den Lagern hatte er viel Übles über sich ergehen lassen müssen, wovon er jetzt in leichtem Ton erzählte: wie er in ein feuchtes Bergwerk kam, wie er begann, Krankheit zu simulieren. Er hatte beide Achselhöhlen mit angewärmten Steinen von gleicher Größe auf Temperatur gebracht, so daß zwei Thermometer niemals um mehr als ein zehntel Grad in der Temperatur voneinander abwichen. (Man hatte ihn durch zwei Thermometer überführen wollen.)

Er erinnerte sich lachend seiner Vergangenheit, die sich in den fünfundzwanzig Jahren seiner Frist unausweichlich in der Zukunft wiederholen mußte. Wenigen aber, und auch diesen nur unter dem Siegel der Verschwiegenheit, erzählte Rusjka von seiner Hauptheldentat, wie er als durchtriebener Bursche zwei Jahre hindurch die Allunions-Spürhunde an der Nase herumgeführt hatte.

So fiel er inmitten der bunten Menge der Scharaschkabewohner nicht besonders auf — bis zu einem Septembertag. An diesem Tag ging Rusjka mit geheimnisvoller Miene zu zwanzig der einflußreichsten Gefangenen der Scharaschka, die die dortige öffentliche Meinung darstellten. Jedem einzelnen erzählte er aufgeregt unter vier Augen, daß ihn Major Schikin am Morgen als Spitzel angeheuert und daß er, Rusjka, zugestimmt habe, da er den Dienst des Zuträgers zum Wohle der Allgemeinheit auszunützen gedenke.

Ungeachtet dessen, daß Rostislaw Doronins Personalakte mit fünf verschiedenen Ersatznamen, Zeichen, Buchstaben und Chiffren geziert war, die anzeigten, wie gefährlich er war, prädestiniert zur Flucht, und daß man ihn notwendigerweise nur in Handschellen transportieren sollte — war Major Schikin, getrieben von dem Bestreben, den Stab seiner Spitzel zu erweitern, an Doronin herangetreten. Auf Grund seiner Jugend schien er ihm nicht so standhaft wie die anderen. Deshalb meinte er, daß er seine Lage in der Scharaschka schätze und ihm deshalb gefügig sein werde.

Heimlich war Rostislaw in Schikins Arbeitszimmer gerufen worden

[1] *rusyj* (russ.) — rötlich-braun (Anm. d. Übers.)

(man rief die Leute zum Beispiel in das Sekretariat und sagte ihnen dort: »Ja, ja, gehen Sie zu Major Schikin«), und dann hatte er drei Stunden bei ihm gesessen. Während er den langweiligen Belehrungen und Erklärungen des Sicherheitsoffiziers zuhörte, studierte Rusjka mit seinen scharfen Augen nicht nur den mächtigen, vom Sammeln der Anzeigen und Denunziationen grau gewordenen Kopf des Majors, sein dunkles Gesicht, seine winzigen Hände, seine Füße, die in Knabenschuhen steckten, die Marmorgarnitur auf dem Schreibtisch und die Seidenvorhänge an den Fenstern, sondern auch die Aufschriften der Ordner und der Papiere, die unter dem Glas auf Schikins Schreibtisch lagen. Und das, obwohl er am äußersten Rand seines Stuhles und so immer noch in einer Entfernung von eineinhalb Metern saß. Es gelang ihm auch, herauszubekommen, welche Dokumente Schikin im Safe verwahrte, und welche er in seinem Tisch einschloß.

Von Zeit zu Zeit sah Doronin mit seinen blauen Augen unschuldsvoll in die Augen des Majors und nickte zustimmend. Hinter dieser blauen Unschuld arbeiteten die verzweifeltsten Absichten wie Partisanen, aber der Sicherheitsoffizier, gewöhnt an die graue, gleichförmige Ergebenheit der Menschen, konnte sie nicht ahnen.

Rusjka verstand, daß Schikin ihn wirklich zurück nach Workuta schicken konnte, wenn er nicht willens war, Spitzeldienste zu leisten.

Nicht Rusjka allein, sondern seine ganze Generation hatte gelernt, ›Mitleid‹ als erniedrigendes Gefühl anzusehen, ›Güte‹ als Lächerlichkeit, ›Gewissen‹ als einen Ausdruck, der den Popen zusteht. Dafür hatte man sie gelehrt, daß Denunzieren eine vaterländische Pflicht sei und daß man demjenigen, den man anzeige, damit den größten Dienst erweise sowie zur Gesundung der Allgemeinheit beitrage. Nicht, daß all dieses tief in Rusjka eingedrungen wäre, es war aber auch nicht ohne Einfluß auf ihn geblieben. Die Hauptfrage für ihn war jetzt nicht, ob es schlecht oder statthaft sei, ein Spitzel zu werden, sondern was sich daraus für ihn ergeben würde. Sein stürmisches Leben hatte ihm schon eine reiche Erfahrung vermittelt, im Gefängnis war er vielen Menschen begegnet und Zeuge heftiger Dispute in den Zellen geworden. Doch durch all das war dem Jüngling klar, daß sich die Lage eines Tages ändern konnte, daß dann all diese Archive ausgegraben und all diese Schikins einem schändlichen Gericht übergeben würden.

So fand er, daß es auf lange Sicht ebenso gefährlich sei, sich auf eine Zusammenarbeit mit dem Sicherheitsoffizier einzulassen, wie es auf kurze Sicht gefährlich war, ihm eine Absage zu erteilen.

Abgesehen von all diesen Überlegungen war Rusjka ein Künstler im Glücksspiel. Als er die für ihn auf dem Kopf stehenden Aufschriften der Papiere unter Schikins Schreibtisch-Scheibe las, ließ ihn das Vorgefühl

eines harten Spiels erzittern. Er war der Tatenlosigkeit in der gedrängten Enge der Scharaschka müde!
Als dann, um die Wahrscheinlichkeit zu verstärken, genau festgelegt worden war, wieviel Geld er dafür erhalten werde, stimmte Rusjka mit Eifer zu.
Nachdem Doronin das Zimmer verlassen hatte, wanderte Schikin, hochzufrieden mit seinem psychologischen Scharfblick, auf und ab und rieb die Flächen seiner winzigkleinen Hände aneinander. Solch ein begeisterter Spitzel versprach eine reiche Anzeigenernte. Zur gleichen Zeit und nicht weniger zufrieden ging Rusjka zu den ihm vertrauenswürdig erscheinenden Mitgefangenen und gestand ihnen, daß er eingewilligt hatte, ein Spitzel zu sein – aus Liebe zum Sport und in dem Wunsch, die Methoden des Sicherheitsdienstes zu studieren und die echten Spitzel zu entlarven.
Die ins Vertrauen gezogenen Gefangenen, selbst die Alten unter ihnen, konnten sich nicht erinnern, von einem anderen Mithäftling je ein solches Geständnis gehört zu haben.
Ungläubig fragten sie Rusjka, warum er damit prahle, er wisse doch, daß er damit seinen Kopf aufs Spiel setze.
Er antwortete:
»Wenn eines Tages dieses Pack vor Gericht stehen wird, so werdet ihr meine Zeugen der Verteidigung sein.«
Von den zwanzig Gefangenen, die davon wußten, erzählte es jeder einem anderen oder auch zweien, aber niemand ging hin und denunzierte ihn beim Sicherheitsoffizier! Schon allein dadurch waren fünfzig Leute über jeden Verdacht erhaben.
Rusjkas Geschichte bewegte lange Zeit die Gemüter der Scharaschkabewohner. Man hatte dem Jungen geglaubt, man glaubte ihm auch weiterhin. Aber, wie so oft, nahmen die Ereignisse ihren eigenen Gang. Schikin forderte Material, das heißt Denunziationen. Rusjka war genötigt, irgend etwas zu liefern. Er ging seine Vertrauten an und beklagte sich bei ihnen:
»Meine Herren! Halten Sie sich vor Augen, wieviel die anderen hinterbringen, wenn ich jetzt in diesem Monat nicht spure, wird mich Schikin ganz schön bedrängen! Versetzen Sie sich in meine Lage, liefern Sie mir doch ein wenig Material!«
Die einen winkten ab, die anderen erbarmten sich seiner. Einmütig wurde beschlossen, eine gewisse Frau ins Verderben zu stürzen, die nur aus Gier arbeitete, um noch die Tausende von Rubeln zu vermehren, die ihr Mann schon nach Hause brachte. Den Gefangenen gegenüber verhielt sie sich sehr herablassend; sie hatte gesagt, man sollte sie alle erschießen. Das hatte sie den freien Mitarbeiterinnen gegenüber geäußert,

aber es war den Gefangenen sehr schnell zu Ohren gekommen. Zwei von ihnen hatte sie auch denunziert, den einen wegen seiner Verbindung mit einem Mädchen, den anderen, weil er aus staatseigenem Material einen Koffer verfertigt hatte. Ohne sich ein Gewissen daraus zu machen, verleumdete Rusjka sie, er sagte, sie befördere Briefe von Gefangenen zur Post und stehle aus dem Schrank Kondensatoren. Obwohl er Schikin keinen Beweis erbracht und der Mann dieser Dame, ein Oberst des MWD, entschieden Einspruch erhoben hatte, wurde die Dame aufgrund der in der sowjetischen Gesellschaft herrschenden unerbittlichen Macht der heimlichen Anzeige entlassen und zog unter Tränen von dannen.

Manchmal denunzierte Rusjka auch Gefangene, aber nur mit nebensächlichen Kleinigkeiten und nur, nachdem er sie selbst vorher gewarnt hatte. Dann hörte er auf, sie zu warnen und sagte nichts mehr. Sie fragten ihn auch nicht. Sie verstanden unbewußt, daß er weiterhin denunzierte, nun aber Dinge, die er den anderen gegenüber nicht mehr eingestand.

So ereilte Rusjka das Schicksal des Doppelagenten. Nach wie vor verriet niemand sein doppeltes Spiel, aber die Gefangenen begannen ihn zu meiden. Die Tatsache, daß er ihnen in Einzelheiten erzählt hatte, daß Schikin unter seinem Schreibtischglas einen Stundenplan liegen hatte, aus dem zu ersehen war, wann die Spitzel ohne Aufforderung in sein Büro zu kommen hatten und anhand dessen man sie hätte fangen können — glich seine Zugehörigkeit zu den Spitzeln doch nicht aus.

Auch Nershin, der ihn mochte und seine Intrigen bewunderte, ahnte nicht, daß es Rusjka gewesen war, der ihn wegen seines Jessenin-Bandes angezeigt hatte. Rusjka hatte nicht voraussehen können, welch großen Schmerz Gleb der Verlust dieses Buches bereitete. Er hatte gemeint, es werde sowieso herauskommen, daß dieses Buch Nershins Eigentum sei, daß es ihm niemand wegnehmen und Schikin wahrscheinlich sehr mit der Meldung beschäftigt sein werde, daß Nershin in seinem Koffer ein Buch verborgen habe, das vermutlich durch eine freie Mitarbeiterin hereingeschmuggelt worden war.

Mit dem salzig-süßen Geschmack von Klaras Kuß auf den Lippen trat Rusjka auf den Hof hinaus. Der weiße Schnee auf den Bäumen war für ihn ein Blütenmeer. Die Luft erschien ihm warm wie im Frühling. Während der zwei Jahre, in denen er herumgeirrt war und sich hatte verborgen halten müssen, waren all seine jugendlichen Gedanken damit beschäftigt gewesen, die Spürhunde zu betrügen; so hatte er es ganz versäumt, die Liebe einer Frau zu suchen. Er saß als ›Jungfrau‹ im Gefängnis; an den Abenden machte ihn das untröstlich schwermütig.

Als er jetzt auf den Hof hinaustrat, dachte er beim Anblick des niederen langgezogenen Stabsgebäudes des Spezialgefängnisses daran, daß er morgen mittag hier ein Schauspiel liefern wollte. Jetzt war es Zeit, die Sache anzukündigen – er hatte es nicht früher tun dürfen, sonst hätte alles platzen können. Beflügelt durch Klaras Begeisterung, durch die er sich dreimal so erfolgreich und klug fühlte wie sonst, blickte er um sich und erspähte am Ende des Spazierhofes Rubin und Nershin. Sie standen an der großen zweistämmigen Eiche. Entschlossenen Schrittes ging er auf sie zu. Seine Mütze war seitlich nach hinten verrutscht, so daß seine Stirn und sein lockiges Haar vertrauensvoll dem milden Tag ausgesetzt waren.

Rubin und Nershin sprachen offenbar über etwas sehr Wichtiges, denn Nershin sah finster und sehr ernst aus. Er beachtete Rusjka nicht, als dieser sich näherte; in seinem Gesicht verzog sich keine Miene, die Schnelligkeit seiner Rede ließ nicht nach, er zwinkerte nicht, er nickte nicht, aber es war klar, daß die Worte, die Rusjka vernahm, nicht zum eigentlichen Gespräch gehörten:

»Überhaupt, wenn ein Komponist zuviel schreibt, ist er hier schon verdächtig. Zum Beispiel Mozart – einundvierzig Sinfonien hat er komponiert. Ist er nicht ein Kesselflicker?«

Ja, sie trauten ihm nicht! Diese Worte waren natürlich nur zum Schein gesprochen, und sie zeigten Rubin, der mit dem Rücken zu Rusjka vor Nershin stand, daß jemand kam. Er drehte sich um, sah Rusjka und sagte:

»Hören Sie, Infant. Was haben Ihrer Meinung nach ein Genius und ein Bösewicht gemein?«

Rostislaw sah auf Rubin, ohne daß sein Blick dabei heuchelte. Sein Gesicht strahlte Reinheit und Unheil aus.

»Meiner Meinung nach nichts, Lew Grigorjitsch! Aber seit einiger Zeit gehen mir alle aus dem Weg, so als würde ich diese beiden Eigenschaften in mir vereinen. Meine Herren! Ich mache Ihnen einen Vorschlag: Morgen in der Mittagspause werde ich Ihnen alle Judasse auf einmal verkaufen, wenn sie alle ihre dreißig Silberlinge bekommen, wollen Sie das?«

»Und wie soll das vor sich gehen?«

»Nun, ist Ihnen das in unserer wahrheitsliebenden Gesellschaft allgemein übliche Prinzip nicht bekannt, daß jeder für seine Arbeit auch ein Entgelt erhält? Morgen wird jeder Judas seine Silberlinge für das dritte Quartal dieses Jahres erhalten.«

»Diese Großmäuler!« empörte sich Nershin. »Sie arbeiten schon das vierte Quartal und bekommen nun erst für das dritte bezahlt? Warum diese Verzögerung?«

»Die Gehaltsliste muß erst viele Stellen durchlaufen und von vielen

unterschrieben werden«, erklärte Rusjka verteidigend. »Unter ihnen werde auch ich sein und mein Geld bekommen.«
»Und sie bezahlen dich auch für das dritte Quartal?« wunderte sich Rubin. »Du hast doch nur das halbe Quartal über gearbeitet?«
»Nun ja, das ist schon so. Aber ich habe mich ausgezeichnet!« Mit gewinnend offenem Lächeln sah Rusjka beide an.
»Und direkt so bar?«
»Gott bewahre! Eine fingierte Postanweisung mit Gutschrift der Summe auf das persönliche Konto. Sie haben mich gefragt: ›Wie soll der Absender Ihrer Postanweisung heißen? Vielleicht Iwan Iwanowitsch Iwanow?‹ Die Gewöhnlichkeit kränkte mich. Ich bat: ›Könnte er nicht Klara Kudrjawzewaja heißen? Irgendwie ist es angenehm zu denken, daß eine Frau für einen sorgt.‹«
»Und wieviel ist es für das Quartal?«
»Hierin genau liegt die Spitzfindigkeit! Die Verwaltung zahlt für jeden Spitzel hundertfünfzig Rubel im Quartal. Aber der Anstand fordert die Anweisung per Post, die unerbittliche Post nimmt aber drei Rubel Porto dafür. Alle Sicherheitsoffiziere sind jedoch so geizig, daß sie nichts von ihrem eigenen Geld dazulegen wollen, und zu faul, um sich ein Gesuch auszudenken, damit der Satz für die Spitzel um drei Rubel erhöht wird. Deshalb werden alle Überweisungen auf hundertsiebenundvierzig Rubel lauten. Kein normaler Mensch würde jemals eine solche Überweisung ausschreiben – diese fehlenden drei Rubel sind das Judas-Siegel. Morgen mittag könnt ihr euch alle beim Stabsgebäude versammeln und in den Händen aller, die vom Sicherheitsoffizier kommen, eine Postanweisung sehen. Die Heimat muß ihre Spitzel kennen, wie finden Sie das, meine Herren?«

44

Das Leben ist kein Roman

Zur gleichen Stunde, als vereinzelte Schneeflöckchen begannen, sich vom Himmel loszureißen und auf die dunklen Pflastersteine der Matrosskaja-Tischina-Straße zu fallen, von denen die Autoreifen die letzten Schneereste der vergangenen Tage wegleckten – bereiteten sich die jungen Aspirantinnen im Zimmer 418 der Studentensiedlung Stromynka auf den Sonntagabend vor.
Das Zimmer 418 befand sich im zweiten Stockwerk. Sein großes Fenster sah mit seinen neun Scheiben genau auf die Matrosskaja Tischina hin-

aus. Das Zimmer war ein länglicher Raum. An den Wänden reihten sich rechts und links je drei Betten hintereinander, geflochtene Regale mit Büchern sowie Nachtschränkchen. Im Mittelstreifen des Zimmers standen parallel zu den Betten und nur einen schmalen Durchgang freilassend, hintereinander zwei Tische. Nahe beim Fenster der ›Dissertations‹-Tisch, auf dem sich sperrige Bücher, Hefte, Zeichnungen und Stapel maschinebeschriebenen Papiers häuften. An seiner Ecke hatte sich jetzt die hellhaarige Olenjka eingerichtet. Sie las diese Blätter. Daneben, am allgemeinen Tisch, saß Musa und schrieb einen Brief, Ljuda neben ihr stand vor dem Spiegel und nahm die Lockenwickler aus ihrem Haar. Die Betten ließen zwischen sich und der Türwand noch einen schmalen Gang frei. Auf der einen Seite war dadurch Platz für einen Kleiderhaken, auf der anderen für einen kleinen Waschtisch, den ein Vorhang verbarg. Die Mädchen waren angewiesen, sich am Ende des Korridors zu waschen. Dort war es ihnen aber unangenehm kalt, und außerdem scheuten sie den langen Weg.

Im Bett, das dem Waschtisch zunächst stand, lag die Ungarin Ershika und las. Sie trug einen Schlafrock, den alle im Zimmer die »brasilianische Flagge« nannten. Sie hatte auch noch andere originelle Morgenröcke, die die Mädchen in Entzücken versetzten. Ging sie aber aus, kleidete sie sich immer sehr zurückhaltend, gerade als wollte sie es vermeiden, besondere Aufmerksamkeit auf sich zu lenken. Während sie der ungarischen Untergrundbewegung angehört hatte, hatte sie es sich so angewöhnt.

Ljudas Bett, das zweite in dieser Reihe, war zerwühlt. Ljuda war gerade erst aufgestanden. Das Bettuch und die Bettdecke lagen auf dem Boden, dafür waren über das Kissen und die Rückenlehne des Bettes sorgfältig ein gebügeltes blaues Seidenkleid und Strümpfe gelegt. Ljuda selbst saß laut plappernd am Tisch; es war nicht klar, zu wem sie sprach, noch, ob ihr jemand zuhörte. Sie erzählte von einem Verehrer, einem spanischen Dichter, der schon als Knabe seine Heimat verlassen hatte. Genau erinnerte sie sich an die Einzelheiten in einem Restaurant, welches Orchester dort gespielt hatte, welche Vor- und Hauptgerichte sie gegessen und was sie getrunken hatten.

Olenjka versuchte, trotzdem zu lesen und nicht auf Ljuda zu hören; mit ihren kleinen runden Fäusten stützte sie ihr Kinn. Sie hätte Ljuda natürlich unterbrechen können, aber ihre verstorbene Mutter hatte schon immer gesagt: ›Vermeide es, Gast zu sein bei zanksüchtigen Leuten‹; man wußte schon, Ljuda zu unterbrechen bedeutete nur, daß sie noch mehr in Eifer geriet. Eigentlich war Ljuda keine Aspirantin. Sie hatte die Hochschule für Finanzwesen beendet und war nach Moskau gekommen, um sich dort zur Lehrerin für Volkswirtschaft ausbilden zu lassen. Sie

stammte aus einer wohlhabenden Familie. Es schien, daß sie die Hochschule vor allem des Vergnügens wegen besuchte.
Ähnliche Erzählungen Ljudas hatten bei Olenjka schon Übelkeit verursacht. Vor allem diese ständige Sucht nach der vergnüglichen Seite des Lebens, die viel Geld, freie Zeit und eine leere Seele verlangte. Und dann diese primitive Ansicht Ljudas, daß Begegnungen mit Männern und Beziehungen zu ihnen nicht nur wichtig, sondern der einzige Sinn des Lebens seien.
Olenjka hatte darüber eine viel strengere Meinung. Ihrer Ansicht nach durfte die geschlagene Generation von Frauen, der sie angehörte (sie war 1923 geboren), keinesfalls diese Einstellung haben. Einer derartigen Maxime zu folgen bedeutete, sein ganzes Schicksal in ein einziges Spinnengewebe zu hängen, jeden Tag gewärtig zu sein, es könnte zerreißen oder irgendwo festkleben.
In der Tat war vor Olenjka auch so ein perlmuttfarbenes Spinnengewebe aufgetaucht, es pendelte vor ihr wie eine kleine Schaukel. Sie sollte heute abend mit einem Mann, der ihr sehr gefiel, in ein Konzert gehen. Das Spinnennetz war da, sie mußte es nur mit beiden Händen ergreifen, aber an ihm zu ziehen, das machte ihr Angst. Es könnte zerreißen ... Olenjka hatte noch nicht einmal ihre Kleider für den Abend gebügelt. Sie las – nicht aus Pflicht, sondern mit lebhaftem Interesse – den zweiten Durchschlag eines Berichtes über Ausgrabungen in Nowgorod, die man diesen Herbst, kurz nachdem Olenjka von dort abgefahren war, vorgenommen hatte. Sie war erst spät zur Archäologie übergewechselt, nach dem fünften Semester: Sie wollte auch in der Geschichte, soweit es ging, mit ihren eigenen Händen arbeiten. Über ihren Entschluß war sie sehr froh. Im vergangenen Sommer war es ihr gelungen, eigenhändig eine kleine Notiz auf Birkenrinde aus der Erde zu graben – ein kleines lebendiges Briefchen aus dem zwölften Jahrhundert!
Diese kleine ›eigene‹ Schrift enthielt nur wenige Worte: Ein Mann schrieb seiner Frau, sie solle Saschka mit zwei Pferden an einen bestimmten Platz zu einer bestimmten Stunde schicken. Für Olenjka waren diese von ihr selbst ausgegrabenen Zeilen wie die Stimme einer Trompete, die die Erde aufreißt, sie bedeuteten ihr mehr als die feierlichen Chroniken: Diese Nowgoroder Hausfrau des zwölften Jahrhunderts konnte schreiben und lesen – was war das wohl für eine Frau gewesen?! In welcher Stadt hatte sie wohl gelebt? Wer mochte dieser Saschka gewesen sein – der Sohn? Ein Arbeiter? Und wie hatten wohl die Pferde ausgesehen, die Saschka hinbringen sollte? ... Die schlichte Notiz zog sie immer mehr in die Straßen des alten Nowgorod. Im allgemeinen fiel es ihr schwer, ihre Phantasie zu bezähmen. Manchmal, sogar im Lesesaal, schloß sie ihre Augen und sah sich an einem Winterabend – nicht

sehr stürmisch, nicht sehr kalt — im Schlitten fahren, auf der Straße von Twer. Schon von weitem sah sie die Vielzahl der Lichter (Kienspanbeleuchtung kannte man damals ja noch nicht!). Sie selbst war ein Mädchen im alten Nowgorod, ihr Herz schlug vor Freude, weil sie nach langer Abwesenheit in ihre Heimat, ihre freie, lärmende, einzigartige Stadt, die eine halbe Million Einwohner hatte, zurückkehrte!

Was Ljuda anbetraf, so lag für sie nicht in der äußeren Seite des Flirts die Hauptattraktion ihrer Erzählung. Obwohl sie schon zu Hause in Woronesh drei Monate verheiratet gewesen war und nach ihrer Scheidung Freundschaften mit verschiedenen Männern gehabt hatte, bedauerte sie es trotzdem, daß ihre Jungfernzeit zu schnell vergangen sei. Und so spielte sie seit den ersten Worten der Bekanntschaft mit dem spanischen Dichter die keusche Jungfrau, zitterte und zierte sich bei der geringsten Berührung an den Schultern oder den Ellenbogen. Als der erstaunte Dichter sie um den *ersten Kuß* bat, zitterte sie und ihre Begeisterung verwandelte sich in Enttäuschung — so inspirierte sie den Dichter zu einem vierundzwanzig Zeilen langen Gedicht, das zu ihrem Bedauern nicht in Russisch geschrieben war.

Musa, ein außerordentlich plumpes Mädchen mit groben Gesichtszügen und einer Brille, sah aus, als wäre sie schon über dreißig. Trotz der aufdringlichen, sie betrübenden Erzählung (sie hielt es für undelikat, Ljuda zu bitten, doch zu schweigen) schrieb sie ihren alten Eltern, die in einer kleinen, weit entfernten Provinzstadt lebten, einen Brief. Ihre Eltern liebten einander noch heute so, als wären sie jung vermählt. Jeden Morgen, wenn der Vater zur Arbeit ging, drehte er sich bis zur Ecke mehrmals um, um seiner Frau zu winken. Und ihre Mutter winkte ihm aus dem kleinen Klappfenster Lebewohl nach. In derselben Weise liebten sie auch ihre Tochter! Kein Mensch auf der Welt stand Musa näher als ihre alten Eltern. Sie war es gewohnt, ihnen zu schreiben, tat es gerne und berichtete dann in allen Einzelheiten über ihre Erlebnisse.

Aber heute war sie nicht sie selbst. Seit drei Tagen, seit Freitagabend, war in Musa etwas vorgegangen, das ihre unermüdliche tägliche Arbeit an Turgenjew verdunkelte — eine Arbeit, die ihr das ganze übrige Leben, alle Spielformen des Lebens ersetzt hatte. Sie hatte ein Gefühl des Ekels — als hätte sie sich mit irgend etwas Schmutzigem, Schmachvollem beschmiert, das weder abzuwaschen noch zu verbergen war, das sie auch keinem anderen offenbaren konnte — und so war es ihr unmöglich zu lesen.

So war es gewesen: Am Freitagabend, als sie aus der Bibliothek zurückgekommen und gerade im Begriff gewesen war, zu Bett zu gehen, hatte man sie in die Kanzlei des Wohnheims gerufen und ihr dort gesagt: »Ja, ja, bitte in dieses Zimmer hier.« Dort saßen zwei Männer in Zivil, die anfangs sehr höflich waren und sich als Nikolaj Iwanytsch und Sergej

Iwanytsch vorstellten. Daß es spät abends war, genierte sie wenig; sie hielten Musa ein, zwei, drei Stunden auf. Sie begannen sie auszufragen, mit wem sie zusammenlebe, mit wem sie arbeite (obwohl sie das natürlich längst wußten!). In aller Breite sprachen sie mit ihr über Vaterlandsliebe, über die Pflicht jedes gebildeten Arbeiters der Allgemeinheit gegenüber: sich nicht in seinem Spezialgebiet abzuschließen, sondern mit allen Mitteln, allen Möglichkeiten der Heimat zu dienen. Dagegen hatte Musa nichts einzuwenden, das war ganz richtig. Dann schlugen die Brüder Iwanytsch ihr vor, ihnen zu *helfen,* das heißt, zu bestimmter Stunde sich mit einem von ihnen hier im Büro oder im Propagandazentrum der Universität oder in den Clubräumen oder sonstwo in der Universität zu treffen – und dort auf bestimmte Fragen zu antworten oder die eigenen Beobachtungen zu übermitteln.
Damit begann es – das Gräßliche, Anhaltende! Sie sprachen in groberem Ton zu ihr, schrien sie an, sprangen jetzt auf ›du‹ um: »Was bist du so eigensinnig? Es ist doch schließlich kein fremder Geheimdienst, der dich wirbt! Bei einem ausländischen Geheimdienst wärst du das fünfte Rad am Wagen ...« Dann erklärten sie ihr, daß man sie daran hindern würde, ihre Dissertation zu verteidigen. (Und sie stand schon vor dem Ende, es waren nur noch wenige Monate – bis Juni! Die Dissertation war nahezu fertig!) Sie würden ihre wissenschaftliche Karriere zerschlagen, weil die Heimat solche wissenschaftlichen Glucken nicht brauche. All das erschreckte sie sehr; es war glaubhaft, daß man ihr die Aspirantur versperrte, für die war das ein leichtes. Und nun zogen sie Pistolen hervor, tauschten sie miteinander aus, und wie zufällig richteten sie dabei die Mündungen auf Musa. Aber das hatte einen gegenteiligen Effekt, es verminderte Musas Angst. Schließlich war es schlimmer, am Leben zu bleiben, wenn man mit einer schlechten Beurteilung hinausgeflogen war. Um ein Uhr nachts entließen die Iwanytschs sie, bis Dienstag hatte sie Zeit *nachzudenken.* Bis zu diesem Dienstag, dem siebenundzwanzigsten Dezember – und sie ließen sie unterschreiben, daß sie jedermann gegenüber Stillschweigen bewahren werde.
Sie versicherten ihr, daß ihnen *alles bekannt* sei. Wenn sie irgend jemandem etwas von dem Gespräch erzähle, werde sie sofort auf Grund der Unterschrift verhaftet und abgeurteilt werden.
Durch welches Unglück war die Wahl nur gerade auf sie gefallen? Nun wartete sie wie eine Verdammte auf den Dienstag und war außerstande zu arbeiten. Sie dachte an die gerade erst vergangenen Tage, als sie an nichts anderes als an Turgenjew denken konnte, nichts lastend auf ihr lag, aber sie, dumm, nicht verstand, welches Glück sie hatte.
»Ich sage: Ihr Spanier stellt die Ehre des Menschen so hoch, aber wenn Sie mich jetzt auf den Mund küssen, so bin ich *entehrt!*«

Das anziehende, aber doch etwas harte Gesicht der hellhaarigen Ljuda drückte die Verzweiflung eines entehrten Mädchens aus.
Olenjka seufzte laut und legte den Bericht beiseite. Am liebsten hätte sie etwas Böses gesagt, aber sie hielt sich zurück. In solchen Minuten nahm ihr Kinn, das lieblich weich war wie ihr ganzes Gesicht, einen harten Umriß an. Ihr Blick verfinsterte sich, sie stieg schweigend auf den Stuhl und streckte sich, um den Stecker des Bügeleisens in die über der Lampe heimlich eingeschraubte Steckdose zu stecken. Ljuda hatte das Bügeleisen noch stehenlassen. (Kochplatten und Bügeleisen waren in Stromynka streng verboten. Die Heimleitung fahndete ständig nach heimlich angebrachten Steckdosen. Normale Steckdosen gab es nicht.)
Die magere Ershika lag die ganze Zeit über auf ihrem Bett und las die ›Ausgewählten Werke‹ von Galachow. Dieses Buch eröffnete vor ihr eine Welt mit starken, helleuchtenden Charakteren, eine klare, schöne Welt, in der es ein leichtes war, jedes Leiden zu besiegen. Galachows Helden wurden niemals vom Zweifel erschüttert, der Heimat zu dienen oder nicht zu dienen, das eigene Leben zu opfern oder nicht. Die Unversehrtheit dieser Menschen erstaunte Ershika. Sie gestand sich selbst ein, daß sie während ihrer Arbeit in der Untergrundbewegung im Horthy-Ungarn niemals der Gedanke an einen unbezahlten Mitgliedsbeitrag hätte quälen können, wie das bei Galachows Komsomolzen war, der im Hinterland des Feindes den Nachschub in die Luft jagte.
Sie legte das Buch fort, drehte sich auf die Seite und begann auch, Ljuda zuzuhören. Hier im Zimmer 418 mußte sie die widersprüchlichsten, erstaunlichsten Dinge erfahren: bald weigerte sich ein Ingenieur, zu einem anziehenden Bauprojekt in Sibirien zu fahren, blieb in Moskau und verkaufte Bier; bald verteidigte einer seine Dissertation und arbeitete überhaupt nicht. Ershikas Augen wurden weit: »Gibt es in der Sowjetunion denn wirklich Arbeitslose?« Um in Moskau registriert zu werden, mußte man irgend jemanden gewaltig *schmieren.* »Aber das ist doch wohl nur eine *augenblickliche* Erscheinung?« fragte Ershika – sie hatte sagen wollen, eine vorübergehende.
Ljuda kam mit ihrer Erzählung über den spanischen Dichter zu Ende. Sie meinte, wenn sie ihn heiraten würde, so gäbe es für sie jetzt keinen anderen Weg, als ihm bis zum Ende glaubwürdig vorzuspielen, daß sie wirklich unschuldig sei. Und sie begann sich auszumalen, wie sie sich auf die erste Nacht mit ihm vorbereiten würde.
Ein Anflug von Traurigkeit huschte über Musas Stirn. Sie hielt es nicht mehr aus und schlug mit der Hand auf den Tisch:
»Aber das ist doch alles Unsinn! Wieviel Heldinnen gibt es in der Weltliteratur, die deshalb . . .«
»Die waren albern!« antwortete Ljuda fröhlich, sie war zufrieden, daß

man ihr zuhörte. »Sie haben ihren Kopf selbst eingefroren ... das ist doch so einfach!«
Olenjka breitete eine Bettdecke über ein Ende des gemeinsamen Tisches und prüfte das Bügeleisen. Ihr neues graubraunes Jackett und der dazugehörige Rock waren alles, was sie besaß. Sie ernährte sich von Kartoffeln und Kascha (sie konnte sich nicht daran erinnern, seit Kriegsbeginn jemals satt gewesen zu sein), und wenn sie die vierzig Kopeken für den Bus sparen konnte, so fuhr sie, ohne zu bezahlen. Dafür war dieses Kostüm recht gut. Man mußte sich seiner nicht schämen ... es schien, es wäre leichter für sie gewesen, ihren eigenen Körper mit dem Bügeleisen zu glätten als dieses Kostüm.
Wenn Ljuda alles recht überlegte, so zweifelte sie, ob sie den Dichter heiraten sollte:
»Er ist nicht Mitglied des Sowjetischen Schriftstellerverbandes, er schreibt alles in Spanisch, und wie wird es in Zukunft mit den Honoraren werden – ich kann mir das nicht vorstellen!«
Ershika war so erstaunt, daß sie ihre Füße auf den Boden herabließ.
»Wie?« fragte sie. »Du ... denkst beim Heiraten ans *Geld,* und das in der Sowjetunion?«
»Du wirst dich daran gewöhnen – du wirst es verstehen.« Ljuda schüttelte ihren Kopf vor dem Spiegel. Alle Lockenwickler waren schon herausgenommen, und die vielen kleinen herunterhängenden Löckchen erzitterten auf ihrem Kopf. Ein einziges dieser Löckchen reichte schon aus, um den jungen Dichter einzufangen.
»Hört, ich habe eine Entdeckung gemacht ...« begann Ershika, aber sie sah, daß Musas seltsam leerer Blick auf den Boden neben sie gerichtet war – sie schrie auf und zog ihre Füße rasch ins Bett zurück.
»Huch! – Ist sie weg?« kreischte sie mit verzerrtem Gesicht.
Aber die Mädchen lachten. Nichts war vorbeigelaufen.
Hier im Zimmer 418 huschten manchmal sogar tags, besonders unverschämt aber nachts, schreckliche russische Ratten durch das Zimmer; deutlich war das Scharren ihrer Füße auf dem Boden und das Kratzen an Nahrungsmitteln zu hören. Während ihres Kampfes gegen Horthy in der ungarischen Untergrundbewegung hatte Ershika nichts so sehr gefürchtet wie hier diese Ratten und daß sie auf ihr Bett klettern und über sie hinweghuschen könnten. Tagsüber, unterm Gelächter der Freundinnen, verging ihre Angst, aber nachts wickelte sie sich fest in das Bettuch ein, sogar ihren Kopf, und schwor sich, wenn sie den Morgen erleben sollte, von Stromynka wegzugehen. Die Chemikerin Nadja hatte Gift mitgebracht und es in allen Ecken ausgestreut; eine Zeitlang war es ruhig gewesen, aber dann hatte es wieder angefangen. Nach allem Schwanken war für Ershika vor zwei Wochen die Entscheidung gefallen:

Gerade ihr unter allen Mädchen hatte es passieren müssen, daß sie, als sie morgens Wasser aus dem Eimer schöpfte, in ihrem Becher eine kleine ertrunkene Ratte fand. Sie erschauderte vor Abscheu, und immer wieder sah sie das kleine befriedete Schnäuzchen in allen Einzelheiten vor sich. In diesem Zustand lief Ershika noch am selben Tag zur ungarischen Botschaft und bat, sie doch in ein Einzelzimmer einzuweisen. Die Botschaft leitete die Bitte an das Außenministerium der UdSSR weiter, das Außenministerium an das Kultusministerium, das Kultusministerium an den Rektor der Universität, dieser an die zuständige Verwaltungsstelle, und die Verwaltung antwortete, daß es zur Zeit keine Privatzimmer gäbe und diese Klage über angebliche Ratten in Stromynka die erste ihrer Art sei. Der Schriftwechsel ging nun durch dieselben Kanäle wieder zurück. Trotzdem machte die Botschaft Ershika Hoffnung auf ein Zimmer.
Ershika hatte die Knie zur Brust angezogen und ihre Arme darumgeschlungen, so saß sie in ihrem brasilianischen Morgenrock wie ein exotischer Vogel da.
»Hört, hört«, sagte sie in klagend-singendem Ton. »Ihr alle gefallt mir so! Ich würde euch um keinen Preis verlassen—außer wegen der Ratten.«
Das war die Wahrheit und war sie auch wieder nicht. Die Mädchen gefielen ihr, aber zu keiner von ihnen konnte Ershika über ihre größten Aufregungen sprechen, über das auf dem europäischen Kontinent einzigartige Schicksal Ungarns. Nach dem Prozeß gegen Laszlo Rajk vollzog sich in ihrer Heimat irgend etwas Unverständliches. Gerüchte gingen um, daß Kommunisten verhaftet worden waren, mit denen sie gemeinsam im Untergrund gekämpft hatte. Einen Neffen Rajks, der auch an der Moskauer Universität studiert hatte, und mit ihm noch andere ungarische Studenten, hatte man nach Ungarn zurückberufen, und von keinem war danach ein Brief gekommen.
An der verschlossenen Tür hörte man ein vereinbartes Klopfzeichen, das soviel hieß wie »Ihr braucht das Bügeleisen nicht zu verstecken, es ist eine von euch!« Musa erhob sich und hinkte zur Tür – ihr Knie schmerzte von frühzeitigem Rheumatismus. Sie schob den Riegel zurück. Dascha schlüpfte schnell herein. Sie war ein kräftiges junges Mädchen mit großem, leicht gebogenem Mund.
»Stellt euch nur vor – hört!« lachte sie hell, ohne zu vergessen, hinter sich den Riegel zu schließen. »Mit Müh und Not habe ich mich gerade einem Kavalier entwunden! Wem wohl? Ratet einmal!«
»Hast du so viele Verehrer?« staunte Ljuda und kramte dabei in ihrem Koffer.
Wirklich, die Universität erholte sich vom Krieg wie von einer Ohnmacht. In der Aspirantur gab es nur wenige Männer, und alle hatten irgendeinen Schaden.

»Wart einmal!« Olenjka stieg in das Spiel ein, sie erhob ihre Hand und schaute mit hypnotischem Blick auf Dascha — das Bügeleisen hatte sie aufgestellt. War es der Kinnladen?«
Der ›Kinnladen‹ war ein Aspirant, der schon dreimal hintereinander in dialektischem und historischem Materialismus durchgefallen und als hoffnungsloser Dummkopf aus der Aspirantur ausgeschieden war.
»Der *Büfettkellner*!« rief Dascha aus, sie nahm ihre Ohrenklappenmütze von ihren stramm gefaßten dunklen Haaren und hängte sie an den Haken. Sie zögerte noch, ihren billigen Mantel mit seinem Schaffellkragen auszuziehen, den sie vor drei Jahren auf Textilpunkte im Universitätsladen gekauft hatte. So stand sie an der Tür.
»Wer ist das???!«
»Ich fahre in der Tram, und er steigt ein«, lachte Dascha. »Er erkannte mich sofort. ›Bis wohin fahren Sie?‹ Nun, wo sollte ich hin, wir fuhren zusammen. ›Sie arbeiten nicht mehr im Bad? Ich war viele Male dort, aber Sie waren nicht da‹.«
»Du hättest sagen sollen ...« — Daschas Lachen steckte Olenjka an und griff wie ein Feuer auf sie über —» ... du hättest sagen sollen ... du hättest sagen sollen ...!« Sie brachte es nicht fertig, ihren Vorschlag wirklich auszusprechen, und ließ sich lachend auf ihrem Bett nieder.
»Welcher Büfettkellner? Welches Bad?« wollte Ershika wissen.
»Du hättest sagen sollen ...« platzte Olenjka dazwischen, aber sie wurde schon wieder von neuem Lachen geschüttelt. Sie streckte ihre Hände aus und versuchte mit ihren Fingern deutlich zu machen, was ihr im Hals steckenblieb.
Auch Ljuda lachte los. Ershika aber verstand nichts. Das strenge, unschöne Gesicht Musas verzog sich zu einem Lächeln. Sie nahm ihre Brille ab und putzte an ihr herum.
»›Wohin‹, so sagte er, ›gehen Sie? Wen haben Sie dort in der Studentenstadt?‹« fügte Dascha glucksend hinzu. »Ich sagte ... ich kenne dort eine Hauswartsfrau! ... Sie ... strickt Fausthandschuhe ...!«
»Faust-hand-schuhe?«
»Ja, sie strickt!!!«
»So sagt mir doch, ich will es wissen, welcher Büfettkellner ist das denn?« bat Ershika.
Olenjka wurde der Rücken geklopft. Sie lachte überhaupt sehr leicht. Für sie war Lachen nicht nur eine Notwendigkeit ihrer Jugend, sondern nach ihrer Theorie war es nützlich sowohl für den, der lachte, als auch für den, der das Lachen hörte, und lebensfähig war nur ein Mensch, der auch von Herzen lachen konnte.
Sie beruhigten sich. Das Eisen glühte und wartete. Olenjka spritzte flink Wasser auf ihr Jackett und breitete geschickt ein weißes Tuch darüber.

Dascha zog ihren Mantel aus. In dem anliegenden Pullover und dem schlichten Rock mit dem enggeschnallten Gürtel konnte man erst sehen, wie biegsam und schön sie war – es machte ihr keine Mühe, sich einen ganzen Tag lang über eine beliebige Arbeit zu beugen. Sie schlug den bunten Überwurf zurück und setzte sich vorsichtig auf den Rand ihres Bettes, das sorgfältig, beinahe andachtsvoll gemacht war, mit besonders gut aufgeschüttelten Kissen und Kißchen, einem Spitzenüberwurf, gestickten Deckchen an der Seitenwand. Sie erzählte Ershika:

»Das war schon im Herbst, es war warm, noch vor deiner Ankunft ... ja, wo sollte man sich einen Freier suchen? Durch andere kennenlernen? Ljuda riet mir, in den Sokolniki-Park zu gehen, aber *allein*! Die Mädchen verdürben sich alles, wenn sie immer zu zweit gingen.«

»Das stimmt auch!« rief Ljuda dazwischen. Mit Sorgfalt entfernte sie einen kleinen Flecken von der Spitze ihres Pantoffels. »Es ist sonderbar, ein Mädchen allein zu sehen. Unwillkürlich will man mit ihr ins Gespräch kommen.«

»Ja, ich ging also«, fuhr Dascha fort, nun aber ohne diese Fröhlichkeit in der Stimme. »Ich gehe und setze mich dann und sehe auf die Bäume. Und wirklich, in Kürze kommt jemand, er ist von ganz angenehmem Äußeren. Wer ist es wohl? Es erweist sich, daß er als Büfettkellner in einer großen Speisegaststätte arbeitet. Und wo ich arbeite? – Ich schämte mich und sagte nicht, daß ich Aspirantin sei. Überhaupt, eine gelehrte Frau – das ist ein Schrecken für die Männer ...«

»Ach, red nicht so! Der Teufel mag wissen, wohin das führt!« wandte Olenjka schnell und unzufrieden ein.

In einer Welt, die unmittelbar nach dem Krieg so zerschlagen und leer geworden war, in der dort schwarze Gruben gähnten, wo sich gleichaltrige oder um fünf, zehn oder fünfzehn Jahre ältere Männer hätten tummeln und lachen sollen, war es unmöglich, durch diese Worte über die ›gelehrte Frau‹ – von denen man nicht wußte, wer sie erdacht hatte, sie waren grob und ohne Sinn – den hellen warmen Strahl zuzudecken, der diesen Mädchen geblieben war, sie rief und leitete.

»Ich sagte, ich arbeite als Kassiererin in einem Bad. Er wollte es genauer wissen, in welchem Bad und in welcher Schicht. Kaum konnte ich ihm entrinnen ...«

Alles Lebhafte war von Dascha gewichen. Ihre dunklen Augen waren sehnsuchtsvoll.

Den ganzen Tag über hatte sie in der Lenin-Bibliothek gearbeitet, dann sich an den wenig schmackhaften Gerichten im Speisesaal nicht satt gegessen und war nun verzagt nach Hause gekommen, vor sich sah sie einen leeren Sonntagabend, der ihr nichts versprach.

Es hatte einmal eine Zeit gegeben, in den mittleren Klassen, als sie die geräumige alte Schule in ihrem Heimatdorf besucht hatte, da hatte sie gern gelernt. Dann war es eine Freude für sie gewesen, daß es ihr gelungen war, auf Vorschlag des Instituts hin einen Paß zu bekommen und sich in der Stadt registrieren lassen zu können. Aber das lag nun schon viele Jahre zurück. Nacheinander hatte sie achtzehn Jahre gelernt; sie hatte genug vom Studieren, ihr schmerzte schon der Kopf. Wozu lernen? Die Freude der Frau ist einfach – ein Kind zur Welt bringen –, aber es gab niemanden, von dem es hätte sein können, niemanden, für den es hätte sein können.

Nachdenklich schaukelte sie hin und her und sagte in den stillen Raum hinein nun ihren Lieblingsspruch auf:

»Nein, meine Lieben, das Leben ist kein Roman ...«

Zu Hause in ihrer Maschinen- und Traktorenstation gab es einen Agronomen. Er schrieb Dascha und wollte sie heiraten. Aber hier stand sie nun kurz davor, Kandidat der Wissenschaften zu werden. Heiratete sie den Agronomen, so würde das ganze Dorf sagen: ›Wozu hat das Mädchen nur eigentlich studiert? Für ihn hätte es doch jede beliebige Feldarbeiterin getan ...‹ Auf der anderen Seite fühlte Dascha, daß sie es auch als Kandidat der Wissenschaften nicht fertigbringen würde, einen Fuß in die Gesellschaft zu setzen, der sie angehören wollte: Ihr fehlten jene Zwanglosigkeit und Leichtigkeit, die der unverfrorenen Ljuda eigen waren.

Voller Neid betrachtete sie diese und sagte:

»Ljuda! An deiner Stelle würde ich mir die Füße waschen.«

Ljuda sah auf:

»Meinst du?«

Wasser mußte auf der Kochplatte heiß gemacht werden, aber auch die war gerade versteckt, und der geheime Stecker wurde für das Bügeleisen gebraucht.

Die aktive Dascha wollte ihren Gram durch irgendeine Arbeit vertreiben. Sie erinnerte sich, daß sie sich neue Unterwäsche gekauft hatte, die ihr aber nicht paßte; sie hatte sie nehmen müssen, solange noch etwas da war. Sie holte sie hervor und begann, an ihr herumzunähen.

Alle waren nun still, der Tisch wackelte etwas vom Bügeln. Musa hätte sich jetzt auf den Brief konzentrieren können. Aber nein, es war unmöglich! Musa las die letzten Sätze noch einmal durch, änderte ein Wort, zog einige undeutlich geschriebene Buchstaben nach ... – nein, der Brief wollte nichts werden! Der Brief enthielt eine Lüge, und Vater und Mutter würden das sofort merken. Sie würden verstehen, daß es der Tochter schlecht ging, daß ihr irgend etwas Schlimmes widerfahren war. Aber warum schrieb Musa nicht offen davon? Warum log sie zum erstenmal?

Wäre jetzt niemand im Zimmer gewesen, Musa hätte tief gestöhnt. Oder sie hätte einfach laut aufgeschrien. Vielleicht wäre es ihr dann leichter geworden. So aber legte sie den Füllfederhalter beiseite und stützte ihre Stirn in die Hände. Sie verdeckte ihr Gesicht. So war es! Das war die Wahl für ein ganzes Leben, und niemanden konnte sie um Rat fragen! Sie konnte niemanden um Hilfe angehen! Und am Dienstag würde sie wieder vor diesen beiden stehen, die so dreist waren, feststehende Redensarten bereithielten, für alle Fälle gerüstet waren. Sicher war es auch so, wenn ein Geschoßsplitter in den Körper traf – es war etwas Fremdes, Stählernes, und schien mehr zu sein, als es wirklich war. Wie schön wäre es gewesen, ohne diesen Stahlsplitter in der Brust zu leben! Aber jetzt konnte sie nicht mehr entrinnen, alles war verloren. Denn sie gaben nicht nach, aber auch du wirst nicht nachgeben! Du wirst nicht nachgeben, denn wie wäre es dir sonst möglich, noch über das Menschliche in Hamlet oder Don Quichotte zu urteilen, wenn du dir gleichzeitig immer dessen bewußt sein müßtest, daß du ein Spitzel bist, einen Decknamen hast – vielleicht Romaschka oder Tresorka – und daß du Material über diese Mädchen hier sammeln mußt und vielleicht sogar über deinen Professor.

Musa wischte sich die Tränen von ihren zusammengekniffenen Augen; sie bemühte sich, es unbemerkt zu tun.

Olenjka hatte ihren Rock gebügelt. Nun war die cremefarbene Bluse mit den hellrosa Knöpfen an der Reihe.

»Und wo ist Nadja?« fragte Dascha.

Niemand hatte sie gerufen. Niemand wußte, wo sie war.

Über ihrer Näharbeit kam es Dascha nun in den Sinn, über Nadja zu sprechen. Und sie fuhr fort:

»Was denkt ihr, wie lang kann man so leben? Nun ja, er ist vermißt. Aber seit Kriegsende sind schon fünf Jahre vergangen. Meint ihr nicht, es wäre Zeit, sich jetzt loszureißen? Sich wieder dem Leben zuzuwenden?«

»Ach, was du da sagst! Was du nur sagst!« rief Musa gequält aus und hob die Hände hoch. Die großen Ärmel ihres graukarierten Kleides rutschten zurück und entblößten ihre weichen weißen Arme. »Nur so kann man leben! Die wahre Liebe reicht über das Grab hinaus!«

Die saftigen vollen Lippen Olenjkas verzogen sich:

»Über das Grab hinaus? Das ist etwas, das sich der Erfahrung unserer Sinne entzieht. Man kann ein gutes Gedenken bewahren, liebevolle Erinnerungen – aber Liebe?«

»Während des Krieges«, mischte sich Ershika ein, »haben sie viele Menschen weit weg transportiert, über den Ozean hinweg. Vielleicht ist er dort und lebt.«

»Nun ja, das ist möglich«, stimmte Olja bei. »Das kann sie hoffen. Aber im allgemeinen ... Nadja gehört zu den Menschen, die es lieben, sich am eigenen Kummer zu berauschen. Aber nur am eigenen. Ohne Kummer könnten sie nicht leben.«

Dascha hörte auf zu nähen und wartete, bis alle ausgeredet hatten. Langsam führte sie das Ende der Nadel am Saum entlang, als würde sie die Spitze schärfen. Sie wußte, wenn sie ihnen jetzt etwas eröffnete, würden alle erstaunt sein.

»Hört einmal her«, sagte sie jetzt gewichtig. »Nadja macht uns das alles vor, sie lügt. Sie glaubt nicht, daß ihr Mann tot ist, und hofft auch nicht auf seine Rückkehr, wie es wäre, wenn er vermißt wäre. Sie *weiß*, daß ihr Mann lebt. Und sie weiß sogar, *wo er ist.*«

Die Mädchen gerieten in Aufregung: »Woher hast du das?«

Dascha sah sie siegesbewußt an. Schon lange hatte man sie im Zimmer wegen ihrer hervorragenden Beobachtungsgabe »Untersuchungsrichter« getauft.

»Man muß nur hören können. Habt ihr einmal gehört, daß sie von ihm als einem Toten sprach? Nein. Sie vermeidet es auch zu sagen ›er war‹, und genauso umgeht sie es, von ihm in der Vergangenheit oder Gegenwart zu reden. Ja, und wenn er vermißt wäre, so würde man doch wohl ein einziges Mal daran denken, daß er vielleicht doch tot sein könnte, oder?«

»Aber was ist dann mit ihm?«

»So ist es!« rief Dascha und warf ihre Näharbeit beiseite. »Ist euch das nicht klar?«

Nein, ihnen war nichts klar.

»Er lebt, aber er hat sie *verlassen*! Und sie schämt sich, das einzugestehen! Es ist ihrer Meinung nach erniedrigend! Und so hat sie sich das ausgedacht, daß sie ohne Nachricht von ihm sei.«

»Ja, ja, das glaube ich! Das glaube ich!« fiel Ljuda zustimmend ein. Sie stand hinter dem Vorhang und spülte sich den Mund.

»Das ist wahr, Dascha!« Ljuda schlüpfte hinter dem Vorhang hervor, sie war ohne Morgenrock, nur mit einem Hemdchen bekleidet, barfüßig. Das ließ sie noch größer und wohlgestalteter erscheinen. »Der Kummer hat sie verzehrt, und deshalb hat sie sich das auch ausgedacht. Sie wollte eine Heilige sein, die einem Toten treu blieb. Aber nichts opfert sie, sie zittert sehnend, daß jemand sie liebkosen möchte, aber niemand *will* sie! So ist es, du gehst durch die Straße, und nach dir sehen sie sich um, aber sie könnte sich selbst an jemanden heften — niemand wollte sie.«

Sie verschwand wieder hinter dem Vorhang.

»Man muß überhaupt nicht darauf warten, daß die Leute einen ansehen!« warf Olenjka entschieden ein. »Man muß darüberstehen können.«

»Ha-ha!« Ljuda lachte laut. »Du kannst leicht so etwas sagen, nach dir sehen sie.«
»Aber Schtschagow kommt zu ihr«, sagte Ershika, und sie hatte Mühe, das ›schtsch‹ auszusprechen.
»Daß er kommt, bedeutet nichts!« fügte die unsichtbare Ljuda bestätigend hinzu. »Er müßte anbeißen!!«
»Was heißt das – ›anbeißen‹?« Ershika verstand nicht.
Alle lachten.
»Nein, ihr sagt das so«, drängte Dascha. »Aber vielleicht hofft sie doch, ihren Mann von *der anderen* wieder zurückzubekommen?«
An der Tür konnte man das verabredete Klopfen hören – »Das Bügeleisen müßt ihr nicht verstecken, es ist jemand von euch«.
Alle schwiegen. Dascha schob den Riegel zurück. Herein kam Nadja, sie ging schleppenden Schrittes mit bedrücktem, langem Gesicht, gerade, als wollte sie die schlechtesten Spöttereien Ljudas über sie bestätigen. Es war seltsam, nicht einmal ein freundlich-angenehmes Wort hatte sie für die Anwesenden. Sie sagte nicht ›Hier bin ich‹ oder ›Nun, was gibt es Neues?‹ Sie hängte ihren Pelz an den Haken und ging zu ihrem Bett.
Jetzt irgendwelche unbedeutenden Worte zu sagen, wäre ihr schwerer gefallen als alles andere.
Ershika las. Olenjka bügelte fertig, nun schon bei herabgezogener Lampe.
Keines der Mädchen wußte, was es sagen sollte. Dascha hatte ihre Näharbeit wieder aufgenommen; sie wollte die lastende Stille des Zimmers durchbrechen, streckte ihre Hand aus und sagte gleichsam abschließend:
»So ist es, das Leben ist kein Roman . . .«

45

Alte Jungfer!

Nach dem Wiedersehen mit ihrem Mann wollte Nadja nur mit einer Leidensgenossin zusammensein und mit ihr nur über die sprechen, die hinter Gittern saßen. Vom Lefortowo-Gefängnis aus fuhr sie durch ganz Moskau nach Krasnaja-Presnja zu Sologdins Frau, um die drei geheiligten Worte ihres Mannes zu übermitteln.
Aber die Sologdina war nicht zu Hause. Sie mußte alles, was für sie und ihren Sohn in der Woche angefallen war, am Sonntag erledigen. Bei den Nachbarn konnte man für sie nichts hinterlassen: Von der Sologdina selbst wußte Nadja, und sie konnte es sich auch leicht vorstellen, daß die

Nachbarn sich ihr gegenüber feindselig verhielten und ihr nachspionierten.
Nadja war die steile, auch tagsüber vollkommen dunkle Treppe aufgeregt und in der Vorfreude auf das Gespräch mit dieser liebenswerten Frau hinaufgestiegen; herunter kam sie nicht nur enttäuscht, sondern gebrochen. Und wie auf Fotopapier, das in farblose, harmlos erscheinende Entwicklerlösung gelegt ist, allmählich unerbittlich die schon in ihm enthaltenen, aber bisher noch nicht sichtbaren Bilder erscheinen, so begannen sich nun in Nadja nach dem erfolglosen Gang zur Sologdina all die düsteren Gedanken und dumpfen Vorahnungen, die schon bei dem Wiedersehen aufgetaucht waren, aber nicht auf einmal hatten erfaßt werden können, zu verdichten.
Er hatte gesagt – ja, ja, hatte er nicht so gesagt? – »Wundere dich nicht, wenn sie mich fortschicken, wenn sie die Briefe zurückhalten ...« Es ist möglich, daß er fortkommt! ... Und sogar diese Wiedersehen, die es nur einmal im Jahr gab – würden sie dann streichen? ... Was sollte dann mit Nadja werden? ...
Und irgend etwas vom Oberlauf der Angara ...
Ob er wohl jetzt plötzlich an Gott glaubte? ... Er hatte da so etwas gesagt ... Das Gefängnis verwirrt seinen Geist, führt ihn zur Mystik, zum Idealismus, lehrt ihn Ergebenheit. Sein Charakter ändert sich, und wenn er zurückkommt, so wird er ein vollkommen fremder Mensch sein ...
Und die Hauptsache – er hatte drohend gesagt: »Mach dir keine zu großen Hoffnungen, was das Ende meiner Frist betrifft. Eine Frist ist eine Abhängigkeit.« Beim Wiedersehen hatte Nadja ausgerufen: das glaube ich nicht! Das kann nicht sein! Aber seither waren Stunden vergangen. Ihren Gedanken ganz hingegeben, war Nadja wieder durch Moskau gelaufen, von Krasnaja Presnja zum Sokolniki-Park; diese Gedanken bohrten in ihr, und mit nichts konnte sie sich ihrer erwehren.
Und wenn nun Glebs Frist niemals zu Ende sein würde – worauf dann warten? Wozu leben?
Für den Speisesaal in Stromynka war es jetzt auch schon zu spät. Diese bedeutungslose Kleinigkeit reichte aus, sie in Verzweiflung geraten zu lassen! Es kam ihr auch plötzlich in den Sinn, daß sie vor zwei Tagen mit zehn Rubel bestraft worden war, als sie von der hinteren Plattform eines Busses ausgestiegen war. Zehn Rubel waren viel Geld, das waren vor der Währungsreform hundert Rubel.
In Stromynka stand in dem beginnenden angenehmen Schneetreiben ein Junge mit in die Stirn geschobener Mütze und verkaufte Zigaretten der Marke ›Kasbek‹, die alle auf einem Haufen lagen. Nadja trat auf ihn zu und kaufte zwei Zigaretten.
»Und wo gibt es Streichhölzer?« fragte sie mehr zu sich selbst, aber laut.

»Hier, Tante, zünd sie dir an!« Freundlich reichte der Junge ihr eine Schachtel Streichhölzer. »Das Feuer kostet nichts!«
Ohne zu bedenken, wie es sich ausnehmen mochte, begann Nadja auf der Straße zu rauchen, nachdem sie mit dem zweiten Streichholz die Zigarette schief von einer Seite angezündet hatte. Sie gab die Schachtel zurück, und da sie noch keine Lust hatte, in das Gebäude zu gehen, begann sie langsam auf und ab zu gehen. Sie war nicht an das Rauchen gewöhnt, es war aber auch nicht ihre erste Zigarette. Der brennende Rauch verursachte ihr Schmerz und Übelkeit – das verminderte etwas die Last, die auf ihrem Herzen lag.
Als sie die Zigarette halb geraucht hatte, warf Nadja sie fort und stieg hinauf in das Zimmer 418. Dort ging sie voller Widerwillen an Ljudas ungemachtem Bett vorbei und ließ sich schwer auf das ihre nieder; mehr als alles wünschte sie, daß sie jetzt doch niemand etwas fragen möge.
Sie saß, und ihre Augen streiften gleichgültig die vier Stapel ihrer Dissertationsarbeit auf dem Tisch – vier maschinengeschriebene Exemplare. Ungern erinnerte sich Nadja an die endlose Plackerei mit dieser Dissertation – Skizzen, Fotokopien, erste Überarbeitung, die zweite, und nun war alles zurückgegeben worden, zur dritten.
Es kam ihr in den Sinn, wie unberechtigt man die Dissertation hinausgezögert hatte; sie dachte an jene geheime *spezielle* Bearbeitung, die allein ihr jetzt einen Verdienst und gleichzeitig Ruhe geben konnte. Aber der Weg war ihr durch den schrecklichen, acht Seiten umfassenden Fragebogen verlegt, den sie am Dienstag in der Personalabteilung abgeben mußte.
Schrieb sie alles, so mußte sie zum Wochenende die Universität, das Wohnheim und Moskau verlassen.
Oder – sie mußte sich sofort scheiden lassen ...
Gleb hatte ihr zu nichts geraten ...
Ihr gehetztes, belastetes Gehirn konnte keinen Ausweg finden.
Ershika machte ihr Bett, so gut sie es konnte – es gelang ihr nicht absonderlich gut, ihr ganzes Leben über war diese Arbeit für sie von einem Dienstmädchen gemacht worden – dann schminkte sie sich vor einem Spiegel die Lippen, die Wangen und ging in die Lenin-Bibliothek.
Musa versuchte zu lesen, aber sie konnte sich nicht konzentrieren.
Sie bemerkte Nadjas lastend-traurige Bewegungslosigkeit und sah sie besorgt an, konnte sich jedoch nicht entschließen, eine Frage an sie zu richten.
»Ja!« erinnerte sich Dascha, die jetzt beschloß zu bügeln – ohne etwas zu tun, konnte sie nicht dasitzen. »Ich habe heute gehört, daß das Büchergeld dieses Jahr auf das Doppelte erhöht werden soll.«
Olenjka fuhr hoch:

»Du machst Spaß?«
»Unser Dekan hat es zu den Mädchen gesagt.«
»Wart einmal, wieviel ist das dann?« Olenjkas Gesicht rötete sich leicht durch die Erregung, die Geld nur bei solchen Leuten hervorrufen kann, die weder daran gewöhnt noch gierig danach sind. »Dreihundert und dreihundert, das macht sechshundert, siebzig und siebzig, das macht hundertvierzig, fünf und fünf ... oho!« rief sie aus und klatschte in die Hände. »Siebenhundertfünfzig!! Ja, ja!«
»Jetzt wirst du dir den ganzen Solowjow kaufen!« sagte Dascha.
»Ich weiß nicht, ich weiß nicht«, lachte Olenjka. »Vielleicht auch ein granatrotes Kleid aus Kreppgeorgette, kannst du dir das vorstellen?« Sie hob den Saum ihres Mantels mit den Fingerspitzen hoch. »Und mit doppeltem Volant?!«
Olenjka besaß nicht sehr viel. Erst im letzten Jahr war bei ihr das Interesse für diese Dinge zurückgekehrt. Ihre Mutter war sehr lange krank gewesen und im vorletzten Jahr gestorben. Seitdem hatte Olenjka niemanden mehr. Vater und Bruder hatten sie innerhalb einer Woche, damals, zweiundvierzig, begraben. Die Mutter war dann schwer erkrankt, und Olenjka mußte aus ihrem ersten Geschichts-Semester ausscheiden, verlor ein Jahr und machte dann einen Fernkurs. Nachts arbeitete sie in einem Krankenhaus, tagsüber besorgte sie den Haushalt, ging in den Wald, um Holz zu sammeln, damit sie Brennholz hätten, tauschte für ihre Brotabschnitte Milch für die kranke Mutter ein.
Nichts von alledem war jetzt auf ihrem runden, lieblichen sechsundzwanzigjährigen Gesicht zu sehen.
Ihrer Meinung nach mußte der Mensch alles überwinden und durfte seine Umgebung nichts spüren lassen.
Deshalb war sie jetzt darüber erzürnt, wie Nadja ihr Leiden zur Schau trug, wie sie auf ihrem Bett ihr gegenübersaß und alle mit ihrem Anblick bedrückte.
Olja fragte:
»Was ist mit dir, Nadjuscha? Du bist doch am Morgen fröhlich weggegangen.«
Die Worte waren mitfühlend, aber in ihnen lag eine gewisse Gereiztheit. Es ist unbekannt, durch welche Halbtöne in unserer Stimme unser Gefühl sich verrät.
Nadja erkannte nicht nur die Gereiztheit in Olenjkas Stimme, sondern sah auch, wie sich ihre Bettnachbarin vor dem Spiegel anzog, eine rubinrote Blümchenbrosche an den Aufschlag ihres Jacketts heftete, wie sie sich parfümierte.
Und dieser Duft, der Olja unsichtbar wie eine Freudenwolke umgab, war für Nadja der Geruch nach Verlust.

Ohne ihren Gesichtsausdruck zu ändern, sagte Nadja mit großer Mühe: »Ich störe euch? Ich verderbe euch die Laune?«

In diesen Worten lag kein Vorwurf, aber sie klangen wie ein Vorwurf.

Olenjka richtete sich auf, schürzte ihre Lippen, ihr Kinn nahm einen harten Ausdruck an.

Die beiden Mädchen sahen einander an, über den mit der Dissertationsarbeit belegten Tisch hinweg.

»Sieh, Nadja«, sagte Olenjka deutlich. »Ich möchte dich nicht beleidigen. Aber wie unser gemeinsamer Freund Aristoteles sagt, ist der Mensch ein Gesellschaftstier. Er mag um sich herum Fröhlichkeit verbreiten, aber das Recht, Traurigkeit zu verbreiten, hat er nicht.«

Nadja saß nach vorn gebeugt, in dieser Haltung glich sie einer alten Frau.

»Kannst du verstehen«, fragte sie mit leiser, niedergeschlagener Stimme, »wie schwer einem das Herz sein kann?«

»Ja, ich kann das *sehr gut* verstehen! Es ist dir schwer zumute, das glaube ich. Aber du darfst nicht glauben, daß du die einzige auf der ganzen Welt bist, die leidet. Möglicherweise müssen andere viel mehr erleben als du. Denk daran!«

Sie sagte nichts weiter, warum denn ein Mensch, der vermißt war, der ersetzt werden konnte, ein Mann, den man ersetzen konnte, mehr sei, als ein erschlagener Vater, ein erschlagener Bruder und eine gestorbene Mutter, die niemals ersetzt werden können?

Sie stand hoch aufgerichtet vor Nadja und sah sie streng an.

Nadja verstand ausgezeichnet, was Olenjka über Verluste – über ihre eigenen Verluste – sagte. Sie verstand es, sie nahm es aber nicht an. Denn für sie stellte es sich so dar: Jeder Tod ist unwiderruflich, aber trotzdem ereignet er sich nur ein einziges Mal. Er erschüttert uns nur ein einziges Mal. Dann rückt er ganz unmerklich, langsam, langsam in die Vergangenheit, und wir befreien uns nach und nach von unserem Schmerz. Wir stecken eine rubinrote Brosche an, parfümieren uns, gehen zu einer Verabredung.

Nadjas Kummer aber konnte nicht zerstreut werden – er war immer um sie, hielt sie immer gefangen, in der Vergangenheit, in der Gegenwart und Zukunft. Und wie sehr sie auch danach trachtete, was sie auch unternahm, um sich zu befreien – es gelang ihr nicht, er hielt sie fest in seinen Klauen.

Um wirklich zu antworten, wäre es nötig gewesen, sich zu offenbaren. Aber das Geheimnis war zu gefährlich.

So gab Nadja nach, log, beugte sich über die Dissertation.

»Bitte entschuldigt, es war zuviel. Es geht über meine Kräfte, noch einmal alles umzuarbeiten. Wie oft kann man das überhaupt?«

Als klar wurde, daß Nadja ihren Kummer nicht über den aller anderen stellte, fiel von Olenjka mit einemmal der Ärger ab, und sie sagte begütigend:
»Wenn du die Ausländer ausmerzen mußt, so kann ich dir nur sagen, daß du nicht allein bist. Was läßt du dich dadurch bekümmern?«
Die Ausländer ausmerzen bedeutete, überall im Text Stellen wie »Laue hat bewiesen« zu ersetzen durch »einem Gelehrten gelang es zu beweisen«, oder »wie Langmuir überzeugend darlegte« umzuwandeln in »wie dargelegt wurde«. Wenn ein Nichtrusse, vielleicht ein Deutscher oder Däne im russischen Dienst sich durch eine noch so geringfügige Kleinigkeit hervorgetan hatte, so mußte unbedingt sein ganzer Name mit Vatersname angegeben werden, sein übergroßer Patriotismus und seine unsterblichen Verdienste vor der Wissenschaft hervorgehoben werden.
»Es geht nicht um die Ausländer, die habe ich schon längst ausgemerzt. Jetzt muß das Akademiemitglied B . . . verschwinden.«
»Unser sowjetischer B . . .?«
». . . und seine ganze Theorie. Und auf sie habe ich doch alles aufgebaut. Es hat sich aber herausgestellt, daß er . . . daß seine . . .«
Plötzlich war das Akademiemitglied B . . . in dieselbe unterirdische Welt verschwunden, in der auch Nadjas Mann sich befand.
»Komm, nimm es nicht so tragisch!« sagte Olenjka in gutmütigem Ton. »Denk lieber daran, daß sie es dich rechtzeitig ausbessern lassen. Es gibt Schlimmeres. Sieh, Musa hat mir erzählt . . .«
Aber Musa hörte schon nichts mehr. Glücklicherweise hatte sie sich in ein Buch vertiefen können, und nun war das ganze Zimmer um sie herum nicht mehr vorhanden.
». . . in der Literaturfakultät haben sie vor vier Jahren einer Studentin erlaubt, ihre Dissertation über Zweig zu verteidigen, sie ist jetzt schon lange Dozentin. Plötzlich bemerkten sie jetzt, daß in ihrer Dissertation dreimal gesagt wird, daß ›Zweig ein Kosmopolit ist‹ und die Doktorandin dies gutzuheißen schien. So rief man sie zur höchsten Gutachterkommission und nahm ihr das Diplom weg. Schrecklich!«
»Puuh, Naljka! Du verzweifelst schon in der Chemie!« rief Dascha dazwischen. »Was sollen wir dann sagen, in der Politökonomie? Sollen wir unseren Hals in Schlingen legen? Wir können nicht atmen. Gepriesen sei da Stushajla-Oljabyschkin, er hilft mir aus der Patsche!«
In der Tat war allen bekannt, daß Dascha nun schon das dritte Dissertationsthema bekommen hatte. Ihr erstes Thema hatte gelautet ›Probleme der Gemeinschaftsverpflegung im Sozialismus‹. Dieses Thema war vor zwanzig Jahren ein klares Thema gewesen, als jedem beliebigen Pionier, und zu ihnen gehörte auch Dascha, genau bewußt war, daß die häusliche Küche in Kürze sterben würde, daß die häuslichen Herde er-

löschen würden, die aus der Knechtschaft befreiten Frauen Frühstück und Mittagessen in den Fabrikküchen erhielten. Dieses Thema wurde mit den Jahren unklar und sogar gefährlich. Es wurde offenbar, daß jeder, der im öffentlichen Speisesaal aß, wie zum Beispiel Dascha selbst, dies nur aus einer verfluchten Notwendigkeit heraus tat. Zwei Formen der Gemeinschaftsverpflegung hatten überlebt: die Verköstigung im Restaurant, hier waren aber die sozialistischen Prinzipien nicht klar erkennbar, und die Verköstigung in den elenden Stehbars, die nur mit Wodka handelten. In der Theorie waren nach wie vor die Fabrikküchen geblieben, weil die *große Koryphäe* in den vergangenen zwanzig Jahren keine Zeit gefunden hatte, sich über die Verpflegung auszusprechen. Deshalb war es gefährlich und riskant, irgend etwas Eigenes dazu zu äußern. Dascha quälte und quälte sich; der Doktorvater änderte ihr das Thema. Aber auch das neue stammte nicht von der richtigen Liste: ›Der Handel mit Gebrauchsgütern im Sozialismus‹. Material gab es auch zu diesem Thema nur wenig. Obwohl in allen Reden und Direktiven davon gesprochen wurde, daß die Gebrauchsgüter produziert und verteilt werden könnten und sogar müßten, sah es in der Praxis ganz anders aus. Verglichen mit Walzstahl und Ölprodukten waren die Gebrauchsgüter sehr im Hintertreffen. Und ob die Leichtindustrie sich weiterentwickeln oder mehr und mehr dahinsiechen würde, das wußte nicht einmal der Gelehrtenrat, und so lehnte er das Thema ab. Leute, die es gut mit ihr meinten, berieten sie, und so wählte sich Dascha ihr Thema selbst: ›Stushajla-Oljabyschkin – ein russischer Politökonom des 19. Jahrhunderts‹.

»Hast du wenigstens irgendwo ein Bild von deinem Wohltäter gefunden?« fragte Olenjka lachend.

»Das ist es ja eben, ich konnte keins finden!«

»Das ist eine glatte Undankbarkeit von dir!« Olenjka bemühte sich jetzt, Nadja aufzuheitern, etwas von ihrer Vorfreude auf das Rendezvous auf sie übergehen zu lassen.

»Wenn ich eines gefunden hätte, hätte ich es mir über das Bett gehängt. Ich stelle ihn mir so vor: Er war ein ehrwürdiger alter Gutsbesitzer mit unbefriedigten geistigen Bedürfnissen. Nach einem reichen Frühstück saß er in seinem großen Morgenrock am Fenster, in der tiefen Provinz von Eugen Onegin, wohin die Stürme der Geschichte nicht reichten, und sah, wie die junge Magd Palaschka die Ferkel fütterte. Ungeduldig überlegte er für sich

wie der Staat gedeihe,
wovon er lebe . . .

Abends spielte er Karten . . .« Olenjka schüttete sich vor Lachen aus.

Ljuda hatte unterdessen ihr himmelblaues Kleid angezogen, das vorher wie ein Fächer über ihrem Bett gelegen hatte. Schmerzerfüllt schielte

Nadja von der Seite auf das ungemachte Bett. Vor dem Spiegel zog Ljuda sich erst die Brauen nach und schwärzte ihre Wimpern, dann malte sie ganz sorgsam ihre Lippen zu einem Blütenblatt.

»Kinder, achtet einmal darauf«, sagte Musa unvermittelt, gerade als wären sie in ein Gespräch verwickelt gewesen und alle würden ihre Meinung erwarten. »Wodurch unterscheiden sich eigentlich die Helden der russischen Literatur von denen der westeuropäischen? Die bekanntesten Helden der westlichen Schriftsteller trachten immer nach einer Karriere, nach Ruhm, nach Geld. Der russische Held aber strebt nicht nach Essen und Trinken, er sucht die Gerechtigkeit und das Gute. Ist es nicht so?«

Und wieder vertiefte sie sich in ihre Lektüre.

Ljuda hatte schon ihre Überschuhe angezogen und griff gerade nach ihrem Pelz. Nadja blickte scharf nach ihrem Bett hin und sagte ekelerfüllt:

»Du läßt uns jetzt wohl hier zurück, und wir können dann hinter dir her diesen Schlampladen aufräumen?«

»Aber bitte schön, du brauchst nichts aufzuräumen!« Ljuda geriet in Wut, ihre Augen blitzten. »Wage es nicht noch einmal, mein Bett anzufassen!!« Ihre Rede ging in einen Schrei über. »Und lehre mich keine Moral!!«

»Es wird Zeit, daß du endlich einmal begreifst!« Nadja platzte heraus, und all ihr aufgestautes Gefühl schrie aus ihr. »Du beleidigst uns! ... Du meinst, für uns gibt es nichts anderes als dein abendliches Vergnügen?«

»Bist du neidisch? Bei dir beißt keiner an, nicht wahr?«

Die Gesichter der beiden verzerrten sich und wurden scheußlich, wie immer bei Frauen, wenn sie böse sind.

Olenjka hatte schon ihren Mund geöffnet, um auch auf Ljuda einzuhacken, aber in dem Ausdruck ›abendliches Vergnügen‹ lag ihrer Meinung nach eine Beleidigung.

Es konnte doch sein, daß diese abendlichen Ausgänge kein solches Vergnügen waren, wie sie es von außen betrachtet zu sein schienen.

»Es gibt nichts, worauf man neidisch sein könnte!« schrie Nadja laut, ihre Stimme schnappte über dabei.

»Wenn du dich geirrt hast«, schrie Ljuda volltönend, des Sieges gewiß, »und statt ins Kloster hier in die Aspirantur geraten bist, so sitz du nur in der Ecke, aber führe dich nicht auf wie eine Stiefmutter. Das kotzt uns an! Du alte Jungfer!«

»Ljuda! Beherrsch dich!« rief Olenjka.

»Warum kümmert sie sich nicht um sich selbst? Diese alte Jungfer! Alte Jungfer! Du Erfolglose!«

Jetzt mischte sich Dascha ein und wollte kampfesmutig irgend etwas be-

weisen. Musa erhob sich auch und begann drohend mit ihrem Buch vor Ljudas Nase herumzuwedeln und ebenfalls zu schreien:
»Die Beschränktheit lebt hier! Feiert Triumphe!«
Alle fünf kreischten gleichzeitig, keine hörte auf die andere und einigte sich auch nicht mit ihr.
Nadja verstand nichts mehr, sie schämte sich ihres Ausbruchs und ihres Schluchzens, das sie nicht zurückgehalten hatte. So, wie sie war, in den besten Kleidern, die sie zum Wiedersehen angezogen hatte, warf sie sich auf ihr Bett, mit dem Gesicht nach unten, und bedeckte ihren Kopf mit einem Kissen.
Ljuda puderte sich noch einmal, zupfte ihre hellen Locken, die auf den Pelz herabfielen, zurecht, zog ihren Schleier gerade über ihre Augen und ging, ohne ihr Bett gemacht zu haben; als Zugeständnis warf sie nur flüchtig die Decke darüber.
Die anderen riefen Nadja an, aber sie rührte sich nicht. Dascha zog ihr die Schuhe aus und bedeckte ihre Beine mit den Zipfeln der Decke.
Dann hörte man ein Klopfen an der Tür; Olenjka lief rasch auf den Korridor hinaus. Wie ein Wind kehrte sie zurück, legte unter dem Hut ihre Locken zurecht, schlüpfte in einen dunkelblauen Mantel mit gelbem Kragen und ging mit frischem Schritt wieder auf die Tür zu.
Das war ein Gang, der Freude entgegen, aber auch dem Kampf ...
So entsandte das Zimmer 418 nacheinander zwei hübsche und elegant gekleidete Verführerinnen in die Welt hinaus.
Aber es verlor mit ihnen auch das Leben und Lachen; das Zimmer wurde trübe.
Moskau war eine riesige Stadt, aber es gab nichts, wohin man hätte gehen können ...
Musa las nicht weiter, sie hatte ihre Brille abgenommen und ihr Gesicht mit den großen Handflächen verdeckt.
Dascha sagte:
»Olga ist dumm! Er spielt doch nur mit ihr und wirft sie dann weg. Man sagt, er habe irgendeine andere. Vielleicht sogar ein Kind.«
Musa sah aus ihren Handflächen auf:
»Aber Olga ist in keiner Weise an ihn gebunden. Wenn das stimmt, kann sie sich von ihm trennen.«
»In keiner Weise an ihn gebunden!« Dascha verzog ihr Gesicht zu einem schiefen Lächeln. »Was für eine Bindung meinst du dann, wenn ...«
»Du weißt immer alles! Aber woher kannst du das wissen?« sagte Musa aufgebracht.
»Woher ich das wissen soll? Sie bleibt doch nachts bei ihm.«
»Ach, das besagt nichts! Das beweist noch nichts!« erwiderte Musa. »Es geht heutzutage nur so. Anders kannst du niemanden halten.«

Die Mädchen schwiegen, jede war mit sich selbst beschäftigt.
Der Schnee vor dem Fenster verdichtete sich. Dort war es schon dunkel.
Im Heizkörper unter dem Fenster gurgelte leise das Wasser.
Unerträglich war der Gedanke, daß der Sonntagabend nun in dieser Hundehütte dahinsiechen würde.
Dascha dachte an den Büfettkellner, diesen gesunden, starken Mann, den sie abgewiesen hatte. Warum nur? Er hätte sie jetzt vielleicht in irgendeinen Club am Stadtrand geführt, wo niemand von der Universität sonst hinkommt.
»Musotschka, komm, laß uns ins Kino gehen, ich bitte dich darum!« sagte Dascha.
»Was wird gespielt?«
»›Das Indische Grabmal‹.«
»Das ist Quatsch!«
»Aber der Film läuft hier gleich nebenan!«
Musa sagte nichts.
»Es ist langweilig hier!«
»Ich gehe nicht«, sagte Musa. »Arbeite doch!«
Plötzlich wurde das elektrische Licht dunkler – purpurtrüb schimmerten nur noch die Drähte der Birne.
»Das hat uns gerade noch gefehlt!« stöhnte Dascha. »Der Strom ist weg. Man könnte sich aufhängen.«
Musa saß wie eine Statue.
Nadja lag unbeweglich auf ihrem Bett.
»Musotschka, komm, wir gehen ins Kino!«
Es klopfte.
Dascha sah nach und kehrte zurück:
»Naljka! Schtschagow ist da. Stehst du auf?«

46

Das Feuer und das Heu

Nadja schluchzte lange und biß in die Bettdecke, um den Weinkrampf zu überwinden. Ihr Gesicht war salzig, feucht. Das über ihren Kopf gezogene Kissen dämpfte ihr Schluchzen.
Gerne wäre sie jetzt, am späten Abend, irgendwohin gegangen. Aber in dieser Stadt Moskau gab es keinen Platz, wohin sie hätte gehen können.

Es war das erste Mal gewesen, daß man sie im Wohnheim mit solchen Worten gepeitscht hatte: Stiefmutter! Brummbär! Nonne! Alte Jungfer! Am schlimmsten daran war, daß diese Bezeichnungen überhaupt nicht zutrafen.
Aber ist es wohl jemals leicht, so zu leben: das fünfte Jahr mit einer Lüge – einer ständigen Maske, die das Gesicht verzieht und entstellt, die die Stimme schrill und das Urteil gefühllos werden läßt? War sie jetzt vielleicht wirklich eine unausstehliche alte Jungfer?
Es ist so schwer, sich selbst zu beurteilen. Im Wohnheim, wo es nicht wie zu Hause möglich war, daß man einmal mit dem Fuß gegen die Mutter stieß, im Wohnheim unter gleichen lernt man nur, sich selbst auch schlecht zu sehen.
Außer Gleb gab es niemanden, der sie verstehen konnte ...
Aber Gleb konnte sie auch nicht verstehen ...
Nichts hatte er ihr gesagt, was sie tun, wie sie leben sollte.
Nur, daß die *Frist* kein Ende haben wird ... Mit schnellen, gezielten Schlägen hatte ihr Mann alles niedergerissen, was ihr jeden Tag Festigkeit gegeben und in ihrer Einsamkeit ihren Glauben und ihre Erwartung gestützt hatte.
Die Frist wird kein Ende haben!
Das bedeutet, er – braucht mich nicht ...
Mein Gott! Mein Gott!
Nadja lag lang ausgestreckt. Mit offenen unbeweglichen Augen sah sie zwischen Kissen und Bettdecke auf ein Stück Wand vor sich – sie konnte nicht begreifen und wollte es auch nicht, was das für eine Beleuchtung war. Eigentlich war es sehr dunkel. An der ockerfarbenen, vertrauten Wand aber tanzten grobe weiße Lichtblasen.
Durch das Kissen hörte Nadja plötzlich das besondere, deutliche zwölfmalige Klopfen an die Holzfüllung der Tür. Es hörte sich an, als würden Erbsen fallen: mit vier Fingern! Mit vier! Mit vier! Und noch bevor Dascha fragte: »Naljka! Schtschagow ist gekommen. Stehst du auf?« hatte Nadja das Kissen vom Kopf genommen, war in ihren Strümpfen auf den Boden gesprungen, hatte ihren verdrückten Rock geglättet, ihre Haare gekämmt und suchte nun mit den Füßen nach ihren Schuhen.
Im leblos trüben Licht, das nur mit halber Stärke brannte, bemerkte Musa Nadjas Eile und wankte zurück.
Dascha fiel schnell über Ljudas Bett her, schnell, schnell zog sie die Bettdecke glatt und sammelte alle verstreut herumliegenden Sachen auf.
Der Gast trat ein.
Schtschagow hatte seinen alten Feldmantel über die Schultern geworfen. Er war sehr groß. In ihm saß noch die militärische Disziplin: Er konnte

sich wohl bücken, aber keinen Buckel machen. Seine Bewegungen waren sparsam, wohlüberlegt.

»Guten Abend, meine Hochverehrten«, sagte er herablassend. »Ich bin gekommen, um zu erfahren, was ihr ohne Licht macht, damit ich es nachmachen kann. Man könnte vor Langeweile sterben!«

(Welch eine Erleichterung! Im gelblichen Halbdunkel war nicht zu sehen, wie verschwollen die Augen vom Weinen waren.)

»Das heißt, wenn es nicht dunkel geworden wäre, wären Sie nicht gekommen?« antwortete Dascha in einem unbewußt spielerischen Ton, in dem sie mit jedem unverheirateten Mann sprach.

»Auf keinen Fall. Bei hellem Licht werden die Frauengesichter ihres Charmes beraubt. Man sieht ihren bösen Ausdruck, ihre vorzeitigen Falten, die zu dick aufgetragene Schminke.«

Dascha war betroffen, es war, als wäre er vorhin schon heimlich im Zimmer gewesen.

Er fuhr fort: »An Stelle der Frauen würde ich ein Gesetz erlassen, das nur noch dauerndes Halbdunkel erlaubt. Dann würden alle schneller heiraten.«

Dascha sah Schtschagow streng an. So sprach er immer, ihr gefiel das nicht – seine Äußerungen waren irgendwie eingelernt ... sie fand ihn unaufrichtig.

»Gestatten Sie, daß ich mich setze?«

»Bitte schön«, antwortete Nadja mit der ruhigen Stimme der Gastgeberin, in der keine Spur von Müdigkeit, Bitternis und Tränen zurückgeblieben war.

Ihr dagegen gefiel seine Selbstbeherrschung, seine langsame Redeweise, seine tiefe, feste Stimme. Er strahlte Ruhe aus. Seine Geistesschärfe war ihr angenehm.

»Es ist möglich, daß mich die Damen hier nicht noch ein zweites Mal auffordern. Ich beeile mich, Platz zu nehmen. Also, was macht ihr, ihr jungen Aspirantinnen?«

Nadja schwieg. Es war ihr nicht möglich, viel mit ihm zu sprechen, denn vorgestern hatten sie sich gestritten, und Nadja hatte in einer plötzlichen, unüberlegten Anwandlung, in der eine Intimität lag, die es zwischen ihnen überhaupt nicht gab, ihre Aktenmappe genommen und sie ihm über den Rücken geschlagen; dann war sie davongerannt. Es war dumm gewesen, kindisch; und nun machte ihr die Anwesenheit von Fremden die Sache leichter.

Dascha antwortete:

»Wir wollen gerade ins Kino gehen. Aber wir wissen nicht, mit wem.«

»Was gibt es denn?«

»›Das Indische Grabmal‹.«

»Oh-oh, dann müssen Sie unbedingt gehen. Eine Krankenschwester erzählte, ›es wird viel geschossen, viele Tote, in jeder Beziehung ist es ein wundervoller Film!‹«
Schtschagow saß gemütlich am Gemeinschaftstisch:
»Entschuldigen Sie, meine Hochverehrtesten, ich dachte, bei Ihnen würde ein Reigen getanzt, aber hier scheint eine Totenmesse gelesen zu werden. Ist vielleicht irgend etwas mit Ihren Eltern nicht in Ordnung? Machen Sie sich Sorgen über den letzten Beschluß des Parteibüros? Es scheint, daß er die Aspiranten nicht betrifft.«
»Welcher Beschluß?« fragte Nadja dumpf.
»Welcher Beschluß? Von einer behördlichen Überprüfung des gesellschaftlichen Ursprungs der Studenten, ob sie wirklich richtig angegeben haben, wer ihre Eltern sind. Nun, Musa Georgijewna? Haben Sie nichts verheimlicht? Es gibt hier viele Möglichkeiten — vielleicht hat einer dem anderen etwas anvertraut oder im Schlaf gesprochen oder einen fremden Brief durchgelesen, ja, all das kommt vor.«
Nadjas Herz preßte sich zusammen: Sie werden wieder nachforschen, noch einmal alles ausgraben! Oh, wie war ihr das alles über! Wie konnte sie nur davon loskommen?
»Was für eine Gemeinheit!« rief Musa.
»Und wie ist das, heitert Sie das nicht auf? Soll ich Ihnen eine amüsante Geschichte von der gestrigen geheimen Wahl in dem Rat der mechanisch-mathematischen Fakultät erzählen?«
Schtschagow sprach zu allen, aber er sah dabei immer Nadja an. Lange schon dachte er nach, was Nadja von ihm wollte. Jeder neue Zwischenfall zeigte immer deutlicher ihre Absichten.
Bald stand sie neben ihm, wenn er mit irgend jemandem Schach spielte, und bat ihn, mit ihr zu spielen, um von ihm die Eröffnungszüge zu lernen.
Mein Gott, Schachspielen hilft die Zeit vergessen!
Bald wollte sie, daß er zuhöre, wenn sie in einem Konzert aufträte.
Aber das ist ja natürlich! Jeder will von einem Zuhörer, der ihm nicht völlig gleichgültig ist, gelobt werden!
Neulich hatte sie eine ›überzählige‹ Eintrittskarte fürs Kino und lud ihn ein.
Ach, sie wollte nur für einen Abend eine Illusion haben, irgendwo sich mit irgend jemandem zeigen.
Und dann an seinem Geburtstag hatte sie ihm ein Notizbüchlein geschenkt — es war ihr nicht leichtgefallen: Sie hatte es ihm in die Tasche seines Jacketts gesteckt und wollte davonlaufen — was sind das für Manieren? Warum das, mußte sie davonlaufen?
Ach, das war nur Verlegenheit gewesen, einzig und allein Verlegenheit!

Er hatte sie im Korridor eingeholt und mit ihr zu kämpfen begonnen: Er gab vor, ihr das Geschenk zurückgeben zu wollen, und dabei hatte er sie umfaßt – und sie hatte keine einzige Anstrengung unternommen, sich seinen Armen zu entwinden, hatte sich ergeben.

Wie viele Jahre war es Nadja nicht mehr widerfahren, daß das Unerwartete und die Schärfe sie überwältigten.

Und wie war das jetzt? Der spielerische Schlag mit der Mappe?

Wie allen, so hielt sich Schtschagow auch ihr gegenüber eisern zurück. Aber vielleicht bat sie als alleinstehende Frau um Hilfe? Und wenn es so war, wer konnte sie ihr abschlagen? Wer konnte so hart sein?

Jetzt war Schtschagow aus seinem Zimmer Nummer 412 gegangen und in das Zimmer Nummer 418 gekommen, nicht nur überzeugt, daß Nadja zu Hause sein werde, sondern aufgeregt, weil er fühlte, daß zwischen ihnen irgend etwas geschehen könnte.

Wenn die Mädchen über seine kuriose Geschichte von der Wahl beim Rat lachten, so taten sie es aus Höflichkeit.

»Nun, wird es jetzt Licht geben oder nicht?« rief Musa, nun schon ungeduldig, aus.

»Ich merke doch, daß meine Erzählung Sie überhaupt nicht belustigt. Vor allen Dingen nicht Nadjeshda Iljinitschna. Soviel ich sehen kann, gleicht sie einer Gewitterwolke. Aber ich weiß auch warum. Vorgestern mußte sie zehn Rubel Strafe zahlen – und diese zehn Rubel bedrücken sie, es ist ihr leid um sie.«

Schtschagow hatte noch kaum diesen Scherz ausgesprochen, als Nadja bereits aufsprang. Sie ergriff ihre Börse, riß am Schloß, zerrte irgend etwas heraus, zerriß es hysterisch und warf die Fetzen vor Schtschagow auf den allgemeinen Tisch.

»Musa, zum letztenmal – wir gehen!« drängte Dascha gequält und griff dabei nach ihrem Mantel.

»Ja!« erwiderte Musa leise und ging entschlossen zum Kleiderhaken.

Schtschagow und Nadja achteten nicht auf die beiden.

Als sich die Türe aber hinter ihnen geschlossen hatte, wurde es Nadja leicht unheimlich.

Schtschagow sammelte die Papierfetzchen ein und hielt sie gegen das Licht. Das waren zerknitterte Schnitzel eines Zehnrubelscheins.

Schtschagow zog seinen Mantel aus – Nadja saß auf einem Stuhl –, er ging am Bücherbord vorbei, zwischen Nadjas Bett und dem Tisch mit den Dissertationen hindurch auf sie zu, stand dann vor ihr und sah von oben auf sie herab. Er nahm ihre kleine Hand in seine großen Hände.

»Nadja!« zum erstenmal nannte er sie nur bei ihrem Vornamen und fühlte eine wachsende Erregung, als er das sagte. »Verzeihen Sie mir! Ich bin in vielem vor Ihnen . . .«

Sie stand unbeweglich, ihr Herz klopfte, sie fühlte sich schwach. Ihr Jähzorn, der Gedanke an den zerrissenen Zehnrubelschein gingen so schnell von ihr, wie sie gekommen waren. Ein seltsamer Gedanke kam ihr in den Sinn: daß jetzt kein Aufseher mit seinem Stierkopf sie von der Seite her beobachte, daß sie jetzt reden könnten, worüber sie wollten. Sie konnten jetzt selbst entscheiden, wann sie sich trennen wollten.

Ganz nah vor sich sah sie sein sehr hartes, offenes Gesicht, dessen rechte Seite der linken in allen einzelnen Zügen glich.

Er streckte seine Hände aus und ließ sie über ihre Ellenbogen gleiten, die in der Batistbluse verborgen waren.

»Nadja!« Noch einmal sprach er ihren Namen aus, sehr leise.

Jetzt war jemand hier, mit dem sie über das spezielle Thema ihrer Arbeit, über das Geheimnisvolle hätte sprechen, dem gegenüber sie ihr Herz hätte erleichtern können!

»Lassen Sie mich los!« sagte Nadja mit müde-bedauernder Stimme.

Sie hatte selbst damit begonnen, und jetzt sagte sie — »Lassen Sie mich!«

»Wie soll ich Sie nur verstehen, Nadja?« fragte er und führte dabei seine Finger über der Bluse von den Ellenbogen zu den Schultern empor und fühlte ihre weiche Wärme.

Zum drittenmal hatte er sie nur bei ihrem Vornamen genannt, und sie hatte ihn nicht korrigiert.

»Wieso verstehen?« entgegnete sie verständnislos.

Aber sie versuchte nicht, sich von ihm zu befreien!

Dann drückte er mit seinen Handflächen ihre Schultern und zog sie an sich.

Nur das gelbliche Halbdunkel verbarg die in ihrem Gesicht aufsteigende Röte.

Sie stützte ihre Hände gegen seine Brust und stieß sich ab.

»Lassen Sie mich! Wie können Sie so etwas denken?«

Zornig schüttelte sie ihren Kopf, eine Strähne fiel ihr in die Stirn und bedeckte ein Auge.

»Ein Hanswurst mag aus Ihnen schlau werden!« murmelte er böse, ließ ab und ging an ihr vorbei, zum Fenster.

Das Wasser im Heizkörper gluckste leise.

Mit zitternden Händen ordnete Nadja ihre Haare.

Er begann mit zitternden Händen, sich eine Zigarette anzuzünden. Er atmete schwer.

Unmöglich, herauszufinden, was sie wollte!

»Wissen Sie«, sagte er abgehackt, »wie — trockenes — Heu — brennt?«

»Ja«, sagte sie undeutlich. »Ein Feuer bis zum Himmel und dann ein Häufchen Asche.«

»Bis zum Himmel!« bestätigte er.

»Ein Häufchen Asche«, wiederholte sie.
»Sagen Sie mir doch, warum werfen – werfen – werfen Sie Feuer in trockenes Heu?«
Hatte sie das wirklich getan?... Warum konnte er sie nur nicht verstehen?... Ja, manchmal möchte man nur gefallen, und sei es nur für Augenblicke der Muße.
»Kommen Sie! Gehen wir irgendwohin!« sagte sie fordernd.
»Wir gehen nirgends hin. Wir bleiben hier.«
Er war ganz mit dem Rauchen beschäftigt, seiner ruhigen Art zu rauchen, wenn er mit seinen kräftigen Lippen die Zigarettenspitze in der einen Ecke seines Mundes hielt – Nadja gefiel das sehr.
»Nein, ich bitte Sie, gehen wir irgendwohin!« sagte sie hartnäckig.
»Hier, oder irgendwo«, sagte er unerbittlich. »Ich muß Ihnen etwas sagen: Ich habe eine Braut. Deshalb kann ich Ihnen nichts versprechen. Und... in der Stadt darf ich mich mit Ihnen nirgendwo sehen lassen.«

47

Auferstehung der Toten

Nadja und Schtschagow waren sich dadurch nähergekommen, daß beide nicht aus Moskau stammten. Die Moskauer, mit denen Nadja durch die Aspirantur und in den Laboratorien zusammenkam, trugen in sich das Gift ihrer nicht existierenden Überlegenheit, dieses ›Moskauer Patriotismus‹, wie sie es selbst nannten. Nadja war für sie, so gute Erfolge sie auch beim Professor haben mochte, ein Wesen zweiter Klasse – und das besonders deshalb, weil sie so schlecht ihre Gefühlsregungen verbergen konnte.
Schtschagow stammte auch aus der Provinz, aber er hatte sich durch das Moskauer Milieu so leicht wie ein Eisbrecher durch stilles Wasser seinen Weg gebahnt. Einmal hatte ein junger Kandidat der Wissenschaft, der Schtschagow erniedrigen wollte, ihn in ihrer Gegenwart im Lesesaal mit einer hochmütigen Wendung seines Schlangenkopfes gefragt:
»Und Sie, aus welcher Gegend stammen Sie eigentlich?«
Schtschagow, der den Gesprächspartner bei weitem an Größe überragte, sah mit lässigem Bedauern auf ihn herab, schaukelte leicht hin und her und sagte:
»Sie haben sich dort niemals aufhalten müssen. Ich komme von einer Provinz, die *Front* heißt. Aus einem kleinen Nest, das man *Unterstand* nennt.«

Lange schon ist bekannt, daß unsere Lebensintensität nicht über Jahre hinweg, gleichmäßig verteilt in unsere Biographie eingeht. Jeder Mensch hat seine besondere Lebenszeit, in der er sich mehr als zu allen anderen Zeiten entwickelt, tiefer als sonst empfindet und mehr auf sich und andere einwirkt. Was ihm danach auch noch widerfahren und von wie großer äußerer Bedeutung es sein mag – alles gleitet ab. Wir erinnern uns, wir betrinken uns, wir spielen in vielen verschiedenen Harmonien, transponieren aber immer wieder nur das einmal in unserem Inneren Erklungene. Bei manchen ist diese Zeit die Kindheit – und diese Leute bleiben ihr ganzes Leben über Kinder. Bei anderen – die erste Liebe – und diese Menschen verbreiteten den Mythos, daß es nur eine einzige Liebe gäbe. Für wen diese Zeit die seines größten Reichtums, der Ehre, der Macht war, der wird uns auch zahnlos noch von seiner vergangenen Größe lispeln. Für Nershin wurde das Gefängnis zu dieser Zeit. Für Schtschagow war es die Front.

Schtschagow war mit Feuereifer in den Krieg gezogen. Im ersten Monat des Krieges hatte man ihn einberufen. Entlassen wurde er erst 1946. Während der vier Kriegsjahre hatte es für Schtschagow kaum einen Tag gegeben, an dem er morgens sicher war, daß er den Abend erleben werde: Er diente nicht in einem hohen Stab, und nur während seiner Lazarettzeit befand er sich im Hinterland. Einundvierzig hatte er den Rückzug bei Kiew mitgemacht, zweiundvierzig den Rückmarsch am Don. Obwohl die Kriegführung dreiundvierzig und vierundvierzig Fortschritte erzielte und sich alles zum Besseren hin wendete, verbrachte er auch diese Jahre mit Rückzügen – bei Kowelj. In Straßengräben, in ausgewaschenen Laufgräben und zwischen den Trümmern niedergebrannter Häuser hatte er den Wert eines Napfes voll Suppe, einer Stunde Ruhepause, den Sinn wahrer Freundschaft und des Lebens überhaupt schätzengelernt.

Die Erlebnisse des Pionierhauptmanns Schtschagow konnten jetzt nicht mehr rückgängig gemacht werden, auch nicht in Jahrzehnten. Für ihn gab es keine andere Unterscheidung der Menschen mehr als die zwischen Soldaten und Zivilisten.

Auch in Moskaus alles vergessenden Straßen blieb es bei ihm so, daß nur das Wort ›Soldat‹ Aufrichtigkeit und Freundlichkeit des Menschen gewährleistete. Die Erfahrung hatte ihn bestimmt, nur dem zu vertrauen, der durch das Frontfeuer geläutert worden war.

Nach dem Krieg war Schtschagow nichts geblieben, keine Verwandten, kein Zuhause; das Häuschen, in dem sie früher gelebt hatten, war von Bomben weggefegt worden. Sein Eigentum trug er bei sich, außerdem besaß er noch einen Koffer mit Trophäen aus Deutschland. Natürlich hatte man, um den Offizieren die Rückkehr in das Zivilleben zu erleich-

tern, noch zwölf Monate nach ihrer Entlassung ›das Gehalt entsprechend ihrem militärischen Rang‹ bezahlt. Ein Gehalt ohne Arbeitsleistung.
Aus dem Krieg zurückgekehrt, ging es Schtschagow wie vielen anderen Frontsoldaten: Sie waren für kurze Zeit als bessere Menschen zurückgekehrt, als sie in den Krieg gegangen waren. Die Nähe des Todes hatte sie geläutert. Um so unbegreiflicher war für sie die Sinnesänderung der Heimat – ein Umschwung, der im tiefen Hinterland gereift und herangewachsen war, eine Verhärtung, oft eine wahre Gewissenlosigkeit, eine Kluft zwischen bitterster Armut und frech um sich greifendem Reichtum.
Der Teufel soll es holen! Auch die ehemaligen Soldaten waren doch alle hier – sie gingen durch die Straßen, fuhren mit der Metro, aber jeder war anders gekleidet, und keiner erkannte mehr den anderen. Irgendwie stellten sie dann die allgemein hier anerkannte Ordnung über ihre Frontprinzipien. Man mußte sich an den Kopf greifen und nachdenken.
Aber Schtschagow stellte nicht viele Fragen. Er gehörte nicht zu diesen eigensinnigen Naturen, die sich ständig auf der Suche nach allgemeiner Gerechtigkeit befinden. Er hatte eingesehen, daß alles geht, wie es geht, daß es unmöglich ist, den Lauf der Dinge aufzuhalten. Man mußte auf das Trittbrett springen oder unten bleiben. Klar war, daß heutzutage die Tochter eines Generals schon allein durch ihre Geburt für ein angenehmes Leben bestimmt war und nicht in die Fabrik arbeiten ging. Es war auch unmöglich, sich vorzustellen, daß ein ehemaliger Sekretär des Kreiskomitees bereit wäre, sich hinter eine Werkbank zu stellen. Die Normen in den Fabriken erfüllen nicht diejenigen, die sie ausdenken; wie auch nicht diejenigen den Angriff vortragen, die ihn befehlen.
Aber das war ja nichts Neues auf unserem Planeten. Kränkend war es nur, daß man dem Hauptmann Schtschagow trotz seines treuen Dienstes nicht die Rechte zuerkannte, für die er sogar unter Einsatz seines Lebens im Krieg gekämpft hatte. Er mußte jetzt wieder um sie kämpfen – einen Kampf ohne Blutvergießen, ohne Gewehrfeuer, ohne Granaten –, er mußte sich sein Recht bei Dienststellen erkämpfen, mit einem Wappenstempel besiegeln lassen.
Und bei alldem – lächeln.
Schtschagow war einundvierzig an die Front geeilt und hatte darüber versäumt, seine fünftes Semester zu beenden und sein Diplom zu machen. Jetzt, nach dem Krieg, mußte er das nachholen und versuchen, den Rang eines Kandidaten zu erwerben. Sein Spezialgebiet war die Theoretische Mechanik. Schon vor dem Krieg hatte er sich mit ihr als Wissenschaft befassen wollen. Damals war das leichter gewesen. Nach dem Krieg stand er der allgemeinen explosionsartig ausgebrochenen Liebe

zur Wissenschaft gegenüber, zu jeder Wissenschaft, zu allen Wissenschaften – die Löhne waren erhöht worden.
Er rüstete seine Kräfte für einen nochmaligen langen Durchgang. Die Trophäen aus Deutschland verkaufte er auf einem Basar.
Er verschleuderte sie nicht, um sich der neuen männlichen Mode in Anzug und Stiefeln anzugleichen, er trug seine alten Sachen ab, in denen man ihn demobilisiert hatte: die Stiefel, die Militärhosen, eine Feldbluse aus englischer Wolle mit vier Ordensbändchen und zwei Streifen für die Verwundungen. Aber gerade das, was Schtschagow vom Reiz der Front bewahrt hatte, erinnerte Nadja an einen anderen Fronthauptmann – Nershin.
Leicht verwundbar durch jeden Mißerfolg und jede Kränkung, fühlte sich Nadja Schtschagows sicherer Lebensweisheit gegenüber wie ein kleines Mädchen und fragte ihn des öfteren um Rat, aber auch ihm gegenüber hatte sie hartnäckig gelogen und gesagt, daß Gleb an der Front vermißt sei.
Nadja selbst hatte nicht bemerkt, wie sie in all das hineingeschlittert war – die ›überzählige‹ Eintrittskarte für das Kino, die scherzhafte Umarmung wegen des Notizbüchleins. Und jetzt, als Schtschagow in das Zimmer gekommen war und sofort mit Dascha diskutiert hatte – war es ihr schlagartig klar gewesen, daß er zu ihr gekommen war, ihretwegen gekommen war und daß sich unausweichlich etwas zwischen ihnen ereignen würde.
Und obwohl sie kurz vorher untröstlich über ihr zerschlagenes Leben geweint hatte, fühlte sie sich jetzt, nachdem sie den Tscherwonez[1] zerrissen hatte, wie neugeboren, gereift, bereit zu einem neuen Leben.
Ihr Herz empfand darin keinen Widerspruch.
Und Schtschagow fand, nachdem er die Erregung überwunden hatte, die das kurze Spiel mit Nadja in ihm hervorgerufen hatte, seine Bedächtigkeit wieder.
Jetzt hatte er diesem jungen Mädchen klar zu verstehen gegeben, daß sie nicht damit rechnen konnte, ihn zu heiraten.
Nachdem Nadja von der Braut erfahren hatte, schlich sie müden Schrittes durch das Zimmer, stellte sich auch ans Fenster und zeichnete schweigend mit ihren Fingern auf die Fensterscheibe.
Sie tat ihm leid. Er hätte gern das Schweigen gebrochen und ihr ganz einfach mit jener Aufrichtigkeit, an der er es schon lange hatte fehlen lassen, erklärt: als arme Aspirantin, ohne Verbindungen und ohne Zukunft – was konnte sie ihm geben? Auch er hatte doch ein Recht auf das ihm zustehende Stück von der großen Pastete. Außerdem hätte er ihr

[1] Zehnrubelschein (Anm. d. Übers.)

noch gern gesagt: Ungeachtet dessen, daß meine Braut in luxuriösen Verhältnissen lebt, ist sie doch nicht sehr verdorben. Sie hat eine schöne Wohnung in einem schicklich abgeschlossenen Haus, wo nur Leute von Rang und Namen wohnen. Im Treppenhaus sitzt ein Pförtner, und die Treppe ist mit Läufern belegt — wo findet man das schon? Und die Hauptsache, das ganze Problem wird auf einmal gelöst. Was kann man sich Besseres denken?

Aber er hatte das nur gedacht — nichts von alledem gesagt.

Nadja lehnte mit der Stirn gegen die Fensterscheibe und sah in die Nacht hinaus; freudlos sagte sie:

»Das ist gut so. Sie haben eine Braut — und ich — einen Mann.«

Schtschagow drehte sich um und sah sie befremdet an:

»Einen Mann? Wo ist er? Oder — ist er vermißt?«

»Nein, er ist nicht vermißt«, sagte Nadja nahezu flüsternd.

Wie übereilt hatte sie sich ausgeliefert!

»Sie hoffen — er lebt?«

»Ich habe ihn gesehen ... heute ...«

Sie hatte sich ausgeliefert, doch er sollte nicht glauben, sie sei ein Mädchen, das sich ihm an den Hals werfe!

Schtschagow dachte nicht lange über das soeben Gesagte nach. Seine Gedanken gingen andere Wege, wie die der Frauen, die dachten, Nadja wäre verlassen worden. Er wußte, daß ›vermißt‹ nahezu immer *verschickt* bedeutet. Wenn jemand zurückkam von der Verschickung, dann meistens hinter Gitter.

Er trat auf Nadja zu und faßte sie an den Ellbogen:

»Gleb?«

»Ja«, sagte sie nahezu tonlos und sehr undeutlich.

»Und was ist mit ihm? Sitzt er?«

»Ja.«

»So — so — so!« sagte Schtschagow befreit. Und er dachte nach. Unvermittelt schnell verließ er das Zimmer.

Durch Scham und Hoffnungslosigkeit war Nadja so betäubt, daß sie das Neue in Schtschagows Stimme gar nicht wahrgenommen hatte.

Mochte er gehen! Sie war zufrieden, daß sie alles gesagt hatte. Sie war jetzt wieder allein mit ihrer ehrenhaften Bürde.

Wie vorher glommen auch jetzt die Drähte in der Lampe ganz schwach.

Wie ein Raubtier setzte sie einen Fuß vor den anderen und schlich über den Boden hinweg. Quer durch das Zimmer. In der Tasche ihres Pelzes fand sie die zweite Zigarette, suchte nach Streichhölzern und rauchte. Der ekelhaft bittere Geschmack der Zigarette verschaffte ihr eine seltsame Befriedigung.

Sie war das Rauchen nicht gewöhnt und mußte husten.

Sie ertastete auf einem der Stühle, als sie an ihm vorbeiging, den formlos eingesunkenen Uniformmantel Schtschagows.
Wie war er doch aus dem Zimmer gestürzt! Er war so erschreckt, daß er sogar seinen Mantel vergessen hatte.
Es war ganz ruhig; aus dem Nachbarzimmer hörte man das Radio herüber ... ja ... das war die f-Moll-Etüde von Liszt.
Ach! Früher hatte sie sie gespielt, in ihrer Jugend – aber hatte sie sie damals verstanden? – Die Finger hatten gespielt, aber die Seele hatte dieses Wort nicht verstanden – Disperato – verzweifelt ...
Die Stirn gegen die mittlere Fensterscheibe gelehnt, berührte sie mit den Handflächen ihrer zur Seite gestreckten Arme die anderen kalten Fensterscheiben.
Sie stand wie an das schwarze Fensterkreuz geschlagen.
In ihrem Leben war ein kleiner – kleiner warmer Punkt gewesen – und jetzt war er verschwunden.
Nach wenigen Minuten aber hatte sie sich über diesen Verlust schon beruhigt.
Von neuem war sie die Frau ihres Mannes.
Sie sah in die Dunkelheit hinaus und bemühte sich, dort den Schornstein des Matrosskaja-Tischina-Gefängnisses auszumachen. Disperato! Verzweifelt! Diese kraftlose Verzweiflung, die versuchte aufzustehen, auf die Beine zu kommen, und wieder zusammensank! Dieses durchdringend hohe Des – ein durchdringender Schrei einer Frauenstimme! Ein Schrei! Ein Schrei, der keine Erlösung fand ...!
Die Reihe der Laternen verlor sich irgendwo in der dunklen Schwärze der Zukunft, die man nicht erleben wollte ...
Im Radio sagte man nach der Etüde die Moskauer Zeit an – sechs Uhr abends.
Nadja hatte Schtschagow ganz vergessen, aber er kam wieder herein, ohne anzuklopfen.
Er hatte zwei kleine Gläser und eine Flasche dabei.
»Nun, Soldatenfrau!« sagte er fröhlich, rauh. »Laß dich nicht betrüben! Nimm ein Glas! Behalt den Kopf oben – und du wirst Glück haben! Laß uns trinken – *auf die Auferstehung der Toten*!«

48

Die Arche

Um sechs Uhr abends begann auch in der Scharaschka die sonntägliche allgemeine, bis zum Morgen reichende Erholungspause. Diese ärgerliche Unterbrechung der Gefangenenarbeit konnte mit keinen Mitteln umgangen werden, weil auch die freien Mitarbeiter am Sonntag nur in einer Schicht arbeiteten. Das war eine schnöde Tradition, gegen die anzukämpfen selbst Majore und Oberstleutnants machtlos waren, weil auch sie nicht am Sonntagabend arbeiten wollten. Nur Mamurin, die ›Eiserne Maske‹, fürchtete sich vor diesen leeren Abenden, wenn die ›Freien‹ weggegangen und alle Gefangenen zusammengepfercht und hinter Schloß und Riegel waren; die Gefangenen, die in einem gewissen Sinn ja schließlich doch auch Menschen waren. Er allein ging dann noch durch die verlassenen Korridore des Instituts, vorbei an den versiegelten und blockierten Türen, um dann in seiner Zelle, zwischen Waschtisch, Schrank und Bett dahinzuschmachten. Mamurin versuchte zu erreichen, daß die Semjorka auch am Sonntagabend arbeite, – aber auch er vermochte es nicht, die konservative Haltung der Obrigkeit des Spezialgefängnisses zu durchbrechen, die nicht gewillt war, die Zahl der Wachen innerhalb der Zone zu verdoppeln.

So kam es, daß achtundzwanzig mal zehn Gefangene unter Auslassung aller Vernunftgründe und Gesetze über Gefangenenarbeit, sich an den Sonntagabenden unverschämterweise erholten.

Die Erholung war so beschaffen, daß ein Mensch, der nicht daran gewöhnt war, sie vielleicht als eine vom Teufel ersonnene Folter hätte ansehen können. Die Dunkelheit außen und die an den Sonntagen erforderliche Wachsamkeit erlaubten der Gefängnisleitung nicht, in diesen Stunden einen Spaziergang auf dem Hof oder Kinovorführungen in der Scheune zu gestatten. Nach jahrelangem Briefwechsel mit allen oberen Instanzen war auch entschieden worden, daß jegliche Art von Musikinstrumenten wie zum Beispiel Harmonium, Gitarre, Balalaika oder Mundharmonika in der Scharaschka nicht erlaubt sei; denn Töne könnten leicht Geräusche überdecken, wie sie beim Untergraben des Steinfundaments auftreten. Die Sicherheitsoffiziere ließen ihre Spitzel ständig erkunden, ob die Gefangenen nicht vielleicht doch selbstgemachte Pfeifen und Schalmeien besäßen. Wegen Blasens auf dem Kamm wurden die Gefangenen in das Büro gerufen und deshalb ein besonderes Protokoll aufgesetzt. Erst recht war es ausgeschlossen, in den Wohnräumen des Gefängnisses Radios oder primitive Plattenspieler zuzulassen.

Natürlich war es den Gefangenen erlaubt, sich der Gefängnisbibliothek zu bedienen. Aber das Spezialgefängnis hatte kein Geld für den Ankauf von Büchern und Bücherschränken. Rubin war zum Gefängnisbibliothekar bestimmt worden – er hatte sich selbst danach gedrängt, in der Hoffnung, dadurch zu guten Büchern zu kommen. Sie hatten ihm auf einmal hundert zerrissene, völlig zerlesene Bände ausgehändigt – Turgenjews ›Mumu‹, Stassows ›Briefe‹, Mommsens ›Römische Geschichte‹ und ähnliches – und ihm befohlen, sie unter die Gefangenen zu verteilen. Die Gefangenen hatten jetzt schon längst alle Bücher gelesen oder wollten sie überhaupt nicht lesen, sie baten die freien Mitarbeiter um Lesestoff. Das eröffnete den Sicherheitsleuten ein reiches Feld für ihre Schnüffelei.

Zu ihrer Erholung standen den Arrestanten zehn auf zwei Stockwerke verteilte Zimmer zur Verfügung, zwei Korridore, ein unterer und ein oberer, eine enge Holztreppe, die die beiden Stockwerke miteinander verband und eine Toilette unter dieser Treppe. Die Erholung bestand darin, daß die Gefangenen auf ihren Betten liegenbleiben durften – es war ihnen sogar erlaubt zu schlafen, wenn sie es bei diesem Lärm vermochten, auf den Betten zu sitzen – Stühle gab es nicht –, in den Zimmern auf und ab zu wandern, von einem Zimmer ins andere zu gehen, selbst wenn sie nur mit Unterwäsche bekleidet waren, auf den Korridoren zu rauchen, soviel sie wollten, in Anwesenheit der Spitzel über Politik zu debattieren und sich ohne Einschränkung der Toilette zu bedienen. Wer schon lange Jahre in Gefängnissen gesessen hatte und dort nur zweimal innerhalb von vierundzwanzig Stunden auf Befehl hin diesen Bedürfnissen hatte nachgehen können, wußte die Bedeutung dieser unsterblichen Art der Freiheit zu schätzen. Die Erholung lag aber vor allem darin, daß die Zeit den Gefangenen selbst und nicht dem Staat gehörte.

Zur Erholung der Gefangenen gehörte es außerdem, daß sie hinter schweren eisernen Türen eingeschlossen wurden, die dann niemand mehr öffnete, es ging keiner hinein, keiner wurde herausgerufen, keiner belästigt. Während dieser kurzen Stunden konnte die Außenwelt weder mit einem Laut noch einem Wort oder Bild eindringen, irgend jemandes Seele beunruhigen. Auch darin lag die Erholung, daß die ganze äußere Welt – mit ihrem festgelegten Lauf der Sterne, der Planet mit seinen Kontinenten, die Hauptstädte mit ihrem Glitzern, ihren Banketten und ihren Produktionssonderschichten in das Nichts versunken waren, sich in einen dunklen Ozean verwandelt hatten, der durch die verbarrikadierten Fenster bei dem gelblich-trüben Leuchten der Zonenlaternen kaum zu erkennen war.

Innen überflutet von dem niemals erlöschenden elektrischen Licht des

MGB, schwamm die zweistöckige Arche der ehemaligen Gutskirche, eingefaßt von Mauern in der Dicke von viereinhalb Backsteinen, sorg- und ziellos durch diesen schwarzen Ozean der menschlichen Schicksale und Irrungen und ließ dabei durch die Bullaugen einen sterbenden Lichtschein zurück.

In dieser Nacht von Sonntag zu Montag konnte der Mond sich spalten, konnten neue Alpen in der Ukraine auftauchen, der Ozean konnte Japan verschlingen, oder eine Sintflut konnte ausbrechen – die in der Arche eingeschlossenen Gefangenen würden bis zur Morgenkontrolle nichts davon erfahren. In diesen Stunden konnte auch kein Telegramm der Verwandten sie aufstören, konnte keine telefonische Meldung über die Diphtherie-Erkrankung eines Kindes oder eine nächtliche Verhaftung sie belästigen.

Diejenigen, die in der Arche dahinschwammen, waren schwerelos und hatten schwerelose Gedanken. Sie waren weder hungrig noch satt. Sie hatten kein Glück und fürchteten deshalb nicht, es zu verlieren. Ihre Köpfe waren nicht beschäftigt mit kleinen dienstlichen Berechnungen, Intrigen, Beförderungen, ihre Schultern waren nicht mit Sorgen über Wohnung, Heizmaterial, Brot und Kleidung für die Kinder belastet. Die Liebe, die von jeher Freud und Leid der Menschheit darstellt, konnte bei ihnen weder Angst noch Agonie auslösen. Ihre Gefängnisfristen waren so lang, daß keiner von ihnen an jene fernen Jahre dachte, die er wieder in Freiheit verbringen würde. Die durch ihren Geist, ihre Bildung und Lebenserfahrung hervorragenden Männer, die sich in der Freiheit zu sehr ihrer Familie gewidmet haben würden, um noch genügend Zeit für ihre Freunde zu haben – gehörten hier nur den Freunden.

Das Licht der grellen Lampen wurde von den hellen Decken, den ausgeblichenen Wänden widergespiegelt und durchdrang mit Tausenden von kleinen Strahlen die klaren Köpfe.

Von hier, von der Arche aus, die sich ruhig und sicher ihren Weg durch die Dunkelheit bahnte, war es ein leichtes, den gewundenen Fluß der verfluchten Geschichte zu übersehen – alles mit einemmal, wie von einer großen Höhe aus, trotzdem aber in allen Einzelheiten, jedes Steinchen auf dem Grund, gerade, als wäre man in diesem Strom untergetaucht.

In diesen sonntäglichen Abendstunden erinnerte keine Materie und kein Körper den Menschen an sich selbst. Der Geist der Männerfreundschaft und Philosophie bestimmte die Stellung der Segel. Vielleicht war dies die Seligkeit, von der die antiken Philosophen glaubten, daß sie alle Menschen glücklich mache?

49

Der Akt einer Komödie

In dem halbrunden Zimmer des ersten Stockwerks herrschte unter der hohen, geschwungenen Decke des Altarraumes besonders lebhafte und fröhliche Stimmung.

Alle fünfundzwanzig Männer dieses Zimmers versammelten sich um sechs Uhr freundschaftlich. Einige zogen sich so schnell wie möglich bis auf die Unterwäsche aus (sie waren bestrebt, sich eilends des Gefängnispelzes zu entledigen) und ließen sich mit Schwung auf ihre Betten plumpsen oder kletterten wie Affen auf sie hinauf. Andere legten sich auch hin, ohne vorher ihre Kombinationen auszuziehen. Einer stand oben auf seinem Bett und fuchtelte mit den Händen herum, schrie von dort aus einem Freund über das ganze Zimmer hinweg etwas zu. Andere trommelten mit ihren Füßen und sahen um sich, sie genossen das angenehme Gefühl, einige freie Stunden vor sich zu haben, und überlegten, wie sie sie am angenehmsten verbringen könnten.

Zu ihnen gehörte Isaak Moissewitsch Kagan, der zottig-dunkle, kleine ›Direktor des Akkumulator-Labors‹, wie er allgemein genannt wurde. Daß er jetzt hier in dem geräumigen hellen Zimmer sein konnte, vermittelte ihm eine besonders gute Stimmung, denn das Akkumulator-Labor, in dem er vierzehn Stunden seines Tages wie ein Maulwurf vergraben saß, war ein dunkler, schlecht belüfteter Raum im Keller. Im übrigen war er mit seiner Arbeit im Keller zufrieden; er sagte, daß er in einem Lager schon längst krepiert wäre – er gehörte nicht zu den Großmäulern, die behaupteten, im Lager lebe man besser als draußen in der Freiheit.

Draußen in der Freiheit war Isaak Kagan, der sein Ingenieurstudium nicht beendet hatte, Lagerverwalter für technischen Materialbedarf gewesen. Er war bestrebt gewesen, ein unauffälliges, sozusagen kleines Leben zu führen und so abseits die Epoche der großen Vollendung zu überleben. In dieser Abgeschlossenheit frönte er heimlich einer nahezu feurigen Spielleidenschaft. Jegliche politische Aktivität lag ihm fern. Dafür verstand er es, selbst in seinem Lager die Gesetze des Sabbats zu beachten. Aber aus irgendeinem Grund verfiel der Staatssicherheitsdienst auf ihn, wählte Kagan aus, um ihn vor seinen Wagen zu spannen. Sie zogen ihn in abgeschlossene Zimmer und bestellten ihn an unauffällige Treffpunkte, wollten ihn dazu bestimmen, ein Spitzel zu werden. Das war Kagan sehr zuwider. Er besaß aber nicht die Direktheit und Kühnheit – wer hatte sie schon? –, um ihnen ins Gesicht hinein eine

Abfuhr zu erteilen, ihnen zu sagen, daß das eine Abscheulichkeit sei, sondern er schwieg in unversiegbarer Geduld, übereilte nichts, schleppte die Sache dahin, wich aus, rutschte auf seinem Stuhl hin und her und unterschrieb nichts. Es war nicht so, daß er völlig ungeeignet gewesen wäre, jemanden anzuzeigen. Er hätte sich nicht gescheut, einen Menschen zu denunzieren, der ihm schon Böses angetan oder ihn erniedrigt hatte. Aber er hätte es nicht über sein Herz gebracht, Menschen anzuzeigen, die ihm gegenüber gut oder gleichgültig waren.
Um dieser Hartnäckigkeit willen geriet er auf die Schwarze Liste des Staatssicherheitsdienstes. Vor allem Bösen können wir uns in der Welt nicht hüten. In seinem Materiallager wurden Gespräche angezettelt: Einer verfluchte ein Instrument, der andere den Nachschub, wieder ein anderer die Planung. Isaak sagte zu alledem nichts. Er hielt seinen Mund fest geschlossen und schrieb seine Frachtbriefe mit dem Kopierstift aus. Aber die Sache wurde bekannt (bestimmt war es schon so vorgesehen gewesen); einer sagte über den anderen aus, und nach Artikel 58, Absatz 10 erhielten alle zehn Jahre. Auch Kagan wurde vier mündlichen Verhören unterzogen, aber niemand konnte ihn beschuldigen, auch nur ein einziges Wort gesagt zu haben. Wäre der Artikel 58 enger gefaßt gewesen – hätten sie Kagan ziehen lassen müssen. Der Untersuchungsrichter kannte aber seine letzte Reserve – den Punkt 12 desselben Artikels, der bestimmte, daß auch der, der etwas *nicht anzeigte*, bestraft werden mußte. Für die Nichtanzeige hatte Kagan denn auch dieselben zehn astronomischen Jahre erhalten.
Aus dem Lager heraus hatte Kagan dank seines überragenden Scharfsinns in die Scharaschka gefunden: In einem schweren Moment seines Lebens, als sie ihn als ›stellvertretenden Barackenältesten‹ abgesetzt hatten und er zum Holzfällen hinausgetrieben wurde, schrieb er an den Vorsitzenden des Ministerrates, den Genossen Stalin, einen Brief des Inhalts, er, Isaak Kagan, sei, wenn ihm die Regierung die Möglichkeit dazu einräume, in der Lage, ein ferngesteuertes Torpedoboot zu erfinden.
Die Rechnung ging auf. Keinen in der Regierung hätte es gerührt, wenn Kagan geschrieben hätte, daß es ihm sehr, sehr schlecht ginge und er deshalb um Hilfe bitte. Aber die Aussicht auf eine militärische Erfindung wurde so hoch eingeschätzt, daß man den Schreiber des Briefes sofort nach Moskau brachte. Kagan kam nach Mawrino. Verschiedene hochgestellte Persönlichkeiten mit dunklen und hellblauen Litzen kamen angereist und bestürmten ihn, seine kühne technische Idee doch so schnell wie möglich in Konstruktionspläne umzuwandeln. Jetzt, da Kagan Weißbrot und Butter bekam, eilte es ihm aber nicht. Mit großer Kaltblütigkeit antwortete er, er selbst sei ja kein Torpedist und brauche

selbstverständlich einen solchen. Nach zwei Monaten schickte man ihm einen Torpedisten, einen Gefangenen. Jetzt erwiderte Kagan ganz vernünftig, er selbst sei kein Schiffsmechaniker, und er brauche selbstverständlich einen solchen. Nach weiteren zwei Monaten brachte man ihm einen Schiffsmechaniker, einen Gefangenen. Kagan seufzte und sagte, daß auch die Radiotechnik nicht sein Fachgebiet sei. Radioingenieure gab es in Mawrino viele: Einer von ihnen wurde sofort zu Kagan abkommandiert. Nun versammelte Kagan alle seine Leute um sich und sagte gelassen: »Meine Freunde, seht, wenn ihr jetzt alle hier zusammen seid, könnt ihr in gemeinsamer Anstrengung ein durch Radio gesteuertes Torpedoboot erfinden. Ich bin nicht der richtige Mann, euch dabei zu beraten, ihr seid die Fachleute und wißt selbst am besten, wie man es macht.« Und wirklich, man schickte die drei in eine Scharaschka der Kriegsmarine: Kagan hatte sich unterdesssen im Akkumulator-Labor eingerichtet, und alle hatten sich an seine Gegenwart gewöhnt.
Jetzt sprach Kagan auf den auf seinem Bett liegenden Rubin ein, allerdings nur aus der Ferne, so daß Rubin ihm nicht mit dem Fuß in den Rücken stoßen konnte.
»Lew Grigorjitsch«, sagte er langsam in der ihm eigenen undeutlich zähen Redeweise, »das Bewußtsein Ihrer Pflicht der Allgemeinheit gegenüber hat merklich nachgelassen. Die Menge verlangt nach Zerstreuung. Nur Sie allein können sie ihr vermitteln – und was tun Sie – Sie vergraben sich in Büchern.«
»Isaak, der Teufel . . .«, winkte Rubin ab. Er lag bereits auf dem Bauch und las, die wattierte Jacke hatte er über seine Schultern geworfen, darunter trug er die Kombination. Das Fenster zwischen ihm und Sologdin wurde mit einem Band Majakowskij offengehalten, angenehm frische Schneeluft strömte herein.
»Nein, im Ernst, Lew Grigorjitsch!« bestand Kagan hartnäckig. »Alle möchten so gern noch einmal Ihre gelungene Fabel ›Die Krähe und der Fuchs‹ hören.«
»Und wer hat mich beim Sicherheitsoffizier angeschwärzt? Waren nicht Sie es?« brummte Rubin.
Am vergangenen Sonntagabend hatte Rubin das Publikum unterhalten, indem er aus dem Stegreif eine Parodie auf Krylows Fabel ›Die Krähe und der Fuchs‹ gedichtet hatte; sie war voller Lagerausdrücke und -wendungen gewesen, die nicht für Frauenohren geeignet waren. Man hatte ihn dafür aber fünfmal herausgeklatscht und ihn auf die Schulter gehoben. Am Montag allerdings war Rubin zu Major Myschin gerufen und der Sittenverderbnis der Volksfeinde beschuldigt worden; dazu wurden dann einige Zeugen verhört, und Rubin mußte den Urtext der Fabel mit Erläuterungen niederschreiben.

Rubin hatte heute nach dem Mittagessen schon zwei Stunden in dem neuen, ihm zugewiesenen Zimmer gearbeitet, nach für den gesuchten Verbrecher typischen Übergängen der Redeharmonie und Formanten geforscht, sie den Apparat für sichtbare Rede durchlaufen lassen, die nassen Bänder zum Trocknen aufgehängt. Erste Mutmaßungen und der erste Verdacht waren ihm schon gekommen, als er, ohne Begeisterung für die neue Arbeit, Smolossidow dabei beobachtet hatte, wie dieser das Zimmer mit Siegellack plombierte. Danach war er im Strom der Gefangenen, der ihn an eine ins Dorf zurückkehrende Herde denken ließ, im Gefängnis angekommen.

Heute lagen, wie immer unter seinem Kissen, seiner Matratze, unter seinem Bett und in dem Nachtkästchen neben Eßwaren, ungefähr fünfzehn der interessantesten Bücher, die ihm zur Weitergabe anvertraut worden waren — interessant waren sie nur für ihn allein, deshalb waren sie ihm auch noch nicht veruntreut worden. Es waren drei Wörterbücher: Chinesisch-Französisch, Lateinisch-Ungarisch und Russisch-Sanskrit. Schon zwei Jahre lang bemühte sich Rubin um eine großartige Arbeit im Sinne von Engels und Marx über den Ursprung aller Wörter in allen Sprachen, ausgehend von den Begriffen ›Hand‹ und ›Handarbeit‹. Er ahnte nicht, daß die Koryphäe der Sprachwissenschaften in der vergangenen Nacht das Messer der ideologischen Guillotine für Marr geschärft hatte. Dann lagen dort noch ›Der Krieg mit den Molchen‹ von Karel Čapek, ausgewählte Erzählungen der fortschrittlichsten japanischen Schriftsteller, Hemingways ›For whom the Bell tolls‹, dessen Übersetzung man in Rußland abgebrochen hatte, als der Autor plötzlich nicht mehr als so fortschrittlich galt, einige Monographien über die Enzyklopädisten, die deutsche Ausgabe von Stefan Zweigs ›Joseph Fouché‹ und ein Roman von Upton Sinclair, der nicht ins Russische übersetzt worden war.

In der Welt gab es so unermeßlich viele, unentbehrliche, erstklassige Bücher, und die Begierde, sie alle zu lesen, hinderte Rubin daran, jemals ein eigenes Buch zu schreiben. Jetzt hatte er sich darauf vorbereitet, bis weit über Mitternacht hinaus, ohne Rücksicht auf den morgigen Arbeitstag, zu lesen. Aber abends erwachten stets sein Geist und seine Diskutierfreude, und sein Witz wurde besonders scharf — da bedurfte es nur wenig, um ihn für die Unterhaltung der Allgemeinheit zu gewinnen. In der Scharaschka gab es einige, die Rubin nicht vertrauten und ihn wegen seiner zu orthodoxen Ansichten, die er nicht verbarg, für einen Spitzel hielten. Aber es gab niemanden in der Scharaschka, der sich nicht mit Begeisterung von ihm unterhalten ließ.

Die Erinnerung an die so schön mit Rotwelsch-Ausdrücken verzierte Fabel ›Die Krähe und der Fuchs‹ war noch so lebendig, daß nach Kagan nun auch viele andere im Zimmer von Rubin irgendeinen neuen Akt einer Komödie forderten. Und als Rubin sich jetzt erhob und finster, bärtig aus seinem oben überdeckten Bett wie aus einer Höhle herauskroch, ließen sie alles andere sein und erwarteten seinen Vortrag. Nur Dwojetjossow auf dem oberen Bett schnitt seine Fußnägel so, daß sie in weitem Bogen durch das Zimmer sprangen, und Adamson hatte sich die Bettdecke über den Kopf gezogen und war in sein Buch vertieft. In der Tür drängten sich schon die Neugierigen aus anderen Zimmern, unter ihnen der Tatare Bulatow mit seiner Hornbrille. Er schrie schneidend:

»Bitte schön! Wir bitten Sie!«

Rubin hatte keine Lust, eine Menge zu unterhalten, unter der sich Leute befanden, die alles verachteten, was ihm teuer war; und er wußte, daß ein neuer Akt einer Komödie unausweichlich am Montag für ihn neue Unannehmlichkeiten mit sich bringen würde, eine Nervenprobe, Verhöre bei ›Schischkin-Myschkin‹. Doch Rubin glich dem Helden des Sprichwortes, der für ein schönes Wort auch seinen eigenen Vater nicht schont. Heuchlerisch setzte er eine finstere Miene auf, schaute sich sachlich um und sagte in die eingetretene Stille hinein:

»Kameraden! Ich bin betroffen von eurem Leichtsinn. Von welchem Komödienakt kann die Rede sein, wenn unter uns freche, noch unentdeckte Verbrecher sich frei bewegen? Keine Gesellschaft kann ohne wahrheitsgetreue Gerichtsbarkeit existieren. Ich erachte es für unumgänglich, unseren heutigen Abend mit einem kleinen Gerichtsprozeßchen zu beginnen. Er soll eine kleine Vorübung sein.«

»Das ist richtig!«

»Über wen wird verhandelt?«

»Wer es auch immer sei, das ist gleichgültig, er hat recht!« ließen sich einige Stimmen vernehmen.

»Das ist ergötzlich! Sehr ergötzlich!« feuerte Sologdin ihn an und setzte sich bequemer hin. Heute hatte er sich wie kaum je zuvor die Erholung verdient, aber zur Erholung brauchte er auch Unterhaltung.

Der vorsichtige Kagan ging, da er spürte, daß die von ihm verursachte Kurzweil vielleicht die Grenzen der Klugheit überschreiten konnte, unbemerkt zur Wand hin und setzte sich auf sein Bett.

»Wessen Sache verhandelt werden wird, das werden Sie im Lauf der gerichtlichen Erörterung erfahren«, erklärte Rubin – er selbst wußte es auch noch nicht. »Ich werde, wenn es recht ist, der Staatsanwalt sein, denn in mir hat das Amt des Staatsanwaltes schon immer ganz besondere Gefühle hervorgerufen.« Jeder in der Scharaschka wußte, daß über Rubin Staatsanwälte zu Gericht gesessen hatten, die ihn persönlich haßten, und daß er sich jetzt schon fünf Jahre lang mit der General-

und Hauptkriegs-Staatsanwaltschaft duellierte. »Gleb! Du bist der Vorsitzende. Bilde schnell eine unparteiische objektive Troika, mit einem Wort – eine, die sich deinem Willen fügt.«
Nershin warf seine Stiefel hinunter und setzte sich auf das obere Bett. Mit jeder weiteren Stunde des Sonntags entfernte er sich mehr von dem morgendlichen Wiedersehen und gewöhnte sich wieder an die Gepflogenheiten in der Welt der Gefangenen. Er folgte Rubins Aufforderung, zog sich zum Holzgeländer des Bettes hin, steckte seine Füße durch die Stäbe; es sah aus, als säße er auf einer Tribüne, die sich über dem Zimmer erhebe.
»Nun, wer mein Beisitzer sein will, der klettere zu mir herauf!«
Viele Gefangene hatten sich im Zimmer versammelt; alle wollten sie dem Gericht zuhören, aber Beisitzer wollte keiner werden – vielleicht aus Vorsicht oder aus Furcht, sich vor den anderen zu blamieren. Auf der einen Seite Nershins, auch oben, lag der Vakuumspezialist Semelja und las noch einmal die Morgenzeitung. Nershin zupfte energisch an dem Blatt:
»Nun, mein Guter, jetzt ist es genug mit der Aufklärung! Wenn du dich nicht in acht nimmst, wird man dich noch in die Weltherrschaft berufen. Sammle deine Knochen und mache den Beisitzer!«
Von unten her wurde Beifall gezollt:
»Ja bitte, Semelja, bitte schön!«
Semelja hatte ein weiches Herz und konnte nicht lange Widerstand leisten. Ungeschickt lächelnd streckte er seinen Glatzkopf durch die Stäbe des oberen Bettes:
»Vom Volk gewählt zu sein, das ist eine hohe Ehre! Aber wie ist das, meine Freunde? Ich habe nicht studiert, ich weiß nichts . . .«
Alle lachten freundschaftlich: »Wir alle können es nicht! Wir haben das auch nicht studiert!« So antworteten sie ihm und wählten ihn zum Beisitzer.
Auf Nershins anderer Seite lag Rusjka Doronin. Er hatte sich ausgezogen, war von Kopf bis Fuß unter seine Bettdecke geschlüpft und hatte sein vor Glück erhitztes Gesicht noch zusätzlich mit einem Kissen von oben zugedeckt. Er wollte nichts hören, nichts sehen und von niemandem gesehen werden. Nur sein Körper war hier – seine Gedanken und seine Seele folgten Klara, die jetzt nach Hause fuhr. Kurz bevor sie weggegangen war, hatte sie das geflochtene Körbchen für den Weihnachtsbaum noch fertiggemacht und es heimlich Rusjka geschenkt. Dieses Körbchen hielt er jetzt unter der Bettdecke in seinen Händen und küßte es.
Nershin sah, daß es vergeblich wäre, Rusjka zu bitten. Suchend sah er sich nach einem zweiten Kandidaten um.

»Amantaj! Amantaj!« rief er Bulatow an. »Komm, mach du den anderen Beisitzer!«
Bulatows Brille blitzte listig.
»Ich würde ja kommen, aber für mich ist kein Platz mehr! Ich bleibe hier an der Tür und bin der Gerichtsdiener!«
Chorobrow, der bereits Adamson und danach noch zwei anderen die Haare geschnitten und jetzt einen neuen Klienten in der Kur hatte, der mit nacktem Oberkörper vor ihm saß, um die Unterwäsche von Haaren freizuhalten, schrie:
»Wozu braucht ihr einen zweiten Beisitzer? Das Urteil ist doch sowieso schon fertig in der Tasche, nicht wahr? Macht es mit einem!«
»Das ist wahr«, stimmte Nershin zu. »Warum sich einen Parasiten halten, aber wo ist der Angeklagte? Gerichtsdiener, führen Sie den Angeklagten herein! Ich bitte um Ruhe!«
Und er klopfte mit seinem großen Mundstück aufs Bett. Die Gespräche verstummten.
»Gericht! Gericht!« forderten Stimmen. Das Publikum saß und stand herum.
»Erhebe ich meine Augen zum Himmel, so bist du da – blicke ich hinab in die Hölle – so bist du da – stiege ich hinab auf den Meeresgrund – so würde mich deine rechte Hand dort erreichen!« konnte man aus dem Publikum heraus die melancholische Stimme Potapows vernehmen. (Potapow hatte im Gymnasium Religion studiert, und der klare Kopf des Ingenieurs hatte Texte der Katechese bewahrt.)
Von unten, vom Zuschauerraum her, hörte man deutlich das Klappern eines Löffels, mit dem Zucker in einem Glas aufgelöst wurde.
»Valentulja!« schrie Nershin drohend. »Wie oft wurde dir schon gesagt, daß du mit dem Löffel nicht so klappern sollst!«
»Verurteilt ihn!« bellte Bulatow, und schon zogen einige dienstfertige Hände Prjantschikow aus dem Halbdunkel des unteren Bettes hervor, in die Mitte des Zimmers hinein.
»Es reicht!« sagte Prjantschikow erbittert und riß sich los. »Ich habe die Staatsanwälte über! Ich hab' genug von euren Gerichten! Welches Recht hat ein Mensch, über den anderen zu Gericht zu sitzen? Ha-ha! Das ist lächerlich! Ich verachte Sie, mein Herr!« schrie er den Vorsitzenden des Gerichtes an. »Ich . . . Sie!«
Während Nershin das Gericht aufbaute, hatte Rubin sich alles ausgedacht. In seinen dunkelbraunen Augen leuchtete die Freude über die eigene Idee. Mit großartiger Geste schonte er Prjantschikow:
»Laßt diesen Nestling! Valentulja mit seiner Liebe zur Weltgerechtigkeit kann ausgezeichnet von einem Staatsadvokaten abgeurteilt werden. Gebt ihm einen Stuhl!«

Bei jedem Spaß gibt es einen unbemerkten gewissen Augenblick, in dem er entweder abgeschmackt und beleidigend wird oder ein guter Einfall dazu kommt und die Begeisterung alle mit sich hinwegträgt. Rubin hatte sich ein Bettuch über die Schultern geworfen, es sah aus, als hätte er eine Robe an. Er kletterte auf ein Nachtkästchen und wandte sich an den Vorsitzenden:

»Wahrer Staatsrat der Justiz! Der Angeklagte hat es abgelehnt, vor Gericht zu erscheinen, es muß so in Abwesenheit über ihn verhandelt werden. Ich bitte Sie anzufangen!«

In der Menge stand an der Tür auch der rotbärtige Hofarbeiter Spiridon. Sein kluges Gesicht mit den herabhängenden Wangen, das von vielen Falten durchzogen war, zeigte gleichzeitig Züge von Strenge und Fröhlichkeit. Stirnrunzelnd sah er auf das Gericht.

Hinter Spiridons Rücken stand mit langem, feinem, wächsernem Gesicht, das von der Wollmütze gekrönt war, Professor Tschelnow.

Nershin verkündete unnatürlich schrill schreiend:

»Geben Sie acht! Genossen! Ich erkläre die Sitzung des Kriegsgerichtshofes der Scharaschka Mawrino für eröffnet. Verhandelt wird die Sache des ...?«

»Olgowitsch Igor Swjatoslawitsch ...« fiel der Staatsanwalt ein.

Nershin griff die Idee auf, und mit monoton nasaler Stimme tat er, als lese er vor:

»Verhandelt wird die Sache des Olgowitsch Igor Swjatoslawitsch, des Fürsten von Nowgorod-Sewersk und Putiwl, geboren im Jahre ... ungefähr ... zum Teufel, Sekretär, warum ungefähr? ... Achtung! In Anbetracht dessen, daß bei Gericht kein schriftlicher Anklagetext vorliegt, wird der Staatsanwalt die Anklage vorlesen.«

50

Der verräterische Prinz[1]

Rubin begann mit einer solchen Leichtigkeit und Geschicklichkeit zu reden, als würden seine Augen tatsächlich über ein Papier dahinhuschen (man hatte ihn selbst schon viermal verurteilt, und die Gerichtsformeln hatten sich in sein Gedächtnis eingegraben):

[1] Der Inhalt dieses Kapitels bezieht sich auf die einzig erhaltene weltliche Dichtung der altrussischen Literatur ›*Slowo o polku Igorjewje*‹ (russ.) ›Die Mär von der Heerfahrt Igors‹ oder auch einfach ›Igorlied‹ genannt. Es handelt von dem Feldzug des Fürsten Igor von Nowgorod-Sewersk gegen das

»Die Anklageschrift der zu verhandelnden Strafsache ist registriert unter der Nummer Fünf Millionen, Strich Drei Millionen sechshunderteinundfünfzigtausendneunhundertvierundsiebzig und beschuldigt Olgowitsch Igor Swjatoslawitsch.

Durch die Organe der Staatssicherheit wird Olgowitsch I. S. in der vorliegenden Sache gerichtlich belangt. Die Nachforschungen haben ergeben, daß Olgowitsch, der Feldherr der ruhmreichen russischen Armee war, im Range eines Fürsten stand, den Posten des Drushina[2]-Kommandanten innehatte, ein Verräter seiner Heimat war. Sein Verrat bestand darin, daß er sich selbst freiwillig dem verfluchten Feind der Heimat, als der sich heute der Polowzer Khan Kontschak erwiesen hat, ergab und außerdem auch seinen Sohn Wladimir Igorjewitsch, seinen Bruder und Neffen und die ganze Armee mit all ihren Männern, Waffen und dem rechenschaftspflichtigen Kriegsmaterial dem Feind auslieferte.

Seine verräterischen Absichten wurden schon darin offenbar, daß er selbst am Anfang, beeinflußt durch eine Sonnenfinsternis, die von der reaktionären Geistlichkeit veranstaltet worden war, keine politische Massenaufklärungsarbeit in seiner Drushina unternahm, deren Mitglieder gingen, ›um mit ihren Helmen Wasser aus dem Don zu trinken‹. Die in hygienischer Hinsicht üble Beschaffenheit des Donwassers in jenen Jahren vor der Einführung einer zweifachen Versetzung des Wassers mit Chlor soll dabei außer acht gelassen werden. Statt alledem beschränkte sich der Beschuldigte, als die Polowzer schon in Sicht waren, in völlig verantwortungsloser Weise darauf, einen Appell an seine Truppe zu erlassen:

Nomadenvolk der Polowzer im Jahre 1185. Der Feldzug mißlang, das russische Heer wurde geschlagen. Fürst Igor selbst geriet in Gefangenschaft, aus der ihm zu entfliehen gelang. Dieses einmalige Dokument entstand wohl im Jahre des Ereignisses oder unmittelbar danach. Der Autor ist unbekannt. 1795 wurde das Igorlied von einem Adligen, Fürst A. I. Musin-Puschkin, in einer Sammelhandschrift entdeckt. Der russische Komponist Alexander Porfirjewitsch Borodin (1833—1887) schrieb die Oper ›Fürst Igor‹; er hinterließ ein vollständiges Libretto, konnte aber die Vertonung nicht mehr vollenden. Nach seinem Tod ergänzten Rimskij-Korssakow und Glasunow die Komposition. — Die in diesem Kapitel als Auszüge aus der imaginären ›Anklageschrift‹ mitgeteilten Textstellen des ›Igorliedes‹ und aus Borodins Libretto werden von den Gefangenen aus dem Gedächtnis zitiert und dabei gelegentlich für die Zwecke des Spiels umformuliert. Unsere Übersetzung zieht die vorliegenden Übertragungen des ›Igorliedes‹ von Harald Raab (›O Bojan, du Nachtigall der alten Zeit‹, Verlag Heinrich Scheffler, Frankfurt/M.) und Rainer Maria Rilke (›Das Igor-Lied‹, Insel Verlag, Frankfurt/M.) sowie das von Frau Alexandroff übersetzte Textbuch zur Oper von Borodin (Verlag M. P. Belaieff, Bonn) heran, folgt aber dort, wo es unumgänglich schien, den ›freien Zitaten‹ Solschenizyns. (Anm. d. Übers.)

[2] Gefolgschaft der Fürsten im alten Rußland (Anm. d. Übers.)

›Laßt uns also die schnellen Rosse besteigen
Brüder, auf daß wir den blauen Don erblicken!‹
(Anklageschrift, Band I, Blatt 36)

Die für unsere Heimat verderbliche Bedeutung der Niederlage der vereinten Truppen von Nowgorod-Sewersk, Kursk, Putiwl, Rylsk wird am besten durch die Worte des Kiewer Großfürsten Swjatoslaw deutlich:

›Gott gab uns, die Ungläubigen zu besiegen,
Doch wir vermochten nicht, die Jugend zurückzuhalten.‹
(Anklageschrift, Band I, Blatt 88)

Der durch seine Klassen-Blindheit bedingte Fehler des naiven Swjatoslaw ist jedoch, daß er die schlechte Organisation des ganzen Feldzuges und die Niederlage der russischen Streitkräfte einzig und allein der ›Jugend‹ zuschreibt, das heißt der Jugend des Beschuldigten, und nicht daran denkt, daß es sich hier um einen lange beabsichtigten Verrat handelt. Dem Verbrecher selbst gelang es, sich der strafrechtlichen Verfolgung des Gerichtes zu entziehen. Aber der Zeuge Borodin, Alexander Porfirjewitsch, und ein Zeuge, der unbekannt bleiben will und im weiteren als ›Autor der Mär‹ bezeichnet werden soll, kennzeichnen durch unwiderlegbare Hinweise die schändliche Rolle des Fürsten I. S. Olgowitsch, und dies nicht nur im Augenblick der Schlacht, die unter für die russische Führung ungünstigen Verhältnissen angenommen wurde:

meteorologisch:

›Es treiben die Winde, . . . vom Meer her
die Pfeile gegen die tapferen Heerscharen Igors!‹
(ibid., Band I, Blatt 123, Aussage des ›Autors der Mär‹)

und taktisch:

›Die Polowzer nahen vom Don,
sie nahen von allen Seiten,
die russischen Heerscharen umzingelnd.‹
(ibid., Band I, Blatt 124, Aussage des ›Autors der Mär‹)

sondern noch mehr das schändliche Verhalten seines fürstlichen Sprosses in der Gefangenschaft. Ihre Lebensumstände in der sogenannten Gefangenschaft weisen darauf hin, daß sie sich in größter Gnade beim Khan Kontschak befanden und daß die Gefangenschaft als eine Belohnung des Fürsten durch den Befehlshaber der Polowzer für die verräterische Übergabe der Drushina angesehen werden muß.

Durch die Aussagen des Zeugen Borodin wird deutlich, daß Fürst Igor in

›Wenn du willst, nimm jedes Roß, das dir gefällt!‹

(ibid., Band I, Blatt 233)

der Gefangenschaft nicht nur sein eigenes und nicht nur ein Pferd hatte:

Khan Kontschak sagte außerdem zu Fürst Igor:

›In meinem Lande bist du kein Gefangener,
Du bist mein Gast.‹

(ibid., Band I, Blatt 281)

Und weiter:

›Gefangene leben nirgends so, wie du hier!
Stimmt das?‹

(ibid., Band I, Blatt 300)

Der Polowzer Khan offenbart den ganzen Zynismus seiner Beziehungen zum verräterischen Fürsten:

›Um dieser Kühnheit, deines Mutes willen
schätz' ich dich, Fürst.‹

(ibid., Band III, Blatt 5)

Eine sorgfältigere Untersuchung deckte auf, daß diese zynischen Beziehungen schon lange vor der Schlacht am Kajala-Flusse existierten:

›Du warst mir lieb seit je.‹

(ibid., Band III, Blatt 14, Aussage des Zeugen Borodin)

Und weiter:

›Ach, wie gern möcht' ich immer dein Bundesgenosse,
Dein lieber Bruder und Freund,
Nicht dein Feind sein!‹ (ibid.)

All das läßt erkennen, daß der Beschuldigte ein aktiver Helfershelfer des Khan Kontschak, ein langjähriger Polowzer Agent und Spion war.
Auf Grund des Dargelegten wird Olgowitsch Igor Swjatoslawitsch, geboren 1161 in Kiew, Russe, parteilos, nicht vorbestraft, Bürger der RSFSR[1], von Beruf Feldherr, der als Befehlshaber der Drushina im

[1] *Rossijskaja Sowjetskaja Federatiwnaja Sozialistitscheskaja Respublika* (russ.) — Russische Sozialistische Föderative Sowjetrepublik (Anm. d. Übers.)

Range eines Fürsten gedient hat, mit dem Waräger-Orden Erster Klasse, dem Rotsonnenorden und der Medaille des Goldenen Schildes ausgezeichnet, beschuldigt,
gemeinen Verrat an seiner Heimat begangen zu haben, der verbunden war mit Sabotage, Spionage und langjähriger verbrecherischer Zusammenarbeit mit dem Polowzer Khanat;
das heißt, er wird Verbrechen beschuldigt, auf die die Artikel 58/1, 58/6, 58/9 und 58/11 des Strafgesetzbuches der RSFSR zutreffen.
Olgowitsch bekennt sich der ihm hier zur Last gelegten Verbrechen schuldig. Er wird durch die Aussagen der Zeugen, ein Epos und eine Oper überführt.
Gemäß Artikel 208 der Strafprozeßordnung der RSFSR ist die vorliegende Sache dem Staatsanwalt zur Übergabe des Beschuldigten an das Gericht übertragen worden.«
Rubin schöpfte Atem und sah feierlich auf die Gefangenen. Hinweggetragen von seiner Phantasie, war es ihm jetzt unmöglich, innezuhalten. Das Gelächter der auf den Betten Herumliegenden und an der Tür Stehenden feuerte ihn an. Er hatte schon mehr und Schärferes gesagt, als er es in Anwesenheit einiger Spitzel und schlechtgelaunter Leute hier eigentlich hatte tun wollen.
Spiridon mit seinen kräftigen, rotgrauen Haaren, die ihm ohne jeglichen Schnitt auf die Schläfen herabwuchsen, bis zu den Ohren und in den Nakken, lachte nicht ein einziges Mal. Finster blickte er auf das Gericht. Der fünfzigjähriger Russe hörte zum erstenmal von diesem Fürsten aus alten Zeiten, der in Gefangenschaft geraten war. Aber die ihm bekannten Umstände des Gerichtsverfahrens und die unleugbare Selbstsicherheit des Staatsanwaltes ließ ihn noch einmal all das durchleben, was ihm widerfahren war und verhalfen ihm dazu, die ganze Ungerechtigkeit der Beweisführung des Staatsanwaltes und die ganze Betrübnis dieses unglückseligen Fürsten zu erraten.
»Angesichts der Abwesenheit des Beschuldigten und der Entbehrlichkeit des Zeugenverhörs«, setzte Nershin in demselben abgemessen-näselnden Ton hinzu, »werden wir jetzt zu den Meinungen der sich gegenüberstehenden Zeugen übergehen. Das Wort hat wieder der Staatsanwalt.«
Er sah Semelja von der Seite her an.
»Selbstverständlich, selbstverständlich!« Der Beisitzer nickte zustimmend.
»Genossen Richter«, sagte Rubin finster. »Es bleibt mir wenig, was ich dieser Kette schlimmer Beschuldigungen hinzufügen könnte, dieser Anhäufung schmutziger Verbrechen, die vor unseren Augen dargelegt wurden. Erstens möchte ich entschieden der verbreiteten verdorbenen Meinung entgegentreten, daß ein Verwundeter das moralische Recht hätte, sich in Gefangenschaft zu begeben. Das ist von Grund auf nicht unsere

Ansicht, Genossen! Um so mehr, was Fürst Igor betrifft. Man sagt, daß er auf dem Schlachtfeld verwundet worden sei. Aber wer kann das jetzt noch beweisen, siebenhundertfünfundsechzig Jahre später? Ist uns ein Bericht über seine Verwundungen vom Divisionsarzt überliefert worden? Jedenfalls liegt der Anklageschrift kein solcher Bericht bei, Genossen Richter!«

Amantaj Bulatow nahm seine Brille ab; ohne ihr zänkisch kühnes Funkeln hatten seine Augen einen ganz traurigen Ausdruck.

Er, Prjantschikow, Potapow und noch viele der hier Versammelten waren wegen desselben ›Verrates an der Heimat‹ verurteilt worden — wegen *freiwilliger* Kapitulation.

»Darüber hinaus«, donnerte der Staatsanwalt, »möchte ich besonders auf das abscheuliche Benehmen des Beschuldigten im Polowzer Lager hinweisen. Fürst Igor denkt überhaupt nicht an seine Heimat, nur an seine Frau:

›Dich allein, du Heißgeliebte,
Dich möcht' ich noch einmal sehn.‹

Analytisch gesehen ist uns das vollkommen verständlich, denn seine Jaroslawna, seine Frau, war sehr jung, sie war seine zweite Frau, und er konnte sich auf eine solche Frau sehr wenig verlassen. Aber in der Tat stellt sich uns Fürst Igor als ein Egoist dar! Und ich frage Sie — für wen tanzten die Polowzer Tänzer? Wieder doch nur für ihn! Und sein abscheulicher Nachfahr tritt sogar in sexuelle Verbindung mit der Tochter Kontschaks, obwohl von den zuständigen verantwortlichen Stellen unseren Landsleuten die Ehe mit Ausländerinnen kategorisch verboten ist! Und dies im Augenblick der höchsten Spannung in den Beziehungen zwischen den Sowjets und den Polowzern, als . . .«

»Gestatten Sie!« rief von seinem Bett aus der zottlige Kagan dazwischen. »Woher ist dem Staatsanwalt bekannt, daß schon damals in der Rusj die Sowjets herrschten?«

»Gerichtsdiener! Führen Sie diesen gekauften Agenten ab!« befahl Nershin. Aber bevor noch Bulatow sich in Bewegung gesetzt hatte, fing Rubin mit Leichtigkeit den Angriff auf.

»Gestatten Sie, daß ich antworte! Die dialektische Analyse der Texte überzeugt uns davon. Lesen Sie beim ›Autor der Mär‹:

›Es wehn die roten Banner in Putiwl.‹

Ist das nicht klar? Der erhabene Fürst Wladimir Galizkij, Befehlshaber des Gebietskriegskommissariats von Putiwl, sammelte eine Landwehr, die von Skula und Jeroschka angeführt werden und die Heimatstadt verteidigen sollte. Fürst Igor betrachtet während dieser Zeit die nackten Beine der Polowzerinnen. Ich gebe zu, daß wir alle die Annehmlichkeit dieser Beschäftigung nachfühlen können, aber als dann Kontschak ihm zur Auswahl ›eine beliebige dieser Schönheiten‹ anbietet – warum nimmt dieser Tölpel da keine? Wer von den hier Anwesenden glaubt, daß ein Mann eine Frau ablehnen würde? Und dann zeigt sich der Zynismus des Angeklagten in seiner ganzen Deutlichkeit, in seiner sogenannten Flucht aus der Gefangenschaft und seiner *freiwilligen* Rückkehr in die Heimat. Wer glaubt schon, daß ein Mensch, dem man ›das Pferd, das er wollte, und Geld‹ anbot, plötzlich freiwillig in die Heimat zurückkehrt und all das verschmäht? Wie kann das sein?«

Gerade das, gerade diese Frage war den aus der Gefangenschaft Zurückgekehrten gestellt worden; auch Spiridon hatte man sie gestellt: Aus welchem Grund würdest du in die Heimat zurückkehren, wenn du nicht angeworben worden wärest?!

»Hier mag es nur eine, nur eine einzige Erklärung geben: Fürst Igor war vom Polowzer Spionagedienst angeworben und zur Zersetzung des Kiewer Staates zurückgeschickt worden! Genossen Richter! In mir, wie in Ihnen allen, kocht eine ehrliche Entrüstung. Ich fordere humanerweise – ihn aufzuhängen, ihn, den Sohn einer Hündin! Da die Todesstrafe abgeschafft ist, sollte man ihm fünfundzwanzig und fünf über die Hörner geben! Außerdem – hier noch eine besondere Bestimmung des Gerichtes. Die Oper ›Fürst Igor‹ muß 'runter von der Bühne, da sie vollkommen amoralisch ist und unter unserer Jugend Hochachtung für Landesverräter lehrt! Der in diesem Prozeß aufgetretene Zeuge Borodin, A. P., soll sich vor einem Gericht verantworten, gegen ihn muß eine Vorsichtsmaßnahme ergriffen, er muß inhaftiert werden. Außerdem müßten noch folgende Aristokraten zur Rechenschaft gezogen werden: erstens Rimskij, zweitens Korssakow. Hätten sie nicht die besagte schlechte Oper geschrieben, wäre sie auch niemals aufgeführt worden. Ich bin am Ende!«

Rubin sprang schwer vom Nachtkästchen hinunter. Die Rede hatte ihn angestrengt.

Niemand lachte.

Prjantschikow erhob sich, ohne eine Aufforderung abzuwarten, von seinem Stuhl und wisperte leichtfertig in die tiefe Stille:

»*Tant pis,* meine Herren! *Tant pis*! Leben wir in der Steinzeit oder im zwanzigsten Jahrhundert? Was bedeutet Verrat? Im Zeitalter des Atomzerfalls! Der Halbleiter! Des Elektronengehirns! ... Wer hat das Recht, über einen anderen Menschen zu Gericht zu sitzen, meine Herren? Wer hat das Recht, einen anderen seiner Freiheit zu berauben?«

»Gestatten Sie, ist das schon die Verteidigung?« Professor Tschelnow

trat frisch hervor, und alle wandten sich ihm zu. »Ich wollte gern der vom Staatsanwalt gegebenen Übersicht einige Fakten hinzufügen, die mein geschätzter Kollege außer acht gelassen hat, und ...«
»Natürlich, natürlich, Wladimir Erastowitsch!« versicherte Nershin. »Wir sind immer für Beschuldigung, wir sind immer gegen die Verteidigung und bereit, die Gerichtsordnung zu durchbrechen. Wir bitten!«
Um den Mund des Professors spielte ein zurückhaltendes Lächeln. Er sprach ganz leise; man konnte seine Worte nur verstehen, weil man ihm voller Ehrerbietung lauschte. Seine glanzlosen Augen sahen gleichsam an den Anwesenden vorbei, wie auf eine vor ihm aufgeblätterte Chronik. Der Knäuel auf seiner Wollmütze unterstrich die Schärfe des Gesichtes und verlieh ihm eine gewisse Wachsamkeit.
»Ich möchte darauf hinweisen«, sagte der Professor der Mathematik, »daß Fürst Igor schon vor seiner Ernennung zum Heerführer beim ersten Ausfüllen unseres Spezialfragebogens entlarvt worden wäre. Seine Mutter war eine Polowzerin, die Tochter eines Polowzer Fürsten. Fürst Igor war blutsmäßig zur Hälfte Polowzer und viele Jahre mit Polowzern verbunden. ›Ein wahrer Bundesgenosse und ein verläßlicher Freund‹ für Kontschak, und das schon vor dem Feldzug! Als er 1180 von den Monomachowitschen völlig geschlagen worden war, floh er im selben Boot mit Khan Kontschak. Später riefen Swjatoslaw und Rjurik Rostislawitsch Igor auf, am allgemeinen russischen Feldzug gegen die Polowzer teilzunehmen – aber Igor lehnte unter dem Vorwand des Glatteises ab – ›die Erde ist von einer Eisschicht überzogen‹. Vielleicht war es auch deshalb, weil schon damals Swoboda Kontschakowna, die Tochter Khan Kontschaks, mit Wladimir Igorjewitsch verlobt war. In dem hier zur Debatte stehenden Jahr 1185 endlich – wer half Igor, aus der Gefangenschaft zu entfliehen? Ein Polowzer! Der Polowzer Owlur, den Igor dafür ›zum Würdenträger‹ ernannte. Und Kontschaks Tochter schenkte Igor darauf einen Enkel. Für das Verschweigen dieser Tatsachen schlage ich vor, auch den ›Autor der Mär‹ zur Verantwortung zu ziehen, außerdem den Musikkritiker Stassow, der die verräterischen Tendenzen der Oper Borodins übersehen hat, nun und dann endlich auch den Grafen Musin-Puschkin, denn unzweifelhaft war er mit beteiligt an der Verbrennung der einzigartigen Handschrift der Mär. Es ist offensichtlich, daß einer die Spuren des anderen verwischte.«
Tschelnow trat zum Zeichen dessen, daß er fertig war, zurück.
Immer noch umspielte dasselbe schwache Lächeln seine Lippen.
Alle schwiegen.
»Und wer übernimmt die Verteidigung des Angeklagten? Jeder Mensch braucht Verteidigung!« regte sich Isaak Kagan auf.

»Nichts gibt es da zu verteidigen, für dieses Geschmeiß!« schrie Dwojetjossow. »Es gehört an die Wand!«
Sologdin blickte finster drein. Es war tatsächlich sehr amüsant, was Rubin gesagt hatte, Tschelnows Kenntnisse schätzte er noch höher ein, aber Fürst Igor war der Ruhm der russischen Geschichte, ein Vertreter des Zeitalters der Ritter, das heißt der ruhmreichsten Geschichtsperiode, und deshalb durfte er nicht angegriffen und lächerlich gemacht werden. Sologdin hatte einen unangenehmen Geschmack in seinem Mund.
»Nein, nein, wenn Sie wollen, trete ich als Verteidiger auf!« sagte kühn Isaak und fing die listigen Blicke des Auditoriums auf. »Genossen Richter! Als ehrenhafter Pflichtverteidiger stimme ich vollkommen mit allen Angaben des staatlichen Anklägers überein.« Er zog die Worte in die Länge und lispelte ein wenig. »Mein Gewissen sagt mir, daß Fürst Igor nicht nur aufgehängt werden müßte, sondern gevierteilt. In der Tat, in unserer humanen Gesetzgebung ist nun schon seit drei Jahren die Todesstrafe abgeschafft, wir aber müssen sie ersetzen. Mir ist jedoch unverständlich, warum der Staatsanwalt so verdächtig weichherzig war – auch er muß überprüft werden! Warum ist er auf der Stufenleiter der Strafen nicht bis zu Ende gegangen, sondern hat zwei Stufen vorher eingehalten und nur fünfundzwanzig Jahre Zwangsarbeit beantragt? Unser Strafgesetzbuch sieht jedoch eine Bestrafung vor, die sich nur wenig von der Todesstrafe unterscheidet, eine Strafe, die viel schrecklicher ist als fünfundzwanzig Jahre Zwangsarbeit.«
Isaak zögerte, um noch mehr Eindruck zu machen.
»Welche denn, Isaak?« schrien alle ungeduldig. Um so langsamer, mit höchst naivem Ausdruck antwortete er:
»Artikel zwanzig, Absatz a.«
So viele, wie hier auch saßen, mit ihrer reichen Gefängniserfahrung, keiner hatte je von diesem Artikel gehört. Was hatte der Meister da ausgegraben?
»Und wie lautet er?« Von allen Seiten machten sie lauthals unflätige Vorschläge. »Kastration?«
»Beinahe, beinahe«, sagte Isaak unerschütterlich ruhig. »Geistige Kastration. Artikel 20, Absatz a sieht vor, daß einer zum Feind der Arbeiter erklärt wird und man ihn aus der UdSSR vertreibt! Soll er dort im Westen krepieren. Ich bin zu Ende.«
Schüchtern, seinen Kopf zur Seite legend, ging der kleine zottige Mann zurück zu seinem Bett.
Eine Lachexplosion erschütterte das Zimmer.
»Wie, wie?« brüllte Chorobrow los und verschluckte sich dabei. Sein Klient sprang durch einen Ruck der Schermaschine hoch. »Ausweisung? Gibt es einen solchen Punkt?«

»Ich bitte um Verschärfung! Ich bitte um Verschärfung der Strafe«, schrie man ihm zu.
Der Bauer Spiridon lachte teuflisch.
Alle redeten durcheinander und zerstreuten sich dann nach allen Seiten.
Rubin lag wieder auf seinem Bauch und versuchte, sich in sein mongolisch-finnisches Wörterbuch zu vertiefen.
Er verfluchte seine dumme Art, hervorzutreten, er schämte sich der Rolle, die er gespielt hatte.

51

Ende der Zwanziger

Adamson, fest mit Schultern und Wange an sein zerknülltes Kissen geschmiegt, verschlang den ›Grafen von Monte Christo‹. Den Ereignissen im Zimmer hatte er den Rücken zugekehrt. Keine Gerichtskomödie konnte ihn mehr unterhalten. Er wandte nur leicht den Kopf herum, als Tschelnow sprach, weil die von ihm gebrachten Einzelheiten für ihn neu waren.
Nach zwanzig Jahren Verschickung, Untersuchungsgefängnissen, Einzelzellen, Lagern und Scharaschkas, war Adamson, der einstmals ein prachtvoller, zündender Redner gewesen war, gefühllos geworden, er stand seinen eigenen Leiden und denen der Umgebung fremd gegenüber.
Der hier gerade vorgeführte Gerichtsprozeß war dem Schicksal der Kriegsgefangenen gewidmet gewesen, das heißt den sowjetischen Soldaten, die zuerst unüberlegt von ihren Generalen der Gefangenschaft ausgesetzt und dann gleichgültig von Stalin dem Hungertod überlassen worden waren. Die Kriegsgefangenen – das war die *Welle* der Jahre 1945/46. Theoretisch konnte Adamson die Tragik ihres Schicksals begreifen und begriff sie auch. Aber trotzdem war das nur eine Welle, eine von vielen und nicht die bedauernswürdigste. Die Kriegsgefangenen erregten dadurch Interesse, daß sie viele entfernte Länder gesehen hatten und waren deshalb automatisch ›Lügner‹, wie Potapow im Scherz gesagt hatte. Aber trotzdem war die Welle grau, sie waren die hilflosen Opfer des Krieges, und keine Menschen, die sich freiwillig den politischen Kampf als Lebensweg erwählt hatten.
Jede Gefangenenwelle des NKWD hat, wie jede Menschengeneration auf der Erde, ihre eigene Geschichte, ihre eigenen Helden.
Aber es ist schwierig für eine Generation, die andere zu verstehen.

Adamson schien es, daß diese Menschen in keiner Weise mit jenen zu vergleichen seien, mit jenen Riesen, die, wie er selbst, Ende der zwanziger Jahre freiwillig in das Exil am Jenissej gegangen waren, anstatt ihren eigenen Worten, die sie auf Parteiversammlungen gesagt hatten, abzuschwören und sich für ein angenehmes Leben zu entscheiden, das jedem von ihnen offengestanden hätte. Jene Leute konnten die Entstellung und Beschimpfung der Revolution nicht ertragen und waren bereit, ihr Leben für ihre Säuberung dahinzugeben. Aber dieser ›Stamm der jungen Unbekannten‹ kam dreißig Jahre nach der Oktoberrevolution in die Zelle und wiederholte mit bäurischen Flüchen einfach das, wofür sie während des Bürgerkrieges erschossen worden wären.
Adamson, der keinem dieser Kriegsgefangenen feindlich gegenüberstand und erst recht nicht daran dachte, mit einem von ihnen herumzustreiten, nahm im ganzen diese Leute nicht zur Kenntnis.
Überhaupt war Adamson — wie er sich selbst immer wieder versicherte — schon lange aller Gefangenendispute, Beichten und Augenzeugenberichte überdrüssig. Das Interesse für das, was in der anderen Ecke der Zelle gesprochen wurde, war schon längst in ihm erloschen. Ebenso hatte er das Interesse an der Arbeit verloren. Anteil an seiner Familie konnte er auch nicht mehr nehmen, denn sie lebte nicht in Moskau, und deshalb bekam er nie Besuch. Die zensierten Briefe, die in der Scharaschka ankamen, waren kärglich und ohne Leben. Auch an die Zeitungen verschwendete er keine Aufmerksamkeit — deren Inhalt kannte er bereits, sobald er nur die Überschriften gelesen hatte. Musiksendungen im Radio konnte er nicht länger als eine Stunde am Tag ertragen und gesprochene Sendungen schon gar nicht — in ihnen wurde ebenso gelogen wie in den Büchern. Wenn er auch in seinem Innersten, irgendwo hinter sieben Trennwänden, nicht nur ein lebhaftes, sondern ein besonders schmerzhaftes Interesse für die Welt und das Schicksal der Lehre, der er sein Leben geweiht hatte, bewahrte, verhielt er sich der Umgebung gegenüber völlig teilnahmslos. Und so kam es, daß Adamson, der seinerzeit nicht erschossen, nicht vergiftet worden, nicht den Hungertod gestorben war, nicht jene Bücher liebte, in denen die Suche nach Wahrheit im Mittelpunkt stand, sondern die unterhaltsamen Bücher, die ihm halfen, die nicht enden wollende Gefängnisfrist zu verkürzen.
Nein, in der Taiga am Jenissej hatten sie 1929 den ›Grafen von Monte Christo‹ nicht gelesen. An der Angara, im verlassenen Dorf Doschtschany, wohin durch die Taiga ein dreihundert Werst langer Schlittenweg führte, waren sie von Orten, die noch hundert Werst tiefer im Land lagen, zu einer Konferenz der Verschickten gekommen unter dem Vorwand, Silvester feiern zu wollen. Sie hatten die Absicht, über die internationale und die innenpolitische Lage des Landes zu diskutieren. Die

Temperatur war unter fünfzig Grad abgesunken. Der eiserne Kanonenofen in der Ecke konnte die geräumige sibirische Hütte keineswegs erwärmen. Der große russische Ofen war kaputt – deshalb hatte man die Hütte auch den Verschickten gegeben. Die Wände waren durch und durch vereist. In der nächtlichen Stille krachten die Balken wie Gewehrschüsse.

Satanjewitsch eröffnete die Konferenz mit einem Vortrag über die Parteipolitik auf dem Lande. Er hatte die Mütze abgesetzt, sein wallendes schwarzes Haar kam zum Vorschein. Seinen Halbpelz hatte er anbehalten – ein kleines englisches Idiombüchlein, das er ständig bei sich trug, lugte aus der Tasche – »Man muß den Feind kennen«, sagte er erklärend. Satanjewitsch spielte überhaupt immer den Führer. Später hatte man ihn anscheinend bei den Aufständen in den Lagern von Workuta erschossen. – Je leidenschaftlicher man seinen Vortrag und die der anderen diskutierte, um so mehr zerfiel die Einheit des kleinen Häufleins der Verbannten: Es gab nicht nur zwei oder drei Meinungen, sondern jeder Anwesende hatte seine eigene. Gegen Morgen, als man müde geworden war, fand der offizielle Teil der Konferenz ein Ende, ohne daß man zu einem gemeinsamen Beschluß gekommen wäre.

Danach aßen und tranken sie aus Staatsbeständen. Tannenzweige waren als Schmuck auf dem ausgehöhlten und wackligen Tisch ausgelegt. Die aufgetauten Zweige verströmten einen Duft nach Schnee und Harz und stachen in die Hände. Sie tranken selbstgebrannten Schnaps. Toasts wurden ausgebracht, man schwor, daß keiner der Anwesenden jemals eine Kapitulationserklärung unterschreiben werde.

Sie sangen die bekannten Revolutionslieder: ›Die Warschawjanka‹, ›Über der Erde weht unsere Fahne‹, ›Der Schwarze Baron‹.

Dann stritten sie noch über alles, was ihnen gerade einfiel – über Kleinigkeiten.

Rosa, eine Arbeiterin aus einer Charkower Tabakfabrik, saß auf dem Federbett – man hatte sie von der Ukraine nach Sibirien verschickt, und sie war sehr stolz darauf – sie rauchte eine Zigarette nach der anderen und schüttelte mit verächtlicher Miene ihre kurzgeschnittenen Locken:

»Ich kann die Intelligentsia nicht ausstehen! Sie widert mich an mit all ihren ›Empfindlichkeiten‹ und ›Kompliziertheiten‹. Die menschliche Psyche ist viel einfacher, als sie die vorrevolutionären Schriftsteller darstellen. Unsere Aufgabe ist es, die Menschheit von seelischem Ballast zu befreien!«

Und irgendwie kam dann die Rede auf Schmuck für Frauen. Einer der Verschickten – Patruschew, ein ehemaliger Staatsanwalt aus Odessa, dem erst vor kurzem seine Braut aus Rußland nachgereist war – rief herausfordernd: »Warum wollt ihr die zukünftige Gesellschaft berauben?

Warum träumt ihr nicht von einer Zeit, in der es jedem Mädchen möglich ist, Perlen zu tragen, in der jeder Mann seine Auserwählte mit einem Diadem schmücken kann?«

Welch ein Lärm erhob sich nun! Mit welchem Ingrimm überschwemmte man sich gegenseitig mit Zitaten von Marx und Plechanow, von Campanella und Feuerbach.

Die zukünftige Gesellschaft! So leichtfertig sprachen sie von ihr!

Die Sonne des neuen Jahres, des Jahres 1930, ging auf, und alle liefen hinaus, um diesen Anblick zu genießen. Es war ein erfrischender, frostiger Morgen mit rötlichen Dunstsäulen, die bis zu dem rosa Himmel hinaufragten. Dem weißen Band der Angara entlang trieben Bauersfrauen ihr Vieh zur Tränke an ein von Tannen umstandenes Eisloch. Männer und Pferde zeigten sich nicht — sie waren bei der Holzarbeit.

Zwanzig Jahre waren seitdem vergangen. Die damals ausgebrachten Toasts waren vergessen und hinfällig geworden. Man hatte die erschossen, die bis zum Ende standhaft geblieben waren. Man hatte auch die erschossen, die kapituliert hatten. Und nur der einsame Adamson, der unter den Treibhausdächern der Scharaschkas weitervegetierte, bewahrte noch das Verständnis für jene Jahre und die Erinnerung an sie.

So sah Adamson in sein Buch; er las aber nicht.

Jetzt setzte sich Nershin zu ihm auf den Bettrand.

Nershin und Adamson hatten sich vor drei Jahren in der Zelle der Butyrka kennengelernt, in der auch Potapow gesessen hatte. Adamson beendete damals gerade seine zehnjährige Haftzeit; seine Zellengenossen versetzte er durch seine eiserne Gefangenenautorität in Erstaunen, durch seine tief eingewurzelte Skepsis Gefängnisangelegenheiten gegenüber, während er selbst heimlich und völlig vernunftswidrig auf eine nahe bevorstehende Heimkehr zur Familie hoffte.

Sie kamen auseinander. Adamson hatte man versehentlich kurz danach entlassen, aber nur für so kurze Zeit, daß es ihm gelang, seine Familie nach Sterlitamak zu übersiedeln, wo die Miliz sich bereit erklärt hatte, Adamson zu registrieren. Kaum war die Familie umgezogen, nahm man ihn wieder fest. Man unterzog ihn nur einem einzigen Verhör: ob er wirklich von 1929 bis 1934 in der Verbannung und danach im Gefängnis gewesen sei? Nachdem man festgestellt hatte, daß er seine ganze Frist und sogar mehr als sie abgesessen hatte, verurteilte ihn die Sonderkonferenz zu weiteren zehn Jahren. Die oberste Leitung der Scharaschkas erfuhr über die große Allunionsgefangenenkartothek von der Verhaftung ihres alten Arbeiters und beeilte sich, ihn wieder in eine Scharaschka aufzunehmen. Adamson wurde nach Mawrino gebracht und traf hier, wie überall in der Gefangenenwelt, alte Bekannte, unter ihnen Nershin und Potapow. Nachdem sie sich wiedergefunden hatten, standen sie an der Treppe und rauchten. Adamson schien es, als wäre er nicht auf ein Jahr in Freiheit zurückgekehrt gewesen, als hätte er seine Familie nicht gesehen und als hätte er in dieser Zeit nicht eine weitere Tochter gezeugt. Es schien ihm, als wäre alles ein Traum, ein Traum, erbarmungslos dem Herzen eines Gefangenen gegenüber, und als gäbe es nur eine einzige Wirklichkeit von Bestand in der Welt — das Gefängnis.

Jetzt hatte sich Nershin zu Adamson gesetzt, um ihn zur Geburtstagsfeier einzuladen — es war beschlossen worden, den Geburtstag zu feiern. Adamson gratulierte Nershin und erkundigte sich, wer kommen werde, dabei schielte er unter seiner Brille hervor. Der Gedanke, wieder in die Kombination steigen, den herrlichen Sonntag, der in der Unterwäsche zugebracht werden konnte, infolgedessen als verloren abschreiben und das erbauliche Buch beiseite legen zu müssen, um zur Geburtstagsfeier zu gehen — dieser Gedanke bereitete Adamson nicht das geringste Vergnügen; vor allem weil er nicht darauf hoffen konnte, dort die Zeit angenehm zu verbringen. Es galt ihm so gut wie sicher, daß wieder ein politischer und wie immer fruchtloser Streit ausbrechen würde. Ihm aber würde es unmöglich sein, nicht hineingezogen zu werden, und ebenso unmöglich, hineingezogen zu werden, denn all seine tief verborgenen, vielfach verletzten Gedanken könnte er unmöglich den ›jungen‹ Gefangenen offenbaren, genausowenig wie er ihnen seine Frau nackt zeigen könnte.

Nershin zählte auf, wer kommen würde. Rubin war im Augenblick der einzige Scharaschka-Häftling, der Adamson nahestand. Doch Adamson hatte es noch vor sich, ihm für die heutige, eines wahren Kommunisten unwürdige Farce die Leviten zu lesen. Sologdin und Prjantschikow dagegen mochte Adamson nicht.

Aber da war nichts zu machen. Adamson sagte zu. Nershin teilte ihm mit, die Feier werde zwischen Potapows und Prjantschikows Bett in einer halben Stunde beginnen, sobald Andrejitsch mit der Creme fertig sei.

Während er sprach, bemerkte Nershin, was Adamson las, und sagte:

»Im Gefängnis konnte ich auch den ›Grafen von Monte Christo‹ lesen, aber ich kam nicht bis zum Ende. Ich habe bemerkt, daß Dumas, obwohl er bemüht ist, ein Gefühl des Unheimlichen zu vermitteln, die Festung If als einen ganz geruhsamen Kerker darstellt. Ganz zu schweigen von der Auslassung solch lieblicher Einzelheiten wie des täglichen Hinaustragens der Kübel aus den Zellen, das Dumas mit seinem, einem Freien eigenen Unverstand verschweigt — überlegen Sie einmal, warum Dantes entkommen konnte! Er konnte entkommen, weil man während all der Jahre seine Zelle nicht ein einziges Mal eingehend untersuchte, obwohl doch Zellen jede Woche genau überprüft werden müssen. Und hier das

Ergebnis: Der Tunnel wurde nicht entdeckt. Außerdem wurde die Wache nicht gewechselt, die, wie wir aus eigener bester Erfahrung wissen, alle zwei Stunden abgelöst werden muß, damit der eine Aufseher die Nachlässigkeiten des anderen herausfindet. Aber in der Festung If betrat über Tage hinweg keiner die Zelle, keiner sah nach. Es gab in den Türen der Zellen nicht einmal Gucklöcher – folglich war If kein Gefängnis, sondern ein einfacher See-Kurort. Es war möglich, in der Zelle Metallschüsseln zu behalten, und Dantes grub damit den Boden auf. Und zu guter Letzt wurde ein Toter in einen Sack eingenäht, sein Fleisch wurde nicht im Leichenschauhaus mit einem glühenden Eisen gebrannt, und an der Wache stieß man ihm kein Bajonett durch den Körper. Dumas hätte nicht die Dunkelheit vergrößern sollen, sondern die elementare Planmäßigkeit.«

Nershin las Bücher niemals nur zum Vergnügen. Er suchte in den Büchern nach Bundesgenossen oder Feinden, über jedes Buch fällte er ein sorgfältig ausgearbeitetes Urteil, das er gern den anderen aufzwang.

Adamson kannte diese bedrückende Angewohnheit. Er hörte Nershin zu, hob dabei seinen Kopf nicht vom Kissen, sondern sah ruhig durch die viereckigen Brillengläser:

»Also gut, ich komme«, antwortete er, legte sich noch genüßlicher hin und fuhr in seiner Lektüre fort.

52

Gefangenen-Kleinkram

Nershin ging, um Potapow bei der Zubereitung der Creme zu helfen. In den Jahren, die er in deutscher Kriegsgefangenschaft und sowjetischen Gefängnissen verbracht hatte, war Potapow zu der Einsicht gelangt, daß man auf den Vorgang der Nahrungsaufnahme nicht nur verächtlich herabschauen könne, daß er nicht etwas sei, dessen man sich zu schämen habe, sondern etwas besonders Erquickendes, in dem sich uns auch etwas Wesentliches unseres Seins offenbart.

»Ich liebe es, die Stunden zu bestimmen,
nach Mittagessen, Tee und Abendessen«,

zitierte dieser in Rußland ungewöhnliche Hochspannungsfachmann.

Und da Potapow keiner von jenen Ingenieuren war, die zwar einen erfinderischen Kopf, aber ungeschickte Hände haben, wurde er sehr schnell

ein außergewöhnlicher Koch: Im Kriegsgefangenenlager hatte er einmal eine Orangentorte nur aus Kartoffelschalen gebacken. In den Scharaschkas konzentrierte er sich auf Süßspeisen und erlangte darin eine ungewöhnliche Fertigkeit.
Jetzt machte er sich an zwei aneinandergestellten Nachttischchen im Durchgang zwischen seinem und Prjantschikows Bett zu schaffen. Die oberen Matratzen schirmten den Schein der Lampe etwas ab; so herrschte hier ein angenehmes Halbdunkel. Durch die halbrunde Form des Zimmers – die Betten standen strahlenförmig – war der Durchgang in der Mitte eng und verbreiterte sich zum Fenster hin. Das große Fensterbrett, das die Breite von viereinhalb Backsteinen hatte, wurde von Potapow voll mit einbezogen. Überall standen Konservendosen, Plastikbüchsen und Schüsseln. Potapow zelebrierte, er schlug kondensierten Kakao mit zwei Eiern – eine Spende Rubins, der beständig Pakete von zu Hause bekam und ihren Inhalt immer teilte – zu etwas, wofür es in der menschlichen Sprache keine Benennung gab. Er brummte den jetzt erscheinenden Nershin an und befahl ihm, noch die fehlenden Gläschen herbeizuschaffen. Eines war der Deckel einer Thermosflasche, zwei Gläser stammten aus dem Chemischen Labor, und zwei weitere hatte Potapow aus Ölpapier zusammengeklebt, in der Art der Eisbecher in der Freiheit. Nershin befahl, zwei Rasiergläschen zu nehmen, die man ausgiebig mit kochendem Wasser säuberte.
Im halbrunden Zimmer hatte sich eine sorglose sonntägliche Ruhe verbreitet. Die einen schwatzten auf ihren Betten mit den neben ihnen liegenden Nachbarn, andere lasen und machten nach allen Seiten hin Bemerkungen, andere wieder lagen schweigend da, müßig, die Hände unter dem Hinterkopf, und starrten unbeweglich auf die weiße Zimmerdecke. Alles vermischte sich zu einem allgemeinen Stimmengewirr.
Der Vakuumspezialist Semelja tat sich etwas zugute: Auf dem oberen Bett lag er bis auf die Unterhose ausgezogen – oben war es warm – er betrachtete seine behaarte Brust und lachte sein stets argloses Lächeln und sprach über zwei Durchgänge hinweg mit Mischka Mordwin.
»Wenn du es wissen willst – alles begann mit dem Halbkopekenstück.«
»Warum mit dem Halbkopekenstück?«
»Früher, in den Jahren sechsundzwanzig/achtundzwanzig – du warst damals ein kleiner Junge – sah man über jeder Kasse ein Schild hängen: ›Fordern Sie das Wechselgeld bis auf Halbkopekenstücke‹ – es gab eine solche Münze – ein Halbkopekenstück. Die Kassierer gaben es heraus, ohne ein Wort darüber zu verlieren. Das war während der NEP, eine friedliche Zeit sowieso.«
»War kein Krieg?«

»Nein, es war kein Krieg, welch ein Wunder! Vor allen Kriegen war es so, war eine friedliche Zeit. In den Werken wurde während der NEP sechs Stunden gearbeitet, es war nicht wie heute. Und es ging, alle kamen zurecht. War man aber fünfzehn Minuten im Rückstand, schon mußten sie dich auf die Liste für Überstunden schreiben. Und was meinst du, ist zuerst verschwunden? Das Halbkopekenstück! Damit fing es an. Dann – das Kupfer. Dann, neunzehnhundertdreißig, das Silber. Es blieb keinerlei Kleingeld. Man bekam keine Münzen heraus, soviel man auch brüllen mochte. Um nichts in der Welt bekam man seitdem Wechselgeld. Es gab kein Kleingeld, man mußte in Rubeln rechnen. Der Bettler an der Ecke bat nicht mehr, um Christi willen, um eine Kopeke, sondern er forderte: ›Bürger, gebt mir einen Rubel!‹ Wenn sie dir im Betrieb deinen Lohn auszahlten, so durftest du nicht wagen, nach den Kopeken zu fragen, die auf der Zahlliste standen. Sie hätten dich ausgelacht und dich einen Geizhals genannt! Sie selbst aber waren die Dummköpfe! Die Halbkopekenstücke, das war die Achtung dem Menschen gegenüber. Jetzt geben sie nicht einmal mehr sechzig Kopeken vom Rubel heraus – das heißt, sie bescheißen dich. Für die Halbkopekenstücke stand keiner auf. Sie waren das halbe Leben, und man hat es verloren.«
Auf der anderen Seite, auch oben, riß sich ein Gefangener von seinem Buch los und sagte zu seinem Nachbarn:
»Wie dumm war doch die zaristische Regierung! Hör – Saschenjka, eine Revolutionärin hungerte acht volle Tage, um den Gefängnisdirektor zu zwingen, sich bei ihr zu entschuldigen. Und er, dieser dumme Hund, entschuldigte sich. Geh und fordere den Leiter von Krasnaja Presnja auf, sich bei dir zu entschuldigen!«
»Bei uns, ich übertreibe, würde man sie am dritten Tag mit einem Schlauch füttern und ihr wegen Provokation eine zweite Frist aufbrummen. Wo hast du das gelesen?«
»Bei Gorkij.«
Der in der Nähe liegende Dwojetjossow fuhr hoch:
»Wer liest hier Gorkij?« sagte er mit seinem drohenden Baß.
»Ich.«
»Was?«
»Nun, zum Beispiel einige Einzelheiten über das Gefängnis von Nishnij-Nowgorod: Es war möglich, eine Leiter an die Wand zu stellen und hinaufzuklettern, niemand hielt einen zurück, kannst du dir das vorstellen? Und die Aufseher, so berichtet der Autor, hatten verrostete Revolver, sie konnten mit ihnen höchstens Nägel in die Wand schlagen. Es ist sehr lehrreich, das zu wissen.«
Unter ihnen war der ewige Gefängnisstreit im Gang: *Wann ist es am*

besten, eingesperrt zu sein? Allein schon die Frage ließ erkennen, daß keiner dem Gefängnis entgehen konnte. (Im Gefängnis neigte man allgemein dazu, die Zahl der Gefangenen zu überhöhen. Wenn wirklich nur zwölf bis fünfzehn Millionen Menschen saßen, so waren die Gefangenen davon überzeugt, daß es kaum mehr einen Mann in der Freiheit gäbe.) Wann ist es am besten, eingesperrt zu sein: In der Jugend oder später? Die einen, gewöhnlich die Jungen, sagten lebensbejahend, daß es besser wäre, in der Jugend zu sitzen: man würde dadurch begreifen lernen, was Leben bedeutet, was im Leben teuer und was Dreck ist. Und schon mit fünfundzwanzig Jahren hätte man dann seine zehn Jahre abgesessen, man könnte sich ein Leben auf vernünftigen Grundlagen aufbauen. Der Mann jedoch, der später saß, könnte sich nur die Haare raufen, daß er so gelebt, daß er sein Leben so verschwendet hätte – es würde ihm als eine Kette von Fehlern erscheinen, die er nicht mehr verbessern könnte. Die anderen (gewöhnlich die Älteren) wiesen nicht weniger lebensbejahend darauf hin, daß im Gegenteil der, der im Alter säße, sozusagen sich in eine stille Pension oder in ein Kloster begeben hätte, daß er in seinen besten Jahren alles vom Leben genommen hätte. (Im Bewußtsein der Gefangenen engte sich ›alles‹ auf den Besitz einer Frau, auf gute Kleidung, genügend Essen und Wein ein.) Und im Lager würde man einem Alten den Balg nicht so leicht abziehen. Den Jungen jedoch würde man hier ausdreschen und zum Krüppel machen, so daß auch er hinterher ›nicht mehr auf eine Frau‹ wolle.
So stritten sie heute im halbrunden Zimmer, und so werden Gefangene immer streiten, die einen, um sich selbst zu trösten, die anderen, um sich zu quälen, aber die Wahrheit schält sich nie aus ihren Argumenten und lebenden Beispielen heraus. Am Sonntagabend kam man zu dem Schluß, daß eingesperrt zu sein immer gut wäre, aber wenn man am Montagmorgen aufstand, so war klar, daß eingesperrt zu sein immer schlecht war.
Aber selbst das war nicht ganz wahr ...
Der Streit darüber, wann es am besten sei, eingesperrt zu sein, gehört zu den Themen, die die Streitenden nicht aufreizen, sondern sie beruhigen, ihnen philosophische Traurigkeit eingeben. Dieser Streit hat noch niemals und noch nirgends zu Explosionen geführt. Thomas Hobbes sagte einmal, daß die Wahrheit des Satzes »Die Summe der Winkel eines Dreiecks beträgt hundertachtzig Grad« nur dann zu Blutvergießen führen könnte, wenn sie irgend jemandes Interessen verletzen würde. Aber Hobbes kannte nicht die Gefangenenpsyche.
An dem Bett gleich neben der Tür war gerade ein Streit im Gang, der sehr wohl zu Totschlag oder Blutvergießen führen konnte, obwohl er niemandes Interessen verletzte: Zum Elektriker war der Werkbankarbeiter gekommen, um sich durch den Freund den Abend verkürzen zu

lassen. Irgendwie kamen sie auf Sestrorezk zu sprechen und dann auf die Öfen in den Häusern von Sestrorezk. Der Werkbankarbeiter war einen Winter über in Sestrorezk gewesen und erinnerte sich sehr wohl an die dortigen Öfen. Der Elektriker war niemals dort gewesen, aber sein Schwager war Ofensetzer, ein erstklassiger Ofensetzer, und hatte gerade in Sestrorezk Öfen gebaut. Er hatte ihm, als er eben von dort zurückgekommen war, das erzählt, woran sich der Werkbankarbeiter jetzt erinnerte. Ihr Streit hatte mit einem leichten Beben in der Stimme begonnen, dann zitterten ihre Stimmen bereits, es kam zu persönlichen Beleidigungen und schon übertönten sie mit ihrer Lautstärke alle Gespräche im Zimmer. Jeder der Streitenden litt unter der kränkenden Unfähigkeit, die Richtigkeit seiner Behauptung zu beweisen. Sie suchten vergeblich unter den Anwesenden einen Schiedsrichter. Plötzlich erinnerten sie sich, daß der Hofarbeiter Spiridon gut über Öfen Bescheid wisse und jedenfalls dem anderen sagen könne, daß es solch absurde Öfen nicht gäbe, daß es sie weder in Sestrorezk noch irgendwo sonst noch irgendwann gäbe und gegeben habe. Zur Belustigung des ganzen Zimmers eilten sie zum Hofarbeiter.

In ihrem Eifer vergaßen sie, hinter sich die Tür zu schließen. Vom Korridor her drang in das Zimmer ein anderer, nicht weniger heftiger Streit — wann man die zweite Hälfte des zwanzigsten Jahrhunderts zu begrüßen habe — am 1. Januar 1950 oder am 1. Januar 1951. Der Streit hatte offensichtlich schon lange vorher begonnen, ausgehend von der Frage, wann Christus geboren worden sei. Am 25. Dezember welchen Jahres.

Die Tür wurde zugeworfen. Die armen Köpfe schwollen nicht mehr an von dem Lärm, im Zimmer wurde es ruhig, und man hörte, wie Chorobrow zum glatzköpfigen Konstrukteur über sich sagte:

»Bevor die unsrigen zum ersten Flug auf den Mond starten, werden sie, um die Rakete versammelt, selbstverständlich erst noch ein Meeting veranstalten. Die Mannschaft wird sich dazu verpflichten, Treibstoff zu sparen, auf dem Flug die kosmische Höchstgeschwindigkeit zu überbieten, das Interplanetarschiff unterwegs nicht für Reparaturen anzuhalten und die Landung auf dem Mond nur mit der Benotung ›gut‹ oder ›ausgezeichnet‹ zu unternehmen. Von drei Besatzungsmitgliedern wird einer ein Politruk[1] sein. Unterwegs wird er ununterbrochen in seiner Massenaufklärungsarbeit den Piloten und den Navigator über den Nutzen kosmischer Reisen unterrichten und eine Bemerkung in der Wandzeitung fordern.«

[1] Abkürzung für: *polititscheskij rukowoditelj* (russ.) — politischer Führer (Anm. d. Übers.)

Das hörte Prjantschikow, der mit Handtuch und Seife durchs Zimmer lief. Mit einer kämpferischen Bewegung sprang er auf Chorobrow zu und sagte, geheimnisvoll finster dreinblickend:
»Ilja Terentjitsch, ich kann Sie beruhigen. Es wird nicht so sein.«
»Wie denn sonst?«
Prjantschikow hob wie in einem Kriminalfilm den Finger an seine Lippen:
»Wir werden nicht als erste zum Mond fliegen, sondern — die Amerikaner!«
Er schüttelte sich glockenhell-kindlich lachend und trat ab.
Der Graveur saß bei Sologdin auf dem Bett. Sie führten ein ausgedehntes Gespräch über Frauen. Der Graveur war vierzig; er hatte noch ein junges Gesicht, obwohl seine Haare schon fast ganz grau waren. Dadurch sah er sehr gut aus.
Heute befand sich der Graveur in bester Laune. Gewiß, am Morgen hatte er einen Fehler begangen: Er hatte seine Novelle gegessen, in Klümpchen hinuntergeschluckt, obwohl er sie, wie es ihm schien, durch die Leibesvisitation hätte bringen und seiner Frau geben können. Beim Wiedersehen hatte seine Frau ihm berichtet, daß sie während der vergangenen Monate seine herausgeschmuggelten Novellen einigen vertrauenswürdigen Freunden gezeigt habe, und sie alle hätten sich sehr begeistert darüber geäußert. Natürlich mochte das Lob von Bekannten und Verwandten übertrieben und teilweise ungerecht sein, aber zum Teufel, wo konnte man ein objektives Urteil hören? Ob seine Sachen nun schlecht oder gut waren, der Graveur hatte für die Ewigkeit die Wahrheit aufgezeichnet — die Schreie der Seele darüber, was Stalin Millionen von russischen Kriegsgefangenen angetan hatte. Und jetzt war er stolz, glücklich, davon erfüllt und entschied sich fest, weiterhin Novellen zu schreiben! Ja, und das heutige Wiedersehen selbst hatte ihm einen Erfolg eingebracht: Seine ihm treu ergebene Frau wartete auf ihn, sie hatte um seine Freilassung eingegeben. Bald *mußten* die Eingaben ein gutes Resultat zeitigen.
Und da er jetzt seinen Triumph auf irgendeine Weise äußern mußte, führte er ein langes Gespräch mit diesem gewiß nicht dummen, aber doch nur mittelmäßigen Menschen Sologdin, der weder hinter sich noch vor sich so viel Aufregendes hatte wie er.
Sologdin lag auf dem Rücken ausgestreckt mit einem wertlosen Buch, das umgedreht auf seiner Brust lag, und lauschte dem Erzählenden mit leuchtendem Blick. Mit seinem leicht gelockten, blonden Bart, den klaren Augen, der hohen Stirn, den ebenmäßigen Gesichtszügen eines altrussischen Helden hatte Sologdin etwas Unwirkliches an sich, etwas bis zur Unschicklichkeit Schönes.

Heute befand er sich in bester Stimmung. In seiner Brust saß die Freude über den Erfolg, den er mit dem absoluten Chiffrierapparat erzielt hatte. Seine Freilassung war jetzt nur noch die Frage von einem Jahr (das heißt, sie würde es sein, wenn er sich dazu entschlösse, Jakonow das Gerät zu überlassen). Nach seiner Freilassung würde ihn eine schwindelerregende Karriere erwarten. Außerdem verging heute sein Körper nicht wie sonst vor Sehnsucht nach einer Frau, sondern war beruhigt, gleichsam von seinem Bodensatz befreit. Obwohl er Strafpunkte auf dem rosa Blatt notiert, obwohl er Larissa weggestoßen hatte, gestand sich Sologdin jetzt, wie er so am Abend ausgestreckt auf seinem Bett lag, ein, daß er gerade das von ihr gewollt hatte, was zu geben sie bereit gewesen war.

Und da er gleichfalls seinen Triumph nicht unterdrücken wollte, folgte er faul, der Unterhaltung wegen, den Windungen einer ihm fremden, für ihn uninteressanten Geschichte, die von diesem gewiß nicht dummen, aber doch recht mittelmäßigen Menschen erzählt wurde, der weder hinter noch vor sich so viel Aufregendes hatte wie er, Sologdin.

Sologdin wurde es nicht müde, allen und jedem gegenüber immer wieder zu wiederholen, daß er ein schwaches Gedächtnis, begrenzte Fähigkeiten und keinerlei Willen besitze. Was er aber in Wirklichkeit über sich dachte, konnte man nur daran erraten, wie er sprach und worüber, wie er anderen zuhörte: Er hörte ihnen wohlwollend zu, so als versuche er, sie nicht merken zu lassen, daß er es nur aus Höflichkeit tat.

Zuerst erzählte der Graveur von seinen Frauen in Rußland, dann erinnerte er sich an sein Leben in Deutschland, an die reizenden deutschen Frauen, die ihn dort geliebt hatten. Er brachte einen für Sologdin neuen Vergleich zwischen den russischen und deutschen Frauen. Er sagte, nachdem er mit den einen und den anderen zusammen gelebt habe, bevorzuge er die deutschen; die russischen Frauen seien zu selbständig, zu unabhängig, zu berechnend in der Liebe. Beständig studierten sie den Geliebten, fänden dessen schwache Seiten heraus, hielten ihn bald für zuwenig edel, bald für zuwenig mannhaft. Eine russische Geliebte empfinde man immer als etwas Gleiches. Die deutsche dagegen biege sich unter den Händen des Geliebten wie ein Schilf, ihr Geliebter sei für sie ein Gott, der erste und beste Mensch auf der Erde, alles gebe sie für seine Liebe hin, sie wage von nichts anderem zu träumen als davon, wie sie ihm gefallen könne. Und daher komme es, daß er, der Graveur, sich bei den deutschen Frauen männlicher gefühlt habe, mächtiger.

Rubin war so unvorsichtig, zum Rauchen auf den Korridor hinauszugehen. Aber es gab für ihn in der Scharaschka keinen Platz, wohin er hätte gehen können, ohne belästigt zu werden. Nachdem er dem ergebnislosen Streit auf dem Korridor entronnen war, durchquerte er das

Zimmer, eilte zu seinen Büchern. Aber irgend jemand faßte ihn von einem unteren Bett aus an seiner Hose und fragte:
»Lew Grigorjitsch! Ist es wahr, daß in China die Briefe von Spitzeln ohne Porto befördert werden?«
Rubin riß sich los und ging weiter. Aber der Energie-Ingenieur hielt, halb aus seinem oberen Bett heraushängend, Rubin am Kragen seiner Kombination und begann, ihm einfach das Ende ihres vorhergehenden Streites zu erzählen:
»Lew Grigorjitsch! Man muß das Gewissen des Menschen umkonstruieren, damit die Menschen nur auf die Arbeit ihrer eigenen Hände stolz sind und sich schämen, wenn sie Aufseher sind, befehlende Schwätzer. Es muß für die ganze Familie eine Schande sein, wenn ein Mädchen einen Beamten heiratet. Ich wäre gewillt, in einem solchen Sozialismus zu leben!«
Rubin befreite seinen Kragen, schlug sich zu seinem Bett durch und legte sich auf den Bauch; erneut wandte er sich seinem Wörterbuch zu.

53

Die Festtafel

Sieben setzten sich um den Geburtstagstisch herum, der aus drei aneinandergestellten Nachtschränkchen von ungleicher Höhe bestand und mit einem Stück erbeutetem giftiggrünem Papier bedeckt war. Sologdin und Rubin setzten sich zu Potapow auf sein Bett, Adamson und Kondraschow zu Prjantschikow und Nershin, am Kopf des Tisches, auf das breite Fensterbrett. Über ihnen schlummerte Semelja; sonst war niemand in ihrer Nähe. Der Raum zwischen den zweistöckigen Betten wirkte wie vom übrigen Zimmer abgeteilt.
In der Mitte des Tisches lag in einer Plastikschüssel Nadjas Gebäck – ein in der Scharaschka noch nie gesehenes Erzeugnis. Für die sieben Männermäuler schien es lächerlich wenig. Außerdem gab es noch einfaches Gebäck und Plätzchen, die mit Creme beschmiert waren und deshalb Kuchen genannt wurden. Sahnekonfekt war auch noch da; es bestand aus Kondensmilch, die in der geschlossenen Dose gekocht worden war. Hinter Nershins Rücken verborgen stand ein dunkles Literglas mit jenem verlockenden Gebräu, für das die Gläser bestimmt waren. Es bestand aus etwas Alkohol, den man von den Gefangenen des Chemischen Labors für ein Stück schwer zu erhaltendes Isoliermaterial eingetauscht hatte. Der Alkohol war im Verhältnis eins zu vier mit Wasser versetzt

und dann mit Kakao verdickt worden. So war eine bräunliche Flüssigkeit mit geringem Alkoholgehalt entstanden, der jedoch alle mit Ungeduld entgegensahen.
»Nun, meine Herren?« sagte Sologdin und lehnte sich dabei malerisch zurück, selbst in der Dunkelheit des Abteils blitzten dabei seine Augen. »Laßt uns einmal nachdenken, wer von uns wann das letzte Mal an einer Festtafel saß.«
»Ich – gestern, bei den Deutschen«, knurrte Rubin, der Sentimentalität nicht liebte.
Daß Sologdin die anderen immer *Herren* nannte, sah Rubin als eine Art traumatischer Nachwirkung seiner zwölfjährigen Gefängnishaft an. Darauf war wohl auch die Verdrehung von vielen Begriffen bei Sologdin zurückzuführen. Rubin versuchte immer wieder, sich das klarzumachen und nicht aufzubrausen, obwohl er manchmal sehr absonderliche Dinge hören mußte.
»Nein, nein!« bestand Sologdin. »Ich meine einen wirklichen Tisch, meine Herren! Seine Kennzeichen sind ein schweres, blaß gemustertes Tischtuch, Kristallkaraffen, geschmückte Frauen gehören natürlich auch dazu!«
Er wollte den Anfang des Gastmahls auskosten und hinausschieben, aber Potapow umfing mit dem eifersüchtigen und prüfenden Blick der Hausfrau den Tisch und die Gäste und unterbrach Sologdin in seiner brummig-knurrigen Art:
»Jungs, ihr müßt verstehen, damit wir vom *›Donner der Mitternachtspatrouille‹* nicht bei diesem Gebräu überrascht werden, ist es nötig, zum offiziellen Teil überzugehen.«
Er gab Nershin das Zeichen auszuschenken.
Während der ›Wein‹ eingegossen wurde, schwiegen alle, und jeder erinnerte sich unfreiwillig an etwas Vergangenes.
»Es ist schon lange her«, seufzte Rubin.
»Ich erinnere mich überhaupt nicht!« sagte Potapow und schüttelte seine Gedanken ab. Er erinnerte sich verschwommen an irgendeine Hochzeit vor dem Krieg, inmitten des Kreislaufs der Arbeitshetze, und er konnte nicht genau sagen – war das seine eigene Hochzeit oder war er dort nur zu Gast gewesen?
»Warum denn nicht?« Prjantschikow wurde lebhaft. *»Avec plaisir!* Ich erzähle es euch jetzt. Fünfundvierzig, als ich in Paris war . . .«
»Einen Moment bitte, Valentulja«, fiel ihm Potapow ins Wort, »also . . . ?!«
»Auf den Schuldigen unserer Zusammenkunft!« sagte Kondraschow-Iwanow lauter als nötig gewesen wäre und richtete sich auf, obwohl er ohnehin schon kerzengerade dasaß. »Und es möge . . .«

Noch ehe die Gäste in der Lage waren, nach den Gläsern zu greifen, war Nershin schon aufgestanden, obwohl im kleinen Zwischenraum beim Fenster dazu kaum eine Möglichkeit bestand; er kam ihnen zuvor und sagte leise:
»Meine Freunde! Entschuldigt, wenn ich die Tradition verletze! Ich ...«
Er ließ sich nicht einmal Zeit zu atmen, so erregt war er. Die warmen Gefühle der Männer, die ihn aus sechs Paar Augen ansahen, hatten in seinem Inneren etwas ausgelöst.
»Laßt uns wahrhaftig sein! Nicht alles in unserem Leben ist so schwarz! Auch wir erleben hier ein Glück – das Glück einer freien Männer-Fest-tafel, an der wir unsere Gedanken ohne Furcht frei äußern können, ohne sie verbergen zu müssen. Dieses Glück hatten wir doch in der Freiheit nicht.«
»Ja, wir hatten nicht einmal ein kleines bißchen Freiheit«, lachte Adamson auf. Seit seiner Kindheit hatte er weniger als die Hälfte seines Lebens in Freiheit verbracht.
»Freunde!« Nershin ließ sich hinreißen. »Ich bin einunddreißig Jahre. In diesen Jahren hat mich das Leben hinaufgehoben und hinabgestoßen. Und nach dem Gesetz des ewigen Auf und Ab werde ich vielleicht noch manches Geplätscher leerer Erfolge, falscher Größe hören. Aber ich schwöre euch, daß ich niemals diese wahre Größe des Menschen vergessen werde, die ich im Gefängnis erkannt habe! Ich bin stolz darauf, daß mein heutiges bescheidenes Jubiläum es vermochte, solch eine auserwählte Gesellschaft zusammenzuführen. Laßt euch nicht bedrücken durch ein überspitztes Pathos. Laßt uns einen Toast ausbringen auf die Freundschaft, die in den Gefängnisgewölben erblühte.«
Die Papierbecher stießen lautlos an die Gläser und die Plastikbecher. Potapow lächelte schuldbewußt, rückte seine einfache Brille zurecht und zitierte:

»Hervorragend durch scharfe Rede
versammelten sich die Glieder dieser Familie
beim unruhigen Nikita,
beim vorsichtigen Ilja.«

Sie tranken den bräunlichen ›Wein‹ langsam, versuchten das Aroma auszukosten.
»Er hat Prozente!« sagte Rubin anerkennend. »Bravo, Andrejitsch!«
»Er hat Prozente«, bestätigte auch Sologdin. Er war heute in der Stimmung, alles zu loben.
Nershin lachte auf:
»Ein seltener Zufall, wenn Lew und Mitja in ihren Meinungen übereinstimmen! Ich erinnere mich an kein solches Vorkommnis.«

»Warum nicht, Gleb? Erinnerst du dich nicht an Neujahr, als ich mit Lew darin übereinstimmte, daß man einer Frau ihre Untreue nicht vergeben dürfe, wohl aber einem Mann die seine?«
Adamson lachte müde auf:
»Nun, welcher Mann würde dem nicht zustimmen?«
»Hier dieses Exemplar.« Rubin zeigte auf Nershin. »Er sagte damals, daß man auch einer Frau verzeihen könne, daß es da keinen Unterschied gäbe.«
»Haben Sie das gesagt?« fragte Kondraschow schnell.
»Oh, mein Täubchen!« lachte Prjantschikow laut. »Wie kann man das vergleichen?«
»Schon allein im Körperbau und in der Art der Vereinigung zeigt sich, daß es hier einen gewaltigen Unterschied gibt!« rief Sologdin.
»Fallt nicht so über mich her, Freunde«, rechtfertigte sich Nershin. »Als ich aufwuchs, flatterte über unseren Köpfen ein rotes Banner mit der goldenen Aufschrift *Gleichheit*. Seither hat das Leben den Einfaltspinsel allerdings gewaltig auf den Kopf geschlagen; aber damals schien es uns so: Wenn die Nationen gleich sind, die Menschen gleich sind, dann sind es wohl auch Mann und Frau – in allem?«
»Niemand beschuldigt Sie!« sagte Kondraschow schnell. »Geben Sie nicht so schnell auf!«
»Diesen Fieberwahn kann man dir nur auf Grund deiner Jugend verzeihen«, entschied Sologdin. (Er war fünf Jahre älter.)
»Theoretisch hat Gleb recht«, sagte Rubin befangen. »Ich bin auch bereit, hunderttausend Lanzen für die Gleichheit von Mann und Frau zu brechen – aber die eigene Frau umarmen, nachdem sie ein anderer vorher umarmt hat? – Brrr. Psychisch und physisch ist mir das unmöglich!«
»Ja, meine Herren, es ist einfach lächerlich, darüber zu diskutieren!« begann Prjantschikow, aber wie immer ließen sie ihn nicht ausreden.
»Lew Grigorjitsch, es gibt einen einfachen Ausweg«, sagte Potapow hart. »Nehmen auch Sie nur Ihre Frau in die Arme!«
»Nun, wißt ihr . . .« Rubin breitete hilflos seine Arme aus, er ließ ein breites Lächeln in seinem Piratenbart verschwinden.
Geräuschvoll wurde die Tür geöffnet, jemand trat ein. Potapow und Adamson wandten sich um. Nein, es war nicht der Aufseher.
»Und Karthago muß wirklich zerstört werden?« Adamson nickte mit seinem Kopf zum Literglas hin.
»Je schneller, desto besser. Wer hat Lust, in den Kerker zu kommen? Wikentjitsch, schenken Sie ein!«
Nershin verteilte den Rest und achtete dabei sorgsam darauf, daß alle gleich viel bekamen.

»Nun, erlauben Sie jetzt, daß wir auf die Hauptperson trinken?« fragte Adamson.

»Nein, Brüder. Ich nehme das Recht des Jubilars nur in Anspruch, um die Tradition zu brechen. Ich ... habe heute meine Frau gesehen. Ich sah in ihr ... alle unsere Frauen. Unsere abgequälten, verängstigten, gehetzten Frauen. Wir halten es aus, weil man uns nicht verschicken kann, aber sie? Trinken wir auf sie, die sich gekettet haben an ...«

»Ja! Das ist eine gute Tat!« rief Kondraschow aus.

Sie tranken aus.

Danach schwiegen alle eine Weile.

»Seht, Schnee!« bemerkte Adamson.

Alle blickten hinaus. Hinter Nershins Rücken, hinter den nebelverhangenen Fensterscheiben sah man nicht den Schnee selbst, nur viele schwarze Flocken sanken herab – die Schatten der Schneeflocken, die von den Gefängnislaternen und Scheinwerfern der Zone auf die Scheibe geworfen wurden.

Irgendwo hinter dem mildtätigen Schneevorhang war jetzt auch Nadja Nershina.

»Sogar den Schnee dürfen wir nicht weiß, sondern müssen ihn schwarz sehen!« sagte Kondraschow.

»Wir trinken auf die Freundschaft. Wir trinken auf die Liebe. Auf die über das Grab hinausreichende Liebe«, sagte Rubin.

»An der Liebe habe ich niemals gezweifelt. Aber, um die Wahrheit zu sagen, vor dem Krieg und vor dem Gefängnis habe ich nicht an die Freundschaft geglaubt, besonders nicht an die, die bereit ist, ›das eigene Leben für das des anderen hinzugeben‹. Im normalen Leben ist die Familie da, und für die Freundschaft ist kein Platz, nicht wahr?«

»Das ist eine weitverbreitete Ansicht«, antwortete Adamson. »Und doch gibt es bei uns schon seit hundertfünfzig Jahren das Volkslied ›Zwischen den Tälern‹, es wird oft im Radio gespielt. Hört aber einmal richtig auf den Text, was das für ein schnödes Jammern ist, die Klage einer kleinlichen Seele:

›Freunde, Kameraden
sind sie nur bis zum schwarzen Tag.‹«

»Empörend!!« sagte der Künstler und fuhr hoch. Wie kann man nur *einen Tag* so leben, mit solchen Gedanken? Da – da muß man sich ja aufhängen!«

»Richtig wäre es, das Gegenteil zu sagen: Erst vom *schwarzen Tag* an gibt es Freunde.«

»Wer hat das geschrieben?«

»Mersljakow.«

»Das ist noch ein Name! Lewka, wer ist dieser Mersljakow?«
»Ein Dichter, zwanzig Jahre älter als Puschkin.«
»Wie ich dich kenne, kennst du bestimmt auch seinen Lebenslauf?«
»Er war Professor an der Moskauer Universität. Er ist der, der ›Das befreite Jerusalem‹ übersetzt hat.«
»Sag, was weiß Lewka eigentlich nicht? Er kann wohl nur keine höhere Mathematik.«
»Die niedere auch nicht.«
»Aber immer sagt er: ›Das setzen wir in Parenthese‹, ›Dieser Fehler im Quadrat‹ . . .«
»Meine Herren! Ich muß Ihnen ein Beispiel anführen, das beweist, daß Mersljakow recht . . .« Prjantschikow verschluckte sich vor Eile, wie ein Kind, das Angst hat, nicht schnell genug zum Tisch der Erwachsenen zu kommen. Er war seinen Gesprächspartnern in keiner Beziehung unterlegen; er begriff alles sofort, war scharfsinnig und durch seine Offenheit anziehend. Er hatte aber keinerlei männliche Ausdauer, Selbstbewußtsein und wirkte daher um fünfzehn Jahre jünger, und so verhielten sich dann auch die anderen ihm gegenüber.
»Es ist bewiesen: Gerade der verrät uns, der mit uns aus derselben Schüssel gegessen hat! Ich hatte einen guten Freund, mit dem zusammen ich aus Hitlers Konzentrationslager geflohen bin, mit dem ich mich gemeinsam vor den Verfolgern versteckt habe. Und nun stellen Sie sich vor – ausgerechnet er hat mich verraten!«
»Gemeinheit!« rief der Künstler.
»Wenn ich ehrlich bin, war es aber so: Ich wollte nicht zurückkommen. Ich arbeitete bereits in einer Firma, hatte Geld und die Mädchen dort . . .«
Fast jeder kannte schon Prjantschikows Geschichte. Rubin war es klar, daß der fröhliche, sympathische Prjantschikow, mit dem man in der Scharaschka gut Freund sein konnte, in Europa 1945 ein objektiver Reaktionär gewesen war, daß das, was er Verrat von seiten des Freundes nannte (das heißt, daß der Freund Prjantschikow gegen dessen Willen dazu verhalf, in die Heimat zurückzukehren), kein Verrat war, sondern einfach Pflicht dem Vaterland gegenüber.
Adamson döste hinter seiner Brille. Er hatte mit solch leeren Gesprächen gerechnet. Aber doch war es irgendwie nötig, diese Menschen zusammenzukratzen, zurückzuholen.
Rubin und Nershin waren in den Zentren der Spionageabwehr und den Gefängnissen des ersten Nachkriegsjahres so in dem Strom der Kriegsgefangenen, die aus Europa zurückfluteten, eingetaucht gewesen, als hätten sie selbst sich vier Jahre durch Kriegsgefangenschaft schleppen müssen.

Sie interessierten sich auch nicht für Erzählungen, die von der Heimkehr handelten. Um so mehr verwickelten sie an ihrem Teil des Tisches Kondraschow in ein Gespräch über die Kunst. Im ganzen hielt Rubin Kondraschow für einen nicht sehr bedeutenden Künstler, für einen nicht gerade ernstzunehmenden Menschen, dessen Überlegungen zu wenig wirtschaftlich und zu wenig historisch waren. Aber aus den Gesprächen mit ihm schöpfte er, ohne es selbst zu merken, wieder neue Anregungen.

Für Kondraschow war die Kunst weder eine Beschäftigung noch ein Zweig des Wissens. Für ihn war die Kunst die einzig mögliche Art zu leben. Alles, was ihn umgab, Landschaften, Gegenstände, menschliche Charaktere oder Farben, tönte; es tönte in einer von vierundzwanzig Tonarten, und Kondraschow nannte, ohne zu schwanken, diese Tonart. (Rubin zum Beispiel war nach Kondraschows Meinung auf ›c-moll‹ gestimmt.) Alles um ihn, die menschliche Stimme, eine augenblickliche Laune, ein Roman oder auch eine Tonart, hatte eine Farbe, die Kondraschow ohne Überlegung nennen konnte. (Zum Beispiel war fis-Dur dunkelblau mit gold.)

Einen Seelenzustand aber kannte Kondraschow nicht – Gleichgültigkeit. Er war bekannt für seine entschiedenen Sympathien und Antipathien, seine heftigen Urteile. Er war ein Bewunderer von Rembrandt und ein Verächter Raffaels. Er war ein Verehrer Valentin Serows[1] und ein erbitterter Feind seiner Verfälscher. Er konnte nichts mit halbem Herzen tun, sich nur grenzenlos für etwas begeistern oder es grenzenlos ablehnen. Er wollte nichts von Tschechow hören, wies Tschaikowskij weit von sich und erklärte schaudernd: »Er erstickt mich! Er nimmt jede Hoffnung, jedes Leben!« Bachs Choräle und Beethovens Konzerte waren ihm so vertraut, als hätte er sie selber komponiert.

Jetzt hatten sie Kondraschow in ein Gespräch verwickelt, bei dem es darum ging, ob man sich beim Malen eines Bildes an die Natur halten könne oder nicht.

»Sie wollen zum Beispiel ein Fenster malen, ein in den Garten hinaus geöffnetes Fenster an einem Sommermorgen«, antwortete Kondraschow. Seine Stimme war jung und voller Begeisterung. Wenn man die Augen schloß, konnte man denken, ein Jüngling spräche. »Wenn Sie nun genau nach der Natur gehen, alles so abbilden, wie Sie es sehen, ob das dann alles ist? Und der Gesang der Vögel, die frische Kühle des Morgens, diese unsichtbare, alles überziehende Reinheit? Während Sie malen, nehmen Sie alles in sich auf, dringt in Sie das Gefühl des Sommermorgens ein, wie aber kann man das in ein Bild einfangen? Wie kann man es für den Betrachter bewahren? Es ist offensichtlich, daß es ersetzt wer-

[1] Valentin Serow (1865–1911), realistischer Porträtmaler (Anm. d. Übers.)

den muß durch Komposition, Farbe, denn Sie haben nichts anderes zur Verfügung.«

»Das heißt, man darf nicht einfach nur kopieren?«

»Natürlich nicht.« Kondraschow ließ sich von seinem Eifer davontragen. »Jede Landschaft und jedes Porträt müssen Sie damit beginnen, daß Sie sich erst einmal hineinversenken und zu sich sagen: ›Ach, wie schön! Wie wundervoll! Ach, wenn es dir nur gelänge, es genauso wiederzugeben, wie es ist!‹, und dann vertiefst du dich in die Arbeit und bemerkst: Wie? Hier liegt in der Natur ein gewisser Widersinn, ein Kitsch, ein Widerspruch! Hier, und dort! Es muß so sein und so! Und so malst du dann auch!« Kondraschow sah erhitzt und triumphierend auf die Gesprächspartner.

»Mein Lieber«, protestierte Rubin, »das ›Es muß so sein‹ ist aber sehr gefährlich! Sie beginnen dann, aus lebenden Menschen Engel und Teufel zu machen, Sie werden bei Ihnen steif und erhaben. Aber, wenn du doch ein Bild von Andrej Andrejewitsch Potapow malst, so muß das auch Potapow sein.«

»Das heißt, damit aufzeigen, wie er aussieht?« empörte sich der Künstler.

»Äußerlich – ja, äußerlich muß er ähnlich sein, das heißt, die Proportionen des Gesichtes müssen stimmen, der Schnitt der Augen, die Farbe der Haare. Aber ist es nicht übereilt zu glauben, daß man die Wirklichkeit überhaupt genau sehen und wissen kann, wie sie ist? Das gilt in besonderem Maß für die geistig-seelische Wirklichkeit. Wer kennt sie? Wer sieht sie? ... Wenn ich einen Menschen sehe, den ich porträtieren will, so erblicke ich in ihm seelische Fähigkeiten, die höher sind als die, die er bis dahin in seinem Leben an den Tag gelegt hat. Warum soll ich mich nicht erkühnen, sie aufzuzeigen? Warum soll ich nicht dem Menschen dazu verhelfen, sein Selbst zu entdecken und sich weiterzuentwickeln?«

»Ja, Sie sind ein hundertprozentiger sozialistischer Realist; hört nur!« Nershin klatschte in die Hände.

»Foma weiß nur nicht, mit wem er es zu tun hat!«

»Warum soll ich seine Seele kleiner machen?!« Kondraschow blitzte im Halbdunkel drohend durch seine Brille, die er niemals abnahm.

»Ich sage euch außerdem noch: Nicht nur das Porträtieren, sondern jede menschliche Gemeinschaft gewinnt durch dieses Ziel größte Bedeutung, durch das, was einer im anderen sieht und benennt, in ihm erweckt! Nicht wahr?«

»Mit einem Wort«, winkte Rubin ab, »der Begriff ›Objektivität‹ existiert weder für uns noch für andere!«

»Ja!! Ich bin nicht objektiv und bin stolz darauf!« donnerte Kondraschow-Iwanow.

»Wa-as?? Erlauben Sie, wie ist das?« fragte Rubin erstaunt.
»Genau so, ja so! Ich bin stolz darauf, nicht objektiv zu sein!« Kondraschows Worte trafen wie Schläge. Er versuchte aufzustehen, aber das obere Bett verhinderte es. »Und wie ist das bei Ihnen, Lew Grigorjitsch? Sie sind auch nicht objektiv, meinen aber, Sie seien es, und das ist bei weitem schlimmer! Mein Vorteil vor Ihnen ist, daß ich nicht objektiv bin und das weiß! Das halte ich mir zugute! Darin liegt mein ›Ich‹!«
»Ich, ich – soll nicht objektiv sein?!« fragte Rubin überrascht. »Nicht einmal ich? Wer ist denn dann überhaupt objektiv?«
»Natürlich niemand!« frohlockte der Künstler. »Niemand! Niemand war es jemals, niemand wird es jemals sein! Sogar jede Kenntnis ist emotional eingefärbt – ist es nicht so? Die Wahrheit, die der letzte Ertrag langer Forschungen sein soll – schwebt uns diese dämmrige Wahrheit nicht schon vor, vor allen Nachforschungen? Wir nehmen ein Buch in die Hand, aus irgendeinem Grund scheint uns der Autor nicht sympathisch zu sein, und wir sehen, ehe wir die ersten Seiten gelesen haben, voraus, daß das Buch uns nicht gefallen wird, und natürlich gefällt es uns dann auch nicht! Oder wir befassen uns mit dem Vergleich von hundert Sprachen, vergraben uns nur, nur, nur in Wörterbücher, wir haben für vierzig Jahre Arbeit – aber wir sind schon jetzt davon überzeugt, daß der Ursprung aller Wörter das Wort ›Hand‹ ist. Ist das Objektivität?«
Nershin lachte dröhnend über Rubin; er war sehr zufrieden. Rubin lachte gleichfalls los – über diesen reinen Menschen konnte er sich gar nicht ärgern!
»Aber in den Sozialwissenschaften ist das wohl doch nicht so?« warf Nershin ein.
»Mein Lieber«, belehrte ihn Rubin, »wenn es nicht im voraus möglich wäre, das Resultat abzusehen, so wäre kaum irgendein Fortschritt möglich...«
»Fortschritt! Fortschritt!« knurrte Nershin. »Was zum Teufel soll der Fortschritt? Die Kunst gefällt mir dadurch, daß in ihr kein ›Fortschritt‹ möglich ist.«
»Wie meinst du das?«
»Genauso! Im siebzehnten Jahrhundert war Rembrandt – und heute ist Rembrandt. Versuche, ihn zu überbieten. Die Technik des siebzehnten Jahrhunderts aber erscheint uns heute primitiv. Oder was waren die technischen Neuheiten der siebziger Jahre des letzten Jahrhunderts? Für uns sind das Kinderspiele. Im selben Jahrhundert wurde aber die ›Anna Karenina‹ geschrieben. Und was gibt es da Besseres?«
»Ihr Argument, Gleb Wikentjitsch«, mischte sich Adamson ein und wendete sich dabei von Prjantschikow ab und Nershin zu, »kann auch anders verwendet werden. Dann würde es heißen: Wissenschaftler und Inge-

nieure haben in den letzten Jahrhunderten große Dinge vollbracht, Fortschritte erzielt, während die Kunstsnobs offensichtlich Possen gerissen haben. Aber die Schmarotzer . . .«

»Sie sind ausverkauft!« rief Sologdin voll unerklärlicher Freude.

So gegensätzlich er und Adamson auch waren — dieses eine Mal stimmten sie überein.

»Bravo! Bravo!« schrie nun auch Prjantschikow. »Jungs! Das ist gut! Ich habe euch dasselbe schon gestern abend im ›Akustischen‹ gesagt!« Gestern hatte er allerdings über die Vorzüge des Jazz gesprochen, jetzt erschien es ihm aber, als spräche Adamson genau seine Gedanken aus.

»Ich glaube, ich kann Frieden stiften zwischen euch!« lachte Potapow listig. »In diesem Jahrhundert gab es ein historisch unbestreitbares Ereignis: Ein gewisser Elektroingenieur und ein gewisser Mathematiker, die Schmerz über den Riß in der vaterländischen Belletristik empfanden, taten sich zusammen, um gemeinsam eine künstlerisch wertvolle Novelle zu verfassen. Nun, das heißt, sie wurde nicht geschrieben — sie hatten keinen Bleistift.«

»Andrejitsch!« rief Nershin. »Könnten Sie die wiedererzählen?«

»Mit Ihrer Hilfe will ich es versuchen. Es war doch das einzige Opus in meinem Leben. Ich sollte mich daran erinnern.«

»Amüsant! Amüsant, meine Herren!« Sologdin wurde lebhaft und setzte sich bequemer hin. Er liebte solche Gefängniserzeugnisse sehr.

»Aber Sie wissen doch, wie Lew Grigorjitsch uns lehrt, kann man kein künstlerisches Erzeugnis begreifen, wenn man nicht die Geschichte seiner Entstehung und seinen sozialen Auftrag kennt.«

»Sie machen Fortschritte, Andrejitsch!«

»Und Sie, liebe Gäste, essen bitte das Gebäck auf, für Sie ist es ja gemacht!«

»Die Entstehungsgeschichte der Erzählung ist folgende: Im Sommer sechsundvierzig lag ich mit Wikentjitsch in einer bis zum Bersten überfüllten Zelle des Sanatoriums Bu-Tjur (so lautete die Aufschrift, die die Verwaltung auf die Schüssel gestempelt hatte, sie bedeutete: Butyrskaja Tjurma[1]). Wir lagen in einer Reihe nebeneinander, zuerst unter den Pritschen und dann auf den Pritschen. Wir erstickten nahezu vor Luftmangel, wir stöhnten vor Hunger und hatten keine andere Beschäftigung als uns zu unterhalten und soziale Verhaltensweisen zu betrachten. Plötzlich sagte einer von uns: ›Was wäre, wenn . . .?‹«

»Das waren Sie, Andrejitsch, Sie sagten als erster: ›Was wäre, wenn . . .?‹ Die Grundidee, die auch im Titel enthalten ist, stammt auf jeden Fall von Ihnen.«

[1] Butyrka-Gefängnis (Anm. d. Übers.)

»›Was wäre, wenn ...?‹ sagten Gleb Wikentjitsch und ich, ›wenn plötzlich in unserer Zelle ...!‹«
»Spannt uns nicht auf die Folter! Wie heißt der Titel?«
»Nun ja, wir wollen gemeinsam versuchen, uns an diese seltsame Geschichte zu erinnern, ja?« Potapows dumpfgesprungene Stimme klang wie die eines in verstaubte Folianten vertieften Lesers. – »Der Titel lautete:

›Das Lächeln des Buddha‹.«

54

Das Lächeln des Buddha

Unsere bemerkenswerte Geschichte trug sich in jenem vielgepriesenen, vor Hitze dampfenden Sommer des Jahres 194 ... zu. Hinter den fischigtrüben Fensterkästen des weltbekannten Butyrka-Gefängnisses schmachteten die Gefangenen in regloser Schwüle. Bis auf die Lenden entblößt klebten sie wie Ölsardinen aneinander.
Was wäre über die Butyrka, diese nützliche, gut funktionierende Einrichtung, sonst noch zu berichten? Es begann damit, daß Kaiserin Katharina eine Kaserne bauen ließ. Im rauhen Zeitalter dieser Herrscherin wurde mit Ziegelsteinen nicht gegeizt. Entsprechend wuchtig und dick gerieten die Mauern und Gewölbe.

›Man ließ ein gutes Schloß erbauen,
so wie man Schlösser bauen soll.‹

Nach dem Tode der aufgeklärten Briefpartnerin Voltaires verödete das hohle Gemäuer für lange Zeit. Es verstummte auch der Widerhall grober Soldatenstiefel. Als sich dann aber in unserem Vaterland endlich der von allen ersehnte Fortschritt durchsetzte, hielten es die würdevollen Nachfolger der mächtigen Dame für angebracht, die Butyrka erneut zu bevölkern. Ketzer, die am Throne der Rechtgläubigen gerüttelt, und viele Dunkelmänner, die sich gegen den Fortschritt gewehrt hatten, sollten dort eine gemeinsame Bleibe finden.
Der Kunstfertigkeit unserer Maurer und Stukkateure gelang es, die weitläufigen Hallen in Hunderte von geräumigen und gemütlichen Zellen aufzuteilen. Mit unübertrefflicher Meisterschaft schufen heimische Schmiede starke Fenstergitter und die Bogenkonstruktionen von Betten, die zur Nacht herabgelassen und bei Tagesbeginn hinaufgezogen

werden konnten. So leisteten die talentiertesten Könner unter den Leibeigenen, jeder auf seine Weise, einen wertvollen Beitrag zum unsterblichen Ruhm des Schlosses Butyrka: Die Weber lieferten das Sackleinen für die Schlafstellen; die Installateure erfanden ein ausgeklügeltes Abwassersystem; die Klempner fertigten für jede Zelle einen voluminösen Abortkübel an, der sogar mit Deckel und Griffen verziert war und gut seine vier bis sechs Eimer Urin faßte; die Zimmerleute sägten Futterklappen in die Türen; die Glaser legten Gucklöcher an; die Schlosser verzierten die Türen mit Schlössern; besonders qualifizierte Spezialisten der Epoche des Volkskommissars Jeshow verwoben schließlich die trübe Glasmasse der Fensterscheiben höchst geschickt mit einem passenden Drahtgeflecht. Die so entstandenen Maulkörbe entzogen den boshaften Arrestanten auch noch das letzte Stückchen Außenwelt – den Blick auf den Gefängnishof, den kleinen Fetzen blauen Himmels und die Butyrka-Kirche, von der jeder wußte, daß auch sie zweckentfremdet war.

Aus reiner Bequemlichkeit – die meisten Aufseher besaßen nämlich keine abgeschlossene Hochschulbildung – hatten die Schirmherren des Butyrka-Sanatoriums in jeder Zelle genau 25 Ruhestätten installieren lassen. Damit schufen sie die Grundlage einer glatten Rechnung: vier Zellen gleich hundert Köpfe, ein Korridor gleich zweihundert Köpfe.

Und so blühte denn dieses heilsame Institut viele Jahrzehnte lang, ohne daß es Klagen der Öffentlichkeit oder Beschwerden der Insassen gegeben hätte. Daß es dergleichen nicht gab, schließen wir aus der Seltenheit, mit der Klagen oder Beschwerden im ›Börsenblatt‹ erschienen, sowie aus ihrem völligen Fehlen in den ›Nachrichten der Arbeiter- und Bauern-Deputierten[1]‹.

Doch die Zeit arbeitete nicht für den Kommandanten des Butyrka-Gefängnisses, einen Generalmajor. Schon in den ersten Tagen des Krieges wurde die vom Gesetzgeber festgelegte Norm von fünfundzwanzig Mann pro Zelle überschritten: Es mußte Platz gemacht werden für zusätzliche Bewohner. Als der Nachschub an Häftlingen dann bedrohliche Ausmaße annahm, wurden die Pritschen ein für allemal heruntergeklappt. An die Stelle der Segeltuchsäcke traten durchgehend hölzerne Liegeplanken. Der erfolgreiche Generalmajor konnte nun jede Zelle zunächst mit fünfzig und nach Kriegsende sogar mit fünfundsiebzig Mann belegen. Und auch jetzt hatten die Aufseher keine Schwierigkeiten beim Zählen. Sie wußten, daß nun je Korridor sechshundert Mann zu betreuen waren und damit eine zusätzliche Prämie fällig wurde.

In ein derartiges Gedränge auch noch Bücher, Schachbretter und Domi-

[1] Vollständige Bezeichnung des Organs der Sowjetischen Regierung ›Iswestija‹ (Anm. d. Übers.)

nosteine hineinzupressen, war natürlich zwecklos. Der Vorrat hätte ohnehin nicht gereicht. Später wurde den Volksfeinden auch die Brotration gekürzt. Anstelle von Fisch gab es Fleisch verschiedenster Amphibien und Insekten; statt Kohl und Brennesseln verteilte man Gärfutter. Damit erhielt der einstmals schreckliche Pugatschow-Turm, in dem die Kaiserin den Volkshelden in Ketten gefangengehalten hatte, eine neue friedliche Aufgabe – er wurde ein Silo.

Aber der Strom der Menschen riß nicht ab. Es kamen immer neue hinzu, und gleichzeitig verblaßten die von Mund zu Mund überlieferten Gefängniserinnerungen. Die Neuen konnten weder wissen noch ahnen, daß sich ihre Vorgänger auf Segeltuchsäcken geaalt und verbotene Bücher gelesen hatten, die aus irgendeinem Grunde in der Gefängnisbibliothek vergessen worden waren.

Immer, wenn die Bouillon aus Ichthyosauriern oder das Gärfutter im dampfenden Bottich in die Zelle getragen wurde, kletterten die Gefangenen auf ihre Holzplanken, preßten die Knie an die Brust und stützten sich mit den Vorderpfoten auf. In dieser Hunde-Stellung beobachteten sie mit gefletschten Zähnen gespannt und mißtrauisch die Verteilung des Futters auf die Schüsseln, die anschließend ausgelost wurden. Einige mußten sich dabei ›vom Kübel zum Fenster‹, andere ›vom Fenster zum Heizkörper‹ umdrehen. Kaum waren die Schüsseln verteilt, so begannen die Bewohner der Pritschen und Hundelöcher mit ihren fünfundsiebzig Mäulern den Schlangenfraß zu schlappen. Erstaunlich, daß sie sich dabei nicht gegenseitig mit ihren Pfoten und Schwänzen die Futternäpfe umstießen. Allein das Schmatzen der Fressenden störte nun das philosophische Schweigen der Zelle.

Und alle waren zufrieden, und weder in der Gewerkschaftzeitung ›Trud‹ noch im ›Mitteilungsblatt des Moskauer Patriarchats‹ fanden sich Beschwerden.

Zwischen all den anderen Zellen lag die durch nichts bemerkenswerte Nummer 72. Und dennoch war sie auserwählt. Bloß die Betroffenen, friedlich dösend oder fluchend auf ihren Pritschen hockend, ahnten noch nichts von den bevorstehenden Schrecknissen. Am Vorabend des verhängnisvollen Tages machten sich die einen – umständlich wie immer – auf dem Zementfußboden neben dem Abortkübel zu schaffen, während andere halb entblößt auf den Holzplanken lagen, sich Kühlung zufächelten, Fliegen fingen und einander erzählten, wie schön es doch während des Krieges in Norwegen, Island und Grönland gewesen war. Eine innere Uhr, durch lange Übung zum zuverlässigen Instrument entwickelt, zeigte den Häftlingen an, daß spätestens in fünf Minuten der diensthabende Wärter durch die Futterklappe brüllen würde: ›He, hinlegen! Zapfenstreich!‹

Beim unerwarteten Geräusch des Aufschließens fuhren die Häftlinge zusammen. Die Tür öffnete sich, und es erschien ein schlanker, energiegeladener und in höchstem Maße erregter Hauptmann mit weißen Handschuhen. Hinter ihm drängelte sich ein Gefolge niederer Chargen. Als die Gefangenen mit ihrer gesamten Habe auf den Korridor hinausgeführt wurden, herrschte Grabesstille, denn es war die Flüsterparole aufgekommen, alle würden erschossen werden. Auf dem Gang wurden fünfmal je zehn Mann abgezählt und in die Nachbarzellen gestoßen, wo sie sich noch gerade einen Schlafplatz ergattern konnten. Diesen Glücklichen blieb das schreckliche Schicksal der fünfundzwanzig übrigen erspart. Letztere konnten eben noch sehen, wie sich eine Art Höllenmaschine mit Zerstäuber durch die Tür ihrer geliebten Zelle 72 schob. Dann hieß es ›Rechtsum!‹ und ›Marsch!‹. Die Wärter schlugen mit den Schlüsseln auf ihre Koppelschlösser oder schnalzten mit den Fingern und gaben damit das in der Butyrka beim Transport von Gefangenen übliche Warnsignal. So trieb man sie durch viele Stahltüren und abwärts über viele Treppen bis zu einer größeren Halle. Es war aber weder der Erschießungskeller noch eine unterirdische Folterkammer, sondern der den Häftlingen bestens bekannte Vorraum der Badeanstalt. Dieser Raum sah verdächtig harmlos und alltäglich aus. Wände, Bänke und Fußboden waren braun, rot und grün gekachelt; über schmale Schienen rollten mit lautem Gepolter Wägelchen aus der Entlausungskammer herein, bestückt mit teuflischen Haken für die Häftlingskleider. Sich gegenseitig anstoßend griffen die Gefangenen nach den glühend heißen Bügeln, denn das Dritte Gebot aller Gefangenen lautete immer noch: ›Nimm, was man dir gibt!‹ Dann warfen sie ihre vielstrapazierten Lumpen, ausgeblichen, verfärbt und angesengt von den ewigen Entlausungen, über die Haken. Zwei schwitzende alte Weiber, Dienerinnen des Hades, übersahen die ihnen widerliche Nacktheit der Gefangenen, stießen die Wägelchen mit Getöse in Richtung Tartarus und warfen die schweren Eisentüren hinter sich zu.

Von allen Seiten eingesperrt blieben die fünfundzwanzig Gefangenen allein zurück. Sie hatten nichts in den Händen als ein Taschentuch oder einen Stoffetzen, der als Taschentuch diente. Wer noch nicht völlig abgemagert war und an jener anspruchslosen Körperstelle, die dem Menschen den Genuß des Sitzens ermöglicht, noch ein dünne Schicht gegerbten Fleisches aufzuweisen hatte, ließ sich jetzt auf die warmen malachit- und rubinfarbenen Kacheln der Steinbänke nieder. Die luxuriöse Ausstattung des Butyrka-Bades stellt den Komfort der Sandunowschen Bäder weit in den Schatten. Es wird behauptet, daß viele neugierige Ausländer sich der Tscheka auslieferten, nur um das Bad der Butyrka benutzen zu können.

Die übrigen Häftlinge, die schon so abgemagert waren, daß sie – wenn überhaupt – nur auf einer weichen Unterlage sitzen konnten, wanderten ungeniert auf und ab und versuchten in hitzigem Streitgespräch den Sinn der rätselhaften Vorgänge zu deuten.

›Schon lange lechzte ihre Seele
nach Speise, die voll Schicksal war.‹

Doch die Stunden verrannen, und die Streitgespräche verstummten allmählich. Die Körper der Häftlinge überzogen sich mit einer Gänsehaut, und ihre Mägen, ab zehn Uhr an Schlaf gewöhnt, knurrten wehmütig nach Nahrung. Eine Gruppe von Pessimisten gewann die Oberhand: Sie meinte, daß durch die Roste an Wänden und Fußboden Giftgas einströme. Gleich würden alle sterben. Einigen wurde schon übel, sie spürten deutlich den Gasgeruch.
Dann flog die Tür auf, und alles sah schlagartig anders aus. Es erschienen nicht, wie sonst üblich, zwei Aufseher in verschmierten Kitteln mit schmutzigen Schafschermaschinen. Auch warf keiner den Gefangenen die stumpfesten Scheren der Welt zu, die gerade noch zum Abbrechen der Nägel taugten. Statt dessen wurden vier Spiegeltischchen mit Eau de Cologne, Nagellack und Theaterperücken von vier Friseurgehilfen in den Raum gerollt. Ihnen folgten vier sehr ehrwürdige, wohlbeleibte Meister, zwei davon offensichtlich Armenier. Im Nebenraum schor man dann den Häftlingen nicht in üblicher Weise die Schamhaare. Anstatt ihnen derart die delikatesten Körperteile zu malträtieren, bestäubte man diese nun mit rosafarbenem Puder. Leicht wie ein Hauch fuhren sodann Rasierklingen über die eingefallenen Wangen der Häftlinge, während die sanft geflüsterte Frage: ›Ist es auch recht so?‹ jedes Ohr liebkoste. Die Köpfe wurden nicht etwa kahlgeschoren, im Gegenteil, man bot sogar Perücken an. Auch wurde keinem das Kinn skalpiert – auf Wunsch der Kunden blieb hie und da der erste Ansatz eines Bartes stehen. Tief gebückt pedikürten derweilen die Friseurgehilfen die Füße der Gefangenen. Beim Betreten des Bades schließlich schmierte man ihnen nicht die üblichen zwanzig Gramm zerlaufener, übelriechender Seife auf die Hand. Vielmehr überreichte ein Sergeant jedem einzelnen gegen Quittung nicht nur einen Naturschwamm, sondern auch noch ein gediegenes Stück Feinseife, Marke ›Fliederfee‹.
Darauf schloß man die Häftlinge im Baderaum ein, damit sie sich nach Herzenslust waschen konnten. Aber keiner war darauf erpicht. Statt dessen flammte die Diskussion erneut auf, und jetzt setzte sich die Partei der Optimisten durch. Es wurde behauptet, Stalin und Berija seien nach China geflohen, Molotow und Kaganowitsch katholisch geworden, Ruß-

land hätte eine provisorische sozialdemokratische Regierung, und die Wahlen für eine konstituierende Versammlung wären bereits im Gange. Als dann die euch allen bekannte Ausgangstür des Baderaums mit gewaltigem Krach aufgerissen wurde, ereigneten sich im violett getönten Vestibül die allerunglaublichsten Dinge. Jeder Häftling bekam ein flauschiges rosa Handtuch und eine volle Schüssel Hafergrütze, also etwa die sechsfache Tagesration eines arbeitenden Strafgefangenen. Nun gab es kein Halten mehr. Die Handtücher flogen auf den Fußboden, während der Brei mit erstaunlicher Geschwindigkeit und ohne Zuhilfenahme von Löffeln oder ähnlichem Werkzeug verschlungen wurde. Der alte Gefängnis-Major war höchst beeindruckt und befahl, eine weitere Portion auszugeben. Auch die zweite Schüssel wurde von allen geleert. Was dann geschah, wird keiner von euch jemals erraten! Man brachte weder gefrorene noch verfaulte, auch keine schwarzen, sondern schlicht gesagt – eßbare Kartoffeln.«

»Das ist ausgeschlossen!« protestierten die Zuhörer. »Das ist einfach unglaublich!«

»Aber es war tatsächlich so! Gewiß, es waren Schweinekartoffeln, klein und in der Schale; die bereits satten Gefangenen hätten sie normalerweise vielleicht gar nicht mehr gegessen. Aber die teuflische List bestand darin, daß die Kartoffeln nicht in Portionen aufgeteilt, sondern in einem großen Eimer gebracht wurden. Mit erbittertem Aufheulen, sich gegenseitig heftig rempelnd und einander auf die nackten Rücken kletternd, stürzten die Gefangenen sich nun doch auf den Eimer, der dann nach einer Minute völlig geleert, scheppernd über den Steinfußboden rollte. In diesem Augenblick wurde noch Salz gebracht – aber keiner brauchte es mehr.

Inzwischen waren die nackten Körper trocken geworden. Der alte Major befahl, die flauschigen Handtücher aufzuheben, und setzte zu einer Rede an.

›Liebe Brüder!‹ sagte er. ›Ihr alle seid ehrliche Sowjetbürger, die man nur vorübergehend wegen unbedeutender Verfehlungen isoliert hat – den einen für zehn, den anderen für fünfundzwanzig Jahre. Bislang hat sich die Leitung der Butyrka – ungeachtet der mehrmaligen höchstpersönlich erteilten Befehle des Genossen Stalin – schwere Fehler und Abweichungen zuschulden kommen lassen. Das soll nun anders werden.‹

Man entläßt uns nach Hause! – vermuteten kühn die Gefangenen.

›In Zukunft werden wir euch wie Kurgäste behandeln.‹

Also doch weiter sitzen! Die Gefangenen resignierten.

›Abgesehen davon, was bisher schon erlaubt war, dürft ihr hinfort:

a) eure Götter anbeten,

b) tags und nachts auf den Betten liegen,

c) ungehindert von der Zelle zur Toilette gehen,
d) Memoiren schreiben.

Zusätzlich zu dem, was immer schon verboten war, dürft ihr künftig nicht:

a) euch in die staatseigenen Bettlaken und Fenstervorhänge schneuzen,
b) eine zweite Portion Essen verlangen,
c) der Gefängnisverwaltung widersprechen oder Klage über sie führen, wenn hochgestellte Persönlichkeiten die Zelle betreten,
d) ohne besondere Aufforderung Zigaretten der Marke ›Kasbek‹ vom Tisch nehmen.

Jeder, der eine dieser Anordnungen verletzt, bekommt fünfzehn Tage kalten und verschärften Kerker und wird in ein entferntes Lager ohne Schreiberlaubnis verschickt. Kapiert?‹

Kaum hatte der Major seine Rede beendet, als nicht etwa die Wägelchen mit den Lumpen der Häftlinge aus der Entlausungskammer polterten. Der Orkus spie seine Beute nicht wieder aus. Statt dessen schwebten vier junge Beschließerinnen in die Halle, um, die Augen niederschlagend und verschämt lächelnd, die Häftlinge daran zu erinnern, daß sie als Männer noch nicht ganz abgeschrieben seien. Dann verteilten sie errötend blauseidene Unterwäsche. Dazu gab es noch Zellwollhemden, Krawatten in dezenten Farben, knallgelbe amerikanische Schuhe aus dem Pacht- und Leihvertrag sowie Anzüge aus imitiertem Wollstoff.

Sprachlos vor Schrecken und Entzücken wurden die Gefangenen in Doppelreihen in ihre Zelle 72 zurückgeführt. Herrgott, wie hatte die sich inzwischen verändert!

Schon im Korridor stolperten die Gefangenen über einen dicken Teppichläufer, der verheißungsvoll zur Toilette führte. Beim Betreten der Zelle wogten ihnen Ströme frischer Luft entgegen, und die unsterbliche Sonne blendete ihre Augen. Über all den Aufregungen war es nämlich wieder Tag geworden. Die Gitter leuchteten in himmelblauem Anstrich, und die Fenstermaulkörbe waren verschwunden. Dafür hatte man auf dem Turm der Butyrka-Kirche einen Mann postiert, der mit Hilfe eines Drehspiegels allen Sonnenschein einfing und in die Fenster der Zelle 72 lenkte. Die Wände der Zelle, am Abend noch dunkel-oliv, erstrahlten jetzt in heller Ölfarbe. Hier und da sah man von Künstlerhand gepinselte Tauben sowie Spruchbänder mit den Losungen ›Wir sind für den Frieden!‹, ›Der Welt den Frieden!‹

Nichts erinnerte mehr an die verwanzten Holzplanken. Die Pritschen waren bezogen worden, darauf lagen Pfühle und Federkissen. Unter den kokett zurückgeschlagenen Decken schimmerten schneeweiße Laken. Auch stand neben jedem Bett ein Nachtschränkchen, und Bücherregale mit den Werken von Marx, Engels, des heiligen Augustinus und des

Thomas von Aquin zierten die Wände. In der Mitte der Zelle stand ein weißgedeckter Tisch mit einem Aschenbecher und einem Päckchen ›Kasbek‹-Zigaretten.

(Alle Herrlichkeiten dieser Zaubernacht waren offenbar mit Zustimmung der Buchhaltung herbeigeschafft worden. Nur für die Packung ›Kasbek‹ hatte sich kein Etatposten finden lassen. Unter diesen Umständen war dem Gefängniskommandanten nichts anderes übriggeblieben, als die ›Kasbek‹-Packung aus eigener Tasche zu bezahlen. Daher auch die rigorose Strafandrohung.) Die größte Veränderung war jedoch dort vor sich gegangen, wo früher der Aborteimer gestanden hatte. An der gereinigten und geweißten Wand hing jetzt eine Ikone der Muttergottes mit dem Christuskind, matt beleuchtet von einer Ewigen Lampe. In glitzerndem Meßgewande präsentierte sich der wundertätige Nikolaus von Myra, während sich die Statue einer katholischen Madonna in reinem Weiß darbot. In einer flachen Nische fand man Bibel, Koran, Talmud sowie eine kleine Buddha-Büste. Die Augen des Gottes waren leicht zusammengekniffen und in der nachgedunkelten Bronze ein wenig herabgezogen. Der Buddha schien zu lächeln.

Gesättigt von Grütze und Kartoffeln, erschöpft von der Menge der Eindrücke, entkleideten sich die Gefangenen und entschlummerten sofort. Ein leichter Zephyrhauch bauschte die Spitzenvorhänge der Fenster, die obendrein fliegendicht waren. In der offenen Tür stand ein Aufseher und paßte auf, daß niemand die ›Kasbek‹-Zigaretten klaute.

So schlief die Zelle den ganzen Vormittag, bis schließlich der äußerst aufgeregte Hauptmann mit den weißen Handschuhen hereinstürzte und aufzustehen befahl. Erwartungsvoll kleideten die Gefangenen sich an und brachten ihre Betten in Ordnung. Hastig wurde noch ein weißbezogener kleiner Tisch in die Zelle geschoben. Auf ihm lagen die Zeitschriften ›Ogonjok‹, ›Die Sowjetunion im Bau‹ und das in den Vereinigten Staaten gedruckte Journal ›Amerika‹. Nachdem zuletzt noch zwei weißbezogene alte Lehnstühle hereingeschleppt worden waren, trat eine unheilschwangere, kaum erträgliche Stille ein. Nur der Hauptmann schlich auf Zehenspitzen zwischen den Betten herum und schlug mit seinem hübschen weißen Stöckchen jedem auf die Finger, der nach dem Journal ›Amerika‹ zu greifen versuchte.

In dieser quälenden Spannung war alles bestrebt zu lauschen. Wie ihr aus eigener Erfahrung wißt, ist das Gehör das wichtigste Sinnesorgan des Häftlings. Sehen kann er nicht viel, sein Blickfeld endet an der Zellenwand. Auch die Nase wird durch unedle Gerüche irgendwie gelähmt. Für den Tastsinn gibt es ebenfalls nicht genügend Objekte. Dafür entwickelt sich das Gehör des Gefangenen ungewöhnlich stark. Jeder Laut, selbst aus dem entferntesten Winkel des Ganges, wird sofort registriert,

denn er hilft, die Vorgänge im Gefängnis zu deuten und die Zeit zu bestimmen: ob das Teewasser ausgegeben wird, ob Arrestanten auf den Hof geführt werden, ob jemandem etwas mitgeteilt wird.
So erfaßte auch diesmal das Gehör den ersten Hinweis auf die Lösung des Rätsels. Man hörte, wie sich neben der Zelle 75 die eiserne Zwischentür öffnete und mehrere Personen den Gang betraten. Man vernahm auch verhaltenes Gespräch und durch den Teppich gedämpfte Schritte. Dann unterschied man Frauenstimmen, und genau vor der Zellentür ertönten schließlich die höflichen Worte des Gefängniskommandanten:
›Und jetzt, Frau..., werden Sie sicherlich eine der Zellen sehen wollen. Nun, welche nehmen wir denn da? Doch wohl die erste beste! Zum Beispiel hier die Nummer 72. Schließen Sie auf, Sergeant!‹
Frau R... betrat die Zelle in Begleitung ihres Sekretärs, eines Dolmetschers, zweier ehrwürdiger Matronen aus der Sekte der Quäker, des Gefängniskommandanten und einiger weiterer Personen in Zivil und in den Uniformen der MWD. Der Hauptmann mit den weißen Handschuhen trat bescheiden zur Seite. Die Witwe des berühmten Staatsmannes, eine fortschrittliche und scharfsinnige Frau, die schon viel für die Verteidigung der Menschenrechte getan hatte, besuchte nun auch den tapferen Verbündeten der Vereinigten Staaten, um mit eigenen Augen zu sehen, ob nicht vielleicht doch die Gedankenfreiheit in der Sowjetunion unterdrückt werde und was dort mit der UNRRA-Hilfe geschah. In Amerika hatte sich nämlich das boshafte Gerücht verbreitet, daß die Hilfeleistungen der UNRRA das einfache Volk nicht erreichten. Man hatte Frau R... folglich bereits einige schlichte Sowjetbürger vorgeführt – verkleidete Beamte –, die in derber Berufskleidung den Vereinten Nationen auch prompt für deren selbstlose Hilfe gedankt hatten. Darauf verlangte Frau R... auch noch, ein Gefängnis zu besichtigen. Ihr Wunsch wurde erfüllt, und jetzt saß sie also in ihrem Sessel. Das Gefolge gruppierte sich um sie herum, und mit Hilfe des Dolmetschers begann die Unterhaltung. Die vom drehbaren Spiegel reflektierten Sonnenstrahlen fielen nach wie vor in die Zelle, und der Zephyrhauch bauschte immer noch die Vorhänge.
Frau R... zeigte sich äußerst angetan davon, daß die so aufs Geratewohl ausgewählte Zelle so blendend weiß und ganz ohne Fliegen war und daß dort sogar werktags die Ewige Lampe brannte.
Zu Beginn genierten sich die Häftlinge und rührten sich nicht. Als dann aber der Dolmetscher die Frage des hohen Gastes übersetzte, ob denn wirklich keiner zu rauchen wage – wohl um die Luft nicht zu verunreinigen –, erhob sich einer, scheinbar ganz ungezwungen, öffnete das Päckchen ›Kasbek‹, steckte sich eine Zigarette an und reichte die Pakkung weiter. Das Gesicht des Generalmajors verfinsterte sich. ›Wir

kämpfen gegen das Rauchen an‹, sagte er mit Nachdruck, ›denn Tabak ist Gift.‹
Darauf setzte sich ein weiterer Häftling an den Tisch und begann recht hastig im Journal ›Amerika‹ zu blättern.
›Wofür hat man denn diese Leute verurteilt? Beispielsweise diesen Herrn, der gerade die Zeitschrift liest?‹ fragte der hohe Gast.
(›Dieser Herr‹ hatte seine zehn Jahre für die unvorsichtige Bekanntschaft mit amerikanischen Touristen bekommen.)
Der Generalmajor antwortete:
›Dieser Mensch war ein aktiver Hitleranhänger. Er diente der Gestapo, zündete persönlich ein russisches Dorf an und – verzeihen Sie bitte – vergewaltigte drei russische Bäuerinnen. Die von ihm umgebrachten Kinder sind gar nicht zu zählen.‹
›Wird er gehängt werden?‹ rief Frau R... aus.
›Nein, wir hoffen, daß er sich noch bessert. Er ist zu zehn Jahren ehrlicher Arbeit verurteilt.‹
Das Gesicht des Häftlings drückte Qual aus, aber er mischte sich nicht in die Unterhaltung, sondern fuhr fort, mit fieberhafter Eile im Journal zu blättern.
In diesem Augenblick betrat ganz zufällig ein russisch-orthodoxer Pope die Zelle. Er trug ein großes Perlmutterkreuz auf der Brust und befand sich offensichtlich auf seinem gewohnten Rundgang. Natürlich verwirrte es ihn sehr, in der Zelle die Obrigkeit und ausländische Gäste anzutreffen.
Leise wollte er sich zurückziehen, doch seine Bescheidenheit gefiel Frau R..., und sie bat ihn, seine frommen Pflichten zu erfüllen. Der Priester verabfolgte einem der erstaunten Häftlinge sofort eine Taschenausgabe des Neuen Testaments, setzte sich auf das Bett eines anderen und sagte zu dem ihn versteinert Anstarrenden: ›Letzthin, mein Sohn, baten Sie mich, Ihnen vom Leiden unseres Herrn Jesus Christus zu erzählen.‹
Frau R... ersuchte nun den Generalmajor, sofort und in ihrer Gegenwart die Gefangenen zu fragen, ob vielleicht einer von ihnen bei den Vereinten Nationen eine Beschwerde einreichen wolle.
Der Generalmajor sagte darauf drohend:
›Herhören, Häftlinge! Wie war das mit den ›Kasbek‹-Zigaretten? Ihr wollt wohl Haftverschärfung?‹
Die Arrestanten, die bislang wie verzaubert geschwiegen hatten, riefen nun empört durcheinander:
›Bürger Kommandant, wir haben doch nichts zu rauchen!‹
›Die Ohren schwellen an!‹
›Die Machorka ist doch in den anderen Hosen geblieben!‹
›Wir haben es doch nicht gewußt!‹

Die berühmte Dame sah die echte Empörung der Häftlinge, hörte ihre aufrichtigen Wutschreie und vernahm dann mit um so größerem Interesse die Übersetzung:
›Sie protestieren einstimmig gegen die schwierige Situation der Neger in Amerika und bitten um Erörterung dieser Frage in der UNO!‹
So vergingen in angenehmem Wechselgespräch etwa fünfzehn Minuten. Dann teilte der diensthabende Aufseher dem Kommandanten mit, daß nun das Mittagessen anrollen würde. Die Gäste baten, auf sie keine Rücksicht zu nehmen und das Essen in ihrem Beisein auszuteilen.
Die Tür öffnete sich, und einige nette junge Serviererinnen (offenbar die gleichen Mädchen, die zuvor in anderer Kleidung die Wäsche verabfolgt hatten) teilten nun ganz gewöhnliche Hühnersuppe mit Nudeln aus. Augenblicklich verwandelte ein Anfall von Urinstinkten die braven Häftlinge: Sie sprangen mit Schuhen auf ihre Betten, preßten die Knie an die Brust und stützten sich mit den Händen auf. In dieser Hunde-Stellung beobachteten sie mit gefletschten Zähnen mißtrauisch die Austeilung der Nudelsuppe. Die wohltätigen Damen waren schockiert, aber der Dolmetscher erklärte ihnen, daß es sich um eine russische Volkssitte handele.
Es war nicht möglich, die Häftlinge zu überreden, sich an den Tisch zu setzen und die neusilbernen Löffel zu benutzen. Alle hatten längst — wer weiß woher — ihre abgeschabten Holzlöffel hervorgezogen. Die Serviererinnen brachten die Teller an die Betten und machten darauf aufmerksam, daß auf dem Tisch eine Schüssel für Knochenabfälle stehe. Dann konnte der Priester gerade noch den Segen sprechen, als auch schon wie auf Kommando ein furchtbares schlürfendes Geräusch ertönte. Gleich darauf vernahm man das Krachen sämtlicher Hühnerknochen, und alles, was auf den Tellern gewesen sein mochte, war für immer verschwunden. Die Schüssel für die Knochen blieb leer. ›Sollten sie Hunger haben?‹ lautete die unsinnige Vermutung der beunruhigten Besucherin. ›Vielleicht wollen sie noch?‹
›Es will doch wohl niemand eine Zugabe?‹ fragte heiser der General.
Keiner wünschte die Zugabe. Jeder dachte an die alte Arrestanten-Weisheit: ›Der Staatsanwalt beantragt zusätzlich . . .‹
Ihre Reispfannkuchen verschlangen die Häftlinge dennoch mit derselben unbeschreiblichen Geschwindigkeit. Kompott wurde nicht gereicht, denn es war ein Werktag.
Nachdem sie sich auf diese Weise von der Verlogenheit aller Verdächtigungen überzeugt hatte, die von böswilligen Verleumdern in der westlichen Welt verbreitet wurden, begab sich Frau R . . . mitsamt ihrem Gefolge auf den Gang hinaus. Dort bemerkte sie dann:
›Wie grob sind doch ihre Manieren, und wie niedrig ist das Niveau die-

ser Unglücklichen! Immerhin darf man wohl hoffen, daß ihnen hier im Laufe von zehn Jahren Kultur beigebracht wird. Sie haben ein großartiges Gefängnis!‹

Als letzter schlürfte noch der Priester aus der Zelle, gerade rechtzeitig, bevor die Tür zugeknallt wurde.

Kaum hatten die Gäste den Gang verlassen, als auch schon der Hauptmann mit den weißen Handschuhen in der Zelle erschien:

›Aufstehen!‹ schrie er. ›In Doppelreihen antreten! Hinaus auf den Gang.‹

Als er bemerkte, daß ihn nicht alle richtig zu verstehen schienen, erläuterte er den Zögernden seinen Befehl mit der Stiefelsohle.

Erst jetzt stellte sich heraus, daß ein Schlaumeier die Erlaubnis, Memoiren zu schreiben, wörtlich genommen und, als alle schliefen, auch schon die ersten zwei Kapitel zusammengeschmiert hatte: ›Wie ich gefoltert wurde‹ und ›Begegnung in Lefortowo.‹

Die Memoiren wurden sofort konfisziert, und dem eifrigen Schreiber hängte man wegen übler Verleumdung der Staatssicherheitsorgane ein neues Verfahren an.

Dann ging es wieder einmal mit dem üblichen Signal ›Häftlinge unterwegs‹ durch die zahlreichen Eisentüren bis zum Vorraum des Baderaums, der immer noch in ewiger malachit- und rubinfarbener Schönheit schimmerte. Dort wurde den Unglücklichen alles, einschließlich der blauseidenen Wäsche, abgenommen. Bei der besonders sorgfältig durchgeführten Filzung fand man unter der Zunge eines Gefangenen die aus dem Testament ausgerissene Bergpredigt. Dafür wurde er an Ort und Stelle erst auf die rechte und dann auf die linke Backe geschlagen. Auch die Korallenschwämme und die ›Fliederfee‹-Seife mußten abgeliefert werden, wiederum gegen Unterschrift.

Darauf erschienen zwei Aufseher in schmutzigen Kitteln mit stumpfen, verdreckten Haarschneidemaschinen und schoren die Gefangenen zuerst unten, dann oben, also das Scham-, Bart- und Kopfhaar. Zu guter Letzt wurden jedem auch noch die vertrauten zwanzig Gramm stinkender Ersatzseife in die Hand geschmiert. Derart im Baderaum eingeschlossen, blieb den Gefangenen nichts anderes übrig, als sich zum zweitenmal innerhalb von vierundzwanzig Stunden zu waschen.

Mit dem üblichen ohrenbetäubenden Krach flog dann die Ausgangstür auf. Wieder einmal traten die Häftlinge ins violett getönte Vestibül hinaus, wo die zwei alten Weiber, die Dienerinnen des Hades, gerade die Wägelchen aus der Entlausungskammer herauszerrten. Und wie konnte es anders sein: An den glühenden Haken hingen die unseren Helden wohlbekannten Lumpen.

Niedergeschlagen kehrte das Häuflein der fünfundzwanzig in die alte

Zelle zurück, wo auf den verwanzten Planken auch schon fiebernd vor Neugierde die fünfzig Mitbewohner lagen. Die Fenster hatten wieder ihre Maulkörbe, die Tauben waren mit dunkel-olivgrüner Farbe überpinselt, und in der Ecke stand am alten Platz der vier Eimer Urin fassende Abortkübel.

In der Nische aber lächelte geheimnisvoll der kleine Bronze-Buddha. Man hatte ihn vergessen.«

55

Nur ein Gewissen

Zur selben Zeit, als diese Geschichte erzählt wurde, wienerte Schtschagow seine zwar nicht mehr neuen, aber immerhin gut erhaltenen Chromlederstiefel. Dann warf er sich in seine frischaufgebügelte Paradeuniform und betrachtete dabei flüchtig all die angeschraubten Orden und angenähten Verwundetenabzeichen. Der Arme! Er sah nicht die Konkurrenz der zivilen Anzüge und Schuhe, die schon bald auf ihn zukommen sollte, denn Kriegsuniformen waren in Moskau längst passé. So fuhr er denn ganz unbefangen zur Kaluga-Pforte am anderen Ende der Stadt, um an einer Feier im Hause des Staatsanwaltes Makarygin teilzunehmen. Die Einladung verdankte er seinem Frontkameraden Aljoscha Lanskij.

Anlaß der Feier war die Verleihung des zweiten Leninordens an den Staatsanwalt. Im Grunde genommen war es eine Familienfeier, wobei vor allem an die Jugend gedacht worden war. Natürlich hatten die jungen Leute mit der Sache eigentlich nichts zu tun, und der Orden war ihnen völlig gleichgültig. Aber Vater Makarygin hatte viel Geld springen lassen, und das war Grund genug zum Feiern. Auch Lisa würde wohl da sein, das Mädchen, das Schtschagow Nadja gegenüber gern als seine Braut bezeichnete, obwohl strenggenommen noch nichts feststand. Lisas wegen hatte Schtschagow auch Aljoscha gebeten, ihm die Einladung zu besorgen.

Während er sich einige Begrüßungsphrasen zurechtlegte, stieg er die Treppe hinauf. Es war dieselbe Treppe, auf der Klara damals der Scheuerfrau begegnet war, dieselbe Wohnung, in der vor vier Jahren der Mann, dem er beinahe die Frau fortgenommen hatte, in wattierten Hosen, auf den Knien herumrutschend, das Parkett gelegt hatte.

Auch Häuser haben ihre Geschichte.

Schtschagow läutete, und Klara öffnete ihm. Obwohl sie sich nie gesehen hatten, waren sie beide sofort im Bild. Klara trug ein Kleid aus blaßgrünem Wollkrepp, in der Taille gerafft mit weitfallendem Rock. Seidenstickereien, ebenfalls grün, hatte sie um den Hals gelegt, und sie setzten sich wie eine Kette über die Brust fort. Die gleichen Stickereien bildeten den Abschluß der langen Ärmel und wirkten dort wie Armbänder.

In der kleinen, engen Garderobe hingen bereits einige Herren- und Damenpelze. Bevor Klara den Gast auch nur auffordern konnte abzulegen, läutete das Telefon. Klara griff nach dem Hörer und bedeutete Schtschagow, während sie bereits sprach, durch heftiges Winken mit der linken Hand, doch endlich abzulegen.

»Ink, sei gegrüßt... Wie bitte? Du bist noch nicht losgefahren?... Aber sofort!... Ink, wieso bist du nicht in Stimmung?... Papa wird gekränkt sein... ja, deine Stimme klingt auch ganz matt... Ach du, überwinde mal dein ›ich kann nicht‹!... Dann warte mal, ich rufe Nara... Nara!« rief sie ins Zimmer hinein. »Dein Angetrauter ist am Apparat, komm her! – Legen Sie ab!« Schtschagow hatte seinen Mantel bereits abgelegt. »Ziehen Sie die Galoschen aus!« Er war ohne Galoschen gekommen.

»Hör mal, er will nicht kommen. Das ist doch unmöglich!«

Dotnara, Klaras Schwester, betrat die Garderobe und griff nach dem Hörer. Von Lanskij hatte Schtschagow erfahren, daß sie mit einem Diplomaten verheiratet sei; jetzt stand sie Schtschagow im Wege, und er beeilte sich auch nicht, dieses duftende Hindernis in hellem Kirschrot zu passieren. Statt dessen senkte er den Kopf und betrachtete sie unauffällig. Durch etwas Ungewöhnliches in ihrer Kleidung wirkte Dotnara weiblicher und schmiegsamer als alle anderen Frauen.

Es lag daran, aber Schtschagow wußte es nicht, daß Dotnara nicht die üblichen plumpen Schulterpolster trug, daß ihre Schultern in jener sanften Linie abfielen, die von der Natur geschenkt ist und von niemandem verbessert werden kann.

Eigenartig an ihrer Erscheinung war auch, daß die Ärmel nicht fest am Kleid saßen – es war ärmellos –, sondern zu einer Art Bolero gehörten.

Keinem der Menschen, die sich auf dem Teppich des engen Vorraumes drängten, wäre es in den Sinn gekommen, daß sich in diesem harmlosen schwarzpolierten Hörer, in diesem an sich unbedeutenden Gespräch jenes geheimnisvolle Verderben verbarg, das jeden von uns sogar noch im Knochen eines toten Pferdes zu finden weiß.

Nachdem irgendwann im Laufe des Tages Rubin darum gebeten hatte, die Ferngespräche ausnahmslos aller Verdächtigen überwachen zu lassen, und Wolodin jetzt zum erstenmal das Telefon in seiner Wohnung benutzte, begann in einer ganz bestimmten Zentrale des Nachrichtenwesens ein Magnetophonband die Stimme Innokentij Wolodins aufzuzeichnen.

Gewiß hatte die Vorsicht Wolodin geboten, sein Telefon in diesen Tagen nicht zu benutzen, doch seine Frau war ohne ihn weggefahren und hatte lediglich die Nachricht hinterlassen, er möge unbedingt abends zum Schwiegervater kommen.

Jetzt rief er an um abzusagen.

Es hätte Innokentij geholfen, wenn dieser der aufregenden Nacht folgende Tag nicht ein Sonntag, sondern ein Werktag gewesen wäre. Aus verschiedenen Anzeichen hätte er dann erkennen können, ob seine Versetzung nach Paris immer noch vorgesehen oder bereits in aller Stille abgeblasen worden war. Aber welche Hinweise hat man schon am Sonntag? Sicherheit und Bedrohung verbergen sich gleichermaßen in der Unbeweglichkeit des Feiertages.

Während all dieser letzten Tage schien es ihm, daß sein Anruf unbesonnen, wenn nicht gar fast selbstmörderisch gewesen war, und darüber hinaus wahrscheinlich auch noch völlig nutzlos.

Voller Wut dachte er an diese tölpelhafte Person, die Frau Dobroumows, obwohl eigentlich auch sie nicht schuld war. Das Mißtrauen hatte weder mit ihr begonnen, noch endete es mit ihr.

Nichts deutete darauf hin, daß Innokentij durchschaut worden war, aber die innere Stimme, die rätselhaft in uns arbeitet, bedrückte Wolodin und ließ in ihm eine Vorahnung des Unglücks wachsen. Das nahm ihm jede Lust, sich irgendwo zu amüsieren.

Jetzt versuchte er, seiner Frau das klarzumachen. Er zog dabei die Worte in die Länge, wie es jeder Mensch tut, der von Unerfreulichem spricht. Seine Frau aber insistierte — und die deutlich erkennbaren ›Formelemente‹ seiner ›individuellen Redeweise‹ wurden auf dem schmalen kastanienbraunen Tonband festgehalten, um dann am nächsten Morgen, in Schrift umgesetzt, um 10 Uhr als noch feuchter Streifen auf Rubins Schreibtisch zu landen. Nara sprach nicht in dem kategorischen Ton, den sie sich in den letzten Monaten angewöhnt hatte, sondern bat ihren Mann sehr sanft, offenbar gerührt durch seine müde Stimme, doch wenigstens für eine Stunde herüberzukommen.

Sie tat ihm leid, und er gab nach — ja, er werde kommen.

Als er aber den Hörer auflegte, ließ er ihn nicht sofort los, sondern zögerte noch einen Moment, so als ob er noch irgend etwas hätte hinzufügen sollen.

Er dachte jetzt aber nicht an die Frau, mit der er zusammenlebte oder auch nicht zusammenlebte, und von der er sich in einigen Tagen wieder würde trennen müssen. Seine Gedanken waren vielmehr bei jener blondköpfigen Schülerin der zehnten Klasse mit den schulterlangen Locken, bei jenem Mädchen, mit dem er irgendwann einmal gemeinsam begonnen hatte, das Leben zu ergründen. Zwischen ihnen war damals eine hektische Leidenschaft entbrannt, die keine Argumente gelten ließ und nichts davon wissen wollte, auch nur ein Jahr mit der Hochzeit zu warten. Mit dem Instinkt, der die Menschen zwischen trügerischen Äußerlichkeiten und verlogenem Schein ihren Weg finden läßt, hatten sie einander erkannt und wollten nicht mehr voneinander lassen. Die Mutter Innokentijs, damals schon schwer krank, war gegen diese Ehe, aber welche Mutter widersetzt sich der Heirat ihres Sohnes nicht? Auch der Staatsanwalt sträubte sich, und welcher Vater gibt schon leichten Herzens seine schöne, achtzehnjährige Tochter her? Doch alle mußten sie nachgeben! Die jungen Leute heirateten und lebten miteinander in einem Glück, das in ihrem Bekanntenkreis schon fast sprichwörtlich wurde.

Ihre Ehe begann unter den allergünstigsten Vorzeichen. Sie gehörten jener Gesellschaftsschicht an, in der man nicht weiß, was es heißt, zu Fuß zu gehen oder mit der Untergrundbahn zu fahren. Zu jenen Privilegierten, die schon vor dem Kriege das Flugzeug dem Schlafwagen erster Klasse vorzogen, ja, die nicht einmal Wohnungssorgen kannten. Ganz gleich wo, in Moskau, in Teheran, an der syrischen Küste oder in der Schweiz – überall erwartete das junge Paar eine eingerichtete Villa, ein Landhaus, eine Wohnung. Die Lebensansichten der Jungverheirateten stimmten ebenso überein. Ihre Devise hieß: »Wir leben nur einmal!« Darum war es richtig, dem Leben alles abzufordern, was es nur schenken konnte, alles, außer einem Kind natürlich. Denn ein Kind ist ein Götze, der den Lebenssaft aussaugt, dafür selbst jedoch nichts herzugeben bereit ist, nicht einmal aus Dankbarkeit.

Mit diesen Ansichten entsprachen sie genau der Umgebung, in der sie lebten, und die Umgebung entsprach ihnen. Sie bemühten sich, von jeder neuen seltenen Frucht zu essen. Sie wollten den Geschmack jeder einzelnen Cognacsorte kennen, den Rhône-Wein und den Wein aus Korsika. Alle Weingärten der Erde sollten ihnen vertraut sein. Sie wollten jede Mode versuchen, jeden Tanz tanzen, in jedem Kurort baden, Tennis spielen, segeln, die ersten Akte jeder ungewöhnlichen Inszenierung sehen, jeden Bestseller durchblättern.

In den sechs ersten Jahren ihres Lebens als Mann und Frau gaben sie sich alles, was sie voneinander verlangen konnten. Diese sechs Jahre fielen fast ganz mit jenen Jahren zusammen, in denen Millionen andere im Trennungsschmerz schluchzten, auf den Schlachtfeldern starben, unter den Trümmern der Städte erstickten. Es war die Zeit, als vor Hunger wahnsinnig gewordene Erwachsene den Kindern die letzte Krume

schwarzen Brotes stahlen. Dieses Leid der Welt berührte Innokentij und Dotnara kaum.
Denn wir leben nur einmal!
Aber, wie die alten Leute in Rußland zu sagen pflegen, unerforschlich sind die Wege Gottes. Gegen Ende ihres sechsten Ehejahres, als die Bombenflugzeuge wieder heimkehrten und die Kanonen verstummten, als das versengte Grün unter dem schwarzen Ruß wieder sichtbar wurde, sich erholte und zu wachsen begann, als die Menschen allerorts zur Besinnung kamen und erkannten, daß das Leben jedem nur ein einziges Mal vergönnt ist, genau in diesen Monaten hatte Innokentij an allen Gütern dieser Erde, die man riechen, anfassen, trinken und essen kann, keine rechte Freude mehr. Er verspürte eine schale, widerliche Übersättigung.
Dieses Gefühl erschreckte ihn, er wollte es nicht wahrhaben, so wie man eine schlimme Krankheit leugnet. Er wartete darauf, daß es vorbeigehen würde, aber es ging nicht vorbei. Die Hauptsache war, daß er sich über dieses Gefühl nicht klarwerden konnte. Worin bestand es? Alles schien erreichbar zu sein, und dennoch genügte das nicht.
Auch seine fröhlichen Freunde, mit denen ihn so vieles verband, gefielen ihm nicht mehr. Der eine war plötzlich nicht sehr klug, der andere etwas gewöhnlich, der dritte zu ichbezogen.
Aber nicht nur von den Freunden, auch von der hellhaarigen Dotti, wie er sie nach westeuropäischer Art längst zu nennen pflegte, auch von seiner Frau, mit der er sich immer so eins gefühlt hatte, löste und entfernte er sich zusehends.
Einmal erschien ihm ihr Urteil zu krass, dann ihre Stimme zu selbstsicher. Im einen oder anderen Fall tat sie nicht das, was er für richtig hielt, und war dennoch überzeugt, im Recht zu sein.
Ihr etabliertes, schickes Leben begann Innokentij zu bedrücken, aber Dotti wollte von einer Veränderung nichts hören. Und nicht nur das. Während Besitz ihr früher unwichtig gewesen war und sie ohne Bedauern das eine für das andere, allerdings bessere, hingegeben hatte, entwickelte sie jetzt eine unersättliche Gier, alles für immer festzuhalten, und das überall. Ihre zwei Pariser Jahre benutzte Dotti dazu, um riesige Pakete, gefüllt mit Stoffen, Kleidern, Schuhen und Hüten nach Moskau zu schicken. Innokentij war das unangenehm. Hatte sie sich das erst jetzt angewöhnt, oder war es schon immer so gewesen, und er hatte es nur nicht bemerkt – ihre Art, unästhetisch zu kauen, ja fast zu schmatzen, besonders, wenn sie Obst aß?
Aber im Grunde lag es natürlich weder an seinen Freunden noch an seiner Frau, sondern an Innokentij selbst. Etwas fehlte ihm – aber was, das wußte er nicht.

Schon seit langem nannte man ihn einen Epikureer, und er nahm es hin, sogar mit Vergnügen, obwohl er eigentlich selbst nicht recht wußte, was damit gemeint sei. Wo er nun gerade zu Hause in Moskau war und nichts besonderes zu tun hatte, kam ihm der komische Gedanke nachzulesen, was sein angeblicher Lehrer denn gepredigt hatte. Und er begann in drei Schränken, die noch von seiner verstorbenen Mutter stammten, nach dem Buch über Epikur zu suchen. Von seiner Kindheit her wußte er, daß es da sein mußte.
Mit äußerstem Widerwillen und betont langsamen Bewegungen begann Innokentij, die alten Schränke auszuräumen. Er mußte sich bücken, Schweres schleppen, und Staub stieg ihm in die Nase. Das alles war ungewohnt für ihn, und er wurde müde. Dann nahm er sich zusammen. Schließlich drang ihm aus den Tiefen dieser alten Schränke mit ihrem eigentümlich abgestandenen Geruch ein belebender Hauch entgegen. So entdeckte er das Buch über Epikur und las es flüchtig, allerdings ohne das zu finden, was für ihn wichtig war. Das Wichtigste entdeckte er erst in den Briefen und Tagebüchern seiner verstorbenen Mutter, die er niemals verstanden und an die er nur in der Kindheit eine Bindung gefühlt hatte. Sogar ihr Tod hatte ihn kaum berührt, so wenig, daß er nicht einmal aus Beirut zur Beerdigung gekommen war.
Silberne, an der Stuckdecke angebrachte Jagdhörner, das Lied ›Fliegt hoch als Flamme, blaue Nächte‹, diese ersten Eindrücke seiner frühen Kinderjahre verbanden sich für Innokentij mit dem Bild des Vaters. An den Vater selbst hatte Innokentij keine Erinnerung. Er war im Jahre 1921 im Gouvernement Tambow gefallen. Doch alle, die ihn gekannt hatten, hörten nicht auf, dem Sohn von dem Vater zu erzählen, von dem berühmten und vielgepriesenen Matrosen-Anführer des Bürgerkrieges. Da er von allen Seiten immer wieder diese Lobeshymnen hörte, gewöhnte sich Innokentij daran, stolz auf seinen Vater zu sein, auf seinen Kampf für das einfache Volk und gegen die Reichen, die im Luxus versumpften. Dafür verhielt er sich seiner zärtlichen, stets an irgend etwas leidenden, über irgend etwas betrübten, immer mit Büchern und Wärmflaschen umgebenen Mutter gegenüber fast herablassend – wie das so oft bei Söhnen ist, die gar nicht darüber nachdenken, daß eine Mutter neben ihrem Kind und dessen Bedürfnissen auch noch ein eigenes Leben hat, daß sie unter Krankheiten leidet und daß sie plötzlich mit siebenundvierzig Jahren sterben kann.
Seine Eltern hatten nur selten, fast nie, zusammen leben können. Und auch darüber hatte Innokentij als Junge nie nachgedacht, nie war es ihm auch nur in den Sinn gekommen, seine Mutter danach zu fragen.
Erst jetzt, als er die Briefe und Tagebücher der Mutter las, tat sich ihr

Leben vor ihm auf. Ihre Heirat war keine Heirat, sondern irgendein wirbelwindartiges Ereignis gewesen, wie alles in jenen Jahren. Unerwartete Umstände führten sie zusammen, ähnliche Umstände gestatteten es ihnen nicht, sich viel zu sehen, und wiederum waren es die Verhältnisse, durch die sie getrennt wurden. Die Mutter erschien ihm nach diesen Tagebüchern nicht einfach als eine Ergänzung des Vaters, wie Innokentij es immer als selbstverständlich betrachtet hatte. Sie war eine Welt für sich. Jetzt erfuhr Innokentij auch, daß seine Mutter ihr ganzes Leben lang einen anderen Menschen geliebt hatte, ohne daß es für sie eine Erfüllung gegeben hätte.
In den Schränken lagen auch viele, von zarten bunten Bändchen zusammengehaltene Bündel mit Briefen. Briefe von Freundinnen und Freunden der Mutter, von Schauspielern, Künstlern und Schriftstellern – längst vergessene oder nur noch abfällig erwähnte Namen. Die alten, in blaues Saffianleder gebundenen Hefte enthielten tägliche Eintragungen der Mutter in Russisch und Französisch. Es war eine sonderbare Handschrift, so, als ob ein verwundetes Vögelchen über die Seiten gehüpft wäre und mit seinem Schnabel seine bizarren unsicheren Spuren hingepickt hätte. Über viele Seiten zogen sich die Erinnerungen an literarische Abende, an Theateraufführungen. Es war geradezu herzergreifend zu lesen, wie die Mutter begeistert inmitten anderer Mädchen, die ebenso wie sie vor Freude weinten, in einer weißen Juninacht auf dem Petersburger Bahnhof das Ensemble des Künstlertheaters gefeiert hatte. Auf jeder dieser Seiten meinte Innokentij den frischen Hauch reiner Kunstbegeisterung zu spüren. Heute kannte er keine einzige Theatertruppe, ja, er konnte sich keine vorstellen, für die sich jemand eine Nacht um die Ohren schlagen würde. Heute bemühten sich nur die von der Kulturabteilung eingeteilten Funktionäre zum Bahnhof, um dort ihre – über die Buchhaltung verrechneten – Blumensträuße zu überreichen. Und schon gar nicht würde es jemandem einfallen, dabei zu weinen.
Die Tagebücher führten ihn immer weiter fort. Es gab ein paar Seiten ›Ethische Notizen‹.
»Mitleid, die erste Regung einer guten Seele«, las er.
Innokentij krauste die Stirn. Mitleid? Ein peinliches und erniedrigendes Gefühl für den, der es empfindet, und für den, dem es gilt. So hatte er es in der Schule gelernt.
»Glaube niemals, daß du mehr Recht hast als andere. Achte fremde Meinungen, auch wenn sie der deinen entgegenstehen.«
Auch das war ziemlich altmodisch. Wenn man überzeugt ist, die richtige Weltanschauung zu haben – wie soll man dann die achten, die sie bekämpfen?

Es schien dem Sohn, als höre er deutlich die brüchige Stimme der Mutter:

»Was ist das Wichtigste auf der Welt? Das Bewußtsein, daß du an keinen Ungerechtigkeiten teilhast. Sie sind stärker als du, es gab sie immer und wird sie immer geben, aber du sollst dabei nicht mitwirken.«

Ja, Mama war schwach, man konnte sich Mama nicht kämpfend vorstellen, sie nicht einmal mit einem Kampf in Zusammenhang bringen.

Hätte Innokentij vor sechs Jahren diese Tagebücher entdeckt, so wären ihm diese Zeilen wohl nicht aufgefallen. Jetzt las er sie sorgfältig und mit Staunen. Es stand im Grunde nichts Geheimnisvolles darin, manches war sogar einfach falsch, aber er staunte. Auch die Worte selbst waren oft altmodisch, Mama und ihre Freundinnen schrieben ganz ernsthaft mit großen Buchstaben: WAHRHEIT, Das GUTE und SCHÖNE, Das GUTE und Das BÖSE – der ethische Imperativ. Die Sprache Innokentijs und die seiner Welt war konkreter und darum verständlicher: Ideengut, Menschlichkeit, Ergebenheit, Zielstrebigkeit.

Innokentij war ideologie-bewußt, humanitär, der Sache ergeben und auch zielstrebig, wobei die Zielstrebigkeit von all seinen Altersgenossen am meisten geschätzt und gepflegt wurde, und dennoch spürte er jetzt, als er auf dem niedrigen Bänkchen vor den Schränken saß, daß er etwas von dem gefunden hatte, was ihm fehlte.

Auch Fotoalben gab es und darin die exakte Klarheit alter Fotografien. Viele Theaterprogramme aus Petersburg und Moskau waren sorgfältig gebündelt, ebenso die täglich erscheinende Theaterzeitung ›Der Zuschauer‹ und der ›Bote der Kinematographie‹. Gab es das schon damals? Und Stöße, viele Stöße der verschiedensten Zeitschriften. Allein schon die Namen stachen bunt ins Auge: ›Apollon‹, ›Das Goldene Vlies‹, ›Die Waage‹, ›Welt der Kunst‹, ›Sonne Rußlands‹, ›Erwachen‹, ›Pegasus‹. Reproduktionen unbekannter Bilder und Skulpturen – und nichts davon in der Tretjakow-Galerie! Theaterdekorationen. Gedichte unbekannter Dichter. Unzählige Verlagsprospekte in den Zeitschriften, mit Hunderten von Namen europäischer Schriftsteller, die Innokentij nie gehört hatte. Und nicht nur Schriftsteller! Es gab dort unzählige Verlage, heute unbekannt, wie im Tartarus verschwunden. ›Greif‹, ›Heckenrose‹, ›Skorpion‹, ›Musaget‹, ›Alziona‹, ›Alarm‹, ›Logos‹, ›Prometheus‹, ›Gemeinnutz‹.

Mehrere Tage saß Innokentij so auf dem Bänkchen vor den geöffneten Schränken und infizierte sich an dieser Luft, an dieser kleinen Welt seiner Mutter, in die irgendwann sein Vater eingebrochen war, gegürtet mit Granaten, in schwarzem Ölzeug, den Hausdurchsuchungsbefehl in der Tasche.

Und nun wollte ihn Dotnara auf irgendeine Party schleppen. Innokentij sah sie verständnislos an, dann sammelte er seine Gedanken und stellte sich den aufgeblasenen Rummel vor, wie sie alle so völlig einer Meinung sein würden, wie sie beflissen aufspringen würden beim ersten Toast auf den Genossen Stalin, wie sie dann viel essen und trinken würden – nun schon ohne Stalin – und wie sie dann Karten spielen würden, dumm, leer.

Aus unendlichen Fernen kehrte er zu Dottis Frage zurück und bat sie, allein zu fahren.

Dotnara erschien es höchst merkwürdig, daß er das Wühlen in alten Schwarten einer lebendigen Abendgesellschaft vorzog. All diese Funde in den Schränken, verbunden mit unklaren, nie ganz verblaßten Kindheitserinnerungen, sprachen lebendig zu Innokentij, seiner Frau aber hatten sie nichts zu sagen.

Erst aus dem Grabe hatte die Mutter erreicht, was sie immer wollte, sie hatte den Sohn von seiner Frau getrennt.

Innokentij glaubte, seine Mutter zu begreifen, und er verstand sie so: Wie man den Gehalt einer Speise nicht nur in Kalorien ausdrücken kann, so darf man auch die Wirklichkeit des Lebens nicht in große und hochtrabende Formeln pressen.

Damit hatte Innokentij einen ersten Schritt getan und mußte nun den Weg weitergehen. Faul und träge geworden, hatte er sich in den letzten Jahren nicht mehr fortgebildet. Sein elegantes Französisch, dem er seine Karriere verdankte, hatte er bereits als kleiner Junge von der Mutter gelernt. Jetzt begann er wieder mehr zu lesen.

Dabei zeigte sich, daß nicht einmal das Lesen einfach war. Lesen bedeutet nicht nur, den Blick über die Zeilen gleiten lassen. Von Jugend an hatte man ihn von falschen, verbotenen Büchern ferngehalten. Er durfte nur das amtlich für richtig Befundene lesen und gewöhnte sich daran, jedes Wort zu glauben, sich ganz den Vorstellungen des Autors zu unterwerfen. Darum war er jetzt bei der Lektüre sich widersprechender Autoren zunächst noch ratlos. Er war gezwungen, erst dem einen, dann dem zweiten und schließlich auch noch dem dritten zu folgen.

Nachdem Innokentij nach Paris versetzt worden war, arbeitete er im sozialökonomischen Komitee der UNO, hatte dort viel Zeit und las eine Menge. Manchmal hatte er dann auch das Gefühl, sein eigener Steuermann zu sein.

Nicht daß er in diesen Jahren besonders viel Klarheit über sich gewonnen hätte – aber etwas war es doch.

Lange hatte er geglaubt, es gäbe nur ein *Leben*. Als jetzt das neue Gefühl in ihm reifte, erkannte er für sich und die Welt ein anderes Gesetz:

Es gibt auch nur ein *Gewissen.* Und so wie es unmöglich war, ein verschenktes Leben zurückzugewinnen, so unwiederbringlich mußte auch ein verlorenes Gewissen sein.
Gerade so weit war Innokentij mit seinen Gedanken und Erkenntnissen gelangt, als er wenige Tage vor seiner erneuten Abreise nach Paris unglücklicherweise von der Provokation erfuhr, die dem arglosen Dobroumow drohte. Er war erfahren genug, um gleich zu wissen, daß es hier nicht nur um den Professor ging. Er sah bereits den ganzen Rattenschwanz weiterer Aktionen. Aber allein schon Dobroumow war ihm wegen der Erinnerungen an seine Mutter teuer genug.
Viele Stunden war Innokentij wie benommen in seinem Arbeitszimmer umhergewandert. Der Kollege, mit dem er sein Büro teilte, befand sich auf einer Dienstreise. Er hatte sich geschüttelt und sich immer wieder an den Kopf gegriffen. Endlich hatte er sich dann entschlossen, doch anzurufen. Dabei wußte er, daß das Telefon Dobroumows möglicherweise schon überwacht wurde und daß es nur wenige Personen im Ministerium gab, die eingeweiht worden waren.
All das schien ihm lange her zu sein, und doch war es erst gestern gewesen.
Den ganzen heutigen Tag hatte Innokentij in beträchtlicher Verwirrung außerhalb des Hauses verbracht. Er fürchtete die Verhaftung. In diesen vierundzwanzig Stunden empfand er alles durcheinander – wütenden Ärger, elende Angst, sture Gleichgültigkeit nach dem Motto »Es komme, was da wolle« und dann doch wieder Angst. Noch gestern hatte er nicht damit gerechnet, daß er sich so aufregen würde, hatte nicht angenommen, daß er sich so fürchten könnte.
Jetzt trug ihn die Taxe über die hellerleuchtete Kaluga-Pforte. Der Schnee fiel in dicken Flocken, und der Scheibenwischer glitt emsig über die Windschutzscheibe.
Er dachte an Dotti. Die Entfremdung war im vergangenen Frühjahr so weit vorangeschritten, daß er es zuwege gebracht hatte, sie nicht mit nach Rom zu nehmen. Dafür erfuhr er dann im August bei seiner Rückkehr, daß sie nicht mehr ihm allein gehörte, daß ein Generalstabsoffizier der Dritte im Bund war. Mit eigensinniger weiblicher Selbstsicherheit versuchte sie nicht einmal, den Ehebruch zu leugnen, sondern gab Innokentij die ganze Schuld. Er habe sie ja allein gelassen!
Innokentij verspürte keinen Schmerz über diesen Verlust. Eher eine Art Erleichterung. Er rächte sich nicht, war nicht eifersüchtig, sondern hörte einfach auf, ihr Zimmer zu betreten. Nun waren es schon vier Monate, daß er ihr seine Verachtung zeigte und sie mied. Von einer Scheidung konnte natürlich keine Rede sein; das wäre das Ende seiner Diplomaten-Karriere gewesen.
Jetzt in diesen Tagen vor seiner Abreise – oder vor seiner Verhaftung –

wollte er großzügig und nachgiebig sein. Er verdrängte die schlechten Erinnerungen an Dotti und konzentrierte sich auf die guten.
Wenn man ihn verhaften würde, hätte sie ohnehin genug zu befürchten und zu leiden – seinetwegen.
Zu seiner Rechten hinter dem Gitterzaun des Neskutschnyj-Gartens sah er die schwarzen Baumstämme und Zweige unter ihrer weißen Schneelast. Der dicht fallende Schnee brachte Beruhigung und Vergessen.

56

Die Abendgesellschaft

Die Wohnung des Staatsanwalts erweckte den Neid des gesamten Treppenhauses Nr. 2; aber der Familie Makarygin erschien sie zu eng. Da es eigentlich zwei benachbarte Wohnungen waren, deren Trennwand man durchbrochen hatte, besaßen die Makarygins auch zwei Eingänge, von denen der eine allerdings vernagelt war, zwei Bäder, zwei Toiletten, zwei Garderoben, zwei Küchen und fünf Zimmer. Im größten Zimmer wurde gerade das Abendessen aufgetragen.
Die Gesellschaft bestand alles in allem aus etwa fünfundzwanzig Personen. Zwei baschkirische Dienstmädchen, von denen das eine für diesen Abend von Nachbarn ausgeliehen worden war, trugen die Speisen auf. Beide waren fast noch Kinder. Sie stammten aus demselben Dorf und hatten im vergangenen Sommer in Tschekmagusch dieselbe Zehn-Klassen-Schule beendet.
Die Gesichter der Mädchen glänzten vor Eifer und Küchendunst, beide nahmen ihre Sache ernst und gaben sich Mühe. Die Frau des Staatsanwalts, hochgewachsen und füllig zugleich, obwohl noch keineswegs alt, überwachte die Handreichungen der Mädchen mit Wohlwollen.
Die erste, bereits verstorbene Frau des Staatsanwalts hatte zusammen mit ihrem Mann den Bürgerkrieg mitgemacht. Sie war eine gute Maschinengewehr-Schützin, trug eine Lederjacke und richtete sich immer nach den letzten Parteibeschlüssen. Nie aber wäre sie in der Lage gewesen, dem Haushalt Makarygins sein heutiges luxuriöses Gepräge zu geben, und keiner hätte sagen können, welchen Verlauf die Dinge genommen hätten, wäre sie nicht bei der Geburt von Klara gestorben.
Alewtina Nikanorowna, die jetzige Frau Makarygins, wußte freilich ganz genau, daß ein gutes Familienleben ohne gute Küche undenkbar ist, daß Teppiche und Tischtücher ein untrügliches Zeichen des Wohlstandes sind und Kristall das passende Dekor für ein Festessen. Ihr

Kristall hatte sie im Laufe vieler Jahre zusammengetragen. Natürlich nicht das heute angefertigte, das krumm und schief durch das Fließband gleichgültiger Hände gelaufen war und jeden Funken wahrer Meisterschaft vermissen ließ. Sie sammelte nur altes Kristall, Kristall, das in den zwanziger oder dreißiger Jahren durch Gerichtsurteil konfisziert worden war und später in besonderen, nur den Mitarbeitern der Justiz zugänglichen Läden verkauft wurde. Herrliches Kristall! Jede Vase und jede Schale verriet die Individualität ihres Schöpfers. Besonders gut aufgefüllt hatte sie ihre Bestände in Lettland. Der Staatsanwalt hatte während zweier Nachkriegsjahre in Riga gelebt und sie mit ihm. In Kommissionsläden und auch anderswo hatte man sich vieles anschaffen können – Möbel, Geschirr und sogar einzelne silberne Löffel.

Heute nun stand das edle Kristall im grellsten Licht auf zwei großen Tischen und versprühte vielfarbene Funken aus seinen feingeschliffenen Facetten und Kanten. Tiefrot glühte der ›Goldene‹, der Rubin, braunrot der ›Kupferne‹ und rot mit einem Hauch von gelb durchwirkt der ›Selenfarbene‹. Daneben ein doppeltes Grün, das dämmerdichte ›Chromschimmrige‹ und das ›Kadmiumartige‹ mit seinem Goldton. Neben dem ›Kobaltblauen‹ das ›milchig-weiß Gedämpfte‹. Und weiter: irisierendes Kristall, in allen Regenbogenfarben schillernd, Kristall mit Elfenbein verarbeitet, doppelhalsige Karaffen mit kugelförmig geschliffenen Stöpseln, glatte Vasen, Pokale und Gläschen aus Bleikristall. Über dem Gedränge des Aufgetischten thronten dreietagige Tafelaufsätze mit Obst, Nüssen und Konfekt. All dies war bunt zusammengewürfelt: Keine Farbe, kein Stempel wiederholte sich mehr als sechs- oder zwölfmal.

Am Tisch der Älteren leuchtete inmitten dieses Glanzes auch noch der Anlaß der Festlichkeit, der neue Orden des Staatsanwalts, umgeben von den bereits etwas verblaßten älteren Dekorationen, die er zur Feier des Tages ebenfalls angelegt hatte.

Der Tisch für die Jugend nahm die ganze Länge des Raumes ein. Da beide Tische im rechten Winkel zueinander standen, konnte keineswegs jeder jeden sehen oder gar hören. Das Gespräch floß zunächst auseinander, um sich dann aber doch wieder zu einem allgemein fröhlichen und zuversichtlich anschwellenden Stimmengewirr zusammenzufinden – hier und da schrill durchbrochen vom Klingen der Gläser oder von jugendlichem Lachen.

Die harmonischen Trinksprüche waren längst verklungen, der Toast auf den Genossen Stalin, auf die Mitarbeiter der Rechtsprechung sowie auf den Hausherrn – denn dieser Orden sollte nicht sein letzter sein. Gegen halb elf hatte man schon etliches an Speisen hinter sich gebracht: Salziges und Salzigsüßes, Scharfes, Saures, Geräuchertes, Mageres, Fettes,

Gefrorenes und Vitaminreiches. Viele dieser Speisen waren des Lobes wert. Dennoch aß man nicht mit jenem absoluten Genuß und jener vollständigen Konzentration, die jeder für sich allein gezeigt hätte. Das ist aber das ewige Übel aller feierlichen Einladungen. Die Speisen exzellent und überreichlich, die Gäste aber so eng plaziert, daß sie sich gegenseitig behindern. Zudem sitzt man ohnehin nicht nur da, um zu essen, sondern um sich geistreich zu unterhalten, und auch das bringt zwangsläufig eine gewisse Mißachtung oder Vernachlässigung der Delikatessen mit sich.
Schtschagow allerdings, ausgehungert in vielen Mensa-Jahren, und zwei Kommilitoninnen von Klara widmeten sich den Schüsseln mit größter Eindringlichkeit, wenngleich auch sie sich um den Anschein der Gleichgültigkeit bemühten. Geradezu gierig aß nur eine schlichte Jugendfreundin der Hausfrau, die neben ihr saß und von ihr etwas herablassend betreut wurde. Diese Freundin, verheiratet mit einem Partei-Instrukteur im entfernten Saretschenskij-Rayon, hatte Pech gehabt. An der Seite ihres einfältigen Mannes war es ihr nicht gelungen, in die bessere Gesellschaft aufzusteigen. Jetzt war sie in Moskau, um Einkäufe zu machen. Einerseits paßte es der Hausfrau durchaus, daß ihre Freundin buchstäblich von jedem Gericht probierte, daß sie voll des Lobes war, nach den Rezepten fragte und sich unverhüllt entzückt zeigte von den Verhältnissen, in denen der Staatsanwalt lebte. Andererseits genierte sich Alewtina Nikanorowna ihretwegen vor dem unerwartet erschienenen Generalmajor Slowuta. Eigentlich war sie ja kaum noch ihre Freundin! Ebenso peinlich war ihr die Anwesenheit von Duschan Radowić, einem alten Bekannten des Staatsanwalts, der aber im Grunde genommen auch schon kein Freund mehr war. Beide waren eingeladen worden, weil man erst an eine Art Familienfeier gedacht hatte. Nun würde Slowuta möglicherweise annehmen, daß die Makarygins mit Pack verkehrten. So pflegte nämlich Alewtina Nikanorowna all die zu nennen, die im Leben keinen Erfolg hatten und wenig verdienten. Jetzt war ihr der Abend verdorben. Sie setzte ihre Freundin und Slowuta weit auseinander und veranlaßte letztere, leiser zu sprechen.
Dotnara, die mit halbem Ohr einiges mitbekommen hatte, setzte sich nun hinüber, denn das Thema Dienstboten interessierte sie. Ihrer Ansicht nach hatte man die Leute viel zu früh aus der Leibeigenschaft entlassen und aufgeklärt. Jetzt wollte keiner mehr dem anderen beim Kochen, Abwaschen und Saubermachen helfen. Aber dort im Saretschenskij-Rayon hatte man alles ganz gut arrangiert, nämlich so: Man half einem Bauernmädchen, aus ihrer Kolchose herauszukommen. Dafür verpflichtete sie sich, zwei Jahre im Haushalt zu arbeiten. Nach Ablauf dieser Zeit besorgte man ihr einen Paß, mit dem sie dann in die Stadt ziehen konnte. Auf der Epidemiestation wiederum wurden zwei Sanitäte-

rinnen bezahlt, die als solche überhaupt nicht existierten. Für dieses Gehalt arbeiteten zwei Mädchen als Hausgehilfinnen beim Leiter der Station sowie beim Leiter des Kreisgesundheitsamtes. Dotnara zog ihre glatte Stirn kraus. Ja, in der Provinz war alles viel einfacher, aber wie brachte man so etwas in Moskau zuwege?

Dinera, schwarzhaarig, resolut und schnell – sie führte selten einen Gedanken zu Ende und ließ auch andere nicht ausreden –, Dinera hingegen langweilte sich am Tisch der Honoratioren und gesellte sich zur Jugend hinüber. Sie war ganz in Schwarz gekleidet. Die lackiert wirkende Import-Seide umschloß ihren Körper wie eine glänzende Haut, aus der bloß ihre alabasterweißen Arme vom Ellbogen an herausragten.

Mit der einen Hand winkte sie schon von weitem Lanskij zu.

»Aljoscha! Ich komme zu Ihnen. ›Unvergeßliches Neunzehn . . .‹«

Mit dem gleichmäßigen Lächeln, das er für alle übrig hatte, antwortete Lanskij:

»Gestern.«

»Und wo waren Sie bei der Premiere? Ich habe Sie mit dem Opernglas gesucht, wollte Sie auf frischer Tat ertappen.«

Lanskij, der neben Klara saß, weil er von ihr heute eine wichtige Antwort zu erhalten hoffte, bereitete sich innerlich schon, wenn auch ohne große Begeisterung, auf einen Streit mit Dinera vor. Der Versuch, sich ihr zu entziehen, wäre ohnehin vergeblich gewesen. Schon häufig, in literarischen Zirkeln, in Redaktionsräumen oder im Restaurant des ›Hauses der Schriftsteller‹ hatten sie Wortgefechte geführt. Dinera, die weder in der literarischen Welt noch in der Parteimaschinerie einen Posten hatte und somit unabhängig war, fiel stets wagemutig – wenngleich im bewußten Rahmen – über Dramaturgen, Bühnenbildner und Regisseure her. Dabei schonte sie auch nicht ihren eigenen Mann, Nikolai Galachow. Die Kühnheit ihres Urteils entsprach durchaus der Gewagtheit ihrer Kleidung und der Verwegenheit ihres allgemein bekannten Lebenswandels. All das paßte aber gut zu ihr und belebte in erfreulicher Weise die schalen Ansichten der Leute, deren Ideen sich immer nach der Stellung richteten, die sie im Literaturbetrieb einnahmen. Auch die Literaturkritik verschonte Dinera nicht – und schon gar nicht die Artikel von Aljoscha Lanskij. Lanskij hingegen, immer geduldig und immer lächelnd, wurde nicht müde, ihr einige anarchistische Fehler und kleinbürgerliche Entgleisungen vorzuhalten. Diese etwas scherzhafte Freund-Feindschaft mit Dinera pflegte Lanskij allein schon deshalb, weil sein Schicksal als Literat ganz und gar von Galachow abhing.

›Unvergeßliches 1919‹ war ein Stück von Wischnewskij über das revolutionäre Petrograd und die Matrosen der Baltischen Flotte. Das sollte es wenigstens sein! Tatsächlich aber handelte es nur von Stalin und davon, wie er Petrograd, die Revolution und ganz Rußland gerettet hatte. Nach diesem Stück, das auf den siebzigsten Geburtstag des Großen Vaters und Lehrers zugeschrieben war, hatte sich auch Lenin nur mit Stalins Rat und Hilfe der Situation gewachsen gezeigt.

»Sie verstehen«, sagte Dinera träumerisch, während sie sich auf den Platz neben Lanskij setzte, den man ihr angeboten hatte, »in jedem Theaterstück muß es einen scharfsinnigen Einfall, irgendeine Verwegenheit, einen Effekt geben. Erinnern Sie sich an die ›Optimistische Tragödie‹ desselben Autors, an den Chor der zwei Matrosen, an die Frage ›Fließt nicht zuviel Blut in der Tragödie?‹ und die Antwort darauf ›Nicht mehr als bei Shakespeare!‹ Das ist originell. Und dann geht man in das nächste Stück Wischnewskijs, und was erlebt man? Eine durch und durch realistische Angelegenheit, ein beeindruckendes Portrait des Führers, historische Glaubwürdigkeit und ... und ... das ist auch alles.«

»Wie bitte?« fragte streng der junge Mann, der Dinera den Platz angeboten hatte. In seinem Knopfloch hing ein wenig schief und nachlässig die Plakette des Leninordens. »Genügt Ihnen das nicht? Ich habe nirgends ein so beeindruckendes Bild von Jossif Wissarionowitsch Stalin gefunden. Viele im Zuschauerraum haben geweint.«

»Ich selbst hatte Tränen in den Augen«, wies ihn Dinera zurück. »Das meine ich aber nicht.« Zu Lanskij gewandt fuhr sie fort: »In dem Stück gibt es überhaupt keine Namen! Es treten drei anonyme Parteisekretäre, sieben Kommandeure, vier Kommissare auf – und dann dieses merkwürdige Protokoll. Dazu noch die unvermeidlichen Matrosenbrüder, die ewig weitergereicht werden – von Belozerkowskij zu Lawrjonow, von Lawrjonow zu Wischnewskij, von Wischnewskij zu Soboljew.« Dinera begleitete jeden Namen mit einer entsprechenden Kopfbewegung und kniff dabei die Augen zusammen. »Man weiß schon im voraus, wer gut ist und wer böse, und wie es enden wird.«

»Und warum gefällt Ihnen das nicht?« verwunderte sich Lanskij. »Wozu brauchen Sie unbedingt diese verlogene, äußerliche Spannung! Wie sieht es denn im Leben aus? Haben denn unsere Väter am Ausgang des Bürgerkrieges gezweifelt? Oder haben wir je, auch als der Feind in den Moskauer Vorstädten stand, ein anderes Ende des Vaterländischen Krieges erwartet?«

»Zweifelt etwa ein Dramatiker daran, daß sein Stück angenommen wird? Erklären Sie mir doch, Aljoscha, warum bei uns nie ein Stück bei der Premiere durchfällt? Dieses Damoklesschwert, eine danebengegangene Premiere, warum hängt es nicht auch über unseren Dramatikern? Ich schwöre es Ihnen, einmal werde ich mich nicht mehr beherrschen können. Ich werde zwei Finger in den Mund stecken und wie verrückt pfeifen.«

Sie führte sehr anmutig vor, wie man das macht, obwohl es sonnenklar war, daß man so gar nicht pfeifen konnte.
Der junge Mann neben ihr, der sehr bedeutend tat, schenkte ihr Wein ein, aber sie trank nicht.
Lanskij ließ sich nicht in Verlegenheit bringen. »Ich werde Ihnen erklären, warum bei uns Theaterstücke nie durchfallen und auch nie durchfallen können. Einfach darum, weil zwischen Dramatiker und Publikum sowohl im Künstlerischen wie auch im Weltanschaulichen eine solche Übereinstimmung herrscht.«
»Na, na, Aljoscha.« Dinera verzog ihr Gesicht. »Sparen Sie sich das für Ihre Artikel auf. Die Platte kenne ich. Daß das Volk an Ihren persönlichen Ansichten nicht interessiert sei, daß Sie als Kritiker nur die Wahrheit ausdrücken dürfen, und die sei unteilbar.«
»Natürlich.« Lanskij lächelte ruhig. »Die Pflicht des Kritikers ist es, nicht einfach seinen Gefühlsregungen nachzugeben. Man muß seine Gefühle mit den allgemeinen Aufgaben in Einklang bringen.«
Er fuhr fort zu reden und versäumte dabei nicht, hin und wieder auch Klara anzusehen. Unter dem Tellerrand berührte er mit seinen Fingerspitzen die ihren. Sie sollte merken, daß er – auch im Gespräch – mit seinen Gedanken bei ihr sei und auf ihre Antwort warte.
Klara war nicht eifersüchtig auf Dinera – denn Dinera hatte Lanskij vor allem Klaras wegen bei den Makarygins eingeführt. Sie ärgerte sich bloß über dieses literarische Geschwätz, durch das Aljoscha ihr entzogen wurde. Außerdem sah sie, wie Dinera mit ihren schneeweißen Armen spielte, und sie bedauerte, selbst lange Ärmel zu tragen. Denn auch sie hatte schöne Arme.
Im ganzen aber war sie heute mit ihrem Aussehen zufrieden. Der leichte Ärger konnte ihre ungewöhnliche, gar nicht zu ihr passende Fröhlichkeit kaum stören. Sie hatte es sich gar nicht vorgenommen, es war so über sie gekommen, sie war heute einfach froh. Ein ungewöhnlicher Tag endete mit einem ungewöhnlichen Abend. Am Morgen, vielleicht war es auch schon unendlich lange her, hatte sie jenes wundervolle, lebhafte Gespräch mit Rostislaw gehabt. Und dann sein poetischer Kuß. Und das Körbchen für den Weihnachtsbaum! Atemlos war sie zu Hause angekommen, wo alles schon zum Abend bereitstand. Im Grunde war es ihr Fest. Voller Genuß schlüpfte sie in das neue grüne Kleid mit dem glänzenden Besatz aus Seidensatin und erbot sich, die Begrüßung der Gäste zu übernehmen. Mit ihren vierundzwanzig Jahren war sie kein ganz junges Mädchen mehr, als sich ihr Charakter jetzt zum zweitenmal zu entfalten begann. Ihre Zeit war gekommen, jetzt und nur jetzt. Sie hatte Rostislaw heute morgen ganz spontan versprochen, auf ihn zu warten. Aber hatte sie, die sonst Berührungen immer sorgfältig zu vermeiden

wußte, hatte sie nicht auch heute abend bei der Begrüßung ihre Hand Aljoscha länger als üblich überlassen? Ihre Beziehungen waren seit einem Monat kühler geworden, und doch hatte Aljoscha vorhin, ohne ihre Hand loszulassen, gesagt:

»Klara! Denk von mir, was du willst, aber ich habe für den Silvesterabend zwei Plätze in der ›Aurora‹ bestellt. Wollen wir zusammen hingehen? Ich weiß, es ist nicht unser Stil, aber nur so zum Spaß – gehen wir?«

Sie brachte es nicht fertig, nein zu sagen. Und überhaupt, ehe sie noch antworten konnte, erschien der dicke Shenka und verlangte nach irgendeiner Schallplatte. Von da an waren Klara und Aljoscha keinen Augenblick mehr allein gewesen, aber das Gefühl, daß das Gespräch sich fortsetzen würde, verlor sich niemals.

Shenka, ein früherer Kommilitone in der Hochschule für das Nachrichtenwesen, und die anderen Mädchen fühlten sich hier noch ganz als Studenten, und sie betrugen sich ohne Rücksicht auf die hochgestellten Gäste völlig ungezwungen. Shenka goß sich unentwegt Wein ein und riß so lange Witze, bis seine Nachbarin, über und über rot, losprustete und mit dem Schrei »Ich kann nicht mehr« vom Tisch aufspringen wollte. Ein junger Leutnant des Sicherheitsdienstes, ein Neffe der Hausfrau, hielt sie zurück und klopfte ihr beruhigend auf den Rücken. Da er die grüne Paspelierung trug, nannten ihn alle den ›Grenzpolizisten‹, obwohl er in Moskau wohnte und lediglich in Zügen Ausweise zu kontrollieren hatte.

Auch Schtschagow war an den Tisch der Jungen geraten und saß nun neben seiner Lisa. Er legte ihr höflich irgend etwas vor, sprach dies und jenes, aber er tat es mechanisch, ohne Anteilnahme. Ihm ging vielmehr durch den Kopf, was um ihn herum passierte. Mit gleichmäßig liebenswürdigem Gesichtsausdruck beobachtete er die anderen. Er sah, wie die einen sich spreizten und zur Schau stellten und wie die anderen es sich ruhig gefallen ließen, ja, daraus sogar einen Nutzen zogen. Er sah die geflochtenen Achselstücke der Juristen im Generalsrang, die Palmenstickereien des Diplomaten und die nachlässig im Rockaufschlag seines jungen Nachbarn befestigte Plakette des Lenin-Ordens. Und in dieser Gesellschaft hatte er mit seinen paar bescheidenen Auszeichnungen auffallen wollen – wie töricht. Schtschagow sah nicht einen einzigen Frontkämpfer, keinen einzigen seiner Brüder, mit denen er sich durch die Schneisen der Minenfelder gearbeitet hatte, keinen Bruder, mit dem er die eklige, kleine, müde Feigheit, bisweilen hochtrabend Angriff genannt, auf zerfurchtem Acker geschmeckt hatte. Zu Beginn des Abends hatte er sich noch die Gesichter einiger Gefährten vorgestellt, die getötet worden waren, durch den Strick unter einem Scheunendach oder durch

eine Kugel auf dem Sturmboot. Manchmal war ihm sogar danach zumute, das Tischtuch herunterzureißen und laut zu schreien: »Ihr Arschlöcher! Wo wart ihr damals?«
Die Stunden verstrichen. Schtschagow trank mit Genuß. Noch war er nicht betrunken, aber er näherte sich bereits dem Zustand einer gewissen Schwerelosigkeit. Er hatte das Gefühl, nicht mehr mit dem ganzen Gewicht seines Körpers am Boden zu haften. Und je mehr der Fußboden nachzugeben schien, gefügiger wurde, um so annehmbarer erschien ihm auch die ihn warm und hell umgebende Wirklichkeit. Sie stieß ihn nicht mehr zurück. Es fiel ihm leicht, sich in ihr zu bewegen – mit seinen Gedanken, mit seinem vernarbten Körper, seinem trockenen Magen.
War seine Einteilung der Menschen in ›Soldaten‹ und ›Nichtsoldaten‹ nicht schon längst veraltet? Genierte man sich nicht fast schon, die an der Front erkämpften Orden, die einst so teuer waren und so geglänzt hatten, überhaupt noch zu tragen? Man konnte doch nicht jeden mit der Frage »Und wo warst du damals?« überfallen. Es war unmöglich, heute noch herauszufinden, wer gekämpft und wer sich versteckt hatte. Alles hatte sich schon zu sehr vermengt. Es gibt ein Gesetz des Zeitablaufs, ein Gesetz des Vergessens. Den Toten der Ruhm, das Leben den Lebenden!
Er allein kannte hier den Preis, der für den Wohlstand gezahlt worden war, und er allein hatte ihn auch wirklich verdient. Es war zwar sein erster Schritt in diese Welt, und trotzdem gab es für ihn kaum noch ein Zurück. Schtschagow sah sich im Zimmer um und dachte plötzlich: »Das ist meine Zukunft. Ja, meine Zukunft.«
Schtschagows junger Nachbar mit dem kleinen Ordensschildchen, der blau-gelben Krawatte und dem hellen, glattgebürsteten Haar betrachtete seine Umgebung mit geteilter Aufmerksamkeit. Er war erst vierundzwanzig, bemühte sich aber, wie mindestens dreißig zu erscheinen. Seine Hände bewegte er nur sehr sparsam, seine Mundwinkel waren würdig herabgezogen. Ungeachtet seiner Jugend war er bereits einer der geschätzten Referenten im Empfangsraum des Obersten Sowjets. Er hatte längst gemerkt, daß die Frau des Staatsanwalts davon träumte, ihn mit Klara zu verheiraten. Aber Klara erschien ihm für seine Karriere noch nicht das Richtige zu sein. Überhaupt wollte er sich mit dem Heiraten Zeit lassen. Dinera – das war etwas anderes. Sie strahlte dieses gewisse Etwas aus, so daß er sich neben ihr wie ein Kalb vorkam und dieses Gefühl auch noch als angenehm empfand. Es hätte ihn in seinen eigenen Augen schon sehr gehoben, mit der Frau eines so berühmten Schriftstellers auch nur flirten zu können, von anderem gar nicht zu reden. Jedenfalls machte er ihr zunächst den Hof, versuchte, ab und zu

ihren Arm zu streifen, und nahm in der Unterhaltung bereitwillig ihre Partei. Das Gespräch verlief aber so, daß er nicht umhin konnte, sie auf einige Fehler hinzuweisen.

»Damit befinden Sie sich aber im Gegensatz zu Gorki. Ja, Sie stellen sogar Gorki in Frage!« verteidigte sich Lanskij gegen Dinera.

»Und Gorki ist der Begründer des sozialistischen Realismus«, gab ihr der Referent zu bedenken. »Gorki in Frage zu stellen, wissen Sie, ist genauso verbrecherisch wie ... wie ...« Ihm fiel kein passender Vergleich ein.

Lanskij nickte ihm ernsthaft zu, Dinera lächelte.

»Mama«, ließ sich jetzt Klara laut und ungeduldig vernehmen, »müssen wir wirklich noch bis zum Tee hier sitzen bleiben?«

Inzwischen war die Frau des Staatsanwalts in der Küche gewesen, hatte verschiedenes angeordnet und war wieder zurückgekehrt. Ihre Freundin hatte sich an Dotnara gehängt und erzählte ihr jetzt lang und breit, daß im Saretschenskij-Rayon die Kinder der Parteiaktivisten in besonderer Weise bevorzugt würden. Es gäbe für sie immer Milch und auch Penicillin-Injektionen, wenn es nötig sei. Damit wandte sich die Unterhaltung der Medizin zu. Dotnara, die trotz ihrer Jugend schon an diesem und jenem kränkelte, war für Gespräche über Krankheiten immer zu haben.

Alewtina Nikanorowna vertrat die Ansicht, daß eine gehobene gesellschaftliche Stellung gleichzeitig auch Gesundheit garantiere. Es genüge immer, einen berühmten Professor, am besten einen Stalinpreisträger, anzurufen und sich von ihm ein Rezept ausstellen zu lassen. Das heile jeden Infarkt. Ebenso könne man sich natürlich auch einen Einweisungsschein für das allerbeste Sanatorium kaufen. Sie und ihr Mann fürchteten keine Krankheiten.

Den Zuruf Klaras beantwortete die Stiefmutter vorwurfsvoll:

»Du bist mir eine schöne Gastgeberin! Bewirte gefälligst deine Gäste und treibe sie nicht vom Tisch!«

»Nein, wir wollen tanzen! Tanzen wollen wir!« schrie der Grenzpolizist.

Shenka füllte hastig sein Weinglas, um es sofort zu leeren.

»Tanzen, tanzen!« riefen auch die anderen.

Der Tisch der Jungen löste sich auf. Bald ertönten aus dem Nebenraum die lauten Klänge des Plattenspielers. Man hatte den Tango ›Herbstblätter‹ aufgelegt.

57

Zwei Schwiegersöhne

Auch Dotnara tanzte, und die Hausfrau hatte ihre Freundin veranlaßt, Teller hinauszutragen. Am Tisch der Älteren blieben nur fünf Männer zurück. Makarygin selbst; sein alter Freund aus dem Bürgerkrieg, ein Dozent des längst aufgelösten ›Instituts der Roten Professur‹, der Serbe Duschan Radowić; Slowuta, ein Freund jüngeren Datums, der mit Makarygin zusammen die Schlußsemester an der Juristischen Fakultät absolviert hatte, ebenfalls Staatsanwalt und ebenfalls Generalmajor; dazu die beiden Schwiegersöhne, Innokentij Wolodin in der mausgrauen Diplomatenuniform mit den aufgestickten Palmenzweigen – er hatte sie heute auf ausdrücklichen Wunsch des Schwiegervaters angezogen – und der bekannte Schriftsteller Nikolai Galachow, ein Stalinpreisträger.

Sicherlich für seine Kollegen hatte Makarygin bereits zwei Tage zuvor ein großes Bankett gegeben. Der heutige Abend war ursprünglich nur für die Familie gedacht, besonders für die Jugend. Slowuta aber, der einen wichtigen Posten bekleidete, hatte am ersten Essen nicht teilnehmen können. Er war erst am Tage zuvor aus dem Fernen Osten zurückgekommen, wo er in dem großen Prozeß gegen japanische Militärs, die einen bakteriologischen Krieg vorbereitet haben sollten, einer der Hauptankläger war. Also mußte er diesmal eingeladen werden. Allerdings war zuvor auch die Einladung an Radowić ergangen, einen fast illegalen Gast, den man mit den Kollegen von der Behörde schlecht zusammenbringen konnte. Mit ihm hatte Makarygin im Kreise der Jugend alte Erinnerungen austauschen wollen. Natürlich hätte man Radowić im letzten Moment wieder ausladen können, aber das wäre doch zu feige gewesen. So hoffte denn Makarygin, sich mit seinen beiden Schwiegersöhnen aus der Affäre ziehen zu können, dem Diplomaten mit der Goldstickerei und dem Schriftsteller mit dem Abzeichen des Preisträgers.

Jetzt in der Unterhaltung fürchtete Makarygin, daß Radowić sich zu irgendeiner Heftigkeit hinreißen lassen könnte. Er war zwar gescheit, aber in der Hitze der Diskussion vergaß er sich manchmal. Darum bemühte sich Makarygin, das Gespräch in harmlose Bahnen zu lenken. Kaum war seine Tochter gegangen, hielt er Innokentij im Scherz und mit gesenkter Stimme vor, daß noch keine Enkel da wären, daß man ihm für sein Alter nichts gönne.

»Was treibt ihr beide eigentlich?« klagte er. »Da findet sich ein Pärchen zusammen, lebt ganz für sich, wird fett und hat keinerlei Sorgen. Ganz schön eingerichtet habt ihr euch, ihr Genießer. Fragt ihn doch, diesen Hundesohn, ob er nicht ein Epikureer ist? Na, Innokentij, gib schon zu, du dienst dem Epikur.«

Es wäre undenkbar gewesen, ein Mitglied der Kommunistischen Partei auch nur im Scherz als Jung-Hegelianer, Neo-Kantianer, Subjektivisten, Agnostiker oder – Gott behüte – als Revisionisten zu bezeichnen. Epikureer hingegen klang völlig unverfänglich. Ein Epikureer konnte sicherlich auch ein rechtgläubiger Marxist sein.

Hier konnte Radowić, der mit liebevoller Gründlichkeit so manche Einzelheit aus dem Leben der Klassiker kannte, es nicht unterlassen anzumerken:

»Na und? Epikur war ein guter Mensch, ein Materialist. Karl Marx hat seine Dissertation über Epikur geschrieben.«

Radowić war mager, trocken, und das dunkle Pergament seiner Haut schien direkt auf die Knochen gespannt zu sein.

Innokentij fühlte sich auf einmal wie neubelebt. Hier, in diesem Zimmer voller Lärm, Lachen und hellen Farben schien ihm eine Verhaftung völlig absurd. Die letzten Ängste, die noch in der Tiefe gelauert hatten, verflogen. Er trank zügig, und ihm wurde warm. Herausfordernd betrachtete er die ahnungslosen Leute und sah sich wieder als Liebling der Götter. Makarygin und sogar Slowuta, für die er zu anderer Stunde vielleicht nur Verachtung übrig gehabt hätte, erschienen ihm jetzt als liebenswerte Menschen, ja sogar als Mitträger seiner Sicherheit.

»Epikur?« Seine Augen leuchteten, und er nahm die Herausforderung an. »Ich werde euch sicher in Erstaunen versetzen, wenn ich behaupte, daß ›Epikureer‹ zu jenen Begriffen gehört, die oft falsch angewandt werden. Als Epikureer bezeichnet man meistens einen Menschen, den man für außerordentlich lebenshungrig, genußsüchtig, wollüstig oder ganz einfach für ein Schwein hält. Nein, wartet doch, ich meine es ernst!« Er ließ Makarygin nicht zu Wort kommen und drehte angeregt den leeren goldenen Pokal zwischen seinen schlanken, sensiblen Fingern.

»Epikur ist genau das Gegenteil von dem, was wir uns allgemein unter ihm vorstellen. Zu den drei Grundübeln, die dem menschlichen Glück im Wege stehen, zählt Epikur vor allem die unerfüllten Wünsche. Er sagt, daß der Mensch im Grunde nur wenig braucht. Gerade darum hängt auch sein Glück nicht von seinem Schicksal ab. Keinesfalls empfiehlt er uns Orgien. Natürlich stimmt es, daß er die einfache menschliche Lust als höchstes Gut bezeichnet. Aber er fügt auch hinzu: Da wir nicht alle Lust auf einmal erreichen können und eine Zeitspanne des unbefriedigten Verlangens vorausgeht, das heißt also, der Unlust, sei es besser, sich

gänzlich aller Wünsche zu enthalten, abgesehen natürlich von den allerbescheidensten. So nimmt Epikur den Menschen ihre Angst vor Schicksalsschlägen, und darum ist er ein großer Optimist.«
»Was du nicht sagst!« wunderte sich Galachow und zückte ein ledernes Notizbüchlein mit einem winzigen weißen Bleistift aus Elfenbein. Ungeachtet seines lärmenden Ruhmes war Galachow bescheiden geblieben. Er konnte jemandem vertraulich zuzwinkern oder kräftig auf die Schulter schlagen. Das Haar über seinem leicht gebräunten, allmählich zur Fülle neigenden Gesicht war von weißen Strähnen durchzogen.
»Gieß ihm doch noch ein!» bemerkte Slowuta zu Makarygin und wies auf Innokentijs leeres Glas. »Sonst redet er uns noch in Grund und Boden.«
Der Schwiegervater schenkte ein, und Innokentij trank genießerisch. Erst jetzt, nachdem er die Lehre Epikurs so elegant verteidigt hatte, erschien sie ihm der Verkündung wert.
Auch Radović zeigte sich durch dieses ungewöhnliche Bekenntnis amüsiert. Weil der Arzt es ihm verboten hatte, trank er nie einen Tropfen Alkohol und saß überhaupt fast den ganzen Abend unbeweglich da – dunkel, in seiner strengen halbmilitärischen Feldbluse und mit billig gefaßter Brille. Zu Hause in Sterlitamak trug er immer noch seine alte helmähnliche Budjonny-Mütze, wie es während des Bürgerkrieges oder in der NEP-Periode üblich gewesen war. Heute rief diese Kopfbedeckung nur noch den Spott der Passanten und das fröhliche Gebell der Hunde hervor. In Moskau war ein solcher Aufzug seit langem undenkbar, die Polizei wäre sofort eingeschritten.
Slowuta, noch nicht alt, aber schon aufgedunsen, behandelte Makarygin ein wenig herablassend, denn seine Beförderung zum Generalleutnant war bereits beantragt worden. Die Bekanntschaft mit Galachow kam ihm hingegen sehr gelegen, und er malte sich schon aus, wie er noch am heutigen Abend in einem anderen Kreise ganz nebenbei bemerken würde, daß er erst vor einer Stunde mit Kolja Galachow ein Gläschen getrunken und dieser ihm erzählt habe ... bloß daß Galachow gerade heute gar nichts erzählte, sondern äußerst zurückhaltend war. Sicherlich war er mit einem neuen Roman beschäftigt. Und Slowuta, überzeugt, daß der Abend ihm nichts mehr bieten werde, schickte sich zum Aufbruch an.
Inzwischen hatte die Jugend zu tanzen begonnen, Makarygin versuchte mit allen Mitteln, Slowuta zu überreden, doch noch zu bleiben. Endlich gelang es ihm mit dem Hinweis auf seinen Tabak-Altar, dem unbedingt noch gehuldigt werden müsse. Makarygin war sehr stolz auf die Tabaksammlung in seinem Herrenzimmer. Er selbst rauchte gewöhnlich einen bulgarischen Pfeifentabak, den er sich durch Beziehungen besorgte. Hin und wieder versuchte er abends auch eine Zigarre. Seine Gäste liebte er

zu verblüffen, indem er ihnen nacheinander eine Unzahl von Sorten anbot.
Die Tür zum Herrenzimmer befand sich direkt hinter dem Rücken des Hausherrn. Er öffnete sie, bat Slowuta und die Schwiegersöhne einzutreten, die sich jedoch der Altherrenrunde mit der Ausrede entzogen, sich um ihre Frauen kümmern zu müssen. Der Staatsanwalt war gekränkt, aber vor allem fürchtete er jetzt, daß Duschan aus der Rolle fallen könnte. Daher ließ er an der Tür Slowuta den Vortritt, drehte sich schnell zu seinem Freunde um und drohte ihm bedeutungsvoll mit dem Finger.
Die beiden Schwäger, die zurückgeblieben waren, beeilten sich jedoch überhaupt nicht, zu ihren Frauen zu kommen. Sie waren in jenem glücklichen Alter – Galachow einige Jahre älter –, in dem man noch zur Jugend gerechnet wird, ohne zum Tanzen verpflichtet zu sein. Inmitten halbgeleerter Flaschen und bei gedämpft herüberklingender Musik konnten sie sich nun dem Genuß eines Männergesprächs hingeben.
Galachow hatte sich in der vergangenen Woche tatsächlich entschlossen, etwas über die Verschwörung der Imperialisten und den Friedenskampf unserer Diplomaten zu schreiben, und zwar diesmal keinen Roman, sondern ein Theaterstück. Auf diese Weise hoffte er, sich von der Beschreibung vieler ihm unbekannter Details, beispielsweise des Interieurs und der Kleidung, drücken zu können. So war er denn froh, seinen Schwager ein wenig ausfragen und gleichzeitig an ihm die typischen Wesenszüge eines sowjetischen Diplomaten studieren zu können. Außerdem mußte er sich über die verschiedenen Charakteristika des Lebens im Westen informieren. Er selbst war nur einmal, aus Anlaß eines progressiven Kongresses, kurz im Westen gewesen, und doch sollte das ganze Stück in diesem ihm unbekannten Milieu spielen. Er gestand sich ein, daß dies nicht richtig sei, aber in den letzten Jahren hatte er feststellen müssen, daß das Leben im Ausland, das graue Altertum und sogar das phantastische Dasein potentieller Mondbewohner leichter zu beschreiben waren – für ihn jedenfalls – als die ihn umgebende Wirklichkeit, kompliziert und voller Fallgruben, wie sie nun einmal war.
So unterhielten sie sich, über den Tisch hinweg, einander zugeneigt. Die Dienstmädchen klapperten mit dem Geschirr. Aus dem Nebenraum hörte man den Plattenspieler und aus dem dahinterliegenden Zimmer das metallische Dröhnen des Fernsehapparates.
»Es ist das Vorrecht des Schriftstellers, Fragen zu stellen«, gab Innokentij zu. Er hatte immer noch den zufriedenen Glanz in den Augen, mit dem er vorhin Epikur verteidigte.
»Vielleicht auch seine Bürde«, entgegnete ihm Galachow. Sein flacher, kleiner Elfenbeinstift mit vorsorglich herausgeschraubter Mine lag auf dem Tischtuch bereit.

»Jedenfalls erinnern mich Schriftsteller immer ein wenig an Untersuchungsrichter, nur ohne Urlaub und ohne Feierabend. Im D-Zug und am Teetisch, auf dem Markt und im Bett forschen sie unentwegt nach Verbrechen, echten und erfundenen.«
»Das heißt also, sie ähneln unserem Gewissen?«
»Wenn ich mir so unsere Zeitschriften betrachte, muß ich sagen — nicht immer.«
»Immerhin, wir suchen im Menschen nicht seine Verbrechen, sondern seine Würde, seine lichten Seiten.«
»Sicherlich. Und darum steht eure Arbeit auch im Gegensatz zu den Aufgaben des Gewissens. Du willst also ein Buch über Diplomaten schreiben?«
Galachow lächelte. Sein Lächeln war männlich, und es fügte sich gut in seine etwas grob geschnittenen Züge, die so ganz anders waren als das feinere und weichere Gesicht Innokentijs.
»Wollen oder Nicht-Wollen, das, Ink, kann man nicht so einfach beantworten wie in einem Neujahrsinterview. Aber es empfiehlt sich doch, beizeiten Material zu sammeln. Du kannst nicht jeden Diplomaten ausfragen. Du bist ja, Gott sei Dank, mit mir verwandt.«
»Die Auswahl, die du getroffen hast, beweist deinen Scharfsinn. Ein Diplomat, den du nicht gut kennst, würde dir erst einmal die Hucke voll lügen. Immerhin gibt es so einiges, was wir zu verbergen haben.«
Sie sahen einander ruhig an.
»Ich verstehe. Aber diese Seiten eurer Tätigkeit brauche ich wohl nicht zu schildern, so daß sie mich ...«
»Aha. Dich interessiert also in erster Linie der Alltag der Botschaften: der Ablauf unseres Arbeitstages, Empfänge, die Übergabe von Noten ...«
»Nein, ich möchte tiefer gehen! Auch die Widerspiegelungen in der Seele des sowjetischen Diplomaten ...«
»Aha, also die Widerspiegelungen. Nun, das genügt. Ich habe begriffen. Ich kann dir den ganzen Abend lang davon erzählen. Bloß, bevor wir beginnen — hast du das Kriegsthema fallenlassen, ausgeschöpft?«
Galachow schüttelte den Kopf. »Ausschöpfen wird man es nie.«
»Nun, dieser Krieg kam euch ja zustatten. Zusammenstöße, Tragödien — wo hättet ihr die sonst hergenommen?«
Innokentij sah fast vergnügt aus.
Der Schriftsteller schien bedrückt und seufzte:
»Das Thema des Krieges ist in mein Herz eingebrannt.«
»Gewiß, du hast daraus ja auch wahre Meisterwerke gemacht.«
»Es ist für mich ein ewiges Thema. Bis zu meinem Tode werde ich immer wieder zu ihm zurückkehren.«

»Und wenn es nicht nötig sein sollte?« Die Frage Innokentijs klang sehr leise und behutsam.
»Es wird nötig sein«, antwortete fest und überzeugt Galachow.
»Denn der Krieg hebt in der Seele des Menschen . . .«
»In der Seele? Damit bin ich einverstanden.« Innokentij bemühte sich, seinem Schwager zuvorzukommen. »Aber sieh dir doch bitte an, was aus der Front- und Kriegsliteratur geworden ist! Wichtig ist ihr nur noch, wie man Kampfpositionen bezieht, wie man Vernichtungsschläge führt, das ›Wir vergessen nicht, wir vergeben nicht‹ und ›Der Befehl des Kommandeurs ist Gesetz für die Untergebenen‹. Aber das alles kann man viel besser in der Felddienstordnung nachlesen. Bald werdet ihr noch beschreiben, wie schwer es den armen Hunden von Feldherren gefallen ist, mit dem Finger über die Landkarte zu fahren.«
Galachows Gesicht verdüsterte sich.
Innokentij ergriff über den Tisch hinweg rasch seine Hand und sagte jetzt ohne einen Anflug von Spott:
»Nikolaj! Muß denn wirklich die künstlerische Literatur die Felddienstordnung nachbeten, oder die Zeitungen, oder die Losungen? Majakowskij zum Beispiel rechnete es sich zur Ehre an, einem Gedicht ein Zeitungszitat voranzustellen. Das heißt also, daß er nicht besser sein wollte als die Zeitung. Aber warum dann überhaupt noch Literatur? Der Schriftsteller soll doch ein Erzieher der Menschen sein. So hieß es immer. Und ein großer Schriftsteller, verzeih mir die Verwegenheit, ich spreche ja schon leiser, ist doch so etwas wie eine zweite Regierung. Darum hat auch keine Regierung je die großen Schriftsteller geliebt, sondern nur die kleinen.«
Die Schwäger trafen sich selten und kannten sich nur flüchtig. Galachow antwortete denn auch vorsichtig:
»Das, was du sagst, trifft nur auf das bürgerliche Regime zu.«
»Gewiß, gewiß«, sagte Innokentij leichthin. »Bei uns herrschen ganz andere Gesetze. Wir haben das erstaunliche Beispiel einer Literatur, die nicht für die Leser, sondern für die Schriftsteller geschaffen wurde.«
»Willst du damit sagen, daß man uns wenig liest?« Galachow war imstande, recht bittere Wahrheiten über die gesamte Literatur und über seine eigenen Bücher anzuhören und sogar selbst auszusprechen. Nur von einer Hoffnung konnte er sich nicht trennen, nämlich, daß er gelesen werde, ja sogar viel gelesen werde. Genau wie auch Lanskij davon überzeugt war, daß seine kritischen Artikel den Geschmack, wenn nicht gar den Charakter des Volkes formten. »Nein, das stimmt nicht. Man liest uns, vielleicht sogar mehr, als wir es verdienen.«
Innokentij winkte ab.
»Das meine ich nicht . . . hol's der Kuckuck . . . der Schwiegervater hat

mir dauernd eingegossen, darum bin ich jetzt inkonsequent. Kolja, glaub mir, ich bin dir wirklich wohlgesinnt, nicht, weil du mein Verwandter bist, sondern irgend etwas an dir ist mir sympathisch ... und darum bin ich eben genau in der richtigen Stimmung, um dich etwas zu fragen ... ganz unter uns. Hast du dir je Gedanken darüber gemacht? Wie verstehst du selber deine Rolle in der russischen Literatur? Dein Werk umfaßt immerhin schon sechs Bände, und du bist siebenunddreißig. Puschkin wurde in diesem Alter schon erschossen. Solche Gefahren drohen dir nicht. Aber wie dem auch sei — auch du kannst der Frage nicht ausweichen —, wer bist du? Mit welchen Ideen hast du unser gequältes Jahrhundert bereichert? Abgesehen natürlich von jenen unbestrittenen, die dir der sozialistische Realismus aufgibt.«

Galachows Stirn und Wangen überzogen sich mit vielen kleinen Fältchen.

»Du berührst da eine schwierige Frage«, antwortete er und blickte auf das Tischtuch. »Welcher russische Schriftsteller hat sich nicht schon einmal im geheimen den Frack Puschkins übergezogen? Oder das Bauernhemd Tolstojs?« Er schob seinen flachen Bleistift auf dem Tischtuch hin und her und sah Innokentij mit Augen an, die nichts verbargen. Jetzt war ihm danach zumute, sogar das auszusprechen, was er in keiner literarischen Gesellschaft hätte sagen können. »Als ich noch ein blutiger Anfänger war, damals zu Beginn der Fünfjahrespläne, schien es mir, ich müßte vor Glück sterben, wenn mein Name über einem Gedicht gedruckt erscheinen würde. Ich bildete mir ein, daß das schon der Anfang der Unsterblichkeit sei ... und dennoch ...«

Einige leere Stühle beiseite schiebend, näherte sich ihnen Dotnara.

»Ini, Kolja, störe ich sehr? Führt ihr weise Reden?« Etwas verlegen zog sie eine Schnute.

Innokentij betrachtete sie forschend. Immer noch, wie vor neun Jahren, fielen die weißblonden Locken auf ihre Schultern. Sie schien eine Antwort zu erwarten und spielte mit der Gürtelschleife ihrer Raglanbluse. Das Kirschrot der Bluse vertiefte die Röte ihrer Wangen.

Innokentij hatte sie lange nicht mehr so gesehen. In den letzten Monaten hatte sie sich bemüht, ihre Unabhängigkeit zu unterstreichen, die Verschiedenartigkeit ihrer Lebensauffassungen zu betonen, jetzt schien irgend etwas in ihr anders geworden zu sein. Hatte vielleicht das Vorgefühl der Trennung ihr Herz berührt? War das der Grund für ihre fast demütige und zärtliche Haltung? Obwohl Innokentij ihr die lange Zeit des Nicht-Verstehens und der Entfremdung kaum zu verzeihen vermochte, obwohl ihm klar war, daß sie sich nicht so plötzlich geändert haben konnte, so erfüllte ihre Demut ihn nun doch mit einer gewissen Wärme. Er faßte ihre Hand und zog sie neben sich auf einen Stuhl, obgleich das Gespräch damit unterbrochen war. Als Antwort schmiegte sich Dotti mit der ganzen Geschmeidigkeit ihrer immer noch nicht fülligen Gestalt so eng an ihn, wie es gerade noch schicklich war. Jedermann sollte erkennen, wie sehr sie ihren Mann liebte und wie wohl sie sich in seiner Nähe fühlte. In Innokentij blitzte der Gedanke auf, daß es im Hinblick auf die mögliche Entwicklung der Dinge für Dotti vielleicht besser sein würde, nicht zuviel Verbundenheit zu demonstrieren, um so mehr, da sie eigentlich auch gar nicht existierte. Trotzdem streichelte er leicht ihren Arm im kirschfarbenen Ärmel.

Der weiße Elfenbeinstift blieb unbenutzt auf dem Tisch liegen.

Galachow blickte mit aufgestützten Ellbogen an dem Ehepaar vorbei durch das große Fenster auf die hellerleuchtete Kaluga-Pforte hinaus. Es war natürlich völlig unmöglich, in Gegenwart von Weibern offenherzig über sich selbst zu sprechen.

... aber dennoch, aber dennoch ... man begann, ganze Gedichtzyklen von ihm zu drucken. Hunderte von Theatern führten nach den Premieren in Moskau seine Stücke im ganzen Lande auf. Mädchen schrieben seine Gedichte ab und lernten sie auswendig. Während des Krieges hatten ihm die großen Zeitungen bereitwillig ihre Spalten zur Verfügung gestellt. Er versuchte sich sowohl im Essay wie in der Novelle, und auch in kritischen Aufsätzen. Schließlich erschien sein Roman, und er bekam den Stalin-Preis. Aber seltsam – der Ruhm war da, doch nicht die Unsterblichkeit.

Er wußte es selbst nicht, wann und wodurch er den Vogel der Unsterblichkeit vom Himmel zur Erde herabgezwungen hatte. Möglicherweise war dessen Flügelschlag ohnehin nur in jenen wenigen Gedichten zu spüren gewesen, die von den jungen Mädchen auswendig gelernt wurden. Seine Dramen, seine Erzählungen und sein Roman aber waren vor seinen Augen gestorben, noch bevor er selber siebenunddreißig Jahre alt geworden war.

Doch warum jagte man überhaupt hinter der Unsterblichkeit her? Die meisten Kollegen Galachows kümmerten sich einen Dreck um die Unsterblichkeit und hielten nur ihren gegenwärtigen Status für wichtig. Zum Teufel mit der Unsterblichkeit, sagten sie. Ist es nicht wichtiger, die Gegenwart zu beeinflussen? Und das taten sie denn auch. Ihre Bücher dienten dem Volke, wurden in unglaublich hohen Auflagen gedruckt und ergossen sich dank der hohen Anschaffungsetats über sämtliche Bibliotheken. Darüber hinaus wurden die einzelnen Autoren durch besondere Werbemonate publik gemacht. Gewiß, der Wahrheit konnte man nur in beschränktem Maße dienen, aber man rechtfertigte sich damit, daß irgendwann die Verhältnisse sich ändern würden und man dann ganz bestimmt noch einmal zur Vergangenheit würde zurückkehren können. Man würde das Vergangene von neuem beleuchten, die alten Bücher umschreiben und sie neu herausgeben. Jetzt aber kam es darauf an, zumindest den vierten, achten, sechzehnten, hol's der Teufel, den zweiunddreißigsten Teil der Wahrheit zu beschreiben, so wie es gerade noch möglich war. Weniges mußte besser sein als nichts!

Und was konnte man wirklich schreiben, fragte sich Galachow bedrückt. Von Seite zu Seite wurde es schwerer, Gutes zustande zu bringen. Er zwang sich, nach einem Tagesplan zu arbeiten, kämpfte gegen die Müdigkeit an, gegen die Trägheit des Gehirns, gegen mangelhafte Konzentration. Er versuchte, nicht hinzuhören, wenn der Briefträger kam, und versagte sich den Blick in die Zeitungen. Ebenso vermied er es, einen ganzen Monat lang Tolstoi in die Hand zu nehmen, denn dessen zwingender Stil floß ihm ohnehin schon aus der Feder. Er achtete darauf, daß sein Arbeitszimmer gelüftet war und daß dort eine gleichmäßige Temperatur von achtzehn Grad Celsius herrschte. Auch mußte der Schreibtisch blankgeputzt sein — sonst konnte er überhaupt nicht arbeiten.

Immer, wenn er eine neue große Arbeit begann, war er Feuer und Flamme, schwor sich selbst und seinen Freunden, daß er diesmal niemandem feige nachgeben, daß er diesmal ein richtiges Buch schreiben werde. Und jedesmal machte er sich mit Enthusiasmus an die ersten Seiten. Doch schon sehr bald mußte er feststellen, daß er nicht allein am Schreibtisch saß, daß vor ihm, gleichsam in der Luft schwebend, immer deutlicher das Bild desjenigen auftauchte, für den er eigentlich schrieb, mit dessen Augen er ganz unwillkürlich jeden gerade fertiggestellten Absatz überlas. Und dieser Jemand war nicht der Leser, sein Bruder, Freund und Gefährte, auch nicht die Literaturkritik an sich, es war stets der berühmte Großkritiker Shabow.

Immer wieder stellte sich Galachow vor, wie Shabow dieses neue Werk lesen würde, um dann, wie es schon ein paarmal geschehen war, in der ›Literaturka‹[1] über eine ganze Spalte in eine gewaltige Philippika auszubrechen. Die Überschrift könnte lauten ›Aus welcher Ecke weht dieser Wind?‹ oder ›Noch einmal über einige modische Tendenzen auf unserem erprobten Wege‹. Shabow schlägt nicht sofort zu, sondern beginnt mit heiligen Sprüchen von Belinskij oder Nekrassow, mit denen nur ein Bösewicht nicht einverstanden sein kann. Dann stülpt er diese Worte vorsichtig um, unterschiebt ihnen einen anderen Sinn — und schon beweisen Belinskij oder Herzen überzeugend, daß Galachow sich durch sein neues Buch selbst als antisoziale, antihumanitäre Figur entlarvt habe und zudem auf wackliger philosophischer Basis stehe.

[1] *›Literaturnaja Gaseta‹*, Organ des Sowjetischen Schriftstellerverbandes (Anm. d. Übers.)

So bemühte er sich denn von Absatz zu Absatz, die Gegenargumente im voraus zu erraten und sich ihnen anzupassen. Auf diese Weise erlahmte er bald und ging den Dingen nicht mehr auf den Grund. Das Buch kippte kleinmütig um und legte sich in devoten Windungen gleichsam Shabow zu Füßen. Bereits auf halber Strecke pflegte Galachow dann einzusehen, daß es eigentlich nicht mehr sein Buch war, daß er wieder versagt hatte.

»Ja, die typischen Eigenschaften unserer Diplomaten?« sagte Innokentij mit etwas traurigem Lächeln und streichelte dabei zerstreut den Handrücken seiner Frau. »Ich glaube, du kannst sie dir selbst ganz gut vorstellen. Im höchsten Maße ideologie-bewußt. Äußerste Prinzipientreue. Grenzenlos unserer Sache ergeben. Eine tiefe persönliche Bindung an Jossif Wissarionowitsch. Strikte Erfüllung der Anweisungen aus Moskau. Dazu Kenntnisse ausländischer Sprachen, bei dem einen mehr, bei dem anderen weniger. Nur, hie und da auch noch eine starke Hinneigung zu leiblichen Genüssen, denn, wie es so schön heißt, man lebt ja nur einmal. Aber das ist schon nicht mehr so typisch.«

58

Der Hornochse

Radowić war ein ewiger Pechvogel. Schon in den dreißiger Jahren mußte er seine Vorlesungen aufgeben, und seine Bücher wurden nicht mehr gedruckt. Darüber hinaus plagten ihn auch noch Krankheiten. In seinem Brustkorb steckten Splitter einer Koltschakschen Granate, fünfzehn Jahre lang schleppte er sich mit einem Zwölffingerdarm-Geschwür herum und mußte sich, um überhaupt leben und essen zu können, lange Zeit jeden Morgen der quälenden Prozedur einer Magenspülung unterziehen.

Das Schicksal aber, das im Guten wie im Bösen Grenzen kennt und doch auf Ausgleich bedacht ist, ließ auch bei Radowić sein Mißgeschick das Mittel seiner Rettung werden. Weil er ununterbrochen im Krankenhaus lag, blieb er in den kritischsten Jahren ungeschoren, obwohl er in der KOMINTERN durchaus eine Rolle gespielt hatte. Und wegen seiner Krankheit blieb er auch im vergangenen Jahr verborgen, als alle in der Sowjetunion verbliebenen Serben entweder in die Antititoistische Kampagne eingespannt oder ins Gefängnis geworfen wurden.

Radowić war sich seiner prekären Lage durchaus bewußt, und er hielt sich dementsprechend mit äußerster Anstrengung im Zaum. Er

redete möglichst wenig, ließ sich in keine fanatischen Streitgespräche ein und war bemüht, das farblose Leben eines Invaliden zu führen.
Auch jetzt beherrschte er sich wieder, diesmal mit Hilfe des ovalen Rauchtischchens aus dunklem Holz, das im Herrenzimmer stand – bedeckt mit Hülsen, Stopfern, dem Pfeifenständer und einem großen perlmuttenen Aschenbecher. Neben dem Tischchen aber stand das Tabakschränkchen aus karelischer Birke mit zahlreichen Schubladen, wie sie die Apotheken für ihre Pülverchen haben. In jedem dieser Fächer fand sich eine besondere Sorte von Papyros, Zigaretten, Zigarren, Pfeifentabak und sogar Schnupftabak. Das alles zusammen ergab den sogenannten Tabakaltar.
Als Slowuta sich jetzt über die Einzelheiten der Vorbereitung des Bakterienkrieges verbreitete, über die ungeheuerlichen Verbrechen der japanischen Offiziere gegen die Menschheit – die er lediglich aufgrund des ihm vorgelegten Untersuchungsmaterials beurteilte –, während dieser Erzählung schnüffelte Radowić schweigend und genießerisch, ohne sich recht entschließen zu können, an dem Inhalt der verschiedenen Tabakkästchen herum. Rauchen war selbstmörderisch für ihn, es war ihm von sämtlichen Ärzten kategorisch verboten worden. Da man ihm aber Essen und Trinken ebenfalls verboten hatte – auch heute abend hatte er kaum etwas zu sich genommen –, waren sein Geruchssinn und sein Geschmack mit besonderer Raffinesse auf die Nuancen des Tabaks eingestellt. Ein Leben ohne zu rauchen erschien ihm trist und blaß. »Fumo, ergo sum« – ich rauche, also bin ich, pflegte er auf warnende Ratschläge zu entgegnen und drehte sich dabei einen Zigarillo aus allerbilligster Bauern-Machorka, die er aus Geldmangel bevorzugte. In der Zeit der Evakuierung besuchte er in Sterlitamak die alten Großväter in ihren Gärten, kaufte sich Tabakblätter und besorgte auch selbst das Trocknen und Schneiden. In den Mußestunden seines Junggesellenlebens diente die Beschäftigung mit dem Tabak gleichzeitig auch der Kontemplation.
Übrigens, selbst wenn Radowić der Kragen geplatzt wäre, würde er nichts Schlimmes gesagt haben, denn er war ein Marxist von echtem Schrot und Korn und sein Urteil unbestechlich. Die Stalinschen Kohorten, die alle kleinsten Abweichungen unversöhnlicher verfolgten als große, gegensätzliche Strömungen, würden ihm gerade wegen dieses wenigen, das ihn von ihnen unterschied, unverzüglich den Kopf abschlagen – und das wußte er.
So schwieg er denn glücklicherweise, und das Gespräch wechselte von den Japanern zu den unterschiedlichen Qualitäten der Zigarren. Slowuta verstand nichts von Zigarren, und sein erster, unvorsichtiger Zug hatte fast einen Schwindelanfall zur Folge. Dann sprach man davon, daß sich

die Arbeitslast der Staatsanwälte trotz vieler zusätzlicher Neueinstellungen von Jahr zu Jahr vergrößere. »Was sagt die Verbrecherstatistik?« fragte Radowić anscheinend unbeteiligt, ganz vom Panzer seiner pergamentenen Haut umgeben.
Die Statistik sagte gar nichts. Sie war stumm, unsichtbar, und niemand wußte, ob es sie überhaupt noch gab.
Slowuta aber behauptete:
»Die Statistik sagt, daß die Zahl der Verbrechen abnimmt.«
Die Statistik selbst war auch ihm unbekannt. Er hatte nur gelesen, was in den Zeitschriften zu diesem Thema geschrieben wurde.
Ebenso aufrichtig fügte er hinzu:
»Aber dennoch gibt es genug davon als Erbschaft des alten Regimes. Das Volk ist eben sehr verdorben worden. Verdorben durch die bürgerliche Ideologie.«
Drei Viertel der Leute, die heute vor Gericht standen, waren nach dem Jahre 1917 aufgewachsen, doch Slowuta kam das nicht in den Sinn, denn er hatte es nirgendwo gelesen.
Makarygin schüttelte den Kopf – wer wird ihn schon davon überzeugen!
»Als Wladimir Iljitsch uns sagte, daß die kulturelle Revolution viel schwieriger sein werde als die Oktoberrevolution, da konnten wir uns das gar nicht vorstellen. Erst jetzt verstehen wir, wie weitsichtig er war.«
Makarygin hatte einen steil abfallenden Hinterkopf und abstehende Ohren.
Sie rauchten, und das Herrenzimmer füllte sich mit versöhnlichem Qualm.
Das Zimmer Makarygins war wenig einheitlich eingerichtet. Der Schreibtisch war alt und stand auf vier runden kleinen Füßen mit Konsolen. Das Schreibzeug hingegen war ganz modern – eine realistische Darstellung des Spasskij-Turmes mit Uhr und Stern, mindestens einen halben Meter hoch. Die beiden massiven Tintenfässer, anscheinend ebenfalls Türme der Kremlmauer, waren leer. Da der Kandidat der Rechtswissenschaften Makarygin alles in den Dienststunden erledigen konnte, hatte er zu Hause schon lange nichts mehr geschrieben. Für seine Briefe benutzte er den Füllhalter. In den Bücherschränken aus Riga standen hinter Glas Gesetzbücher, Gesetzessammlungen, gebundene Jahrgänge der Zeitschrift ›Sowjet-Staat und Recht‹, die alte ›Große Sowjet-Enzyklopädie‹ (mit Fehlern, denn sie enthielt noch die Volksfeinde), die neue ›Große Sowjet-Enzyklopädie‹ (auch sie noch mit Volksfeinden) sowie die ›Kleine Enzyklopädie‹ (auch fehlerhaft und auch mit Volksfeinden).

Alle diese Bücher wurden von Makarygin schon lange nicht mehr benutzt, ebenso wie das offiziell heute noch gültige, aber dennoch hoffnungslos veraltete und dem Leben entfremdete Strafgesetz von 1926. Sie waren seit langem mit Erfolg ersetzt durch eine kleine Sammlung der wichtigsten, in der Mehrzahl geheimen Instruktionen, jede nach ihrer Nummer bekannt – 083 oder 005/2742. Diese Vorschriften, ein Konzentrat aller Weisheit der Prozeßführung, befanden sich in einem kleinen Ordner, den Makarygin in seinem Büro aufbewahrte. Die Bücher hier in seinem Kabinett waren nicht zum Lesen da, sondern um Eindruck zu machen. Das einzige an Literatur, was Makarygin las – nachts, auf Reisen oder im Sanatorium –, verbarg sich in einem undurchsichtigen Schrank. Es waren Detektivgeschichten.

Über dem Schreibtisch des Staatsanwalts hing ein großes Porträt Stalins in der Uniform des Generalissimus. Auf dem Büchergestell stand eine kleine Leninbüste.

Dickbäuchig, fast aus seiner Uniform platzend und mit über den Stehkragen quellendem Hals blickte sich Slowuta im Kabinett um und sagte wohlwollend: »Du lebst gut, Makarygin! Dein älterer Schwiegersohn ist doch Preisträger – zweifacher?«

»Zweifacher«, bestätigte zufrieden der Staatsanwalt.

»Und der jüngere Staatsrat ersten Ranges, nicht wahr?«

»Noch zweiten Ranges.«

»Aber ein fixer Kerl. Zum Teufel, der wird noch Botschafter. Und die jüngste, wer kriegt die?«

»Ein eigenwilliges Mädchen, Slowuta. Ich hätte sie schon längst verheiratet, aber es klappt nicht. Sie bleibt noch sitzen.«

»Sie hat doch eine Ausbildung und sucht wohl einen Ingenieur?« Wenn Slowuta lachte, wackelten sein Bauch und sein ganzer Körper. »Mit achthundert Rubelchen? Verheirate sie doch mit einem Tschekisten[1], sie soll einen Tschekisten nehmen, das ist eine sichere Sache. Aber jetzt, Makarygin, hab Dank dafür, daß du an mich gedacht hast. Halt mich nicht länger zurück, ich werde erwartet, und es ist bald elf Uhr. Und du, Professor, bleib auch gesund.«

»Alles Gute, Genosse General.«

Radowić erhob sich, um sich zu verabschieden, doch Slowuta gab ihm nicht die Hand. Mit beleidigtem und verächtlichem Blick verfolgte er den runden, massiven Rücken des Gastes, der jetzt von Makarygin zum Auto begleitet wurde.

Allein gelassen, wandte Radowić sich sofort den Büchern zu. Un-

[1] Angehöriger der Tscheka – Bezeichnung der sowjetischen Geheimpolizei von 1917 bis 1922 (Anm. d. Übers.)

schlüssig fuhr er suchend mit der Hand die Regale entlang, um sich dann nach einigem Zögern schließlich mit einem Band Plechanow zum Sessel zu begeben. Dabei bemerkte er auf dem Tisch ein kleines Buch in schwarz-rotem Einband und nahm auch das zur Hand.

Als er die Überschrift las, zuckten seine starren, pergamentenen Hände zurück, als ob sie glühende Kohlen berührt hätten. Es war die in Millionenauflage gedruckte Neuerscheinung ›Tito, der Marschall der Verräter‹ eines gewissen de Juvenal.

Im Laufe der letzten zwölf Jahre hatte Radowić Bände über Bände unverschämter kriecherischer und von A bis Z erlogener Elaborate in der Hand gehabt, doch eine solche Abscheulichkeit war ihm noch nie unter die Augen gekommen. Mit dem Blick des erfahrenen Bibliophilen überflog er die ersten Seiten der Neuerscheinung, und er wußte nach zwei Minuten, wem und wozu dieses Buch dienen sollte, was für eine Giftschlange der Autor war und wieviel Haß diese Hetzschrift von neuem gegen das unschuldige Jugoslawien erzeugen würde. Ein Satz stach ihm besonders in die Augen: »Es besteht keine Notwendigkeit, eingehend zu untersuchen, aus welchen Motiven Laszlo Rajk gestanden hat; er hat gestanden, also war er schuldig.« Von Ekel geschüttelt schleuderte Radowić das Buch von sich.

Natürlich! Es war also nicht nötig, sich eingehend mit den Gründen zu beschäftigen! Es war nicht nötig, sich dabei aufzuhalten, wie die Untersuchungsrichter und Schergen Rajk geschlagen, wie sie ihn mit Hunger und Schlafentzug gequält – und ihm, der auf dem Boden lag, mit der Stiefelspitze vielleicht sogar die Geschlechtsteile zerquetscht hatten.

In Sterlitamak lebte der ehemalige Häftling Adamson, dem sich Radowić schon nach der ersten Begegnung eng verbunden gefühlt hatte. Von ihm war Radowić ins Bild gesetzt worden, von ihm hatte er alles über die dortigen Foltermethoden erfahren. Eine nähere Untersuchung war also nicht notwendig! Da Rajk gestanden hatte, war er auch schuldig!

Summa summarum der stalinistischen Rechtsprechung!

Aber Jugoslawien war für ihn eine zu schmerzhafte, zu empfindliche Wunde, um jetzt gleich im Gespräch mit Pjotr daran zu rühren.

Als dieser zurückkehrte und dabei unwillkürlich einen verliebten Blick auf seinen neuen Orden warf – »Es ist nicht der Orden, es ist die Tatsache, daß man dich nicht vergißt« – saß Duschan, zusammengeklappt wie ein Buch und in den Plechanow vertieft, ruhig in seinem Sessel.

»Danke, Duschan, daß du dich zurückgehalten hast! Ich hatte Angst, du könntest wieder loslegen«, sagte Makarygin und ließ sich mit einer neuen Zigarre aufs Sofa nieder.

»Was hätte ich denn schon sagen können?« wunderte sich Radowić.

»Du fragst: was?« Der Staatsanwalt schnitt die Spitze der Zigarre ab.

»Nun, da gäbe es wohl eine ganze Menge! Du mußt dir doch immer Luft machen.« Er steckte sich die Zigarre an. »Als er von den Japanern erzählte, zitterten deine Lippen, und du konntest kaum noch an dich halten.«

Radowić richtete sich auf.

»Weil das doch auf zehntausend Kilometer nach Provokation stinkt!«

»Du bist verrückt, Duschan! Es ist eine Parteisache. Wie kannst du von Provokation sprechen?«

»Es ist keine Parteisache! Die Slowutas sind nicht die Partei! Warum haben wir gerade jetzt, im Jahre neunundvierzig, Vorbereitungen aus dem Jahr dreiundvierzig entdeckt? Die Japaner sitzen doch schon vier Jahre bei uns in Gefangenschaft. Und wenn wir schon davon reden, wer arbeitet denn nicht, wenn er Krieg führt, auf die Intensivierung des Kampfes hin? Glaubst du das alles? Auch daß die Amerikaner von Flugzeugen Kartoffelkäfer auf uns herabregnen lassen?«

Die abstehenden Ohren Makarygins röteten sich.

»Ich halte es durchaus für möglich. Und selbst wenn es nicht wahr sein sollte, so verlangt es doch die Staatsraison. Es ist wie auf der Bühne: man muß die Stimme erheben und Schminke auftragen, sonst erreicht man das Publikum nicht.«

Radowićs Pergamentgesicht senkte sich wieder zu seinem Plechanow hinab. Makarygin rauchte schweigend und versuchte, einen entflohenen Gedanken zurückzuholen.

Endlich hatte er ihn. Es war der Gedanke an Klara. Dem Anschein nach stimmte alles mit den Makarygin-Töchtern, doch in Wirklichkeit war mit der jüngsten, dem Lieblingskind, die der Mutter am ähnlichsten war, schon seit einigen Monaten etwas nicht mehr in Ordnung.

Wenn man zu dritt, ohne Gäste, speiste, so herrschte am Tisch weder familiäre Gemütlichkeit noch Entspannung, sondern fast eine Art Marktgezänk. Alles Harmlos-Menschliche, über das man sich hätte unterhalten können, ohne das Essen zu stören, lehnte Klara ab. Immer wieder lenkte sie das Gespräch auf die »Unglücklichen«, mit denen sie arbeitete und durch die sie offenbar ihre Vorsicht und Wachsamkeit verloren hatte. Sie erklärte pathetisch, daß dort Unschuldige eingesperrt seien. Es störte sie nicht im geringsten, den Vater zu beleidigen. Sie behauptete, daß gerade er Unschuldige verurteile, verschluckte sich vor Wut und rannte dann vom Tisch, ohne aufgegessen zu haben.

Vor einigen Tagen hatte der Vater Klara dabei erwischt, wie sie auf der Platte der Kredenz mit einem Leuchter einen Nagel in ihren Schuh hämmerte. Dazu sang sie, sang irgendwelche sinnlosen Worte, die so ähnlich klangen wie »Rührt die Trommel«. Die Melodie jedoch war dem Vater nur zu gut bekannt. Sich zur Ruhe zwingend, bemerkte er:

»Für diese Arbeit, Klara, könntest du wirklich eine andere Melodie auswählen. ›Mit Tränen übergossen die unendliche Welt‹, ausgerechnet das! Mit diesem Lied sind Menschen in den Tod oder ins Konzentrationslager gegangen.«

Aus Eigensinn, oder was immer sie getrieben haben mochte, fauchte sie zurück:

»Ach nein, diese Edelmütigen! Sogar ins KZ gingen sie! Genau wie heute!«

Unmöglich! Die Unverfrorenheit und Unrichtigkeit des Vergleichs brachte den Staatsanwalt fast aus der Balance. Wie konnte man nur jedes Verständnis für die historischen Perspektiven verlieren? Kaum konnte er sich beherrschen, der Tochter nicht eine Ohrfeige zu geben; er riß ihr den Schuh aus der Hand und schleuderte ihn auf den Fußboden.

»Wie kannst du das vergleichen! Die Partei der Arbeiterklasse und den faschistischen Abschaum!«

Dickköpfig stand sie da, den einen Fuß im Schuh, den anderen im Strumpf auf dem Parkett. Sie hätte nicht geweint, selbst wenn sie geschlagen worden wäre.

»Papa, laß doch das Deklamieren! Was bist du denn für eine Arbeiterklasse? Irgendwann warst du zwei Jahre lang Arbeiter, und dreißig Jahre bist du nun Staatsanwalt! Du willst Arbeiter sein, aber im Hause gibt es keine Milch. Arbeiter, aber du hast Angst, dich ohne Chauffeur in ein Auto zu setzen. Die Verhältnisse bestimmen doch das Bewußtsein, das habt ihr uns selbst beigebracht.«

»Ja, aber die *gesellschaftlichen* Verhältnisse, dumme Göre, und das *gesellschaftliche* Bewußtsein!«

»Gesellschaft, daß ich nicht lache! Die einen haben Luxuswohnungen, die anderen eine Scheune, die einen haben Autos, die anderen durchlöcherte Schuhe. Wo liegen nun die gesellschaftlichen Interessen?«

Es verschlug dem Vater den Atem, daß er auf Anhieb nicht in der Lage war, diesem törichten jungen Geschöpf verständlich und kurz die Weisheit der älteren Generation klarzumachen.

»Wie dumm du bist ... Du ... verstehst nichts und lernst nichts hinzu!«

»So bring es mir doch bei, tu es doch! Auf wessen Kosten lebst du? Wofür zahlt man dir Tausende, wenn du nichts schaffst?«

In Klaras Gesicht zuckte es von verhaltener Wut.

»Für *akkumulierte* Arbeit, du Idiotin! Lies doch Marx! Bildung, Fachwissen, das ist akkumulierte Arbeit, dafür bezahlt man mehr. Und du, in deinem Institut, bekommst achtzehnhundert, wofür?«

Der Lärm hatte seine Frau aufgescheucht, und sie fiel ihrerseits über

Klara her. Für so etwas gebe es Leute, dafür bezahle man sie, das sei Schuhmacher-Arbeit, und es sei keine Art, Kredenz und Leuchter zu ruinieren.
Jetzt, auf dem Diwan sitzend, kniff Makarygin die Augen zusammen und stellte sich ganz lebhaft seine geliebte und gehaßte Tochter vor, wie sie ihn schlagfertig mit Beleidigungen überschüttet hatte und dann hinkend mit ihrem Schuh in der Hand abgezogen war.
»Duschan, Duschan«, stöhnte Makarygin ziemlich zermürbt. »Was soll ich nur mit meiner Tochter machen?«
»Mit welcher Tochter?« wunderte sich Radowić. Dabei blätterte und las er weiter in seinem Buch.
Makarygins Gesicht verjüngte sich nach unten kaum: Breit und rechtwinklig geschnitten, paßte es sehr gut zu der harten gesellschaftlichen Aufgabe eines Staatsanwalts. Seine großen abstehenden Ohren fügten sich dazu wie die Flügel einer Sphinx. Auf diesem Gesicht wirkte der Ausdruck von Ratlosigkeit sonderbar.
»Duschan, wie konnte das passieren? Als wir Koltschak jagten, konnten wir da ahnen, daß so die Dankbarkeit unserer Kinder aussehen würde?«
Er erzählte die Geschichte mit dem Schuh.
Radowić angelte aus seiner Tasche ein schmutziges Stückchen Sämischleder und begann, seine Brille zu putzen; er war kurzsichtig:
»Neben mir wohnt ein junger Mann, ein famoser Kerl, ein entlassener Offizier. Wie er mir erzählte, saß er immer mit den Soldaten zusammen im selben Bunker. Da erscheint eines Tages der Oberstleutnant mit dem Politruk, und beide machen ihm Vorwürfe: Warum läßt du dir keinen eigenen Bunker bauen? Warum wird für dich nicht getrennt gekocht? Du hast also keine Achtung vor dir selbst! Wozu bekommst du Offiziersverpflegung? ... Der Junge, leninistisch erzogen, genau wie wir, war damit nicht einverstanden. Das würde doch allen in die Augen stechen. Der Regimentskommandeur aber befahl ihm, dem Offizierskorps keine Schande zu machen. Als dann die Soldaten todmüde zurückkehrten, befahl auch er: Baut mir einen Bunker, schafft Möbel herbei! Darauf wurde er von seinen Vorgesetzten gelobt – er hätte das schon längst tun sollen.«
»Na und? Was willst du damit sagen?« Der Staatsanwalt war ungehalten. Der alte Duschan wurde mit den Jahren unangenehm. Aus Neid, weil er selbst nichts hatte, wollte er jedem eins auswischen.
»Was ich will?« Radowić setzte die Brille auf und erhob sich, trocken, kerzengerade. »Das Mädchen hat recht! Wir waren gewarnt. Man muß auch von den Feinden lernen können.«
»Du appellierst an die Anarchisten?« wunderte sich der Staatsanwalt.

»Nein, Pjotr, ich appelliere an das Gewissen der Partei!« rief Duschan mit erhobenem Zeigefinger aus.
»Mit Tränen übergossen die unendliche Welt? Und die akkumulierte Arbeit? Vielleicht Päckchen? Und du bekommst achttausend Rubel? Und die Putzfrau zweihundertfünfzig?«
Das Gesicht Makarygins wurde rechtwinklig. In einer Wange begann es zu zucken.
»Du hast in deiner Höhle den Verstand verloren! Du hast den Kontakt zum wirklichen Leben verloren! Wie stellst du dir das vor? Soll ich morgen bitten, mir nur noch zweihundertfünfzig Rubel zu bezahlen? Und wovon soll ich dann leben? Man wird mich als Verrückten davonjagen. Andere würden nämlich nicht darauf verzichten!«
Mit seinem gleich einer Lanze ausgestreckten Zeigefinger unterstrich Radowić hitzig jedes Wort:
»Was wir brauchen, ist eine Pferdekur! Alle bürgerliche Fäulnis muß weg! Sieh dir doch an, Pjotr, was dich umgibt, was aus dir geworden ist!«
Makarygin hob abwehrend die Hände.
»Wofür soll man denn dann noch leben! Wofür haben wir gekämpft? Denk an Engels: Gleichheit bedeutet nicht, daß alle gleich Null sein sollen. Wir wollen doch das Wohlergehen aller.«
»Versteck dich nicht hinter Engels! Für dich gilt vielmehr das Wort Feuerbachs: Deine erste Pflicht ist es, dich selber glücklich zu machen. Wenn du glücklich bist, wirst du auch anderen zum Glück verhelfen!«
»Großartig gesagt!« Makarygin klatschte Beifall. »War mir unbekannt. Du mußt mir unbedingt die Stelle zeigen.«
»Großartig!« Radowić mußte so furchtbar lachen, daß sein ganzes Knochengerüst erzitterte. »Ganz die Moral des Müllers Hugh bei Wilde! Nein! Wer zwanzig Jahre nicht selbst gelitten hat, dem sollte man verbieten, sich mit Philosophie zu befassen!«
»Du bist ein verdorrter Fanatiker, eine Mumie! Du bist ein prähistorischer Kommunist.«
»Wie schnell *du* dich mit der Geschichte in Einklang gebracht hast!« Radowić nahm vom Schreibtisch die Fotografie einer blondhaarigen Frau mit Lederjacke und Mauserpistole. »Lena war mit Schljapnikow nicht einverstanden. Erinnerst du dich noch? Sei froh, daß sie gestorben ist. Sonst hätte man dir wohl kaum den Schachtij-Prozeß übertragen.«
»Hör auf damit!« befahl Makarygin, bleich im Gesicht. »Laß die Finger von ihrem Andenken! Du Hornochse, du!«
»Nein, ich bin kein Hornochse. Ich wünsche nur leninsche Sauberkeit.« Radowić senkte die Stimme. »Bei uns wird darüber ja nicht geschrieben. In Jugoslawien kontrollieren die Arbeiter die Produktion. Dort ...«
Makarygin stieß ein feindseliges Lachen aus.

»Du bist Serbe, und für einen Serben ist es schwer, objektiv zu sein. Ich verstehe und verzeihe das. Denk daran, was Marx über den Balkanprovinzialismus geschrieben hat. Der Balkan – das ist nicht die ganze Welt.«

»Und dennoch ...!« schrie Radowić, brach dann aber ganz plötzlich ab. Das war die Grenze, an der sogar eine Freundschaft zerbrechen konnte, die in der Roten Garde begonnen hatte. Und das war gleichzeitig auch die Grenze, die Pjotr Makarygin als Staatsanwalt nicht überschreiten konnte.

Radowić erlosch, verstummte und schrumpfte wieder zum kleinen Pergament-Männchen zusammen.

»Nun sprich schon weiter, sprich doch, du Rindvieh!«

Makarygins Stimme klang immer noch feindselig. »Das soll also heißen, daß gerade das halbfaschistische Regime in Jugoslawien den Sozialismus verkörpert? Und bei uns herrscht demnach Entartung? Ein Thermidor? Alles altes Geschwätz, längst bekannt! Bloß Leute, die solch dummes Zeug von sich geben, sind bei uns längst im Jenseits. Nun behaupte noch, daß wir in der Auseinandersetzung mit der kapitalistischen Welt unterliegen werden? Das fehlt noch!«

»Nein, nein!« sprudelte es mit Überzeugung und prophetischer Begeisterung aus Radowić hervor. »Das wird es nie geben! Die kapitalistische Welt wird an ihren unvergleichlich schlimmeren, antagonistischen Widersprüchen zugrunde gehen. Ich glaube fest daran, was alle KOMINTERN-Funktionäre vorausgesagt haben, nämlich daß wir bald Zeugen eines bewaffneten Kampfes um die Absatzmärkte zwischen den Vereinigten Staaten und England sein werden.«

59

Sie nahmen manche Stadt im Sturm

Im Wohnzimmer wurde währenddessen zu den Klängen des modernen und sehr großen Plattenspielers getanzt. Die Makarygins hatten einen Schrank voll Musik-Schallplatten, dazu die Reden des Vaters der Völker, in seiner gedehnten Sprechweise, mit seinem Gebrüll und seinem Akzent – genauso, wie sie in allen wohlsituierten Häusern zu finden waren und ebensowenig angehört wie sonstwo. Es fehlten auch nicht die obligaten Lieder ›Der Nächste und Liebste‹ und ›Zuerst das Flugzeug, dann das Mädchen‹. Aber auch diese Platten aufzulegen galt heute als unfein, wie es seinerzeit in adligen Salons unfein war, von den Wundern der Bibel zu sprechen. An diesem Abend wurden nur ausländische Platten aufgelegt, die weder im Handel zu haben noch im Rundfunk zu hören waren, darunter sogar Lieder aus der Emigration, gesungen von der Leschtschenka.

Der Raum hinter dem Wohnzimmer lag im Halbdunkel. Dort stand der Fernsehapparat, den Klara jetzt einschaltete, und dort stand auch das Pianino, auf dem noch nie jemand gespielt hatte. Das bunte Deckchen, das auf dem Deckel lag, war noch niemals entfernt worden. Es waren gerade die ersten Fernsehgeräte auf den Markt gekommen, mit Bildschirmen nicht größer als ein Briefumschlag. Die Wiedergabe war verzerrt, und das Bild fiel immer wieder zusammen. Als Radio-Technikerin hätte Klara allein mit der Störung fertig werden müssen, dennoch rief sie nach Shenka. Der hatte viel getrunken, aber er verstand etwas von der Sache, denn er war bei einem mehrere Megawatt starken Störsender beschäftigt. Er brachte es denn auch noch fertig, das Gerät zu reparieren, bevor es von anderen gänzlich auseinandergenommen werden konnte.

Wer die dunklen Seidenvorhänge der Glastür zum Balkon zurückschlug, sah das lebhafte Gewühl an der Kaluga-Pforte, die Scheinwerfer der Autos, die roten und grünen Lichter der Ampeln, die roten Bremssignale – das Ganze hinter einem Schleier ununterbrochen fallenden Schnees.

Das Zimmer war derartig mit Möbeln vollgepackt, daß nicht alle acht Paare gleichzeitig tanzen konnten; so tanzte man umschichtig. Neben den vergnügten Gesichtern der Mädchen und der äußerst konzentrierten Miene des Leutnants vom Sicherheitsdienst fiel das fast Entschuldigung heischende Lächeln Lanskijs auf. Es sah aus, als wolle er die Anwesenden dafür um Verzeihung bitten, daß er sich einer so albernen Beschäftigung hingab. Der junge Referent wich erst von Dineras Seite, als sie ihm, sich an seiner Verwirrung weidend, befahl, auch mit anderen zu tanzen. Eine von Klaras Freundinnen, ein etwas mageres, doch angenehmes Mädchen, hatte schon den ganzen Abend kein Auge von dem jungen Staatsdiener gewandt. Obwohl dieser durchschnittlichen jungen Menschen in der Regel auswich, entschloß er sich, mürbe geschmeichelt, das magere Mädchen mit einem Tanz zu belohnen. Man spielte gerade einen Two-Step. Gleich darauf wurde auf allgemeinen Wunsch eine Pause eingelegt.

Eine der beiden Baschkirinnen reichte Gefrorenes herum.

Der junge Staatsdiener führte das Mädchen in die Nische der Balkontür, wo zwei Sessel standen. Dann brachte er ihr Eis und lobte ihr Tanzen. Sie lächelte ihm zu und schien etwas Bestimmtes zu wollen.

Interessiert betrachtete er ihren sensiblen Hals und die kleinen Brüste unter ihrer dünnen Bluse. Dann machte er es sich zunutze, daß sie beide durch einen Vorhang halb verdeckt wurden, und griff mit einem Anflug von Wohlwollen nach der auf dem Knie ruhenden Hand des Mädchens. Erregt begann sie zu sprechen:

»Witalij Jewgenjewitsch! Es ist ein so glücklicher Zufall, Sie hier zu treffen. Nehmen Sie es mir nicht übel, daß ich es wage, Sie in Ihrer Freizeit zu bemühen. Im Vorzimmer des Obersten Sowjets ist es aber unmöglich, bis zu Ihnen vorzudringen.«

Witalij zog sofort seine Hand von der des Mädchens zurück.

»Bei Ihnen im Sekretariat liegen schon seit einem halben Jahr die Arbeitsunfähigkeits-Bescheinigungen meines Vaters, der im Lager einen Schlaganfall erlitten hat, und mein Gnadengesuch.«

Witalij lehnte sich etwas hilflos in den Sessel zurück und stocherte mit seinem Löffel im Eis herum. Das Mädchen hatte ihr Eis völlig vergessen. Aus Ungeschicklichkeit ließ sie ihren Löffel auf das Kleid rutschen, wo sich sofort ein Fleck bildete. Dann rollte der Löffel auf den Fußboden und blieb dort liegen.

»Seine ganze rechte Seite ist gelähmt. Noch ein Schlag, und er stirbt. Es ist doch ein dem Tode geweihter Mann, was haben Sie jetzt noch von seiner Haft?«

Die Lippen des Referenten verzogen sich.

»Wissen Sie, daß es taktlos ist, sich hier an mich zu wenden? Unser Diensttelefon ist nicht geheim. Rufen Sie an, und ich werde Ihnen einen Termin geben. Übrigens, welchen Paragraphen hatte Ihr Vater? Achtundfünfzig?«

»Nein, nein, wo denken Sie hin!« rief das Mädchen erleichtert aus. »Ich hätte es nie gewagt, Sie zu bitten, wenn er ein Politischer wäre. Er wurde nach dem Gesetz vom siebten August[1] verurteilt.«

»Ganz gleich. Auch für die nach dem Gesetz vom 7. August Verurteilten sind Eingaben nicht zulässig.«

»Aber das ist doch schrecklich! Er wird im Lager sterben! Warum hält man jemanden, der sowieso dem Tode geweiht ist, noch im Gefängnis?«

Der Referent sah das Mädchen voll an.

»Wenn wir danach gehen wollten, was bliebe dann von der Gesetzgebung übrig?« Er lachte hämisch auf. »Er ist immerhin von einem Gericht verurteilt worden. Denken Sie doch nach! Was heißt schon ›stirbt im Lager‹! Der eine oder andere muß im Lager sterben. Und wenn man schon sterben muß, ist es dann nicht vollkommen gleich, wo man stirbt?« Ärgerlich stand er auf und entfernte sich.

Seine Worte waren von jener überzeugenden Einfachheit gewesen, gegen die selbst der erfahrenste Rhetoriker machtlos ist.

[1] Gesetz über den Schutz sozialistischen Eigentums vom 7. August 1932 (Anm. d. Übers.)

Das taktlose Mädchen durchquerte, ohne von Klara bemerkt zu werden, still das Wohnzimmer, schlüpfte durch das Speisezimmer, wo gerade Tee und Kuchen aufgetragen wurden, zog sich in der Garderobe an und verließ das Haus.

Klara machte sich derweilen am Fernsehapparat zu schaffen, erreichte aber nur eine Verschlechterung des Bildes. Shenka hatte sich ins Badezimmer zurückgezogen.

Galachow, Innokentij und Dotnara hatten das magere Mädchen an sich vorbeigehen lassen und betraten nun das Wohnzimmer. Dort kam Lanskij ihnen entgegen.

Man liebt immer die ganz besonders, die auch einen selbst zu schätzen wissen. So arbeitete auch Galachow mit größtem Vergnügen mit Lanskij zusammen und förderte ihn, weil dieser nicht nur das, was Galachow bereits geschrieben hatte, hoch einschätzte, sondern darüber hinaus noch Größeres erwartete.

Alexej befand sich gerade in jener ganz besonderen, leichten Feststimmung, in der im Grunde genommen auch dann alles gut endet, wenn das eine oder andere etwas dreist ausgedrückt wird.

»Nikolaj Arkadjewitsch!« rief er strahlend aus. »Stop! Geben Sie zu, daß Sie in der allertiefsten Tiefe Ihrer Seele kein Schriftsteller sind. Aber – was sind Sie dann?« Das war eine Wiederholung der Frage Innokentijs, und Galachow wurde verlegen. »Sie sind Soldat«, Lanskij hatte sich entschieden.

»Sicher, ich bin Soldat!« lächelte Galachow tapfer.

Dann kniff er die Augen zusammen, als ob er in die Ferne blickte. Kein einziger Tag seiner schriftstellerischen Laufbahn hatte ein derartiges Gefühl des Stolzes in ihm zurückgelassen und, was wichtiger war, eine solche Empfindung von Sauberkeit, wie jener Tag, an dem er sich, vom Teufel getrieben, zum Stabe eines fast eingeschlossenen Bataillons vorgearbeitet hatte. Dort war er in Artillerie- und Granatwerferfeuer geraten und hatte schließlich, spät am Abend, in einem halbzerschossenen Bunker Unterschlupf gefunden. Als er dann zusammen mit dem Bataillonsstab heißhungrig aus einem einzigen Kessel gegessen hatte, fühlte er sich diesen abgebrühten Kriegern ebenbürtig ...

»Dann gestatten Sie mir bitte, daß ich Ihnen meinen Frontkameraden Hauptmann Schtschagow vorstelle.«

Schtschagow stand kerzengerade, ohne besondere Ehrerbietung zu bekunden. Seine große, gerade Nase und das breite Gesicht erweckten den Eindruck von Offenheit.

Mit Verve streckte ihm der bekannte Schriftsteller, als er die Kampforden, Medaillen und zwei Verwundetenabzeichen seines Gegenübers sah, die Hand entgegen.

»Ich bin Major Galachow«, sagte er lächelnd. »Wo haben Sie gekämpft? Setzen wir uns doch, erzählen Sie.«
Sie setzten sich auf eine teppichbedeckte Ottomane, auf der schon Innokentij und Dotti Platz genommen hatten. Man forderte auch Lanskij auf, sich zu setzen, aber der tat geheimnisvoll und verschwand. In der Tat, das Treffen der Frontkämpfer durfte nicht unbegossen bleiben. Schtschagow erzählte, wie er sich mit Lanskij angefreundet hatte. Es war in Polen am fünften September vierundvierzig, einem verrückten Tag, als die sowjetischen Truppen in einem tollen Anlauf zum Narew vorstießen und den Fluß dann auf Baumstämmen rudernd überquerten, wohl wissend, daß es am ersten Tag leicht, später aber nahezu unmöglich sein würde. Sie schlängelten sich in einem schmalen, wenige Kilometer breiten Korridor frech zwischen den deutschen Stellungen hindurch, während der Feind, um den Einbruch abzuriegeln, von Norden dreihundert und von Süden zweihundert Panzer einsetzte.
Kaum hatte der Austausch von Fronterinnerungen begonnen, als Schtschagow auch schon die Sprache vergaß, die er täglich auf der Universität benutzte. Ebenso verschwanden bei Galachow nicht nur der Gesprächston der Redaktionen und Literaturzirkel, sondern auch die ausgewogene, gezielte Sprache des Buchautors. Die gereinigte und behutsame Sprechweise des Salons blieb ebenfalls auf der Strecke, denn es erwies sich als unmöglich, mit ihr das dramatische Frontgeschehen voller Qualm und Rauch auch nur annähernd zu schildern. Nach knappen zehn Worten hätten sich Schtschagow und Galachow am liebsten einiger Flüche bedient, die hier allerdings undenkbar waren.
Alexej kehrte mit drei Gläsern und einer angebrochenen Kognakflasche zurück. Er zog sich einen Stuhl heran, so daß er beide sehen konnte, und goß ein.
»Auf die Soldatenfreundschaft«, sagte Galachow augenzwinkernd.
Die Gläser wurden geleert.
»Noch nicht alles«, sagte Lanskij vorwurfsvoll und hielt die Flasche gegen das Licht. Dann goß er erneut ein.
»Auf die, die nicht zurückgekehrt sind!« Schtschagow erhob sein Glas.
Man trank. Lanskij blickte sich verstohlen um und versteckte dann die leere Flasche unter der Ottomane.
Eine neue Trunkenheit legte sich auf die alte. Alexej zog das Gespräch an sich. Er berichtete, wie er an jenem denkwürdigen Tag zum erstenmal an die Front fuhr, ein frischgebackener Kriegskorrespondent, der erst vor zwei Monaten die Universität beendet hatte. Wie er auf einem Lkw, der Panzerminen zu Schtschagow brachte, unter heftigem deutschem Granatwerferfeuer gerade noch durch den bewußten Korridor von Dlugosedlo nach Kabat durchschlüpfte, und wie die ›nördlichen‹ Deutschen

in die Stellungen der ›südlichen‹ knallten. Wie genau an dieser Stelle und genau an diesem Tage ein sowjetischer General vom Urlaub an die Front zurückkehrte, sich in seinem Willis[1] zu den Deutschen verirrte und nie mehr gesehen wurde.
Innokentij, der zugehört hatte, fragte nach dem Gefühl der Todesangst. Lanskij, in Fahrt geraten, beeilte sich zu sagen, daß der Tod in so verzweifelten Augenblicken nicht schrecklich sei, daß man nicht an ihn dächte. Schtschagow hob die Augenbrauen und korrigierte ihn.
»Der Tod ist so lange nicht schrecklich, wie es dich noch nicht richtig erwischt hat. Zuerst hat man überhaupt keine Angst. Aber wenn man dann eins abbekommen hat, befürchtet man alles. Ein Trost ist lediglich, daß der Tod dich irgendwie doch nicht berührt: solange du lebst, gibt es ihn nicht, und wenn er kommt, bist du schon nicht mehr.«
Jemand hatte die Platte ›Kehr zurück zu mir, mein Kleines!‹ aufgelegt.
Für Galachow waren die Erinnerungen von Schtschagow und Lanskij uninteressant. Zum einen, weil er nicht Zeuge des beschriebenen Vorstoßes war und weder Dlugosedlo noch Kabat noch Nowe-Mjasto kannte, und zum anderen, weil er nicht wie Lanskij kleiner Frontkorrespondent gewesen war, sondern strategischer Korrespondent. Er hatte keine Kämpfe um halbverfaulte Brückenstege oder kleine dörfliche Hanfgärten gesehen. Für ihn hatte alles einen viel größeren Maßstab gehabt, ihn beschäftigten die Zweckmäßigkeitsüberlegungen der Generale und Marschälle.
So unterbrach er dann das Gespräch.
»Ja Krieg, Krieg! Wir geraten in ihn hinein als alberne Städter und kehren aus ihm zurück mit bronzenen Herzen. Alexej, wurde in eurem Abschnitt auch das ›Lied der Frontkorrespondenten‹ gesungen?«
»Aber natürlich doch.« Lanskij intonierte die Melodie.
»Nera, Nera!» rief Galachow. »Komm helfen, wir singen das Lied der Frontkorrespondenten.«
Immer wenn Galachow seine ebenmäßigen weißen Zähne entblößte, verschwand der Eindruck von Hängebacken aus seinem Gesicht.
Dinera trat schnell zu ihnen.
»Wenn ihr gestattet, Freunde«, dabei warf sie den Kopf zurück, »auch ich bin Frontkämpferin.«
Der Plattenspieler wurde ausgeschaltet, und alle drei begannen zu singen, wobei viel aufrichtige Mühe die fehlende Musikalität ersetzen mußte.

1 Amerikanisches Geländefahrzeug mit Vierradantrieb (Anm. d. Übers.)

Von Moskau bis nach Brest-e
Marschieren wir ganz feste,
Und die Schnauze steckt im tiefen Dreck.
Zwar Foto wohl und Feder
MG's hat nicht ein jeder,
Und Frost und Hitze sind auch mit dabei.

Die Jungen verfolgten neugierig das Treiben der Berühmten. So was sah man nicht jeden Tag.

Wodka für die Seele
Macht rauh uns Herz und Kehle,
Aber dem, der meckert, sagen wir:
Mach dich auf die Socken,
Komm mit uns hier hocken,
Und erleb den Krieg mal so wie wir.

Kaum hatte der Gesang begonnen, als Schtschagow, nach außen hin immer noch ein Lächeln auf den Lippen, sich innerlich abzukapseln begann. Jetzt schämte er sich wegen seiner anfänglichen Begeisterung vor denen, die nicht hier sein konnten, weil sie irgendwann im Jahre einundvierzig in den Fluten des Dnjepr versunken waren oder zweiundvierzig ins Moos der Nowgoroder Wälder hatten beißen müssen. Alexej Lanskij war ein netter Kerl und Galachow ein durchaus achtenswerter Schriftsteller, doch beide wußten sie kaum etwas von der Front, die sie jetzt verherrlichten. Selbst die waghalsigsten Korrespondenten, die bereit waren, in den Rachen der Hölle zu springen – und das war keineswegs die Mehrzahl –, unterschieden sich von den richtigen Landsern genauso wie der gelegentlich den Pflug führende Graf vom bäuerlichen Feldarbeiter. Sie waren nicht durch Felddienstordnung oder Befehl an das Kampfgeschehen gefesselt, und keiner hätte ihnen einen Schock der Angst, die Rettung des eigenen Lebens oder das Verlassen des Kampfplatzes als Verrat angekreidet. Hier klaffte ein Abgrund. Auf der einen Seite die Gedankenwelt des Grabenkämpfers, dessen Füße in die Erde der Hauptkampflinie hineingewachsen zu sein schienen, der nirgendwohin entweichen konnte, der womöglich auch dort sterben mußte – auf der anderen die Psychologie des Korrespondenten mit seinen Flügeln, die ihn ein paar Tage später in seine Moskauer Wohnung zurücktragen konnten.

Dort, wo wir uns zeigen,
Dreht kein Tank den Reigen –
Laßt sie doch verrecken, Schreiberpack!

Vertraut mit allen Maschen,
Das Schießholz in der Taschen,
Nahmen manche Stadt wir schon im Sturm.

Dem »Nahmen manche Stadt wir schon im Sturm« lagen bestenfalls zwei bis drei Anekdoten zugrunde. Aus Unkenntnis ihrer topographischen Karten waren Kriegsberichterstatter einigemal über gute Straßen (auf schlechten konnten ihre MK's überhaupt nicht eingesetzt werden) in Niemandsland-Städte geraten – mit dem Erfolg, daß sie gleich wieder umkehrten, so als wären sie in heißes Wasser gefallen.

Auch Innokentij, der zerstreut mit den Fingern seiner Frau spielte, deutete das Lied auf seine Art. Er kannte zwar nicht den Krieg in allen seinen Aspekten, wohl aber die Situation der Korrespondenten. Es waren keineswegs die bedauernswerten Reporter, die in diesen Versen dargestellt wurden, deren Leben nichts galt und die, wenn sie einmal mit einer wichtigen Meldung zu spät kamen, ihre Arbeit bei der Zeitung verloren. Es war anders. Die Korrespondenten wurden, kaum hatten sie ihre Ausweise gezückt, überall wie wichtige Vorgesetzte empfangen, vor denen es die Mängel des eigenen Bereichs zu verbergen, die Vorzüge aber herauszustreichen galt. Wo immer ein Korrespondent auftauchte, wurde er fast so behandelt, als ob er das Recht hätte, Anweisungen zu geben. Auch hing der Erfolg seiner Berichterstattung keineswegs von der Aktualität und dem Wahrheitsgehalt der Informationen ab, vielmehr von der weltanschaulich richtigen Interpretation. Mit der richtigen Einstellung zur Sache brauchte der Berichterstatter keineswegs noch auf einen Brückenkopf oder in den Rachen der Hölle springen. Die ›richtige Einstellung‹ konnte nämlich auch in der Etappe formuliert werden.

Nachdem es ihr schließlich gelungen war, das Fernsehgerät notdürftig zu reparieren, kam Klara aus dem halbdunklen Zimmer und stellte sich so hin, daß Lanskij sie sehen konnte. Mit dem Gedanken daran, daß sie nicht nur lieb, sondern auch schön gewachsen sei und ihm überhaupt gut gefalle, lächelte er ihr mit seinen klaren Augen zu und stimmte dann den letzten Vers an, der im Grunde genommen ein Loblied auf die drei Sänger war:

Auf den Sieg nun trinket,
Auch der Zeitung winket,
Und wenn's uns erwischt, was liegt daran –
Irgendwer wird's sehen,
Irgendwo wird's stehen,
Irgendwas erinnert euch an uns ...

Der letzte Ton war noch nicht verklungen, als ganz nah ein Zischen ertönte und die gesamte Wohnung im Dunkeln lag.
»Kurzschluß«, schrie jemand. Die jungen Leute brachen in Gelächter aus. Kaum herrschte wieder Ruhe, als aus der Dunkelheit der erste Scherz kam:
»Mika, was machst du da? Das ist nicht Lusja, das bin ich!«
Wieder lachte alles. Dann redete man durcheinander, ohne daß etwas geschah. Hier und da wurden Streichhölzer angerissen, wieder ausgeblasen oder weggeworfen.
Aus den Fenstern kam etwas Licht, und aus der Garderobe meldete schließlich eine der beiden Baschkirinnen:
»Im Treppenhaus ist es hell.«
»Wo ist Shenka? Shenka, komm her!«
»Shenka kann nicht kommen«, sagte irgend jemand mit bestimmter, düsterer Stimme.
»Man muß einen Elektriker rufen«, kommandierte aus dem Speisezimmer die Frau des Staatsanwalts. »Klarotschka, rufe das Elektrizitätswerk an!«
»Laßt Klara nicht ans Telefon! Wozu ein Elektriker! Sie kann das selber.«
»Wahrscheinlich ist es der Fernsehapparat«, bemerkte Klara.
»Was ist das für ein Unsinn, ihr jungen Leute?« fragte nun schon ganz aus der Nähe und ganz streng die Frau des Staatsanwalts. »Wollt ihr, daß meine Tochter einen Schlag bekommt und tot umfällt? Bitte, wer Lust hat, die Leitung zu reparieren, soll es ruhig tun. Andernfalls wird telefoniert.«
Es folgte ein betretenes Schweigen. Jemand sagte etwas über den Fernsehapparat, daß es nicht an den Steckern unter der Decke läge. Doch alle, wie sie da waren, diese überaus nützlichen Mitglieder der Gesellschaft, diese Menschen des zwanzigsten Jahrhunderts – der Diplomat, der Schriftsteller, der Literaturkritiker, der Referent einer hohen Behörde, der Schauspieler, der Offizier der Grenzwache, der Jurastudent –, keiner von ihnen bot sich an. Es meldete sich allein der Frontsoldat mit den Stiefeln, dessen Anwesenheit einigen überflüssig zu sein schien.
»Wenn Sie gestatten, mache ich es. Klara Petrowna, schalten Sie bitte den Fernsehapparat aus.«
Schtschagow ging in die Garderobe, die von den Baschkirenmädchen kichernd mit Kerzenstummeln erhellt wurde. Beide waren von der Hausfrau gelobt worden. Sie sollten für den Abend auch zehn Rubel mehr erhalten, als ursprünglich abgemacht. Beide waren äußerst zufrieden mit ihrer Arbeit in der Stadt. Sie wollten bis zum nächsten Frühling einen Mann finden und dann nicht mehr nach Hause zurückkehren. Dazu mußten sie sparen, um sich einkleiden zu können.

Als das Licht wieder anging, war Klara nicht mehr bei den Gästen. Lanskij hatte die Dunkelheit genutzt und sie in den zweiten Korridor gezogen; dort standen sie nun hinter einem Schrank.
Klara hatte ihm zugesagt, das neue Jahr mit ihm zusammen in der ›Aurora‹ zu empfangen. Lanskij triumphierte: dieses unruhige, spöttische Mädchen würde ganz gewiß seine Frau werden, sein kritischer Freund, der ihn daran hindern würde, stehenzubleiben und sich zu verzetteln. Er beugte sich herab und küßte ihre Hand und die Ärmelstickerei am Handgelenk.
Klara sah auf seinen geneigten Kopf herab und seufzte tief. Es war nicht ihre Schuld, daß dieser und der andere nicht derselbe Mensch waren, sondern zwei verschiedene. Und es war auch nicht ihre Schuld, daß jetzt ihre letzte und äußerste Reifezeit gekommen war und daß sie nach dem unerbittlichen Gesetz der Natur wie ein Septemberapfel dem zufallen würde, der als erster nach ihr griff.

60

Duell ohne Reglement

Auf der oberen Pritsche, allein unter der rundgewölbten Decke, die sich wie die Himmelskugel über ihm ausbreitete, und den Kopf immer wieder in dem heißen Kissen vergrabend, das ihm Klaras Schoß ersetzen mußte, verging Rostislaw fast vor Glück. Nun war schon ein halber Tag vergangen seit dem Kuß, der ihm den Boden unter den Füßen entzogen hatte, und immer noch vermied er es, seine glücklichen Lippen durch leere Rede oder gieriges Essen zu entweihen.
»Aber Sie können doch nicht auf mich warten ...« hatte er ihr gesagt.
Und sie hatte geantwortet:
»Warum könnte ich es nicht? Ich kann!«
»Du drückst dich also wieder vor einem ehrlichen Männerstreit.« Es war eine kräftig-klangvolle jugendliche Stimme, fast genau unter ihm. »Du ziehst es wieder einmal vor, deinen Gesprächspartner mit Vogelwörtern zu überschütten.«
»Und du sprichst nicht, sondern verkündest Beschwörungsformeln. Pythia, mauretanische Pythia. Warum nimmst du an, daß ich vor Verlangen brenne, mit dir zu streiten? Mag sein, daß mich das ebenso langweilt, wie einem alten Analphabeten einzubleuen, daß die Sonne sich nicht um die Erde dreht. Jeder soll seine Suppe fressen, wie sie ihm schmeckt.«

»Im Gefängnis sitzen und auch noch streiten! Wo sollte man es sonst tun? In der Freiheit kommt man schnell dahin, wohin man will. Nur hier triffst du die richtig Streitsüchtigen. Aber du weichst aus, stimmt's?«

Sologdin und Rubin saßen immer noch am inzwischen leer gewordenen Geburtstagstisch. Durch ihre ewigen Meinungsverschiedenheiten wie zusammengeschmiedet, wollte keiner das Kampffeld räumen, um nicht eine Niederlage zugeben zu müssen. Adamson hatte sich schon längst zurückgezogen und las in seinem ›Monte Christo‹. Prjantschikow war weggelaufen, um schnell eine vorjährige Nummer des ›Ogonjok‹ durchzublättern, die von irgendwoher aufgetaucht war. Nershin geleitete Kondraschow-Iwanow hinaus und begab sich dann zum Pförtner Spiridon. Potapow, der bis zum Schluß den Aufgaben des Gastgebers treu blieb, wusch das Geschirr, räumte die Hocker weg und legte sich dann hin – ein Kissen gegen Lärm und Fliegen auf das Gesicht gepackt. Viele im Raum schliefen bereits, andere lasen oder unterhielten sich leise. Es war die Stunde, in der man nicht genau weiß, ob der Wachhabende nicht vielleicht doch vergessen hat, das Licht zu löschen und die Nachtbeleuchtung einzuschalten. Nur Sologdin und Rubin saßen immer noch auf dem leeren Bett Prjantschikows neben dem einzigen noch stehengebliebenen Hocker.

Leise und weich mahnte jetzt Sologdin:

»Ein richtiges Wortgefecht, das sage ich dir aus Erfahrung, gleicht einem Zweikampf. In beiderseitigem Einverständnis wollen wir einen Schiedsrichter bestimmen, meinetwegen Gleb. Dann nehmen wir ein Blatt Papier und teilen es durch einen Strich in zwei gleiche Hälften. Oben schreiben wir über das ganze Blatt das Thema der Erörterung. Anschließend muß jeder auf seiner Hälfte äußerst klar und kurz seinen Standpunkt darlegen. Um zufällige Fehler bei der Wahl der Worte zu vermeiden, wird die Zeit für die Niederschrift nicht begrenzt.«

»Du willst mich wohl auf den Arm nehmen?« erwiderte Rubin schläfrig und senkte die faltigen Lider. Sein bärtiges Gesicht drückte größte Müdigkeit aus. »Was denkst du dir, sollen wir bis zum Morgen diskutieren?«

»Im Gegenteil!« rief fröhlich mit blitzenden Augen Sologdin. »Darin liegt ja gerade das Bemerkenswerte eines echten Wortgefechts unter Männern. Leeres Wortgeklingel und Lufterschütterungen können sich über Wochen hinziehen. Eine Erörterung auf dem Papier aber kann in zehn Minuten beendet sein, weil es sich sogleich herausstellt, daß die Gegner entweder von völlig verschiedenen Dingen reden oder überhaupt keine Meinungsverschiedenheiten haben. Wenn es sich dann als sinnvoll erweist, das Wortgefecht fortzusetzen, werden abwechselnd die vorgebrachten Begründungen auf der entsprechenden Seite des Blattes niedergeschrieben. Wie im Zweikampf: Schlag – Gegenschlag, Schuß – Gegenschuß! Und dabei zeigt sich dann folgendes: die Unmöglichkeit, auszuweichen, einmal benutzte Wendungen zurückzunehmen oder das eine Wort gegen das andere auszutauschen, führt dazu, daß bereits nach zwei bis drei Niederschriften der Sieg des einen und die Niederlage des anderen klar erkennbar sind.«

»Und die Zeit wird nicht begrenzt?«

»Um die Wahrheit zu finden – nein.«

»Aber mit Säbeln werden wir uns nicht schlagen?«

Das enthusiasmierte Gesicht Sologdins verdüsterte sich.

»Ich habe es ja gewußt, daß du mich als erster anrempeln würdest.«

»Meiner Ansicht nach bist *du* der erste.«

»Du beehrst mich mit den verschiedensten Schmeichelnamen, von denen du genug in der Tasche hast: Finsterling, Rückschrittler (er vermied das unverständliche Fremdwort ›Reaktionär‹), verdienter Speichellecker (das bedeutete ›diplomierter Lakai‹) der Kirche. Du kennst mehr Schimpfworte als wissenschaftliche Begriffe. Wann faß ich dich endlich an der Kehle und zwinge dich, ehrlich zur Sache zu reden. Du hast nie Zeit, nie Lust, immer bist du müde!«

Wie immer am Sonntagabend, der seiner Zeiteinteilung nach der Zerstreuung dienen sollte, stand Sologdin auch heute der Sinn nach einer Diskussion. Um so mehr, weil dieser Tag in mehrfacher Hinsicht für ihn ein Tag des Erfolges gewesen war.

Rubin hingegen war tatsächlich erschöpft. Ihm stand eine neue, schwierige und nicht sehr angenehme Arbeit bevor. Von morgen an mußte er, allein auf sich gestellt, eine ganz neue Wissenschaft aus dem Boden stampfen, und dafür galt es schon am Abend Kräfte zu sammeln. Zudem hatte er seit langem Briefschulden. Ebenso warteten auf Rubin ein mongolisch-finnisches und ein spanisch-arabisches Wörterbuch, Čapek, Hemingway und Sinclair. Und weiter – das komische Gerichtsschauspiel, die kleinen Sticheleien der Nachbarn, die Geburtstagsfeier, das alles hatte dazu geführt, daß er den ganzen Abend keine Zeit gefunden hatte, über die endgültige Ausarbeitung seines Projekts nachzudenken, das von so großer Bedeutung für die gesamte Zivilbevölkerung war.

Aber er fühlte sich doch durch die ungeschriebenen Gesetze des Gefängnisses gebunden. In keinem Wortgefecht durfte er besiegt werden, denn gerade er vertrat hier in der Scharaschka die fortschrittliche Ideologie.

»Worüber sollen wir denn diskutieren?« Rubin hob die Hände. »Zwischen uns ist doch schon alles gesagt.«

»Worüber? Ich überlasse dir die Auswahl«, antwortete Sologdin mit einer galanten weiten Geste, so als stelle er einem Gegner für das Duell die Wahl der Waffe und des Ortes frei.

»So wähle ich denn: über nichts.«
»Das ist gegen die Regeln.«
Rubin fuhr ärgerlich durch die Strähnen seines schwarzen Bartes:
»Was heißt hier nach Regeln? Was gibt es da noch für Regeln? Was ist das für eine Inquisition? Kapier doch, um fruchtbar diskutieren zu können, muß man wenigstens irgendeine gemeinsame Basis haben, muß in etwas Grundsätzlichem übereinstimmen ...«
»Natürlich, natürlich, so bist du es gewöhnt! Nur mit Gesinnungsgenossen! Nach Männerart ein Wortgefecht führen, das kannst du nicht.«
»Und wir beide? Was man auch aufgreift, wo man auch beginnt ... für dich sind ja auch jetzt noch Duelle das beste Mittel, um Genugtuung zu erhalten.«
»Versuch doch, das Gegenteil zu beweisen«, gab Sologdin strahlend zurück. »Wenn es noch Zweikämpfe gäbe, wer würde dann noch Verleumdungen wagen? Wer würde es wagen, Schwache mit dem Ellbogen beiseite zu stoßen?«
»Du mit deinen Raufbolden! Für dich sind die Finsternis des Mittelalters, das stumpfsinnige, arrogante Rittertum und die Kreuzzüge so etwas wie der Höhepunkt der Geschichte.«
»Ja, das war der Gipfel menschlicher Geistigkeit«, bestätigte Sologdin und richtete sich dabei auf. »Der großartige Sieg des Geistes über das Fleisch, das unaufhaltsame Streben nach Heiligkeit mit dem Schwert in der Hand.«
»Und die riesige Beute? Du bist der reinste Konquistador!«
»Du schmeichelst mir«, wehrte Sologdin geziert ab.
»Schmeicheln? Grausig, grausig!« Rubin demonstrierte dieses Grausen, indem er sich mit den gespreizten zehn Fingern durch die am Scheitel gelichteten Haare fuhr. »Du bist ein lästiger Hidalgo!«
»Und du ein alttestamentarischer Eiferer, das heißt, ein Besessener«, parierte Sologdin.
»Also bitte! Worüber können wir schon diskutieren? Über die Beschaffenheit der slawischen Seele bei Chomjakow oder über die Restaurierung der Ikonen?«
»Gut«, räumte Sologdin ein, »es ist spät, und ich bestehe nicht darauf, daß wir eine der Grundfragen aufgreifen. Aber laß uns doch mal die Regeln des Zweikampfs in Worten einfach an einem leichten, geschmeidigen Stoff erproben. Ich mache dir einige Vorschläge zur Auswahl. Willst du etwas Literaturwissenschaftliches erörtern? Das ist dein Gebiet, nicht meins.«
»Und was aus der Literaturwissenschaft?«
»Nun, zum Beispiel, wie man Stawrogin ausdeuten sollte?«
»Darüber gibt es schon soundsoviel kritische ...«

»Die taugen alle nichts. Ich habe sie gelesen. Stawrogin, Swidrigailow, Kirillow – kann man sie überhaupt verstehen? Sie sind so schwierig und unverständlich wie nur das Leben selbst. Im Leben lernen wir einen Menschen nicht auf Anhieb und niemals ganz kennen. Immer wieder zeigt sich etwas Unerwartetes. Darin liegt ja auch die Stärke Dostojewskijs. Und dann behaupten die Literaturwissenschaftler, man könne einen Menschen ganz und gar durchleuchten. Lächerlich.«
Als Sologdin bemerkte, daß Rubin sich anschickte zu gehen – jetzt konnte dieser das Gespräch noch beenden, ohne daß der Abgang sehr unrühmlich gewirkt hätte –, lenkte er rasch ein:
»Gut, also eine ganz alltägliche Sache: Über die Bedeutung des Stolzes im menschlichen Leben.«
Rubin hob angeödet die Schultern:
»Sind wir Gymnasiasten?«
Er erhob sich. Es war der richtige Zeitpunkt zu gehen.
»Gut, dann vielleicht . . .«, Sologdin hielt ihn an der Schulter fest.
»Ach laß schon.« Rubin winkte ab, ohne ärgerlich zu sein. »Für Witzeleien habe ich keine Zeit, und wie soll man mit dir denn ernsthaft debattieren? Du bist doch ein Wilder! Ein Höhlenmensch! In deinem Kopf ist doch alles durcheinander. Du bist der einzige auf dem ganzen Planeten, der die drei Gesetze der Dialektik noch nicht anerkennen will. Aus diesen aber ergibt sich alles andere.«
Sologdin wischte den Vorwurf mit seiner rosigen Handfläche hinweg.
»Wieso erkenne ich sie nicht an? Ich erkenne sie an.«
»Was? Du bekennst dich zur Dialektik?« Rubin schob seine großen fleischigen Lippen zu einem Trichter zusammen und lispelte absichtlich. »Täubchen, komm, ich muß dir einen Kuß geben. Hast du sie wirklich anerkannt?«
»Ich habe sie nicht nur anerkannt, sondern sogar darüber nachgedacht. Und du – hast nicht nachgedacht!«
»Sogar nachgedacht? Goldstück! Musterknabe!« Rubins Lippen bildeten immer noch einen Trichter. »Solltest du, ich wage es kaum zu fragen, auch noch das Kriterium der Praxis in der Erkenntnistheorie anerkannt haben?«
Sologdins Gesicht verfinsterte sich.
»Du meinst die Fähigkeit, beim Nachdenken gewonnene Erkenntnisse in die Tat umzusetzen? Das wäre also dingliches Wissen.«
»Dann bist du ein eingefleischter Materialist.« Die Lippen Rubins waren immer noch zum Trichter geformt. »Nun, das ist etwas zu primitiv. Worüber sollen wir uns streiten?«
»Wie bitte?« erregte sich Sologdin. »Schon wieder kein Gegenstand für ein Gespräch? Gibt es eine gemeinsame Grundlage – ist es kein Gegen-

stand, hat man keine gemeinsame Grundlage – ist es auch keiner! Also willst du nun überhaupt eine Erörterung oder nicht?«
»Wozu der Krampf? Und worüber?«
Gleich nach Rubin erhob sich auch Sologdin, erregt mit den Armen gestikulierend.
»Ich bitte dich! Ich stelle mich dir, zu den für mich ungünstigsten Bedingungen. Ich werde dich mit der Waffe schlagen, die ich deinen eigenen Pfoten entrissen habe. Wir werden darüber sprechen, daß du selbst die drei großen Gesetze nicht begreifst. Du hast sie auswendig gelernt wie ein Papagei, aber über ihr Wesen hast du nicht nachgedacht. Ich werde dich aufs Kreuz legen und immer wieder aufs Kreuz legen.«
»Versuch's doch!« schrie Rubin, ärgerlich über sich selbst, aber doch bereits mit beiden Beinen im Streit.
»Bitte sehr«, Sologdin setzte sich. »Nimm Platz.«
Rubin blieb stehen, denn er hatte die Hoffnung nicht aufgegeben, doch noch entkommen zu können.
»Laß uns mit etwas Leichtem anfangen.« Sologdin genoß seinen Erfolg. »Diese Gesetze zeigen uns doch die Richtung der Entwicklung. Oder nicht?«
»Die Richtung?«
»Ja! Wohin sich« – er stotterte etwas – »der Vorgang entwickelt.«
»Natürlich.«
»Und woran erkennst du das? Woran besonders?« Kühl setzte Sologdin das Verhör fort.
»Nun, an den Gesetzen selbst. In ihnen spiegelt sich die Bewegung.«
Auch Rubin setzte sich. Sie sprachen jetzt leiser, sachlicher.
»Welches Gesetz im besonderen zeigt uns die Richtung an?«
»Sicherlich nicht das erste. Das zweite, wohl auch das dritte.«
»Hm. Also das dritte. Wie würdest du es bestimmen?«
»Was?«
»Was! Die Richtung natürlich!«
Rubin runzelte die Stirn.
»Das soll Scholastik sein? Du verstehst nichts von den exakten Wissenschaften. Solange uns ein Gesetz keine zahlenmäßig erfaßbaren Wechselbeziehungen gibt, kennen wir auch die Richtung der Entwicklung nicht, und das bedeutet, daß wir überhaupt nichts wissen. Gut, fangen wir am anderen Ende an. Du sprichst leicht und häufig von der ›Negation der Negation‹. Aber was verstehst du unter diesen Worten? Wie würdest du beispielsweise antworten: Zeigt sich die Negation der Negation *immer* im Lauf der Entwicklung oder nicht immer?«
Rubin überlegte einen Augenblick. Die Frage war unerwartet, sie ergab

sich nicht häufig. Aber, wie im Streitgespräch üblich, ließ er sich sein Zögern nicht anmerken, sondern beeilte sich zu antworten:
»Im allgemeinen ja . . . jedenfalls zum größten Teil.«
»Hört, hört!« heulte Sologdin befriedigt auf. »Du hast einen ganzen Speicher voll von Wendungen wie ›grundsätzlich‹ und ›zum größten Teil‹. Du bringst alles so durcheinander, daß man nicht einmal die Enden finden kann. Man braucht dir nur hinzuwerfen ›Negation der Negation‹, und schon ziehst du in deinem Gehirn die Schublade: ein Korn — daraus ein Halm — daraus zehn Körner. Stumpfsinn! Es hängt mir zum Halse heraus!«
Er fuchtelte mit einem imaginären Schwert herum, als kämpfte er gegen einen Haufen Sarazenen an. »Antworte klar und deutlich: Wann gibt es die ›Negation der Negation‹ und wann nicht? Wann muß man mit ihr rechnen, und wann ist sie ausgeschlossen?«
Rubins Schlaffheit und Müdigkeit waren gänzlich verflogen. Er konzentrierte sich und sammelte nun seine Gedanken, die bereits auseinandergelaufen waren für diese Diskussion, die niemandem nutzte und doch wichtig war.
»Aber was für eine praktische Bedeutung sollte das haben: zu wissen, wann es sie gibt und wann sie ausgeschlossen ist?«
»Klug gebrüllt! Was für eine tatsächliche Bedeutung kann eines der drei Haupt-Gesetze haben, aus denen alles abgeleitet wird? Wie kann ich noch deutlicher werden?«
»Du zäumst das Pferd vom Schwanz auf!« ereiferte sich Rubin.
»Wieder Schlagworte, nichts als Schlagworte! Das ist . . .«
»Ja, das Pferd vom Schwanz«, beharrt Rubin. »Aber wir würden uns schämen, aus den fertigen Gesetzen der Dialektik eine konkrete Analyse der Erscheinungen ableiten zu wollen. Darum brauchen wir dieses ›wann gibt es sie‹ und ›wann ist sie ausgeschlossen‹ überhaupt nicht.«
»Ich werde dir gleich die Antwort geben. Natürlich wirst du dann sagen, daß du es wußtest, daß es völlig klar ist und daß es sich von selbst versteht. Paß also auf: wenn es möglich ist, den vorherigen Zustand eines Gegenstandes durch eine rückwärts gerichtete Bewegung zu erreichen, so gibt es die Negation der Negation *nicht.* Zum Beispiel, wenn eine Schraubenmutter zu fest angezogen wurde und es notwendig ist, sie zu lösen, dann dreht man sie zurück. Das wäre dann ein rückläufiger Vorgang, bei dem Menge in Wert umschlägt, und keine Negation der Negation. Wenn es hingegen bei rückläufiger Bewegung unmöglich ist, den vorangegangenen Zustand wiederherzustellen, so kann sich die Entwicklung über die Negation vollziehen, aber nur dann, wenn in ihr Wiederholungen möglich sind. Anders ausgedrückt: nichtumkehrbare Verände-

rungen werden nur dort zur Negation, wo die Verneinung dieser Negation selbst möglich ist.«

»Iwan ist ein Mensch, der Nicht-Iwan ist nicht ein Mensch«, murmelte Rubin. »Du turnst auf parallelen Holmen ...«

»Zurück zur Schraubenmutter. Wenn du sie zudrehst und dabei das Gewinde überdrehst, dann kannst du beim Zurückdrehen nicht den früheren Wert wiederherstellen, nämlich ein heiles Gewinde erhalten. Dieser Wert ist nur dadurch wiederzugewinnen, daß man die alte Schraubenmutter in den Schmelztiegel wirft und dann über mehrere Arbeitsgänge eine neue herstellt.«

»Hör doch, Mitjai«, bremste ihn Rubin ganz friedfertig, »man kann doch nicht im Ernst die Dialektik am Beispiel einer Schraubenmutter erläutern.«

»Warum nicht? Ist eine Schraubenmutter schlechter als ein Samenkorn? Ohne Schraubenmuttern ist keine Maschine denkbar. Also: jeder einzelne Zustand bei der Umarbeitung ist unwiederholbar; er löscht das Vorangegangene aus, und die neue Schraubenmutter erscheint im Verhältnis zur alten verdorbenen als Negation der Negation. Ganz einfach.«

Sologdin strich sein französisches Bärtchen hoch.

»Warte«, bemerkte Rubin, »worin hast du mich widerlegt? Auch bei dir ergab es sich, daß das dritte Gesetz die Richtung der Entwicklung bestimmt.«

Sologdin legte die Hand auf die Brust und verbeugte sich.

»Wenn du, Lewtschik, nicht die Gabe besäßest, rasch zu begreifen, hätte ich kaum die Ehre, mich mit dir zu unterhalten. Ja, es bestimmt sie. Bloß, was das Gesetz bietet, muß man lernen zu erfassen. Kannst du das? Man soll das Gesetz nicht anbeten, sondern mit ihm arbeiten. Du hast ausgeführt, daß es die Richtung bestimmt. Meine Antwort lautet: wirklich immer? In der lebenden Natur immer – Geburt, Wachstum, Vergehen. Aber in der unbelebten Natur längst nicht immer.«

»Uns aber interessiert vor allem die Gesellschaft.«

»Uns – wer ist das? Ich beschäftige mich nicht mit der Gesellschaft. Ich bin eine schöpferische Natur. Gesellschaft? Ich erkenne nur schöne Damen an.« Wie zum Scherz strich er sein Bärtchen glatt und fing selbst zu lachen an.

»Na schön«, bemerkte Rubin nachdenklich, »vielleicht steckt in allem tatsächlich ein rationaler Kern. Im großen und ganzen aber ist es doch leeres Geschwätz. Eine Bereicherung der Dialektik ist jedenfalls nicht erfolgt.«

»Geschwätz – aber nur von dir.« Mit einer heftigen Handbewegung schnitt ihm Sologdin erneut das Wort ab. »Wenn ihr alles aus diesen drei Gesetzen ableitet ...«

»Wie oft soll ich es dir noch sagen: *nicht* ableiten!«
»Ihr leitet also nicht aus den Gesetzen ab?« wunderte sich Sologdin.
»Nein!«
»Was sind sie dann, ein Anhängsel?«
»Hör doch zu!« Rubin hämmerte es nachdrücklich, fast skandierend, in seinen Gesprächspartner hinein. »Bist du ein Stück Eichenholz oder ein Mensch? Alle Fragen werden auf Grund einer konkreten Analyse des Materials entschieden. Begreifst du? Die ganze Wirtschaftswissenschaft wird von der Ware abgeleitet, jede gesellschaftliche Frage hingegen – aus der Analyse der Klassensituation.«
»Was bedeuten sie euch also?« rief Sologdin aus, ohne sich um die Stille im Zimmer zu kümmern. »Die drei Gesetze sind also überhaupt nicht nötig?«
»Nein, warum? Sie sind sogar sehr notwendig«, hielt ihm Rubin schnell entgegen.
»Aber wozu? Wenn aus ihnen keine Folgerungen gezogen werden? Wenn sich aus ihnen nicht einmal die Richtung der Entwicklung ergibt, dann ist alles dummes Gerede. Wenn lediglich nach Papageienart wiederholt werden muß ›Die Negation der Negation‹, dann ist das einen Dreck wert.«
Potapow, der sich mit seinem Kissen vergeblich vor dem ständig anwachsenden Lärm des Gesprächs zu schützen versucht hatte, riß schließlich ärgerlich das Kissen vom Ohr und erhob sich auf dem Bett.
»Hört mal, Freunde! Wenn ihr schon selbst nicht schlafen wollt, dann achtet wenigstens den Schlaf der anderen.« Er deutete mit dem Finger auf den schräg über ihm liegenden Rusjka. »... wenn ihr wirklich keinen geeigneteren Ort finden könnt.«
Die Verärgerung Potapows, der immer für Ordnung war, die plötzliche Stille im halbrunden Zimmer, die ihnen erst jetzt bewußt wurde, sowie die Anwesenheit von Spitzeln – Rubin allerdings konnte seine Ansichten, wann immer er wollte, ohne Befürchtungen herausposaunen –, das alles hätte jeden Nüchternen zur Besinnung gebracht.
Zur Besinnung kamen nun auch die beiden Kampfhähne, wenngleich erst sehr langsam. Ihre lange Diskussion, nicht die erste und nicht die zehnte, hatte ja gerade erst richtig begonnen. Wohl sahen sie ein, daß es notwendig war, das Zimmer zu verlassen, aber verstummen oder sich voneinander loßreißen konnten sie nicht. So gingen sie denn lediglich hinaus, ohne ihr Gefecht abzubrechen, und man hörte sie, bis die Tür zum Korridor das letzte Wort verschluckte.
Kaum hatten sie den Raum verlassen, da verlöschte auch schon das weiße Licht. Es brannte nur noch die blaue Nachtlampe.
Rusjka Doronin, der die Diskussion aus nächster Nähe beobachtet hatte,

war weniger als alle anderen bereit, Material gegen sie zu sammeln. Aber er verstand die unausgesprochene Anspielung Potapows, auch wenn er den auf ihn gerichteten Zeigefinger nicht gesehen hatte, und fühlte sich tief gekränkt. Der Vorwurf eines Menschen, dessen Meinung er besonders achtete, traf ihn um so heftiger.

Als er sein gewagtes Doppelspiel mit dem Sicherheitsbeauftragten begann, wußte er genau, was ihn erwartete. Er hatte die Wachsamkeit Schikins überspielen können und stand jetzt mit seinen hundertsiebenundvierzig Rubeln unmittelbar vor einem augenfälligen Erfolg. Gegen den Verdacht seiner Freunde jedoch war er wehrlos. Sein Alleingang stieß auf Verachtung und Mißtrauen, gerade weil er so ungewöhnlich und undurchsichtig war. Es wunderte ihn, wie diese reifen, gescheiten und erfahrenen Leute nicht genug Menschenkenntnis besaßen, um ihn zu verstehen, ihm zu trauen und zu wissen, daß er kein Verräter sei.

Und wie immer, wenn man die Zuneigung der anderen verliert, schätzt man den dreifach hoch, der nicht aufhört, einen zu lieben.

Und wenn es dann noch eine Frau ist?

Klara! Sie wird es verstehen! Schon morgen wird er sie in sein gewagtes Spiel einweihen – und sie wird alles verstehen.

Ohne jede Hoffnung, aber auch ohne jeden Wunsch, endlich einzuschlafen, wälzte er sich in seinem heißgewordenen Bett. Er dachte an Klaras forschende Augen und versenkte sich immer mehr in den Plan, unter der Drahtsperre hindurch auf die Chaussee zu entkommen und von dort mit dem Autobus ins Zentrum der Stadt zu fliehen.

Für das Weitere würde Klara sorgen.

In der Siebenmillionenstadt Moskau würde es schwerer sein, jemanden zu finden, als im menschenleeren Gebiet von Workuta.

In Moskau sein und fliehen müssen ...

61

Der Gang ins Volk

Die Freundschaft Nershins mit dem Hofarbeiter Spiridon nannten Rubin und Sologdin großmütig den ›Gang ins Volk‹, die Suche nach jener unverwechselbaren Bauernwahrheit, der vor Nershin bereits Gogol, Nekrassow, Herzen, die Slawophilen, die Narodniki, Dostojewskij, Lew Tolstoj, schließlich auch Wassisualij Lochankin auf der Spur gewesen waren. Doch Rubin und Sologdin suchten nicht nach dieser

Wahrheit der Bauern, denn sie waren ja bereits im Besitz der absoluten, klaren Wahrheit.

Rubin war davon überzeugt, daß der Begriff ›Volk‹ eine gedankliche Konstruktion sei, eine unzulässige Verallgemeinerung, denn jedes Volk zerfällt in Klassen, und auch diese unterliegen dem Wandel der Zeiten. In der Bauernklasse nach höheren Erkenntnissen des Lebens zu suchen, erschien ihm als läppisch und sinnlos. Wirklich konsequent und revolutionär war nur das Proletariat. Ihm gehörte die Zukunft, und nur in seiner Kollektivität und Uneigennützigkeit erschien es möglich, das höchste Verständnis des Lebens zu finden.

Genauso war sich auch Sologdin bewußt, daß ›Volk‹ lediglich der Sammelbegriff sein konnte für eine Masse von wenig interessanten, grauen, groben, hoffnungslos im täglichen Einerlei versinkenden Leuten. Der Koloß Geist regenerierte sich nicht aus ihrer Vielzahl. Nur einzelne starke Persönlichkeiten belebten wie tönende Sterne den dunklen Himmel des gesellschaftlichen Daseins und besaßen die Fähigkeit, zu erkennen und zu verstehen.

Beide wußten auch, wie sehr sich Nershin Gedanken machte, wie er litt und was für einer Entwicklung er jetzt unterworfen war.

Tatsächlich hatte Nershin sich bereits bis zum äußersten verstrickt.

Wie bei allen, die zum erstenmal mit ihr in Berührung gerieten, hatte die russische Literatur des vergangenen Jahrhunderts mit ihrem ewigen Wühlen im Schmerz des *leidenden Bruders* auch Nershins Vorstellungen vom Volk geprägt — als silberner Kern alle sittliche Reinheit, Weisheit und Seelengröße in sich vereinend und umgeben von uraltem Nimbus.

Doch das war etwas anderes, und dieses andere lebte nur auf dem Bücherregal oder irgendwo in den Dörfern, auf dem flachen Land, an den Kreuzwegen des neunzehnten Jahrhunderts. Der Himmel aber hatte sich bereits über dem zwanzigsten Jahrhundert geöffnet, und längst gab es unter diesem Himmel des Heiligen Rußlands für das Vergangene keinen Platz mehr.

Es gab auch kein Heiliges Rußland mehr, sondern eine Sowjetunion und darin eine große Stadt. In dieser Stadt wuchs der Jüngling Gleb auf und trank in vollen Zügen aus dem Füllhorn der Wissenschaft. Er stellte fest, daß er schnell begriff, daß aber andere noch schneller begriffen und ihn mit der Fülle ihres Wissens zu erdrücken drohten. Das Volk aber stand weiterhin auf dem Regal, und für Gleb stellten sich nun die Dinge so dar: Bedeutend waren nur jene, die die Kultur der Welt als Bürde auf ihren Schultern trugen, die Enzyklopädisten, die Kenner des Altertums, die Feingeister, die Hochgebildeten und die Vielseitigen. Man mußte zu den Auserwählten gehören. Dem Erfolglosen blieben nur die Tränen.

Es begann aber der Krieg, und Nershin kam als Fahrer zum Troß. Bedrängt und beleidigt mußte er Pferde auf die Weide treiben, mit ihnen arbeiten und ihnen auf den Rücken springen. Er konnte weder reiten noch mit dem Geschirr umgehen. Er wußte keine Heugabel zu handhaben, noch konnte er einen Nagel einschlagen. Jeder Nagel verbog sich unter seinen Hammerschlägen, als ob er sich über den ungeschickten Meister krummlachen wolle. Und je bitterer Nershin das alles empfand, um so unbändiger wieherte das unrasierte, unflätig fluchende, mitleidlose und äußerst unerfreuliche Volk um ihn herum.
Später diente sich Nershin zum Artillerieoffizier empor. Er wurde von neuem jung, gewann Boden unter den Füßen, flanierte in umgeschnalltem Koppelzeug umher und wedelte dabei elegant mit einer kleinen Gerte, denn er hatte sonst nichts zu tragen. Flott sprang er auf die Trittbretter fahrender Lastwagen, fluchte hart und übermütig beim Stellungswechsel und war marschbereit bei Nacht und bei Regen. Immer umgab ihn ein gehorsames, ergebenes, dienstwilliges und darum äußerst angenehmes Volk. Dieses ihm untergebene, kleine Häuflein Volk lauschte voller Zustimmung seinen politischen Lektionen über jenes große Volk, das sich geschlossen wie ein Mann erhoben hatte.
Dann wurde Nershin verhaftet. In den ersten Untersuchungs- und Durchgangsgefängnissen, in den ersten Lagern, deren Erlebnis ihn wie ein dumpfer, tödlicher Schlag überfiel, erschreckte ihn die Kehrseite des Charakters einiger »Auserwählter«. Dort, wo nur Härte, Willenskraft und ehrlichste Kameradschaft über den einzelnen Aufschluß geben und das Los aller mitbestimmen konnten, erwiesen sich die feinen, zartfühlenden und vielseitig gebildeten Kenner des Schönen nur zu oft als Feiglinge, die schnell aufgaben. Das raffinierte Bestreben, die eigenen Gemeinheiten zu rechtfertigen, machte sie bald zu Verrätern, Bettlern und Heuchlern. Nershin erkannte, daß er nur wenig anders war als sie. So wandte er sich denn von jenen ab, zu denen zu gehören er früher für eine Ehre gehalten hatte. Voller Haß begann er nun zu verhöhnen, was er früher angebetet hatte. Er strebte jetzt nach Einfachheit und stieß auch die letzten Gewohnheiten intelligenzlerischer Höflichkeit und Geschwätzigkeit ab. Während dieser Zeit hoffnungsloser Enttäuschungen in den Katakomben seines zerbrochenen Schicksals gewann Nershin die Überzeugung, daß wertvoll und wichtig nur die Menschen sind, die mit ihren Händen Holz hobeln, Metall bearbeiten, die Erde pflügen oder Eisen gießen können. Von diesen, mit einfachen Arbeiten vertrauten Menschen bemühte sich Nershin nun die Kunst ihrer geschickten Hände wie auch ihre Lebensweisheit zu lernen. So schloß sich für ihn der Kreis, und er übte den Brauch des vergangenen Jahrhunderts – unters Volk zu gehen, sich zu ihm herabzulassen.

Aus diesem anscheinend geschlossenen Kreis ragte jedoch noch das Ende einer Spirale hervor, die unsere Großväter nicht kannten. Der gebildete Häftling Nershin mußte sich nicht gleich den gebildeten Herren des 19. Jahrhunderts verkleiden, um sich Stufe um Stufe zum Volk herabbegeben zu können. Ihn stieß man einfach mitten unter das Volk, gab ihm zerfetzte wattierte Hosen, eine dreckige wattierte Jacke und befahl ihm, Normen zu erfüllen. Das Schicksal der kleinen Leute teilte Nershin nicht als leutseliger Herr, der jederzeit wieder Abstand gewinnen konnte und darum ein Fremder bleiben mußte, sondern als einer von ihnen, ein Gleicher unter Gleichen.

Und nicht um sich dem gemeinen Volk anzupassen, sondern um sich das Stückchen feuchtes Brot zu erarbeiten, mußte Nershin es lernen, einen Nagel gerade einzuschlagen und Bretter glatt zu hobeln. Nach der harten Lehrzeit im Lager verlor Nershin schließlich noch eine weitere Illusion. Er begriff, daß von einem noch weiteren Herabsinken überhaupt keine Rede sein konnte. Es erwies sich, daß das prächtige Bauernvolk ihm absolut nichts voraus hatte. Auf Befehl der Wachsoldaten hockte er sich mit diesen Leuten in den Schnee, gemeinsam mit ihnen versteckte er sich in den dunkelsten Winkeln der Baustelle vor den Brigadeführern, Seite an Seite mit ihnen schleppte er im klirrenden Frost Lasten auf dem Tragbrett, und gleichzeitig mit ihnen trocknete er seine Fußlappen in der Baracke. Bei all dem stellte Nershin fest, daß diese Leute ihm in keiner Weise überlegen waren. Hunger und Durst ertrugen sie nicht standhafter als er. Vor der steinernen Wand einer zehnjährigen Haftzeit bewiesen sie nicht mehr Willenskraft als er. In entscheidenden Minuten des Transports oder während der Arbeitspause waren sie nicht geschickter und nicht schlauer als er. Dafür waren sie kurzsichtiger und leichtgläubiger im Umgang mit Spitzeln und fielen eher auf die plumpen Betrügereien der Lagerleitung herein. Sie erwarteten eine Amnestie, die zu erlassen Stalin schwerer gefallen wäre, als selbst zu krepieren. Wenn irgendein Kalfaktor in guter Stimmung zu lächeln geruhte, beeilten sie sich, sein Lächeln zu erwidern. Und schließlich – sie waren viel gieriger auf kleine Vorteile aus – zusätzliche hundert Gramm saures Hirsebrot oder jämmerliche Hosen aus der Kleiderkammer, wenn sie nur etwas neuer und weniger ausgeblichen aussahen.

Den meisten unter ihnen fehlte überhaupt jener feste Standpunkt, der wichtiger sein mußte als das Leben selbst.

Was übrigblieb, war die Treue zu sich selbst.

Zum wievielten Mal? – von Illusionen geheilt, erblickte Nershin das Volk endgültig – oder doch nicht endgültig – in einem neuen Licht, von dem er keine Beschreibungen kannte. Das Volk ist nicht die Summe aller, die eine gleiche Sprache sprechen, es sind auch nicht die Aus-

erwählten mit dem Feuerzeichen des Genius auf der Stirn. Nicht durch Geburt, nicht durch die Arbeit ihrer Hände und nicht auf den Flügeln ihrer Bildung schließen sich Menschen zu einem Volk zusammen.
Was sie bindet, ist die Seele.
Die Seele aber schmiedet sich jeder selbst, von Jahr zu Jahr.
Diese Seele muß mühevoll gestählt und geschliffen werden. Erst dann ist man Mensch und damit ein winziges Teilchen seines Volkes.

62

Spiridon

Schon gleich bei seiner Ankunft in der Scharaschka hatte Nershin sein Auge auf den rothaarigen, rundköpfigen Spiridon geworfen, in dessen Gesicht Fremde unmöglich Ehrfurcht von Spott unterscheiden konnten. Obwohl es dort auch Zimmerleute, Schlosser und Dreher gab, hob sich der kraftstrotzende Spiridon auffällig von ihnen allen ab. Es konnte keinen Zweifel daran geben, daß gerade er ein Vertreter des Volkes sei, an den zu halten es sich lohnte.
Es war nicht ganz so einfach. Nershin fand keinen Vorwand, sich ihm zu nähern. Es gab nichts zu bereden, sie trafen sich nicht bei der Arbeit und lagen in getrennten Schlafsälen. Die kleine Gruppe von Handwerkern lebte in einem abgesonderten Raum und verbrachte auch die Freizeit nicht mit den anderen. Als Nershin anfing, sich um Spiridon zu bemühen, vermuteten dieser und seine Nachbarn in ihm den Wolf, der für einen Auftraggeber nach Beute suchte.
Spiridon selbst hielt sich für den letzten Dreck im Lager und konnte sich nicht vorstellen, warum sich die Sicherheitsoffiziere für ihn interessieren sollten. Die freilich kannten keinen Ekel. So war es dennoch ratsam, auf der Hut zu sein. Als Nershin den Raum Spiridons betrat, heuchelte der Rothaarige Freude, bot ihm einen Platz auf dem Bett an und begann mit einfältigem Gesichtsausdruck zu erzählen, was meilenweit von jeder Politik entfernt war – wie man den sich verbergenden Fisch mit der großen Gabel schlägt, wie man ihn im stillen Wasser mit dem Rutenspieß unterhalb der Kiemen erwischt und mit dem Netz einfängt. Oder er berichtete, wie er auf Elche und auf den großen Bären ging, und daß man den schwarzen Bären mit dem weißen Latz besonders fürchten müsse. Nershin erfuhr, wie man sich mit Wurmkraut gegen Schlangen schützen kann, wie sich Wiesenklee gut mähen läßt. Dann eine lange Geschichte, wie er in den zwanziger Jahren um seine Marfa Ustinowna

geworben hatte, als sie im Laienspielkreis des Dorfklubs auftrat. Man hatte sie bereits einem reichen Müller versprochen, doch aus schierer Liebe erklärte sie sich einverstanden, mit Spiridon zu fliehen, um am Peterstage heimlich seine Frau zu werden.
Die kranken Augen Spiridons unter den dichten, roten Brauen bewegten sich kaum und schienen zu fragen: ›Nun Wolf, warum kommst du überhaupt? Du siehst doch, daß du es zu nichts bringen wirst.‹
Und tatsächlich wäre jeder beliebige Spitzel längst verzweifelt und hätte das unergiebige Opfer in Ruhe gelassen. Auch Neugier hätte keinen veranlassen können, Spiridon jeden Sonntagabend zu besuchen und seinen Jagdoffenbarungen zu lauschen. Nershin aber, der zu Beginn mit einer gewissen Verlegenheit zu Spiridon ging, hatte den unbändigen Wunsch, hier im Gefängnis gerade von Dingen zu hören, die ihn in der Freiheit nie beschäftigt hatten. So ließ er denn nicht davon ab, Spiridon Monat für Monat zu besuchen. Seine Geschichten ermüdeten ihn nicht, ganz im Gegenteil, sie erfrischten ihn; aus ihnen wehte ihm die feuchte Morgenkühle der Flußniederungen entgegen und der Wind über den Feldern. Die Erzählungen entführten ihn in die einzige wahre Siebenjahresperiode Rußlands, in die Zeit des NEP, der nichts ähnlich war und der nichts gleichkam im bäuerlichen Rußland – angefangen vom ersten Leben in den schlummernden Wäldern, noch vor den Tagen Rjuriks, bis zur jüngsten Auflösung der Großkolchose. Diese sieben Jahre hatte Nershin nur unbewußt erlebt, und er bedauerte es heftig, nicht früher geboren zu sein.
Wenn sich Nershin der warmen, rauhen Sprache Spiridons hingab, versuchte er nie, durch hinterlistige Fragen zur Politik hinüberzuwechseln. Auch Spiridon faßte allmählich Vertrauen und vertiefte sich selbst immer mehr in die Vergangenheit. Der Würgegriff unablässiger Anspannung ließ nach, die tiefgeschnittenen Furchen auf der Stirn glätteten sich, und sein rötliches Gesicht erstrahlte in einem ruhigen Leuchten.
Seine beschränkte Sehkraft verbot es Spiridon, Bücher zu lesen. Er versuchte sich Nershin anzupassen; so streute er mitunter – meistens an unpassender Stelle – Worte wie ›Prinz‹ (statt Prinzip), ›Periode‹ oder ›analogisch‹ in seine Rede. Als Marfa Jegorowna noch Mitglied der dörflichen Laienspielgruppe war, hatte er auf der Bühne einiges von Jessenin gehört und auch den Namen behalten.
»Jessenin?« Das hatte Nershin nicht erwartet. »Allerhand! Ich habe etwas von ihm hier. Das ist heutzutage eine Seltenheit.« Er brachte Spiridon ein kleines Büchlein in buntem Schutzumschlag – übersät mit aufgeklebten herbstlichen Ahornblättern. Er war sehr gespannt, ob jetzt ein Wunder geschehen werde. Konnte der ungebildete Spiridon einen Jessenin wirklich begreifen und womöglich sogar lieben?

Das Wunder ereignete sich nicht. Spiridon entsann sich keiner der früher gehörten Zeilen, lobte dagegen mit Verve ›Wie gut war doch Tanjuscha‹ und ›Das Dreschen‹.
Zwei Tage später wurde Nershin zu Major Schikin gerufen und mußte seinen Jessenin der Zensur vorlegen.
Nershin erfuhr nicht, wer ihn denunziert hatte. Da er jedoch offensichtlich die Faust des Sicherheitsoffiziers zu spüren bekommen hatte und seinen Jessenin gewissermaßen durch die Schuld Spiridons losgeworden war, errang Gleb nun endgültig dessen Vertrauen. Spiridon begann ihn zu duzen. Ihre Gespräche fanden nun auch nicht mehr im Zimmer statt, sondern unter der Treppe, wo sie keiner hören konnte.
Von da ab, also seit fünf bis sechs Sonntagen, stießen die Erzählungen Spiridons in die von Nershin längst ersehnte Tiefe hinab. Abend für Abend erstand vor diesem das Leben einer winzigen Zelle im Volkskörper – eines russischen Bauern, der mit siebzehn Jahren die Revolution erlebt und die Vierzig bereits überschritten hatte, als der Krieg gegen Hitler ausbrach.
Was für Wasserfälle waren auf ihn herabgestürzt, was für Fluten hatten den roten, kantigen Schädel Spiridons rundgeschliffen! Mit vierzehn Jahren wurde er Hausvater – sein Vater war in deutsche Gefangenschaft geraten und dort umgebracht worden. Der Junge mußte nun mit den Alten zur Heuernte und ›lernte das Mähen beim Frühtau‹. Mit sechzehn arbeitete er in einer Glasfabrik und marschierte unter roten Fahnen zum Meeting. Als das Land den Bauern gegeben wurde, kehrte er ins Dorf zurück und nahm sich seine Parzelle. Zusammen mit seiner Mutter und den kleinen Brüdern und Schwestern machte er in diesem Jahr tüchtig den Rücken krumm und hatte zum Fest der Fürbitte am ersten Oktober das Korn im Speicher. Nach Weihnachten begannen dann die Zwangsablieferungen für die Stadt immer drückender zu werden. Ostern übers Jahr aber, als Spiridon ins Neunzehnte ging, zog man ihn zur Roten Armee ein. Da er keine Lust hatte, die Landarbeit gegen den Wehrdienst einzutauschen, machte er sich zusammen mit anderen Burschen in die Wälder. Dort hausten sie als ›Grüne‹ nach der Losung: Laßt uns in Frieden, wir lassen euch in Frieden! Aber auch im Wald wurde es allmählich ungemütlich, und so schlugen sie sich zu den Weißen, die in der Gegend für kurze Zeit die Oberhand gewonnen hatten. Diese wollten wissen, ob ein roter Kommissar unter ihnen sei. Da das nicht der Fall war, wurde zur Abschreckung lediglich der Anführer der Gruppe fertiggemacht. Den übrigen verpaßte man dreifarbige Kokarden und drückte ihnen Gewehre in die Hand. Im übrigen waren die Bräuche der Weißen die gleichen wie unter dem Zaren. So kämpfte man denn ein wenig für die Weißen, um dann wieder von den Roten gefangengenom-

men zu werden, das heißt, man ergab sich ohne große Gegenwehr. Die Offiziere wurden von den Roten erschossen, die Kokarden an den Mützen mußten ausgewechselt werden. Damit war Spiridon bis zum Ende des Bürgerkrieges bei den Roten gelandet. Er machte auch den Marsch nach Polen mit, um dann allerdings nicht entlassen, sondern zum Arbeitseinsatz herangezogen zu werden. In der Butterwoche brachte man ihn nach Petersburg, wo er während der ersten Fastentage über das Eis aufs Meer hinaus mußte, um irgendein Fort zu besetzen. Erst dann gelang es Spiridon, nach Hause zu entkommen.

Es war Frühling geworden, als er in seinem Dorf anlangte, um sich wieder über die erkämpfte heimatliche Scholle zu beugen. Er kehrte aus dem Kriege nicht so heim wie mancher andere, ohne Flausen im Kopf und nicht vom Winde verhärtet. Bald brachte er seine Wirtschaft wieder hoch – ›Wie der Herr, so's Gescherr‹ –, heiratete und schaffte sich ein paar Pferde an …

Obwohl sich die Regierung gerade auf die Armen stützte, wollte jetzt keiner mehr arm sein, alle wollten reich werden. Besonders die Arbeitsamen unter den Habenichtsen, mit ihnen auch Spiridon, bemühten sich, es zu etwas zu bringen.

Damals kam das Schlagwort ›Intensivist‹ auf. Damit wurden Bauern bezeichnet, die ihren Hof nicht ohne Verstand, nach alter Tagelöhnermanier, sondern rationell, nach den Regeln der Wissenschaft zu führen versuchten. Mit Hilfe seiner Frau wurde auch Spiridon Jegorow zum ›Intensivisten‹.

»Gut geheiratet, halb gewonnen«, pflegte Spiridon dazu zu sagen. Marfa Ustinowna war das größte Glück und der größte Erfolg seines Lebens. Ihretwegen trank er nicht und mied auch sinnlose Kumpanei. Jedes Jahr bescherte sie ihm ein Kind, zwei Söhne und dann eine Tochter, ohne daß sie sich dadurch auch nur um einen Fußbreit von ihrem Mann entfernte.

So trug sie ihren Teil dazu bei, die Wirtschaft zusammenzuhalten. Sie war gebildet und las die Zeitschrift ›Jedermann sein eigner Agronom‹. Auf diese Weise wurde Spiridon zum ›Intensivisten‹.

Die ›Intensivisten‹ aber wurden verhätschelt, sie erhielten Darlehen und Saatgut. Erfolg kam zu Erfolg, Geld legte sich zu Geld, und sie planten bereits den Bau eines Ziegelhauses, ohne daran zu denken, daß diesem Wohlergehen ein schnelles Ende beschieden sein könnte. Spiridon wurde geachtet und kam in den Dorfvorstand, er war Held des Bürgerkrieges und sogar Kommunist.

Und dann brannten sie völlig ab! Kaum, daß sie die Kinder aus den Flammen retten konnten. Sie standen vor dem Hunger und dem blanken Nichts.

Zum Trauern blieb ihnen jedoch wenig Zeit. Kaum waren sie aus dem ärgsten heraus, als aus dem fernen Moskau die Entkulakisierung verfügt wurde. Alle ›Intensivisten‹, die man ohne Verstand hochgezüchtet hatte, wurden jetzt, wiederum ohne Verstand, als Kulaken abgestempelt und ausgerottet. Marfa und Spiridon konnten noch froh sein, daß aus dem Bau des Ziegelhauses nichts mehr geworden war.
Wieder einmal hatte sich das Schicksal unberechenbar gezeigt und Unglück zum Vorteil gewendet.
Anstatt unter GPU-Bewachung zum Sterben in die Tundra verschleppt zu werden, wurde Spiridon jetzt zum Kollektivierungs-Kommissar ernannt. Er sollte die Bauern in die Kolchose pressen. Mit einer schreckenerregenden Pistole an der Hüfte trieb er die Leute aus den Häusern, transportierte sie mit Hilfe der Miliz ab, nackt und ohne Gepäck, Kulaken und Nichtkulaken, genau so, wie es die Anordnung verlangte.
Hier, wie auch an anderen Bruchstellen seines Lebens, war Spiridon nicht fähig, die Zusammenhänge sofort zu begreifen und klassenkämpferisch zu analysieren. Nershin machte ihm keine Vorwürfe und wühlte auch nicht im Vergangenen, aber dennoch war es klar, daß sich damals in Spiridons Seele viel Trübes abgelagert hatte. Er fing an zu trinken, und zwar so, als habe ihm früher das ganze Dorf gehört und er müsse es jetzt versaufen. Den Rang eines Kommissars hatte er zwar angenommen, doch mit seinen Pflichten kam er schlecht zu Rande. Er durchschaute nicht, daß die Bauern ihr Vieh schlachteten, um ohne Horn und Huf in die Kolchose einzuziehen.
So wurde denn Spiridon als Kommissar abgesetzt. Aber damit nicht genug! Die Hände auf dem Rücken, vor sich wie hinter sich je einen Milizionär mit entsichertem Nagan, schaffte man ihn ins Gefängnis. Die Richter zögerten nicht lange, denn – wie Spiridon es ausdrückte – dort pflegte man nicht viel Zeit auf einen Prozeß zu verschwenden. Man verpaßte ihm zehn Jahre. So kam Spiridon zuerst zum Weißmeer-Kanal und, als dieser fertiggestellt war, zum Moskwa-Wolga-Kanal. An den Kanälen schuftete er teils als Erdarbeiter, teils als Zimmermann. Seine Tagesration war ausreichend, und das einzige, was ihn quälte, war der Gedanke an Marfa, die er mit den drei Kindern zurückgelassen hatte.
Dann kam sein Fall erneut zur Verhandlung. Anstatt der ›wirtschaftlichen Konterrevolution‹ hatte er nun ›Mißbrauch‹ getrieben und wurde dadurch von einem ›Sozial-Fremden‹ zu einem ›Sozial-Nahen‹. Man erklärte ihm, daß er jetzt wieder des Vertrauens würdig sei und als Hilfswachtposten ein Gewehr bekäme. Obwohl Spiridon als ehrbarer Häftling noch gestern die Wachtposten mit den gröbsten Flüchen belegt hatte und die Hilfswachtposten womöglich mit noch schlimmeren, war er

heute sofort bereit, mit dem angebotenen Gewehr seine bisherigen Leidensgenossen zu beaufsichtigen. Er tat es, weil er damit seine Haftzeit verkürzen und als Hilfswachtposten monatlich vierzig Rubel nach Hause schicken durfte.
Bald darauf konnte ihm der Lagerleiter, ein General, zur Entlassung gratulieren. Spiridon kehrte nicht in die Kolchose zurück, sondern ging in die Glasfabrik, ließ Marfa mit den Kindern nachkommen und wurde dort in kurzer Zeit einer der besten Glasbläser. Sein Name stand auf der roten Ehrentafel. Häufig machte er Überstunden, denn er wollte all das zurückgewinnen, was seit der Feuersbrunst verlorengegangen war. Spiridon und Marfa planten bereits den Bau eines kleinen Häuschens mit Garten und überlegten sich die weitere Ausbildung ihrer Kinder — diese waren fünfzehn, vierzehn und dreizehn —, als plötzlich der Krieg ausbrach. Schnell kam die Front auf ihr Dorf zu.
Wie bei allen Wendepunkten des Spiridonschen Lebensweges wartete Nershin auch diesmal gespannt darauf, was dieser nun von sich geben würde. Er wäre nicht erstaunt gewesen, wenn Spiridon aus Wut über die Zeit im Straflager den Einmarsch der Deutschen in seinem Dorf erwartet hätte. Aber nichts davon. Spiridon verhielt sich zu Beginn wie der Held eines patriotischen Romanes. Kaum war die Fabrikausrüstung verfrachtet und kaum hatte man den Arbeitern Fuhrwerke gegeben, als er auch schon seine Habe in der Erde vergrub und Frau und Kinder auf den Wagen setzte. Mit tausend anderen ging es dann von Potschep nach Kaluga. »Fremd die Peitsche, fremd der Gaul, rollt der Wagen gar nicht faul!«
Kurz vor Kaluga kam jedoch irgendwie Sand ins Getriebe, es gab Stokkungen, der Strom der Flüchtlinge zerschlug sich, und es waren dann nicht mehr Tausende, sondern nur noch Hunderte. Es hieß, daß die Männer von der nächsten Militärkommandantur eingezogen werden würden. Ihre Familien aber sollten allein weiterfahren.
Und jetzt, erst jetzt, als feststand, daß er sich von seiner Familie würde trennen müssen, schlug sich Spiridon in die Wälder. Er zweifelte nicht an seinem Recht, ließ sich von der Front überrollen und schaffte dann auf demselben Wagen und mit demselben Pferd, die nun allerdings nicht mehr dem Staat gehörten, sondern ihm, seine Familie nach Potschep zurück. In seinem heimatlichen Dorf angekommen, ließ er sich in irgendeiner herrenlosen Hütte nieder. Man sagte ihm: Nimm dir vom ehemaligen Kolchosland soviel, wie du bearbeiten kannst — und bearbeite es!
Spiridon nahm sich das Land. Er begann zu pflügen und zu säen und hatte dabei keine Gewissensbisse. Nur oberflächlich verfolgte er den Fortgang des Krieges. Er arbeitete zuversichtlich und gleichmäßig, ganz

so, als lebe er noch in längst vergangenen Zeiten, ohne Kolchose und ohne Krieg.
Hin und wieder kamen Partisanen zu ihm und forderten ihn auf, zu kämpfen anstatt zu pflügen. »Irgend jemand muß auch pflügen«, antwortete Spiridon und blieb.
Dann kamen die Partisanen auf die Idee, einen deutschen Kradfahrer umzubringen, und zwar nicht außerhalb der Dorfgrenze, sondern im Dorf selbst. Sie kannten nämlich die Gewohnheiten der Deutschen. Diese rückten auch sofort an, trieben alle Leute aus den Häusern und brannten das Dorf nieder.
Spiridon zweifelte keinen Moment daran, daß er jetzt mit den Deutschen abrechnen mußte. Er brachte also Marfa und die Kinder zu seiner Mutter und schloß sich unverzüglich den Partisanen an, denselben, die er vorher abgewiesen hatte. Man gab ihm eine Maschinenpistole sowie Handgranaten, und mit reinem Gewissen begann er nun findig, genauso, wie er in der Fabrik oder auf dem Acker gearbeitet hatte, am Knüppeldamm deutsche Streifenposten abzuknallen, den Nachschub zu stören oder Brücken in die Luft zu sprengen. An den Feiertagen aber besuchte er seine Familie und hatte das Gefühl, daß er — wie auch immer — mit den Seinen verbunden war.
Dann kehrte die Front zurück, und man sprach sogar davon, daß Spiridon die Partisanenmedaille erhalten sollte. Es wurde auch bekanntgegeben, daß alle Partisanen der Sowjetischen Armee einverleibt werden würden und daß das Leben im Walde damit sein Ende gefunden hätte.
Durch einen Burschen, der gerade noch rechtzeitig hatte flüchten können, erfuhr man dann, daß das ganze Dorf, in dem Marfa lebte, von den Deutschen evakuiert worden war.
Ohne sich auch nur einen Moment zu besinnen, ohne auf die Sowjetische Armee oder sonst irgend etwas zu warten, ließ Spiridon seine Maschinenpistole mitsamt zweier Trommeln im Stich und jagte hinter seiner Familie her. Er fand sie auch und tauchte als harmloser Zivilist im Flüchtlingsstrom unter. Damit war er wieder bei seinem alten Fuhrwerk und hatte wieder sein altes Pferd anzutreiben. Sich derart seiner eigenen Entscheidung unterwerfend, die er wieder einmal für die einzig richtige hielt, schritt er über die verstopfte Straße von Potschep nach Sluzk.
Nershin konnte sich nur noch an den Kopf fassen. Er gab es auf, irgend etwas verstehen zu wollen. Da er jedoch Spiridon nicht erziehen wollte, sondern lediglich einem soziologischen Fall nachspürte, bemühte er sich, Spiridon nicht zu reizen, sondern fragte nur:
»Und was weiter, Danilytsch?«
Ja, was schon! Natürlich hätte er sich wieder in den Wald zurückziehen können. Er tat es auch einmal. Es kam zu einem bösen Zusammenstoß

mit Banditen, und er hatte Glück, daß er gerade noch seine Tochter retten konnte. Dann schwamm er wieder im großen Strom der Flüchtlinge. Er sagte sich, daß die Unsrigen ihm ohnehin keinen Glauben schenken würden, daß man sich erinnern würde, wie er nicht gleich zu den Partisanen ging und diese dann später auch noch im Stich ließ. Auf sieben Sorgen gab es für ihn nur eine Antwort, und so fuhr er denn weiter nach Sluzk. Dort setzte man ihn samt seiner Familie in einen Zug und gab ihm Essenmarken für die Fahrt an den Rhein. Zuerst hatte es geheißen, daß Leute mit Kindern nicht mitgenommen würden, und Spiridon rechnete schon damit, wieder kehrtmachen zu müssen. Schließlich nahm man aber doch alle, er ließ Pferd und Wagen zurück und fuhr ab. In Mainz steckte man ihn und die Jungen in eine Fabrik, die Frau und die Tochter mußten beim Bauern arbeiten.

Einmal war der jüngere Sohn Spiridons in der Fabrik von einem deutschen Werkmeister geschlagen worden. Spiridon hatte nicht lange überlegt, sondern ein Beil ergriffen und sich auf den Deutschen gestürzt. Nach dem gültigen Recht hätte er, wäre die Sache vor Gericht gekommen, erschossen werden müssen. Der Meister hatte jedoch nicht die Beherrschung verloren. Er war auf den Aufsässigen zugegangen und hatte, nach den Worten Spiridons, gesagt:

»Ich auch Vater, ich dich verstehen.«

Und er hatte keine Meldung über den Vorfall erstattet. Bald darauf hörte Spiridon, daß der Meister am Morgen jenes Tages die Nachricht erhalten hatte, sein eigener Sohn sei in Rußland gefallen.

Bei der Erinnerung an den Meister vom Rhein wischte sich der hart gewordene und vielgeprüfte Spiridon, ohne sich zu schämen, mit dem Ärmel die Tränen aus den Augen. »Seitdem bin ich nicht mehr wütend auf die Deutschen. Daß sie meine Hütte verbrannt haben und alles andere Böse, das sie getan haben, hat dieser Vater weggewischt. Da ist doch wenigstens ein Mensch zum Vorschein gekommen, da hast du einen Deutschen!«

Aber das war wirklich eine der seltenen, sehr seltenen Erschütterungen, die das geradlinige Denken des eigensinnigen rothaarigen Bauern ins Schwanken bringen konnten. Beim übrigen Auf und Ab der grausamen und schweren Jahre war Spiridon im Augenblick der Entscheidung stets von der Richtigkeit seiner Ansichten überzeugt gewesen. So widerlegte er auf seine Weise Tag für Tag die besten Passagen von Montaigne und Charron.

Ungeachtet der erschreckenden Unwissenheit und trotz der Nichtachtung, die Spiridon Jegorow den hehrsten Schöpfungen des menschlichen Geistes und der menschlichen Gesellschaft entgegenbrachte, waren seine Handlungen und Entscheidungen höchst vernünftig. Wenn er beispielsweise wußte, obwohl er es natürlich nicht genau wußte, sondern es eben nur ahnte, daß alle Dorfhunde von den Deutschen abgeknallt worden waren, dann legte er mit ruhigem Gewissen den Kopf der geschlachteten Kuh in den lockeren Schnee und tat damit etwas, was er sonst nie getan hätte. Und obwohl er weder von Geographie eine Ahnung noch je Deutsch gelernt hatte, war er mit seinem Sohn gerade noch rechtzeitig vom Bunkerbau im Elsaß geflohen, ehe die Amerikaner ihre Bombenlasten abzuladen begannen. Er konnte keinen fragen und konnte keine deutsche Aufschrift lesen. Tags mußte er sich verbergen, und nur nachts durchquerte er, so wie eine Krähe fliegt, neunzig Kilometer unbekannten Landes, ohne Wege zu benutzen, und kam dennoch genau zu jenem Bauern in der Mainzer Gegend, bei dem seine Frau arbeitete. Dort hatten sie sich dann im Garten in einen Bunker gesetzt und das Eintreffen der Amerikaner abgewartet.

Nicht eine einzige der ewig verwünschten Fragen nach den Kriterien der Wirklichkeit unserer Wahrnehmungen, nach der adäquaten Relation von Erkenntnis und Ding an sich, nichts davon quälte Spiridon. Er war überzeugt, daß er alles sehen, hören, riechen und schmecken konnte, und zwar unfehlbar.

Auch in der Morallehre fügte sich für Spiridon alles glatt ineinander. Er hatte nie jemanden verleumdet und nie ein falsches Zeugnis abgelegt. Unflätiges nahm er nur notgedrungen in den Mund. Getötet hatte er nur im Kriege. Geprügelt hatte er sich nur um seine Braut, und keinem Menschen hätte er auch nur einen Lappen oder eine Brotkrume stehlen können. Dazu aber, daß er, wie er erzählte, bis zu seiner Heirat ein Schürzenjäger gewesen war, hat sich bereits unser Geistesfürst Alexander Puschkin einschlägig geäußert. Puschkin hat zugegeben, daß auch ihm die Einhaltung des Gebotes ›Du sollst nicht begehren Deines Nächsten Weib‹ besonders schwergefallen sei.

Und jetzt, fünfzig Jahre alt, als Häftling, fast blind und offensichtlich dazu verurteilt, hier im Gefängnis zu sterben – selbst jetzt zeigte Spiridon keinerlei Neigung zur Frömmelei, zur Verzagtheit, zur Reue oder auch nur zur Besserung – was der Bezeichnung des Lagers entsprochen hätte. Mit seinem fleißigen Besen in der Hand fegte er jeden Tag von Sonnenaufgang bis Sonnenuntergang den Hof und verteidigte damit sein Leben gegen den Lagerleiter und den Sicherheitsbeauftragten.

Spiridon liebte nur noch die Erde, besessen hatte er einst eine Familie.

Begriffe wie ›Heimat‹, ›Religion‹ und ›Sozialismus‹, die im täglichen Sprachgebrauch ohnehin kaum benutzt wurden, waren Spiridon völlig unbekannt. Seine Ohren waren taub für sie, und seine Zunge wußte sie nicht zu formen.

Seine Heimat war seine Familie gewesen.

Seine Religion war seine Familie gewesen.
Und sein Sozialismus war auch seine Familie gewesen.
Sämtliche Zaren und Popen, alle Schöpfer des Vernünftigen, Guten und Ewigen, alle Dichter und Redner, alle Schreiber und Schreier, alle Staatsanwälte und Richter, sie alle, mit denen er im Laufe seines Lebens zu tun gehabt hatte, forderte er nun, den Umständen entsprechend wortlos, dafür aber aus um so vollerem Herzen auf:
– Sie können mich mal . . .

63

Spiridons Mass-Stab

Über ihren Köpfen dröhnten und knarrten die hölzernen Treppenstufen unter den Tritten und dem Schlurfen der Füße. Hin und wieder rieselte etwas Staub und Schutt auf sie herab, aber weder Spiridon noch Nershin bemerkten es.
Sie saßen in ihren schmutzigen, längst abgetragenen Fallschirmspringer-Kombinationen mit den ausgebeulten Hosenböden auf dem ungefegten Boden, die Knie mit den Händen umschlungen. So, ohne jede Unterlage, zu sitzen war nicht sehr bequem, denn sie kippten immer wieder ein wenig nach hinten über. Darum stemmten sie sich mit ihren Schultern und Rücken an die schräge Bretterverschalung der Treppe. Ihre Augen blickten geradeaus, auf die kahle Seitenwand des Klos.
Nershin rauchte stark, wie immer, wenn er irgend etwas erfassen, mit seinen Gedanken einkreisen wollte. Die ausgedrückten Stummel legte er neben sich auf den halbverfaulten Sims, von dem sich zur Treppe hin ein schmutziges, dreieckiges Stück Wand mit abbröckelnder Stukkatur nach oben zog. Spiridon war konsequenter Nichtraucher, obwohl er, wie auch alle anderen, seine Zuteilung Belomorkanal-Zigaretten bekam, deren Verpackung ihn immer wieder an eine unheilvolle Arbeit in einer unheilvollen Gegend, in der er fast verreckt wäre, erinnerte. Damit hielt er sich streng an das Verbot der deutschen Ärzte, die ihm drei Zehntel der Sehkraft seines einen Auges und damit das Licht zurückgegeben hatten.
Dieser deutschen Ärzte gedachte Spiridon mit Dankbarkeit und Ehrfurcht. Sie hatten ihm, dem bereits hoffnungslos Erblindeten, eine große Nadel ins Rückgrat gejagt, ihn lange mit verbundenen und eingesalbten Augen liegen lassen, dann im halbdunklen Zimmer die Verbände entfernt und ihm einfach befohlen zu *sehen*. Und die Welt begann zu dämmern! Beim Licht einer trüben Nachtlampe, die Spiridon als helle Sonne

erschien, erkannte er mit einem Auge die dunklen Umrisse seines Retters und küßte ihm, außer sich vor Glück, die Hand.
Nershin versuchte, sich das gewöhnlich sehr konzentrierte, jetzt aber milde Gesicht des rheinischen Augenarztes vorzustellen. Dieser rothaarige Mensch aus der östlichen Steppe, der nun von seiner Augenbinde befreit war, mußte ihm geradezu wie ein Wilder erschienen sein. Andererseits wiederum paßten die überströmende Dankbarkeit und warme Stimme Spiridons schlecht zur wüsten Vorgeschichte seiner Einlieferung.
Es war kurz nach Kriegsende. Spiridon lebte damals mit seiner ganzen Familie in einem amerikanischen Lager für verschleppte Personen. Dort traf er einen alten Bekannten aus seinem Dorf, seinen Gevatter. Mit ihm zusammen war er auch bis Sluzk gefahren, in Deutschland verloren sie sich dann aus den Augen. Jetzt mußte das Wiedersehen natürlich gebührend begossen werden. Da es nichts anderes gab, brachte der Gevatter eine Flasche Spiritus mit. Das Zeug hatte nichts gekostet, die deutsche Aufschrift konnten sie nicht lesen, und probiert hatte es auch keiner. Nun ja, auch der vorsichtige und mißtrauische Spiridon, der tausend Gefahren überstanden hatte, war nicht frei von der sprichwörtlichen russischen Wurstigkeit. *Nitschewo*, zieh den Korken raus, Gevatter! Spiridon kippte ein Wasserglas voll hinunter, den Rest trank, ebenfalls in einem Zuge, der Gevatter. Gottlob waren die Söhne nicht mit von der Partie, sonst hätten auch sie ein Gläschen abbekommen. Als Spiridon nach einem halben Tage seinen Rausch ausgeschlafen hatte, erschrak er: im Zimmer war es fast dunkel! Er steckte den Kopf aus dem Fenster, aber auch draußen war es nicht viel heller. Lange konnte er nicht begreifen, warum vom amerikanischen Stab auf der anderen Straßenseite und vom Schilderhaus die oberen Hälften nicht zu sehen waren, die unteren aber wohl. Er versuchte zunächst, das Unglück vor Marfa zu verbergen, aber gegen Abend senkte sich der Schleier völliger Blindheit auch über den unteren Teil seiner Augen.
Der Gevatter starb.
Nach der ersten Operation sagte man Spiridon, er müsse sich ein Jahr lang möglichst ruhig verhalten, dann könne man ihn ein zweites Mal operieren. Das linke Auge würde die volle Sehkraft wiedererlangen, das rechte die halbe. Man versprach es ihm ganz fest, und eigentlich hätte er jetzt so lange warten sollen. Statt dessen entschloß sich die Familie Jegorow eines Tages doch, nach Hause zurückzukehren.
Nershin blickte Spiridon aufmerksam an.
»Wie war es denn, Danilytsch, hattest du eine ungefähre Vorstellung davon, was dich hier erwartete?«
Alles um die Augen Spiridons herum war voll winziger Fältchen – die Lider, die Schläfen, seine Tränensäcke. Er lächelte nur.

»Ich? Gleb, ich wußte natürlich, daß es mir an den Kragen gehen würde. Gewiß, in unsren Flugblättern schrieben sie, was man mit beiden Ohren kaum fassen konnte: alles würde uns verziehen werden, unsere Brüder und Schwestern erwarteten uns, die Glocken würden läuten, und zur Kolchosarbeit würde niemand gezwungen werden; einzutreten brauchte nur wer wollte. Man hätte die Stiefel hinschmeißen mögen und barfuß nach Hause rennen ... Diesen Blättchen habe ich natürlich nicht geglaubt, und natürlich habe ich auch gewußt, daß mir das Gefängnis nicht erspart bleiben würde.«

Seine kurzen, rauhen Barthaare, rötlich und grau meliert, zitterten leicht.

»Ich habe gleich zu Marfa Ustinowna gesagt: Mädchen, sie versprechen uns das Blaue vom Himmel herunter – nun, vielleicht lassen sie uns wenigstens in der Erde wühlen. Sie tätschelte mir ein bißchen den Kopf und sagte: ›Alter Junge, wenn nicht die Sache mit deinen Augen wäre, würde ich auch ja sagen. Aber laß uns doch die zweite Operation abwarten.‹ Die Kinder aber machten mir alle drei die Hölle heiß. ›Väterchen, Mamenka! Wir wollen nach Hause, in die Heimat! Warum sollen wir hier auf die Operation warten? Gibt es denn bei uns keine Augenärzte? Wer hat denn die Verwundeten geheilt, als wir die Deutschen besiegten? Wir wollen eine russische Schule beenden‹ – dem Ältesten fehlten noch zwei Jahre. Vera, das Töchterchen, kam aus dem Weinen gar nicht heraus. ›Wollt ihr, daß ich einen Deutschen heirate?‹ Das Mädchen bildete sich ein, daß sie den zu Hause für sie bestimmten Bräutigam verpassen würde ... Ich kratzte mir den Kopf: ›Ach Kinder, Ärzte haben wir schon in Rußland, aber wie sollen wir an sie rankommen?‹ Aber dann habe ich mir doch wieder gedacht, daß die ganze Schuld mich treffen müsse und daß man die Kinder in Ruhe lassen würde. Mich würde man einsperren – die Kinder aber sollten leben.«

Und so fuhren sie denn. Schon an der Grenzstation wurden Männer und Frauen getrennt und in verschiedenen Zügen weitertransportiert. Die Jegorow-Familie, die den ganzen Krieg über zusammengeblieben war, wurde jetzt auseinandergerissen. Niemand fragte danach, wo man zu Hause war, in Brjansk oder Saratow. Frau und Tochter wurden ohne jede Gerichtsverhandlung ins Gebiet von Perm verschickt, wo die Tochter jetzt im Walde an einer Motorsäge arbeitete. Spiridon und die Söhne sperrte man hinter Stacheldraht und verurteilte die Jungen ebenso wie den Vater zu zehn Jahren. Zusammen mit dem jüngeren kam Spiridon in das Lager von Solikamsk. Dort konnte er sich noch zwei Jahre lang um ihn kümmern. Der andere Sohn wurde an die Kolyma verschleppt.

Das war die Heimkehr, so sahen der Bräutigam der Tochter und der Schulabschluß der Söhne aus.

Durch die Aufregungen der Untersuchungszeit sowie durch die Unterernährung im Lager – er hatte dem Sohn immer die Hälfte seiner Tagesration abgegeben – wurde Spiridons Sehkraft nicht stärker, im Gegenteil: auch das ihm noch verbliebene linke Auge wurde trübe. Dort, umgeben von zähnefletschenden Wölfen, in einem abgelegenen Waldlager, die Ärzte zu bitten, einem Häftling das Augenlicht wiederzugeben, wäre ebenso sinnlos gewesen wie das Gebet, lebendig zum Himmel auffahren zu dürfen. Die Augen Spiridons zu behandeln oder auch nur zu entscheiden, wo sie hätten behandelt werden können, gehörte nicht zu den Aufgaben der grauen Sanitätsbaracke.

Nershin stützte seinen Kopf in die Hände und grübelte über seinen rätselhaften Freund nach. Er blickte weder zu ihm auf noch auf ihn herab, sondern sah sich mit ihm Schulter an Schulter auf gleicher Höhe. Alle ihre Gespräche hatten Nershin, je länger um so nachdrücklicher, immer weiter auf die gleiche Frage hingestoßen, ja das ganze Geflecht von Spiridons Leben wies allein auf diese Frage hin. Nun endlich schien Nershin der Zeitpunkt gekommen zu sein, die entscheidende Frage an Spiridon zu richten.

Das komplizierte Leben Spiridons, sein ständiges Hin und Her zwischen den kämpfenden Parteien – war das nicht einfach Selbsterhaltung? Paßte das nicht genau zur Tolstojschen Wahrheit, die lehrt, es gebe auf der Welt weder Gerechte noch Schuldige? Offenbarte sich nicht in diesen fast instinktiven Handlungen des rothaarigen Bauern das Weltbild des philosophischen Skeptizismus?

Die soziologische Untersuchung, in die Nershin sich eingelassen hatte, versprach heute, hier unter der Treppe, ein gänzlich unerwartetes und glänzendes Resultat zu zeitigen.

»Mir ist ganz beklommen zumute, Gleb«, sagte derweilen Spiridon und scheuerte in hoffnungslosem Gram mit der Handfläche seine unrasierte Wange – so, als wolle er sich die Haut herunterreiben. »Vier Monate schon kein Brief von zu Hause.«

»Du sagtest es schon. Vielleicht hat der Drache den Brief?«

Spiridon blickte vorwurfsvoll. Seine Augen waren fast erloschen, wirkten jedoch nicht so glasig, wie es bei Blindgeborenen der Fall ist. Darum konnte man ihren Ausdruck erkennen und deuten.

»Vier Monate lang? Was kann denn schon drinstehen?«

»Sobald du ihn kriegst, komm zu mir, ich lese ihn dir vor.«

»Und wie ich kommen werde – im Laufschritt!«

»Vielleicht ist was bei der Post verlorengegangen, vielleicht ist er sonstwo verschlampt worden. Reg dich nicht auf, Danilytsch, es lohnt sich nicht.«

»Was heißt ›es lohnt sich nicht‹, wenn sich das Herz zusammenkrampft.

Ich habe Angst um Vera. Einundzwanzig ist das Mädchen, ohne Vater, ohne Brüder, und die Mutter ist auch nicht bei ihr.«
Von dieser Vera Jegorowna hatte Nershin ein Foto gesehen, das im vergangenen Jahr gemacht worden war. Ein großes, stämmiges Mädchen, mit weiten, vertrauensvollen Augen. Durch den ganzen Weltkrieg hatte der Vater sie geleitet und bewahrt. Mit einer Handgranate hatte er die Fünfzehnjährige in den Wäldern von Minsk gegen Banditen, die sie vergewaltigen wollten, verteidigt. Aber was konnte er jetzt vom Gefängnis aus tun?
Nershin stellte sich die undurchdringlichen Wälder von Perm vor. Den maschinengewehrähnlichen Lärm der automatischen Sägen; das widerliche Rattern der Traktoren, die Baumstämme vor sich her schieben; mit den Hinterrädern im Schlamm mahlende Lastwagen, den Kühler flehentlich gen Himmel gestreckt; üble, schwarzverschmierte Traktoristen, die es längst verlernt hatten, die unflätigen Flüche von gewöhnlicher Rede zu unterscheiden. Und zwischen all dem das Mädchen in der Arbeitskleidung, in Hosen, die aufreizend ihre weiblichen Formen betonten. Zusammen mit den anderen schläft sie am Feuer, und keiner versäumt es, sie im Vorbeigehen zu betatschen. Gewiß nicht ohne Grund schmerzte Spiridons Herz!
Doch Trost konnte hier gar nichts nützen. Es war besser, den Alten abzulenken und gleichzeitig die Bestätigung für das zu erhalten, was er suchte, nämlich ein Gegengewicht, ein Argument gegen seine gelehrten Freunde. Würde er nicht jetzt und hier die Begründung des im Volk lebendigen, bäuerlichen Skeptizismus erfahren und sich diesen dann vielleicht selbst zu eigen machen?
So legte er denn seine Hand auf Spiridons Schulter, lehnte sich wie bisher mit dem Rücken an die schräge Verschalung der Treppe und versuchte mühsam, weit ausholend, seine Frage zu formulieren.
»Schon lange wollte ich dich etwas fragen, Spiridon Danilytsch, versteh mich bitte richtig. Viel, sehr viel hast du mir von deinen Wanderungen erzählt. Dein Leben ist voller Wirrnisse und, so meine ich, nicht nur deins, sondern das von vielen. Bei all dem, womit du dich herumgeschlagen hast, wo du die fünfte Ecke gesucht hast – was trieb dich da...? Oder richtiger, was für ein...« – fast hätte er gesagt: Kriterium – »... was für einen Maßstab sollen wir an unser Leben legen? Gibt es zum Beispiel Menschen auf der Welt, die vorsätzlich das Böse wollen, die sich einfach vornehmen: ich will den Leuten Schlechtes zufügen, ich will sie so bedrücken, daß sie kaum noch leben können? Das ist doch unglaubhaft! Nicht wahr? Es kann doch sein, daß alle Menschen das Gute wollen, daß sie *denken*, sie wollten das Gute, da aber nun niemand ohne Sünde ist, niemand ohne Fehler, einige sogar völlig zügellos sind, fügen

die Menschen einander soviel Böses zu. Sie sind überzeugt, daß sie richtig handeln, aber was dabei herauskommt, ist eben böse. Du würdest sagen, daß sie Roggen säten und Unkraut daraus erwuchs.«

Wahrscheinlich hatte er sich nicht sehr klar ausgedrückt. Spiridon blickte schief, düster und argwöhnte wohl, daß Nershin ihn irgendwie hereinlegen wollte.

»Wenn du nun, sagen wir mal, einen Fehler machst, und ich versuche, dich zu verbessern, ich spreche zu dir darüber mit Worten, aber du hörst nicht auf mich, verstopfst mir sogar den Mund – was soll ich dann machen? Dir mit einem Knüppel auf den Kopf schlagen? Das wäre vielleicht gut, wenn ich recht hätte. Aber wenn es mir nur scheint, daß ich recht habe, wenn ich es mir nur in den Kopf gesetzt hätte, im Recht zu sein? Oder aber ich war zwar mal im Recht, aber mein Recht ist nun nicht mehr gültig, und ich bin längst im Unrecht? Das Leben ändert sich doch dauernd, nicht? Also, kurz gesagt: wenn man nicht davon überzeugt sein kann, daß man immer recht hat, darf man sich dann einmischen oder nicht? Ist es überhaupt denkbar, daß die Menschen auf dieser Erde unterscheiden können, wer recht hat und wer schuldig ist? Wer kann das schon sagen?«

»Ich werde es dir sagen!« rief Spiridon bereitwillig und strahlend, so bereitwillig, als ob man ihn gefragt hätte, welcher Diensthabende morgen dran wäre. »Ich werde es dir sagen. Der Schäferhund hat recht, der Menschenfresser nicht!«

»Was, was, was?« Nershin erstickte fast ob der Schlichtheit und Kraft dieser Lösung.

»Nämlich so«, wiederholte mit größter Überzeugung Spiridon, indem er sich Nershin ganz zuwandte und ihm unter dem Schnauzbart hervor seinen heißen Atem ins Gesicht blies: »Der Schäferhund hat recht, der Menschenfresser nicht!«

64

Geballte Fäuste

Der schlanke junge Leutnant mit dem quadratischen Flecken eines Schnurrbärtchens unter der Nase, der am Sonntagabend die Aufsicht antrat, ging nach dem Zapfenstreich selbst durch die beiden Korridore des Sondergefängnisses, um die Arrestanten in ihre Zimmer zu treiben. Besonders am Sonntag begaben sie sich nur ungern zur Ruhe. Er hätte seinen Kontrollgang wiederholt, konnte sich jedoch nicht mehr von der jungen, drallen Sanitäterin der Krankenstation losreißen. Diese

hatte in Moskau einen Mann, der sie aber in der verbotenen Zone während ihres immer mehrere Tage dauernden Dienstes nicht besuchen durfte. So hatte sich denn der Leutnant für die bevorstehende Nacht einige Chancen ausgerechnet. Wieder einmal riß sie sich mit derbem Lachen los und sagte dabei zum x-ten Male:
»Hören Sie doch endlich mit diesem Unfug auf!«
Den zweiten Kontrollgang sollte auf Befehl des Leutnants nun dessen Stellvertreter, ein Hauptfeldwebel, unternehmen. Dieser wiederum erkannte, daß der Leutnant die Krankenstation kaum noch verlassen werde, er also nichts zu befürchten habe, und gab sich darum keine besondere Mühe, die Leute tatsächlich in ihre Betten zu jagen. Er hatte es satt, immerzu den Wachhund zu spielen. Darüber hinaus betrachtete er die Gefangenen als erwachsene Menschen, die selbst wußten, daß sie am nächsten Morgen zu arbeiten hatten und allein schon deshalb nicht vergessen würden, schlafen zu gehen.
Das Licht in den Gängen und auf der Treppe durfte er nachts ohnehin nicht löschen, denn Dunkelheit konnte Fluchtversuche oder gar eine Verschwörung der Gefangenen begünstigen.
So wurden auch Rubin und Sologdin, die sich an die Wand des großen Hauptkorridors lehnten, nicht auseinandergetrieben. Die Uhr ging schon auf eins, aber beide dachten noch nicht an Schlaf.
Es war eine von jenen ausweglosen Streitereien, mit denen Fröhlichkeiten *à la russe* häufig zu enden pflegen, wenn sie sich nicht gerade zu einer Prügelei auswachsen.
Mit ihrem Papier-Duell waren die beiden nicht so recht weitergekommen. Inzwischen hatten Rubin und Sologdin bereits die beiden anderen Gesetze des dialektischen Materialismus durchgehechelt und dabei die Schatten Hegels und Feuerbachs bemüht. In diesen eisigen und fernen Höhen des Geistes war jedoch keine Unebenheit auszumachen, an der sich der Streit hätte festhaken können. Es bot sich für ihn auch keine noch so winzige Plattform zum Verschnaufen an. So überschlug er sich denn und rollte über die Füße der Diskutierenden hinweg polternd in den vulkanischen Krater der hemmungslosen Aggressivität hinab.
»Du bist ein Fossil! Ein Ichthyosaurier! Wie wirst du mit so abenteuerlichen Ansichten in der Freiheit überhaupt bestehen? Kann die Gesellschaft dich so akzeptieren?«
»Welche Gesellschaft?« Sologdin machte ein erstauntes Gesicht. »Wenn ich zurückdenke, sehe ich keine Gesellschaft, sondern immer nur Gefängnisse. Um mich herum nichts als Stacheldraht und Aufpasser. Von der Gesellschaft jenseits dieses Bereichs hat man mich, sachlich gesprochen, für immer getrennt. Warum also soll ich mich auf sie vorbereiten?«

Von da war es nur noch ein kleiner Schritt zur Jugend – ob sie eine *solche* sei oder *nicht*.

»Wie wagst du es überhaupt, die Jugend beurteilen zu wollen?« ereiferte sich Rubin. »Ich habe mit der Jugend zusammen an der Front gekämpft, ich habe sie bei Spähtrupps kennengelernt, du aber hast höchstens von irgendeinem windigen Schwätzer in einem Durchgangslager etwas über sie zu hören bekommen. Zwölf Jahre schimmelst du bereits in Lagern herum, und vorher – was hast du denn da vom Lande gesehen? Die Patriarchenteiche? Oder bist du vielleicht sonntags ins Dorf Kolomenskoje hinausgefahren?«

»Das Land? Du willst hier ein Urteil über das Land abgeben!« schrie Sologdin. Dabei mußte er seine Stimme so stark dämpfen, daß es klang, als würde er gewürgt. »Schäm dich! Du sollst dich schämen! Wie viele Leute sind durch die Butyrka gegangen, erinnere dich doch – Gromow, Iwantjejew, Jaschin, Blochin, sie haben dir vernünftige Dinge gesagt, alles aus ihrem *Leben* haben sie dir erzählt, aber ihnen hast du ja nicht zugehört. Und hier? Wartapetow zum Beispiel, und dann dieser, wie ...«

»Wer? Warum sollte ich ihnen zuhören? Verblendete Leute! Sie benehmen sich wie ein wildes Tier, dem die Pfote eingeklemmt ist. Aus dem Mißerfolg ihres eigenen Lebens lesen sie den Einsturz des ganzen Weltgebäudes heraus. Ihr Observatorium ist der Abortkübel in der Zelle. Sie haben keinen Standpunkt, sondern ein Standloch!«

So ließen sie sich auf den Wogen ihrer Diskussion immer weiter forttragen. Ihre Argumente wurden unlogisch, es fehlte der Zusammenhang zwischen den einzelnen Gedanken. Weder sahen sie den Korridor noch nahmen sie ihn sonstwie wahr, den Korridor, in dem zwei halbverrückte Schachspieler sich über das Brett beugten, der alte, ewig rauchende Schmied ununterbrochen hustete und sie selbst wie ein Schattenriß an der Wand erschienen, mit dem aufgeregten Gefuchtel ihrer Hände, den erhitzten Gesichtern und den sich in einem Winkel fast berührenden Bärten – dem großen schwarzen und dem sorgfältig gekämmten blonden.

Jeder der beiden sah und verfolgte nur noch ein einziges Ziel: beim anderen die empfindlichste Stelle aufzuspüren und zu treffen.

Wenn die Hitze des Gefühls die Substanz unserer Augen schmelzen könnte, so hätten die Augen Sologdins jetzt auslaufen müssen, so leidenschaftlich starrte er Rubin an.

»Mit dir soll man noch sprechen können! Du bist ja keinen vernünftigen Beweisgründen zugänglich. Es macht dir überhaupt nichts aus, schwarz und weiß zu vertauschen! Was mich dabei besonders aufregt, ist, daß du innerlich der Devise huldigst« – in der Hitze des Streites unterlief ihm ein Fremdwort, wenngleich eines aus der Rittersprache –

»›Der Zweck heiligt die Mittel‹. Wenn ich dich aber jetzt geradezu fragen würde, ob du dem zustimmst, dann wirst du bestimmt ausweichen. Ich weiß genau, daß du ausweichen wirst.«

»Nein, warum?« antwortete Rubin auffallend kühl. »Für mich persönlich akzeptiere ich diesen Grundsatz nicht. Für die gesamte Geschichte der Menschheit aber ist unser Ziel so wichtig, daß wir es sind, die zum erstenmal das Recht haben zu sagen: dieses Ziel heiligt die Mittel, die für seine Erreichung notwendig sind.«

»Ach, so ist das also!« Sologdin meinte, nun eine verwundbare Stelle entdeckt zu haben, und stieß sofort elegant zu. »Merk dir doch: je sauberer das Ziel, um so sauberer müssen auch die Mittel sein! Unangemessene Mittel zerstören das Ziel!«

»Wie meinst du das? In welcher Weise unangemessen? Wessen Mittel sind unangemessen? Womöglich lehnst du revolutionäre Mittel ab? Womöglich verneinst du auch die Notwendigkeit der Diktatur?«

»Zieh mich nicht in die Politik hinein«, wies Sologdin ihn zurück und bewegte seine ausgestreckte Hand mit dem erhobenen Zeigefinger schnell, wie eine Degenspitze, vor Rubins Nase hin und her. »Ich sitze nach Artikel 58, aber ich habe mich nie mit Politik befaßt und tue es auch jetzt nicht. Da sitzt noch ein Schmied, ein Schreibunkundiger — auch nach 58.«

»Ne, ne, nun sag schon!« drängte Rubin. »Erkennst du die Diktatur des Proletariats an?«

»Über die Herrschaft der Arbeiterklasse habe ich keinen Ton gesagt. Ich habe dir eine rein moralische Frage gestellt, nämlich, ob der Zweck die Mittel rechtfertigt oder nicht, und du hast geantwortet und dich dabei selbst entlarvt.«

»Ich habe doch den persönlichen Bereich ausgeschlossen!«

»Und wenn schon!« schrie Sologdin fast stimmlos. »Die Moral verliert doch nicht dadurch an Kraft, daß man sie auf viele Füße stellt. Wenn du selbst mordest oder Verrat übst — so meinst du doch —, ist das ein Verbrechen. Wenn hingegen der Einzige und Unfehlbare im Namen des Volkes so etwa fünf bis zehn Milliönchen umbringt, so ist das gesetzmäßig und muß als Fortschritt verstanden werden?«

»Das läßt sich nicht vergleichen. Das sind verschiedene Größen.«

»Ach, stell dich doch nicht dumm! Du bist viel zu gescheit, um diese Scheußlichkeit zu glauben. Ein Mensch mit gesundem Verstand kann nicht so denken. Du lügst ganz einfach!«

»*Du* lügst! Das alles ist bei dir nichts als Pose! Die idiotische ›Sprache äußerster Klarheit‹. Die Ritterspielerei in der Maske Alexander Newskijs. Alles ist Pose bei dir. Weil du im Leben ein Versager bist! Deine Holzhackerei ist auch Pose.«

»Du hast ja selbst gerade erst damit aufgehört. Da muß mit den Händen gearbeitet werden und nicht mit dem Maul!«
»Wann aufgehört? Vor drei Tagen?«
Ihr Streit trug sie immer weiter, ohne Aufenthalt; wie ein Nachtschnellzug jagte er vorbei an Zwischenstationen, an Signallampen, durch die menschenleere Steppe und durch erleuchtete Städte, hinweg über dunkle und helle Spuren ihres Gedächtnisses. Alles, was für einen kurzen Augenblick auftauchte, das diffuse Licht und das unbestimmbare Getöse, legte sich auf die anhaltenden Schwingungen ihrer Gedankenkette.
»Du solltest zuerst mal dich selbst an der Moral messen«, griff Rubin das Thema wieder auf. »Wie steht es denn bei dir mit Ziel und Mitteln? Im persönlichen Bereich! Erinnerst du dich, womit du deine Karriere als Ingenieur begonnen hast? Wovon hast du geträumt? Wolltest du nicht unbedingt eine Million zusammenkratzen?«
»Dann erinnere *du* dich gefälligst, wie du die Dorfkinder gelehrt hast, ihre Eltern anzuzeigen.«
Sie kannten sich schon zwei Jahre. Alles, was sie sich in intimen Gesprächen anvertraut hatten, versuchten sie nun gegeneinander auszuspielen und es darüber hinaus noch möglichst beleidigend, möglichst kränkend auszuschlachten. Sie riefen sich Negatives ins Gedächtnis zurück und schleuderten es als Anklage heraus. Ihr Zweikampf drehte sich schon längst nicht mehr um allgemeine Fragen, sondern sie sanken und sanken immer tiefer ins Persönliche, wo der eine es dem anderen besonders schmerzhaft heimzahlen konnte.
»Weißt du, wer deine Gesinnungsgenossen sind, deine besten Freunde?« ereiferte sich Sologdin. »Die Schischkin-Myschkins. Ich verstehe gar nicht, warum du dich nicht offen zu ihnen bekennst, was soll diese Heuchelei?«
»Was sagst du?« schnaufte Rubin. »Meinst du das im Ernst?«
Natürlich wußte Sologdin ganz genau, daß Rubin kein Spitzel war und niemals einer werden würde, er konnte aber der Versuchung nicht mehr widerstehen, ihn dennoch mit dem Sicherheitsoffizier zusammen in einen Topf zu werfen.
Also beharrte er auf seiner Behauptung:
»In jedem Fall wäre es von dir viel folgerichtiger. Die Kerkermeister verfolgen doch das richtige Ziel, also wäre es deine Pflicht, ihnen zu helfen, soviel du kannst. Und warum willst du eigentlich kein Spitzel werden? Schikin würde dir ein gutes Zeugnis ausstellen, dein Fall würde neu aufgerollt werden ...«
»Das schreit nach Blut!« Rubin ballte seine großen Fäuste und erhob sie so, als sei er bereit, eine Prügelei zu beginnen. »Dafür müßte man dich in die Fresse hauen.«

»Ich sage ja nur« – Sologdin versuchte, sich zu mäßigen – »daß das von deiner Seite folgerichtiger wäre. Falls das Ziel die Mittel rechtfertigt.«
Rubin sah ein, daß es nutzlos war, die Fäuste zu ballen, und ließ sie sinken. Er blickte seinen Gegner geringschätzig an:
»Man muß vor allem Prinzipien haben. Du hast keine Prinzipien. Abstraktes Geschwätz über Gut und Böse . . .«
Sologdin erläuterte seinen Standpunkt:
»Wieso denn! Betrachte es doch genau. Alle, die wir hier sitzen, haben es verdient, nur du allein nicht; also sind die Kerkermeister im Recht. Jedes Jahr schreibst du zwei Gnadengesuche . . .«
»Du lügst. Nicht um Gnade, sondern um Revision geht es mir.«
»Macht das einen Unterschied?«
»Einen sehr großen.«
»Man weist dich ab, aber du hörst nicht auf zu betteln. Du wolltest ja auch nicht die Bedeutung des Stolzes im menschlichen Leben mit mir erörtern; aber gerade dir würde es nicht schaden, dich damit zu beschäftigen. Du bist bereit, dich um einer Scheinfreiheit willen zu erniedrigen. Du bist wie ein Hündchen, das man an die Kette gelegt hat, und der, der die Kette festhält, hat Macht über dich.«
»Und du? Über dich hat wohl niemand Macht?« brauste Rubin auf. »Du hast wohl nicht gebettelt?«
»Nein.«
»Nur, weil du überhaupt keine Chance hast, freizukommen. Wenn du eine Chance sehen würdest, würdest du nicht nur betteln, sondern . . .«
»Niemals!«
»Ach, wie bist du edelmütig! Du machst dich über den Erfolg der Semjorka lustig, aber wenn du selbst eine Gelegenheit hättest, dich hervorzutun, so würdest du sie sogar auf dem Bauch kriechend wahrnehmen.«
»Niemals!« Sologdin zitterte buchstäblich.
»Und ich sage dir was anderes«, triumphierte Rubin. »Dir fehlen ja nur die Fähigkeiten zu etwas Besonderem. Saure Trauben! Aber wenn du etwas zustande bringen könntest und man würde dich rufen – auf dem Bauch würdest du hinkriechen!«
»Beweis das doch.« Nun ballte Sologdin die Fäuste. »Dafür sollte man dich in die Fresse hauen!«
»Laß mir Zeit – ich werde es beweisen. Gib mir ein Jahr.«
»Meinetwegen zehn.«
»Ich werde dich schon kriegen! Aber du wirst dich dann natürlich dialektisch mit dem ›Alles fließt, alles ändert sich‹, herausreden.«
»Das ›Alles fließt, alles ändert sich‹ gilt nur für solche wie du. Urteile nicht nach dir.«

65

Dotti

Seltsam sind die Beziehungen zwischen Mann und Frau – nichts läßt sich voraussagen, es gibt keine bestimmte Richtung, sie unterliegen keinen Gesetzen. Manchmal scheint die Sache so ausweglos zu sein, daß man sich hinsetzen möchte und heulen. Alles ist gesagt, vergeblich gesagt. Alle Argumente wurden erwogen und verworfen. Und dann auf einmal kreuzen sich die Blicke, und die Wand stürzt zwar nicht ein, aber sie schmilzt weg. Dort, wo bisher Finsternis war, fällt helles Licht auf einen geraden, klaren Fußweg für beide.

Und wenn es vielleicht auch nur ein Weg für eine Minute ist.

Innokentij war seit langem davon überzeugt, daß zwischen ihm und Dotti alles zu Ende sei. Ihre Oberflächlichkeit und alles Fremde an ihr ließen ihm überhaupt keine andere Wahl. Aber die Wärme, mit der er heute im Hause des Schwiegervaters auf ihre Fügsamkeit reagiert hatte, schwand auch nicht, als sie die Gesellschaft verließen und im Auto nach Hause fuhren. Freundschaftlich, wie schon seit langem nicht mehr, tauschten sie die Eindrücke des Abends aus. Als Dotti von Klaras Heiratsaussichten sprach, legte er unwillkürlich seinen Arm um ihre Schultern und ergriff ihre Hand.

Dabei zwang sich ihm plötzlich folgender Gedanke auf: wenn diese Frau weder seine Geliebte noch seine Frau wäre, und wenn sie eindeutig einem anderen gehören würde, und wenn er sie so wie jetzt im Auto in den Armen hielte – wie wären dann seine Gefühle ihr gegenüber? Ohne zu zögern, gab er sich die Antwort: Er würde keine Anstrengungen scheuen, um sie zu besitzen.

Und warum konnte er es sich eigentlich nun, da es sich doch um seine eigene Frau handelte, nicht leisten, denselben Körper zu begehren?

Das Verrückte und Schlimme an der Sache war, daß sie ihn gerade jetzt, also verdorben und die Umarmungen eines anderen duldend, ganz besonders reizte, ihn nicht einfach anzog, sondern geradezu vernichtend anzog. So, als müsse er etwas beweisen. Aber was? Und wem?

Als Dotti ihm im Wohnzimmer gute Nacht sagte, lehnte sie schuldbewußt den Kopf an seine Brust, küßte ihn irgendwohin auf den Kragen und entfernte sich mit gesenktem Kopf. Innokentij ging in sein Zimmer und zog sich zum Schlafen um. Dann schien es ihm plötzlich aber ganz unmöglich, jetzt nicht zu Dotti zu gehen.

Es kam noch hinzu, daß die singende, von Gesprächen summende, lachende Menschenmenge ihn den ganzen Abend wie eine schützende

Rüstung umgeben hatte. Jetzt aber, in der Einsamkeit seines Zimmers griff die Angst vor der Verhaftung wieder nach ihm, und es war auch gerade diese Angst, die ihn jetzt Wärme und Schutz suchen ließ.

So stand er denn zögernd in seinem kordelverzierten Morgenrock, auf lautlosen Hausschuhen, vor der Schlafzimmertür seiner Frau. Noch nicht entschlossen, ob er anklopfen sollte, drückte er nur leicht mit dem Finger gegen die Tür. Dotnara war ängstlich und pflegte sich für die Nacht einzuschließen. Doch jetzt gab die Tür dem Fingerdruck nach.

Ohne anzuklopfen trat Innokentij ein, schlug die Portiere zurück und erblickte Dotti, die schon im Bett lag, unter ihrer violetten, silbrigglänzenden Flauschdecke.

Sie mußte sich erschreckt haben, rührte sich aber nicht.

Das Licht der kleinen Lampe auf dem niedrigen Nachttischchen fiel auf ihr zartes Gesicht, auf die hellen, aufgelösten Haare und auf das Hemd, das sich gleich einer goldschimmernden Haut über Schultern, Arme und Brust spannte. Jede Falte, jede Stickerei, jeder Spitzenbesatz des Hemdes waren mit jener gewissen Absicht erdacht, eine Frau verführerischer erscheinen zu lassen, als sie es nackt je sein könnte.

Das Schlafzimmer war ein wenig überheizt, aber Innokentij empfand das nur als angenehm, denn er fröstelte. Es duftete schwach nach Parfüm.

In der Mitte des Zimmers stand ein kleines Tischchen mit einer rauchgrauen Decke. Dorthin trat Innokentij nun, ergriff spielend eine große Meermuschel, wandte sich Dotti halb zu und sagte möglichst kühl:

»Ich bin selbst erstaunt, daß ich zu dir gekommen bin. Ich kann mir auch überhaupt nicht vorstellen, daß es zwischen uns jemals noch irgendwas geben wird.« Davon, daß er seinerseits seine Frau in Rom betrogen hatte, sprach er nicht und hielt es auch nicht für wichtig. »Dennoch habe ich mir gedacht, was denn wohl schon dabei wäre, wenn ich zu dir ginge.«

In seiner Erregung ließ er die Muschel fallen und wandte seinen Kopf jetzt ganz Dotti zu.

Er verachtete sich.

Sie hob Wange und Schläfe leicht vom Kissen und blickte ihn von unten herauf aufmerksam und zärtlich an, obwohl sie in dem vom Nachtlämpchen nur spärlich erhellten Zimmer sein Gesicht kaum erkennen konnte.

Ihr Arm hing herab, um die Schulter bauschte sich duftig die Spitze, der entblößte Unterarm wirkte so hilflos, daß das Buch in der Hand leicht zu zittern schien.

»Komm, leg dich doch einfach zu mir, laß uns ein wenig zusammen liegen«, bat sie rührend, fast flehentlich.

Einfach? Warum sollte er sich eigentlich nicht hinlegen? Und darüber hinaus? Ein Mann kann natürlich nicht alles verzeihen, was gewesen ist.
Im Liegen spricht es sich auch leichter. Irgendwie kann man viel mehr sagen, bis zum Allerintimsten, wenn man sich nicht steif in Stühlen gegenübersitzt, sondern unter einer Decke umarmt.
So machte er denn einige unsichere Schritte auf sie zu.
Sie aber schlug die Decke zurück, damit eine warme Tiefe öffnend.
Er merkte nicht, wie er auf das Buch trat, das seine Frau auf den Teppich hatte fallen lassen. Dann sank er in diese Tiefe, die über ihm zusammenschlug.

66

Des scharfen Säbels edle Klinge

Endlich schlief alles in der Scharaschka.
Es schliefen 280 Häftlinge beim Schein der blauen Lämpchen, den Kopf ins Kissen gewühlt oder mit dem Kissen unter dem Nacken, lautlos atmend, widerlich schnarchende oder unartikulierte Schreie ausstoßend; zusammengezogen vor Kälte die einen und sich vor Hitze herumwerfend die anderen. In doppelstöckigen Pritschen schliefen sie in zwei Etagen des Gebäudes und träumten. Die alten von Verwandten, die jungen von Frauen; die einen von verlorener Habe, die anderen von Eisenbahnzügen; wieder andere von Kirchen oder von Richtern. Die Träume waren verschieden, aber alle Träume erinnerten bedrückend daran, daß man gefangen war. Wer durch das grüne Gras oder eine Stadt schlenderte, war dennoch auf der Flucht, mußte betrügen, war Opfer irgendwelcher Mißverständnisse — immer war jemand hinter einem her. Das vollkommene glückhafte Vergessen des wachsamen Auges, das Longfellow in seinem ›Traum eines Unfreien‹ erdacht hat, war ihnen nicht geschenkt. Die Erschütterung der ungerechten Verhaftung, die Verurteilung zu zehn oder fünfundzwanzig Jahren, das Gebell der Bluthunde, die Lautsignale der Wachtposten, der markerschütternde Ton des Weckrufes — all das hatte sich durch sämtliche Schichtungen hindurch tief in ihre Knochen hineingefressen, hatte sowohl die sekundären wie auch die primären Instinkte überlagert. Die Folge davon war, daß selbst der aus dem Schlaf gerissene Arrestant immer zuerst seinen Gefängnisaufenthalt realisierte, bevor er beispielsweise Feuer oder Rauch wahrzunehmen und an seine Sicherheit zu denken vermochte.
In seiner Einzelzelle schlief der degradierte Mamurin. Ebenso wie alle Aufpasser, die gerade frei hatten, schliefen auch diejenigen, die aufpas-

sen sollten. Die diensthabende Sanitäterin im Krankenzimmer hatte nach langem Hin und Her endlich dem Leutnant mit dem quadratischen Schnurrbärtchen nachgegeben. Nun schliefen auch sie — auf dem schmalen Sofa der Sanitätsabteilung. Als letzter war der kleine, graue Aufpasser an seinem Platz in dem Käfig neben der Haupttreppe am eisenbeschlagenen Tor des Gefängnisses eingeschlafen. Er glaubte, daß niemand mehr nach ihm sehen werde, und hatte sicherheitshalber auch noch eine Leitungskontrolle gemacht. Nun schlief er sitzend, den Kopf auf sein kleines Tischchen gelegt und beobachtete nicht mehr, wie es seine Pflicht gewesen wäre, durch das Schiebefenster den Korridor der Sonderabteilung.

Verbittert die vorgeschrittene Nachtstunde ausnutzend, in der die Gefängnisordnung von Mawrino illusorisch geworden war, verließ der 281. Arrestant leise das halbrunde Zimmer. Das helle Licht auf dem Korridor blendete ihn, immer wieder trat er auf dicht herumliegende Zigarettenstummel. Die Stiefel hatte er sich so irgendwie, ohne Fußlappen, angezogen, und unter seinem abgewetzten Soldatenmantel trug er nur Unterwäsche. Der düstere, schwarze Bart war zerzaust, das gelichtete Haar fiel wirr vom Scheitel herab, sein Gesicht wirkte zerquält.

Vergeblich hatte er versucht einzuschlafen. Jetzt war er aufgestanden, um auf dem Korridor umherzugehen. Nicht zum ersten Mal griff er zu diesem Mittel — es dämpfte die brennenden Schmerzen im Hinterkopf sowie in der Lebergegend, und so wurde er auch am ehesten Herr seiner Erregung.

Obwohl er herumgehen wollte, hatte er nach Art des Bibliophilen einige Bücher mitgenommen. In einem von ihnen befand sich der handschriftliche ›Vorschlag für weltliche Kathedralen‹ sowie ein schlecht gespitzter Bleistift. Rubin legte nun seine Mitbringsel zusammen mit einer Schachtel Tabak und einer Pfeife auf den langen, unsauberen Tisch und begann dann, mit beiden Händen seinen Mantel zuhaltend, gleichmäßig im Korridor auf und ab zu gehen.

Er sah ein, daß die Haft für jeden Arrestanten bitter sein muß — sowohl für den, der ohne Grund verhaftet wurde, wie auch für den, den Feinde als ihren Feind eingesperrt hatten. Seine eigene Situation aber empfand er als tragisch im aristotelischen Sinn. Er war genau von den Händen geschlagen worden, die er mehr als alles andere liebte. Weil er die gemeinsame Sache liebte, sie ungehörig tief liebte, war er von gleichgültigen Bürokraten verhaftet worden. Den Offizieren und Aufpassern des Gefängnisses wiederum, deren Tätigkeit doch nur Ausdruck des wahren, richtigen und fortschrittlichen Gesetzes war, mußte Rubin täglich in tragischem Konflikt entgegentreten, um seine eigene Menschenwürde sowie die seiner Genossen zu verteidigen. Und diese Genossen? Oft genug waren sie überhaupt nicht seine Genossen. In allen Zellen machte man ihm Vorwürfe, beschimpfte ihn, ja, hätte ihn am liebsten gebissen, denn jeder sah nur sein eigenes Leid und übersah dabei die große Gesetzmäßigkeit. In den gleichen Zellen, bei den gleichen Zusammenkünften, bei den gleichen Diskussionen mußte er dennoch mit unermüdlicher Kraft, und den Beleidigungen trotzend, zu beweisen versuchen, daß im großen gesehen und ganz allgemein betrachtet, alles sich so entwickele, wie es sein mußte, daß die Industrie blühe, die Landwirtschaft Überfluß erzeuge, die Wissenschaft vorwärtsstürme und die Kultur in allen Regenbogenfarben schimmere.

Oft bekam er von seinen Gegnern zu hören, daß sie in ihrer Vielzahl das Volk seien, er hingegen nur ein einzelner sei. Trotzdem wußte er, daß das Lüge war. Das Volk war nicht hier, sondern außerhalb des Gefängnisses, jenseits des Stacheldrahtes. Das Volk hatte Berlin erobert und war mit den Amerikanern an der Elbe zusammengetroffen; das Volk strömte millionenfach demobilisiert nach Osten zurück, baute das Dnjepr-Kraftwerk wieder auf, erweckte den Donbass[1] zu neuem Leben, ließ Stalingrad wieder auferstehen. Das Gefühl, mit diesen Millionen verbunden zu sein, bewahrte ihn vor der Vereinsamung. Und er vergaß, daß er in seinem stickigen Zellenstreit Dutzenden von Andersdenkenden gegenüberstand.

Häufig fielen sie nicht der Wahrheit wegen über ihn her, sondern nur, um ihre Wut auf ihn abzuladen, die sie an den Kerkermeistern nicht auslassen konnten. Sie hetzten ihn und kümmerten sich dabei nicht darum, daß jede derartige Auseinandersetzung ihm die Eingeweide herumdrehte und ihn dem Grabe näher brachte.

Aber er mußte kämpfen, weil es in dem Frontabschnitt ›Scharaschka Mawrino‹ nicht viele gab, die so wie er den Sozialismus verteidigen konnten.

Rubin klopfte an das Fensterchen in der eisernen Tür, einmal, zweimal, zum dritten Mal kräftig. Endlich tauchte das verschlafene Gesicht des grauen Wärters hinter dem Glas auf.

»Mir ist schlecht«, sagte Rubin. »Ich brauche ein Pulver. Bringen Sie mich zum Sanitäter.«

Der Wärter überlegte.

»Gut, ich werde anrufen.«

Rubin fuhr fort, auf und ab zu gehen.

Ja, er war eine durch und durch tragische Gestalt.

Früher als alle anderen, die jetzt hier saßen, hatte er die Schwelle eines Gefängnisses überschritten.

Ein erwachsener Vetter, den der sechzehnjährige Lewka verehrte, hatte

[1] Donbass (*Donezkij bassein*) — Donezbecken

ihm aufgetragen, eine Druckschrift zu verstecken. Lewka hatte es mit Begeisterung getan. Er hatte sich aber nicht vor einem Nachbarjungen gehütet, der die Schrift sah und Lewka verpfiff. Lewka verriet den Vetter nicht – er erfand die Geschichte, daß er die Schrift unter der Treppe gefunden habe.

Die Einzelzelle im Charkower Gefängnis vor zwanzig Jahren stand Rubin, als er jetzt mit schwerem, gleichmäßigem Schritt auf dem Korridor umherging, deutlich vor Augen.

Das Gefängnis war nach amerikanischem Muster gebaut – ein offener, vielstöckiger Schacht mit eisernen Stegen und Treppen in den einzelnen Etagen. Auf dem Grund des Schachtes stand ein Aufseher, der den ›Gefängnisverkehr‹ mit Signalflaggen regelte. Jeder Laut hallte dumpf im ganzen Gefängnis wider. Lewka lauscht. Jemand wird mit Gepolter über die Treppe geschleppt. Plötzlich läßt ein herzzerreißender Schrei das Gefängnis erzittern.

»Genossen! Ein Gruß aus dem Eis-Karzer! Nieder mit den Stalinschen Henkern!«

Er wird geschlagen – man hört diesen ganz spezifischen Ton, der entsteht, wenn Hartes auf Weiches aufschlägt. Sein Mund wird ihm zugehalten. Das Schreien klingt nun erstickt und verstummt dann ganz. Die dreihundert Eingekerkerten in den dreihundert Einzelzellen werfen sich gegen ihre Türen, behämmern sie mit den Fäusten und brüllen aus vollem Halse:

»Nieder mit den Bluthunden!«

»Ihr wollt wohl Arbeiterblut?«

»Schon wieder den Zaren auf dem Halse?«

»Es lebe der Leninismus!«

Und plötzlich beginnen in einigen Zellen besessene Stimmen zu singen:

»Wacht auf, Verdammte dieser Erde ...!«

Und schon fällt dröhnend die ganze unsichtbare Schar der Arrestanten ein, außer sich bis zur Selbstvergessenheit:

»Völker hört die Signale!
Auf zum letzten Gefecht ...!«

Keiner sieht es, aber sicher stehen vielen der Singenden, ebenso wie Lewka, die Tränen in den Augen.

Entsetzt vor den Klängen der unsterblichen proletarischen Hymne machen sich die Wärter mit den Schlüsseln auf der Treppe möglichst klein.

Wellen von Schmerz überfluteten seinen Nacken. Die rechte Seite seines Unterleibes schien zerreißen zu wollen.

Rubin klopfte von neuem an das Schiebefenster. Nach dem zweiten Klopfen tauchte wieder das verschlafene Gesicht desselben Aufsehers auf. Das Fenster ein wenig öffnend brummte er:
»Habe angerufen. Meldet sich keiner.« Als er das Fenster wieder schließen wollte, hielt Rubin es fest:
»Dann gehen Sie eben hin«, rief er mit gequältem Gesichtsausdruck. »Ich fühle mich schlecht, begreifen Sie doch. Ich kann nicht schlafen. Holen Sie den Sanitäter.«
»Meinetwegen.« Der Aufseher war einverstanden und schob das Fenster zu.
Rubin nahm seine Wanderung durch den vollgespuckten, verschmutzten und vollgerauchten Korridor wieder auf, und dennoch war es ein fast hoffnungsloser Kampf gegen die kaum voranrückenden nächtlichen Stunden.
Hinter dem Bild des Charkower Gefängnisses, an das er immer mit Stolz zurückdachte, obwohl diese vierzehntägige Einzelhaft seither über allen seinen Fragebogen wie überhaupt über seinem ganzen Leben hing und auch diesmal zur Verschärfung seines Urteils beigetragen hatte, hinter diesem Bilde stiegen jetzt Erinnerungen, verborgene, ihn mit Scham erfüllende, in seinem Gedächtnis auf.
Irgendwann einmal war er zum Parteibüro des Traktorenwerkes gerufen worden. Lewka rechnete sich zu den Gründern der Fabrik, arbeitete in der Redaktion der Werkszeitung, feuerte, durch die Fabrikhallen laufend, die Jugend an, ermunterte die älteren Arbeiter und schlug ›Blitzmeldungen‹ ans Schwarze Brett – über die Erfolge von Stoßbrigaden, über Arbeitsrückstände und Schlampereien.
Zwanzig Jahre alt, in einer Russenbluse, betrat er das Parteibüro ebenso unbefangen, wie er früher einmal in das Kabinett des Parteisekretärs der Ukraine gegangen war, und wie er damals einfach gesagt hatte: »Guten Tag, Genosse Postyschew!« und ihm als erster die Hand hingestreckt hatte, so redete er auch jetzt die etwa vierzigjährige Frau mit kurzgeschnittenen Haaren und rotem Kopftuch an:
»Guten Tag, Genossin Bachtina, du hast mich rufen lassen?«
»Guten Tag, Genosse Rubin.« Sie gab ihm die Hand. »Setz dich.«
Er setzte sich.
Im Raum befand sich noch ein Dritter, anscheinend kein Arbeiter, in einem städtischen Anzug, mit Krawatte und gelben Halbschuhen. Er saß abseits, blätterte in irgendwelchen Papieren und schenkte den anderen keine Beachtung. Das Parteibüro war sachlich-streng eingerichtet, fast wie eine Beichtstube, jedoch in flammendem Rot und nüchternem Schwarz gehalten.
Die Frau unterhielt sich zunächst mit Lewka spürbar beklommen und

sehr verhalten über Fabrikangelegenheiten, die sonst immer mit viel mehr Beteiligung besprochen wurden. Dann lehnte sie sich zurück und sagte unerwartet hart:

»Genosse Rubin, du mußt vor der Partei alle deine Karten auf den Tisch legen.«

Lewka war erstaunt. Wie? Gab er denn nicht schon der Partei seine ganze Kraft, sogar seine Gesundheit, ohne sich darum zu scheren, ob es Tag oder Nacht war?

Nein, das sei zuwenig.

Was denn noch?

Nun mischte sich der Unbekannte höflich in das Gespräch ein. Die von ihm benutzte Anrede ›Sie‹ schmerzte das proletarische Ohr Rubins. Er forderte Lewka auf, ehrlich und ohne auch nur das geringste zu verschweigen, alles zu erzählen, was er von seinem verheirateten Vetter wisse. Ob es wahr sei, daß er früher aktives Mitglied einer oppositionellen Organisation gewesen sei und diese Tatsache jetzt der Partei verschweige?

Sie verlangten, daß er sofort, an Ort und Stelle rede und drangen heftig auf ihn ein ...

Gerade dieser Vetter war es gewesen, der ihn gelehrt hatte, die Revolution realistisch zu betrachten. Von ihm hatte er auch erfahren, daß nicht alles so glänzend und problemlos war, wie es bei den Mai-Demonstrationen dargestellt wurde. Die Revolution war wie der Frühling: es gab viel Schlamm, durch den man waten mußte, um den darunter verborgenen, festen Pfad zu finden.

Immerhin waren vier Jahre vergangen, immerhin waren die Streitigkeiten innerhalb der Partei bereits verstummt, und man hatte begonnen, die Oppositionellen zu vergessen. Aus Tausenden von zerbrechlichen Booten bäuerlicher Höfe hatte man zwar schlecht und recht, aber immerhin doch den Ozeanriesen der Kollektivierung zusammengezimmert. In Magnitogorsk rauchten die Hochöfen, und die Erstlinge aus den vier Traktorenwerken brachen das Kolchosland um. ›518‹ und ›1040‹ hatte man fast schon hinter sich gebracht. Objektiv gesehen, vollzog sich alles zum Ruhme der Weltrevolution. War es daher wirklich richtig, den Kampf nur im Namen desjenigen zu führen, nach dem diese großen Projekte benannt werden würden? Andererseits hatte sich Lewka nicht nur dazu gezwungen, diesen Namen liebzugewinnen, nein, er liebte ihn bereits. Warum war es denn jetzt noch nötig, jene zu verhaften und sich an jenen zu rächen, die früher dagegen gewesen waren?

»Ich weiß nichts. Er stand nie in der Opposition.« Lewka sprach diese Worte mit dem Munde aus, während sein Verstand ihm sagte, daß,

nüchtern besehen, ohne jungenhafte Dachbodenromantik, beharrliches Leugnen überhaupt nicht mehr am Platz war.
Es folgten einige kurze, energische Gesten der Parteisekretärin. Ob die Partei nicht das Höchste sei, was wir besitzen?
Wie könne man der Partei gegenüber irgend etwas leugnen? Wie sei es möglich, der Partei nicht alles preiszugeben? Die Partei strafe nicht, sie sei unser Gewissen. Man solle immer daran denken, was Lenin gesagt habe ...
Zehn auf ihn gerichtete Pistolenläufe hätten Rubin nicht eingeschüchtert. Nicht mit Eis-Karzer und nicht durch Verbannung auf die Solowezkij-Inseln hätte man ihm die Wahrheit entreißen können. Aber der Partei gegenüber konnte er in diesem schwarz-roten Beichtzimmer weder etwas verschweigen noch etwas zusammenlügen.
So gestand er denn, wann und wo der Vetter mitgemacht hatte.
Die Genossin schwieg.
Der höfliche Gast in den gelben Halbschuhen aber sagte:
»Wenn ich Sie also richtig verstanden habe ...«, und verlas das von ihm mitgeschriebene Protokoll.
»Jetzt unterschreiben Sie bitte hier.«
Rubin schreckte zurück.
»Wer sind Sie? Sie sind nicht die Partei.«
Der Gast tat gekränkt. »Wieso nicht? Ich bin auch Mitglied der Partei. Ich bin Vernehmungsoffizier der GPU.«
Rubin klopfte von neuem an das Schiebefenster.
Der Aufseher, offensichtlich aus dem Schlaf gerissen, knurrte:
»Was klopfst du schon wieder? Ich habe mehrfach angerufen, keiner antwortet.«
Die Augen Rubins brannten vor Zorn.
»Ich habe Sie gebeten, zu gehen und nicht anzurufen. Ich habe Herzbeschwerden, ich kann sterben.«
»Wirst schon nicht sterben«, sagte beschwichtigend gedehnt und fast etwas mitfühlend der Alte. »Wirst dich schon bis zum Morgen durchschleppen. Wie denkst du dir das? Soll ich gehen und meinen Posten verlassen?«
»Welcher Idiot wird Ihnen schon Ihren dämlichen Posten wegnehmen?« schrie Rubin.
»Darum geht es nicht. Die Vorschrift verbietet es. Warst du beim Militär?«
Rubin war wie geschlagen. Jetzt konnte er es sich kaum vorstellen, daß es mit ihm zu Ende gehen würde. Das zerquälte Gesicht Rubins sehend, entschloß sich der Wärter.
»Also gut. Geh vom Fenster weg und klopf nicht mehr. Ich laufe schon.«

Offenbar ging er wirklich. Rubin schien es, als ob der Schmerz etwas nachließe. Er nahm seine Wanderung durch den Korridor wieder auf.
In seinem Gedächtnis stiegen Erinnerungen auf, die er keinesfalls hatte wecken wollen. Sie vergessen zu können wäre Heilung gewesen.
Gleich nach dem Gefängnis, nachdem er im Komsomol[1] Selbstkritik geübt hatte, fuhr Rubin mit umgeschnallter Mauser-Pistole zur Kollektivierung aufs Dorf, um sich selbst und der einzigen revolutionären Klasse eiligst seine Nützlichkeit zu beweisen.
Als er drei Kilometer weit, barfuß und wild um sich schießend, vor den wütenden Bauern geflohen war – was hatte das damals für ihn bedeutet? »So erlebte auch ich den Bürgerkrieg!« Das war alles gewesen, sonst nichts.
Alles schien selbstverständlich zu sein: die Gruben mit dem versteckten Korn aufzureißen, den Bauern zu verbieten, Mehl zu mahlen oder Brot zu backen und sie daran zu hindern, Wasser vom Brunnen zu holen. Und wenn ihre Kinder starben ... Verreckt doch, ihr Tagediebe, mitsamt euren Bälgern, aber Brot gebacken wird nicht! Kein Mitleid stieg in ihm auf, vielmehr wurde es zur Gewohnheit, wie die Straßenbahn in der Stadt, der Anblick dieses kleinen Pferdchens, das mit hängendem Kopf beim ersten Morgengrauen verstohlen durch das ausgestorbene Dorf stolperte. Mit der Peitsche klopft der Fuhrmann an den Fensterladen:
»Habt ihr Tote? Herausbringen!«
Und an den nächsten Fensterladen:
»Habt ihr Tote? Herausbringen!«
Bald hieß es dann: »He, lebt hier noch jemand?«
Das alles war in Rubins Kopf zusammengepreßt, eingeschnitten mit glühendem Siegel, brennend heiß. Manchmal meinte er: Deine Verwundungen – dafür! Das Gefängnis – dafür! Die Krankheiten – dafür!
Es mag richtig gewesen sein. Aber wenn man eingesehen hat, daß das entsetzlich war, daß man das nie wieder tun würde und daß man dafür womöglich schon bezahlt hat – wie soll man sich davon befreien? Wem kann man sagen, es wäre nie geschehen, wem kann man vorschlagen, alles zu ignorieren, wen bitten, es ungeschehen zu machen ...?
Was drängt sich nicht alles in einer schlaflosen Nacht aus der verzweifelten Seele eines Sünders ...? –
Diesmal öffnete der Aufpasser von sich aus das Schiebefenster. Er hatte sich tatsächlich entschlossen, seinen Posten zu verlassen und zum Stabe zu gehen. Dort hatte sich dann herausgestellt, daß alle schliefen und deshalb niemand auf seine Anrufe reagieren konnte. Der aufge-

[1] Komsomol (*Kommunistitscheskij Sojus Molodjoshi*) – Kommunistischer Jugendverband (Anm. d. Übers.)

störte Hauptfeldwebel hatte sich seinen Bericht angehört, ihm wegen seiner Eigenmächtigkeit Vorhaltungen gemacht und sich – da er wußte, daß die Sanitäterin mit dem Leutnant schlief – nicht getraut, sie zu wecken.
»Es geht nicht«, verkündete der Alte durch das Fenster. »Ich war selbst da und habe Meldung erstattet. Sie sagen, es geht nicht. Es hat Zeit bis zum Morgen.«
»Ich sterbe, ich sterbe«, röchelte Rubin. »Ich schlage Ihnen das Fenster kaputt. Holen Sie sofort den Diensthabenden! Ich trete in den Hungerstreik!«
»Was heißt hier Hungerstreik? Keiner füttert dich«, hielt ihm der Wächter bedächtig entgegen. »Morgen, wenn du dein Frühstück bekommst, kannst du auch deinen Hungerstreik erklären. Nun geh schon, ich rufe den Hauptfeldwebel noch einmal an.«
Er mußte es überwinden.
Übelkeit und Schmerzen unterdrückend, zwang sich Rubin wieder zu seinem Auf und Ab durch den Korridor. Eine Fabel von Krylow, ›Die Damaszenerklinge‹, fiel ihm ein. In der Freiheit hatte er sie nicht weiter beachtet, aber hier im Gefängnis gewann sie eine besondere Bedeutung.

»Des scharfen Säbels edle Klinge
geriet einst zwischen Plunderkram.
Zum Trödelmarkt tat man sie bringen,
wo sie für nichts ein Bauer nahm.«

Der Bauer schälte mit der Klinge Stämme und schnitt mit ihr Späne. Die Klinge wurde schartig und rostig. Eines Tages sprach der Igel unter der Bank zur Klinge:

»Wird nicht das Leben dir zur Schande,
weil du jetzt spaltest Holz und Span,
zum Zaun die Pfähle spitzest an?«

Die Klinge antwortete, wie auch Rubin viele hundertmal in Gedanken geantwortet hatte:

»Dem Krieger diente ich, den Feind zu schrecken,
hier muß ich mein Talent verstecken . . .
Doch Scham geziemt nicht mir! Nur dem allein,
der nicht verstand, wofür ich konnte dienlich sein.«

67

Weltliche Kathedralen

Rubin verspürte eine Schwäche in den Beinen und setzte sich an den Tisch, die Brust gegen die scharfe Kante gestemmt.

Wie erbittert er auch die Anwürfe Sologdins zurückgewiesen hatte, so hatten sie ihn doch heftig getroffen, denn er mußte ihnen eine gewisse Berechtigung zugestehen. Ja, besonders unter der jungen Generation wankten die Pfeiler der Tugend, und die Leute verloren allmählich das Gefühl für Moral und Schönheit.

In früheren Gesellschaftsgefügen verstand man Moral und Sitte durch die Kirche und die Autorität der Geistlichen zu stützen. Und auch heute noch! Welche polnische Bäuerin fällt schon eine schwerwiegende Entscheidung, ohne vorher den Priester befragt zu haben?

Vielleicht wäre gerade jetzt für den Sowjetstaat eine gewisse Einsicht in die sittlichen Bedürfnisse des Volkes viel wichtiger als der Bau des Wolga-Don-Kanals oder des Angara-Staudamms?

Aber wie das bewerkstelligen? Diesem Zweck diente Rubins im Entwurf bereits fertiges ›Projekt der Gründung weltlicher Kathedralen‹. In dieser schlaflosen Nacht mußte er die endgültige Fassung herstellen und sie dann am nächsten Besuchstag hinauszuschmuggeln versuchen. Dann würde die Arbeit umgeschrieben und an das Zentralkomitee der Partei geschickt werden. Natürlich durfte er nicht selbst als Autor erscheinen, denn im ZK könnte es Mißfallen erregen, daß ein politischer Häftling sich erkühnte, derartige Ratschläge zu geben. Anonym durfte es aber auch nicht geschehen. Irgendein Frontkamerad würde seinen Namen daruntersetzen. Den Ruhm des Autors war Rubin um der guten Sache willen gerne zu opfern bereit.

Rubin überwand die Wellen von Schmerz in seinem Kopf und stopfte sich seine Pfeife mit dem Tabak ›Goldenes Vlies‹. Er tat es ganz mechanisch, denn eigentlich war ihm gar nicht nach Rauchen zumute, mehr noch, es widerstand ihm direkt. Gleich nach dem ersten Zug begann er im Entwurf zu blättern.

Den Uniformmantel über die Wäsche geworfen, saß er an dem nackten, schlecht gehobelten Tisch, der mit Brotkrumen und Asche übersät war, umgeben von der dicken Luft des ungefegten Korridors, den hin und wieder verschlafene Häftlinge überquerten, um ihre nächtlichen Bedürfnisse zu verrichten. So überprüfte der namenlose Autor sein uneigennütziges Projekt, das er in seiner eiligen und weit auseinanderlaufenden Handschrift auf vielen Blättern aufgezeichnet hatte.

In der Präambel wurde auf die Notwendigkeit hingewiesen, die ohnehin schon hohe Moral der Bevölkerung noch weiter zu heben. Man müsse sowohl den revolutionären wie auch den bürgerlichen Gedenk- und Feiertagen größere Bedeutung verleihen, indem man die standesamtliche Trauung, die Namensgebung, den Tag der Volljährigkeit sowie das Begräbnis mit einem feierlichen Zeremoniell ausstatte. Dabei ließ der Autor vorsichtig durchblicken, daß Ehe, Geburt und Tod bislang so sehr im Alltag untergingen, daß darunter die Bindung des Bürgers an Familie und Gesellschaft zwangsläufig leiden mußte.
Als Ausweg wurde nun angeregt, überall weltliche Kathedralen zu gründen, großartig in ihrer Bauweise und somit dazu angetan, ihre Umgebung zu überragen.
Die organisatorische Seite seines Vorschlags untersuchte der Autor in den folgenden Abschnitten, die wiederum in einzelne Paragraphen unterteilt waren. Die weltlichen Kathedralen sollten in Ortschaften bestimmter Größe oder nach Maßgabe irgendeiner anderen territorialen Einheit erbaut werden. Er nannte die Anlässe, die dort unter großer Beteiligung der Bevölkerung begangen werden sollten, und die ungefähre Dauer der einzelnen Zeremonien. Der Trauung müsse zwei Wochen vorher die Verlobung sowie die Bekanntgabe des Aufgebotes vorausgehen. Für die Feier der Volljährigkeit wurde vorgeschlagen, die Betroffenen im Rahmen einer Massenversammlung einen besonderen Eid leisten zu lassen, der sie auf ihre Pflichten dem Vaterland und den Eltern gegenüber sowie auch noch auf andere allgemein-ethische Normen festlegte.
Ganz besonders wurde im Projekt betont, wie sehr man auf die zeremonielle Ausstattung aller dieser Feiern achten müsse. Die Gewänder der Kathedralen-Bediensteten sollten ungewöhnlich sein, sich durch die Erhabenheit ihrer Verbrämung auszeichnen und von der schneeweißen Reinheit ihrer Träger künden. Die rituellen Formeln wiederum wären rhythmisch und gefühlvoll zu rezitieren. Dabei dürfe man nicht versäumen, auf alle Sinne der Besucher einzuwirken. Besondere Wohlgerüche sollten die Nase überraschen, Instrumentalmusik und Gesang dem Ohr schmeicheln, bunte Glasfenster sowie Lichteffekte das Auge erfreuen und künstlerische Wandmalereien den ästhetischen Geschmack des Volkes heben. Über allem müsse die architektonische Gestaltung der Kathedrale einen Hauch von Größe und Ewigkeit verbreiten.
Es war notwendig, jedes einzelne Wort des Projektes mühsam und ausgeklügelt gegen Assoziationen abzusichern. Beschränkte und oberflächliche Leute könnten sonst womöglich aus irgendeinem beliebigen, unvorsichtigen Ausdruck dem Autor die Absicht unterstellen, christliche

Kirchen ohne Christus einführen zu wollen. Davon konnte natürlich keine Rede sein!

Liebhaber historischer Analogien wiederum hätten dem Autor vorwerfen können, eine Wiederholung des Robespierreschen Kultes des Höchsten Wesens anzustreben. Aber natürlich handelte es sich hier um etwas ganz anderes!

Am originellsten schien dem Autor der Abschnitt über die neuen – selbstverständlich nicht Priester, sondern wie er sie nannte – ›Bediensteten der Kathedralen‹. Der Autor ging nämlich davon aus, daß das ganze Projekt damit stehe und falle, wie weit es gelingen würde, im Lande ein Korps von Autorität ausstrahlenden Bediensteten zu finden, die getragen von der Liebe und dem Vertrauen des Volkes bereit wären, ein makelloses, uneigennütziges und würdiges Leben zu führen. Nach den Grundsätzen der Moral schlug der Autor den Parteiinstanzen vor, die Auswahl und Schulung der Kathedralenbediensteten-Aspiranten ohne jegliche Rücksicht auf deren vorher ausgeübte Tätigkeit vorzunehmen.

Nach der Beseitigung des ersten fühlbaren Mangels sollten diese Lehrgänge, die von Jahr zu Jahr zeitlich verlängert und inhaltlich vertieft werden mußten, den Bediensteten eine glänzende und fundierte Bildung vermitteln. Vor allem sollten sie auch eine Rednerschulung enthalten. Im Entwurf wurde kühn behauptet, daß die Kunst der Rede in unserem Lande in Verfall geraten sei, und das vermutlich deshalb, weil man niemanden mehr überzeugen müsse. Die gesamte Bevölkerung unterstütze ja ohnedies vorbehaltlos die eigene Regierung.

Die Kraft seines arbeitsamen Geistes war so groß, daß die Korrektur des Entwurfes ihn völlig gefangennahm und er seine Schmerzen zwar nicht ganz vergessen, sie aber doch irgendwie an den Rand seines Bewußtseins drängen konnte.

Daß niemand zu dem Gefangenen kam, dem es zu einer unpassenden Stunde einfallen konnte zu sterben, wunderte Rubin überhaupt nicht. Er hatte genügend ähnliche Fälle in den Gegenspionage- und Durchgangslagern erlebt.

Darum erschrak Rubin im ersten Augenblick, als der Schlüssel im Schloß umgedreht wurde. Mitten in der Nacht hätte man ihn bei einer verbotenen Beschäftigung angetroffen, was ohne weiteres eine sinnlose, eintönige Strafe nach sich ziehen konnte. So raffte er Papier, Buch und Tabak zusammen und wollte in sein Zimmer verschwinden, als der untersetzte, grobmäulige Hauptfeldwebel ihn gerade noch bemerkte und zurückrief.

Rubin kam schnell zu sich und spürte jetzt plötzlich wieder seine ganze Verlassenheit, seine kranke Hilflosigkeit und die Verwundung seiner Würde.

»Hauptfeldwebel«, sagte er und näherte sich dabei dem Gehilfen des diensthabenden Offiziers. »Seit bald drei Stunden versuche ich den Feldscher zu erreichen. Ich werde mich bei der Gefängnisverwaltung des MGB sowohl über den Feldscher wie auch über Sie beschweren.«
Der Hauptfeldwebel aber entgegnete beschwichtigend:
»Rubin, es ging unmöglich früher, es hing nicht von mir ab. Gehen wir.«
Das stimmte zum Teil. Erst als er erfuhr, daß es sich nicht um irgend jemanden, sondern um einen der böswilligsten Häftlinge handelte, hatte er sich entschlossen, beim Leutnant anzuklopfen. Er war lange ohne Antwort geblieben, dann hatte die Feldscherin herausgeguckt und sich gleich wieder zurückgezogen. Endlich tauchte der Leutnant finster blikkend aus dem Sanitätszimmer auf und gestattete ihm, Rubin zu holen.
Rubin zog sich nun seinen Mantel völlig an und knöpfte ihn über der Unterwäsche zu. Der Hauptfeldwebel führte ihn durch den Kellergang der Scharaschka und dann über die Treppe auf den Gefängnishof, der dick mit lockerem Schnee bedeckt war. In der Nacht, die still wie ein Gemälde dalag, während weiße Flocken so dicht herabsanken, daß die trüben und dunklen Räume der nächtlichen Tiefe und des Horizonts wie von einer Unmenge weißer Säulen vollgezeichnet zu sein schienen, in dieser Nacht überquerten der Hauptfeldwebel und Rubin den Hof und hinterließen dabei tiefe Spuren in dem luftigen, stäubenden Schnee.
Hier, unter dem geliebten, wolkigen, in der nächtlichen Beleuchtung rauchbraun verschwimmenden Himmel, spürte Rubin auf seinem erhobenen, heißen Gesicht die kindlich-unschuldige Berührung der sechseckigen, eisigen Schneeflocken. Er blieb stehen und schloß die Augen. Er genoß die Ruhe mit besonderer Intensität, da er wußte, daß sie nur sehr kurz sein würde. Die ganze Kraft des Seins, sein ganzes Glück lag darin, nirgendwohin gehen, nichts erbitten und nichts begehren zu müssen, nur so dazustehen, festgebannt die ganze Nacht hindurch, selig, gesegnet, wie ein Baum dazustehen und aufzunehmen, unzählige Schneeflocken aufzunehmen.
Im selben Moment ertönte von der Bahnlinie, die nicht ganz einen Kilometer entfernt an Mawrino vorbeiführte, der langgezogene Pfiff einer Lokomotive – dieser in der Einsamkeit der Nacht so seltsame Pfiff einer Lokomotive, der das Herz anrührt, weil er auf dem Zenit des Lebens an die Kindheit erinnert, daran, was er einem damals für die besten Jahre des Lebens versprach.
Wenn man doch eine halbe Stunde so stehen könnte, vielleicht würde dann alles von einem abfallen, Seele und Körper würden gesund werden, und man brächte vielleicht sogar ein zartes Gedicht über das nächtliche Pfeifen der Lokomotiven zustande.

Ach, wenn es doch möglich wäre, nicht hinter dem Wachsoldaten herlaufen zu müssen.
Aber der Wachsoldat sah sich bereits mißtrauisch um. Wurde hier womöglich eine nächtliche Flucht geplant?
Also gingen Rubins Füße den vorgeschriebenen Weg.
Die Sanitäterin, gerade aufgewacht, hatte noch vom Schlaf gerötete Wangen. Sie trug einen weißen Kittel ohne Gürtel und darunter offensichtlich weder Bluse noch Rock, sondern nur Unterwäsche. So wie jeder Häftling, hätte auch Rubin das zu einem anderen Zeitpunkt sehr wohl vermerkt und sich bemüht, die Konturen ihres Körpers genauer auszumachen — jetzt aber ließen sich seine Gedanken nicht bis zu dieser Person herab, die ihn die ganze Nacht gequält hatte.
»Bitte, ein Dreifaches und irgend etwas gegen Schlaflosigkeit. Nur kein Luminal. Ich muß einschlafen, sofort.«
»Gegen Schlaflosigkeit gibt es nichts«, lehnte sie mechanisch ab.
»Ich flehe Sie an!« Rubin betonte jede Silbe. »Ich muß morgen etwas für den Minister ausarbeiten. Aber ich kann nicht einschlafen.«
Die Erwähnung des Ministers sowie die Vorstellung, daß Rubin nicht von der Stelle weichen und unablässig um das Pulver bitten würde — und dabei gab es Anzeichen für die baldige Rückkehr des Leutnants —, veranlaßten die Sanitäterin, ihrer Gewohnheit untreu zu werden und die Medizin herauszugeben.
Sie holte die Pulver aus einem Schränkchen und zwang Rubin, alles in ihrer Anwesenheit zu schlucken. Nach der Gefängnisordnung galt jedes Pulver als Waffe und durfte den Gefangenen nie in die Hand, sondern immer nur in den Mund gegeben werden.
Rubin fragte nach der Uhrzeit, erfuhr, daß es schon halb vier sei, und ging. Auf dem Hof betrachtete er liebevoll die nächtlichen Linden, auf die von unten das Licht der 200- und 500-Watt-Lampen der Sperrzone fiel. Er atmete die nach Winter riechende Luft tief ein, bückte sich, griff mehrere Male mit beiden Händen in den flockigen Schnee, rieb sich mit der gewichtlosen, gestaltlosen Kälte Stirn und Hals ein und füllte seinen Mund damit.
So spürte seine Seele wieder etwas von der Frische der Welt.

68

Der heimatlose Kosmopolit

Die Tür zum Speisezimmer war nicht ganz geschlossen, und so hörte man deutlich den einzelnen, vollen Schlag, der erst allmählich im Gehäuse der Wanduhr verhallte.

Die Uhr hatte irgendeine halbe Stunde geschlagen, und Adam Roitman hätte gern einen Blick auf seine Armbanduhr geworfen, deren vertrautes Ticken er vom Nachttisch vernahm. Er fürchtete jedoch, durch das Aufflammen des Lichtes seine Frau zu stören. Diese schlief erstaunlich graziös, halb auf der Seite, das Gesicht in die Schulterbeuge ihres Mannes vergraben und eine Brust so auf seinen Arm gebettet, daß er sie deutlich spüren konnte.

Obwohl sie schon fünf Jahre verheiratet waren, empfand er sogar im Halbschlaf einen Anflug von Zärtlichkeit. Er genoß ihre Nähe, ihre rührend-komische Art zu schlafen und die Gewohnheit, ihre ewig kalten, kleinen Füße zwischen seinen Beinen zu wärmen.

Adam war gerade aus einem wirren Traum aufgewacht. Er wollte wieder einschlafen, mußte aber an die Neuigkeiten des vergangenen Abends und an einige dienstliche Unannehmlichkeiten denken. So bedrängten ihn denn die Gedanken, seine Augen öffneten sich zu einem Spalt, und es stellte sich jene nächtliche Klarheit ein, die jeden Versuch, einzuschlafen, sinnlos macht.

Der Lärm, das Getrampel und das Verrücken von Möbeln, alles, was er den ganzen Abend lang aus der über der seinen liegenden Makaryginschen Wohnung gehört hatte, war längst verstummt.

Durch den Spalt zwischen den Fenstervorhängen drang das blasse Grau der Nacht ins Zimmer.

Jetzt, im Nachthemd, flach im Bett liegend, schlaflos, verspürte Adam Wenjaminowitsch Roitman nichts mehr von der Sicherheit seiner Position und von der Überlegenheit, die ihm am Tage seinen Mitmenschen gegenüber ganz automatisch aus den Schulterstücken eines MGB-Majors und seinem Stalinpreis erwuchs. Er lag auf dem Rücken und empfand wie jeder gewöhnliche Sterbliche, daß er nicht allein auf der Welt existiere und daß das Leben in ihr hart und schwierig sei.

Am Abend, während bei den Makarygins die Fröhlichkeit hohe Wellen schlug, war bei Roitman ein alter Freund, ebenfalls Jude, zu Besuch. Er kam ohne seine Frau, war bekümmert und wußte wenig Erfreuliches zu berichten.

An sich war es nichts Neues. Es hatte bereits im vergangenen Frühjahr

damit angefangen, daß in einer Theaterkritik, scheinbar ganz beiläufig, auf den jüdischen Ursprung einiger Familiennamen hingewiesen wurde. Dann schlich es sich in die Literatur ein. In einem zweitrangigen Blättchen, das sich mit allem möglichen beschäftigte, außer mit seinem eigentlichen Aufgabenbereich, setzte irgend jemand ein kleines, giftiges Wort in die Welt – Kosmopolit. Nun hatte man den Namen gefunden. Dieses wundervolle, stolze Wort, das alle Welten des Alls hätte umfassen können, mit dem sich die größten Geistesfürsten bekränzten – Dante, Goethe, Byron –, dieses Wort verblaßte im Käseblättchen, schrumpfte zischend zusammen und bedeutete plötzlich nur noch – Jude.
Dann kroch es weiter und weiter und begann sich verschämt hinter geschlossenen Türen in Personalakten zu verbergen.
Und nun berührte dieser eiskalte Hauch bereits die Kreise der technischen Intelligenz. Roitman, der bisher unaufhaltsam und erfolgreich dem Ruhm entgegengeschritten war, spürte, wie seine Stellung im Laufe des letzten Monats zu wanken begonnen hatte.
Konnte ihn sein Gedächtnis täuschen? Bürgte nicht während der Revolution und auch noch lange nachher das Wort ›Jude‹ für größere Sicherheit als das Wort ›Russe‹? Bei Russen wurde immer noch überprüft – wer waren die Eltern? Woher bezogen sie bis 1917 ihren Lebensunterhalt? Juden hingegen brauchten keinen Nachweis zu erbringen. Sie waren ohnehin allesamt für die Revolution, die sie vor Pogromen bewahrte und ihnen die volle Freizügigkeit brachte.
Kaum bemerkt, getarnt durch unwichtige Personen, war die Geißel der Judenverfolgung inzwischen auch Stalin zugespielt worden.
Wenn man eine Gruppe von Menschen verfolgt, weil sie früher Unterdrücker waren oder Mitglieder einer Kaste, weil sie bestimmte politische Ansichten vertraten oder irgendwohin tendiert hatten, dann gibt es dafür immer eine rationale oder auch nur pseudo-rationale Erklärung. Die Betroffenen wissen, daß sie ihr Los selbst verschuldet haben, daß sie ebensogut auch nicht zu dieser Gruppe hätten gehören können. Aber bei einer Rasse? Sie kann man sich nicht aussuchen.
Hier flüsterte die innere, nächtliche Stimme Roitman zu, daß man sich die soziale Herkunft meistens auch nicht hatte aussuchen können und daß die Betroffenen dennoch verfolgt worden waren.
Nein, die volle Kränkung lag für Roitman darin, daß man eigentlich aus ganzem Herzen dazugehören wollte, daß man so sein wollte wie alle anderen und daß diese einen dann nicht mochten, einen zurückstießen, einem sagten, man sei ein Fremder, ein Außenstehender – eben ein Jude.
Ganz langsam, fast würdevoll, begann die Wanduhr zu schlagen. Viermal, dann schwieg sie. Roitman hatte mit fünf Schlägen gerechnet und war nun froh, daß es sich noch lohnte einzuschlafen.

Er bewegte sich ein wenig. Seine Frau lächelte im Schlaf, drehte sich auf die andere Seite und preßte dann auch in dieser Lage ganz instinktiv den Rücken an ihren Mann. Darauf wandte sich Roitman ihr zu, umfing sie von hinten und wiederholte mit der Biegung seines Körpers die ihre. Die Frau hielt dankbar still.

Im Speisezimmer schlief leise ihr Sohn. Nie schrie er, nie rief er.

Der dreijährige, gescheite Junge war der Stolz der jungen Eltern. Adam Wenjaminowitsch pflegte mit Entzücken sogar den Häftlingen im Akustischen Labor von seinen Angewohnheiten und Streichen zu erzählen und vergaß dabei in der etwas rücksichtslosen Art des Glücklichen, daß er ihnen, die ihre Kinder nicht sehen konnten, damit weh tun mußte. Der Kleine plapperte schon ganz flott, nur haperte es noch mit der Aussprache. Tagsüber ahmte er die Mutter nach, die als Wolgarussin ihre Schwierigkeiten mit dem ›o‹ hatte, und abends den Vater. Dieser schnarrte nicht nur das ›r‹, sondern seine Aussprache wies darüber hinaus auch noch andere ärgerliche Mängel auf.

Wie das im Leben oft geschieht, so kannte auch in Roitmans Fall das Glück keine Grenzen. Liebe, Heirat und Geburt des Sohnes fielen für ihn mit dem Ende des Krieges und der Verleihung des Stalinpreises zusammen. Auch über den Krieg war er ohne Not hinweggekommen. Im stillen Baschkirien hatten Roitman und seine derzeitigen Freunde in Mawrino bei bester Verpflegung die erste Methode einer Dechiffrierung von Telefonstimmen ausgearbeitet. Heute schien sie primitiv zu sein, damals aber war sie mit dem Stalinpreis ausgezeichnet worden.

Mit wieviel Leidenschaft hatten sie daran gearbeitet! Wo waren jetzt jener Schwung, jenes Suchen und jener Gedankenflug geblieben?

Mit der Scharfsichtigkeit des nächtlich Wachenden, die den sonst abgelenkten Blick nach innen richtet, wurde es Roitman plötzlich klar, was ihm all die letzten Jahre gefehlt hatte. Ihm fehlte einfach, daß er es jetzt *nicht mehr selbst* machte.

Roitman hatte es nicht einmal bemerkt, wie und wann er aus der Rolle eines Schöpfers in die Rolle eines Vorgesetzten von Schöpfern hineingerutscht war.

Als ob er sich verbrannt hätte, nahm er die Hand von seiner Frau, schob sein Kissen zurecht und legte sich wieder auf den Rücken.

Ja gewiß, es ist verlockend und so leicht, am Samstagnachmittag, bevor man für anderthalb Tage nach Hause fährt und schon ganz vom Vorgefühl häuslicher Gemütlichkeit und sonntäglicher Pläne umfangen ist, noch schnell seine Anweisungen zu geben: »Valentin Martynytsch, Sie überlegen sich also morgen, wie wir diese Abweichungen am besten beseitigen können. Lew Grigorjewitsch, überfliegen Sie doch morgen diesen Artikel im ›Proceeding‹ und schreiben Sie mir das Wichtigste in

Stichpunkten auf.« Wenn man dann am Montagmorgen ausgeruht zur Arbeit zurückkehrt, liegt wie im Märchen auf dem Schreibtisch bereits das Resümee des ›Proceeding‹-Artikels in russisch, und Prjantschikow meldet, wie die bewußten Abweichungen zu beseitigen wären — wenn er es nicht schon bereits selbst am Sonntag getan hat.
Sehr bequem!
Es kommt hinzu, daß sich die Häftlinge keineswegs über Roitman beklagen, im Gegenteil, sie lieben ihn. Denn er gibt sich nicht als Kerkermeister, sondern benimmt sich einfach wie ein guter Mensch.
Das Schöpferische aber, die Freude an glänzenden Mutmaßungen sowie die Enttäuschung angesichts unvorhergesehener Fehlschläge — damit ist es vorbei.
Er wickelte sich aus seiner Decke, setzte sich auf, umschlang die Knie mit den Armen und stützte sein Kinn auf.
Womit hatte er sich all diese Jahre beschäftigt? Mit Intrigen, mit dem Kampf um die Führung im Institut. Davon ausgehend, daß Jakonow sie sonst mit seinem Ansehen und seinem Selbstbewußtsein ganz in den Schatten stellen und den Stalinpreis allein einheimsen würde, taten Roitman und seine Freunde alles, um ihren Vorgesetzten anzuschwärzen und somit zu stürzen. Da Jakonows Vergangenheit nicht ganz einwandfrei war und er trotz aller seiner Bemühungen auch nicht in die Partei aufgenommen wurde, griffen ihn die ›Jungen‹ besonders in Parteiversammlungen an. Dort zogen sie ihn zur Rechenschaft und stellten ihn anschließend vor die Alternative, entweder die Versammlung zu verlassen — denn nur Parteimitglieder sind stimmberechtigt — oder aber mit anzuhören, wie die entsprechende Resolution beraten und verabschiedet wurde. Nach diesen Parteiresolutionen erwies sich Jakonow stets als schuldig. Hin und wieder tat er Roitman sogar leid, aber er sah keinen anderen Ausweg.
Und wie hatte sich alles zum Bösen entwickelt! Bei ihrer Jagd auf Jakonow hatten die fünf ›Jungen‹ ganz außer acht gelassen, daß vier von ihnen Juden waren. Jetzt wurde Jakonow nicht müde, von jeder Tribüne aus daran zu erinnern, daß der Kosmopolitismus der schlimmste Feind der sozialistischen Gesellschaft sei.
Gestern, nach dem ministeriellen Zornesausbruch, an diesem für das Mawrino-Institut verhängnisvollen Tag, hatte der Häftling Markuschew den Gedanken aufgebracht, die Methoden *Klipper* und *Wokoder* miteinander zu verbinden. Im Grunde genommen war das schierer Unsinn, aber immerhin war es möglich, diese Idee vor der Obrigkeit als tiefgreifende Reform hinzustellen. So gab denn auch Jakonow unverzüglich die Anweisung, die *Wokoder*-Anlage in die Semjorka zu verlegen und auch Prjantschikow dorthin zu versetzen. Roitman erhob in

Gegenwart Sewastjanows seine Einwände, versuchte zu widersprechen, doch Jakonow klopfte ihm lediglich herablassend auf die Schulter, so wie man es bei einem zu voreiligen Freunde zu tun pflegt, und meinte:

»Adam Wenjaminowitsch, erwecken Sie doch nicht beim stellvertretenden Minister den Eindruck, als würden Sie Ihre persönlichen Interessen über die der Abteilung für Spezialtechnik stellen.«

Und darin lag die Tragik der gegenwärtigen Situation: man wurde geschlagen – und durfte nicht weinen! Man wurde am hellichten Tage gewürgt – und mußte stehenden Fußes applaudieren!

Es schlug fünf. Die halbe Stunde hatte er überhört.

Ihm war nicht nur die Sehnsucht nach Schlaf vergangen, jetzt fühlte er sich sogar im Bett beengt.

Sehr vorsichtig schob er zuerst den einen und dann den anderen Fuß in die Pantoffeln, wich einem im Wege stehenden Stuhl aus, trat ans Fenster und schob die seidenen Vorhänge ein wenig auseinander.

Wieviel Schnee gefallen war!

Direkt hinter dem Hof lag die äußerste, etwas verwilderte Ecke des Neskutschnyj-Parks. Die steilen Abhänge der kleinen Schlucht waren ebenso mit Schnee bedeckt wie die feierlich weiß gewordenen Kiefern. Auch an den Rändern des Fensterrahmens häufte sich der flockige Schnee zu winzigen Böschungen.

Jetzt aber schneite es fast nicht mehr.

Vom Heizkörper unter dem Fenster stieg die Hitze zu seinen Knien herauf.

Es gab noch andere Gründe, aus denen er in den letzten Jahren wissenschaftlich nicht weitergekommen war. Ihn erdrückten Sitzungen und Papier. Jeden Montag Politunterricht, jeden Freitag technischer Unterricht, zweimal im Monat Parteiversammlung und zweimal Sitzung auch des Parteibüros. Außerdem zwei- bis dreimal monatlich abendlicher Vortrag im Ministerium, einmal monatlich die Wachsamkeitsberatung, monatlich auch die Zusammenstellung des wissenschaftlichen Arbeitsplanes sowie des dazugehörigen Erfahrungsberichtes. Alle drei Monate mußten darüber hinaus noch Beurteilungen für sämtliche Häftlinge geschrieben werden – die Arbeit eines ganzen Tages. Und schließlich erschien jede halbe Stunde irgendein Untergebener mit einem Auslieferungsschein in seinem Büro. Selbst der kleinste Kondensator von der Größe einer Erbse, jeder Meter Leitungsdraht und jede Radioröhre durften nur mit der Unterschrift des Laboratoriumsleiters das Materiallager verlassen.

Ach, sollte man nicht wirklich den ganzen Verwaltungskram und den ewigen Kampf um den Führungsanspruch aufgeben? Sollte man sich nicht wieder hinter Skizzen setzen, den Lötkolben in die Hand nehmen und im grünen Fensterchen des elektronischen Oszillographen die ersehnte Kurve entdecken? Vielleicht würde man dann, ebenso wie Prjantschikow, sein ›Boogie-Woogie‹ singen können. Wie war es doch schön im Jahre 1931. Man spürte noch nicht den Druck der Schulterstücke, mußte nicht an würdiges Auftreten denken, durfte sich wie ein Junge fühlen, irgend etwas bauen, irgendwelchen Phantasien nachhängen.

Wie ein Junge – und schon führte ihn die Erinnerung noch weiter zurück. In der unbarmherzigen Klarheit des nächtlichen Denkens schob sich eine völlig vergessene, seit Jahren verdrängte Episode in sein Bewußtsein.

Edelmütig empört, mit bebender Stimme stand der zwölfjährige Adam mit dem Halstuch der Pioniere vor der Schülerversammlung und stellte anklagend die Forderung, einen Agenten des Klassenfeindes aus den ›Jungen Pionieren‹ sowie aus der sowjetischen Schule auszustoßen. Vor und nach ihm sprachen Mitjka Schtitelman, Mischka Luxemburg und andere Jungen. Sie alle bezichtigten ihren Mitschüler Oleg Roshdestwenskij des Antisemitismus, des Kirchenbesuches, einer klassenfremden Herkunft und schleuderten dem zitternden Angeklagten vernichtende Blicke zu.

Es war gegen Ende der zwanziger Jahre, und die Jungen beschäftigten sich noch sehr stark mit Politik, mit Wandzeitungen, mit Fragen der Schülerselbstverwaltung, mit Diskussionen. Es war eine Stadt im Süden des Landes und die Bevölkerung zur Hälfte jüdisch. Obwohl Kinder von Juristen, Zahnärzten oder auch kleineren Kaufleuten, hielten sich die Jungen fanatisch-überzeugt für Proletarier.

Oleg, blaß und schwächlich, aber der Beste in der Klasse, wich allen Gesprächen über Politik aus und war offensichtlich widerwillig in die Organisation der Jungen Pioniere eingetreten. Die enthusiastischen Knaben argwöhnten in ihm ein fremdes Element. Sie beobachteten ihn und stellten ihm Fallen. Einmal war er leichtsinnig und erklärte: »Jeder Mensch hat das Recht, alles auszusprechen, was er denkt.« »Was, alles?« Schtitelman sprang auf ihn zu. »Nikola hat mich ›Judenfresse‹ genannt, das ist also auch erlaubt?« »Aussprechen«, Oleg wich nicht zurück, sondern bewegte nur etwas seinen dünnen Hals hin und her, »aussprechen darf jeder, was er will.«

So begann der Fall Oleg. Es fanden sich denunzierende Freunde, Schurik Burikow und Schurik Woroshbit, die beobachtet hatten, wie der Sünder mit seiner Mutter zur Kirche gegangen und einmal mit einem kleinen Kreuz am Hals in die Schule gekommen war. Es gab Zusammenkünfte, Sitzungen des Schülerkomitees, des Gruppenkomitees, Versammlungen der Pioniere, Appelle – und überall traten zwölfjährige Robespierres auf und klagten den Helfershelfer der Antisemiten und den Verbreiter des religiösen Opiums vor versammelter Schülerschaft bitter an. Dieser hatte aus lauter Angst schon zwei Wochen nichts mehr gegessen und auch zu Hause verschwiegen, daß er bereits von den Pionieren ausgestoßen sei und darüber hinaus auch noch die Schule werde verlassen müssen.

Adam Roitman war nicht der Anführer des Ganzen, sondern nur ein Mitläufer gewesen. Aber selbst jetzt erglühten seine Wangen vor widerlicher Scham.

Eine Kette von Kränkungen und keine Möglichkeit, sich zu befreien, ebenso wie es auch keinen Ausweg im Streit mit Jakonow gab.

Bei wem sollte man anfangen, die Welt zu verbessern, bei den anderen oder bei sich selbst?

In seinem Kopf wurde es schwer, und in der Brust stellte sich die Leere ein, die man braucht, um einzuschlafen.

Er ging zum Bett und kroch leise unter die Decke. Er mußte unbedingt einschlafen, bevor es sechs schlug.

Gleich am Morgen mußte er die Phonoskopie ankurbeln! Ein gewaltiger Trumpf! Im Falle eines Erfolges könnte sich dieses Unternehmen zu einer eigenen wissenschaftlichen ...

69

Montag in der Frühe

Um sieben Uhr wurde in der Scharaschka geweckt.

An diesem Montag kam jedoch der alte Wächter lange vor der Zeit in das Zimmer der Handwerker und rüttelte Spiridon an der Schulter. Dieser schnarchte schwer, erwachte und starrte beim Schein der blauen Lampe den Aufseher an.

»Zieh dich an, Jegorow, der Leutnant ruft«, sagte leise der Wächter.

Jegorow aber lag mit geöffneten Augen und rührte sich nicht.

»Hörst du nicht, ich sage dir doch, der Leutnant ruft.«

»Was ist los ...?« fragte Spiridon, immer noch reglos.

»Steh auf, steh auf.« Der Wächter ließ ihm keine Ruhe. »Ich weiß auch nicht, was los ist.«

»Aaach!« Spiridon reckte sich, schob seine rotbehaarten Arme unter den Kopf und gähnte langgezogen. »Wann kommt endlich der Tag, an dem man nicht aufzustehen braucht. Wie spät ist es überhaupt?«

»Bald sechs.«

»Noch nicht sechs! Geh schon, ist gut.«
Er blieb liegen.
Der Aufseher sah ihn schief an und verschwand.
Die blaue Lampe beleuchtete eine Ecke von Spiridons Kopfkissen, dessen Hauptteil im Schatten der oberen Pritsche lag. So verharrte Spiridon, teils im Licht und teils im Schatten, die Hände unter dem Kopf und rührte sich nicht.
Es tat ihm leid, daß er seinen Traum nicht hatte zu Ende sehen können.
Er fuhr mit einem Fuder Reisig durch den Wald. Unter dem Reisig hatte er kleine Stämme versteckt, die der Waldhüter nicht sehen durfte. Es war so, als würde er aus seinem heimatlichen Wald ins eigene Dorf fahren, aber der Weg war ihm unbekannt. Dennoch konnte Spiridon jede Einzelheit des Weges mit beiden Augen wahrnehmen, beide Augen schienen gesund zu sein. Ganz deutlich konnte er im Traum erkennen: die Baumwurzeln, die quer über den Weg krochen, das Splitterholz des letzten Blitzes, die kleinen Kiefernschößlinge und den tiefen Sand, in den die Räder einsanken. Auch umgaben ihn all die vielfältigen, frühherbstlichen Gerüche und Düfte des Waldes, und er sog sie gierig ein. Er tat es, weil er auch im Traum genau wußte, daß er ein Häftling war, mit zehn Jahren Gefängnis plus fünf Jahren Ehrverlust, daß er aus der Scharaschka ausgebrochen war, daß man ihn eigentlich schon hätte einfangen müssen und daß er, solange die Bluthunde noch nicht losgelassen waren, versuchen mußte, seiner Frau und Tochter das Reisig zu bringen.
Das Allerschönste an dem Traum aber war, daß es sich nicht um irgendein gewöhnliches Pferd handelte, sondern um das allerliebste, das Spiridon je besessen hatte, die rosafarbene Stute Griwna, das erste Pferd, das er, als dreijähriges, gleich nach dem Bürgerkrieg für seinen Hof gekauft hatte. Die Stute wäre ganz und gar grau gewesen, wenn sich nicht über das ganze Fell eine zweite, rötliche Behaarung gezogen hätte. So entstand eine Mischung, die nur als rosafarben bezeichnet werden konnte. Mit diesem Pferd hatte sich Spiridon hochgearbeitet, und dieses Pferd hatte er auch angespannt, als er seine Braut Marfa Ustinowna heimlich zur Trauung entführte. Jetzt fuhr Spiridon und war voller Glück und Verwunderung darüber, daß Griwna immer noch lebte, immer noch jung war, und wie eh und je das Fuder fleißig, ohne stecken zu bleiben die Anhöhe hinauf und durch den tiefen Sand zog. Griwnas ganzer Pferdeverstand saß in ihren hohen, grauen und scharfen Ohren, die sie nur ein ganz klein wenig bewegte, wenn sie ihrem Herrn, ohne den Kopf zu wenden, anzeigen wollte, daß sie verstanden habe, daß sie wisse, was man von ihr erwarte, und daß sie es schon schaffen werde. Ihr auch nur von weitem die Peitsche zu zeigen, wäre eine Beleidigung gewesen.

Wenn Spiridon mit Griwna ausfuhr, nahm er daher auch nie eine Peitsche mit.

In seinem Traum wollte er gerade vom Wagen springen und Griwna auf die Nase küssen – so froh war er darüber, daß sie noch jung war und daß sie sicherlich die Zeit seiner Entlassung erleben würde, da bemerkte er plötzlich beim Hinabfahren zum Bach, daß mit seiner Fuhre irgend etwas nicht stimmte, daß die Zweige auseinandergerutscht waren und daß das ganze Fuder in die Furt zu fallen drohte.

In diesem Moment bekam er einen Stoß, der ihn von der Fuhre zu Boden warf. Es war der Stoß des Aufsehers, der ihn weckte.

Spiridon lag da und dachte nicht nur an seine Griwna, sondern auch an die vielen Dutzende von Pferden, mit denen er gefahren war und mit denen er gearbeitet hatte. Jedes von ihnen hatte sich seinem Gedächtnis eingeprägt, als ob es ein lebendiger Mensch gewesen wäre. Vor seinem geistigen Auge zogen weitere tausend Pferde vorüber, die ihm irgendwo und irgendwie begegnet waren. Jetzt litt er darunter, daß die ersten Helfer der Menschen oft so ohne jeden Sinn, ohne jegliches Verständnis unter die Erde gebracht wurden – sei es, daß man sie ohne Hafer und Heu ließ, daß man sie bei der Arbeit zu Tode prügelte oder den Tataren zum Schlachten verkaufte. Was mit dem Verstand getan wurde, konnte Spiridon verstehen, aber es wollte ihm nicht in den Kopf, warum Pferde umgebracht werden mußten. Es wurde zwar damals behauptet, daß Traktoren die Pferde ersetzen würden, in der Tat aber legten sich lediglich neue Lasten auf die Schultern der Frauen.

Aber waren es wirklich nur die Pferde? Hatte nicht er, Spiridon selbst, bäuerliche Obstgärten abgeholzt, damit die Leute nichts mehr zu verlieren hatten und man sie um so leichter in die Herde der Kolchosarbeiter eingliedern konnte?

»Jegorow!« schrie der Wächter jetzt laut von der Tür her und weckte damit zwei weitere Schläfer.

»Ich komme schon, zum Teufel noch mal!« Spiridon setzte schnell die bloßen Füße auf den Boden und langte sich seine trockenen Fußlappen vom Heizkörper.

Die Tür hinter dem Aufseher schloß sich. Sein Nachbar, der Schmied, fragte:

»Wohin, Spiridon?«

»Die Herrschaften rufen. Soll mein Brot erarbeiten«, sagte Spiridon erbost.

Zu Hause ist der Bauer kein Langschläfer, aber hier im Gefängnis liebte es Spiridon nicht, schon im Dunkeln beginnen zu müssen. Unter einer Fuchtel, vor dem Morgengrauen aufzustehen, ist das Schlimmste für einen Arrestanten.

Im Sewural-Lager[1] mußte man allerdings schon um fünf aufstehen, also durfte man sich hier in der Scharaschka eigentlich nicht beklagen.
Spiridon umschlang die unteren Enden seiner wattierten Hosen wie auch die Schäfte seiner Schnürschuhe mit Wickelgamaschen, zog sich dann noch die blaue Kombination an, schlüpfte in seine schwarze wattierte Jacke, setzte die Pelzmütze auf, umgürtete sich mit seinem ausgefransten Segeltuchriemen und verließ das Zimmer. Man öffnete ihm die schwerbeschlagene Gefängnistür und ließ ihn dann frei laufen. Spiridon passierte den unterirdischen Korridor, schlurfte dabei mit seinen eisernen Stiefelbeschlägen über den Zementfußboden und stieg dann auf den Hof hinauf.
Im schneeblassen Halbdunkel war nichts zu sehen. Dennoch stellte Spiridon mit seinen Füßen sofort fest, daß etwa dreißig Zentimeter Schnee gefallen waren. Es hatte also die ganze Nacht stark geschneit. Den Schnee vor sich herstäubend, ging er auf das Licht über der Türe des Stabsgebäudes zu.
Über die Schwelle des Gefängnisstabes trat gerade der diensthabende Leutnant mit dem unansehnlichen Schnurrbärtchen. Er hatte erst vor kurzem die Sanitäterin verlassen und gleich darauf eine Ordnungswidrigkeit entdeckt – es war Schnee gefallen. Darum ließ er den Hofarbeiter kommen. Beide Hände hinter das Koppelzeug schiebend, sagte der Leutnant:
»Los, Jegorow, los! Säubere den Weg vom Haupteingang zur Wache und vom Stab zur Küche. Dann mach dich an den Rundweg der Gefangenen. Los!«
»Wer allen gibt, gibt keinem«, brummte Spiridon und ging die Schaufel holen.
»Was hast du gesagt?« fragte der Leutnant streng.
Spiridon blickte sich um:
»Ich sagte nur ›jawollj‹, Leutnant, ›jawollj‹.« Auch als die Deutschen ihn anknurrten, hatte Spiridon stets mit ›jawollj‹ geantwortet. »Sag in der Küche, daß sie mir ein paar Kartoffeln bringen sollen.«
»Schon gut, fang endlich an.«
Im Grunde benahm sich Spiridon immer vernünftig und suchte auch keine Händel mit den Vorgesetzten. Heute war er aber besonders schlechter Stimmung, weil es Montag war, weil er, kaum aufgewacht, schon wieder schuften mußte, weil ihm der Brief von zu Hause, den er bald erhalten würde, schlimme Vorahnungen weckte. Irgendwie verdichtete sich plötzlich die ganze Bitterkeit des nun schon fünfzig Jahre dauernden Herumtrampelns zu einem Sodbrennen in der Brust.

[1] Sewural (*Sewernyj Ural*) – Nördlicher Ural (Anm. d. Übers.)

Es hatte aufgehört zu schneien. Weiß und unbeweglich standen die Linden da. Es war aber nicht der gestrige Reif, der gegen Mittag weggetaut war, sondern der Schnee der letzten Nacht. Aus der Dunkelheit des Himmels und aus der Stille der Luft schloß Spiridon, daß der Schnee nicht lange liegenbleiben würde.

Mürrisch fing er an zu arbeiten, aber nachdem er den Anfang, die ersten fünfzig Schaufeln, hinter sich gebracht hatte, machte er zügig weiter, fast schon mit Eifer. Spiridon und seine Frau waren sich darin gleich. Alles, was sie bedrückte, schafften sie sich durch Arbeit von der Seele. Das half ihnen immer.

Spiridon fing nicht so an, wie man es ihm befohlen hatte, das heißt, mit dem Weg für die Vorgesetzten von der Wache zum Haupteingang. Er folgte seiner eigenen Vorstellung: erst den Weg zur Küche und dann – drei Sperrholzschaufeln breit – den Rundweg auf dem Hof für seine Brüder, die anderen Häftlinge.

Dabei waren seine Gedanken bei der Tochter. Seine Frau und auch er, sie hatten ihr Leben gelebt. Die Söhne saßen zwar hinter Stacheldraht, aber sie waren immerhin Männer. Der jüngere würde dort kräftiger werden, was ihm später nur nützlich sein konnte. Aber die Tochter?

Obwohl Spiridon mit dem einen Auge gar nichts und mit dem anderen fast gar nichts sehen konnte, brachte er einen völlig regelmäßigen Spazierweg auf dem Hof zustande. Es war genau sieben Uhr und noch nicht hell, als die ersten Spaziergänger über die Treppe auf den Hof kamen, Potapow und Chorobrow, die zu diesem Zweck früher aufgestanden waren und sich noch vor dem allgemeinen Wecken gewaschen hatten.

Frische Luft wurde nur in Rationen gewährt und war darum teuer.

»Und du, Danilytsch«, fragte Chorobrow und schlug den Kragen seines schwarzen, abgetragenen Zivilmantels hoch, in dem man ihn irgendwann einmal verhaftet hatte, »hast du dich überhaupt nicht schlafen gelegt?«

»Als ob die einen schlafen lassen, diese Schlangen!« erwiderte Spiridon. Sein morgendlicher Zorn war schon verflogen. Während dieser Stunde schweigsamer Arbeit waren alle finsteren Gedanken an die Kerkermeister von ihm gewichen. Geblieben war die klare Härte eines Menschen, der Leiden gewöhnt ist. Er hatte es sich zwar nicht ausdrücklich in Worten ausgemalt, war aber im Inneren doch schon entschlossen, seine Tochter, falls sie sich etwas zuschulden hatte kommen lassen, nicht zu verfluchen, sondern ihr milde zu antworten – damit sie es leichter habe.

Die besonders wichtigen Gedanken an seine Tochter, die sich in der Morgendämmerung von den reglosen Linden auf ihn herabgesenkt hatten, wurden bald von den nebensächlichen Überlegungen des Tages verdrängt, davon, daß irgendwo zwei kleine Bretter eingeschneit waren, und davon, daß er den Stiel des Besens neu befestigen mußte.

Inzwischen war es höchste Zeit geworden, den Weg bei der Wache für die Personenwagen und die freien Angestellten freizuschaufeln. Spiridon warf sich die Schneeschaufel über die Schulter, schlug einen Bogen um das Gebäude der Scharaschka und verschwand.

Mit leichtem Schritt, schlank, und die wattierte Jacke nur leicht über die Schulter geworfen, ging Sologdin zum Holzhacken. Nach dem gestrigen sinnlosen Zank mit Rubin, nach seinen ätzenden Beschuldigungen, hatte er zum erstenmal in zwei Jahren in der Scharaschka schlecht geschlafen. Jetzt brauchte er Morgenluft, Alleinsein und Zeit zum Nachdenken. Er hatte bereits genug Holz zersägt und brauchte es heute nur noch zu spalten.

Langsam wanderten Potapow und Chorobrow über den Hof. Potapow, der sein versehrtes Bein ein wenig nachzog, trug einen Rotarmisten-Mantel, den er bei der Einnahme Berlins bekommen hatte, als man ihn als Kanonenfutter auf einen Panzer setzte. Zwar war er bis zu seiner Gefangennahme Offizier gewesen, aber die Dienstgrade der Gefangenen wurden nicht anerkannt.

Obwohl sich Chorobrow kaum gewaschen und seine Schlaftrunkenheit noch nicht ganz abgeschüttelt hatte, war sein Denken bereits hellwach. Er sprudelte Worte hervor, die in der dunklen Luft eine nutzlose Schlinge zu bilden schienen, um dann gleich einem Bumerang zu ihm zurückzukehren und ihn selbst zu peinigen.

»Seit eh und je haben wir doch gelesen, daß der Conveyer von Ford den Arbeiter zur Maschine herabwürdigt und daß er der allerunmenschlichste Ausdruck kapitalistischer Ausbeutung sei. Dann vergingen fünfzehn Jahre, und der gleiche Conveyer wurde unter der Bezeichnung Fließband als modernste Form der Produktion gepriesen. Man müßte heute in Rußland noch einmal Massentaufen durchführen, und Stalin würde sich sofort darauf verstehen, sie mit dem Atheismus in Einklang zu bringen.«

Potapow war am Morgen immer melancholisch gestimmt. Es war die einzige Tageszeit, in der er an sein verpfuschtes Leben, an seinen ohne ihn aufwachsenden Sohn und an seine ohne ihn verdorrende Frau denken konnte. In der Geschäftigkeit der Arbeit war zum Nachdenken keine Zeit.

Die Worte Chorobrows schienen ihm zu gereizt, und er fürchtete, dadurch womöglich selbst zu Fehlern hingerissen zu werden. Darum schritt er, den verletzten Fuß unbeholfen nachziehend, schweigend neben Chorobrow her und beschränkte sich darauf, tiefer und regelmäßiger zu atmen.

So zogen sie einen Kreis nach dem anderen.

Nach und nach schlossen sich immer mehr Häftlinge ihrem Spaziergang an. Man ging einzeln, zu zweit oder zu dritt. Bestrebt, die Gespräche möglichst geheimzuhalten, wenngleich aus verschiedenen Gründen, rückte man sich nie zu nah auf den Leib und überholte einander auch nicht ohne zwingenden Grund.
Allmählich begann es zu dämmern. Der von Schneewolken verhangene Himmel verzögerte das Hellwerden. Immer noch warfen die Laternen ihre gelben Kreise auf den Boden.
In der Luft lag jene Frische, wie sie nur ebengefallener Schnee erzeugt. Dieser Schnee knirschte nicht unter den Füßen, sondern backte nur leicht zusammen.
Kondraschow, hochgewachsen, einen Filzhut tragend – er war noch nie in einem Lager gewesen –, ging aufrecht neben dem kleinen, schmächtigen Gerassimowitsch, seinem Zimmernachbarn, der eine weiche Mütze trug. Gerassimowitsch reichte Kondraschow kaum bis zur Schulter.
Völlig zerschlagen vom gestrigen Wiedersehen, hatte dieser den Rest des Tages wie krank im Bett gelegen. Der Abschiedsschrei seiner Frau hatte ihn tief erschüttert. Heute morgen hatte man ihn nur mit Gewalt zum Spaziergang bewegen können. Fröstelnd und bis oben vermummt, wollte er sofort wieder ins Gefängnis zurück. Als er auf Kondraschow-Iwanow stieß, entschloß er sich doch noch, eine Runde mit ihm zu drehen. Dann fand er Gefallen am Spaziergang und blieb.
»Was, Sie wissen nichts über Pawel Dmitrijewitsch Korin?« Kondraschow tat so erstaunt, als müsse jeder Schüler es wissen. »Von ihm gibt es ein wunderbares Bild, ›Vergehendes Rußland‹, bloß hat es noch niemand gesehen. Die einen sagen, sechs Meter lang, andere wieder – zwölf. Auf diesem Bilde . . .«
Der Tag begann zu grauen.
Der Aufseher ging über den Hof und schrie, der Spaziergang sei beendet.
Im unterirdischen Gang rempelten die erfrischt zurückkehrenden Gefangenen unfreiwillig den dunkelbärtigen, krankhaft bleichen Rubin, der sich ihnen in umgekehrter Richtung entgegendrängte. Er hatte heute nicht nur das Holzhacken, sondern auch den Morgenspaziergang verschlafen, wobei er zu ersterem nach dem Streit mit Sologdin ohnehin kaum fähig gewesen wäre. Nach dem kurzen, künstlich erzeugten Schlaf schien ihm sein Körper einerseits bleischwer, andererseits gefühllos wie Watte zu sein. Zudem quälte ihn das Verlangen nach Sauerstoff, ein Bedürfnis, bekannt nur demjenigen, der zu wenig Zugang zur frischen Luft hat. Jetzt war Rubin bemüht, sich zum Hof durchzukämpfen, um wenigstens noch einen Mundvoll Sauerstoff und eine Handvoll erfrischenden Schnee zu erwischen.

Der Aufseher, der am oberen Ende der Treppe stand, ließ ihn jedoch nicht durch.
So blieb Rubin denn in der auszementierten Grube, am Fuß der Treppe stehen. Immerhin lag auch dort ein wenig Schnee, und es wehte ein frischer Luftzug. Er vollführte mit den Armen drei langsame Kreisbewegungen und atmete dabei tief ein. Dann griff er sich vom Boden etwas Schnee, rieb sich damit das Gesicht ab und schleppte sich wieder ins Gefängnis zurück.
Dorthin ging auch der tüchtige Spiridon, der inzwischen den Weg für die Personenwagen bis zur Wachstube freigeschaufelt hatte und hungrig geworden war.
Im Gefängnisstabe trafen sich die beiden Leutnants – der die Wache übergebende mit dem quadratischen Schnurrbärtchen und der die Wache übernehmende Leutnant Shwakun. Sie öffneten einen Umschlag und machten sich mit dem Befehl vertraut, den Major Myschin ihnen hinterlassen hatte.
Leutnant Shwakun, ein grober undurchsichtiger Kerl mit breitem Munde, war während des Krieges als Hauptfeldwebel ›Exekutor beim Kriegsgericht‹ einer Division gewesen und hatte sich dabei emporgedient. Jetzt war er stolz auf seine Position im Sondergefängnis und las nun auch – mangels größerer Gelehrsamkeit – die Anordnung Myschins gleich zweimal, um nichts durcheinanderzubringen.
Zehn vor neun gingen beide zum Appell durch alle Zimmer und gaben bekannt, was ihnen aufgetragen worden war:
»Alle Häftlinge haben im Laufe von drei Tagen bei Major Myschin in folgender Form eine Aufstellung ihrer direkten Verwandten einzureichen: laufende Nummer, Familienname, Name, Vatersname, Grad der Verwandtschaft, Arbeitsplatz und Anschrift.
Als direkte Verwandte gelten: Mutter, Vater, standesamtlich angetraute Ehefrau sowie Söhne und Töchter aus der standesamtlich eingetragenen Ehe. Alle übrigen Verwandten, also Brüder, Schwestern, Tanten, Neffen, Nichten und Großeltern gelten als indirekte Verwandte.
Vom 1. Januar an haben sich der Briefverkehr und die Besuche auf die direkten Verwandten zu beschränken, die vom Gefangenen in seine Liste aufgenommen wurden.
Der Umfang des monatlichen Briefes darf ab sofort die Größe einer doppelten Heftseite nicht überschreiten.«
Das war so schlimm und so unerbittlich, daß der Verstand sich sträubte, das Bekanntgegebene aufzunehmen. Darum gab es auch keine Verzweiflung und keine Empörung. Lediglich gehässige oder höhnische Ausrufe begleiteten die Worte Shwakuns:
»Prost Neujahr!«

»Viel Glück.«
»Bla-Bla!«
»Denunziert eure Angehörigen!«
»Die Spürhunde schaffen es wohl nicht mehr?«
»Warum wurde nicht auch der Umfang der Buchstaben festgelegt? Wie groß dürfen die Buchstaben sein?«
Shwakun zählte die Gefangenen ab und versuchte sich gleichzeitig einzuprägen, wer was geschrien hatte, um es später dem Major melden zu können.
So sind nun mal die Gefangenen, immer unzufrieden, ob man ihnen Gutes oder Schlechtes antut ...
Niedergeschlagen begaben sich die Häftlinge zu ihren Arbeitsplätzen.
Selbst diejenigen, die schon lange saßen, waren erschüttert von der Härte der neuen Maßnahme. Es war eine Härte in doppelter Hinsicht: zum ersten war es jetzt nur noch um den Preis einer Auslieferung an die Polizei möglich, die ohnehin kümmerliche Verbindung zu den Verwandten weiter aufrechtzuerhalten. Denn vielen von ihnen war es bislang noch gelungen zu verbergen, daß sie Verwandte im Gefängnis hatten, und nur das sicherte ihnen Arbeitsplatz und Wohnung. Die zweite Härte lag darin, daß zukünftig standesamtlich nicht eingetragene Frauen und Kinder sowie Brüder, Schwestern, Vettern und Cousinen überhaupt ausgeschlossen waren. Nach dem Kriege, den Bombardierungen, der Evakuierung und dem Hunger aber hatten viele Häftlinge überhaupt keine anderen als diese sogenannten indirekten Verwandten. Da man sich auf eine Verhaftung schlecht vorbereiten kann und auch nicht im voraus davon in Kenntnis gesetzt wird, so kann man auch schlecht sein Haus bestellen, alles regeln. Viele lassen daher in der Freiheit treue Freundinnen zurück, wenngleich ohne den schwarzen Stempel des Standesamtes im Personalausweis. Diese Freundinnen sollten jetzt Fremde werden ...
Selbst die Arbeitseifrigsten legten nun die Hände in den Schoß. Nach dem Klingelzeichen ging man nur langsam hinaus, drückte sich in den Gängen herum, rauchte und unterhielt sich. Nachdem man sich an die Arbeitstische gesetzt hatte, rauchte und redete man weiter. Alle bewegte die gleiche Frage: hatte es bislang in der Zentralkartei tatsächlich keine systematisch gesammelten Angaben über alle Verwandten der Häftlinge gegeben? Die Neulinge und die Naiven zweifelten daran. Die alten, geriebenen Arrestanten hingegen schüttelten überzeugt ihre Köpfe. Sie erklärten, daß die Kartei der Verwandten in Unordnung geraten sei; auch hinter den mit schwarzem Leder gepolsterten Türen würden nicht immer ›alle Mäuse gefangen‹. Die Auswertung der unzähligen Fragebogen wäre unvollständig, und die Gefängniskanzleien kämen mit den Auszügen aus den Besucherbüchern nicht immer rechtzeitig zu Rande. So

gesehen erwies sich die von Klimentjew und Myschin geforderte Verwandtenliste ganz gewiß als der gefährlichste Schlag, den man seinen Angehörigen zufügen konnte.
Darüber unterhielten sich die Häftlinge, und keiner von ihnen wollte arbeiten.
Gerade an diesem Morgen begann aber die letzte Woche des Jahres, in der, nach den Vorstellungen der Institutsleitung, ein heldenhafter Sprung nach vorn unternommen werden sollte. Es galt, nicht nur die Pläne für den Dezember und das ganze Jahr 1949 zu erfüllen, ebenso mußte auch der Jahresplan 1950 ausgearbeitet und angenommen werden, dazu noch der Quartalsplan Januar bis März, der Plan für den Januar sowie schließlich für die erste Dekade des Januar 1950. Soweit es nur um das Papier ging, war es eine Aufgabe der Leitung, aber sobald reale Arbeit ins Spiel kam, konnte diese nur von den Häftlingen getan werden. Aus diesem Grunde wäre ein enthusiastischer Arbeitswille der Häftlinge heute besonders wichtig gewesen.
Die Leitung des Instituts wußte nichts von der geradezu zerstörerisch wirkenden, morgendlichen Bekanntmachung der Gefängnisleitung, die diese, wiederum ihrem eigenen Jahresplan entsprechend, vorgenommen hatte.
Keiner konnte dem Ministerium für Staatssicherheit ein besonders bibeltreues Verhalten nachsagen, aber in diesem Fall wußte die rechte Hand wirklich nicht, was die linke tat.
Major Roitman, auf dessen frisch rasiertem Gesicht keinerlei Spuren nächtlicher Zweifel zurückgeblieben waren, hatte alle Häftlinge und freien Mitarbeiter des Akustischen Laboratoriums zu einem Informationsgespräch über die bevorstehenden Pläne zusammenrufen lassen. Er hatte negroide, aufgeworfene Lippen in einem länglichen, klugen Gesicht. An der schmalen Brust Roitmans hing über seiner etwas zu weiten Feldbluse ein ganz besonders überflüssig und unnütz wirkendes Portepee. Er wollte besonders forsch sein und damit seine Untergebenen anspornen, doch im Raum stand bereits ein Hauch von Auflösung. Ohne die Anlage des *Wokoder* wirkte die Mitte des Zimmers leer und verwaist; es fehlte Prjantschikow, das Kronjuwel des Akustischen Labors; es fehlte Rubin, der sich im dritten Stock mit Smolossidow eingeschlossen hatte; schließlich drängte es auch Roitman, hier möglichst schnell zu einem Ende zu kommen und dorthin zu gehen.
Von den freien Mitarbeitern fehlte Simotschka, die wieder einmal in Vertretung die Nachmittagsschicht übernommen hatte. Und wenn schon! Nershin würde erleichtert sein, keine Zeichen austauschen oder Zettel schreiben zu müssen.
Während der Versammlung hatte sich Nershin mitsamt der nachgeben-

den, federnden Lehne seines Stuhles etwas nach hinten gekippt und seine Füße auf die untere Leiste eines anderen Stuhles gestützt. Fast die ganze Zeit blickte er aus dem Fenster.

Hinter den Scheiben erhob sich anscheinend ein feuchter Westwind. Der Himmel bezog sich bleigrau, und der poröse Schnee begann zusammenzusacken. Ein neues, sinnloses Tauwetter zog auf.

Nershin wirkte unausgeschlafen, alles hing an ihm, auch die Mundwinkel hatte er herabgezogen, und im grauen Licht sah man die scharfen Falten seines Gesichtes deutlicher als sonst. Er hatte das vielen Arrestanten bekannte Montagmorgen-Gefühl, bei dem man nicht mehr die Kraft zu haben glaubt, voranschreiten oder auch nur leben zu können. Seine kaum geöffneten Augen blickten ausdruckslos auf den dunklen Zaun und den besetzten Wachturm, der genau vor seinem Fenster stand.

Was bedeutet das schon, ein Wiedersehen einmal im Jahr? Erst gestern hatte es ein Wiedersehen gegeben. Es schien so, als ob alles Dringende, alles Notwendige für lange Zeit im voraus gesagt worden war. Und heute schon . . .?

Wann wird man es ihr jetzt sagen können? Schreiben? Aber wie soll man so was schreiben? Kann ich jetzt deine Arbeitsstelle preisgeben? Nach dem gestrigen steht das Nein ohnehin fest.

Ich könnte mitteilen, daß wir den Briefwechsel einstellen müssen, da ich keine Angaben über dich machen darf. Aber allein schon die Anschrift auf dem Umschlag wäre eine Anzeige.

Oder soll ich überhaupt nichts schreiben? Was wird sie dann denken? Gestern noch habe ich gelächelt – und ab heute schweige ich für immer?

Das Gefühl eines sich über seinem Körper zusammenschiebenden Schraubstockes raubte ihm fast den Atem. Es war kein Schraubstock in poetisch-übertragenem Sinne, sondern eine riesige Schlosserpresse mit eingefrästen Zähnen und einer besonderen Aussparung für den menschlichen Hals.

Es war unmöglich, einen Ausweg zu finden. Alles war gleich schlimm.

Der wohlerzogene, kurzsichtige Roitman blickte mit milden Augen durch seine anastigmatischen Brillengläser und redete über Pläne, Pläne, Pläne. Und das keineswegs mit der Stimme des Vorgesetzten, sondern mit einem Anflug von Müdigkeit und Bittstellung.

Aber er säte auf steinigen Boden.

70

Die Tonne im Hof

Auch im Konstruktionsbüro wurde am Montagmorgen eine Versammlung einberufen. Die freien Mitarbeiter und die Häftlinge setzten sich gemeinsam um einige Tische. Obwohl die Bürofenster nach Süden gingen und in der oberen Etage lagen, spendete der graue Morgen nur wenig Licht. Hier und da brannte über den Reißbrettern eine Lampe.

Der Büroleiter, ein Oberstleutnant, sprach sitzend und ohne großen Elan über die Erfüllung der alten Pläne, über die neuen Pläne und die bevorstehenden sozialistischen Verpflichtungen. Obwohl er es in den Plan miteinbezog, glaubte er selbst nicht, daß es bis Ende des kommenden Jahres gelingen würde, das Projekt der totalen Chiffriermaschine zu verwirklichen. Immerhin stellte er alles in einer Weise dar, die seinen Konstrukteuren genügend Schlupflöcher oder Ausreden ließ.

Sologdin saß in der letzten Reihe und betrachtete mit klaren Augen die Wand. Die Haut seines Gesichtes war glatt und frisch, und keiner hätte annehmen können, daß er gerade an irgend etwas dachte oder irgendwie besorgt war. Vielmehr schien er die Versammlung zur Entspannung zu benutzen.

Aber das Gegenteil war der Fall – er dachte äußerst angestrengt nach. Ihm verblieben nur wenige Stunden oder Minuten, er wußte nicht, wie viele. In jedem Fall mußte er absolut fehlerfrei eine sein weiteres Leben bestimmende Entscheidung treffen. Den ganzen Morgen lang, während er Holz hackte, hatte er weder einen Klotz noch einen seiner Schläge wahrgenommen – er hatte nur nachgedacht. So wie sich in optischen Geräten facettenreiche Spiegel drehen, Lichtstrahlen einfangen und reflektieren, so kreisten auch in ihm die ganze Zeit funkensprühende Gedanken auf Strahlenbahnen, die sich weder trafen noch parallel liefen.

Auf die am Morgen bekanntgegebene Anordnung der Gefängnisleitung reagierte er mit einem Lächeln. Er hatte etwas Ähnliches seit langem erwartet, hatte sich darauf eingestellt und von sich aus jeden Briefwechsel abgebrochen. Der heutige Erlaß bestätigte nur seine Vermutung, daß das Gefängnisregime sich zunehmend verschärfen würde und daß es den natürlichen Ausweg in die Freiheit, ›Ende der Haftzeit‹ genannt, nicht mehr gab.

Die größte Bitterkeit und der größte Ärger waren in ihm jedoch als Folge des peinlichen gestrigen Streites mit Rubin zurückgeblieben, dadurch, daß Rubin irgendwie das Recht erhalten hatte, über das Leben Sologdins zu richten. Es wäre gewiß möglich, Lewka Rubin aus dem Kreise seiner

Freunde auszuschließen und ihn zu vergessen, aber die von Rubin ausgesprochene Herausforderung konnte er dennoch nicht ignorieren. Sie blieb und fraß in ihm weiter.

Die Versammlung war beendet, und man begab sich an die Arbeitsplätze.

Larissas Tisch war leer. Sie hatte am Sonntag Dienst gehabt und nun ihren freien Tag genommen.

Das konnte aber nur von Vorteil sein. Denn wie es so geht: eine Frau, die man gestern erst erobert hat, kann heute bereits stören.

Sologdin löste das alte, schmierige Blatt von seinem Reißbrett und legte damit das Kernstück der Chiffriermaschine frei.

Auf die Lehne seines Stuhles gestützt, stand er lange vor der Zeichnung.

Je länger er seine Schöpfung in sich hineinsog, um so mehr beruhigte er sich. Die Spiegel in ihm drehten sich immer langsamer, und ihre Achsen stellten sich allmählich parallel zueinander.

Eine der technischen Zeichnerinnen ging jetzt, wie es einmal wöchentlich üblich war, von einem Konstrukteur zum anderen und sammelte die alten, nicht mehr notwendigen Blätter ein, um sie zu vernichten. Diese Blätter durften nicht einfach zerrissen oder weggeworfen werden. Vielmehr wurde zuvor genau notiert, wie viele es waren, und erst dann konnten sie auf dem Hof verbrannt werden.

Sologdin nahm einen weichen, dicken Stift, strich seinen Entwurf mehrfach durch und verschmierte ihn darüber hinaus noch.

Dann löste er seine Zeichnung ab, riß sie an einer Seite ein, legte das alte Deckblatt darauf, schob noch ein weiteres unbrauchbares Blatt darunter, knüllte alles zusammen und reichte es dem Mädchen.

»Drei Blätter, bitte.«

Darauf setzte er sich, ergriff zur Tarnung ein Handbuch und verfolgte, was weiter mit seinem Blatt geschah.

Zwei Zeichnerinnen zählten die eingesammelten Blätter und setzten ihr Protokoll auf.

Sologdin war gespannt. Würde einer der Konstrukteure kommen und sich die Blätter ansehen?

Es kam keiner.

Es war eindeutig eine Nachlässigkeit der Schischkin-Myschkins, die sich zu sehr auf das Feuer verließen.

Warum richteten sie nicht neben dem Konstruktionsbüro noch ein eigenes Aufsichtsbüro ein, in dem alle vom Konstruktionsbüro zur Vernichtung freigegebenen Zeichnungen hätten durchgesehen und überprüft werden können?

Da er seinen Geistesblitz niemandem mitteilen durfte, schmunzelte Sologdin unter seinem Schnurrbart still vor sich hin.

Nachdem die Mädchen endlich alle Blätter protokolliert hatten, rollten sie sie zusammen, liehen sich von einem Raucher eine Schachtel Streichhölzer und gingen hinaus.
Sologdin verfolgte ihren Weg mit rhythmischen Strichen auf dem Papier: jetzt gehen sie die Treppe herunter, jetzt ziehen sie ihre Mäntel an, jetzt müßten sie auf dem Hof erscheinen.
Er stand so hinter seinem hochgestellten Zeichenbrett, daß er von kaum jemandem im Zimmer gesehen werden konnte, selbst aber imstande war, gerade die Ecke des Hofes zu überschauen, in der die verräucherte, eiserne Tonne stand, zu der Spiridon am Morgen ebenfalls einen Weg freigeschaufelt hatte. Der feuchte Schnee war inzwischen ohnehin so zusammengesackt, daß die Mädchen in ihren Überschuhen mühelos bis zur Tonne kamen.
Das erste Blatt in Brand zu stecken, wollte ihnen aber lange nicht gelingen. Sie versuchten es zuerst mit einem Streichholz und dann anscheinend mit mehreren zugleich. Der Wind löschte jedoch immer wieder die Flamme aus, oder die Streichhölzer brachen ab. Hin und wieder traf auch ein brennender Schwefelkopf eines der Mädchen, das ihn erschreckt abschüttelte.
Offenbar war die Schachtel schon fast leer, und bald würden die Mädchen eine neue holen müssen.
So verging die Zeit, und die Wahrscheinlichkeit, daß Sologdin zu Jakonow zitiert werden würde, wuchs.
Dann riefen die Mädchen plötzlich irgend etwas und winkten, worauf sich ihnen Spiridon mit Pelzmütze und Besen näherte.
Um die Mütze nicht zu versengen, nahm er sie ab und legte sie neben sich in den Schnee. Darauf steckte er beide Arme sowie den rothaarigen Kopf in die Tonne, wühlte ein wenig darin herum und tauchte dann wieder auf. Die Röte seines Kopfes mußte sich auf das Zeichenblatt übertragen haben, jedenfalls fing es Feuer. Spiridon beließ es in der Tonne und warf nun schnell ein Blatt nach dem anderen hinterher. Bald sank die Flamme, die aus der Tonne schlug, mit den verkohlten Blättern in sich zusammen.
In diesem Augenblick nannte jemand am Tisch des Leiters den Namen Sologdins.
Er wurde zum Oberstleutnant gerufen.
Im Filter-Laboratorium hatte man sich darüber beklagt, daß die bestellten Entwürfe zweier kleiner Konsolen immer noch nicht abgeliefert worden seien.
Der Oberstleutnant war kein Grobian und bemerkte nur stirnrunzelnd:
»Hören Sie, Dmitrij Alexandrowitsch, ist das denn wirklich so kompliziert? Es wurde Donnerstag bestellt.«

Sologdin nahm sich zusammen.
»Entschuldigen Sie. Ich bin gerade dabei, sie zu beenden. In einer Stunde werden sie fertig sein.«
Er hatte mit der Zeichnung überhaupt noch nicht begonnen, konnte aber nicht zugeben, daß er nicht mehr als eine Stunde Arbeit brauchen würde, sie anzufertigen.

71

Sein Geliebter Beruf

Der Sicherheitsdienst beim Objekt Mawrino stützte sich auf Major Myschin, den Bevollmächtigten für das Gefängnis, und Major Schikin, den Bevollmächtigten für die Produktion. Da sie verschiedenen Behörden unterstanden und aus verschiedenen Kassen bezahlt wurden, herrschte zwischen ihnen keine Rivalität. Allerdings kamen sie einer gewissen Trägheit wegen auch nicht zu einer engeren Zusammenarbeit. Ihre Arbeitszimmer befanden sich in verschiedenen Gebäuden und auf verschiedenen Etagen; telefonisch durften Angelegenheiten des Sicherheitsdienstes nicht besprochen werden, und da sie beide den gleichen Dienstrang hatten, hätte es jeder von ihnen für eine Art von Kotau gehalten, als erster den anderen aufzusuchen. So regierten sie denn getrennt, der eine nachts, der andere tags, als Herrscher über viele Seelen und sahen sich monatelang nicht, obwohl jeder von ihnen in seinen Vierteljahresberichten und Plänen die Notwendigkeit einer engen Verflechtung des gesamten Sicherheitsdienstes von Mawrino zu betonen pflegte.
Irgendwann einmal, beim Lesen der ›Prawda‹, hatte Major Schikin angesichts der Überschrift ›Geliebter Beruf‹ lange nachdenken müssen. Der Artikel befaßte sich mit dem Agitator, der es über alles in der Welt liebte, anderen etwas zu erklären: den Arbeitern – wie wichtig es sei, die Produktion zu steigern; den Soldaten – wie notwendig es sei, sich selbst zu opfern; den Wählern – die Richtigkeit der Politik des Blockes der Kommunisten und Parteilosen. Der Ausdruck ›Geliebter Beruf‹ hatte Schikin gefallen. Er stellte fest, daß auch er selbst im Leben offenbar nicht fehlgegangen war. Nie hatte es ihn zu einem anderen Beruf hingezogen. Er liebte seinen Beruf, und dieser liebte ihn.
Schikin hatte seinerzeit die GPU-Lehranstalt absolviert und später einen Fortbildungskurs für Untersuchungsrichter besucht. Da er jedoch als Untersuchungsrichter kaum im Einsatz gewesen war, hatte er nicht das Recht, sich als solchen zu bezeichnen. Eine Zeitlang arbeitete er als

Sicherheitsbevollmächtigter in der Transportabteilung der GPU. Während des Krieges leitete er eine Armee-Zensurstelle, um dann nacheinander in einer Repatriierungskommission, in einem Durchgangs- und Überprüfungslager sowie als Sonderinstrukteur bei der Umsiedlung der Griechen aus dem Kubangebiet nach Kasachstan zu arbeiten. Schließlich wurde er Sicherheitsbevollmächtigter beim Forschungsinstitut Mawrino.
Schikins Beruf hatte viele Vorzüge. Erstens war er schon seit den Tagen des Bürgerkrieges nicht mehr gefährlich. Bei jeder Operation wurde für ein entsprechendes Kräfteverhältnis gesorgt: zwei oder drei Bewaffnete gegen einen unbewaffneten, unvorbereiteten, manchmal sogar aus dem Schlaf gerissenen Feind.
Zweitens wurde dieser Beruf hoch bezahlt. Er gab einem darüber hinaus das Recht, in nichtöffentlichen Sonderläden einzukaufen, und sicherte ihm den Anspruch auf die besten beschlagnahmten Wohnungen Verurteilter, auf eine Pension, die höher war als die der Militärs, sowie auf erstklassige Sanatorien.
Zudem beanspruchte dieser Beruf nicht übermäßig die Kräfte, denn es mußte keine Norm erfüllt werden. Gewiß, Schikin hatte von Freunden gehört, daß die Untersuchungsrichter in den Jahren 1937 und 1945 wie Pferde schuften mußten. Er selbst war jedoch nie in einen derartigen Strudel gezogen worden und glaubte auch nicht recht daran. In guten Zeiten konnte man monatelang hinter dem Schreibtisch dösen. Im allgemeinen war der Arbeitsstil durch große Gemächlichkeit gekennzeichnet. Zu der natürlichen Behäbigkeit des satten Menschen kam noch die absichtliche, gezielte Langsamkeit, mit deren Hilfe man besser auf die Psyche des Gefangenen einwirken und von ihm Geständnisse erlangen konnte. Langsames Anspitzen der Bleistifte, das Auswählen von Feder und Papier sowie das geduldige Notieren von Protokollfloskeln und Daten zur Person. Diese die ganze Arbeit erfüllende Behäbigkeit wirkte sich äußerst günstig auf die Nerven aus und garantierte den Mitarbeitern des Sicherheitsdienstes ein langes Leben.
Nicht weniger schätzte Schikin die Form seiner Arbeit. Sie bestand im Grunde genommen einfach aus Berichterstattung, einer alles umfassenden Berichterstattung. Kein Gespräch endete als Gespräch, immer lief es darauf hinaus, daß eine Denunziation geschrieben, ein Protokoll unterzeichnet wurde – mit der schriftlichen Verpflichtung, keine falschen Aussagen zu machen. Gefragt waren gerade die geduldige Aufmerksamkeit und die Genauigkeit, die den Charakter Schikins kennzeichneten und durch die gewährleistet war, daß in all diesen Papieren kein Chaos entstand, daß sie richtig abgelegt oder abgeheftet wurden und daß jederzeit alles gefunden werden konnte. Schikin als Offizier brauchte die physische Arbeit des Abheftens der Papiere nicht auf sich zu nehmen, denn

das tat eine aus dem allgemeinen Sekretariat abgestellte und zu besonderer Geheimhaltung verpflichtete, hochaufgeschossene, halbblinde Jungfrau.
Am meisten aber schätzte es Schikin an der operativen Tschekistenarbeit, daß sie ihm Macht über andere Menschen verlieh, sein Allmachts-Bewußtsein stärkte und daß sie in den Augen der Leute als geheimnisumwittert galt.
Schikin fühlte sich geschmeichelt durch die Ehrerbietung, ja sogar Unterwürfigkeit, die ihm von seinen eigenen Mitarbeitern, die nur Tschekisten, nicht aber operativ eingesetzte Tschekisten waren, entgegengebracht wurde. Sie alle, auch Ingenieur-Oberst Jakonow, mußten Schikin auf Anhieb Rechenschaft über ihre Tätigkeit ablegen, während Schikin keinem von ihnen verantwortlich war. Wenn er mit finsterem Gesicht und kurzgeschorenem graumeliertem Kopf, seine große Aktentasche unter dem Arm, über die läuferbelegte Treppe schritt und die Mädchen vom MGB im Leutnantsrang ihm sogar auf dem breiten Teppich verlegen auswichen und sich beeilten, ihn zuerst zu grüßen, dann spürte Schikin stolz, was er wert war, was ihn vor allen auszeichnete.
Wenn man Schikin gesagt hätte – aber natürlich sagte es ihm nie jemand –, daß er Haß verdiene, daß er andere Menschen quäle, wäre er aufrichtig empört gewesen. Menschen zu quälen bereitete ihm kein Vergnügen und war auch nie sein Ziel. Gewiß, es gab solche Leute, er sah sie im Theater oder im Kino, diese Sadisten und leidenschaftlichen Folterknechte, in denen nichts Menschliches mehr war, doch das waren immer entweder Weißgardisten oder Faschisten. Schikin hingegen erfüllte nur seine Pflicht, und sein einziges Ziel war es, zu erreichen, daß niemand etwas Schädliches tat oder dachte.
Einmal fand man auf der Haupttreppe der Scharaschka, die sowohl von freien Mitarbeitern wie auch von Häftlingen benutzt wurde, ein kleines Paket und in ihm hundertfünfzig Rubel. Die zwei Leutnants des Technischen Dienstes, die das Geld gefunden hatten, konnten es weder verschwinden lassen noch heimlich den Besitzer ausfindig machen, weil jeder der Zeuge des anderen war. Aus diesem Grunde gaben sie ihren Fund bei Major Schikin ab.
Geld auf der Treppe, die von Häftlingen benutzt wird, Geld also zu Füßen derjenigen, denen Geld zu besitzen strengstens verboten war – das kam einem Haupt- und Staatsereignis gleich! Schikin aber bauschte die Angelegenheit nicht auf, sondern hängte eine Bekanntmachung an die Treppe:

›Derjenige, der auf der Treppe 150 Rubel
verloren hat, kann sie jederzeit
bei Major Schikin abholen.‹

Es war immerhin eine Menge Geld. Die Ehrfurcht und Angst vor Schikin waren jedoch so groß, daß Tage und Wochen vergingen, ohne daß jemand nach dem verlorenen Geld gefragt hätte. Der Anschlag verblich, verstaubte, und eine Ecke löste sich – bis schließlich jemand mit blauem Stift in Druckbuchstaben die Worte ›FRISS ES SELBST, DU HUND!‹ hinschrieb.
Der Diensthabende riß den Zettel ab und brachte ihn dem Major. Lange wanderte Schikin durch die Laboratorien und verglich dort die Farbtöne der Blaustifte. Die grobe, unverdiente Beschimpfung kränkte Schikin. Er hatte keineswegs die Absicht, sich fremdes Geld anzueignen. Viel lieber hätte er es gesehen, wenn der Besitzer zu ihm gekommen wäre und er eine entsprechende Akte hätte anlegen können, um diese dann auf allen ›Wachsamkeits-Versammlungen‹ durchzusprechen. So schenkte er es denn nach zwei Monaten jenem hochaufgeschossenen Mädchen mit den Glotzaugen, das einmal in der Woche seine Papiere abheftete.
Der Teufel wollte es, daß sich der bislang vorbildliche Familienvater Schikin plötzlich von dieser ihn um Haupteslänge überragenden Sekretärin mit ihren ungenutzten achtunddreißig Jahren und ihren groben, plumpen Beinen angezogen fühlte. Er entdeckte in ihr etwas Unerforschtes. Er konnte die Tage ihres Kommens kaum erwarten und wurde so leichtsinnig, daß er während einer Renovierung, also in einem provisorischen Kabinett, alle Vorsicht außer acht ließ. Zwei Häftlinge, ein Zimmermann und ein Stukkateur, konnten durch eine Ritze hindurch einiges hören und sogar sehen. Das sprach sich bald herum und versetzte die Häftlinge in die Lage, sich über ihren Seelenhirten lustig zu machen. Sie wollten sogar einen Brief an die Frau Schikins schreiben, kannten aber nicht ihre Anschrift. Statt dessen zeigten sie dann Schikin bei seinem Vorgesetzten an.
Den operativen Bevollmächtigten zu stürzen, gelang ihnen aber nicht. Generalmajor Oskolupow erteilte zwar Schikin einen Verweis, aber nicht wegen seiner Beziehungen zur Sekretärin – das war lediglich eine Frage der moralischen Prinzipien der Betroffenen – und auch nicht deswegen, weil die Beziehungen während der Dienstzeit praktiziert worden waren, sondern nur, weil zehn Häftlinge davon erfahren hatten.
Montag, den 26. Dezember, kam Major Schikin, der sich einen freien Sonntag genehmigt hatte, kurz nach zehn Uhr zur Arbeit. Aber sogar wenn er erst zur Mittagszeit erschienen wäre, hätte ihm keiner Vorhaltungen machen können.
Im dritten Stock, gegenüber dem Kabinett Jakonows, befand sich ein ganz kurzer, nie beleuchteter Seitenkorridor mit zwei Türen. Die eine führte in Schikins Kabinett, die andere ins Parteibüro. Beide Türen waren mit schwarzem Leder gepolstert und hatten keine Aufschriften. Diese Nachbarschaft der beiden Türen im dunklen Korridor war für

Schikin äußerst vorteilhaft, denn so konnte vom großen Gang aus nicht beobachtet werden, wer wohin verschwand.
Als er sich heute seinem Kabinett näherte, stieß Schikin auf den Sekretär des Parteikomitees, Stepanow, einen kranken und mageren Menschen, dessen Brillengläser bleiern glänzten. Man wechselte einen Händedruck, wobei Stepanow mit leiser Stimme vorschlug:
»Genosse Schikin . . .« – er redete niemanden mit Vor- und Vatersnamen an – ». . . laß uns ein Spielchen machen.«
Es ging um das Billard im Parteibüro. Schikin war hin und wieder für ein Spiel zu haben, aber heute harrten seiner viele wichtige Dinge. Würdevoll schüttelte er daher sein silbergraues Haupt.
Stepanow seufzte und ging, um für sich allein zu spielen.
Schikin betrat sein Kabinett und bettete die Aktentasche pedantisch auf den Tisch. Alle Papiere Schikins waren geheim oder streng geheim, lagen im Safe und wurden nie aus dem Raum hinausgebracht. Ohne Aktentasche zu gehen, hätte aber keinen Eindruck gemacht. Darum nahm er stets in der Aktentasche die Zeitschriften ›Ogonjok‹, ›Krokodil‹ und ›Rund um die Welt‹ mit nach Hause, obwohl es ihn nur Kopeken gekostet hätte, sie selbst zu abonnieren.
Schikin trat über den Teppich zum Fenster, verharrte dort kurz und ging zurück zur Tür. Unzählige Gedanken schienen auf ihn gewartet zu haben, versteckt hier im Kabinett, hinter dem Safe, hinter dem Schrank, hinter dem Diwan. Jetzt plötzlich umringten sie ihn alle und heischten seine Aufmerksamkeit.
Arbeit und nochmals Arbeit!
Erstens mußte er ein Projekt überprüfen, das er im Laufe mehrerer Monate ausgearbeitet hatte, das auch von Jakonow gebilligt und weiterempfohlen und bereits in den Laboratorien durchdiskutiert worden war, das aber immer noch nicht richtig funktionierte. Es ging um eine neue Regelung für die Handhabung geheimer Journale. Sorgsam die Situation in bezug auf Geheimhaltung und Sicherheit des Mawrino-Instituts analysierend, hatte Major Schikin festgestellt – und war sehr stolz, es erkannt zu haben –, daß es im Grunde genommen immer noch keine richtige Geheimhaltung gab. Gewiß, in jedem Raum standen mannshohe feuerfeste Stahlschränke, insgesamt fünfzig an der Zahl, irgendwann als Beutegut herbeigeschafft. In diese Schränke wurden auch alle geheimen, halbgeheimen und geheimnisbenachbarten Dokumente in Gegenwart der diensthabenden Offiziere für die Mittagspause, die Abendbrotpause und die Nacht eingeschlossen. Die tragische Unterlassung bestand jedoch darin, daß nur beendete und bereits begonnene Arbeiten derart gesichtet wurden. Alles andere, die primären Gedankenblitze, die ersten Mutmaßungen und unausgegorenen Vorschläge, also

gerade das, woraus die Arbeit des kommenden Jahres erwachsen sollte, das wirklich Zukunftsträchtige wurde noch nicht in die Stahlschränke gesperrt. Ein geschickter Spion, der in der Technik Bescheid wußte, brauchte nur durch den Stacheldrahtzaun in die Zone einzudringen, in der Abfallkiste altes Löschpapier mit entsprechenden Entwürfen oder Zeichnungen zu finden und dann die Zone wieder zu verlassen — schon hätte die amerikanische Spionage die erhofften Angaben über die Richtung unserer Arbeit. Gewissenhaft wie er war, hatte Major Schikin Spiridon einmal gezwungen, in seiner Gegenwart den gesamten Inhalt der Abfallkiste auf dem Hof auszubreiten. Dabei fanden sich zwei durchnäßte, mit Schnee und Asche zusammengefrorene Blätter, auf denen verwischte Zeichnungen zu erkennen waren. Schikin machte sich nichts daraus, diesen Dreckfetzen an einer Ecke aufzuheben und ihn Jakonow auf den Tisch zu legen. Für diesen gab es nun keine Ausrede mehr, und Schikins Projekt, namentlich gekennzeichnete geheime Journale einzuführen, wurde angenommen. Passende Kladden wurden unverzüglich aus den Lagerbeständen des MGB besorgt. Sie enthielten zweihundert große Seiten, waren numeriert, gebunden und konnten versiegelt werden. Außer den Schlossern, Drehern und dem Hofarbeiter sollte jetzt jeder ein derartiges Journal erhalten. Dabei wurde zur Pflicht gemacht, für Aufzeichnungen hinfort nur noch diese Kladde zu benutzen. Neben der Abschaffung der womöglich verhängnisvollen Schmierblätter ergab sich noch ein zweiter wichtiger Gesichtspunkt: damit war die Gedankenkontrolle verwirklicht! Da täglich das Datum eingetragen werden mußte, konnte Major Schikin jetzt bei jedem beliebigen Gefangenen überprüfen, wieviel er am Mittwoch gedacht hatte und ob ihm am Freitag etwas Neues eingefallen war. Zweihundertfünfzig derartige Journale verwandelten sich damit in zweihundertfünfzig zusätzliche Schikins, die nun unablässig über dem Kopf eines jeden Arrestanten baumelten. Häftlinge sind ja immer durchtrieben und faul, dauernd bemüht, nach Möglichkeit nicht zu arbeiten. Einen Handarbeiter kann man an seiner Produktion überprüfen. Die Erfindung Major Schikins ermöglichte es nun, auch die Arbeitsleistung der Ingenieure und Wissenschaftler zu kontrollieren. Ein Jammer, daß an operative Sicherheitsoffiziere keine Stalinpreise verliehen wurden! Heute nun mußte Schikin überprüfen, ob die Journale bereits ausgegeben und in Gebrauch genommen worden waren.

Die andere Tagesaufgabe Schikins bestand darin, die Liste der Gefangenen abzuschließen, deren Abtransport von der Gefängnisverwaltung für diese Tage geplant war, und festzustellen, wann die Waggons angeliefert werden würden.

Darüber hinaus war Schikin noch mit einer Angelegenheit beschäftigt, die er mit viel Elan angefangen, aber dann nur schleppend vorangetrieben hatte. Es war der Fall ›Zerbrochene Drehbank‹. Als zehn Häftlinge diese Bank aus dem Laboratorium Nr. 3 in die mechanische Werkstatt transportierten, hatte ihr Rahmen einen Sprung bekommen. Im Laufe einer Woche waren bereits achtzig Seiten Protokoll verfaßt worden, ohne daß die Wahrheit geklärt werden konnte. Keiner der beteiligten Häftlinge war ein Neuling.

Und schließlich mußten auch noch Nachforschungen angestellt werden, woher das Buch von Dickens kam. Doronin hatte ihm hinterbracht, daß es im halbrunden Zimmer, insbesondere von Adamson, gelesen worden war. Adamson, einen Rückfälligen, selbst zum Verhör zu rufen, wäre Zeitverlust gewesen. Besser schon, man lud die freien Mitarbeiter seiner Umgebung vor und schüchterte sie sofort mit dem Hinweis ein, daß alles entdeckt worden sei.

Derartiges stand Schikin heute bevor, und dabei wußte er noch nicht einmal, was seine Zuträger ihm berichten würden. Er ahnte nicht, daß er sich mit einer Verspottung der Rechtsprechung in Form eines Theaterstückes ›Fürst Igor wird gerichtet‹ würde auseinandersetzen müssen. Verzweifelt rieb sich Schikin Schläfen und Stirn, um damit den Ansturm seiner Gedanken irgendwie zur Ruhe zu bringen.

Unschlüssig, womit er beginnen sollte, begab sich Schikin unters Volk, das heißt, er ging ein wenig auf den Korridor hinaus. Dort hoffte er, einen seiner Zuträger zu treffen, der ihm mit einer Bewegung der Augenbraue zu verstehen geben würde, daß er mit einer Denunziation dienen könne, einer so dringenden, daß sie nicht bis zum festgesetzten Berichtstag zurückgehalten werden dürfe.

Doch kaum war er bis zum Tisch des Diensthabenden gekommen, als er Zeuge eines Telefongespräches über irgendeine neue Gruppe wurde.

Wieso war ein derartig schneller Fluß der Dinge möglich? Sollte sich am Sonntag in Schikins Abwesenheit im Institut eine neue Gruppe gebildet haben?

Der Diensthabende berichtete.

Es war ein harter Schlag! Der Stellvertretende Minister war dagewesen, dazu Generale, und Schikin hatte gefehlt! Ärger überwältigte den Major. Das würde vielleicht dem Minister zur Vermutung Anlaß geben, daß Schikin sich nicht vor Wachsamkeit verzehre! Auch hatte er nicht rechtzeitig davor warnen oder davon abraten können, diesen verfluchten Rubin in eine so wichtige und verantwortungsbeladene Gruppe aufzunehmen, diesen doppelzüngigen und durch und durch falschen Kerl, der Stein und Bein schwört, an den Sieg des Kommunismus zu glauben und sich trotzdem weigert, Zuträgerdienste zu leisten. Und dann noch dieser demonstrative Bart! Dieser Schurke, dieser Vasco da Gama! Abrasieren!

In mäßiger Eile, die Füßchen in den Knabenschuhen vorsichtig voreinander setzend, begab sich der leicht wasserköpfige Schikin zum Zimmer Nr. 21.
Es gab übrigens auch ein Druckmittel gegen Rubin. Erst kürzlich hatte dieser wieder, wie er es zweimal im Jahr zu tun pflegte, beim Obersten Gericht um Wiederaufnahme seines Verfahrens nachgesucht. Von Schikin hing es nun ab, ob er diesem Gesuch eine lobende Charakteristik beifügte oder aber – wie die vergangenen Male – eine vernichtend negative.
Die Tür zum Zimmer Nr. 21 war kompakt, ohne Glasscheiben. Der Major versuchte sie aufzustoßen, aber sie war verschlossen. Er klopfte. Obwohl man keine Schritte hörte, öffnete sie sich plötzlich. Smolossidow mit seinem unangenehmen schwarzen Schopf stand in der Tür. Beim Anblick Schikins bewegte er sich nicht und machte auch die Tür nicht weiter auf.
»Guten Tag«, sagte Schikin, eines solchen Empfangs ungewohnt, etwas unsicher. Smolossidow war als operativer Tschekist noch gewissenhafter als Schikin selber.
Der schwarze Smolossidow stand mit leicht angewinkelten, zurückgenommenen Armen da, den Kopf wie ein Boxer leicht geneigt – und schwieg.
»Ich ... ich ...« Schikin war verwirrt. »Lassen Sie mich hinein, ich möchte Ihre Gruppe kennenlernen.«
Smolossidow trat einen halben Schritt zurück, versperrte weiterhin den Zugang zum Zimmer und winkte Schikin heran. Schikin drängte sich durch den Türspalt und folgte mit den Blicken Smolossidows Zeigefinger. An der Innenseite der Tür war ein Zettel befestigt:

Verzeichnis der Personen, die das Zimmer Nr. 21 betreten dürfen.

1. Stellv. Minister MGB – Sewastjanow
2. Abteilungsleiter – Gen. Major Bulbanjuk
3. Abteilungsleiter – Gen. Major Oskolupow
4. Gruppenleiter – Ing. Major Roitman
5. Leutnant Smolossidow
6. Häftling Rubin

Bestätigt: Minister für Staatssicherheit
Abakumow

Mit ehrfürchtigem Schauder zog sich Schikin auf den Gang zurück.
»Könnten Sie mir bitte ... Rubin herausrufen«, sagte er flüsternd.
»Nein!« lehnte, ebenfalls flüsternd, Smolossidow ab. Und schloß die Tür.

72

Der hauptamtliche Sekretär

Zu Beginn hatte die Gewerkschaft im Leben der freien Mitarbeiter von Mawrino eine große und grundsätzliche Rolle gespielt. Dann aber erfuhr davon ein so hochgestellter Genosse, daß es schon peinlich war, ihn mit Genosse anzureden, und sagte: »Was soll das?« Die Anrede ›Genossen‹ unterließ er, um Untergebene nicht zu verwöhnen. »Mawrino ist ein militärisches Objekt. Was soll dort eine Gewerkschaft? Wissen Sie, wonach das riecht?«

Noch am selben Tag wurde die Gewerkschaft in Mawrino aufgelöst.

Erschütterungen im Leben von Mawrino gab es dadurch nicht.

Wohl aber gewann die Parteiorganisation jetzt noch größere Bedeutung. Und deshalb erachtete man es im Gebietskomitee der Partei schon bald für notwendig, in Mawrino einen hauptamtlichen Parteisekretär einzusetzen. Nach Durchsicht einiger von der Kaderabteilung gelieferter Unterlagen entschloß sich das Gebietskomitee, für diesen Posten vorzuschlagen:

Stepanow, Boris Sergejewitsch, geboren 1900 im Dorf Lupatschi, Kreis Bobrowsk; soziale Herkunft – kleinbäuerlich; nach der Revolution ländlicher Milizionär; kein Beruf; soziale Stellung – Angestellter; Bildung – vier Klassen Volksschule und zwei Klassen Parteischule; Parteimitglied seit 1921; in der Parteiarbeit seit 1923; keine Abweichungen von der Parteilinie; keine Beteiligung an oppositionellen Gruppen; in Streitkräften und Dienststellen der Weißen Regierung nicht gedient; keine Teilnahme an revolutionären oder Partisanenbewegungen; nie im besetzten Gebiet gewesen; nie im Ausland gewesen; keine Fremdsprachen; keine Sprache anderer Völker der Sowjetunion; Kopfverletzung; Orden ›Roter Stern‹ und Medaille ›Für den Sieg über Deutschland im Vaterländischen Krieg‹.

Als das Gebietskomitee Stepanow empfahl, befand sich dieser gerade als Ernte-Agitator im Kreis Wolokolamsk. Er nutzte jede freie Minute der Kolchosbauern aus, ganz gleich, ob sie sich nun zum Mittagessen niederließen oder eine Rauchpause einlegten; sofort versammelte er sie auf dem Feld um sich und berief sie auch noch abends ins Verwaltungsgebäude, um ihnen unermüdlich klarzumachen, daß es wichtig sei, jedes Jahr zu säen und dabei auf die Qualität des Saatgutes zu achten; daß man möglichst mehr Getreide ernten solle, als man gesät habe; daß die Ernte ohne Verluste oder Diebstähle eingebracht und unverzüglich an den Staat abgeliefert werden müsse. Sich keine Rast gönnend, begab er sich unmittelbar anschließend zu den Traktoristen und erläuterte ihnen, wie wichtig es sei, Kraftstoff zu sparen und sorgfältig mit dem Material umzugehen, und daß Arbeitsausfälle absolut unzulässig seien. Unwillig äußerte er sich dabei auch zu den Klagen über die mangelhafte Qualität der Reparaturen sowie das Fehlen von Arbeitskleidung.

Inzwischen hatte sich die Vollversammlung der Parteiorganisation Mawrino leidenschaftlich dem Vorschlag des Gebietskomitees angeschlossen und einstimmig Stepanow zu ihrem hauptamtlichen Sekretär gewählt, ohne ihn je gesehen zu haben. Etwa zur gleichen Zeit wurde ein Genossenschaftsangestellter, der im Kreise Jegorjewsk wegen Unterschlagungen hatte abgesetzt werden müssen, als Agitator in den Kreis Wolokolamsk geschickt. In Mawrino aber richtete man derweilen neben dem Kabinett des Operativen Bevollmächtigten einen Arbeitsraum für Stepanow her, so daß dieser seine leitende Tätigkeit aufnehmen konnte.

Er begann damit, daß er sich die Geschäfte von seinem Vorgänger, dem nicht-hauptamtlichen Sekretär, übergeben ließ. Es war der Leutnant Klykatschow, ein magerer Mensch, und das wahrscheinlich deshalb, weil er zappelig war und sich nie Ruhe gönnte. Er hatte es fertigbekommen, das Chiffrier-Labor zu leiten, die kryptographische sowie die statistische Gruppe zu kontrollieren, ein Seminar für den Komsomol abzuhalten, die Seele der ›jungen Gruppe‹ zu sein und bei allem noch als Sekretär des Parteikomitees zu arbeiten. Obwohl die Führung ihn als anspruchsvoll und die Untergebenen ihn als Geißel bezeichneten, hatte sein Nachfolger Stepanow sofort den Verdacht, daß die Sache der Partei im Mawrino-Institut vernachlässigt worden sei.

Und so war es auch.

Es begann die Übergabe. Sie dauerte eine Woche. Ohne das Kabinett zu verlassen, prüfte Stepanow alles, bis zum letzten Stück Papier. Jedes Parteimitglied lernte er zuerst aus der Personalakte und auf der Fotografie kennen und erst später in Natur. Klykatschow verspürte die Hand des neuen Sekretärs als schwere Last.

Ein Versäumnis nach dem anderen wurde aufgedeckt. Ganz abgesehen von der Unvollständigkeit der Fragebogen und Personalakten, und gar nicht zu reden von dem Fehlen detaillierter Charakteristiken eines jeden Mitglieds und jedes Kandidaten, stellte sich ganz allgemein eine fehlerhafte Einstellung zu getroffenen Maßnahmen heraus: man hatte zwar vieles durchgeführt, es aber versäumt, das Durchgeführte aktenmäßig zu erfassen. Dadurch wurden die Maßnahmen an sich illusorisch.

»Wer wird es glauben? Wer glaubt Ihnen jetzt, daß diese Maßnahmen tatsächlich durchgeführt wurden?« rief Stepanow aus, indem er beschwörend die Hand mit der brennenden Zigarette über seinen kahlen Kopf hob.

Geduldig setzte er Klykatschow auseinander, daß alles nur auf dem *Papier* getan worden sei, denn es konnte nur durch Worte bestätigt werden, und nicht in der *Tat*, da es sich nicht schriftlich auf Papier niedergeschlagen habe.

»Was für einen Sinn hat es beispielsweise, daß sich die Sportler des Instituts...« – es waren natürlich nicht die Gefangenen gemeint – »...in jeder Mittagspause dem Volleyball-Spiel hingeben und dabei noch die Angewohnheit haben, ihr Spiel bis in die Arbeitszeit hinein fortzusetzen? Vielleicht verhält es sich wirklich so, vielleicht spielen sie tatsächlich, aber weder Sie noch ich noch sonst eine Kontrollperson werden sich auf den Hof bemühen und nachsehen, ob der Ball dort hin- und herfliegt. Warum können diese Volleyball-Spieler, die so viele Spiele absolviert und dabei soviel Erfahrung gesammelt haben, ihre Eindrücke nicht in einer Sport-Wandzeitung, vielleicht im ›Roten Ball‹ oder in der ›Ehre des Dynamo-Spielers‹ publizieren?«

Wenn er, Klykatschow, dann eine solche Wandzeitung schön ordentlich abnehmen und den Parteiunterlagen beifügen würde, könnten bei keiner Inspektion Zweifel daran aufkommen, daß das Unternehmen ›Volleyball-Spiel‹ tatsächlich durchgeführt und von der Partei geleitet worden sei. Wer aber würde allein den Worten Klykatschows Glauben schenken?

So war es überall und mit allem. »Worte sind Schall und Rauch!« Mit diesem modifizierten tiefsinnigen Ausspruch machte sich Stepanow an die Arbeit.

Ebenso wie ein Priester niemals glaubt, daß jemand bei der Beichte lügen würde, hielt es auch Stepanow für undenkbar, daß in schriftlichen Unterlagen Erlogenes stehen könne.

Klykatschow mit seinem engen Kopf und langen Hals dachte nicht daran, mit Stepanow zu streiten. Vielmehr begegnete er ihm immer mit unverhohlen dankbarem Blick, erklärte sich mit ihm eines Sinnes und ließ sich von ihm belehren. Auch Stepanow wurde Klykatschow gegenüber sehr bald sanfter und bewies damit, daß er kein schlechter Mensch war. Aufmerksam lauschte er den Bedenken Klykatschows, die dieser im Zusammenhang damit äußerte, daß an der Spitze eines so wichtigen und geheimen Instituts der Ingenieur-Oberst Jakonow stehe, ein Mensch, nicht nur mit recht zweifelhaften Personalangaben, sondern ganz einfach ein früherer Feind. Stepanow wurde merklich vorsichtiger. Er machte Klykatschow zu seiner rechten Hand, forderte ihn auf, häufiger ins Parteibüro zu kommen, und ließ ihn gnädig am reichen Schatz seiner Erfahrungen teilhaben.

So lernte Klykatschow den neuen Parteisekretär schneller und näher kennen als alle anderen. In seiner bissigen Art hatte er ihm den Namen

›Hirte‹ gegeben, ein Ausdruck, der von den ›Jungen‹ aufgegriffen wurde. Es war aber auch Klykatschows Verdienst, daß sich die Beziehungen zwischen dem ›Hirten‹ und den ›Jungen‹ nicht schlecht entwickelten. Sie begriffen bald, daß es für sie viel bequemer war, als Parteiorganisator jemanden zu haben, der sich nicht offen auf ihre Seite schlug, sondern einen außenstehenden, leidenschaftslosen Mann des Gesetzes.
Und Stepanow war ein Mann des Gesetzes! Wenn man ihm sagte, daß man mit irgend jemandem Mitleid haben müsse, daß man dem einen oder anderen nicht mit der ganzen Strenge des Gesetzes begegnen dürfe, sondern Nachsicht üben solle, dann zogen sich schmerzliche Falten über seine Stirn, die hoch war, weil kein Haar seinen Scheitel bedeckte, und seine Schultern krümmten sich wie unter der Last einer neuen Bürde. Flammen der glühenden Überzeugung verliehen ihm jedoch wieder die Kraft, sich zu straffen. Während die Spiegelbilder der Fenster als kleine weiße Quadrate über seine bleistumpfen Brillengläser huschten, musterte Stepanow einen Gesprächspartner nach dem anderen mit scharfem Blick.
»Genossen, Genossen! Was höre ich? Daß euch das Wort nicht im Halse steckenbleibt! Bedenkt, das Gesetz muß geachtet werden! Es muß geachtet werden, so schwer es euch auch fällt! Es muß geachtet werden mit letzter Kraft! Und nur so und nur dadurch könnt ihr wirklich demjenigen helfen, um dessentwillen ihr das Gesetz beugen wolltet! Das Gesetz ist nämlich so abgefaßt, daß es sowohl der Gesellschaft wie dem einzelnen Menschen dient, auch wenn wir das häufig nicht verstehen und es aus Blindheit umgehen wollen!«
Stepanow seinerseits war mit den ›Jungen‹ und deren eifriger Beteiligung an Parteiversammlungen und Parteikritik ebenfalls zufrieden. In ihnen sah er den Kern jenes *gesunden Kollektivs,* das er an jeder neuen Arbeitsstelle zu schaffen bestrebt war. Wenn ein Kollektiv die Gesetzesbrecher aus seiner eigenen Mitte der Führung nicht preisgab, wenn ein Kollektiv sich auf den Versammlungen ausschwieg, so wurde es von Stepanow wohlbegründet als *ungesund* bezeichnet. Wenn sich hingegen das Kollektiv geschlossen auf eines seiner Glieder stürzte, und zwar auf jenes, auf das es sich stürzen mußte, dann war es in den Augen Stepanows und der über ihm Stehenden *gesund.*
Stepanow hatte viele derartig festgelegte Vorstellungen, von denen er sich nicht trennen konnte. Beispielsweise war für ihn eine Versammlung undenkbar ohne abschließende donnernde Resolution, in der einzelne Glieder des Kollektivs gegeißelt wurden, die aber gleichzeitig auch das Kollektiv als Ganzes für neue Produktionssiege mobilisierte. Besonders schätzte er ›offene‹ Parteiversammlungen, zu denen auch alle Parteilosen erschienen. Die konnte man schonungslos abkanzeln, und das um so mehr, als sie kein Stimmrecht hatten und sich nicht verteidigen konn-

ten. Mitunter ließen sich dann vor der Abstimmung beleidigte oder gar empörte Stimmen vernehmen: »Was soll das? Ist das eine Versammlung oder ein Gericht?«

»Erlauben Sie, Genossen, erlauben Sie!« Gebieterisch pflegte Stepanow jeden beliebigen Redner oder sogar den Vorsitzenden der Versammlung zu unterbrechen. Schnell schüttete er sich noch mit zitternder Hand ein Pulver in den Mund, denn seit seiner Kopfverletzung verursachte ihm jegliche Aufregung starke Kopfschmerzen – und er regte sich immer auf, wenn die Wahrheit in Frage gestellt wurde. Dann trat er in die Mitte des Zimmers, direkt unter das Oberlicht, so daß die großen Schweißtropfen auf seinem hohen kahlen Schädel deutlich sichtbar wurden. »Soll das bedeuten, daß Sie gegen Kritik und Selbstkritik sind?« Und entschlossen mit der Faust in die Luft hämmernd, als wolle er seine Gedanken in die Köpfe der Hörer hineinschlagen, begann er mit seiner Erklärung: »Selbstkritik ist das oberste, vorwärtstreibende Gesetz unserer Gesellschaft, der stärkste Motor des Fortschritts! Es ist an der Zeit zu begreifen, daß wir, wenn wir die Mitglieder unseres Kollektivs kritisieren, es nicht deshalb tun, um Gericht über sie zu halten, sondern, weil wir damit jeden Arbeiter in jeder Minute in dauernder schöpferischer Spannung halten wollen! Da kann es keine zwei Meinungen geben, Genossen! Gewiß, wir brauchen nicht jede Kritik, das stimmt! Wir brauchen eine *sachliche* Kritik, das heißt eine Kritik, die die erfahrenen leitenden Kader nicht tangiert! Wir werden die Freiheit der Kritik nicht verwechseln mit der Freiheit des kleinbürgerlichen Anarchismus!«

Dann griff er jedesmal nach der Wasserkaraffe und schluckte ein zweites Pulver.

Und immer geschah es, daß sich das gesamte gesunde Kollektiv, einschließlich derer, die von der Resolution gegeißelt, wenn nicht vernichtet wurden – wegen ›verbrecherisch-nachlässiger Einstellung zur Arbeit, an Sabotage grenzender Nichteinhaltung der Termine‹ –, einstimmig für die Annahme der Resolution aussprach.

Hin und wieder kam es sogar vor, daß Stepanow, obwohl er gründlich ausgearbeitete, allumfassende Resolutionen liebte und glücklicherweise auch immer im voraus den Inhalt der zu erwartenden Erklärungen sowie die endgültige Meinung der Versammlung kannte, dennoch keine Zeit gefunden hatte, die vollständige Resolution schon *vor* der Versammlung aufzusetzen. In diesen Fällen trocknete sich der hauptamtliche Sekretär nach den Worten des Vorsitzenden: »Das Wort zur Verlesung des Entwurfes der Resolution hat jetzt der Genosse Stepanow«, den Schweiß von Stirn und Glatze und sagte: »Genossen! Ich war sehr beschäftigt und konnte darum einige Einzelheiten, Namen und Tatsachen in dem Entwurf noch nicht genau präzisieren«; oder:

»Genossen! Ich wurde zur Verwaltung gerufen und habe daher den Entwurf der Resolution noch nicht fertiggestellt«, und in beiden Fällen: »Ich bitte deshalb, schon jetzt über die Resolution als *Ganzes* abzustimmen. Ich werde sie morgen in meiner freien Zeit ausarbeiten.«
Und das Kollektiv von Mawrino erwies sich als so gesund, daß seine Mitglieder ohne Murren die Hände hoben, obwohl sie nicht wußten und es auch nie erfuhren, wer im einzelnen in dieser Resolution getadelt und wer gelobt wurde.
Die Stellung des neuen Parteiorganisators wurde auch dadurch gestärkt, daß er sich niemals die Schwäche allzu enger Beziehungen gestattete. Alle nannten ihn ehrerbietig ›Boris Sergejewitsch‹. Er nahm das als selbstverständlich hin, redete aber selbst keinen in Mawrino mit dem Vor- und Vatersnamen an. Selbst im Eifer des Billardspiels, dessen Tuch im Parteibüro ewig grünte, blieb er förmlich.
»Stell die Kugel aus, Genosse Schikin!«
»Weg von der Bande, Genosse Klykatschow!«
Überhaupt liebte es Stepanow nicht, daß an seine höheren und besseren Gefühle appelliert wurde. Gleichzeitig unterließ er es auch, ähnliche Gefühle in anderen anzusprechen. Spürte er daher im Kollektiv Unzufriedenheit oder irgendeinen Widerstand gegen seine Maßnahmen, so versuchte er nicht lange zu überreden oder zu überzeugen, sondern nahm ein großes, reines Blatt Papier und schrieb mit dicken Buchstaben darauf: ›Den nachstehend genannten Genossen wird nahegelegt, bis zu dem-und-dem Zeitpunkt das-und-das zu tun.‹ Dann liniierte er das Blatt nach dem Schema: laufende Nummer, Namen, Kenntnisnahme, und beauftragte die Sekretärin, es in Umlauf zu geben. Die aufgeführten Genossen konnten über das indifferente weiße Papier noch so erbittert sein – sie mußten doch unterschreiben und, nachdem sie unterschrieben hatten, das Aufgetragene auch erledigen.
Als hauptamtlicher Parteisekretär war Stepanow nicht nur von sonstiger Arbeit befreit, sondern ebenso auch von dem Zweifel und der Gefahr, sich im Dunkeln zu verirren. Im Rundfunk brauchte nur verkündet zu werden, daß es kein heldenhaftes Jugoslawien mehr gebe, sondern lediglich eine Tito-Clique – und schon fünf Minuten später gab Stepanow diese Nachricht mit soviel Nachdruck und solcher Überzeugungskraft weiter, als wäre er nach jahrelangem Ringen selbst darauf gekommen. Und wenn jemand ihn schüchtern auf den Widerspruch zwischen den gestrigen und den heutigen Instruktionen hinwies, auf die schlechte Versorgung des Instituts, auf die mangelhafte Qualität der sowjetischen Apparate oder auf die schlechten Wohnverhältnisse, dann konnte der hauptamtliche Sekretär sogar lächeln. Seine Augen leuchteten auf, als freuten sie sich über das wohlbekannte Sprüchlein, das jetzt aufzusagen war:

»Was soll man da schon sagen, Genossen. Das sind Koordinierungsschwierigkeiten zwischen den Behörden. Aber zweifellos gibt es auch auf diesem Gebiet schon einen Fortschritt, das werden Sie nicht abstreiten können!«
Dennoch war auch Stepanow nicht frei von einigen, freilich harmlosen, menschlichen Schwächen. So gefiel es ihm beispielsweise, wenn seine Vorgesetzten ihn lobten und wenn sich einfache Parteimitglieder an seiner Erfahrenheit begeisterten. Es gefiel ihm vor allem deshalb, weil Lob und Begeisterung berechtigt waren. Er trank auch Wodka, aber nur dann, wenn er zu einem Glas eingeladen wurde oder wenn es sonst irgendwie nichts kostete. Dabei versäumte er niemals, darauf hinzuweisen, daß Wodka für seine Gesundheit von tödlichem Schaden sei. Aus diesem Grunde kaufte er auch nie selbst welchen und bot auch nie jemandem Wodka an. – Andere Fehler hatte er nicht.
Die ›Jungen‹ diskutierten gelegentlich über den ›Hirten‹. Roitman meinte:
»Liebe Freunde! Er ist ein Prophet aus der Tiefe des Tintenfasses. Seine Seele ist ein Stück bedrucktes Papier. Solche Leute sind in der Übergangsperiode unvermeidlich.«
Klykatschow lächelte schief.
»Ihr Unschuldslämmer! Wenn wir dem mal zwischen die Zähne kommen, frißt er uns mit Haut und Haaren. Glaubt nicht, daß er dumm ist. Im Lauf von fünfzig Jahren hat er gelernt zu leben. Eurer Ansicht nach hat es keine Bedeutung, daß es auf jeder Versammlung Anprangerungen gibt. Aber damit schreibt er die Geschichte von Mawrino! Vorsorglich häuft er Material an. Bei jedem beliebigen Umschwung wird sich jede beliebige Inspektion davon überzeugen müssen, daß der hauptamtliche Sekretär rechtzeitig gewarnt und die Öffentlichkeit alarmiert hat.«
In der engagierten Beurteilung Klykatschows erschien Stepanow als verschlossener Intrigant, dem jedes Mittel recht war, wenn es ihm nur half, seine drei Söhne hochzubringen.
Diese drei Söhne saßen ihm immer im Nacken und verlangten unablässig Geld. Alle drei hatte er auf die Historische Fakultät geschickt. Seine Rechnung wäre aufgegangen, wenn nicht eine völlige Übersättigung mit Historikern an sämtlichen Schulen, technischen Lehranstalten und Kurzlehrgängen eingetreten wäre – zuerst in Moskau, dann im Moskauer Gebiet und schließlich bis hin zum Ural. Der erste machte sein Examen und war dann nicht in der Lage, seine Eltern zu unterstützen, denn er mußte nach Chanty-Mansijsk. Dem zweiten wurde bei der Verteilung Ulan-Ude angeboten, und wenn der dritte soweit wäre, würde er kaum etwas Näheres als Borneo finden können.
Um so hartnäckiger klammerte sich der Vater an seinen Posten und die

kleine Hütte am Stadtrand von Moskau mit den 120 Quadratmetern Gartenland, den Sauerkrauttonnen und den zwei oder drei Schweinen, die dort gefüttert wurden. Die Frau Stepanows, eine nüchterne und vielleicht sogar etwas rückständige Person, sah in der Aufzucht der Schweine ihren Lebensinhalt und den Grundstock des Familienbudgets. Am gestrigen Sonntag hatte sie sich nicht davon abbringen lassen, mit ihrem Mann aufs Land zu fahren, um dort ein Ferkel zu kaufen. Wegen dieser, übrigens erfolgreichen Aktion war Stepanow gestern nicht zur Arbeit gekommen, obwohl sein Herz nicht bei dem Ferkelkauf, sondern in Mawrino gewesen war, wohin es ihn nach dem Gespräch vom Samstag ganz besonders zog.

Am Samstag hatte Stepanow in der Politischen Verwaltung einen schweren Schock bekommen. Ein Mitarbeiter, sehr hochgestellt, aber ungeachtet seiner sorgenvollen Verantwortung außerordentlich wohlgenährt, so um die zwei Zentner schwer, betrachtete sich die magere, bebrillte Nase Stepanows und fragte in nachlässigem Bariton:

»Na, Stepanow, wie sieht es bei dir mit den Judäern aus?«

»Mit den Ju . . ., mit wem?« Stepanow spitzte die Ohren.

»Mit den Judäern.« Als er die völlige Ratlosigkeit seines Gesprächspartners bemerkte, erklärte er näher:

»Nun, mit den Jidden natürlich.«

Derart überfahren und voller Angst, dieses zweischneidige Wort zu wiederholen, dessen Gebrauch einem noch vor kurzem zehn Jahre wegen antisowjetischer Agitation einbrachte, murmelte Stepanow vage:

»Es gibt welche.«

»Nun, und was hast du mit ihnen vor?«

In diesem Augenblick läutete das Telefon, der hochgestellte Genosse ergriff den Hörer und sprach nicht mehr mit Stepanow.

Verwirrt ging Stepanow in der Verwaltung den Stapel sämtlicher Instruktionen und Anordnungen durch, aber alle schwarzen Buchstaben auf weißem Papier vermieden vorsichtig die judäische Frage.

Den ganzen Sonntag über, während der Fahrt nach dem Ferkel, mußte er immer wieder nachdenken und sich dabei verzweifelt die Brust kratzen. Offenbar wurde er alt, sein Spürsinn ließ nach! Wie hätte er auch darauf kommen sollen, da er sich im Laufe langer Jahre daran gewöhnt hatte, daß die Juden der Sache stets besonders ergeben waren. Und jetzt diese Schande! Der erfahrene Parteiarbeiter Stepanow hatte nicht nur eine wichtige neue Kampagne verschlafen, sondern hatte sich indirekt sogar selbst in die Intrigen der Feinde verwickeln lassen. Denn diese ganze Gruppe Roitman – Klykatschow . . .

Völlig durcheinander kam Stepanow am Montagmorgen zur Arbeit. Nachdem Schikin es abgelehnt hatte, mit ihm Billard zu spielen, wobei

Stepanow ihn ein wenig hatte ausholen wollen, schloß sich der hauptamtliche Sekretär, der fehlenden Instruktionen wegen nach Luft schnappend, für zwei Stunden in seinem Büro ein, um für sich allein die Kugeln hin und her zu jagen, ja sie manchmal sogar über die Bande zu stoßen. Das riesige Bronze-Basrelief an der Wand wurde Zeuge einiger ausgezeichneter Stöße, als deren Folge zwei, wenn nicht gar drei Kugeln zusammen ins Netz rollten. Aber auch die Silhouette des Basreliefs verweigerte Stepanow eine Antwort auf die Frage, wie er in der neuen Situation das gesunde Kollektiv nicht nur vor der Zerstörung bewahren, sondern es darüber hinaus noch stärken könnte.

Völlig erschöpft vernahm er schließlich das Läuten des Telefons und griff nach dem Hörer.

Man teilte ihm mit, daß zwei Genossen mit dem Auto nach Mawrino unterwegs wären, um Anweisungen zur Frage des Kampfes gegen Liebedienerei zu geben.

Der hauptamtliche Sekretär richtete sich auf, wurde zusehends fröhlich, jagte eine Dublette ins Netz und verstaute das Billardbrett wieder hinter dem Schrank.

Seine Stimmung wurde auch noch dadurch angehoben, daß das gestern erworbene rosaohrige Ferkel mit großem Appetit, ohne sich zu zieren, sowohl am Abend wie auch am Morgen sein Futter verzehrt hatte. Das gab Grund zu der Hoffnung, es billig und gut mästen zu können.

73

Zwei Ingenieure

Im Kabinett des Ingenieur-Obersten Jakonow saß Major Schikin.

Sie unterhielten sich wie Gleichgestellte und durchaus freundschaftlich, obwohl jeder den anderen verachtete und nicht ausstehen konnte.

Jakonow sagte auf Versammlungen gern: »Wir Tschekisten.« Aber in Schikins Augen war er immer noch der alte Volksfeind, der ins Ausland gegangen war, der seine Frist abgesessen hatte, dem verziehen worden war, den der Staatssicherheitsdienst sogar in seinen Schoß aufgenommen hatte, aber keineswegs als Unschuldigen. Unvermeidlich, ganz unvermeidlich mußte der Tag kommen, an dem der Apparat des MGB Jakonow entlarven und wieder verhaften würde. Mit Hochgenuß würde Schikin ihm dann selbst die Schulterstücke herunterreißen. Den bemühten, kleingewachsenen Major mit dem etwas zu großen Kopf wurmte die grandseigneurale Herablassung des Ingenieur-Obersten, die weltläufige

Selbstsicherheit, mit der dieser die Bürde der Macht trug. Schikin bemühte sich deswegen ständig, seine eigene Bedeutung sowie die vom Ingenieur-Obersten unterschätzte operative Arbeit überhaupt zu unterstreichen.

Gerade jetzt schlug er vor, daß Jakonow auf der nächsten erweiterten Wachsamkeitsversammlung einen Bericht über den Stand der Wachsamkeit im Institut erstatten sollte — gekoppelt mit einer scharfen Kritik an allen Unzulänglichkeiten. Eine solche Versammlung könne sehr gut mit der Auswahl unzuverlässiger und darum abzuschiebender Häftlinge sowie mit der Einführung der neuen geheimen Journale verbunden werden.

Ingenieur-Oberst Jakonow, nach den gestrigen Vorfällen zerquält und mit blauen Ringen unter den Augen, bewahrte dessenungeachtet die angenehme Geschlossenheit seiner Gesichtszüge und nickte zu den Worten des Majors. In seinem tiefsten Innern aber, hinter Wall und Graben, wohin kein Blick drang, höchstens der seiner Frau, dachte er daran, was für eine widerliche, grauhaarige Laus dieser Major Schikin doch sei, gealtert über der Analyse von Denunziationen, idiotisch und nichtig in seiner Beschäftigung, ein Kretin in allen seinen Vorschlägen.

Einen einzigen Monat Zeit hatte man Jakonow noch zugestanden. In einem Monat konnte sein Kopf auf dem Schafott liegen. Er mußte jetzt seinen gepanzerten Befehlsstand verlassen, mußte die schützende Kruste seiner hohen Stellung durchbrechen und sich selbst über Entwürfe beugen, mußte in der Stille nachdenken.

Aber allein schon der übergroße Ledersessel, in dem der Ingenieur-Oberst saß, sagte sein Nein dazu: der für alles verantwortliche Oberst kam an nichts unmittelbar heran, er konnte lediglich den Telefonhörer abheben und Papiere unterschreiben.

Seine geistigen Energien wurden zudem durch den weibischen Kleinkrieg mit der Gruppe Roitman strapaziert. Diesen Krieg mußte er führen. Er war nicht in der Lage, sie aus dem Institut hinauszudrängen, wollte sie daher wenigstens zu bedingungsloser Unterwerfung zwingen. Sie dagegen wollten ihn loswerden und konnten ihn — vernichten.

Schikin redete. Jakonow blickte knapp an ihm vorbei. Er schloß zwar die Augen nicht, richtete aber den Blick nach innen. Auf diese Weise verließ er seinen schlaffen, in der Uniform steckenden Körper und versetzte sich in sein Haus.

Mein Haus! Mein Haus ist meine Burg! Wie weise doch die Engländer sind, die als erste diese Wahrheit erkannten. In diesem kleinen Areal gelten nur deine Gesetze. Vier Wände und ein Dach trennen dich von der Welt, die dich unablässig unterdrückt, schüttelt und irgend etwas aus dir herauspreßt. Die aufmerksamen, still leuchtenden Augen deiner Frau treffen dich an der Schwelle deines Heimes. Die unerschöpflich verschiedenartigen und spaßhaften Kinder — wie gut, wenn sie noch nicht zur Schule gehen — ergötzen und erfrischen dich, der du erschöpft bist von der Hetze und vom ewigen Hin-und-her-gezerrt-Werden. Die Mutter hat sie schon ein wenig englisch plappern gelehrt. Sie setzt sich ans Klavier und spielt einen netten kleinen Walzer von Waldteufel. Die Mittagspausen sind kurz, ebenso wie die Stunden des Abends an der Schwelle der Nacht — aber in deinem Hause gibt es wenigstens keine würdevoll aufgeblasenen Idioten und keine aufdringlichen, bösartigen Jünglinge.

In Jakonows Arbeit gab es so viel Qual, so viele erniedrigende Situationen, so viel Vergewaltigung des Willens, so viel administrativen Zwang, daß er seine Stellung, für die er sich nicht mehr jung genug fühlte, gern geopfert haben würde, wenn er es gekonnt hätte, um nur noch in seiner kleinen gemütlichen Welt, in seinem Haus zu leben.

Das bedeutete aber nicht, daß die äußere Welt ihn nicht interessierte. Sie interessierte ihn sogar sehr lebhaft. Es wäre für ihn schwierig gewesen, in der Weltgeschichte eine Zeit, faszinierender als die unsere, zu entdecken. In seinen Augen glich die Weltpolitik einem Schachbrett, wenngleich einem hundertfach vergrößerten. Bloß erhob Jakonow keinen Anspruch darauf, mitzuspielen, nicht einmal als Bauer, nicht einmal als der Kopf eines Bauern. Er begnügte sich mit der Rolle eines abseits stehenden Zuschauers, wollte das Spiel im bequemen Pyjama, im alten Schaukelstuhl, zwischen vielen Bücherregalen nur genießen.

Hierzu waren bei Jakonow alle Voraussetzungen vorhanden. Er beherrschte zwei Sprachen, und ausländische Sender versorgten ihn ununterbrochen mit Informationen. Die im Ministerium aus dem Ausland einlaufenden technischen und militärischen Zeitschriften wurden unverzüglich an die geschlossenen Institute weitergeleitet. Diese Zeitschriften liebten es, zwischendurch auch Aufsätze über Politik, den globalen Krieg oder den zukünftigen politischen Aufbau unseres Planeten zu bringen. Da er zudem in höheren Kreisen herumkam, hörte Jakonow hin und wieder auch Einzelheiten, die nicht in die Presse gelangten. Auch verschmähte er nicht Übersetzungen aus dem Bereich der Diplomatie oder der Spionage. Bei allem hatte er einen eigenen Kopf mit geschärftem Verstand. Und darin bestand sein Schachspiel, daß er vom Schaukelstuhl aus die Partie Osten contra Westen verfolgte, um aus den bisherigen Zügen die nächsten zu erraten.

Auf welcher Seite stand er? Wenn im Dienst alles klappte — natürlich auf der des Ostens. Setzte man ihm dort heftig zu — schon mehr auf der des Westens. Seine höchste Weisheit war die: gewinnen wird der Stärkere und Grausamere. Denn darauf laufe leider alle Geschichte und alle Prophezeiung hinaus.

In seiner frühen Jugend hatte er sich ein geflügeltes Wort zu eigen gemacht: ›Alle Menschen sind Halunken.‹ Je länger er lebte, desto häufiger bestätigte sich ihm diese Wahrheit. Und je mehr er sich auf sie festlegte, desto mehr Beweise fand er dafür, und um so leichter fiel es ihm zu leben. Da alle Menschen Halunken waren, brauchte man nie etwas ›für die Menschen‹ zu tun, sondern nur für sich selbst. Es gab also auch keinen ›Altar der Gemeinschaft‹, und niemand durfte Opfer verlangen. All das war schon sehr früh und sehr einfach vom Volk selbst in die Worte gekleidet worden: ›Jeder ist sich selbst der Nächste.‹

Darum waren auch alle Befürchtungen der Herren über Fragebogen und Seelen bezüglich seiner Vergangenheit grundlos. Über das Leben nachdenkend, war Jakonow zu dem Schluß gekommen, daß nur diejenigen im Gefängnis landen, die zu irgendeinem Zeitpunkt ihres Lebens nicht klug genug gewesen sind. Die wirklich Gescheiten blicken voraus, drehen und wenden sich und bleiben unversehrt in Freiheit. Warum sollte man auch sein Dasein, das nur so weit reicht wie unser Atem, hinter Gefängnisgittern verbringen? Nein! Jakonow lehnte die Welt der Häftlinge nicht nur dem äußeren Anschein nach, sondern auch innerlich ab. Vier geräumige Zimmer mit Balkon und ein Monatsgehalt von 7000 würde er sonst von niemandem erhalten haben, jedenfalls nicht so bald. Man fügte ihm Böses zu, man behandelte ihn unberechenbar, oft dumm und immer grausam – aber in dieser Grausamkeit steckte Kraft, sie war ihr echtester Ausdruck.

Schikin hatte ihm inzwischen eine Liste der Häftlinge hinübergereicht, die morgen abgeschoben werden sollten. Schon früher hatte man sich auf sechzehn geeinigt, und jetzt fügte Schikin bereitwillig noch zwei auf dem Block Jakonows stehende Namen hinzu. Mit der Gefängnisverwaltung war die Zahl von zwanzig vereinbart worden, es mußten jetzt also noch dringend zwei weitere Namen ›erarbeitet‹ und bis spätestens fünf Uhr abends Oberstleutnant Klimentjew gemeldet werden.

Die richtigen Kandidaten wollten ihnen aber nicht sofort einfallen. Irgendwie fügte es sich immer so, daß die besten Spezialisten und Arbeitskräfte vom Standpunkt der Staatssicherheit unzuverlässig, die Lieblinge des Sicherheitsbeauftragten aber Windhunde und Nichtstuer waren.

Aus diesem Grunde war es schwierig, die Listen für den Abtransport zusammenzustellen.

Jakonow spreizte die Finger.

»Lassen Sie die Liste hier. Ich denke noch nach, und Sie tun es auch. Dann telefonieren wir.«

Schikin erhob sich langsam und beschwerte sich, obwohl er es eigentlich nicht hätte tun sollen, bei einem Unwürdigen über den Minister: zum Zimmer Nr. 21 hätten wohl der Häftling Rubin wie auch Roitman Zu-

tritt; ihn, Schikin, und Oberst Jakonow aber würde man nicht hineinlassen, und das in ihrem eigenen Arbeitsbereich.
Jakonow hob seine Augenbrauen und ließ die Lider fallen, so daß sein Gesicht für einen Augenblick wie das eines Blinden wirkte. Als er sprach, klang es seltsam tonlos.
»Aber Major, lieber Freund, es tut mir weh, sogar sehr weh, aber ich kann meine Augen nicht zur Sonne erheben.«
Tatsächlich sah Jakonow die Angelegenheit mit dem Zimmer Nr. 21 als wacklig an. Roitman war ein Hitzkopf und konnte sich dabei leicht den Hals brechen.
Schikin ging, und Jakonow dachte nun an die allerangenehmste Verrichtung, die ihm heute noch bevorstand und die er gestern nicht hatte erledigen können. Wenn es ihm wirklich gelingen würde, die Sache der totalen Chiffriermaschine zügig voranzutreiben, so würde ihn das in einem Monat vor Abakumow retten.
Er rief also das Konstruktionsbüro an und befahl Sologdin mit dem neuen Entwurf zu sich.
Zwei Minuten später trat, nachdem er angeklopft hatte, Sologdin mit leeren Händen ins Zimmer, hochgewachsen, mit lockigem Bart, in verschmierter Kombination.
Jakonow und Sologdin hatten fast nie miteinander gesprochen. Es bestand keine Veranlassung, Sologdin in dieses Kabinett zu zitieren, und im Konstruktionsbüro oder bei gelegentlichen Begegnungen auf dem Korridor pflegte der Ingenieur-Oberst so bedeutungslose Personen nicht zu bemerken. Jetzt aber, auf die Namensliste unter der Glasplatte schielend, empfing ihn Jakonow mit dem ganzen Entgegenkommen eines gastfreundlichen Herrn. Er blickte den Eintretenden wohlwollend an und forderte ihn mit großer Geste auf:
»Setzen Sie sich, Dmitrij Alexandrowitsch, ich bin sehr froh, Sie zu sehen.«
Die Arme an den Körper gepreßt, trat Sologdin näher heran, verneigte sich schweigend und blieb steil aufgerichtet stehen.
»Sie haben uns also in aller Heimlichkeit eine Überraschung vorbereitet?« dröhnte Jakonow. »Dieser Tage, am Samstag doch wohl, sah ich bei Wladimir Erastowitsch Ihre Zeichnung des Kernstücks der totalen Chiffriermaschine. Warum setzen Sie sich nicht? Ich habe mir die Skizze nur oberflächlich angesehen und bin nun äußerst begierig, über Einzelheiten zu sprechen.«
Sologdin, der seine Augen nicht von dem ihn mit voller Sympathie anblickenden Jakonow wandte, stand unbeweglich, halb abgewandt wie beim Duell, wenn man den Schuß des Gegners erwartet, und sagte prononciert:

»Sie irren sich, Anton Nikolajewitsch. Ich habe tatsächlich, so gut ich es konnte, an der Chiffriermaschine gearbeitet. Was ich zustande brachte und was Sie gesehen haben, ist aber eine jämmerlich unvollkommene Schöpfung, wie sie meinen sehr mittelmäßigen Fähigkeiten entspricht.«
Jakonow lehnte sich in seinem Sessel zurück und protestierte gütig:
»Nun, nun, mein Lieber, keine falsche Bescheidenheit! Ich habe zwar Ihre Ausarbeitung nur flüchtig gesehen, aber doch einen sehr positiven Eindruck gewonnen. Wladimir Erastowitsch aber, der für uns beide maßgebend ist, hat sich eindeutig lobend darüber geäußert. Ich werde dafür sorgen, daß wir nicht gestört werden. Holen Sie Ihr Blatt, Ihre Ausarbeitung, und wir wollen dann nachdenken. Wenn Sie wollen, ziehen wir Wladimir Erastowitsch hinzu.«
Jakonow war kein stumpfsinniger Vorgesetzter, den nur das Ergebnis der Arbeit interessierte. Er war Ingenieur, war seinerzeit sogar ein leidenschaftlicher Ingenieur gewesen; er verspürte jetzt den Vorgeschmack jenes delikaten Genusses, den uns ein ohne Hast ausgetragener Gedanke zu schenken vermag. Das war das einzige Vergnügen, das ihm seine Arbeit noch belassen hatte. Er blickte erwartungsvoll und lächelte fast lüstern.
Auch Sologdin war Ingenieur, schon seit vierzehn Jahren, Gefangener war er seit zwölf Jahren.
Seine Kehle wurde trocken, und es fiel ihm schwer, die Worte auszusprechen:
»Und dennoch, Anton Nikolajewitsch, sind Sie völlig im Irrtum. Es war ein flüchtiger Entwurf, unwert Ihrer Beachtung.«
Jakonows Miene verfinsterte sich, und er sagte, nun schon ein wenig ärgerlich:
»Schon gut, wir werden sehen, wir werden sehen. Bringen Sie das Blatt.«
Auf seinen Achselklappen, gold mit blauer Paspelierung, glänzten die drei Sterne.
Drei große imposante Sterne, die miteinander ein Dreieck bildeten. Oberleutnant Kamyschew, der Sicherheitsbevollmächtigte in ›Gornaja Sakryta‹, hatte damals, als er Sologdin immer wieder schlug, anstelle seiner Quadrate auch drei derartige goldene Sterne in Dreiecksform erhalten – nur waren sie kleiner als die Jakonows.
»Der Entwurf existiert nicht mehr.« Sologdins Stimme zitterte. »Da ich darin schwerwiegende, unverbesserliche Fehler entdeckte, habe ich ihn verbrannt.«
Der Oberst erbleichte. In der unheilvollen Stille hörte man nur das schwere Keuchen seines Atems. Sologdin bemühte sich, lautlos zu atmen.

»Das heißt . . . was? Eigenhändig?«
»Nein, warum denn. Ich gab ihn zum Verbrennen, wie es vorgeschrieben ist.« Er sprach tonlos und undeutlich, ohne eine Spur seiner sonstigen Sicherheit.
»So existiert er vielleicht noch?« fragte Jakonow lebhaft, voller Hoffnung.
»Verbrannt. Ich habe es vom Fenster aus beobachtet«, antwortete Sologdin, jedes Wort betonend.
Der Oberst stützte sich mit der einen Hand auf die Armlehne seines Sessels, mit der anderen ergriff er einen marmornen Briefbeschwerer, so als ob er damit Sologdin den Schädel einschlagen wolle. Dann erhob er mühsam seinen großen Körper und beugte sich über den Tisch.
Sologdin stand da, den Kopf nur ganz leicht zurücknehmend, eine dunkelblaue Statue.
Für die beiden Ingenieure bedurfte es keiner Frage, keiner Erklärungen mehr. Zwischen ihren ineinander verkrallten Blicken schossen Entladungen von unerträglicher Spannung und unsinniger Frequenz hin und her.
›Ich vernichte dich!‹ quoll es aus den Augen des Obersten.
›Verpaß mir doch noch eine dritte Haft, du Hundesohn!‹ schrien die Augen des Arrestanten.
Es mußte zu einem donnernden gewitterähnlichen Ausbruch kommen.
Aber Jakonow bedeckte nur Stirn und Augen mit der Hand, so als täte das Licht ihm weh, und trat ans Fenster.
Sich schwer auf die Lehne des nächsten Stuhles stützend, senkte Sologdin erschöpft die Augen.
›Ein Monat, ein einziger Monat. Sollte es tatsächlich aus sein mit mir?‹ — bis ins kleinste Detail stand dem Obersten alles vor Augen.
›Eine dritte Haftzeit, die würde ich nicht mehr überleben‹ — dachte Sologdin, starr vor Furcht.
Erneut wandte Jakonow sich ihm zu.
›Ingenieur, Ingenieur! Wie konntest du nur?‹ schienen seine Augen forschend zu fragen.
Und die Augen Sologdins blitzten zurück:
›Ein Arrestant, ein Arrestant, das hast du vergessen!‹
Mit Blicken voller Haß und Zauberkraft, mit Blicken, in denen jeder das sah, was er nicht erreicht hatte, stierten sich die beiden an und konnten nicht voneinander lassen.
Jakonow hätte jetzt schreien, auf den Tisch schlagen, telefonieren, ihn in den Karzer jagen können. Sologdin war auf alles vorbereitet.
Doch Jakonow zog nur ein sauberes, weißes, weiches Taschentuch hervor und betupfte damit seine Augen.
Darauf heftete er seinen klaren Blick auf Sologdin.

Sologdin zwang sich, auch noch diese Minuten durchzuhalten.
Sich mit der einen Hand aufs Fensterbrett stützend, winkte der Ingenieur-Oberst mit der anderen den Häftling zu sich heran.
Mit drei festen Schritten trat Sologdin auf ihn zu. Etwas zusammensackend, fast alt geworden, fragte Jakonow:
»Sologdin, sind Sie Moskauer?«
»Ja.« Sologdin wandte den Blick nicht ab.
»Dort, schauen Sie dorthin«, sagte Jakonow zu ihm. »Sehen Sie da auf der Chaussee die Autobushaltestelle?«
Sie war aus diesem Fenster gut sichtbar.
Sologdin blickte hin.
»Von da aus fährt man eine halbe Stunde bis zum Zentrum der Stadt«, sagte Jakonow leise.
Sologdin wandte sich ihm wieder zu.
Und plötzlich, als ob er fürchtete hinzufallen, legte Jakonow beide Hände Sologdin auf die Schultern.
»Sologdin!« sagte er langgezogen und gequält. »In diesen Autobus hätten Sie sich im Juni oder Juli dieses Jahres setzen können. Sie aber haben es nicht gewollt. Ich nehme an, daß Sie im August schon Ihren ersten Urlaub bekommen hätten und vielleicht ans Schwarze Meer gefahren wären. Baden, schwimmen! Wie lange waren Sie nicht mehr im Wasser, Sologdin? Häftlinge läßt man doch nie ins Wasser!«
»Wieso nicht? Beim Holzfällen«, wandte Sologdin ein.
»Schönes Baden, das!« Jakonows Hände lagen immer noch auf den Schultern Sologdins. Vielleicht hielt er sich auch an ihm fest?
»Aber Sie kommen jetzt so hoch in den Norden, Sologdin, dorthin, wo die Flüsse niemals auftauen ... Hören Sie, ich kann mir nicht vorstellen, daß es auf der Welt einen Menschen gibt, der für sich selbst nicht das Beste wünscht. Erklären Sie mir — warum haben Sie die Zeichnung verbrannt?«
In den Augen Dmitrij Sologdins war immer noch diese ungetrübte, unbestechliche, klare Bläue. In seinen schwarzen Pupillen erblickte Jakonow das runde Abbild seines eigenen Kopfes.
Ein kleiner blauer Kreis mit einer schwarzen, runden Mitte — und dahinter die ganze überraschende Welt eines menschlichen Individuums.
»Was vermuten Sie?« Sologdin gab die Frage zurück. Seine kräftigen Lippen inmitten des Barthaares zeigten fast einen Anflug von Spott.
»Ich kann es nicht begreifen.« Jakonow ließ die Hände sinken und wandte sich ab. »Ein Selbstmörder — ich verstehe es einfach nicht.«
Die Stimme hinter seinem Rücken klang hell, zuversichtlich.
»Bürger Oberst! Ich bin zu unbedeutend, niemand kennt mich. Ich wollte meine Freiheit nicht so leichtfertig fortgeben.«

Jakonow, wieder in seinem Sessel, wandte sich abrupt um.
»Hätte ich die Zeichnung nicht verbrannt, sondern sie Ihnen fertig vorgelegt, so wären Sie, unser Oberstleutnant, Foma Gurjanowitsch oder wer auch immer, in der Lage gewesen, schon morgen meine Verschikkung zu veranlassen und unter die Zeichnung irgendeinen beliebigen Namen zu setzen. Dafür gibt es Beispiele. Vom Verschickungslager aus, das kann ich Ihnen sagen, ist es aber äußerst schwierig, sich zu beschweren: die Bleistifte werden weggenommen, man bekommt kein Papier, das Schreiben erreicht nie seinen Bestimmungsort. Ein verschickter Häftling wird niemals recht bekommen!«
Jakonow hörte fast mit Entzücken zu. Dieser Mensch hatte ihm doch schon gleich, als er eintrat, gefallen!
»Wie ... dann wären Sie also imstande, die Zeichnung von neuem anzufertigen?« Das fragte nicht der Ingenieur-Oberst, sondern ein verzweifelter, zerquälter, ohnmächtiger Mensch.
»Das, was auf dem Blatt war – in drei Tagen!« Sologdins Augen blitzten. »Und in fünf Wochen könnte ich Ihnen eine komplette Zeichnung des Projektes liefern, mit der gesamten technischen Berechnung. Genügt Ihnen das?«
»Ein Monat! Ein Monat! Wir brauchen es in einem Monat!«
Jakonow bewegte sich nicht mit den Füßen, sondern mit den über den Tisch tappenden Händen auf diesen Teufel von Ingenieur zu.
»Gut. Sie bekommen es in einem Monat«, bestätigte Sologdin kalt.
In diesem Augenblick stieg Mißtrauen in Jakonow auf.
»Warten Sie«, hielt er ihn zurück. »Sie haben doch eben gesagt, daß es ein wertloser Entwurf war, daß Sie darin schwerwiegende, unverbesserliche Fehler gefunden ...«
»Haha!« Nun lachte Sologdin laut auf. »Manchmal spielt mir der Mangel an Phosphor, Sauerstoff und lebendigen Eindrücken einen Streich, und ich habe so eine Art von Gedankentrübung. Aber jetzt schließe ich mich der Meinung Professor Tschelnows an: Es stimmt alles!«
Nun lachte auch Jakonow; dann gähnte er entspannt und setzte sich. Jetzt genoß er es, wie Sologdin sich beherrscht und das Gespräch durchgeführt hatte.
»Ein riskantes Spiel haben Sie gespielt, mein Herr. Es hätte auch anders ausgehen können.«
Sologdin spreizte leicht die Finger.
»Kaum, Anton Nikolajewitsch. Ich habe, wie es scheint, die Situation des Instituts richtig eingeschätzt – und auch die Ihre. Sie sprechen doch sicher französisch? *Sa Majesté, le cas*! Seine Hoheit, der Zufall! Er lacht uns nur selten im Leben und man muß ihn sofort beim Schopf packen, muß ihm mitten auf den Rücken springen!«

Sologdin sprach und gab sich so unbefangen, als wäre er mit Nershin beim Holzhacken.
Er setzte sich jetzt auch und blickte Jakonow fröhlich an.
»Nun, wie wollen wir das machen?« fragte der Ingenieur-Oberst wohlwollend.
Sologdin antwortete, als lese er einen vorgedruckten Text ab, etwas seit langem Entschiedenes.
»Foma Gurjanowitsch würde ich gern von Anfang an heraushalten. Er gehört genau zu jenen, die gern als Mitautoren auftreten. Von Ihrer Seite erwarte ich derartige Machenschaften nicht. Ich irre mich doch nicht?«
Jakonow nickte erfreut mit dem Kopf. Oh, wie erleichtert wäre er auch ohne dies gewesen.
»Weiter gebe ich zu bedenken, daß das Blatt vorläufig noch verbrannt ist. Wenn Ihnen also an meinem Entwurf liegt, so finden Sie bitte einen Weg, dem Minister selbst über mich zu berichten. Im äußersten Fall dem Stellvertretenden Minister. Gerade er soll auch den Befehl über meine Ernennung zum leitenden Konstrukteur unterschreiben. Das wäre für mich eine Garantie, auf die hin ich mich an die Arbeit machen würde. Die Unterschrift des Ministers brauche ich um so mehr, als ich beabsichtige, in meiner Gruppe eine etwas ungewöhnliche Arbeitsordnung einzuführen. Ich halte nichts von Nachtarbeit, von sonntäglichen Anstrengungen und auch nichts davon, daß wissenschaftliche Arbeiter zu geistigen Krüppeln gemacht werden. Die Leute sollen sich nach Arbeit drängen wie nach einem Stelldichein.« Sologdin sprach immer munterer, immer gelockerter, so als kenne er Jakonow schon von Kindesbeinen an. »Aber dafür sollen sie sich dann auch ausschlafen, sollen sich erholen. Wer Lust hat, kann für die Küche Holz sägen. Und im übrigen sollten wir auch an die Küche denken. Einverstanden?«
Plötzlich wurde die Tür des Kabinetts aufgerissen, und ohne anzuklopfen erschien Stepanow, glatzköpfig, mager und mit leblos schimmernden Brillengläsern.
»Also, Anton Nikolajewitsch«, sagte er bestimmt, »wir haben Wichtiges zu besprechen.«
Stepanow redete jemanden mit Vor- und Vatersnamen an! Das war unglaublich.
»Das heißt also, ich erwarte den Befehl?« Sologdin erhob sich.
Der Ingenieur-Oberst nickte, und Sologdin ging leichten und festen Schrittes hinaus.
Jakonow begriff nicht sofort, was der Parteiorganisator so lebhaft vortrug.
»Genosse Jakonow! Eben hatte ich Besuch von einigen Genossen aus

der politischen Verwaltung, die mir gehörig den Kopf gewaschen haben. Ich habe große und schwerwiegende Fehler begangen. Ich habe zugelassen, daß sich in unserer Parteiorganisation eine Gruppe ... sagen wir .. wurzelloser Kosmopoliten eingenistet hat. Ich war politisch kurzsichtig, ich habe Sie nicht unterstützt, als diese Leute Sie hetzten. Jetzt aber müssen wir furchtlos unsere Fehler eingestehen. Jetzt werden wir beide gleich eine Resolution ausarbeiten, dann eine offene Parteiversammlung einberufen und auf ihr die Liebedienerei anprangern.«

Die Lage Jakonows, gestern noch so hoffnungslos, hatte sich entscheidend zum Besseren gewandelt.

74

Hundertsiebenundvierzig Rubel

Vor der Mittagspause hängte der Diensthabende Shwakun im Korridor des Spezialgefängnisses eine Liste der Leute aus, die in dieser Pause zu Major Myschin befohlen waren. Offiziell hieß es, daß durch einen solchen Aushang diejenigen Gefangenen aufgerufen wurden, die Briefe erhalten hatten oder von Geldüberweisungen in Kenntnis gesetzt werden mußten.

Die Prozedur der Briefübergabe wurde in den Spezialgefängnissen unter strengster Geheimhaltung vollzogen. Natürlich durfte sie nicht so farblos wie in der Freiheit einem x-beliebigen Briefträger überlassen werden. Hier konnte es nur der operative Bevollmächtigte selbst sein, der hinter einer dicken Tür, Auge in Auge mit dem Häftling, den Brief übergab, den er vorher persönlich gelesen und in dem er keine sündig-trüben Gedanken entdeckt hatte. Die Aushändigung des Briefes war von Belehrungen begleitet, wobei man sich keineswegs anstrengte, das vorherige Öffnen des Briefes zu vertuschen. Damit war jede intime Mitteilung, jedes vertraute Wort zwischen Nahestehenden unmöglich gemacht. So ein Brief, der durch viele Hände gegangen und auszugsweise für das Dossier des Gefangenen abgeschrieben worden war, der den schwarzen, verschmierten Zensurstempel trug – ein solcher Brief hatte jeden privaten Wert eingebüßt, er war zu einem wichtigen Staatsdokument geworden. In anderen Scharaschkas war man sich dessen noch mehr bewußt. Der Arrestant bekam seinen Brief überhaupt nicht mehr ausgehändigt, sondern durfte ihn nur im Kabinett des Sicherheitsbevollmächtigten einmal, selten zweimal, lesen, um dann am Schluß durch seine Unterschrift die Kenntnisnahme zu bestätigen. Falls sich der Gefangene aus dem

Brief seiner Frau oder Mutter etwas abschreiben wollte, um es nicht zu vergessen, erregte er damit ein solches Mißtrauen, als versuche er, Dokumente des Generalstabes zu kopieren. Von zu Hause geschickte Fotografien durften die Gefangenen in derartigen Lagern ebenfalls nur betrachten, um dann durch ihre Unterschrift zu bestätigen, daß sie die Bilder gesehen hätten. Diese wurden dann den Gefängnisakten beigefügt.
Die Liste war also ausgehängt worden, und man stellte sich nach den Briefen an. Es reihten sich auch die ein, die keinen Brief bekommen hatten, sondern nur ihren Dezemberbrief abschicken wollten. Auch der mußte dem Sicherheitsbevollmächtigten persönlich übergeben werden.
Derartig getarnt, hatte Major Myschin die Möglichkeit, sich mit seinen Spitzeln ungezwungen zu unterhalten, sie sich auch außerhalb der vorgesehenen Reihenfolge kommen zu lassen. Um nicht zu verraten, mit wem er ausführlichere Gespräche führte, hielt er hin und wieder auch anständige Häftlinge länger in seinem Kabinett zurück und verwirrte damit die übrigen.
So verdächtigten sich die in der Reihe Anstehenden gegenseitig. Manchmal wußte jemand auch ganz genau, wer die Bahn seines Lebens absteckte, und lächelte ihm dennoch schmeichlerisch zu, um ihn nicht zu verärgern.
Kaum daß die Klingel zur Mittagspause ertönte, liefen die Häftlinge aus dem Keller zum Hof hinaus, überquerten ihn im feuchten, aber nicht kalten Wind ohne Mäntel und Mützen und huschten durch die Tür des Gefängnisstabes. Da am Morgen die neue Regelung für das Briefeschreiben bekanntgegeben worden war, fand sich eine besonders lange Schlange zusammen, etwa vierzig Mann, die im Korridor keinen Platz mehr fanden. Der Gehilfe des Diensthabenden, ein beflissener Hauptfeldwebel, gab mit aller Kraft seiner blühenden Gesundheit emsig Anweisungen. Er zählte fünfundzwanzig Mann ab und befahl den übrigen, zu verschwinden und in der Abendpause wiederzukommen. Die er im Korridor unterbringen konnte, stellte er möglichst weit von den Räumen der Führung entfernt längs der Wand auf und sorgte dadurch für Ordnung, daß er ununterbrochen auf und ab ging. Der Häftling, der gerade an der Reihe war, mußte einige Türen passieren, klopfte dann beim Kabinett Major Myschins an und durfte, nachdem er die Genehmigung erhalten hatte, eintreten. Kaum war er zurückgekehrt, wurde der nächste vorgelassen. Die ganze Mittagspause über leitete der beflissene Hauptfeldwebel den Verkehr.
Wie sehr sich auch Spiridon den ganzen Morgen lang bemüht hatte, seinen Brief zu bekommen, Myschin war doch hart geblieben: er würde seinen Brief mit allen anderen zusammen in der Mittagspause erhalten. Aber dann wurde Spiridon eine halbe Stunde vorher zum Verhör zu

Major Schikin befohlen. Hätte Spiridon die gewünschten Erklärungen abgegeben, hätte er alles eingestanden, so würde er auch seinen Brief erhalten haben. Er aber leugnete, blieb hartnäckig, und Major Schikin sah sich nicht in der Lage, ihn so unbußfertig gehen zu lassen. So opferte er denn seine Mittagspause – er suchte die Kantine ohnehin immer später auf, um sich nicht drängeln zu müssen – und setzte das Verhör Spiridons fort.

Der erste in der Reihe der bei Myschin Anstehenden war Dyrssin, ein ausgemergelter Ingenieur aus der Semjorka, einer ihrer wichtigsten Arbeiter. Länger als drei Monate hatte er keinen Brief erhalten. Vergeblich hatte er sich immer wieder bei Myschin erkundigt, doch die Antwort war »nein« oder »man schreibt Ihnen nicht«. Vergeblich auch hatte er Mamurin um Nachforschungen gebeten. Heute endlich sah er nun seinen Namen auf der Liste, hatte den Schmerz in seiner Brust überwunden und war als erster hinübergelaufen. Von seiner ganzen Familie war nur seine Frau, so wie er abgehärmt durch das zehn Jahre lange Warten, übriggeblieben.

Der Hauptfeldwebel gab Dyrssin das Zeichen einzutreten, und erster in der Reihe wurde jetzt der mutwillig strahlende Rusjka Doronin mit seinem hellen, lockig wehenden Haarschopf. Als er neben sich den Letten Hugo, einen seiner Vertrauten, bemerkte, schüttelte er seine Mähne und flüsterte ihm augenzwinkernd zu:

»Ich gehe mein Geld abholen. Verdientes Geld.«

»Weitergehen«, kommandierte der Hauptfeldwebel.

Doronin sprang vorwärts und prallte fast auf den gebeugt zurückkehrenden Dyrssin.

»Na und?« fragte, als Dyrssin auf den Hof hinaustrat, sein Freund Amantaj Bulatow.

Das immer unrasierte, immer deprimierte Gesicht Dyrssins wurde noch länger.

»Weiß nicht. Er sagte, ein Brief wäre da, ich solle nach der Pause wiederkommen, er wolle mit mir sprechen.«

»Hurensöhne, die!« sagte Bulatow mit Überzeugung, und es blitzte hinter seiner Hornbrille. »Ich habe schon längst gesagt, sie halten Briefe zurück. Weigere dich zu arbeiten.« »Sie hängen mir eine zweite Haftzeit an«, seufzte Dyrssin. Er hielt sich immer krumm und zog den Kopf zwischen die Schultern ein, so als ob man ihn einmal von hinten mit etwas Schwerem geschlagen hätte.

Auch Bulatow seufzte. Er war deshalb so kampflustig, weil das Ende seiner Haftzeit noch nicht abzusehen war. Die Entschlossenheit des Häftlings läßt in dem Maße nach, wie der Termin seiner Freilassung näher rückt. Dyrssin saß gerade sein letztes Jahr ab.

Der Himmel war einförmig grau, ohne dicke Wolken und ohne Aufhellungen. Er hatte keine Tiefe und keine Kuppelform. Es war ein schmutziges Plandach, das die Erde überspannte. Der scharfe feuchte Wind hatte den Schnee pappig und porös gemacht. Sein morgendliches Weiß verfärbte sich nach und nach zu einem rötlichen Braun. Unter den Füßen der Herumwandernden backte er zu dunklen, glitschigen Klumpen zusammen.

Der Spaziergang verlief wie immer. Ein so scheußliches Wetter, bei dem sich die nach Luft hungrigen Arrestanten der Scharaschka geweigert haben würden, spazierenzugehen, konnte man sich allerdings nicht vorstellen. Wer ewig im Zimmer zu sitzen hat, dem müssen sogar die scharfen, feuchten Windstöße willkommen sein, die alle abgestandene Luft und alle abgestandenen Gedanken wegfegen.

Unter den Wandernden irrte auch der Graveur umher. Er hakte sich mal beim einen, mal beim anderen ein, drehte ein paar Runden und bat um Rat. Seiner Ansicht nach war seine Lage ganz besonders schlimm. Infolge seiner Haft hatte er seine erste Frau nicht standesamtlich heiraten können. Da sie nun als ungesetzliche Lebensgefährtin galt, durfte er ihr nicht mehr schreiben. Da er weiter seinen Dezemberbrief bereits abgeschickt hatte, konnte er ihr nicht einmal mitteilen, daß er nun nicht mehr schreiben dürfe. Man bedauerte ihn, seine Lage war in der Tat sehr schlimm. Aber jeder hatte seinen eigenen Schmerz, der schwerer wog als der fremde.

Der zu extremen Empfindungen neigende Kondraschow-Iwanow, hochgewachsen und steil aufgerichtet, als habe er einen Stock verschluckt, schritt gemessen einher. Konzentriert über die Köpfe der anderen hinwegsehend, setzte er in düsterem Rausch dem Professor Tschelnow auseinander, daß, wenn die menschliche Würde über ein gewisses Maß hinaus in den Schmutz getreten werde, ein Weiterleben Selbsterniedrigung bedeuten müsse. Jeder mutige Mensch könne mit einem ganz einfachen Schritt diese Kette der Verhöhnungen durchbrechen.

Professor Tschelnow, in seiner unvermeidlichen gestrickten Mütze und seinem um die Schultern gewickelten Plaid, zitierte verhalten aus dem ›Trost der Philosophie‹ des Boëtius.

Bei der Tür des Stabes hatte sich inzwischen die Gruppe freiwilliger Spitzeljäger versammelt: Bulatow, dessen Stimme über den ganzen Hof schallte; Chorobrow; der arglose Vakuum-Spezialist Semelja; der Ober-Vakuum-Spezialist Dwojetjossow, der grundsätzlich in einer zerrissenen wattierten Jacke herumlief; der Hans-Dampf-in-allen-Gassen Prjantschikow; dazu von den Deutschen noch Max sowie einer von den Letten. »Die Heimat soll ihre Spitzel kennen!« wiederholte Bulatow und bestärkte die anderen, nicht auseinanderzugehen.

»Im Grunde genommen kennen wir sie sowieso«, antwortete Chorobrow, indem er sich auf die Schwelle stellte und seinen Blick die Reihe der Anstehenden entlang schweifen ließ. Von einigen konnte er mit Sicherheit behaupten, daß sie nach ihrem Judaslohn anstünden. Aber verdächtigt wurden natürlich vor allem die weniger Gerissenen.
Rusjka kehrte fröhlich zur Gruppe zurück und hätte am liebsten die Überweisung über seinem Kopf geschwenkt. Man trat zusammen und betrachtete schnell die Überweisung – sie kam von der mystischen Klawdija Kudrjawzewa an Rostislaw Doronin und lautete über den Betrag von 147 Rubel.
Vom Mittagessen kommend und sich hinten in der Schlange anstellend, betrachtete der Ober-Spitzel, der König aller Spitzel, Artur Siromacha, die Gruppe mit unergründlichen Blicken. Er beobachtete die Gruppe aus der Gewohnheit heraus, alles zur Kenntnis zu nehmen, maß ihr aber noch keine Bedeutung bei.
Rusjka nahm seine Überweisung wieder an sich und verließ die Gruppe, so wie es vorher besprochen war.
Als dritter betrat ein Energie-Ingenieur das Kabinett des Sicherheitsoffiziers, ein vierzigjähriger Mann, der Rubin gestern abend in der verschlossenen Arche mit neuen Projekten des Sozialismus angeödet und dann wie ein Knabe an einer Kissenschlacht auf den oberen Pritschen teilgenommen hatte.
Als vierter ging leichten Schrittes Viktor Ljubimitschew hinein, einer, auf den Verlaß war. Beim Lächeln entblößte er kräftige, regelmäßige Zähne, und jeden Arrestanten, ganz gleich ob alt oder jung, redete er bestechend unbefangen mit ›Bruder‹ an. Aus dieser einfachen Anrede sprach eine reine Seele.
Der Energie-Ingenieur kehrte mit einem offenen Brief zurück. In ihn vertieft, hatte er Mühe, mit dem Fuß den Rand der Stufe zu ertasten. Da er auch nicht hinsah, verließ er die Stufe an ihrer Schmalseite, wobei keiner der ›Jäger‹ ihn störte. Ohne Mantel, ohne Mütze, las er im Wind, der seinen trotz allem noch immer jungenhaften Haarschopf durchwühlte, nach sieben Jahren der Trennung den ersten Brief seiner Tochter Ariadna. Er hatte sie im Jahre 1941, als er zur Front einrückte – dort geriet er in deutsche Kriegsgefangenschaft und nach der Entlassung in ein sowjetisches Gefängnis –, als strohblondes sechsjähriges Mädchen, das beim Abschied seinen Hals umklammerte, zurückgelassen. Als in der Kriegsgefangenen-Baracke eine ganze Schicht von Typhusläusen unter seinen Tritten knirschte und er vier Stunden nach einer Kelle trübestinkiger Wassersuppe anstehen mußte, zog ihn das teure, blonde Knäuel als Ariadne-Faden vorwärts zum Leben und zur Wiederkehr. Doch als er dann endlich in die Heimat zurückkehrte, das heißt, sofort

wieder ins Gefängnis kam, gab es kein Wiedersehen mit der Tochter. Sie war mit der Mutter in Tscheljabinsk geblieben, wohin sie evakuiert worden waren. Ariadnas Mutter, die jetzt offenbar mit einem anderen zusammen lebte, hatte der Tochter lange Zeit die Existenz des Vaters verschwiegen.

In schräger, sorgfältiger Schülerschrift und ohne Verbesserungen schrieb die Tochter jetzt:

»Sei gegrüßt, lieber Papa!

Ich habe Dir nicht geantwortet, weil ich nicht wußte, womit beginnen und was schreiben. Du mußt mir das verzeihen, da ich Dich sehr lange nicht gesehen habe und mich schon daran gewöhnt hatte, daß mein Vater gefallen sei. Mir kommt es sogar ganz sonderbar vor, daß ich plötzlich einen Vater habe.

Du fragst, wie ich lebe. Ich lebe wie alle. Du kannst mir gratulieren, denn ich bin in den Komsomol eingetreten. Du batest mich zu schreiben, was ich brauche. Natürlich wünsche ich mir sehr viel. Jetzt spare ich gerade für Überschuhe und für einen Herbstmantel. Papa! Du bittest, daß ich zu einem Wiedersehen zu Dir kommen soll. Ist das wirklich so dringend? So weit zu fahren und Dich aufzusuchen, ist doch, gib es zu, nicht sehr angenehm. Sobald Du kannst, wirst Du selber herkommen. Ich wünsche Dir Erfolg bei der Arbeit. Bis zum Wiedersehen!

Ich küsse Dich. *Ariadna.*

Papa, hast Du den Film ›Der erste Handschuh‹ gesehen? Der ist aber prima. Ich lasse keinen Film aus.«

»Sollen wir Ljubimitschew kontrollieren?« fragte Chorobrow, da dieser gleich herauskommen mußte.

»Aber Terentjitsch, Ljubimitschew ist doch einer der Unsrigen!« antwortete man ihm.

Chorobrow jedoch mit seiner guten Witterung glaubte bei diesem Menschen etwas zu verspüren. Und jetzt hielt er sich gerade beim Sicherheitsoffizier auf.

Viktor Ljubimitschew hatte die klaren, sanften Augen eines Rehs. Die Natur hatte ihm den geschmeidigen Körper eines Sportlers, Soldaten oder Liebhabers verliehen. Das Leben hatte ihn schon früh von der Aschenbahn des Stadions gedrängt und ihn in ein bayerisches Konzentrationslager verschlagen. In diesem engen Bezirk des Todes, in den die russischen Soldaten von ihren Feinden getrieben wurden und der auf Stalins Wunsch den Vertretern des Roten Kreuzes verschlossen war, in diesem kleinen und überfüllten Raum des Entsetzens überlebten nur diejenigen, die am ehesten bereit waren, die einengenden, relativen Begriffe von Recht und Gewissen aufzugeben. Diejenigen, die fähig waren,

als Dolmetscher die Ihrigen zu verkaufen, als Lageraufseher Landsleute mit dem Stock ins Gesicht zu schlagen, als Brotschneider oder Koch das Brot der Hungernden zu essen. Darüber hinaus gab es noch zwei Möglichkeiten zu überleben, als Totengräber und als Goldgräber. Für das Ausheben von Gräbern und für die Säuberung der Latrinen gewährten die Nazis einen zusätzlichen Schlag Suppe. Für das Latrinenreinigen genügten zwei Mann. Zum Ausschachten der Gräber aber mußten täglich fünfzig ausrücken. Jeden Tag brachten zehn Leichenwagen Tote auf den Schindanger. Im Sommer 1942 waren auch die Totengräber selbst an der Reihe. Mit dem ganzen Verlangen seines noch jungen Körpers wollte Viktor Ljubimitschew überleben. Er beschloß, wenn es schon sein mußte, dann wenigstens als letzter zu sterben, und war gerade dabei, sich als Aufseher zu verdingen. Da bot sich ihm eine günstige Gelegenheit, denn im Lager erschien irgendein näselnder Typ, der, obwohl früher Politruk der Roten Armee, jetzt dazu aufrief, gegen das sowjetische Regime zu kämpfen. Man trug sich in die Listen ein, darunter auch Komsomolzen ... Hinter der Lagerpforte stand eine deutsche Feldküche, aus der sich die Freiwilligen gleich den Bauch mit Brei vollschlagen konnten. Anschließend kämpfte Ljubimitschew im Verbande der Wlassowschen Legion in Frankreich, jagte in den Vogesen Partisanen der Résistance und mußte sich dann am Atlantikwall gegen die Alliierten verteidigen. 1945, in der Zeit des großen Fangens, gelang es ihm irgendwie, durch die Maschen zu schlüpfen, nach Hause zurückzukehren und dort ein Mädchen zu heiraten, das ebenso klare Augen und einen ebenso jungen, geschmeidigen Körper hatte wie er. Im ersten Monat seiner Ehe wurde er wegen seiner Vergangenheit verhaftet. Zur gleichen Zeit trafen in den sowjetischen Gefängnissen auch die russischen Mitkämpfer der Résistance ein, auf die Ljubimitschew in den Vogesen Jagd gemacht hatte. In der Butyrka spielte man dann zusammen Domino, erinnerte sich an die in Frankreich erlebten Tage und Kämpfe und wartete auf Päckchen der Angehörigen. Dann erhielten alle ohne Unterschied zehn Jahre. So war Ljubimitschew sein ganzes Leben lang erzogen und gelehrt worden, daß offenbar niemand irgendwelche Überzeugungen hat oder auch nur haben könne — auch nicht diejenigen, die andere richten.
Nichts argwöhnend, mit treuherzigen Augen, in der Hand ein Papier, das sehr nach einer Geldüberweisung aussah, machte Viktor keinen Versuch, die Gruppe der ›Jäger‹ zu umgehen, sondern steuerte geradewegs auf sie zu und fragte:
»Brüder, wer hat schon gegessen? Was gibt es als Hauptgericht? Lohnt es sich zu gehen?«
Auf das Überweisungsformular in der herabhängenden Hand Viktors deutend, fragte Chorobrow:

»Nun, hast du viel Geld bekommen? Brauchst wohl kaum noch zum Mittag zu gehen?«
»Wieso denn viel?« Ljubimitschew winkte ab und wollte das Formular in die Tasche schieben. Er hatte es nur deswegen nicht schon früher weggesteckt, weil er wußte, daß alle seine Kräfte fürchteten und keiner es wagen würde, Rechenschaft zu verlangen. Doch während er mit Chorobrow sprach, beugte sich Bulatow wie zum Scherz hinab und las schief zur Seite geneigt:
»Hallo, tausendvierhundertundsiebzig Rubel! Jetzt kannst du ja auf Antonows Fraß pfeifen!«
Wäre es irgendein anderer Häftling gewesen, so hätte Viktor dessen Kopf weggedrückt und das Formular nicht gezeigt. Bei Amantaj ging das aber nicht, weil dieser versprochen und auch schon einiges unternommen hatte, ihn in der ›Semjorka‹ unterzubringen. Das wäre für ihn eine Schicksalswende gewesen, verbunden mit der Hoffnung auf Freiheit. So rechtfertigte er sich denn:
»Wieso denn tausend?! Sieh doch hin!«
Und alle sahen es: 147 r., 00 k.
»Seltsam. Hundertfünfzig konnten sie wohl nicht schicken«, bemerkte Amantaj ungerührt. »Geh schon, als Hauptgericht gibt es Schnitzel.«
Doch Ljubimitschew konnte sich noch nicht in Bewegung setzen, und auch die Stimme Bulatows war kaum verhallt, als Chorobrow loslegte. Er konnte seine Rolle nicht mehr spielen. Er vergaß, daß es notwendig war, sich zu beherrschen, zu lächeln und weiter zu entlarven. Er vergaß, daß es am wichtigsten ist, Spitzel zu erkennen; vernichten konnte man sie ohnehin nicht. Da ihm selbst von Spitzeln viel Leid zugefügt worden war und er den Untergang vieler beobachtet hatte – fast immer war es die Schuld der Zuträger –, haßte er diese heimlichen Verräter mehr als alles andere. Dieser Jüngling, der Chorobrows Sohn hätte sein können und schön war wie ein Bildhauermodell, hatte sich nun freiwillig mit solchem Geschmeiß gemein gemacht.
»Du Scheißkerl!« stieß Chorobrow mit zitternden Lippen hervor. »Mit unserem Blut willst du deine Haftzeit verkürzen! Woran hat es dir gefehlt?«
Wie ein Boxer, kampfbereit, bückte sich Ljubimitschew und nahm die Faust zu einem kurzen Schwinger zurück.
»Du Kadaver aus Wjatka!« Das war eine Warnung.
»Was soll das, Terentjitsch!« Bulatow warf sich noch gerade rechtzeitig dazwischen, um Chorobrow zurückzuhalten.
Der riesige, plumpe Dwojetjossow in der zerrissenen wattierten Jacke ergriff mit seiner Linken die zurückgenommene rechte Faust Ljubimitschews und hielt sie eisern fest.

»Immer langsam, Junge«, sagte er mit geringschätzigem Lächeln und jener fast freundlichen Ruhe, die sich bei Anspannung des ganzen Körpers einstellt.

Ljubimitschew drehte sich schroff Dwojetjossow zu. Seine weitaufgerissenen Rehaugen trafen sich fast mit dessen kurzsichtigen Glotzaugen.

Und er hob die zweite Hand nicht zum Schlag. Am Blick dieser Eulenaugen und am Griff der Bauernhand erkannte er, daß einer von ihnen bei einer Schlägerei nicht nur stürzen, sondern tot umfallen würde.

»Langsam, Junge«, wiederholte Dwojetjossow eintönig. »Es gibt Schnitzel. Geh, iß dein Schnitzel!«

Ljubimitschew riß sich los, warf stolz den Kopf zurück und ging zur Treppe, seine atlasglatten großflächigen Wangen brannten. Er überlegte sich, wie er mit Chorobrow abrechnen könnte. Er wußte selbst noch nicht, wie hart ihn die Beleidigung getroffen hatte. Obwohl er immer bereit gewesen war, jedem einzubleuen, daß er das Leben verstehe, hatte es sich jetzt gezeigt, daß er es doch nicht verstand.

Wie konnten sie es herausbekommen? Woher?

Bulatow folgte ihm mit seinen Blicken und griff sich an den Kopf.

»Heilige Mutter! Wem kann man jetzt noch trauen?«

Die ganze Szene war nur von sparsamen Bewegungen begleitet gewesen. Weder die auf dem Hof herumgehenden Häftlinge noch die zwei reglosen Aufseher am Rande des Platzes hatten etwas bemerkt. Nur Siromacha, der mit halbgeschlossenen, müden und unbeweglichen Augen in der Schlange stand, hatte durch den Türspalt alles beobachtet, an Rusjka gedacht und alles begriffen.

Er stürzte vor.

»Jungs!« wandte er sich an die vor ihm Stehenden. »Mein Modell steht unter Strom. Laßt mich außer der Reihe vor! Ich bin schnell fertig.«

»Alle haben Modelle unter Strom stehen.«

»Wir sind alle schwanger«, antwortete man ihm lachend.

Man ließ ihn nicht vor.

»Ich gehe es ausschalten«, erklärte Siromacha darauf geschäftig, umging die ›Jäger‹ und verschwand im Hauptgebäude. Ohne sich eine Atempause zu gönnen, eilte er in den zweiten Stock hinauf. Das Kabinett Major Schikins war von innen verschlossen, der Schlüssel steckte im Schlüsselloch. Das konnte ein Verhör sein. Es konnte aber auch eine Zusammenkunft mit der hochaufgeschossenen Sekretärin sein. Siromacha war machtlos und mußte sich zurückziehen.

In jeder Minute konnten weitere Zuträger hochgehen — und er konnte nichts unternehmen!

Eigentlich hätte er sich jetzt von neuem anstellen müssen, aber der Instinkt des gehetzten Tieres ist stärker als der Wunsch, sich verdient zu machen. Er hatte Angst davor, diesen erregten und bösen Haufen ein zweites Mal zu passieren. Sie konnten sich Siromacha einfach ohne jeden Vorwand greifen. Er war etwas zu bekannt in der Scharaschka.

Unterdessen war auch der Doktor der Chemie Orobinzew aus dem Zimmer Myschins gekommen, klein, bebrillt und im selben vornehmen Pelz und mit derselben Mütze, die er auch vor seiner Verhaftung getragen hatte. Er war noch nie in einem Durchgangslager gewesen, und man hatte ihm somit noch nicht den Balg abziehen können. Jetzt versammelte er auf dem Hof ein paar Leute um sich, die ebenso naiv waren wie er, darunter den glatzköpfigen Konstrukteur, und gewährte ihnen ein Interview. Bekanntlich glaubt der Mensch vor allem das, was er glauben möchte. Diejenigen, die glauben wollten, daß die einzureichende Liste der Angehörigen nicht einer Anzeige gleichkäme, sondern eine weise Regelung sei, scharten sich jetzt um Orobinzew. Dieser hatte bereits seine säuberlich liniierte Liste eingereicht, mit Major Myschin darüber gesprochen und war jetzt dabei, dessen Erklärungen mit Nachdruck weiterzugeben — wo die unmündigen Kinder einzutragen seien, und wie zu verfahren wäre, wenn man einen Stiefvater hat. In einem bloß hatte Major Myschin Orobinzews Wohlerzogenheit gekränkt. Dieser hatte bedauert, daß er sich des Geburtsortes seiner Frau nicht mehr erinnerte. Myschin hatte bloß sein Maul aufgerissen und laut gelacht: »Haben Sie sie im Puff aufgegabelt?«

Die leichtgläubigen Kaninchen lauschten den Worten Orobinzews und achteten nicht auf die andere Gruppe, die sich im Schutz der drei Linden um Adamson gesammelt hatte.

Adamson hatte sich nach der reichlichen Mahlzeit faul eine Zigarette angezündet und erzählte nun seinen Zuhörern, daß diese Schreibverbote keineswegs neu seien, daß es schon schlimmere gegeben habe, daß auch dieses Verbot nicht ewig gültig sein werde, höchstens bis zur Ablösung irgendeines Ministers oder Generals, daß es deshalb unnötig sei, den Mut zu verlieren, daß man zunächst keine Listen einreichen solle und daß im übrigen alles vorüberginge. Die Augen Adamsons waren von Geburt her eng und lang geschnitten, und wenn er die Brille abnahm, verstärkte sich noch der Eindruck, daß er die Welt der Häftlinge höchst gelangweilt betrachtete: alles wiederhole sich, und der Archipel des GULAG könne nichts Neues mehr bieten. Adamson saß schon so lange, daß er es verlernt hatte, Gefühle zu haben. Das, was für andere eine Tragödie war, schien für ihn nicht mehr zu sein als eine kleine, alltägliche Nachricht.

Inzwischen hatten die ›Jäger‹, deren Zahl angewachsen war, noch einen Zuträger erwischt. Unter groben Scherzen zog man auch aus der Tasche von Isaak Kagan eine Anweisung auf 147 Rubel. Bevor man das For-

mular aus seiner Tasche zauberte, hatte er auf die Frage, was er bekommen habe, geantwortet, daß er nichts erhalten habe und sich darüber wundere, offenbar auf Grund eines Mißverständnisses vorgeladen worden zu sein. Als man dann die Überweisung gewaltsam zutage förderte und ihn anzuprangern begann, errötete Kagan nicht einmal, beeilte sich auch nicht zu verschwinden, sondern packte alle ›Jäger‹ der Reihe nach am Ärmel und schwor aufdringlich, daß es sich um ein reines Mißverständnis handele und daß er allen einen Brief seiner Frau zeigen könne, in dem geschrieben stünde, daß ihr auf der Post drei Rubel gefehlt hätten und sie daher 147 habe schicken müssen. Er versuchte sogar, sie mit sich in den Akkumulatorenraum zu schleppen, wo er den Brief holen und vorzeigen wolle. Mit seinem zottigen Kopf wackelnd und nicht bemerkend, daß ihm sein Schal vom Halse geglitten war und fast auf dem Boden schleifte, setzte er mit dem Anschein größter Wahrhaftigkeit auseinander, warum er zunächst geleugnet hatte, eine Geldanweisung erhalten zu haben. Kagan hatte einen angeborenen Hang zur Klebrigkeit. Wer sich mit ihm in ein Gespräch einließ, konnte ihn nicht mehr loswerden, es sei denn, man stimmte ihm zu und überließ ihm das letzte Wort. Chorobrow, sein Bettnachbar, der wußte, daß Kagan verurteilt worden war, weil er sich geweigert hatte zu denunzieren, hatte nicht mehr die Kraft zum gerechten Zorn und sagte daher nur:
»Ach Isaak, Isaak, du Scheißkerl. In der Freiheit hast du es für Tausende nicht getan, und hier verkaufst du dich für Hunderte!«
Oder hatte man ihm mit einem Lager gedroht?
Isaak aber fuhr, ohne aus dem Konzept zu kommen, fort, sich zu verteidigen, und hätte schließlich noch alle überzeugt, wenn man nicht einen weiteren Zuträger gegriffen hätte, diesmal einen Letten. Dadurch wurde die Aufmerksamkeit abgelenkt, und Kagan ging.
Die zweite Schicht wurde jetzt zum Essen aufgerufen, und die erste kam zum Spaziergang auf den Hof. Über die Treppe kam auch Nershin, im Mantel. Sofort erblickte er Rusjka Doronin, der am Rande des Hofes stand. Mit triumphierendem, leuchtendem Blick beobachtete Doronin abwechselnd das Treiben der ›Jäger‹, den kleinen Weg zum Hof der freien Mitarbeiter und den Durchgang zur Chaussee, wo in Kürze Klara den Autobus verlassen mußte, um ihre Abendschicht zu übernehmen.
»Nun«, lachte er Nershin zu und deutete mit dem Kopf in Richtung der ›Jäger‹. »Hast du schon die Sache mit Ljubimitschew gehört?«
Nershin trat dicht an ihn heran und faßte ihn leicht um die Schultern.
»Hochleben lassen sollte man dich! Aber — ich mache mir deinetwegen Sorgen.«
»Ich bin gerade dabei, mich zu entfalten, warte nur ab, das sind erst die Knospen.«

Nershin schüttelte den Kopf, lachte und ging weiter. Er traf den zum Essen eilenden Prjantschikow, der übers ganze Gesicht strahlte, nachdem er mit seiner dünnen Stimme nach Herzenslust alle herumstehenden Zuträger angebläfft hatte.

»Ha, ha, alter Junge«, begrüßte ihn dieser. »Sie haben ja die ganze Vorstellung verpaßt. Wo ist Lew?«

»Er hat eine dringende Arbeit. Ist nicht zur Pause 'rausgekommen.«

»Was heißt das? Noch wichtiger als die Semjorka? Das gibt es doch nicht. Sie können mich ... Ihr alle könnt mich!« Dann lief er davon.

Weiter auf dem Hof traf Nershin Gerassimowitsch in seinem kurzen Mäntelchen mit hochgeschlagenem Kragen und der tief über den kleinen Kopf gezogenen, zerdrückten Mütze. Sie nickten sich freundlich, aber traurig zu. Gerassimowitsch hatte sich vor dem Winde igelgleich zusammengerollt, die Hände in die Seitentaschen geschoben und glich, schmächtig wie er war, einem Spatz.

Jenem Spatzen, von dem der Volksmund sagt, daß er das Herz einer Katze habe.

75

Erziehung zum Optimismus

Verglichen mit der Arbeit Major Schikins hatte die Arbeit Major Myschins ihre Besonderheiten, ihre positiven und negativen Seiten. Zum Positiven gehörte vor allem das Lesen der Briefe und die Entscheidung darüber, ob sie abgeschickt oder zurückgehalten werden sollten. Als negativ empfand er, daß es nicht bei ihm lag, die Transportlisten aufzustellen, verdientes Geld einzubehalten, die Verpflegungskategorien zu bestimmen und die Fristen der Verwandtenbesuche festzulegen. Dazu kam verschiedener anderer dienstlicher Ärger.

So gab es vieles, worum Major Myschin den Leiter seiner Konkurrenzorganisation, Major Schikin, beneidete, der übrigens auch die Gefängnisneuigkeiten früher erfuhr als er. Myschin hatte sich deshalb darauf verlegt, hinter seinem dünnen Fenstervorhang die Vorgänge auf dem Gefängnishof zu verfolgen. Dank der ungünstigen Lage seines Zimmers in der zweiten Etage hatte Schikin diese Möglichkeit nicht. Die Beobachtung des alltäglichen Lebens der Gefangenen lieferte Myschin immerhin einiges Material. Von seinem Versteck aus vervollständigte er die Auskünfte, die er von seinen Spitzeln erhielt – er sah, wer mit wem umherging, ob die Unterhaltung lebhaft oder gleichgültig war. Und

dann liebte er es, bei der Übergabe oder beim Empfang von Briefen den Betreffenden zu überrumpeln:
»Übrigens, worüber sprachen Sie gestern in der Mittagspause mit Petrow?«
Mitunter erhielt er auf diese Weise von dem verwirrten Arrestanten recht nützliche Hinweise.
Auch in der heutigen Mittagspause befahl Myschin dem Häftling, der gerade an der Reihe war, einige Minuten zu warten, und schaute auf den Hof hinab. Die Jagd auf die Spitzel sah er allerdings nicht, denn sie spielte sich am anderen Ende des Gebäudes ab.
Um drei Uhr, nachdem die Mittagspause beendet war und der emsige Hauptfeldwebel alle Gefangenen, die nicht mehr drangekommen waren, auseinandertrieb, befahl Myschin, Dyrssin vorzulassen.
Iwan Seliwanowitsch Dyrssin war von der Natur mit einem eckigen Gesicht und mit vorstehenden Backenknochen bedacht worden, dazu mit einer undeutlichen Aussprache. Er war irgendwann einmal von der Drehbank zur Hochschule gekommen, nachdem er eine Arbeiterfakultät besucht und dort still und hartnäckig gebüffelt hatte. Er war zwar begabt, verstand es aber nicht, sich ins rechte Licht zu setzen, und wurde so sein ganzes Leben lang übervorteilt und gekränkt. Auch jetzt in der Semjorka nutzten ihn nur die nicht aus, die keine Lust dazu hatten.Da sich seine zehnjährige, leicht gekürzte Haftzeit ihrem Ende zuneigte, kuschte er jetzt ganz besonders vor der Obrigkeit. Mehr als alle anderen fürchtete er eine zweite Verurteilung, wie er sie in der Kriegszeit häufig bei anderen erlebt hatte.
Auch zu seiner ersten Verurteilung war er auf ganz unsinnige Weise gekommen. Zu Beginn des Krieges hatte man ihn wegen ›antisowjetischer Agitation‹ verurteilt – auf Grund der Denunziation seiner Nachbarn, die ein Auge auf seine Wohnung geworfen hatten und sie dann auch bekamen. Gewiß, es stellte sich heraus, daß er eine solche Agitation nicht betrieben hatte, aber er *hätte* sie betreiben können, da er deutsche Radiosendungen hörte. Gewiß, auch deutsche Radiosendungen hatte er nicht gehört, aber er *hätte* sie hören können, da er einen verbotenen Radioapparat besaß. Gewiß, er hatte auch keinen derartigen Radioapparat, aber er *hätte* ihn sicherlich haben können, da er von Beruf Radioingenieur war, und tatsächlich wurden auch nach der Denunziation in einer Schachtel zwei Radioröhren gefunden.
Dyrssin hatte die Lager der Kriegszeit hinlänglich kennengelernt – sowohl die, in denen man feuchtes, den Pferden gestohlenes Korn fraß, als auch die, in denen man unter einem an die erste Taiga-Fichte genagelten Schild ›Lager-Nebenstelle‹ Mehl mit Schnee vermengte. In den acht Jahren, die Dyrssin im Lande der GULAG verbracht hatte, starben seine beiden Kinder, und seine Frau wurde ein knochiges altes Weib. Dann

erinnerte man sich daran, daß er Ingenieur sei, brachte ihn hierher und begann, ihn mit Butter hochzupäppeln. Hundert Rubel konnte er monatlich an seine Frau schicken.
Und jetzt kam unerklärlicherweise keine Post mehr von ihr. Womöglich war sie gestorben?
Major Myschin saß da, die Hände auf dem Tisch gefaltet. Auf dem Tisch lag kein Blatt Papier, das Tintenfaß war geschlossen, die Feder trocken, und Myschins rundes, rötlich-violettes Gesicht war, wie gewöhnlich, völlig ausdruckslos. Seine Stirn war so gedrungen, daß weder das Alter noch das Denken irgendeine Falte in ihre Haut hatten einmeißeln können. Auch seine Wangen waren gedrungen. Das Gesicht Myschins war das eines aus Ton gebrannten, mit rosigen und violetten Farbtönen bemalten Götzenbildes. Seine Augen waren ausdruckslos, ohne Leben, von einer gewissen hochmütigen Leere.
So etwas war noch nie vorgekommen! Myschin forderte ihn auf, sich zu setzen, und Dyrssin überschlug schon, was für ein Unheil ihn jetzt treffen könnte und was zu Protokoll genommen werden würde. Zu alledem schwieg der Major auch noch – wie es die Dienstanweisung vorschrieb. Endlich begann er doch zu reden:
»Sie beklagen sich immer. Gehen herum und beklagen sich. Sie haben seit zwei Monaten keinen Brief mehr bekommen.«
»Mehr als drei, Bürger Major«, gab Dyrssin schüchtern zu bedenken.
»Na, also drei, wo liegt da der Unterschied? Haben Sie mal darüber nachgedacht, was für ein Mensch Ihre Frau eigentlich ist?«
Myschin sprach ohne Hast, setzte die Worte deutlich voneinander ab und machte angemessene Pausen zwischen den Sätzen.
»Was für ein Mensch ist Ihre Frau? Na?«
»Ich ... verstehe nicht«, stammelte Dyrssin.
»Nun, was verstehen Sie nicht? Wie ist ihre politische Einstellung?«
Dyrssin erbleichte. Er hatte sich also doch noch nicht mit allem abgefunden und nicht auf alles vorbereitet. Seine Frau mußte irgend etwas in einem Brief geschrieben haben, und jetzt würde man sie, so kurz vor seiner Entlassung ...
Im stillen sprach er ein Gebet für seine Frau. Das Beten hatte er im Lager gelernt.
»Sie ist eine Miesmacherin, und solche brauchen wir nicht«, erklärte der Major bestimmt. »Sie ist mit einer seltsamen Blindheit geschlagen: sie bemerkt nicht das Gute in unserem Leben, sondern tritt nur das Negative breit.«
»Um Gottes willen! Was ist mit ihr geschehen?« rief Dyrssin flehentlich aus und schüttelte dabei verzweifelt seinen Kopf.
»Mit ihr geschehen?« Die Pausen in der Rede Myschins waren immer

noch lang. »Mit ihr geschehen? Nichts!« Dyrssin seufzte erleichtert auf. »Bis jetzt nichts.«

Ohne die geringste Eile entnahm der Major der Schublade einen Brief und reichte ihn Dyrssin.

»Ich danke Ihnen!« sagte dieser schwer atmend. »Kann ich gehen?«

»Nein. Lesen Sie ihn hier. Einen derartigen Brief kann ich Ihnen nicht in die Gemeinschaftsräume mitgeben. Was werden die Gefangenen bei solch einem Brief für einen Eindruck vom Leben in der Freiheit bekommen? Lesen Sie!«

Darauf erstarrte er zu einem violetten Götzenbild, bereit, alle Lasten seines Amtes zu tragen.

Dyrssin zog das Blatt aus dem Umschlag. Er bemerkte es nicht, aber einem Unbeteiligten wäre schon das Äußere des Briefes, das irgendwie Ausdruck des Wesens seiner Schreiberin war, unangenehm aufgefallen. Auf rauhem Papier, das fast wie Packpapier aussah, war nicht eine einzige Zeile wirklich waagerecht von einem Rand zum anderen durchgehalten. Alle Zeilen senkten sich und fielen nach rechts ab, immer weiter ab. Der Brief war vom 18. September:

»Lieber Wanja! Ich habe mich zum Schreiben hingesetzt, weil ich nicht einschlafen kann, sosehr ich es möchte. Von der Arbeit gehe ich sofort in den Garten. Wir graben mit Manjuschka nach Kartoffeln. Es gab nur kleine. In Urlaub bin ich nicht gefahren, ich habe nichts anzuziehen, alles ist zerlumpt. Ich habe versucht, etwas zu sparen, um zu Dir zu fahren – aber es ist nicht gelungen. Nika ist zu Dir gefahren, aber man sagte ihr, daß es dort so einen nicht gäbe. Ihr Vater und ihre Mutter haben ihr Vorwürfe gemacht, warum sie gefahren sei, jetzt wäre sie auf der Liste, man würde sie beobachten. Überhaupt sind unsere Beziehungen jetzt angespannt, und mit L. W. sprechen sie fast überhaupt nicht mehr.

Wir leben schlecht. Die Großmutter liegt nun schon das dritte Jahr und kann nicht aufstehen; sie ist ganz verdorrt, kann und kann nicht sterben und wird auch nicht gesund und quält uns alle. Die Großmutter stinkt entsetzlich, und es gibt dauernd Streit, mit L. W. spreche ich überhaupt nicht, Manjuschka hat sich völlig von ihrem Mann getrennt, ihre Gesundheit ist schlecht, die Kinder gehorchen nicht, sobald wir von der Arbeit kommen, ist es grausig, man hört nur Flüche, wohin soll man fliehen, wann wird das ein Ende nehmen?

Nun also, ich küsse Dich herzlich. Bleib gesund.«

Die Unterschrift fehlte, ja sogar das Wörtchen ›Deine‹.

Myschin, der geduldig gewartet hatte, bis Dyrssin den Brief gelesen und noch einmal gelesen hatte, zuckte mit seinen weißen Augenbrauen und den violetten Lippen. Dann sagte er:

»Ich habe Ihnen diesen Brief nicht gegeben, als er ankam. Es war mir klar, daß er in einer vorübergehenden Stimmung geschrieben war und daß Sie stramm arbeiten müssen. Ich wartete, bis sie einen positiveren Brief schicken würde. Und jetzt sehen Sie, was sie im vergangenen Monat geschickt hat.«

Dyrssin blickte den Major schnell an, aber dessen plumpes Gesicht drückte keinen Vorwurf aus, nur Schmerz. Er griff nach dem zweiten geöffneten Kuvert und entnahm ihm mit zitternden Fingern einen Brief in ebenso gebrochener, wirrer Schrift, diesmal auf dem ausgerissenen Blatt eines Heftes:

»30. Oktober.

Lieber Wanja! Du bist gekränkt, daß ich so selten schreibe, aber ich komme spät von der Arbeit und gehe fast täglich nach Brennholz in den Wald, und dann später, am Abend, bin ich so müde, daß ich geradezu umfalle; aber nachts schlafe ich schlecht, die Großmutter stört mich. Ich muß früh aufstehen, um fünf Uhr, da ich um acht anfangen muß zu arbeiten. Gottlob ist der Herbst warm, aber der Winter steht vor der Tür! Kohlen sind im Laden nicht zu bekommen, es gibt nur welche für die Oberen oder hintenherum. Neulich fiel mir mein Bündel vom Rükken, ich zog es nur noch so auf der Erde entlang hinter mir her, hatte schon nicht mehr die Kraft, es aufzuheben, und dachte: ›Da schleppt sich die Alte mit Reisig nach Haus!‹ Ich habe mir schon einen Leistenbruch geholt von der Schlepperei. Nika kam zu den Ferien her, sie ist ein interessantes Mädchen geworden, hat sich bei uns nicht mal sehen lassen. Ich kann nicht ohne Schmerz an Dich denken. Ich kann mich auf niemanden verlassen. Solange ich die Kraft habe, werde ich arbeiten, aber ich fürchte nur, daß ich mich hinlegen muß wie die Großmutter. Ihre Füße sind gelähmt, sie ist aufgedunsen, kann sich nicht selber hinlegen, nicht aufrichten. So schwere Fälle werden im Krankenhaus nicht aufgenommen, es lohnt sich nicht für sie. L. W. und ich müssen sie immer aufheben, wenn sie ins Bett gemacht hat, es stinkt bei uns furchtbar, das ist kein Leben, sondern Zwangsarbeit. Natürlich kann sie nichts dafür, aber ich habe keine Kraft mehr, es zu ertragen. Du hast mir zwar den Rat gegeben, nicht zu zanken, aber wir zanken und fluchen jeden Tag, von L. W. hörst du schon nichts andres mehr als Lumpenpack und Aas. Manjuschka beschimpft ihre Kinder. Wären unsere auch so geworden? Weißt Du, ich bin manchmal froh, daß sie nicht mehr da sind. Valerij kam dies Jahr in die Schule, er braucht vieles, und Geld ist nicht da. Sicher, für Pawel bekommt Manjuschka Alimente, übers Gericht. So, es gibt im Moment nichts mehr zu schreiben. Bleib gesund. Ich küsse Dich.

Wenn man sich wenigstens am Feiertag ausschlafen könnte – aber man muß sich zu den Demonstrationen hinschleppen.«

Nach diesem Brief erstarrte Dyrssin. Er schlug die Hände vors Gesicht, so als ob er es sich waschen wollte, ohne es dennoch zu tun.
»Nun, haben Sie es durchgelesen? Sie lesen nicht mehr, wie es scheint. Also, Sie sind ein erwachsener Mensch. Gebildet. Sie haben im Gefängnis gesessen und begreifen, was für ein Brief das ist. Für solche Briefe wurden während des Krieges Verurteilungen ausgesprochen. Demonstrationen sind eine Freude für alle – und für sie? Und Kohlen? Kohlen gibt es nicht nur für die Obrigkeit, sondern für alle Bürger, aber natürlich immer schön nach der Reihe, versteht sich. Auch bei diesem Brief war ich nicht sicher, ob ich ihn Ihnen geben sollte. Dann kam der dritte, wieder genauso einer. Ich habe überlegt und überlegt – man muß diese Sache irgendwie beenden. Sie müssen sie selber beenden. Schreiben Sie ihr einen Brief, optimistisch, munter, richten Sie sie auf. Machen Sie ihr klar, daß man nicht jammern soll, daß alles schon hinkommen werde. Hier, jetzt sind die da reich geworden, haben was geerbt. Lesen Sie!«
Die Briefe waren chronologisch geordnet, der dritte war vom 8. Dezember.
»Lieber Wanja! Als erstes eine traurige Nachricht: am 20. November 1949 um fünf nach zwölf ist die Großmutter gestorben. Sie starb, und wir hatten keine Kopeke. Zum Glück hat Mischa uns 200 Rubel gegeben, alles mußte billig sein, es war eine Armenbeerdigung. Kein Priester, keine Musik, man brachte sie einfach auf einem Fuhrwerk zum Friedhof und wälzte sie in die Grube. Jetzt ist es im Hause etwas stiller, aber es herrscht eine Art Leere. Ich bin krank, nachts schwitze ich so, daß das Kopfkissen und die Laken naß sind. Eine Zigeunerin hat mir prophezeit, ich würde im Winter sterben, und ich werde froh sein, ein solches Leben loszuwerden. L. W. hat sicher Tbc, sie hustet und hat Blut in der Kehle. Kaum kommt sie von der Arbeit, geht schon das Fluchen los, sie ist böse wie eine Hexe. Sie und Manjuschka machen mich ganz verrückt. Ich bin wirklich ein Unglücksrabe – jetzt sind noch vier Zähne kaputt, und zwei sind ausgefallen, man müßte sie ersetzen, aber auch dafür ist kein Geld da, und obendrein muß man sehr lange warten.
Die 300 Rubel von Dir für drei Monate kamen genau zur rechten Zeit, denn wir waren schon fast erfroren, aber nun kamen wir für die Kohlenlieferung dran – ich hatte Nr. 4576 –, aber man bekommt nur Kohlenstaub, es lohnt sich nicht, ihn zu nehmen. Zu Deinen 300 legte Manjuschka ihre 200 hinzu, so bezahlten wir einen Chauffeur, und schon brachte er uns große Kohlen. Mit Kartoffeln reichen wir auch nicht bis zum Frühjahr – von zwei Gärten, stell Dir vor, haben wir so gut wie nichts ausgegraben, es hat nicht geregnet, es war eine Mißernte.
Mit den Kindern gibt es dauernd Ärger. Valerij bekommt nur schlechte Noten, nach der Schule treibt er sich wer weiß wo herum. Der Direktor

hat Manjuschka rufen lassen — was sie denn für eine Mutter sei, die mit den Kindern nicht fertig wird. Shenka ist erst sechs, und beide fluchen sie auf die unflätigste Weise, mit einem Wort, eine Gaunerbande. Ich gebe für sie mein ganzes Geld aus, und Valerij hat mich neulich eine Hündin genannt, so was muß man sich von irgendeinem Rotzbengel anhören — was wird erst werden, wenn die größer sind? Im Mai stehen uns die Erbschaftsauseinandersetzungen bevor, es heißt, daß das 2000 kosten wird — aber woher soll man das nehmen? Jelena und Mischa werden sich ans Gericht wenden, sie wollen L. W. das Zimmer wegnehmen. Solange Großmutter noch lebte, wollte sie nicht bestimmen, wer was bekommen soll, sosehr wir ihr auch zugesetzt haben. Mischa und Jelena sind auch krank.
Ich habe Dir im Herbst geschrieben, soviel ich weiß, sogar zweimal. Ob Du das nicht bekommen hast? Wo bleiben die Briefe nur?
Ich schicke Dir eine 40-Kopeken-Marke. Nun, was hört man, kommst Du frei oder nicht? Im Laden gibt es sehr hübsches Geschirr, Kasserolen und Schüsseln aus Aluminium.
Ich küsse Dich herzlich. Bleib gesund.«

Ein feuchter Tropfen fiel aufs Papier und löste die Tinte auf.
Wieder war es nicht zu erkennen — las Dyrssin noch oder nicht mehr?
»Nun also«, fragte Myschin, »ist es Ihnen klar?«
Dyrssin rührte sich nicht.
»Schreiben Sie eine Antwort. Eine zuversichtliche Antwort. Ich genehmige mehr als vier Seiten. Sie haben ihr mal irgendwie geschrieben, daß sie auf Gott vertrauen soll. Also dann schon lieber auf Gott, als so ... Denn was soll das? Wohin führt das? Beruhigen Sie sie, sagen Sie ihr, daß Sie bald zurückkommen würden, daß Sie dann ein hohes Gehalt bekämen.«
»Wird man mich denn nach Hause entlassen? Mich nicht verschicken?«
»Das hängt von den vorgesetzten Behörden ab. Die Frau aber müssen Sie unterstützen, das ist Ihre Pflicht. Immerhin ist sie doch Ihr Lebenskamerad.« Der Major schwieg. Dann fügte er mitfühlend hinzu: »Oder es könnte ja sein, daß Sie jetzt eine jüngere wollen?«
Hätte er gewußt, daß im Korridor sein Lieblingszuträger Siromacha vor Ungeduld fast vergehend herumhüpfte, so wäre er nicht so ruhig sitzen geblieben.

76

Der König der Spitzel

In den seltenen Minuten, in denen Artur Siromacha nicht mit dem Kampf ums Dasein beschäftigt war, wenn er gerade keine Anstrengungen machte, der Obrigkeit zu gefallen oder zu arbeiten, wenn sein unablässiges, leopardenhaftes Auf-dem-Sprung-Sein nachließ, dann erwies er sich als träger junger Mann von schlanker Gestalt. Sein Gesicht glich dem eines überbeanspruchten Künstlers, und seine unbestimmbaren, trüb-verschleierten blauen Augen schienen immer von Trauer umflort zu sein.

Zwei Leute hatten bereits im Jähzorn Siromacha einen Zuträger genannt, und beide waren sehr bald darauf verschickt worden. Laut sagte es nun niemand mehr. Man fürchtete ihn. Vielleicht wird der Häftling verdächtigt, einen Fluchtversuch zu planen? Oder Terror? Oder einen Aufstand? Er erfährt es nicht, ihm wird nur befohlen, seine Sachen zu packen. Wird er einfach in ein Lager verschickt? Oder bringt man ihn in ein Untersuchungsgefängnis?

So ist nun einmal die Natur des Menschen, und sie ist zu allen Zeiten in Rechnung gestellt worden: Solange der Mensch noch Verrat enthüllen oder durch seinen Tod andere retten kann, ist die Hoffnung in ihm noch nicht gestorben. Er glaubt noch an eine günstige Wendung, er klammert sich an die jammervollen Reste des Guten. Darum schweigt er und unterwirft sich. Wenn man ihn aber an der Gurgel packt und schindet, wenn er nichts mehr zu verlieren hat und zu Taten fähig wäre, dann kann nur noch das steinerne Gehäuse der Einzelzelle seine späte Wut aufnehmen – oder der Atem der bereits verkündeten Todesstrafe macht ihn allen irdischen Dingen gegenüber gleichgültig.

Ohne ihn direkt, das heißt bei einer Zuträgerei, ertappt zu haben, aber dennoch keinen Zweifel daran hegend, daß er ein Spitzel sei, mieden ihn die einen, während es andere für ungefährlicher hielten, freundschaftlich mit ihm zu verkehren, Volleyball zu spielen oder Weibergeschichten zu bereden – so wie man es auch mit den übrigen Spitzeln tat. So friedlich sah also das Leben in der Scharaschka aus, während unterirdisch ein mörderischer Kampf tobte.

Artur konnte keineswegs nur über Frauen reden. ›Die Forsyte-Saga‹ gehörte zu seinen Lieblingsbüchern, und er urteilte recht gescheit darüber. Freilich machte es ihm gar nichts aus, abwechselnd mit Galsworthy den zerfledderten Detektivroman ›Das Haus ohne Schlüssel‹ zu lesen. Artur hatte auch ein musikalisches Ohr; besonders schätzte er spanische und italienische Komponisten. Er konnte Melodien von Verdi und Rossini pfeifen. Als er noch frei war, hatte er, auf unbestimmte Weise die Leere seines Lebens spürend, einmal im Jahr ein Konzert besucht.

Siromacha stammte aus einer adligen, aber verarmten Familie. Zu Beginn des Jahrhunderts war ein Siromacha Komponist gewesen, einen anderen hatte man wegen eines kriminellen Delikts zur Zwangsarbeit verschickt. Ein weiterer Siromacha hatte sich entschieden der Revolution angeschlossen und sogar in der Tscheka gedient.

Als Artur volljährig wurde, stellte er fest, daß er wegen seiner Neigungen und Ansprüche ständig über eigene Einnahmen verfügen müsse. Das gleichförmige und mühselige kleine Leben mit der täglichen Rackerei ›von‹ ›bis‹ und den alle vierzehn Tage fälligen Lohnzahlungen mit ihren Abzügen für Steuern und Staatsanleihen war nichts für ihn. Wenn er ins Kino ging, dachte er ernstlich darüber nach, welcher Filmstar wohl zu ihm passen würde. Er malte sich in allen Einzelheiten aus, wie er mit Deana Durbin nach Argentinien verschwinden würde.

Natürlich waren weder der Besuch eines Instituts noch Bildung überhaupt der Weg zu solch einem Leben. Folglich hielt Artur nach einer anderen Tätigkeit Ausschau – mit häufigem Ortswechsel, mit leichtem Umherflattern –, und diese Tätigkeit suchte auch ihn. So traf man sich. Dieser Dienst verschaffte ihm zwar nicht alle Mittel, die er sich wünschte, bewahrte ihn aber während des Krieges vor der Mobilisierung, das heißt, er rettete sein Leben. Während Dummköpfe in lehmigen Laufgräben verrotteten, schlenderte Artur mit angenehm glatten, cremefarbenen Wangen in seinem länglichen Gesicht zwanglos ins Restaurant ›Savoy‹. Ach, was ist das doch für ein Augenblick, wenn du über die Schwelle des Restaurants trittst, wenn der warme Atem voll Küchendunst und Musik dich plötzlich umfängt, wenn du mit einem Blick den ganzen funkelnden Saal erblickst und der Saal dich erblickt und du dir dann einen Tisch auswählst!

Alle inneren Stimmen sagten Artur, daß er auf dem richtigen Wege sei. Daß seine Tätigkeit allgemein verachtet wurde, empörte ihn. Die Gründe dafür konnten nur Unverständnis oder Neid sein. Es war ein Dienst für begabte Menschen. Er verlangte Beobachtungsgabe, Gedächtnis, Schlagfertigkeit sowie die Kunst der Verstellung und des Spiels – es war eine künstlerische Tätigkeit. Gewiß, man mußte sie verheimlichen, ohne Geheimnisse konnte es sie nicht geben, aber das nur auf Grund ihrer technologischen Eigentümlichkeit, vergleichbar etwa der Tatsache, daß ein Schweißer eine Schutzbrille braucht, um zu schweißen und zu schneiden. Andernfalls hätte Artur überhaupt nichts zu verbergen gehabt, es war nichts Schimpfliches an seiner Arbeit.

Einmal, als er mit seinem Geld nicht ausgekommen war, hatte sich Artur einer Bande angeschlossen, die mit Staatseigentum liebäugelte. Man sperrte ihn ein. Artur war keineswegs gekränkt – er war selbst schuld, er hätte nicht hereinfallen dürfen. Schon vom ersten Tage an fühlte er sich hinter Stacheldraht auch ganz selbstverständlich seiner früheren Tätigkeit verbunden, ja er empfand den Aufenthalt dort nur als eine neue Form seines Dienstes.

Die Sicherheitsbevollmächtigten ihrerseits ließen ihn ebenfalls nicht im Stich: er wurde weder zur Waldarbeit noch ins Bergwerk verschickt, sondern einer Kultur-Erziehungsgruppe zugeteilt. Das war der einzige Platz am Licht im Lager, die einzige Ecke, in die man sich vor dem Zapfenstreich für eine halbe Stunde zurückziehen konnte, um sich als Mensch zu fühlen, Zeitungen durchzublättern, die Gitarre zur Hand zu nehmen, sich an Gedichte oder an das frühere unwahrscheinliche Leben zu erinnern. Dort sammelten sich die Dill-Tomaten des Lagers, wie die unverbesserlichen Intellektuellen von den Dieben genannt wurden. Dort fühlte sich Artur mit seiner Künstlerseele, seinen verständnisvollen Augen, seinen Großstadt-Reminiszenzen und seiner Fähigkeit zu plätschern, über alles und jedes oberflächlich zu plätschern, gerade am rechten Ort.

So brachte Artur schnell mehrere Fälle zum Abschluß – einige *Agitatoren*, eine antisowjetisch eingestellte *Gruppe*, zwei Fluchtversuche, die zwar noch nicht vorbereitet, aber angeblich schon geplant waren, sowie einen ›Fall der Ärzte‹ des Lagers, die die Behandlung der Häftlinge mit Sabotageabsicht in die Länge zogen, das heißt, die Häftlinge bis zu ihrer völligen Genesung liegen ließen. Alle diese Kaninchen erhielten ein zweites Strafmaß, Artur aber wurden über die Dritte Abteilung zwei Jahre seiner Strafzeit gestrichen.

Auch in Mawrino gab er seinen erprobten Beruf nicht auf. Als Liebling und Seele beider Sicherheitsmajore wurde er der gefährlichste Spitzel in der Scharaschka.

Obwohl die Majore sich seiner Zuträgereien bedienten, weihten sie ihn doch nicht in ihre Geheimnisse ein. So wußte denn Siromacha jetzt nicht, für welchen der beiden die Nachricht über Doronin wichtiger sein würde, wessen Spitzel Doronin war.

Es ist viel darüber geschrieben worden, daß die Menschen in der Masse von überraschender Undankbarkeit und Unzuverlässigkeit sind. Es kann aber auch anders sein. Nicht einem, nicht dreien, sondern zwanzig und mehr Häftlingen hatte Rusjka Doronin in hirnverbrannter Unvorsichtigkeit und mit äußerster Unvernunft seine Idee, ein Doppelspiel zu spielen, anvertraut. Jeder, der es erfuhr, erzählte es noch einigen anderen weiter, so daß fast die Hälfte der Scharaschka-Häftlinge das Geheimnis Doronins kannte – es fehlte nur noch, daß man in den Zimmern laut darüber geredet hätte. Und obwohl jeder fünfte oder sechste in der Scharaschka ein Spitzel war, hatte keiner von ihnen etwas erfahren, oder wenn einer es doch erfahren hatte, so hatte er es jedenfalls nicht gemeldet. Auch der Alleraufmerksamste, die beste Spürnase, der König der Spitzel, Artur Siromacha, hatte bis zum heutigen Tage nichts geahnt.

Jetzt fühlte er sich in seiner Ehre als Zuträger getroffen. Mochten auch die Sicherheitsbevollmächtigten in ihren Arbeitszimmern die Sache übersehen haben – aber er? Und seine eigene Sicherheit? Genauso wie die anderen hätte man auch ihn mit der Überweisung erwischen können. Der Verrat Doronins war ein Schuß, der haarscharf an seinem Kopf vorbeigegangen war. Doronin hatte sich als starker Feind erwiesen, also mußte man auch kräftig zurückschlagen. Übrigens hatte Artur noch nicht den ganzen Umfang des Unheils erfahren und glaubte, daß Doronin sich erst jetzt, heute oder gestern, demaskiert habe.

Aber Siromacha konnte immer noch nicht in die Arbeitszimmer eindringen! Er durfte seinen Kopf nicht verlieren, durfte nicht versuchen, sich mit Gewalt bei Schikin Eintritt zu verschaffen, oder auch nur zu häufig zu seiner Tür hinzulaufen. Und bei Myschin standen sie Schlange! Als es drei schlug, wurden die Wartenden zwar auseinandergetrieben, aber noch immer stritten sich die hartnäckigsten und dickköpfigsten Häftlinge im Korridor mit dem Diensthabenden herum. Siromacha stellte sich mit leidender Miene, seinen Bauch haltend, vor dem Sanitätsraum auf und wartete, bis sich die Gruppe auflöste. Inzwischen war Dyrssin zu Myschin hineingerufen worden. Nach Siromachas Information gab es keinen Grund für Dyrssin, lange beim Sicherheitsoffizier zu sitzen, aber er saß und saß und saß. Während Siromacha die Unzufriedenheit Mamurins in Kauf nahm – immerhin fehlte er schon über eine Stunde in der Semjorka, wo es von Lötkolben, Kolophonium und Entwürfen dampfte –, wartete er vergebens darauf, daß Myschin Dyrssin wieder gehen ließe.

Aber auch den einfachen Aufsehern gegenüber, die hin und wieder einen Blick in den Korridor warfen, durfte er sich nicht verraten. Die Geduld verlierend stieg er von neuem in die zweite Etage zu Schikin hinauf, kehrte dann in den Korridor zu Myschin zurück und probierte es schließlich wieder bei Schikin. Beim letzten Versuch hatte er im dunklen Seitengang vor Schikins Zimmer Glück: durch die Tür hörte er die unnachahmlich knarrende Stimme des Hofarbeiters, die keiner anderen Stimme in der Scharaschka ähnelte.

Sofort klopfte er in der vereinbarten Weise. Die Tür öffnete sich, und Schikin erschien im schmalen Spalt.

»Sehr dringend«, flüsterte Siromacha.
»Eine Minute«, antwortete Schikin.
Mit leichten Schritten ging Siromacha, um dem aus dem Zimmer tretenden Hofarbeiter nicht zu begegnen, den langen Korridor entlang, wandte sich dann geschäftig um und stieß schließlich, ohne zu klopfen, Schikins Tür auf.

77

Was das Erschiessen betrifft ...

Nach einwöchiger Untersuchung ›In Sachen Drehbank‹ war der Kern dieser Angelegenheit für Schikin immer noch rätselhaft. Es war lediglich festgestellt worden, daß die Drehbank mit offener, abgestufter Antriebsscheibe, mit handgetriebenem Zubringer für den Reitstock und einem Support-Zubringer, der sowohl von Hand wie auch vom Hauptgetriebe bedient werden konnte, daß diese Drehbank mitten im Ersten Weltkrieg, 1916, im eigenen Lande gebaut worden war und jetzt auf Befehl Jakonows abmontiert und aus dem Laboratorium Nr. 3 in die mechanische Werkstatt geschafft werden sollte. Da sich beide beteiligten Parteien nicht über den Transport einigen konnten, wurde angeordnet, daß die Leute des Laboratoriums die Drehbank in den Kellergang hinabschaffen sollten, von wo sie dann die Leute der Werkstatt über die Treppe und durch den Hof zum Gebäude der Werkstatt schleppen sollten. Es würde noch einen kürzeren Weg gegeben haben, bei dem das Hinabschaffen der Drehbank in den Keller vermieden worden wäre, aber in diesem Fall hätte man die Häftlinge den vorderen Hof betreten lassen müssen, der wiederum von der Chaussee und vom Park aus einzusehen war. Das aber wäre vom Standpunkt der Sicherheit unzulässig gewesen.
Jetzt natürlich, nachdem das Irreparable geschehen war, konnte Schikin auch mit sich selbst hadern, weil er dieser äußerst wichtigen Operation nicht soviel Bedeutung beigemessen und sie darum nicht persönlich überwacht hatte. Sind nicht in der historischen Perspektive die Fehler der Handelnden immer klar erkennbar – aber wie wären sie zu vermeiden gewesen?
Es ergab sich also, daß das Personal des Laboratoriums Nr. 3, das aus einem Leiter, einem Mann, einem Invaliden und einem Mädchen bestand, die Drehbank mit eigenen Kräften nicht fortschaffen konnte. Aus diesem Grunde war, völlig verantwortungslos, aus verschiedenen Zimmern eine zufällige Gruppe von zehn Gefangenen zusammengestellt

worden. Dabei hatte man nicht einmal die Namen dieser Leute notiert, so daß Major Schikin einen halben Monat später größte Mühe hatte, durch das Vergleichen der Aussagen auch nur die vollständige Liste der Verdächtigen zusammenzubringen. Diese zehn Häftlinge hatten also die schwere Drehbank über die Treppe aus dem Hochparterre in den Keller zu schaffen. Die mechanische Werkstatt wiederum, deren Leiter sich aus irgendwelchen technischen Erwägungen nicht sehr nach dieser Drehbank sehnte, hatte nicht nur versäumt, rechtzeitig Arbeitskräfte zur Übernahme bereitzustellen, sondern hatte ebenso auch keinen Kontrolleur an den Ort der Übergabe entsandt. Die zehn schnell zusammengesuchten Häftlinge aber waren, nachdem sie die Drehbank ohne Überwachung in den Keller geschafft hatten, einfach auseinandergelaufen. Die Drehbank stand dann, den Durchgang versperrend, noch einige Tage im Kellergang. Sogar Schikin selbst war darüber gestolpert. Endlich kamen die Leute aus der Werkstatt, bemerkten den Sprung im Rahmen und beanstandeten ihn. Dann weigerten sie sich noch drei Tage lang, die Drehbank zu holen, bis man sie schließlich doch dazu zwang.

Dieser verhängnisvolle Sprung im Rahmen war die Ursache für den ›Fall‹. Möglicherweise lag es nicht einmal an diesem Sprung, daß die Drehbank nicht arbeitete – auch diese Version hatte Schikin gehört –, aber die Bedeutung des Sprunges war nun einmal wesentlich größer als der Sprung selbst. Dieser Sprung verriet nämlich, daß im Institut noch irgendwelche nicht entdeckten feindlichen Kräfte am Werk sein mußten. Dieser Sprung zeigte außerdem an, daß die Institutsleitung blind-vertrauensvoll und verbrecherisch-fahrlässig handelte. Eine erfolgreiche Durchführung der Untersuchung sowie die Entlarvung des Verbrechers und die wirklichen Tatmotive würden es nicht nur ermöglichen, jemanden zu bestrafen und jemanden zu verwarnen; um diesen Sprung herum konnte zudem noch eine große Erziehungsarbeit im Kollektiv organisiert werden. Schließlich verlangte es die Berufsehre Schikins, daß er dieses unheilvolle Knäuel entwirrte.

Doch das war nicht einfach. Es war Zeit versäumt worden. Unter den Häftlingen, die die Drehbank transportiert hatten, konnten Absprachen getroffen werden, konnte eine verbrecherische Verschwörung entstehen. Nicht ein einziger Freier – welch schreckliches Versäumnis! – war beim Transport dabeigewesen. Unter den zehn Trägern gab es auch nur einen einzigen Spitzel, und dazu noch einen höchst mittelmäßigen, dessen bisher größtes Verdienst in der Meldung bestand, ein Bettlaken sei zu Halstüchern zerschnitten worden. Hilfreich war er nur beim Anlegen des Verzeichnisses der zehn Träger gewesen. Im übrigen beteuerten alle zehn Häftlinge, frech mit ihrer Straflosigkeit rechnend, daß sie die Drehbank heil in den Keller gebracht, daß sie den Rahmen nicht über die

Treppe geschleift hätten und daß er auch nicht auf den Stufen aufgeschlagen sei. Zudem hatte nach ihren Aussagen keiner die Bank an der Stelle angefaßt, an der später der Sprung entstand, also am Rahmen unter dem Reitstock. In seinem Bestreben, die Wahrheit zu ergründen, hatte der Major bereits mehrmals eine Zeichnung der Drehbank mit der möglichen Plazierung der Träger angefertigt. Doch war es fast leichter, sich während der Verhöre zum Drehermeister auszubilden als den Schuldigen zu finden. Der einzige, den man, wenn nicht der Sabotage, so doch der Bereitschaft zur Sabotage beschuldigen konnte, war Ingenieur Potapow. Erbost durch ein dreistündiges Verhör hatte er sich gehenlassen:

»Wenn ich Ihnen diesen Trog hätte zerstören wollen, so würde ich einfach eine Handvoll Sand ins Kugellager gestreut haben, das hätte gereicht! Was für einen Sinn sollte es haben, den Rahmen zu zerschlagen?«

Diesen Ausspruch des ausgekochten Saboteurs hatte Schikin sofort ins Protokoll aufgenommen, aber Potapow hatte sich geweigert zu unterschreiben.

Die weitere Untersuchung wurde besonders dadurch erschwert, daß Schikin die üblichen Mittel zur Erlangung wahrer Aussagen nicht anwenden konnte: Einzelzellen, Karzer, Schläge, Karzerkost, nächtliche Verhöre, ja nicht einmal die unbedingt notwendige Einweisung der zu Verhörenden in getrennte Zellen. Die Häftlinge mußten auf jeden Fall ihre Arbeit im vollen Umfang weiterführen, und dazu brauchten sie normale Verpflegung und Schlaf.

Trotzdem aber war es Schikin bereits am Samstag gelungen, einem der Häftlinge das Geständnis zu entreißen, daß ihnen, als sie die letzten Stufen hinunterstiegen und bereits die enge Tür versperrten, der Hofarbeiter Spiridon entgegengekommen war und sich mit dem Ausruf »Halt, Brüder, laßt uns tragen!« als elfter beteiligt hatte. Aus der Zeichnung ergab sich, daß er nur am Rahmen unter dem Reitstock angefaßt haben konnte.

Diesen neuen ergiebigen Faden gedachte Schikin heute, am Montag, abzuwickeln. Deshalb beschloß er, zwei gerade erhaltene Denunziationen, die das ›Gericht über Fürst Igor‹ betrafen, vorläufig zurückzustellen. Unmittelbar vor dem Mittagessen rief er den rothaarigen Hofarbeiter zu sich. Spiridon kam vom Hof, wie er gerade war, in der wattierten Jacke, umgürtet mit dem zerfetzten Segeltuchriemen, nahm seine Mütze mit den großen Ohrenklappen vom Kopf und drehte sie schuldbewußt in den Händen, ähnlich dem klassischen Bauern, der von seinem Herrn ein Stückchen Land erbittet. Dabei blieb er auf der Fußmatte stehen, um keine Spuren auf dem Fußboden zu hinterlassen. Mißbilligend auf die feuchten Stiefel schielend und dann Spiridon selbst streng musternd,

ließ Schikin ihn stehen, während er selber in seinem Sessel sitzen blieb und schweigend verschiedene Papiere durchsah. Als ob ihm beim Lesen die Verruchtheit Jegorows klarwerde, warf er von Zeit zu Zeit einen erstaunten Blick auf diesen — wie auf ein blutrünstiges Tier, das endlich in die Falle getappt war. All das gehörte zu seiner Wissenschaft und sollte zerrüttend auf die Psyche des Delinquenten wirken. So verstrich im geschlossenen Kabinett eine halbe Stunde des ununterbrochenen Schweigens. Deutlich ertönte die Mittagsglocke, bei deren Geläut Spiridon seinen ersehnten Brief zu bekommen gehofft hatte. Aber Schikin schien die Glocke überhaupt nicht zu hören. Schweigend schob er dicke Aktendeckel hin und her, entnahm einer Schublade etwas, um es in eine andere zu legen, durchblätterte mit finsterer Miene verschiedene Papiere und blickte dann wieder voller Erstaunen auf den niedergeschlagenen, schuldigen Spiridon, der mit gesenktem Kopf dastand.
Die letzte Nässe aus Spiridons Stiefeln hatte sich inzwischen auf die Matte verteilt. Die Stiefel waren trocken geworden, und Schikin sagte:
»Nun, komm näher.« Spiridon trat heran. »Bleib stehen. Hier diesen — du kennst ihn, nicht wahr?« Er hielt ihm die Fotografie eines Jungen in deutscher Uniform ohne Mütze entgegen.
Spiridon beugte sich vor, kniff die Augen zusammen, sah auf das Bild und entschuldigte sich:
»Bürger Major, ich bin, weißt du, ein bißchen blind. Laß es mich genau betrachten.«
Schikin erlaubte es. Immer noch seine zottige Mütze in der einen Hand haltend, umfaßte Spiridon das Foto mit allen fünf Fingern der anderen, drehte es in der Helligkeit des Fensters hin und her und führte es an seinem linken Auge vorbei, so als ob er es Stück für Stück untersuchen wollte.
»Nein«, seufzte er erleichtert auf, »nie gesehen.«
Schikin nahm die Fotografie wieder an sich.
»Sehr schlecht, Jegorow«, sagte er zutiefst betrübt. »Durch das Leugnen wird die Sache schlimmer für Sie. Immerhin, setzen Sie sich.« Er wies auf einen weiter entfernten Stuhl.
»Wir haben ein langes Gespräch vor uns, und das hält man stehend nicht durch.«
Wieder verstummte er und vertiefte sich in seine Papiere.
Spiridon wich bis zum angewiesenen Stuhl zurück und setzte sich. Die Mütze legte er zuerst auf den Stuhl neben sich, bemerkte dann aber die Sauberkeit des weichen Lederbezuges und tat die Mütze wieder auf seine Knie. Seinen runden Kopf hatte er zwischen die Schultern eingezogen und so gesenkt, daß er wie die personifizierte Zerknirschung und Demut aussah.
Innerlich aber dachte er ganz ruhig:

»Du Drache, du Hund! Wann bekomme ich jetzt meinen Brief? Oder hast du ihn womöglich . . .?«
Spiridon, der in seinem Leben zwei Untersuchungen sowie die Wiederaufnahme einer Untersuchung durchgemacht hatte und Tausende von Untersuchungshäftlingen kannte, durchschaute das Spiel Schikins bis ins letzte. Er wußte aber auch, daß man so tun mußte, als fiele man darauf herein.
»Überhaupt, es ist neues Material über Sie gekommen«, seufzte Schikin schwer. »In Deutschland haben Sie offenbar verschiedene Dinger gedreht . . .!«
»Vielleicht war ich das gar nicht«, beruhigte ihn Spiridon. »Jegorows gab es in Deutschland, glauben Sie mir, Bürger Major, soviel wie Fliegen. Es heißt, daß es da auch einen General Jegorow gegeben hat!«
»Nun, wer denn sonst, wenn nicht Sie, Spiridon Danilytsch, ich bitte Sie!« Schikin wies mit dem Finger auf einen Aktendeckel. »Auch das Geburtsjahr stimmt, alles.«
»Auch das Geburtsjahr? Dann bin ich es nicht! Nicht ich«, sagte Spiridon mit Überzeugung. »Ich habe mich, um meine Ruhe zu haben, bei den Deutschen drei Jahre älter gemacht.«
»Ja!« erinnerte sich Schikin plötzlich, und sein Gesicht hellte sich auf. Seine Stimme klang nicht mehr bedrückt, weil nun doch keine Untersuchung geführt werden mußte, und er schob alle Papiere beiseite. »Fast hätte ich es vergessen. Du, Jegorow, hast doch vor zehn Tagen die Drehbank geschleppt, erinnerst du dich? Von der Treppe in den Keller.«
»Na und?« sagte Spiridon.
»Hat es dabei irgendwo geknallt? Entweder auf der Treppe oder im Korridor?«
»Wieso?« wunderte sich Spiridon. »Wir haben uns doch nicht herumgeprügelt.«
»Ich meine natürlich die Drehbank!«
»Gott behüte Sie, Bürger Major, warum sollten wir die Drehbank zerschlagen? Hat sie irgend jemandem was getan?«
»Ich wundere mich ja selbst darüber, daß man sie zerbrochen hat. Vielleicht habt ihr sie fallen lassen?«
»Wo denken Sie hin, fallen gelassen! Richtig an den Pfoten haben wir sie getragen, wie ein kleines Kind.«
»Und du selbst, wo hast du sie gehalten?«
»Ich? Hier natürlich.«
»Wo?«
»Nun, auf meiner Seite.«
»Also, du faßtest sie – unter dem hinteren Reitstock oder unter der Spindel?«

»Bürger Major, das mit dem Reitstock begreife ich nicht. Ich werde es Ihnen zeigen!«
Er warf seine Mütze auf den benachbarten Stuhl, stand auf und drehte sich so herum, als wollte er die Drehbank durch die Tür ins Kabinett ziehen. »Ich kam so heran, das heißt von hinten. Und zwei von ihnen waren in der Tür steckengeblieben.«
»Welche zwei?«
»Weiß der Kuckuck, ich war mit ihnen nicht zur Kindstaufe. Ich wurde böse. ›Halt!‹ schrie ich. ›Laßt mich anders anfassen!‹ Das war vielleicht ein Fisch!«
»Wieso ein Fisch?«
»Du verstehst auch nichts!« sagte Spiridon, schon ärgerlich, über die Schulter. »Na der, den wir trugen.«
»Die Drehbank also?«
»Klar, die Drehbank. Ich, mit einemmal, faß also um – so.« Er zeigte es, spannte sich, hockte sich hin. »Dann quetschte sich der eine durch und dann der andere. Zu dritt also, wie soll man sie da nicht halten? He!« Er richtete sich wieder auf. »Bei uns auf dem Kolchos haben wir noch ganz andere Lasten geschleppt. Sechs Weiber an eine Drehbank, goldrichtig, die schleppen sie einen ganzen Kilometer weit. Wo ist deine Drehbank? Gehen wir, heben wir sie zum Spaß hoch.«
»Das heißt, ihr habt sie also nicht fallen lassen?« fragte drohend der Major.
»Aber nein, sage ich doch!«
»Wer hat sie zerschlagen?«
»Also hat man sie dann doch zerknallt?« Spiridon war erstaunt. »Ja-a-a ...« Nachdem er gezeigt hatte, wie die Bank getragen wurde, setzte er sich wieder auf seinen Stuhl und war ganz Ohr.
»Als ihr sie von ihrem Platz holtet – war sie da noch ganz?«
»Das habe ich nicht genau gesehen, kann es nicht sagen. Vielleicht war sie auch zerbrochen.«
»Nun, und als ihr sie hinstelltet, in welchem Zustand war sie da?«
»Da war sie – ganz!«
»War ein Riß im Rahmen?«
»Da war überhaupt kein Riß«, antwortete Spiridon überzeugt.
»Aber wie hast du das denn gesehen, du blinder Teufel? Du bist doch – blind?«
»Bürger Major, ich bin blind, wenn es sich um Papierkram handelt, das stimmt, aber was die Wirtschaft betrifft, da sehe ich alles. Sie zum Beispiel und die anderen Bürger Offiziere werfen, wenn Sie über den Hof gehen, Kippen fort, aber ich sammele sie alle auf, sogar vom weißen Schnee – alle sammele ich auf. Fragen Sie den Kommandanten.«

»Also wie? Sie haben die Drehbank hingestellt und sie dann eingehend betrachtet?«
»Was denn sonst? Nach der Arbeit haben wir eine geraucht, ohne das geht es nicht. Haben die Drehbank beklopft.«
»Beklopft? Womit?«
»Nun, mit der flachen Hand, so, von der Seite, wie ein Pferd, das sich in Schweiß gelaufen hat. Ein Ingenieur hat noch gesagt: ›Gut ist so eine Drehbank. Mein Großvater war Dreher, hat an so einer gearbeitet.‹«
Schikin seufzte und nahm ein neues Blatt Papier.
»Sehr schlecht, daß du auch hier nicht gestehst, Jegorow. Wir werden ein Protokoll aufnehmen. Es ist klar, daß du die Drehbank kaputtgemacht hast. Wenn du es nicht warst, würdest du den Schuldigen anzeigen.«
Er sagte das zwar mit zuversichtlicher Stimme, aber seine innere Sicherheit hatte er verloren. Obwohl er Herr der Situation war, obwohl er das Verhör führte und obwohl der Hofarbeiter bereitwillig und mit großer Genauigkeit geantwortet hatte, waren die ersten Stunden des Verhörs umsonst gewesen – das lange Schweigen, das Foto, die Modulierung der Stimme, das lebhafte Gespräch über die Drehbank. Dieser rothaarige Häftling, von dessen Gesicht das diensteifrige Lächeln nicht weichen wollte und dessen Schultern immer noch gebückt waren, hatte sich nicht auf Anhieb ergeben und würde es jetzt noch weniger tun.
Spiridon hatte, schon als er vom General Jegorow sprach, sehr genau erraten, daß man ihn nicht wegen irgendwelcher Geschichten in Deutschland gerufen hatte, daß dieses Foto ein Bluff war, daß der Sicherheitsbevollmächtigte Theater spielte und daß er allein wegen der Drehbank zitiert worden war – es wäre ein Wunder gewesen, wenn man ihn nicht gerufen hätte –, denn die übrigen zehn hatte man eine ganze Woche durchgeschüttelt wie Birnen. Sein ganzes Leben lang daran gewöhnt, die Obrigkeit zu hintergehen, widmete er sich auch jetzt mühelos diesem bitteren Zeitvertreib. Alle leeren Gespräche gerbten ihm gewissermaßen nur das Fell. Am meisten ärgerte es ihn, daß sein Brief weiter zurückgehalten wurde. Hinzu kam noch, daß es sich zwar warm und trocken im Kabinett Schikins sitzen ließ, die Hofarbeit ihm aber von keinem abgenommen wurde und sie sich infolgedessen für morgen anhäufte.
So verging die Zeit, ein Glockenzeichen hatte längst das Ende der Mittagspause angekündigt, und Schikin befahl nun Spiridon zu unterschreiben, daß er nach Paragraph 95 für falsche Aussagen zur Verantwortung gezogen werden konnte; außerdem hatte Schikin die Fragen aufgeschrieben und dazu Spiridons Antworten, wenn auch möglichst verzerrt.
In diesem Moment wurde deutlich an die Tür geklopft. Schikin entließ Jegorow, der ihm mit seiner Beschränktheit ohnehin lästig geworden

war, und empfing den schlangenartigen, geschäftigen Siromacha, der es immer fertigbrachte, in zwei Worten das Wichtigste zu sagen.
Mit weichem, schnellem Schritt trat Siromacha ein. Die erschütternde Neuigkeit, die er mitbrachte, und seine besondere Stellung unter den Zuträgern der Scharaschka erlaubten es ihm, sich dem Major ebenbürtig zu fühlen. Er zog die Tür hinter sich zu und beugte sich, noch bevor Schikin abschließen konnte, dramatisch zurück. Er spielte. Vernehmlich, aber doch so leise, daß er unmöglich durch die Tür gehört werden konnte, verkündete er:
»Doronin geht umher und zeigt allen eine Anweisung auf 147 Rubel. Er hat Ljubimitschew, Kagan und noch fünf andere zu Fall gebracht. ›Jäger‹ hatten sich zusammengerottet und haben sie auf dem Hof gestellt. Doronin – ist das Ihrer?«
Schikin faßte sich hinter den Kragen und öffnete ihn, um seinen Hals zu befreien. Seine Augen schienen aus den Höhlen treten zu wollen. Sein dicker Hals färbte sich braun. Er stürzte zum Telefon. Sein gewöhnlich überlegen-selbstzufriedenes Gesicht wirkte wie das eines Irrsinnigen.
Nicht gehend, sondern mit weichen, federnden Sprüngen kam Siromacha Schikin zuvor und hinderte ihn daran, den Telefonhörer abzunehmen.
»Genosse Major!« mahnte er. Als Arrestant hätte er es nicht gewagt, die Anrede ›Genosse‹ zu benutzen, jetzt aber sprach er als Freund. »Nicht so direkt! Geben Sie ihm keine Gelegenheit, sich vorzubereiten!«
Das war eine elementare Gefängnisregel, aber sogar daran mußte er erinnert werden!
Siromacha manövrierte sich rückwärts, so als ob er die Möbel hinter sich sehen könnte, zur Tür. Dabei ließ er kein Auge vom Major.
Schikin nahm einen Schluck Wasser.
»Ich – gehe, Genosse Major?« Es war schon fast keine Frage mehr. »Wenn ich noch etwas erfahre, komme ich am Abend oder morgen früh.«
In die aufgesperrten Augen Schikins kehrte allmählich die Vernunft zurück.
»Neun Gramm Blei kriegt er, dieses Gewürm!« Er stieß es heiser hervor. »Das erledige ich.«
Siromacha verschwand lautlos, wie aus einem Krankenzimmer. Er hatte seiner Überzeugung entsprechend gehandelt und drängte sich nicht nach einer Belohnung.
Er war auch gar nicht fest davon überzeugt, daß Schikin Major des MGB bleiben würde.
Dieser Vorfall stand nicht nur in der Scharaschka Mawrino einzig da, sondern ebenso auch in der ganzen Geschichte des Ministeriums.
Nicht Schikin selbst, sondern der Diensthabende des Instituts, der im

Korridor seinen Platz hatte, rief den Leiter des Vakuum-Laboratoriums an und befahl, Doronin solle sich unverzüglich bei Ingenieur-Oberst Jakonow einfinden.

Es war erst vier Uhr nachmittags, aber in dem immer düsteren Vakuum-Labor war die Deckenbeleuchtung schon eingeschaltet. Da der Laborchef nicht anwesend war, nahm Klara den Hörer ab. Sie war später als gewöhnlich, gerade eben erst, zu ihrem abendlichen Dienst erschienen, war in Pelzmantel und Fellmütze ins Labor gegangen und hatte mit Tamara gesprochen, ohne auch nur einmal zu Rusjka hinüberzusehen, der seine flammenden Blicke nicht von ihr wandte. Nun hielt sie den Hörer in der scharlachrot behandschuhten Hand und sprach mit gesenkten Augen in die Muschel, während Rusjka drei Schritte von ihr entfernt hinter seiner Pumpe stand und sie mit seinen Blicken verschlang. Er dachte daran, daß er heute abend, wenn alle zum Essen gegangen sein würden, diesen geliebten Kopf in seine Hände nehmen werde. Die Nähe Klaras raubte ihm jedes Gefühl für seine Umgebung.

Sie erhob die Augen, die ihn nicht erst suchen mußten, denn sie spürte seine Gegenwart und sagte:

»Rostislaw Wadimowitsch, Anton Nikolajewitsch verlangt dringend nach Ihnen.«

Man sah sie und hörte sie, und Klara konnte nicht anders zu ihm sprechen, aber ihre Augen waren nicht mehr dieselben Augen! Sie waren verändert. Irgendeine leblose Trübheit hatte sich über sie gelegt.

Er fügte sich mechanisch und ging, ohne zu überlegen, was diese unerwartete Vorladung zum Ingenieur-Obersten bedeuten konnte. Seine Gedanken waren nur bei ihrem Gesichtsausdruck. Noch in der Tür wandte er sich nach ihr um und sah, wie sie ihm zuerst mit den Blicken folgte, dann aber sofort wieder wegschaute.

Unaufrichtig, erschrocken wegschaute.

Was konnte geschehen sein?

Nur an sie denkend ging er zu dem Diensthabenden hinauf und versäumte dabei völlig seine gewöhnliche Umsicht, das heißt, er vergaß, sich auf unvermutete Fragen, auf einen Überfall einzustellen, so wie es die Häftlings-Schlauheit verlangte. Der Diensthabende aber verwehrte ihm den Eingang zu Jakonows Zimmer und deutete ins Dunkel des kurzen Korridors auf die Tür Major Schikins.

Hätte Schikin nicht auf den Rat Siromachas gehört, hätte er tatsächlich das Vakuum-Labor selbst angerufen, so wäre Rusjka sofort auf Schlimmes gefaßt gewesen, hätte ein Dutzend seiner Freunde aufgesucht und sie gewarnt; zum Schluß wäre es ihm sicher gelungen, mit Klara zu sprechen und zu erfahren, was los war. Er hätte einen triumphierenden Glauben an sie mitnehmen oder selbst von der Treuepflicht befreit sein können – aber jetzt, vor der Tür des Sicherheitsbevollmächtigten, kam er zu spät auf des Rätsels Lösung. Angesichts des Diensthabenden war es unmöglich zu zögern oder umzukehren, denn das hätte Verdacht erregt, falls es einen solchen noch nicht gab. Trotzdem machte Rusjka kehrt, um zur Treppe zu laufen, als auf deren letzter Stufe der soeben durchs Telefon herbeigerufene Gefängniswärter Shwakun, der frühere Henker, erschien.

Da trat Rusjka bei Schikin ein.

Er trat ein und hatte sich nach einigen Schritten bereits wieder in der Hand, hatte seinen Gesichtsausdruck gewandelt. Das Training von zwei Jahren Untersuchungshaft und eine besonders abenteuerliche Genialität seiner Natur ermöglichten es ihm, jeden Sturm in seinem Inneren unverzüglich zu bändigen und sich gezielt in den Kreis der neuen Gedanken und Gefahren hineinzuversetzen. So meldete er sich, als er eintrat, mit dem Ausdruck jungenhafter Offenheit und sorgloser Bereitschaft:

»Sie gestatten? Ich stehe zu Ihrer Verfügung, Bürger Major.«

Schikin saß in seltsamer Stellung, die Brust gegen den Tisch gestemmt, eine Hand baumelte herab und schwang wie eine Peitsche hin und her. Dann stand er auf, trat Doronin entgegen und schlug ihn mit der Peitschenhand von unten her ins Gesicht.

Darauf holte er mit der anderen Hand aus. Doronin lief zur Tür und ging in Verteidigungsstellung. Aus seinem Mund sickerte Blut, das blonde Haar hing ihm in die Augen.

Der kurzgewachsene Schikin konnte sein Gesicht jetzt nicht mehr erreichen und stand zähnefletschend, drohend und Geifer verspritzend vor ihm:

»Du Schuft! Du hast Verrat geübt! Schließe mit dem Leben ab, Judas! Wir werden dich abknallen wie einen Hund. Im Keller werden wir dich abknallen.«

Es war zweieinhalb Jahre her, seit der humanste aller Staatsmänner die Todesstrafe auf ewig abgeschafft hatte. Aber weder der Major noch sein entlarvter Spitzel nährten irgendwelche Illusionen: was sollte man schon mit einem unbrauchbaren Menschen machen, wenn nicht ihn erschießen?

Rusjka sah wild aus, zerzaust, das Blut sickerte von der Lippe, die zusehends anschwoll, übers Kinn.

Trotzdem richtete er sich auf und antwortete unverfroren:

»Was das Erschießen betrifft, so sollte man sich das überlegen, Bürger Major. Ich werde auch Sie ins Gefängnis bringen. Seit vier Monaten lachen alle Hühner über Sie – und beziehen noch Ihr Gehalt. Man wird Ihnen Ihre Schulterstückchen abnehmen! Was also das Erschießen betrifft – darüber sollte man noch nachdenken ...«

78

Der Schüler Epikurs

Die Befähigung zu Ungewöhnlichem, das heißt zu einer Tat, die den Kräften eines einzelnen Menschen Außerordentliches abverlangt, ist zum Teil von unserem Willen abhängig, teils aber wird sie uns bei der Geburt in die Wiege gelegt – oder auch nicht. Am schwersten fällt uns eine ungewöhnliche Tat, wenn sie eine plötzliche Willensanstrengung erfordert. Leichter vollbringen wir sie, wenn es sich um die Konsequenz langjähriger gleichmäßiger Anstrengungen handelt – und am allerleichtesten, wenn die Tat unserem natürlichen Wesen entspricht und so einfach geschieht wie das Atemholen.

So erfreute sich beispielsweise Rusjka Doronin, während in der ganzen Sowjetunion nach ihm gefahndet wurde, mit größter Selbstverständlichkeit und kindlichem Lächeln seines Daseins. In seinem Blut pulsierte offenbar von Geburt an der Hang zum Risiko, die Hitze des Abenteuers.

Für den wohlbestallten Innokentij hingegen wäre es unmöglich gewesen, sich unter fremdem Namen zu verbergen, im Lande umherzuirren. Es würde ihm völlig ferngelegen haben, gegen seine Verhaftung, wenn sie erfolgen sollte, aufzubegehren.

Er hatte seine Tat in einer flüchtigen Gefühlsaufwallung vollbracht, und Gefühle warfen ihn jetzt in einen Abgrund von Kraftlosigkeit. Als er telefonierte, konnte er noch nicht ahnen, daß die Angst in ihm so wachsen würde, daß sie ihn so aufwühlen und ausbrennen würde. Hätte er derartiges vorausgesehen, er hätte um keinen Preis angerufen!

Nur an dem Abend bei den Makarygins hatte ihn die Angst verlassen. Dort verspürte er plötzlich eine ungute Leere, ja das Spiel mit der Gefahr ergötzte ihn fast.

Die Nacht verbrachte er selbstvergessen mit seiner Frau.

Um so gewaltsamer und vernichtender überfiel ihn am Montagmorgen der Schrecken, als er sich zwingen mußte, wieder in den Alltag zurückzukehren, zur Arbeit zu fahren und mit Besorgnis zu erkunden, ob sich die Blicke und Stimmen in seiner Umgebung verändert hatten, ob sie eine Drohung verbargen.

Noch hielt er sich, soweit er es konnte, mit Würde, innerlich aber war er schon vernichtet, unfähig, sich zu wehren, einen Ausweg zu suchen, sich zu retten.

Es war noch nicht elf Uhr vormittags, als ihm die Sekretärin, ohne ihn zum Chef vorzulassen, mitteilte, seine Ernennung sei, soweit sie es gehört habe, vom Stellvertretenden Minister zurückgestellt worden.

Diese nicht einmal ausreichend geprüfte Neuigkeit erschütterte Innokentij so, daß er sich außerstande fühlte, auf einen Termin beim Chef zu dringen, um dort die Wahrheit zu erfahren. Nichts anderes hatte seine schon beschlossene Abreise aufhalten können. Er war also entdeckt worden...

Alles erschien ihm irgendwie verfinstert, auf seine Schultern hatte sich eine schwere Last gelegt. Er kehrte in sein Arbeitszimmer zurück und war nur noch dazu fähig, die Tür abzuschließen und den Schlüssel abzuziehen, so daß es aussah, als ob er fortgegangen sei. Er konnte das tun, da sein Zimmergenosse, der sonst am anderen Tisch saß, noch nicht von seiner Dienstreise zurückgekommen war.

Innokentij fühlte innerlich eine widerliche Schlaffheit. Er wartete auf das Klopfen. Es war schrecklich, der Gedanke brach ihm fast das Herz, daß sie gleich eintreten und ihn verhaften würden. Ein Gedanke tauchte auf – nicht zu öffnen. Mochten sie doch die Tür aufbrechen.

Oder er könnte sich aufhängen, bevor sie kämen.

Oder aus dem Fenster springen. Aus der zweiten Etage. Direkt auf die Straße. Zwei Sekunden Fall, und alles würde zerplatzen. Das Bewußtsein wäre ausgelöscht.

Auf dem Tisch lag ein dicker Expertenbericht, Innokentijs Verbindlichkeiten. Bevor er abreiste, mußten die Abrechnungen geprüft werden. Aber allein schon ihr Anblick erregte ihm Übelkeit.

Obwohl das Zimmer geheizt war, schien es ihm kalt zu sein, frostig.

Diese abscheuliche innere Schwäche! Dieses untätige Warten auf das eigene Verderben...

Innokentij legte sich auf das Ledersofa, ausgestreckt, mit dem Gesicht nach unten. Nur in dieser Lage, mit der ganzen Länge seines Körpers, empfing er von dem Sofa eine Art von Halt und Beruhigung.

Seine Gedanken verwirrten sich.

War das wirklich er gewesen, der vorgestern Dobroumow angerufen hatte? Wie hatte er das wagen können? Woher hatte er eine so verzweifelte Kühnheit genommen?

Und warum hatte er angerufen? Diese dumme Kuh! ›Wer sind Sie denn? – Und wie können Sie beweisen, daß Sie die Wahrheit sagen...?‹

Er hätte nicht anrufen sollen. Schade – um ihn selbst. Mit dreißig das Leben beenden zu müssen.

Nein, er bedauerte nicht, angerufen zu haben. Offenbar hatte es so sein sollen. Es war, als ob ihn jemand dahin geführt hätte, und es war auch nicht schrecklich.

Nicht, daß es ihm nicht leid getan hätte, er war nur so willenlos, daß er weder bedauern noch nicht-bedauern konnte. Unter der lähmenden Bedrohung lag er fast atemlos an das Sofa gepreßt und wünschte nur,

daß alles schnell zu Ende gehen möge, daß sie ihn schnell holen würden.
Glücklicherweise aber klopfte niemand, versuchte niemand die Tür zu öffnen. Auch das Telefon läutete kein einziges Mal.
Dann vergaß er sich. Unzusammenhängende, drückende Traumbilder türmten sich aufeinander, bedrängten seinen Kopf so, daß er wieder erwachte. Er fühlte sich aber nicht erfrischt, sondern fand sich noch zerschlagener, noch willenloser als vor dem Einschlafen, zerquält von der Traumvorstellung, daß man schon mehrfach versucht habe, ihn zu verhaften, oder ihn tatsächlich verhaftet hatte. Sich vom Diwan zu erheben, die Alpträume abzuschütteln, sich auch nur zu bewegen — dazu fehlten ihm aber die Kräfte.
Wieder fesselte ihn die widerliche, schläfrige Schwäche. Schließlich schlief er richtig ein, tief und bleiern. Er erwachte von der Unruhe, die während der Pause den Korridor erfüllte und bemerkte, daß aus seinem geöffneten, gefühllosen Mund Speichel auf den Diwan sickerte.
Er erhob sich, schloß auf und ging sich waschen. Es wurden gerade Tee und Butterbrote herumgetragen.
Niemand kam, um ihn zu verhaften. Die Kollegen auf dem Gang und in der Kanzlei begrüßten ihn wie immer, keiner benahm sich ihm gegenüber anders als sonst.
Übrigens, das hatte nichts zu bedeuten. Vielleicht wußte es nur noch niemand.
Trotzdem machten ihm diese unveränderten Blicke und Stimmen Mut. Er bat ein Mädchen, ihm besonders heißen und starken Tee zu bringen, und trank mit Genuß zwei Glas. Das richtete ihn noch mehr auf.
Und dennoch fehlte ihm die Kraft, bis zum Chef vorzudringen und Gewißheit zu erlangen ...
Schluß zu machen wäre ein einfacher Akt der Vernunft gewesen, ein Gefühl von Selbstverteidigung, Selbstmitleid. Wenn man nur sicher wüßte, daß sie einen verhaften werden!
Und wenn nicht?
Plötzlich läutete das Telefon. Innokentij fuhr zusammen, und dann, nicht sofort, begann sein Herz hörbar zu klopfen.
Es war Dotti. Ihre Stimme klang auch am Telefon unverkennbar zärtlich, sie sprach wieder, wie es richtige Ehefrauen tun, erkundigte sich nach seinem Befinden und schlug vor, am Abend irgendwohin auszugehen.
Und wieder empfand Innokentij Wärme und Dankbarkeit für sie. Ob sie nun eine schlechte oder doch keine schlechte Frau war — sie stand ihm näher als alle anderen!
Daß seine Ernennung zurückgestellt worden war, erwähnte er nicht. Da-

für stellte er sich vor, wie er am Abend im Theater völlig sicher sein würde, denn in Gegenwart so vieler Menschen, im Zuschauerraum, verhaftete man gewiß niemanden.

»Ja gut, besorge Karten für irgend etwas Lustiges«, sagte Innokentij.

»Vielleicht eine Operette?« fragte Dotti. »Da wird eine ›Akulina‹ gegeben, sonst ist nichts in der Art zu finden. Im Kleinen Haus des Theaters der Roten Armee spielen sie ›Das Gesetz des Lykurg‹, eine Premiere, im Großen Haus ›Die Stimme Amerikas‹. Im Künstlertheater ›Unvergeßliches 1919‹.«

»›Das Gesetz des Lykurg‹ klingt ein bißchen zu verlockend. Die schlechtesten Stücke haben immer die schönsten Titel. Gut, nimm doch Karten für die ›Akulina‹. Und anschließend fahren wir in ein Restaurant.«

»Okay! Okay!« lachte Dotti und war es zufrieden.

Innokentij dachte: die ganze Nacht sollte man sich im Restaurant herumtreiben, damit sie einen nicht zu Hause finden! Sie kommen doch immer nachts.

Langsam kehrte seine Willenskraft zurück. Angenommen, man verdächtigte ihn. Aber auf Schtschewronok und Sawarsin, die in alle Einzelheiten genauestens eingeweiht waren, mußte viel eher ein Verdacht fallen. Und überhaupt: ein Verdacht ist noch lange kein Beweis!

Gut, also angenommen, es droht eine Verhaftung. Dagegen kann man ohnehin nichts unternehmen. Sich verstecken? Unmöglich. Worüber sich also den Kopf zerbrechen?

Jetzt besaß er schon wieder die Kraft, umherzugehen und nachzudenken.

Na, und selbst wenn sie einen verhaften. Vielleicht nicht einmal heute und nicht in dieser Woche. Soll man deswegen aufhören zu leben? Oder besser umgekehrt die letzten Tage ganz besonders intensiv genießen?

Warum war er aber so erschrocken? Zum Teufel, erst gestern abend hatte er so geistreich Epikur verteidigt, warum sollte er sich jetzt nicht selbst auf ihn stützen? Da gab es doch offensichtlich einige vernünftige Gedanken.

Gleichzeitig fiel ihm ein, daß es gut wäre, seine Notizbücher daraufhin durchzusehen, ob nicht das eine oder andere vernichtet werden müßte. Als er sich dann auch noch daran erinnerte, seinerzeit einige Sentenzen Epikurs aufgeschrieben zu haben, schob er den Bericht der Sachverständigen beiseite und begann in seinen Notizen zu blättern. Dort fand er: »Die inneren Gefühle der Lust und Unlust sind die obersten Kriterien für Gut und Böse.«

Der unkonzentrierte Geist nahm diesen Gedanken nicht auf. Innokentij las weiter: »Den Tod fürchtet man nur, weil man die Leiden nach dem Tode fürchtet.«

Was für ein Unsinn! Den Tod fürchtet man, weil es einem leid tut, sich vom Leben zu trennen. An den Haaren herbeigezogen, teurer Lehrer!

Innokentij stellte sich den Garten in Athen vor; den siebzigjährigen, sonnengebräunten Epikur in der Tunika, wie er von den Marmorstufen herab seine Lehre verkündet – und davor er selbst, Innokentij in moderner Kleidung, amerikanisch lässig an einen Sockel gelehnt.

»Man muß jedoch wissen«, las er weiter, »daß es keine Unsterblichkeit gibt. Es gibt keine Unsterblichkeit, und darum ist der Tod für uns nichts Schlimmes, er berührt uns einfach nicht. Solange wir existieren, gibt es keinen Tod, und wenn der Tod eintritt, gibt es uns nicht mehr.«

Das ist gut gesagt, dachte Innokentij. Wer hatte noch ganz vor kurzem genau das gleiche gesagt? Ach richtig, dieser Frontkämpfer gestern, bei der Abendgesellschaft.

»Dieser Glaube an die Unsterblichkeit wurde geboren aus dem Verlangen unersättlicher Menschen, die mit der uns von der Natur zugestandenen Zeit nicht vernünftig umzugehen wissen. Dem Weisen hingegen erscheint die Zeit ausreichend, um den ganzen Kreis erreichbarer Genüsse auszuschreiten. Wenn dann die Zeit des Todes gekommen ist, erhebt er sich gesättigt von der Tafel des Lebens, um anderen Gästen Platz zu machen. Dem Weisen genügt die Spanne eines menschlichen Lebens, der Törichte aber würde auch mit einer Ewigkeit nichts anzufangen wissen.«

Glänzend gesagt! Das Übel liegt bloß darin, daß es nicht die Natur ist, die dich als Siebzigjährigen vom Tisch drängen wird, sondern daß das Leute mit Pistolen erledigen – wenn du erst dreißig bist.

»Physische Leiden soll man nicht fürchten. Wer die Grenzen der Leiden kennt, ist gegen Angst gefeit. Lang anhaltendes Leiden ist immer erträglich, unerträgliches Leiden ist immer kurz. Der Weise verliert sogar während der Folter nicht seine Seelenruhe. Die Erinnerung beschert ihm seine früheren emotionalen und geistigen Lustgefühle und stellt somit als Gegenkraft zu den augenblicklichen physischen Leiden das seelische Gleichgewicht wieder her.«

Innokentij begann düster im Zimmer umherzuwandern.

Ja, das war es, was er fürchtete, nicht den Tod, sondern die körperliche Folter nach der Verhaftung.

Epikur sagt, daß man sich über Foltern hinwegsetzen kann. O wenn man doch diese Stärke besäße.

Er jedenfalls fühlte diese Stärke nicht.

Und das Sterben? Vielleicht täte es einem nicht einmal leid zu sterben, wenn bloß andere Menschen das Warum erfahren würden, wenn es sie stärken würde.

Aber nein, keiner wird es erfahren, keiner sieht deinen Tod. Irgendwo in

einem Keller wirst du wie ein Hund abgeknallt, und der ›Fall‹ wird hinter tausend Riegeln verborgen.
Mit diesen Gedanken überkam Innokentij dennoch eine Art von Beruhigung. Die größte Verzweiflung war bereits gewichen.
Bevor er sein Notizbuch schloß, las er die letzten Zeilen: ›Epikur riet seinen Schülern, sich nicht am öffentlichen Leben zu beteiligen.‹
Ja, wie einfach es ist zu philosophieren, im Garten ...
Wie ein Vogel, der Wasser in die Kehle hinabrinnen läßt, warf Innokentij seinen Kopf zurück.
Nein! Nein!
Die durchbrochenen Zeiger der Bronzeuhr standen auf fünf Minuten vor vier.
Es dunkelte bereits.

79

Das ist nicht mein Gebiet

In der Dämmerung passierte die lange, schwarze ›SIM‹-Limousine das für sie bereits geöffnete Tor der Wache, erhöhte auf dem leichtgeschwungenen Asphaltweg des Hofes von Mawrino, den Spiridons breite Schaufel gesäubert hatte und der jetzt bis zum dunklen Pflaster freigetaut war, noch einmal ihre Geschwindigkeit, umfuhr den vor dem Stabsgebäude parkenden ›Pobjeda‹ Jakonows und hielt mit einem Ruck vor dem steinernen Parade-Eingang.
Der Adjutant des Generalmajors sprang aus der vorderen Tür und öffnete behende die hintere. Der korpulente Foma Oskolupow, in taubengrauem, etwas zu engem Mantel und der Generals-Papacha aus Persianer, verließ den Wagen, richtete sich auf und stieg bekümmert die Treppe hinauf – sein Adjutant riß vor ihm eine Tür nach der anderen auf. In der ersten Halle war hinter zwei alten Laternen eine Garderobe eingerichtet worden. Die Bedienstete kam eilig heran, um den Mantel des Generals entgegenzunehmen (obwohl sie wußte, daß er nicht die Absicht hatte, ihn abzulegen). Er zog auch den Mantel nicht aus, nahm die Mütze nicht ab, sondern setzte seinen Weg über die zweigeteilte Treppe fort. Einige Häftlinge und untergeordnete freie Mitarbeiter, die sich gerade auf der Treppe befanden, beeilten sich zu verschwinden. Der General mit der Persianer-Papacha stieg hinauf, voller Würde, wenngleich auch den Umständen entsprechend bemüht, sich zu beeilen. Sein Adjutant, der in der Garderobe abgelegt hatte, holte ihn bald ein.
»Geh und such Roitman«, sagte ihm Oskolupow über die Schulter, »und

bereite ihn darauf vor, daß ich in einer halben Stunde kommen werde, um die Ergebnisse der neuen Gruppe zu prüfen.«
Vom Treppenabsatz des zweiten Stockes wandte er sich nicht zum Kabinett Jakonows, sondern ging in die entgegengesetzte Richtung, zur Semjorka. Der diensthabende Offizier, der ihn nur von hinten sah, stürzte zum Telefon, um Jakonow ausfindig zu machen und ihn zu warnen.
In der Semjorka ging alles drunter und drüber. Man mußte kein Fachmann sein, und Oskolupow war durchaus keiner, um zu erkennen, daß nichts mehr vorankam. Alle Systeme, in langen Monaten ausgearbeitet, waren jetzt auseinandergerissen, auseinandergebrochen und aufgelöst. Die Verbindung des ›Klipper‹ mit dem ›Wokoder‹ hatte damit begonnen, daß die Neuvermählten zunächst einmal in alle Einzelteile zerlegt worden waren. Hier und da stieg ein bißchen Rauch auf, vom Kolophonium oder von Zigaretten, hier und da vernahm man das Surren eines Drillbohrers, harte, im Arbeitseifer ausgestoßene Schimpfworte oder die hysterischen Schreie Mamurins am Telefon.
Doch selbst in diesem Lärm und Rauch hatte Siromacha sofort den eintretenden Generalmajor erkannt, denn aufmerksam behielt er stets die Eingangstür in seinem Blickfeld. Sofort legte er seinen Lötkolben beiseite und eilte zu dem schreiend am Telefon stehenden Mamurin, um ihn zu warnen. Dann ergriff er Mamurins halbgepolsterten Sessel und trug ihn dem General entgegen, bemüht zu ergründen, wo er ihn hinstellen sollte. Bei einem anderen hätte das wie Liebedienerei ausgesehen, bei Siromacha wirkte es nur wie eine vornehme Gefälligkeit des Jüngeren dem verehrten Älteren gegenüber. So erstarrte er in Erwartung einer Anweisung.
Siromacha war weder Ingenieur noch Techniker, und selbst Elektromonteur war er erst in der Semjorka geworden. Wegen seiner Gewandtheit, seiner Ergebenheit und seiner Bereitschaft, vierundzwanzig Stunden am Tage zu arbeiten und sich alle Ausführungen oder Zweifel seiner Vorgesetzten anzuhören, wurde er hoch geschätzt und niemals von den Beratungen der Leitung ausgeschlossen. Er hatte sich ausgerechnet, daß ihm das mehr einbringen würde als sein Spitzeldienst. Und damit glaubte er auch größere Chancen für eine vorzeitige Entlassung zu haben.
Foma Gurjanowitsch setzte sich, nahm aber seine Papacha nicht ab, sondern knöpfte lediglich seinen Mantel etwas auf.
Im Laboratorium verstummte alles. Der elektrische Drillbohrer stand still, die Zigaretten wurden ausgedrückt, die Stimmen erstarben. Nur Bobynin, der nicht aus seiner Ecke hervorgekommen war, gab mit tiefem Baß den Elektromonteuren seine Anweisungen, und Prjantschikow schlich weiter mit seinem heißen Lötkolben um das auseinandermon-

tierte Gerüst seines ›Wokoders‹ herum. Die übrigen warteten gespannt darauf, was die Führung zu sagen haben würde.
Sich nach dem anstrengenden Telefongespräch den Schweiß von der Stirn wischend – er hatte sich mit dem Leiter der mechanischen Werkstatt herumgestritten –, kam jetzt auch Mamurin hinzu, um völlig erschöpft seinen früheren Arbeitskollegen zu begrüßen, der inzwischen zum unerreichbar hohen Vorgesetzten avanciert war. Foma Gurjanowitsch reichte ihm gerade noch drei Finger. Mamurin war bereits so blaß und hingewelkt, daß es fast verbrecherisch erscheinen mußte, ihn überhaupt noch aus dem Bett zu lassen. Die Schläge der vergangenen Tage, der Zorn des Ministers und die Demontage des ›Klipper‹ hatten ihn viel schmerzlicher getroffen als seine höhergestellten Kollegen. Wenn die Sehnen unter seiner dunklen Haut überhaupt noch dünner hatten werden können, so waren sie es jetzt geworden, und wenn menschliche Knochen an Gewicht verlieren können, dann war es bei den seinen der Fall. Über ein Jahr hatte Mamurin für den ›Klipper‹ gelebt und daran geglaubt, daß dieser ihn wie ein Zauberpferd aus aller Not hinaustragen würde. Keine Vergoldungen, wie die Versetzung Prjantschikows mitsamt ›Wokoder‹ unter die Fittiche der Semjorka, konnten ihn über die Katastrophe hinwegtäuschen.
Foma Gurjanowitsch verstand es zu leiten, ohne die entsprechenden Sachkenntnisse zu besitzen. Er hatte längst herausgefunden, daß es genügte, die Untergebenen mit ihren Meinungen aufeinanderprallen zu lassen, um sie zu beherrschen. So auch jetzt. Mürrisch fragte er:
»Nun, was gibt es also? Wie steht's?«
Damit zwang er seine Untergebenen, sich zu äußern.
Es begann eine langweilige Unterhaltung, die niemandem nützte, sondern lediglich von der Arbeit abhielt. Man sprach unlustig, seufzend, und wenn zufällig einmal zwei im selben Augenblick etwas sagen wollten, verstummten beide.
Zwei Formulierungen bestimmten das Gespräch: »man muß« und »es ist schwierig«. »Man muß« wurde immer wieder vom ungestümen Markuschew ins Feld geführt, unterstützt von Siromacha. Der kleine, pickelige, betriebsame Markuschew sann Tag und Nacht fieberhaft darüber nach, wie er sich hervortun und dadurch vorzeitig entlassen werden könnte. Den Vorschlag, die Systeme ›Klipper‹ und ›Wokoder‹ zu verschmelzen, hatte er nicht deshalb gemacht, weil er als Ingenieur eines Erfolges gewiß war, sondern weil bei dieser Verschmelzung die besondere Bedeutung von Bobynin und Prjantschikow vermutlich sinken, seine eigene aber wachsen würde. Obwohl auch er es keineswegs liebte, ins Leere zu arbeiten, insbesondere, wenn er nicht damit rechnen konnte, die Früchte seiner Arbeit voll zu genießen, war er jetzt doch darüber

entrüstet, daß seine Mitarbeiter in der Semjorka so den Mut sinken ließen. In Gegenwart Oskolupows beklagte er sich indirekt über das mangelnde Interesse der Ingenieure.
Er war – ein Mensch, das heißt, er gehörte zu jener sehr verbreiteten Gattung von Lebewesen, aus denen Unterdrücker ihre Artgenossen formen.
Siromachas Gesicht drückte gleichzeitig Schmerz und Vertrauen aus.
Mamurin schwieg – zum erstenmal, seit er die Semjorka leitete –, vergrub er das fahle, zitronengelbe Gesicht in den gewichtslosen Händen.
Chorobrow konnte das schadenfrohe Blitzen seiner Augen kaum verbergen. Entschiedener als alle anderen widersprach er Markuschew und hob die Schwierigkeiten hervor.
Oskolupow aber machte vor allem Dyrssin Vorwürfe, da er dessen Mangel an Enthusiasmus erkannte. Wenn Dyrssin sich aufregte oder unter Ungerechtigkeit litt, versagte seine Stimme fast völlig. Infolge dieser unvorteilhaften Eigenschaft stand er auch immer als Sündenbock da.
Etwa in der Mitte des Gesprächs erschien Jakonow, um sich aus Höflichkeit an dieser, in Oskolupows Gegenwart sinnlosen Auseinandersetzung zu beteiligen. Er winkte Markuschew zu sich heran, und zu zweit entwarfen sie nun auf einem Stück Papier, auf ihren Knien, eine neue Variante des Schemas.
Foma Gurjanowitsch Oskolupow wäre auch hier am liebsten den ihm bestens bekannten und in langen Dienstjahren bis in die feinsten Nuancen ausgearbeiteten Weg der Verweise und Rügen gegangen. Das gelang ihm gewöhnlich ganz ausgezeichnet. Aber er sah ein, daß Tadel jetzt nichts ausrichten konnte.
Vielleicht fühlte Foma Gurjanowitsch, daß sein Beitrag der Sache nicht dienlich war, vielleicht auch wollte er etwas andere Luft einatmen, ehe die ihm gewährte verhängnisvolle Galgenfrist von einem Monat abgelaufen war – jedenfalls erhob er sich plötzlich mitten in der Diskussion, ohne das Ende von Bulatows Ausführungen abzuwarten, und begab sich finsteren Blickes zum Ausgang. Die gesamte Belegschaft der Semjorka durfte sich nun mit ihren Gewissensbissen allein herumschlagen und darüber nachgrübeln, was sie dem Abteilungsleiter durch ihre Nachlässigkeit angetan haben mochte.
Die Dienstvorschrift zwang auch Jakonow, aufzustehen und seinen schweren, großen Körper hinter der Papacha, die ihm bis an die Schulter reichte, herzutragen.
Schweigend, doch nun schon auf gleicher Höhe, schritten sie durch den Korridor. Der Abteilungsleiter liebte es nicht, wenn sein Chefingenieur neben ihm ging, denn Jakonow überragte ihn um einen ganzen Kopf, den langen und großen Kopf, den er hatte.

Es wäre jetzt nicht nur Jakonows Pflicht, sondern auch vorteilhaft für ihn gewesen, dem Generalmajor von dem erstaunlichen und unvorhergesehenen Erfolg mit der Chiffriermaschine zu berichten. Das hätte unverzüglich den bulligen Mißmut zerstreut, mit dem ihn Foma seit dem nächtlichen Gespräch bei Abakumow behandelte.

Aber er war nicht im Besitz der Zeichnung. Die bewundernswürdige Selbstbeherrschung Sologdins und dessen Entschlossenheit, lieber zu sterben als seine Zeichnung umsonst herzugeben, veranlaßten Jakonow, sein Versprechen zu halten und noch heute nacht, Foma übergehend, Sewastjanow Bericht zu erstatten. Sicherlich würde Foma darüber in Wut geraten, aber er müßte sich bald besinnen – Sieger richtet man nicht. Zudem war es immer noch möglich, ihm später vorzuschwindeln, daß alles noch nicht sicher gewesen sei, daß es sich nur um einen Versuch Sologdins gehandelt habe.

Doch Jakonow bedachte nicht nur das. Er sah, wie Foma finster um sein Schicksal bangte, und es bereitete ihm Vergnügen, ihn noch einige Tage seinen Qualen zu überlassen. Darüber hinaus empfand Anton Nikolajewitsch gerade als Ingenieur ein gewisses väterliches Gefühl für dieses Projekt, so als habe er es selbst geschaffen, und Sologdin hatte ganz richtig vorausgesehen, daß Foma sich unverzüglich als Mitautor aufdrängen würde. Er könnte, wenn er es jetzt erfahren würde, ohne auch nur einen Blick auf die Zeichnung zu werfen, sofort anordnen, Sologdin in ein separates Zimmer zu setzen und damit allen denjenigen, die ihm helfen mußten, die Verbindung zu ihm erschweren. Er würde Sologdin zu sich rufen lassen, ihn einschüchtern und ihm strikte Termine setzen; dann würde er alle zwei Stunden aus dem Ministerium anrufen und ihn, Jakonow, unter Druck setzen. Und zum Schluß würde es sich dann herausstellen, daß die Chiffriermaschine nur dank seiner Aufsicht richtig in Gang gekommen sei.

Da ihm das alles bis zum Überdruß bekannt war, schwieg Jakonow vorläufig mit Vergnügen.

Immerhin tat er, als sie in seinem Arbeitszimmer angelangt waren, etwas, was er in Gegenwart Fremder nie getan hätte – er half Oskolupow aus dem Mantel.

»Der Gerassimowitsch – was macht er eigentlich bei dir?« Foma Gurjanowitsch setzte sich, ohne seine Mütze abzunehmen, in Antons Sessel.

Jakonow ließ sich auf einen danebenstehenden Stuhl fallen.

»Gerassimowitsch? Wann kam der eigentlich aus Streschnewka? Im Oktober, glaube ich. Nun, seitdem hat er den Fernsehempfänger für den Genossen Stalin gebaut.«

»Laß ihn rufen!«

Jakonow telefonierte.

›Streschnewka‹ war ebenfalls eine Moskauer Scharaschka. In jüngster Zeit war dort unter Leitung des Ingenieurs Bobjor eine äußerst scharfsinnige und nützliche Vorrichtung konstruiert worden: ein Zusatzgerät für gewöhnliche Telefonapparate. Sein besonderer Witz bestand darin, daß es sich immer dann einschaltete, wenn der Hörer ruhig auf der Gabel lag. Dieses Gerät fand Gefallen und wurde in Auftrag gegeben.
Inzwischen hatten sich die wegweisenden Gedanken der Behörden – die Gedanken der Behörden müssen immer wegweisend sein – auf andere Vorrichtungen konzentriert.
Der Diensthabende schaute zur Tür herein:
»Häftling Gerassimowitsch.«
»Soll hereinkommen«, nickte Jakonow. Er saß etwas abseits von seinem Tisch, auf einen kleinen Stuhl gequetscht, von dem er nach beiden Seiten hinabquoll.
Gerassimowitsch trat ein, rückte seinen Kneifer zurecht und stolperte fast über den Teppichläufer. Verglichen mit den zwei dicken Würdenträgern wirkte er besonders klein und schmal in den Schultern.
»Sie haben mich rufen lassen«, sagte er trocken, näherte sich und heftete seinen Blick auf die Wand zwischen Oskolupow und Jakonow.
»Hm«, antwortete Oskolupow. »Setzen Sie sich.«
Gerassimowitsch setzte sich. Er nahm nur die Hälfte des Stuhles ein.
»Sie ... das ...«, erinnerte sich Foma Gurjanowitsch. »Sie sind doch Optiker, Gerassimowitsch? Allgemein gesprochen, nicht das Ohr, sondern das Auge ist Ihr Gebiet?«
»Ja.«
»Und ...« – Foma schien sich mit der Zunge seine Zähne abzureiben – »... man lobt Sie. Ja.«
Er verstummte. Dann kniff er ein Auge zu und blickte Gerassimowitsch mit dem anderen an:
»Ist Ihnen die letzte Arbeit Bobjors bekannt?«
»Ich habe davon gehört.«
»Hm. Auch, daß wir vorgeschlagen haben, Bobjor vorzeitig zu entlassen?«
»Das wußte ich nicht.«
»Jetzt wissen Sie es. Wie lange müssen Sie noch sitzen?«
»Drei Jahre.«
»Lange!« Oskolupow tat verwundert, so als ob bei ihm alle nur Monate abzusitzen hätten. »O ja, lange!« (Als er kürzlich einem Neuzugang Mut machen wollte, hatte er hingegen gesagt: »Zehn Jahre? Ein Pappenstiel! Es gibt Leute, die sitzen fünfundzwanzig Jahre!«) »Es wäre wohl auch für Sie nicht so schlecht, sich eine Strafverkürzung zu erarbeiten, was?«

Wie seltsam das mit der gestrigen flehentlichen Bitte Nataschas zusammentraf!
Gerassimowitsch, der sich sonst in Gesprächen mit Vorgesetzten kein Lächeln und keine Anbiederung gestattete, zwang sich zu einem heuchlerischen Grinsen:
»Wo soll ich die hernehmen? Auf dem Korridor liegt sie nicht herum.«
Foma Gurjanowitsch wiegte sich hin und her.
»Hm. Für Fernsehapparate, das ist klar, sind Strafverkürzungen nicht zu bekommen! Aber ich werde Sie in den nächsten Tagen nach Streschnewka überführen lassen und Sie zum Leiter eines Projektes ernennen. Wenn Sie die Sache in sechs Monaten hinkriegen, können Sie im Herbst zu Hause sein.«
»Was für eine Arbeit, wenn ich fragen darf?«
»Da gibt es viel Arbeit, man muß nur zugreifen. Da wäre beispielsweise ein Auftrag, ich sage es Ihnen geradeheraus, von Lawrentij Pawlytsch[1] persönlich. Es gibt folgende Idee: Mikrophone sollen in Parkbänke eingebaut werden. Dort schwatzen die Leute offen über das, was man sonst nicht zu hören bekommt. Aber das – ist wohl nicht Ihr Gebiet?«
»Nein, das ist nicht mein Gebiet.«
»Aber auch für Sie gibt es dort etwas, bitte sehr. Zwei Vorhaben, das eine sehr wichtig, das andere sehr dringend. Und beide genau aus Ihrem Spezialgebiet. Ist es nicht so, Anton Nikolajewitsch?« Jakonow nickte zustimmend.
»Das eine ist ein Nacht-Fotoapparat mit diesen, wie heißen sie doch ... ultraroten Strahlen. Um nachts auf der Straße zu fotografieren, wer mit wem geht. Und der Betreffende würde es nie im Leben erfahren. Im Ausland gibt es bereits derartige Entwürfe ... man müßte sie nur schöpferisch weiterentwickeln. Diese Kamera muß einfach in der Anwendung sein. Unsere Agenten sind nicht so geschickt wie Sie. Und das zweite – für Sie ist es ein Kinderspiel, aber wir brauchen es verdammt dringend: einen einfachen Fotoapparat, aber so winzig, daß man ihn im Türpfosten einbauen kann. Er müßte automatisch arbeiten, so daß er, wenn die Tür geöffnet wird, den, der durch die Tür geht, aufnimmt. Sowohl tags als auch bei elektrischer Beleuchtung. Im Dunkeln ist es, meinetwegen, nicht nötig. Einen solchen Apparat würden wir auch serienmäßig anfertigen lassen. Nun, wie ist es? Nehmen Sie an?«
Das schmale, magere Gesicht von Gerassimowitsch war dem Fenster zugekehrt. Er sah den Generalmajor nicht an.
In dem Wortschatz von Foma Gurjanowitsch fehlte das Wort ›traurig‹.

[1] Lawrentij Pawlowitsch Berija, 1938–1953 sowjetischer Innenminister bzw. Oberster Chef des Geheimdienstes (Anm. d. Übers.)

Darum konnte er auch den Ausdruck, der sich auf das Gesicht von Gerassimowitsch gelegt hatte, nicht benennen.
Er beabsichtigte auch nicht, ihn zu benennen. Er wartete auf eine Antwort.
Das wäre die Erfüllung von Nataschas Bitte!
Ihr völlig abgezehrtes Gesicht mit den gläsern-erstarrten Tränen tauchte vor Gerassimowitsch auf.
Zum erstenmal seit vielen Jahren umfing die Wärme der Heimkehr sein Herz, wurde erreichbar, nah.
Er brauchte nichts anderes zu tun als Bobjor; das heißt, als Preis für seine Freiheit ein paar hundert trottelhafte Leute, die jetzt noch frei waren, hinter Gitter zu bringen.
Mühsam und stockend fragte Gerassimowitsch:
»Und bei den Fernsehapparaten . . . darf ich nicht bleiben?«
»Sie lehnen ab?« Oskolupow war erstaunt und ungehalten.
Übergangslos wurde sein Gesichtsausdruck böse. »Aus welchem Grund?«
Alle Gesetze des grausamen Landes der Häftlinge sagten Gerassimowitsch, daß es unsinnig sei, die erfolgreichen, kurzsichtigen, nie geschundenen, nie geschlagenen Freien zu schonen — ebenso wie es unsinnig ist, ein Schwein zu schonen, das eingepökelt werden muß. Die Freien hatten keine unsterbliche Seele, wie sie von den Häftlingen in ihrer endlosen Gefangenschaft erworben wurde, die Freien waren gierig und gebrauchten die ihnen gewährte Freiheit stümperhaft, sie blieben in kleinlichen Vorhaben und nichtigen Handlungen stecken.
Aber Natascha war die Freundin seines Lebens. Natascha wartete nun schon seine zweite Haftzeit lang auf ihn. Natascha stand vor dem Verlöschen, und mit ihr würde auch das Leben von Illarion Gerassimowitsch verlöschen.
»Was heißt hier — Gründe? Ich kann nicht. Ich werde es nicht schaffen«, antwortete er sehr leise und schwach.
Jakonow, bis jetzt zerstreut, blickte nun aufmerksam und neugierig auf Gerassimowitsch. Das schien ein zweiter Fall von Irrationalität zu sein. Das weltumspannende Gesetz ›Das Hemd ist einem näher als der Rock‹ konnte aber doch nicht auch hier versagen.
»Sie sind einfach nicht mehr an ernste Aufgaben gewöhnt und deshalb zu zaghaft«, redete Oskolupow ihm zu. »Wer soll das denn machen, wenn nicht Sie? Gut, ich gebe Ihnen Bedenkzeit.«
Gerassimowitsch stützte die Stirn in seine kleine Hand und schwieg.
»Übrigens, was gibt es da eigentlich für Sie zu überlegen? Das ist doch ganz genau Ihr Gebiet!«
Ach, wenn man doch schweigen könnte! Wenn man doch einfach im

Dunkel untertauchen könnte! Er hätte jetzt, wie es bei Gefangenen üblich ist, die Aufgabe annehmen und dann die Sache wie ein Gummiband hinziehen können, ohne etwas zustande zu bringen. Gerassimowitsch aber stand auf und sah den dickbäuchigen, hängebackigen, stumpfmäuligen Mann mit der Generalspapacha voller Verachtung an.
»Nein, das ist nicht mein Gebiet!« sagte er mit hoher, tönender Stimme. »Leute ins Gefängnis zu bringen ist nicht meine Spezialität! Ich bin kein Menschenfänger! Es genügt, daß man uns eingesperrt hat . . .«

80

An den Quellen der Wissenschaft

Am Morgen lastete der beklemmende Druck des Streites immer noch auf Rubin. Immer neue und bessere Argumente, die er in der Nacht nicht vorgebracht hatte, fielen ihm ein. Erst als der Tag voranschritt und Rubin sich an seine große Aufgabe machte, verblaßten die Gedanken an den Streit.
Er befand sich in dem streng geheimen, ruhigen Zimmer in der zweiten Etage, mit schweren Vorhängen an Tür und Fenster, einem alten Diwan und einem abgetretenen Teppich. Die weichen Stoffe dämpften jeden Laut, aber es gab ohnehin fast keinen Laut, da Rubin seine Magnetophonbänder über den Kopfhörer abhörte und Smolossidow den ganzen Tag schwieg, wobei er Rubin mit grob gefurchtem Gesicht mürrisch betrachtete, so als wäre er ein Feind und kein Arbeitskollege. Rubin seinerseits nahm Smolossidow nur als Automaten zur Kenntnis, der die Kassetten mit den Bändern auszuwechseln hatte.
Die Kopfhörer an den Ohren, spielte sich Rubin immer wieder das verhängnisvolle Gespräch vor. Anschließend hörte er sich Bänder mit den Stimmen der fünf Verdächtigen an. Einmal glaubte er seinen Ohren, dann wieder sträubte er sich, sich auf sie zu verlassen, und wandte sich den violetten Kurven der Lautdiagramme zu, die von allen Gesprächen hergestellt worden waren. Die langen, viele Meter langen Papierstreifen, die selbst auf seinem Tisch keinen Platz fanden, ringelten sich links und rechts von ihm zu weißen Haufen zusammen. In unregelmäßigen Abständen griff Rubin nach dem Album mit den Lautdiagramm-Mustern, die teils nach Phonemen, teils nach den Grundtönen der unterschiedlichsten männlichen Stimmen zusammengestellt waren. Mit einem rot-blauen Buntstift, der an beiden Enden zu runden Kuppen abgeschrieben war, markierte er auf den Streifen die ihm besonders auffallenden Stellen.

Rubin war gefesselt. Seine dunkelbraunen Augen brannten. Der große, ungekämmte schwarze Bart war zu Zotteln verfilzt. Graue Asche, sei es die der ununterbrochen qualmenden Pfeife oder die von Zigaretten, hatte sich auf alles gelegt – den Bart, die Ärmel seiner verfleckten Kombination, an der ein Knopf fehlte, auf den Tisch, die Tonbänder, den Stuhl und das Album mit den Lautdiagrammen.

Rubin erlebte gerade jenen rätselhaften geistigen Aufschwung, den die Physiologen noch nicht zu erklären vermochten. Er hatte seine Leber und die Schmerzen der Hypertonie vergessen und war erfrischt aus der aufreibenden Nacht hervorgegangen. Er verspürte keinen Hunger, obwohl er seit dem Geburtstagsgebäck am vergangenen Abend nichts mehr gegessen hatte. Rubin befand sich in einer Art geistigem Schwebezustand, der das Auge so schärft, daß es einzelne Sandkörner unterscheiden kann und das Gedächtnis veranlaßt, alles herzugeben, was es in Jahren aufgespeichert hat.

Er fragte kein einziges Mal nach der Uhrzeit. Als er eintrat, wollte er nur die Fensterklappe öffnen, um etwas frische Luft zu bekommen, aber Smolossidow hatte finster gesagt: »Das geht nicht, ich habe Schnupfen.« Dem fügte sich Rubin sofort. Den ganzen Tag über war er kein einziges Mal aufgestanden, war nicht zum Fenster gegangen, um zu sehen, wie der Schnee durch den feuchten Wind porös und grau wurde. Er hörte nicht, wie Schikin anklopfte und wie Smolossidow ihn nicht einließ. Wie durch einen Nebelschleier sah er Roitman kommen und wieder gehen. Ohne sich umzuwenden, hatte er ihm durch die Zähne irgend etwas zugezischt. Die Glocke, die den Beginn der Mittagspause anzeigte, drang ebensowenig in sein Bewußtsein wie die Glocke, die die Pause beendete. Der Häftlingsinstinkt, der das Ritual des Essens heilig hält, erwachte erst, als derselbe Roitman ihn an der Schulter rüttelte und ihm auf einem Tisch Rührei, Piroggen mit saurer Sahne und Kompott zeigte. Die Nüstern Rubins blähten sich. Sein Gesicht zog sich in die Länge, aber sein Bewußtsein nahm es nicht voll auf. Verständnislos starrte er die göttlichen Speisen an, so als ob er erst ergründen müsse, was es damit auf sich habe, setzte sich dann hinüber und begann, ohne den Geschmack wahrzunehmen, eilig zu essen, um so rasch wie möglich wieder an seine Arbeit zurückkehren zu können.

Rubin hatte dem Essen nicht die nötige Ehre gezollt, Roitman aber war diese Mahlzeit teurer zu stehen gekommen, als wenn er sie aus seiner eigenen Tasche hätte bezahlen müssen. Zwei Stunden hatte er am Telefon zugebracht, um dieses Mittagessen zusammenzubringen: er hatte zuerst mit der Abteilung Spezialtechnik verhandelt, dann mit General Bulbanjuk, dann mit der Gefängnisverwaltung, dann mit der Versorgungsabteilung und zum Schluß mit Oberstleutnant Klimentjew. Die

Genannten wiederum mußten ihrerseits das Problem mit unzähligen Buchhaltungen und sonstigen Personen abstimmen. Die Schwierigkeit lag darin, daß Rubin Arrestantenkost der ›dritten‹ Kategorie erhielt und Roitman ihm, da er mit einer besonders wichtigen staatlichen Aufgabe beschäftigt war, für einige Tage die ›erste‹ Kategorie, obendrein in Form von Diätkost, zu verschaffen suchte. Nachdem alle zugestimmt hatten, kam das Gefängnis mit organisatorischen Einwänden – dem Vorratslager des Gefängnisses fehlten die benötigten Lebensmittel. Außerdem brauchte man eine besondere Dienstanweisung für den Koch, der das Extra-Menü zubereiten mußte.

Jetzt saß Roitman Rubin gegenüber und betrachtete ihn, aber nicht etwa wie ein Arbeitgeber, der auf die Früchte des Schaffens seines Sklaven wartet, sondern mit zärtlichem Lächeln, so wie man ein großes Kind ansieht, voller Entzücken den geistigen Aufschwung beneidend und auf den geeigneten Moment wartend, um irgendwie in die Problematik der im Laufe des halben Tages geleisteten Arbeit eindringen und damit an ihr teilhaben zu können.

Rubin aß alles auf. Dann kehrte allmählich das Verstehen in sein entspanntes Gesicht zurück, und er lächelte zum erstenmal seit dem frühen Morgen.

»Es war unüberlegt von Ihnen, mich zu füttern, Adam Wenjaminowitsch. ›*Satur venter non studet libenter.*‹ Der Wanderer muß den größten Teil seines Weges vor der Mittagspause zurücklegen.«

»Werfen Sie mal einen Blick auf die Uhr, Lew Grigorjitsch! Es ist Viertel nach drei!«

»Wa-as? Ich dachte, es sei noch vor zwölf.«

»Lew Grigorjitsch! Ich brenne vor Neugier – was haben Sie herausgefunden?«

Das war nicht die Forderung eines Vorgesetzten, es klang sogar bittend, so als ob Roitman fürchtete, Rubin würde es verweigern, sich ihm mitzuteilen. In seinen vertrauensvollen Minuten konnte Roitman sehr liebenswürdig sein, ungeachtet seines ungefügen Äußeren und seiner dikken Lippen, die wegen der Polypen in der Nase immer etwas offen standen.

»Es ist erst ein Anfang! Es sind die allerersten Folgerungen, Adam Wenjaminowitsch!«

»Und – welche denn?«

»Über verschiedenes läßt sich streiten, aber eines steht unzweifelhaft fest: die Wissenschaft der Phonoskopie, geboren am 26. Dezember 1949, hat einen vernünftigen Kern!!«

»Und – lassen Sie sich auch nicht hinreißen, Lew Grigorjitsch?« warnte Roitman. Er wünschte nichts sehnlicher, als daß die Behauptung Rubins zuträfe, aber als Jünger der exakten Wissenschaften wußte er, daß der Humanist Rubin dazu neigte, vor lauter Enthusiasmus die wissenschaftliche Genauigkeit geringzuachten.

»Wann haben Sie jemals erlebt, daß ich mich hinreißen lasse?« Rubin strich fast gekränkt seinen verfilzten Bart. »Unsere bald zweijährige Sammlerarbeit, all diese Laut- und Wortanalysen der russischen Sprache, das Studium der Lautdiagramme und die Klassifizierung der Stimmen, das Studium der nationalen, der Gruppen- und der individuellen Redeharmonie. All das, was Anton Nikolajewitsch leeren Zeitvertreib nannte, ja, warum soll man es verschweigen, was sogar bei Ihnen hin und wieder Zweifel aufkommen ließ – all das liefert jetzt seine gebündelten Resultate. Man sollte Nershin herholen, was meinen Sie dazu?«

»Wenn unsere Firma sich entwickelt – warum nicht? Aber zunächst einmal müssen wir unsere Lebensfähigkeit beweisen und die erste gestellte Aufgabe lösen!«

»Die erste Aufgabe! Die erste Aufgabe – das ist die Hälfte der ganzen Wissenschaft! Das geht nicht so schnell.«

»Aber ... das heißt ... Lew Grigorjitsch? Verstehen Sie denn nicht, wie dringend das alles benötigt wird?«

Oh, wie sollte er das nicht verstehen! ›Es muß‹ und ›dringend‹ waren die Worte, mit denen der Komsomolze Lewka Rubin aufgewachsen war. Es waren die obersten Gebote der dreißiger Jahre gewesen. Es gab keinen Stahl, keine Energie, kein Brot, keine Textilien – aber es *mußte* das geben, und es mußte das *dringend* geben –, also wurden Hochöfen errichtet und Eisenhütten in Betrieb genommen. Dann später, in der Zeit vor dem Kriege, hatte sich Rubin bei gemächlichen wissenschaftlichen Forschungen, eingetaucht in das geruhsame 18. Jahrhundert, verwöhnt. Aber der Kampfesruf ›dringend notwendig!‹ hallte immer noch vernehmlich in ihm nach und beeinträchtigte seine Angewohnheit, eine Arbeit gründlich bis zum Ende durchzuführen.

Vom Fenster her drang nur noch wenig Tageslicht ins Zimmer. Sie schalteten die Deckenbeleuchtung ein, setzten sich an den Arbeitstisch und betrachteten auf den Lautdiagrammen die mit blauem oder rotem Stift markierten Stellen, die charakteristischen Laute, die Nahtstellen der Konsonanten, die Intonationslinien. All das taten sie zu zweit, ohne Smolossidow zu beachten. Dieser aber verließ das Zimmer den ganzen Tag über nicht einmal für eine Minute, sondern saß am Magnetophonband, bewachte es wie ein mürrischer schwarzer Hund und starrte Roitman und Rubin von hinten an. Dieser unentwegte, schwere Blick durchdrang ihre Schädeldecke wie ein Nagel und drückte auf ihr Gehirn. Smolossidow raubte ihnen damit ein winziges, aber äußerst wichtiges Element der Arbeit – die Unbefangenheit. Er war Zeuge ihres Zögerns und würde ebenso auch Zeuge ihres zuversichtlichen Berichtes an die Vorgesetzten sein.

Es entstand ein unablässiges Wechselspiel: mal zweifelte der eine, während der andere sicher war, und dann umgekehrt. Roitman wurde gehemmt von seinem mathematischen Verstande und vorangetrieben von seinem dienstlichen Auftrag. Rubin hingegen erschien gebremst durch seinen Wunsch, eine echte neue Wissenschaft zu schaffen, und dann wieder angespornt durch seine Erfahrungen aus der Zeit der Fünfjahrespläne.

Es ergab sich, daß beide die Liste der fünf Verdächtigen für ausreichend hielten. Keiner von ihnen machte den Vorschlag, die Stimmen der vier reichlich spät bei der U-Bahn-Station Arbat Gefaßten ebenfalls auf Magnetophonband aufzunehmen. Sie wiesen auch die Vermutung zurück, daß nicht der telefoniert hatte, der die Sachlage kannte, sondern in seinem Auftrage irgendeine dritte Person.

Aber selbst diese fünf zu erfassen, war nicht leicht. Sie verglichen die Stimmen mit der des Verbrechers, sowohl durch Anhören wie auch mit Hilfe der fünf Lautdiagramme.

»Sehen Sie doch, wieviel die Analyse des Diagramms ergibt!« sagte Rubin voller Eifer. »Sie hören, daß der Verbrecher zu Beginn nicht mit derselben Stimme spricht, er versucht, sie zu verstellen. Aber was hat sich beim Tonbild verändert? Es hat sich nur die Intensität der Frequenz verändert. Die individuelle Redeharmonie jedoch ist ganz genau dieselbe geblieben! Das ist unsere wichtigste Entdeckung — die Redeharmonie; selbst wenn der Verbrecher bis zum Schluß mit verstellter Stimme gesprochen hätte, so konnte er doch seine charakteristische Redeharmonie nicht verbergen!«

»Aber über die Grenzen der Veränderlichkeit der Stimme wissen wir beide noch zu wenig«, betonte Roitman. »Höchstens noch in den Mikro-Intonationen. Aber die Grenzen sind da weit gezogen.«

Wenn es mit dem bloßen Ohr nicht leicht zu unterscheiden war, ob es sich um dieselbe oder um eine andere Stimme handelte, so zeigten sich die Verschiedenheiten auf den Lautdiagrammen durch die Veränderung der Amplitudenfrequenzen schon deutlicher. Das Pech der beiden lag darin, daß ihre Sprechanlage recht grob war. Sie verdeutlichte nur wenige Frequenzkanäle und zeigte die Größe der Amplitude lediglich durch nicht zu entziffernde Flecken an. Als Entschuldigung wurde darauf hingewiesen, daß sie nicht für eine so verantwortungsvolle Aufgabe konstruiert worden war.

Aus dem Kreis der fünf Verdächtigen konnten Sawarsin und Sjagowityj mit Sicherheit ausgeschlossen werden, das heißt, soweit es die zukünftige Wissenschaft überhaupt ermöglichen würde, aus einem einzelnen Gespräch Schlüsse zu ziehen. Mit gewissen Einschränkungen konnte

auch Petrow ausgeschlossen werden, und der enthusiasmierte Rubin war auch sofort aus voller Überzeugung bereit, es zu tun. Dagegen ähnelten die Stimmen Wolodins und Schtschewronoks der Stimme des Verbrechers in der Tonfrequenz und glichen ihr auch bei bestimmten Phonemen, nämlich bei o, r, l und sch. Eine Ähnlichkeit bestand auch in der individuellen Redeharmonie.
Auf diesen einander so ähnlichen Stimmen mußte nun die Wissenschaft der Phonoskopie aufgebaut, mußten ihre Verfahren ausgearbeitet werden. Nur auf derartig feinen Unterschieden konnte der zukünftige empfindliche Apparat entwickelt und erprobt werden. Mit der Emphase von Schöpfern lehnten sich Rubin und Roitman in ihren Stühlen zurück. Vor ihrem geistigen Auge erschien das System, das ähnlich wie die Daktyloskopie irgendwann einmal eingeführt werden würde: eine einheitliche Phonothek, in der die Lautbilder aller irgendwann einmal verdächtig gewordenen Personen aufbewahrt werden. Jede verbrecherische Unterhaltung würde aufgezeichnet und dann mit den Unterlagen der Phonothek verglichen werden. So konnte man den Missetäter ohne Zögern herausfischen, wie einen Dieb, der seine Fingerabdrücke auf dem Safe hinterlassen hat.
In diesem Augenblick meldete der Adjutant Oskolupows durch den Türspalt das baldige Eintreffen des Generals.
Beide schüttelten sogleich ihre Träume ab. Wissenschaft hin, Wissenschaft her — jetzt galt es zunächst, zu Schlüssen zu kommen und diese gemeinsam vor dem Leiter der Abteilung zu vertreten.
Roitman fand, daß im Grunde genommen schon viel erreicht war. Da er wußte, daß die Vorgesetzten keine Hypothesen, sondern nur sichere Aussagen schätzten, beugte sich Roitman auch der Ansicht Rubins, daß die Stimme Petrows aus dem Kreis der Verdächtigen ausgeschlossen und dem Generalmajor gemeldet werden müsse, daß nur noch Schtschewronok und Wolodin verdächtig wären und daß man bei diesen beiden im Laufe der nächsten Tage noch zusätzliche Untersuchungen vorzunehmen hätte.
»Überhaupt, Lew Grigorjitsch«, sagte Roitman nachdenklich, »wir beide dürfen die Psychologie nicht vernachlässigen. Wir müssen uns den Menschen vorstellen, der sich entschloß, ein derartiges Telefonat zu führen. Was trieb ihn dazu? Und dann muß ein Vergleich mit dem konkreten Bilde der Verdächtigen vorgenommen werden. Man müßte fordern, daß man uns Phonoskopisten nicht nur die Stimme und den Namen des Verdächtigen gibt, sondern uns auch kurze Informationen über seine Position, seine Beschäftigung, seine Lebensweise, vielleicht sogar seinen Lebenslauf mitteilt. Mir scheint, daß ich jetzt durchaus eine kleine psychologische Skizze unseres Verbrechers entwerfen könnte . . .«

Rubin aber, der erst gestern abend dem Künstler klarzumachen versucht hatte, daß die objektive Erkenntnis frei von jeder emotionalen Färbung sei, derselbe Rubin erwärmte sich jetzt gefühlsbetont für einen der beiden Verdächtigen und erklärte:
»Ich habe bereits psychologische Überlegungen angestellt, Adam Wenjaminowitsch, und die Waagschale hat sich auf die Seite Wolodins geneigt. Im Gespräch mit seiner Frau ist er irgendwie schlaff, bedrückt, fast apathisch. Das ist ganz typisch für einen Verbrecher, der eine Verfolgung fürchtet! Nichts dergleichen findet sich in dem fröhlichen sonntäglichen Geschwätz Schtschewronoks. Das gebe ich zu, aber wir stünden schön da, wenn wir uns schon bei den ersten Schritten nicht auf die objektiven Daten unserer Wissenschaft, sondern auf disziplinfremde Überlegungen stützen würden. Ich habe doch schon viele Erfahrungen in der Arbeit mit Lautdiagrammen, und Sie sollten mir glauben: auf Grund mehrerer schwer faßlicher Anzeichen bin ich völlig davon überzeugt, daß Schtschewronok der Verbrecher ist. Lediglich aus Zeitmangel bin ich noch nicht dazu gekommen, diese Anzeichen auf dem Streifen mit dem Meßgerät auszumessen und sie in die Zahlensprache zu übertragen. Aber wenn man mich jetzt an der Gurgel packen und von mir verlangen würde, nur einen Namen zu nennen und mich dafür zu verbürgen, daß gerade das der Verbrecher ist, so müßte ich fast ohne zu schwanken Schtschewronok nennen!«
»Aber das werden wir nicht tun, Lew Grigorjitsch«, wandte Roitman sanft ein. »Lassen Sie uns jetzt mit dem Meßgerät arbeiten, lassen Sie es uns jetzt in die Sprache der Zahlen übertragen – und dann wollen wir darüber reden!«
»Aber wieviel Zeit kostet das! Die Sache ist doch dringend!«
»Aber wenn die Wahrheit es erfordert?«
»Aber bitte sehen Sie doch selbst ...!« Von neuem ergriff er die Tonbildstreifen und begann, wieder alles mit seiner Asche verschmierend, heftig die Schuld Schtschewronoks zu beweisen.
Bei dieser Beschäftigung traf sie General Oskolupow an, der mit langsamen, gebieterischen Schritten seiner kurzen Beine daherkam. Alle kannten ihn gut genug, um schon an der in die Stirn geschobenen Papacha sowie an der Krümmung seiner Oberlippe zu erkennen, daß er äußerst unzufrieden war.
Sie sprangen auf, er setzte sich in eine Ecke des Diwans, schob seine Hände in die Taschen und brummte in befehlendem Ton:
»Nun!«
Rubin schwieg vorschriftsmäßig und überließ es Roitman zu berichten.
Während Roitman sprach, breitete sich ein Schein des Nachdenkens über Oskolupows Hängebacken-Gesicht aus, seine Augenlider schlossen sich

schläfrig, und er war nicht einmal bereit, die ihm vorgelegten Lautdiagramme zu betrachten.
Rubin verzehrte sich während Roitmans Bericht fast vor Ungeduld. In den präzisen Formulierungen dieses gescheiten Menschen vermißte er die Besessenheit, die Inspiration, die ihn selbst in seinen Forschungen geleitet hatten. Roitman endete mit der Schlußfolgerung, daß sowohl Schtschewronok als auch Wolodin verdächtig seien, daß man aber für ein abschließendes Urteil noch neue Gesprächsaufnahmen brauche. Darauf blickte er Rubin an und sagte:
»Aber mir scheint, daß Lew Grigorjitsch noch etwas hinzufügen oder korrigieren möchte?«
In Rubins Augen war Foma Oskolupow ein Klotz, durch und durch ein Klotz. In diesem Augenblick aber war er darüber hinaus das Auge des Staates und damit unwillkürlich auch ein Vertreter jener fortschrittlichen Kräfte, denen Rubin sich verschrieben hatte. Darum sprach Rubin erregt und fuchtelte mit den Bandstreifen und dem Tonbild-Album herum. Er bat den General zu verstehen, daß man zwar vorläufig nur eine Alternativlösung anbieten könne, daß aber eine solche Dualität durchaus kein Charakteristikum der phonoskopischen Wissenschaft sei, daß die Zeit für die Abgabe eines endgültigen Urteils etwas zu kurz gewesen sei, daß man noch Magnetophonaufzeichnungen brauche, daß aber, wenn er, Rubin, sich eine persönliche Vermutung erlauben dürfe ...
Der General lauschte jetzt nicht mehr schläfrig, sondern verzog geringschätzig sein Gesicht. Ohne das Ende der Erklärungen abzuwarten, unterbrach er:
»Wahrsagereien aus dem Kaffeesatz! Was soll ich mit Ihrer Wissenschaft anfangen? Ich muß einen Verbrecher fangen. Erklären Sie mir verbindlich: liegt der Verbrecher hier bei Ihnen auf dem Tisch? Ist das sicher? Er läuft also nicht frei herum — keiner kommt in Frage außer diesen fünf?«
Er glupschte sie von unten her an. Sie standen vor ihm und hatten nichts, worauf sie sich hätten stützen können. Die Papierstreifen in den herabhängenden Händen Rubins schleiften auf dem Boden. Wie ein schwarzer Drache hockte Smolossidow am Bandgerät hinter ihrem Rücken.
Rubin war wie zermalmt. Er hatte es nicht erwartet, unter diesem Aspekt Rede stehen zu müssen.
Roitman, der mit den Gepflogenheiten seiner Obrigkeit besser vertraut war, sagte möglichst tapfer:
»Ja, Foma Gurjanowitsch, ich bin eigentlich ... wir sind eigentlich ... wir sind überzeugt davon, daß er sich unter diesen fünf befindet.«
Was sonst hätte er sagen sollen?

Foma kniff leicht seine Augen zusammen.
»Stehen Sie für Ihre Worte ein?«
»Ja ... wir ... ja, wir stehen dafür ein.«
Oskolupow wuchtete sich schwer vom Diwan hoch:
»Ihr seht also, ich habe euch nicht zum Reden gezwungen. Ich fahre jetzt sofort zum Minister und erstatte Bericht. Wir werden die beiden Hundesöhne verhaften!«
Er sagte das mit einer derartigen Betonung und blickte dabei so feindselig, daß es auch hätte bedeuten können, sie beide — Roitman und Rubin — würden verhaftet werden.
»Warten Sie«, wandte Rubin ein, »nur noch 24 Stunden! Geben Sie uns noch die Möglichkeit, endgültige Beweise zu liefern!«
»Nun, wenn die Verhöre beginnen, kommt auf den Tisch des Untersuchungsrichters ein Mikrophon, und ihr könntet dann, wenn ihr wollt, drei Stunden lang Aufzeichnungen machen.«
»Aber einer von beiden ist doch unschuldig!« rief Rubin.
»Was heißt hier unschuldig!« Oskolupow wunderte sich und schloß seine grünen Augen vollständig. »Völlig unschuldig ...? Die Sicherheitsorgane werden schon etwas finden, sie werden alles untersuchen.«
Er ging, ohne den Adepten der neuen Wissenschaft auch nur ein einziges gutes Wort zu geben.
Es gehörte nämlich zum Führungsstil Oskolupows, niemals auch nur einen einzigen Untergebenen zu loben. Sie sollten sich noch mehr anstrengen. Das war allerdings nicht sein persönlicher Stil, vielmehr ging er auf IHN[1] zurück.
Dennoch war es kränkend.
Sie setzten sich auf dieselben Stühle, auf denen sie noch vor kurzem von der großen Zukunft der sich entwickelnden Wissenschaft geträumt hatten — und schwiegen.
Es schien, als wäre alles, was sie so fein und zerbrechlich aufgebaut hatten, niedergetrampelt worden. Es sah so aus, als brauchte man die Phonoskopie überhaupt nicht.
Wenn man anstelle des einen auch zwei verhaften konnte — warum dann nicht gleich alle fünf, um ganz sicherzugehen?
Roitman spürte deutlich, wie wackelig es mit der neuen Gruppe stand, und erinnerte sich auch daran, daß das Akustische Labor bereits zur Hälfte aufgelöst war. Das Gefühl der letzten Nacht, daß die Welt unwirtlich und man in ihr verloren sei, bemächtigte sich seiner von neuem.
Rubin aber, von dem die Last der Arbeit allmählich wich, empfand indirekt sogar eine Art von Erleichterung. Fomas unkomplizierte Entschei-

[1] Gemeint ist Stalin (Anm. d. Übers.)

dung bewies ihm, daß man auch ohne Rubin und ohne die Phonoskopie verhaftet hätte. Von drei Menschen hatte er den Schlag immerhin noch abwenden können.

Sein selbstvergessenes Aufflammen, das ununterbrochen viele Stunden angehalten hatte, fiel in sich zusammen. Er erinnerte sich wieder daran, daß seine Leber schmerzte, daß auch sein Kopf schmerzte, daß seine Haare ausfielen, daß seine Frau alt wurde und daß er noch über fünf Jahre zu sitzen hatte. Und bei allem ging es in den letzten Jahren im Zickzackkurs – jetzt wurde Jugoslawien verteufelt.

Aber keiner von ihnen sprach aus, was er dachte. Sie saßen bloß da und schwiegen.

Und hinter ihren Nacken schwieg Smolossidow.

An der Wand hing eine von Rubin dort befestigte Karte von China, auf der das von den Kommunisten besetzte Gebiet rot schraffiert war.

Lediglich diese Karte erwärmte sein Herz. Trotz allem, trotz allem ... wir werden siegen.

Es klopfte, und Roitman wurde herausgerufen. Er sollte dafür sorgen, daß sich die freien Mitarbeiter des Akustischen Labors zum Vortrag eines auswärtigen Lektors einfänden. Es war Montag, der einzige Tag, an dem es politischen Unterricht gab.

81

Nein, Dich nicht ...

Alle Zuhörer des Vortrages klammerten sich an die schlichte Hoffnung, daß er bald zu Ende sein würde. Alle hatten sie ihre Wohnung um acht, einige sogar schon um sieben Uhr morgens mit der Trambahn, mit dem Omnibus oder dem elektrisch betriebenen Vorortzug verlassen und hofften nun, wenigstens vor halb zehn Uhr abends wieder daheim zu sein.

Am ungeduldigsten aber erwartete Simotschka das Ende der Vorlesung, und das, obwohl sie Dienst hatte und dableiben mußte, also gar nicht darauf aus war, rasch nach Hause zu kommen. Furcht und erwartungsvolle Freude stiegen und fielen abwechselnd wie heiße Wellen auf sie nieder, und ihre Füße schienen zu versagen, als ob sie Sekt getrunken hätte. Dies war nämlich der Montagabend, den sie Gleb versprochen hatte, und sie konnte es nicht zulassen, daß dieser feierliche, bedeutende Augenblick ihres Lebens sie unvorbereitet traf, wie im Vorbeigehen. Darum auch hatte sie sich vorgestern noch nicht bereit gefühlt. Den ganzen gestrigen und den halben heutigen Tag aber hatte sie wie in Erwartung eines großen Feiertages verbracht. Sie hatte bei der Schneiderin gesessen und diese bedrängt, das neue Kleid fertig zu machen, das ihr so gut stand. Sie hatte sich gründlich gewaschen und dazu eigens eine Blechwanne in ihr enges Moskauer Zimmer gestellt. Abends hatte sie sich stundenlang Lockenwickler ins Haar gedreht und sie am Morgen wieder herausgenommen. Immer wieder musterte sie sich im Spiegel, um sich zu vergewissern, daß sie bei einer bestimmten Drehung des Kopfes wirklich attraktiv sein konnte.

Sie hätte Nershin eigentlich schon um drei Uhr, sofort nach der Mittagspause, wiedersehen müssen, aber Gleb setzte sich ganz unverhüllt über die für die Häftlinge geltenden Regeln hinweg und verspätete sich. Sie mußte ihn dafür schelten! Er sollte sich doch vorsehen! Inzwischen wurde Simotschka für längere Zeit zu einer anderen Gruppe geschickt, um Ersatzteile zu zählen und entgegenzunehmen. Als sie dann, schon gegen sechs Uhr, ins Akustische Labor zurückkehrte, traf sie Gleb wieder nicht an, obwohl sein Tisch mit Zeitschriften und Aktendeckeln überhäuft war und auch seine Lampe brannte. So ging sie zum Vortrag, ohne ihn gesehen zu haben und ohne etwas von der schrecklichen Neuigkeit zu ahnen, daß man ihm gestern, nach einer Unterbrechung von einem Jahr, ein Wiedersehen mit seiner Frau gestattet hatte.

Klein wie sie war, fand sie leicht einen Platz in den engen Stuhlreihen und wurde dann von ihren Nachbarn ganz verdeckt. So beobachtete sie mit immer heißer und heißer brennenden Wangen das Vorrücken des Zeigers auf der großen elektrischen Uhr. Bald nach acht würde sie mit Gleb allein sein...

Als die Vorlesung beendet war und alle in die erste Etage zur Garderobe hinaufgingen, begab sich auch Simotschka dorthin, um ihre Freundinnen zu begleiten. Dort herrschten Lärm und Gedränge. Die Männer schlüpften hastig in ihre Mäntel oder Pelze und zündeten sich für den Weg eine Zigarette an. Die Mädchen bemühten sich, während sie ihre Überschuhe anzogen, an der Wand die Balance zu halten. Aber wie sehr sich Simotschkas Freundinnen auch beeilen mochten, sie fanden doch noch Zeit, alle Einzelheiten ihres neuen Kleides zu prüfen und zu begutachten.

Dieses zimtfarbene Kleid berücksichtigte sowohl die Vorzüge als auch die Unzulänglichkeiten von Simotschkas Figur. Sein Oberteil, das wie ein Jackett gearbeitet war und ihre Wespentaille fest umschloß, bauschte sich über der Brust in lockeren Falten. Da, wo der Rock angesetzt war, verbreiterten zwei Volants ihre schmalen Hüften. Der eine war aus mattem, der andere aus glänzendem Stoff — beim Gehen wippten sie leicht. Die gewichtslos dünnen Arme Simotschkas steckten in langen Ärmeln, die von der Schulter weit herabfielen und erst an den Handgelenken

eng zusammengefaßt waren. Den Kragen verzierte eine naiv-liebliche Erfindung. Sie bestand aus einer sehr langen Bahn desselben Stoffes. Ihre losen Enden waren über der Brust zu einer Schleife gebunden, die an einen silbriggrauen Schmetterling erinnerte.
In dieser Welt des Mißtrauens mußte es seltsam erscheinen, daß Simotschka für eine Abendschicht im Dienst ein neues Kleid angezogen hatte, das für den Silvesterabend bestimmt sein konnte. Darum erklärte sie den Mädchen, daß sie nach der Arbeit zur Geburtstagsfeier eines Onkels fahren wolle, wo auch junge Leute sein würden.
Die Freundinnen lobten das Kleid, sagten, daß sie darin ›einfach süß‹ aussehe, und fragten, wo sie den Crêpe Satin gekauft habe.
Trotz allem hatte Simotschka ihre anfängliche Entschlossenheit verloren und zögerte nun doch, ins Labor zu gehen.
Erst zwei Minuten vor acht betrat sie, durch die Lobeshymnen der Freundinnen ermutigt, aber dennoch mit klopfendem Herzen, das Akustische Labor. Die Häftlinge waren schon dabei, ihre Geheimunterlagen abzugeben, die jeden Abend in den Safe eingeschlossen wurden. Am Ende des Mittelganges, der durch den Antransport des Wokoder in die Semjorka ganz vereinsamt wirkte, sah sie den Tisch Nershins.
Nershin aber war nicht mehr da. Konnte er denn wirklich nicht warten? Die Lampe war ausgeschaltet, die Rolläden seines Tisches waren herabgelassen, das geheime Material abgegeben. Etwas fiel ihr als ungewöhnlich auf: Gleb hatte die Tischplatte nicht, wie er es sonst immer vor den Pausen zu tun pflegte, völlig abgeräumt. Vielmehr lagen dort eine große aufgeschlagene amerikanische Zeitschrift und ein ebenfalls aufgeschlagenes Lexikon. Das konnte ein geheimes Zeichen für sie sein und bedeuten, ›ich komme bald!‹
Der Stellvertreter Roitmans übergab Simotschka die Schlüssel zum Safe und zum Zimmer sowie das Siegel, denn die Labors mußten jede Nacht versiegelt werden. Simotschka fürchtete, daß Roitman wieder zu Rubin gehen würde; in diesem Fall würde man jederzeit auch im Akustischen Labor mit seinem Auftauchen rechnen müssen. Doch Roitman war bereits im Mantel, hatte seine Mütze aufgesetzt und zog gerade seine Lederhandschuhe an. Er drängte auch seinen Stellvertreter zur Eile. Irgendwie schien er unfroh zu sein.
»Nun, Serafima Witaljewna, übernehmen Sie den Befehl.« Dann, zum Schluß, wünschte er ihr noch alles Gute.
In den Gängen und Zimmern des Instituts hörte man das lang anhaltende Läuten der elektrischen Klingel. Die Gefangenen gingen einträchtig zum Abendbrot. Ernst blickte Simotschka hinter den letzten her und ging ins Labor.
Wenn sie nicht gerade lächelte, sah ihr Gesicht sehr streng aus. Vor

allem die längliche Nase und deren scharfer Rücken machten es wenig anziehend.
Jetzt war sie allein.
Jetzt könnte er kommen.
Mit ihren Händen spielend ging sie im Labor umher.
Wie konnte sie auch nur so ein Pech haben! Die seidenen Gardinen, die sonst immer vor den Fenstern hingen, waren heute abgenommen worden, um gewaschen zu werden. Drei Fenster waren nun schutzlos entblößt, aus der Schwärze des Hofes konnte jedermann hineinsehen. Sicherlich, da das Akustische Labor im Hochparterre lag, war nicht der ganze Raum zu überblicken. Aber der Zaun und somit auch der Posten auf dem Wachtturm waren nicht weit, genau ihrem Fenster gegenüber. Von dort war das Zimmer vollständig einzusehen.
Oder sollte man *dann* das Licht ausmachen? Die Tür würde verschlossen sein, so daß jeder annehmen mußte, die Diensthabende hätte das Zimmer verlassen.
Aber wenn jemand versuchen würde, die Tür aufzubrechen oder einen passenden Schlüssel zu finden?
Simotschka begab sich in die akustische Zelle. Sie tat es ganz instinktiv, ohne auch nur daran zu denken, daß der Posten sie dort nicht erspähen konnte. An der Schwelle der engen Kabine lehnte sie sich an die dicke, aber innen hohle Tür und schloß ihre Augen. Sie wollte nicht ohne ihn hineingehen. Sie wünschte, daß er sie dort hineinzöge, oder besser noch – trüge.
Sie hatte zwar von ihren Freundinnen gehört, wie alles vor sich geht, hatte aber trotzdem nur eine recht verschwommene Vorstellung. Ihre Aufregung wuchs, ihre Wangen brannten noch heißer.
Das, was sie in der Jugend mehr als alles andere bewahren sollte, war inzwischen zu einer Bürde geworden.
Ja! Sie wünschte sich so sehr ein Kind. Sie würde es erziehen, bis zu Glebs Entlassung! Nur noch fünf kurze Jahre!
Sie trat von hinten an seinen gebogenen, gelben Stuhl heran und umfaßte die Lehne wie einen lebendigen Menschen.
Als sie zum Fenster hinausschaute, erahnte sie in der nahen Schwärze den Wachtturm und auf ihm als die dunkle Verdichtung all dessen, was der Liebe feindlich war – den Posten mit dem Gewehr.
Auf dem Gang waren jetzt die festen, schnellen Schritte Glebs zu hören. Simotschka flatterte zu ihrem Tisch, setzte sich, zog den dreistufigen Verstärker, der mit bloßgelegten Röhren vor ihr lag, heran und betrachtete ihn, dabei einen kleinen Schraubenzieher in der Hand haltend. Das Pochen ihres Herzens pflanzte sich bis in die Schläfen fort.
Nershin schloß die Tür leise, um nach Möglichkeit jedes Geräusch auf

dem stillen Korridor zu vermeiden. Über den durch die Demontage der Prjantschikowschen Geräte leergewordenen Raum hinweg sah er Simotschka schon von weitem – versteckt hinter ihrem Tisch wie eine kleine Wachtel im Schutz eines großen Erdhaufens.

Er selbst hatte ihr diesen Namen gegeben.

Nun trat er schnell an sie heran, um sie mit einem einzigen Schuß zu töten.

Simotschka schickte ihm einen hellen, leuchtenden Blick entgegen – um dann zu erstarren. Sein Gesicht war finster, es versprach nichts Gutes.

Bevor er eintrat, war sie überzeugt gewesen, daß er als erstes zu ihr kommen werde, um sie zu küssen. Doch sie würde ihn stoppen, weil die Fenster nicht verhängt waren und der Wachtposten alles sehen könnte.

Er aber stürzte nicht um die Tische herum auf sie zu, sondern sagte streng und betrübt:

»Die Fenster sind offen, ich komme daher nicht näher heran, Simotschka. Guten Tag!« Er stützte die Hände auf seinen Tisch und blickte sie stehend von oben her an, wie ein Staatsanwalt. »Wenn niemand uns stört, dann sollten wir jetzt etwas Wichtiges besprechen.«

»Besprechen?«

»Be-spre-chen ...«

Er schloß seinen Tisch auf. Mit lautem Geschepper fielen die Rolläden einer nach dem anderen herab. Ohne Simotschka anzusehen, holte Nershin mit geschäftigen Bewegungen mehrere Bücher, Zeitschriften sowie Aktendeckel hervor und schlug sie auf. Es war die ihr wohlbekannte Tarnung.

Simotschka blickte immer noch mit dem Schraubenzieher in der Hand, erstarrt und unverwandt auf sein lebloses Gesicht. Ihre einzige Erklärung war, daß Glebs Vorladung zu Jakonow am Samstag schlimme Folgen gehabt habe, daß man ihn irgendwie unter Druck setzte oder ihn bald verschicken werde. Aber warum kam er dann nicht zu ihr und küßte sie?

»Ist etwas passiert? Was ist passiert?« fragte sie mit gebrochener Stimme und schluckte schwer.

Er setzte sich, stützte die Ellenbogen auf die geöffneten Zeitschriften, umfaßte mit den ausgestreckten Fingern seinen Kopf von beiden Seiten und sah dem Mädchen mit hartem Blick direkt in die Augen.

Es entstand eine dumpfe Stille. Kein Laut war zu hören.

Zwischen ihnen standen zwei Tische, zwei Tische unter dem Licht von vier Deckenlampen und zwei Stehlampen und genau im Blickfeuer des Postens auf dem Wachtturm.

Diese Blicke des Wachsoldaten aber waren wie ein Vorhang aus Stacheldraht, der sich jetzt langsam zwischen ihnen herabsenkte.

Gleb sagte:
»Simotschka! Ich wäre ein Schuft, wenn ich es dir heute nicht beichten würde.«
?
»Ich habe mich dir gegenüber leichtsinnig verhalten, habe nicht an alles gedacht.«
?
»Ich habe gestern ... meine Frau wiedergesehen. Wir hatten ein Wiedersehen.«
»Ein Wiedersehen?«
Simotschka sank in ihrem Stuhl zusammen, wurde noch kleiner. Die Flügel ihrer Schmetterlingsschleife sanken kraftlos auf den Aluminiumrand des Verstärkers.
»Aber warum haben Sie... am Samstag... nichts gesagt?« Ihre Stimme klang noch zerbrochener.
»Aber was denkst du denn, Simotschka!« Gleb war erschrocken. »Denkst du, ich hätte es dir verheimlicht?«
Warum eigentlich nicht?
»Ich habe es erst gestern früh erfahren. Es kam unerwartet. Wir hatten uns ein ganzes Jahr nicht gesehen, wie du weißt. Aber jetzt, nachdem wir uns wiedergesehen haben, nach dem Wiedersehen...« Seine Stimme klang gepreßt, er begriff, was seine Worte für sie bedeuten mußten. »Ich werde jetzt nur noch sie lieben. Du weißt, sie hat mir das Leben gerettet, als ich in den Lagern war. Und noch etwas: sie hat ihre Jugend für mich hingegeben. Du wolltest auf mich warten, aber das geht nicht. Ich kann nur zu ihr zurückkehren. Ich könnte es nicht ertragen, ihr ein Leid zuzufügen.«
Nershin hätte jetzt aufhören können! Der lautlose Schuß, den er mit heiserer Stimme abgegeben hatte, hatte schon getroffen. Simotschka sah Gleb nicht an. Sie sank ganz in sich zusammen und verbarg ihren Kopf im dichten Gewirr der Radioröhren und Kondensatoren des dreistufigen Verstärkers.
Gleb schwieg. Er vernahm ein ganz leises Schluchzen, fast nur ein Atmen.
»Simotschka, weine nicht! Kleine Wachtel, du sollst nicht weinen!« Er sprach zärtlich über die zwei Tische hinweg, ohne sich von der Stelle zu rühren.
Sie aber, tonlos weinend, wandte ihm nur den gerade gezogenen Scheitel zu.
Wenn er jetzt auf ihren Widerstand gestoßen wäre, auf Zorn oder Gekränktheit, hätte er guten Gewissens antworten und dann erleichtert weggehen können. Aber ihre Wehrlosigkeit erweckte Reue in ihm.
»Kleine Wachtel«, murmelte er und beugte sich über seinen Tisch vor.

»Nun weine doch nicht! Ich bitte dich! Ich bin schuld. Ich habe dir weh getan! Aber was gibt es denn für einen Ausweg? Was soll man machen?«

Ihm standen selber die Tränen bis zum Halse, er bedauerte das weinende Mädchen, das er zum Leiden verurteilt hatte. Andererseits konnte er es sich auch nicht, konnte es sich noch weniger vorstellen, Nadja zum Weinen zu bringen.

Nach dem gestrigen Wiedersehen waren seine Hände und Lippen rein, und es wäre für ihn unvorstellbar gewesen, jetzt zu Simotschka hinüberzugehen und sie zu küssen.

Wie sehr kam es ihm nun zustatten, daß man die Fenstervorhänge entfernt hatte.

Er konnte nur immer wieder seine Bitte wiederholen, nicht zu weinen.

Sie aber – weinte.

Nershin redete ihr zu. Dann schwieg er.

Schweigend zündete er sich eine Zigarette an. Ein bewährtes Mittel des Mannes, der sich in einer peinlichen Situation befindet.

Langsam, ganz langsam breitete sich in ihm die beruhigende Gewißheit aus, daß all das nur etwas Oberflächliches sei, daß es vorbeigehen würde.

Er wandte sich zum Fenster. Stirn und Nase an die Glasscheibe pressend, blickte er in die Richtung des Postens. Von den nahen Lampen geblendet, konnten seine Augen den Wachtturm nicht wahrnehmen. Weiter fort leuchteten hier und da einzelne Lichter auf, die zu undeutlichen Sternen verschwammen. Noch weiter und höher breitete sich der weißliche Widerschein der nahen Hauptstadt über ein Drittel des Himmels.

Er konnte beobachten, wie es auf dem Hof, unter dem Fenster taute.

Simotschka hob den Kopf.

Gleb wandte sich ihr bereitwillig zu.

Von ihren Augen zogen sich schimmernd feuchte Spuren, die sie nicht zu verwischen versuchte, über die Wangen. Ihre Augen hatten sich geweitet, und das Leid, das aus ihnen sprach, verschönte sie.

Mit diesen schimmernden Augen blickte sie Gleb unverwandt fragend an.

Aber sie sagte kein Wort.

Es wurde ihm peinlich, und er bemerkte:

»Sie hat mir doch ihr Leben gegeben! Wer kann das schon? Bist du sicher, daß du es getan hättest?«

»Sie hat sich nicht von Ihnen scheiden lassen?« Simotschka fragte es stockend und leise.

Wie sie doch gleich das Wesentliche erspürt hatte! Dennoch wollte er ihr das gestern Erfahrene vorenthalten.

»Nein.«

»Ist sie ... schön?« fragte Simotschka und schwieg dann wieder. Auf ihren nichts mehr empfindenden Wangen standen immer noch ungetrocknete Tränen.

»Ja. Für mich, ja.«

Simotschka seufzte tief, blickte auf die leuchtenden Pünktchen, die sich in den Radioröhren spiegelten, und nickte sich selbst schweigend zu.

»Wenn sie schön ist, wird sie nicht auf Sie warten«, entschied sie kummervoll, aber bestimmt.

Diese Frau, keineswegs ein Gespenst oder ein leerer Name, warum hatte sie auf einem Wiedersehen mit dem Häftling bestanden? Mit was für einer unersättlichen Gier streckte sie ihre Hände nach einem Menschen aus, der ihr nie gehören würde?

Simotschka konnte dieser unsichtbaren Frau keinerlei Privilegien der gesetzlichen Gattin zubilligen. Irgendwann einmal hatte sie ein wenig mit Gleb gelebt, doch das war acht Jahre her. Seitdem hatte Gleb gekämpft oder im Gefängnis gesessen, und sie hatte natürlich mit anderen zusammengelebt. Eine schöne junge Frau konnte es doch nicht acht Jahre ohne Kind aushalten! Und Gleb konnte ihr weder bei diesem Wiedersehen noch in einem Jahr, noch in zwei Jahren angehören – sie, Simotschka, aber wohl. Simotschka konnte schon heute seine Frau werden!

»Sie wird nicht auf Sie warten«, wiederholte Simotschka.

Ihre Prophezeiung gab Nershin einen Stich.

»Sie hat bereits acht Jahre gewartet«, erwiderte er. Sein analysierender Verstand mußte jedoch gleichzeitig einräumen: »Es wird natürlich immer schwerer.«

»Sie wird nicht auf Sie warten!« Simotschka wiederholte es noch einmal flüsternd, aber bestimmt.

Mit dem Handrücken wischte sie sich die Spuren ihrer Tränen ab.

Nershin hob die Schultern, blickte erneut durch das Fenster auf die verstreuten gelben Lichter und sagte:

»Meinetwegen, mag sie nicht warten! Mag sie überhaupt nicht auf mich warten. Sie soll mir bloß keinen Vorwurf machen können!«

Er drückte seine Zigarette aus.

Simotschka atmete hörbar aus, so als ob zu viel Luft in ihrer Brust zusammengepreßt worden wäre.

Jetzt weinte sie nicht mehr.

Es blieb ihr aber auch kein Wunsch mehr, zu leben ...

Von seinem letzten Gedanken selbst irgendwie gefangengenommen, begann Nershin zu erklären:

»Simotschka, ich halte mich nicht für einen guten Menschen. Ich glaube sogar, ein sehr schlechter Mensch zu sein, insbesondere, wenn ich daran denke, was ich, wie wir alle, an der Front in Deutschland gemacht habe.

Und jetzt wieder mit dir. Aber das habe ich mir nun einmal so in dieser oberflächlich-glücklichen Welt angewöhnt. Das, was schlecht war, schien mir nicht schlecht zu sein, sondern erlaubt, ja sogar erstrebenswert. Je tiefer ich aber in diese unmenschlich harte Welt hinabsank, um so mehr begann ich eigenartigerweise auf die wenigen Stimmen zu hören, die selbst dort an das Gewissen appellieren. Vielleicht wird sie nicht auf mich warten? Soll sie! Mag ich auch irgendwo in der Taiga von Krasnojarsk sinnlos sterben. Doch selbst dann werde ich sterbend wissen, daß ich kein Schuft bin – und das wäre eine Art Befriedigung.«

Damit war er auf eine seiner Lieblingsideen gekommen. Er hätte noch lange darüber sprechen können, vor allem, weil es nichts anderes zu besprechen gab.

Sie aber vernahm seine Worte kaum. Ihr schien, als spräche er nur von sich. Und sie? Sie malte sich mit Schrecken aus, wie sie nach Hause kommen, der aufdringlichen Mutter irgend etwas durch die Zähne zuzischen und sich dann ins Bett werfen würde. In das Bett, in dem sie monatelang mit Gedanken an ihn gelegen hatte. Was für eine erniedrigende Schande! Wie hatte sie sich auf diesen Abend vorbereitet! Wie hatte sie sich aufgerieben und gequält!

Wenn aber eine einzige knappe Stunde des Wiedersehens im Gefängnis schwerer wog als ihr monatelanges Nebeneinander im Laboratorium – was war da schon zu machen?

Das Gespräch war natürlich beendet. Alles war gesagt worden, ohne Vorwarnung, ohne Schonung. Es gab nichts mehr zu hoffen. Man konnte nur noch in die kleine Zelle gehen, sich dort ausweinen und sich schließlich wieder etwas in Ordnung bringen.

Sie hatte aber weder die Kraft, ihn wegzuschicken, noch selbst zu gehen. Immerhin spannte sich zwischen ihnen zum letzten Mal noch so etwas Ähnliches wie ein Spinnwebfaden.

Auch Gleb verstummte, nachdem er sah, daß sie ihm überhaupt nicht zuhörte und daß seine hochfliegenden Erläuterungen ihr gar nichts nützen konnten.

Immer noch saßen sie schweigend da.

Dann spürte er, wie schwer es ihm fiel, schweigend mit ihr dazusitzen. Er lebte schon viele Jahre unter Männern, die sich nur kurz zu erklären pflegten. Wenn alles gesagt, alles erschöpfend gesagt ist, warum dann noch sitzen und schweigen? Sinnlose weibliche Zähigkeit! Ohne den Kopf zu wenden, so daß sie es nicht bemerken konnte, schielte er auf die Wanduhr. Es war erst fünf Minuten nach halb neun.

Immerhin war es unmöglich, ja kränkend, jetzt aufzustehen, zu gehen und die restliche Zeit der Pause herumzuspazieren. Er mußte schon sitzen bleiben und die Glocke zum Zapfenstreich abwarten.

Wer war heute abend an der Reihe? Offenbar Schusterman. Und morgen früh der Unterleutnant.
Simotschka saß mit gekrümmtem Rücken über ihrem Verstärker, löste Röhren aus ihren Fassungen und setzte sie wieder ein.
Sie hatte noch nie etwas mit diesem Verstärker anzufangen gewußt und wußte es jetzt noch weniger.
Der aktive Verstand Nershins verlangte nach einer Beschäftigung, nach einer Vorwärtsbewegung. Auf einem dünnen Papierstreifen, der unter dem Tintenfaß lag, pflegte er jeden Morgen das Programm des Rundfunks aufzuschreiben. Jetzt las er:
»20.30 – Rs. l. u. rm. (Obch.).« Das bedeutete: »Russische Lieder und Romanzen, dargeboten von der Obuchowa.«
Wie seltsam! Und das in der ruhigen Pause. Keiner würde ihn mit seinen Liedern vom Vater, Führer und schlichtesten aller Menschen stören.
Links von Gleb stand in Reichweite seiner Hand ein Geschenk von Valentulja, ein Empfänger, der auf die drei Moskauer Stationen eingestellt werden konnte. War es passend, ihn jetzt einzuschalten? Das Konzert mußte schon begonnen haben. Am Ende des Jahrhunderts würde man sich der Obuchowa erinnern, wie heute Schaljapins. Wir aber sind ihre Zeitgenossen! Nershin blickte vorsichtig zur reglosen Simotschka hinüber und schaltete den Empfänger mit einer verstohlenen Bewegung auf die geringste Lautstärke ein.
Kaum daß die Röhren erglühten, setzte auch schon die Begleitung der Streichinstrumente ein. Gleich darauf schwang sich die tiefe, verhaltenleidenschaftliche Stimme der Obuchowa, die keiner anderen ähnelte, durch das stille Zimmer:

»Nicht du bist es, den ich so liebe,
Für mich ist deine Schönheit stumm . . .«

Das hatte noch gefehlt! Wer hätte das erwarten können! Nershin tastete mit seiner Hand nach dem Empfänger, suchte unauffällig den Schaltknopf. Simotschka fuhr zusammen und starrte erstaunt auf das Gerät.

»Meine Jugend,
Meine Jugend,
Sie ist dahin!«

ertönte die Stimme der Obuchowa in ihrem einmaligen Alt.
»Nicht abschalten«, bat Simotschka plötzlich. »Stellen Sie es lauter ein.«
Den letzten Ton hatte die Obuchowa melodisch in die Länge gezogen. Es folgte ein kurzes, verzweifeltes Aufbäumen der Streicher, dann intonierte sie wieder im traurigen Dreivierteltakt:

»Wenn ich hin und wieder auf dich blicke . . .«

Gleb war um keinen Preis bereit, das Gerät lauter einzustellen, aber ausschalten konnte er es auch nicht mehr. Wie ärgerlich das alles war. Wer hätte aber auch mit diesen Worten rechnen können!
Simotschka faltete ihre Hände über dem Verstärker, blickte auf das Radio und begann, ohne zu schluchzen und ohne sich zu bewegen, hemmungslos zu weinen.
Erst nachdem die Romanze beendet war, erhöhte Gleb die Lautstärke. Doch auch das Folgende war nicht besser:

»Du wirst mich bald vergessen.«

Simotschka weinte und weinte. Alle Vorwürfe, die sie nicht ausgesprochen hatte, mußte Gleb jetzt aus der Musik heraushören.
Das Lied war beendet. Aber auch im nächsten traf die schicksalhafte, geheimnisvolle Stimme immer wieder die gleiche Wunde.

»Schling mir zum Abschied
Mein Tuch um den Hals ...«

»Verzeih mir«, sagte Gleb erschüttert.
»Das geht vorüber«, lächelte Simotschka ohne alle Hoffnung.
Und begann noch mehr zu weinen.
Aber seltsam, je länger die Obuchowa sang, desto leichter wurde ihr. Vor zehn Minuten waren sie sich so fremd, daß sie selbst für einen Abschied keine Worte fanden, doch jetzt stellte sich etwas Erfrischendes, etwas Weiches ein und berührte sie.
Simotschka war so gestimmt, sie saß so da, daß sie dank der Wandelbarkeit weiblicher Gesichtszüge gerade jetzt anziehend erschien.
Neun von zehn Männern hätten Gleb wegen seines freiwilligen Verzichtes nach soviel Jahren der Enthaltsamkeit ausgelacht. Wer würde ihn später zwingen können, Simotschka zu heiraten? Wer verbot es ihm, sie jetzt zu täuschen?
Er aber war glücklich und erleichtert, daß er sich so und nicht anders verhalten hatte. Es war so, als hätte man ihm die Entscheidung von oben aufgezwungen.
Die Obuchowa sang immer noch und bewegte die Herzen.

»Alles fremd mir, alles feindlich,
Immer leide ich um ihn ...«

Natürlich war hier keine Wahrscheinlichkeitsrechnung im Spiel. Die Lieder hatten immer schon, vor tausend Jahren, vor hundert Jahren, dasselbe Thema behandelt und würden auch in dreihundert Jahren immer und immer wieder davon erzählen. Trennung heischt Lieder! Wenn man sich findet, hat man anderes zu tun.
Nershin erhob sich, ging um die zusammengeschobenen Tische herum,

vergaß den Wachtposten, nahm Simotschkas Kopf in seine Hände und küßte ihr Haar über der Stirn.
Der Zeiger der Wanduhr hatte bereits die volle Stunde erreicht.
»Simotschka, Liebes! Geh, wasch dein Gesicht! Bald ist Appell, alle werden gleich kommen.«
Sie zuckte zusammen, blickte auf die Uhr und kam wieder zur Besinnung. Sie hob ihre schmalen, hellen Augenbrauen, so als ob sie erst jetzt mit Erstaunen begriff, was an diesem Abend geschehen war. Dann ging sie gefügig, mit gesenktem Kopf in die Ecke zum Waschbecken.
Nershin lehnte sich wieder mit der Stirn an die Fensterscheibe und blickte in die schwarze Nacht hinaus. Und wie es so geht, wenn man unverwandt in zusammenhanglose nächtliche Lichter starrt und dabei an etwas anderes denkt, so hörten auch für Nershin diese Lichter auf, die Lampen der Moskauer Vorstädte zu sein. Er vergaß, wo sie waren und was sie waren. Ein neuer Sinn senkte sich auf sie herab und verlieh ihnen andere, unsichtbare Umrisse.

82

Lasset alle Hoffnung fahren ...

Der Tag verlief gut. Obwohl die Unruhe Innokentij nicht ganz verlassen hatte und zur Nacht hin sogar noch anwachsen konnte, bewahrte er sich doch gleichzeitig auch jene Ausgewogenheit der Gedanken, die er im Laufe des Nachmittags gewonnen hatte. Jetzt mußte er für den Abend unbedingt in irgendeinem Theater untertauchen, um endlich die Furcht vor jedem Klingeln an der Tür zu verlieren.
Da läutete das Telefon. Es war kurz vor der Abfahrt ins Theater, und Dotti war gerade leicht gerötet, sehr lieblich anzusehen im flauschigen Bademantel, mit offenen Sandalen und einer Badekappe aus Gummi aus dem Badezimmer gekommen.
Innokentij stand regungslos da und betrachtete das Telefon wie ein Hund den Igel.
»Dotti, nimm ab. Ich bin nicht zu Hause, und du weißt auch nicht, wann ich komme. Zum Teufel, sie verderben einem den ganzen Abend.«
Mit einer Hand ihren Bademantel zusammenhaltend, ging Dotti zum Telefon.
»Ja ... er ist nicht zu Hause ... wer, wer?« Plötzlich wurde ihr Gesicht freundlich. »Guten Abend, Genosse General. Ja, jetzt erkenne ich die Stimme ...« Also der Chef persönlich, sehr liebenswürdig.

Innokentij schwankte. Der freundliche Chef, der noch am Abend selbst anrief...? Dotti bemerkte sein Schwanken.
»Einen Augenblick, ich höre gerade, wie die Tür geöffnet wird. Das könnte er sein. Ja, tatsächlich, Ini! Zieh dich nicht erst aus, komm schnell her, der General ist am Telefon.«
Obwohl Dotnara nicht wie Dinera in ihrer Jugend Schauspielunterricht genommen hatte, gelang es ihr doch im Leben ganz vorzüglich, Theater zu spielen. Wie hartnäckig sich auch am anderen Ende der Leitung jemand an seine Verdächtigungen klammern mochte, an Dottis Tonfall konnte er buchstäblich verfolgen, wie Innokentij in der Tür zögerte, nicht wußte, ob er seine Überschuhe ausziehen sollte, sich dann doch entschloß, schnell den Teppich zu überqueren, und nach dem Hörer griff.
Die Stimme des Chefs klang wohlwollend. Er teilte mit, daß Innokentijs Ernennung endgültig bestätigt sei. Mittwoch würde er nach Paris abfliegen und morgen seine Geschäfte übergeben müssen. Jetzt aber solle er für eine halbe Stunde ins Ministerium kommen, wo noch einige Details zu klären wären. Der Wagen sei schon unterwegs.
Innokentij legte auf. Er atmete so glückhaft tief und langsam ein und aus, daß die Luft gewissermaßen Zeit erhielt, sich in seinem ganzen Körper auszubreiten, um dann wieder unter Mitnahme aller Zweifel und allen Schreckens zu entweichen.
»Stell dir vor, Dotti, ich fliege am Mittwoch! Aber jetzt...«
Dotti, die ein Ohr an den Hörer gehalten hatte, wußte bereits Bescheid.
»Was glaubst du«, fragte sie und legte dabei ihren Kopf lächelnd zur Seite, »beziehen sich ›einige Details‹ auf mich?«
»Ja, vielleicht...«
»Was hast du überhaupt über mich gesagt?« Sie zog ihre Lippen in die Länge. »Ini wird doch jetzt nicht, wenn er nach Paris fährt, sein kleines Ziegenkind hier zurücklassen? Das Ziegenkind möchte nämlich sehr gern mitgenommen werden.«
»Natürlich nehme ich dich mit, bloß nicht jetzt. Zunächst muß ich mich dort erst einmal vorstellen, muß mich mit allem vertraut machen, mich einrichten...«
»Aber das Ziegenkind möchte jetzt gleich!«
Innokentij lächelte gutmütig und klopfte ihr auf die Schultern.
»Nun, ich werde es versuchen. Bislang habe ich noch nicht darüber gesprochen, jetzt muß ich sehen, wie es geht. Zieh dich jetzt an, du brauchst dich aber nicht zu beeilen. Den ersten Akt erwischen wir ohnehin nicht mehr, aber das Gesamtbild der ›Akulina‹ dürfte darunter... zum zweiten Akt also... nun, ich rufe dich noch aus dem Ministerium an.«
Er hatte kaum seine Uniform angezogen, als auch schon der Chauffeur an

der Tür läutete. Es war nicht Viktor, der ihn gewöhnlich fuhr, auch nicht Kostja. Der Chauffeur war mager, sehr beweglich und hatte ein angenehmes, intelligentes Gesicht. Lebhaft ging er neben Innokentij die Treppe hinab und ließ dabei seinen Zündschlüssel an einer Schnur um den Finger kreisen.

»Wieso kenne ich Sie nicht?« sagte Innokentij, der noch im Gehen seinen Mantel zuknöpfte.

»Ich kann mich sogar noch an Ihren Treppenaufgang erinnern, ich habe Sie zweimal gefahren.« Das Lächeln des Chauffeurs wirkte offen und schelmisch zugleich. So einen geschickten Kerl sollte man als persönlichen Chauffeur haben.

Sie fuhren los. Innokentij saß hinten. Er hörte kaum hin, als der Chauffeur einigemal ein Scherzwort über die Schulter warf. Dann fuhr dieser plötzlich scharf an den Gehsteig heran und hielt den Wagen an. Ein junger Mann mit weichem Hut und auf Taille gearbeitetem Mantel stand am Rande des Bürgersteigs und hob einen Finger.

»Das ist der Mechaniker unserer Garage«, erklärte der sympathische Fahrer und versuchte, die rechte Vordertür zu öffnen. Es gelang ihm aber nicht, das Schloß schien zu klemmen.

Der Chauffeur fluchte, gerade noch im Rahmen des Zulässigen, und bat: »Genosse Rat, darf er sich neben Sie nach hinten setzen? Es ist mein Vorgesetzter, es wäre mir unangenehm, ihn stehenlassen zu müssen.«

»Ja, natürlich.« Innokentij war sofort einverstanden und rückte zur Seite. Er befand sich in einem Zustand der Trunkenheit, der Erregung und beschäftigte sich in Gedanken bereits mit Versetzung und Visum, die ihn aus allen Gefahren befreien würden.

Der Mechaniker, eine lange, brennende Zigarette im Mundwinkel, bückte sich, setzte sich in den Wagen und fragte halb förmlich, halb freimütig:

»Sie gestatten doch.« Dabei ließ er sich neben Innokentij nieder.

Der Wagen fuhr weiter.

Für einen Augenblick krümmte sich Innokentij angesichts der Manieren des Neuankömmlings vor Verachtung, dann gab er sich wieder seinen Gedanken hin, ohne auf den Weg zu achten.

Ständig an seiner Zigarette saugend, hatte der Mechaniker bereits den halben Wagen eingenebelt.

»Machen Sie doch wenigstens das Fenster auf«, wies ihn Innokentij zurecht und hob dabei leicht seine rechte Augenbraue an.

Der Mechaniker verstand jedoch die Ironie nicht und machte auch das Fenster nicht auf. Statt dessen lehnte er sich in seinem Sitz zurück, holte aus einer Innentasche einen Bogen Papier hervor, entfaltete ihn und reichte ihn Innokentij.

»Genosse Vorgesetzter, wollen Sie das nicht mal lesen? Ich leuchte Ihnen.«

Der Wagen bog gerade in eine dunkle Gasse ein, offenbar die Puschetschnaja. Der Mechaniker knipste eine Taschenlampe an und beleuchtete damit das grüne Blatt. Innokentij zuckte mit den Schultern, griff fast widerwillig nach dem Papier und begann es flüchtig, so vor sich hin, zu lesen.

Er befand sich immer noch im Kreise seiner eigenen Gedanken und war nicht bereit, diesen zu verlassen. Was wollte der Mechaniker? Konnte er nicht lesen, oder begriff er nicht den Sinn des Papieres? Oder war er nur betrunken und suchte Anbiederung?

»Haftbefehl . . .«, las er und drang immer noch nicht in den Sinn des Gelesenen ein, »für Wolodin, Innokentij Artemjewitsch, geboren 1919 . . .« Erst jetzt fühlte sich Innokentij plötzlich wie von einer riesigen Nadel der Länge nach durchbohrt, und Schweiß ergoß sich wie siedendes Wasser über seinen ganzen Körper. Er öffnete den Mund, konnte aber noch keinen Laut hervorbringen. Seine Hand mit dem grünen Blatt war noch nicht auf die Knie herabgesunken, als auch schon der ›Mechaniker‹ seine Schulter umklammerte und drohend hervorstieß:

»Immer mit der Ruhe, keine Bewegung, sonst töte ich Sie hier an Ort und Stelle.«

Mit der Taschenlampe blendete er Innokentijs Augen und blies ihm noch mehr Rauch ins Gesicht.

Obwohl Innokentij jetzt wußte, daß er verhaftet war und dies das Ende seines Lebens bedeutete, schienen ihm für einen kurzen Augenblick lediglich die Unverschämtheiten des ›Mechanikers‹, dessen zudringliche Finger, der Rauch und das Licht der Taschenlampe unerträglich zu sein.

»Lassen Sie mich los!« schrie er und versuchte sich mit seinen schwachen Händen zu befreien. In sein Bewußtsein war zwar eingedrungen, daß es sich tatsächlich um einen Haftbefehl handelte, einen Haftbefehl auf seinen Namen, aber gleichzeitig erschien es ihm als ein unglückliches Zusammentreffen verschiedener Umstände, daß er ausgerechnet in diesen Wagen geraten war und er es dem ›Mechaniker‹ gestattet hatte, mitzufahren. Ihm schien, er müsse unbedingt zu seinem Chef ins Ministerium gelangen, wo dann die Verhaftung aufgehoben werden würde.

Er versuchte fieberhaft, mit einer Hand die linke Tür des Wagens zu öffnen, konnte sie aber nicht aufstoßen, auch ihr Schloß schien zu klemmen.

»Chauffeur, antworten Sie, was ist das für eine Provokation?« schrie er wütend.

»Ich diene der Sowjetunion, Rat!« Der Chauffeur, obgleich über die Schulter sprechend, betonte jedes Wort.

Den Verkehrsregeln entsprechend umfuhr der Wagen den hellerleuchteten Platz vor der Lubjanka, drehte gewissermaßen eine Abschiedsrunde und gab damit Innokentij die Möglichkeit, einen letzten Blick auf diese Welt und die fünfstöckig zusammenlaufenden Gebäude der alten und neuen Lubjanka zu werfen, in denen er wohl sein Leben beenden sollte.

Lange Reihen von Personenwagen fuhren bei den Ampeln auf, um dann wieder weiterzugleiten. Weich schoben sich Trolleybusse über die Straße, es hupten Autobusse, und in dichten Trauben bewegten sich die Fußgänger – und keiner kannte, keiner sah das Opfer, das vor ihren Augen zur Schlachtbank geschleppt wurde.

Auf dem säulenverzierten Türmchen über dem Gebäude der alten Großen Lubjanka wehte, von einem versteckten Scheinwerfer angestrahlt, eine kleine rote Fahne. Ungerührt und verachtungsvoll blickten in halb liegender Stellung zwei steinerne Najaden auf die kleinen dahertrippelnden Bürger herab.

Der Wagen fuhr an der Fassade des weltbekannten Gebäudes entlang und bog dann nach rechts in die Boljschaja-Lubjanka-Straße ein.

»Lassen Sie mich los!« Innokentij versuchte immer noch, sich von den Fingern des ›Mechanikers‹ zu befreien, die sich am Halse in seine Schulter gekrallt hatten.

Die dunklen, eisernen Torflügel schoben sich unverzüglich auseinander, sobald die Scheinwerfer des Wagens auf sie gerichtet waren, und schlossen sich wieder, kaum daß der Wagen den Eingang passiert hatte.

Über einen schwarzen Torweg glitt der Wagen in den Hof.

Der Griff des ›Mechanikers‹ lockerte sich bei der Einfahrt. Als sie im Hof waren, gab er den Hals Innokentijs gänzlich frei. Den Wagen verlassend, sagte er sachlich:

»Aussteigen!«

Es wurde Innokentij klar, daß er völlig nüchtern war.

Auch der ›Chauffeur‹ kroch durch seine Tür hinaus.

»Aussteigen! Hände auf den Rücken!« befahl er. Wer konnte jetzt noch bei diesem eisigen Befehl an den Spaßvogel von vorhin denken?

Innokentij schob sich durch die rechte Tür aus der fahrbaren Falle, richtete sich auf und unterwarf sich, obwohl das Warum eigentlich nicht einzusehen war: Er nahm die Hände auf den Rücken.

Die Verhaftung erschien ihm wohl hart und grob, aber keineswegs so schrecklich, wie man sie sich vorstellt, wenn man auf sie wartet. Es trat sogar eine gewisse Beruhigung ein. Man brauchte sich nicht mehr zu fürchten, man brauchte nicht mehr zu kämpfen, mußte sich nichts mehr ausdenken. Es war eine stumme, angenehme Beruhigung, die sich über den gesamten Körper des Verwundeten ausbreitete.

Innokentij blickte sich auf dem von zwei, drei Laternen sowie durch das aus den Fenstern fallende Licht ungleichmäßig erhellten Hof um. Der Hof glich dem Boden eines quadratischen Brunnens, an dessen vier Seiten die Wände des Gebäudes aufragten.

»Blicken Sie nicht umher!« brüllte der ›Chauffeur‹. »Marsch!«

So setzten sie sich zu dritt im Gänsemarsch in Bewegung, Innokentij in der Mitte. Vorbei an gleichgültigen Uniformierten und dann über einige Stufen in einen zweiten kleineren Hof hinab, der geschlossen, abgedeckt und dunkel dalag. Dann bogen sie nach links ab und passierten eine gepflegte Paradetür, die ebensogut ins Wartezimmer eines bekannten Arztes hätte führen können.

Hinter der Tür lag ein kleiner, sauberer, hell erleuchteter Korridor. Der frisch gestrichene Fußboden schien gerade erst gewischt und mit einem Läufer versehen worden zu sein.

Der ›Chauffeur‹ schnalzte seltsam mit der Zunge, so als ob er einen Hund locken wolle. Es war aber kein Hund zu sehen.

Am Ende des Korridors befand sich eine mit verblichenen Scheibengardinen bedeckte Glastür. Sie wurde verstärkt durch ein diagonal laufendes Eisengitter, wie man es als Barriere bei Bahnstationen findet. Anstelle des Arztschildes prangte an der Tür die Aufschrift: *›Einlieferung der Verhafteten.‹*

Sie bedienten die altertümliche Handglocke. Gleich darauf blickte ein Wächter mit ausdruckslosem, länglichem Gesicht und weißen Feldwebelbalken auf den himmelblauen Schulterklappen durch den Vorhang und öffnete dann die Tür. Der ›Chauffeur‹ ließ sich vom ›Mechaniker‹ den grünen Verhaftungsbefehl geben und zeigte ihn dem Wächter. Dieser las ihn gelangweilt durch, so wie ein gerade aufgeweckter, verschlafener Apotheker ein Rezept zu lesen pflegt. Darauf verschwanden sie zu zweit im Inneren des Zimmers.

Innokentij und der ›Mechaniker‹ blieben in der tiefen Stille diesseits der geschlossenen Tür zurück.

›Einlieferung der Verhafteten‹ besagte die Aufschrift, aber ihr Sinn konnte genausogut ›Leichenkammer‹ bedeuten. Es war Innokentij nicht danach zumute, sich diesen Geck im engen Paletot, der ihm seine Komödie vorgespielt hatte, näher anzusehen. Vielleicht hätte er protestieren, schreien, Gerechtigkeit verlangen sollen? Doch er war sich nicht einmal mehr dessen bewußt, daß er die Hände auf den Rücken gelegt hatte und sie immer noch dort hielt. Sein ganzes Denken war gelähmt, wie hypnotisiert starrte er immer nur auf die Worte ›Einlieferung der Verhafteten‹.

Dann hörte man an der Tür das leise Geräusch des Sicherheitsschlosses. Der Wächter mit dem länglichen Gesicht forderte sie auf hereinzukom-

men und setzte sich dann an ihre Spitze, dabei wieder mit der Zunge den Hundelockruf von sich gebend. Doch auch hier gab es keine Hunde.
Der Gang war so hell erleuchtet und so sauber wie der eines Krankenhauses.
In der Wand gab es zwei olivgrün gefärbte Türen. Der Feldwebel öffnete eine von beiden und sagte:
»Gehen Sie hinein!«
Innokentij trat ein. Er konnte kaum erkennen, daß er sich in einem großen, fensterlosen Zimmer mit einem grobgezimmerten Tisch und einigen Hockern befand, als sich auch schon der ›Chauffeur‹ von der Seite und der ›Mechaniker‹ von hinten auf ihn warfen, ihn mit vier Händen festhielten und schnell alle seine Taschen durchsuchten.
»Was ist das für ein Banditentum?« wimmerte Innokentij schwach. »Wer gibt Ihnen das Recht dazu?« Er verteidigte sich ein wenig, aber sein inneres Bewußtsein sagte ihm, daß es sich keineswegs um Banditentum handelte, sondern daß diese Leute lediglich einen dienstlichen Auftrag ausführten. Dieses Bewußtsein nahm seinen Bewegungen die Kraft und seiner Stimme die Sicherheit.
Sie nahmen ihm die goldene Uhr ab, zogen zwei Notizbüchlein hervor, einen goldenen Füllfederhalter und ein Taschentuch. Dann sah er in ihren Händen auch noch schmale, silberne Schulterstücke und wunderte sich darüber, daß es ebenfalls Diplomatenschulterstücke waren und daß die Zahl der Sterne auf ihnen genau der Zahl seiner eigenen Sterne entsprach. Die groben Umklammerungen lösten sich. Der ›Mechaniker‹ reichte ihm das Taschentuch.
»Nehmen Sie!«
»Nachdem Sie es mit Ihren dreckigen Händen angefaßt haben?« schrie Innokentij schrill und wandte sich ab.
Das Taschentuch fiel auf den Boden.
»Für die Wertsachen erhalten Sie eine Quittung«, sagte der ›Chauffeur‹, und beide entfernten sich eilig.
Der Feldwebel mit dem länglichen Gesicht hatte aber keine Eile. Auf den Fußboden weisend riet er:
»Nehmen Sie das Taschentuch!«
Innokentij aber bückte sich nicht.
»Was haben die gemacht? Meine Schulterstücke abgerissen?« Erst jetzt stellte er aufbrausend fest, daß an der Uniform unter dem Mantel die Schulterstücke fehlten.
»Hände auf den Rücken!« sagte darauf gleichmütig der Feldwebel. »Gehen Sie!«
Er schnalzte mit der Zunge.
Und wieder waren keine Hunde da.

Sie bogen in einen anderen Gang ein, an dessen Wänden sich kleine, olivgrüne Türen mit ovalen Nummernschildchen dicht aneinanderreihten. Zwischen den Türen ging eine ältere, verbrauchte Frau in einer Feldbluse mit Militärrock und den gleichen weißen Feldwebelbalken auf den himmelblauen Schulterklappen auf und ab. Diese Frau äugte, als sie um die Ecke kamen, gerade durch das Guckloch einer der Türen. Bei ihrem Näherkommen ließ sie ruhig die Klappe über das Guckloch fallen und betrachtete Innokentij so, als wäre er heute schon hundertmal an ihr vorbeigegangen und als wunderte es sie keineswegs, daß er es noch einmal täte. Ihre Züge waren finster. Sie steckte einen langen Schlüssel in das hervorstehende Stahlschloß der Tür mit der Nummer 8, öffnete es geräuschvoll und nickte ihm zu.

»Gehen Sie hinein!«

Innokentij trat über die Schwelle. Bevor er sich noch umdrehen und eine Erklärung fordern konnte, schloß sich die Tür hinter ihm, und das Schloß schnappte laut ein.

Hier also würde er jetzt leben müssen! Einen Tag? Oder einen Monat? Oder Jahre? Man konnte nicht von einem Zimmer sprechen, nicht einmal von einer Zelle, denn eine Zelle, so lehrt uns die Literatur, hat wenigstens ein kleines Fensterchen und so viel Raum, daß man umhergehen kann. Hier konnte man weder gehen noch liegen, ja nicht einmal bequem sitzen. Es gab lediglich einen Hocker und ein Schränkchen, die fast den ganzen Raum einnahmen. Wenn man auf dem Hocker saß, konnte man nicht mal die Beine ausstrecken.

Sonst gab es nichts in diesem Gehäuse. Bis zur Brusthöhe waren die Wände mit olivgrüner Ölfarbe gestrichen, weiter oben war alles hellweiß und von einer an der Decke hängenden 200-Watt-Lampe, die wiederum von einem Drahtgeflecht umgeben war, grell beleuchtet.

Innokentij setzte sich. Vor zwanzig Minuten hatte er noch darüber nachgedacht, wie er in Paris ankommen und seinen neuen wichtigen Posten übernehmen würde. Vor zwanzig Minuten erschien ihm sein ganzes bisheriges Leben ein abgerundetes Ganzes zu sein, in dem sich jedes einzelne Ereignis im gleichmäßigen Licht des Rationalen darbot und alle miteinander irgendwie durch die hellen Bögen des Erfolges verbunden waren. Inzwischen waren zwanzig Minuten vergangen, und hier in der engen kleinen Falle erschien ihm sein Leben mit der gleichen Selbstverständlichkeit als eine Ansammlung von Fehlern, als ein Haufen dunklen Abfalls.

Auf dem Gang war nichts zu hören, lediglich zwei-, dreimal wurde eine Tür geöffnet und wieder geschlossen. Jede Minute wurde die kleine Klappe von dem verglasten Guckloch geschoben, und ein einzelnes forschendes Auge beobachtete Innokentij.

Die Tür war etwa vier Finger dick; das Guckloch lag hinter einer trich-

terförmigen Vertiefung, die sich auf den Häftling zu öffnete. Innokentij begriff. Damit war sichergestellt, daß sich der Gefangene nirgendwo in seinem Verschlag den Blicken des Aufpassers entziehen konnte.
Ihm wurde heiß und eng. Er zog seinen warmen Wintermantel aus und musterte traurig die Stelle, von der die Achselstücke abgerissen worden waren. Da er an den Wänden weder einen Nagel noch sonst den geringsten Vorsprung fand, packte er Mantel und Mütze auf das Schränkchen.
Merkwürdig, jetzt, nachdem der Blitz der Verhaftung in sein Leben eingeschlagen hatte, empfand Innokentij keine Furcht mehr. Im Gegenteil, sein lahmgelegter Geist begann erneut zu arbeiten und sich die begangenen Fehler zu vergegenwärtigen.
Warum hatte er den Haftbefehl nicht ganz durchgelesen? War die Order richtig formuliert gewesen? War ein Stempel darauf? Und die Unterschrift des Staatsanwaltes? Ja, mit der Unterschrift des Staatsanwaltes begann es. Unter welchem Datum war der Haftbefehl ausgefertigt worden? Was wurde ihm zur Last gelegt? Hatte sein Chef schon davon gewußt, als er ihn anrief? Natürlich wußte er es. Dann war also die Aufforderung, ins Ministerium zu kommen, glatter Betrug? Aber warum dieser eigenartige Trick, diese Komödie mit dem ›Chauffeur‹ und dem ›Mechaniker‹?
In einer Tasche fühlte er etwas Kleines, Hartes und nahm es heraus. Es war ein dünner, eleganter Bleistift, der aus seinem Notizbuch gefallen war. Innokentij war ob dieses Fundes hoch erfreut. Er konnte ihm noch sehr nützlich sein. Diese Stümper! Und das in der Lubjanka – diese Stümper. Nicht einmal eine richtige Leibesvisitation brachten sie fertig. Darüber nachdenkend, wo er den Bleistift am besten verstecken könnte, brach Innokentij ihn in zwei Hälften und schob je eine in jeden Schuh unter die Fußsohle.
Ja, was für eine Unterlassungssünde! Nicht nachzulesen, was man ihm vorwarf! Vielleicht hatte die Verhaftung mit diesem unglückseligen Telefongespräch überhaupt nichts zu tun? Vielleicht war es ein Versehen, ein zufälliges Zusammentreffen? Wie sollte er sich jetzt verhalten?
Es war noch nicht viel Zeit verstrichen, doch er hatte bereits mehrere Male das gleichmäßige Summen einer Maschine gehört, irgendwo hinter der Wand auf der anderen Seite des Korridors. Dieses Summen schwoll manchmal an, um dann wieder zu verstummen. Innokentij wurde es plötzlich reichlich unwohl bei der einfachen Frage, um was für eine Maschine es sich handeln könnte. Das war ein Gefängnis und keine Fabrik, wozu also eine Maschine? Der Zeitgenosse der vierziger Jahre, der viel von mechanischen Vorrichtungen zur Vernichtung menschlichen Lebens gehört hatte, witterte sofort Unheil. Innokentij kam ein zwar unsinni-

ger, aber doch irgendwie durchaus wahrscheinlicher Gedanke – es konnte eine Maschine sein, mit der die Knochen bereits getöteter Häftlinge zermahlen wurden. Er erschrak.

Ja, bedauerte er gleichzeitig, was war das doch für eine Unterlassungssünde, was für ein Fehler gewesen! Nicht den Haftbefehl durchzulesen, nicht zu protestieren, nicht darauf zu bestehen, daß er unschuldig sei. Er hatte sich der Verhaftung so gefügig unterworfen, daß man geradezu von seiner Schuld überzeugt sein mußte! Wie hatte er es nur unterlassen können zu protestieren? Warum bloß hatte er nicht protestiert? Es sah ganz deutlich so aus, als hätte er die Verhaftung erwartet und wäre sogar auf sie vorbereitet gewesen.

Dieser verhängnisvolle Fehler durchbohrte ihn wie ein glühendes Eisen. Sein erster Gedanke war aufzuspringen, mit Händen und Füßen an die Tür zu schlagen, aus vollem Halse zu schreien, daß er unschuldig sei und daß man aufmachen solle. Gleichzeitig mit diesem Gedanken stieg ein anderer, nüchternerer in ihm auf, nämlich der, daß er damit keinen in Erstaunen setzen würde, daß hier wohl häufig geklopft und gebrüllt werde, daß sein Schweigen während der ersten Minute ohnehin alles verdorben habe.

Ach, wie hatte er sich nur so leicht ausliefern können! Aus seiner eigenen Wohnung, in einer Moskauer Straße, ließ sich ein hochgestellter Diplomat, ohne jeden Widerstand und ohne auch nur einen Ton von sich zu geben, einfach abführen und in diesem Gehäuse einsperren.

Von hier würde er sich nie befreien können, nie ...

Aber vielleicht wartete doch noch sein Chef auf ihn? Wie könnte er zu ihm hinkommen, und sei es unter Bewachung? Wie konnte er das klären?

Nein, in seinem Kopf wurde nichts klarer, sondern alles verwickelte sich immer noch mehr.

Die Maschine hinter der Wand wurde bald lauter, bald leiser.

Die Augen Innokentijs, geblendet vom Licht, das für den hohen, aber engen Raum von drei Kubikmetern viel zu hell war, hatten schon längst versucht, sich an dem einzigen schwarzen Quadrat, das die Decke belebte, zu erholen. Dieses kleine Quadrat, von Metallstäben überzogen, war offenbar ein Entlüftungsschacht, von dem man allerdings nicht wußte, wohin er führte.

Und plötzlich schien es ihm völlig klar zu sein, daß es keineswegs ein Entlüftungsschacht war, sondern daß durch dieses schwarze Quadrat langsam Giftgas einströme, produziert wahrscheinlich von dieser summenden Maschine, daß das Gas bereits einzuströmen begann, als er hier eingeschlossen wurde, und daß diese dumpfe Zelle mit einer Tür, die luftdicht abschloß, überhaupt keinem anderen Zweck dienen konnte.

Und einzig darum beobachtete man ihn auch durch das Guckloch, um festzustellen, ob er noch bei Bewußtsein oder bereits vergiftet sei.
Darum also verwirrten sich seine Gedanken! Er verliert das Bewußtsein!
Darum auch hatte er seit langem Atembeschwerden! Darum auch das Hämmern im Kopf!
Gas strömt ein! Farblos, geruchlos!
Angst! Ewige, tierische Angst! Die gleiche Angst, die Raubtiere und Beute zu einem einzigen, vor dem Waldbrande fliehenden Haufen vereint. Diese Angst griff jetzt nach Innokentij, fegte alle anderen Überlegungen und Gedanken beiseite und zwang ihn, mit Fäusten und Füßen an die Tür zu hämmern und nach einem lebenden Menschen zu schreien.
»Aufmachen! Aufmachen! Ich ersticke! Luft!«
Darum steckte auch das Guckloch hinter einem Trichter, so daß man mit der Faust das Glas nicht zerschlagen konnte.
Auf der anderen Seite der Tür drückte sich ein wütendes, unbewegliches Auge an das Glas des Gucklochs und beobachtete schadenfroh die Vernichtung Innokentijs.
Oh, war das ein Anblick! Ein herausgerissenes Auge, ein Auge ohne Gesicht, ein Auge, alle Ausdrucksmöglichkeiten in sich zusammenfassend und deinen Tod betrachtend!
Es gab keinen Ausweg!
Innokentij fiel auf den Hocker.
Das Gas erstickte ihn . . .

83

Für immer aufbewahren!

Plötzlich wurde die Tür völlig geräuschlos geöffnet, obwohl sie sich vorhin mit lautem Getöse geschlossen hatte.
Der Wächter mit dem länglichen Gesicht trat in die schmale Türöffnung und fragte, bereits in der Kammer stehend, mit drohender, leiser Stimme: »Warum klopfen Sie?«
Innokentij war erleichtert. Da der Aufseher sich nicht fürchtete einzutreten, konnte die Luft auch noch nicht vergiftet sein.
»Mir ist schlecht!« sagte er wenig überzeugend. »Bringen Sie Wasser!«
»Merken Sie es sich«, schärfte ihm der Wächter ein, »es darf unter gar keinen Umständen geklopft werden. Andernfalls wird man Sie bestrafen.«

»Aber wenn mir schlecht ist? Wenn ich rufen muß?«
»Es darf auch nicht laut gesprochen werden. Wenn Sie rufen müssen«, erklärte der Wächter mit derselben düsteren Gleichgültigkeit, »so warten Sie, bis das Guckloch geöffnet wird, und heben dann schweigend den Finger.«
Er zog sich zurück und verschloß die Tür.
Die Maschine hinter der Wand sprang wieder an und verstummte auch wieder.
Dann öffnete sich die Tür erneut, diesmal mit dem üblichen Getöse. Innokentij begann zu verstehen, daß sie darin geübt waren, die Tür laut oder leise zu öffnen, je nachdem, wie es ihnen gerade nötig erschien.
Der Wächter reichte Innokentij einen Becher mit Wasser.
»Hören Sie ...« – Innokentij griff nach dem Becher – »... ich fühle mich schlecht, ich muß mich hinlegen.«
»Das ist in der Box nicht erlaubt.«
»Wo? Wo ist das nicht gestattet?« Er wollte mit jemandem reden, und sei es mit dieser Statue.
Der Aufseher war jedoch schon hinausgegangen und wollte die Tür schließen.
»Hören Sie, rufen Sie Ihren Chef! Warum hat man mich verhaftet?« fiel es Innokentij noch ein zu fragen.
Der Schlüssel wurde umgedreht.
Er hatte »in der Box« gesagt. Box bedeutet im Englischen Kästchen. Sie bezeichneten tatsächlich eine solche Kammer zynisch als Kästchen. Das war wenigstens korrekt.
Innokentij trank etwas, und sein Durst verging sofort.
Der Becher faßte etwa dreihundert Gramm. Er war grün emailliert und mit einem seltsamen Bild geschmückt. Eine Katze mit einer Brille auf der Nase tat, als ob sie in einem Buch läse, tatsächlich aber schielte sie nach einem Vogel, der dreist neben ihr herumhüpfte.
Es konnte nicht sein, daß dieses Bild eigens für die Lubjanka gewählt worden war. Aber wie gut paßte es hierher! Das Buch war das geschriebene Gesetz, und als Sperling machte sich der Innokentij von gestern wichtig.
Er lächelte sogar ein wenig, und in diesem schiefen Lächeln sah er plötzlich den ganzen Abgrund, in den er gestürzt war, klar vor sich. Mit diesem Lächeln kam aber auch eine sonderbare Freude zu ihm, die Freude darüber, daß ihm wenigstens noch dieses winzige Stückchen Leben geblieben war.
Er hätte es früher nicht geglaubt, daß jemand während der ersten halben Stunde in den Mauern der Lubjanka lächeln könnte.

Schtschewronok in der Nachbarbox erging es schlechter, ihm hatte keine Katze ein Lächeln gebracht.
Innokentij schob seinen Mantel auf dem Schränkchen etwas zur Seite und stellte den Becher daneben.
Das Schloß quietschte. Die Tür wurde geöffnet, und ein Leutnant mit einem Blatt Papier in der Hand trat ein. Hinter ihm tauchte das heuchlerische Gesicht des Feldwebels auf.
Innokentij in seiner graublauen Diplomatenuniform mit den aufgestickten goldenen Palmzweigen erhob sich und wandte sich ungezwungen an den Leutnant:
»Hören Sie, Leutnant, worum handelt es sich? Was ist das für ein Mißverständnis? Zeigen Sie mir den Haftbefehl, ich habe ihn nicht durchgelesen.«
»Name?« fragte ausdruckslos der Leutnant und sah Innokentij starr wie mit Glasaugen an.
»Wolodin.« Innokentij gab nach, denn er glaubte, jetzt die Situation klären zu können.
»Vorname, Vatersname?«
»Innokentij Artemjitsch.«
»Geburtsjahr?« Der Leutnant verglich die Antworten mit den Angaben auf seinem Papier.
»Neunzehnhundertneunzehn.«
»Geburtsort?«
»Leningrad.«
Und gerade, als die Zeit gekommen schien, endlich Näheres zu erfahren, und der Rat zweiten Ranges eine Erklärung erwartete, trat der Leutnant wieder zurück und schloß die Tür so, daß der Rat fast geklemmt wurde.
Innokentij setzte sich und schloß die Augen. Allmählich begann er die ganze Kraft dieser mechanischen Zange zu spüren.
Die Maschine begann wieder zu summen.
Bald darauf verstummte sie.
Ihm fiel verschiedenes ein, unwichtige und wichtige Dinge, die noch vor einer Stunde so unaufschiebbar waren, daß er in seinen Füßen den Drang empfand, aufzustehen und zu laufen, um sie zu erledigen.
In seiner Box konnte er aber nicht umherlaufen, nicht einmal einen einzigen richtigen Schritt tun.
Der Verschluß des Gucklochs wurde zurückgeschoben. Innokentij hob einen Finger. Die Tür wurde von der Frau mit den himmelblauen Schulterklappen und dem stumpfen, groben Gesicht geöffnet.
»Ich brauche . . .« erklärte er vielsagend.
»Hände auf den Rücken! Gehen Sie!« befahl ihm die Frau und deutete

mit dem Kopf die Richtung an. Innokentij trat fügsam auf den Korridor, der ihm jetzt, nach der Schwüle in der Box, angenehm kühl erschien.
Nachdem sie ein Stück gegangen waren, deutete die Frau auf eine Tür.
»Dorthin!«
Innokentij trat ein. Die Tür hinter ihm wurde geschlossen.
Außer einer Öffnung im Fußboden und zwei eisernen Erhöhungen für die Füße war fast die ganze winzige Kammer mit kleinen roten Fliesen verkleidet. Im Loch des Abtritts gluckerte fröhlich Wasser.
Zufrieden, sich wenigstens hier etwas von der ununterbrochenen Beobachtung erholen zu können, hockte Innokentij sich nieder.
Auf der anderen Seite der Tür hörte er ein schabendes Geräusch. Er hob den Kopf und bemerkte auch hier ein Guckloch mit der trichterförmigen Öffnung und dahinter das unvermeidliche aufmerksame Auge, das ihn jetzt nicht nur von Zeit zu Zeit, sondern pausenlos beobachtete.
In höchstem Maße verstört, richtete Innokentij sich auf. Er konnte kaum seinen Finger heben, als die Tür auch schon aufgeschlossen wurde.
»Hände auf den Rücken! Gehen Sie!« sagte die Frau ungerührt.
In seiner Box angekommen, wollte Innokentij die Uhrzeit feststellen. Gewohnheitsmäßig streifte er den Ärmel hoch, aber es gab keine Zeit mehr.
Er seufzte und begann, die Katze auf seinem Becher zu betrachten, doch er kam nicht mehr dazu, in Gedanken zu lächeln, denn die Tür wurde erneut geöffnet. Noch irgendein Kerl mit grobflächigem Gesicht und breiten Schultern und einem grauen Kittel über der Feldbluse fragte:
»Name?«
»Habe ich schon gesagt!« empörte sich Innokentij.
»Name?« Ausdruckslos wie ein Funker, der seine Gegenstelle ruft, wiederholte der Neuangekommene seine Frage.
»Also, Wolodin.«
»Nehmen Sie Ihre Sachen! Gehen Sie!« sagte der graue Kittel.
Innokentij nahm Mantel und Mütze vom Schränkchen und ging. Man führte ihn in das Zimmer, in dem man ihm die Schulterstücke heruntergerissen sowie die Uhr und die Notizbücher abgenommen hatte.
Das Taschentuch lag nicht mehr auf dem Fußboden.
»Hören Sie, man hat mir Sachen weggenommen!« beschwerte sich Innokentij.
»Ziehen Sie sich aus!« antwortete der Wächter im grauen Kittel.
»Warum?« Innokentij war erstaunt.
Der Aufpasser sah ihn mit geradem, hartem Blick an.
»Sind Sie Russe?« fragte er streng.
»Ja.« Dem sonst so findigen Innokentij fiel nichts anderes ein.
»Ziehen Sie sich aus!«

»Was heißt das? Wenn ich nicht Russe wäre, brauchte ich es nicht?« Innokentij versuchte es, niedergeschlagen, mit einem Scherz.
Der Aufpasser schwieg wie ein Stein und wartete.
Ein verachtungsvolles Lächeln aufsetzend und mit den Schultern zukkend, setzte sich Innokentij auf den Hocker, zog sich die Schuhe aus, legte die Uniform ab und reichte sie dem Wachsoldaten. Obwohl er seiner Uniform keinerlei protokollarische Bedeutung beimaß, war ihm seine goldbestickte Kleidung dennoch teuer.
»Hinwerfen!« sagte der graue Kittel und zeigte dabei auf den Fußboden.
Innokentij konnte sich nicht entschließen. Darauf riß ihm der Wachsoldat die graue Uniform aus den Händen, schleuderte sie auf den Fußboden und fügte abgehackt hinzu:
»Alles!«
»Was heißt hier alles?«
»Alles!«
»Aber das ist doch völlig unmöglich, Genosse! Hier ist es kalt, verstehen Sie doch!«
»Dann wird man Sie gewaltsam ausziehen«, warnte ihn der Aufseher.
Innokentij überlegte. Man hatte sich bereits auf ihn geworfen, und es sah danach aus, als würde man sich wieder auf ihn werfen. Sich vor Kälte wie ein Igel zusammenkrümmend, zog er seine seidene Wäsche aus und warf sie freiwillig zu den anderen Sachen.
»Ziehen Sie die Socken aus!«
Innokentij zog sie aus und stand jetzt mit bloßen, unbehaarten Füßen, die genau so zart und weiß waren wie sein ganzer gefügiger Körper, auf dem hölzernen Fußboden.
»Machen Sie den Mund auf! Weiter! Sagen Sie ›a‹! Noch einmal, länger, ›a-a-a‹! Jetzt heben Sie die Zunge!«
Wie beim Kauf eines Pferdes zog er Innokentij mit unsauberen Händen zuerst die eine Backe und dann die andere zur Seite, darauf ein Augenlid und dann das andere herunter, um festzustellen, ob nicht unter der Zunge, in den Backentaschen oder in den Augen irgend etwas versteckt sei. Anschließend bog der Wächter mit hartem Griff den Kopf Innokentijs so zurück, daß etwas Licht in die Nasenlöcher fiel, überprüfte beide Ohren, indem er die Muscheln hart anzog, befahl ihm die Finger zu spreizen und, als er dort nichts finden konnte, mit den Armen zu wedeln, um sicher zu sein, daß in den Achselhöhlen ebenfalls nichts verborgen sei. Dann befahl er mit derselben maschinell-unbeugsamen Stimme:
»Nehmen Sie Ihren Penis in die Hand! Ziehen Sie die Vorhaut zurück! Noch weiter! Das genügt. Heben Sie den Penis nach rechts oben, jetzt

nach links oben! Gut. Lassen Sie ihn runter! Drehen Sie sich um! Spreizen Sie die Beine! Breiter! Beugen Sie sich nach vorn zum Fußboden! Die Beine noch breiter! Ziehen Sie die Hoden auseinander! So! Gut. Jetzt hocken Sie sich nieder! Schnell! Noch einmal!«

Wenn sich Innokentij früher eine Verhaftung ausgemalt hatte, stand ihm immer ein unbändiger geistiger Zweikampf vor Augen. Er war innerlich angespannt und bereit zu einer hochfliegenden Verteidigung seines Schicksals und seiner Überzeugungen. Nie hatte er sich aber vorgestellt, daß alles so einfach, so stumpf und so unabänderlich sein könnte. Den Leuten, die er hier in der Lubjanka traf, beschränkt und untergeordnet, waren seine Individualität sowie das Vergehen, das ihn ins Gefängnis gebracht hatte, völlig gleichgültig. Dafür beachteten sie alle Kleinigkeiten, auf die Innokentij nicht vorbereitet war und bei denen er keinen Widerstand leisten konnte, mit größter Genauigkeit. Und was konnte irgendein Widerstand hier schon bedeuten, und was für einen Vorteil konnte er ihm einbringen? Immer wieder wurde ihm eine im Vergleich zur bevorstehenden großen Auseinandersetzung nichtige Belanglosigkeit abverlangt, der zu widersetzen sich eigentlich nicht lohnte. In ihrer Gesamtheit mußte jedoch die methodisch so breit angelegte Prozedur den Willen des eingelieferten Häftlings vollständig brechen.

Alle diese Erniedrigungen ertragend, konnte Innokentij nur bedrückt schweigen.

Der Wächter befahl dem nackten Innokentij, näher an die Tür heranzutreten und sich dort auf einen Hocker zu setzen. Es erschien ihm zunächst unmöglich, mit dem nackten Körperteil einen weiteren, kalten Gegenstand zu berühren. Er setzte sich aber dennoch und stellte erfreut fest, daß der hölzerne Hocker ihn irgendwie zu wärmen begann.

Innokentij hatte in seinem Leben die verschiedenartigsten scharfen Genüsse kennengelernt, doch das war etwas Neues, noch nie Erprobtes. Nachdem er die Ellbogen an den Körper gepreßt und seine Knie weiter hochgezogen hatte, fühlte er sich noch mehr erwärmt.

So saß er da, der Wächter aber stellte sich neben den Haufen seiner Kleidungsstücke und begann diese durchzuschütteln, abzutasten und sie gegen das Licht haltend, zu untersuchen. Menschlich wie er war, befaßte er sich nicht allzu lange mit den Unterhosen und Socken. Bei den Unterhosen knetete er lediglich alle Stöße, Nähte und Säume sorgfältig durch und warf sie dann Innokentij vor die Füße. Die Socken befreite er von ihren Gummihaltern, stülpte sie auf die linke Seite und warf sie ebenfalls Innokentij zu. Nachdem er die Nähte und Falten des Unterhemdes abgetastet hatte, warf er auch dieses zur Tür hinüber, so daß Innokentij sich anziehen und seinem Körper die notwendige Wärme wiedergeben konnte.

Darauf holte der Filzer ein großes Klappmesser mit grobem, hölzernem Griff hervor, öffnete es und machte sich an die Schuhe. Verachtungsvoll warf er die beiden Hälften des durchgebrochenen kleinen Bleistiftes heraus, zog die Galoschen von den Schuhen und begann deren Sohlen mit konzentriertem Gesichtsausdruck mehrfach hintereinander hin und her zu biegen, so als suche er in ihrem Inneren etwas Hartes. Als er mit dem Messer die Brandsohle aufschlitzte, fand er dort tatsächlich ein Stück Stahlblech und legte es auf den Tisch. Dann holte er eine Ahle hervor und durchstach mit ihr die beiden Absätze.

Innokentij verfolgte seine Arbeit mit unbeweglicher Miene und hatte gerade noch die Kraft sich vorzustellen, wie langweilig es sein müsse, Jahr für Jahr fremde Wäsche abzutasten, Schuhwerk aufzuschlitzen und in Arschlöcher zu glotzen. Daher rührte wohl auch der harte, feindselige Gesichtsausdruck des Filzers.

Diese kurz aufflammenden, ironischen Gedanken vergingen Innokentij jedoch wieder infolge des beklommenen Wartens und Zuschauens. Der Filzer fing nun an, alle goldenen Stickereien, geprägten Knöpfe und Litzen der Uniform abzutrennen. Dann löste er das Futter und wühlte unter ihm herum. Nicht weniger Zeit brauchte er für die Falten und Nähte der Hosen. Der Wintermantel bereitete ihm noch mehr Mühe. Tief unter der Watte schien er irgendein wattefremdes Rascheln zu hören, vielleicht eingenähte Notizen, Adressen oder eine Giftampulle? Unterm Futter suchte er lange in der Watte herum, und das mit einem so konzentrierten und bemühten Gesichtsausdruck, als ob er eine Herzoperation vornehmen würde.

Die Durchsuchung dauerte sehr lange, wohl über eine Stunde. Als der Wächter schließlich festgestellt hatte, daß auch die Galoschen tatsächlich aus einer einzigen Lage Gummi ohne jegliche innere Füllung bestanden und beim Hin- und Herbiegen genau so nachgaben wie beim Gehen, warf er auch diese Innokentij vor die Füße und begann dann seine Beutestücke zusammenzuscharren: ein Paar Hosenträger, ein Paar Sokkenhalter, von denen er Innokentij gleich zu Beginn gesagt hatte, daß weder das eine noch das andere im Gefängnis gestattet sei, eine Krawatte, eine Krawattennadel, einen Kragenknopf, ein Stück Stahlblech, zwei Bleistifthälften, Goldstickereien, alle Rangabzeichen und eine Anzahl von Knöpfen. Erst jetzt konnte Innokentij das Zerstörungswerk des Filzers richtig wahrnehmen und einschätzen. Was ihn am heftigsten schmerzte, waren nicht die Schlitze in den Schuhsohlen, nicht das aufgetrennte Futter, nicht die aus den Ärmelausschnitten des Mantels quellende Watte. Von allen Schikanen dieses Abends traf ihn die Tatsache am härtesten, daß jetzt, da ihm der Filzer schon die Hosenträger abgenommen hatte, auch noch fast alle Knöpfe abgeschnitten worden waren.

»Warum haben Sie die Knöpfe abgeschnitten?« rief er aus.
»Sind nicht erlaubt«, brummte der Filzer.
»Was soll das heißen? Wie soll ich denn gehen?«
»Nehmen Sie Schnüre«, sagte dieser finster und ging zur Tür.
»Was für ein Blödsinn, was für Schnüre? Wo soll ich sie hernehmen?«
Die Tür schlug zu und wurde abgeschlossen.
Innokentij begann gar nicht erst, zu klopfen und sein Recht zu fordern. Er überlegte sich, daß am Mantel und auch sonst noch einige Knöpfe übriggeblieben waren und daß man sich schon darüber freuen müsse.
Seine Erziehung schritt schnell voran.
Innokentij, seine rutschende Kleidung festhaltend, konnte nur wenige Schritte in seiner neuen Behausung machen und sich an ihrer Ausdehnung erfreuen, als schon wieder aufgeschlossen wurde und ein neuer Wächter im weißen, wenngleich nicht sehr sauberen Kittel eintrat. Er schaute Innokentij wie eine altvertraute Sache an, die sich immer schon in diesem Zimmer befunden hatte, und befahl abgehackt:
»Ziehen Sie sich nackt aus!«
Innokentij wollte voller Empörung antworten, wollte grimmig sein, jedoch aus seiner vor Ärger zugeschnürten Kehle rang sich lediglich ein keineswegs überzeugender Protest in irgendeiner Piepsstimme.
»Ich hatte mich doch vorhin erst ausgezogen! Konnte man das nicht gleich sagen?«
Offenbar konnte man nicht, denn der Neuankömmling verfolgte lediglich mit ausdruckslosem, gelangweiltem Blick, wie schnell sein Befehl ausgeführt wurde.
Am meisten wunderte sich Innokentij über die Fähigkeit dieser Leute, einfach zu schweigen, wenn normale Menschen antworten würden.
Sich dem Rhythmus dieser widerspruchslosen, unbedingt willenlosen Unterwerfung anpassend, zog sich Innokentij zum zweitenmal aus.
»Setzen Sie sich!« Der Wächter zeigte auf den Hocker, auf dem Innokentij bereits so lange gesessen hatte.
Der nackte Häftling setzte sich fügsam, ohne nachzudenken warum. Die Angewohnheit des freien Menschen, seine Handlungen zuerst zu überlegen, schrumpfte schnell zu einem Nichts zusammen, da andere das Denken für ihn übernommen hatten. Der Aufpasser umfaßte seinen Hinterkopf mit hartem Griff. Die kalte Schneidefläche einer Maschine wurde mit Gewalt auf seinen Scheitel gepreßt.
»Was machen Sie?« Innokentij zuckte zusammen und versuchte seinen Kopf in schwächlicher Bemühung aus der Umklammerung der Finger zu befreien. »Wer gibt Ihnen das Recht dazu? Ich bin noch nicht verhaftet!« Eigentlich hatte er sagen wollen, daß seine Schuld noch nicht bewiesen wäre.

Der Friseur jedoch lockerte seinen Griff nicht, sondern fuhr fort, ihn schweigend zu scheren. Die Flamme des Widerstandes, die in Innokentij aufgeflackert war, erlosch wieder. Der stolze, junge Diplomat, der so unbefangen und lässig über die Gangway interkontinentaler Fluglinien zu schreiten pflegte, der mit so zerstreutem Blick über den Glanz der an ihm vorbeihuschenden europäischen Metropolen hinwegsah, war jetzt ein nackter, schwächlicher, knochiger Mann mit einem zur Hälfte bereits kahlgeschorenen Schädel.

Die weichen hellbraunen Haare Innokentijs fielen lautlos in traurigen Flocken herab wie Schnee. Er griff nach einer Strähne und rieb sie zärtlich zwischen den Fingern. Dabei spürte er, daß er sich und sein entweichendes Leben liebte.

Er konnte sich noch an seine Schlußfolgerung erinnern, daß Unterwürfigkeit als Schuld ausgelegt werden würde. Er erinnerte sich auch seines Entschlusses, Widerstand zu leisten, zu entgegnen, zu argumentieren und nach dem Staatsanwalt zu verlangen, doch seinem Verstande zum Trotz wurde sein Wille durch das Gefühl der süßen Gleichgültigkeit, die der im Schnee Erfrierende empfindet, völlig gelähmt.

Nachdem er den Kopf kahlgeschoren hatte, befahl der Friseur Innokentij aufzustehen. Er mußte nacheinander beide Arme hochheben, damit ihm auch die Achselhaare abgeschnitten werden konnten. Dann hockte sich der Friseur hin und schnitt Innokentij mit derselben Maschine die Schamhaare weg. Das war ungewöhnlich und kitzelte. Innokentij krümmte sich unwillkürlich zusammen. Der Friseur wies ihn schreiend zurecht.

»Kann ich mich anziehen?« fragte Innokentij, als die Prozedur beendet war.

Der Friseur sagte kein Wort, sondern schloß die Tür hinter sich.

Diesmal wollte Innokentij schlau sein und sich nicht mit dem Anziehen beeilen. An den kahlgeschorenen intimen Stellen verspürte er ein unangenehmes Stechen. Als er sich mit der Hand über den Kopf fuhr, der seit seiner Kindheit nicht mehr kahlgeschoren worden war, ertastete er eine seltsame Borstigkeit sowie Unebenheiten des Schädels, von denen er nichts gewußt hatte.

Dennoch zog er die Wäsche an, und als er gerade dabei war, in die Hosen zu schlüpfen, drehte sich wieder der Schlüssel im Schloß, und es erschien ein neuer Aufpasser mit veilchenfarbener, fleischiger Nase. In der Hand hielt er eine große Karteikarte.

»Name?«

»Wolodin«, antwortete der Häftling, jetzt schon ohne Widerstand, obwohl ihm diese sinnlosen Wiederholungen Übelkeit verursachten.

»Vorname, Vatersname?«

»Innokentij Artemjitsch.«
»Geburtsjahr?«
»Neunzehnhundertneunzehn.«
»Geburtsort?«
»Leningrad.«
»Ziehen Sie sich nackt aus!«
Kaum begreifend, was vor sich ging, entkleidete er sich. Dabei fiel sein Unterhemd, das er auf den Rand des Tisches gelegt hatte, auf den Fußboden, doch das störte ihn kaum noch, und er bückte sich nicht danach. Der Aufseher mit der veilchenfarbenen Nase begann nun Innokentij von allen Seiten zudringlich zu besehen, wobei er seine Beobachtungen laufend in die Karteikarte eintrug. Aus seinem großen Interesse für Muttermale und Einzelheiten des Gesichts schloß Innokentij, daß seine besonderen Kennzeichen aufgeschrieben wurden.
Dann ging auch dieser.
Innokentij saß teilnahmslos auf seinem Hocker, ohne sich anzuziehen.
Von neuem hörte man die Tür, und es trat eine füllige, schwarzhaarige Dame in schneeweißem Kittel ein. Sie hatte ein arrogantes grobes Gesicht und die Manieren einer Gebildeten.
Innokentij fuhr zusammen und stürzte sich auf seine Unterhosen, um seine Blöße zu bedecken. Die Frau aber warf ihm lediglich einen verächtlichen, keineswegs fraulichen Blick zu, schob ihre ohnehin schon abstehende Unterlippe vor und fragte:
»Sagen Sie, Läuse haben Sie nicht?«
»Ich bin Diplomat.« Innokentij war gekränkt. Er blickte ihr fest in die dunklen armenischen Augen und bedeckte seine Vorderseite weiterhin mit der Unterhose.
»Na und, was besagt das? Was für Beschwerden haben Sie?«
»Warum wurde ich verhaftet? Lassen Sie mich den Haftbefehl lesen! Schicken Sie mir den Staatsanwalt!« sprudelte Innokentij lebhaft hervor.
»Danach hat man Sie nicht gefragt«, antwortete die Frau müde und verärgert. »Haben Sie venerische Krankheiten?«
»Was?«
»Gonorrhöe, Syphilis und weichen Schanker haben Sie nicht gehabt? Aussatz? Tuberkulose? Haben Sie sonst Beschwerden?«
Dann ging sie, ohne die Antwort abzuwarten.
Dafür kam der allererste Aufpasser mit dem länglichen Gesicht. Innokentij begegnete ihm sogar mit einer gewissen Sympathie, weil dieser ihn weder verhöhnt noch ihm etwas Böses angetan hatte.
»Warum ziehen Sie sich nicht an?« fragte der Wächter streng. »Ziehen Sie sich schnell an!«

Das war aber keineswegs so einfach. Allein gelassen, bemühte sich Innokentij, das Problem der ohne Träger und Knöpfe ständig herunterrutschenden Hosen zu lösen. Auch ohne die Erfahrung Dutzender vorangegangener Häftlingsgenerationen versank er in Nachdenken und löste die Aufgabe schließlich selbst, so wie sie Millionen seiner Vorgänger ebenfalls gelöst hatten. Er fand heraus, wo er ›Schnüre‹ herbekäme. Die Hosen mußte er sich über der Hüfte mit seinen Schuhbändern befestigen. Erst jetzt stellte Innokentij fest, daß von seinen Schuhbändern die metallischen Enden entfernt worden waren, und wußte nicht warum. Die Instruktionen der Lubjanka gingen aber davon aus, daß es dem Häftling möglich wäre, aus diesen kleinen Spitzen eine Feile herzustellen und damit die Gitter zu durchsägen! Den Uniformrock versuchte er gar nicht erst zuzubinden.

Der Feldwebel, der sich durch das Guckloch davon überzeugt hatte, daß der Häftling angezogen war, befahl, die Hände auf den Rücken zu legen, und führte ihn in ein anderes Zimmer. Dort wartete bereits der Innokentij bekannte Aufseher mit der veilchenfarbenen Nase.

»Ziehen Sie die Schuhe aus!« warf er Innokentij entgegen.

Das bereitete jetzt keinerlei Schwierigkeiten, da die Schuhe ohne Schnürsenkel fast von selbst abfielen, wie auch seine Socken ohne Halter auf die Füße hinabrutschten.

An der Wand stand ein medizinisches Meßgerät mit weißer vertikaler Skala. Die veilchenfarbene Nase drückte Innokentij mit dem Rücken an die Wand, ließ die verstellbare Leiste auf seinen Scheitel herab und notierte sich seine Größe.

»Die Schuhe können angezogen werden«, sagte er.

Der mit dem langen Gesicht in der Tür schärfte ihm ein:

»Hände auf den Rücken!«

Hände auf den Rücken! Obwohl es bis zur Box Nummer 8 schräg über den Korridor nur zwei Schritte waren.

Innokentij wurde erneut in seiner Box eingeschlossen.

Hinter der Wand summte und verstummte immer noch die geheimnisvolle Maschine.

Innokentij, den Mantel in den Händen, ließ sich kraftlos auf den Hocker fallen. Seit er in die Lubjanka gekommen war, hatte er nur blendendes elektrisches Licht, enge Wände und gleichgültig-schweigsame Gefängniswärter gesehen. Die Prozeduren, eine alberner als die andere, erschienen ihm als pure Verhöhnung. Er erkannte nicht, daß es sich um eine logisch-bewußte Kette handelte: die erste vorläufige Durchsuchung durch die Sicherheitsoffiziere, die ihn verhaftet hatten; die Feststellung der Personalien des Häftlings; die Aufnahme des Häftlings, die in seiner Abwesenheit in der Kanzlei erfolgte und durch die Unterschrift der Gefängnisverwaltung bestätigt wurde; die große Durchsuchung des Eingelieferten durch die Gefängnisbehörde; die erste Behandlung durch die Sanitätsverwaltung; die Feststellung der besonderen Merkmale; die medizinische Begutachtung. Diese Prozeduren betäubten ihn und raubten ihm sein gesundes Denkvermögen und den Willen zum Widerstand. Sein einziger quälender Wunsch war jetzt – zu schlafen. Nachdem er zum Schluß gekommen war, daß man ihn vorläufig in Ruhe lassen werde, er auch keine Möglichkeit sah, sich anders einzurichten, und er im Laufe der ersten drei Stunden in der Lubjanka neue Vorstellungen vom Leben gewonnen hatte, stellte er jetzt den Hocker auf das Schränkchen, warf seinen Mantel aus feinem Tuch mit dem grauen Persianerkragen auf den Boden und legte sich quer durch die Box auf ihn. Dabei lagen sein Rücken flach auf dem Boden und sein Kopf steil abgeknickt in der einen Ecke der Box, während die Beine in den Knien gebeugt, in die gegenüberliegende Ecke gequetscht waren. Im ersten Augenblick starben seine Gliedmaßen noch nicht ab, und er empfand ein Wohlgefühl.

Allein es war ihm nicht vergönnt, sich vom Schlaf einhüllen zu lassen, denn die Tür wurde krachend aufgerissen, und zwar absichtlich laut.

»Stehen Sie auf!« fauchte die Frau.

Innokentij bewegte kaum seine Augenlider.

»Stehen Sie auf! Stehen Sie auf!« tönte es eindringlich über ihm.

»Aber wenn ich schlafen möchte?«

»Stehen Sie auf!« schrie jetzt die Frau, die sich wie eine Medusa im Traum über ihn beugte, gebieterisch und laut.

Mühsam erhob sich Innokentij aus seiner gekrümmten Stellung.

»Dann bringen Sie mich dorthin, wo man sich zum Schlafen hinlegen kann!« sagte er schlaff.

»Das ist nicht gestattet!« unterbrach ihn die Medusa mit den himmelblauen Schulterklappen und knallte die Tür zu.

Innokentij lehnte sich an die Wand und wartete, während sie ihn immer und immer wieder ausgiebig durch das Guckloch beobachtete.

Als sich die Medusa entfernt hatte, ließ er sich wieder auf seinen Mantel nieder.

Er war schon fast eingeschlafen, als die Tür von neuem erdröhnte.

Ein großer, starker Mann, der ohne weiteres ein verwegener Hammerschmied oder Steinbrucharbeiter hätte sein können, stand in weißem Kittel an der Schwelle.

»Name?« fragte er.

»Wolodin.«

»Mit den Sachen!«

Innokentij ergriff Mantel und Mütze und folgte dem Aufpasser schwankend, mit trüben Augen. Er war bis zum Äußersten erschöpft, mit seinen Füßen konnte er kaum das Gefälle des Fußbodens ertasten.

Auch besaß er kaum noch die Kraft, sich fortzubewegen, und war bereit, sich an jeder x-beliebigen Stelle, sogar mitten auf dem Korridor, hinzulegen.

Man führte ihn durch einen engen, in die dicke Wand gebrochenen Durchlaß auf einen anderen, schmutzigeren Korridor, von dem sich eine Tür zur Badestube öffnete. Er erhielt ein Stück Wäscheseife, kleiner als eine Streichholzschachtel, und man befahl ihm, sich zu waschen.

Innokentij konnte sich lange nicht entschließen. Er war die spiegelnde Reinheit eines ganz und gar gekachelten Bades gewöhnt und empfand diesen Umkleideraum mit Holzverschalung, der einem gewöhnlichen Menschen sauber genug erschienen wäre, als abstoßend schmutzig. Mit Mühe fand er eine einigermaßen trockene Stelle auf der Bank, zog sich dort aus und trat mit Widerwillen auf die feuchten Holzgitter, über die andere sowohl barfuß wie mit Schuhzeug gegangen waren. Am liebsten hätte er sich weder ausgezogen noch gewaschen, doch es öffnete sich die Tür des Umkleideraumes, und der Hammerschmied im weißen Kittel befahl ihm, unter die Dusche zu gehen.

Der Duschraum befand sich hinter einer einfachen, ganz und gar ungefängnismäßig dünnen Tür mit zwei leeren, unverglasten, fensterartigen Öffnungen. Über vier Gittern, die Innokentij ebenfalls schmutzig vorkamen, hingen vier Duschen, jede für sich herrliches heißes und kaltes Wasser spendend, das allerdings von Innokentij nicht recht gewürdigt wurde. Vier Duschen für einen einzigen Menschen! Doch Innokentij konnte keinerlei Freude empfinden. Er hätte dieses sechzehnfache Privilegium höher eingeschätzt, wenn er gewußt hätte, daß sich in der Welt der Häftlinge meistens vier Mann unter einer Dusche waschen müssen. Die ihm ausgehändigte, widerlich stinkende Seife hatte er bereits im Umkleideraum mit Abscheu weggeworfen. Eine solche Seife hatte er noch nie in seinen dreißig Lebensjahren in der Hand gehabt, ja er hatte nicht einmal geahnt, daß es so etwas überhaupt gab.

Jetzt plätscherte er ein paar Minuten irgendwie herum, wusch sich vor allem die kahlgeschorenen empfindlichen Stellen, an denen es juckte, und kehrte dann mit dem Gefühl zurück, sich nicht gewaschen, sondern beschmutzt zu haben. Er wollte sich gleich anziehen.

Aber daraus wurde nichts. Die Bänke des Umkleideraumes waren leer, alle seine herrlichen, wenn auch lädierten Kleidungsstücke waren verschwunden. Lediglich die Spitzen der Galoschen mit den Schuhen darin schauten unter der Bank hervor. Die Außentür war verschlossen, das Guckloch bedeckt. Innokentij blieb nichts anderes übrig, als sich nackt wie eine Skulptur, ähnlich dem ›Denker‹ von Rodin, auf die Bank zu setzen und, während er allmählich trocken wurde, nachzudenken.

Anschließend gab man ihm grobe, verwaschene Gefängniswäsche mit dem dunklen Stempel ›Inneres Gefängnis‹ auf Rücken und Bauch sowie einen in gleicher Weise gestempelten, vierfach zusammengelegten Lappen, den Innokentij nicht gleich als Handtuch erkannte. Die Knöpfe der Wäsche waren aus Preßpappe und keineswegs vollzählig. Knopflöcher waren vorhanden, aber teils zerrissen. Die Unterhose erwies sich als zu eng und zu kurz und spannte im Schritt. Das Hemd dagegen war sehr groß ausgefallen, die Ärmel reichten bis auf die Finger. Ein Umtausch wurde abgelehnt. Man sagte, Innokentij habe die Wäsche dadurch, daß er sie anzog, unbrauchbar gemacht.

Mit diesen Klamotten am Leibe mußte Innokentij noch lange im Umkleideraum sitzen bleiben. Man sagte ihm, seine Oberbekleidung sei in der ›Entlausung‹. Diesen Begriff kannte Innokentij nicht einmal. Sogar während des Krieges, als das Land mit ›Entlausungen‹ geradezu übersät war, waren ihm nie welche begegnet. Die ›Entlausung‹ seiner Kleidung in dieser Nacht – Innokentij stellte sich dabei irgendeine riesige Höllen-Bratpfanne vor – mußte ihm als sinnlose Verhöhnung erscheinen.

Er versuchte, seine Lage nüchtern zu überdenken und sich zu überlegen, was er tun sollte. Aber die Gedanken verwirrten sich, zerbröselten. Mal war es die zu enge Unterhose, dann die Höllen-Bratpfanne, auf der sein Uniformrock gerade lag, oder auch das stierende Auge, das von der Gucklochklappe freigegeben wurde.

Die Badestube vertrieb zwar den Schlaf, dafür überfielen ihn jedoch Erschöpfung und Schwäche. Er hatte das Bedürfnis, sich auf etwas Trockenes und Warmes zu legen und so bewegungslos bis zur Wiederkehr seiner Kräfte zu verharren. Dazu, sich mit nackten Rippen auf die feuchten, eckigen Bretter der Bank zu legen, die obendrein noch uneben waren, konnte er sich nicht entschließen.

Die Tür öffnete sich, aber man brachte ihm nicht die Kleider aus der Entlausung. Neben dem Aufseher stand ein Mädchen in Zivil mit roten Backen im breitflächigen Gesicht. Verschämt die Blößen seiner Wäsche verdeckend, trat Innokentij an die Schwelle. Das Mädchen befahl ihm zuerst, einige Durchschläge zu unterschreiben, und händigte ihm dann eine rosafarbene Quittung darüber aus, daß an diesem 26. Dezember das Innere Gefängnis des MGB der UdSSR von Wolodin, I. A., folgende Gegenstände erhalten hatte: Eine Uhr aus gelbem Metall mit Deckel, Nr. der Uhr ..., Nr. des Mechanismus ...; einen Füllfederhalter in einer Fassung aus gelbem Metall mit ebensolcher Feder; eine Krawattennadel mit einem eingefaßten roten Stein; ein Paar Manschettenknöpfe mit blauen Steinen.

Wieder wartete Innokentij mit hängendem Kopf. Schließlich brachte man seine Kleidung. Den Mantel erhielt er kalt und in gutem Zustand zurück, seinen Rock, die Hose und das Oberhemd jedoch zerknautscht, verblichen und noch ganz heiß.

»Konnten die nicht wenigstens auch auf die Uniform achtgeben, so wie auf den Mantel«, empörte sich Innokentij.

»Der Mantel hat ein Fell. Das ist doch klar«, sagte belehrend der Hammerschmied.

Sogar die eigene Kleidung konnte einem nach so einer ›Entlausung‹ fremd und widerlich sein. In diesem Fremden und Widerlichen wurde Innokentij erneut in seine Box Nummer 8 zurückgeführt.

Er bat um Wasser, erhielt es und leerte gierig zweimal den Becher mit dem Katzenbild.

Dann kam noch ein Mädchen und händigte ihm gegen Unterschrift eine blaue Quittung darüber aus, daß das Innere Gefängnis des MGB der UdSSR am 27. Dezember (schon der 27.?) von Wolodin, I. A., ein seidenes Unterhemd, eine seidene Unterhose, ein Paar Hosenträger und eine Krawatte erhalten hatte.

Und immer noch summte die geheimnisvolle Maschine.

Allein gelassen, legte Innokentij seine Hände auf das Schränkchen, bettete seinen Kopf darauf und versuchte zu schlafen.

»Nicht erlaubt!« sagte, die Tür öffnend, der Wächter, der inzwischen den Dienst übernommen hatte.

»Was ist nicht erlaubt?«

»Den Kopf aufzustützen ist nicht erlaubt!«

Seinen durcheinanderlaufenden Gedanken nachgehend, wartete Innokentij weiter.

Wieder brachte man ihm eine Quittung, diesmal auf weißem Papier; sie besagte, daß das Innere Gefängnis des MGB der UdSSR von Wolodin, I. A., 123 (einhundertdreiundzwanzig) Rubel erhalten hatte.

Dann kam, ein neues Gesicht, ein Mann, der über einem teuren, braunen Anzug einen dunkelblauen Kittel trug.

Jedesmal, wenn er eine Quittung bekam, hatte man ihn nach seinem Namen gefragt. Auch jetzt fragte man ihn: *»Name? Vorname, Vatersname? Geburtsjahr? Geburtsort?«* Darauf befahl der Ankömmling:

»Leicht!«

»Was?« Innokentij war verdutzt.

»Einfach leicht, ohne Sachen! Hände auf den Rücken!« Auf dem Korridor wurden alle Befehle leise gegeben, damit sie in den übrigen Boxen nicht gehört werden konnten.

Mit der Zunge immer wieder nach dem unsichtbaren Hund schnalzend, führte der Mann im braunen Anzug Innokentij durch die große Eingangstür und noch irgendeinen Korridor in ein geräumiges Zimmer, das nicht mehr nach Gefängnis aussah, mit vorgezogenen Fenstervorhängen, weichen Sesseln und Schreibtischen. Mitten im Zimmer wurde Innokentij auf einen Stuhl gesetzt. Er glaubte, daß er jetzt verhört werden würde. Statt dessen wurde aus den Portieren ein braunlackierter Fotoapparat hervorgerollt. Nachdem dann von beiden Seiten grelles Licht auf ihn gerichtet worden war, wurde Innokentij zweimal fotografiert, zuerst von vorne, dann im Profil.

Der Angestellte, der Innokentij hergebracht hatte, ergriff jetzt nacheinander alle Finger seiner rechten Hand und schwärzte sie, indem er sie mit den Kuppen auf eine klebrige schwarze Rolle drückte, die offenbar mit einer Art Stempelfarbe übergossen war. Anschließend preßte er sie, ganz gespreizt, auf ein Blatt und löste sie dann ganz plötzlich. Auf dem Blatt blieben fünf schwarze Flecken mit weißen Krümmungen zurück.

Auf die gleiche Weise wurden auch die Finger der linken Hand beschmiert und abgedruckt.

Über den Abdrücken stand auf dem Blatt zu lesen: ›*Wolodin, Innokentij Artemjitsch, 1919, Leningrad*‹ und weiter oben in fettigen schwarzen Druckbuchstaben:

FÜR IMMER AUFBEWAHREN!

Als er diese Formel las, zuckte Innokentij zusammen. Sie hatte irgend etwas Mystisches, irgend etwas, das höher war als die Menschheit und höher als unsere Erde.

Man wies ihn an, die Finger über einem Waschbecken mit Seife, Bürste und kaltem Wasser zu säubern. Der klebrigen Farbe war aber derart nicht beizukommen, das kalte Wasser lief an ihr ab. Innokentij scheuerte seine Fingerspitzen mit der eingeseiften Bürste und fragte sich nicht, wie logisch es sei, daß das Bad der Abnahme der Fingerabdrücke vorangegangen war.

Sein noch nicht zur Ruhe gekommenes, gequältes Hirn saugte derweilen die alles niederdrückende kosmische Formel auf:

FÜR IMMER AUFBEWAHREN!

84

Der zweite Atem

Noch niemals hatte Innokentij eine Nacht erlebt, die sich so endlos in die Länge zog. Er schlief überhaupt nicht. In seinem Kopf drängten sich in dieser einen Nacht so viele und so verschiedene Gedanken zusammen wie sonst kaum in einem Monat seines normalen Lebens. Er hatte

in Gedanken einen riesigen Raum durchschreiten müssen — als langsam die goldenen Stickereien von seiner Diplomatenuniform getrennt wurden, als er halb nackt in dem Baderaum saß oder in den vielen, immer wieder wechselnden Boxen wartete.
Die Richtigkeit, die Ehrlichkeit des Epitaphs ›Für immer aufbewahren!‹ erschütterte ihn.
In der Tat, ganz gleich, ob man ihm beweisen würde, daß er der Anrufer gewesen war — das Gespräch war offensichtlich doch abgehört worden — oder ob man es nicht beweisen könnte, er würde doch nicht mehr hier herauskommen. Er kannte Stalins Pranke; sie gab keinem das Leben zurück. Es wäre noch gut, wenn er einfach eine Lagerhaft zu erwarten hätte. Viel schlimmer schon, seiner Position entsprechend, irgendein besonders hergerichtetes Kloster, wo es verboten wäre, tags zu sitzen, und wo er jahrelang kein einziges Wort sprechen könnte, wo kein Mensch je von ihm und er selbst nichts von der Welt erfahren würde. Und das nicht einmal dann, wenn ganze Kontinente ihre Flaggen wechselten oder es den Menschen gelänge, auf dem Mond zu landen. Stumme Häftlinge können auch in ihren Einzelzellen erschossen werden. Es hat Fälle gegeben ...
Fürchtete er etwa den Tod?
Am Abend hatte sich Innokentij über jede kleine Abwechslung gefreut, über jedes Öffnen der Tür, das seine Einsamkeit in dieser Menschenfalle unterbrochen hatte. Jetzt aber wollte er irgendeinen wichtigen Gedanken, den er noch nicht einmal ganz fassen konnte, zu Ende führen. Er war froh, daß man ihn in seine alte Box gebracht hatte und ihn dort in Ruhe ließ, auch wenn er ständig durch das Guckloch beobachtet wurde.
Plötzlich riß der dünne Schleier, der sein Gehirn verhüllt hatte, und es kam in aller Deutlichkeit zum Vorschein, was er am Tage gedacht und gelesen hatte.
»Der Glaube an die Unsterblichkeit wurde geboren aus dem Verlangen unersättlicher Menschen. Dem Weisen erscheint die Zeit unseres Lebens ausreichend, um den ganzen Kreis erreichbarer Genüsse auszuschreiten.«
Ach, als ob es um Genüsse ginge! Er hatte alles gehabt und genossen: Geld, Anzüge, Ehre, Frauen, Wein, Reisen. Und doch würde er all das jetzt hingeben, um nichts als Gerechtigkeit zu erlangen.
Und die anderen, die er weder dem Aussehen noch dem Namen nach kannte — wie viele gab es hinter diesen steinernen Wänden dieses Gebäudes! Und wie deprimierend war es zu sterben, ohne mit ihnen geistig und seelisch in Verbindung getreten zu sein.
Wie leicht ist es zu philosophieren unter dem weiten Geäst regloser, glücklich-satter Epochen.
Jetzt, da er keinen Bleistift und kein Notizbuch mehr besaß, erschien ihm

alles, was aus den Tiefen des Gedächtnisses an die Oberfläche drang, ganz besonders teuer. Deutlich erinnerte er sich:
›Physische Leiden soll man nicht fürchten. Lang anhaltendes Leiden ist immer erträglich; unerträgliches Leiden ist immer kurz.‹
War beispielsweise das stundenlange Hocken in dieser Box, ohne Schlaf und ohne Luft, in der man sich weder recken noch die Füße ausstrecken konnte, ein längeres oder kürzeres Leiden? Ein bedeutendes oder ein unbedeutendes? Oder wie stand es mit zehn Jahren Einzelhaft ohne ein einziges gesprochenes Wort?
Im Zimmer der Fotografie und Daktyloskopie hatte Innokentij feststellen können, daß es bald zwei Uhr nachts war. Jetzt konnte es schon drei Uhr sein. Ihm kam ein blödsinniger Gedanke in den Kopf, der Ernsthafteres verdrängte: Seine Uhr lag wohl in der Aufbewahrungskammer. Sie würde gehen, solange sie aufgezogen war, und dann stehenbleiben. Niemand mehr würde sie aufziehen, und mit dieser letzten Zeigerstellung würde die Uhr auf den Tod ihres Besitzers oder die Konfiszierung seines Besitzes warten. Interessant, welche Zeit sie dann anzeigen würde?
Und Dotti wartete wohl auf den Besuch der Operette? Sie hatte gewartet... Rief sie im Ministerium an? Wahrscheinlich nicht! Sie werden gleich zur Hausdurchsuchung gekommen sein. Eine so große Wohnung! Mit ihr wurden in einer Nacht nicht einmal fünf Mann fertig. Und was sollten die Idioten schon finden?
Dotti würde sich scheiden lassen, würde wieder heiraten.
Den Schwiegervater würde man pensionieren – ein Schandfleck. Irgend jemand würde spucken, würde sich distanzieren.
Alle, die den Rat Wolodin gekannt hatten, würden ihn als treue Untertanen aus ihrem Gedächtnis streichen.
Ein stummer Koloß würde ihn erwürgen, und niemand auf der Welt würde das Ende seines Schicksals erfahren.
Aber er wollte doch noch leben und sehen, wie es weitergeht. Alles auf der Erde fließt zusammen. ›Die Feindschaft der Stämme vergeht.‹ Es verschwinden die Staatsgrenzen und die Armeen. Ein Welt-Parlament tritt zusammen. Man wählt den Präsidenten des Planeten. Dieser entblößt sein Haupt vor der Menschheit und sagt:
»Mit den Sachen!«
»Ah?«
»Mit den Sachen!«
»Mit was für Sachen?«
»Mit den Klamotten.«
Innokentij erhob sich und ergriff Mantel und Mütze, die ihm jetzt, da in der Entlausung nicht verdorben, besonders lieb waren. In der Türöffnung erschien, den Aufseher auf den Gang beiseite schiebend, ein

behender, dunkler Hauptfeldwebel (wo nahm man diese Gardegestalten her und für welche Lasten?) mit himmelblauen Schulterklappen und fragte anhand eines Papiers:

»Name?«

»Wolodin.«

»Vorname, Vatersname?«

»Innokentij Artemjitsch.«

»Geburtsjahr?«

»Neunzehnhundertneunzehn.«

»Geburtsort?«

»Leningrad.«

»Mit den Sachen. Gehen Sie.«

Er ging voran und schnalzte wie gewohnt.

Diesmal kamen sie auf einen Hof hinaus und stiegen in der Dunkelheit noch einige Stufen hinab. Ein Gedanke durchzuckte ihn – erschießen? Man sagte, daß stets in der Nacht und stets im Keller erschossen würde. In dieser schweren Minute fiel ihm aber auch die rettende Antwort ein: Warum hatte man ihm dann die drei Quittungen gegeben? Nein, es ging nicht zum Erschießen!

Innokentij glaubte noch an eine weise Koordination aller Fühler des stummen Kolosses.

Immer wieder mit der Zunge schnalzend führte ihn der wendige Hauptfeldwebel nun in ein anderes Gebäude und dann durch einen kurzen Gang zum Fahrstuhl. Irgendein Weib mit einem Ballen geplätteter graugelber Wäsche trat zur Seite und beobachtete, wie Innokentij in den Fahrstuhl geführt wurde. Diese junge Wäscherin war häßlich und ihre gesellschaftliche Stellung gering, und sie sah Innokentij genau mit demselben undurchdringlichen, gleichgültig-steinernen Blick an, den auch alle anderen mechanischen Roboter-Menschen der Lubjanka für ihn übrig hatten. Dennoch war es ihm peinlich, ebenso wie es ihm bei den Mädchen der Aufbewahrungskammer, die ihm die rosa, blauen und weißen Quittungen gebracht hatten, peinlich gewesen war, daß sie ihn in einem so zerfetzten und traurigen Zustand erblickten und ihm womöglich mißbilligendes Mitleid entgegenbringen konnten.

Aber auch diese Überlegungen zerflossen wieder genauso schnell, wie sie aufgetaucht waren. Denn über allem stand das ›Für immer aufbewahren!‹

Der Hauptfeldwebel schloß den Fahrstuhl und drückte einen der Knöpfe, die keine Bezeichnung trugen.

Kaum begann der Motor des Fahrstuhls zu summen, als Innokentij auch schon das Geräusch der geheimnisvollen Maschine wiedererkannte, die hinter der Wand seiner Box Knochen zermahlte.

Er lächelte gequält.
Und das, obwohl ihm dieser erfreuliche Irrtum Mut gab.
Der Fahrstuhl hielt. Der Hauptfeldwebel führte Innokentij auf den Treppenflur und von da in einen breiten Gang, auf dem viele Aufseher mit himmelblauen Schulterklappen und weißen Balken hin und her huschten. Einer von ihnen schloß Innokentij in eine Box ohne Nummer ein. Sie war geräumig, etwa zehn Quadratmeter groß, nicht zu grell beleuchtet und hatte durchgehend olivgrün gestrichene Wände. Diese Box oder Zelle war vollkommen leer, schien nicht sehr sauber zu sein, hatte einen ausgetretenen Zementfußboden, und an einer Wand stand eine ziemlich schmale hölzerne Bank, auf der ohne weiteres drei Personen Platz gefunden hätten. In der Box war es zudem kühl, was den allgemeinen Eindruck von Ungemütlichkeit noch unterstrich. Auch hier gab es ein Guckloch, aber der Schieber wurde nicht so häufig bewegt.
Von draußen hörte man gedämpft das Klappern der Stiefel auf dem Fußboden. Anscheinend gab es ein ununterbrochenes Kommen und Gehen. Das innere Gefängnis lebte sein großes nächtliches Leben.
Anfangs hatte Innokentij geglaubt, daß er ständig in der engen, grell beleuchteten und heißen Box Nummer 8 gehalten werden würde. Dort litt er darunter, daß er die Füße nicht ausstrecken konnte, daß das Licht seine Augen blendete und ihm das Atmen schwerfiel. Jetzt erkannte er seinen Fehler und begriff, daß diese geräumige, ungemütliche Zelle ohne Nummer seine Behausung sein würde. Nun wieder fürchtete er, daß seine Füße auf dem Zementfußboden frieren würden, daß das ständige Hinundherlaufen und Schlurfen auf dem Korridor ihn erregen und der Mangel an Licht ihn bedrücken müßte. Wie notwendig erschien hier doch ein Fenster, und sei es ein ganz kleines, wenigstens ein solches, wie man es für die Gefängniskellerdekorationen in den Opern baut. Aber nicht einmal das gab es hier.
Was hatte man darüber nicht alles zu hören bekommen oder in Memoiren gelesen, ohne es sich je richtig vorstellen zu können: Korridore, Treppen, unzählige Türen, Offiziere gehen hin und her, Unteroffiziere, Bedienstete, die große Lubjanka auf dem Höhepunkt ihres nächtlichen Lebens – doch nirgendwo sieht man mehr als einen einzigen Gefangenen, man trifft keinen Leidensgenossen, hört kein außerdienstliches Wort, ja kaum ein dienstliches. Und es scheint so, daß das gesamte, riesige Ministerium in dieser Nacht einzig und allein deinetwegen nicht schläft und nur mit dir und deinem Verbrechen beschäftigt ist.
Der zerstörerische Sinn der ersten Gefängnisstunden liegt darin, den Eingelieferten so von allen anderen Häftlingen zu isolieren, daß keiner ihn aufmuntern kann und daß sich das System mit seinem weitverzweigten, vieltausendköpfigen Apparat in seiner vollen Schwere auf ihn legt.

Die Gedanken Innokentijs wurden immer leidvoller. Der Telefonanruf, vorgestern noch eine großherzige Tat, erschien ihm jetzt klar erkennbar als unüberlegter, zweckloser Selbstmord.

Jetzt, da er Raum hatte, um in der Zelle umherzugehen, fehlte dem durch die vielen Prozeduren erschöpften und zerquälten Innokentij die Kraft. Zwei-, dreimal ging er hin und her, dann setzte er sich auf die Bank und ließ die Arme wie Peitschenschnüre hängen.

Wieviel große, den nachkommenden Generationen unbekannt bleibende Ideen waren zwischen diesen Wänden begraben, in diesen Zellen eingeschlossen?

Diese verfluchte, dreimal verfluchte Sentimentalität! Heute oder morgen wäre Innokentij nach Paris geflogen und hätte an diesen Armen, den er retten wollte und doch nicht retten konnte, nicht einmal mehr gedacht.

Als er sich weniger die Reise überhaupt, sondern vielmehr gerade ihren Antritt, jetzt zu Beginn des neuen Tages vorstellte, stockte sein Atem angesichts dieser schwindelerregenden Unerreichbarkeit der Freiheit. Es war an der Zeit, die Zellenwände mit den Fingernägeln zu bearbeiten, um der Wut freien Lauf zu lassen!

Vor dieser Verletzung der Gefängnisvorschriften bewahrte ihn jedoch die sich öffnende Tür. Erneut wurden seine Angaben zur Person überprüft. Innokentij antwortete wie im Schlaf, worauf man ihm befahl, ›mit den Sachen‹ herauszutreten. Da es Innokentij in seiner Zelle etwas kalt geworden war, hatte er seine Mütze aufgesetzt und sich seinen Mantel um die Schultern geworfen. So wollte er jetzt auch die Zelle verlassen, ohne sich zu überlegen, daß er dabei die Möglichkeit gehabt hätte, unter seinem Mantel zwei geladene Pistolen oder zwei Dolche bereitzuhalten. So befahl man ihm denn auch, den Mantel richtig anzuziehen und die nun sichtbar gewordenen Hände auf den Rücken zu nehmen.

Man schnalzte wieder mit der Zunge, führte ihn zu der Treppe, an der der Fahrstuhl lag, und dann die Treppe hinab. Es wäre für Innokentij in seiner Lage eigentlich sehr interessant gewesen, sich zu merken, wieviel Biegungen er hinter sich ließ oder wieviel Schritte er machte, um dann später während der Mußezeit in Gedanken den Grundriß des Gefängnisses zu rekonstruieren. In seiner Empfindungswelt hatte sich jedoch ein derartiger Bruch vollzogen, daß er nur wie im Traum daherschritt und überhaupt nicht merkte, wie tief sie hinabgestiegen waren, als ihnen plötzlich aus irgendeinem Korridor ein weiterer Aufseher entgegenkam, genauso großgewachsen und genauso mit der Zunge schnalzend wie der, der Innokentij begleitete. Innokentijs Aufseher öffnete behende die Tür eines kleinen, grünen Sperrholzverschlages, der den ohnehin knappen Raum noch weiter beengte, stieß Innokentij hinein und verstellte die Tür mit seinem eigenen Körper. Drinnen konnte man gerade noch stehen.

Von oben fiel etwas diffuses Licht ein. Es erwies sich, daß der kleine Verschlag keine Decke hatte und sein Licht aus dem Treppenhaus kam. Es wäre die natürlichste menschliche Reaktion gewesen, laut zu protestieren, Innokentij aber hatte sich schon so sehr an die unbegreifliche Lage gewöhnt, in die er geraten war, und war schon so tief in das große Schweigen der Lubjanka hinabgesunken, daß er sich nur noch stumm fügen konnte und somit genau das tat, was im Gefängnis von ihm verlangt wurde.
Deshalb also schnalzten alle in der Lubjanka! Mit diesem Schnalzen signalisierte man, daß ein Gefangener unterwegs sei. Kein Gefangener durfte einem anderen Gefangenen begegnen. Keiner sollte aus den Augen des anderen Ermutigung lesen.
Diesen anderen führte man jetzt vorbei. Darauf wurde Innokentij aus seinem Verschlag herausgelassen und weitergebracht.
Und hier erst, auf den Stufen des letzten Wegstücks bemerkte Innokentij, wie ausgetreten die Treppe war! Nie in seinem ganzen Leben hatte er ähnliches gesehen. Von den Rändern zur Mitte hin zogen sich die ovalen Mulden der bis zur Hälfte ausgeschliffenen Stufen.
Er schrak zusammen. Wie viele Füße im Laufe von dreißig Jahren! Wie viele Menschen hatten hier vorbeischlurfen müssen, um den Stein so abzutreten. Und von zweien, die über diese Treppe gingen, war einer immer ein Aufseher und der andere immer ein Häftling gewesen.
Auf dem Treppenflur gab es eine geschlossene Tür mit einem vergitterten Klappfenster, das ebenfalls geschlossen war. Hier hatte Innokentij ein neues Erlebnis. Er wurde mit dem Gesicht an die Wand gestellt. Dennoch konnte er aus den Augenwinkeln beobachten, wie sein Aufseher eine elektrische Klingel bediente, wie sich das Klappfenster zuerst öffnete und sich dann wieder schloß. Darauf wurde die Tür mit lautem Schlüsselgetöse geöffnet, und der Heraustretende, den Innokentij nicht sehen konnte, begann ihn zu befragen.
»Name?«
Innokentij drehte sich natürlich um, denn er war es gewohnt, seinen Gesprächspartner anzusehen. Er konnte gerade noch ein Gesicht erblicken, nicht eigentlich männlich, auch nicht weiblich, nur aufgedunsen, ein Gesicht aus viel weichem Fleisch mit einem großen roten Brandmal und darunter die goldenen Schulterstücke eines Leutnants. Dieser schrie jetzt Innokentij an:
»Drehen Sie sich nicht um!«
Dann fuhr er fort, die gleichen, sattsam bekannten Fragen zu stellen. Innokentij antwortete dem Stückchen weißen Putzes, das er vor sich sah. Nachdem er sich davon überzeugt hatte, daß sich der Häftling immer noch als der in der Karteikarte vermerkte ausgab und sich zudem noch

an sein Geburtsjahr sowie seinen Geburtsort erinnerte, läutete nun der fleischige Leutnant selbst an der Tür, die er sicherheitshalber gerade erst geschlossen hatte. Erneut wurde die Fensterklappe mißtrauisch beiseite geschoben, jemand schaute durch die Öffnung, schloß die Klappe wieder, mit lauten Umdrehungen des Schlüssels wurde die Tür geöffnet.
»Gehen Sie!« sagte hart der Leutnant mit dem weichen Fleisch. Sie traten ein. Hinter ihnen schloß sich geräuschvoll die Tür.
Innokentij konnte kaum den sich in drei Richtungen – nach rechts, geradeaus und nach links – verzweigenden düsteren Korridor mit allen seinen Türen, einem links am Eingang stehenden Tisch und einem Schrank mit Fächern überblicken, als auch schon der Leutnant in die Stille hinein gar nicht laut, aber sehr deutlich kommandierte:
»Mit dem Gesicht zur Wand! Nicht bewegen!«
Wirklich eine höchst peinliche Situation, so aus nächster Nähe auf die Grenze zwischen dem olivfarbenen Paneel und dem weißen Putz stieren zu müssen und dabei im Genick die Blicke mehrerer feindlicher Augen zu spüren.
Offenbar war man mit seiner Karte beschäftigt. Schließlich befahl der Leutnant fast flüsternd, aber in der Stille deutlich hörbar:
»In die dritte Box!«
Vom Schreibtisch löste sich ein Aufseher und ging, ohne mit seinen Schlüsseln auch nur einen Ton von sich zu geben, über den Filzläufer zum rechten Korridor.
»Hände auf den Rücken! Gehen Sie!« ließ er sich sehr leise vernehmen.
Auf der einen Seite des Ganges gab es die gleiche neutrale olivgrüne Wand, auf der anderen tauchten einige Türen auf, an denen blanke ovale Nummernschilder hingen.
›47‹ ›48‹ ›49‹
Darunter die Klappen der Gucklöcher. Innokentij war warm berührt vom Bewußtsein, daß Freunde in seiner Nähe waren, und verspürte den Wunsch, eine der Klappen beiseite zu schieben, sich für einen Augenblick an das Guckloch zu schmiegen und auf das abgeschlossene Leben einer Zelle zu schauen. Aber der Aufseher schritt zügig vorwärts, und, was noch entscheidender war, die Gefängnisunterwürfigkeit hatte Innokentij bereits viel zu sehr in ihren Bann geschlagen. Obwohl er als Verlorener eigentlich nichts mehr hätte fürchten müssen!
Zum Nachteil der Beherrschten und zum Vorteil der Herrschenden ist der Mensch aber so beschaffen, daß man ihm, solange er lebt, immer noch etwas wegnehmen kann. Sogar einen zu lebenslänglicher Haft Verurteilten, dem man bereits die Möglichkeit sich zu bewegen, den blauen Himmel, die Familie und seine ganze Habe genommen hat, kann man beispielsweise noch in einen feuchten Kerker werfen, ihm jede warme

Speise entziehen oder ihn mit Stöcken schlagen. Diese letzten kleinen Strafen treffen den Menschen genauso hart wie der vorangegangene Sturz aus den Höhen von Freiheit und Erfolg. Und um diesen letzten schmerzlichen Strafen aus dem Weg zu gehen, unterwirft sich der Häftling dem verhaßten, erniedrigenden Gefängnisregime, das langsam den Menschen in ihm abtötet.

Hinter einer Biegung folgten die Türen dicht aufeinander. Die blanken Ovale besagten:

›1‹ ›2‹ ›3‹

Der Wärter schloß die Tür der dritten Box auf und öffnete sie vor Innokentij, was hier etwas komisch wirkte, mit weit ausholendem, fast gastfreundlichem Schwung. Dieser bemerkte das Komische daran und betrachtete den Wächter aufmerksam. Es war ein breitschultriger Bursche, nicht hochgewachsen, mit schwarzem, glattem Haar und schräggestellten Augen, die so aussahen, als wären sie ihm mit einem krummen Säbel ins Gesicht geschnitten. Sein Blick war nicht gütig, weder seine Lippen noch seine Augen lächelten. Und dennoch – von den vielen gleichmütigen Gesichtern der Lubjanka, die Innokentij in dieser Nacht gesehen hatte, gefiel ihm das böse Gesicht des letzten Aufsehers doch irgendwie.

Innokentij wurde in der Box eingeschlossen und sah sich nun um. Nach dieser Nacht konnte er sich für einen Boxen-Kenner halten und Vergleiche anstellen. Diese Kammer war göttlich: dreieinhalb Schritte in der Breite, siebeneinhalb Schritte in der Länge, mit Parkettfußboden, fast vollständig gefüllt durch eine lange und keineswegs enge, an der Wand befestigte Holzbank. Gleich an der Tür stand ein nicht eingebautes sechseckiges Holztischchen. Die Box war natürlich fensterlos, ganz oben gab es nur einen schwarz vergitterten Luftschacht. Sie war sehr hoch, etwa dreieinhalb Meter, und hatte ganz weiße Wände, die im Licht einer über der Tür hinter einem Drahtgeflecht angebrachten Zweihundert-Watt-Lampe glänzten. Die Lampe erwärmte zwar die Zelle, strapazierte aber gleichzeitig auch die Augen.

Die Wissenschaft der Arrestanten gehört zu denen, die man sich schnell und gründlich aneignet. Diesmal ließ sich Innokentij nicht täuschen. Er rechnete nicht damit, lange in dieser bequemen Zelle bleiben zu können. Um so mehr begriff der ehemalige Weichling, der von Stunde zu Stunde immer mehr aufhörte, ein Weichling zu sein, angesichts der langen, leeren Bank, daß es seine erste und wichtigste Aufgabe war zu schlafen. Und wie ein kleines Tier, das von seiner Mutter nicht mehr versorgt wird, unter den Eingebungen seiner Natur alles erkennt, was es nötig hat, so gelang es auch Innokentij sehr bald, seinen Mantel auf der Bank auszubreiten und den Persianerkragen sowie die umgeschlagenen Ärmel so zusammenzulegen, daß daraus ein Kissen wurde. Dann legte er sich

sofort nieder und empfand alles als sehr bequem. Mit geschlossenen Augen bereitete er sich auf den Schlaf vor.
Aber er konnte nicht einschlafen. Als es unmöglich gewesen war, hatte er unbedingt schlafen wollen. Doch inzwischen hatte er nacheinander alle Stadien der Ermüdung durchmessen, hatte sogar zweimal ganz kurz die Grenze zwischen Wachsein und Schlummer überschritten. Jetzt aber, da er endlich schlafen durfte – fand er keinen Schlaf. Die ständig neu entfachte Erregung arbeitete in ihm fort und wollte nicht abklingen. Endlich löste er sich von allen Plänen, allem Bedauern und allen Überlegungen, versuchte gleichmäßig zu atmen und dabei zu zählen. Wie ärgerlich, nicht einschlafen zu können, wenn der ganze Körper warm ist, die Rippen glatt aufliegen, die Füße ganz ausgestreckt sind und der Wächter einen aus irgendeinem Grunde nicht weckt!
So lag er etwa eine halbe Stunde. Das Gespinst der Gedanken begann allmählich zu zerfließen, und aus den Füßen kroch über den ganzen Körper eine lähmende, seltsam klebrige Wärme hoch.
Doch auf einmal fühlte Innokentij ganz deutlich, daß er bei diesem verrückt-grellen Licht nie würde einschlafen können. Das Licht drang nicht nur als orangefarbenes Leuchten durch die geschlossenen Lider, es legte sich auch fühlbar, mit nicht auszuhaltender Schwere auf die Augäpfel. Dieser Druck des Lichtes, den Innokentij noch nie zuvor bemerkt hatte, brachte ihn jetzt fast zur Verzweiflung. Nachdem er sich vergeblich von einer Seite auf die andere gewälzt und eine Lage gesucht hatte, in der ihn das Licht nicht so hart träfe, verlor er schließlich die Hoffnung, richtete sich auf und stellte die Füße auf den Boden.
Die Klappe des Guckloches war häufig beiseite geschoben worden, auch hatte er ein Schlurfen vernommen, und als sie sich jetzt erneut öffnete, hob er schnell die Finger.
Die Tür tat sich völlig lautlos auf. Der Wärter mit den schrägstehenden Augen blickte Innokentij schweigend an.
»Ich bitte Sie, die Lampe auszuschalten«, flehte Innokentij.
»Das ist verboten«, antwortete ungerührt der Wärter.
»Nun, dann wechseln Sie sie aus! Schrauben Sie eine schwächere Birne ein. Warum denn eine so starke Lampe für eine so kleine ... Box?«
»Sprechen Sie leiser!« entgegnete ihm der Schrägäugige sehr leise. Und in der Tat, hinter seinem Rücken schwiegen der große Korridor und mit ihm das ganze Gefängnis wie ein Grab. »Es brennt, was vorgeschrieben ist.«
Dennoch gab es in diesem toten Gesicht irgend etwas Lebendiges. Davon ausgehend, daß das Gespräch eigentlich beendet war und die Tür sich gleich wieder schließen würde, bat Innokentij:
»Geben Sie mir Wasser zu trinken.«

Der Schrägäugige nickte mit dem Kopf und schloß leise die Tür. Es war nicht zu hören, wie er sich auf dem groben Läufer von der Zelle entfernte und wieder zurückkam. Der ins Loch geschobene Schlüssel rasselte nur ein wenig, dann stand der Schrägäugige mit einem Becher voll Wasser an der Tür. Der Becher war, ebenso wie der im Parterre des Gefängnisses, mit einer Katze verziert, bloß ohne Brille, Buch und Vögelchen.

Innokentij trank mit Genuß und blickte zwischendurch auf den nicht weichenden Wärter. Dieser trat mit einem Fuß über die Schwelle, schloß die Tür soweit es sein Körper erlaubte und fragte leise, wobei er ganz unvorschriftsmäßig blinzelte:

»Was warst du?«

Wie ungewohnt das klang! Eine menschliche Anrede, die erste in dieser Nacht. Innokentij war erschüttert von der Lebendigkeit der Frage, von dieser leisen Heimlichkeit der Gefängnisleitung gegenüber. Ihn fesselte auch das vorsätzlich-erbarmungslose Wörtchen ›war‹. Als er dem Wächter flüsternd antwortete, glaubte er sich mit ihm irgendwie in eine Verschwörung einzulassen.

»Ich war Diplomat, Staatsrat.«

Der Schrägäugige nickte mitfühlend und sagte:

»Ich war Matrose der Baltischen Flotte!« Dann nach einer kleinen Pause: »Und wofür?«

»Ich weiß es selbst nicht.« Innokentij wurde vorsichtig. »Wegen nichts und wieder nichts.«

Der Schrägäugige nickte wieder mitfühlend und stellte dann fest:

»Das sagen am Anfang alle.« Darauf fügte er etwas unschicklich hinzu: »Mußt du nicht mal . . . willst du?«

»Nein, noch nicht«, wehrte Innokentij ab und wußte, blind wie ein Neuling, nichts davon, daß der ihm gemachte Vorschlag so ziemlich das größte Privileg war, das ein Wärter ihm einräumen konnte, eines der höchsten Güter der Welt, das den Häftlingen außerhalb des Dienstplanes nicht zustand.

Nach diesem inhaltsschweren Gespräch schloß sich die Tür wieder, und Innokentij streckte sich erneut auf seiner Bank aus, dabei wie zuvor gegen das durch die wehrlosen Lider dringende Licht ankämpfend. Er versuchte, die Lider mit der Hand zu schützen, dabei aber schlief ihm sein Arm ein.

Dann dachte er daran, daß es vielleicht das beste wäre, das Taschentuch zu einem Streifen zusammenzufalten und mit diesem die Augen zu bedecken – aber wo war sein Taschentuch? Ach, warum bloß hatte er es nicht vom Fußboden aufgehoben? Was war er doch gestern abend noch für ein dummer Grünling gewesen!

Diese kleinen Dinge, das Taschentuch, eine leere Streichholzschachtel, ein Stück Zwirn oder ein Kunststoffknopf sind die engsten Freunde des Häftlings! Immer wieder gibt es Situationen, in denen einer von ihnen unersetzbar wird und einem aus der Klemme hilft.
Plötzlich öffnete sich die Tür. Der Schrägäugige legte Innokentij eine rotgestreifte Matratze in die Arme. Welch ein Wunder! Die Lubjanka hinderte ihn nicht nur nicht am Schlafen, nein, sie sorgte sich sogar um den Schlummer des Häftlings. In der zusammengerollten Matratze befanden sich ein kleines Federkissen, ein Kissenbezug und ein Laken, alles mit dem Stempel ›Inneres Gefängnis‹ versehen, dazu noch eine graue Decke.
Wonne und Seligkeit! Jetzt wird er schlafen! Seine ersten Eindrücke vom Gefängnis waren viel zu negativ gewesen! Im Vorgefühl des zu erwartenden Genusses zog er, zum erstenmal in seinem Leben, mit eigenen Händen den Bezug über das Kopfkissen, breitete das Laken aus und stellte dabei fest, daß die Matratze ein wenig über den Rand der engen Bank herabhing. Dann zog er sich aus, legte sich hin und bedeckte die Augen mit dem Ärmel des Rockes. Nichts störte ihn mehr. Langsam glitt er in Schlaf, in den Schlaf, den man ›Morpheus' Arme‹ nennt.
Da wurde die Tür geräuschvoll geöffnet, und der Schrägäugige sagte: »Nehmen Sie die Hände aus der Decke!«
»Was heißt aus der Decke?« rief Innokentij dem Weinen nahe. »Warum haben Sie mich geweckt? Es war so schwer einzuschlafen.«
»Nehmen Sie die Hände heraus!« wiederholte der Aufseher ungerührt. »Die Hände müssen sichtbar bleiben.«
Innokentij gab nach. Es erwies sich aber als gar nicht so leicht, mit den Händen auf der Decke einzuschlafen. Das war eine teuflische Erfindung. Die allernatürlichste, instinktiv im Menschen verwurzelte Gewohnheit besteht doch gerade darin, die Hände während des Schlafes zu verstekken, sie an den Körper zu pressen.
Lange warf sich Innokentij hin und her und versuchte, sich nun auch noch auf diese erneute Schikane einzustellen. Schließlich gewann der Schlaf die Oberhand. Süßlich-trübe Schleier überzogen sein Bewußtsein.
Plötzlich drang vom Korridor irgendein Lärm zu ihm durch. Weit beginnend und dann immer näher kommend schlugen die Türen. Bei jedem Mal wurde irgendein Wort gesagt. Jetzt direkt nebenan. Dann öffnete sich auch Innokentijs Tür.
»Aufstehen!« erklärte der Matrose der Baltischen Flotte unerschütterlich.
»Was? Warum?« heulte Innokentij auf. »Ich habe die ganze Nacht nicht geschlafen!«
»Sechs Uhr. Also aufstehen! Das ist die Vorschrift«, wiederholte der Matrose und ging, um es weiter zu verkünden.

Und gerade jetzt wurde Innokentijs Bedürfnis zu schlafen ganz besonders stark. Er drehte sich auf die andere Seite und versank sofort.
Doch gleich darauf, vielleicht hatte er gerade ein paar Minuten schlafen können, riß der Schrägäugige die Tür zum zweiten Mal krachend auf und wiederholte:
»Aufstehen! Aufstehen! Die Matratze zusammenrollen!«
Innokentij stützte sich auf seinen Ellbogen und blickte trüben Auges auf seinen Quälgeist, der ihm noch vor einer Stunde so sympathisch erschienen war.
»Aber ich habe doch noch gar nicht geschlafen! Begreifen Sie doch.«
»Das geht mich nichts an.«
»Wenn ich jetzt die Matratze zusammengerollt habe und aufgestanden bin, was dann?«
»Nichts. Sitzen und warten.«
»Aber warum denn?«
»Weil es sechs Uhr morgens ist. Wie gesagt.«
»Dann werde ich sitzend einschlafen.«
»Das werde ich nicht zulassen. Ich werde Sie wecken.«
Innokentij griff sich an den Kopf und schüttelte sich. Im schrägäugigen Wärter schien so etwas wie Mitleid aufzukommen.
»Wollen Sie sich waschen?«
»Ja, meinetwegen.« Innokentij hatte es sich überlegt und griff nach seinen Kleidern.
»Hände auf den Rücken! Gehen Sie!«
Die Toilette lag hinter der Biegung des Korridors. Da er die Hoffnung, in dieser Nacht noch einschlafen zu können, aufgegeben hatte, riskierte es Innokentij, sein Hemd auszuziehen und sich mit kaltem Wasser den Oberkörper zu waschen. Er planschte ausgiebig auf dem Zementfußboden der geräumigen kalten Toilette herum. Die Tür war geschlossen, und der Schrägäugige ließ ihn in Ruhe.
Ja, vielleicht war er doch menschlich? Warum aber hatte er ihm dann so heimtückisch verschwiegen, daß um sechs Uhr Wecken war?
Das kalte Wasser verscheuchte allmählich die giftgleiche Schwäche des so plötzlich unterbrochenen Schlafes. Auf dem Gang versuchte er ein Gespräch über das Frühstück zu beginnen, wurde aber vom Wärter unterbrochen. Erst in der Zelle sagte dieser:
»Es gibt kein Frühstück.«
»Wieso denn nicht? Was gibt es dann?«
»Um acht Uhr bekommen Sie Ihre Ration, Zucker und Tee.«
»Was heißt Ration?«
»Also Brot.«
»Und wann gibt es Frühstück?«

»Das steht Ihnen nicht zu. Es gibt dann bald Mittagessen.«
»Und ich soll also die ganze Zeit einfach dasitzen?«
»Genug gequasselt!«
Er hatte die Tür schon fast ganz geschlossen, als Innokentij noch schnell seine Hand heben konnte.
»Was denn noch?« ließ sich der Matrose der Baltischen Flotte vernehmen.
»Man hat mir die Knöpfe abgeschnitten und das Futter aufgetrennt. Wem kann ich es zum Nähen geben?«
»Wie viele Knöpfe?«
Innokentij zählte.
Die Tür wurde geschlossen und bald darauf wieder geöffnet. Der Schrägäugige reichte eine Nadel herein, dazu zehn einzelne Fäden und einige Knöpfe unterschiedlicher Größe und unterschiedlichen Materials – aus Horn, Kunststoff und Holz.
»Die taugen nichts. Hat man mir vielleicht solche abgeschnitten?«
»Nehmen Sie diese! Nicht mal davon gibt es genug!« schrie der Schrägäugige.
Zum erstenmal in seinem Leben nähte Innokentij. Es dauerte lange, bis er herausbekam, wie man einen Faden einfädelt, einen Stich macht und schließlich das Annähen eines Knopfes beendet. Ohne auf die tausendjährige Erfahrung der Menschheit zurückgreifen zu können, erfand er das Nähen gewissermaßen von neuem. Einige Male stach er sich, und seine zarten Fingerkuppen begannen ihm weh zu tun. Längere Zeit nähte er am Futter seiner Uniform herum und richtete auch die aufgerissene Watte seines Mantels her. Einige Knöpfe waren nicht ganz an die richtige Stelle geraten, so daß seine Uniform nun hier und da Falten warf.
Diese ohne Hast ausgeführte und Aufmerksamkeit heischende Arbeit ließ aber nicht nur die Zeit schneller vergehen, sondern beruhigte Innokentij außerdem. Sein aufgewühltes Inneres kam wieder zur Ruhe, die Erregung legte sich. Er verspürte keine Angst mehr und auch keine Unterdrückung. Ihm trat klar vor Augen, daß selbst in diesem Nest legendären Schreckens, in der großen Lubjanka, Menschen lebten – und er wäre nur zu gerne mit ihnen zusammengetroffen. Dem Menschen, der die ganze Nacht nicht geschlafen und nicht gegessen hatte und dessen Leben im Laufe von zehn Stunden zerbrochen worden war, wurde jetzt ein höheres Durchdrungensein, ein zweiter Atem zuteil, der dem zu Stein gewordenen Körper des Athleten seine Unermüdlichkeit und Frische zurückgibt.
Ein neuer Wächter nahm ihm die Nadel wieder ab. Dann brachte man ihm ein etwa fünfhundert Gramm schweres Stück feuchtes Schwarzbrot und dazu noch ein ganz kleines dreieckiges Stück als Gewichtskorrektur sowie zwei Stück Würfelzucker.

Bald darauf goß man ihm aus einem Teekessel heißen, schwachgefärbten Tee in seinen Katzenbecher und versprach nachzufüllen.

Das alles bedeutete: acht Uhr morgens, 27. Dezember.

Innokentij tat seine ganze Tagesration an Zucker in den Becher und wollte der Einfachheit halber gleich mit dem Finger umrühren, aber das Wasser war für den Finger zu heiß. Darauf löste er den Zucker durch kreisförmige Bewegung des Bechers auf, trank mit Genuß und verlangte durch Handaufheben nach mehr. Auf das Brot hatte er überhaupt keinen Appetit.

Auch den zweiten Becher, diesmal schon ungesüßt, dafür aber mit um so kräftigerem Aroma, sog er, zitternd vor Glück, in sich hinein.

Seine Gedanken hatten jetzt eine Klarheit gewonnen, wie schon lange nicht mehr. In dem engen Raum zwischen Bank und Wand begann er in Erwartung des bevorstehenden Kampfes, sich dabei an der zusammengerollten Matratze festhaltend, auf und ab zu gehen; drei kleine Schritte vorwärts und drei kleine Schritte zurück.

In seiner Erinnerung tauchte ein weiterer unwiderlegter und gestern in der Freiheit schwer faßbarer Gedanke Epikurs auf:

»Die inneren Gefühle der Lust und Unlust sind die obersten Kriterien für Gut und Böse.«

Nach Epikur ist also das, was einem gefällt — immer gut, und das, was einem nicht gefällt — böse.

Die Philosophie eines Wilden!

Wenn es Stalin gefällt zu töten, bedeutet das also, daß es für ihn gut ist? Und das Sitzen im Gefängnis — weil man einen Menschen retten wollte —, das einem natürlich kein Vergnügen bereitete, wäre demnach böse?

Nein! Gut und Böse erschienen Innokentij jetzt durch diese hellgraue Tür, durch diese olivgrünen Wände, durch diese erste Gefängnisnacht dinglich voneinander getrennt und sichtbar voneinander isoliert.

Von den Höhen des Kampfes und Leidens herab, zu denen er sich jetzt zu erheben anschickte, erschien ihm die Weisheit des großen Philosophen des Altertums als das Geplapper eines Kindes.

Die Tür wurde krachend aufgerissen.

»Name?« fragte ein neuer Wärter, ebenfalls ein östlicher Typ, streng.

»Wolodin.«

»Zum Verhör! Hände auf den Rücken!«

Innokentij nahm seine Hände auf den Rücken und ging mit zurückgeworfenem Kopf, wie ein Vogel, der Wasser trinkt, aus seiner Zelle.

85

Die morgendliche Hinrichtung der Strelitzen

Auch in der Scharaschka war die Zeit für das Frühstück und den Morgentee gekommen.

Dieser Tag, dessen Anfang auf nichts Außergewöhnliches schließen ließ, war zunächst nur durch die Nörgeleien des Oberleutnants Schusterman gekennzeichnet, der schon ganz auf die Übergabe des Dienstes eingestellt und bemüht war, den Häftlingen nach dem Wecken das Weiterschlafen unmöglich zu machen. Auch das Spazierengehen verlief nicht ganz ordnungsgemäß – nach dem gestrigen Tauwetter war nachts Frost eingetreten, und die ausgetrampelten Wege waren mit blankem Eis bedeckt. Viele Häftlinge drehten nur eine Runde, glitten dauernd aus und kehrten gleich wieder ins Gefängnis zurück. In den Zellen saßen sie auf ihren Pritschen herum, die einen unten, andere oben, mit herabhängenden oder untergeschlagenen Beinen. Man beeilte sich nicht mit dem Aufstehen, kratzte sich die Brust, gähnte, fing an, sich ›am frühen Morgen‹ übereinander und über das unglückliche Schicksal lustig zu machen, und erzählte sich gegenseitig Träume – ein besonders beliebter Zeitvertreib aller Arrestanten.

Und obwohl manche vom Überschreiten trüber Flüsse auf kleinen Brükken und vom Anziehen hoher Stiefel geträumt hatten, gab es doch keinen einzigen Traum, der deutlich eine Massenverschickung vorausgesagt hätte.

Sologdin ging gleich am Morgen, wie üblich, zum Holzhacken. Er hatte nachts das Fenster nur angelehnt gehabt und öffnete es nun, bevor er hinausging, noch weiter.

Rubin, der mit dem Kopf an diesem Fenster lag, sprach kein Wort mit Sologdin. Er hatte sich auch in dieser Nacht mit seiner Schlaflosigkeit gequält, hatte sich erst spät niedergelegt und spürte jetzt den kalten Zugwind vom Fenster her. Er mischte sich aber nicht in die Handlungen seines Beleidigers ein. Statt dessen stülpte er sich seine Fellmütze mit den heruntergeklappten Ohrenschützern auf, zog die wattierte Jacke an, legte sich die Decke über den Kopf und lag wie ein Sack da, ohne zum Frühstück aufzustehen, ohne sich um die Ermahnungen Schustermans oder den Lärm im Zimmer zu kümmern, nur bemüht, die ihm zustehenden Stunden Schlaf nachzuholen.

Potapow erhob sich als einer der ersten, machte seinen Spaziergang, frühstückte auch als einer der ersten, hatte bereits Tee getrunken, sein Bett schon zu einem akkuraten Rechteck geordnet und saß nun da und las die Zeitung. Im Geist war er jedoch schon ganz bei der Arbeit, denn er hatte heute das interessante Gerät, das er selbst entworfen hatte, zu graduieren.

Es gab nur Hirsebrei, darum gingen viele gar nicht erst zum Essen.

Anders Gerassimowitsch. Er saß lange im Speiseraum und schob sich ebenso sorgfältig wie geruhsam kleine Mengen Grütze in den Mund.

Aus der anderen Ecke des halbleeren Speisezimmers nickte Nershin ihm zu, setzte sich, ebenfalls allein, an einen Tisch und aß unlustig.

Nach dem Frühstück kletterte Nershin für die letzten fünfzehn Minuten noch einmal auf seine Pritsche hinauf, legte sich hin und starrte die gewölbte Decke an.

Im Zimmer wurde weiter über den Vorfall mit Rusjka diskutiert. Er war nicht zum Schlafen erschienen, und damit war es klar, daß man ihn verhaftet hatte. Im Stabsgebäude des Gefängnisses gab es eine kleine käfigartige Zelle, dort war er eingesperrt worden. Es wurde nicht ganz offen darüber gesprochen, niemand nannte ihn einen Doppelagenten, aber jeder wußte, worum es ging. In den Gesprächen wurde deutlich, daß man ihm wohl keine neue Haftfrist anhängen könne, aber vielleicht seine fünfundzwanzig Jahre Arbeitslager in fünfundzwanzig Jahre Einzelhaft abändern werde. Damals wurden bereits Spezialgefängnisse mit Einzelzellen gebaut, und Einzelhaft zu verhängen kam immer mehr in Mode. Gewiß, Schikin würde kein Verfahren wegen Doppelzüngigkeit eröffnen. Es war ja aber auch keineswegs nötig, einen Menschen des Deliktes wegen anzuklagen, dessen er sich schuldig gemacht hatte. Wer flachsblond war, dem konnte vorgeworfen werden, er sei schwarzhaarig, um ihm dann dieselbe Strafe zuzudiktieren, die auf Blondhaarigkeit stand.

Gleb wußte nicht, wie weit die Sache zwischen Rusjka und Klara gediehen war, und ob er es wagen dürfe, sie zu beruhigen. Und wenn, dann wie?

Rubin warf seine Decke ab und kam unter allgemeinem Gelächter in Pelzmütze und wattierter Jacke zum Vorschein. Er war übrigens nie beleidigt, wenn über ihn gelacht wurde. Er nahm die Mütze ab, behielt aber die wattierte Jacke an und stellte auch die Füße nicht auf den Boden, um sich anzuziehen, denn das hatte eigentlich keinen Sinn mehr. Die Fristen für den Spaziergang, für das Waschen und für das Frühstück waren ohnehin verstrichen. Rubin bat um ein Glas Tee, stopfte sich, mit zerzaustem Bart auf dem Bett sitzend, ganz automatisch butterbestrichenes Weißbrot in den Mund und trank dazu die heiße Flüssigkeit. Dabei las er, ohne einmal vom Buch aufzusehen, in einem Roman von Upton Sinclair, den er zusammen mit dem Glas in der Hand hielt. Er war in allerfinsterster Stimmung.

Der morgendliche Rundgang durch die Scharaschka hatte bereits begonnen. Den Dienst übernahm der Unterleutnant. Er zählte die Anwesenden, während Schusterman die Ankündigungen verlas. Wie vorher in den anderen Zimmern, verkündete Schusterman auch im halbrunden Zimmer:

»Achtung! Den Gefangenen wird bekanntgegeben, daß nach dem Abendbrot niemand mehr in die Küche gehen darf, um heißes Wasser zu holen. Zu diesem Zweck darf auch weder geklopft noch der diensthabende Offizier herausgerufen werden!«

»Wer hat das angeordnet?« schrie Prjantschikow wütend und sprang aus der Höhle der doppelstöckigen Betten hervor.

»Der Kommandant des Gefängnisses«, antwortete Schusterman gewichtig.

»Wann ist das geschehen?«

»Gestern.«

Prjantschikow ballte seine dünnen mageren Fäuste über dem Kopf, so als wolle er Himmel und Erde als Zeugen aufrufen.

»Das kann nicht sein!« protestierte er erregt. »Erst am Samstagabend hat mir Minister Abakumow persönlich versprochen, daß es nachts heißes Wasser geben werde! Das ist doch logisch! Wir arbeiten schließlich bis zwölf Uhr nachts!«

Ein dröhnendes Gelächter der übrigen Arrestanten war die Antwort.

»Dann arbeite eben nicht bis Mitternacht. Du ...«, sagte Dwojetjossow in seinem tiefen Baß.

»Wir können keinen Nachtkoch halten«, erklärte Schusterman ganz sachlich.

Darauf nahm er aus der Hand des Unterleutnants ein Verzeichnis entgegen und verkündete mit gepreßter Stimme, bei deren Klang alle sofort verstummten:

»Achtung! Es gehen aus diesem Zimmer nicht zur Arbeit, sondern machen sich zur Verschickung fertig: Chorobrow! Michailow! Nershin! Sjomuschkin! Die staatseigenen Sachen sind zur Abgabe vorzubereiten.«

Die Offiziere verließen den Raum.

Die vier aufgerufenen Namen aber schleuderten wie ein Wirbelwind alles im Zimmer durcheinander.

Man ließ seinen Tee oder die nicht aufgegessenen Butterbrote stehen, und jeder wandte sich jedem zu. Vier von fünfundzwanzig – das war eine ungewöhnlich hohe Zahl von Opfern. Alle begannen auf einmal zu sprechen. Lebhafte Stimmen mischten sich mit gedrückten oder verächtlich-aggressiven. Einige erhoben sich in ganzer Länge auf ihren oberen Pritschen und fuchtelten mit den Händen, andere faßten sich an den Kopf, wieder andere versuchten irgend etwas zu beweisen und schlugen sich dabei an die Brust. Einige schließlich zogen bereits die Kopfkissen aus ihren Bezügen. Das ganze Zimmer verwandelte sich in ein vielstimmiges Durcheinander von Kummer, Unterwerfung, Ingrimm, Entschlossenheit, Anklage und Pläneschmieden und alles so zusammengedrängt in der Enge der Doppelbetten, daß sich Rubin, wie er war, in wattierter Jacke und Unterhosen, von seiner Pritsche erhob und lautschallend brüllte:

»Ein historischer Tag der Scharaschka! Die morgendliche Hinrichtung der Strelitzen!«

Dann breitete er vor versammelter Menge die Arme aus.

Sein lebhaftes Auftreten bedeutete keineswegs, daß er sich über die Verschickung freute. Er hätte sich bei seinem eigenen Abtransport nicht anders verhalten. Vor seinen losen Reden war kein Heiligtum sicher.

Die Verschickung ist im Leben eines Gefangenen ein ebenso schicksalhafter Einschnitt wie die Verwundung für den Soldaten. Und so wie eine Verwundung leicht oder schwer sein kann, heilbar oder tödlich, so kann auch eine Verschickung einen kurzen oder einen langen Transport bedeuten, kann Abwechslung sein oder den Tod bringen.

Wenn man die Beschreibungen der schrecklichen Katorga bei Dostojewskij nachliest, ist man überrascht. Wie ruhig saßen sie doch damals ihre Frist ab! In zehn Jahren gab es nicht eine einzige weitere Verschikkung!

An und für sich lebt der Häftling ständig an ein und derselben Stelle, er gewöhnt sich an seine Mitgefangenen, an seine Arbeit, an seine Vorgesetzten. Auch wenn ihm der Erwerb von Besitz fernliegt, wächst doch seine Habe unweigerlich. Es taucht ein von Verwandten geschickter Vulkanfiber-Koffer oder ein im Lager hergestellter Sperrholzkoffer auf. Plötzlich hat er einen kleinen Rahmen, in dem er das Foto der Frau oder Tochter aufstellt, oder Pantoffeln aus Lumpen, in denen er nach der Arbeit in der Baracke umhergeht und die er tagsüber vor Filzungen versteckt. Vielleicht ist es ihm sogar gelungen, eine Reservehose zu ergattern oder seine alten Schuhe zu behalten. Und all das schmuggelt er von einer Bestandsaufnahme zur anderen durch. Er hat sogar eine eigene Nadel, seine Knöpfe sind fest angenäht, und darüber hinaus hat er noch einige Ersatzknöpfe versteckt. Und in seinem Tabaksbeutel schließlich findet sich ein wenig Tabak.

Wenn der Häftling kein professioneller Gauner ist, so verfügt er über einen kleinen Vorrat an Zahnpulver und putzt sich ab und zu seine Zähne. Bei ihm hat sich auch ein Päckchen Briefe seiner Angehörigen angesammelt, und er besitzt ein eigenes Buch, das ihm auf dem Tauschwege sämtliche Bücher des Lagers zugänglich macht.

In dieses kleine Leben schlägt nun die Verschickung wie ein Blitz ein, immer ohne Vorwarnung, immer so geplant, daß sie den Häftling unerwartet und in der gerade noch möglichen letzten Minute trifft. Hastig wirft er die Briefe der Familie ins Klo. Findet die Verschickung in den roten Viehwaggons statt, dann schneiden die den Transport begleitenden Posten dem Häftling vorher sämtliche Knöpfe ab und zerstreuen seinen Tabak und sein Zahnpulver in alle vier Winde, denn damit könnte die Begleitmannschaft womöglich unterwegs vorübergehend blind gemacht werden. Geht die Verschickung in Stolypinschen Waggons vor sich, dann werden wiederum die Koffer, die nicht hineinpassen, rücksichtslos zertrampelt und gleichzeitig auch die Rahmen der Fotografien zerbrochen. In beiden Fällen werden die Bücher fortgenommen, da sie auf dem Transport verboten sind, sowie alle Nadeln – man könnte mit ihnen Gitter durchfeilen oder Posten erstechen. Die Pantoffeln werden wie Plunder hinausgefegt und die Ersatzhosen zugunsten des Lagers konfisziert.

Befreit von der Sünde des Eigentums, von jeglicher Neigung zum seßhaften Leben, von aller Beschwernis kleinbürgerlicher Gemütlichkeit, die zu Recht bereits von Tschechow verdammt wurde, befreit auch von Freunden und von der Vergangenheit, legt dann der Häftling die Hände auf den Rücken und marschiert in Viererkolonne – rechts, links, rechts, links – umringt von Bluthunden und Wachsoldaten zum Waggon.

Ihr alle habt sie so auf unseren Eisenbahnstationen gesehen und habt eilig und feige die Augen gesenkt, damit der Transport-Leutnant euch nur nicht irgendeiner bösen Absicht verdächtigen und womöglich festhalten könnte.

Der Häftling steigt in den Waggon, der dann an den Postwaggon angekoppelt wird. Von beiden Seiten verbarrikadiert, vom Bahnsteig nicht einzusehen, läuft er nach dem normalen Fahrplan und führt in seiner dumpfen Enge Hunderte von Erinnerungen, Hoffnungen und Befürchtungen mit sich.

Wohin bringt man sie? Es wird ihnen nicht gesagt. Was erwartet den Häftling am neuen Ort? Kupferminen? Holzfällerarbeit? Oder die ersehnte Abkommandierung in eine Kolchose, wo es hin und wieder Gelegenheit gibt, ein paar Kartoffeln zu backen, und wo man sich den Bauch mit Runkelrüben vollschlagen kann? Drohen dem Häftling schon im ersten Monat harte Arbeit, Skorbut und Dystrophie? Oder wird er das Glück haben, einen Bekannten zu treffen, diesen zu bestechen und sich dann als Barackenreiniger, Sanitäter oder gar als Gehilfe des Geräteverwalters im Lager halten können? Wird am neuen Ort das Briefeschreiben erlaubt sein? Oder wird er für viele Jahre von allem abgeschnitten sein, so daß seine Angehörigen ihn für tot halten?

Vielleicht kommt er auch gar nicht an seinem Bestimmungsort an? Vielleicht stirbt er im Viehwaggon an Dysenterie, weil man den Transport sechs Tage ohne Brot läßt? Oder einer der Posten erschlägt ihn, weil irgendein anderer geflohen ist? Vielleicht auch werden am Ende des Transports die Leichen der Gefangenen wie Brennholz aus dem ungeheizten Waggon hinausgeworfen werden?

Die roten Viehwaggons brauchen bis Sowjetskaja Gawanj einen ganzen Monat...

Gott, gedenke derer, die nie ankommen!

Und obwohl die Scharaschka sie relativ menschlich auf den Weg schickte – man ließ den Häftlingen bis zur Einlieferung ins nächste Gefängnis sogar ihre Rasiermesser –, bewegten doch alle diese Fragen mit beklemmender Urgewalt die Herzen der zwanzig Häftlinge, die am Dienstag beim morgendlichen Rundgang zur Verschickung aufgerufen worden waren.

Das sorglose und halbfreie Leben in der Scharaschka war für sie beendet.

86

Ade, Scharaschka!

Wie sehr Nershin auch mit den Sorgen um seine Verschickung beschäftigt war, es flammte in ihm doch immer stärker der Wunsch auf, zum Abschied Major Schikin zur Rechenschaft zu ziehen. Als die Glocke zur Arbeit läutete, drängte er sich daher, ungeachtet des Befehls, im Zimmer zu bleiben und dort auf den Posten zu warten, zusammen mit den anderen einundzwanzig, die nicht zur Verschickung aufgerufen waren, durch die Ausgangstür. Er lief zur zweiten Etage hinauf und klopfte bei Schikin an. Man befahl ihm einzutreten.

Schikin saß mürrisch und finster hinter seinem Tisch. In ihm zitterten noch die Ereignisse des gestrigen Tages nach. Er hatte mit einem Fuß über dem Abgrund geschwebt und kannte jetzt das Gefühl, sich auf nichts mehr stützen zu können.

Aber sein Haß auf diesen Jungen sah keinen direkten und schnellen Ausweg. Das Äußerste und für ihn selbst Ungefährlichste war es, Doronin in Kerkern herumzuhetzen, ihn in seiner Personalakte nach Herzenslust anzuschwärzen und dann nach Workuta zurückzuschicken. Mit einer derartigen Beurteilung würde er dort in eine Sonderbrigade gesteckt werden und bald zugrunde gehen. Das käme auf das gleiche hinaus, wie wenn man ihn verurteilen und erschießen würde.

Er hatte Doronin an diesem Morgen noch nicht zum Verhör rufen lassen,

weil er verschiedene Proteste und Störungen von den zur Verschickung Bestimmten erwartete.
Und er hatte sich nicht getäuscht. Nershin trat ein.
Major Schikin hatte diesen mageren, feindseligen Häftling mit der unbeugsam-harten Haltung und der pedantischen Kenntnis sämtlicher Gesetze niemals ausstehen können. Schon längst hatte Schikin Jakonow zugesetzt, Nershin zu verschicken, und so betrachtete er jetzt den feindseligen Ausdruck des Eintretenden mit schadenfroher Genugtuung. Er erwartete, daß Nershin fragen werde, warum man ihn verschicke.
Nershin war die Gabe angeboren, eine Beschwerde, ohne lange nachzudenken, in einigen wenigen Worten zusammenzufassen und sie in einem Atemzug genau in der kurzen Pause vorzubringen, in der die Futterluke der Zellentür geöffnet wird, oder sie auch auf dem Stückchen jenes saugfähigen Toilettenpapiers zu notieren, das in Gefängnissen für schriftliche Eingaben ausgegeben wird. In den fünf Jahren seiner Haftzeit hatte er sich auch eine besonders entschieden wirkende Methode zurechtgelegt, mit Vorgesetzten zu reden. Es war das, was man in der Sprache der Gefangenen ›kultivierte Durchsetzungstaktik‹ nannte. Die gewählten Worte waren völlig korrekt, aber der hochmütig-ironische Ton, für den er allerdings nicht belangt werden konnte, war der Umgangston eines Älteren mit dem Jüngeren.
»Bürger Major!« begann Nershin schon auf der Schwelle. »Ich komme, um das mir gesetzwidrig fortgenommene Buch abzuholen. Ich habe Grund anzunehmen, daß sechs Wochen, wenn man die Moskauer Transportverhältnisse berücksichtigt, für jedermann ausreichen, um sich davon zu überzeugen, daß es von der Zensur zugelassen ist.«
»Das Buch?« wunderte sich Schikin. In der Eile fiel ihm nichts Klügeres ein. »Was für ein Buch?«
»Gleichermaßen«, warf Nershin ein, »nehme ich an, daß Sie wissen, von welchem Buch die Rede ist. Es sind die gesammelten Werke Sergej Jessenins aus der Reihe ›Kleine Dichter-Bibliothek‹.«
»Jes-se-nin?« Schikin tat, als erinnere er sich eben erst an diesen aufrührerischen Namen und sei so davon erschüttert, daß er sich in seinen Sessel zurücklehnen müsse. Sein grauer igelförmiger Kopf drückte Entrüstung und Widerwillen aus. »Daß Ihnen das Wort nicht im Halse steckenbleibt, wenn Sie nach Jes-se-nin fragen.«
»Warum sollte ich nicht nach ihm fragen? Er ist hier gedruckt, bei uns in der Sowjetunion.«
»Das besagt nichts.«
»Außerdem ist es eine Ausgabe von 1940, das heißt, nicht aus der verbotenen Periode von 1917 bis 1938.«
Schikins Gesicht verfinsterte sich.

»Wer sagt Ihnen, daß es eine solche Periode gegeben hat?«
Nershin antwortete so prompt, als hätte er alle Antworten vorher auswendig gelernt:
»Mir hat ein Lagerzensor sehr liebenswürdig Auskunft erteilt. Während einer Durchsuchung vor den Feiertagen wurde mir ein Wörterbuch von Dahl mit der Begründung fortgenommen, daß es im Jahre 1935 erschienen sei und deswegen aufs strengste geprüft werden müsse. Als ich aber dem Zensor zeigte, daß es sich beim Wörterbuch um die fotomechanische Kopie einer Ausgabe von 1881 handele, gab er es mir bereitwillig zurück und erklärte, daß gegen vorrevolutionäre Ausgaben keine Bedenken bestünden, weil sich die ›Volksfeinde damals noch nicht betätigten‹. Und jetzt diese Unannehmlichkeit: Der Jessenin ist 1940 verlegt worden.«
Schikin schwieg lange. Dann sagte er mit Nachdruck:
»Meinetwegen. Aber Sie – haben Sie dieses Buch gelesen? Haben Sie es ganz durchgelesen? Können Sie das schriftlich bestätigen?«
»Nach Artikel 95 des Strafgesetzbuches der RSFSR haben Sie in diesem Fall keine juristische Handhabe, eine Unterschrift von mir zu verlangen. Mündlich aber bestätige ich, daß ich die schlechte Gewohnheit habe, die Bücher, die mein Eigentum sind, auch zu lesen und umgekehrt nur diejenigen Bücher aufzubewahren, die ich lese.«
Schikin hob die Hände:
»Um so schlimmer für Sie!«
Er wollte eine vieldeutige Pause einlegen, aber Nershin wischte sie mit den Worten weg:
»Ich wiederhole also zusammenfassend meine Bitte: Geben Sie mir nach Punkt 7, Absatz B der Gefängnisordnung das mir widerrechtlich abgenommene Buch zurück.«
Unter diesem Wortschwall zusammenzuckend, erhob sich Schikin. Solange er hinter dem Tisch saß, schien es, daß sein großer Kopf zu einem nicht gerade kleinen Menschen gehöre. Erst wenn er aufstand, fiel auf, wie klein er wirklich war und daß besonders seine Arme und Beine sehr kurz wirkten. Mit finsterem Gesicht näherte er sich dem Schrank, schloß ihn auf und entnahm ihm das elegant gebundene Bändchen Jessenin, dessen Umschlag mit Ahornblättern übersät war.
Er hatte an verschiedenen Stellen Buchzeichen hineingelegt. Ohne Nershin zum Sitzen aufzufordern, machte er es sich in seinem Sessel bequem und begann gemächlich die gekennzeichneten Stellen durchzusehen. Nershin setzte sich darauf ebenfalls ruhig hin, stützte die Hände auf die Knie und beobachtete Schikin mit durchdringendem, schwerem Blick.
»Nun hier, bitte sehr«, seufzte der Major und las gefühllos vor, indem er das dichterische Gewebe wie einen Teig knetete:

»›Hände ihr, ihr fremden, seelenleeren,
was ich sing, wenn ihr es greift, ist's hin.
Ach, um ihn, der einst der Herr hier war –: die Ähren
sie, die wiehern, trauern einst um ihn.‹[1]

Um was für einen Herrn geht es hier? Wessen Hände sind das?«
Der Arrestant schaute auf die rundlichen, weißen Hände des Sicherheitsbevollmächtigten.
»Jessenin war durch seine Klassenzugehörigkeit befangen und hat vieles nicht ganz verstanden – wie auch Puschkin, wie Gogol.« Mit zusammengepreßten Lippen drückte Nershin sein Mitgefühl aus.
In seiner Stimme schwang irgendein neuer Ton, der Schikin veranlaßte, ihn von unten her fast furchtsam anzublicken. Vor Gefangenen, die ihn nicht fürchteten, empfand Schikin selbst eine Art geheimer Angst, die übliche Angst gut angezogener und wohlbestallter Leute vor schlecht angezogenen und nicht wohlbestallten Leuten. Seine Macht nützte ihm im Augenblick nur wenig. Für alle Fälle stand er auf und öffnete die Tür.
»Und wie soll man das verstehen?« Zu seinem Sessel zurückgekehrt, las Schikin weiter vor:

»›Weiße Rose, mit der schwarzen Kröte
in der Welt vermählen wollt' ich dich.‹

Und so weiter ... Worauf spielt das an?«
Die angespannte Kehle des Häftlings zitterte.
»Sehr einfach«, antwortete er, »man soll nicht versuchen, die weiße Rose der Wahrheit mit der schwarzen Kröte des Verbrechens zu versöhnen!«
Als schwarze Kröte saß der kurzarmige, großköpfige, dunkelgesichtige Sicherheitsbevollmächtigte vor ihm.
»Allerdings, Bürger Major«, sagte Nershin mit schnellen, übereinanderstolpernden Worten, »habe ich jetzt nicht die Zeit, mich mit Ihnen auf Literaturinterpretationen einzulassen. Die Posten warten auf mich. Vor sechs Wochen haben Sie erklärt, daß Sie eine Anfrage an das GlawLit[2] senden würden. Haben Sie das getan?«
Schikin zuckte mit den Schultern und klappte das kleine gelbe Buch zu.
»Ich bin Ihnen keine Rechenschaft schuldig. Das Buch gebe ich Ihnen nicht zurück. Sie würden es ohnehin nicht mitnehmen dürfen.«
Nershin erhob sich zornig, ließ aber seinen Blick nicht von dem Jessenin-Band. Er dachte daran, daß irgendwann einmal die barmherzigen Hände

[1] Sergej Jessenin, ›Gedichte‹, übersetzt von Paul Celan. Frankfurt am Main: S. Fischer 1961. S. 33
[2] GlawLit – Oberste Zensurbehörde der UdSSR (Anm. d. Übers.)

seiner Frau dies Büchlein gehalten hatten und daß sie die Worte hineingeschrieben hatte:
»So kehrt auch alles Verlorene wieder zu Dir zurück!«
Die Worte schossen ohne jede Anstrengung zwischen seinen Lippen hervor:
»Bürger Major! Ich hoffe, Sie haben es nicht vergessen, wie ich zwei Jahre lang vom Ministerium für Staatssicherheit vergeblich die mir abgenommenen polnischen Zloty zurückforderte und sie, wenngleich auf ein Zwanzigstel, bis auf einen Kopekenbetrag, reduziert, durch den Obersten Sowjet schließlich doch noch erhielt. Ich hoffe, Sie haben nicht vergessen, wie ich die fünf Gramm Mehl gefordert habe? Man hat mich ausgelacht, aber ich habe erreicht, was ich wollte! Es gibt noch eine Menge anderer Beispiele! Ich mache Sie darauf aufmerksam, daß ich Ihnen dieses Buch nicht überlassen werde! Ich werde an der Kolyma sterben, aber ich werde es Ihnen noch von dort aus entreißen! Ich werde alle Aktenschränke des Zentralkomitees und des Ministerrates mit Beschwerden über Sie füllen. Geben Sie es mir im guten!«
Und vor diesem verlorenen, rechtlosen, zu einem langsamen Tode verdammten Gefangenen hielt der Major des Staatssicherheitsdienstes nicht stand. Er hatte tatsächlich beim GlawLit angefragt und von dort zu seinem Erstaunen die Antwort erhalten, daß das Buch formell nicht verboten sei. Formell! Sein sicherer Spürsinn verriet Schikin, daß offenbar eine Fahrlässigkeit vorlag, daß das Buch unverzüglich verboten werden müßte. Das bedeutete aber auch, daß er seinen eigenen Namen vor den Vorwürfen dieses unermüdlichen Intriganten zu schützen hatte.
»Gut.« Der Major gab nach. »Ich gebe es Ihnen zurück. Aber wir werden nicht gestatten, daß Sie es auf den Transport mitnehmen.«
Triumphierend ging Nershin auf die Treppe hinaus und drückte den geliebten, gelb-glänzenden Schutzumschlag an sich. Er war ein Symbol des Erfolges im Augenblick des gänzlichen Zusammenbruchs.
Auf dem Treppenflur ging er an einigen Häftlingen vorüber, die gerade die letzten Ereignisse besprachen. Mitten unter ihnen schwang Siromacha, jedoch so, daß kein Vorgesetzter es hätte hören können, große Reden:
»Was machen die nur? Verschicken solche Jungs! Warum? Und Rusjka Doronin? Welcher Scheißkerl hat ihn verpetzt?«
Das Jessenin-Bändchen an sich drückend, eilte Nershin ins Akustische Labor, um dort so schnell wie möglich, noch bevor ein Posten auftauchte, seine Notizen zu vernichten. Den zum Abtransport Bestimmten war es eigentlich nicht mehr gestattet, sich frei in der Scharaschka zu bewegen.
Nur der Größe des Transportes und vielleicht auch der Tatsache, daß

der Unterleutnant wieder einmal zu weich war und mit seinen Dienstobliegenheiten nicht zu Rande kam, verdankte Nershin seine letzte kurze Freiheit.

Er stieß die Tür des Akustischen Labors auf und erblickte vor den klaffenden Türen des Safes Simotschka, die wieder ihr häßliches, gestreiftes Kleid trug, dazu um die Schultern das graue Tuch aus Ziegenwolle.

Seit dem gestrigen, grausamen Gespräch waren zwischen ihnen noch kein Wort gewechselt, kein Blick getauscht worden.

Sie sah nicht, daß Nershin eintrat, spürte es aber und geriet in Verwirrung, erstarrte, so als ob sie darüber nachdächte, was sie eigentlich aus dem Schrank nehmen wollte.

Er überlegte nicht lange, sondern trat zwischen die eisernen Türflügel und flüsterte:

»Serafima Witaljewna! Nach dem, was gestern geschah, ist es hartherzig, wenn ich mich jetzt an Sie wende. Aber meine Arbeit vieler Jahre steht vor der Vernichtung. Soll ich sie verbrennen? Oder wollen Sie sie nehmen?«

Sie wußte schon von seiner Verschickung und hatte sich nicht bewegt, als sie hörte, daß er fort müsse. Jetzt bei seiner letzten Bitte hob sie die traurigen, übernächtigten Augen und sagte:

»Geben Sie her.«

Irgend jemand kam, Nershin ging schnell weiter, trat an seinen Tisch und traf dort auf Major Roitman.

Roitman sah verwirrt aus. Mit gezwungenem Lächeln sagte er:

»Gleb Wikentjitsch! Wie bedauerlich das ist! Man hat mich vorher nicht unterrichtet ... Ich hatte keine Ahnung ... Heute ist es aber zu spät, um das in Ordnung zu bringen.«

Nershin blickte diesen Menschen, den er bis zum heutigen Tage für aufrichtig gehalten hatte, kalt und bedauernd an.

»Ach, Adam Wenjaminowitsch! Ich bin hier nicht neu. Solche Sachen werden nie ohne die Chefs der Laboratorien gemacht.«

Er begann, die Schubladen seines Tisches auszuräumen.

Das Gesicht Roitmans verzog sich schmerzlich:

»Aber glauben Sie mir doch, Gleb Wikentjitsch, ich bin nicht gefragt, nicht unterrichtet worden ...«

Er sagte das so laut, daß es im ganzen Labor zu hören war. Er wollte eher in den Augen der Zurückbleibenden an Autorität einbüßen, als in den Augen des Scheidenden wie ein Schuft dastehen.

Schweißtropfen traten auf seine Stirn. Fahrig sah er zu, wie Nershin seine Sachen zusammenräumte.

Man hatte ihn tatsächlich nicht zu Rate gezogen. Das war ein neuer Schlag des Ingenieur-Obersten.

»Das Material über die Artikulation gebe ich doch Serafima Witaljewna ab?« fragte Nershin leichthin.
Ohne zu antworten, verließ der verwirrte Roitman langsam das Zimmer.
»Übernehmen Sie, Serafima Witaljewna«, sagte Nershin und begann ihr die Aktendeckel, die gehefteten Blätter und die Tabellen auf den Tisch zu packen.
Er hatte bereits seine Notizbücher in einen Aktendeckel gelegt. Aber eine innere Stimme riet ihm jetzt, es bleiben zu lassen.
Gleb betrachtete prüfend das lange und undurchdringliche Gesicht Simotschkas. Plötzlich durchzuckte es ihn – vielleicht war es eine Falle? Oder weibliche Rache? Oder die Pflicht eines MGB-Leutnants?
Doch selbst wenn sie es jetzt aufrichtig meinte – wie lange würde die Treue des Mädchens währen? Wie eine Pusteblume bis zum ersten Windstoß, so ist ein Mädchen immer nur bis zum ersten Mann zuverlässig. Ihrem Mann würde sie sagen: »Schau mal, Lieber, was man mir zurückgelassen hat ...«
Er steckte die Notizbücher wieder in die Tasche und brachte Simotschka nur die Aktendeckel.
Die Bibliothek von Alexandria war verbrannt. Es verbrannten auch Klosterchroniken, ohne ausgeliefert worden zu sein. Und der Ruß der Lubjanka-Öfen, der Ruß von verbranntem Papier, senkte sich auf die Häftlinge, die zum Spaziergang in ihrem Laufkäfig auf das Gefängnisdach hinaufgeführt wurden.
Vielleicht waren mehr bedeutende Gedanken verbrannt als veröffentlicht worden ...
Falls er mit heilem Kopf davonkäme, warum sollte er es dann nicht wiederholen können?
Nershin griff nach seiner Streichholzschachtel, lief hinaus und schloß sich in der Toilette ein. Nach zehn Minuten kehrte er bleich und gleichgültig zurück.
Gleichzeitig mit ihm betrat auch Prjantschikow das Labor.
»Wie ist das möglich?« schrie er. »Sind wir denn aus Holz! Wir empören uns nicht einmal! Verschicken! Verschicken kann man Güter, aber wer gibt wem das Recht, Menschen zu verschicken?«
Der leidenschaftliche Appell Valentuljas ging den übrigen Häftlingen unter die Haut. Durch die Nachricht von der Verschickung erregt, arbeitete im Laboratorium ohnehin keiner. Eine Verschickung war immer ein Augenblick der Besinnung, eine Mahnung: »Wir kommen alle dorthin.« Sie zwang jeden, auch den nicht betroffenen Häftling, über die Unsicherheit seiner Lage nachzudenken, darüber, wie beharrlich das Fallbeil der GULAG über seinem Schicksal schwebte. Sogar die Häftlinge, die sich nichts zuschulden kommen ließen, wurden zwei oder drei Jahre vor der

Beendigung ihrer Haftzeit aus der Scharaschka entfernt, damit sie alles vergaßen und sich von allem lösten. Allein bei den zu fünfundzwanzig Jahren Verurteilten gab es kein Ende der Haftzeit, und deshalb liebten die Operativen Abteilungen es auch, gerade diese Häftlinge in den Scharaschkas zu beschäftigen.

Alle Häftlinge umringten Nershin in legerer Haltung, einige setzten sich auf die Tische und nicht auf Stühle, um dadurch die Besonderheit des Augenblicks zu unterstreichen. Man war melancholisch und philosophisch gestimmt.

Und wie man sich während einer Beerdigung alle guten Taten des Verstorbenen ins Gedächtnis ruft, so erinnerten die Häftlinge jetzt in ihren Lobreden auf Nershin daran, wie sehr er sich für das Recht eingesetzt und wie oft er die Interessen aller Arrestanten vertreten habe. Da gab es beispielsweise die berühmte Geschichte mit dem Mehl, in deren Verlauf er die Gefängnisverwaltung und das Ministerium des Inneren wegen der ihm persönlich zu wenig verabfolgten fünf Gramm Mehl mit Klagen überschüttet hatte. Nach der Gefängnisordnung waren Gemeinschaftsbeschwerden oder Beschwerden in fremder Sache unzulässig. Obwohl der Arrestant eigentlich im Sinne des Sozialismus gebessert werden soll, ist es ihm dennoch verboten, sich für eine gemeinsame Sache einzusetzen. Die Scharaschka-Häftlinge bekamen damals nicht genug zu essen, und der Kampf um die fünf Gramm Mehl erregte ihre Gemüter mehr als alle internationalen Ereignisse. Dieses dramatische Epos endete mit dem Sieg Nershins: Der ›Unterhosen-Kapitän‹, der Gehilfe des Kommandanten des Spezialgefängnisses für Wirtschaftsfragen, wurde entlassen. Aus dem erkämpften Mehl wurde nun für die ganze Belegschaft der Scharaschka zweimal wöchentlich eine zusätzliche Portion Nudeln gekocht. Ebenso erinnerte man sich auch an Nershins Kampf um die Verlängerung des Sonntagsspazierganges, der allerdings mit einer Niederlage endete. Wenn man den Arrestanten erlaubt hätte, am Sonntag nach Belieben umherzuspazieren, wer von ihnen wäre dann arbeiten gegangen?

Nershin selber hörte fast nichts von diesen Grabreden. Für ihn war der Augenblick des Handelns gekommen, und neue Energien brachen wie von selbst aus ihm hervor. Jetzt, nachdem das Schlimmste eingetroffen war, hing es von ihm allein ab, das Gute zu retten. Nachdem er Simotschka sein Artikulationsmaterial und dem Vertreter Roitmans alles geheime Material übergeben hatte, nachdem er alles Persönliche verbrannt oder zerrissen und alles der Bibliothek Gehörende zu mehreren Stapeln aufgeschichtet hatte, kramte er nun auch noch die letzten Reste aus den Schubladen seines Tisches und verschenkte sie an seine Freunde. Es war schon entschieden, wem er seinen gebogenen gelben Stuhl überließ, wem den deutschen Tisch mit den Rolläden, wem das Tintenfaß und wem die

Rolle bunt-marmorierten Papiers aus Beutebeständen. Der Verstorbene verteilte also mit fröhlichem Lächeln eigenhändig seine Erbschaft, die Erben aber beschenkten den Verstorbenen, der eine mit zwei, der andere mit drei Packungen Zigaretten. Denn in der Scharaschka galt der Satz: In dieser Welt sind Zigaretten ein Luxus, in jener Welt hingegen teurer als Brot.

Aus seiner besonders geheimen Gruppe kam auch Rubin hinzu. Seine Augen waren traurig, unter ihnen hatten sich schlaffe Hautsäcke gebildet.

An seine Bücher denkend, sagte ihm Nershin:

»Wenn du Jessenin lieben würdest, würde ich dir das Buch jetzt schenken.«

»Hättest du es mir tatsächlich gegeben?« wunderte sich Rubin.

»Aber du liebst ja mehr Bagritzkij, und so kann ich dir nicht helfen.«

»Du hast keinen Rasierpinsel.« Rubin zog aus seiner Tasche einen für Häftlingsbegriffe sehr schicken Rasierpinsel mit poliertem Plastikgriff. »Ich habe sowieso ein Gelübde abgelegt, mich bis zum Tage der Rechtfertigung nicht zu rasieren. Nimm ihn also!«

Rubin sagte niemals ›Tag der Freilassung‹, weil das das ›natürliche‹ Ende der Haftzeit bedeuten konnte, sondern sprach immer vom ›Tag der Rechtfertigung‹, da er nach wie vor um die Überprüfung seines Falles kämpfte.

»Dank dir, Alter, aber du hast dich so an das Scharaschka-Leben gewöhnt, daß du die Regeln der Lager vergessen hast. Wer wird mir denn im Lager erlauben, mich selber zu rasieren? ... Willst du mir nicht helfen, die Bücher abzuliefern?«

Sie begannen gemeinsam, die Bücher und Zeitschriften einzusammeln und zusammenzulegen. Die übrigen gingen auseinander.

Beladen mit einer Menge Bücher verließen sie das Laboratorium und stiegen die Haupttreppe hinauf. In der Nische des oberen Korridors blieben sie stehen, um die verrutschten Bücherstapel zu richten und um zu verschnaufen.

Nershins Augen, die bis jetzt in einer ungesunden Erregung geglänzt hatten, verdüsterten sich nun und wurden starr.

»Und jetzt, Freund«, sagte er mühsam, »drei Jahre konnten wir nicht miteinander auskommen, haben immer gestritten und haben uns übereinander lustig gemacht. Aber nun, wo ich dich verliere, wahrscheinlich für immer, fühle ich es sehr deutlich, daß du mir einer von den aller ... von den aller ...«

Seine Stimme brach.

Die großen braunen Augen Rubins, die vielen zornig funkelnd in Erinnerung bleiben sollten, wurden warm vor Güte und Verlegenheit.

»So rundet sich alles zum Ganzen«, nickte er. »Komm, laß dich küssen, du Scheusal.«
Er zog Nershin an seinen schwarzen Piratenbart.
Gleich darauf, als sie gerade die Bibliothek betraten, holte Sologdin sie ein. Sein Gesicht war äußerst bekümmert. Unachtsam knallte er die verglaste Tür zu, so daß sie klirrte und die Bibliothekarin unwillig aufblickte.
»So, Glebtschik, so!« sagte Sologdin. »Es ist also geschehen. Du fährst.«
Ohne den danebenstehenden ›alttestamentarischen Eiferer‹ zu beachten, sah Sologdin nur Nershin an.
Ebenso ließ auch Rubin keine versöhnliche Regung für den ›lästigen Hidalgo‹ in sich aufkommen und blickte zur Seite.
»Ja, du fährst. Schade. Sehr schade.«
Wie oft hatten sie beim Holzhacken miteinander geredet, wie oft während der Spaziergänge diskutiert! Doch hier und jetzt waren weder der Ort noch die Zeit für die Lebensweisheiten, die Sologdin ihm eigentlich noch hatte vermitteln wollen.
»Hör mal«, sagte er, »Zeit – das ist Geld. Es ist noch nicht zu spät. Erklär dich bereit, als Kalkulator zu arbeiten, und vielleicht kann ich es noch erreichen, daß du hierbleibst. In einer bestimmten Gruppe.« Rubin warf einen erstaunten Blick auf Sologdin. »Aber du wirst dich ranhalten müssen. Ich sage es dir ehrlich.«
Nershin seufzte.
»Danke, Mitja. Ich habe selbst solch eine Möglichkeit gehabt. Aber irgendwie habe ich mich schon auf das Experiment eingestellt. Es gibt ein Sprichwort: ›Im Meer ertrinkt man nicht, wohl aber in der Pfütze.‹ Ich möchte versuchen, ins offene Meer hinauszusegeln.«
»Ja? Nun gut. Sieh zu, sieh zu«, sagte Sologdin schnell und mit sachlicher Miene. »Sehr schade, Gleb, sehr schade.«
Sein Gesicht war bekümmert, er war in Eile und zwang sich zur Ruhe.
So standen sie zu dritt und warteten, bis die Bibliothekarin mit gefärbten Haaren, mit grell geschminkten Lippen und dick gepudert, auch im Leutnantsrang, aber nicht in Uniform, tranig Nershins Bibliotheksformular überprüft hatte.
Gleb, der unter dem Zerwürfnis der Freunde litt, sagte in die tiefe Stille der Bibliothek hinein mit leiser Stimme:
»Freunde! Ihr müßt euch versöhnen!«
Aber weder Sologdin noch Rubin bewegten den Kopf.
»Mitja!« drängte Gleb.
Sologdin hob seine blauen, blitzenden Augen:
»Warum wendest du dich an mich?« Er tat verwundert.
»Lewka!« wandte sich Gleb jetzt an diesen.

Rubin sah ihn traurig an.
»Weißt du, warum Pferde so lange leben?« Nach einer Pause erklärte er: »Darum, weil sie niemals ihre Beziehungen zueinander zu klären versuchen.«
Nachdem Nershin seine dienstlichen Angelegenheiten erledigt hatte, wurde er vom Aufseher angetrieben, ins Gefängnis zu gehen und sich bereitzuhalten. Mit einem Haufen Zigarettenschachteln in den Händen traf er auf dem Korridor Potapow, der einen Karton unter dem Arm trug und es eilig zu haben schien. Während der Arbeitszeit pflegte Potapow sich ganz anders zu bewegen als beim Spazierengehen: ungeachtet seines verletzten Beines ging er schnell, den Hals angespannt nach vorn oder nach hinten gebogen, die Augen zusammengekniffen und nicht vor seine Füße, sondern in irgendwelche Fernen blickend, so als wolle er mit Kopf und Augen seinen nicht mehr jungen Füßen voraneilen. Potapow hätte sich unbedingt von Nershin und den anderen Fortgehenden verabschieden müssen, aber kaum hatte er am Morgen früh das Laboratorium betreten, als ihn auch schon die Eigengesetzlichkeit der dortigen Arbeit ergriff und alle übrigen Gefühle und Gedanken verdrängte. Diese Fähigkeit, sich ganz in der Arbeit zu vergraben und dabei das übrige Leben zu vergessen, war, solange er frei war, die Ursache seiner Erfolge als Ingenieur und half ihm nun auch im Gefängnis, Schweres zu ertragen.
»Das war es also, Andrejitsch«, Nershin hielt ihn an. Der Verblichene war vergnügt und lächelte.
Potapow kam zu sich, und ein bestimmter Gedanke blitzte in seinen Augen auf. Mit der freien Hand griff er sich an den Hinterkopf, so als wolle er sich dort kratzen.
»Toi-toi-toi«, sagte er gedehnt.
»Ich würde Ihnen, Andrejitsch, den Jessenin schenken, aber Ihnen ist ja sowieso außer Puschkin . . .« Nershin seufzte.
»Wo werden wir uns jetzt wiedersehen? Im Verschickungslager von Kotlas? In den Goldgruben an der Indigirka? Kaum anzunehmen, daß wir uns frei, auf eigenen Füßen gehend, irgendwo auf dem Bürgersteig einer Stadt begegnen werden. Oder?«
Mit einem Zwinkern in den Augenwinkeln zitierte Potapow:

»Trugbildern längst entsagt ich weise,
nur Hoffnungen entfernt und leise
bewegen manchmal noch das Herz.«

Aus der Tür der Semjorka steckte der fanatische Markuschew seinen Kopf heraus:
»Nun, Andrejitsch! Wo bleiben die Filter? Die Arbeit steht!« schrie er gereizt.

Die Ko-Autoren der Geschichte ›Das Lächeln des Buddha‹ umarmten sich unbeholfen. Einige ›Belomor‹-Schachteln fielen auf den Fußboden.

»Sie begreifen«, sagte Potapow, »wir sind gerade beim Laichen. Keiner hat Zeit.«

Als ›Laichen‹ bezeichnete Potapow den allzu eilfertigen, lauten und liederlich-hastigen Arbeitsstil, der im Institut von Mawrino — und nicht nur dort — herrschte, jenen Stil, den die Zeitungen abwechselnd als Stoßarbeit oder als routinemäßiges Treibenlassen bezeichneten.

»Schreiben Sie!« fügte Potapow hinzu, und beide lachten darüber. Nichts ist natürlicher, als sich mit diesen Worten zu verabschieden, im Gefängnis jedoch klang diese Aufforderung wie blanker Hohn. Zwischen den Inseln der GULAG gab es keinen Briefverkehr.

Und wieder eilte Potapow, die Schachtel mit den Filtern unterm Arm, den Kopf mal nach vorn, mal zurückwerfend und kaum noch hinkend, den Korridor entlang.

Auch Nershin beeilte sich, in das halbrunde Zimmer zu kommen, um dort seine Sachen zusammenzusuchen. Dabei stellte er sich bereits listig auf alle unangenehmen Überraschungen der Filzereien ein, die ihn erst in Mawrino und dann in der Butyrka erwarteten.

Der Aufseher war bereits zweimal dagewesen, um ihn zur Eile anzutreiben. Die übrigen Aufgerufenen waren schon gegangen oder in das Stabsgebäude des Gefängnisses getrieben worden. Nershin war fast fertig, als Spiridon in seiner dunklen, umgürteten wattierten Jacke ins Zimmer kam und einen Hauch von der Frische des Hofes mitbrachte. Er nahm seine rötliche Fellmütze mit den großen Ohrenklappen vom Kopf, schlug nicht weit von Nershin eine weißbezogene Matratze zurück und setzte sich mit seiner schmutzigen wattierten Hose auf den Stahlrahmen des Bettes.

»Spiridon Danilytsch! Schau mal!« sagte Nershin und beugte sich mit dem Buch zu ihm hinüber. »Der Jessenin ist schon hier!«

»Hat er ihn doch abgegeben, der Drache?« Das finstere, besonders zerfurchte Gesicht Spiridons leuchtete kurz auf.

»Es ist nicht so sehr das Buch, Danilytsch«, erklärte Nershin, »Hauptsache, daß man Ihnen deswegen keins ausgewischt hat.«

»Genau das.« Spiridon nickte.

»Nimm das Buch, nimm es! Ich gebe es dir zur Erinnerung.«

»Kannst du es nicht herausnehmen?« fragte Spiridon zerstreut.

»Warte mal.« Nershin nahm das Buch, öffnete es und suchte eine bestimmte Stelle. »Ich finde es gleich, lies mal, da ...«

»So fahr denn hin, Gleb«, gab ihm Spiridon traurig auf den Weg mit. »Du weißt, wie das Leben im Lager ist: die Seele ist bei der Arbeit, aber die Füße ziehen einen zur Sanitätsbaracke.«

»Jetzt bin ich schon kein Neuling mehr, ich habe keine Angst, Danilytsch. Ich will mal versuchen, mich wirklich an die Arbeit zu halten. Du kennst das Sprichwort: ›Nicht im Meer ertrinkt man, sondern in der Pfütze.‹«

Erst jetzt, als er ihn genauer ansah, bemerkte Nershin, daß Spiridon unter irgend etwas litt, mehr litt, als es die Trennung vom Freund erklärt hätte. Dann fiel ihm ein, daß er gestern auf Grund der neuen Schikanen der Gefängnisverwaltung, angesichts der Entlarvung der Zuträger und des Opfers von Rusjka, sowie infolge der Aussprache mit Simotschka völlig vergessen hatte, daß Spiridon inzwischen seinen Brief von zu Hause bekommen haben mußte. Er legte das Buch beiseite.

»Und der Brief? Hast du den Brief bekommen, Danilytsch?«

Spiridon hatte bereits die Hand in der Tasche und holte jetzt den zusammengelegten, an der Faltstelle schon abgeriebenen Umschlag heraus.

»Hier ... Aber du mußt ja schon ...« Spiridons Lippen zitterten.

Viele Male seit dem gestrigen Tag war dieser Umschlag zusammengefaltet und wieder entfaltet worden. Die Adresse war in der großen, runden, vertrauensvollen Handschrift der Tochter Spiridons geschrieben, die sie in der fünften Schulklasse erlernt hatte. Weitere Schuljahre waren Vera nicht vergönnt gewesen.

Nershin las den Brief laut vor, so wie er es bei Spiridon gewohnt war:

»Mein liebes Väterchen!

Nicht nur, daß ich Ihnen nicht schreiben kann, ich kann auch nicht länger leben. Was gibt es doch für schlechte Menschen in der Welt, wie sie reden, wie sie einen betrügen ...«

Nershin ließ seine Stimme sinken. Er richtete seinen Blick auf Spiridon und traf auf dessen geöffnete, fast blinde, unbewegliche Augen unter den buschigen, rötlichen Brauen. Aber ihm blieb keine Sekunde zum Überlegen, keine Sekunde, um nach einem wirklichen Trostwort zu suchen, denn die Tür wurde aufgerissen, und Nadelaschin stürzte wütend herein:

»Nershin!« schrie er. »Wenn man es im guten mit Ihnen versucht, tanzen Sie einem auf der Nase herum. Alle haben sich bereits versammelt, Sie sind der letzte!«

Die Aufseher waren bemüht, die für die Verschickung Bestimmten noch vor der Mittagspause im Stabsgebäude zu versammeln, damit sie nicht mehr mit den anderen zusammenkommen konnten.

Nershin umfaßte mit einer Hand Spiridons unrasierten, dichtbehaarten Hals.

»Los, los! Keine Minute länger!« drängte der Unterleutnant.

»Danilytsch, Danilytsch«, sagte Nershin, den rothaarigen Hofarbeiter umarmend.

Spiridon seufzte mit röchelnder Stimme und machte eine resignierende Handbewegung.

»Leb wohl, Glebka.«
»Leb wohl für immer, Spiridon Danilytsch!«
Sie küßten sich. Dann nahm Nershin seine Sachen und ging schnell davon, gefolgt von dem Diensthabenden.
Spiridon streckte seine ungewaschenen Hände, in die sich der Schmutz vieler Jahre eingefressen hatte, nach dem aufgeschlagenen Buch aus, nahm es vom Bett, legte den Brief der Tochter hinein und ging in sein Zimmer.
Er bemerkte nicht, wie ihm dabei seine Fellmütze vom Knie glitt und auf dem Fußboden liegenblieb.

87

Fleisch

In dem Maße, in dem die für den Abtransport ausgesuchten Häftlinge im Stabsgebäude zusammengetrieben wurden, filzte man sie, und da man sie filzen wollte, jagte man sie wiederum in ein sonst leerstehendes Zimmer des Stabsgebäudes, in dem nur zwei Tische und eine grobe Bank standen. Bei der Durchsuchung war Major Myschin ununterbrochen anwesend, während Oberstleutnant Klimentjew nur hin und wieder hineinschaute. Dem schwerfälligen, gedrungenen, lilafarbenen Major paßte es natürlich nicht, sich zu den Säcken und Koffern hinabzubeugen, aber das brauchte er auf Grund seines Dienstranges auch nicht zu tun. Immerhin mußte allein schon seine Anwesenheit auf die Aufseher anspornend wirken. Emsig rissen sie alle Lappen, Bündel und Lumpen der Häftlinge auseinander und stürzten sich dabei in erster Linie auf alles Geschriebene. Es bestand die Vorschrift, daß die ein Spezialgefängnis Verlassenden kein Stück beschriebenes oder bedrucktes Papier mit sich nehmen durften. Aus diesem Grunde hatten die meisten Häftlinge vorsorglich sämtliche Briefe verbrannt, alle Hefte mit beruflich für sie interessanten Notizen vernichtet und auch ihre Bücher verschenkt.
Ein Häftling, der Ingenieur Romaschew, dem lediglich sechs Monate seiner Haftzeit übriggeblieben waren – er hatte bereits neunzehneinhalb Jahre abgesessen –, führte offen einen großen Aktendeckel mit Ausschnitten, Notizen und Berechnungen mit sich, das Ergebnis vieljähriger Arbeit. Er hoffte, in das Gebiet von Krasnojarsk zu kommen und dort in seinem Beruf eingesetzt zu werden. Obwohl dieser Aktendeckel vom Ingenieur-Obersten Jakonow persönlich durchgesehen und freigegeben worden war und obwohl auch Major Schikin ihn bei der Operativen Abteilung eingereicht hatte und von dort ebenfalls die Mitnahme genehmigt

worden war, erwiesen sich jetzt die monatelange, leidenschaftliche Vorsorge und Standhaftigkeit Romaschews als vergeblich: Major Myschin erklärte nämlich, daß ihm von diesem Ordner nichts bekannt sei, und befahl, ihn zu konfiszieren. Man nahm ihn Romaschew ab, trug ihn fort, und der Ingenieur blickte mit gleichgültig gewordenen Augen, die sich an alles gewöhnt hatten, hinterher. Irgendwann hatte er bereits ein Todesurteil und einen Transport im Viehwagen von Moskau nach Sowjetskaja Gawanj überlebt. An der Kolyma hatte er in einem Sickerschacht seinen Fuß unter den Förderkorb gestellt, um so sein Schienbein brechen zu lassen. Im Krankenhaus war er dann dem grausamen Tod, den er sonst bei den Außenarbeiten jenseits des Polarkreises erlitten hätte, entgangen. So lohnte es sich für ihn jetzt auch nicht, den Verlust zehnjähriger Arbeit zu bejammern.

Ein anderer Häftling, der kleine, kahlköpfige Konstrukteur Sjomuschkin, der am Sonntag soviel Mühe auf das Stopfen seiner Socken verwandt hatte, war demgegenüber ein Neuling. Er saß erst zwei Jahre und hatte obendrein die ganze Zeit in Gefängnissen und in der Scharaschka verbracht, so daß er jetzt dem Lager in größter Verängstigung entgegensah. Aber ungeachtet dieser Verängstigung und Verzweiflung versuchte er, ein kleines Bändchen Lermontow, für ihn und seine Frau ein Familienheiligtum, zu retten. Er beschwor Major Myschin, ihm das Büchlein zurückzugeben, und rang dabei die Hände, wie es nur ein Neuling tun kann. Als er dann versuchte, und das auch noch erfolglos, in das Kabinett des Oberstleutnants vorzudringen, trieb dies den alten, erfahrenen Häftlingen die Schamröte ins Gesicht. Plötzlich riß er mit einer Kraft, die keiner erwartet hatte, dem Sicherheitsoffizier das Buch aus den Händen, woraufhin dieser, darin ein Signal zum Aufruhr sehend, erschrocken zur Tür zurücksprang. Sjomuschkin aber riß den Einband, grün mit eingeprägten Verzierungen, entzwei und schleuderte ihn zur Seite, die Blätter des Buches zerfetzte er zu Streifen, wobei er krampfhaft weinte und schrie.

»Da nehmt es! Freßt es! Verschlingt es!«

Dann warf er die Fetzen ins Zimmer.

Die Durchsuchung ging weiter.

Die Häftlinge, die bereits gefilzt waren, erkannten sich kaum noch. Auf Befehl hatten sie ihre blauen Kombinationen auf einen Haufen, die markierte Gefängniswäsche auf den zweiten und ihre Mäntel, sofern sie noch nicht völlig zerschlissen waren, auf einen dritten werfen müssen. Jeder hatte nur noch seine alten eigenen Sachen am Leibe oder das, was er sich als notdürftigen Ersatz beschafft hatte. Während der Arbeitsjahre in der Scharaschka hatten sie sich nicht einmal neue Kleidungsstücke zusammenverdienen können. Und das lag keineswegs an der Bös-

willigkeit oder am Geiz der Leitung, denn über der Leitung wachte immer noch irgendeine Buchhaltungsinstanz.
Aus diesem Grunde hatten einige jetzt, mitten im Winter, keine Wäsche mehr und mußten sich Sporthosen und kurze Unterhemden anziehen, die viele Jahre muffig und genau so ungewaschen, wie sie aus dem Lager gekommen waren, in den Säcken der Kleiderkammer gelegen hatten. Andere trugen plumpe Lagerschnürschuhe. Wer noch solche besaß, dem wurden jetzt die ›zivilen‹ Halbschuhe und Galoschen abgenommen. Noch andere trugen Segeltuchstiefel mit richtigen Sohlen, während die ganz Glücklichen Filzstiefel besaßen.
Filzstiefel! Die zweite Seele des Häftlings! Rechtloser als alle anderen Lebewesen und seiner Zukunft weniger gewiß als ein Frosch, ein Maulwurf oder eine Feldmaus, ist der Häftling den Wechselfällen des Schicksals gegenüber völlig wehrlos. Selbst in der wärmsten und tiefsten Höhle ist der Häftling nicht sicher, vor den Schrecken des Winters auch noch in der kommenden Nacht geschützt zu sein. Er weiß nicht, ob nicht plötzlich ein Arm mit hellblauem Aufschlagsaum nach ihm greift, um ihn zum Nordpol zu zerren. Und wehe dann den Füßen ohne Filzstiefel! Als zwei gefrorene Eisklumpen muß sie der Häftling an der Kolyma aus dem Führerhaus eines Lastwagens herausziehen. Ein Häftling ohne eigene Filzstiefel muß sich den ganzen Winter drücken, muß lügen und heucheln, muß die Beleidigungen der niedrigsten Leute ertragen oder selbst andere unterdrücken – und das alles, bloß um nicht im Winter verschickt zu werden. Furchtlos hingegen kann der Häftling sein, der eigene Filzstiefel besitzt! Wild blickt er seinen Vorgesetzten in die Augen, um mit dem Lächeln Marc Aurels auf den Lippen seinen Laufzettel für die Verschickung in Empfang zu nehmen.
Obwohl es draußen taute, zogen alle, die eigene Filzstiefel besaßen, darunter auch Chorobrow und Nershin, diese an und marschierten stolz im leeren Zimmer umher. Einmal, um weniger schleppen zu müssen, und zum anderen, um mit beiden Füßen die beruhigende und ermutigende Wärme der Filzstiefel voll zu genießen. Dabei sollten sie heute lediglich bis zum Butyrka-Gefängnis gebracht werden, und dort war es keineswegs kälter als in der Scharaschka. Lediglich der furchtlose Gerassimowitsch, der sich geweigert hatte, Menschenfänger zu werden, besaß nichts Eigenes und erhielt vom Kleiderbullen als Ersatz für die abgelieferte Scharaschka-Kleidung eine viel zu große, gebrauchte wattierte Jacke mit endlos langen Ärmeln und ebenfalls gebrauchte, stumpfnasige Schnürschuhe aus Segeltuch. Da er einen Kneifer trug, wirkte er in dieser Kleidung besonders lächerlich.
Die Filzung war beendet, und alle zwanzig Häftlinge wurden mitsamt den Sachen, die man ihnen mitzunehmen gestattet hatte, in ein leeres War-

tezimmer getrieben. Die Tür schloß man ab und stellte bis zum Eintreffen des ›Schwarzen Raben‹ eine Wache davor. Ein zweiter Aufseher hatte die Anweisung, unter den Fenstern, so eisglatt es dort auch sein mochte, auf und ab zu gehen und alle zu vertreiben, die sich in der Mittagspause verabschieden kommen wollten.

Damit war jede Verbindung zwischen den zwanzig ›Abreisenden‹ und den zweihunderteinundsechzig Zurückbleibenden zerschnitten.

Die zur Verschickung Bestimmten waren noch da und doch schon nicht mehr da.

Zunächst schwiegen alle, nachdem jedermann, wie es sich gerade traf, auf seinen Sachen oder auf einer Bank Platz genommen hatte.

Sie dachten an die Filzung, daran, was man ihnen weggenommen hatte, oder daran, was ihnen durchzubringen gelungen war.

Sie dachten auch an die Scharaschka. Was sie mit ihr verloren, welchen Teil ihrer Haftfrist sie in ihr verlebt hatten und welcher Teil ihnen noch bevorstand.

Häftlinge neigen dazu, die Zeit zu zählen – die bereits verlorene ebenso wie die, die bestimmt noch verlorengeht.

Des weiteren dachten sie an ihre Verwandten, zu denen sie so lange keine Verbindung mehr haben würden. Wieder einmal kämen sie nicht umhin, Verwandte um Hilfe zu bitten, denn im Lande der GULAG kann sich ein erwachsener Mann, der zwölf Stunden täglich arbeitet, nicht selbst ernähren.

Sie dachten auch an ihre Fehler oder an ihre ganz bewußt getroffenen Entscheidungen, die ihnen diese Verschickung eingebracht hatten.

Wohin würde man sie schicken? Was erwartete sie am neuen Ort? Wie würde man sich dort arrangieren?

Jeder hatte seine eigenen Gedanken, und keiner war froh.

Und jeder sehnte sich nach Trost und Hoffnung.

Darum horchten alle auf, als die Meinung laut wurde, daß man sie vielleicht gar nicht in ein Lager, sondern lediglich in eine andere Scharaschka bringen werde. Es horchten sogar die auf, die nicht im mindesten daran glaubten.

Selbst Christus hatte im Garten Gethsemane gebetet und gehofft, obwohl er sein bitteres Schicksal genau kannte.

Chorobrow, der den sich ständig lösenden Griff seines Koffers zu befestigen versuchte, schimpfte laut:

»Diese Hunde! Diese Scheißkerle! Nicht einmal einen einfachen Koffer können sie machen. Da hat irgendein Schwein wieder einmal rationalisieren wollen. Einfach einen Stahlbügel an beiden Enden zurechtgebogen und in die Griffhalter geschoben! Solange der Koffer leer ist, hält das Zeug. Und wenn er voll ist?«

Mit einem Ziegelsteinbrocken, losgelöst von dem Ofen, der nach der gleichen Eil-Methode gebaut worden war, trieb Chorobrow die Bügelenden wütend in den Griffhalter zurück.
Nershin verstand Chorobrow nur zu gut. Immer wieder, wenn er auf Erniedrigung, Mißachtung, Ignoranz oder Verhöhnung stieß, geriet Chorobrow vor Wut außer sich. Aber wie sollte man darüber auch in aller Ruhe reden können? Wie sollte man in gewählten Worten das Geheul eines Geschlagenen ausdrücken? Und gerade jetzt, für das Lager eingekleidet und unterwegs ins Lager, spürte auch Nershin, wie sehr er zu einem wesentlichen Element männlicher Freiheiten zurückkehrte: in jedem Satz einen unflätigen Fluch zu benutzen.
Romaschew erzählte den Neulingen mit leiser Stimme, auf welcher Strecke die Häftlinge für gewöhnlich nach Sibirien transportiert würden. Dabei verglich er den Umschlagplatz Kuibyschew mit denen von Gorki und Kirow und sprach sich lobend über den ersteren aus.
Chorobrow hörte auf zu klopfen und warf den Ziegelstein voller Wut auf den Fußboden, wo er in rote Krümel zerfiel.
Nershin, der spürte, wie die Lagerkleidung seinen Eifer anheizte, erhob sich, ließ durch den Wachposten Nadelaschin rufen und erklärte mit lauter Stimme:
»Unterleutnant! Wir sehen durch das Fenster, daß schon seit einer halben Stunde zu Mittag gegessen wird. Warum bekommen wir nichts?«
Der Unterleutnant trat verlegen von einem Fuß auf den anderen. Dann erklärte er mitfühlend:
»Sie sind heute . . . von der Verpflegung abgesetzt.«
»Was heißt hier abgesetzt?« Als Nershin dann noch hinter seinem Rükken die ihn unterstützenden lärmenden Unmutsäußerungen hörte, wurde er fast grob: »Melden Sie dem Leiter des Gefängnisses, daß wir uns ohne Mittagessen nirgendwohin abtransportieren lassen. Es wird ihm auch nicht gelingen, uns mit Gewalt zu verfrachten!«
»Gut, ich werde es melden!« Der Unterleutnant gab sofort nach. Schuldbewußt eilte er zum Gefängnisleiter.
Keiner im Zimmer zweifelte daran, daß es richtig war, sich mit der Leitung anzulegen. Der eklige, hoffnungsvolle Edelmut der wohlbestallten Freien ist dem Häftling fremd.
»Richtig!«
»Zeig's ihnen!«
»Die Schweine quetschen uns aus!«
»Diese Kleinkrämer! Nach drei Jahren Arbeit geizen sie mit einem Mittagessen.«
»Wir fahren nicht ab! Ganz einfach! Was sollen die mit uns schon machen?«

Sogar die, die sonst Tag für Tag der Führung gegenüber nachgiebig und friedlich gewesen waren, bäumten sich jetzt auf. Ihre Gesichter verrieten etwas von dem freien Wind, der in den Verschickungsgefängnissen zu wehen pflegt. In diesem Abschiedsmittagessen mit einer Fleischspeise lag nicht nur die letzte Gelegenheit, sich vor den Monaten und Jahren der Wassersuppe noch einmal satt zu essen, sondern an ihm hing ebensosehr auch die menschliche Würde der Häftlinge. Und so vergaßen sogar die, denen vor Erregung längst die Kehle trocken geworden war und die überhaupt keinen Appetit hatten, alles andere und forderten ihre Mahlzeit.

Aus dem Fenster sah man einen Weg, der vom Stabsgebäude zur Küche führte. Die Häftlinge konnten beobachten, wie ein Lastwagen, in dessen Laderaum eine große Tanne mit weit über die Seitenwände hinausragenden Zweigen lag, rückwärts ganz nah an die elektrische Säge heranfuhr. Aus der Fahrerkabine stieg der Leiter der Wirtschaftsabteilung des Gefängnisses, während von der Plattform ein Wachtposten heruntersprang.

Ja, der Oberstleutnant hatte sein Wort gehalten. Morgen oder übermorgen würde der Tannenbaum im halbrunden Zimmer aufgestellt werden. Die Häftlinge aber, Väter, die sich ohne ihre Kinder selbst in Kinder verwandeln, würden den Baum mit Schmuck behängen, für dessen Anfertigung sie keine ›staatliche Zeit‹ gescheut hatten. Klaras Körbchen und der leuchtende Mond in der gläsernen Hülle würden ebenfalls am Baum hängen. Bärtig wie sie waren, würden die Häftlinge einen Kreis bilden, sich zum Reigen an den Händen fassen und dann das Wolfsgeheul ihres Schicksals mit bitterem Lachen zu übertönen suchen:

»Im Walde wuchs ein Tannenbaum,
der Tannenbaum im Wald ...«

Man konnte beobachten, wie der unter den Fenstern auf und ab gehende Wachtposten Prjantschikow vertrieb, der offenbar versucht hatte, zu den eingeschlossenen Häftlingen vorzudringen und jetzt mit zum Himmel erhobenen Händen irgend etwas schrie.

Man konnte weiter beobachten, wie der Unterleutnant Nadelaschin besorgt zur Küche eilte, dann zum Stabsgebäude, von dort zurück zur Küche und dann nochmals zum Stabsgebäude.

Und schließlich konnte auch noch beobachtet werden, wie Spiridon, ohne daß man ihm Zeit zum Essen gegönnt hatte, angewiesen wurde, den Tannenbaum vom Lastwagen abzuladen. Auf dem Weg dorthin strich er sich den Bart und zog seinen Gürtel fester.

Dann ging, oder besser gesagt, lief der Unterleutnant zur Küche und kam bald darauf mit zwei Köchinnen heraus, die zusammen eine große Milchkanne sowie eine Schöpfkelle trugen. Eine dritte Frau trug einen

Stapel Suppenteller hinter ihnen her. Da sie offenbar befürchtete, auszugleiten und das Geschirr zu zerschlagen, blieb sie einfach stehen. Sofort drehte sich der Unterleutnant um und nahm ihr einige Teller ab.
Im Zimmer verbreitete sich Siegesstimmung.
Die Kanne wurde hereingebracht und auf den Rand des Tisches gestellt Dann verteilte man die Suppe, und jeder Häftling zog sich mit seinem Teller zurück. Die einen setzten sich auf die Fensterbretter, die anderen auf die Koffer. Da keine Bänke vorhanden waren, aßen einige auch stehend und stützten dabei die Ellbogen auf den Tisch.
Der Unterleutnant war mit den Köchinnen wieder weggegangen. Im Zimmer stellte sich jenes natürliche Schweigen ein, das eigentlich jede Mahlzeit begleiten sollte. Man denkt daran, daß es eine kräftige Suppe ist, vielleicht etwas zu dünn, aber doch mit merklichem Fleischgeschmack. Man nimmt einen Löffel voll und dann noch einen zweiten mit Fettaugen, mit hellen, ausgekochten Fleischfasern und schiebt ihn in sich hinein. Die warme Brühe rinnt durch die Speiseröhre, senkt sich in den Magen hinab, und sowohl das Blut wie auch die Muskeln freuen sich bereits auf die neuen Kräfte und die neuen Aufbaustoffe.
»Um des Fleisches willen heiraten die Mädchen einen Mann, und um der Suppe willen nehmen sich Männer eine Frau.« Nershin dachte an dieses Sprichwort. Er verstand es so: der Mann würde für das Fleisch sorgen und die Frau daraus Suppe kochen. Das Volk pflegte in seinen Sprichwörtern keineswegs immer scheinheilig das Streben nach Edlem vorzutäuschen. Im tausendfältigen Schatz seiner Sprichwörter war es sich selbst gegenüber freimütiger als Tolstoj und Dostojewskij in ihren Bekenntnissen.
Als die Suppe zur Neige ging und die Aluminiumlöffel hörbar auf den Tellern zu kratzen begannen, sagte jemand unbestimmt und langgezogen:
»Ja-a-a ...«
Aus einer Ecke klang es:
»Dann haltet euch bereit, Brüder!«
Ein Kritikaster gab zu bedenken:
»Sie haben zwar vom Boden geschöpft, aber doch nicht das Dicke erwischt. Sicherlich haben sie das Fleisch für sich selbst herausgeangelt.«
Irgend jemand rief niedergeschlagen:
»Wann werden wir wieder so etwas zu essen kriegen!«
Darauf klopfte Chorobrow mit dem Löffel an seinen Teller und sagte klar vernehmbar mit wachsendem Protest in der Stimme:
»Nein, Freunde! Lieber Brot mit Wasser als Kuchen mit Kummer!«
Keiner antwortete ihm.
Nershin klopfte an die Tür und verlangte das Hauptgericht.

Sofort tauchte der Unterleutnant auf.
»Habt ihr gegessen?« Er betrachtete die Häftlinge mit einem freundlichen Lächeln. Nachdem er sich von ihrem friedfertigen Gesichtsausdruck, offensichtlich eine Folge der Sättigung, überzeugt hatte, verkündete er, was er vorhin auf Grund seiner Gefängniserfahrungen nicht hatte bekanntgeben wollen. »Vom Hauptgericht ist nichts übriggeblieben. Die Kessel werden schon ausgewaschen. Nehmt es nicht übel.«
Nershin blickte auf die Häftlinge. Sollte er sie aufstacheln? Versöhnlich und nicht nachtragend, wie sie als Russen nun einmal waren, hatten sich aber alle bereits wieder beruhigt.
»Was gab es als zweites?« fragte jemand in tiefem Baß.
»Ragout«, lächelte, etwas gequält, der Unterleutnant.
Man seufzte.
Nach der Nachspeise wurde erst gar nicht gefragt.
Hinter der Wand hörte man jetzt das Schnaufen eines Automotors. Der Unterleutnant wurde herausgerufen und damit aus seiner zwiespältigen Situation befreit. Im Gang ertönte die strenge Stimme von Oberstleutnant Klimentjew.
Man führte sie einzeln hinaus.
Sie wurden nicht namentlich aufgerufen, da die Häftlinge von der eigenen Wachmannschaft der Scharaschka in die Butyrka gebracht und dort übergeben werden sollten. Aber sie wurden abgezählt. Man zählte sie, als sie den so bekannten und immer verhängnisvollen Schritt von der Erde auf das hohe Trittbrett des ›Schwarzen Raben‹ taten, dabei den Kopf tief beugten, um sich nicht am eisernen Türrahmen zu stoßen und sich unter der Last ihrer Bündel krümmten, die rechts und links ungefüge an die Seitenwände schlugen.
Keiner war gekommen, um sich zu verabschieden, denn die Mittagspause war vorbei, und man hatte die Häftlinge vom Hof bereits ins Gebäude getrieben. Der ›Schwarze Rabe‹ fuhr rückwärts unmittelbar an das Stabsgebäude heran. Obwohl das sonst übliche hektische Gebell der Bluthunde fehlte, gab es auch jetzt bei der Verladung dieses bestimmte Gedränge, diese angespannte Hetze der Posten, die nur der Wachmannschaft nützlich ist, aber unwillkürlich auch die Häftlinge ansteckt und sie daran hindert, sich umzuschauen und sich ihre Lage zu vergegenwärtigen.
So wurden achtzehn verladen, ohne daß einer den Kopf gehoben hätte, um von den hohen, ruhigen Linden Abschied zu nehmen, die ihnen lange Jahre hindurch in schweren und frohen Minuten Schatten gespendet hatten.
Die zwei aber, die es fertigbrachten sich umzuschauen, Chorobrow und Nershin, blickten nicht auf die Linden, sondern sahen sich den Wagen von der Seite an. Sie wollten seine Farbe feststellen.

Ihre Erwartung wurde bestätigt.
Die Zeiten waren vorüber, in denen bleigraue oder schwarze Gefangenenwagen durch die Straßen von Moskau glitten und alle Bürger in Schrecken versetzten. Nach dem Krieg war in einem genialen Kopf der Gedanke aufgetaucht, ›Schwarze Raben‹ von der Größe und vom Aussehen der Lebensmittel-Lieferwagen zu bauen, sie außen mit den gleichen orange-blauen Streifen zu versehen und sie in vier Sprachen zu beschriften:

CHLEB PAIN BROT BREAD

oder:

MJASSO VIANDE FLEISCH MEAT

Und jetzt, als er im ›Schwarzen Raben‹ Platz nehmen sollte, gelang es Nershin, sich etwas zur Seite zu beugen und zu lesen:

MEAT

Dann drängte er sich durch die enge erste und noch engere zweite Tür, stieg über irgendwelche Füße hinweg, schleifte seinen Koffer und sein Bündel über irgendwelche Knie und setzte sich.
Im Innern war dieser Drei-Tonnen-Wagen nicht ›boxiert‹, das heißt, er war nicht in zehn eiserne Käfige für je einen Arrestanten eingeteilt. Nein, dieser ›Rabe‹ war ein ›Gemeinschaftswagen‹ und somit nicht für Untersuchungshäftlinge, sondern für bereits Verurteilte bestimmt. Dadurch konnte viel mehr lebendes Frachtgut hineingepfercht werden. In seinem rückwärtigen Teil hatte der ›Rabe‹ zwischen zwei mit kleinen, vergitterten Luftlöchern versehenen Türen einen engen Käfig für die Wachmannschaft, die die innere Tür von außen und die äußere von innen verschließen konnte. Die beiden Wachtposten, die dort höchst beengt mit angezogenen Beinen saßen, hatten mit dem Fahrer und dem Führer der Wachmannschaft durch ein Sprachrohr Verbindung, das quer durch den Mittelraum des Wagens gelegt worden war. Auf Kosten des hinteren Käfigs war noch ein winziger Reservekäfig für einen besonders aufrührerischen Häftling eingerichtet worden. Der gesamte übrige Mittelraum, im Grunde genommen eine niedrige, metallische Schachtel, glich einer gemeinsamen Mausefalle, in die der Norm gemäß genau zwanzig Personen gepfercht werden mußten. Wenn man die Eisentür mit vier Stiefeln zudrückte, konnten notfalls noch ein paar Mann mehr hineingepreßt werden.
Längs der drei Wände dieser Massenfalle zog sich eine Bank, die in der Mitte nur wenig Raum frei ließ. Wer sich setzen konnte, tat es, war aber keineswegs gut daran, denn als der Wagen vollgepfercht wurde, stürzte unverzüglich alles, Menschen und Gepäckstücke, über den eingeklemmten Knien und den verrenkten, steif gewordenen Beinen der Sitzenden

zusammen. Sich in diesem Durcheinander zu beschweren oder sich zu entschuldigen war ebenso sinnlos, wie es unmöglich war, sich im Laufe der ganzen folgenden Stunde überhaupt irgendwie zu bewegen. Schließlich stemmten sich die Wachtposten an die Tür, stießen den letzten Häftling hinein und schlossen ab.

Die äußere Tür schlossen sie nicht, denn es trat noch jemand auf die hintere Stufe, und ein neuer Schatten verdunkelte das vergitterte Luftloch.

»Brüder!« erklang die Stimme Rusjkas. »Man bringt mich in die Butyrka zur Untersuchung! Wer ist hier? Wer wird verschickt?«

Sofort brandeten die Stimmen hoch, alle zwanzig Häftlinge schrien durcheinander und wollten auf einmal antworten. Es brüllten auch die Wachtposten, Rujska solle still sein, und von der Schwelle des Stabsgebäudes brüllte sogar Klimentjew, die Wachtposten sollten nicht schlafen, sondern die Häftlinge endlich daran hindern, miteinander zu reden.

»Ruhe, ihr ...!« Aus dem ›Schwarzen Raben‹ ertönte ein furchtbarer Fluch.

Es wurde still. Man hörte, wie sich die Wachtposten in ihrem Verschlag herumschoben und ihre Füße beiseite zu nehmen versuchten, um Rusjka schneller in seiner Box einschließen zu können.

»Wer hat dich verraten, Rusjka?« schrie Nershin.

»Siromacha.«

»Der Schweinekerl!« ertönten sofort mehrere Stimmen gleichzeitig.

»Wie viele seid ihr?« rief Rujska.

»Zwanzig.«

»Wer alles?«

Aber man stieß ihn bereits in seine Box und schloß ihn ein.

»Halt die Ohren steif, Rusjka!« schrie man ihm zu. »Wir treffen uns im Lager!«

Solange die äußere Tür geöffnet war, fiel noch etwas Licht in das Wageninnere. Jetzt aber wurde sie zugeschlagen, und die Köpfe der Wachtposten versperrten dem letzten unwirklichen Lichtstrahl den Weg durch die Gitterlöcher der beiden Türen. Der Motor sprang an, der Wagen erzitterte und bewegte sich. Jetzt, bei seinem Schaukeln, tanzten nur noch flimmernde Lichtreflexe über die Gesichter der Häftlinge.

Ein derartiges Hinüberschreien von Zelle zu Zelle, ein solcher Funke, wie er manchmal zwischen Stein und Eisen glimmt und springt, wirkt auf Häftlinge stets außerordentlich erregend.

Man fuhr eine kurze Strecke, dann hielt der ›Schwarze Rabe‹. Klar, das war die Torwache.

»Rusjka!« schrie ein Häftling. »Schlagen sie dich?«

Dumpf kam bald darauf die Antwort.

»Ja, sie haben mich geschlagen.«

»Der Teufel soll diese Schischkin-Myschkins holen!« brüllte Nershin. »Laß dich nicht kleinkriegen, Rusjka!«
Erneut schrien einige auf, und ihre Stimmen tönten durcheinander.
Der Wagen fuhr weiter und passierte die Wache. Dann kippte plötzlich alles nach rechts. Das war also die Kurve nach links, man war auf der Chaussee.
In dieser Kurve wurden die Schultern von Gerassimowitsch und Nershin eng aneinandergepreßt. Sie sahen sich an und versuchten sich im Halbdunkel zu erkennen, aber es war schon nicht mehr allein die Enge im ›Schwarzen Raben‹, die sie einander so nahe brachte.
Ilja Chorobrow, der sich etwas gefangen hatte, sagte nun in die dunkle Bedrängnis hinein:
»Macht euch nichts daraus, Leute, daß wir weg müssen. Was war das schon für ein Leben in der Scharaschka? Kaum geht man auf den Korridor hinaus, schon trifft man Siromacha. Jeder fünfte ein Spitzel, und kaum daß man im Klo einen fahren läßt, weiß es auch schon der Sicherheitsoffizier. Zwei Jahre lang keinen Sonntag, diese Hunde. Zwölf Stunden arbeiten! Für zwanzig Gramm Fett muß man seinen ganzen Grips hergeben. Den Briefwechsel mit zu Hause haben sie verboten, der Teufel soll sie holen. Und dazu noch die Arbeit. Das ist doch eine Hölle!«
Chorobrow verstummte, von Erbitterung übermannt.
In der nun eintretenden Stille, die nur durch den auf dem Asphalt gleichmäßig laufenden Motor gestört wurde, ertönte hart und klar die Antwort Nershins:
»Nein, Ilja Terentjitsch, das ist nicht die Hölle. Das nicht. In die Hölle fahren wir erst. Wir kehren in die Hölle zurück. Die Scharaschka ist lediglich der höchste, beste, der erste Kreis der Hölle. Sie ist — beinahe das Paradies.«
Er sagte nichts mehr, denn er spürte, daß es unnötig war. Alle wußten, daß unvergleichlich Schlimmeres als die Scharaschka sie erwartete. Alle wußten, daß aus der Sicht des Lagers die Scharaschka als goldener Traum erscheinen würde. Dennoch mußte man jetzt, um sich Mut zu machen und um sich zu rechtfertigen, die Scharaschka schmähen. Keiner sollte etwas bedauern, keiner sollte sich einen unüberlegten Schritt vorwerfen müssen.
So blieb Chorobrow dabei:
»Nein, Leute, lieber Brot mit Wasser als Kuchen mit Kummer.«
Die Häftlinge schwiegen und horchten auf den Motor.
Ja, auf sie warteten die Taiga und die Tundra, der Kältepol von Oj-Mjakon und die Kupferminen von Dsheskasgan, Pickel und Tragbahre, Hungerrationen feuchten Brotes, Krankenbaracke und Tod! Auf sie wartete nur das Allerschlimmste.

In ihren Herzen aber war Friede.
Sie hatten die Furchtlosigkeit von Menschen gewonnen, die alles, aber auch alles verloren haben – eine Furchtlosigkeit, die schwer zu erringen, dafür aber von Dauer ist.
Die in seinem Inneren zusammengepreßten Leiber hin und her schleudernd, hatte das fröhliche, orange-blaue Auto inzwischen die Straßen der Stadt erreicht, fuhr jetzt an einem Bahnhof vorbei und hielt an der Kreuzung. An demselben Kreuzweg, an derselben Ampel, stoppte auch der dunkelrotlackierte Wagen des Korrespondenten der französischen Zeitung ›Libération‹, der zu einem Hockeyspiel ins Dynamo-Stadion fuhr. Der Korrespondent las auf dem Lieferwagen die Worte:

MJASSO VIANDE FLEISCH MEAT

Er erinnerte sich, heute in den verschiedensten Teilen Moskaus bereits mehrere solche Wagen gesehen zu haben, zog ein Notizbuch hervor und schrieb mit seinem bordeaux-roten Füllhalter hinein:
»In den Straßen von Moskau sieht man immer wieder Lieferwagen mit Lebensmitteln, äußerst sauber und vom sanitären Standpunkt einwandfrei. Die Versorgung der Hauptstadt kann nur als vorzüglich bezeichnet werden.«

1955–1964

RUSSISCHE LITERATUR IM S. FISCHER VERLAG

Romane

BORIS PASTERNAK · DOKTOR SCHIWAGO
Sonderausgabe. Übersetzt von Reinhold von Walter. 640 S. Ln. DM 16,80

MICHAIL SCHOLOCHOW · ERNTE AM DON
Übersetzt von Eduard Suslik. 752 S. Ln. in Schuber. DM 29,–

Lyrik

ALEXANDER BLOCK · DIE ZWÖLF
Gedicht. Übersetzt von Paul Celan. 24 S. Broschur. DM 7,–

SERGEJ JESSENIN · GEDICHTE
Übersetzt von Paul Celan. 72 S. Ln. DM 7,80

OSSIP MANDELSTAMM · GEDICHTE
Übersetzt von Paul Celan. 68 S. Ln. DM 6,80

ANDREJ WOSNESSENSKI · BAHN DER PARABEL
Gedichte. Übersetzt von Hugo Huppert. 116 S. Pappband. DM 6,80

Briefe, Biographien, Erzählungen, Essays

BORIS PASTERNAK · ÜBER MICH SELBST
Versuch einer Autobiographie. Übersetzt von Reinhold von Walter
13 Abb. 112 S. Ln. DM 9,80

BORIS PASTERNAK · BRIEFE NACH GEORGIEN
Übersetzt und herausgegeben von Heddy Pross-Werth. 161 S. Ln. DM 16,50

WLADIMIR DUDINZEW · EIN NEUJAHRSMÄRCHEN
Übersetzt von Gisela Drohla. 64 S. Ln. DM 6,80

VIKTOR SKLOVSKIJ · THEORIE DER PROSA
Übersetzt und herausgegeben von Gisela Drohla. 192 S. Paperback. DM 12,80

LEO TROTZKI · MEIN LEBEN
Versuch einer Autobiographie. Übersetzt von Alexandra Ramm
560 S. Paperback. DM 14,–

LEO TROTZKI · GESCHICHTE DER RUSSISCHEN REVOLUTION
Übersetzt von Alexandra Ramm. 760 S. Ln. DM 22,–

SONJA KOWALEWSKI · JUGENDERINNERUNGEN
176 S. Ln. DM 12,–